BASTEI
LÜBBE

MARIUS GABRIEL

TÖCHTER DES ZORNS

AUS DEM ENGLISCHEN VON
ERNA TOM

BASTEI LÜBBE

BASTEI-LÜBBE-TASCHENBUCH
Band 12686

Titel der Originalausgabe: The Original Sin

Lizenzausgabe: Bastei Verlag Gustav H. Lübbe GmbH & Co.,
Bergisch Gladbach
Printed in Germany Juli 1997
Einbandgestaltung: Dieter Ziegenfeuter
Satz: Bosbach & Siebel Print Media Concept, Lindlar
Druck und Bindung: Ebner Ulm
ISBN 3-404-12686-6

Für meine Frau und meinen Sohn

INHALT

PROLOG

COSTA BRAVA, SPANIEN – JUNI 1973

Das Päckchen traf an einem wunderschönen Sommerabend um acht Uhr ein.

Ein Bote hatte es direkt vom Flughafen in Barcelona hergefahren. Er weigerte sich, es der Concierge, die rund um die Uhr in ihrem Portierhäuschen saß, auszuhändigen, und bestand darauf, es der Frau, für die es bestimmt war, persönlich zu übergeben: Mercedes Eduard.

Aus diesem Grund wurden die vier Wachhunde in ihren Zwinger gesperrt. Wäre der Bote mit dem Wagen gekommen, hätte dies kein Problem bedeutet, aber die Rottweiler hatten irgendwann einen Mann vom Motorrad gezerrt und ihn ernsthaft verletzt; ein Vorfall, an den sich alle noch gut erinnerten. Man hatte die Polizei rufen müssen, und Señora Eduard hatte strikte Anweisungen gegeben, ähnliche Vorkommnisse in Zukunft unter allen Umständen zu vermeiden.

Die Portiersfrau rief von ihrem Apparat aus im Haus an und wurde sogleich mit Maya Duran, Señora Eduards Privatsekretärin, verbunden.

»Vor mir steht ein Bote aus Barcelona, Señorita Maya, mit einem Päckchen. Er weigert sich, es hier bei mir zu lassen. Er sagt, er habe Anweisung, es nur Señora Eduard persönlich zu übergeben.«

»Ich sage Bescheid. Sie wird in fünf Minuten zurückrufen.«

Als Maya Duran vom Swimmingpool nach oben ins Arbeitszimmer ging, fand sie Mercedes Eduard an ihrem Schreibtisch, auf dem sich allerlei Papiere türmten.

»Unten ist ein Bote, *querida*, der dir persönlich ein geheimnisvolles Päckchen übergeben will.«

Mercedes wählte die Nummer der Concierge. «Wie groß ist das Päckchen?« wollte sie wissen.

»So groß wie ein großer Brief, Señora.«

»Nicht größer?«

»Nein, Señora.«

»Kann der Mann sich ausweisen?«

»Ja, ich habe seinen Ausweis vor mir liegen; er scheint mir in Ordnung zu sein.«

»Sehr gut. Schicken Sie ihn nach oben, aber sorgen Sie dafür, daß die Hunde im Zwinger sind.«

»Ja, Señora.«

Sie legte den Hörer auf die Gabel zurück.

Maya betrachtete sie mit einem leisen Lächeln. Mercedes Eduard war siebenundfünzig Jahre alt. Ihr Gesicht strahlte eine natürliche Anmut aus und die Anziehungskraft eines Geistes, der Disziplin und Entschlossenheit gewohnt ist.

Sie war eine Frau, die Reichtum und Macht genossen, aber auch viel Leid erfahren hatte, und solche Erfahrungen hinterlassen ihre Spuren. Diejenigen, die diese Zeichen zu deuten wußten, erkannten sie auf den ersten Blick.

Aus ihren dunklen Augen sprach eine scharfe Intelligenz. Ihr schön geschwungener Mund, der in ihrer Jugend nur selten geschwiegen hatte, war jetzt, da sie gelernt hatte, ihre Gefühle zu verbergen, fast eine gerade Linie. Da sie ihr Haar nicht färbte, war die schwarze Pracht nun von einzelnen silbernen Fäden durchzogen.

Ihr Körper mit den schmalen Hüften und den kleinen Brüsten wirkte auch jetzt noch geschmeidig. Manche hielten sie für eine Frau, von der ein besonderer Zauber ausging; andere sahen in ihr einen Menschen, dem man Achtung entgegenbringen mußte; wieder andere begegneten ihr sogar mit Angst.

»Gott sei Dank, daß das Wochenende vorbei ist«, stöhnte Maya.

»Aber die Gesellschaft unserer lieben Freunde ist doch so amüsant und anregend«, bemerkte Mercedes mit verhaltener Ironie.

»Sie halten sich für so kultiviert und vornehm«, fuhr Maya fort, »dabei können sie von nichts anderem reden als von ihrem Geld. Und essen tun sie wie die Schweine. Worüber hat denn der *jefe de policía* andauernd so eifrig geflüstert?«

»Der? Er will, daß ich ihm ein Kilo Kokain besorge«, antwortete Mercedes, während sie mehrere Schriftstücke zusammensuchte, um sie abzuheften.

Mayas Augen weiteten sich. »Großer Gott! Hat er das wirklich gesagt?«

»Er hat sogar ausdrücklich beste Qualität verlangt. Aus Investitionsgründen.«

Maya fand das gar nicht lustig. »Mercedes, das macht mir angst.«

Mercedes lächelte. »Das braucht dich nicht zu beunruhigen. Der Mann hat lediglich versucht, mich unter Druck zu setzen, aber ich bin schon mit größeren Krokodilen fertig geworden.«

»Was hast du ihm geantwortet?«

»Ich hab' ihm die Wahrheit gesagt – daß ich mit dieser Art von Ware nicht handle. Ich habe ihm geraten, sich diesbezüglich an seinen unmittelbaren Vorgesetzten zu wenden, der direkt aus Peru importiert, und zwar in kleinen Holzkisten, in denen sonst Madonnenfiguren verschifft werden.«

»Und?«

»Das hat genügt, um ihn vom Thema abzulenken.«

Maya schüttelte langsam den Kopf. »Diese Menschen bringen es immer wieder fertig, mich in Erstaunen zu versetzen. Ihre Habgier, ihre Rücksichtslosigkeit, ihre Plumpheit… «

»Ich glaube, daß der *jefe* einfach nur ein bißchen Nervenkitzel suchte«, erklärte Mercedes. »Er genießt die Vorstellung, ein Wolf im Schafspelz zu sein.«

Draußen schlugen jetzt die Hunde an. Maya ging zur Tür. »Das wird der Bote sein. Ich mache ihm auf.«

Der Bote kam durch die Zypressenallee auf das weiße Haus zugefahren. Das spätnachmittägliche Sonnenlicht spiegelte sich in den diversen schwarzlackierten Flächen seines Motorrads sowie seines Beiwagens.

Nachdem er seine Maschine auf dem Schotterweg geparkt hatte, blieb er mit bewunderndem Blick vor dem Haus stehen, das mit seiner hohen Glaskuppel und der Reihe von weißen Marmorsäulen einer Bühnenkulisse glich. Er hatte aufgrund seiner Tätigkeit schon viele Häuser reicher Leute gesehen, aber dieses Haus hatte etwas Besonderes. Allein die Ausmaße des Anwesens, die

Sicherheitsvorkehrungen, die überwältigende Architektur – all das kündete von einem Reichtum, der sorgfältig bewacht werden mußte.

Die junge Frau, die ihn an der Tür empfing, war eine Schönheit. Er brauchte sie nur anzusehen, um zu wissen, daß sie aus Sevilla stammte – groß und schlank wie eine Wachskerze mit riesigen, dunklen Augen und einem vollen Mund. Als sie vor ihm die Treppe hinaufging, ruhte sein Blick voller Bewunderung auf ihrem Hinterteil. Seine schwarzen Stiefel hinterließen ein mehrfaches Echo auf dem weißen Marmor.

Als die junge Frau ihn ins Arbeitszimmer führte, saß Mercedes Eduard, eine elegante Frau mittleren Alters, ganz ruhig an ihrem Schreibtisch. Das Päckchen kam aus Los Angeles und war durch eine private Kurierfirma zugestellt worden. Sie quittierte den Empfang, dann begleitete Maya den Mann wieder hinaus.

Mit leichtem Unbehagen öffnete Mercedes das Päckchen und nahm einen Umschlag heraus.

In dem Umschlag befand sich ein einziges Foto. Es handelte sich um einen grobkörnigen Schwarzweißabzug eines mit nur unzureichender Beleuchtung gemachten Bildes von einem ungefähr zwanzigjährigen Mädchen, das aufrecht auf einem Stuhl saß und in die Kamera starrte. Bis zur Taille war sie nackt; unter der Haut ihres schlanken Oberkörpers konnte man ganz klar die Rippen erkennen. Da ihre Arme hinter ihrem Körper zusammengebunden waren, standen ihre kleinen Brüste spitz nach vorne.

An einer Schulter war ein großer blauer Fleck zu erkennen. Der Kopf des Mädchens hing nach vorne, so daß ihr Gesicht teilweise von ihrem lockigen schwarzen Haar verdeckt wurde. Der Blick ihrer Augen war starr.

Sie trug Jeans, die an den Knien Löcher aufwiesen. Ihre Knöchel waren am Stuhl festgekettet, das Schloß hing zwischen ihren zierlichen, schmutzigen nackten Füßen. Der Hintergrund des Bildes war unscharf.

Mercedes glaubte, ihr Herz müsse zerspringen. Als sie das Foto umdrehte, sah sie den in Großbuchstaben geschriebenen einen Satz:

WENN SIE ZUR POLIZEI GEHEN, STIRBT SIE.

Mercedes spürte, wie die eiskalte Ruhe wieder in ihr aufstieg, die sie bereits kannte, dieses Erstarren, das sich ihrer bemächtigte, weil sie wußte, daß sich gerade die Erde unter ihr bewegt hatte und daß nichts wieder so sein würde wie zuvor.

Sie griff nach dem Telefonhörer und beobachtete, wie ihre Finger die Tasten des Telefons betätigten, um die Nummer ihrer Tochter in Los Angeles zu wählen. Sie lauschte dem fernen Klingelton.

Am anderen Ende hob niemand ab. Nach zwei Minuten legte sie den Hörer wieder auf.

Maya Duran kam zurück ins Zimmer. »Und?« fragte sie lächelnd. »Was ist drin in diesem wichtigen Päckchen?« Ihr Lächeln verschwand, als sie Mercedes' Gesicht sah. Sie ging mit raschen Schritten zum Schreibtisch, dann sah sie das Foto, das auf dem Tisch lag.

»Eden«, flüsterte sie. »Das ist Eden. Was hat das zu bedeuten?«

Mercedes konnte lediglich den Kopf schütteln, denn plötzlich spürte sie, daß Übelkeit in ihr aufstieg; sie stolperte zum Bad, wo sie über dem Waschbecken von einem trockenen Würgen geschüttelt wurde.

Wie gelähmt konnte die junge Frau nur auf das Bild starren. Erst nach einigen Sekunden rannte sie ins Badezimmer und reichte Mercedes ein Handtuch.

Nachdem Mercedes sich das Gesicht abgewischt hatte, lehnte sie sich zitternd gegen die Kacheln. Irgendwo tief drinnen stieg eine Erinnerung in ihr auf, die Erinnerung an damals, als sie sich ebenfalls voller Schmerz und Qual gegen kühle Kacheln gelehnt hatte. Es schien ihr eine Ewigkeit her. Sie ließ es zu, daß Maya sie stützte.

»Es tut mir leid«, sagte sie schließlich etwas steif. »Ich habe mich gehenlassen.«

»Wie ist das passiert?« fragte Maya. Mercedes spürte, daß sie zitterte. »Hat man sie entführt? Was wollen die? Geld?«

»Ich weiß es nicht.« Mercedes ging zum Schreibtisch zurück und starrte wieder auf das Foto.

Man sah, daß die Bauchmuskeln des Mädchens angespannt waren. Auch das rechte Bein, das leicht angehoben war, ließ darauf schließen, daß sie lebte und daß man keine Leiche an den Stuhl gekettet hatte.

»Hast du kein Schreiben erhalten?« wollte Maya wissen. »Einen Brief?«

»Nur das, was hinten drauf steht.«

Maya drehte das Foto um, und ihre Hand fuhr zum Mund. »Großer Gott! Hast du die Ranch angerufen?«

»Ja, aber es nimmt niemand ab.« Mercedes atmete mühsam, als sie erneut nach dem Telefonhörer griff.

SANTA BARBARA, KALIFORNIEN

Im Haus von Dominic van Buren herrschte vollkommene Stille.

Das zum Haus gehörende wunderschöne, fast zwanzigtausend Quadratmeter große Anwesen besaß gepflegte Rasenflächen und kleine hochgewachsene Dattelpalmenwäldchen. Das Wasser des in der Ferne sichtbaren Pazifiks schimmerte aquamarinfarben.

Das Haus, eine grandiose Villa im spanischen Stil, war in den späten 50er Jahren gebaut worden, noch vor dem großen Bauboom. Viele der herrlichen Einzelteile waren damals direkt aus Spanien importiert worden. Die allerschönsten stammten aus einem verlassenen Kloster – so zum Beispiel die massive Eichentür mit ihren reichen Eisenverzierungen und den großen Eisennägeln, die im Laufe der Zeit spiegelglatt gewordenen tönernen Fußbodenkacheln und die Terrakottabalustrade, die die Terrasse säumte.

Pünktlich um halb sieben schossen tausendfach funkelnde Kaskaden aus unsichtbaren Hähnen im Rasen empor und sorgten dafür, daß die smaragdgrünen Halme auch einen weiteren siedendheißen Sommertag überstehen würden. Das leise Zischen des Rasensprenklers reichte aus, um Dominic van Buren in seinem großen Schlafzimmer aus einem quälenden Alptraum zu reißen.

Stöhnend rollte er sich auf den Rücken; noch spürte er den sauren Geschmack der letzten Nacht im Mund. Sein Kopf schmerzte, seine Haut brannte wie Feuer, obwohl er die Decke schon längst zu Boden geworfen hatte.

Ein unablässiges Surren, das an eine eingesperrte Fliege erinnerte, zerrte an seinen Nerven. Mit tastenden Fingern suchte er zwischen den zerknüllten Bettlaken, bis er den Schalter fand. Das

Gerät war heißgelaufen, da er seit Stunden vergessen hatte, es auszuschalten. Er schaltete es aus und warf es auf den Boden.

Seine Blase war am Zerplatzen. Er kroch aus dem Bett und torkelte zum Badezimmer. Das Licht, das sich in den glänzenden Armaturen und Becken spiegelte, blendete ihn.

Nachdem er sich entleert hatte, ging er zurück ins Schlafzimmer.

Dort betrachtete er die Überreste der Party vom Abend zuvor. Auf dem Boden lag eine leere Armagnacflasche, die gläserne Tischplatte sah aus, als hätte jemand weißen Puder darauf gestreut und dann Muster hineingezeichnet, auch wenn es sich gar nicht um Puder handelte.

Das Mädchen lag auf dem Bauch und schlief. Weil sein Kopf auf der Seite lag, sah er eine rosige Wange und einen offenstehenden, sinnlichen Mund; die Haut des gebräunten Rückens war weich wie Samt. Sie war schätzungsweise höchstens Anfang zwanzig, trotzdem war er überzeugt, daß sie nicht nur wegen des Kokains bei ihm war.

Er war schließlich immer noch ein attraktiver Mann. Das Schicksal hatte es gut mit ihm gemeint, obwohl natürlich auch bei ihm gewisse Körperteile der Schwerkraft nachgaben. Auch war sein Haar, das er jugendlich wie Edward Kennedy trug, der in letzter Zeit eine Art Sexsymbol geworden war, zum Färben leider schon zu grau. Aber ein Schönheitschirurg hatte mit Hilfe einer Saugpumpe sein Doppelkinn verschwinden lassen, und alles in allem hielt sich van Buren mit seinen achtundsechzig immer noch für äußerst ansehnlich.

Befriedigt von diesen Gedanken, drehte er die Klimaanlage voll auf, bevor er ins Bett zurückkroch. Er war beinahe wieder eingeschlafen, als das Telefon läutete.

Murrend klemmte er sich den Hörer ans Ohr.

»Dominic?« Trotz der schlechten Verbindung erkannte er die Stimme sofort.

»Mercedes, um Himmels willen. Weißt du, wie spät es ist?«

»Es ist dringend«, erklärte sie schroff. »Man hat Eden entführt.«

»Entführt?« wiederholte er ungläubig. »So ein Schwachsinn.«

»Ich habe gerade ein Bild von Eden erhalten, das sie halbnackt und an einen Stuhl gekettet zeigt.«

Verwirrt rieb er sich das Kinn. »Da erlaubt sich doch jemand einen üblen Scherz.«

»Das ist kein Scherz. Ich habe auf der Ranch angerufen, aber es meldet sich niemand.«

Er versuchte, sich aufrecht zu halten. »Mein Gott!« Das Mädchen neben ihm regte sich. Er gab ihr einen Klaps auf den Po. »Wieviel wollen sie haben?«

»Das weiß ich nicht. Ich habe nur das Bild.«

»Nur das Bild? Sie muß verrückt sein.«

»Eden? Du glaubst doch nicht, daß Eden sich das alles ausgedacht hat?«

»Natürlich. Das sieht ihr doch ähnlich.«

»Ich glaube, du bist verrückt.«

»Nenn mich bitte nicht verrückt«, fuhr er sie an. Das Mädchen, das inzwischen wach geworden war, krabbelte aus dem Bett und schlenderte vollkommen nackt zum Badezimmer. Da sie sich nicht die Mühe machte, die Badezimmertür zu schließen, konnte van Buren sehen, wie sie sich auf dem Klo niederließ. »Die Gettysache hat sie auf die Idee gebracht.«

»Welche Gettysache?«

»John Paul Getty III.«, erwiderte er ungeduldig. »Der Enkel. Er ist verschwunden. Hast du nichts davon gehört? Irgend jemand hat ein Lösegeld von mehreren Millionen für ihn verlangt. Nur leider sind ihm die Zeitungen auf die Schliche gekommen. Es ist alles ein großer Schwindel.«

»Wie wollen die Zeitungen das wissen?« fragte sie barsch.

»Denk doch bloß mal nach. Die Familie hält den Knaben recht kurz, der Knabe hat Ausgaben – Drogen, Mädchen, Alkohol – und ärgert sich gewaltig darüber. Er inszeniert eine Entführung, natürlich mit Hilfe einiger seiner verrückten Freunde, und versucht so, an die Millionen seines Alten ranzukommen. Das ist doch logisch, oder nicht? Liest du keine Zeitungen?«

»Die Zeitungen schreiben viel Blödsinn, Dominic. Der junge Getty hat gar nichts inszeniert. Und Eden ist dazu gar nicht fähig. Man kann vieles über sie sagen, aber gemein ist sie bestimmt nicht. Was könnte sie damit auch schon erreichen?«

»Geld natürlich«, antwortete er kühl. »So wie die Dinge stehen, tut sie doch alles für ein bißchen Geld.«

»Das glaube ich nicht.«

»Wer hat sie also entführt?«

»Los Angeles ist voll von Verrückten. Eine Bande von Wahnsinnigen hat doch, kaum zehn Meilen von der Ranch entfernt, acht Menschen umgebracht.«

»Sprichst du vielleicht von Manson und seiner Bande? Ach komm! Wir wollen doch kein Drama aus der Sache machen.«

»Gehöre ich etwa zu der Sorte Frauen, die zu hysterischen Anfällen neigt?« fragte sie mit beißender Stimme. »Habe ich bei dir diesen Eindruck hinterlassen, Dominic?«

Das Mädchen betätigte die Spülung, wusch ihr hübsches Gesicht und trocknete es sorgfältig ab. Die Auseinandersetzung, die Dominic am Telefon hatte, interessierte sie nicht im geringsten. Sie hatte erst vor kurzem zum erstenmal Bekanntschaft mit Kokain gemacht und fand es herrlich. Es entführte sie in himmlische Gefilde.

Es gab fast nichts, was sie für diesen reinen kolumbianischen Stoff, von dem Dominic van Buren scheinbar ungeheure Vorräte besaß, nicht getan hätte.

»Und was zum Teufel willst du jetzt von mir?« fragte van Buren in diesem Moment mit kalter Stimme. »Soll ich die Polizei benachrichtigen?«

»Nein. Dann werden sie sie umbringen. Ich möchte nur, daß du zur Ranch fährst und dich dort umsiehst.«

»Das wäre die reinste Zeitverschwendung.«

»Vergiß nicht, daß Eden auch deine Tochter ist«, sagte Mercedes kurz. »Du könntest wenigstens einmal im Leben ein richtiger Vater sein. Du bist es ihr, weiß Gott, schuldig.«

»Tja also, weiß Gott auch, daß gerade du das sagen mußt.«

»Dominic, verstehst du denn nicht? Hast du vergessen, wie krank sie ist? Hast du vergessen, welch' schreckliche Krankheit sie hat? Bitte«, fügte sie hinzu, »versuch herauszufinden, was mit ihr geschehen ist.«

»Verdammt nochmal, ja! Wenn du es so haben willst, fahre ich zur Ranch.«

»Ich will es so. Und bitte keine Polizei. Ruf mich um Mitternacht zurück!«

Dann hörte er nur noch ein Klicken in der Leitung. »Scheiße«, entfuhr es ihm. Er knallte den Hörer auf und rieb sich das Gesicht.

Das Mädchen hatte sich mit Begeisterung über die Reste auf dem Glastisch hergemacht. Nun trat sie ans Bett und lächelte van Buren mit glänzenden Augen an. Die helle Morgensonne tauchte ihren makellosen Körper in goldenes Licht, das nur von dem braunen Dreieck unterhalb ihres Bauchnabels unterbrochen wurde.

»Kennst du mich noch?« fragte sie mit süßer Stimme. »Du hast noch nicht guten Morgen gesagt.«

Er brummte. »Du solltest vor dem Frühstück die Finger davon lassen. Das ist nur was für Süchtige.«

Sie bewegte ihre Hüften in einer einladenden Geste, ihr flacher Bauch berührte dabei fast sein Gesicht, während sie versuchte, ihre kindliche Stimme noch einladender klingen zu lassen. »Ich will dich.«

»Du großer Gott, ich kann nicht mehr.«

Geschmeidig wie eine Katze ließ sie sich aufs Bett gleiten und spreizte die Beine. »Bist du da so sicher?« fragte sie leise.

MADRID, SPANIEN

Der Minister streifte langsam die Jacke seines Smokings über. Der Abend würde sich zweifellos auch heute unendlich in die Länge ziehen.

Wie alle Abendgesellschaften, zu denen Spaniens alternder Diktator einlud, würde auch diese düster, steif und tödlich langweilig werden. Franco und seine Frau waren die fadesten Gastgeber, die man sich vorstellen konnte. Er konnte sich an keinen einzigen fröhlichen Augenblick mit ihnen erinnern, und er kannte sie immerhin seit fünfunddreißig Jahren.

Jetzt war Franco beinahe achtzig; er wurde zunehmend gebrechlicher und gleichzeitig immer weitschweifiger und umständlicher. Die nie endenwollenden Reden, die er mit zitternder Fistelstimme hielt, trieben den Minister nicht selten an den Rand der Verzweiflung.

Er seufzte, während er sein Gesicht im Spiegel betrachtete. Früher war er ein gutaussehender Mann gewesen, doch die Zeit war nicht spurlos an ihm vorübergegangen. Er war jetzt vierundsiebzig, und das einzige, was von seinem guten Aussehen übriggeblieben war, war ein Zug von Autorität in einem strengen, fast versteinerten Gesicht. Das schüttere Haar war vollkommen weiß, ebenso wie der Schnurrbart, der nach militärischer Art kurz geschnitten war. Nur die dunklen Augen, die tief in den Höhlen lagen, ließen erkennen, daß ein inneres Feuer noch nicht erloschen war.

Er war auch längst nicht mehr so schlank wie früher; das gestärkte, weiße Hemd spannte und drohte jedesmal zu zerreißen, wenn er sich setzte. Ein alternder Fettklumpen, dachte er ohne Beschönigung, aber trotz allem immer noch ein mächtiger Mann. Er ballte die rechte Hand zur Faust, als könne er damit jene Macht festhalten, die er drei Jahrzehnte lang ausgeübt hatte. Die Geste ließ den Diamanten an seinem Hemd aufblitzen.

Ja, sie alterten, aber die Macht lag immer noch in ihren Händen. Natürlich würde Franco nicht ewig leben, und wenn er abtrat, dann würden alle abtreten müssen. Bis dahin waren es vielleicht nur noch ein oder höchstens zwei Jahre.

Aber sie hatten gut gelebt, verdammt gut sogar. Für ihn selbst war die Ausübung der Macht so etwas wie die höchste Befriedigung gewesen. Es spielte keine Rolle, wo er sich gerade befand, das Ziel der Reise war nebensächlich. Nur die Reise hatte gezählt, und die hatte er in vollen Zügen genossen.

Und selbst diese Übergangszeit war alles andere als unangenehm. Die Qualen des Alters waren schmerzlich, an erster Stelle die Einsamkeit, aber die Macht tröstete ihn auch darüber hinweg. Die Macht, die er besaß, die er gebrauchte, die er benutzte.

In diesem Augenblick trat ein Sekretär auf ihn zu. »Herr Minister, ein Telefongespräch für Sie. Señora Eduard.«

Er nickte barsch. Während er einen Fussel vom Revers seines Smokingjacketts schnippte, griff er nach dem Telefonhörer neben seinem Bett.

»Mercedes?«

»Gerard!« Er hörte sofort den Schmerz in ihrer Stimme. »Gerard, man hat Eden entführt.«

»Hier in Spanien?« fragte er.

»Nein, in Amerika. Ich habe gerade ein Bild erhalten, auf dem sie an einen Stuhl gefesselt ist. Keine Lösegeldforderung, nur die Nachricht, keine Polizei einzuschalten. Das Bild kam aus Los Angeles.«

Seine Betroffenheit äußerte sich nur in einem Moment des Schweigens, ansonsten ließ er sich seinen Schrecken keineswegs anmerken. »Ist das Foto echt?« erkundigte er sich mit der für ihn typischen sonoren Stimme.

»Ja«, antwortete sie mit brüchiger Stimme. »Ja, es ist echt.«

»Kann man erkennen, wann das Bild abgeschickt wurde?«

Er hörte, wie sie tief einatmete. »Laut Stempel auf dem Umschlag ist es vor zwei Tagen in Los Angeles abgegangen.«

»Wie lange hält sie es ohne Drogen aus?«

»Das weiß ich nicht. Vielleicht ein paar Tage.«

»Und dann?«

Mercedes antwortete nicht.

»Hast du mit ihrem Vater gesprochen?«

»Er glaubt nicht daran, daß die Geschichte echt ist. Er meint, daß Eden das alles inszeniert hat, um an Geld zu kommen.«

»Nein«, sagte er ganz entschieden. »Das würde sie nie tun.«

»Ich weiß, aber er ist anderer Meinung.«

»Die Entführer haben also mit ihm noch keinen Kontakt aufgenommen?«

»Nein.«

»Das werden sie höchstwahrscheinlich auch nicht tun«, sagte der Minister. »Er ist völlig unwichtig.«

»Er hat viel mehr Geld.«

»Aber er würde nie bezahlen, wenigstens nicht genug. Auf seine Hilfe darfst du nicht rechnen, Mercedes.«

»Das werde ich bestimmt nicht.«

Der Minister brummte etwas Unverständliches vor sich hin. »Ich kenne einen Mann hier in Madrid, einen Südamerikaner, er ist Spezialist für diese Art von Verbrechen. Ich weiß allerdings nicht, ob er Zeit hat oder überhaupt im Land ist. Wenn er hier ist, werde ich ihn einspannen. Er heißt Joaquin de Córdoba. Bis ich ihn ausfindig gemacht habe, solltest du mit niemandem darüber sprechen, vor allem nicht mit der Polizei, mit niemandem. Hast du verstanden?«

»Ja.«

»Ich rufe dich in ein paar Minuten zurück.«

Das Mädchen ist noch immer an das Bett im Keller gekettet; jetzt fängt sie wieder an zu schreien.

Kein Sonnenstrahl dringt in diese Dunkelheit hier unten, die nur vom trüben Licht einer nackten Birne hoch oben an der Decke durchdrungen wird. In den vergangenen Stunden war der Schmerz so stark, daß sie nur still daliegen und weinen konnte. Sie ist furchtbar schwach und bringt nur noch ein Krächzen zustande, das aus ihrer wunden Kehle kommt. Doch auch wenn sie eine Stimme hätte… der Keller ist tief, die Zelle abgedichtet und über ihr nichts als die endlose Wüste. Die Laken des Bettes sind feucht von Schweiß und Urin. Sie zittert so stark, daß das ganze Bett vibriert, und die Fesseln wie Kastagnetten klappern.

Sie spürt, wie es wieder in ihr hochsteigt, schlimmer als zuvor. Die Heftigkeit der Qual treibt sie an den Rand des Wahnsinns. Kraftlos schlägt sie mit Armen und Beinen um sich, bis sich das Eisen in ihre Handgelenke gräbt. Sie öffnet ihren Mund und versucht, einen Laut von sich zu geben, irgendeinen Laut, der ihr Erleichterung verschaffen könnte. Der Schrei zerreißt ihre Kehle, aber der Schmerz läßt nicht nach.

Im Haus über ihr bewegt sich nichts. Ihr Bewacher ist nicht da. Die Tür ist verschlossen, die Fensterläden lassen keinen einzigen Sonnenstrahl eindringen. Draußen kündigt sich ein schöner Tag an. Obwohl die Sonne erst vor wenigen Stunden aufgegangen ist, glitzert und flimmert die Wüste schon in der Hitze. Die hohen Kandelaberkakteen stehen da wie Wachposten, gleich einer stummen Armee, die das Haus umringt. Kein Lüftchen regt sich.

COSTA BRAVA

Keine der beiden Frauen sagte ein Wort.

Als das Telefon klingelte, war Mercedes sofort am Hörer.

»Ja?«

Die Stimme klang eindringlich. »Mercedes, ich habe mit Colonel de Córdoba gesprochen. Er nimmt morgen die Mittagsmaschine aus Madrid. Kannst du ihn vom Flughafen abholen?«

»Ja.«

»Sag ihm alles, was du weißt«, fuhr der Minister fort. »Du kannst ihm vertrauen. Er ist zwar nicht mehr jung, aber sein Verstand ist immer noch messerscharf.«

»Ja, gut.«

»Versuch, dir wegen Eden keine Sorgen zu machen. Sie wird es durchstehen.«

»Bist du sicher?«

»Sie ist eine Kämpfernatur, genau wie du. Du wirst Geld brauchen, Mercedes. Ich habe Geld, sowohl in Liechtenstein als auch in Amerika.«

»Wenn ich es brauche, sag ich's dir«, gab sie zurück. Nach einer kleinen Pause fügte sie hinzu: »Ich danke dir, Gerard.«

»Du weißt, ich würde alles für dich tun.«

Mercedes Eduards Augen füllten sich mit Tränen. Sie legte schnell den Hörer auf, um nicht noch mehr Gefühle preiszugeben. »Er schickt einen Mann aus Madrid«, erklärte sie Maya. »Einen Experten. Wir müssen ihn morgen mittag vom Flughafen abholen.«

»Glaubst du, daß er helfen kann?«

»Das weiß ich nicht.« Sie blickte zu Maya hoch. Ihr Gesicht glich einer farblosen Maske, in der nur die funkelnden schwarzen Augen lebten. Ihre Hände waren zu Fäusten geballt, so daß sich die langen Nägel in das Fleisch ihrer Handballen eingruben. »Ich möchte nicht, daß irgend etwas davon nach außen dringt, keiner soll es wissen, nicht das Personal und auch sonst niemand. Verstehst du, meine Liebe?«

»Ja, Mercedes.«

Mercedes erhob sich und begab sich zum Fenster ihres Arbeitszimmers. Wenn doch mein Leben nur anders verlaufen wäre, dachte sie. Meine kleine Eden, wenn ich mich nur mehr um dich gekümmert hätte. Sünde und Tod. Schuld und Sühne. Die Strafe verfolgt mich mein ganzes Leben lang, sie holt mich immer wieder ein, so sicher wie die Nacht auf den Tag folgt.

Ihr Besitz erstreckte sich wie ein riesiger Park vor den fernen Umrissen der Pyrenäen, deren blaue Täler jetzt, im Sommer, ohne Schnee waren. Sie hatte dieses Haus mit Blick auf die Berge bauen lassen, obwohl die Reichen, deren Sommerpaläste einst hier gestanden hatten, sich inzwischen längst anderswo niedergelassen hatten. Im Gegensatz zu ihnen verspürte sie nicht das geringste Bedürfnis, auf das Mittelmeer zu starren. Wie ihre Vorfahren wollte auch sie jeden Morgen, wenn sie aufstand, die Berge vor Augen haben.

Sie hatte ein Vermögen in dieses Anwesen gesteckt. Vor vier Jahren hatte sie zugesehen, wie die Planierraupen aus den sechzigtausend Quadratmetern Lehmerde eine Landschaft ganz nach ihren Vorstellungen geformt hatten. Auf ihren Befehl hin waren unzählige Bäume antransportiert und gepflanzt, endlose Reihen von Olivenbäumen, Obstgärten mit Mandel-, Pfirsich- und Aprikosenbäumen und ganze Haine mit Zitronen- und Orangenbäumen angelegt worden. Hier hatte sie die grünen katalanischen Gärten erstehen lassen, von denen sie im Exil geträumt hatte.

Und jetzt kam es ihr so vor, als sei all das von einem Zyklon erfaßt worden, der nichts als Zerstörung hinterließ.

Eden, schrie ihr Herz in stummer Qual. Eden, mein Kind. Was haben wir dir angetan?

1. DANSE MACABRE

SAN LLUC, KATALANIEN, SPANIEN – JULI 1909

Die meisten Nonnen sind bereits fort. Der Großgrundbesitzer Paco Massaguer hat eigens zu diesem Zweck Wagen zur Verfügung gestellt. Zwei seiner Männer sind deshalb halbtot geschlagen worden, aber die verschreckten Nonnen von San Lluc konnten das Kloster schließlich verlassen.

Die Menge bewarf sie bei der Abfahrt mit Schmutz und Dreck. Auch mit schmutzigen Worten. Sogar Steine und Stallmist flogen durch die Luft.

Schwester Josep, die Mutter Oberin, hat sich geweigert zu gehen. Zusammen mit vier anderen unerschrockenen Nonnen will sie trotz Massaguers eindringlicher Warnung vor Vergewaltigung und Mord hierbleiben; alle zusammen verstecken sich in der Kapelle.

Bisher haben die Aufständischen sie noch nicht gefunden. Lediglich Schwester Dolors wird von fünf oder sechs Männern, eigentlich eher Jungen, mit einem brennenden Holzscheit durch den Hof gescheucht. Als die alte Frau aber vor lauter Angst in Tränen ausbricht, lassen sie aus Mitleid von ihr ab.

»Keine Angst«, meint einer, der ihr wieder auf die Beine hilft, »das ist ganz bestimmt nicht das Ende der Welt. Es ist viel eher der Beginn einer neuen Welt. Sie sollten sich am besten irgendwo verstecken, wo man Sie nicht findet.«

Obwohl das Kloster keineswegs wohlhabend ist, hat der Pöbel bereits alles, was irgendwie wertvoll aussah, mitgehen lassen. Man hat anscheinend Plünderung, Kirchenschändung und böswillige Zerstörung im Sinn, und zwar in eben dieser Reihenfolge. Die Gebetbücher und Kisten, die harten Matratzen und die noch härteren Bänke, Utensilien des strengen klösterlichen Lebens, sind sämtlich zu einer Art Scheiterhaufen aufgerichtet und verbrannt worden.

Mutter Josep betet, daß die Flammen das Holzdach des Klosters, das aus dem dreizehnten Jahrhundert stammt, verschonen mögen.

Und während sie betet, fragt sie sich, ob all das, was um sie herum geschieht, tatsächlich den Beginn der schrecklichen unbekannten Welt der Offenbarung bedeutet oder aber die Rückkehr ins dunkle Mittelalter. Seit Menschengedenken hat sich derart Schlimmes nicht ereignet. Allein in Barcelona sind in der vergangenen Woche dreißig Kirchen bis auf die Grundmauern niedergebrannt.

Das Kloster von San Lluc steht auf einer Anhöhe, und seine hohen Mauern sind schon von weitem sichtbar. Vom Kloster selbst hat man von vorne einen unbeschreiblichen Blick auf das Mittelmeer und von hinten auf die Pyrenäen und die uralten Ziegeldächer des Dorfes San Lluc, dessen Häuser unten im Tal verstreut liegen.

Der Pöbel muß aus diesen engen Gassen zwischen den Steinhäusern oder von den umliegenden Höfen gekommen sein. Sie weiß, wer dazu gehört – Radikale, Anarchisten, Antichristen – aber nichts in ihren Gesichtern kommt ihr vertraut vor, obwohl sie schon als junge Novizin hierherkam und seit damals hier lebt. Der Zorn hat die Menschen verändert.

»Was haben wir ihnen bloß getan?« klagt Schwester Dolors, während sie ihre aufgeschürften Hände reibt. »Heilige Mutter Gottes, was haben wir ihnen getan?«

Ganz plötzlich hören sie draußen vor dem Kloster laute Musik und wildes Gelächter. Mutter Josep hält in ihrem Gebet inne. Auch Schreie sind zu vernehmen.

»Ihr bleibt hier!« befiehlt sie den anderen, dann rafft sie ihr Gewand zusammen und eilt zur Tür der Kapelle, um von dort nach draußen zu spähen. An der Tür bleibt sie wie angewurzelt stehen. »Das darf nicht sein«, flüstert sie und bekreuzigt sich.

Die Menge hat sich Zugang zu der Gruft verschafft, wo die Nonnen des Klosters sieben Jahrhunderte lang zur letzten Ruhe gebettet worden sind, ungefähr ein Dutzend Särge herausgezerrt und sie mit ihren Werkzeugen aufgebrochen. Jetzt werden die erbärmlichen Inhalte unter großem Beifall in den Hof getragen. Als der Fiedler des Dorfes zu einer Melodie ansetzt, sieht sie, wie einer der Männer ein zerlumptes Bündel in die Arme nimmt und zur Melodie des Fiedlers tanzt.

Mutter Josep erkennt ihn augenblicklich; es ist Francesc Eduard, der Schmied. Der große, stämmige, höchstens zwei- oder dreiundzwanzigjährige Mann lacht beim Tanzen aus vollem Halse. Er hat seinen Spaß, vor lauter Freude wirft er den Kopf zurück und stößt juchzende Schreie aus. Er ist ein ansehnlicher Bursche, stark und dunkelhäutig. Seine blauen Augen funkeln. Bei den Mädchen und Frauen im Dorf ist er sehr beliebt.

Das zerlumpte Bündel in seinen Armen ist der aus dem Sarg gezerrte Leichnam einer Nonne.

Die umstehenden Menschen haben einen Kreis um ihn gebildet; während er tanzt, klatschen und stampfen sie im Takt der Musik und brüllen vor Lachen.

Die Nonne scheint ebenfalls zu lachen. Wie alle Nonnen von San Lluc wurde auch sie in ihrer Tracht beerdigt; der verschrumpelte Leichnam, der nur von den staubigen schwarzen Falten zusammengehalten wird, ist so leicht wie ein Bündel Stäbe und genauso starr.

Das Gesicht ist längst eingefallen und zu einer affenartigen Maske erstarrt; die ledrige Haut umspannt einen nasenlosen Totenschädel mit leeren Höhlen und gelbgewordenen Zähnen.

»Das ist Pilar«, hört sie jetzt Schwester Catalina flüstern. Die anderen haben sich inzwischen um sie geschart und starren ebenfalls auf die unheimliche Szene, die sich draußen abspielt. »Schwester Maria del Pilar«, wiederholt die Nonne mit krächzender Stimme. »Wir haben sie 1897 begraben. Sie ist an Krebs gestorben.«

»Maria del Pilar«, flüstert Schwester Dolors. »Gott schenke ihrer armen Seele Frieden.«

Mutter Joseps Augen füllen sich mit Tränen, denn jetzt erkennt auch sie die Züge von Schwester Pilar in dem verzerrten Affenschädel, der sich geschwind im Kreise dreht. Pilar, die süße Pilar, ihre Freundin, die vor zwölf Jahren heimgegangen ist.

Sie weiß, warum die Menschen das tun. Sie wollen nicht nur beleidigen und schmähen, sie wollen beweisen, daß es keinen Gott gibt, keine letzte Ruhe und keinen Frieden in seinem Schoß, sondern nur diesen schrecklichen Verfall des Fleisches... »Geht wieder hinein!« befiehlt sie den anderen mit ungewohnt gebieterischer Stimme. »Was glotzt ihr denn so? Geht wieder hinein und betet für diese armen Sünder!«

Die Nonnen eilen zurück in die Kapelle, die Mutter Oberin bleibt allein zurück. Sie zwingt sich, Francesc Eduard zu beobachten. Ihre Lippen bewegen sich im Gebet. Der Mann ist stockbetrunken, allerdings nicht nur vom Messwein, über den er sich mit den anderen hergemacht hat, sondern von dem weitaus berauschenderen Getränk namens Anarchie.

Vor noch nicht einmal sechs Monaten hat dieser prächtige junge Mann ein paar Eisentore für das Kloster geschmiedet. Obwohl er noch verhältnismäßig jung ist, hat er hervorragende Arbeit geleistet; die Tore sind wunderschön geworden. Die senkrechten und die waagrechten Teile stellen Schlangen dar, die sich zwischen Blumen und Blättern hindurchschlängeln. In der Mitte eines jeden Torflügels befindet sich ein Kreuz.

Francesc Eduard hat auch den großen eisernen Türklopfer in Form eines geflügelten Ochsen, dem Symbol des heiligen Lukas, gemacht. Sie erinnert sich, daß er während der Arbeit gesungen hat und daß seine stämmigen Arme schweißüberströmt waren.

Aber der junge Schmied ist hitzig. Während seiner Lehrzeit in Barcelona wurde auch er vom Bazillus der Anarchie und der Gewerkschaftsbewegung befallen. Es hieß auch, er sei ein Lüstling, obwohl man dies oft von jungen Menschen behauptete, die sich nur ihres Lebens freuten.

Aber dies...

Schwester Maria del Pilar war, als sie starb, jung und schön gewesen, doch davon weiß er nichts. Und er schreckt nicht davor zurück, dieses einst süße Gesicht, das jetzt ein einziges Grauen ist, zu küssen, was den Frauen in der Menge ringsum Schreie voll Abscheu und Entzücken entlockt.

Dann reißt Francesc den Leichnam mit etwas zu viel Schwung herum, man hört ein kleines Knacken, und Pilars Kopf fällt gleich einem alten Fußball vor seine Füße. Die Musik verstummt, als der Totenschädel auf dem Kopfsteinpflaster weiterrollt.

Francesc dreht den Kopf und begegnet Mutter Joseps Blick. Bei ihrem Anblick bricht er in Lachen aus und läßt Pilars geschändeten Leichnam zu Boden fallen. »Kommen Sie und tanzen Sie mit uns, Mutter Oberin«, ruft er ihr zu und streckt die Arme aus. »Wir feiern die sozialistische Revolution, wissen Sie das denn noch nicht?«

Aber es ist nicht die Revolution, sondern nur das, was die Zeitungen als *Semana Tragica*, als tragische Woche bezeichnen. Dutzende von Kirchen werden noch in Flammen aufgehen, bevor das Ganze vorüber ist, und unzählige Menschen werden noch den Tod finden. Aber der Staat wird weiterbestehen.

Etwas später treffen Soldaten ein, um die Menge, die das Kloster plündert, auseinanderzutreiben. Francesc tanzt seinen letzten Tanz. Die Kugeln der *guardia civil* werden sich noch am selben Abend in seine Hüfte und seinen Oberschenkel bohren; danach wird er nie mehr ohne Krücken gehen können. Er kann von Glück reden, daß er mit dem Leben davonkommt, denn noch gibt es keine Antibiotika und fachgerechte chirurgische Eingriffe.

Natürlich verdankt er sein Leben, und zwar nicht nur einmal, sondern gleich zweimal, dem Eingreifen von Mutter Josep.

Erstens wird sie darauf bestehen, daß er in die kleine Krankenstation des Klosters kommt, anstatt wie die anderen ins Gefängnis, und so vor der Infektion bewahrt werden wird, die ihn zweifellos getötet hätte.

Und zweitens hält Mutter Josep die Polizei davon ab, Francesc Eduard, der vom Fieber geschüttelt im Kloster liegt, zu verhaften. Sie wird es damit begründen, daß er für den Rest seines Lebens ein Krüppel sein wird, was für sein Verbrechen als angemessene und ausreichende Strafe gelten sollte, und daß er schließlich keinem Menschen Schaden zugefügt habe. Und auf sie wird man hören.

Aus diesem Grund wird ihm auch eine Verhandlung vor Gericht erspart bleiben, nicht jedoch die Metzelei, die notwendig ist, um ihm das Leben zu retten, oder der Schmerz, der unaufhörlich auf ihn einhämmert, als wäre er ein Stück Eisen auf dem Amboß.

Und wie das Eisen die Spuren des Hammers trägt, wird auch er für alle Zeiten von diesen Schlägen gezeichnet sein. Als verkrüppelter Mann wird er später durch die Schmiede humpeln, mit eisernem Willen und versteinertem Gesicht, das niemals wieder einem schönen jungen Mädchen zulächelt.

Aber Francesc ahnt von alldem nicht das Geringste, und als Mutter Josep sich abwendet und in die Kapelle zurückgeht, hebt er Schwester Maria del Pilars Schädel vom Boden auf, klemmt ihn sich unter den Arm und fängt wieder an zu tanzen.

SAN LLUC – DEZEMBER 1917

»In der Zeitung steht, daß die Bolschewiken kleine Kinder verspeisen.«

Francesc, der sich mit dem rechten Arm auf das Waschbecken stützte und mit der freien Hand die nackte Brust einseifte, fragte sich nicht ohne Beunruhigung, welcher Ehre er diesen Besuch zu verdanken hatte. Es war acht Uhr an einem kalten Herbstabend, die Sonne ging eben als blutrote Scheibe am bewölkten westlichen Himmel unter.

Sein Gast hatte am Tisch Platz genommen. Zwischen den Knien hielt er seinen Stock, dessen glänzenden Knauf er mit beiden Daumen unaufhörlich bearbeitete. Sein Hut saß unverrückbar auf dem Kopf, seine Brille baumelte an einer Kette vor seinem dicken Wanst.

Marcel Barrantes, alleiniger Ladenbesitzer im Dorf, war der einzige Mann in San Lluc, den man vielleicht mit viel gutem Willen als Kapitalist bezeichnen konnte.

»Dieser Lenin ist ein ganz übler Bursche. Auch er wird eine Diktatur anstreben, und die wird noch schlimmer sein als die der Zaren.«

»Das wird schwer sein.«

Barrantes beobachtete den Schmied mit verstohlenen Blicken, während er an seinem Schnurrbart nagte. Von der Taille aufwärts war der Mann ein Adonis, von der Taille abwärts ein Krüppel.

Seine Arme und seine schwarzbehaarte Brust strotzten vor Kraft, doch seine Beine, die an die Hinterläufe einer Ziege erinnerten, gaben ihm das Aussehen eines Satyrs.

»Halten Sie es für möglich, daß die Revolution sich ausbreitet?«

Francesc zog ein Hemd über den Kopf. »Eines Tages, Barrantes, wird in den Rinnsteinen von Barcelona das Blut derer fließen, die uns jetzt mit Gewalt niederhalten.«

Voller Angst bekreuzigte sich Barrantes. »Andere Männer sind für solche Worte erschossen worden.« Das Schmiedehandwerk war respektabel und angesehen, doch Francesc selbst machte einen verwahrlosten Eindruck. Sein Haar war langgewachsen, sein Bart ungepflegt und sein Haus unordentlich. Von der Schmiede unten drang der Gestank von Ruß und heißem Eisen bis nach oben.

Trotzdem, so tröstete sich Barrantes insgeheim, gab es hier vieles, was durch die Hand einer Frau verbessert werden konnte.

Er räusperte sich. »Sie brauchen eine Frau, die für Sie sorgt.«

»Ich sehe bloß weit und breit keine.«

Barrantes warf ihm einen schelmischen Blick zu. »Ich habe mir sagen lassen, daß es früher ziemlich viele hier gegeben hat.«

»Das war, bevor die *guardia* sich um mein Aussehen bemüht hat«, erwiderte er knapp.

»Wenn die Frauen Sie meiden, dann nur deshalb, weil Sie so verdammt unhöflich sind und nicht weil...« Er hatte auf Francescs Beine zeigen wollen, schob sich aber statt dessen die Fingergelenke in den Mund. »Und aus keinem anderen Grund.«

Francesc sah ihn mit kalten Augen an. »Sind Sie hier, um mir das zu sagen?«

Barrantes zögerte einen Augenblick, entschied sich aber dann, das vorzubringen, weshalb er gekommen war. »Sie kennen meine Tochter Conchita.«

»Wirklich?«

»Ein hübsches Mädchen«, fuhr Barrantes in schmeichelndem Ton fort. »Mit grünen Augen und schwarzen Haaren. Ein kleiner Engel.«

Francesc brummte. Er nahm das Messer zur Hand und fing an, sein Essen zu zerlegen. »Und was ist mit ihr?«

»Ihr ist Schreckliches widerfahren. Es ist eine Tragödie. Eine Schande.«

»Soll das heißen, sie ist schwanger?« fragte Francesc mit ironischem Unterton.

»Ja«, stöhnte Barrantes. »Sie bekommt ein Kind, aber der Junge wird sie nie heiraten. Sie ist ruiniert. Sie wissen ja, wie die Leute hier in San Lluc sind. Ihre Tanten wollen sie in ein Kloster in Andalusien schicken, aber Conchita ist doch erst siebzehn. Sie ist mein einziges Kind, Francesc. Es würde mir das Herz brechen, wenn ich sie verlieren würde.«

»Und was hat das alles mit mir zu tun?«

»Vielleicht können wir uns arrangieren«, antwortete Barrantes.

Plötzlich wußte Francesc, warum der Ladenbesitzer gekommen war. Er spürte, wie ein Stromstoß seinen Magen durchfuhr und seine Nerven in Erregung versetzte, und er spürte auch, wie ein finsterer Zorn von ihm Besitz ergriff. »Arrangieren?« fragte er grimmig.

»Sie brauchen eine Frau. Und sie braucht einen Mann, und zwar schnell. Mit meiner Tochter habe ich schon gesprochen. Wenn Sie sie so nehmen, wie sie ist, wird sie ihrerseits das gleiche tun. Ich glaube, wenn wir uns auf dieser Basis…«

Entsetzt brach er ab. Francesc hatte einen Satz auf ihn zu gemacht und ihn mit einer Hand beim Kragen gepackt. Jetzt zerrte er ihn mit erstaunlicher Kraft von seinem Stuhl hoch.

Bevor Barrantes überhaupt reagieren konnte, lag er auf dem Tisch und starrte auf das Messer, das nur wenige Zentimeter über seinem Gesicht schwebte. Das Gesicht Francescs war vor Zorn gerötet, seine Augen blutunterlaufen. »Weil ich ein Krüppel bin, soll ich eine Hure heiraten?«

»Sie ist keine Hure«, stieß Barrantes keuchend und voller Angst hervor. Seine Finger versuchten verzweifelt, die riesige Faust des Schmiedes von sich fernzuhalten. »Bei allem, was mir heilig ist, ich wollte Sie nicht beleidigen.«

»Du Wurm«, schleuderte ihm Francesc ins Gesicht. »Du kleiner, mieser Blutsauger.«

»Ich liebe meine Tochter«, krächzte Barrantes, der das kalte und scharfe Messer an seinem Hals spürte. »Tun Sie mir nichts, bitte, ich flehe Sie an. Ich will doch nur das Beste für sie.«

Francesc zitterte am ganzen Körper, so als hätte man ihn körperlich angegriffen. Ein Teil von ihm verspürte Lust, den fetten Hals des Ladenbesitzers sofort aufzuschlitzen.

Doch gleichzeitig regten sich Zweifel. Warum also nicht hören, was er zu sagen hatte? Warum nicht? Gab es etwas Schlimmeres als diese Einsamkeit, diese Verlassenheit?

Langsam öffnete sich seine Faust, Barrantes glitt keuchend zurück auf seinen Stuhl. Die Hände des Ladenbesitzers zitterten wie Espenlaub, als er seine Jacke glattstrich und seine Uhr in die Westentasche zurücksteckte.

»Also«, knurrte Francesc, »was haben Sie mir noch zu sagen?«

»Ich bitte Sie nur, keine voreiligen Schlüsse zu ziehen. Sie ist ein gutes Mädchen. Sie hat, wie Sie wissen, ihre Mutter schon sehr früh verloren und deshalb nie jemanden gehabt, der ihr hätte Vorbild sein können.« Er wischte sich mit einem Taschentuch den Mund ab. Dieses Gespräch verlief gar nicht so, wie er es sich ausgemalt hatte. »Sie ist ein liebes und gutes Kind, Francesc. Eine kleine Fee. Und so klug, andauernd liest sie. Sie würde Ihr Leben verändern, sie würde etwas Licht in dieses Haus bringen.«

»Und ich hätte zwei Mäuler mehr zu stopfen.«

»Sie wird bestimmt nicht mit leeren Händen kommen. Ich bin kein reicher Mann, obwohl man das behauptet, aber ich kann dem Mädchen trotzdem eine anständige Mitgift geben.«

Francesc grummelte. »Wer hat ihr das Kind angehängt?«

»Paco Massaguers ältester Sohn, Felip.«

Schweigen. »Massaguers Sohn also«, brummte er schließlich.

»Der junge Nichtsnutz hat sie sitzenlassen. Er studiert irgendwo, in Barcelona oder Madrid oder sonstwo. Sie ist ja noch ein Kind. Was weiß sie schon von Männern? Und dazu noch von reichen, verwöhnten jungen Männern wie Felip Massaguer mit seinen Gedichten und seiner Politik? Ich nenne es Vergewaltigung. Das hab' ich auch dem alten Massaguer ins Gesicht gesagt.«

»Und was hat er geantwortet?«

»Er hat mich ausgelacht und mich dann hinauswerfen lassen.« Barrantes' Daumen zitterten, als er an seinem Stock rieb. »Gegen die Massaguers komme ich nicht an. Sie sind zu mächtig.«

»Natürlich, ihnen gehört ja halb Katalanien. Paco Massaguer wollte mich 1909 aufhängen lassen, mit den zwei Kugeln im Arsch, die ich abgekriegt hatte. Und Sie verlangen nun von mir, daß ich sein Enkelkind großziehe?«

»Das Kind überlebt vielleicht nicht. Diese Bastarde sind manchmal schwächlich und kaum widerstandsfähig.«

»Was sind Sie doch für ein guter Christ«, versetzte Francesc bissig. »Wirklich. Wünschen Ihrem eigenen Enkelkind den Tod.«

»Bei Gott, nein doch. Aber es könnte ja sein. Und wenn der Bastard erst geboren ist, können Sie doch eigene Kinder zeugen. Daran sollten Sie ebenfalls denken!« Langsam ließ seine Angst etwas nach. Er war kein Mann, der sich so leicht unterkriegen ließ. »Ich nehme doch an, daß es in dieser Hinsicht keine Probleme gibt, oder?«

Francesc fauchte. »Wollen Sie wissen, ob ich immer noch ein ganzer Mann bin?«

»Aber nein, ich wollte Ihnen nicht zu nahe treten«, antwortete Barrantes hastig, während er mit weit aufgerissenen Augen auf das Messer starrte.

»Ich kann eine Frau immer noch zufriedenstellen, Barrantes.«

»Natürlich, jeder sieht doch, daß Sie von Kopf bis Fuß ein Mann sind«, versuchte Barrantes zu beschwichtigen. Francesc öffnete seine Hand und ließ das Messer zu Barrantes' unglaublicher Erleichterung auf den Tisch fallen. »Werden Sie wenigstens vorbeischauen, um sie kennenzulernen? Sie sollten zum Essen kommen, morgen abend. Es gibt gebratene Ente. Ihre Tanten werden auch da sein, um Sie kennenzulernen. Und vielleicht«, fuhr Barrantes vorsichtig fort, »könnten Sie ja in der Zwischenzeit beim Barbier vorbeischauen.«

»Verschwinden Sie«, fuhr ihn Francesc an. »Ich möchte wenigstens in Ruhe zu Abend essen.«

»Dann kommen Sie also?«

»Nein.«

»Was haben Sie schon zu verlieren? Nichts. Ich selbst habe bereits alles verloren!« Die Augen des Ladenbesitzers füllten sich mit Tränen, die echt oder auch Krokodilstränen sein konnten.

»Hören Sie mir bloß auf damit.«

Marcel Barrantes schneuzte sich geräuschvoll die Nase. »Morgen abend also?« Er war klug genug zu wissen, daß es keinen Sinn hatte, den anderen noch länger zu bedrängen. Er erhob sich und wandte sich in Richtung Tür.

Francesc sah auf. »War es Ihre Idee, Barrantes? Oder die des Mädchens?«

»Machen Sie sich keine Sorgen«, antwortete Barrantes ausweichend. »Sie ist ein gutes Mädchen. Sie will nichts weiter als Ihnen eine gute Frau sein.«

Auf der Treppe war es dunkel, und Francesc lauschte auf die Schritte Barrantes, der sich vorsichtig hinuntertastete. Dann hörte er, wie die Tür zufiel. Wieder umgab ihn nichts als Stille. Mehrere Kerzen beleuchteten die Reste seines mageren Mahls. Er hatte keinen Hunger mehr.

Er griff nach der Weinflasche und ließ einen tüchtigen Schluck in seine Kehle laufen.

Obwohl Francesc in seinen Träumen fast bei jeder Frau in San Lluc gelegen hatte, war ihm bisher nie in den Sinn gekommen, daß auch die kleine Conchita Barrantes eine Frau sein könnte. Die Frauen in seinen Träumen hatten immer große Brüste und ausladende Hüften und verströmten einen intensiven Moschusduft.

Im Vergleich dazu war sie, die als Kind vor noch nicht allzulanger Zeit auf der Straße hinter ihm hergerufen hatte, dünn und katzenäugig, und ihre Brüste so klein, daß sie sich kaum unter ihrem Kleid abzeichneten.

Trotzdem war sie eine Frau. Ganz gleich, was sie sonst noch sein mochte, sie war eine Frau!

Ganz plötzlich packte es ihn. Jesus, Maria und Josef, eine Frau, wieder eine Frau in seinem Bett. Er konnte ihren Mund schmecken, ihre Lenden riechen, die Glut der Begierde…

Acht Jahre Einsamkeit. Acht Jahre Bitterkeit. Die letzte Frau, die er geküßt hatte, war Schwester Maria del Pilar gewesen. Gierig ließ er den Wein in seine Kehle laufen, wobei ein Rinnsal ihm über das Kinn lief.

Aber die Schlampe hatte sich bereits hingelegt. Beschmutzte Ware. Benutzt und weggeworfen von Felip Massaguer.

Paco Massaguer, der Vater des Jungen, gehörte zu den verhaßten Männern, den *caciques*, den Machthabern. Er besaß Fabriken und Ländereien in allen Himmelsrichtungen, und auch der größte Teil des Dorfes San Lluc gehörte ihm. Die hohen Mieten und Pachtabgaben sorgten dafür, daß seine Pächter ihm ihre Schuld niemals abtragen konnten. Zuweilen kam es vor, daß Massaguer die ganze Ernte eines Pächters für sich beanspruchte, so daß die Familie froh sein mußte, wenn ihr Saatgut und ein Zugtier blieb, das im nächsten Jahr vor den Pflug gespannt werden konnte.

Er benutzte seine Macht wie eine Waffe, um die ohnehin von der Armut Geknechteten vollends niederzuknüppeln.

Massaguer und seinesgleichen bestimmten auch den Ausgang einer jeden Wahl und erstickten somit die ersten zaghaften Versuche von Demokratie in Spanien im Jahre 1917 bereits im Keim. Ihr damit erworbener Einfluß auf die Politiker, die ihnen wiederum Bestechungsgelder zahlten, sorgte dafür, daß ihre Macht allgegenwärtig war.

Er hatte Massaguers zwei Söhne schon oft gesehen. Felip, der ältere, war ein hübscher, zarter Jüngling von neunzehn oder zwanzig Jahren. Wer es nicht wußte, hätte seinen Bruder Gerard, ein oder zwei Jahre jünger als Felip, für den älteren gehalten. Er schien von einem anderen Schlag zu sein, ein dunkler Typ, gutaussehend und mit einem gemeinen Lachen. Man konnte sich gut vorstellen, daß er ein Mädchen verführte, während man dem älteren kaum soviel Mumm zugetraut hätte.

Francesc saß am Tisch und trank und brütete.

Brüste und Schenkel, Schenkel und Brüste. Er stöhnte, schloß die Augen, seine Lenden schmerzten vor Verlangen. Eine Frau. Eine Ehefrau.

Frag den Krüppel, der sagt bestimmt nicht nein. Er hat seit acht Jahren nicht mehr… Verdammt schlau, das Weib! Weiß genau, wie sie die Ware am besten an den Mann bringt.

Er ließ die Faust auf den Tisch krachen, dann noch einmal, und noch einmal. Das Echo drang durch das ganze Haus.

Francesc entschied, daß er Conchita Barrantes unmöglich wie ein Bettler auf zwei Krücken aufsuchen konnte. Er würde es mit einem Gehstock versuchen, wie ein Mann, mit Anstand und Würde.

Aber obwohl er mühelos stundenlang in der Schmiede, auf den Amboß gestützt, stehen konnte, lief ihm, als er schließlich vor Barrantes Tür stand, vor lauter Schmerzen der Schweiß in Strömen über den Körper.

Auf der Schwelle des Wohnzimmers brach er dann vor den Füßen von Conchita und ihren Tanten zusammen.

Die aufgeregten, glucksenden Frauen umringten ihn eilig. Marcel, der leise vor sich hin fluchte, bemühte sich, dem Schmied auf die Beine zu helfen.

»Verdammt schwer«, brummte er. »Lluisa, hilf mir!«

Aber schon stand Conchita selbst über Francesc, nahm seinen stahlharten rechten Arm und half, ihn hochzuziehen. Francesc sah ihr Gesicht, das ebenso weiß war wie das seine purpurrot, und schüttelte ihre Hand ab.

»Ein Glas Wein!« befahl Marcel Barrantes, während er sich abstaubte. »Das ist genau das, was wir jetzt alle brauchen.«

Conchitas Hände zitterten so stark, daß die Gläser klirrten. Sie bediente Francesc als ersten, dann ging sie zurück zu ihrem Stuhl, setzte sich und legte die Hände in den Schoß.

Als der Schmerz in den Beinen nachließ, betrachtete Francesc sie mit unverhohlenem Blick. Seine Enttäuschung war groß.

Der Körper des Mädchens wies nicht die kleinste Rundung auf.

Wie die meisten Männer seiner Zeit war er ein Bewunderer runder Arme, schwerer Brüste und draller Hinterteile. Conchita besaß nichts von alledem. In ihrer Magerkeit glich sie eher den herrenlosen Katzen des Dorfes, und die Züge ihres blassen, ovalen Gesichtes waren noch sehr kindlich.

Das einzig Interessante an ihr waren ihre großen Augen – das klare Grün erinnerte an teures Glas. Das schwarze Haar hatte sie streng zurückgekämmt, das schlichte Kleid reichte fast bis auf den Boden.

Francesc warf dem Ladenbesitzer einen zornigen Blick zu. Wenn er die Wahl gehabt hätte, er hätte sich lieber zu einer der Tanten gelegt, auch wenn sie beinahe sechzig waren.

»Mein guter Freund«, erklärte der Ladenbesitzer lächelnd, dem die Gedanken Francescs verborgen blieben, »hat mich wissen lassen, daß die russische Revolution sich ausbreiten wird, sogar bis zu uns nach Spanien. Aber unsere Regierung weiß, wie man mit Revolutionären fertig wird.«

»Mit Mord und Terror«, antwortete Francesc knapp.

»Feuer muß man mit Feuer bekämpfen, mein Freund.«

»Das stimmt nicht, Barrantes.« Der Ton, den Francesc angeschlagen hatte, grenzte an Beleidigung. »Die Revolution findet bereits statt. Der Klassenkampf tobt, und die kommunistische Lehre sagt uns, daß es dabei nur einen möglichen Ausgang gibt.«

»Karl Marx«, verkündete Barrantes fröhlich. »Aber in Spanien wird es nie eine Revolution geben.« Er lächelte. »Vielleicht einen Bürgerkrieg, aber bestimmt keine Revolution.«

Sie fingen an, über den Bolschewismus zu diskutieren.

Conchita saß schweigend auf ihrem Stuhl und beobachtete den Schmied mit gesenktem Blick.

Francesc Eduard war der Schreck ihrer Kindertage gewesen, doch wenn sie ihn jetzt ansah, mit den Augen einer Frau, kam er ihr längst nicht mehr so schrecklich vor. Sie hatte vollkommen vergessen, wie gut er aussah. Er hatte leuchtend blaue Augen und wunderbar weiße Zähne.

Sicher, er humpelte, doch seine Arme und seine Brust waren herrlich anzusehen. Als sie ihm geholfen hatte aufzustehen, hatten sich seine Muskeln wie Eisen angefühlt.

Seine Hände faszinierten sie. Sie waren groß, grob und durch die Arbeit mit vielen Narben übersät. Sie stellte sich vor, wieviel Kraft in ihnen steckte, und doch hielt sie sie für sanft.

Francescs Laune besserte sich stetig. Als das Essen aufgetragen wurde, hatte er nicht einmal mehr etwas dagegen, daß ihm Barrantes zum Tisch hinüberhalf.

»Conchita hat heute selbst gekocht«, erklärte Tante Lluisa, eine stattliche Frau mit vollen Lippen und einem riesigen Muttermal auf der Wange, mit einem schüchternen Blick auf das Mädchen. »Sie hat sich nicht davon abbringen lassen. Auch den Pudding hat sie gemacht, aber den gibt's erst später. Ganz köstlich. Sie kocht für ihr Leben gern.«

Francesc saß Conchita direkt gegenüber. Er sah sie an. Ihre Wangen waren jetzt von einem zarten Rosa überzogen, wodurch sie etwas anziehender wirkte. Obwohl ihr die sinnlichen Rundungen abgingen, die er an Frauen so sehr schätzte, fand er, daß sie, wenn auch nicht üppig, so doch hübsch war. »Es schmeckt ganz ausgezeichnet«, versicherte er mit Blick auf sie. Als ihm bewußt wurde, daß er sich wiederholt hatte, räusperte er sich und fragte: »Und was für einen Pudding gibt es?«

»Eine *crema catalána*«, antwortete sie mit gesenktem Blick.

In Gedanken hatte Francesc mit einigem Unbehagen den Haushalt der Barrantes mit seinem eigenen verglichen. Hier war alles blitzblank und sauber. An den Wänden hingen religiöse Bilder, die Möbel waren poliert und glänzten. Ihm fehlte oftmals sogar eine Kerze, doch sie besaßen Öllampen, die das Eßzimmer taghell erleuchteten.

Conchita Barrantes war an einen Wohlstand gewohnt, der im Haus über der Schmiede nicht zu finden war.

Sicherlich würde es ihr bei ihm nicht gefallen, dachte er bei sich.

»Du bist ja heute so still, Conchita«, tadelte Tante Lluisa das Mädchen. »Du hast bis jetzt überhaupt noch nicht mit unserem Gast gesprochen.«

Conchita sah Francesc mit ihren grünen Augen an. »Was werden die Bolschewiken mit dem Zar und der Zarin machen?«

»Die Frauen und Kinder werden höchstwahrscheinlich ins Exil gehen müssen«, antwortete er mit einem Achselzucken. »Nikolaus wird sich vielleicht vor einem Gericht verantworten müssen.«

»Wofür?«

»Für die Kriegsverbrechen.«

»Kriegsverbrechen?«

Francesc widerstand der Versuchung, scharf zu entgegnen. »Im letzten Sommer«, erklärte er statt dessen, »sind allein während der Offensive in Galizien und Wolynien unter General Brussilow eine Million russischer Soldaten umgekommen. Für nichts. Die Schuld dafür lag beim Zaren. Ist es wirklich so wichtig, was mit ihm und seiner Familie geschieht?«

»Nikolaus wird die bolschewikische Gerechtigkeit erfahren«, bemerkte Marcel trocken, während er mit Daumen und Zeigefinger eine Pistole nachahmte. »Eine Kugel, wenn ich das richtig sehe.«

»Aber es wäre doch schrecklich, wenn man den Zar und die Zarin töten würde«, rief Conchita und heftete den Blick auf den Schmied.

»Die Männer, die diesen Krieg angezettelt haben, sind die größten Verbrecher, die es gibt«, entgegnete er. »Millionen von Menschen sind umgekommen. Warum sollte der Tod von Nikolaus und Alexandra Romanow schlimmer sein als der Tod der anderen?«

»Weil sie so wunderschön sind.«

»Wunderschön?« fragte er erstaunt. »Wenn dieses sinnlose Gemetzel überhaupt zu irgend etwas nütze war, dann dazu, daß die korrupten alten Monarchien endlich abgeschafft werden.«

»Dann hat Papa also recht? Man wird sie erschießen?«

»Vielleicht. Und wenn schon.«

Barrantes lachte. »Wir sollten lieber den köstlichen Pudding probieren. Lluise, ruf' das Mädchen!«

Francesc betrachtete die junge Frau vor ihm voller Neugierde. Ihr Kleid, das wie ein Sack an ihr hing, ließ sie noch unansehnlicher wirken, als sie ohnehin schon war. Er fragte sich, warum man nicht versucht hatte, sie ein wenig herzurichten, mit ein bißchen Puder vielleicht oder einem wattierten Busen?

Dann hob sie den Kopf, und ihre Augen trafen sich. Der kühle, grüne, klare Blick drang mit einer solchen Selbstsicherheit bis in sein Innerstes, daß er einen Moment lang wie vor den Kopf geschlagen dasaß. Er spürte, wie sich sein Magen zusammenzog und das Blut in seine Lenden strömte. Ohne den Blick von ihr abzuwenden, hatte er plötzlich nur noch einen Gedanken: Mein Gott, wie schön sie ist!

Conchita, die nicht die Spur seiner Gedanken erahnte, bemerkte lediglich seinen eindringlichen Blick. Seine dunkelblauen Augen funkelten.

Conchita spürte, wie ihr die Röte ins Gesicht stieg. Ärgerlich neigte sie den Kopf zur Seite, um ihn zu tadeln. Dann stand sie schnell auf.

»Das dauert ja eine Ewigkeit in der Küche«, verkündete sie. »Ich werde den Kaffee kochen.«

»Das machen schon die Mädchen«, protestierte ihr Vater.

»Ich mache aber besseren Kaffee«, erwiderte sie und eilte hinaus.

Francesc zerrte mit seinen großen Händen an seinem Kragen.

»Ist Ihnen zu warm hier?« fragte Barrantes.

»Das kommt vielleicht vom Wein«, warf Maria ein.

»Es ist der Ofen«, murmelte Francesc. »Ich vergehe vor Hitze.«

Nach dem gemeinsamen Essen mied der Schmied die Familie Barrantes mehrere Tage lang. Er brauchte Zeit, um nachzudenken. Die Familie suchte auch ihrerseits keinen Kontakt mit ihm. Es schien, als hätten sich beide Seiten entschlossen, den nächsten Zug der anderen abzuwarten.

Dann begegnete er Conchita ganz zufällig eines Nachmittags, als sie mit ihrem Korb die Straße hinunterging. Ein kräftiger Wind blies ihr ins Gesicht und wehte ihr Haar nach hinten. Die Umrisse ihres zarten Körpers und die Form ihrer Schenkel zeichneten sich unter ihrem Kleid ab.

Ihr Gesicht war gerötet, als sie sich gegenüberstanden. Sie murmelte einen Gruß, bevor sie eilig weitergehen wollte. Doch Francesc streckte, ohne zu wissen warum, die Hand aus, ergriff ihren Arm und hielt sie zurück.

Er sah ihr ins Gesicht. Ihre zarte Haut erinnerte ihn an Porzellan. Er sah, wie das Blut in ihrem Hals und in ihren Schläfen pochte. Ihre ebenmäßigen Züge waren wie von der Hand eines großen Meisters gemeißelt, die Klarheit ihres Mundes, der Schwung ihrer Nase und der Bogen ihrer Augenbrauen wie nach göttlichem Vorbild geschaffen. Ihre Wimpern waren ungewöhnlich lang.

»Was wollen Sie?« fragte sie mit trockenem Mund.

»Du läßt dich nicht gern anschauen, stimmt's?«

»Es gehört sich nicht, daß man einem anderen Menschen direkt ins Gesicht starrt.«

Er war verblüfft. Seine Fingernägel gruben sich in ihren zarten Arm. »Tja, ich bin eben ein grober Klotz«, gab er barsch zurück. »Aber du bist schließlich eine Hure.«

Sie zuckte zusammen, als hätte er sie geschlagen. »Das ist nicht wahr.«

»Was bist du dann, wenn nicht eine Hure?«

Er bemerkte, daß sie gegen die Tränen ankämpfte. Sie riß sich los und rannte davon. Einen Moment lang wollte er ihr nachlaufen, um sich für sein Benehmen zu entschuldigen, doch er wußte, daß er sie nicht einholen konnte.

Am folgenden Nachmittag erschien sie in der Schmiede.

Als er den Kopf hob, stand sie da und heftete ihren klaren Blick auf ihn.

Langsam richtete er sich auf.

»Ich will Ihnen erklären, was passiert ist«, sagte sie.

Er warf das glühende Eisen in die Wanne, aus der sogleich der Dampf aufstieg. »Also dann«, entgegnete er barsch.

»Das Kind ist nicht von Felip Massaguer. Es ist von seinem Bruder.«

Er runzelte die Stirn. »Wovon redest du?«

»Ich war nie Felips Geliebte. Das wäre ganz unmöglich gewesen. Felip ist… dazu nicht fähig.«

»Nicht fähig? Soll das heißen, er ist impotent?«

»Ich habe Felip geliebt«, gab sie zurück. »Aber nicht… nicht im körperlichen Sinne.«

Francesc wurde angesichts ihrer beschönigenden Worte ungeduldig. »Felip hat dich also nicht gefickt? Aber sein Bruder hat, oder?«

Er hatte mit Absicht den vulgären Ausdruck gebraucht, und das Wort trieb ihr sofort die Schamesröte ins Gesicht. »Felip ist ein ganz besonderer Mensch.«

»Ach wirklich?« meinte Francesc mit ironischem Ton in der Stimme.

»Ja. Ich weiß, wie Sie über seinen Vater denken, aber Felip ist anders.«

»Es scheint so.«

»Er will wie Sie, daß alle Menschen frei sind. Er will Gerechtigkeit.«

»Dann kann er ja, wenn er sein Erbe antritt, dieses Erbe mit seinen Pächtern teilen, oder?«

Sie überging die sarkastische Bemerkung. »Die Verbindung zwischen mir und Felip Massaguer war ganz und gar geistiger Natur.« In ihren Augen standen Tränen. »Er – er hat mir so viele Dinge gezeigt, so viel Schönheit, die ich ohne ihn nie gesehen hätte.«

Sie faßte in ihre Tasche und holte ein Bündel Papiere heraus, die mit einem dünnen Band zusammengebunden waren. »Hier sind die Briefe, die er mir geschrieben hat. Sie sollen sie lesen. Dann werden Sie begreifen, was für ein Mensch er ist, wie er leidet und wie er fühlt.«

Francesc zögerte, nahm sie dann jedoch und legte sie zu Boden. »Leidet?«

»Er hat mir erzählt, daß er schon oft bei Frauen war, aber irgendwie hat es nie geklappt, irgendwie hat er immer versagt. Es hat ihn furchtbar gequält, aber er hat nichts dagegen tun können. Seine Zuneigung gehörte jemand anderem.«

Francesc runzelte wieder die Stirn. »Soll das heißen, er hatte eine andere Frau?«

»Er hatte einen Freund. Ein Dichter, ein wirklich begabter Mann.« Sie schluckte. »Ein Mann mit den gleichen Neigungen.«

»Ich habe nicht die leiseste Ahnung, wovon du sprichst.«

Sie errötete bis in die Haarwurzeln. »Es gibt Männer, die können wahre Liebe nur für andere Männer empfinden.«

Francesc verzog verächtlich die Lippen. »Aha, so einer ist er also«, sagte er schließlich voller Verachtung.

»Ja. Felip ist so ein Mann. Er kann nichts dafür.«

»Ich verstehe.«

»Ich *will*, daß Sie verstehen«, sagte Conchita händeringend. »Deshalb gebe ich Ihnen die Briefe. Wir haben nie miteinander geschlafen. Der einzige Mensch, mit dem er intime Beziehungen gehabt hat, war sein Freund, der Dichter.« Sie schluckte wieder. »Hier drin steht es.«

»Und?« fragte er voller Ungeduld. »Wo kommt dann das Kind her?«

»Sein Bruder Gerard hat mich vergewaltigt«, antwortete sie leise.

Francesc wußte darauf nichts zu erwidern.

Sie senkte den Blick. »Die beiden hassen einander. Felip wird fast alles allein erben. Er ist zwei Jahre älter als Gerard, aber Gerard glaubt, daß er es mehr verdient hätte. Er ist eifersüchtig auf alles, was Felip besitzt und was Felip Freude macht. Ich glaube, daß Felip sich meinetwegen unablässig Vorwürfe gemacht hat. Irgendwann hat Felip ihm dann gesagt, daß ich seine Geliebte sei, vielleicht, um seine Männlichkeit zu beweisen.«

Ihr langes Schweigen führte dazu, daß ihm unbehaglich zumute wurde. »Und?«

»Ich wollte Felip am Fontaner Brunnen treffen. Das war sein Lieblingsplatz. Aber als ich dort ankam, wartete nicht Felip auf mich, sondern Gerard. Ich wußte, daß er Böses im Sinn hatte, aber wir waren ganz allein, und er hatte ein Messer.« Ihr Atem ging schneller, ihre Hände waren gefaltet wie im Gebet. »Er hielt mir das Messer an die Kehle, und ich hatte furchtbare Angst. Er sagte schreckliche Dinge, bis ich weinte. Und dann hat er mich vergewaltigt, zweimal. Dazwischen hat er sich ausgeruht, und mich ausgelacht, und Felip auch.«

Keiner sagte ein Wort, die Stille wurde nur von ihrem Schluchzen unterbrochen, das langsam verebbte. Als sie sich wieder gefangen hatte, sah sie ihn an. »Ich war noch Jungfrau. Begreifen Sie?«

Er nickte wortlos.

»Danach habe ich Felip nie wiedergesehen. Er hat mir nicht einmal geschrieben. Bestimmt hat ihm Gerard alles erzählt, und zwar so, daß Felip mich nie wieder anschauen wird.« Sie griff sich an den Hals. »Ach bitte, könnte ich vielleicht ein Glas Wasser haben?«

Er stellte ein Glas und einen Wasserkrug vor sie hin. Sie trank in kleinen Schlucken, mit geschlossenen Augen. Durch das Glas und das klare Wasser hindurch sah er ihre weißen Zähne und ihre rosafarbene, weiche Oberlippe.

»Warum haben Sie nicht erzählt, wie es wirklich war?« erkundigte sich Francesc mit kalter Stimme. »Warum haben Sie nicht gesagt, daß Felip unnatürliche Neigungen hat und daß sein Bruder Sie vergewaltigt hat?«

»Weil Felip seinem Bruder bereits gesagt hatte, daß ich seine Geliebte sei.«

»Na und?«

»Wenn sein Bruder und sein Vater wüßten, was mit ihm los ist, würde ihn das umbringen. Sein Vater würde ihn außerdem enterben, dessen bin ich sicher, das hat er mir gesagt. Sie sind der einzige, der jetzt über ihn Bescheid weiß.«

»Ich beneide Sie wirklich um diese edlen Gefühle«, sagte er zornig. »Aber begreifen Sie denn nicht? Wenn Sie erklärt hätten, daß Sie noch Jungfrau waren, als der jüngere Bruder Sie vergewaltigt hat, hätte Ihr Vater vielleicht etwas ausrichten können.«

»Aber damit hätte ich Felip bloßgestellt.«

»*Felip* bloßgestellt? War das Ihre größte Sorge? Waren Sie so betört von Felip Massaguer, daß Sie seinetwegen Ihren Ruf und den Ihrer Familie aufs Spiel gesetzt haben?«

»Hätte ich Ihrer Meinung nach nach Hause laufen und allen erzählen sollen, was Gerard mir angetan hat?« Sie schüttelte den Kopf. »Sie verstehen das nicht. Ich habe nichts gesagt. Ich hätte es auch dann nicht sagen können, wenn mir jemand geglaubt hätte. Erst als ich wußte, daß ich schwanger bin, mußte ich es sagen.«

»Aber Ihr Vater, Ihre Tanten – ist Ihnen denn egal, was die denken?«

»Jetzt schon«, antwortete sie leise. Dann schwieg sie lange. Ihr Blick ruhte auf seinen großen, narbigen Händen. »Es tut mir leid«, sagte sie schließlich. »Es war nicht leicht für Sie, mir zuzuhören. Es war auch nicht leicht, Ihnen alles zu erzählen, aber ich wollte es Ihnen sagen, bevor Sie eine Entscheidung treffen.«

»Erwarten Sie, daß ich Sie jetzt für einen besseren Menschen halte?« wollte er wissen.

»Ich wollte nur, daß Sie die Wahrheit kennen«, gab sie mit zitternden Lippen zurück. »Damit Sie wissen, daß ich keine Schuld habe.«

»Keine Schuld! Sie lassen es zu, daß diese bürgerlichen Schweine Sie benutzen und dann wegwerfen. Und nehmen in Kauf, daß man Sie eine Hure nennt, damit Felip Massaguer weiterhin als Mann dasteht!«

Sie rang nach Luft, dann drehte sie sich um und rannte ohne zurückzuschauen, aus der Schmiede hinaus.

Er wandte sich wieder seinem Schmelzofen zu und zog das glühende Eisen heraus. Als er den Hammer auf das Eisen niedersausen ließ und sah, wie die Funken auseinanderstoben und das Metall allmählich seine endgültige Form annahm, überkam ihn ein Gefühl der Erleichterung.

Je näher Weihnachten rückte, desto mehr wurde im Dorf über die ungewöhnliche Romanze zwischen Francesc und Conchita getuschelt.

Ganz behutsam wurden weitere Treffen zwischen Francesc und den Barrantes arrangiert, die ihren Höhepunkt in einem zweiten Abendessen *en famille* am Weihnachtsabend im Haus des Ladenbesitzers fanden.

Das Essen war im Vergleich zu dem ersten etwas Besonderes. Man hatte einen zusätzlichen Diener bestellt, auf dem Tisch lag die beste weiße Damastdecke mit dem Silberbesteck, in der Mitte des Tisches prunkte eine Schale mit Obst, und unzählige Öllampen erhellten den Raum.

Die Tanten, für die die Verlobung bereits in der Luft lag, hatten diesmal weder Zeit noch Aufwand gescheut, um Conchita herzurichten. Sie trug ein cremefarbenes Baumwollkleid, die Haare waren zu einem Knoten hochgesteckt, auf den Wangen lag ein

Hauch von Rouge, und als Krönung trug sie ein mit künstlichen Perlen besticktes samtenes Stirnband. Ihre zarte, mehr innere als äußere Schönheit erstrahlte, als sie das Zimmer betrat.

Francesc beugte sich in einer etwas ungelenken Bewegung über ihre Hand; es war das erste Mal, daß er sich überhaupt zu einer solchen Artigkeit hinreißen ließ. Er trug einen neuen Anzug, in dem er einen stattlichen Eindruck machte. Seine dunkelblauen Augen wanderten im Verlauf des Essens immer wieder zu Conchita hinüber, was den Tanten natürlich nicht verborgen blieb.

Marcel stieg der Alkohol schnell zu Kopf, doch machte er ihn lustig und gesellig. Nachdem sie die Gans und die unvermeidliche *crema catalána* ausreichend gewürdigt hatten, schlug er mit der Hand auf den Tisch. »Wie wär's mit einem kleinen Kartenspiel, während wir den Kaffee trinken?«

Lluise ließ ein vielsagendes Räuspern vernehmen. »Vielleicht wollen die jungen Leute ins Wohnzimmer gehen und etwas Musik auflegen, während wir eine Runde Whist spielen?«

»Großartige Idee, großartig«, gluckste der Ladenbesitzer fröhlich.

Francesc saß mit starrem Lächeln auf seinem Stuhl. Es dauerte einen Augenblick, bis er begriff, daß mit »die jungen Leute« auch er gemeint war. Er erhob sich ungeschickt und folgte Conchita in das vordere Wohnzimmer.

Der Plattenspieler war ein kleines Gerät, das man mit der Hand ankurbeln mußte, und einem flötenartigen Metalltrichter als Lautsprecher. Barrantes war höchstwahrscheinlich der einzige Mensch in San Lluc, der ein solches Gerät besaß. Francesc betrachtete es voller Respekt.

»Als ich klein war, hat uns Vater Péres vor solchen Dingen gewarnt«, sagte er. »Ich erinnere mich, daß er sie als Werke des Teufels bezeichnete.«

Conchita lächelte. »Wenigstens können wir jetzt reden, ohne daß sie uns hören.« Noch nie hatte er sie so hübsch gesehen wie heute abend. Mit dem Kleid und dem Stirnband sah sie ganz reizend aus. Ihr schwarzes Haar glänzte nicht weniger als die schwarzen Scheiben, die sie in der Hand hielt.

»Du siehst heute sehr elegant aus«, sagte er förmlich.

»Danke, du aber auch.« Sie warf ihm einen scheuen Blick zu.

»Möchtest du vielleicht ein paar Platten aussuchen?«

Sie saßen nebeneinander auf dem Sofa und gingen die Platten durch. Er betrachtete ihre weißen Hände, die die Papierhüllen sortierten. Ihre Handgelenke wirkten zart, fast zerbrechlich. Ihren Fingern sah man an, daß sie von schwerer Arbeit verschont geblieben waren, ihre ovalen, zartrosafarbenen Nägel waren ohne Risse und rein. Im Vergleich dazu glichen seine groben Werkzeugen.

»Du bist an ein luxuriöses Leben gewöhnt, wie ich sehe«, bemerkte er, während er sich in dem freundlichen Wohnzimmer umsah. »Ihr habt wunderschöne Sachen hier, Lampen überall, ausgesuchte Möbelstücke. Du hast gesehen, wie es bei mir aussieht. Meinst du, daß du in der Schmiede glücklich sein könntest?«

»Ich könnte überall glücklich sein«, antwortete sie einfach. »Überall, wo ich willkommen bin.«

»Ich spreche nicht nur von dem Plattenspieler und den Dienstboten, die es bei mir nicht gibt«, erklärte er schroff. »Du weißt ja inzwischen auch, daß ich kein vornehmer Mann bin. Ich bin häßlich anzusehen und grob in meinem Benehmen.«

Conchita sah ihm in die Augen. Ihr Mund bebte. »Du bist nicht häßlich anzusehen, Francesc«, flüsterte sie.

»Ich bin kein Romeo.« Er war enttäuscht, weil ihm die Fragen, die er eigentlich hatte stellen wollen, und die Dinge, die er ihr hatte erklären wollen, jetzt nicht über die Lippen kamen.

Conchita legte eine Platte auf. Die großartige Stimme des unvergeßlichen Caruso ertönte mit einem neapolitanischen Liebeslied aus dem metallenen Trichter.

»Schau«, rief sie plötzlich. »Es schneit!«

Sie sprang auf und rannte ans Fenster. Draußen wirbelten die weißen Flocken durch die Luft.

»Schnee«, hauchte sie fast ehrfürchtig, während sie ihre Nase an die Fensterscheibe drückte. »Das ist das erste Mal, daß ich Schnee sehe.«

»Das erste Mal?« fragte Francesc überrascht.

»Ja, das allererste Mal in meinem ganzen Leben!« Ihr Gesicht war vor Freude gerötet. »Schau doch nur, wie schön! Wie Engelsflügel!«

Mit leuchtenden großen Augen drehte sie sich zu ihm um. »Komm, laß uns nach draußen gehen!«

»Du wirst naß werden«, erklärte er ihr.

»Und wenn schon? Ich will ihn kosten!«

»Aber Schnee kann man doch nicht essen«, brummte er, doch sie stand bereits an der hinteren Tür und wartete. Sie winkte ihn ungeduldig herbei. »Leg wenigstens einen Schal um«, riet er, während er ihr auf seinen Krücken entgegenhumpelte. »Denk an deinen Zustand.«

»Pssst! Laß uns gehen, bevor sie uns hören!«

Sie schlüpften hinaus in den Hof. Draußen schien es nicht kalt zu sein. Francesc sah zum Himmel hinauf; er blinzelte, als sich die eisigen Flocken auf Gesicht und Bart niederließen.

Conchita hockte auf dem Boden und formte aus dem wenigen Schnee einen kleinen Schneeball. Dann biß sie ungeduldig hinein. Francesc sah die Enttäuschung in ihrem Gesicht.

»Er schmeckt nach gar nichts!«

»Ich hab's dir doch gesagt, daß man ihn nicht essen kann.«

Im ganzen Dorf war kein einziger Laut zu hören. Jeder Schritt und jede Stimme verstummte unter der weißen, weiten Decke. Hoch droben, in der mit Sternen übersäten Dunkelheit blitzten die Lichter des Klosters auf.

»Es tut mir leid, was dir passiert ist«, sagte er in die Stille hinein.

Sie wußte, wovon er sprach. »Danke«, antwortete sie beinahe unhörbar.

»Wenn es in unserem Land eine Gerechtigkeit gäbe, dann müßte der Bursche mit seinem Leben dafür bezahlen.«

Sie schwieg, den Schneeball hielt sie immer noch an den Mund gepreßt. »Ich kann nicht so denken«, sagte sie schließlich. »Ich will nur an die Zukunft denken.«

Francesc sah auf sie hinab, ihr dunkles Haar war von kleinen weißen Flocken übersät. Er nahm den Schneeball aus ihrer Hand und warf ihn weg. Ihre Finger waren naß und klamm. Er nahm sie zwischen seine Hände und rieb sie ganz vorsichtig.

»Hast du darüber nachgedacht, wie es sein wird, wenn wir zusammenleben? Daß wir alles miteinander teilen?« fragte er leise.

Sie wagte es nicht, ihn anzusehen. »Ich – ja, das habe ich.«

»Daß wir zusammen essen?«

»Ja.«

»Zusammen schlafen?«

Er spürte, daß ihre Hände zitterten. »Ja.«

»Bist du sicher?«

»Ich glaube schon.« In der kalten Luft bildeten sich bei jedem Ausatmen kleine Wölkchen, bei ihr in kürzeren Abständen als bei ihm.

»Du bist noch so jung«, sagte er mit belegter Stimme. »Und so schön.«

Endlich hob sie den Kopf und sah ihn an. Er beugte sich hinunter und küßte sie auf den Mund. Ihre Lippen fühlten sich an wie Eis, die seinen dagegen waren heiß wie glühende Kohlen. Sie spürte den rauhen Bart auf ihrer Haut. Zunächst war er sanft und zärtlich, doch plötzlich zog er sie, überwältigt von seinem eigenen Verlangen, mit einem Ruck an sich heran.

Sie wimmerte, und augenblicklich ließ er sie los.

»Es tut mir leid«, stieß er hervor.

»Es braucht dir nicht leid zu tun«, flüsterte sie. »Ich wollte es ja auch.«

In dem Moment rief jemand nach ihnen. Er sehnte sich danach, sie noch einmal zu küssen, aber sie drehte sich geschwind um und lief zurück ins Haus.

Francesc saß zusammengekauert auf seinem Pferdekarren. In den ersten Januartagen hatten eisige Winde und klirrende Kälte das Land heimgesucht.

Als er das Pferd antrieb, hörte er plötzlich näher kommende Hufschläge. Die drei Reiter hatten ihn schnell eingeholt. Jetzt überholten sie den Karren und umzingelten ihn.

Es blieb ihm nichts anderes übrig, als anzuhalten. Er fluchte lauthals.

»Was ist los?« herrschte er die Reiter mit barscher Stimme an, während er seinen Schal vom Kopf zog. »Ihr versperrt mir den Weg.«

Die drei Reiter stiegen ab. Der Anführer warf einem seiner Begleiter die Zügel hin, dann schlenderte er auf den Karren zu.

Francesc erkannte in ihm sofort Gerard Massaguer. Bei den anderen beiden Männer handelte es sich höchstwahrscheinlich um andalusische Zigeuner, um Fahrende mit hartgesottenen Gesichtern.

Der Junge lächelte ihm zu. »Steig ab!« Als Francesc sich nicht rührte, wiederholte er: »Steig ab, oder wir holen dich runter!«

Francesc unterdrückte ein instinktives Gefühl der Auflehnung und stieg langsam ab. Dann stützte er sich auf seine Krücken, die er vom Karren geholt hatte, und starrte den jungen Massaguer an. Dieser war etwa achtzehn Jahre alt, kräftig gebaut, und ein Ausdruck gelangweilter Arroganz spielte in seinem hübschen, sinnlichen Gesicht mit den schweren Lidern.

»Es heißt, daß du Conchita heiraten wirst«, sagte er mit ruhiger Stimme. »Stimmt das?«

»Vielleicht.«

Massaguer hatte sich breitbeinig vor Francesc hingestellt. Er spielte mit den Münzen in seiner Tasche und lächelte Francesc zu. »Ich hatte sie als Erster, wie du sicher weißt. Und als Zweiter.«

»Was wollen Sie?«

Die beiden Zigeuner stellten sich jetzt zu beiden Seiten ihres Herrn auf. Beide hielten schwere Knüppel in der Hand. »Ich will dir ein paar Fragen stellen«, antwortete der Junge. »Und ich will, daß du sie mir beantwortest.«

»Und wenn ich sie nicht beantworten kann?«

»Dann werden wir leider etwas nachhelfen müssen.« Er biß sich auf die dicke Unterlippe, während er Francesc unter gesenkten Lidern abschätzend ansah. »Das Mädchen hat geblutet wie eine angestochene Sau. Trotzdem hat sie behauptet, mein Bruder hätte sie zuerst gehabt. Darüber hab' ich viel nachgedacht und bin zu dem Schluß gelangt, daß mein Bruder sie überhaupt nie angerührt hat. Er ist nicht ganz normal, und ich glaube, das weiß sie auch. Deshalb schützt sie ihn.«

»Ich weiß überhaupt nichts von den sexuellen Gepflogenheiten in Ihrer ehrenwerten Familie.«

»Ich werd' es dir erklären, denn ich habe gehört, daß du ein intelligenter Mann bist. Einer mit verrückten Ideen zwar, aber trotzdem intelligent. Du mußt wissen, Schmied, daß mein Vater mir alles vererben würde, wenn ich beweisen könnte, daß mein Bruder homosexuell ist.«

Weil Francescs Augen immer noch auf Gerard Massaguer

gerichtet waren, sah er den Zigeuner erst, als dessen schwerer Knüppel auf sein Gesicht niedersauste. Einen Augenblick lang glaubte er, sein Kopf müsse zerspringen. Die Erde unter seinen Füßen bebte. Sein Mund füllte sich augenblicklich mit Blut, weil er sich beinahe die Zunge durchgebissen hatte.

»Ich spreche hier von einem hohen Einsatz, Schmied. Von einem Vermögen, und das heißt mehr Geld, als fünfhundert Schmiede in einem ganzen Leben verdienen können. Hast du verstanden?«

Diesmal sah er, wie der andere Zigeuner ausholte, und konnte noch rechtzeitig den Arm heben. Trotzdem traf ihn der Schlag so hart, daß ihm vor Schmerz die Luft wegblieb und er auf seinen Krücken ins Schwanken geriet. Der erste Zigeuner nutzte den Augenblick der Schwäche, um ihm seinen Knüppel in den Bauch zu rammen. Francesc kippte nach vorne.

»Nachdem Pedro und José dir beide Arme gebrochen haben«, erklärte Gerard, »werden sie dir auch noch die Beine brechen, oder das, was davon noch übrig ist. Wenn du das überlebst, wirst du den Rest deines Lebens in einem Bett im Armenhaus verbringen. Und wofür das alles?«

»Das Mädchen hat überhaupts nichts von Ihnen beiden erzählt«, gab er keuchend zur Antwort.

»Aber du bist doch ihr Liebster und willst sie heiraten. Normalerweise vertraut ein Mädchen seinem Liebsten alles an. Stimmt's, José?«

Grinsend trat der kräftigere der beiden Zigeuner vor und hob seinen Knüppel erneut, um ihn auf Francescs Gesicht niederfahren zu lassen.

Doch noch in der gleichen Sekunde trat ein Ausdruck komischen Staunens auf sein Gesicht. Francesc hatte nämlich blitzschnell seine riesige Hand hochschnellen lassen, die sich wie eine eiserne Faust um das Handgelenk des Zigeuners schloß. Der Knüppel fiel zu Boden. Schreiend versuchte der Zigeuner, sich loszumachen. Doch schon umfaßte der Schmied den Arm Josés mit der anderen Hand und drückte mit aller Kraft zu. Ein schriller, dünner Schmerzensschrei entrang sich der Kehle des Mannes.

Der andere Zigeuner machte fluchend und mit erhobenem Knüppel einen Schritt auf ihn zu, blieb aber dann unsicher stehen.

Er und Massaguer starrten wie gebannt auf José, der verzweifelt versuchte, seine Zähne in die riesige Faust des Schmieds zu schlagen, jedoch nur die vernarbten Knöchel zu fassen bekam.

Sie hörten das Krachen der Knochen. Das Schreien wurde gellender, bevor es in einem leisen Röcheln erstarb. Mit verdrehten Augen sackte der Mann zusammen. Als Francesc ihn schließlich losließ, fiel er wie ein nasser Sack zu Boden.

Dem Jungen war alle Farbe aus dem Gesicht gewichen. Ganz plötzlich wirkte er hellwach und vorsichtig. Zu beiden Seiten seiner Nase waren jetzt zwei Vertiefungen sichtbar, die an Klauenmale erinnerten. »Wenn du es mir nicht sagst, dann erfahr' ich es von ihr. Hast du verstanden? Was kümmert dich denn mein Bruder? Warum solltest du ihn schützen?«

Francesc hatte sich bereits entschieden.

»Ihr Bruder hat sie nie angerührt.« Der Schmied spuckte Blut aus. »Er hat einen anderen Schatz.«

»Wen?«

»Einen jungen Mann namens García.«

Gerard war plötzlich so aufgeregt, daß er alle Vorsicht vergaß und einen Schritt vortrat.

»García?«

»Ein Dichter, glaube ich.«

»García Lorca?«

»Ich glaube, so heißt er.«

»Ich wußte es.« Gerard Massaguer starrte Francesc voller Ungeduld an. »Frederico García Lorca. Hat sie gesagt, daß Felip mit diesem Mann ins Bett geht?«

»Sie hat mir Briefe gezeigt, die er geschrieben hat.«

Gerards schwarze Augen funkelten gierig. »Wo sind diese Briefe jetzt?«

»Wenn Sie noch einmal in ihre Nähe kommen«, sagte Francesc, während er seine zornigen blauen Augen nicht von dem Jungen abwandte, »dann kann Sie niemand und nichts mehr vor mir schützen. Dessen können Sie gewiß sein.«

»Ich werde ihr nicht zu nahe kommen. Ich will lediglich die Briefe.«

»Schicken Sie Ihren anderen Zigeuner heute abend in die Schmiede.«

»Abgemacht«, flüsterte Gerard. »Gut, sehr gut. Du wirst es nicht bereuen, Schmied.« Er lächelte, sein dunkles Gesicht glühte vor Zufriedenheit. »Du bist ganz nach meinem Geschmack. Du hast Courage. Wenn das Land mir gehört, werd' ich dir Arbeit zukommen lassen.«

»Ja«, sagte Francesc. »Irgendwann mach' ich ein paar starke Scharniere für Sie und ein gutes, solides eisernes Schloß. Damit Sie auch sicher in Ihrem Sarg bleiben.«

Gerards Lächeln verschwand augenblicklich. Seine schwarzen Augen starrten Francesc an, in seinem Blick lag etwas Animalisches, ein grausames Verlangen. »Wir wissen also, was wir voneinander zu halten haben, stimmt's?« fragte er leise.

»Das wissen wir«, erwiderte Francesc mit einem Nicken.

Keiner der beiden Männer senkte den Blick. Plötzlich lachte Gerard Massaguer.

»Pedro, heb' den Dummkopf da auf sein Pferd.«

Francesc stieg wieder auf seinen Karren. Er konnte kaum die Zügel in der Hand halten, so groß waren seine Schmerzen. Sein Gesicht schien zu einer riesigen Melone angeschwollen zu sein.

Gerard Massaguer brachte sein Pferd neben den Karren. »He, Schmied«, rief er, »ich freue mich schon auf unsere nächste Begegnung!« Dann ritt er davon.

Francescs nachdenklicher Blick folgte ihm. Dann schnalzte er mit der Zunge und ließ das Pferd antraben. Zum Teufel mit den anderen. Sollten sich doch die Brüder die Köpfe einschlagen, alle anderen hatten schon genug gelitten. Er wollte nichts weiter als ein ruhiges Leben mit seiner Frau.

Erst als er die Schmiede erreichte, fiel ihm wie Schuppen von den Augen, was er gedacht hatte:

Seine Frau.

FRÜHJAHR 1918

An ihrem Hochzeitstag konnte Conchita ihren Zustand nicht mehr länger verheimlichen. Sie war bereits im fünften Monat schwanger, das Kind sollte im Mai zur Welt kommen.

Francesc stand am Altar eines Gottes, den er haßte oder leugnete oder gar beides. Seine kräftige Stimme drang bis in den hintersten Winkel der Kirche.

Der Brautstrauß Conchitas bestand aus weißen Mandelblüten, passend zum weißen Kleid, unter dem nur die schlanken Fesseln in weißen Strümpfen und die hübschen silbernen Schuhe hervorschauten. Entsprechend der neuesten Mode trug sie dazu einen einfachen Hut, dessen Seitenteile die Ohren bedeckten, und einen langen Spitzenschleier. Ihre Hände steckten in feinen Spitzenhandschuhen, einem Erbstück ihrer Mutter.

Sie strahlte. Die Schwangerschaft hatte sie noch schöner gemacht, und hinter den weißen Rosen des Schleiers sah man ein strahlendes Augenpaar. Sie antwortete auf die Fragen des Priesters mit ruhiger und klarer Stimme, und als sich ihr Mann nach vollzogener Trauung zu ihr wandte, um sie zu küssen, berührte sie seinen Bart mit der Hand, während sie ihn mit großen Augen anstrahlte, als wäre er tatächlich ihr Geliebter und nicht ein ihr fast gänzlich Unbekannter.

Sie hielt, als sie aus der Kirche hinaustraten, seinen Arm so fest, daß der Schmied sich nur mit Mühe aufrecht halten konnte.

Der Wind frischte auf, der Himmel war bleiern grau. Für das obligatorische Hochzeitsfoto auf den Kirchenstufen hob Conchita jetzt den Schleier über den Hut. Der Wind zerrte nicht nur an ihm, sondern auch an den Kleidern der Hochzeitsgäste. Schon fielen vereinzelte Regentropfen. Francesc, der den ganzen Morgen über einen verbissenen und angespannten Eindruck gemacht hatte, lächelte etwas verwirrt, so als wisse er selbst nicht recht, wie er die ganze Zeremonie bisher überstanden hatte.

Nach der Trauung begab sich die ganze Hochzeitsgesellschaft zum Mittagessen in ein nahe gelegenes Gasthaus. Conchita sprach kaum während des Essens und im Verlauf des Nachmittags, aber keineswegs aus Schüchternheit. Sie strahlte eine ruhige Entschlossenheit aus, wie eine Frau, von der alle Zweifel abgefallen waren.

Armes Ding, ging es Barrantes immer wieder durch den Kopf. Armes kleines Ding. Hatte er richtig gehandelt? Aber nun war nichts mehr zu ändern. Ihre Heirat mit Francesc war so endgültig, als hätte der Schmied ihr Ketten um die zarten Handgelenke geschmiedet.

Francesc zählte jetzt zweiunddreißig Jahre; neun davon hatte er als Krüppel und mutterseelenallein verbracht. Zu denken, daß sich nun alles veränderte und daß diese strahlende Frau neben ihm seine Frau war, kam ihm immer noch unglaublich vor. Noch unglaublicher war, daß sie in wenigen Monaten das Kind, das ein anderer gezeugt hatte, unter seinem Dach zur Welt bringen würde.

Als er zu ihr hinüberblickte und ihr Gesicht, fein wie Porzellan mit strahlenden grünen Augen, sah, stieg plötzlich ein Gefühl in ihm auf, in dem sowohl Entzücken als auch Schmerz lag. Sie war sein. Zart und lieblich war sie sein. Heute nacht würde sie das Bett mit ihm teilen, wie auch in allen kommenden Nächten.

»Ich trage mich mit dem Gedanken, den Laden zu verkaufen«, verkündete Barrantes überschwenglich. Er hatte reichlich Champagner getrunken, sein breites Gesicht war gerötet, an seinem grauen Schnurrbart hingen noch Champagnertropfen. »Man muß mit der Zeit gehen.«

»Ich glaube, du hast zuviel getrunken«, neckte ihn seine Schwester.

»Ich habe allerlei Pläne, große Pläne.« Marcel steckte die Daumen in seine Westentaschen. »Ich werde ein Kino aufmachen.«

»Ein *was*?«

Er strahlte übers ganze Gesicht. »Und außerdem werde ich ein Automobil kaufen.«

»Ein Kino und ein Automobil! Bist du vielleicht über Nacht Millionär geworden?«

»Ich bin ein Mann des Volkes«, erklärte Barrantes laut und schlug mit der Faust auf den Tisch. »Die Zukunft Spaniens liegt in der Technologie, in Automobilen, in Kinos und in Radios. Mein Schwiegersohn wird das bestätigen. Hab' ich recht, Francesc?«

Francesc hob sein Glas. »Ich möchte mein Glas erheben auf meine Frau Conchita.« Er zögerte jedoch, als die anderen ihre Gläser ebenfalls hoben und ihn erwartungsvoll ansahen. »Auf meine Frau«, wiederholte er etwas leiser. »Bis vor kurzem hätte ich es nicht für möglich gehalten, daß diese Worte jemals über meine Lippen kommen würden.« Er drehte sich zu Conchita um, die still neben ihm saß. »Ich bin kein großer Redner, Conchita, aber ich möchte dir sagen, daß ich mein Leben für dich geben würde. Niemand darf dir ab heute ein Leid zufügen. Niemand.«

Mit Tränen in den Augen sah sie zu ihm auf.

Der Nachmittag verging in geselligem Beisammensein.

Um halb sieben war es bereits dunkel, und heftiger Regen hatte eingesetzt. Das ferne Donnergrollen, das von den Pyrenäen herüberkam, verhieß noch Schlimmeres. Marcel war vom vielen Alkohol schwermütig geworden und vergoß bittere Tränen.

»Francesc, ich flehe dich an, sei gut zu ihr«, stöhnte er mit Blick auf Conchita. »Sei gut zu ihr!«

Francesc ließ die letzte Umarmung geduldig über sich ergehen, dann nahm er Conchita bei der Hand und schob sie in den mit einer Plane bespannten Karren. Am Morgen war er mit Blumen geschmückt gewesen, doch Regen und Wind hatten nichts davon übriggelassen.

Aus dem Regen wurde ein Sturm; selbst die Plane schützte sie nicht mehr vor den kalten Windstößen und dem Schlamm, den das Pferd mit seinen Hufen nach hinten schleuderte.

Als sie endlich die Schmiede erreichten, wurde der nördliche Himmel von grellen Blitzen erhellt, und der Donner glich dem unheimlichen Grollen herannahender Artillerie. Beide waren sie durchgefroren, und Conchita zitterte wie Espenlaub. »Geh schon nach oben«, rief er ihr zu. »Ich kümmere mich um das Pferd.«

Strauß und Schleier eng an den Körper gepreßt, rannte sie ins Haus. Er versorgte inzwischen das Pferd. Als er hineinkam, hatte sie bereits Feuer im Kamin gemacht. Er bückte sich, um noch weitere Scheite auf das Feuer zu legen, die in den Flammen widerstrebend zischten. Er hörte, wie sie mit den Zähnen klapperte.

»Möchtest du etwas Wein?« fragte er.

»Nein, danke.« Als sie jetzt in ihrem durchnäßten Hochzeitskleid zitternd beim Feuer stand, sah sie noch jünger und noch blässer aus als sonst.

Warum hatte er bloß nicht dran gedacht, das Haus für ihren Empfang etwas zu verschönern? Wenigstens Blumen hätte er auf den Tisch stellen können. Außerdem hätte er Champagner, Kerzen und die anderen kleinen Aufmerksamkeiten bereitstellen können, die das Herz einer Frau höher schlagen ließen.

Francesc räusperte sich. »Ein Hochzeitsgemach ist das hier bestimmt nicht. Es tut mir leid.«

»Es ist unser Zuhause«, antwortete sie mit zarter Stimme.

»Es fehlt die Hand einer Frau. Ich habe eigentlich bisher hier nur geschlafen und gegessen, aber mehr auch nicht. Vielleicht hast du Lust, es uns hier schön zu machen, du bist ja jetzt die Herrin im Haus.«

»Ich werde mein Bestes tun.«

Als jetzt draußen ein tosendes Donnerkrachen ertönte, schrie Conchita auf.

»Ich fürchte mich vor Gewittern«, rief sie voller Angst.

»Den Blitzableiter habe ich selbst gemacht!« erklärte er mit fester Stimme, als bürge er selbst dafür, daß sie hier im Haus vor Blitzschlag sicher waren. »Zwei Meter hoch und aus Kupfer. Du bist in Sicherheit.«

Er streifte seinen vollkommen durchnäßten Mantel ab und warf ihn auf einen Stuhl neben dem Feuer. *Was haben wir getan?* mußte er denken. Es kam ihm vor, als seien sie zwei Überlebende eines Schiffsunglücks, zwei Seelen, die vom Schicksal wahllos dazu bestimmt waren, den Rest ihres Lebens gemeinsam auf einer kleinen Insel zu verbringen.

»Sollen wir ins Bett gehen?«

Sie nickte schweigend.

»Geh schon vor«, bat er sie. »Ich komme gleich nach.«

Während sie sich auszog, kochte Francesc Wasser und goß sich Kaffee auf. Er trank ihn langsam.

Als er damals, mit dreiundzwanzig, zum Krüppel geschossen worden war, war er bereits ein erfahrener Liebhaber gewesen. Er wußte, wie er beim Liebesspiel vorgehen mußte, daß auch die Frau Gefallen daran fand. In seine Schmiede waren die verschiedensten Frauen gekommen – angefangen von zitternden Jungfrauen bis zu Witwen mittleren Alters – und hatten ihn um Dinge gebeten, die nur er verstand.

Trotzdem war es acht Jahre her, daß er zum letztenmal eine Frau geliebt hatte. Er hatte diesem Moment mit Sorge entgegengesehen, denn er hatte Angst davor, daß die Nacht durch Unerfahrenheit oder Unfähigkeit zu einer für beide Seiten demütigenden Erfahrung werden würde. Auf keinen Fall durfte er vergessen, daß er bei ihr ganz besonders behutsam und langsam vorgehen mußte.

Als er glaubte, daß sie genügend Zeit gehabt hatte, klopfte er an die Tür und trat dann mit einer Kerze in der Hand ins Zimmer.

Nur ihr Gesicht und ihr schwarzes Haar, das ausgebreitet auf dem Kissen lag, lugten unter der Decke hervor. Ihre Augen flackerten im schwachen Schein der Kerze. Er sah, daß sie am ganzen Leib zitterte.

»Gleich wird's schön warm werden«, erklärte er, als müsse er ein Kind beruhigen. Er blies die Kerze aus und begann sich auszuziehen.

Als Conchita das Rascheln seiner Kleider hörte, konnte sie sich nur noch darauf konzentrieren, die dunkel aufsteigende Angst niederzuhalten. Sie durfte sie unter keinen Umständen zulassen, sondern mußte ihre gesamte Kraft zusammennehmen, um dagegen anzukämpfen.

Sie zuckte zusammen, als er neben ihr ins Bett schlüpfte und sie seine Haut spürte.

»Du bist ja eiskalt«, flüsterte er. Er berührte ihre Schulter. »Du brauchst keine Angst zu haben, ich tu dir nicht weh.«

Als sie spürte, wie er mit seiner großen, rauhen, warmen Hand sanft über ihren Bauch strich, schloß sie die Augen. »Francesc«, flüsterte sie. »Ich hab' furchtbare Angst. Ich kann nichts dafür.«

Er küßte ihre Lippen, dann ihre Augenbrauen; sein rauher Bart kratzte dabei über ihr Gesicht.

»Bleib ganz ruhig liegen«, flüsterte er. »Hab keine Angst. Wenn sich zwei Menschen lieben, dann ist das etwas Wunderschönes, das nichts mit Schmerz zu tun hat.«

Vollkommen erstarrt ließ sie es zu, daß seine Hände sie ganz langsam und zärtlich streichelten. Seine Berührung beruhigte sie mehr und mehr. Jetzt konnte sie ihn auch riechen, seine Haut und den warmen männlichen Duft seines Körpers.

In dem Augenblick, in dem Francesc ihre Haut berührte, fiel wie durch ein Wunder alle Unsicherheit von ihm ab, als habe es die jahrelange Enthaltsamkeit nie gegeben. Vielleicht lag es an ihrer Ängstlichkeit, daß sich sein Selbstvertrauen wieder einstellte, obwohl er es selbst einem anderen Grund zuschrieb. Es lag an ihrer einzigartigen Fähigkeit, ihn in ihr Innerstes zu führen, so daß er mit ihren Augen sehen und mit ihrer Haut fühlen konnte. Solange er dieses geheime Wissen besaß, konnte er nichts falschmachen.

Während seine Finger sanft über die Rundungen ihrer Brüste

strichen, spürte er, wie sich sein eigenes Verlangen regte. Aber er hütete sich davor, schneller vorzugehen, bis er spürte, daß ihr Atem ruhiger und gleichmäßiger ging und sie sich langsam entspannte.

»Tut das gut?« fragte er leise.

»Ja«, murmelte sie und schlug die Augen auf. »Du bist so zärtlich.«

»Hast du noch immer Angst vor mir?«

»Ich habe immer noch Angst… aber nicht vor dir. Vielleicht vor mir selbst.« Seine Zärtlichkeit versetzte sie in einen angenehm willenlosen Zustand. Wieder küßte er sie; jetzt versuchte sie sogar, seinen Kuß zu erwidern, indem sie ihren geschlossenen Mund an den seinen preßte.

Er entschloß sich, noch behutsamer zu sein. Ohne Hast und Eile liebkoste er mit seinen Lippen ihren Mund, ließ sie spüren, wie es war, wenn seine Lippen zwischen ihren lagen, dann ihre zwischen den seinen. Immer enger schmiegten sich ihre Lippen auf mannigfaltige Weise aneinander. Er berührte sie mit seiner Zunge, so unendlich zart, wie sie es niemals für möglich gehalten hätte. Fast wie ein Kind oder eine Katze…

Plötzlich berührten sich ihre Zungen. Sündhaft und schändlich, aber gleichzeitig wunderbar süß und innig. Und so zart. Es schien ihr, als täte sich ihr Herz auf, als berühre eine Seele die andere, als flüstere eine Stimme von diesen dunklen, geheimen Orten, wo das Blut in Wallung gerät und wo sich Dinge zutragen, die es nur jenseits der Wirklichkeit gibt.

Aber als sie spürte, wie seine Hand zu ihrem Schoß hinunterglitt, preßte sie sofort die Schenkel zusammen. Zwar verspürte sie längst nicht mehr so viel Angst, und ihr Herz schlug schneller, und ein Funken von Neugierde, eine wißbegierige Ahnung machte sich in ihrem Blut bemerkbar, aber sie schämte sich entsetzlich. Sie wollte nicht, daß er sie dort berührte. Nicht dort!

Francesc streichelte ihre Schenkel und vernahm seinen eigenen flacher werdenden, rauhen Atem. Nur der Himmel wußte, wie sehr er sie begehrte. Das Verlangen stieg in ihm auf wie ein quälendes Fieber, und es kostete ihn eine fast unmenschliche Kraft, sich zurückzuhalten. Vorsichtig hob er ihr Nachthemd. Jetzt, endlich. Er berührte das weiche Haar, liebkoste das warme

Fleisch vor ihrer Pforte, versuchte sanft, ihre Schenkel auseinanderzuschieben.

»Conchita«, flüsterte er. »Laß mich dich streicheln.«

Wann würde er in sie eindringen? Sie öffnete ihre Beine ganz leicht, obwohl sie spürte, wie seine Erregung wuchs, ebenso wie damals bei Gerard… nein, daran durfte sie jetzt nicht denken.

Seine Finger erforschten sie mit liebevoller Zärtlichkeit. Doch da. Scham ließ ihren Körper augenblicklich steif und starr werden. Der einzige Mann, der sie bisher dort berührt hatte, war der Arzt gewesen, der sie untersucht hatte. »Es gibt leider keinen Zweifel, Señorita. Sie sind schwanger.« Lieber Gott, was machte er bloß?

Die schrecklichen Erinnerungen brachen wie eine Lawine über sie herein. Angst und Panik überwältigten sie. Er spürte ihre Angst und zog augenblicklich seine Hand zurück, während er seine Ungeduld verfluchte. Doch nun war es zu spät. Ihr Körper war gespannt wie eine Bogensaite, aus ihrem Mund drangen wimmernde Laute, ihr Kopf flog wild hin und her.

»Francesc, nein. Bitte nicht…«

»Du mußt dich entspannen.«

»Laß mich aufstehen, nur kurz, bitte…«

Ohne darüber nachzudenken, öffnete er den Mund und sprach die Worte aus, die ihm noch jedesmal den Weg zum Herzen und zum Körper einer Frau geebnet hatten.

»Ich liebe dich.«

Sofort lag sie mucksmäuschenstill neben ihm. Dann hörte er, wie sie ganz leise Atem holte. Sie weinte.

»Wirklich?« flüsterte sie. »Liebst du mich wirklich, Francesc?«

Gott vergib mir, flehte er im stillen, als er sie jetzt in die Arme nahm und sie mit seinem starken Körper wärmte. Wenn ich sie auch jetzt noch nicht liebe, dann vielleicht irgendwann in der Zukunft.

Sie drängte sich an ihn und streichelte sein Haar und sein Gesicht. »Ich werd' versuchen, dich auch zu lieben«, schluchzte sie mit zitterndem Mund, während ihr die Tränen über die Wangen liefen. »Ich versuch' es ganz fest, ganz fest.«

»Bitte, wein' nicht«, bat er.

Das Gewitter war inzwischen weitergezogen, nur der Regen

prasselte immer noch leise und stetig auf das Dach. »Liebst du mich wirklich?«

»Ja, mein Kleines. Natürlich liebe ich dich. Ich hab' dich doch schließlich geheiratet.«

»Ja!« flüsterte sie. »Sicher hättest du mich nicht geheiratet, wenn du mich nicht lieben würdest, oder?«

»Natürlich nicht.«

Plötzlich schien alle Spannung mit einem Mal von ihr abzufallen. Mit einem Seufzer drehte sie sich zu ihm um und sagte mit zärtlicher Stimme, als sei es das Natürlichste der Welt: »Nimm mich. Jetzt.«

Das Licht fiel in durchsichtigen, bläulichen Streifen durch die geschlossenen Fensterläden zu ihnen herein. Als sie die Augen aufschlug, wußte sie zunächst nicht, wo sie sich befand. Sie fühlte sich seltsam träge.

Sie war Conchita Eduard. Sie hatte einen Mann und ein eigenes Heim.

Sie drehte sich zu dem noch schlafenden Francesc hinüber und streichelte schüchtern seine bärtige Wange.

Er hat gesagt, daß er mich liebt.

Die Worte hingen immer noch in der Luft, lebendig geworden durch das Licht, das in das kleine Schlafzimmer drang.

Was für ein zärtlicher Liebhaber er war. Es hatte gar nicht weh getan, fast nicht, genau wie er es versprochen hatte. Sie hatte sogar eine Art Lustgefühl verspürt, als ihre Körper so innig vereint beieinandergelegen hatten. Es hatte sie auch gerührt, daß er so vorsichtig gewesen war wegen ihres Bauches. Einen Augenblick lang hatte sie sich sogar gewünscht, er möge weniger vorsichtig sein. Selbst jetzt noch verspürte sie die süße Schwere, als er auf ihr gelegen hatte, und ihre eigene angenehme Atemlosigkeit. Sie lächelte, als sie sich daran erinnerte, wie sein Begehren sie gleich einer großen Welle erfaßte, sich dann zurückzog und schließlich in ihrem Schoß zur Ruhe kam...

»Hmmmm?« Er war wachgeworden und blinzelte schläfrig. Heute morgen sah er sehr viel jünger aus als am Abend zuvor; der Schlaf schien die Falten geglättet zu haben. »Immer noch da?«

»Ich wohne hier. Wo sollte ich hingehen?«

»Vielleicht in den Laden. Um dir einen anderen Mann zu besorgen.«

»Ich will nur diesen«, antwortete sie zärtlich. Sie küßte seine rauhe Hand.

»Wie spät ist es?« fragte er.

»Gerade hat es sechs geschlagen. Soll ich die Läden aufmachen?«

»Ja.«

Sie glitt aus dem Bett, lief auf Zehenspitzen zum Fenster und stieß die Läden auf. Draußen war alles ruhig, keine Menschenseele war zu sehen. Über dem moosbedeckten Dach erstreckte sich ein klarer, unendlich weiter Himmel. Als sie sich zu ihm umdrehte, strahlte sie übers ganze Gesicht. »Ist das nicht ein wunderbarer Morgen?«

Er hatte sich auf einen Ellbogen gestützt und betrachtete sie mit seinen leuchtendblauen Augen. »Zieh dein Nachthemd aus«, sagte er leise.

Ihr Lächeln verschwand. »Was?«

»Ich möchte dich nackt sehen.«

»Nein, Francesc!« Trotz der letzten Nacht versetzte sie schon der bloße Gedanke daran in Schrecken, zudem war ihr Bauch riesengroß. »Nein, das kann ich nicht!«

»Ich bin dein Mann«, sagte er, »und ich hab' dich noch nicht nackt gesehen. Zieh' es aus!«

»Aber mein Bauch!«

»Komm her zu mir!« befahl er. Sie zögerte, dann ging sie mit zaghaften Schritten zum Bett und setzte sich auf seinen Wunsch neben ihn. Er hob die Hand und knöpfte die kleinen oberen Knöpfe auf. Mit hochrotem Kopf senkte Conchita den Blick. Das Nachthemd glitt von ihren Schultern herunter.

Ihr Körper war ebenso wie ihr Gesicht von einer spröden, zarten Schönheit. Trotz des sich wölbenden Bauchs und der sprießenden Brüste war sie so zart wie ein Reh. Ihre Arme und ihr Hals waren schlank, die spitzen Brüste hinreißend. Der Rest wurde immer noch vom Nachthemd verdeckt.

Er spürte plötzlich so etwas wie Erleichterung in sich aufsteigen, Erleichterung darüber, daß er sie körperlich anziehend fand. Er wußte, daß sie auch dann noch schön sein würde, wenn üppigere Frauen es längst nicht mehr waren.

»Soll ich dir etwas sagen?« fragte er leise. »Ich hab' dich immer für zu dünn gehalten. Jetzt weiß ich erst, wieviel Glück ich gehabt habe. Du bist schön.« Sie starrte immer noch auf dem Teppich. »Trotz des dicken Bauchs«, ergänzte er lächelnd.

Sie war unfähig, den Blick zu heben oder auch nur ein Wort zu sagen.

»Willst du mich auch sehen?« fragte er. »Ich bin nicht so schön wie du. Ich habe viele Narben. Das weißt du, oder?«

Sie nickte schweigend.

Als er daraufhin die Daunendecke zur Seite schlug, lag er vollkommen nackt vor ihr. Conchita drehte langsam den Kopf.

Bisher hatte sie nackte Männer nur als römische Statuen gesehen, die in ihren Büchern abgebildet waren. Francescs Oberkörper hatte mit den kalten grauen Formen jedoch nichts gemein; sein Oberkörper war breit und muskulös, seine Brust und sein Bauch über und über mit schwarzen Löckchen bedeckt. Auch das Schamhaar war pechschwarz.

Im Vergleich zu seinem Oberkörper boten seine Schenkel ein erbärmliches Bild. Francesc war einst ein stattlicher Mann gewesen, doch nun war er verunstaltet, so als sehe man seine Wohlgestaltetheit in einem zerbrochenen Spiegel. Er drehte sich zur Seite, um ihr die zackigen, leuchtenden Narben zu zeigen, die seine rechte Hüfte und Pobacke zierten.

Voller Mitleid flüsterte sie seinen Namen, als sie begriff, welch schreckliches Leid ihm angetan worden war.

»Zwei Kugeln«, sagte er sachlich. »Die eine ging hier hinein und kam vorne wieder raus, da.« Er legte den Finger auf die sternenförmige Narbe am Unterbauch. »Die andere traf das Gelenk. Man mußte dreimal operieren, da und da, um alle Splitter rauszuholen. Jetzt ist es kaum noch zu gebrauchen.«

Zaghaft legte sie ihre Finger auf die Narben. Seine Haut fühlte sich warm an. Seine tiefblauen Augen ruhten auf ihrem Gesicht. »Häßlich«, sagte er. »Aber ich hab' mich daran gewöhnt. Ich hoffe, du wirst dich auch dran gewöhnen.«

»Ich werde mich nie dran gewöhnen können«, erwiderte sie leise. »Der Anblick tut mir weh.«

»Ich kann von Glück sagen, daß ich noch lebe. Wenn Mutter Josep und die Nonnen nicht gewesen wären,...«

»Und du glaubst trotzdem nicht an Gott?« fragte sie neugierig.

»Ich glaube an die Menschlichkeit. Schließlich hat nicht Gott mich gerettet, sondern eine Frau. Eine Frau wie du.« Er lächelte sie an. »Schau, was du angerichtet hast.«

Ihre Berührung war nicht ohne Wirkung geblieben. Sie versuchte, nicht hinzusehen.

»Das bedeutet, daß ich dich schön finde«, erklärte er in völliger Unbekümmertheit angesichts seiner nicht zu übersehenden Erregung. Er nahm ihre Hand und führte sie an sein Geschlecht. »Es ist doch bloß ein Schwanz«, sagte er sanft, während er ihre Hand dort festhielt. »Hab' ich dir letzte Nacht denn weh getan?«

Stumm schüttelte sie den Kopf. Ihre Finger umschlossen seine Männlichkeit, die in ihrer Hand pulsierte.

»Aber es war auch kein reines Vergnügen, hab' ich recht?«

»Es war sehr schön«, erwiderte sie beschämt und mit rotem Kopf.

»Komm«, flüsterte er, wobei er sie mit sanfter Gewalt an sich zog. Mit hilflosem Blick ließ sie zu, daß er ihr das Nachthemd vollends abstreifte. Das Dreieck zwischen ihren Schenkeln ließ das darunterliegende zarte rosafarbene Geschlecht erahnen. Er liebkoste ihren Bauch, strich zärtlich über die Wölbung. Conchita machte die Augen zu. Als er sich vorbeugte und mit seiner Zunge ihre Brustwarzen umspielte, zuckte sie zusammen. Sie schämte sich. »Du bist süßer als Honig«, flüsterte er mit belegter Stimme. »Heute morgen wird es schöner werden.«

Sein Mund fand den ihren, und als sich ihre Zungen berührten, wußte sie plötzlich, daß sie diese zärtliche Liebkosung am Abend zuvor am meisten genossen hatte. Aber jetzt war er gar nicht mehr so zärtlich, eher fordernd. Auf einmal erahnte sie die stürmische Urgewalt in ihm, die sie erzittern ließ. Sie spürte, wie seine Finger zwischen ihre Beine glitten und den Weg zu ihrem Geschlecht suchten. Sie lag ausgestreckt neben ihm und konnte nichts dagegen unternehmen.

Voller Bestürzung fragte sie sich, ob ihn der Anblick ihres nackten Körpers so erregt hatte. Irgendwann hatte sie gehört, daß Männer zu Bestien wurden, sobald sie auch nur des kleinsten Teils eines Frauenkörpers ansichtig wurden, und sei es auch nur eines Knies.

Aber seine Heftigkeit rief noch andere Gefühle in ihr wach. Als er ihr Geschlecht berührte, war sie bereits feucht und die kleine Knospe erblüht und empfindsam, und als seine Finger sie zärtlich streichelten, rann ein süßer Schauder durch ihren Körper, der ihr einen wohligen Seufzer entlockte, das erste Zeichen der Wonne, das sie bisher von sich gegeben hatte.

Sie schlug die Augen auf und sah, daß er sie mit sonderbarem Blick betrachtete.

»Ich will dich«, flüsterte er.

Als sie die Arme um seinen Hals schlang, glaubte sie ein leichtes Beben in ihrem Bauch zu bemerken. »Ich will dich auch«, sagte sie, ohne zu wissen, was die Worte bedeuteten.

Er liebkoste sie in gleichmäßigem langsamem Rhythmus, bis er das Flackern in ihren Augen sah, das bald in ein beständiges Leuchten überging. Bereits nach wenigen Minuten war sie wie benommen, so als hätte sie zu viel Wein getrunken. Diese sinnliche, aber sicherlich sündhafte Liebkosung kam einer Offenbarung gleich. Die genußvolle Freude hob sie hoch und trug sie fort wie eine Welle auf dem Ozean.

Francesc, dessen Blick auf ihren sich aufbäumenden nackten Körper geheftet war, sah, wie ihr jetzt geflecktes Gesicht glühte. Die Freude, die er für dieses wunderbare Geschöpf, seine Frau, empfand, war grenzenlos, denn er hatte befürchtet, daß die Erfahrung mit Gerard Massaguer einen irreparablen Schaden hinterlassen hatte. Jetzt dankte er der Jungfrau Maria für die Lust, zu der seine Frau fähig war.

Er dachte an all die Frauen, denen er Lust verschafft hatte, und war dankbar dafür, daß er nichts von seinen Fähigkeiten verlernt hatte. Er gab sich Mühe, ihre Lust so lange wie möglich währen zu lassen, denn er wollte, daß sie dieses eine Mal ihr ganzes Leben lang nicht vergaß.

Schließlich glaubte er, daß sie bereit war, ihn zu empfangen.

»Heute wird es anders sein«, flüsterte er. Ganz behutsam schob er ihre Beine weiter auseinander und legte sie um seine Hüften, dann drang er vorsichtig in die feuchtwarme Grotte ein. Ihr Atem ging flach und stoßweise, ihr Mund stand offen, ihre geschlossenen Augenlider zitterten. Ganz langsam senkte er sich auf sie hinab.

Sie war sich bewußt, daß etwas Wunderbares mit ihr geschah. Als er tief in sie eindrang, wurde ihr ganzer Unterleib von einer köstlichen Wärme erfüllt.

Noch bevor er sich in ihr bewegen konnte, stieß sie einen lauten Schrei aus und ihr ganzer Körper zuckte und zitterte. Ihre Augen standen jetzt weit offen, obwohl er nicht zu sagen vermochte, ob sie ihn auch tatsächlich sah. Großer Schmerz und große Lust äußern sich auf ganz ähnliche Weise. Ähnlich die hilflosen Wesen, die, äußerstem Schmerz oder höchster Lust ausgeliefert, gleich Schmetterlingen im Netz zappeln. Er spürte, wie sich ihre Nägel in seine Schultern gruben, spürte, wie ihr Geschlecht pulsierte. Jetzt konnte er sich nicht mehr länger zurückhalten und ergoß sich in ihr in einem kaum endenwollenden Strahl.

Sie hielt ihn dicht an sich gepreßt und schluchzte herzzerreißend. Zärtlich und erschöpft umfing er sie mit seinen starken Armen.

Als sie aufgehört hatte zu weinen und mit verträumtem Blick in seinen Armen lag, küßte er sie auf den Mund. »Jetzt hast du keine Angst mehr vor mir, oder?«

Sie schüttelte den Kopf. »Ich weiß überhaupt nicht, was passiert ist.«

»Das, was bei der Liebe immer passieren sollte«, erklärte er lächelnd.

Verwundert sah sie ihn an, ihre Augen leuchteten in einem klaren Grün. »Immer?«

»Normalerweise immer.«

Sie bemerkte die Spuren, die ihre Nägel auf seiner braunen Haut hinterlassen hatten. »Ich muß ganz schön verdorben sein, wenn ich eine solche Lust verspüre.«

»Verdorben?«

»Für dich ist es nicht das erste Mal«, sagte sie mit traurigen Augen. »Du hast schon viele Frauen gehabt, stimmt's?«

»Das ist schon lange her«, antwortete er mit sanfter Stimme. »Du bist die erste Frau nach acht Jahren.«

Sie überlegte. Acht Jahre waren eine lange Zeit. »Hast du sie geliebt?« wollte sie wissen.

»Nein, natürlich nicht«, antwortete er lächelnd. »Du bist die einzige.«

»Ach Francesc«, flüsterte sie und zog ihn näher heran. »Ich hab' dich lieb, ganz bestimmt sogar.«

Ende März ließen die Winterstürme allmählich nach. Die Luft erwärmte sich, die Tage wurden merklich länger. Das Meer hatte das bedrohliche Grau verloren und lächelte den Himmel an. In ganz Spanien hielt der Frühling Einzug.

Eines Nachmittags stand Conchita in der Küche, als sich das Baby plötzlich mit ungewöhnlich kräftigen Stößen bemerkbar machte. Noch nie hatte es sich so heftig bewegt. Als sie die Hand auf ihren glatten Bauch legte, der sich wie eine riesige Kugel vorwölbte, spürte sie diese ungewohnte Bewegung des Kindes, das Leben, das sich regte.

Sie fuhr zusammen. Es sollte zwar erst in einem Monat zur Welt kommen, aber es fühlte sich an, als wolle es sich schon jetzt herausboxen.

Sie paßte in kein einziges Kleid mehr, und ihr schwerfälliger Watschelgang brachte sie kaum schneller vorwärts als Francesc sein Humpeln. Ganz gleich, ob sie stand, saß oder lag, in keiner Stellung fühlte sie sich mehr wohl. Manchmal, wenn sie des Nachts nicht schlafen konnte, setzte sie sich neben Francesc auf einen Stuhl und starrte schweigend und nachdenklich in die Dunkelheit hinaus.

So viel Liebe war bereits in ihr für das Kind, daß sie es kaum noch erwarten konnte, es in den Armen zu halten und seinen Mund an ihren Brüsten zu spüren, die bereits jetzt ein wenig Flüssigkeit absonderten.

Sie hörte, wie Francesc unter ihr in der Schmiede hämmerte. Bis jetzt war ihre Ehe unbeschreiblich glücklich, das emotionale Band, das zwischen ihnen entstanden war, war schöner als in ihren schönsten Träumen. Conchita wußte, daß für viele andere Frauen die Ehe nichts als Schinderei bedeutete, wenn nicht gar Schlimmeres. Anfänglich hatte sie sich ob der uneingeschränkten Freude, die sie bei der Liebe empfand, geschämt, doch in der Zwischenzeit hatte sie ihr Glück einfach mit der gleichen Dankbarkeit angenommen, mit der sie alles andere in ihrer Ehe ebenfalls annahm.

Francesc war ein ganz besonderer Mensch. Unter der rauhen

Schale verbarg sich ein Mann, der scheinbar über unerschöpfliche Vorräte an Freundlichkeit und Zärtlichkeit verfügte, eine Tatsache, die sie immer noch in Erstaunen versetzte. Obwohl seine Manieren zu wünschen übrig ließen, war er klug, wenn nicht sogar weise; er wußte über alles Bescheid, was in der Welt vor sich ging.

Er hatte ihr ein neues Leben geschenkt. Nur selten kam es ihr in den Sinn, daß er ihr ebensoviel verdankte wie sie ihm.

Sie ging zurück zu der Steinplatte, auf der sie Brotteig knetete. Seit sie Francescs Frau geworden war, hatte sich die Küche, ebenso wie der Rest des Hauses, gründlich verändert. Jetzt war sie weiß und blitzblank. Sie hatte die Wände verputzen und weißeln lassen, und auf ihre Bitte hin hatte Francesc ein neues Fenster eingesetzt, so daß mehr Licht hereinkam. Über dem kleinen Eichentisch, an dem sie ihre Mahlzeiten einnahmen, hing eine ganze Sammlung von schweren Eisentöpfen, die allesamt aus Francescs Werkstatt stammten.

Über dem Spültisch befand sich eine kleine Nische, in der eine kleine Madonnenfigur stand. Conchita liebte die *Purísima* und verehrte sie mit der ganzen Inbrunst einer werdenden Mutter.

Während sie den Teig knetete, blickte sie auf das weiße Gesicht und betete. Um eine leichte Geburt. Um ein gesundes Kind. Um Francescs Liebe. Das Gesicht schien zu lächeln, wie schon so oft.

Das Hämmern hatte aufgehört, statt dessen drangen Stimmen aus der Schmiede zu ihr herauf. Jetzt hörte sie draußen auf der Straße auch das Geräusch eines Automobilmotors. Zuerst glaubte sie, es hätten sich Kunden in der Schmiede eingefunden, aber die Stimmen wurden plötzlich lauter und klangen zornig.

Mit klopfendem Herzen und mehligen Händen raffte Conchita ihre weiten Röcke zusammen und eilte hinunter.

In der Schmiede wimmelte es von lauter Uniformen. Francesc war umgeben von vier Soldaten; in den Händen hielten sie ihre Gewehre, die Bajonette trugen sie an der Seite. Die ledernen Gürtel und messingverzierten Knöpfe glänzten im roten Schein des Feuers.

Mit dem erhobenen Hammer glich Francesc einem Stier vor dem Angriff.

»Francesc«, schrie Conchita voller Entsetzen. »Was ist hier los? Was wollen Sie von meinem Mann?«

»Wir nehmen ihn mit wegen versuchten Mordes«, erklärte der rotgesichtige Mann in barschem Ton.

»Mord!«

»Irgendein Anarchistenschwein hat letzte Nacht auf Paco Massaguer geschossen. Er ist im Gesicht getroffen worden und verliert vielleicht ein Auge. Nehmt ihm den Hammer ab!«

»Ich war es nicht«, knurrte Francesc. »Ich habe noch nie ein Gewehr besessen.«

»Laß den Hammer fallen!« schrie der rotgesichtige Mann.

Conchita zwängte sich zwischen den Soldaten durch bis zu Francesc. Sie nahm seinen Arm, dann drehte sie sich zu den Soldaten um; ihre grünen Augen glühten in ihrem blassen Gesicht. »Was wollen Sie mit ihm machen?«

»Wir wollen ihn bloß verhören. Lassen Sie ihn gehen, Señora.«

»Aber er kann gar nichts damit zu tun haben! Er war die ganze Nacht hier zu Hause!«

Einer der Soldaten lachte. »Glauben Sie etwa, Sie seien die erste Ehefrau, die uns diese Geschichte auftischt?«

»Aber warum sollte er so etwas Verrücktes tun? Warum sollte er Don Paco erschießen wollen?« schrie sie dem rotgesichtigen Mann entgegen, der anscheinend das Kommando hatte.

»Warum? Es ist doch ganz klar, *warum*«, schnauzte der Mann sie barsch an. »Seit sechs Wochen wird in der Massaguer-Mühle in Palafrugell gestreikt. Die Anarchisten versuchen, die Macht an sich zu reißen, wie immer. Ihr Mann ist einer der Hauptverdächtigen.«

»Ich war nicht einmal in der Nähe des verfluchten Ortes«, entgegnete Francesc zornig.

»Tatsächlich? Viele können bezeugen, daß Sie den Massaguers gedroht haben.«

»Das ist eine Lüge!«

»Sie haben dem jungen Don Gerard gedroht. Sie haben gesagt, Sie wollen ihn in einen Sarg werfen.«

»Nein«, erwiderte Francesc. »Ich habe ihm nur angeboten, ein gutes Schloß für den Sarg zu machen. Das ist etwas anderes.«

»Schafft ihn hinaus!«

Einer der Männer packte Conchita bei der Schulter und versuchte, sie mit Gewalt zur Seite zu ziehen. Als sie aufschrie, schwang Francesc seinen Hammer in Richtung des Mannes. Der Soldat machte einen Satz nach hinten.

»Wenn einer von euch sie noch einmal anrührt«, schleuderte Francesc ihnen entgegen, »dann schlag' ich ihn zu Brei!«

Die Hand des Rotgesichtigen fuhr an sein Gewehr. »Willst du etwa, daß wir dir ein paar Kugeln verpassen, vor den Augen deiner schwangeren Frau?«

Als Francesc langsam und vorsichtig den Hammer senkte, traten sofort zwei der *guardia* vor. Zuerst stießen sie Conchita beiseite, dann ergriffen sie die muskulösen Arme des Schmieds, drehten sie auf den Rücken und legten ihm Handschellen an. Die Metallringe waren kaum groß genug für seine kräftigen Handgelenke.

Conchita stand hilflos daneben, als sie ihren Mann abführten. Sie fing an zu weinen. »Wein nicht«, beruhigte er sie mit sanfter Stimme. »In spätestens zwei Stunden bin ich wieder da.«

Sie klammerte sich so fest an ihn, daß er beinahe gefallen wäre. »Aber was werden sie mit dir machen?«

»Ein paar Fragen, mehr nicht. Das ist nicht das erste Mal, daß man mich verhört. Mach dir keine Sorgen.«

»Aber was kann ich für dich tun?«

»Nichts.«

»Soll ich einen Anwalt besorgen?«

»Wenn er unschuldig ist, dann braucht er keinen Anwalt, Señora. Redondo und ich bringen ihn hinunter zur comisaria. Ihr beiden bleibt hier und durchsucht das Haus nach Waffen.«

Sie erlaubten nicht, daß Francesc seine Krücken mitnahm. Voller Verzweiflung und vor lauter Tränen fast blind sah Conchita, wie er zwischen den beiden Uniformierten zum Automobil vor dem Haus stolperte. »Ich werde sofort einen Anwalt besorgen«, rief sie ihm nach.

Er drehte sich mühsam um und rief ihr zu: »Sorg nur dafür, daß sie uns keine Beweise unterjubeln!«

Sie stießen ihn in das schwarze Auto, dann fuhren sie los. Die Straße lag verlassen da, aber sie sah die Gesichter der Nachbarn hinter den Fenstern. Sie rannte ins Haus zurück. Ihr Atem ging schwer, als ein wilder, stechender Schmerz in ihrem Bauch ihr fast die Besinnung raubte.

Nach Luft ringend, konnte sie sich nur noch auf den nächsten Stuhl fallen lassen. Der Schmerz breitete sich bis in ihr Herz und über den ganzen Rücken aus, und ihr einziger Gedanke war, *Purísima Virgen*, nicht jetzt!

Sie mußten Francesc, der ohne seine Krücken und mit den Händen auf dem Rücken gebunden völlig hilflos war, in die *comisaría* hineinschleifen. Dann trieben sie ihn eine steile Treppe hinunter in das Kellergewölbe des Gebäudes.

Die Zelle, in die sie ihn hineinstießen, war klein und ohne Mobiliar. Nur eine Glühbirne baumelte von der hohen Decke. Das grelle Licht beleuchtete das Gesicht des Mannes, der dort auf ihn wartete.

»Ich hab' dir doch gesagt, daß ich mich auf unsere nächste Begegnung freuen würde, Schmied.« Gerard Massaguer lächelte. »Und jetzt ist es soweit.«

Die Zellentür fiel krachend ins Schloß. Die Uniformierten hielten Francesc am Arm fest, um ihn am Umfallen zu hindern.

»Ich hatte nichts damit zu tun«, erklärte Francesc mit ruhiger Stimme. »Ich halte nichts vom Schießen.«

Gerard zündete sich eine Zigarre an, dann paffte er langsam und genüßlich. »So, du hältst nichts davon?« sagte er durch die Rauchwolken hindurch. »Euch Anarchisten ist doch jedes Mittel recht. Bomben, Gewehre, Messer, wie's gerade kommt.« Wieder lächelte er. »Wie geht's übrigens deiner kleinen Frau? Wie ich höre, kann es jederzeit so weit sein. Wirklich rücksichtslos von dir, ihr gerade jetzt so viel Kummer zu bereiten.«

»Ich habe nicht auf Ihren Vater geschossen.«

»Das werden wir feststellen.«

»Da gibt es nichts festzustellen.«

»Wir werden sehen. Aber ich muß zugeben, daß ich fast geneigt bin, dir zu glauben. Ich kann mir nicht vorstellen, daß du in der Nacht aus dem Hinterhalt auf einen wehrlosen Mann schießen würdest. Deine Vorgehensweise ist sehr viel direkter.«

»Wenn Sie das wissen, dann lassen Sie mich gehen.«

»Dich gehen lassen? Das Problem ist, Schmied, daß du ein aufsässiges und loses Mundwerk hast. Du weißt einfach nicht, wie du mit Höherstehenden zu reden hast. Wir müssen dir deshalb erst

Manieren beibringen.« Seine dunklen Augen ließen Francesc nicht los. »Die Lektion wird leider etwas schmerzhaft werden.«

»Dann würde ich an Ihrer Stelle keine Zeit verlieren«, stieß Francesc zwischen zusammengepreßten Zähnen vor.

»Da bin ich ganz deiner Meinung«, antwortete Gerard vergnügt. Wieder zog er an seiner Zigarre, dann nickte er. Im gleichen Augenblick sauste ein Knüppel auf Francescs Kopf nieder. Unter der Wucht des Schlags sackte Francesc nach vorn auf die Knie. Die Männer, die ihn umringten, zerrten ihn jedoch sofort wieder hoch, denn dies war erst der erste Schlag gewesen.

Völlig teilnahmslos durchsuchten die beiden Soldaten Francescs Schmiede; sie fanden nichts und schufen lediglich ein heilloses Durcheinander.

»Hier gibt's nichts zu finden«, keuchte Conchita. »Wir besitzen keine Waffen.«

»Wir befolgen nur unsere Anweisungen«, brummte einer der beiden. »Wir müssen hier alles durchsuchen. Jetzt gehen wir nach oben.«

In dem Moment durchzuckte sie wieder der höllische, messerscharfe Schmerz. Ihre Hand fuhr schützend vor ihren Bauch, aus ihrem Mund drang ein gellender Schrei.

»*Ay, caramba*«, rief der andere Soldat voller Bestürzung. »Es kommt doch nicht jetzt, oder?«

»Ich – ich weiß nicht«, japste sie. Schweißperlen standen ihr auf Gesicht und Hals. »Ahhh! *Ahhh!*«

Die beiden Männer sahen einander an, dann wanderten ihre Blicke zu der Frau, die sich vor Schmerzen krümmte und die Hände vor den Bauch hielt.

»Los komm«, sagte der ältere der beiden mit leiser Stimme. »Laß uns hier abhauen, bevor die Kleine da ihr Kind kriegt.«

»Aber was ist mit der Durchsuchung?«

»Was soll schon sein? Los komm!«

»Aber der Leutnant hat gesagt…«

»Hier finden wir nichts«, gab der andere zurück. »Komm schon!«

Sie rannten an Conchita vorbei, dann flog die Tür hinter ihnen zu.

Sie versuchte, über den Schmerz, der in ihrem Innern tobte,

Herr zu werden. Doch da war er wieder und schnürte ihr die Kehle zu. Am liebsten hätte sie sich auf den Boden gelegt, sich zusammengerollt, doch sie wußte, daß sie mit aller Kraft dagegen ankämpfen mußte. *Noch nicht! Noch nicht!*

Sie versuchte, gleichmäßig zu atmen, versuchte, ruhig zu werden. Trotz der unbeschreiblichen Schwere, die sie empfand, zwang sie sich aufzustehen.

So schnell sie konnte, lief sie zum Haus ihres Vaters. Sie wußte, daß er um diese Zeit immer im Laden war. Das kleine Glöckchen bimmelte, als sie die Tür aufstieß.

»Mein Schatz!« Das pausbackige Gesicht ihres Vaters verzog sich, als er sie ansah. »Was ist passiert, mein Kind?«

»Francesc«, sagte sie zitternd. »Die *guardia civil* war da und hat ihn abgeführt.«

Mit ausgestreckten Armen eilte er auf sie zu. »Gütiger Gott, weswegen denn?«

»Sie haben gesagt, er hätte gestern nacht auf Paco Massaguer geschossen.«

»Großer Gott! Was für ein Narr!«

»Aber Francesc war die ganze Zeit zu Hause!«

Mit eindringlichem Blick sah er sie an. »Bist du sicher?«

»Aber ja. Natürlich bin ich sicher, Papa. Du weißt, daß Francesc so etwas niemals tun würde.«

Der Ladenbesitzer stieß einen leisen Fluch aus. »Er hat schon Schlimmeres getan. Versuchst du, ihn zu decken?«

»Um Himmels willen, natürlich nicht!«

»Eine Katastrophe! Und du in deinem Zustand! O mein Gott, warum habe ich dich bloß diesem Verrückten gegeben?«

»Wir brauchen einen Anwalt«, flehte sie.

»Zum Teufel mit den Anwälten«, lautete seine Antwort. »Das wäre die reinste Geldverschwendung. Warum hab' ich bloß zugelassen, daß du diesen Verbrecher von einem Anarchisten heiratest?«

»Papa, *bitte*!«

»Laß mich in Ruhe nachdenken, Kind.«

»Papa, dafür ist keine Zeit«, rief sie, während ihr die Tränen wieder in die Augen schossen, »laß uns nach Palafrugell gehen und einen Anwalt suchen.«

Hinter ihnen bimmelte wieder das Türglöckchen. Herein kam Arnau, der kleine runzlige Zimmermann.

»Don Josep«, rief ihm Conchita voller Verzweiflung entgegen, »sie haben gerade Francesc verhaftet.«

»Ich weiß«, erwiderte Arnau freundlich.

»Sie sagen, er hätte letzte Nacht auf Paco Massaguer geschossen. Ich habe ihnen gesagt, daß er die ganze Nacht zu Hause war, aber sie haben bloß gelacht.«

»Und sonst hat niemand Francesc gesehen?«

»Nein«, antwortete sie wehmütig. »Er hat bis spät gearbeitet, danach haben wir gegessen, und dann sind wir zu Bett gegangen, wie sonst auch.«

»Haben sie gesagt, wann auf Massaguer geschossen wurde?« erkundigte sich der Zimmermann.

»Sie sagten, so um zehn.«

»Sehr gut«, sagte er und nickte. »Mein Pferd ist angespannt. Sie müssen mitkommen.«

»Wohin?«

»Zur *comisaría* in Palafrugell. Ich werde schwören, daß ich den gestrigen Abend mit Francesc verbracht habe.«

Ungläubig starrte sie ihn an. Marcel Barrantes schnaubte. »Aber das ist ja Meineid, Arnau.«

»Und wenn schon, ich schwöre. Wir Handwerker müssen zusammenhalten.«

»Dann sind Sie nicht besser als er.«

Aus Conchitas Gesicht war alle Farbe gewichen. »Aber – aber wird man Ihnen glauben?«

»Mich kennen alle«, antwortete der Zimmermann achselzuckend. »Und alle wissen, daß ich ein ehrlicher Mann bin. Sie können ihn nicht festhalten, wenn er ein stichhaltiges Alibi hat.«

Sie spürte einen dicken Kloß im Hals. Sie griff nach der Hand des Zimmermanns und führte sie an den Mund. Mit verlegener Miene entzog ihr Arnau die Hand und klopfte ihr auf die Schulter. »Das ist unnötig. Wir machen uns besser auf den Weg.«

»Das ist der helle Wahnsinn«, rief ihnen der Ladenbesitzer völlig aufgelöst nach. »Laß dich nicht auf so etwas ein, Conchita!«

Aber die beiden waren bereits an der Tür. Das kleine Glöckchen bimmelte wieder, bevor die Tür ins Schloß fiel.

Erst am späten Nachmittag traten Conchita und Josep Arnau durch das Tor des Gebäudes der *guardia civil* in Palafrugell, das an ein riesiges steinernes Maul erinnerte.

»Sie sagen am besten gar nichts«, schärfte er ihr ein. »Lassen Sie mich reden. Verstanden?«

Sie nickte. Arnau wußte nichts von den furchtbaren Schmerzen, die sie auf der holprigen Fahrt hierher ausgestanden hatte. Ihr ganzer Körper schien nur noch aus Schmerz zu bestehen. Die eine Hand lag schützend auf ihrem hervorstehenden Bauch, die andere an ihrem Hals.

Die *comisaría* schien aus einem riesigen Durcheinander von Uniformen, Flaggen und schmuddeligen Zimmern zu bestehen. Mit stiller Entschlossenheit bahnte sich der kleine Zimmermann, mit Conchita im Schlepptau, seinen Weg zuerst durch die vorderen Büros, wohlwissend, wie sich manche Hindernisse vermeiden oder umgehen ließen, bis sie schließlich an einen *teniente* gerieten, der anscheinend eine gewisse Vollmacht hatte.

»Was geht hier vor?« herrschte der *teniente* den jungen Wachbeamten an, der die beiden hereinführte. Als erstes sprang sein großer Schnurrbart ins Auge, dann sein Haar, das von der niedrigen, faltigen Stirn glatt nach hinten gekämmt war. Seine kalten dunklen Augen wanderten von Arnau zu Conchita. »Wer sind diese Leute?«

»Ich bin Josep Arnau, Euer Ehren«, sagte der Zimmermann ehrerbietig.

Der andere warf ihm einen durchdringenden Blick zu. »Sie kommen mir bekannt vor. Schon mal hiergewesen?«

»Ich bin der Zimmermann von San Lluc«, erklärte Arnau. »Diese Frau ist Francesc Eduards Ehefrau.«

Der *teniente* schnaubte. »*Diesen* Namen kennen wir zur Genüge. Weshalb sind Sie hier?«

»Francesc Eduard, Euer Ehren, wird wegen eines angeblich begangenen Verbrechens verhört, das…«

»Angeblich ist hier gar nichts«, fuhr ihn der Beamte an. »In der vergangenen Nacht wurde in der Nähe von San Lluc ein Schuß auf Señor Massaguer abgefeuert, der ihn beinahe das Leben gekostet hätte. Das sieht alles ganz nach Anarchisten aus. Da muß man nicht weit gehen, um die Schuldigen zu finden, Arnau.«

»Aber, Euer Ehren, Eduard kann es nicht gewesen sein, denn ich war den ganzen Abend bei ihm. Von sechs Uhr bis ungefähr Mitternacht.«

»Sie lügen!«

»Ich sage die Wahrheit.«

Schweigend, den Hut in beiden Händen, stand der Zimmermann vor ihm. »Was geht hier vor?« zischte der Beamte schließlich. »Soll das etwa ein Versuch sein, die gerechte Strafe zu verhindern?«

»Ganz und gar nicht, Euer Ehren«, erwiderte Arnau bescheiden. »Ich habe nur gedacht, daß diese Information nützlich sein könnte.«

»Diese Information? Dieses Lügenmärchen, wollen Sie wohl sagen. Der Mann ist ein tollwütiger Anarchist.«

»Aber als der Schuß abgegeben wurde, hat er in seiner eigenen Schmiede gewütet. Ich bin bereit, das vor einem Richter zu beschwören, Euer Ehren.« Arnau warf einen Blick zu Conchita, die leichenblaß neben ihm stand. Er räusperte sich. »Die Frau macht sich große Sorgen um ihren Mann. Euer Ehren wird bereits bemerkt haben, in welchem Zustand sie sich befindet.«

Der *teniente* warf einen Blick auf Conchitas Bauch. »Das hätte selbst ein Blinder gesehen. Wie lange, sagten Sie, waren Sie mit dem Schmied zusammen?«

»Von sechs bis Viertel vor zwölf«, antwortete Arnau.

»Die ganze Zeit?«

»Die ganze Zeit. Wie ich schon sagte, habe ich nur den Wunsch, meine Aussage vor einem Richter zu beschwören.«

»Hören Sie auf mit dem Quatsch von einem Richter, Mann. Sie befinden sich hier nicht in einem Gerichtsgebäude.« Mit diesen Worten stand er auf, verließ den Raum und ließ die beiden allein vor seinem Schreibtisch zurück.

»Ich glaube, mir wird gleich schlecht«, keuchte Conchita. Der Zimmermann legte beruhigend den Arm um ihre Schulter.

»Bitte nicht«, riet er. »Warten Sie, bis wir draußen sind.«

Doch da war er wieder, der stechende Schmerz, gleich einem Messer, das sich in ihren Bauch bohrte. Sie stöhnte leise und umklammerte ihren Bauch.

»Und das darf auch nicht hier passieren«, flüsterte er, während er seine ledrige Hand auf die ihre legte. »Ein guter Anarchist kann doch nicht in einer *comisaría* der *guardia civil* zur Welt kommen.«

Sie gab ein kleines glucksendes Lachen von sich. »Ich schwöre Ihnen«, flüsterte sie schluchzend, »daß mein Kind kein Anarchist werden wird.«

Sie warteten fast eine Viertelstunde lang. Conchita kam es vor wie eine halbe Ewigkeit. Obwohl sie die Schmerzen kaum aushalten konnte, war sie beruhigt, daß sie wenigstens nicht in gleichmäßigen Abständen erfolgten, was, wie sie wußte, ein untrügliches Zeichen für die bevorstehende Geburt gewesen wäre. Endlich kam der *teniente* zurück. In schroffem Ton sagte er zu Arnau: »Sie müssen eine Aussage machen, Arnau. Einen Richter brauchen wir nicht.«

»Ich bin bereit, Euer Ehren. Und… Eduard?«

»Eduard wird immer noch verhört.«

»Aber wann werden Sie ihn freilassen?« rief Conchita verzweifelt.

»Wenn das Verhör zu Ende ist.« Der Beamte schob ein Blatt Papier über den Tisch. »Füllen Sie das aus. Ihre Aussage schreiben Sie dann auf die Rückseite.«

»Können wir auf ihn warten?« fragte sie.

Er warf ihr einen kalten Blick zu. »Nicht hier. Sie können draußen auf dem Platz warten.«

Arnau tauchte die Feder in das Tintenfaß, dann begann er mit leicht vorgeschobener Zunge zu schreiben.

Draußen auf der *plaza mayor* ließen sie sich auf einer harten Steinbank nieder. Die alten Männer, die den Platz bevölkerten, starrten zu ihnen herüber und tuschelten, bevor sie nacheinander alle den Platz verließen.

Als die Glocken von San Martin neun Uhr schlugen, flogen die Tore der *comisaría* auf. Gerard Massaguer trat in Begleitung von zwei anderen Männern heraus. Conchita sah, wie er in ein Auto stieg und wegfuhr. Wieso war er hier gewesen?

Erst als es bereits dunkel war, öffnete sich das Tor der *comisaría* erneut. Conchita stieß einen Schrei aus, als sie den schwankenden Francesc erkannte.

»Dem Himmel sei Dank«, murmelte Arnau, als sie auf ihn zurannten.

Sie stöhnte laut auf, als sie näher kamen. Sein Gesicht war so verschwollen, daß er kaum noch aus den Augen sehen konnte. Die Unterlippe war geplatzt, die Nase aufgerissen, das rechte Ohr blutverkrustet.

»O Francesc«, rief sie weinend, »was haben sie mit dir gemacht!«

»Nur – gestreichelt«, antwortete er. Er bemühte sich zu sprechen, ohne den Mund zu bewegen.

»Ein schönes neues Gesicht haben sie dir verpaßt«, brummte Arnau, während er Francescs Arm um seinen Hals legte. »Sollen wir dich zum Doktor bringen?«

»Nein. Ich will – will – nur nach Hause.« Mit viel Mühe schafften sie es schließlich, ihn auf den Karren zu heben. Conchita hatte kaum weniger Mühe aufzusteigen. Dann gab Arnau dem Pferd die Zügel, und es setzte sich in Bewegung; der lange Weg hinauf nach San Lluc lag vor ihnen. »Wie geht's dem Baby?«

Sie wischte sich die Tränen ab. Ihre Stimme zitterte, als sie antwortete. »Heute nachmittag hat er ganz wild gestrampelt.«

Francesc wandte ihr sein verschwollenes Gesicht zu. Sie sah, wie er sich bemühte, die blutunterlaufenen Augen zu öffnen, um sie anzusehen. »*Er*«, sagte er. »Immer *er*. Und wenn es nun eine Sie wird?«

»Um so besser. Mädchen sind viel zärtlicher.«

Er drückte ihre Hand ganz fest.

Als sie später nebeneinander im Bett lagen, sagte sie ganz leise: »Francesc, das kann ich nicht noch einmal ertragen. Und ich will auch nicht, daß unsere Kinder das ertragen müssen.«

Ohne zu antworten, streichelte er ihr Gesicht.

»Ich möchte, daß du mir etwas versprichst«, fuhr sie fort. »Versprich mir, daß du dich in Zukunft von der Politik fernhältst. Für mich. Und für unsere Kinder. Aber vor allen Dingen für dich selbst.«

Am frühen Morgen des 14. April 1918 setzten bei Conchita die Wehen ein. Es war ein Sonntag. Um acht Uhr wurde die Hebamme gerufen.

Kurz vor Mittag kam das Kind im Schlafzimmer über der

Schmiede zur Welt. Sobald das Kind gewaschen war, legte es die Hebamme Conchita auf den Bauch, und schon kurz danach hatte das Kind die Brust der Mutter gefunden. Francesc saß neben dem Bett. Sein Gesicht heilte nur langsam, aber er konnte bereits ohne Schmerzen lächeln.

Das Kind war ein Mädchen. Marcel Barrantes ließ es sich nicht nehmen, die Geburt seines ersten Enkelkindes selbst amtlich registrieren zu lassen. Francesc und Conchita hatten entschieden, das Mädchen nach Francescs Mutter zu nennen.

Sie gaben ihm den Namen Mercedes. Mercedes Eduard.

2. DER UNTERHÄNDLER

TUCSON, ARIZONA, VEREINIGTE STAATEN VON AMERIKA – JULI 1973

Er kommt mit einem Tablett die Treppe herunter. In dem geräumigen, aufgeräumten Keller ist es kühl.

In einer Ecke hat er mit Ziegelsteinen eine Zelle hochgezogen. Er hat sauber gearbeitet. Der Anbau fällt kaum auf und stört das Gesamtbild des Kellers nur wenig.

Die Wände der Zelle reichen bis zur Decke; er hat sie so hochgezogen, daß zwischen den Wänden gerade genügend Platz bleibt für das Bett des Mädchens und eine Toilettenschüssel, in der sie ihre Notdurft verrichten kann. Den Eingang zur Zelle bildet eine Stahltür, auch der Türrahmen ist aus Stahl.

Natürlich hat die Zelle keine Fenster nach draußen, doch er hat daran gedacht, zwei Gitter einzusetzen, durch die kühle Luft aus dem Keller hineingelangen kann.

Er betrachtet die Zelle aus Ziegelsteinen, die er gebaut hat.

Was ist mit ihr los?

Er hält es für eine Art Fieber.

Was soll er machen, wenn sie da drin stirbt oder sogar schon tot ist? Er zwingt sich, ruhig zu bleiben.

Er lauscht endlos lange. Kein Laut dringt an sein Ohr. Er setzt sich die Kapuze auf und öffnet die Tür.

Ihre grünen Augen begegnen seinem dunklen Blick mit unerwarteter Klarheit und Direktheit. Mit bis zum Kinn hochgezogenen Knien lehnt sie an der Wand. Ihr Gesicht ist ausgemergelt und grau. Das Zittern ist noch schlimmer geworden. Ihre Zähne klappern laut hörbar aufeinander. Sie sieht furchtbar krank aus. Ihr Zustand scheint sich verschlechtert zu haben. Aber sie ist bei Bewußtsein.

»Warum tun Sie das?« fragt sie ihn mit leiser Stimme. »Haben Sie die Absicht, mich hier sterben zu lassen?«

Er wirft einen Blick auf die Tabletts. Sie hat immer noch nichts gegessen, aber sie hat das ganze Wasser getrunken, denn der Wasserkrug ist leer.

»Soll das eine Entführung sein? Wollen Sie von meinem Vater ein Lösegeld verlangen?«

Er sieht, daß ihre Bein- und Gesichtsmuskeln sich verkrampfen. Sie zucken, als wären sie durch unsichtbare Drähte an elektrischen Strom angeschlossen.

»Haben Sie ihm das Foto geschickt, das Sie gemacht haben?«

Er sieht sie einfach nur an.

»Sie dürfen auf keinen Fall zuviel verlangen. Nicht weil er es nicht hätte – er hat Geld –, aber er wird nicht bezahlen. Er würde mich lieber sterben lassen. Es wäre reine Verschwendung.«

Jetzt riecht er es auch. Nicht nur der Geruch von Erbrochenem hängt in der Zelle, sondern ein seltsamer Schweißgeruch, ein ihm unbekannter, penetranter Geruch. Ein ungesunder Geruch.

»Was ist los mit Ihnen?« fragt er. »Sind Sie krank?«

»Nein«, antwortet sie.

»Warum zittern Sie dann so? Was ist los mit Ihnen?«

»Nichts ist los mit mir!« Doch jetzt fängt das eine Augenlid auch an zu zucken, und er sieht, wie sie mit ihren Händen ihre Beine so fest umklammert, daß die Knöchel weiß hervortreten.

»Warum schreien Sie andauernd?«

Sie gibt keine Antwort.

»Wenn Sie krank sind, dann besorg' ich Ihnen Arznei.«

Sie starrt ihn an, ihr Mund zittert. »Schmerzmittel. Codein.«

»Also sind Sie doch krank«, sagt er zornig. »Warum lügen Sie mich an? Was ist los mit Ihnen?«

»Ich habe Angst!« schreit sie ihm entgegen. »Ich habe Angst! Angst! Das ist los mit mir!«

»Trotzdem sollten Sie nicht so zittern«, sagt er jetzt etwas ruhiger. Er weiß, daß irgendwas mit ihr nicht stimmt, aber er weiß auch, daß es keinen Sinn hat, darüber zu streiten. »Ich werde Ihnen Aspirin mitbringen«, erklärt er schließlich.

»Nein, Codein.«

»Ich verstehe.« Er nimmt das Tablett und geht zur Tür.

»Bitte…«

Er dreht sich um.

»Papier. Klopapier. Bitte.«

Er nickt und verläßt die Zelle. Die Stahltür fällt mit lautem Getöse hinter ihm zu. Sie hört, wie er den Schlüssel im Schloß umdreht.

Kein Laut dringt in die Zelle. Sie läßt den Kopf sinken und fängt an zu weinen.

COSTA BRAVA, SPANIEN

»Ich möchte, daß Sie begreifen, daß es bei dieser Sache vor allem um Geld geht«, erklärte Joaquin de Córdoba. »Es geht um nichts anderes, nur um Geld. Geld, Geld und nochmals Geld.«

Vorsichtig setzte er die Tasse auf der Untertasse ab. Beides war zartes Meissner Porzellan und gehörte zu einem Service, das mit Sicherheit Zehntausende wert war.

Das Zimmer, in dem sie sich gegenübersaßen, war ganz in Gelb gehalten, und das hereinströmende abendliche Sonnenlicht gab jedem Gegenstand eine andere Schattierung. Die bequemen Polsterstühle und Sofas waren mit gestreiftem Brokatstoff überzogen, an den Fenstern hingen schwere safranfarbene Seidenvorhänge, und zu ihren Füßen lag ein handgeknüpfter Wollkaschan mit herrlichem Blumenmuster in Zinnoberrot und Türkis auf ockerfarbenem Grund.

De Córdobas Beruf brachte es mit sich, daß er die Häuser vieler reicher Leute kannte. Im Laufe der Zeit hatte er gelernt, der Art und Weise, wie Menschen ihren Reichtum zur Schau stellten, eine gewisse Bedeutung beizumessen. Sein erstes Urteil hier lautete, wie schon so oft: zu auffällig.

Das einzige, was dieses Haus von allen anderen unterschied, war, daß es Lebendigkeit und Lebensfreude ausstrahlte.

Er betrachtete die beiden Frauen.

Mercedes Eduard schätzte er auf ungefähr fünfundfünfzig, obwohl ihr Körper ausgesprochen jung wirkte. Maya Duran, die jetzt neben ihr saß, war höchstens dreißig. De Córdoba wäre jede Wette eingegangen, daß sie früher Fotomodell gewesen war. Die

Bewunderung, die sie für Mercedes Eduard hegte, eine Bewunderung, die seiner Meinung nach an Verehrung grenzte, war offensichtlich.

»Entführung ist ein Geschäft. Die Verkäufer besitzen ein Produkt, das sie zum höchstmöglichen Preis verkaufen wollen. Die Käufer, in diesem Falle Sie, verfügen über das Kapital, das ebenfalls bestmöglich genutzt werden muß. Die Verkäufer gehen davon aus, daß sie zumindest zum üblichen Marktpreis…«

»Und wie hoch ist der übliche Marktpreis?« fiel Mercedes Eduard ihm ins Wort.

Joaquin de Córdoba schlug die Beine übereinander. Mit seinen dreiundsechzig Jahren und seinem silbergrauen Haar war er immer noch ein gutaussehender Mann. Er saß aufrecht auf seinem Stuhl und sprach mit dem melodischen Akzent, der seine argentinische Herkunft verriet.

»In den letzten Fällen, bei denen meine Mitwirkung erforderlich war, wurden zwischen einer viertel und einer halben Million amerikanischer Dollar bezahlt.«

Sie starrte ihn aus dunklen Augen an. »Ich kann viel mehr als das bezahlen.«

Er nickte. »Aber das wissen die Entführer nicht. Das Wichtigste ist, das Sie unter keinen Umständen, ganz gleich, was passiert, Ihre Verhandlungsposition aus dem Auge verlieren.«

»Es wird nicht nötig sein zu verhandeln«, erklärte Mercedes. »Ich werde die geforderte Summe bezahlen. Innerhalb meiner Möglichkeiten natürlich.«

»Aber die werden kaum mit einem Preis an Sie herantreten, der innerhalb Ihrer Möglichkeiten liegt. Sie werden einen Preis verlangen, den Sie ihrer Meinung nach nicht bezahlen können. Sie erwarten, daß Sie handeln, und zwar solange, bis sie sicher sind, daß Sie Ihre finanziellen Möglichkeiten ausgeschöpft haben.«

»Wollen Sie damit sagen, daß ich um das Leben meiner Tochter feilschen soll?«

»Das will ich damit keineswegs sagen«, erwiderte er mit sanfter Stimme, »aber wir müssen die Sache klug angehen. Die anderen werden sicher jede nur mögliche Taktik anwenden, um den Preis in die Höhe zu treiben. Sie werden Fristen und Termine setzen. Sie werden Ihnen mitteilen, daß sie krank ist. Sie werden höchstwahrscheinlich damit drohen, sie zu mißhandeln oder zu vergewaltigen. Und sollten wir nur einen falschen Schritt machen, dann könnte es sein, daß sie ihre Drohungen sogar wahrmachen. Das ist alles schon vorgekommen, wenn auch äußerst selten.«

Die jüngere Frau war bei seinen Worten blaß geworden. Ihre Augen wirkten riesengroß in ihrem schönen Gesicht. Mercedes dagegen gab sich vollkommen beherrscht und ließ sich zu keiner Gefühlsäußerung hinreißen.

»Wenn Sie mir den Ausdruck gestatten«, sagte er, »dann möchte ich behaupten, daß man vorhat, Sie bis zum letzten Tropfen zu melken. Wenn wir dafür sorgen, daß die anderen das Gefühl haben, daß sie auch den letzten Tropfen bekommen, verringert sich das Risiko, daß man Ihrer Tochter Gewalt antut. Darf ich fragen, ob Sie die Polizei verständigt haben.«

»Noch nicht.«

»Weder hier noch in Kalifornien?«

»Nein.«

De Córdoba nickte. »Gut.« Er stellte Tasse und Untertasse auf den Tisch und erhob sich. Die Blicke der Frauen folgten ihm. Er lächelte ein wenig verlegen. »Bitte verzeihen Sie. Ich muß mir die Beine vertreten.«

»Möchten Sie sich ein Weilchen ausruhen?«

»Vielleicht etwas später. Ich möchte Ihnen zuerst erklären, was ich für Sie tun kann und was ich nicht für Sie tun kann, damit es später keine Mißverständnisse gibt. Zuerst müssen Sie wissen, daß ich ausschließlich als Berater tätig bin. Ich unternehme nichts, um Geiseln aufzuspüren oder zu finden, und ich tue nichts, was gegen das Gesetz verstößt. Ich biete Ihnen lediglich meine Erfahrung und mein Verhandlungsgeschick an. Ich werde direkt mit den Entführern verhandeln, sei es am Telefon oder auf andere Art. Ich verfüge über ziemlich viel Erfahrung im Umgang mit solchen Menschen. Mein oberstes Ziel ist es, Ihre Tochter unversehrt zurückzubringen.«

Er zeigte auf einen schmalen schwarzen Aktenkoffer, den er auf dem Couchtisch abgelegt hatte. »In dem Koffer befinden sich mehrere Empfehlungsschreiben sowie Zahlenmaterial. Ich bin gerne bereit, es Ihnen zu überlassen, damit Sie sich ein Bild machen können. Insgesamt war ich in zweiundfünzig Fällen von

Entführung in Südamerika, Europa und den Vereinigten Staaten tätig; neunundvierzig Fälle konnten zu einem positiven Abschluß gebracht werden.«

Er ging zu seinem Stuhl zurück. Maya Duran hatte sich inzwischen wieder gefangen. Er war sich der fast magischen Wirkung seiner ruhigen, gebieterischen Stimme sehr wohl bewußt. Die ältere Frau schien jedoch auch davon unbeeindruckt zu sein.

Er ließ sich wieder auf dem Stuhl nieder und nahm seine ursprüngliche aufrechte, soldatische Haltung ein. »Mein Honorar«, fuhr er fort, »beträgt eintausend amerikanische Dollar wöchentlich. Dazu kommen Spesen und Reisekosten. Eine Garantie ist damit natürlich nicht verbunden. Sie bezahlen mich lediglich für meine Beratertätigkeit, und zwar so lange, wie Sie meine Dienste in Anspruch nehmen, sofern ich nicht vorher beschließe, den Fall nicht weiterzuverfolgen. Kein Vertrag. Keine Bedingungen.«

Mercedes sah ihn mit kaltem Blick an. »Entführungen sind ein ganz einträgliches Geschäft, wie mir scheint, Colonel de Córdoba.«

Er neigte den Kopf zur Seite. »Es ist ein seltsamer Beruf, da bin ich ganz Ihrer Meinung.«

»Und warum sollte ich Ihre Dienste in Anspruch nehmen?«

»Weil Sie zum erstenmal in dieser Situation sind«, antwortete er freundlich. »Und weil ich viel Erfahrung in solchen Dingen habe und weil diese Erfahrung die einzige Hoffnung für die Freilassung Ihrer Tochter ist.«

Mercedes stand auf. »Sie müssen müde sein. Maya wird Ihnen Ihr Zimmer zeigen. Wir speisen um halb neun. Sie sind jedoch herzlich eingeladen, eine Stunde vorher einen Cocktail mit uns einzunehmen.«

»Ich freue mich darauf.«

Alle drei erhoben sich. Als Joaquin de Córdoba auf Mercedes' Gesicht hinabsah, wußte er, daß sich unter der kühlen, glatten Maske eine Frau verbarg, die Höllenqualen durchlitt. »Ich versichere Ihnen«, sagte er leise, »daß Ihre Tochter, wenn wir uns klug verhalten und mit der nötigen Geduld vorgehen, schon bald wieder bei Ihnen sein wird.«

Mercedes nickte. »Ich hoffe, Sie haben recht.«

Mit galanter Verbeugung neigte er sich über ihre Hand, dann führte ihn Maya hinaus.

Sein Zimmer befand sich im oberen Stockwerk. Vom Balkon aus bot sich ein wunderbarer Ausblick auf die Berge. Er sah, daß seine Koffer bereits heraufgebracht worden waren.

»Ich hoffe, Sie fühlen sich wohl hier«, sagte Maya.

»Ich bin sicher, daß ich mich in einer so wunderschönen Umgebung wohl fühlen werde.«

»Wenn Sie etwas brauchen, wenden Sie sich bitte an mich oder an das Personal.«

»Ich danke Ihnen.« Er lächelte sie an. Maya war ganz dezent geschminkt, nur ein Hauch von Lidschatten und Lippenstift. Ihr glänzendes Haar umschmeichelte Gesicht und Hals. »Darf ich Sie fragen, wie lange Sie schon Señora Eduards Sekretärin sind?«

»Seit drei Jahren.«

»Sie steht vor einer sehr schwierigen Aufgabe«, sagte de Córdoba. »Sie wird Ihre Unterstützung brauchen. Wie alt ist übrigens Eden?«

»Sie wird in diesem Jahr einundzwanzig.«

»Und sie ist in Amerika geboren?«

»Ja. Mercedes ist nach dem Bürgerkrieg nach Kalifornien gegangen. In Los Angeles hat sie dann ihren Mann kennengelernt. Dort ist auch Eden zur Welt gekommen.«

»Ist ihr Mann wohlhabend?«

»Ja. Aber Mercedes ist selbst reich. Sie hat an der Börse spekuliert und damit sehr viel Geld verdient. Alles, was Sie hier sehen, Colonel de Córdoba, gehört ganz allein ihr. Eine ganz schöne Leistung.«

»Das kann man sagen«, stimmte er zu. Der Stolz und die Verehrung in der Stimme der jungen Frau waren nicht zu überhören. »Eine ganz außerordentliche Leistung.«

»Ich werde Sie jetzt alleine lassen, damit Sie in Ruhe auspacken können.« Er beugte sich über ihre Hand. Sie lächelte ihn an, dann ging sie hinaus und schloß leise die Tür hinter sich.

SANTA BARBARA, KALIFORNIEN

Dominic van Buren zog sich an, ohne das Mädchen zu wecken.

Er nahm sein Frühstück draußen auf der Terrasse ein, frisch gepreßter Orangensaft, Papayas und eine Mango. Die morgendlichen Sonnenstrahlen überfluteten den üppigen Garten. Alles war ruhig und friedlich.

Er dachte an den Telefonanruf von Mercedes. Sie behauptete, daß Eden entführt worden war. Mit ihrem kleinen Problem würde sie allerdings höchstens drei Tage lang durchhalten. Doch solange er nichts Genaues wußte, hielt er die ganze Geschichte für frei erfunden. Die ganze Sache trug eindeutig ihre Handschrift. Es konnte überhaupt nichts anderes sein als einer ihrer lausigen Tricks.

In den letzten sechs Monaten hatte er sie kaum zu Gesicht bekommen. Aber wer wollte mit diesem Mist auch zu tun haben? Einem Mädchen wie Eden konnte man keine elterliche Fürsorge angedeihen lassen.

An einen Stuhl gekettet? Das war doch höchstens ein krankhaftes Spiel. Höchstwahrscheinlich saß sie zusammen mit ihren Hippiefreunden in irgendeiner Bude, von der niemand etwas wußte, und lachte sich halbtot bei dem Gedanken, was sie mit dem Lösegeld alles anfangen konnte.

Zorn stieg in ihm hoch. Dieses Miststück! Er würde sie finden. Eden hatte schon viel zu lange keine Lektion mehr erhalten.

Er griff nach dem Schlüssel für seinen Porsche.

Die mittägliche Hitze und der mittägliche Verkehr machten den Freeway zur heißen Hölle.

Er bog in den Sepulveda Boulevard ein, fuhr dann zurück auf den Sunset und rechts ab zum Mandeville Canyon.

Hier war Beverly Hills noch das, was es einmal gewesen war. Keine Einwanderer spanischer oder asiatischer Herkunft, keine Wohnblocks, kein scheußlicher moderner Städtebau. Nur Berge und Bäume und Täler, ein wunderbares Fleckchen Kalifornien und, zu seiner Erleichterung, nur wohlhabende weiße Einwohner.

Er bog in die Chalon Road ein, die auf beiden Seiten von Eukalyptusbäumen und Koniferen gesäumt wurde.

Die breite Einfahrt des Anwesens Nummer 3301 wurde durch nichts angezeigt. Erst nach ungefähr dreißig Metern sah man das elektronische Schiebetor und den Drahtzaun hinter den Eukalyptusbäumen. Vor dem Tor hielt er den Wagen an und hupte, bis er sah, daß die Kamera von unsichtbarer Hand herumgeschwenkt wurde. Das Tor ging auf, und er konnte hineinfahren.

Das Anwesen wurde von allen »die Ranch« genannt, obwohl es sich lediglich um ein großes, schönes Haus und mehrere kleinere Häuser auf der anderen Seite des mit Kopfsteinpflaster belegten Hofes handelte. Hinter dem Haus erstreckte sich bis zur Grenze des Topanga State Parks das Grundstück, auf dem nichts weiter wuchs als Sträucher und Bäume. Die Stallungen waren sicherlich der landwirtschaftlichste Teil des Anwesens.

Das erste Haus auf der rechten Seite gehörte Miguel Fuentes. Wie er jetzt auf der Terrasse stand, nahm er sich seltsam aus vor dem weißen Hintergrund. Van Buren hielt an und kurbelte das Fenster herunter. Miguel bückte sich, um den Fahrer des Autos zu sehen.

»Hallo, Chef. Lang' nicht mehr gesehen.«

»Hallo, Miguel. Ich will zu Eden. Ist sie da?«

»Das glaub' ich nicht.«

»Tja, dann schau ich einfach mal nach.«

»Okay.«

»Hast du einen Schlüssel?«

Miguel nahm einen von dem großen Schlüsselbund in seiner Tasche und gab ihn van Buren, der mit einem Winken weiterfuhr.

Er sah, daß Edens roter Dodge mit dem Pferdeanhänger vor den Ställen stand. Van Buren parkte seinen Porsche direkt daneben und stieg aus. Das Haus zu seiner Linken stand leer; es wurde nur vom Personal benutzt, wenn Mercedes hier zu Besuch war. Der Garten sah ungepflegt und vernachlässigt aus. Edens Pferd Monaco streckte den Kopf aus seiner Box.

»Wie ich sehe, bist du noch immer da«, murmelte van Buren. Monacos Ohren bewegten sich kurz, dann wandte er sich wieder seinem Futter zu.

Van Buren ging auf das Haupthaus zu.

Als er an die Tür klopfte, blieb drinnen alles still. Er steckte den Schlüssel ins Schloß, öffnete und trat ein.

Irgendwann Anfang der fünfziger Jahre, kurz nachdem van Buren und Mercedes geheiratet hatten, aber vor Edens Geburt, hatte van

Buren geschäftlich nach Panama fliegen müssen. Er hatte Miguel Fuentes mitgenommen. Bevor sie zurückgeflogen waren, hatten sie beschlossen, ein paar Hummer zu kaufen.

Sie hatten schließlich einem Fischer, der am Straßenrand seinen Stand aufgestellt hatte, zehn Pfund Hummerschwänze abgekauft. Es war ein regnerischer Sonntagnachmittag gewesen. Gerade als sie wieder in ihr Auto eingestiegen waren, um weiterzufahren, kam ein leuchtend roter Buick angerast, der sie beinahe von der Straße gefegt hätte. Der Fahrer, ein ungefähr zwanzigjähriger Bursche, hatte wie wild auf die Hupe gedrückt und, während er sich mit dem Finger an die Schläfe tippte, allerlei Verwünschungen ausgestoßen.

Ohne ein Wort und mit ausdruckslosem Gesicht war Miguel ausgestiegen.

Der Junge hatte seine Tür von innen verriegelt.

Miguel hatte sich jedoch davon nicht zurückhalten lassen. Er hatte eine riesige Bolzenschere aus dem Kofferraum geholt, hatte in aller Seelenruhe das Seitenfenster des Buicks eingeschlagen, dann das Werkzeug durch die Öffnung gestreckt und dem darin zusammengekauerten Jungen mit einer gekonnten Bewegung den Mittelfinger abgeschnitten, den der Junge zuvor an den Kopf geführt hatte.

Van Buren, der das Geschehen voller Entsetzen beobachtet hatte, war beinahe ohnmächtig geworden.

Nach vollbrachter Tat hatte Miguel den gellend schreienden Jungen einfach sitzen lassen, die Bolzenschere in den Kofferraum zurückgelegt und sie beide mit den Hummerschwänzen zum Flughafen gefahren. Er hatte während der gesamten grauenhaften Episode nicht ein einziges Wort gesprochen.

Dominic sah voller Abscheu zu Miguel Fuentes hinüber. Früher hatte er sich vor diesem rohen, gewalttätigen Mann gefürchtet, doch das Alter zehrte auch an ihm. Dominic sah, daß er, wie alle älteren Menschen, anfing zu schrumpfen und zu welken. Plötzlich wurde ihm klar, daß Miguel nie etwas anderes gewesen war als ein rohes und unsauberes Werkzeug, dessen er und Mercedes sich bedient hatten, wenn es rohe und unsaubere Arbeiten zu erledigen gab.

Miguel war jetzt um die sechzig, und obwohl seine Arme und

Schultern immer noch kräftig und muskulös waren, sah man, daß die Haut bereits erschlaffte. Sein einst schwarzes Haar war jetzt gelblichgrau. Seine Augäpfel hatten die gleiche Farbe.

Irgend etwas war jedoch heute anders. Van Buren konnte sich nicht erinnern, Miguel schon jemals so aufgeräumt, ja fast schmuck gesehen zu haben. Seine Augen wichen van Burens Blick aus.

»Hast du eine neue Haushälterin?« erkundigte sich van Buren, während er seinen Blick durch das Zimmer schweifen ließ. Alles war aufgeräumt und blitzblank.

Miguel räusperte sich, spielte mit den Fingern. »Ja, ja. Das Mädchen kommt jeden Tag.«

»Wie heißt sie?«

»Yolanda, Chef.«

»Wo kommt sie her?«

»Aus Puerto Rico.«

»Aha.« Das Zimmer war voll von billigem Trödel. Von der hinteren Veranda hörte van Buren Tangoklänge aus einem Radio.

»Du hast der alten Haushälterin gekündigt?«

»Na klar.«

»Der Garten ist ziemlich verwahrlost. Hast du dem Gärtner auch gekündigt?«

»Er war faul, Chef. Hat bei der Arbeit geschlafen, außerdem hat er in den Ställen Gras geraucht und...«

»Miguel, wo ist Eden?«

»Keine Ahnung, Chef.«

»Ihr Bett ist nicht gemacht. Die Kleider liegen auf dem Boden. Überall steht Essen rum, das schon stinkt. Das Radio läuft, aber niemand ist da.«

»Für Eden aber normal.«

»Ihr Auto steht vor den Ställen.«

»Ja.«

»Und das Pferd ist noch da.«

»Ja.«

»Mercedes hat mich heute morgen angerufen, sie macht sich Sorgen um Eden. Sie glaubt, daß ihr vielleicht etwas zugestoßen ist.«

»Zugestoßen?«

»Ja. Trotz deiner unermüdlichen Wachsamkeit. Wann hast du Eden zum letzten Mal gesehen?«

»Tja – tja, das war – letzten Dienstag.«

»Das ist eine Woche her. Willst du damit sagen, daß Eden seit einer Woche weg ist?«

»Tja, nicht unbedingt. Sie könnte genauso gut erst weggegangen sein, bevor wir zurückgekommen sind.«

»Zurückgekommen von wo?«

»Tja, von Mexiko.«

»Du und wer noch?«

Miguels Mund öffnete sich wieder. Aber van Buren war schon auf dem Weg zur hinteren Terrasse. Eine dunkelhäutige junge Frau saß auf einem Handtuch in der Sonne und las in einem Comicheft. Bekleidet war sie lediglich mit einem Bikinihöschen. Ihre glänzenden Brüste drängten sich zusammen wie zwei fette braune Möpse, als sie ihre Hände jetzt schützend davorlegte. Ein lebenslustiges junges Ding von höchstens achtzehn oder neunzehn, dessen Körper bereits verblüht war. Sie lächelte ihn unsicher an.

»*Buenas tardes, señor.*«

Er drehte sich zu Miguel um, der hinter ihm herausgekommen war. »Ist das Yolanda?«

»Das ist sie.«

»Du hast es faustdick hinter den Ohren, mein Alter«, bemerkte van Buren mit einem Blick auf das Mädchen.

»Aber, Boß.«

»Ist schon gut, Miguel, ich bin beeindruckt. Ihr beide habt also eine kleine Reise nach Mexiko gemacht. Wann seid ihr weggefahren?«

»Dienstag.«

»Und wann seid ihr zurückgekommen?«

»Gestern, ich schwöre es. Ich hab' bei Eden reingeschaut, aber sie war nicht da. Aber ich hab' mir nichts dabei gedacht, weil...«

»Das heißt also, daß Eden in dieser Woche alles Mögliche hätte zustoßen können.«

»Hören Sie, Chef...«

»Eine ganze Horde von Gangstern hätte hier rumballern können, ohne daß du etwas davon merkst.«

»Vielleicht ist sie ja bei einem Springturnier?«

»Ohne Monaco?«

Miguel fuchtelte wild mit den Armen. »Wer weiß, vielleicht Demonstrationen oder Parties. Sie kommt schon zurück.«

Van Buren sah ihn eindringlich an. Dann sprach er ruhig und deutlich. »Hat Eden zusammen mit dir oder sonst jemanden einen Plan ausgeheckt, Miguel? Weißt du irgendwas?«

»Einen Plan? Was für einen Plan denn?«

»Einen Plan, um an das Geld von Mercedes ranzukommen?«

»Ich weiß überhaupt nicht, wovon Sie reden, Chef!«

»Hat sie derzeit einen Kerl? Einen Freund?«

Er sah, wie Miguel schluckte. »Ja, ja, den hat sie. Einen Typ namens Craig Williams.«

»Auch so ein Hippie?«

»Nein, ein ganz normaler. Wirklich gute Manieren.« Miguel nickte heftig, so als habe ihn dies ganz besonders beeindruckt.

»Ein kluger Bursche also, stimmt's. Von der Sorte, die Pläne ausheckt, um ganz schnell ganz reich zu werden? Wie Rusty Fagan?«

»Puh! Überhaupt nicht wie Rusty! Ein wirklich netter Bursche. Er war gestern da, hat Eden gesucht.«

»Er hat sie gesucht?«

»Ja.«

»Fahr zu ihm, Miguel. Frag ihn, was er weiß. Frag ihn, ob er und Eden vielleicht versuchen, ihrer Mama das Fell über die Ohren zu ziehen. Verstehst du? Falls er behauptet, daß er nicht weiß, wo Eden ist, mußt du ihm vielleicht den Arm brechen. Oder sonst was. Du weißt schon, du kennst dich ja aus in solchen Dingen. Ich muß um Mitternacht Mercedes anrufen, also rufst du mich vorher an, okay? Zweifellos wird sie selber bald hier anrufen. Ich finde den Weg.«

Der alte Mann kam ihm bis zur Tür nach. Sein Mund bewegte sich.

»Eden ist doch okay, oder nicht?«

»Falls irgendwas passiert *ist*, Miguel, dann wirst du es als erster erfahren, da kannst du sicher sein. Mach das Tor auf, bitte.«

»Ich möchte, daß Sie für mich als Berater tätig werden«, erklärte Mercedes auf der Terrasse. Es war ein warmer Abend. Das Zirpen der Grillen drang aus der samtschwarzen Dunkelheit zu ihnen herüber. De Córdoba schwitzte in seiner Jacke und dem engen Kragen.

Er nickte ernst. »Also, dann wollen wir gleich anfangen. Wie hat man mit Ihnen Kontakt aufgenommen?«

Sie nahm die Mappe, die neben ihr lag, und gab sie ihm. »Das ist am Montag morgen gekommen.«

Er öffnete die Mappe und nahm das Foto heraus. Während er es betrachtete, verdüsterte sich sein Gesicht. »Nur das? Und man hat Sie nicht angerufen?«

»Nein.«

Er drehte das Foto um und las: WENN SIE ZUR POLIZEI GEHEN, STIRBT SIE.

Irgend etwas an diesem grausamen Bild, das durch einen Boten, aber ohne Ankündigung und Erklärung abgeliefert worden war, beunruhigte ihn. Er betrachtete das Bild genau, widmete sich ganz besonders dem Ausdruck auf dem Gesicht des gefesselten Mädchens. Er spürte, daß die Gequältheit echt war. Ebenso wie der blaue Fleck an der Schulter. Er stammte höchstwahrscheinlich von einem Gewehrkolben oder einem ähnlichen Gegenstand.

»Colonel de Córdoba, es gibt da noch etwas ganz Wichtiges. Etwas, daß diesen ganzen Fall noch schlimmer macht.«

De Córdoba nickte wortlos. Er drehte das Foto langsam herum. »Bitte, ich höre.«

»Meine Tochter ist krank. Sie leidet an der Addisonschen Krankheit und kann ohne Hydrocortison nicht leben. Dieses Medikament ist verschreibungspflichtig und ohne Rezept nicht erhältlich. Je länger sie ohne das Medikament ist, desto lebensbedrohlicher wird ihr Zustand.«

De Córdoba war trotz des milden Abends plötzlich kalt. »Wie lange hält sie ohne Medikament durch?« fragte er.

»Das läßt sich nur schwer sagen. Wenn sie großem Streß ausgesetzt ist, vielleicht nur ein paar Tage.«

»Wissen Sie, wann genau sie entführt wurde?«

»Mein Exmann versucht im Moment, eben das herauszufinden. Aber es wird nicht leicht sein. Sie lebt allein, und ihr Leben ist nicht immer in geraden Bahnen verlaufen.«

»Läßt sich irgendwie feststellen, ob sie Cortison bei sich hat?«

»Selbst wenn sie etwas bei sich hätte, würde das nicht lange reichen.«

»Vorausgesetzt, die Entführer sind Profis, dann haben sie ihre Tochter vor der Entführung sorgfältig beobachtet. Und wenn sie von ihrer Krankheit wußten, dann haben sie dafür gesorgt, daß ihre Tochter das Medikament bekommt.«

»Wie können Sie sich dessen so sicher sein?« wollte Mercedes wissen.

»Ich kann es nicht. Und selbst wenn sie Eden das Medikament geben, dann würden sie uns das höchstwahrscheinlich nicht sagen, um Druck auf Sie auszuüben. Sie können sich darauf gefaßt machen, daß die Entführer ihre Krankheit in jeder Weise ausnutzen werden. Entführung hat immer mit dem Mißbrauch von Gefühlen zu tun, es ist eine Art seelischer Vergewaltigung.« Um ihr Vertrauen zu gewinnen, sprach er langsam und ruhig. »Körperliche Gewalt ist in solchen Fällen unüblich, denn es gilt ja, das Opfer am Leben zu erhalten. Ihre Tochter ist ihr Kapital, die einzige Ware, die sie haben.«

»Bis sie das Geld haben«, entgegnete Mercedes ruhig.

»Ja. Bis sie das Geld haben. Ich möchte jedoch betonen, daß wir trotz der Addisonschen Krankheit die übliche Vorgehensweise einhalten müssen. Um Edens willen. Sie müssen sich gegen all das wappnen, was Sie zu sehen oder hören bekommen, und sich in jedem Fall an die Richtlinien halten, die ich vorgebe.«

»Dieses Risiko kann ich nicht eingehen«, erwiderte Mercedes, ohne zu zögern. »Ich verstehe Ihren Standpunkt, aber ich habe vor, jedes Lösegeld zu bezahlen, sobald ich weiß, wieviel die Entführer haben wollen. Das scheint mir die einzige Möglichkeit, Eden so schnell wie möglich freizubekommen.«

»Ich muß Sie inständig bitten, diese Entscheidung noch einmal zu überdenken. Nach meiner Erfahrung hat genau dieses Verhalten noch nie zu schnellen Erfolgen geführt. *Nie*«, wiederholte er. »Es hat lediglich zu einer maßlosen Verlängerung des Leids geführt.«

»Eden darf nicht maßlos leiden.« Ihre dunklen Augen starrten in die Nacht hinaus. »Wir müssen dafür sorgen, daß dieses Erlebnis so kurz wie nur irgend möglich ist. Ich glaube, daß die Entführer sie schnell freilassen werden, wenn sie das Geld haben und wissen, daß sie krank ist.«

»Ich bitte Sie, folgendes zu bedenken«, sagte er sanft. »Wenn Sie die geforderte Summe sofort bezahlen, dann werden sie annehmen, daß sie ihren Reichtum unterschätzt und zu wenig Geld verlangt haben. Aller Wahrscheinlichkeit nach führt das dazu, daß sie die gleiche Summe noch einmal verlangen. Vielleicht sogar das Doppelte. Aber gleichzeitig wissen sie, daß sie auf Widerstand stoßen werden, denn Sie haben dann ja bereits bezahlt und werden höchstwahrscheinlich nicht ohne weiteres bereit sein, mehr zu bezahlen. Deshalb wird sozusagen eine Schocktherapie vonnöten sein, um Ihren Widerstand zu brechen.«

»Wollen Sie damit sagen, daß die Entführer mehr Druck ausüben werden?« wollte Mercedes wissen.

»Sie könnten sie schlagen«, antwortete er mit tonloser Stimme, »und Ihnen dann ein Tonband oder ein Foto schicken.«

»Sie würde sterben«, sagte Mercedes nur.

»Solche Beweise lassen sich leicht vortäuschen. Manche benutzen Schminke, um das Opfer entsprechend herzurichten. Manchmal wird auch Ketchup benutzt, das wie Blut aussieht.«

»Solche Menschen verdienen die Todesstrafe«, preßte Maya hervor. »Das sind Tiere. Schweine.«

»Ich gebe Ihnen recht«, stimmte de Córdoba zu. »Es gibt auch noch andere Möglichkeiten. Wenn die das Gefühl haben, daß bei Ihnen noch mehr zu holen ist, dann könnten sie Ihre Tochter an eine andere Bande verkaufen, die dann ihrerseits das Spiel wieder von vorne beginnt.«

»*Verkaufen?*«

»Ihre Tochter ist ein Produkt, eine Ware. Nichts weiter. Deshalb ist es für Ihre Tochter und für die Entführer wichtig, daß Sie den richtigen Preis zur richtigen Zeit bezahlen.«

Mercedes' Gesicht erstarrte.

»Mein Mann ist der Meinung, daß es gar keine echte Entführung ist. Er glaubt, daß Eden das Ganze inszeniert hat, um sich Geld zu beschaffen.«

»Trauen Sie ihr so etwas zu?«

»Nein, das tu' ich nicht. Er hat den Fall Getty erwähnt.«

»Ja, ja.« Er nickte. »Auch ich habe den Fall mit einigem Interesse verfolgt. Die Presse bauscht den Fall durch allerlei Spekulationen auf. Das kann jedoch verhängnisvolle Folgen haben. Ich persönlich kenne überhaupt keinen Fall, wo ein Kind versucht hätte, seine Eltern auf diese Weise zu betrügen. Aber natürlich ist so etwas möglich.« Er berührte das Foto. »Ich muß allerdings sagen, daß ich in diesem Fall nicht den Eindruck habe, daß die Entführung vorgetäuscht ist. Brauchte Eden Geld?«

»Alle jungen Menschen brauchen Geld«, lautete Mercedes' knappe Antwort.

»Hat sie irgendwelche teuren Gewohnheiten oder Hobbies?«

»Sie ist in der Lage, sehr viel Geld auszugeben. Edens Leben ist irgendwie… unberechenbar. Sie hat eine schwierige Phase hinter sich. Wir haben im letzten Jahr nicht viel voneinander gehört.«

De Córdoba setzte sich anders hin. »Señora Eduard, halten Sie es für möglich, daß die Entführer auch von Edens Vater Geld verlangt haben und er es nur nicht zugibt?«

»Wenn sich mein Exmann wegen seiner Tochter von seinem Geld trennen müßte«, sagte sie mit Bitterkeit in der Stimme, »dann würde er Zeter und Mordio schreien. Das kann ich Ihnen versichern.«

»Also beschränken sich die Entführer auf Sie. Habe ich recht?«

»So scheint es wenigstens.«

Er betrachtete sie eingehend. »Noch eines. Edens Krankheit – die Addisonsche Krankheit – hat sie sie schon immer gehabt?«

Mercedes antwortete nicht sofort. »Nein, erst seit ihrer Teenagerzeit.«

Er nickte, ohne den Blick von ihr abzuwenden. »Wir sollten uns sofort an die Vorbereitung unserer Antworten machen«, erklärte er. »Morgen werden wir an das Telefon in meinem Zimmer ein Tonband anschließen. Ab sofort werde ich alle Anrufe entgegennehmen. In der Zwischenzeit müssen wir uns auf die voraussichtliche Vorgehensweise der Entführer vorbereiten. Wir müssen eine Art Schlachtplan entwerfen, den wir, wenn es soweit ist, anwenden können. Mit Ihrer Erlaubnis werde ich gleich jetzt damit anfangen, Sie einzuführen.«

Zum erstenmal während des ganzen Unterfangens spürt er so etwas wie Panik in sich aufsteigen.

Ihr Zustand scheint sich rapide zu verschlechtern. Sie ist zwar bei Bewußtsein, aber ihre Zähne klappern so laut und ihre Glieder zittern so heftig, daß sie kaum ein Wort herausbringt. Sie kommt ihm vor wie eine Marionette, die von einem Dämon gelenkt wird.

Er gibt ihr eine Tablette, an der sie fast erstickt, doch sie würgt sie hinunter.

Er legt eine zweite Decke auf sie und deckt sie gut zu. Todesangst steht in ihren Augen. Aber sie fürchtet nicht ihn, sondern das, was mit ihr geschieht. Er vernimmt ihr leises Schluchzen, das von tief drinnen kommt.

Wie gelähmt sitzt er neben ihr. Ihre Kleider und die Bettwäsche triefen vor Schweiß, ebenso ihr Haar. Sie riecht entsetzlich.

Er legt die Hand auf die Stirn des Mädchens und fühlt den kalten Schweiß. Sie schreit auf, wenn er sie berührt, als sei seine Hand ein glühendes Eisen.

»Bitte, ich brauche mehr Schmerzmittel.«

»Wo tut es denn weh?«

»Im Rücken, und in den Beinen.«

»Im Rücken und in den Beinen?« Er starrt auf sie hinunter. »Wo noch?«

»Im Bauch. O mein Gott, mir ist so elend! Lieber Gott!«

»Was haben Sie denn bloß?«

»Ich hab' schreckliche Angst. Ich glaub', ich sterbe.«

Ihr Zittern bleibt nicht ohne Wirkung auf ihn. Er fängt auch zu zittern an. »Keine Angst, Sie sterben nicht.«

»Bringen Sie mich hier weg.«

»Was?«

»Sie könnten mich in der Nähe eines Krankenhauses absetzen«, bringt sie mit unsicherer Stimme hervor. Sie hebt den Kopf und sieht ihn mit ihren grünen, tief in den Höhlen liegenden Augen an. Irgendwann war sie schön. Jetzt sieht sie erbärmlich aus. »Sie können mir die Augen verbinden, genauso wie Sie es getan haben, als Sie mich…«

»Nein.«

»Sie könnten es bei Nacht tun. Fahren Sie mich in die Nähe eines Krankenhauses, vielleicht ein oder zwei Meilen vorher…«

»Nein!«

»Bitte«, schluchzt sie, »bitte lassen Sie mich gehen!«

»Sie gehen nirgendwohin.« Er bemüht sich, mit fester Stimme zu sprechen. »Sie bleiben hier. Entweder Sie werden gesund, oder Sie sterben hier.«

»Ich halte es nicht mehr aus.« Ihr Gesicht ist qualvoll verzerrt. Ihre Finger sind zu Klauen geworden, die sich in seinen Unterarm eingraben. »Sie können mich hier nicht sterben lassen! Das können Sie nicht! Das dürfen Sie nicht!«

Ihre Stimme wird immer schriller. Er glaubt allmählich, daß sie den Verstand verloren hat. Voller Grauen versucht er, sich loszumachen. »Lassen Sie mich los«, faucht er.

Ihre Nägel graben sich in sein Fleisch. »Bitte«, fleht sie. Tränen rinnen über ihre Wangen. »Bitte, bitte, bitte. Lassen Sie mich gehen! Ich brauche Hilfe. Sehen Sie denn nicht, daß ich Hilfe brauche. Ich will hier nicht sterben. Ich kann es nicht mehr aushalten, ich kann nicht!«

Er entreißt ihr seinen Arm und geht rückwärts auf die Zellenwand zu, die er hochgezogen hat. Er zittert fast ebenso sehr wie sie.

»Was ist los?« keucht er. »Was ist los mit Ihnen?« Plötzlich durchfährt ihn ein entsetzlicher Gedanke. Wenn sie nun an einer ansteckenden Krankheit leidet? An irgendeinem todbringenden Fieber, einem asiatischen zum Beispiel? Und er hat sie angefaßt, hat ihren Atem eingeatmet.

»Sie haben irgend etwas Schlimmes. Ich besorg' Ihnen ein stärkeres Mittel.«

Ihr leichenblasses, verschwitzes Gesicht wirkt durchsichtig. »Besorgen Sie mir Codein.«

»Nein.« Er versucht, klar zu denken. »Ich werde Ihnen eine Arznei bringen. Ich werde Ihnen etwas zu essen bringen.«

»Ich kann nichts essen.«

»Sie müssen aber. Ich koche Ihnen eine Suppe.«

»Ich kann keine Suppe essen.«

»Was können Sie dann essen, verdammt nochmal?«

»Schokolade. Bringen Sie mir Schokolade!« Ihre Augen bohren sich in die seinen. Ihr Gesicht sieht grauenhaft aus.

Er öffnet die Tür und kann es gar nicht mehr erwarten rauszukommen. Nachdem er abgeschlossen hat, lehnt er sich zitternd und erschöpft an die Wand. Der Himmel weiß, was sie hat. Mit unsicheren Schritten geht er die Treppe hinauf.

Er dreht sich noch einmal um, um einen Blick auf die Zelle zu werfen. Eine eisige Stille schlägt ihm entgegen. Die Stille und das Mädchen in der Zelle jagen ihm immer mehr Angst ein.

COSTA BRAVA

Maya ging in die Küche und holte das Tablett mit dem Frühstück, das sie Mercedes hinaufbringen wollte: Orangensaft, schwarzen Kaffee und ein frisches Croissant. Mercedes saß im Bett und blätterte in der Zeitung. Durch die Fenster flutete Sonnenlicht in das Zimmer.

»Guten Morgen.«

»Guten Morgen, *querida*.« Mercedes sah übernächtigt aus, ihre Augen waren von dunklen Rändern umgeben.

»Du siehst müde aus«, bemerkte Maya, während sie den Kaffee eingoß. »Hast du schlecht geschlafen?«

»Ich habe schon besser geschlafen.«

»Um wieviel Uhr wollte Dominic dich anrufen?«

»In einer Viertelstunde.«

»Hoffst du auf eine positive Nachricht?«

»Ich hoffe auf ein paar Antworten. Aber positive, nein, ich glaube nicht. Nicht jetzt.«

Maya nickte und verließ das Zimmer.

Wie Mercedes es vorausgesagt hatte, rief van Buren kurz darauf an.

»Auf der Ranch ist sie nicht«, erklärte er ohne Umschweife. »Das Haus sieht aus wie ein Schweinestall. Miguel meint, das sei normal.«

»Irgendwelche Spuren, die auf einen Kampf hindeuten?«

»Nein. Und sie hat auch keine Nachricht hinterlassen. Sieht aus, als sei sie einfach hinausspaziert. Im Schlafzimmer hab' ich allerdings ihr Medizinköfferchen entdeckt, scheint alles noch drin zu sein.«

»Ohne das würde sie doch nirgendwohin gehen.«

»Außer sie hat noch irgendwo ein Köfferchen stehen.«

Erschöpft schloß sie die Augen. »Was sagt Miguel?«

»Miguel hat sich eine kleine Süße aus Puerto Rico angelacht, sie ist höchstens neunzehn. Yolanda. Er sagt, sie sei seine Haushälterin. Das gesamte restliche Personal hat er entlassen. Er und diese Yolanda haben sich letzte Woche in Mexiko vergnügt. Er behauptet, er habe Eden Dienstag morgen gesehen, bevor er losgefahren sei. Gestern kam er zurück, aber da war sie schon weg.«

»Er war fünf Tage lang weg? Und kein Mensch hat nach ihr gesehen?«

»Ja.«

»Dann hat man sie entführt, als er weg war. Als hätten sie's gewußt.«

»Die Tatsache, daß Miguel dieses Mädchen bumst, beweist doch noch nicht, daß die Entführung echt ist.«

Mercedes schwieg; sie versuchte, das Gehörte zu begreifen. Eden war von allen verlassen worden. Von ihrem Vater, von Miguel. Von ihrer Mutter. Sie war ganz allein und vollkommen schutzlos gewesen.

Nachdem sie den Hörer aufgelegt hatte, blieb sie eine ganze Weile regungslos sitzen. Wie konnte Miguel ihnen das nur antun?

Sie hatte Miguel vertraut, hatte geglaubt, er beschütze Eden. Sie bezahlte ihm ein großzügiges Gehalt, von dem er für den Rest seiner Tage sehr gut leben konnte. Und nun hatte er sie im Stich gelassen.

Hatte vielleicht irgend jemand das Mädchen aus Puerto Rico auf ihn angesetzt? War sie ein Mitglied der Bande? Oder war all das nur Zufall?

Hinter ihrem Zorn verbarg sich die bittere Erkenntnis, daß letztlich sie selbst die Verantwortung trug für das, was geschehen war. Es war ein verhängnisvoller Fehler gewesen, Eden Miguels Obhut anzuvertrauen. Sie hatte nur geglaubt, daß Miguel auf Eden aufpassen konnte.

Früher war Miguel ein Fels in der Brandung gewesen. Ein Mann, der ihnen bedingungslos ergeben war und jede schmutzige Arbeit erledigt hatte. Aber Miguel hatte sich verändert. Die Untätigkeit hatte ihn verdorben, hatte ihn nachlässig werden lassen.

Sie hatte ihn letztes Jahr bitten wollen, sich zur Ruhe zu setzen, und es dann nicht getan, weil er die Sache mit Rusty Fagan so sauber und schnell geregelt hatte. Sie war beeindruckt gewesen. Doch dies erwies sich jetzt als schrecklicher Irrtum.

Tränen liefen über ihr Gesicht.

Der Gedanke an das, was ihre Tochter erleiden mußte, ließ sie fast verzweifeln. Ihre noch so unfertige Eden, ihr flatterhaftes Kind, das, an einen Stuhl gekettet, diesem Ungeheuer ausgeliefert war.

Eden war noch nicht einmal einundzwanzig. Zum ersten Mal in ihrem Leben, zum ersten Mal brauchte Eden sie wirklich.

Und sie konnte nicht zu ihr.

Sie griff wieder zum Telefonhörer.

LOS ANGELES

Miguel Fuentes war noch vollständig angekleidet, als um ein Uhr fünfundvierzig das Telefon läutete.

»Si.«

»Miguel? Mercedes hier. Habe ich dich aufgeweckt?«

»Nein. Ich habe auf Ihren Anruf gewartet.«

»Gut.« Mercedes sprach mit ruhiger, fast ausdrucksloser Stimme. »Miguel, wo ist Eden?«

»Ich weiß es nicht. Am Mittwoch hat sie an einem Springturnier teilgenommen. Das weiß ich sicher. Sie ist Zwölfte geworden. Alle möglichen Leute haben sie dort gesehen. Am Abend ist sie nach Hause gekommen. Ihr Freund sagt, er hätte sie danach auf der Ranch besucht. Er sagt, er sei bis ein Uhr bei ihr gewesen.«

»Hast du ihn gründlich befragt?«

»Das habe ich, ich hab' ihm sogar ziemlich zugesetzt, aber er weiß nicht, wo sie ist. Er hat nichts damit zu tun.«

»Hast du mit ihren anderen Freunden gesprochen?«

»Seit Mittwoch hat keiner sie gesehen. Aber das heißt noch gar nichts. Vielleicht läßt sie sich's einfach gutgehen.«

»Was soll das heißen?«

»Vielleicht so eine Vietnam-Demonstration.«

»Der Vietnamkrieg ist seit sechs Monaten vorbei, Miguel.«

»Ich schwöre es, ich finde sie, Mercé. Ihr passiert gar nichts, bestimmt nicht. Sie wird schon bald wieder da sein, ganz sicher. Bis morgen hab' ich sie gefunden.«

»Miguel, irgend jemand hat mir gestern ein Foto von meiner Tochter zukommen lassen. Auf dem Bild ist sie halbnackt an einen Stuhl gekettet.«

»Eden läßt es sich nicht einfach gutgehen«, hörte er sie sagen. »Ein Mädchen in Edens Situation geht nirgendwo hin, um es sich gutgehen zu lassen. Verstehst du, was ich sage?«

»Ja«, flüsterte Miguel.

»Dieses Mädchen, Yolanda. Wie hast du sie kennengelernt?«

»Sie hat nichts damit zu tun!«

»War es ihre Idee, nach Mexiko zu fahren?«

»Ich – ich weiß nicht mehr. Nein, ich glaube, wir kamen beide drauf.«

»Das heißt, daß es ihre Idee war. Wie hast du sie kennengelernt, Miguel?«

Er schloß die Augen. »Ich hab' da diesen Freund, Alvaro. Yolanda ist seine Cousine. Er hat mich gefragt, ob ich sie bei mir aufnehmen könnte, weil sie keine Unterkunft hatte und keine Papiere und weil sie, tja… auf die Straße gehen mußte. Deshalb hab' ich ein Weilchen für sie gesorgt, und schließlich ist sie dann geblieben. Ich liebe sie, Mercé. Sie hat nichts damit zu tun, gar nichts, ich schwöre es.«

»Hast du Eden deshalb im Stich gelassen? Wegen einer puertoricanischen Hure?«

»Ich habe sie nicht im Stich gelassen, das müssen Sie mir glauben! Vielleicht war ich etwas leichtsinnig, das gebe ich zu, aber…«

»Du hast mein Kind allein und hilflos zurückgelassen, um mit einer Hure zu verreisen.« Mercedes' Stimme klang heiser, fast wie ein drohendes Krächzen, das Miguel angesichts der vorausgegangenen Ruhe noch gefährlicher vorkam.

»Du lieber Gott, Mercé! Ich wußte doch nicht, daß so etwas passieren würde. Das arme kleine Ding. Es tut mir so leid, ich würde mir die rechte Hand abhacken, wenn ich es ungeschehen machten könnte.«

»Stell fest, ob dein Mädchen, diese Yolanda etwas damit zu tun hat.«

»Ich schwöre es, sie hat nichts damit zu tun.«

»Wie kannst du das wissen, wenn du sie noch nicht eingehend befragt hast?«

Miguel spürte, wie sich der Schmerz in seiner Brust bis in die Schultern, bis in seine Kehle und seinen Mund ausbreitete. Mit zitternder Hand versuchte er, seine Brust zu reiben. »Wollen Sie etwa, daß ich ihr weh tue? Mercé, du gütiger Gott, das können Sie doch nicht verlangen? Ich kann es nicht.«

»Du mußt! Und wenn du mit ihr fertig bist, dann laß deinem Freund Alvaro die gleiche Behandlung angedeihen. Stell fest, was sie wissen. Du mußt herausfinden, ob irgend jemand sie dafür bezahlt hat. Aber vor allen Dingen will ich wissen, wo Eden ist, und zwar schnell. Sie könnte sterben.«

»Mercé, bei allem, was mir heilig ist!«

»Laß mich bald wissen, was du herausgefunden hast, Miguel.«

»*Mercé!*«

Sie legte auf.

Miguel Fuentes legte ebenfalls den Hörer auf die Gabel und stützte dann den Kopf in die Hände. Der Schmerz war unerträglich, er schnürte ihm den Atem ab. Er stand auf und stolperte ins Schlafzimmer.

Er brauchte Yolanda, brauchte ihre Wärme, ihren Trost. Wenigstens bis morgen mußte er Mercedes Eduards leise, gebieterische Stimme vergessen.

TUCSON

Zusammengekauert wie ein kleines Kind liegt sie auf dem Bett. Er starrt auf sie hinunter. Sie hat das Essen, das er ihr gebracht hat, nicht angerührt. Nur ein wenig Wasser hat sie getrunken, sonst nichts. Ihre Rippen stehen hervor, ihre Hüftknochen. »Wenn Sie nichts essen, werden Sie nie gesund.«

Sie scheint ihn gar nicht wahrzunehmen. Er greift nach ihrem linken Handgelenk, das mit einer langen Kette, die um das eiserne Bettgestell herumläuft, an das andere Handgelenk gekettet ist. Sie wimmert leise, ohne die Augen aufzumachen. Er fühlt ihren Puls und sieht dabei auf seine Armbanduhr. Ihr flatternder Puls rast unregelmäßig. Die Haut glüht fiebrig. Mit Unbehagen begreift er, wie schwach sie ist. Er hätte sie lieber nicht berührt.

Als er ihr Handgelenk losläßt, fällt der Arm leblos auf das Bett.

Er legt seine Hand auf ihre Stirn. Die Haut fühlt sich feucht und heiß an. Sie zittert wie ein verängstigter Hund, wird immer wieder von zuckenden Krämpfen geschüttelt.

»Zeit für ein Bild«, erklärt er ihr.

Sie gibt keine Antwort. Er wiederholt, was er gesagt hat, aber lauter. »Los, wachen Sie auf!« Er packt sie an der Schulter und schüttelt sie heftig. »Machen Sie mir nichts vor. Los, kommen Sie hoch!«

Er schiebt seine Arme unter ihren Körper, versucht, sie aufzurichten. Endlich ein Zeichen, daß sie noch lebt. Sie fängt wieder an zu wimmern, ihre Hände wehren ihn kraftlos ab.

»Nein«, stöhnt sie. »Nein, nein, nein.«

»Los, hoch jetzt!« Die Kette hat sich verheddert. Als er sie losmacht, sieht er, daß sich ihre Handgelenke an den Fesseln wundgerieben haben.

Sie hat solange daran gezerrt, bis sie geblutet hat.

Verrückt, sie muß verrückt sein.

Er setzt sie gegen die Wand. Einen Moment lang bleibt sie so sitzen. Ihre Augen sind fest geschlossen. Ihr Kopf fällt nach vorne, und lange schwarze Haarsträhnen verdecken ihr Gesicht. Er fängt sie auf, bevor sie vornüberkippt und richtet sie wieder auf. Sie öffnet die Augen, starrt ihn mit leerem Blick an. Ihr Mund steht offen, und er sieht, wie ein dünner Speichelfaden herausläuft.

Jetzt fängt er an zu schwitzen.

»Himmel«, murmelt er. »Komm schon, Eden. Wach auf! Als ich dich geholt hab', ging's dir doch gut.«

Das wortlose Wimmern wird stärker.

»Ich weiß, daß du mir was vormachst«, schreit er sie an. Er richtet sie wieder auf, hält sie aber jetzt mit einer Hand fest. Mit der anderen greift er nach der Plastikflasche auf dem Tisch, dann setzt er die Flasche an ihren Mund. Das Wasser rinnt ihr über das Kinn, durchnäßt ihr fleckiges T-Shirt.

»Trink!« herrscht er sie an. »Du trocknest sonst aus.«

Er bringt sie dazu, wenigstens ein paar Schlückchen zu trinken. Sie hustet furchtbar. Er spürt, wie die schlaffen Muskeln sich anspannen, wenn sie hustet, und sieht, wie sie die Augen rollt.

»Trink oder ertrinke!«

Er biegt ihren Kopf zurück und schüttet ihr das Wasser in den Mund. Wieder hustet sie furchtbar und versucht, ihn mit ihren gefesselten Händen kraftlos abzuwehren. Viel Wasser hat sie nicht getrunken.

In diesem Zustand kann er unmöglich ein Foto von ihr machen. Sie sieht aus wie tot.

Er will nicht, daß sie auf dem Foto wie tot aussieht.

Er hat eine Idee. Er nimmt ein Schnappmesser aus der Tasche und läßt die scharfe Klinge aufspringen.

Seine Hände fangen an zu zittern.

Er rollt das Mädchen auf den Rücken.

Ihre Hände zittern schrecklich. Sie atmet unregelmäßig. Er muß sich zwingen, sich zu konzentrieren. Diese Zelle stinkt. Der Gestank ruft Erinnerungen in ihm wach, Erinnerungen an schlimme Orte, wo Schmerz und Tod regierten.

Er nimmt eine Haarlocke zwischen die Finger und fängt an, wie wild zu säbeln. Die Klinge ist scharf, schneidet gut, aber sein Zittern macht ihn ungeschickt. Die Spitze des Messers trifft ihre Wange, und noch bevor er etwas unternehmen kann, fließt helles Blut in einem kleinen Rinnsal über ihre schweißnasse Haut.

»Scheiße!«

Er starrt ungläubig auf das Blut, schluckt. Sein Mund ist trocken. In der Hand hält er eine dünne Strähne ihres schwarzen Haares. Ohne zu überlegen, streckt er die Hand aus und tunkt das Haar in das Blut.

Er sieht sich das schwarze Haar, das jetzt mit Blut verklebt ist, von allen Seiten an. Es ist sogar noch besser als ein Foto.

COSTA BRAVA

Unten im Swimmingpool glitt Maya in das kühle, blaue Wasser.

Der Architekt hatte den Swimmingpool von Anfang an in das Haus integriert. Der ideale Ort dafür schien und war, zwischen

Schlaf- und Wohnbereich gelegen, ein riesiger Wintergarten mit hohem, gläsernem Kuppeldach.

Maya genoß ihn mit einer kindlichen Freude; für sie war er ein kleines Stück Himmel. Selbst wenn es draußen kalt war, war hier drinnen Sommer. Das Becken befand sich inmitten eines Dickichts von Pflanzen, einem feuchtheißen Dschungel, den Maya angelegt hatte und noch immer erweiterte. Große tropische Bäume, die teilweise blühten oder Früchte trugen, wuchsen hinauf in die Glaskuppel; ineinander verschlungen und verflochten rankten sich die Stämme und Zweige mit ihren glänzenden Blättern hoch. Jeder Künstler hätte seine Freude daran gehabt, diese Idylle zu malen.

Als sie sich, um Atem zu schöpfen, am Rand festhielt, sah sie, daß Joaquin de Córdoba im Bademantel neben dem Becken stand und sie beobachtete. In der Hand hielt er ein Handtuch. Seinem Blick nach zu urteilen, konnte er sich anscheinend nicht entscheiden, ob er ihr im Wasser Gesellschaft leisten sollte oder nicht. Sie lächelte ihm zu.

»Hallo«, rief sie zu ihm herüber. »Haben Sie nicht auch Lust zu schwimmen?«

»Ich will Sie nicht stören.«

»Sie stören mich nicht.«

Er lächelte. »Also gut.«

Die Autorität, die von dem Argentinier ausging, beruhigte Maya und erfüllte sie mit Zuversicht. Sie hatte ihn vom ersten Moment an gemocht.

Er schwamm mehrere Bahnen neben ihr her, entschied sich aber dann, schon vor ihr wieder aus dem Wasser zu steigen.

Als sie schließlich aus dem Becken stieg, saß er bereits in seinem Bademantel im Liegestuhl.

Maya lächelte, als sie näher kam. Der nasse Badeanzug schmiegte sich eng an ihren athletischen Körper, betonte ihre Brüste, ihren flachen Bauch, den Schwung ihrer Hüften und ihre langen, wohlgeformten Beine.

De Córdoba reichte ihr ein Handtuch. Sein Blick folgte ihren natürlichen, anmutigen Bewegungen beim Abtrocknen.

Manche Frauen waren seiner Meinung nach offenkundig schön, so unverhüllt und einfach schön wie die Blüte eines Gänseblümchens. Maya Durans Schönheit dagegen war geheimnisvoll und glich der einer Dschungelblume.

»Ein wunderschönes Plätzchen«, gestand er. »Geradewegs aus dem Dschungel von Peru.«

»Eine Marotte«, erklärte sie lächelnd, »für die zum größten Teil ich verantwortlich bin. Ich bin nämlich die Gärtnerin.«

»Sie sind eine sehr erfolgreiche Gärtnerin.«

Sie setzte sich neben ihn. »Und Sie sind sehr galant.«

»Wenn Sie glauben, daß dies nur ein leeres Kompliment war, dann irren Sie sich. Ich habe selten einen so schönen Garten gesehen.«

Er sah, daß sie sich freute. »Dann...«

»Bitte sagen Sie mir, wo lebt Señora Eduards Exmann?«

»Er wohnt in Santa Barbara, in Kalifornien.«

»Ah, das kenn' ich gut. Ein schönes Fleckchen Erde. Wann haben sich die beiden scheiden lassen?«

»1966.« Sie zögerte einen Augenblick, um dann fortzufahren: »Die beiden haben in Miami geheiratet. Dort ist auch Eden zur Welt gekommen, 1952. Später sind sie dann nach Kalifornien gezogen. Die Ehe war leider nie sehr glücklich, und das Ende war wirklich unschön. Dominic war nie ein guter Vater, und jetzt kümmert er sich so gut wie gar nicht um Eden. Mercedes will nichts mehr mit ihm zu tun haben, schon bei der Erwähnung seines Namens wird sie wütend. Sie traut ihm nicht.«

»Und trotzdem hat sie Eden bei ihm gelassen?«

»Mercedes hatte ihre Gründe. Sicherlich war sie der Meinung, daß Eden in Amerika mehr Möglichkeiten hätte. Außerdem ist Eden ein typisch amerikanisches Mädchen. Damals hat sie geglaubt, das Richtige zu tun. Heute macht sie sich natürlich bittere Vorwürfe...«

»Sie sagten, daß van Buren kein guter Vater gewesen sei?«

»Er hat nur sein eigenes Vergnügen im Kopf, daran hat es wohl immer gelegen. Als die Eltern geschieden wurden, war Eden in einem Internat. Vorgesehen war, daß sie die Wochenenden mit Dominic in Santa Barbara verbringt und die Ferien in Spanien. Aber Dominic hat sich zu wenig um sie gekümmert, weil er zu beschäftigt war mit Festen und Parties. Deshalb hat Eden ihn schließlich gar nicht mehr besucht. Sie hat ihm erzählt, sie sei bei

Freunden, aber wer weiß schon, was sie tatsächlich gemacht hat. Manchmal hat er sie wochenlang nicht zu Gesicht bekommen. Sie hat tun und lassen können, was ihr gerade in den Sinn kam. Als Mercedes endlich erfuhr, was wirklich los war, war es bereits zu spät.«

»Zu spät?« fragte de Córdoba schnell. »Was heißt das ›zu spät‹?«

Mayas Gesicht wurde von einer zarten Röte überzogen. »Zu spät heißt, daß Eden ein unbändiger und aufsässiger Teenager geworden war und daß sie jegliches Interesse am Lernen und an der Schule verloren hatte. Irgendwie hat sie zwar den Abschluß geschafft, aber für eine gute Universität hat es natürlich nicht gereicht. Sie hat sich deshalb an der UCLA eingeschrieben, aber auch das war eine Katastrophe. Letztes Jahr hat sie ihr Studium dann ganz an den Nagel gehängt.«

»Und was macht sie jetzt?«

»Sie hängt rum. Sie reitet noch. Manchmal jobt sie in einer Boutique oder stellt billigen Schmuck her. So in der Art.«

»Wo hat sie gewohnt, nachdem sie die Uni aufgegeben hat?«

»In Beverly Hills, auf der Ranch, die Mercedes ihr gekauft hat. Eigentlich ist es ein Landhaus, zu dem auch Felder und Brachland gehören. Es war gerade richtig für ihre Pferde.«

»Und hat sie dort ganz allein gewohnt?«

»Nein, nein. Miguel kümmert sich um sie. Miguel ist ein alter Freund von Dominic, ein ehemaliger Angestellter, um genau zu sein. Seit Mercedes Amerika den Rücken gekehrt hat, bezahlt sie Miguel als Edens Bewacher.«

Ein ziemlich schlechter Bewacher, dachte de Córdoba im stillen, doch er hütete sich, seine Gedanken laut auszusprechen. Die zwei kurzen Gespräche mit Maya waren aufschlußreicher gewesen. Als er den Blick hob, sah er, daß Mayas Augen auf ihm ruhten.

Maya lächelte, scheinbar hatte sie seine Gedanken erraten. »Mercé hat mir nicht verboten, Ihre Fragen zu beantworten, Colonel. Ich glaube, daß Sie heute Ihnen gegenüber sehr viel offener sein wird als gestern abend.«

Er nickte. »Ich kann nur wiederholen, daß das Vertrauen, das man mir entgegenbringt, eine ganz entscheidende Rolle spielt.«

»Ich fürchte, daß es Mercé sehr schwerfällt, anderen Menschen zu vertrauen«, erklärte Maya mit leicht hochgezogenen Mundwinkeln. »Sie hat es nicht immer leicht gehabt im Leben.«

»Trotzdem ist ihr Leben sehr erfolgreich verlaufen«, stellte de Córdoba fest. »Ihre Arbeitgeberin ist eine bemerkenswerte Frau. Und sie kann sich glücklich schätzen, einen Menschen wie Sie um sich zu haben. Welcher Art waren die Geschäfte, die ihr Mann in Amerika betrieb?«

»Er war im Import-Export-Geschäft tätig. Er lieferte Industrieprodukte nach Südamerika und kaufte dort Obst und handwerkliche Erzeugnisse.«

»Und bei der Scheidung wurde alles aufgeteilt, nehme ich an?«

Mayas schöner Mund verzog sich zu einer angewiderten Grimasse. »Sie hat von ihm gar nichts bekommen. Wie ich Ihnen bereits gesagt habe, hat Mercedes sich ihr Vermögen selbst verdient.«

»Kann man sagen, daß Dominic van Buren ebenso vermögend ist wie seine Exfrau?«

»Ganz sicher, Colonel, wenn nicht sogar noch vermögender.«

Er nickte. Und trotzdem hatten sie sich an die Mutter gewandt und nicht an den Vater. Er fragte sich, warum?

»Seit 1955 hat mich niemand mehr mit ›Colonel‹ angesprochen.« Er lächelte. »Wenn man mich so anredet, fühle ich mich uralt. Joaquin wäre mir lieber.«

»Danke. Und bitte nennen Sie mich Maya.«

»Einverstanden«, erklärte er mit einem Nicken.

Als sie sich erhob, stand er ebenfalls auf. »Bitte, Joaquin«, erinnerte sie ihn mit sanfter Stimme, »vergessen Sie nicht, was ich über Mercedes gesagt habe. Es dauert, bis sie jemandem vertrauen kann.«

Er nickte. »Ich verstehe vollkommen.«

Als sie sich umdrehte und wegging, sah er ihr nach, sein Blick folgte den weichen Rundungen unter ihrem schwarzen Badeanzug. An der Tür drehte sie sich noch einmal zu ihm um und lächelte ihm zu.

Mercedes Eduard saß an ihrem Schreibtisch. Vor ihr lag eine Mappe, die sie aus dem Stahlsafe genommen hatte. In der Mappe befand sich eine einzige Zeichung aus den letzten Jahren des fünfzehnten Jahrhunderts. Hieronymus Boschs Darstellung von Krüppeln und Bettlern.

Sie hatte das Kunstwerk auf einer Kunstauktion in New York für sehr viel Geld erworben. Sie hatte es haben müssen, denn ihrer Meinung nach handelte es sich um ein einzigartiges, unvergleichliches Werk, auch wenn sie es seitdem nur selten betrachtet hatte. Jetzt starrte sie gedankenverloren auf die Zeichnung.

Der Künstler hatte jede Art von Anomalität auf dem Papier festgehalten. Amputierte und verkrüppelte Gliedmaßen. Pflaster, Binden, Lumpen. Leidende und boshafte Gesichter. Schmucke Hüte. Krücken, Stöcke, geniale Apparaturen für grausame Verkrüppelungen. Die Feder eines großen, verschrobenen Genies hatte den Schmerz und bitteren Humor der damaligen Welt festgehalten.

Falls sie ihren Besitz verkaufen mußte, um das Lösegeld für Eden zu beschaffen, würde sie diese Zeichnung als erstes verkaufen. Sie kannte einen Händler in Amsterdam, der bereit war, ein Vermögen für diese armseligen Krüppel zu bezahlen.

Sie hörte, wie die Tür aufging und Maya hereinkam.

»Du siehst erschöpft aus, Mercé.«

»Ja«, antwortete sie, »ich bin auch müde.«

Mayas Blick fiel auf die Zeichnung. »Warum schaust du dir das an?«

»Ich wollte mich mit dem Gedanken vertraut machen, daß ich es möglicherweise verkaufen muß.« Mercedes zeigte mit dem Finger darauf. »Welche Darstellung beeindruckt dich am meisten?«

»Ich finde sie alle grauenhaft.« Mayas Blick drückte ihren Ekel aus. Sie deutete auf eine Gestalt im unteren Teil. »Und diese da finde ich am grauenhaftesten«, erklärte sie.

Sie zeigte auf einen blinden Krüppel mit verwachsenen Beinen, der sich, auf zwei Krücken gestützt und mit einer Art Blindenstock im Mund, durch die dunkle Welt tastete. An seinen Fersen hingen zwei große, böse Wolfshunde.

Auf Mercedes' Gesicht trat ein hartes Lächeln. »Das ist meine Lieblingsgestalt. In ihr zeigt sich die Welt von ihrer wahrsten Seite.«

Maya verzog das Gesicht. »Ich werde die Post holen.«

Joaquin de Córdoba stand auf dem Balkon seines Zimmers und zog an seiner Zigarre. Das Wetter hatte sich über Nacht merklich verschlechtert, draußen war es bewölkt und schwül. Sein schmerzender Rücken war ein eindeutiges Zeichen für eine weitere Verschlechterung. Ein düsterer, riesiger Schatten hatte sich über das herrliche Anwesen gelegt.

Er vernahm ein Klopfen an der Tür. Bevor er sich umwandte, band er den Gürtel des Hausmantels zu.

»Herein.«

Die Tür ging auf, und Maya trat ins Zimmer. Sie trug ein leuchtend gelbes Kleid, ihr kurzes Haar war mit einem Band in derselben Farbe, der Farbe des Sommers, zusammengebunden. Aber als er die Zigarre ausdrückte und auf sie zuging, sah er, daß ihr Gesicht so weiß war wie die Wand.

»Heute morgen ist wieder ein Päckchen angekommen«, begann sie ohne Umschweife. »Mit einer Haarsträhne von Eden. Mit…«, sie schluckte, »Blut verschmiert.«

Er bewegte sich nicht. »War auch eine Nachricht dabei?«

Sie nickte. »Nur die Summe. Zehn Millionen Dollar.«

»Zehn Millionen?« Damit hatte er nicht gerechnet. In seiner ganzen Laufbahn hatte noch nie ein Entführer eine solche Summe verlangt.

»Ich werde mich sofort anziehen.«

»Ich möchte Ihnen etwas zeigen, bevor Sie runtergehen. Etwas Wichtiges.« Er hielt inne. Sie hielt einen schwarzen Plastikordner in der Hand. »Mercedes versucht, es vor Ihnen zu verheimlichen.«

»Was ist drin?«

»Mercedes hat Eden letztes Jahr von einem Privatdetektiv beobachten lassen. Hier drin befindet sich sein Bericht.«

»In diesem Fall handelt es sich um ein vertrauliches Dokument«, entgegnete er leise.

Maya wich seinem Blick nicht aus. »Sie müssen die Wahrheit über Eden wissen. Bitte lesen Sie.«

Der Bericht war Ende des vergangenen Jahres abgefaßt worden. Insgesamt zehn Seiten, mit einem Anhang und zahlreichen Fotos.

Die ersten zwei Seiten handelten von seiner Meinung nach unbedeutenden Einzelheiten aus dem Leben des Mädchens. Ungeduldig blätterte er weiter, stieß auf Schilderungen von Protestmärschen, Demonstrationen und geschwänzten Vorlesungen. Die wichtigste Information befand sich auf Seite drei des Berichts:

(22) Im Verlauf der dreiwöchigen Observation hat beobachtetes Objekt Drogen in beträchtlichem Ausmaß erworben. Bei der erworbenen Droge handelt es sich um Heroin.

(23) Im Verlauf der Observierung wurden insgesamt elf Drogenkäufe getätigt und zwar sämtlich von derzeitigem Begleiter des Objekts. Dieser Begleiter hat Objekt dann mit der Droge versorgt und in einigen Fällen, wie aus beiliegenden Fotografien zu ersehen, bei der Verabreichung der Droge mitgeholfen.

(24) Gekauft wurde bei in der Szene bekannten Dealern.

(25) Das Ausmaß der Drogenabhängigkeit läßt sich ohne Mithilfe eines Arztes oder anderer Sachverständiger nicht mit Genauigkeit bestimmen. Das Objekt wurde jedoch mehrmals bei Injizierung von Heroin beobachtet, eine Methode, die eher bei Süchtigen als bei Gelegenheitsanwendern üblich ist. Zu bemerken ist weiterhin, daß das Objekt zwischen 400 und 800 Dollar wöchentlich für Drogen ausgibt.

(26) Die Beziehung des Objekts zu derzeitigem Begleiter, Terence O'Neill Fagan, Spitzname »Rusty«, ist von entscheidender Bedeutung. Fagan selbst ist Gelegenheitsanwender von Kokain, eine Heroinsucht kann mit größter Wahrscheinlichkeit ausgeschlossen werden. Fagan hat mehrere Vorstrafen unter der Rubrik »Verstöße gegen das Rauschmittelgesetz« (siehe Anlage), seit 1970 hat jedoch keine Verurteilung mehr stattgefunden. Fagan gilt in der Szene als Vermittler und Beschaffer von Drogen für jugendliche, wohlhabende ›Klienten‹. Beweise dafür liegen durch eine frühere Observierung durch gleiche Detektei (siehe Anlage B) vor.

(28) Unsere Detektei geht davon aus, daß Fagan Drogen mit einer Gewinnspanne von bis zu 500 Prozent an seine ›Klienten‹ weiterverkauft, die ihrerseits Stillschweigen darüber bewahren.

De Córdoba blätterte weiter zu den Fotos.

Das erste, das er eingehender betrachtete, zeigte ein gutaussehendes, dunkelhaariges, etwa zwanzig Jahre altes Mädchen beim Verlassen eines Nachtclubs. Das Mädchen war Eden van Buren.

An ihrer Seite ein großer, breitschultriger junger Mann Ende zwanzig, der seinen Arm um ihre Taille gelegt hatte. Das Gesicht des Mannes wirkte sympathisch.

Beim nächsten Foto handelte es sich um ein grobkörniges Schwarzweißbild, das mit einem Teleobjektiv durch ein Fenster aufgenommen worden war. Es zeigte Eden mit nacktem Oberkörper, wie sie auf dem Rand einer Badewanne saß. Der Junge mit dem sympathischen Gesicht war ebenfalls auf dem Bild; es sah so aus, als ziehe er eine Spritze auf.

Das nächste Foto mußte unmittelbar nach dem vorigen gemacht worden sein. Gleicher Ort, der Junge sah zu, wie das Mädchen mit nach vorne geneigtem Kopf, wobei ihr Gesicht teilweise durch das herunterhängende, lockige dunkle Haar verdeckt wurde, im Begriff war, mit einer Nadel in die Beuge ihres Ellbogens zu stechen. Ihr dünner Oberarm war mit einer Staubinde abgebunden, ein Ende hielt sie im Mund.

Sie wirkte so linkisch, so rührend.

De Córdoba schlug den Ordner zu und blickte Maya Duran an. Sie hatte ihn voller Spannung beobachtet.

»Ich danke Ihnen, daß Sie mir das gezeigt haben«, sagte er.

»Das ändert sicher vieles, habe ich recht?«

»Ja, vielleicht.« Er gab ihr den Ordner zurück. »Dieser Mann, Fagan. Ist er noch mit Eden zusammen?«

»Nein«, antwortete Maya leise. »Er hat sich Anfang des Jahres das Leben genommen.«

De Córdoba sah sie eindringlich an. Ihr Gesicht wirkte nach wie vor ruhig und gelassen. »Ich verstehe«, sagte er vieldeutig. »Und die Addisonsche Krankheit?«

»Mercedes wollte nicht, daß Sie die Wahrheit erfahren. Sie hatte Angst, es würde Sie abstoßen. Eden ist nie krank gewesen.« Sie zögerte einen Moment, bevor sie fortfuhr. »Eden ist heroinsüchtig.«

3. DIE SCHMIEDE

SAN LLUC – MAI 1924

Neue Zeiten bringen neue Dinge mit sich.

Moderne Dinge, wundersame Dinge, phantastische Dinge.

Großvaters neuen Ford zum Beispiel, der Anlaß zu viel Aufregung ist. Großvater ist der einzige in San Lluc, der ein Automobil besitzt. Wenn Großvater mit ihnen allen zum Strand fährt, darf sie ganz stolz vorne auf Papas Schoß sitzen; der Fahrtwind wirbelt Staub auf, und die Menschen auf den Straßen starren ihnen mit offenem Mund nach.

Großvaters Filmtheater, das Tivoli, ist ein schummriger Ort, an dem man träumen kann.

Und Papas Schmiede, das Herz ihres Zuhauses, kommt ihr vor wie die Hintertür zur Hölle selbst! Papas Muskeln glänzen vor Schweiß, wenn er das glühende Eisen in seine endgültige Form hämmert. Bei jedem Schlag stieben die Funken durch den Raum. Und wenn er dann die Tür zu dem lodernden, tosenden Feuer öffnet, rennt sie voller Angst und Schrecken davon.

Und eines Tages ist davon die Rede, daß Mercedes bald zur Schule gehen wird.

Tante Lluisa hat die Aufgabe, Mercedes an ihrem ersten Schultag zu begleiten. Mercedes mag Tante Lluisa nicht besonders, doch als die Tante sie inmitten der Horde von Kindern allein läßt, sieht sie ihr mit Tränen in den Augen nach.

Das Schulgebäude ist viereckig und langweilig, nur der Glockenturm mit dem rostigen Eisenkreuz durchbricht die Eintönigkeit.

Die Schule gehört zum Kloster und wird deshalb von griesgrämigen Nonnen geleitet. Nur der Rektor ist ein Mann. Die Nonnen legen sehr viel Wert auf Disziplin, und wer nicht hören will, muß fühlen. Die älteren Nonnen machen gern Gebrauch vom Rohrstock.

Eines Tages ist Schwester Eufemia so zornig, daß sie Mercedes mit harten Händen ins Gesicht schlägt, solange, bis das Kind sich schreiend unter der Bank verkriecht. Sie ist außer sich vor Schmerz und Bestürzung. Noch nie in ihrem Leben hat jemand sie geschlagen.

Schwester Eufemia zieht sie unter der Bank hervor.

»Du schlägst also deinem Vater nach«, zischt sie. »Ein rebellischer Geist mit einem stolzen Herzen. Das ist Gotteslästerung und Verderbtheit. Wenn du nicht in der Hölle schmoren willst, dann mußt du das Böse in deinem Blut bezwingen, Kind.«

Mercedes weint den ganzen Tag. Sie vermeidet es fortan, Schwester Eufemia zu reizen, aber ihre Intelligenz läßt sich nicht verbergen. Sie lernt besser und schneller als die anderen Kinder, und nicht nur im Lesen und Schreiben, sondern auch im Rechnen und in Erdkunde tut sie sich hervor; vor allem aber in Religion, und das ist das Wichtigste. Sie darf fortan in der ersten Reihe sitzen.

Das erste Schuljahr vergeht wie im Flug.

Eines Tages, wenige Wochen vor ihrer ersten Kommunion, nimmt Schwester Catalina sie zur Seite. Mercedes mag Schwester Catalina am liebsten.

»Ich werde im nächsten Jahr nicht mehr unterrichten«, sagt sie mit freundlicher Stimme. Auf Mercedes' Gesicht zeigt sich Enttäuschung. »Wirst du mich vermissen?«

»Ja, Schwester.«

»Ich bin alt, Mercedes. Es wird Zeit, daß ich mich zur Ruhe setze und mich ganz dem Gebet und den Gedanken an das Leben danach widme. Aber wenn du möchtest, kannst du mich gerne ab und zu im Kloster besuchen.«

Mercedes nickt.

»Gott hat dir einen guten Verstand gegeben, Mercedes. Eines Tages wirst du vielleicht eine Schwester Jesu, wie Eufemia.« Während sie spricht, läßt sie ihren Rosenkranz durch die Finger gleiten. »Oder wie ich. Du könntest dann ebenfalls Kinder unterrichten, hier in dieser Schule. Das möchtest du doch gern, oder nicht?«

Mercedes nickt.

»Jetzt bist du noch ein Kind, Mercedes, aber eines Tages wirst du eine Frau sein. Für eine Frau gibt es wichtigere Dinge als den Verstand. Reinheit. Gehorsam. Deine Seele ist weiß, Mercedes. Rein und unbefleckt, wie ein weißes Blatt Papier, auf das du die Geschichte deines Lebens schreiben wirst. Verstehst du das?«

»Ja, Schwester Catalina.«

»Luzifer war einst stolz und gescheit. Auch er war von Gott gesegnet, aber sein Stolz hat ihn zu Fall gebracht. Er stürzte in die tiefste Hölle und wurde schwarz und so abscheulich, daß ihn niemand mehr anschauen mochte. Vor langer Zeit, lange bevor du zur Welt gekommen bist, hat dein Vater eine schreckliche Sünde begangen. Eine Sünde, die wie ein großes schwarzes Mal auf seiner Seele lastet.«

»Was hat er gemacht?« fragt sie entsetzt.

»Etwas Entsetzliches«, antwortet die Nonne unerwartet heftig. »Etwas, das man nicht einmal in den Mund nehmen darf.«

»Was?« drängt Mercedes.

Schwester Catalina legt eine Hand auf die Schulter des Kindes. »Er wurde dafür bestraft«, erklärt sie. »Gott hat ihn gezeichnet, auf daß es alle sehen können. Und bis er bereut, wird die Sünde in ihm sein. In seinem Herzen. Immer.«

Mercedes blickt sie schweigend an. Ihr Herz klopft und pocht.

»Sei vorsichtig, Mercedes«, warnt die Nonne, während sie das Mädchen an der Schulter rüttelt. »Sei vorsichtig. Denk daran, daß alles, was du auf deine weiße Seele schreibst, bis zum Tag des Jüngsten Gerichts dort bleiben wird. Und Gott wird sehen, was darauf geschrieben steht, und er wird entscheiden, ob du ins Paradies eingehen oder in die brennende Hölle hinabstürzen wirst.«

Mercedes fragt voller Furcht: »Muß Papa in die brennende Hölle hinabstürzen?«

Schwester Catalina nimmt die Hand von der Schulter des Mädchens. »Wenn er bereut und in den Schoß der Kirche zurückkehrt, wird ihm vergeben, und er wird gerettet. Wenn er nicht bereut, dann kann nichts seine Seele wieder weiß machen. Sie wird für immer und ewig schwarz und verdorben bleiben.«

Mercedes denkt an den offenen Rachen des Feuers, sieht wie

es lodert und tost. Sie weiß, daß Papa niemals bereuen oder in den Schoß der Kirche zurückkehren wird. Angst breitet sich in ihr aus.

Im Dezember geht sie zur ersten Kommunion. Ganz in weiß.

SAN LLUC – APRIL 1925

Sie kamen kurz nach ihrem siebten Geburtstag.

Drei Männer der *guardia civil* mit Gewehren über der Schulter. Sie waren auf der Suche nach dem Fabrikarbeiter Bertran Cantarell, der im Dorf wohnte.

Vielleicht würden sie sogar schießen.

Mit klopfendem Herzen rannte Mercedes ihnen nach, weil sie neugierig war.

Bertran hatte seine Tür verriegelt. Sie forderten ihn auf herauszukommen, aber er weigerte sich. Also schlugen die Männer der *guardia* die Tür ein. Menschen versammelten sich auf der Straße. Die Männer legten die Gewehre an und drangen in das Haus ein.

Kurze Zeit später führten sie den Mann heraus. Ihre Gewehre hatten sie wieder umgehängt. Kein Schuß war gefallen. Aber Bertran rann Blut aus Nase und Mund, und sein Gesicht sah anders aus als sonst. Seine Hände waren mit Handschellen auf dem Rücken zusammengebunden. Bertrans Frau und Kind klammerten sich weinend an ihn. Ein *guardia* stieß sie brutal von ihm weg und richtete dann seinen Gewehrlauf auf sie.

Mercedes spürte einen Schmerz in ihrem Bauch, einen fürchterlichen Schmerz, der sie von diesem Ort forttrieb, aber sie konnte sich nicht von der Stelle rühren. Sie hielt sich am Rock einer Frau fest, unfähig, den Blick abzuwenden.

Die drei Männer hatten inzwischen Verstärkung bekommen, ein vierter Mann war dazugekommen. Er ging ins Haus und fing an, den Hausrat auf die Straße zu werfen. Schweigend beobachteten Mercedes und die anderen die Geschehnisse. Die drei Männer der *guardia civil* zogen abwechselnd an einer Zigarette und unterhielten sich derweil über den Stierkampf. Wortlos blickte Bertran über den Berg ihrer Habseligkeiten auf seine Frau und sein Kind.

Im Gesicht seiner Frau standen Kummer und nackte Angst.

Stühle, Kleider, ein Tisch, ein paar Blechteller, mehr besaßen sie nicht. Bald lag alles auf der Straße.

Dann führten die Soldaten Bertran die Straße hinunter. Ihre Uniformmützen thronten über seinem unbedeckten Kopf. Eine Frau legte den Arm um Sofia und den Jungen und zog sie fort. Ein anderer raffte ihre Habseligkeiten zusammen.

Welches Verbrechen hatte Bertran begangen? Sie fragte ihren Großvater, der mit ein paar alten Männern auf dem Dorfplatz stand.

»Kümmere dich nicht darum. Spiel lieber mit deinen Kaninchen.«

»Sie haben alles auf die Straße geworfen.«

»Wir können froh sein, daß wir eine Regierung haben, die mit starker Hand durchgreift«, sagte Großvater zu den anderen. »Diese Leute haben versucht, den König zu ermorden.«

»*Bertran?*«

»Nein, nicht Bertran.« Großvater lächelte. »Aber Leute von seinem Schlag. Und das kommt dann halt dabei heraus.« Er klopfte Mercedes mit seinem dicken Zeigefinger auf die Schulter. »Erzähl das deinem Vater, Mercedes.«

Mercedes rannte heim zur Schmiede. Mama war da und unterhielt sich mit Papa, während er arbeitete. Sie sah blaß aus und machte einen sorgenvollen Eindruck.

»Ist Bertran ein schlechter Mensch?« wollte Mercedes von ihrem Vater wissen.

»Nein, nur ein armer. Wenn du älter bist, Mercedes, wirst du begreifen, daß arme Menschen nur selten böse sind. Und böse Menschen nur selten arm.« Papa hob Mercedes mit seinen großen Händen auf seinen Schoß. Seine dunkelblauen Augen leuchteten. »San Lluc ist ein verschlafenes Nest, Mercedes, aber es gibt Tausende von Dörfern wie San Lluc. Und außerdem gibt es große Städte, in denen leben viele, viele Menschen, Millionen Männer und Frauen und Kinder. All diese Dörfer und Städte werden von einer gewaltigen Bewegung erfaßt, sie ist wie eine riesige Welle, und sie wird eines Tages ganz Spanien mitreißen. Die Welle wird alle Ungerechtigkeit, alle Not, die in unserem Land herrscht, fortspülen.«

»Das reicht, Francesc«, sagte Mama eindringlich, während sie versuchte, das Mädchen von ihm fortzuziehen.

Mercedes spürte eine dumpfe Ahnung in sich aufsteigen. Es war ihr nie in den Sinn gekommen, daß man eine Tür einschlagen konnte. Sie hatte sich hinter der verschlossenen und verriegelten Tür immer sicher gefühlt. War es möglich, daß jemand auch ihre Tür einschlug?

Mercedes Eduard war ein Elfenkind. Sehr hübsch, und alles deutetete darauf hin, daß sie einmal eine echte Schönheit werden würde. Große, dunkle, kluge Augen; langes, dickes pechschwarzes Haar. Da es sich nicht kringelte, sondern in langen, schweren Zöpfen geflochten war, nannte Papa es Medusas Schlangen.

Sie wußte nichts von den Aufständen, die nicht nur Katalanien, sondern ganz Spanien erfaßt hatten. Wie sollte sie auch, sie war ja erst sieben Jahre alt und hatte das Dorf kaum jemals verlassen.

Lleonart Cornadó, der mit seinen fast elf Jahren zu den größten Jungen in der Klasse gehörte, erzählte auf dem Schulhof, daß Bertran tot sei.

»Sie haben ihm eine Bleikugel um den Hals gehängt und ihn dann ins Meer geworfen«, erklärte er. Während er sprach, stellte er seine Muskeln zur Schau. Der untere Ast eines Baumes ganz hinten auf dem Schulhof diente ihm wie immer als Thron, von dem aus er zu seinen Untertanen sprach.

»Hier, schaut her!« Er krempelte die Ärmel hoch und spannte die Muskeln an, die weiß und eindrucksvoll in die Höhe standen.

»Warum haben sie das gemacht?« fragte Mercedes.

»Das würdest du wohl gerne wissen, haha?« Lleonart grinste. Sein Gesicht mit den haselnußbraunen Augen und dem verschlagenen Lächeln war mit Sommersprossen übersät. Er ließ nun die Muskeln am anderen Arm spielen, während er sich mit geballter Faust in gekonnter Pose vor den anderen aufbaute. Drei andere Mädchen kamen angelaufen, um ihn zu bewundern. Für Lleonart war es ein leichtes, Mädchen zu beeindrucken. Selbst Mercedes fühlte sich auf seltsame Weise von ihm angezogen. Besonders wenn er, wie jetzt, eine Vorstellung gab, scharten sich alle um ihn.

»Aber warum?« Mercedes ließ nicht locker.

»Weil er ein dreckiger kleiner Lenin ist, darum. Wie noch einer, den wir alle kennen.« Eines der Mädchen kicherte und stupste ihre Freundin an. »Das macht man halt so mit Anarchisten«, erklärte er. »Man hängt ihnen eine Bleikugel um den Hals und schmeißt sie ins Meer. So eine Bleikugel zieht einen ganz schnell nach unten, man hustet ein bißchen und ertrinkt. Und dann fressen die Fische die Augen. Den Anarchisten geschieht das recht.« Er hielt den Mädchen seinen Oberarm hin. »Wollt ihr mal fühlen? Wie Stahl.«

Die Mädchen befühlten die harten weißen Muskeln mit zittrigen Fingern und kleinen Lauten der Bewunderung. Der eine oder andere Junge tat es ihnen nach.

Lleonart zwinkerte. »Wollt ihr noch was anderes sehen, das so hart ist wie Stahl?«

»Das ist ekelhaft«, sagte einer der Jungen. Alle wußten, was gemeint war. Die Mädchen drängten sich mit großen Augen näher.

»Laß sehen«, sagte eines der Mädchen.

Lleonart knöpfte seinen Hosenladen auf, dann fummelte er in der Hose herum. »Also dann, paßt auf… und… hier kommt er!«

Die Mädchen stießen allesamt schrille Schreie aus.

»Mach die Hose zu, du Schwein!« entrüstete sich der gleiche Junge. Aber alle starrten wie gebannt auf Lleonarts stolz aufgerichtetes Glied. Er schien vor den Augen der anderen noch größer zu werden und sich noch mehr aufzurichten.

»Das ist ja *abstoßend*!« erklärte Fina, das älteste Mädchen, mit verächtlicher Miene. Sie war zehn.

»Nein, das ist es nicht.« Lleonart Cornardó warf ihr einen boshaften Blick zu. »Er ist eine köstliche Wurst. Wer will einmal beißen?« Er streckte seine rosafarbene Männlichkeit Fina hin. »Komm schon, Fina. Ich weiß doch, daß er dir schmeckt.«

»Ich denke gar nicht daran.« Fina reckte ihre Stupsnase in die Höhe und ließ ihre Zöpfe fliegen. »Ich will mich doch nicht vergiften.«

»Das wirst du auch nicht«, erklärte Lleonart mit glänzenden Augen. »Komm schon, Fina.«

Die anderen hoben zu einem ermutigenden Geschrei an. Fina grinste und beugte sich vor.

Mercedes wandte sich ab und schlenderte über den staubigen Schulhof. Sie wußte, was jetzt kam. Es geschah nicht zum erstenmal. Lleonart war es gleichgültig, wer an seiner Wurst lutschte, Mädchen oder Junge. Mercedes aber interessierte sich nicht dafür.

Sie stellte sich vor, wie es war, wenn ein Mann mit einem schweren Gewicht am Hals im Meer unterging. Das Husten und das Ertrinken. Und die Fische, die die Augäpfel fraßen.

Lleonart war ein Lügner. Er hatte es nur gesagt, um ihr Angst einzujagen. Es konnte einfach nicht sein.

Aber Mercedes hatte gesehen, wie die Soldaten Bertrams Tür eingeschlagen und seine Sachen auf die Straße geworfen hatten. Sie hatte gesehen, wie er geblutet hatte.

Eines Nachts kam Bertran zurück. Zuerst glaubte Mercedes, er wäre betrunken, denn er bewegte sich ganz langsam, mit schlurfenden Schritten, die Arme um seinen Körper geschlungen wie um ein Bündel alter Kleider, das schon beim kleinsten Windhauch auseinanderfällt. Dann ging irgendwo eine Lampe an, und der Lichtschein fiel auf sein Gesicht. Es war dick und verquollen und leuchtete in allen Farben, wie eine Karnevalsmaske. Das eine Augenlid war mit geronnenem Blut verklebt.

Vollkommen außer sich rannte sie zurück zur Schmiede und konnte kaum beschreiben, was sie gesehen hatte. Papa machte sich mit düsterem Blick und schweigend auf die Suche nach Bertran. Mama brachte sie zu Bett. Mercedes flehte sie an, die Kerze nicht auszublasen, denn hinter jedem Schatten verbarg sich Bertrans entsetzliches Gesicht.

Bertran und seine Familie verließen San Lluc am nächsten Morgen und kehrten nie wieder zurück.

Nach dem, was Tia Josefina, die in der Bäckerei arbeitete, erzählte, hing alles mit dem langanhaltenden Streik in der Fabrik zusammen, in der Bertran arbeitete. Bertran, so erklärte sie, habe versucht, wichtige Maschinen zu sabotieren. Die Familie Massaguer, der die Fabrik gehörte, sei darüber mehr als erzürnt gewesen.

»Sie haben's ihm gegeben«, hörte Mercedes einen Kunden sagen. »Jetzt hat er seinen Leistenbruch und kann nur noch Blut spritzen. Und wo nimmt er das Geld für einen Arzt her?«

Mama kochte an dem Abend eine *zarzuela*, einen herrlich duftenden Eintopf aus Garnelen, Muscheln und Huhn, aber Mercedes hatte keinen Appetit. Sie fühlte sich nicht wohl. Deshalb brachte Mama sie zu Bett und legte ihr eine Wärmflasche auf den Bauch. Mercedes vergrub sich unter der Decke.

Mercedes war stolz auf ihren Papa, ganz gleich, was die anderen sagten.

Überall im Dorf sah sie seine Arbeit, von den schweren Eisenringen an den Türen bis zu den winzigen Wetterfähnchen ganz oben auf den Hausdächern. Aber seine allerschönste Arbeit waren die Tore, die er für das Kloster geschmiedet hatte.

Sie schienen für die Ewigkeit gemacht, so stark wirkten sie, doch die Verzierungen waren einfach und fein. Die sich windenden Schlangen wirkten beinahe lebendig, die Blätter der Blumen weich und samtig. Sie liebte diese Tore. Ihr Anblick erfüllte sie mit Stolz.

Hin und wieder ging Mercedes hinauf ins Kloster, um Schwester Catalina zu besuchen. Sie trafen sich fast immer in dem schattigen Garten, und Mercedes bekam ein Glas Milch und ein Stück Kuchen.

Schwester Catalina wurde mit jedem Mal weniger gesprächig. Aber Mercedes war es egal. Sie kam gerne ins Kloster. Sie freute sich an der Ruhe des gepflasterten Klosterhofes. Sie war gerne so weit oben, und der blaue Himmel schien ihr hier viel näher als unten im Dorf.

Manchmal hatte sie den Wunsch, Nonne zu werden. Hier oben war es einfach, an Gott zu glauben.

SAN LLUC – MAI 1927

Eine riesige Kinderschar umringte das Automobil, das vor dem Schulhaus stand.

Mercedes sah sofort, daß dieses Fahrzeug ganz anders war als Großvaters Ford. Dieses Automobil war lang und prächtig, leuchtend rot, und die Stoßstangen funkelten in der Sonne. Jedes riesige Rad schien ein glitzerndes Flechtwerk aus silbernen Drähten und Stangen zu sein.

»Das ist ein Studebaker Sedan«, erklärte Juan Capdevila voller Bewunderung. Juan Capdevila war Mercedes' bester Freund und ein Experte in Sachen Auto. Mit seinen abstehenden Ohren, die er hin- und herbewegen konnte, sah er aus wie eine dünne Fledermaus.

Da ertönte die Schulglocke. Einer nach dem anderen riß sich von dem Anblick los, bis sich alle in der Halle eingefunden hatten.

An diesem Morgen schienen die Gesichter der Lehrer, die am anderen Ende der Halle auf dem Podium standen, noch ernster zu sein als sonst. Neben ihnen standen zwei Fremde. Nach dem Gebet trat Señor Sánchez einen Schritt vor und räusperte sich feierlich.

»Die meisten von euch wissen, daß sich Spanien mit Marokko im Krieg befindet«, fing er an. »Spanien führt einen heldenhaften Krieg gegen einen grausamen Feind. In Kriegszeiten müssen viele Menschen große Opfer bringen. Heute will ich euch von einem Mann erzählen, der das größte Opfer erbracht hat. Er hat als tapferer Soldat auf dem Schlachtfeld von Afrika sein Leben gelassen.«

Er bekreuzigte sich, und die anderen folgten seinem Beispiel.

»Dieser tapfere Soldat war Leutnant Felip Massaguer, ältester Sohn der Familie, die ein großer Gönner der Kirche und dieser Schule hier ist. Er starb wie ein Held beim mutigen Angriff auf die feindlichen Linien. Seine letzten Worte lauteten: ›Lang lebe Spanien.‹ Die Schule hat eine Gedenktafel für ihn in Auftrag gegeben. Wir wollen jetzt ein Gebet für ihn sprechen.«

Bevor der Schulleiter die Kinder in ihre Klassenzimmer entließ, hob er noch einmal die Stimme.

»Mercedes Eduard möchte bitte im Anschluß in mein Zimmer kommen.«

Mercedes versteckte ihre zitternden Hände in ihren Armhöhlen. Die Aufforderung des Schulleiters konnte nur eine Bestrafung bedeuten. Die Mädchen hatten in solchen Fällen mehr zu leiden als die Buben, denn sie mußten die Hände ausstrecken, auf die dann der dicke Rohrstock niedersauste.

Lleonart Cornadó stieß sie mit dem Fuß an den Knöchel, dann rieb er sich in gespielter Verzweiflung die Hände. Juan klopfte ihr mitfühlend auf die Schulter. Mercedes quälte sich zum Zimmer des Schulleiters.

Señor Sánchez saß hinter seinem Schreibtisch. Er war nicht allein. Auf der anderen Seite des Schreibtischs saß ein zweiter Mann. Mercedes erkannte einen der Fremden wieder, die auch in der Halle anwesend gewesen waren.

»Das ist Eduards Mädchen«, erklärte Señor Sánchez.

»Ach tatsächlich, ist sie das?« fragte der Fremde mit rauher Stimme.

Die Augen des Fremden waren schwarz und durchdringend, mit schweren Lidern und dunklen, langen Wimpern. Einen Augenblick spiegelte sich etwas darin – eine Ahnung vielleicht oder Neugierde? – ein Ausdruck, der sich sofort wieder verflüchtigte.

Der Schulleiter spielte mit seiner Brille. »Du hast gehört, daß ich vom heldenhaften Tod von Leutnant Felip Massaguer gesprochen habe?«

Mercedes nickte.

»Und dieser Mann hier ist sein Bruder, Señor Gerard Massaguer.«

Gerard Massaguer. Mercedes spürte plötzlich eine tödliche Bedrohung. Sollte das noch schlimmer werden als eine Bestrafung? Hatte das hier vielleicht mit Papa zu tun? Die Erinnerung an Bertran Cantarell stieg in ihr auf, an den Bertran, der als gebrochener Mann durch die Straßen von San Lluc geschlurft war. Sie fing an zu zittern.

»Señor Massaguer ist eben aus Afrika zurückgekehrt, wo er das Grab seines Bruders besucht hat. Er hat uns die traurige Nachricht gebracht. Weil er den Wunsch geäußert hat, unsere beste Schülerin kennenzulernen, habe ich dich herkommen lassen.«

»Du bist also Mercedes Eduard«, sagte Gerard Massaguer langsam, während er die Beine übereinanderschlug.

»Ja, Señor«, flüsterte sie.

»Ich habe gehört, daß du eine Musterschülerin bist. Ist das wahr?« Mercedes schwieg. »Nun?« fragte er barsch. »Hast du deine Zunge verschluckt?«

»N...nein, Señor.«

»Bist du eine Musterschülerin?«

»Ja, Señor.«

»Auch im Rechnen?«

Mercedes warf dem Schulleiter einen hilflosen Blick zu. »Ich… ich glaube schon, Señor.«

Gerard lachte. Er war wunderschön gekleidet. Ein kleines Stück schwarzer Stoff zierte seinen Kragen. In Mercedes' Augen sah er aus wie ein Filmstar. Sein schwarzes Haar glänzte. Am kleinen Finger der rechten Hand funkelte ein großer Diamantring.

»Keine falsche Bescheidenheit, Mercedes Eduard. Das ist eine Tugend für arme Leute. Ich mag Menschen, die ihren Wert kennen.« Unter gesenkten Lidern sahen die schwarzen Augen sie an. »Komm her!«

Mercedes gehorchte mit klopfendem Herzen. Als sie näher trat, konnte sie den Mann sogar riechen, den Duft seines Parfums, seine neuen Kleider, seine männliche Haut. Er betrachtete sie eindringlich. »Ja«, sagte er schließlich. »Sie hat ein intelligentes Gesicht.« Und mit Blick auf den Schulleiter. »Sind Sie nicht auch der Meinung?«

»Ein intelligentes Gesicht, gewiß, Señor Massaguer.«

»Muß gutes Blut in den Adern haben.« Seine vollen Lippen kräuselten sich. »Wird vielleicht eines Tages eine Schönheit. Wunderschöne Augen. Wer ist der Vater des Mädchens?«

»Der Schmied von San Lluc. Francesc Eduard.«

»Aha. Der Unruhestifter.«

»Gewiß, Señor Massaguer. Ein Anarchist und noch mehr.«

»Wie alt bist du, Mercedes?«

Ihre Zunge klebte am Gaumen. »Neun.«

Sie spürte, wie der Mann mit kräftigen Fingern ihr Gesicht anhob. Ihre Augen trafen sich. Seine Finger ließen nicht zu, daß sie den Kopf abwandte. »Du zitterst ja, Mercedes. Hast du Angst vor mir?«

Mercedes gab keine Antwort. Sie spürte, daß sein Griff noch fester wurde, wie er ihre Wangen zusammenpreßte, bis sie wimmerte.

»Du brauchst keine Angst vor mir zu haben. Dein Wohlergehen liegt mir sehr am Herzen, Mercedes.«

Der Schulleiter schwenkte seine Brille hin und her und beobachtete die beiden mit einem nachsichtigen Lächeln.

»Sehr sogar«, ergänzte Gerard. »Ich werde deine Fortschritte mit großem Interesse verfolgen. Ich erwarte große Dinge von dir.

Und jetzt möchte ich, daß du das Einmaleins aufsagst, angefangen bei der Neunerreihe.«

Mercedes fing an.

»*Schneller*«, unterbrach sie Gerard mit schroffer Stimme. »Wir wollen nicht den ganzen Tag damit zubringen.«

Mercedes fing noch einmal von vorne an, diesmal schneller, so schnell sie konnte. Der dunkle Mann hörte ihr stirnrunzelnd zu. Als sie fertig war, wandte er sich an Sánchez. »Wird das Kind oft gezüchtigt?«

»Äußerst selten«, antwortete der Schulleiter lächelnd.

»Schlecht«, erklärte Gerard mit schmeichelnder Stimme. »Sie braucht Schläge. Alle Mädchen brauchen Schläge. Sowie ihre Leistungen auch nur geringfügig nachlassen und es so aussieht, als gebe sie nicht ihr Bestes, erwarte ich von Ihnen, daß Sie Gebrauch vom Stock machen, und zwar gewaltigen Gebrauch. Bis sie um Gnade fleht. Verstanden?«

Sánchez nickte ernst. »Wie Sie wünschen, Señor Massaguer.«

Sollte das etwa ein Scherz sein? Mercedes zitterte am ganzen Leib. Gerard lehnte sich in seinem Stuhl zurück und betrachtete das Kind. »Ich hätte gern gewußt, was sich ein kleines Mädchen wie du wünscht, Mercedes.«

»Ich… ich weiß nicht, Señor.«

»Aber du wünschst dir doch sicher etwas. Etwas, für das du deinen rechten Arm hergeben würdest. Stimmt's?«

»Ich spare«, flüsterte sie. »Für… für ein Fahrrad.«

»Ein Fahrrad. Hier, das ist für deine Sparbüchse.«

Sie sah, wie die Münze in der ausgestreckten Hand des Mannes funkelte.

Mit großen Augen und angehaltenem Atem nahm sie die Münze entgegen, einen *duro*, ganze fünf Pesetas. Die große Silbermünze mit dem Abbild des Kindkönigs, Alfonso XIII., lag schwer in ihrer Hand.

Der Schulleiter stand auf. »Ein wirklich königliches Geschenk. Was sagst du, Mercedes?«

»Danke«, flüsterte Mercedes, während ihre Hand die Münze fest umklammerte.

»Danke vielmals«, verbesserte sie Sánchez.

»Danke vielmals.«

»Wenn du bei meinem nächsten Besuch immer noch die beste Schülerin bist, dann gibt es wieder was. Und wenn nicht, werden Tränen fließen, hörst du!«

Mercedes nickte stumm.

»Also dann, Sánchez.« Gerard erhob sich und warf einen Blick auf seine goldene Armbanduhr. »Ich muß gehen.«

»Natürlich, natürlich.« Sánchez schob Mercedes zur Tür hinaus. »Geh in dein Klassenzimmer! Und paß gut auf das Geld auf, verlier es nicht, sonst brech ich dir die Finger!«

Mercedes rannte in den Hof hinaus, die Münze immer noch fest in der Hand. Keine Schläge. Gerard Massaguer, für sie der mächtigste Mann, hatte ihr einen silbernen *duro* gegeben!

Der rote Studebaker glänzte im hellen Sonnenlicht. Eine junge, schlanke Frau lehnte lässig an der blanken Haube. Ihr goldenes Haar trug sie fast so kurz wie ein Mann, aber trotzdem war sie wunderschön. Die Zigarette, die sie rauchte, steckte in einem langen Zigarettenhalter.

Sie trug ein weißes Kleid, das an einer Seite gerafft war und auf diese Weise den Blick freigab auf schlanke Fesseln und hochhackige Wildlederschuhe.

Mercedes meinte, ihr Herz müsse stehenbleiben. So schön. Wie ein Engel. Sie stellte sich vor, daß sie selbst lässig an dem Auto lehnte, ein Engel mit blondem Haar.

Sie versteckte sich schnell hinter einem dicken Baum, als Sánchez und Gerard aus der Tür traten.

»Tut mir leid, daß es so lange gedauert hat, meine Liebe«, sagte Gerard zu dem Mädchen. Mit dem Zeigefinger klopfte er jetzt dem Schulleiter an die Brust. »Ich wollte Sie noch fragen, ob der Vater des Mädchens irgendwelche Schwierigkeiten macht. Setzt er dem Kind Flausen in den Kopf?«

»Nicht daß ich wüßte«, erwiderte Sánchez. »Eduard scheint, seitdem er die Barrantes geheiratet hat, sehr viel ruhiger geworden zu sein.«

»Wer's glaubt, wird selig«, sagte Gerard mit Verachtung in der Stimme. »Ich kenne diese Sorte. Die ändern sich nicht. Also, bis zum nächsten Mal, Sánchez.«

Er hielt der schönen, jungen Frau die Wagentür auf. Dann fuhren sie davon.

Mercedes betrachtete die Münze in ihrer Hand. Zum erstenmal hatte sie einen Blick in eine andere Welt getan.

Sie rannte zurück zum Klassenzimmer und murmelte eine Entschuldigung, als sie auf ihren Platz neben Juan eilte. Ihre Hände waren zu Fäusten geballt.

»Laß sehen«, flüsterte Juan mit einem Ausdruck des Mitleids auf seinem schmalen Fledermausgesicht.

Mercedes hielt ihm die Fäuste entgegen, dann streckte sie langsam die Finger aus. Anstelle der roten Striemen, die Juan erwartet hatte, glänzte eine riesige Silbermünze in ihrer Hand.

Juan riß die Augen so weit auf, daß seine Ohren wie wild schlackerten.

Mama war noch bei der Arbeit, als Mercedes nach Hause kam. Papa arbeitete wie immer in der Schmiede; er machte Scharniere für Josep Arnau, der neben ihm stand und sich mit ihm unterhielt.

Da sie den ganzen Weg gerannt war, konnte sie die wunderbarste Neuigkeit des Tages nur japsend und keuchend mitteilen. Sie mußte laut schreien, um das Tosen des Feuers zu übertönen.

Josep Arnau hörte ihr grinsend zu, doch Papas Gesicht verdüsterte sich mit jedem Wort.

»Schau«, sagte sie schließlich ganz aufgeregt und glücklich. Sie streckte die Hand aus. »Schau doch bloß, was Señor Massaguer mir gegeben hat! Und er hat gesagt, ich bekäme noch mehr, wenn ich gut bin.«

Francesc griff nach der Münze und warf sie ins Feuer.

Mercedes rang nach Luft. »*Papa!*«

»Meine Tochter nimmt kein Geld von den Massaguers«, erklärte ihr Vater mit eisenharter Stimme. »Meine Tochter nicht!«

»Aber sie gehört mir! Gib sie mir zurück!«

Francesc nahm seinen Hammer in die Hand. »Geh in dein Zimmer und mach deine Hausaufgaben!« befahl er barsch.

»Du bist ein Dieb«, schrie Mercedes unter Tränen. »Ein Dieb! Gib sie mir zurück!«

Arnau gluckste mißbilligend und strich sich über sein graues Haar. »So darfst du nicht mit deinem Vater reden, Mercedes.«

»Er hat mein Geld gestohlen!« Große Tränen rollten über ihre Wangen. »Er ist ein Dieb!«

Der Zorn hatte die dunkelblauen Augen ihres Vaters noch dunkler gemacht. »Hier, nimm dein Geld.« Mit der Zange hob er die Münze aus dem Feuer und ließ sie in ihre Hand fallen.

Mercedes schloß die Hand, ohne nachzudenken. Mit einem Zischen brannte sich das Metall in ihr Fleisch. Sie versuchte, die Münze wegzuwerfen, aber sie klebte an ihrer Hand fest. Der unerträgliche Schmerz ließ sie laut aufschreien. Verzweifelt schüttelte sie ihre Hand.

Endlich fiel die Münze zu Boden. Sie hatte ein kreisrundes Loch in ihre Hand gebrannt. Weinend und schreiend ließ sie sich zu Boden fallen.

»Nenn mich nie wieder einen Dieb, Mercedes! Nie wieder, hörst du!« Er trug sie zum Bottich und tauchte ihre Hand in das kalte Wasser, als handle es sich um ein Stück Eisen, das er eben bearbeitet hatte. »Du wirst nie wieder etwas von Gerard Massaguer annehmen, nie wieder, so lange du lebst! Von keinem dieser Massaguers. Hast du mich verstanden?«

Mercedes machte sich los. Ihre schwarzen Augen loderten in ihrem weißen Gesicht. »*Ich hasse dich*«, zischte sie. Dann rannte sie auf die Straße hinaus.

Francesc wollte ihr nachlaufen, sein Gesicht war fahl und bleich geworden. Die Hand des Zimmermanns, die sich auf seine Schulter legte, hielt ihn davon ab.

Francesc schüttelte die Hand ab und griff nach der Weinflasche, die in der Nähe der Tür stand, dem kühlsten Platz in der Werkstatt. Er nahm einen großen Schluck, der den Schmerz und den Zorn in seiner Brust besänftigen sollte. Im Gesicht von Mercedes hatte er Gerard Massaguers schwarze Augen gesehen.

Sie war nicht sein Kind und würde es auch nie werden. Mit abwesendem Blick starrte er auf die Staubflocken, die vor seinen Augen im hellen Licht auf und ab tanzten. Was wohl Conchita zu der ganzen Geschichte sagen würde.

BARCELONA

Dem Schwirren der Tontaube aus der Wurfmaschine folgte das zweifache Krachen der Schrotflinte. Nach jedem Knall zerbarst die fliegende Tonscheibe in zigtausend Splitter. Die Zuschauer spendeten vereinzelt Beifall.

Gerard sah vom Pavillon aus zu, wo er mit übereinandergeschlagenen Beinen, die Hände hinter dem Kopf verschränkt, Platz genommen hatte. Marisa schoß im Wechsel mit den anderen Frauen. Sie hatte bereits die ersten beiden Runden gewonnen; die nächste sollte bald folgen.

Sie würden eine gute Ehe führen, dessen war er sich sicher. Marisa war Italienerin und stammte aus bester Familie. Ihr Onkel war ein italienischer Herzog und ein guter Freund von Mussolini. Verschiedene Cousins bekleideten hohe Ämter in der faschistischen Regierung. Er und Marisa wollten ihre Hochzeitsreise in Rom und Florenz verbringen, wo er dem Duce vorgestellt werden sollte. Er freute sich auf diese Ehre. Auch wenn sich manche über das theatralische Gehabe lustig machten, war Mussolini doch ein großer Mann. Der Faschismus, dessen war Gerard sich sicher, würde von Dauer sein.

Die Zukunft gehörte ihnen. Die Kommunisten mußten langsam aber sicher überall in Europa den Rückzug antreten. In Portugal, Italien und Deutschland hatten die Faschisten gesiegt. Sie garantierten Stabilität und Wohlstand. Genau das, was das Europa des zwanzigsten Jahrhunderts brauchte. Der Faschismus war ein Schutzwall gegen die Anarchie.

Eines Tages würde auch Spanien ein faschistisches Land sein. Eine andere Lösung gab es nicht. Dem Kommunismus mußte ein Ende bereitet werden. Und das würde auch geschehen, so wahr es einen Gott gab. Und zwar schon bald.

Félix Martinez, der derzeitige Star einer jeden Stierkampfarena, kam gerade darhergeschlendert. Als er jetzt aufrecht zu seinem Platz stolzierte, wurde er von allen Seiten mit Applaus empfangen, vor allen Dingen von den Damen. Der glänzende Zopf wippte an seinem Hinterkopf auf und ab.

Die Frauen liebten einen Sieger. Einen Killer.

Marisa war dann am erregtesten und am erregendsten, wenn er sie mit Gewalt nahm. So wie vergangene Nacht. Gerard trank sein Glas leer und genoß das herrlich leichte Gefühl, das der Gin verursachte.

Kein anderer außer ihm hatte sie verdient.

Gerard strahlte vor lauter Selbstzufriedenheit und Stolz. Er hatte das Gefühl, daß die Götter ihn liebten.

Felip lag in einem sandigen Grab in Marokko und konnte ihm sein Erbe nicht mehr streitig machen. Felip hatte ihm keine Ruhe gelassen. Solange er gelebt hatte, hatte immer noch die wenn auch geringe Möglichkeit bestanden, daß Felip irgendeine heldenhafte Tat vollbringen würde, die ihm wieder einen Platz im Herzen ihres Vaters sicherte.

Es war eine herbe Enttäuschung gewesen, daß sein Vater Felip, diesen kleinen Bastard, nicht enterbt hatte, nachdem er ihm die widerlichen Briefe gegeben hatte. Natürlich hatte sein Vater getobt und gezetert, aber damit, daß er Felip in die Armee gesteckt hatte, um ›einen richtigen Mann aus ihm zu machen‹, hatte er schließlich gar nichts bewirkt.

Nicht weit von ihm saßen acht oder neun Frauen, alle mit breitrandigen Hüten, um einen Tisch herum. Mit gespieltem Interesse verfolgten sie die Schüsse, aber immer wieder erhaschte er den einen oder anderen Blick, der ihm unter langen Wimpern hervor zugeworfen wurde.

Felip hätte ihm gar keinen größeren Gefallen erweisen können, als im Kampf für das Vaterland zu sterben. Auf diese Weise konnte sich die Familie auch noch im Ruhm eines Helden sonnen. Selbst Gerard kam der heldenhafte Tod seines Bruder hin und wieder zugute. Der Gedanke daran amüsierte ihn.

»… beim mutigen Angriff auf die feindlichen Linien…«

Er grinste still in sich hinein. Hörte sich wunderbar an. Auch das würde auf der Tafel eingraviert werden. Selbst sein Vater hatte ihm geglaubt, wenigstens teilweise.

Die Wahrheit, die er aus dem Munde eines zynischen jungen Offiziers nach dessen fünftem Cognac in einem schwülen Armeeclub erfahren hatte, war jedoch alles andere als heldenhaft. Sein Bruder war in einem gottverlassenen Schacht, eine halbe Meile vom Lager entfernt, von einer Handvoll Eingeborenen gefangengenommen und mit aufgeschlitztem Bauch liegengelassen worden. Am drauffolgenden Tag war er in einem Feldlazarett gestorben. Vor dem Tod hatte er nach seiner Mutter gerufen.

Gerard winkte den Kellner heran und bestellte noch einen Drink, während er seinen Blick umherschweifen ließ. Die Fotografen tummelten sich mit gezückten Bleistiften und einsatzbereiter Kamera zwischen den Zuschauern, die die neueste Mode für sie präsentierten.

Nachdem der Kellner den Drink vor ihn hingestellt hatte, rührte er nachdenklich das Eis um.

Seine Begegnung mit Mercedes Eduard heute morgen war ein außergewöhnliches Ereignis gewesen. Die pure Neugierde hatte ihn veranlaßt, die Schule aufzusuchen, doch das Mädchen hatte ihn verblüfft. Sie war ein Meisterwerk, ganz und gar kein Bauerntölpel. Sein Blut floß in ihren Adern, und das machte etwas Besonderes aus ihr.

Die Begegnung hatte ihn aufgewühlt. Das Gefühl ließ sich mit keinem anderen vergleichen. Seit er sie gesehen hatte, ging sie ihm nicht mehr aus dem Sinn. Sie war schön, ihre Augen wild und betörend. Sie hatte die Augen der Massaguers. Am liebsten hätte er diesen zitternden Mund geküßt, das lockige schwarze Haar gestreichelt. Am liebsten hätte er sie an sich gerissen. Wenn sie allein gewesen wäre, hätte er es getan. Hätte seinen Mund auf den ihren gepreßt…

Meine Tochter.

Er spielte mit dem Gedanken, Marisa zu sagen, daß Mercedes sein Kind war. Er entschied sich schließlich dagegen. Frauen waren eifersüchtige Wesen. Sie wollte ihm sicherlich eigene bambini schenken und würde demnach über ein bereits vorhandenes Kind wenig erfreut sein.

Aber er schwor sich, das Kind eines Tages zu etwas Besonderem zu machen, eines Tages, wenn sie erwachsen war. Ja, das würde er. Und wehe dem Schmied, wenn er sich seinen Plänen in den Weg stellte. Das Kind gehörte ihm.

Er dachte an die riesigen Pranken des Schmieds, die damals Josés Hand zerquetscht hatten. Ein gefährlicher Tölpel. Doch er wußte, wie man mit solchen Typen fertig wurde. Er erinnerte sich noch gut an die Behandlung, die sie ihm hatten angedeihen lassen. Ein zweites Mal würde der finstere Rohling es nicht wagen, unverschämt zu werden.

Ganz zwanglos ließ er die Hand in seinen Schoß gleiten, wo sein hartes Geschlecht sich gegen den Stoff drängte. Während er mit halbgeschlossenen Augen eine Schar spröder junger Señoritas beobachtete, fuhr seine Hand ganz unauffällig über sein steifes Glied.

Vor seinem geistigen Auge sah er ein Kindergesicht. Die Zukunft gehörte ihm.

Peng. Peng.

SAN LLUC

Marcel Barrantes hatte gehörig an Gewicht zugelegt, seit er den Laden verkauft hatte und das Tivoli betrieb, und schob eine nicht zu übersehende Kugel vor sich her. Jetzt weinte er vor Mitleid und Zorn.

»Armes kleines Ding«, stöhnte er. »Dieser Teufel! Wie kann er bloß so niederträchtig sein?«

Er tröpfelte Jod auf die Hand des Kindes, das vor Schmerz wieder aufschrie.

»Warum war Papa so zornig?« fragte Mercedes unter Tränen.

»Nenn ihn nicht so.« Marcels kleine Schweinsäuglein waren wäßrig. »Der Mann ist nicht dein Vater.«

Wortlos starrte sie ihn an.

»Er ist nicht dein Vater«, wiederholte Marcel. »Nicht dein *richtiger* Vater. Wie könnte dieser häßliche Kerl auch dein Vater sein, mein Täubchen?« Mit zitternden Händen stellte er das Jodfläschchen auf den Tisch und schneuzte sich die Nase. »Nein. Du kommst aus einem besseren Stall, Mercedes. Irgendwann hab ich gedacht, daß Eduard dir ein guter Vater sein würde, aber das war ein furchtbarer Irrtum. Ich hätte nie…«

Er sprach nicht weiter, sondern stapfte aus der Küche in die Speisekammer, wo er sich ein Glas Wein einschenkte, den er sogleich hinunterstürzte, um nicht völlig vor dem Kind zusammenzubrechen.

Als er zurückkehrte, sah Mercedes ihn mit großen Augen an. Ihr Gesicht war so weiß wie die Wand. »Wer ist mein richtiger Vater?« fragte sie leise.

Erst jetzt dämmerte Marcel die Bedeutung dessen, was er getan hatte. Mit rotem Kopf blinzelte er die Tränen aus seinen geschwollenen Augen. Er gab keine Antwort.

»Ist Gerard Massaguer mein Vater?« fragte sie.

Marcel nickte. Irgendwann mußte das Kind es ja erfahren.

Plötzlich spürte Mercedes den Schmerz in ihrer Hand überhaupt nicht mehr. Sie spürte ein Kribbeln, fühlte sich verändert. Es schien, als gebe es die alte Mercedes nicht mehr, sondern nur noch jemand anderen. Als sei die alte Mercedes für immer verschwunden.

Man hatte sie angelogen. Alle hatten sie gelogen.

Sie drehte sich um und rannte hinaus.

»Warte!« rief Marcel ihr nach. »Du kannst nicht nach Hause zurück! Bleib hier! Lluisa und Maria braten eine Gans. Und dazu gibt es Knödel!«

Aber Mercedes rannte hinaus in die Sonne, ihr Haar flog gleich einem Gewirr schwarzer Schlangen um ihren Kopf.

»Mein Gott, Francesc«, schluchzte Conchita am Abend, »warum hast du das bloß getan?«

Als er antwortete, klang seine Stimme rauh. »Es bringt mich um, wenn ich mit ansehen muß, wie das Kind uns den Rücken zukehrt und sich *ihnen* zuwendet!«

»Sie wird uns nie den Rücken zukehren, mein Liebster, glaub mir. Das Mädchen liebt dich. Sie ist deine Tochter.«

»Gerard Massaguer ist reich. Er besitzt Ländereien, schöne Kleider und noch viel mehr. Was meinst du, was passiert, wenn er Mercedes eines Tages erklärt ›Ich bin dein Vater‹ und wenn Mercedes dann Francesc Eduard anschaut, der nichts weiter ist als der Dorfschmied, ein grober, ungehobelter Kerl, der kaum lesen und schreiben kann? Ein Trottel, der sie angelogen hat, der sich als ihr Vater ausgegeben hat, obwohl er kein Recht dazu hat?«

»Sie muß es ja nicht erfahren.«

»Und wenn sie es doch erfährt? Soll ich einfach zusehen, wie Gerard Massaguer daherkommt und sagt ›Sie ist meine Tochter‹?«

»Nein, Francesc, nein«, rief sie verzweifelt, während sie die ergrauten Locken streichelte.

»Ich muß eine andere Lösung finden. Überlegt habe ich schon lange. Ich muß das Kind in die Schule nehmen, muß ihr bestimmte Dinge beibringen, Conchita.«

»Was beibringen?«

»Den Unterschied zwischen Gut und Böse, zwischen Recht und Unrecht.«

»Du meinst Politik?« fragte sie mit sorgenvoller Stimme. »Francesc, du hast mir versprochen, daß du das Mädchen mit deinem Anarchismus verschonen wirst. Hab Erbarmen, laß sie Kind sein!«

»Sie muß mehr wissen. Ich will nicht, daß die anderen sie so einfach in Versuchung führen können, Conchita. Wenn sie den Unterschied kennt, dann kann sie eine Entscheidung treffen, die auf dem Verstand beruht und nicht auf irgendwelchen blinden Gefühlen. Eine Entscheidung auf der Grundlage eines politischen Bewußtseins, eines Gerechtigkeitsgefühls, eines Wissens um Recht und Unrecht.«

»In ihrem Alter?«

»Es wird Zeit, daß wir das Mädchen langsam wie einen erwachsenen Menschen behandeln. Sie ist reifer als jeder Junge in ihrem Alter. Ich werde morgen damit anfangen.«

»O Francesc…«

Sie stand auf und ging in das Zimmer, in dem Mercedes schlief. Das Gesicht des Kindes war blaß, ihr schwarzes Haar lag auf dem Kissen ausgebreitet. Conchita glaubte, den Schmerz zu fühlen, als ihr Blick auf die riesige Brandblase fiel. Sie konnte Francesc und seine Gefühle verstehen, wenigstens glaubte sie das. Aber hätte er ebenso gehandelt, wenn Mercedes sein eigen Fleisch und Blut gewesen wäre? Sie verdrängte den Gedanken, der jedoch dadurch nicht weniger wirklich war.

Im Schlaf glich Mercedes ihrem richtigen Vater noch mehr als sonst, eine Tatsache, die Conchita auch jetzt aufwühlte.

Plötzlich fing das schlafende Kind an zu schluchzen. Conchita strich ihr hilflos übers Haar. Wer konnte wissen, was im Kopf des Kindes vorging?

SAN LLUC – JUNI 1928

»*Du* da.«

Lleonart Cornadó stieß Mercedes von hinten an.

Sie und Juan Capdevila waren in der Pause auf der Suche nach einem ruhigen Fleckchen ohne lärmende und schreiende Kinder im hintersten Winkel des Schulhofes gelandet, aber Lleonart Cornadó hatte sie selbst dort gefunden.

»Laß uns in Ruhe. Verschwinde!«

»Das ist *mein* Platz«, erklärte Lleonart. »Du verschwindest!«

»Ich war zuerst hier.«

»Nein, ich war zuerst hier.« Mit einem Grinsen langte Lleonart nach ihrem langen schwarzen Haar. Sie sah ihn zornig an. »Laß mich in Ruhe!«

»Verschwinde, Lleonart!« Juan Capdevila hielt zu Mercedes. Mit seinem häßlichen Fledermausgesicht sah er Lleonart herausfordernd an. »Laß sie in Ruhe!«

»Und wenn nicht, was dann?« Lleonart suchte eindeutig Streit.

»Dann werd' ich's dir geben!«

Nach einem kurzen Augenblick ließ Lleonart ein verächtliches Lachen ertönen. Jeder wußte, daß er der Stärkste in der Schule war. »Du? Du häßlicher kleiner Zwerg. Ich könnte...«

In dem Augenblick stolperte er rückwärts, denn Juan hatte ihm einen Schlag auf die Brust versetzt.

»Laß sie in Ruhe!« wiederholte Juan drohend.

Lleonarts sommersprossiges Gesicht wurde von Zornesröte überzogen. »Dafür wirst du noch bezahlen, Capdevila. Aber ich möchte wissen, wieso du dich mit diesem kleinen Luder abgibst. Ihr Vater buddelt Leichen aus, und ihre Mutter ist eine Hure.«

Gleich einem wilden Tier stürzte Mercedes sich mit Krallen und Zähnen auf ihn. Lleonart bekam gerade noch ihr Handgelenk zu fassen, bevor sich ihre Nägel in seine Augen eingruben. Aber er hatte die Stärke des Mädchens unterschätzt. »Sie will mich umbringen! Packt sie!«

Mit einem Satz stürzten sich Miguel und Ferran, seine beiden Gefolgsmänner, auf Mercedes.

Fast im gleichen Augenblick sprang Juan auf Ferrans Rücken und schlang seine Arme um den Hals des größeren Jungen.

Jetzt spürte Mercedes, wie ihr ein Knie in den Bauch gerammt wurde. Nach Luft ringend, stolperte sie zurück. Da erhielt sie einen Schlag auf die Nase, daß sie glaubte, ihr ganzer Kopf müsse zerspringen. Die Welt um sie herum war plötzlich so rot und tosend wie der Schlund des Feuers in der Schmiede.

Blind und hilflos taumelte sie im Kreis. Dieser Art von Kampf war sie nicht gewachsen. Sie stieß gegen einen Körper, dabei hörte sie Lleonart Cornadó sagen: »Auf den Boden mit ihnen, wir werden ihnen eine Lektion erteilen.«

Sie krallte sich an der Stimme fest, ihre Nägel zerkratzten ein Gesicht, und ein Schmerzensschrei drang an ihr Ohr. Sie versuchte, mit den Füßen zu stoßen, aber ihr Widerstand dauerte nur wenige Sekunden. Dann wurde sie von starken Armen auf den Boden geworfen. Ihr Gesicht lag im Staub, sie schmeckte die Erde in ihrem Mund. Ein Fuß stellte sich auf ihre Schulter und zwang sie, unten zu bleiben.

»Möchtest mich gern umbringen, oder?« keuchte Lleonart. »Kleines Anarchistenluder. Dir werd' ich eine Lektion erteilen.«

Dann spürte sie eine heiße Flüssigkeit auf ihrer Wange und gleich darauf den bitteren Geschmack von Urin in ihrem Mund.

Lleonart Cornadó pinkelte auf sie herunter.

Außer sich vor Wut versuchte sie, sich zur Seite zu rollen, doch Lleonarts Fuß drückte sie wieder auf die Erde. Der Urin rannte ihr übers Gesicht, über die Hände, über den Rücken. Die beiden anderen wanden sich vor Lachen.

Unerträglich! Sie versuchte durchzuhalten. Ihre Zeit würde kommen. Lleonarts Blase entleerte sich nur langsam. Dann die letzten Tropfen. Er drehte Mercedes mit seinem Fuß herum. Das Sommersprossengesicht mit den listigen Augen strahlte.

»Schau dich an, Mercedes, gescheit wie du bist. Ich hab' dir soeben ins Gesicht gepinkelt! Und ich pinkle auch deinem Anarchistenvater ins Gesicht und deiner Hurenmutter ebenfalls.«

Mercedes blieb regungslos liegen, sie hatte weder Worte noch Gesten. Nur ihre schwarzen Augen brannten sich in Lleonarts Gesicht, und sie wußte, daß sie ihn töten würde. Bald. Lleonart ahnte nichts von ihren Gedanken. Er lachte roh auf, dann drehte er sich um. Die anderen beiden ließen jetzt auch von Juan ab. Gemeinsam stolzierten sie davon, voller Freude über ihren leichten Sieg.

Mercedes versuchte, sich aufzurichten. Ihre Arme und Beine schienen auf einmal aus Gummi zu sein. Juan streckte ihr die Hand hin. Das häßliche Fledermausgesicht mit der schnell anschwellenden roten Kratzwunde auf der Wange blickte sie traurig an.

»Es tut mir leid«, sagte Juan. »Vielleicht hätte ich sie abwehren können, wenn du mich nicht so furchtbar gekratzt und umgeworfen hättest.«

Mercedes kam endlich auf die Beine. »Tut mir leid«, murmelte sie mit belegter Stimme.

Voller Bestürzung betrachtete Juan seine Freundin. Mercedes war schmutzig, ihr Kleid zerissen, an ihrem langen Haar klebte die vom Urin feuchte Erde. »Du mußt dich waschen, bevor wir wieder reingehen, sonst kriegt Sánchez einen Wutanfall.«

Er führte Mercedes in den Waschraum und machte die Tür hinter ihnen zu. Unter Zuhilfenahme seines Taschentuchs sowie reichlich Seife und Wasser machte er sich an die Arbeit. Mercedes ließ ihn gewähren; sie konnte nur daran denken, daß sie Lleonart töten würde. Mit einem Stein, zischte eine kleine Stimme in ihrem Innern. Wenn er aus der Schule herauskommt, schlägst du ihm mit dem Stein auf den Kopf. Gib ihm eins auf die Birne, daß er umfällt.

»Ich zahl's ihm heim«, preßte Mercedes hervor. Sie hatte aufgehört zu weinen. Auch das Nasenbluten war fast zum Stillstand gekommen. »Ich bring' ihn um«, sagte sie leise.

»Er hat es nicht anders verdient.« Juan wrang die Bluse aus, dann gab er sie Mercedes zurück. »Hier, sie ist zwar naß, aber wenigstens sauber.«

Ohne zu überlegen, schlang sie die Arme um Juan Capdevila und zog ihn ganz fest an sich. »Ich bring' ihn um«, flüsterte sie ihrem Freund ins Ohr. Es war nicht seine Schuld, daß die anderen stärker gewesen waren. Er hatte sie tapfer verteidigt. Sie drückte einen Kuß auf seine Wange, ihre Fingernägel vergruben sich in seiner Schulter. »Ich mein' es ernst, Juan.«

Sie achtete darauf, daß ihre Schultasche noch vor dem Klingelzeichen gepackt war. Als die Klingel ertönte, war sie bereit. Sowie Schwester Eufemia die Klasse entlassen hatte, rannte sie vor allen anderen, sogar vor Juan, nach draußen. Sie wandte sich jedoch nicht nach rechts in Richtung San Lluc, sondern nahm den Weg nach Pals, den Weg, den auch Lleonart nahm.

Sie hatte alles genau geplant. Sie wußte genau, wie sie vorgehen würde.

Sie wußte, wo sie zuschlagen würde. Bei der Ockermine würde es sein.

Die Ockermine lag ungefähr zwanzig Meter entfernt von dem schmalen Fußweg, der nach Pals führte, inmitten des Dickichts von Korkeichen und wildem Rosmarin. Seit Jahren kümmerte sich niemand mehr darum.

Die meisten Erwachsenen hatten in der Zwischenzeit vergessen, daß es sie überhaupt jemals gegeben hatte, und dachten nicht einmal mehr daran, ihren Kindern das Spielen dort zu verbieten. Die mutigeren Kinder erforschten hin und wieder die kohlrabenschwarzen Stollen, doch auch sie wagten sich nicht allzuweit vor, so daß niemand mehr mit Sicherheit sagen konnte, wie tief die Stollen in die Erde hineinreichten. Was dort versteckt wurde, würde kein Mensch je wieder finden.

Keuchend und ohne auf die Dornen zu achten, die ihre Beine zerkratzten, bahnte sie sich ihren Weg durch das Unterholz. Als sie die Stelle erreicht hatte, die sie in Gedanken ausgewählt hatte, begab sie sich auf die Suche nach einem geeigneten Stein. Schließlich fand sie einen gezackten Schieferstein, der so schwer war wie eine Axtklinge, aber nicht zu schwer, um ihn hoch aus der Luft niedersausen zu lassen.

Sie zitterte am ganzen Leib, in ihren dunklen Augen stand die Wildheit eines Tieres, das durch den duftenden Dschungel von Rosmarin, Salbei und Thymian nach seinem Opfer Ausschau hielt. Das Zirpen der Grillen war das einzige Geräusch in der nachmittäglichen Hitze. Von ihrem Platz aus konnte sie den Fußweg gut überblicken.

Der Schweiß stand ihr auf der Stirn, als sie sich setzte, um zu warten.

Jeden Tag, wenn Conchita von der Korkfabrik nach Hause kam, füllte sie als erstes am Brunnen den Eimer mit Wasser. Wenn sie ihn dann nach oben geschleppt hatte, fing sie an, das Abendessen zuzubereiten.

Sie dachte darüber nach, wie gern sie das Dorf verlassen hätte. Mit Francescs Handwerk konnten sie sich überall niederlassen; er konnte auch in Palafrugell oder La Bisbal als Schmied arbeiten, an einem Ort, wo es Leben und lachende Menschen gab, nicht nur

Staub und längst begrabene Träume. Sie sehnte sich nach einem Ort, wo ein Mann wie Francesc, mit seiner Vergangenheit und seinen politischen Ansichten, nicht wie ein gefährlicher Krimineller behandelt wurde, wo Gerard Massaguer keine Macht über sie hatte, wo Mercedes glücklich sein konnte.

Sie liebte ihre Tochter mit einer blinden Leidenschaft, die jeder rationalen Grundlage entbehrte. Für die Liebe zu ihrem Mann gab es dagegen wohlbekannte Gründe. Sie liebte ihn wegen seiner Freundlichkeit, seiner Güte, seiner angeborenen Gutherzigkeit, seiner Stärke. Und sie liebte ihn dafür, daß er Mercedes liebte wie sein eigenes Kind.

Im Jahr 1917 hatte er Conchita versprochen, daß es ihr und dem Kind zuliebe fortan keine Zusammenkünfte in Barcelona mehr geben würde, keine Gedanken an Revolution, keine Reden. Bisher hatte er sein Versprechen gehalten, aber sie wußte, daß seine Überzeugung in den vergangenen zehn Jahren nicht schwächer, sondern im Gegenteil noch stärker geworden war.

Sie seufzte schwer. Mercedes war ein Einzelkind. Das bereitete ihr Kummer, sowohl um des Kindes willen als auch um ihretwillen. Sie wußte nicht, woran es lag, daß sie nicht mehr Kinder hatten. Mit ihren siebenundzwanzig Jahren stand sie in der Blüte des Lebens. Inzwischen hätten Francesc und sie mindestens noch zwei Kinder haben können.

Mercedes war demnach, sofern nicht doch noch ein Wunder geschah, sein einziges Kind. Deshalb hatte er auch so heftig reagiert, als Gerard Massaguer Kontakt zu Mercedes aufgenommen hatte. Und aus dem gleichen Grund konnte er es kaum noch erwarten, dem Mädchen seine politischen Ansichten zu vermitteln. Er brannte darauf, Mercedes nach seinem Ebenbild zu formen, vor allem weil sie das Fleisch und Blut eines anderen war.

Sie legte die Schürze ab und blickte aus dem Fenster. Vor ihr lagen die Steinwände von San Lluc. Ein steinernes Dorf. Staubige lehmige Gassen und von Wind und Wetter gebleichte Holztüren. Und über den roten Ziegeldächern der weite blaue Himmel.

Ein Blick auf die Uhr an der Wand genügte, um zu wissen, daß Mercedes jeden Moment von der Schule nach Hause kommen mußte.

Mercedes beobachtete die Schar von Kindern, die hintereinander an ihr vorbeizogen. Ihre Finger schlossen sich fester um den Stein. Mit zusammengepreßten Zähnen und Schweißperlen auf der Stirn, die ihr in die Augen rannen, sah sie Juan nach und dann Fina, deren Zöpfe beim Gehen keck und frech hüpften.

Dann blieb ihr fast das Herz stehen, denn sie hatte Lleonart erblickt, der mit der Schultasche über der Schulter und gesenktem Blick langsam auf sie zugeschlendert kam. Er war ganz allein. Mercedes spürte wieder, wie ein Kraftstrom aus ihrem Innern bis in ihre Fingerspitzen floß. In diesem Moment fiel auch das letzte Zaudern und Zögern von ihr ab. Sie erhob sich aus der Hocke und rief.

»Lleonart!«

Zuerst hatte es den Anschein, als hätte Lleonart sie nicht gehört, doch dann blieb er stehen und spähte in die Richtung, aus der die Stimme gekommen war.

»Lleonart«, rief sie noch einmal, während sich ihre Finger noch fester um den Stein schlossen.

»Wer ist da?« fragte Lleonart.

»Komm hier herüber! Ich hab' was für dich!«

Sie sah, wie seine listigen grünen Augen das Dickicht absuchten. »Wer bist du?« wiederholte Lleonart. »Mercedes Eduard? Bist du das?«

»Komm hier herüber!« rief Mercedes noch einmal.

»Was willst du? Noch eine Tracht Prügel?«

»Ich hab' was für dich.«

»Was?« fragte Lleonart mißtrauisch. Er hatte Mercedes immer noch nicht entdeckt.

»Etwas Besonderes!«

»Dann bring's her.«

»Ich kann nicht.«

Als jetzt eine zweite Schar von Kindern vorbeikam, verhielt Mercedes sich ganz ruhig.

»Was ist?« rief Lleonart, als sie wieder allein waren. »Was hast du für mich, Mercedes Eduard?«

»Ich lutsch' deine Wurst«, rief sie.

Lleonarts sommersprossiges Gesicht bekam plötzlich einen anderen Ausdruck. Die Versuchung war groß, denn die Mädchen wollten nicht mehr so recht, seit da unten herum Haare sprießten und eine Flüssigkeit herauskam, die angeblich wie tote Fische schmeckte. Er zögerte, leckte sich die Lippen.

»Ich lutsch' auch so lang, wie du willst!«

Lleonart kratzte sich am Bein, überlegte. Er konnte nicht widerstehen. »Gut, einverstanden«, erklärte er, während er bereits in das Unterholz vordrang. »Aber wehe, du machst es nicht gut, dann passiert was. Wo bist du? Mercedes?«

»Hier bin ich.«

Ohne sich von der Stelle zu rühren, beobachtete sie, wie Lleonart sich seinen Weg durch das Dickicht bahnte. Sie wußte ganz genau, was sie als nächstes tun würde. Der Junge fluchte, als Dornen ihm die Beine zerkratzten. »Verdammt! Wo zum Teufel bist du?«

»Ich bin hier. Bei dem großen Baum.«

»Hättest du nicht einen einfacheren Platz aussuchen können?« Er fingerte bereits an seinem Hosenschlitz herum, während er nach Mercedes Ausschau hielt. Obwohl er jetzt kaum zwei Meter von ihr entfernt war, sah er sie immer noch nicht.

Dann war er nur noch von der hellen Stille umgeben.

Sie stand auf und trat von hinten auf Lleonart zu.

Sie hatte die Hand mit dem Stein bereits hoch erhoben. Dann stürzte er gleich einem Falken auf Lleonart Cornadós Schläfe hinab. Und traf.

Ein dumpfer Aufprall. Lleonart fiel um wie vom Blitz getroffen und ohne daß auch nur ein einziger Laut über seine Lippen kam. Blut rann über seinen Kopf. Unter seltsamen Zuckungen kam er schließlich auf den Rücken zu liegen.

Dann lag er regungslos auf der Erde.

Conchita hörte ein Klopfen an der Tür, dann die Stimme ihres Vaters, der von unten zu ihr hinaufrief.

»Ich bin in der Küche, Papa«, ließ sie ihn wissen. Gleich darauf hörte sie sein Schnauben und Keuchen und das Klicken seines Gehstocks auf den Stufen. Zur Begrüßung küßte sie ihn auf seine gerötete Wange. Er roch nach Wein, wie so oft in letzter Zeit.

»Ganz allein?«

Sie nickte. »Ich weiß nicht, wo Mercedes bleibt. Sie hätte schon vor Stunden hier sein müssen. Wahrscheinlich träumt sie wieder einmal vor sich hin.«

»Hmmm.« Ihr Vater zeigte mit dem Stock auf den Weinkrug auf der Küchenbank. »Darf ich?«

»Wenn du um diese Zeit schon trinken mußt, bitte«, sagte sie lächelnd.

»Was hat denn die Zeit damit zu tun?« grummelte er. Er klemmte den Stock unter den Arm, hob den Krug und nahm einen großen Schluck. Der Wein färbte seinen Schnurrbart, der inzwischen fast schneeweiß war, rot.

»Möchtest du dich nicht setzen?« fragte sie.

»Ich bleib' nicht lang.« Er nahm noch einen Schluck, bevor er den Krug wieder abstellte. Jetzt begann er mit seinen Daumen nervös über den glatten Stockgriff zu fahren. »Conchita«, stieß er unvermittelt hervor, »ich möchte mit dir reden.«

Conchita lächelte. »Worüber denn?«

»Über das Mädchen.«

»Du meinst Mercedes?« Sie neigte den Kopf zur Seite. Unter der Fettschicht, die sein Gesicht bedeckte und es ausdruckslos erscheinen ließ, glaubte sie ein Gefühl zu erkennen. »Was ist los, Papa?« fragte sie mit sanfter Stimme.

»Ich möchte, daß du sie fortbringst.«

»Sie fortbringen? Wohin?«

»Ich möchte, daß ihr beide dieses Haus verlaßt und zu mir kommt. Und zu ihren Großtanten. Sie muß weg von Eduard.«

Vor lauter Überraschung mußte sie laut lachen. »Papa, was für ein Unsinn. Francesc ist doch mein Mann. Er ist Mercedes' Vater.«

»Francesc ist nicht ihr Vater«, gab Marcel zurück.

»Natürlich ist Francesc ihr Vater.«

»Nein, das ist er nicht. Und glaub ja nicht, daß ich nicht wüßte, welche Ideen er dem Kind in den Kopf setzt. Gefährliche Ideen, Conchita. Er vergiftet sie und macht eine kleine Anarchistin aus ihr. Redet ihr ein, daß Bomben und Gewalt Recht sind.« Er sah sie eindringlich an. »Wie kannst du so etwas zulassen? Willst du, daß sie so aufwächst, mit Wut und Haß im Herzen?«

Ihr Mund wurde schmal. »Es gibt sehr viel Schlimmeres, als ihrem Vater nachzuschlagen.«

»Der Mann ist nicht ihr Vater«, fuhr Marcel sie an. »Und außerdem weiß sie es.«

»Was weiß sie?«

Marcel rülpste und legte schnell die Hand auf den Mund. Er blickte zur Tür. »Sie *weiß es*.«

Conchita erstarrte, und als sie ihren Vater ansah, waren ihre Augen plötzlich kalt. »Wovon sprichst du, Papa?«

»Denk doch bloß an die Schule! Sie war immer die erste, und jetzt macht sie gar nichts mehr richtig. Außerdem war sie immer ein gutes Kind, aber jetzt ist sie nicht mehr zu bändigen...«

»Du hast gesagt, Mercé weiß es«, unterbrach ihn Conchita leise. »Was willst du damit sagen?«

»Einmal mußte sie es ja erfahren.« Wie ein schmollendes Kind klopfte der alte Mann mit seinem Stock auf den Boden.

»Du hast es ihr gesagt«, flüsterte sie mit einem Gefühl der inneren Leere. »Du hast ihr gesagt, daß Francesc nicht ihr Vater ist.«

»Ist denn das ein Verbrechen?«

»Ich kann's einfach nicht glauben«, murmelte Conchita, während sie sich langsam setzte. »Wann hast du's ihr gesagt?«

»Als Francesc ihr so weh getan hat. Damals, mit der glühenden Münze.«

Ihre Augen füllten sich mit Tränen. Plötzlich wußte sie, warum Mercedes so verändert war. »Wie konntest du das bloß tun? Wie konntest du bloß, Papa?«

»Einmal mußte sie es ja erfahren.«

»Und du hast gedacht, es sei *deine* Aufgabe, es ihr zu sagen?« Der Zorn packte sie. Das Kind hatte damit fertig werden müssen. Ohne Trost und Beistand. Ohne irgendeine Erklärung. »Du hast gedacht, daß *du* entscheiden kannst.«

»Irgend jemand mußte ja entscheiden«, verteidigte er sich.

»Es ist abscheulich, was du getan hast!«

»Es ist genauso abscheulich, was Eduard Mercé angetan hat. Mit welchem Recht hat er das Kind so behandelt?« Marcels Stimme wurde mit jedem Wort lauter, bis sie sich fast überschlug. »Nur weil ihr *richtiger* Vater ihr ein Geschenk gemacht hat! Als ob er selbst das Kind mit Geschenken überhäufen würde! Er gibt ihr kaum einen *centavo*, um mal einen Lutscher zu kaufen. Sie könnte ebenso gut das Kind eines Kesselflickers sein!«

Der Zorn hatte ihre Tränen getrocknet, doch jetzt empfand sie nicht einmal mehr Zorn. Sie stand auf. »Papa, geh nach Hause«, bat sie ihn mit ruhiger Stimme. »Und komm bitte nicht mehr her.«

»So ist das also«, erwiderte er laut, wobei er die Faust in die Seite stemmte. »Meine eigene Tochter scheucht mich aus dem Haus wie einen Hund?«

»Papa, ich bitte dich, geh«, wiederholte sie kopfschüttelnd.

»Nach allem, was ich für dich getan habe! Nach allem, was ich mir von diesem fanatischen Grobian habe gefallen lassen...«

»Wenn Francesc erfährt, was du getan hast«, sagte sie leise, »dann bringt er dich wahrscheinlich um. Geh nach Hause, Papa, und komm nicht mehr her!«

Er fuchtelte mit seinem Stock in der Luft herum, bevor er sich umdrehte und mit schweren Schritten die Treppe hinunterstolperte.

Sie hielt die Hand vor den Mund, um ihre Tränen zurückzuhalten. Erst jetzt fing sie an, das Ausmaß der Tragödie zu begreifen. Sie hatten geglaubt, daß die Veränderung, die mit dem Kind vorgegangen war, nur auf Francescs Härte zurückzuführen war.

Aber wer wußte zu sagen, wieviel Schaden das Kind erlitten hatte. Und was sie durchgemacht hatte.

Wo blieb Francesc? Wo blieb Mercedes?

Plötzlich stieg eine furchtbare Ahnung in ihr auf. *Wo blieb Mercedes?*

Eine innere Stimme sagte ihr, daß etwas ganz Schreckliches geschehen war.

Lleonart hatte die Augen geöffnet; er starrte zum blauen Himmel hinauf. Auch sein Mund stand offen. Aus dem Loch in seiner Schläfe tropfte das Blut auf die Erde.

Mit dem Stein fest in der Hand starrte Mercedes auf ihn hinunter. Sie war sich nicht sicher, ob Lleonart tot war oder nicht, aber sie wußte, daß sie es jetzt zu Ende bringen mußte. Sie mußte Lleonarts Kopf mit dem Stein zerschmettern und dann die Leiche in die Ockermine schleppen, in den tiefsten, dunkelsten Stollen. Dann würde sie nach Hause gehen, als ob nichts gewesen wäre.

Los, mahnte die innere Stimme, bring's hinter dich.

Sie stellte sich breitbeinig über Lleonarts Oberkörper und hob den Stein hoch über ihren Kopf, um ihn auf das sommersprossige Gesicht niederfahren zu lassen.

Jetzt sah sie, daß Lleonart noch lebte. Plötzlich hob sich seine Brust, und aus seiner Kehle drang ein gurgelnder Laut.

»Nein…«

Mercedes ließ den Stein sinken, hob ihn jedoch gleich wieder über den Kopf, zielte auf Lleonarts Stirn.

»Nein! Bitte ni… nicht!« Die haselnußfarbenen Augen wirkten auf einmal gar nicht mehr verschlagen, sondern sahen sie nur flehend an. Vor Verzweiflung waren sie weit aufgerissen, beschworen sie. Sein Gesicht war so weiß, daß die Sommersprossen so dunkel wirkten wie das Blut, das über sein Gesicht lief. »Bitte nicht«, brachte er heraus. »Biiiiitte, bitte nicht…«

Mercedes wollte es tun, sie war fest entschlossen, es zu tun. Aber sie merkte plötzlich, daß sie es nicht tun konnte.

Die vibrierende Spannung, die sie verspürt hatte, war ebenso wie der ungeheure Zorn, der in ihr getobt hatte, einer Leere gewichen. Sie spürte nur noch Ruhe und Stille in sich.

Sie hatte das Gefühl, als zwinge eine unsichtbare Kraft ihren Arm nach unten. Ganz langsam senkte sie den Stein.

Lleonarts Augen folgten ihrer Hand, dann senkten sich seine Lider.

Mercedes hob den Kopf und blickte um sich. Gelber Ocker, blauer Himmel, grüne Bäume. Hitze und das Zirpen der Insekten. Eine Eidechse, die über einen Stein huschte.

Als sie spürte, wie sich Lleonarts Brust zwischen ihren Beinen hob und senkte, fragte sie sich, warum sie ihn nun doch nicht getötet hatte.

»Es tut mir llllleid«, flüsterte Lleonart. »Es tut mir…«

»Sei still«, sagte eine Stimme ganz ruhig.

Lleonarts Augenlider flackerten.

Daß sie ihn hatte töten wollen und dazu auch in der Lage gewesen war, zählte letztlich genauso viel wie die vollbrachte Tat. Ganz genauso viel. Ja, entschied sie, ganz genauso viel. Und es war ganz einfach, jetzt, wo sie wußte, wie es ging.

Sie ließ sich in die Hocke nieder, dann zog sie ihr Höschen herunter. Lleonart blieb ganz ruhig liegen, als sie ihre Blase über ihm entleerte. Er war sogar zu benommen, um seinen Kopf zur Seite zu drehen. Sie empfand keine Freude dabei. Es schien ihr lediglich gerecht zu sein.

Als sie fertig war, stand sie auf.

»Jetzt weißt du, wie es ist«, hörte sie ihre eigene tonlose Stimme sagen. »Ich hätte dich töten sollen. Du hast Glück gehabt.«

Als sie sich umdrehte und ging, fing Lleonart an zu weinen.

4. DAS VERWÖHNTE KIND

LOS ANGELES – SEPTEMBER 1956

Eden hörte ein Rascheln und Knistern in ihrem Zimmer.

»Schau dir nur ihre langen Wimpern an und die rosigen Bäckchen und das schwarze Haar und die zarte weiße Haut.«

Sie spürte, wie Mamas Hand sich auf ihr Gesicht legte. »Sie gehört uns.«

»Eden… wach auf, Liebling. Heute ist dein Geburtstag.«

»Mach deine wunderschönen grünen Augen auf.«

Sie gähnte und schlug die Augen auf. Es war Morgen. Mama zog die Vorhänge auf, das Sonnenlicht, das in ihr Zimmer fiel, machte alles hell; es schien auf das viele Spielzeug, auf den zarten Betthimmel und die rosarot gestreiften Tapeten.

Papa grinste.

»Hallo, mein Schatz! Hast du deinen Geburtstag vergessen?«

Ihre Augen weiteten sich. »Ohhhhh!«

Ihr Zimmer war wie verwandelt. Schachteln in allen Größen, runde, eckige, ovale, schmale, breite, mit grünen, roten und goldenen Bändern, mit Spitzen und Schleifen. Geschenke in allen Größen und Farben. Für sie.

»Welches willst du zuerst aufmachen?« fragte Mama. »Das große grüne? Oder das kleine goldene? Wie wär's mit dem hier, das mit den rosaroten Bändern?«

»*Dieses.*«

Mit kleinen Schritten rannte sie darauf zu. Es stand in der Ecke und war das größte von allen, viel größer als sie selbst.

»Das ist ein ganz besonderes Geschenk von Mama und Papa. Sollen wir dir helfen?«

»Sie schafft das schon allein«, sagte Mama. »Zieh an der Schleife, Eden!«

Ganz hingerissen machte sie sich an der Schleife zu schaffen. Endlich fiel das Papier zu Boden.

Eden war sprachlos. Das Schaukelpferd hatte funkelnde Augen und eine schneeweiße Mähne. Sein Geschirr war aus rotem Leder mit silbernen Steigbügeln. Die Hufe glänzten schwarz.

»Es heißt Dapple.«

Eden vergrub ihr Gesicht in der glänzenden weißen Mähne.

»Ich glaube, sie hat sich soeben verliebt.«

Eden hatte die anderen Geschenke vollkommen vergessen; das Pferd hatte sie verzaubert und in eine andere Welt entführt. Ein eigentümliches Lächeln lag auf Mamas Gesicht. »Weißt du, mein Liebes, ich habe als Kind kein Spielzeug besessen. Ich habe mit den Kaninchen meiner Mutter gespielt und mit Holzklötzchen.«

»Eden wird alles haben, was sie sich wünscht«, sagte Papa.

PRESCOTT, ARIZONA

Für ihn ist die Stimme seines Vaters eine Sense, die im hohen Bogen durch die Kirche schwingt und die Gottlosen gnadenlos niedermäht.

Joel ist neun. Er sitzt in der vordersten Reihe neben seiner Mutter.

Der ehrwürdige Eldred Lennox beschwört Feuer und Schwert auf das Haupt seiner Gemeinde, er glaubt, daß er das Wort ergreifen muß für den strafenden Gott. Vor hundert Jahren hätte einer wie er höchstwahrscheinlich noch einen Revolver über seinem schwarzen Rock getragen. Mit seiner Predigt klagt er die armen Sünder an, verdammt sie zum ewigen Höllenfeuer. Seine schuldigen Lämmlein beben und zittern vor lauter Angst.

Schon nach kurzer Zeit fallen Joel vor Erschöpfung die Augen zu.

Sein Kinn sinkt auf die Brust, sein Körper entspannt sich. Ganz allmählich rutscht er Stück für Stück von der harten, glänzenden Bank.

Als das Kind auf den Boden plumpst, geht ein Gekicher durch die Reihen, das jedoch sogleich mit Taschentüchern und Gebetbüchern erstickt wird.

Der ehrwürdige Eldred Lennox hält in seiner Predigt inne, als sein Sohn sich wieder auf die Bank setzt.

Die Ungeheuerlichkeit seines Tuns nimmt Joel fast den Atem. Seine Mutter würdigt ihn keines Blickes, aber er sieht die dunklen Flecken auf ihren Wangenknochen. Ihr Mund ist zu einem schmalen Strich zusammengepreßt.

Der Gedanke an die Strafe für sein Vergehen erfüllt ihn mit Angst und Verzweiflung.

Als die Tür hinter ihnen ins Schloß fällt, dreht sich seine Mutter mit funkelnden Augen zu ihm um. »Du hast deinen Vater vor diesen Bauerntrampeln und ihren fetten Weibern lächerlich gemacht. Einen Mann Gottes!«

Sie stößt ihn in die Ecke, drückt sein Gesicht gegen die Wand. Der vertraute schale Geruch der Farbe ist ihm Verbündeter in der Not. Er spürt die ganze Last seiner Wortlosigkeit, seiner Hilflosigkeit.

Sein Vater zählt das Spendengeld. »Vier Dollar und fünfunddreißig Cents«, sagt er bitter. »Die Gottesfürchtigen spenden großzügig für den Diener Gottes.«

»Vier Dollar? Zur Hölle sollen sie fahren«, ruft Mutter. »Möge Gott ihre frommen Gesichter und ihren Geiz strafen. Was glauben die denn, wovon wir leben? Von Manna, das vom Himmel fällt?«

»Der Nachmittagsgottesdienst wird noch weniger einbringen.«

Die Mutter dreht sich wütend zu dem Kind um. »Warum sollte ich ihm von vier Dollar und fünfunddreißig Cents etwas zu essen geben? Damit er am Sabbat schläft?«

»Er ist unser Sohn, Miriam.«

Die Mutter lacht verächtlich. »Vielleicht hält ihn ein leerer Magen beim Nachmittagsgottesdienst vom Schlafen ab.«

Joel hört, wie seine Mutter in der Küche das Essen zubereitet. Dann bringt sie das Essen herein und stellt es hinter ihm auf den Tisch.

Vater betet. Joel steht da, ohne sich zu bewegen, hört, wie sie essen. Der Geruch der Speisen läßt ihm das Wasser im Mund zusammenlaufen, und er muß schlucken. Er schließt die Augen. Sein Magen schmerzt.

Nach dem Essen zieht ihn Mutter von der Wand weg.

»Nun?« fragt sie.

Er wagt es nicht, sie anzuschauen. »Es tut mir leid, Mutter«, flüstert er.

Sie knallt ihm den Teller auf die Hände, er bekommt ein Stück Brot und eine dünne Scheibe Fleisch.

»In den Keller!« befiehlt sie schroff.

»Mama, bitte nicht!«

»Bring ihn runter, Eldred!«

Vater nimmt ihn bei der Hand und zieht ihn hinunter in den dunklen Keller.

An der Kellertür versucht Joel, sich loszureißen. Sein Essen fällt auf den Boden. Die Dunkelheit riecht nach Schimmel und Grab. Aus der Finsternis kommen ihm schreckliche Ungeheuer entgegen.

Angst schnürt ihm die Kehle zu. Tränen schießen ihm in die Augen. »Papa, nein!«

Vater stößt ihn in den Keller. »Ich möchte, daß du begreifst, was Finsternis bedeutet, Joel. Damit du verstehst, was es heißt, Gott zu beleidigen; denn wer Gott beleidigt, von dem wendet er sich ab.«

»Papa, bitte! Bitte!«

Die Tür fällt krachend hinter ihm ins Schloß. Der Riegel wird vorgeschoben.

Nichts als Schwärze um ihn herum, die Hölle, von der sie ihm seit frühester Kindheit erzählt haben. Dunkle Schatten hängen in der Finsternis. Klauen greifen nach ihm. Mäuler schnappen nach ihm. Er sieht sie nicht, aber er weiß, sie sind da.

Wimmernd stolpert er zur Tür. Sie gibt nicht nach. Er wirft sich gegen das schwere Holz.

Immer und immer wieder.

SANTA BARBARA – DEZEMBER 1959

Sie ging furchtbar gern auf den Flugplatz.

Jedes Wochenende durfte sie Mama und Papa dorthin begleiten. Insgesamt gab es sechs Flugzeuge, weißrote Flugzeuge, auf denen in großen Lettern geschrieben stand: Van Buren – Luftfrachtgesellschaft.

Sie selbst war natürlich schon unzählige Male mitgeflogen und deshalb ein alter Hase.

Die Piloten brachten ihr oft Geschenke mit: Masken, Schnitzereien, Spielsachen. Auf dem Flugplatz wartete jedesmal eine andere Überraschung auf sie, immer war es etwas Fremdes, Schönes.

Einmal hatte ihr jemand aus Kolumbien ein kleines Äffchen mitgebracht, aber Mama erlaubte nicht, daß sie es behielt. Ein anderes Mal schenkte ihr Miguel Fuentes sogar einen richtigen Schrumpfkopf, dessen Mund mit großen Stichen zugenäht war.

»Musta hat zu viel geredet«, hatte Miguel lauthals lachend erklärt. Aber natürlich durfte sie auch den Kopf nicht behalten.

Miguel Fuentes arbeitete für Papa. Er war untersetzt und häßlich, und alle fürchteten sich vor ihm. Aber wenn er sie hochnahm und sie mit zwinkernden Augen angrinste, sah er aus wie ein lachender Hund.

An diesem Wochenende fuhren Mama und Papa und sie nach Santa Barbara.

Sie fuhren in einem nagelneuen Auto, einem weißbraunen Cadillac Eldorado Brougham, mit offenem Verdeck. Der warme Fahrtwind duftete nach Pinien. Mama setzte ihre Sonnenbrille auf und legte sich einen Schal um. Eden saß mit Françoise, dem französischen Au-pair-Mädchen, auf dem Rücksitz.

In Santa Barbara sahen sie sich ein Grundstück an. Nur Erde und Bäume und das Meer hinter einem Pinienwäldchen.

»Wann gibt es hier ein Haus?« fragte sie.

»Bald, mein Liebling. In ein paar Wochen fangen wir an mit dem Bauen an.«

»Bekomm' ich dann ein Pony?« wollte Eden wissen.

»Natürlich bekommst du ein Pony. Wenn du ein bißchen älter bist.«

»Wieviel älter?«

Papa schaute sich die Pläne an. »Weißt du, was ich mir für die Badezimmer vorstelle? Grünen Onyx und goldene Armaturen.«

Mama schüttelte den Kopf. »Gold ist ordinär«, erklärte sie. »Und grüner Onyx ist zweifellos vulgär. Ich würde sagen, wir bleiben bei weißem Marmor.«

»Wie wär's mit weißem Marmor und goldenen Armaturen?« fragte Papa.

»Eine Spur besser. Aber immer noch protzig.«

»Aber Liebes«, lachte Papa, »wir sind hier in Kalifornien und nicht in Europa. Wir schreiben das Jahr 1959. Hier darf man protzig sein.«

»Was ist vulgär?« wollte Eden wissen.

»Geld ist vulgär«, sagte Papa grinsend. »Aber mit Geld kann man alles haben. Einfach alles. Denk dran, mein Liebes.«

Mama brachte sie zu Dan Cormacks Reitschule. Mr. Cormack hatte eine ledrige Gesichtshaut und rauhe Hände, aber seine Augen lächelten sie freundlich an. Er erklärte, Eden sei eben alt genug, um auf einem der Shetlandponys anzufangen.

»Staffieren Sie die kleine Dame mal aus«, sagte er lachend. »Dann werden wir überlegen, was wir mit ihr machen.«

Also fuhren Mama und Françoise mit ihr zum Reitshop am Rodeo Drive.

Sie kauften Reithosen in pink und braun und weiß, dazu einen samtenen Hut, eine kleine Peitsche und Stiefel aus englischem Leder, weil englisches Leder einfach am besten war.

Eden drehte sich mit ihrem Hut, ihrer Hose und ihren Stiefeln vor dem Spiegel hin und her.

»Du siehst wunderbar aus, *chérie*«, lobte Françoise.

Dann wurde alles in wunderschöne Schachteln gepackt und mit farbigen Bändern verschnürt und im Kofferraum des Cadillacs verstaut. In der nächsten Woche sollten die Reitstunden bei Dan Cormack anfangen.

Mr. Cormacks Reitschule lag in Laurel Canyon. Auf allen Seiten des Stallhofs befanden sich Türen, und dahinter waren die Pferde. Die Pferde, die ihre Köpfe aus den Boxen streckten, erhielten von Eden eine Karotte aus dem großen Beutel voller Karotten, den sie jeden Tag mitbrachte.

Ihr Pferd war ein Shetlandpony und hörte auf den Namen Mister. Obwohl es kaum größer war als ihr Schaukelpferd Dapple, machte ihr das Reiten auf ihm sehr viel mehr Mühe.

Am nächsten Tag tat ihr immer alles weh. Doch sie gab nicht auf, denn Mama und Papa hatten versprochen, daß sie, sobald sie etwas besser reiten konnte, ein eigenes Pony bekommen würde. Und tatsächlich war sie schon bald in der Lage, einmal im Kreis zu reiten, ohne abgeworfen zu werden, auch wenn ihr Hut dabei so weit nach vorne rutschte, daß sie kaum noch aus den Augen sehen konnte.

»Das ist wirklich nicht schlecht«, lobte Mr. Cormack. »Lang werden wir dich nicht auf dem Shetlandpony halten können. Über kurz oder lang werden wir dich auf ein Pferd mit etwas längeren Beinen setzen müssen.«

Nach ihrer Reitstunde gab es für sie nichts Schöneres, als am Zaun zu stehen und den Springern zuzuschauen.

»Das werde ich auch tun«, erklärte sie Mr. Cormack. »Ich werde auch so springen wie der Junge auf dem weißen Pferd.«

PRESCOTT

»Dein Vater is' wirklich ein feiner Mann, Joel.«

»Ja, Mrs. Schultz.«

Ihr Blick wandert hinauf zum weißen Kirchturm, der sich klar am tiefblauen Sommerhimmel von Arizona abzeichnet. »Ein echter Christ. Ein wirklich ehrenhafter Mann mit aufrichtigem Charakter.«

»Ja, Mrs. Schultz.«

»Du kannst dir ruhig Zeit lassen, mein Junge.«

Dann geht sie zurück ins Haus.

Heute ist Samstag, und wie jeden Samstag arbeitet er auch heute im Garten der Familie Schultz. Sein Lohn für den ganzen Nachmittag beträgt fünfzig Cents, die er natürlich in den Klingelbeutel werfen muß. Heute hat er Steine aus dem staubigen Boden geklaubt. Die brennende Sonne trifft ihn wie ein Keulenschlag. Im Moment sitzt er in dem dürftigen Schatten eines Süßhülsenbaums und ruht sich aus.

Er nimmt Wachs aus der Hosentasche und beginnt zu kneten. Der alte Mr. Schultz, der oben in den Bergen Bienenstöcke hat, hat ihm im letzten Jahr hin und wieder ein Bröckchen gegeben. Jetzt hat er einen Wachsklumpen von der Größe eines Tennisballs, der vom vielen Kneten schon ganz grau ist.

Seine schmalen Finger bewegen sich unaufhörlich. Fasziniert starrt er auf das Wachs, das in seinen Händen immer neue Gestalt annimmt. Im Moment ist es ein dünner Kojote, doch schon wenige Sekunden später ein Gesicht, dann verlängert es sich zu einer Schlange, schrumpft zu einem Frosch zusammen, verwandelt sich schließlich in eine Schildkröte.

Diese unerschöpfliche Verwandlungsfähigkeit fasziniert ihn. Es kommt ihm vor, als seien seine Finger etwas Fremdes, das nicht zu ihm gehört und das er lediglich beobachtet.

Er ist ein schmales Kind, und man sieht ihm an, daß er einmal groß und hager werden wird. Sein Gesicht ist straff und blaß, die Nase leicht gebogen. In den dunklen, fast schwarzen Augen liegt ein vorsichtiges Glitzern.

Joels Finger bewegen sich und plötzlich hält er das wächserne Abbild des Gesichts seines Vaters in den Händen. Die Adlernase, die dünnen Lippen – fast scheint es ohne sein Zutun entstanden zu sein.

Er hält sich das Gesicht vor die Augen und starrt es an. Die Ähnlichkeit ist verblüffend. Das Gesicht sieht ihn zornig an.

Da drückt er seine Finger ganz schnell in die Augenhöhlen. Der Schädel bläht sich auf und zerbirst. Er zerquetscht das Gesicht und erhält ein kleines, häßliches Ungeheuer.

Sofort steigt ein Schuldgefühl in ihm auf.

»Du bist ja wirklich ein Künstler mit dem Zeug«, hört er in diesem Augenblick die Stimme von Mrs. Schultz, die ihn vor Schreck hochfahren läßt.

Joel steckt das Wachs in seine Tasche und erhebt sich ganz benommen. »Mr. Schultz hat's mir gegeben.«

»Natürlich, ich weiß. Du kannst so gut wie alles damit machen, hab' ich recht?«

»Ich mach' mich gleich wieder an die Arbeit.«

»Du mußt es nicht verstecken. Du bist wirklich begabt, mein Kind.« Sie reicht ihm ein Glas mit Limonade. Während sie fast mitleidig zusieht, wie er trinkt, denkt sie darüber nach, was für ein seltsames, altmodisches Kind er ist, dazu furchtbar schreckhaft und ängstlich.

Die Leute erzählen sich, der Sohn des ehrwürdigen Eldred Lennox sei ein Einfaltspinsel, aber Mrs. Schultz weiß, daß er nur etwas sonderbar ist. Eben anders als die anderen, auch wenn sie den Unterschied nicht genau benennen kann.

Auch jetzt sieht er sie mit diesem seltsamen, bohrenden Blick an, der an einen alten Mann erinnert. Sein Mund bewegt sich lautlos.

»Mrs. Schultz?«

»Ja, Joel.«

»Mrs. Schultz, bitte sagen Sie meinem Vater nichts.«

»Was soll ich ihm nicht sagen, Joel?«

»Bitte sagen Sie nichts von dem Wachs.«

Sie starrt ihn an. Sie ist dreiundsechzig, und obwohl sie nie eigene Kinder gehabt hat, hält sie sich dennoch zugute, daß sie etwas von Kindern versteht. Aber dieser Junge verblüfft sie. Man weiß nie, was er als nächstes tut oder sagt. Vielleicht macht ihn gerade das so liebenswert.

»Du willst mir doch nicht sagen«, sagt sie lachend, »daß dein Vater etwas dagegen hat, daß du mit einem alten Stück Wachs spielst?«

»Bitte, Mrs. Schultz!«

Sie sieht, wie sich seine Augen plötzlich mit Tränen füllen. Instinktiv streckt sie die Hand aus und legt sie auf die Schulter des Jungen. Er zittert am ganzen Leib.

»Aber natürlich werde ich ihm nichts sagen, wenn du es nicht willst. Es wird unser kleines Geheimnis bleiben. Bist du nun zufrieden?«

Sie sieht ihm an, daß er ihr nicht glaubt.

»Ich verspreche es dir, Joel«, sagt sie sanft.

Er nickt unsicher. Alles, was die Erwachsenen ihm bisher angetan haben, hat ihn gelehrt, ihnen nicht zu vertrauen. Er läßt die Frau stehen und macht sich wieder an die Arbeit.

Obwohl er sich in der Schule über alle Maßen anstrengt, bringt er nur schlechte Noten nach Hause. Er muß deshalb ganz hinten sitzen, von wo aus er die Buchstaben an der Tafel kaum erkennen kann; die Kreideschrift der Lehrerin tanzt vor seinen Augen auf und ab und fließt zu einem unleserlichen Etwas zusammen. Seine Augen schmerzen, und in seinem Kopf summt und surrt es unaufhörlich.

Selbst die Heilige Schrift ist eine Qual. Jeden Tag muß er einen Vers auswendig lernen. Aus dem Buch Joel zum Beispiel: »Ich aber ersetze euch die Jahre, die die Heuschrecke fraß.« Obwohl er eine schnelle Auffassungsgabe und ein gutes Gedächtnis hat, stehen die Wörter nicht lange genug vor seinen Augen still. Sie tanzen auf dem Papier auf und ab, bis seine Augen zucken und pochen. Sein abendlicher Vortrag vor Vater und Mutter endet deshalb immer in Tränen.

Er schläft schlecht, meist wird er von Alpträumen heimgesucht und wacht schweißgebadet auf. Die bösen Träume drücken auf seine Blase, und er macht zu seiner Schande ins Bett. Während des Tages ist er so erschöpft, daß er immer neue Fehler macht.

Der Keller versetzt ihn in Angst und Schrecken.

Die Ungeheuer sind in Wirklichkeit alte Möbelstücke. Die Klauen, die nach ihm greifen, nichts als ein altes eisernes Bettgestell. Aber die Angst bleibt. Sie steckt so tief in ihm, daß sie ihn nie wieder loslassen wird.

Er weiß, daß er Angst hat, weil er böse ist. Die Gerechten sind stark im Herrn. Aber er gehört nicht zu den Gerechten.

Er ist nicht gerecht.

SANTA BARBARA

Die Fairchilds gaben eine Gartenparty, um Mama und Papa mit ihren Freunden in Santa Barbara bekannt zu machen.

Etwa fünfzig Erwachsene und Kinder tummelten sich auf dem Rasen vor dem künstlich angelegten See.

Mr. Fairchild (Onkel Max) hatte eine Plastikfabrik, denn er hielt Plastik für das Material der Zukunft. Mrs. Fairchild (Tante Monica) war blond, hübsch und Engländerin.

Die Fairchilds besaßen auch einen Pavillon, der mit duftendem Jasmin bewachsen war, und ein Sommerhaus mit einem riesigen Garten und einen Tennisplatz, wo Margaret Fairchild Eden das Tennisspielen beibrachte. Margaret war elf, zwei Jahre älter als Eden.

Die Fairchilds waren konservativ und gelegentlich sogar beschränkt. Eden hatte Mama sagen hören, sie seien nichts als langweilige Reiche mit Stammbaum. Aber Papa sagte, daß sie eines Tages, wenn sie etwas lockerer geworden wären, ihre besten Freunde hier in Santa Barbara sein würden.

Lange würde es nicht mehr dauern, bis sie hier einzogen.

Die Arbeiter hatten seit letztem Herbst ständig an dem Bau gearbeitet, und er nahm langsam die Gestalt eines Hauses an. Man sah bereits, was es einmal werden sollte. Papa hatte bereits ein Boot im Hafen und war außerdem Mitglied im Jachtclub von Santa Barbara geworden.

»Du fährst also nächsten Monat nach Europa, Eden«, sagte Tante Monica, während sie Eden ein Stück Kuchen auf den Teller legte.

Eden nickte mit vollem Mund. Mama und Papa und Tante Monica und Onkel Max standen mit vielen anderen Leuten draußen im Garten beisammen.

»Du mußt schon furchtbar aufgeregt sein. Welche Reiseroute habt ihr euch denn ausgesucht?«

Papa antwortete an ihrer Stelle, denn sie wußte nicht, was eine Reiseroute war. »Paris, Venedig, Rom, Barcelona, London.«

»Ach, wie ich euch beneide! Die große Tour also. Ihr werdet euch sicherlich köstlich amüsieren.«

»Wie alt ist Eden, acht?«

»Ich bin *neun*«, erklärte sie stolz.

»Ist sie denn schon alt genug für eine solche Reise?« fragte Onkel Max.

»Eden weiß das schon zu schätzen«, erklärte Papa. »In Spanien wollen wir ein paar Dinge für das Haus erwerben: Möbel. Bilder. Porzellan. Wir wollen uns mal umschauen. Dort sollen solche Dinge noch erschwinglich sein.«

»Ich bin sicher, daß die Verwandten deiner Mama dich unglaublich verwöhnen werden«, sagte Onkel Max zu Eden.

Ein älterer Mann namens Howell Carlisle, der an irgendeiner Universität irgend etwas lehrte, fragte Mama. »Wann haben Sie Spanien verlassen?«

»1945.«

»Dann haben Sie also den Bürgerkrieg miterlebt?«

»Ja.«

Howell Carlisle nahm sich etwas Tabak aus dem Beutel, den Papa ihm anbot. Dann zog er an seiner Pfeife. »Wurde dort, wo Sie gelebt haben, gekämpft?«

»Ich war nicht so nah dran wie Dominic, der Einsätze im Pazifik geflogen hat, aber ich habe viele Kämpfe miterlebt.« Howell Carlisles Frau, deren geschminktes Gesicht an einen Truthahn erinnerte, beugte sich vor. Ihre Augen waren weit aufgerissen. »Sie haben also richtige Kämpfe gesehen?«

Mama blickte in ihr Champagnerglas. »Ich habe Menschen sterben sehen, wenn Sie das meinen.«

»Hast du auch Angehörige verloren?« fragte Tante Monica.

»Ich glaube nicht, daß es eine Familie in Spanien gibt, die keine Angehörigen verloren hat.«

»O meine Liebe«, sagte Tante Monica zerknirscht, gerade so, als hätte sie ein kostbares Glas zerbrochen. »Das wußte ich nicht. Es tut mir leid.«

»Sind sie von den Roten niedergemetzelt worden?«, erkundigte sich Onkel Max.

Mama lächelte seltsam. »Nein«, antwortete sie. »Eigentlich sind sie von Franco umgebracht worden.«

Plötzlich waren alle still. Endlich sagte Onkel Max etwas steif: »Ich verstehe. Ich hatte keine Ahnung, daß deine Familie auf der anderen Seite gekämpft hat. Ich habe angenommen…«

Mama nippte an ihrem Champagner. »Ich hatte Verwandte auf beiden Seiten, aber meine nächsten Angehörigen waren Republikaner.«

»Republikaner?« fragte jemand.

»Sie meint Kommunisten«, erklärte Howell Carlisle.

»Genaugenommen waren sie Anarchisten.«

»Max, du präsentierst deinen Freunden eine gefährliche Rote«, grinste Papa. »Was wird man wohl im Countryclub davon halten?«

Onkel Max lachte kurz. Er starrte Mama immer noch an.

»Also«, erklärte Tante Monica, »*ich* konnte Franco noch nie leiden. Er ist ein aufgeblasener kleiner Faschist und sonst gar nichts. Schau mich nicht so an, Max. Franco ist keinen Deut besser als Hitler oder Mussolini.«

»Egal, was er ist«, hielt Onkel Max Tante Monica stirnrunzelnd entgegen, »er hat zur richtigen Zeit eine Bastion gegen den Bolschewismus errichtet.«

»Du meine Güte, Max, ich wußte gar nicht, daß deine Erinnerungen so weit zurückgehen«, sagte Papa lachend. »Seit Jahren habe ich das Wort *Bolschewismus* nicht mehr gehört.«

»Laß uns bitte heute nicht über Politik reden, Howell«, bat Tante Monica in unmißverständlichem Ton. Dann wandte sie sich wieder an Mama. »Es muß eine schreckliche Zeit für dich gewesen sein, meine Liebe.«

»Krieg ist Krieg«, erwiderte Mama. »Man kann nichts dagegen tun. Der einzelne ist machtlos.«

»Es werden sicherlich schmerzliche Erinnerungen wachwerden, wenn du jetzt zurückkehrst«, meinte Tante Monica.

»Es ist schon so lange her.«

»Hast du keine Angst, nach Spanien zurückzukehren?« fragte Onkel Max.

Mama lächelte. »Ach weißt du, ich glaube, daß General Franco mich inzwischen vergessen hat. Außerdem reise ich mit einem amerikanischen Paß. Mach dir keine Sorgen, Max, ich bin keine gefährliche Rote, denn wenn ich eine wäre, wäre ich dann hier?«

»Wer weiß, vielleicht sind Sie eine zweite Mata Hari«, sagte Howell lächelnd. »Vielleicht hecken Sie einen teuflischen Plan aus, um Santa Barbara zu zerstören.«

Alle lachten. Papa strich Eden übers Haar. »Heute erfährst du eine ganze Menge über deine Mama, stimmt's?«

Eden langweilte sich furchtbar. »Können wir jetzt wieder zu den Flamingos gehen?« fragte sie.

Margaret nahm ihre Hand, und gemeinsam gingen sie hinunter zum See, dessen Oberfläche in dem hellen mittäglichen Sonnenlicht glitzerte.

»Ich möchte auch Flamingos haben«, sagte Eden.

Eine Woche später fuhren sie alle mit Papas Boot hinaus aufs Meer.

Vor ihnen lag die weite, blaue, spiegelglatte See. Ihr Ziel – die Inseln Anacapa, Santa Cruz und Santa Rosa – waren nichts als kleine braune Pünktchen im morgendlichen Dunst.

Das Meer war ruhig. Fast geräuschlos glitt das Boot durch das klare Wasser den Inseln entgegen. Die kleinen Pünktchen wurden immer größer, bis sie schließlich Bäume und Berge erkennen konnten.

Als sie die kleine Bucht von Anacapa erreichten, wurde das Boot vertäut, und alle mußten durch das glasklare Wasser an Land schwimmen. Sie waren ganz allein, weit und breit war keine Menschenseele zu sehen. Essen und Trinken hatten sie mitgebracht.

Nach dem Mittagessen wurde es heiß und schwül. Die Erwachsenen saßen bei einem Gin zusammen, und sie und Margaret durften im Schatten des Sonnendachs spielen, nachdem Mama ihre Gesichter mit weißer Sonnencreme eingerieben hatte.

Die Sonne machte sie schläfrig, und sie nickten ein.

Als sie irgendwann aufwachte, hörte sie Papas Stimme. »Komm schon, Monica, probier doch einfach mal.«

»Wenn Mercedes nicht probiert, dann will ich auch nicht.«

»Mercedes kennt es.«

»Warum will sie dann jetzt nicht?«

»Weil sie ein Spielverderber ist. Komm doch, probier.«

Eden rollte sich träge zum Fenster und spähte in die Kabine. Die vier Erwachsenen saßen in ihren Badeanzügen am Tisch. Mama in ihrem scharzen Einteiler, Tante Monica in ihrem blauen Bikini mit den weißen Pünktchen. Auf dem Tisch stand eine Flasche Gin, daneben lagen ein paar Zitronen.

Papa lachte von einem Ohr zum anderen.

»Bist du sicher, daß es nicht süchtig macht, Dominic?«

»Aber natürlich nicht«, antwortete Papa, »sogar Sigmund Freud hat geschnupft und war glücklich und zufrieden dabei. Er hat ein ganzes Buch darüber geschrieben.«

»Woher kommt es?«

»Einer meiner Piloten bringt mir ab und zu ein bißchen aus Kolumbien mit.«

Tante Monica fragte Mama: »Lohnt es sich wirklich?«

Mama zuckte die Achseln. »Man fühlt sich einfach anders.«

»Ich zuerst«, sagte Papa. Er beugte sich über den Tisch und schnüffelte laut, ein paarmal. Dann lehnte er sich genüßlich zurück und schloß die Augen.

Schweigen. »Ahhh!« sagte Papa nach einer Weile. »Reinste Qualität. Die beste. Die allerbeste. Tu dir was Gutes, Max.« Er schob Onkel Max etwas hin.

Onkel Max zögerte, dann sagte er: »Okay. Wenn du es empfiehlst. Dann mal los!«

Er hielt sich etwas unters Gesicht und zog es mit der Nase ein. Die anderen drei sahen ihn an.

»Fühlst du dich jetzt anders?« fragte Tante Monica.

»Ob ich mich anders fühle? Ich weiß nicht. Es kommt mir vor, als hätte ich keine Nase mehr. Was soll ich sonst noch fühlen?« Er machte ein enttäuschtes Gesicht.

»Also gut, ich probier's«, sagte jetzt Tante Monica.

Sie beugte sich ebenfalls vor. Papa hielt ihr etwas unter die Nase und sagte: »Zieh's richtig durch die Nase ein. Es tut nicht weh. Gut. Genau so. Jetzt die andere Seite.«

Tante Monica schnüffelte ganz gewaltig.

»Hmm«, machte sie, während sie sich die Nase putzte. »Hmm.«

»Was fühlst du?« fragte Onkel Max neugierig.

»Meine Nase ist ganz taub. Und mein Mund fühlt sich ganz eisig an, furchtbar kalt. Ah. Ah. Ah, du liebe Güte!«

Papa lachte. »Gefällt's dir?«

»Ach, du *liebe* Güte!« Tante Monica klang auf einmal ganz aufgeregt. »Das ist ja wirklich ganz unglaublich. Oh, mein Gott! Ich fühl' mich auf einmal ganz wunderbar. Wirklich fabelhaft!«

»Laß mich auch noch mal«, sagte Onkel Max. Eden sah, wie Papa ihm ein kleines Döschen reichte. Mit einem winzigen Löffelchen nahm er etwas heraus, das er mit der Nase einzog.

»Ach du lieber Himmel.« Tante Monica legte die Hände auf den Kopf und stand auf. »Du lieber Himmel. Das ist ja besser als echter Champagner. Ganz fabelhaft. Phantastisch kann ich da nur sagen.« Sie setzte sich wieder hin und fing an zu lachen, ein heiteres unbeschwertes Lachen. Papa fiel in das Lachen ein, er warf den Kopf zurück. Nach einem Weilchen fing Onkel Max ebenfalls an zu lachen.

»Tja, ich muß schon sagen, das ist wirklich phantastisch.«

Nur Mama saß ganz still daneben und beobachtete die anderen.

»Ich fühl' mich so *kühl*«, sagte Tante Monica. »Ganz herrlich.«

»Du siehst auch ganz herrlich aus«, sagte Papa. Dann brachen alle in lautes Lachen aus.

»Das ist besser als alles andere«, sagte Onkel Max. Sein spitzes Gesicht war gerötet, seine Augen glänzten. »Wirklich sehr viel besser. Ein Gefühl, als ob ich fliegen könnte. Ich fühl' mich so leicht, als schwebte ich auf Wolken. Du, Dominic, wie lange hält das an?«

»Ungefähr einhundert Jahre würde ich sagen«, antwortete Papa, worauf wieder alle lauthals lachten.

»Was passiert, wenn wir noch mehr nehmen?« fragte Tante Monica.

»Das wirst du sehen, wenn du's ausprobierst«, sagte Papa.

Dann ließ Papa das Döschen herumgehen, an dem jeder, außer Mama, mit entzücktem Gesichtsausdruck ausgiebig schnüffelte.

Mama stand auf und kam nach oben an Deck. Sie blieb wie angewurzelt stehen, als sie Eden vor dem Fenster entdeckte.

»Eden! Ich hab' gedacht, du schläfst.«

»Ich bin aufgewacht. Mama, was machen die da?« wollte Eden wissen.

»Die spielen ein Spiel. Komm, laß uns schwimmen gehen«, schlug Mama vor. Sie nahm Eden an der Hand. Zusammen weckten sie Margaret auf, dann sprangen sie alle drei ins Wasser. Das Wasser war kühl und durchsichtig. Wenn man stand, konnte man zwischen den Steinchen seine eigenen Zehen sehen. Kleine Fische berührten Edens Bäuchlein, und sie mußte lachen.

»Ist es in Spanien auch so schön?« fragte Eden.

»Ja. An manchen Stellen schon.«

Das Boot glitzerte weiß auf dem ruhigen Meer. Möwen segelten mit trägem Kreischen über die Insel. In weiter Ferne schimmerte die Festlandküste im nachmittäglichen Dunst.

Sie tollten im Wasser herum. Mama hatte ihren Strohhut aufbehalten, der ungleichmäßige Schatten auf ihr Gesicht warf.

Vom Boot drangen fröhliche, ausgelassene Schreie zu ihnen herüber. Tante Monicas Stimme übertönte alle anderen, sie kreischte vor Lachen wie ein Schulmädchen.

»Mann o Mann«, sagte Margaret. »Da scheint's ja lustig zuzugehen.« Alle drei wateten sie zum Strand. Das Lachen vom Boot begleitete sie.

»Schaut mal, wie schön.« Mama hob eine Muschel auf und legte einen Arm um Margarets Schulter. »Sieh nur, wie sie in allen Regenbogenfarben schimmert.«

Eden trollte hinter ihnen her, ihre Aufmerksamkeit galt sowohl den Muscheln als auch dem Gelächter auf dem Boot.

Es dauerte nicht lang, bis auch Papa ins Wasser sprang und zu ihnen an den Strand schwamm. Eden rannte ihm entgegen.

»Hallo, ihr Süßen«, begrüßte er sie mit leuchtenden Augen, während das Wasser an ihm herunterlief.

»Wo sind Max und Monica?« fragte Mama.

»Ich würde sagen, sie folgen der Stimme der Natur. Es ist ihnen in den Kopf gestiegen, aber nicht nur dahin.« Papa kicherte. »Hast du bemerkt, wie sie plötzlich aufgeblüht sind? Eine unglaubliche Verwandlung, wirklich.«

»Ich nehme an, du hältst das für einen genialen Scherz«, sagte Mama mit leiser, eiskalter Stimme. Sie sah ihn zornig an, ihre Augen funkelten schwarz und gefährlich. Einen Moment lang hatte Eden Angst.

Papa legte den Arm um Mamas Taille und küßte sie auf den Nacken. »Sie werden mehr haben wollen«, sagte er. »Sie werden uns anflehen, ihnen mehr zu besorgen, und auf diese Weise werden wir ihre besten Freunde. Man wird sich in Santa Barbara um uns reißen, wart's nur ab.«

Mama machte sich los von ihm. »Aha. So gewinnt man also Freunde und bindet sie an sich.«

»Genau«, erwiderte Papa. »So gewinne ich Freunde und binde sie an mich.«

Mama schüttelte den Kopf. »Du Narr.«

»Die beiden sind einfach viel zu verklemmt, es wurde Zeit, daß ihnen jemand auf die Sprünge geholfen hat«, sagte Papa. »Sie werden schon lernen, damit umzugehen, glaub mir.« Mit großen glänzenden Augen lächelte er Eden zu. »Komm, mein Schätzchen. Zeig mir deine Muscheln.«

PARIS – MAI 1960

Als sie aus dem riesigen glänzenden blauschimmernden Vogel stiegen, schlug ihnen die drückende Hitze von Paris entgegen.

Am eindrucksvollsten an Paris war der Geruch. Stinkende Dieselabgase vermischten sich mit scharfem Zigarettenrauch und exotischen Speisedüften. Dann die Sprache: sie war unverständlich und mutete an wie das Geheul eines kranken Pudels.

Als Eden aus dem Rückfenster des Taxis sah, fragte sie sich, wohin sie hier wohl geraten waren. Die riesigen Gebäude waren alt, die Straßen überfüllt. Alles wirkte so trist und grau, und nur die Blumen-, Obst- und Gemüsestände waren hübsch bunt. Dazu wirkte alles uralt.

Das änderte sich jedoch schlagartig, als sie das Ritz betraten. Jedes Detail in diesem Hotel zeugte von verschwenderischem Luxus. Das Grollen und Fauchen der Straße ging in ein leises Summen über. Die kahlen Schädel des Personals glänzten bei jeder Verbeugung, und die Zuvorkommenheit, mit der sie bedient wurden, ließ in keinster Weise zu wünschen übrig.

Françoise schwebte wie auf Wolken. »Ich hätte mir nie träumen lassen, daß ich einmal im Ritz wohne«, flüsterte sie Eden ins Ohr.

Über dicke Teppiche, die jedes Geräusch sofort verschluckten, wurden sie in ihre Suite im fünften Stock geleitet.

Als das Zimmermädchen, ein süßes, kleines Wesen ganz in Weiß und Schwarz, die Balkontüren aufmachte, rannte Eden sofort hinaus. Vom Place Vendôme drang der Verkehrslärm zu ihnen herauf, und sie wurde plötzlich von einer seltsamen Aufregung erfaßt: Sie war in Paris, weit weg von zu Hause, in einer anderen Welt.

Ein Zimmerkellner brachte in einem silbernen Kübel eine Flasche Champagner. Sie genossen ihn auf dem Balkon, während drinnen ihre Koffer ausgepackt wurden. Das Murmeln des Verkehrs hörte anscheinend nie auf. Ganz Paris schien ein einziges Summen und Surren. Selbst die Luft schien vor Spannung und Aufregung zu vibrieren.

»Ruf deine Mutter an und sag ihr, daß du gut angekommen bist«, sagte Mama zu Françoise, die daraufhin sofort zum Telefon eilte.

Papa nahm Mamas Hand. »Wie fühlst du dich in Europa, mein Liebes?«

Mama gab keine Antwort.

»Warum bist du traurig?« wollte Eden wissen, die den Glanz in Mamas Augen sah.

»Ich bin nicht traurig«, antwortete Mama. »Ich fühle mich glücklich. Fremd und glücklich.«

Obwohl sie alle schon etwas müde waren, machten sie nach dem Champagner einen langen Spaziergang durch die wunderbaren Anlagen der Tuillerien mit ihren Marmorstatuen und den gestutzten Hecken.

Eden hatte das Gefühl, auf einer rosaroten Wolke zu schweben. Der Geruch von Paris stieg ihr zu Kopf und berauschte sie. Die große Reise durch Europa hatte begonnen.

Paris glich einem Kaleidoskop, das sich unaufhörlich drehte. Manche Licht- und Farbeindrücke sollten ihr ihr Leben lang im Gedächtnis bleiben.

Die herrlich duftenden Rosen.

Der Lichterreigen der Stadt bei Nacht.

Ein Straßenzirkus, dessen Artisten ihre Kunststücke auf dem Kopfsteinpflaster vorführten: ein Clown in gelbrotem Kostüm mit orangefarbenem Haar und roter Nase tanzte in grünen Schuhen; ein Riese in einem Leopardenfell konnte mit den Zähnen ein schweres Gewicht hochheben; ein Mann spuckte riesige Feuerflammen, und ein Zwerg sammelte das Geld ein.

Das olivfarbene Gesicht der Mona Lisa, die ihr ihr jahrhundertealtes Lächeln schenkte.

Die Fahrt mit dem Fahrstuhl hinauf auf den Eiffelturm.

Hinter jeder Ecke wartete ein neues Wunder auf sie. Selbst die Seine, die auf den ersten Blick ein trübes braunes Gewässer war, konnte leuchten und strahlen. Jahre später sollte sich Eden an den zauberhaften Augenblick erinnern, wo sie bei Sonnenuntergang auf einer Brücke gestanden und gesehen hatte, wie Notre Dame sich in einem Flammenmeer im Wasser spiegelte.

Sie stellte fest, daß Mama sehr gut hierher paßte. Zu Hause in Kalifornien war sie immer anders. Mamas Französisch war fast so gut wie das von Françoise, und kaum jemand hätte vermutet, daß sie keine Pariserin war.

Hier war Papa derjenige, der sich von den anderen unterschied – in seiner Größe, seinem jugendlichen Grinsen, in der Art, wie er ging und stand. Seine Pfeife, sein Hut, seine dunkle Brille, alles unterschied ihn von den Pariser Männern. Selbst seine Schuhe sahen amerikanisch aus. Zu Hause war er wie alle anderen, hier war er ein Fremder.

Plötzlich fragte sie sich, wie es sich wohl mit ihr selbst verhielt. War sie fremd wie Papa? Oder gehörte sie hierher wie Mama?

Sie rutschte von ihrem Stuhl herunter und marschierte zum Spiegel, um sich zu vergewissern.

Sie betrachtete ihr Spiegelbild. Ein kleines Mädchen schaute ihr mit ernsten grünen Augen aus dem Spiegel entgegen. Sie hatte ein hübsches, ovales Gesicht, eine kurze, gerade Nase und einen vollen Mund. Das Kinn war rund und wirkte energisch. Das lange Haar war schwarz. Hätte Mama es nicht mit einem roten Band gebändigt, hätten dicke Locken ihr Gesicht umrahmt. Das Mädchen trug ein rotes Kleid und weiße Söckchen.

Das Mädchen war Eden.

Und in diesem kleinen Mädchen lebte sie. Darin wohnte ihre Seele, durch die sie sich von allen anderen unterschied. Auch Mama und Papa hatten eine Seele, ebenso wie die anderen Kunden und die Verkäufer und alle anderen Menschen in Paris. Überhaupt hatten alle Menschen eine Seele, überall in der Welt, Millionen von Menschen, und alle waren sie anders. Bei dem Gedanken daran wurde ihr ganz schwindlig, aber auch das machte nichts, denn ganz gleich wie viele andere es gab, war sie doch sie, und sie war Eden.

PRESCOTT

»Es liegt nicht daran, daß du dumm bist«, sagt Miss Greaves, als sie ihm das Zeugnis gibt. Bevor sie fortfährt, faltet sie die Hände. »Du bist ein gescheiter Junge. Ich würde allerdings nicht gerade behaupten, daß du das zuvorkommendste Kind bist, das ich jemals unterrichtet habe. Du hast nie viel mit anderen Kindern gespielt, stimmt's?«

Joel starrt auf die braunen Schuhe der Lehrerin. Er weiß nicht, was er antworten soll.

»Du magst ein Einzelgänger sein, aber du bist gescheit. Das wissen wir. Du hast einfach aufgegeben. Deine Hefte sind eine Schande. Deine Schrift ist eine Beleidigung für die Lehrer. Ich tue mein Bestes, um dir zu helfen, Joel, ich habe dir mehr Zeit gewidmet als allen anderen Kindern, aber du hast einfach aufgegeben.«

Er hebt den Kopf und sieht sie mit diesem seltsamen bohrenden Blick an. »Nein, ich habe nicht aufgegeben«, flüstert er.

»Bist du sicher?«

»Ja, Miss Greaves.«

Sie sieht den hängenden Kopf und fragt sich, was in diesem Kind wohl vor sich geht. Sie mag den ehrwürdigen Eldred Lennox nicht, genauso wenig wie seine Frau mit diesen harten Zügen. Sie ist selbst Presbyterianerin, aber starre, das Höllenfeuer im Mund führende Männer Gottes sind ihr schon immer unsympathisch gewesen.

Die Armut der Familie geht ihr nahe. Aber andererseits ist sie davon überzeugt, daß etwas mehr Güte und Nachsicht in seinen Predigten dem ehrwürdigen Eldred Lennox mehr Güte und Nachsicht von seiten der Welt bescheren würden. Höllenfeuer regt nicht gerade zur Mildtätigkeit an.

Sie hat Mitleid mit dem Jungen. Ein Leben in dieser strengen Atmosphäre von Kernseife und Heiligkeit kann nicht einfach sein. Nur Gott allein weiß, was für eine Mutter diese Frau ist, mit ihrer Boshaftigkeit, die als Rechtschaffenheit und der Armseligkeit im Geiste, die als Frömmigkeit ausgegeben wird.

Aber all das geht sie nichts an. Nur die schulischen Leistungen des Kindes sind für sie von Belang, und sie widmet sich ihrer Aufgabe mit der ganzen unerschütterlichen Berufung einer Kleinstadtlehrerin.

»Nun, wenn du nicht aufgegeben hast und immer noch willig bist, dann muß es eine andere Ursache geben«, sagt sie mit Entschlossenheit. »Ich werde den Schularzt anrufen und ihn bitten, dich zu untersuchen. Vor allem muß er sich deine Augen ansehen. Einverstanden?«

»Ja, Miss Greaves,« flüstert er.

Er macht sich auf den Weg nach Hause. Gut eine Meile muß er laufen, aber heute wünscht er sich, es wären fünfzig.

Mutter bemüht sich nicht einmal mehr, ihren Haß auf ihn zu verbergen. Er sieht ihn in ihren Augen, hört ihn in ihrer Stimme. Sie mißgönnt ihm jedes Krümelchen Brot, jeden Zentimeter Raum, den er einnimmt. Um ihren Zorn nicht noch herauszufordern, muß er still sein und darf sich nicht bewegen. Vater beachtet ihn gar nicht, er kümmert sich nur um den Herrn. Aber für Mutter ist er der Sündenbock. Er weiß, was ein Sündenbock ist. Ein Wesen, auf das die Sünden der anderen abgeladen werden.

»Der Bock aber, der durch Los zum Sündenbock bestimmt wird, soll lebendig vor den Herrn gestellt werden, damit man ihm die Sühne auferlege und ihn als Sündenbock in die Wüste schicke.« Leviticus, 16,10.

Wenn er nur wie der Sündenbock in die Wildnis hätte gehen und für immer dort bleiben können. Die Wüste ist eine Wildnis. Aber die Wüste bedeutet Tod. Die Wüste tötet jeden.

Er bleibt stehen und schaut auf sein Zeugnis. Er hält es nah an die Augen, dann blinzelt er. Die Beurteilungen sind wahrlich verheerend.

Rechnen – Ausreichend
Geschichte – Mangelhaft
Erdkunde – Schlecht
Kunst – Zeigt Phantasie, aber Ausführung läßt zu wünschen übrig
Biologie – Schwach
Englisch – Muß fleißiger sein
Religion – Befriedigend
Allgemeine Beurteilung: Joels Leistungen bieten ernsthaften Anlaß zur Sorge. Sofern er in Zukunft nicht fleißiger ist, ist es unwahrscheinlich, daß er das Klassenziel erreicht.

Aber wie soll er denn noch fleißiger sein? Sein Leben besteht doch nur aus Arbeit und Strafe. Er hat weder Freunde noch Spielsachen, nur den Wachsball. Der Kloß, der ihm im Hals steckt, wird immer größer. Er weiß nicht, wie er noch fleißiger sein kann. Es ist unmöglich.

Er wagt nicht, das Zeugnis nach Hause zu bringen.

Er setzt sich in den Schatten eines Holzzaunes, wo er lange sitzen bleibt. Aus der Verzweiflung erwächst ihm schließlich eine Art Mut, der ihn sich irgendwann nach Hause schleppen läßt.

Wer wird ihm die Jahre ersetzen, die die Heuschrecke fraß?

Joel kauert in der Ecke, während der Sturm tobt. Vater sitzt aufrecht und steif auf seinem Stuhl, die Bibel liegt auf seinem Schoß. Mutter und Miss Greaves fauchen sich an.

»Ich bin erstaunt über Ihre Unverschämtheit«, schnarrt Mutter.

»Wie kommen Sie dazu, in unserem Haus solche verleumderischen Anschuldigungen zu erheben?«

»Ich halte den Bericht des Arztes hier in Händen, Mrs. Lennox.« Die Hand von Miss Greaves zittert ganz leicht, als sie Mutter das Blatt Papier entgegenstreckt. »Lesen Sie selbst.«

Mutter weist das Papier mit einer wegwerfenden Handbewegung zurück. »Sie hatten überhaupt kein Recht, unser Kind ohne unsere Erlaubnis zu diesem Quacksalber zu bringen.«

»Das Gesetz im Staate Arizona gibt mir das Recht, einen Arzt zu konsultieren, wenn ich das Gefühl habe, daß ein Kind, für das ich die Verantwortung trage, medizinische Betreuung braucht...«

»Wollen Sie damit sagen, daß wir unseren Sohn mißhandeln?«

»Die Sache ist ganz einfach die, daß Joel nicht gesund ist. Abgesehen von der Tatsache, daß er schlecht sieht und deshalb eine Brille braucht, ist sein ganzer Körper mit blauen Flecken übersät.«

»Joel ist furchtbar ungeschickt«, wirft Vater ein. »Er fällt ständig über alles drüber.«

»Das kann unmöglich der Grund sein für so viele blaue Flecken.«

»Ich rate Ihnen, hüten Sie sich vor einem solchen Ton unter unserem Dach.«

Vater beugt sich vor. »Wir haben uns für diesen Jungen aufgeopfert.«

»Für dieses trotzige und pflichtvergessene Kind!«

»Ich habe noch nie festgestellt, daß Joel trotzig oder pflichtvergessen wäre.« Miss Greaves hat Mühe, ihrer Entrüstung nicht lauthals Luft zu machen.

»Wir wissen am besten Bescheid über seine Unbeholfenheit«, sagt Mutter.

»Vielleicht«, wirft Vater ein, »versucht die Lehrerin lediglich, eigene Mängel in ihrem Unterricht zu verschleiern.«

Miss Greaves errötet und richtet sich auf. »Es kann gut sein, daß mein Unterricht nicht immer fehlerlos ist«, sagt sie knapp, »aber der Junge lag mir schon immer sehr am Herzen...«

»Bitte«, unterbricht Mutter sie mit einem bitteren Lächeln, »ersparen Sie uns die Erfahrungen einer alten Jungfer, Miss Greaves.«

»Wie meinen Sie?«

»Joel ist nicht Ihr Kind, auch wenn Sie's gerne so hätten.«

Die Lehrerin wird auf einen Schlag leichenblaß. »Nein«, antwortet sie mit unsicherer Stimme, »er ist nicht mein Kind, aber ich glaube, es wäre besser für ihn, wenn dem so wäre.«

»Aha«, schreit Mutter, »da haben wir's. Jetzt kommen wir der Sache schon näher.«

»Ich weiß sehr wohl, wann ein Kind sich in Schwierigkeiten befindet«, stammelt Miss Greaves. Sie deutet auf Joel, der sich auf einem Stuhl zusammenkauert und sich die Ohren zuhält. »Schauen Sie ihn sich doch an. Schauen Sie die Flecken auf seiner Brust und auf seinem Rücken doch an. Sind Sie stolz darauf, wie er aussieht?«

»Verlassen Sie dieses Haus!« zischt Mutter.

»Sie soll uns ruhig anspucken«, sagt Vater mit freudloser Stimme, »sie soll uns ruhig verdammen.«

»Was machen Sie mit ihm?« will Miss Greaves wissen, während ihr Blick von der Frau zu dem Mann wandert. »Was machen Sie mit ihm, daß er eine so entsetzliche Angst mit sich herumträgt?«

»Wie können Sie es wagen?« schreit Mutter mit zornerfüllten Augen. »Wie können Sie es wagen!«

»Er fürchtet sich vor seinem eigenen Schatten. Er ist dünn wie ein Stecken. Sein Körper ist voller blauer Flecken, und im Klassenzimmer schläft er ein. Wie erklären Sie sich das?«

»Wir sind Ihnen keine Rechenschaft schuldig! Sie sind eine unverschämte, bösartige, aufdringliche alte Jungfer!«

Miss Greaves zieht hörbar die Luft durch die Nase. »Um mich geht es hier nicht. Es geht einzig und allein um Joel.«

»Sie wollen uns demütigen, Miss Greaves«, sagt Vater. »Nun gut. Weder meine Frau noch ich haben jemals die Hand gegen diesen Jungen erhoben. Sind Sie jetzt zufrieden?«

»Nein«, antwortet sie leise. »Ich bin nicht zufrieden.«

»Er ist die Ausgeburt des Satans«, bricht es aus Mutter heraus. Joel beginnt leise vor sich hin zu weinen.

»Dieses arme zitternde Kind? Die Ausgeburt des Satans?« Miss Greaves' Gesicht ist noch weißer geworden. »Er ist Ihr Sohn!«

Mutter lacht hämisch. »Vieles, was Ihren kostbaren Schüler betrifft, können Sie nicht einmal erahnen, Frau Lehrerin.«

»Was wollen Sie damit sagen?«

»»Ein guter Baum kann nicht schlechte Früchte bringen«, zitiert Vater mit pathetischer Stimme, »»und ein schlechter Baum kann nicht gute Früchte bringen. An ihren Früchten werdet ihr sie erkennen. Sammelt man denn Trauben von Dornen oder Feigen von Disteln?‹«

Miss Greaves starrt ihn an. »Wollen Sie damit sagen, daß er nicht Ihr…« Sie führt den Satz nicht zu Ende. Schweigend sitzen sie sich gegenüber. Schließlich steht sie auf. »Es geht hier ausschließlich um die Gesundheit des Jungen«, wiederholt sie. »Ich bin entschlossener denn je, Joel die Hilfe zukommen zu lassen, die er braucht. Ich spreche hier als seine Lehrerin und nicht als Privatperson. Haben Sie das verstanden? Wenn Joel bis Ende nächster Woche keine Brille hat, dann werde ich höchstpersönlich mit ihm zum Optiker gehen. Und sollte ich jemals wieder Anzeichen von Mißhandlung bei ihm sehen, dann verständige ich die Polizei.«

Ohne Joel noch einmal anzusehen, verläßt Miss Greaves das Haus.

Mutter wirft die Tür hinter ihr zu und dreht den Schlüssel im Schloß um. Dann dreht sie sich zu Joel um. Ihr Gesicht ist furchterregend.

BARCELONA

Françoise wartete bereits, als ihr Fährschiff in den Hafen von Barcelona eintuckerte. Sie sahen sie schon von weitem, denn sie winkte mit ihrem Strohhut.

»Françoise!« rief Eden. »Françoise!« Sie konnte es kaum noch erwarten, Françoise alles über ihre Reise nach Italien zu erzählen und ihr die wunderschönen Geschenke zu geben, die sie ihr aus Venedig und Rom mitgebracht hatte.

In Spanien war es noch heißer als in Rom. Nicht ein einziges Wölkchen am Himmel. Das Licht war so grell und hart, daß einem schon nach kurzer Zeit die Augen weh taten.

Endlich auf festem Boden rannte Eden in Françoise' Arme. Die Französin trug ein einfaches weißes Kleid, ihre Haut war feucht vor Hitze.

»*Chérie!* Wie geht es dir?«

»Ich hab dir einen gläsernen Delphin aus Venedig mitgebracht! Und einen Seidenschal aus Rom!«

Françoise lachte, küßte und herzte sie. »Meine kleine Weltenbummlerin.«

»Schön, dich wiederzusehen, Süße«, sagte Papa mit einem Blick auf Françoise' gebräunte Arme und Beine. »Du siehst aus, als hättest du viel Zeit am Strand verbracht.«

»Das hab' ich auch! Aber ich habe meinen Bikini angehabt, und da ist ein Polizist gekommen und hat gesagt, ich dürfe nur mit einem Einteiler am Strand liegen. Bikinis seien anstößig. Stellen Sie sich vor, anstößig!«

»Du hättest ein Teil ausziehen sollen«, erklärte Papa grinsend.

Françoise kicherte. »Das Taxi wartet auf der Straße.«

Als sie alle eingestiegen waren, sagte Françoise: »Es hat Schwierigkeiten gegeben mit dem Hotel. Wir wohnen nicht im Ritz, sondern im Palace.«

»O nein«, sagte Mama mit seltsamer Stimme.

Alle sahen Mama an. Sie war blaß. »Eine Verwechslung, Madame«, entschuldigte sich Françoise. »Das Ritz war ausgebucht. Aber das Palace ist ein wunderschönes Hotel, Madame. Es ist alt, aber wenn Sie erst die Möbel sehen und die Decken und die Badezimmer…«

»Ich kenne das Palace Hotel«, sagte Mama leise. Sie setzte ihre Sonnenbrille auf. »Gab es denn in ganz Barcelona kein anderes Hotel?«

»Alle guten Hotels sind ausgebucht. In der Hauptsaison…«

Papa legte den Arm um Mama. »Was beunruhigt dich, Liebes. Du siehst ja ganz krank aus.«

Mama schüttelte den Kopf. »Es tut mir leid. Wahrscheinlich bin ich nur etwas überempfindlich nach so langer Zeit. Es ist nichts.«

»Ruft das Palace irgendwelche schlechten Erinnerungen wach? Wir könnten in ein kleineres Hotel ziehen, wenn du möchtest.«

Mama schwieg lange, bevor sie endlich sagte: »Alles hier ist mit Erinnerungen behaftet. Es tut mir leid. Wir bleiben natürlich im Palace.«

Das Palace war genauso beeindruckend, wie Françoise es geschildert hatte. Ein weißer neoklassizistischer Bau, der von Säulen umgeben war und fröhliche gelbe Markisen auf allen Balkonen hatte.

Ihre Suite war groß und hell. Die Ventilatoren an den Decken sorgten in jedem Zimmer für kühle Luft. Ein Balkon erstreckte sich über die ganze Länge der Suite, von dem aus man die Plaza de Cataluña, einen großzügig angelegten Platz mit Bäumen, Springbrunnen und Blumenbeeten, sehen konnte. Wie in Paris schien auch hier der Verkehr niemals nachzulassen.

Mama wurde auf einmal schlecht. Sie rannte ins Badezimmer und schlug die Tür hinter sich zu. Auf Edens Frage zuckte Papa nur etwas gereizt die Schultern.

»Deine Mama spielt die Geheimnisvolle. Dieses Hotel scheint sie offensichtlich zu beunruhigen.«

»Aber warum?«

»Der Krieg wahrscheinlich.«

»Was ist im Krieg passiert?«

»Das mußt du sie fragen«, antwortete Papa barsch. »Mir sagt sie ja nichts.«

Etwas später kam Mama mit blassem Gesicht und mit einer Entschuldigung auf den Lippen aus dem Badezimmer.

»Du brauchst frische Luft«, erklärte Papa. »Wie wär's mit einem Spaziergang?«

Sie machten sich fertig und spazierten über die Ramblas.

Mama ging es allmählich wieder besser. »Ich freue mich, daß es anscheinend in Barcelona wieder fröhliche Menschen gibt«, sagte sie. »Früher war Barcelona eine so fröhliche und glückliche Stadt.«

»Mir kommt sie auch jetzt fröhlich vor«, erwiderte Papa.

»Vor dem Krieg war es hier… anders.«

»Du warst damals jünger, vergiß das nicht«, sagte Papa grinsend. »Daran liegt's wahrscheinlich.« Françoise lachte. Eden fragte sich wieder, was Mama im Palace Hotel erlebt hatte.

PRESCOTT

Es ist dunkel, und die Angst droht ihn zu verschlingen.

Jetzt hört er etwas. Rascheln und Kratzen. Eine Ratte, vielleicht noch Schlimmeres.

Er ist schon so lange hier unten. So lange!

Meistens muß er zwei Stunden hier bleiben. Manchmal auch drei. Aber diesmal ist er schon einen ganzen Tag und eine Nacht hier. Er ist erschöpft und hungrig.

Das Licht, das seinen Geist erhellt, wird immer schwächer. Wie eine Fackel, die schon zu lange brennt und nur noch flackert, bevor sie erlischt.

Jetzt hört er wieder ein Trippeln. Er zittert, seine Augen sind weit aufgerissen, obwohl er in der Dunkelheit nichts, aber auch gar nichts erkennen kann.

Er ringt die Hände. Das Wachs hat er draußen im Garten versteckt, denn er ist nicht so dumm, es mit ins Haus zu bringen. Sie findet alles. Deshalb kann er die Figuren nur im Geiste formen. Aber das innere Licht wird immer schwächer, und im Dunkeln kann er nicht formen.

Sie haben ihn vergessen. Er wird hier in dieser Dunkelheit sterben.

Die Luft wird langsam stickig. Tief einzuatmen ist nicht mehr möglich, deshalb keucht er nur noch. Das innere Licht erlischt fast ganz, nur noch ein kleines rotes Pünktchen bleibt übrig. Er hört, wie Zähne am Holz und an der Pappe nagen. Wenn dieses Etwas nun an seinem warmen Fleisch schnuppert? Wenn es nun seine Zähne in seine Schenkel oder in sein Gesicht schlägt?

Panik erfaßt ihn. Das rote Pünktchen in seinem Geist erlischt. Dunkelheit umgibt ihn. Er ist den Kräften des Bösen ausgeliefert.

Die Ratte huscht über seine Füße.

Verzweifelt stößt er mit dem Fuß nach ihr. Er schlägt sich das Schienbein an.

Irgend etwas versucht, ihn von hinten zu fassen. Er wehrt sich. Klauen krallen sich in seine Kleider, zerkratzen seine Arme. Er kämpft, schlägt um sich. Er ist umzingelt.

Schuppige Ungeheuer winden sich um seine Füße. Krallen greifen nach seinem Hals. Er spürt, wie lederne Flügel vor seinem Gesicht auf- und niederflattern. Die Angst steigt vom Bauch in den Kopf.

Die Ungeheuer bedrängen ihn von allen Seiten. Er schlägt mit den Armen um sich. Seine Hände treffen auf Gegenstände, die er nicht sehen kann. Er hört Geräusche, er spürt Schmerz.

Sein Atem geht keuchend und röchelnd, doch die verbrauchte Luft gibt ihm keine Kraft mehr. Sein Herz hämmert wie wild in seiner Brust.

Er sieht nur noch einen Ausweg. Er muß fliehen.

Der Keller ist klein und mit Holz und allerlei Gerümpel vollgestellt. Er rennt gegen einen Stuhl. Als er sich umdreht, rammt sich irgend etwas in seinen Bauch. Er krümmt sich vor Schmerz. Dann schlägt ihm etwas anderes ins Gesicht, Blut rinnt ihm in den Mund.

So holt er sich die blauen Flecken auf seinem Körper.

Die stickige Luft schnürt ihm die Kehle zu. Er stolpert über die Ungeheuer, fühlt ihre Knochen und ihr Fleisch unter seinem Körper. Er sinkt in ihre Klauen. Die Angst treibt ihn zum Wahnsinn. Mit gekrümmten Fingern krallt er sich fest.

Mit bebendem Herzen bleibt er liegen.

Ein goldener Streifen! Seine Finger haben einen goldenen Streifen in der Dunkelheit gefunden.

Der goldene Streifen entschwindet nicht. Er strahlt vor seinen Augen auf. Joel starrt eine ganze Weile darauf, dann streckt er die zitternden Hände aus und kratzt weiter.

Bald sieht er noch mehr goldene Streifen.

Außer sich vor Freude kratzt er mit beiden Händen an den hellen Flecken. Die Flecken werden zahlreicher und größer. Nach kurzer Zeit steht er staunend vor dem herrlichen Muster, das er in die Dunkelheit gezeichnet hat.

Er klammert sich an ein kleines Fenster, dessen Scheiben mit Farbe übermalt worden waren. Er drückt sein Gesicht an das Glas und blinzelt. Durch die Kratzer in der Farbe sieht er rote Erde. Erde und Blumen. Die Welt.

Den Garten hinter dem Haus.

Das kleine Fenster unter der hinteren Terasse. Neben dem Wassertrog. Das kleine Fenster, dessen Scheiben schon immer weiß gestrichen waren.

Er hat einen Fluchtweg gefunden.

Er hämmert an das Fenster, aber es ist zugenagelt. Und nirgendwo ein Riegel oder ein Griff.

Er schreit.

Niemand hört ihn.

Er will fliehen. Mit den Händen tastet er nach einem Werkzeug. Seine Finger schließen sich um einen Gegenstand, es ist die herunterhängende Armlehne eines Stuhls. Er zerrt und dreht, bis das Holz nachgibt und die Armlehne völlig abbricht. Damit schlägt er wie wild gegen das Fenster.

Eine Scheibe zerbricht, tausend Glassplitter treffen sein Gesicht. Dann noch eine. Die heiße Luft von draußen dringt in den Keller. Er schlägt solange gegen das Fenster, bis alle vier Scheiben kaputt sind. Das helle Licht der Sonne macht ihn fast blind.

Er drischt auf das Holzkreuz in der Mitte ein, bis schließlich auch das zerbricht.

Dann krabbelt er auf allen vieren durch das kleine Loch. Daß er sich dabei Knie und Hände zerschneidet, bemerkt er gar nicht.

Als er in die Sonne hinauskriecht, brennt sie sengend auf ihn herunter. Er weint; zum einen, weil ihm alles weh tut, zum anderen aus reiner Freude. Schließlich kommt er taumelnd, halb blind und vollkommen erschöpft auf die Beine. Die Wüstenluft ist sauber und trocken.

»O du allmächtiger Gott! Um Himmels willen, Joel! Bist du das?«

Er blinzelt mit tränenden Augen ins Licht. Mrs. Pascoe, ihre Nachbarin, ist herbeigeeilt, weil sie gehört hat, daß irgendwo Glas zerbrochen ist. Mit offenem Mund starrt sie ihn über den Zaun an.

Sie sieht einen zitternden dreizehnjährigen Jungen, der von oben bis unten mit Schmutz und Glassplittern bedeckt ist. Seine Beine, sein Mund und seine Nase sind über und über mit Blut verschmiert. Seine Finger sind wund vom Kratzen.

Sie schlägt die Hände vor dem Gesicht zusammen.

»Du lieber Himmel.« Ihre Stimme ist nur mehr ein heiseres Kreischen. »Euer Ehrwürden! Herr Lennox! Euer Ehrwürden!«

Vater kommt um die Ecke.

Er bleibt wie angewurzelt stehen, als er Joel erblickt. Alle Farbe weicht aus seinem Gesicht.

»Er ist dort unten hervorgekrochen!« Mrs. Pascoe zeigt mit zitternder Hand auf das kaputte Fenster. »Ich hab' gehört, wie die Scheibe zerbrochen ist, und als ich nachgesehen hab', da ist er schon hervorgekrochen von dort unten, wie eine – eine Ratte!«

Joel blickt in die farblosen Augen seines Vaters. Als er die

Bestürzung darin erkennt, begreift er plötzlich die Tragweite dessen, was er getan hat. Aber er ist zu erschöpft, um sich darüber Sorgen zu machen.

»Ich bin vor Schreck fast gestorben, Euer Ehrwürden. Der Junge ist ja wie ein wildes Tier! Was um alles in der Welt hast du bloß dort unten im Keller gemacht, Joel?«

Nicht Joel beantwortet die Frage, sondern Vater. Seine Stimme klingt rauh und heiser. »Offensichtlich hat er mal wieder dort gespielt, wo er nichts verloren hat. Er...« Vaters Stimme bricht ab, »er hat sich im Keller eingeschlossen. Deine Mutter hat dich gesucht, Joel.«

Joel starrt seinen Vater an.

»Das ist die Wahrheit«, sagt Vater, wobei seine Stimme noch rauher klingt. »War's nicht so, Joel? Du hast im Keller gespielt und dich aus Versehen eingeschlossen. So war's doch, oder nicht?«

Joel schüttelt ganz leicht den Kopf.

Mrs. Pascoe seufzt. »Der Junge ist nicht normal, Euer Ehrwürden.«

»Er ist krank.« Vater streckt die Hand aus. »Komm, Joel. Du bist schmutzig. Du mußt dich waschen.«

Joel rührt sich nicht von der Stelle. Sein Vater hat gelogen. Er hat gehört, wie sein Vater Mrs. Pascoe angelogen hat. Diese Erkenntnis ist so überwältigend, daß alles andere plötzlich unwichtig erscheint. Sein Vater hat gelogen.

Der ehrwürdige Eldred Lennox nimmt seinen Sohn bei der Hand und führt ihn ins Haus. Mrs. Pascoe schnalzt mit der Zunge, als sie ihnen nachsieht.

Drinnen wartet Mutter auf ihn. Sie hat vom Fenster aus alles beobachtet.

Ihr Gesicht ist genau wie Vaters weiß wie die Wand.

»Er ist ein Scheusal«, flüstert sie. »Er ist in Sünde empfangen worden und ist nur fähig, Böses zu tun.«

»Er ist auf den Stuhl gestiegen«, sagt Vater. Joel hört, daß seine Stimme zittert. »Vom Stuhl aus hat er dann das Fenster eingeschlagen.«

»Was hat diese Frau gesehen?«

»Sie hat gesehen, wie er herausgekrochen ist.«

»Was hast du ihr erzählt?«

»Ich hab' ihr erzählt, er hätte sich aus Versehen im Keller eingeschlossen.«

Als Mutter Joel ansieht, liegt in ihrem Blick Abscheu, aber auch Angst. »Er ist böse, Eldred. Schau ihn dir an. Er hätte nie in dieses Haus kommen dürfen. Wir können ihn nicht hierbehalten. Wir können ihn nicht bändigen.«

»Wir werden ihn bändigen«, sagt Vater. »Das werden wir.«

»Wie?«

Vater gibt ihm einen Stoß. »Wasch ihn, Miriam! Ich werde das Fenster zunageln, das er kaputtgemacht hat.«

Mutter holt eine Schüssel und einen Waschlappen. Sie sagt kein Wort, während sie Joels Gesicht und Arme und Beine abwäscht. Der Waschlappen scheuert auf seiner Haut, aber er gibt keinen Laut von sich.

Vater hat Mrs. Pascoe angelogen.

Bis jetzt hat er diesen Gedanken nicht zu denken gewagt. Doch tief im Innern weiß er es schon lange, schon sehr lange, daß Vater und Mutter nicht wie andere Eltern sind, daß das, was sie tun, schändlich ist. Unmenschlich.

Zum erstenmal in seinem Leben dämmert es ihm, daß sie die Bösen sind und nicht er.

Er sieht seiner Mutter ins Gesicht. Es ist hager und verhärmt. Die spitze Nase und die verschlagenen Augen erinnern an einen Raubvogel. Der Mund ist nur ein Strich, das Haar grau und farblos wie die Augen. Trotzdem hat sie eine Farbe, die Farbe ist Grausamkeit.

Unter dem Deckmantel der Frömmigkeit und Rechtschaffenheit begeht sie Sünden, die tausendmal schlimmer sind als seine.

»Schau mich nicht so an!« zischt sie. Aber erst als sie ihm ins Gesicht schlägt, wendet er den Blick ab. Er nimmt den harten Schlag fast mit Erleichterung hin.

»Bleib stehen!«

Mutter trägt die Waschschüssel in die Küche. Das Wasser hat die Farbe von Himbeersaft.

Wer wird ihm die Jahre ersetzen, die die Heuschrecke fraß?

In seinem Innern tobt ein Feuer, das um so heftiger wütet, weil er kein Kind ist, das seinen Gefühlen Ausdruck verleihen kann. Ihm wird schwindlig. Er hört, daß Mutter und Vater flüsternd miteinander reden, hört, daß Dinge in den Keller geschafft werden. Dann hört er, wie sein Vater mit schweren Schritten die Kellertreppe heraufstapft.

Als er Metall rasseln hört, hebt er den Kopf. Vater steht in der Tür.

»Du hast dich benommen wie ein wildes Tier«, sagt Vater. »Deshalb sollst du auch wie ein wildes Tier in Ketten gelegt werden.«

Joel sieht die Handschellen, die sein Vater in Händen hält.

Er will davonlaufen, aber Mutter kriegt ihn an den Haaren zu fassen. Er kämpft um sein Leben. Ein nie gekanntes Gefühl beherrscht ihn und treibt ihn an. Sein Zorn kennt keine Grenzen. Sein zäher Körper kämpft mit der Kraft der Verzweiflung, aber schließlich überwältigen sie ihn und schleppen ihn, der sich immer noch mit aller Kraft wehrt, die Treppe hinunter.

»Ich hasse euch!«, schreit er. »Ich hasse euch! Ich hasse euch!«

Er versucht zu stoßen, versucht zu beißen wie ein Hund. Er bekommt Mutters knöcherne Hand zu fassen und gräbt seine Zähne hinein. Ihr Schrei erfüllt ihn mit ungestümer, wilder Freude.

Mutter schlägt ihm mit aller Kraft ins Gesicht. Lauter kleine Sternchen tanzen vor seinen Augen.

»Miriam«, schreit Vater.

»Gott vergib mir«, keucht Mutter. Sie hält sich die Hand. »Er hat mich gebissen!«

»Du sollst ihn nicht schlagen«, sagt Vater streng. »Diese Frau…«

»Er hat mich herausgefordert. Er ist böse!«

»Er ist unser Sohn, Miriam.«

»*Er ist nicht unser Sohn*«, bricht es aus Mutter heraus. »Schau dir seine Augen an. Das sind die Augen des Satans. Schwarz und böse!«

Vater stößt Joel auf die alte Bettstatt.

Joel wehrt sich nicht mehr. Der Haß in ihm schwillt an zu einer riesigen, allesüberschwemmenden Woge.

Vater legt ihm die Handschellen um die Handgelenke. Mit einem Klicken schnappen sie zu. Nachdem er die Kette um die Bettpfosten herumgeführt hat, verbindet er Kette und Handschellen mit einem Vorhängeschloß.

Wie ein Tier haben sie ihn angekettet.

Der Mann und die Frau sehen ihn an. Joel hebt den Kopf und erwidert ihren Blick. Während er sie anschaut, verspürt er plötzlich eine Leidenschaft, die so groß ist, daß er sich beinahe selbst davor fürchtet.

Die Tür fällt zu. Dunkelheit umfängt ihn.

SAN LLUC

Die sengende Mittagshitze brannte auf sie herunter, als sie in ihrem Mietwagen im Dorf ankamen. Kein Wölkchen trübte den dunkelblauen Himmel, nur ganz hinten am Horizont schimmerte bräunlich ein Dunstschleier.

Das Dorf war nicht mehr als eine kleine Ansammlung von Steinhäusern inmitten von unendlich weiten goldenen Felder. Auf dem Berg über dem Dorf ragte eine Ruine in den Himmel.

Sie parkten auf dem Dorfplatz direkt neben einem Eselskarren. Nichts regte sich. Eden kam es vor, als befänden sie sich in einem Meer der Stille und des Friedens.

San Lluc war bezaubernd. Ein Ort aus einer anderen Zeit, in dem aus Ritzen in Wänden und Dächern allerlei Blumen und Sträucher wuchsen. Viele der Häuser sahen verlassen aus; die Dächer waren kaputt, die Wände verfallen, die Fenster ohne Glas. Das Haus, in dem Mama zur Welt gekommen war, war eines dieser Häuser.

Es stand auf einem kleinen Platz und war von Bougainvilleen vollkommen überwuchert. Als sie gegen die Tür stießen, öffnete sie sich träge. Drinnen standen zwei Esel, die zwischen rostigen Werkzeugen und Ackergeräten an ihrem Heu kauten. Auf der anderen Seite befand sich die rußige, über und über mit Spinnweben verhangene Feuerstelle.

»Da oben war mein Zimmer.« Mama zeigte auf ein kleines Fenster unterm Dach. »Daneben war das Zimmer meiner Eltern. Hinter dem Fenster dort war die Küche. Wir haben Kaninchen gehalten, die waren hier unten im Hof. Ich habe stundenlang mit ihnen gespielt, andere Spielsachen hatte ich nicht.«

Eden dachte an ihre vielen Spielsachen zu Hause. »Wohnt hier denn niemand mehr?«

»Jetzt nicht mehr.«

»Wo sind deine Mama und dein Papa jetzt?«

»Im Himmel«, antwortete Mama.

Papa schoß unzählige Bilder. »So malerisch und schön hab' ich's mir gar nicht vorgestellt«, sagte er. »Ich wünschte, wir könnten hier alles abtragen, Stein für Stein, meine ich, und in Kalifornien wieder zusammensetzen.«

Mama sah sich um. »Vor dem Krieg war es noch schöner. Damals gab es keine verlassenen Häuser, keine Ruinen.«

Mama benahm sich ganz sonderbar an diesem Nachmittag; sie benahm sich überhaupt sonderbar, seit sie in Spanien waren. Eden hatte geglaubt, daß sie sich freuen würde, wieder da zu sein, statt dessen war sie so merkwürdig. Sie war sehr still, obwohl sie einen glücklicheren Eindruck machte als in Barcelona.

»Ich hab' Hunger«, meldete sich Eden schließlich.

»Gibt es hier ein Gasthaus, wo wir essen könnten?« fragte Papa.

»Nur die *fonda* auf dem Dorfplatz. Aber gepflegte Küche könnt ihr dort nicht erwarten.«

»Auch gut. Hauptsache, wir kriegen was zu essen.«

Sie hätten an einem der Tische im Freien Platz nehmen können, doch wegen der Hitze entschieden sie sich, hineinzugehen; drinnen war es wunderbar kühl. Die wenigen Gäste hoben nur kurz den Kopf und nickten und aßen dann schweigend weiter.

»Meinst du, die Leute kennen dich noch?« fragte Papa.

»Ja«, erwiderte Mama. »Sie kennen mich.«

»Und warum reden sie dann nicht mit dir?«

»Weil sie Angst haben. Es könnte ja jemand zuhören. Sie wissen, daß meine Familie zu den Roten gehörte.«

»Aber das ist doch schon zwanzig Jahre her!«

»Vergiß nicht, wer hier das Sagen hat. Franco wird seinen Feinden nie verzeihen.«

»Das ist doch absurd.«

»Dominic, darf ich dich daran erinnern, daß seit 1939 Zehntausende in Gefängnissen und Arbeitslagern verschwunden sind. Hunderttausende haben das Land verlassen müssen und können nicht zurückkehren. Ihr einziges Vergehen war, auf der falschen Seite gestanden zu haben. Warum glaubst du wohl, gibt es hier so viele verlassene Häuser?«

»Du großer Gott!« Papa sah sich verstohlen um. »Sind wir etwa auch in Gefahr?«

»Nein«, antwortete Mama.

»Ja, ja, ich weiß, daß du einen amerikanischen Paß hast, aber bist du nicht trotzdem ein Staatsfeind?«

»Die Anklage gegen mich wurde zurückgenommen. Ich habe einen entfernten Verwandten in der Regierung, der sich darum gekümmert hat. Wir haben nichts zu befürchten, Dominic.«

Papa sah immer noch besorgt aus. »Wenn ich das gewußt hätte, wäre ich nicht hergekommen.«

»Du hast wirklich nichts zu befürchten.« Mama lächelte nachsichtig. Eden sah von einem zum andern. Mama streichelte ihr Gesicht. »Mach ihr keine angst.«

»Aber du machst doch mir angst«, erklärte Papa. »Nach dem Mittagessen schauen wir uns das alte Kloster da oben an.«

»Irgendwann hat es gebrannt«, sagte Mama.

Eden starrte auf die schwarzen Wände. »Aber warum haben sie es nicht wieder hergerichtet? Wo sind denn alle?«

»Ich weiß nicht, mein Schatz.«

»Sind sie auch im Himmel?«

»Einige vielleicht.«

Zusammen mit Mama spazierte sie über das Klostergelände. Überall wuchsen kleine Gänseblümchen. Alles war still und friedlich. Unten im Tal sah man die Dächer des Dorfes, dann die Ebene und dahinter das weite blaue Meer.

Papa betrachtete die großen eisernen Tore. »Schau doch nur, wie schön die sind«, sagte er.

Mama nickte. »Die hat mein Vater gemacht.«

»Ist das dein Ernst?« fragte Papa.

»Aber ja, er hat sie gemacht, da war ich noch gar nicht auf der Welt.«

Die Stäbe stellten Schlangen dar, die sich an Rosen hochwanden. Eden streckte die Hand aus und berührte das Eisen. Durch die Sonne war es so heiß, als käme es direkt aus dem Feuer der Schmiede.

»Ein großartiger Handwerker, dein Vater«, sagte Papa ganz aufgeregt. »Mercedes, diese Tore sind echte Kunstwerke. Und schau dir bloß die anderen Sachen an, die hier einfach so rumliegen, diese Kacheln beispielsweise, die sind gut und gern dreihundert Jahre alt. Diese Sachen müßte man erhalten.«

»Wer sollte das schon erhalten?«

»Wir zum Beispiel! Wir werden mit dem Bischof sprechen oder wer immer für den Kirchenbesitz zuständig ist und ihm ein Angebot machen. Per Schiff läßt sich das alles mühelos nach Amerika verfrachten.«

»Ach, Dominic...«

»Laß es dir durch den Kopf gehen«, schlug Papa vor. »Das könnte unsere Eingangstür werden. Sie ließe sich leicht einpassen, da bin ich sicher.«

Mama sah ganz krank aus. »Alles, was du hier siehst, birgt sehr viele Erinnerungen. Es wäre schrecklich, wenn ich jedesmal daran denken müßte, wenn ich die Haustür aufmache...«

»Sei nicht albern«, sagte Papa beruhigend, während er den Arm um sie legte. »Diese Tore sind doch so etwas wie ein Familienerbstück. Die Arbeit deines Vaters, Mercedes. Denk darüber nach. Und die Kacheln – handbemalt! Großartig! Genug für das ganze Haus. Das wäre etwas Besonderes, etwas Außergewöhnliches. Etwas, das es in ganz Kalifornien nicht zu kaufen gibt. Du wirst sehen, das Haus der Fairchilds wird sich dagegen wie eine Hundehütte ausnehmen.«

Mama schälte sich aus seiner Umarmung. »Wir befinden uns auf geweihtem Boden.«

»Nein, das stimmt nicht. Nur die Kapelle und der Friedhof sind geweiht.«

»Warum sollte die Kirche dir das alles verkaufen wollen?«

»Das ist doch nicht schwer zu erraten«, antwortete Papa grinsend, »mit Geld kann man alles kaufen. Wenn wir ihnen genügend dafür bieten, werden sie nicht lange zögern. Dieses Kloster ist doch jetzt schon zerfallen. Wenn wir wenigstens das, was noch übrig ist, bewahren, ist doch allen gedient, meinst du nicht?«

»Vielleicht wäre es besser, wenn wir alles so beließen, wie es ist«, antwortete Mama mit sonderbarer Stimme. »Ich glaube nicht, das diese Steine uns Glück bringen würden.«

»Vergiß deine düsteren Ahnungen«, sagte Papa lachend. »Wenn wir denen erklären, wer du bist und daß dein Vater...«

»Nein«, sagte Mama bestimmt, »laß meinen Vater aus dem Spiel, er hatte nie etwas mit der Kirche am Hut. Und laß auch mich aus dem Spiel.«

»Okay, okay. Ich werde sagen, wir wollen es für ein Museum in Santa Barbara erwerben.«

»Das klingt aber mehr als unwahrscheinlich.«

»Meine Süße«, erklärte Papa geduldig, »wenn ich im Büro des Bischofs mit einem Bündel von Hundertdollarscheinen aufkreuze, dann ist es denen wahrscheinlich ganz egal, welche Geschichte ich ihnen auftische.«

»Könnten wir die *wirklich* mit nach Hause nehmen?« erkundigte sich Eden mit einem Blick auf die Tore.

»Natürlich können wir«, antwortete Papa. »Das würde dir gefallen, hab' ich recht?«

Eden nickte. Sie fand den Gedanken, diese schwarzen Schlangen bei sich zu haben, wunderbar.

»Ich werde mich erkundigen, wer dafür zuständig ist«, sagte Papa. »In einer Woche wird das alles uns gehören, du wirst sehen!«

Sie fanden ein winziges Hotel in einem Fischerdorf direkt am Meer, unweit von San Lluc. Die Fischer fuhren frühmorgens mit ihren in leuchtenden Farben bemalten Booten aufs Meer hinaus, und am Nachmittag breiteten sie ihre Netze am Strand zum Trocknen aus. Sie gingen schwimmen, ließen sich von der heißen Sonne bescheinen und aßen jeden Tag frischen Fisch, genau wie Papa es vorhergesagt hatte. Es sollte die glücklichste Zeit für Eden sein.

Eines Nachmittags fuhren sie und Mama mit einem Fischer aufs Meer hinaus. Papa und Françoise waren nicht mitgekommen, weil Françoise immer seekrank wurde und Papa an diesem Nachmittag Kopfschmerzen hatte.

Der Fischer ruderte sie zu einer kleinen Bucht mit kristallklarem Wasser. Doch als Mama aus dem Boot auf die Felsen trat, rutschte sie aus. Ihre Ferse war sofort blutüberströmt. Mama lachte und erklärte, es sei nur ein Kratzer, aber die Ferse wollte gar nicht aufhören zu bluten. Sie beschlossen, sofort mit dem Fischer zurückzurudern, um Pflaster und Verbandszeug zu besorgen.

Mama blieb im Boot sitzen, damit kein Sand in die Wunde kam, während Eden über den Strand zum Hotel rannte, um Verbandszeug zu holen.

Aber als sie die Tür zum Zimmer von Mama und Papa öffnete, bot sich ihr ein furchtbarer Anblick. Sie sah Papa und Françoise auf dem Bett. Sie hatten keine Kleider an. Papa lag auf Françoise, die unter ihm furchtbar keuchte und schnaufte.

Eden war wie versteinert. Kein Ton kam über ihre Lippen. Die beiden bemerkten sie nicht. Das Bett schaukelte und knarrte, Françoise stieß wieder verzweifelte Laute aus, während Papa sich immer und immer wieder auf sie warf. Dann stöhnte Papa mit heiserer, rauher Stimme, Françoise klammerte sich scheinbar unter großen Qualen an ihn, und plötzlich fingen ihre Körper an, wie wild zu zittern.

Papa wollte Françoise umbringen!

Endlich fand Eden ihre Stimme wieder. »*Papa!*«, schrie sie voller Entsetzen. »*Papa! Bitte tu ihr nichts!*«

Verschwitzte, abwesende Gesichter wandten sich ihr zu.

Françoise rief: »*Oh, mon Dieu!*« und schubste Papa weg. Dann rannte sie mit den Händen vor dem Gesicht ins Badezimmer. Eden erhaschte einen Blick auf ihre hüpfenden Brüste und das dunkle Dreieck zwischen ihren Beinen.

Papa setzte sich auf. Zwischen seinen Beinen sah sie jetzt dieses dicke, zornige Ding. Papa sah aus, als sei er betrunken. »Raus mit dir!« herrschte er sie mit belegter Stimme an.

»Mama hat sich am Fuß verletzt«, flüsterte Eden.

»Raus mit dir!« brüllte Papa sie an. »Raus mit dir, du Bastard!«

Eden drehte sich um und rannte davon, als wäre der Teufel hinter ihr her.

Am nächsten Tag hatte sie Fieber.

Mama sagte: »Ich glaube, sie war zu lange in der Sonne. Es geht ihr gar nicht gut.« Sie hielt Edens Hand und streichelte ihr Gesicht. »Sie glüht. Meinst du, ich soll einen Arzt holen?«

»Wegen eines kleinen Sonnenstichs?« erwiderte Papa. »Sei nicht albern.«

Mama gab ihr ein Aspirin und deckte sie gut zu. Françoise gab ihr ein Küßchen auf die Stirn und sah sie mit fragendem Blick an.

Aber ihre Krankheit ließ sich nicht mit Aspirin kurieren. In ihrem Innern war etwas für immer zerbrochen. Das Fieber stieg an; sie warf sich unruhig im Bett hin und her. Sie wollte nicht an Papa und Françoise denken, aber sie sah sie in den Fieberträumen, aus denen sie jedesmal schreiend und weinend aufwachte.

Papa redete fast gar nicht mit ihr. Wenn er an ihr Bett trat, dann sah er sie nur wortlos an. Und in seinem Blick lag jedesmal eine Kälte, die ihr angst machte.

Es war der gleiche Ausdruck wie an jenem unsäglichen Nachmittag. Der gleiche Blick. Der Blick eines Fremden, der besagte, daß er wünschte, sie wäre tot.

Sie wußte, daß Papa sie jetzt haßte, weil sie etwas gesehen hatte, was sie nicht hatte sehen sollen. Er hatte ein schlimmes Wort zu ihr gesagt. Sie wußte nicht, was ein Bastard war, aber seine Stimme hatte erbarmungslos geklungen.

Sie fürchtete sich vor Papa. Jedesmal, wenn er in ihr Zimmer kam, meinte sie, das Fieber müsse sie verbrennen. Wenn er sie berührte, mußte sie schreien. Sie sah ihn in ihren Fieberträumen, sah, wie er Françoise tötete. Und dann machte er sich daran, auch sie zu töten.

Wenn sie wach war und nicht fieberte, wußte Eden, daß Papa sie alle ganz schrecklich betrogen hatte. Aber sie wußte auch, daß sie die Schuldige war und daß *sie* sterben mußte, weil sie gesehen hatte, was sie nicht hatte sehen sollen.

Tagelang wurde sie vom Fieber verzehrt. Sie schwebte in einer Welt, die weder Traum noch Wirklichkeit war. Sie sah die Schatten von Menschen, die sie kannte. Sie hörte Stimmen und leise Musik. Seltsame Bilder zogen an ihrem Auge vorbei.

Sie hörte ihre Mutter weinen.

So plötzlich, wie das Fieber über sie gekommen war, verließ es sie auch wieder. Sie schlug die Augen auf, erschöpft, aber auf dem Weg der Besserung. Sogar das Essen schmeckte ihr wieder. Sie schlief tief und fest rund um die Uhr. Nach wenigen Tagen ging es ihr bereits wieder so gut, daß sie mit Françoise zum Strand gehen konnte.

Françoise saß neben ihr auf den Felsen und weinte herzzerreißend. Unter Tränen bat sie Eden, niemandem zu erzählen, was sie gesehen hatte.

Aber Eden hätte ohnehin niemandem etwas davon erzählt. Was

immer Papa mit Françoise gemacht hatte (und Eden besaß genügend Verstand, nicht näher danach zu fragen), Mama durfte nie davon erfahren, das wußte sie. Ebenso wie sie nicht erfahren durfte, daß Françoise ihre Kleider anprobierte; nur war das andere viel, viel, viel geheimer und noch viel, viel schändlicher.

»Es war nicht meine Schuld, *chérie*«, schluchzte Françoise. »Dein Vater hat es gewollt. Aber ich werde es nie wieder tun. Ich schwöre es!«

Papa lächelte wieder, wenn er sie ansah. Aber der kalte Ausdruck in seinen Augen blieb. Die Reise machte ihr keinen Spaß mehr. Am liebsten wäre sie nach Hause gefahren.

Eines Nachmittags kam Papa ganz frohgelaunt ins Hotel zurück.

»Es ist alles vorbereitet«, erklärte er triumphierend. Seine Pfeife stand in keckem Winkel nach oben, seine grünen Augen funkelten. »Ich habe das Kloster gekauft.«

»Du hast *was*?« fragte Mama ungläubig.

»Ich habe das ganze Ding gekauft.« Er ließ seinen Hut im hohen Bogen durchs Zimmer segeln. »Für ein Butterbrot!«

»Soll das heißen, daß das Kloster uns gehört?« fragte Mama mit einem seltsamen Ausdruck auf dem Gesicht.

»Die Abbruchsrechte zumindest.« Er schenkte Eden ein strahlendes Lächeln, und zum erstenmal seit Tagen lächelte sie, wenn auch zögernd, zurück. »Die wollen's ohnehin abreißen. Ich habe die Arbeit an eine örtliche Firma vergeben. Wir kriegen die Tore und alles, was wir sonst noch wollen. Die Firma nimmt sich den Rest. So wie's aussieht, müssen wir lediglich die Transportkosten bezahlen und vielleicht noch ein paar hundert Dollar. Dafür kriegen wir die Tore, die Säulen und die Kacheln!«

Mama schüttelte ungläubig den Kopf. »Ich kann es nicht glauben!«

»Wir brauchen nur noch einen Spediteur.« Er sah so vergnügt aus, daß Eden es wagte, auf seinen Schoß zu klettern. Er legte den Arm um sie und drückte sie. Man hätte meinen können, daß alles gut werden würde, trotz allem, was geschehen war.

Aber Eden wußte, daß nichts wieder so werden würde, wie es einmal gewesen war.

5. DIE PARTY

APRIL 1931

Unglaubliches ist geschehen: Spanien ist eine Republik!

Ja. Es ist wahr. Im ganzen Land haben Wahlen stattgefunden, und die Republikaner haben einen haushohen Sieg errungen. Am 14. April 1931, also an Mercedes Eduards Geburtstag, ist die Republik ausgerufen worden.

Die Monarchie gibt es nicht mehr. Alfonso XIII. ist nicht mehr König von Spanien.

Sieben Jahre zuvor haben spanische Anarchisten in Paris ein erfolgloses Attentat auf ihn verübt. Er hat danach unter dem Schutz von Primo de Rivera, seinem spanischen Mussolini, weiterregiert. Als Primo im vergangenen Jahr gestürzt wurde, mußte auch der König abdanken.

Nachdem die guardia civil ihn davon in Kenntnis gesetzt hat, daß sie ihn nicht mehr länger vor den blutrünstigen Roten schützen könne, reist der elegante Lebemann eiligst nach Cartagena ab, wo bereits ein Schiff auf ihn wartet, mit dem er in sein Exil segelt.

Er hat es so eilig mit der Abreise, daß seine Kinder und seine englische Gemahlin Victoria Eugenia im königlichen Palast in Madrid zurückbleiben. Zwei Dutzend Bedienstete in Rokokogewändern sollen sie vor der aufgebrachten Menge, die sich vor dem Palast versammelt hat, beschützen.

Viele von denen, die sich draußen eingefunden haben, tragen Kleider wie seinerzeit die französischen Revolutionäre. Möglicherweise kommt es zu einem Massaker. Aber die Menge ist viel zu glücklich, als daß es sie nach dem Blut von Königin Victoria Eugenia verlangt. Großzügig zieht sie sich zurück, als sie dazu aufgefordert wird. Victoria Eugenia verläßt den Palast in Begleitung ihrer weinenden Hofdamen.

Weder sie noch Alfonso sollen Spanien jemals wiedersehen. Alfonso stirbt 1941 in Rom. Und auch ihr Sohn, Don Juan de Borbón, wird nie König von Spanien werden. Doch achtunddreißig Jahre später ernennt Franco ihren Enkelsohn, Juan Carlos I., zu seinem offiziellen Erben und Nachfolger.

Aber all das liegt noch in ferner Zukunft. In diesem Augenblick ist es unvorstellbar, daß Spanien jemals wieder von einem König regiert wird, denn die Demokratie hat Einzug gehalten.

Die Freude der Spanier ist grenzenlos.

Um ehrlich zu sein, der meisten Spanier. Der Tag ist voller Ahnungen und Ungewißheit.

In Saragossa steht der neununddreißigjährige Francisco Franco auf seinem Balkon. Offensichtlich ist er sehr erregt. Der sonst eher phlegmatische Mann und entschlossene Aufsteiger ist der jüngste General, der jemals in der spanischen Armee gedient hat. Im Lauf der vergangenen unruhigen Jahre galt Franco in weiten Kreisen als der kommende Führer einer Militärregierung, – natürlich nachdem die rote Gefahr gebannt wäre. In diesem Augenblick sieht er seine Hoffnungen in einem Chaos von Barbarei und Anarchie untergehen.

Sein jüngerer Bruder Ramón ist dagegen außer sich vor Freude. Er ist jung und glaubt, zumindest im Moment, an die Demokratie. Darüber hinaus gilt er als Held des Volkes, weil er als erster auf der Südatlantikroute nach Buenos Aires geflogen ist. Er füllt sein Glas und trinkt auf die Republik.

In den Straßen von Madrid, Barcelona, Valencia und Sevilla kommen Tausende und aber Tausende Menschen zusammen, um mit Freudentränen in den Augen revolutionäre Lieder zu singen und die blaurotgelbe Fahne der Republik zu schwenken.

Selbst der harte Francesc Eduard freut sich in seinem kleinen Dorf. Er wird zwar bis zum Ende seiner Tage überzeugter Anarchist bleiben, aber, wie er so schön sagt, gibt es jetzt wenigstens einen Staat, den man niederreißen kann.

Das übrige Land ist berauscht von der Aussicht auf Demokratie.

Die Aussichten für die neue Republik stehen natürlich denkbar schlecht. Die Große Depression von 1929 ist noch nicht überwunden, und Spanien leidet wie alle anderen europäischen Staaten unter der weltweiten Rezession. Dazu kommt, daß überall die Faschisten rasch an Boden gewinnen. Die Generäle der Armee legen sich bereits ihre

Schlachtpläne zurecht. Die Demokratie war noch nie eine Stärke der Spanier.

Als die langersehnten freien Wahlen endlich stattfinden, bahnt sich die Katastrophe bereits an. Einzug ins Parlament halten: 116 Sozialisten, 90 Radikale, 60 Radikale Sozialisten, 33 Katalanische Nationalisten, 30 Linke Republikaner, 27 Rechte Republikaner, 22 Progressive, 17 Föderalisten und 16 Galizische Nationalisten. Das im Vergleich dazu magere Lager der Rechten, das aus insgesamt 50 Abgeordneten besteht, fragt sich, wie angesichts dieser vielen verschiedenen roten Fraktionen eine stabile Regierung gebildet werden kann.

Paco Massaguer, der mit Wasser in der Lunge in seinem riesigen Himmelbett vor sich hin röchelt, schüttelt den Kopf.

»Das kann nicht sein«, keucht er.

Marcel Barrantes, der zu Hause in San Lluc an Herzschwäche und Einsamkeit leidet, sieht die Zukunft nicht weniger düster. »Es wird zum Bürgerkrieg kommen«, prophezeit er, wie schon so oft, auch jetzt.

Natürlich wird es zum Bürgerkrieg kommen, und zwar schon bald. Die nächsten fünf Jahre in Spanien werden ziemlich turbulent werden: Die jetzige Regierung wird durch einen bewaffneten Aufstand des rechten Flügels gestürzt, die darauffolgende rechte Regierung durch einen bewaffneten Aufstand der Linken, und diese Regierung fällt wiederum durch einen bewaffneten Aufstand der Rechten.

Und irgendwann gibt es keine Republikaner mehr.

Aber auch das liegt noch in ferner Zukunft. Im Augenblick wird gefeiert in der Republik Spanien.

SAN LLUC

Zwei Tage später ging das Leben in San Lluc schon wieder seinen gewohnten Gang.

Die Fahnen der Republik flatterten immer noch tapfer überall im Dorf. Am 14. selbst hatten alle Bewohner von San Lluc auf dem Dorfplatz gefeiert; die Dorfkapelle hatte gespielt, bis ihnen vor Erschöpfung der Atem ausgegangen war; alle hatten sich die Hände gereicht, um miteinander den *sardana*, den katalanischen Nationaltanz, zu tanzen.

Natürlich hätten die treuen Anhänger der Monarchie, die es

auch jetzt noch gab, lieber den unfähigen Alfonso XIII. in Kauf genommen als die Republik, während überzeugte Linke wie Francesc Eduard noch sehr viel radikalere Reformen herbeisehnten. Doch die meisten Bewohner von San Lluc hatten mit ungeteilter Freude gefeiert und getanzt. Plötzlich schien ihnen die Frühlingsluft erfüllt von Freiheit, und die Aussicht auf Reformen und Wohlstand hing wie ein Ballon der Hoffnung über den strahlend grünen Feldern. Und Mercedes konnte es gar nicht fassen, daß dieses riesige Fest ausgerechnet auf ihren dreizehnten Geburtstag fiel.

Plötzlich war sie eine Prinzessin. Fast jeder, dem sie über den Weg gelaufen war, hatte sie geherzt und geküßt und *la niña bonita*, hübsches Mädchen, genannt. Eine alte Frau hatte ihr ein silbernes Heiligenmedaillon geschenkt, ein alter Mann ein Glas süßen Mandellikör, der ihr sogleich zu Kopf stieg. Sie hatte geglaubt, die Feier finde einzig und allein ihr zu Ehren statt, bis ihre Mutter sie aufgeklärt hatte.

»*La niña bonita,* so hieß früher die Republik«, erklärte Conchita. »Die Menschen träumten von dem Tag, an dem das hübsche Mädchen zur Welt kommen sollte. Deshalb freuen sie sich für dich, aber sie feiern auch darum, weil ihr Traum wahr geworden ist.«

Papa hatte ihr erklärt, daß am Ende des langen Weges die absolute Freiheit der Arbeiter und die Gleichheit für alle stehe. Alles andere sei ein Kompromiß. Aber die Republik sei ein Anfang, der zumindest einen Teil des Unrechts aufhebe.

Mercedes schlenderte zum Hof, um mit den Kaninchen zu spielen. Sie nahm eines auf den Arm und drückte ihr Gesicht in das warme, seidige Fell. Das Kaninchen wehrte sich nicht, sondern lag ganz still mit schnuppernder Nase auf ihrem Arm.

Conchita beobachtete sie vom Küchenfenster aus. Das Kind war so schnell gewachsen, daß ihr alle Kleider zu klein waren. Ihr langes schwarzes Haar war kaum zu bändigen, aber Conchita hatte es zu Zöpfen geflochten, die ihr jetzt auf den Rücken hingen. Sie hielt sich am liebsten draußen auf, weshalb ihre Haut so braun war wie die einer Zigeunerin.

Ihre Brüste glichen kleinen Knospen, auch ihre monatlichen Blutungen erfolgten fast schon regelmäßig. Sie hatte dieses äußere Anzeichen ihres beginnenden Frauseins ruhig hingenommen und ging nun umsichtig damit um. Bald, dessen war sich Conchita sicher, würden die jungen Burschen sie umschwirren wie die Bienen den Honig.

»Schön, schön«, hörte sie Mercedes sagen. Sie sah, wie das Kind das eine Kaninchen wieder auf den Boden setzte, um dann ein anderes auf den Arm zu heben und sein unbewegtes Gesicht zu küssen.

Sie hatte so viel Liebe in sich. Wenn sie ihr doch nur ein Geschwisterchen hätten schenken können… aber diese Hoffnung schwand von Jahr zu Jahr mehr.

Bitte, lieber Gott, beschütze sie!

Conchita dankte Gott für die Gesundheit und das Glück ihrer Tochter. Kaum etwas erinnerte an die schreckliche Zeit vor zwei Jahren. Irgendwo in ihrem Innern schlummerte der gewalttätige Jähzorn, der sie in einen anderen Menschen verwandeln konnte, doch er kam fast nie mehr zum Vorschein. Sie würde es nie vergessen, solange sie lebte. Lleonart Cornadó, der jetzt ein fröhlicher Metzgerlehrling im Geschäft seines Vaters war, würde die Narbe an seiner Schläfe sein ganzes Leben lang mit sich herumtragen. Auch wenn Francesc es nicht wahrhaben wollte, wußte Conchita, daß Mercedes in dem Augenblick, als sie den Stein heruntersausen ließ, ihn hatte töten wollen. Nur die fehlende körperliche Kraft hatte sie daran gehindert. Nur das.

Immer wenn sie daran dachte, sah sie ihre Tochter mit zweifelndem Blick an, denn immer dann kam ihr der Mann in den Sinn, der sie gezeugt hatte…

Sie und Francesc hatten sich die allergrößte Mühe gegeben, das Vertrauen des Kindes zurückzugewinnen. Sie waren nur schrittweise vorangekommen, doch jetzt endlich, im Frühjahr 1931, schien es, als wäre es ihnen gelungen. In den dunklen Augen ihrer Tochter lag wieder dieser weiche Ausdruck von Liebe.

Und auch in der Schule war es stetig aufwärtsgegangen. Die Bücher, die sie sich jeweils aus einer der drei örtlichen Büchereien auslieh, verschlang sie geradezu. Ihre Lektüre war, ohne Übertreibung, breit gefächert. Conchita, die selbst gerne las und Mercedes immer dazu angehalten hatte, freute sich darüber. Weil das Kind außerdem noch ein gutes Gedächtnis besaß, konnte sie Gedichte, Passagen aus der Geschichte und Reden berühmter

Anarchisten, die sie von ihrem Vater lernte, ohne Mühe aufsagen. Dieser Umstand war das einzige, was Conchitas Glück trübte. Nichts, was sie tat oder sagte, konnte Francesc von seiner feierlichen Pflicht, das Kind auf seine Weise zu ›erziehen‹, abbringen.

Vielleicht duldete Mercedes diese Erziehung, um ihrem Vater zu zeigen, daß sie ihm vergeben hatte.

Sie redete von ›Kollektivierung‹ und ›Syndikalismus‹ gerade so, als verstünde sie, was damit gemeint war. Voller Begeisterung zitierte sie Bakunin, der haarsträubende Ansichten über Revolution und Terror vertrat. Francesc hatte das Mädchen sogar zu Zusammenkünften und Gewerkschaftsversammlungen mitgenommen. Sie hatte den hochtrabenden Reden von russischen Aufwieglern gelauscht ebenso wie anarchistischen Attentätern und Minenarbeitern, die mit ihrem Dynamit in der Tasche drohten. Der Himmel allein wußte, was sie sonst noch gehört hatte.

Sie war ihm bis in die ersten Reihen der aufgebrachten Streikenden gefolgt, wo Plakate hochgehalten wurden und Steine flogen. Einmal war sie weinend und schluchzend nach Hause gekommen, weil sie mit angesehen hatte, wie ein Mann, nur wenige Schritte von ihr entfernt, erschossen worden war.

Conchita war angst und bange, wenn sie daran dachte, welchen Gefahren Mercedes schon ausgesetzt gewesen war. Noch schwerer wurde ihr ums Herz, wenn sie daran dachte, welche politischen Ansichten sie aufnahm. Aber sie war machtlos. Sie konnte nur auf die angeborene Stärke und Kraft des Kindes hoffen und auf ein gütiges Schicksal.

Als Mutter konnte sie nur noch wenig Einfluß ausüben. Ihre Tochter wurde jetzt vom Leben selbst geformt, wie das Eisen auf dem Ambos.

Mercedes sah zu ihrer Mutter hinauf und lächelte. Die Süße dieses Lächelns ließ es Conchita ganz warm ums Herz werden.

»Ich geh' hinunter in den Olivenhain, Mama.«

»Wer geht noch?«

»Niemand«, antwortete Mercedes.

Conchita nickte. Sie wußte, daß Mercedes dort stundenlang las. »Sei vorsichtig auf der Straße.«

Es war früher Nachmittag. Mercedes schlenderte langsam hinunter zum Olivenhain. Das Buch, das sie mitgenommen hatte, faszinierte sie. Es hieß »Der scharlachrote Buchstabe« und war aus dem Englischen übersetzt worden; geschrieben hatte es ein Mann mit einem unaussprechlichen Namen. Sie war hingerissen von dem außergewöhnlichen Mut der Heldin und fasziniert von der Ausstrahlung des Kindes.

Es erinnerte sie an sie selbst und an Mama. Mama war schließlich auch eine Ehebrecherin, oder nicht? Hätte Mama nicht Francesc geheiratet, hätten sie wahrscheinlich ebenso gelebt, sie beide, allein in den Wäldern, ohne fremde Hilfe. Die Vorstellung regte ihre Phantasie an. Nur sie und Mama, in einem Haus, das nur ihnen gehörte, frei wie die Vögel am Himmel. Nicht, daß sie Papa nicht hätte dabeihaben wollen, aber es war schön, sich vorzustellen, daß sie beide ganz alleine lebten.

Natürlich war Francesc der interessanteste Mann auf der ganzen Welt.

Sie glaubte auch nicht, daß er sie liebte, nicht wirklich. Er hatte sie gern, und sie lag ihm am Herzen. Er wollte, daß sie viel von ihm lernte. Im Grunde glich er eher einem fleißigen Lehrer als einem Vater. Aber er liebte sie nicht. Die Liebe war etwas Warmes, etwas Hungriges, und sie war sicher, daß Papa dieses Gefühl für sie nicht hegte. Es war ihr gleich. Solange sie ehrlich zueinander waren, war es ihr gleich.

Sie schlug noch im Gehen das Buch auf, suchte sich ihr Plätzchen und begann, aufmerksam zu lesen.

Plötzlich hörte sie ein näher kommendes Motorengeräusch hinter sich auf der Straße. Sie stand auf, um Platz zu machen. Als sie ihren Kopf hob, sah sie, daß das Auto, umhüllt von einer Staubwolke, näher kam. Es handelte sich um eine große Limousine mit offenem Verdeck, in der zwei Männer saßen. Während sie wartete, fuhr das Auto langsamer, dann noch langsamer, bis einer der glänzenden schwarzen Kotflügel neben ihr zum Stehen kam.

Mercedes hob die Augen. Der Mann hinter dem Lenkrad war ein Chauffeur mit spitzer Mütze. Der andere, der im dunklen Anzug auf dem Rücksitz saß, war Gerard Massaguer.

Ihre Blicke trafen sich. Der Ausdruck in ihren Augen war eiskalt.

Sie sahen einander lange schweigend an. Dann beugte er sich vor und öffnete die Tür des Wagens für sie. »Steig ein«, bat er.

Sie hielt das Buch umschlungen und rührte sich nicht von der Stelle.

»Komm, Mercedes«, sagte er plötzlich im Befehlston, »steig ein!«

Es war ihr, als würde sie von hinten gestoßen. Sie stieg ein und setzte sich auf den ihm gegenüberliegenden Sitz. Er beugte sich erneut vor, diesmal, um die Tür zu schließen. Wieder stieg ihr dieser Duft in die Nase, der Duft von Parfum, teuren Kleidern, Männerhaut. Ihr Herz fing an zu rasen.

Staub hing in der Luft. Der Chauffeur saß mit unbeweglicher Miene auf seinem Platz und wartete auf Anweisung. Der Motor brummte leise. Gerard Massaguers Blick wanderte abschätzend über ihr Gesicht, hinunter zu ihren Brüsten, dann zu ihren nackten braunen Beinen. Sie saß regungslos da und hatte nur einen Gedanken: Du bist mein Vater.

»Es ist schon lange her seit unserer letzten Begegnung«, sagte er schließlich.

Sie nickte wortlos.

Es waren in der Tat seit ihrer Begegnung im Büro des Schulleiters fast vier Jahre vergangen. Seit damals hatte sie nur hin und wieder einen Blick auf ihn erhaschen können, wenn er im Auto vorbeigefahren war oder wenn er eine Bank oder ein Geschäft in Palafrugell betreten hatte. Sie hatte auch seine Frau gesehen, deren Schönheit immer betörender wurde. Und vor zwei Jahren hatten sie ein Kind bekommen, einen Sohn, ihren Halbbruder.

»Und vor zwei Tagen hattest du Geburtstag, wenn ich mich nicht irre?«

Wieder nickte sie. »Ich bin dreizehn.«

»Tja, das sollten wir feiern, meinst du nicht? Las Yucas«, ließ er den Chauffeur wissen.

Das Auto setzte sich langsam und leise in Bewegung. »Wohin fahren wir?« fragte sie.

»Zu deiner Geburtstagsparty.«

»Ich muß nach Hause«, erklärte sie mit einem Stirnrunzeln. Unvorstellbar, wenn jemand sie sah und Papa davon erzählte.

»Warum?« Er lächelte. Sie erinnerte sich gut an dieses Lächeln. Er beobachtete sie, seine Hände lagen auf seinem flachen Bauch. Das Auto fuhr inzwischen etwas schneller.

Mercedes ließ sich in den Sitz zurücksinken, ihr war schlecht. »Meine Mutter wartet auf mich.«

»Aber doch jetzt noch nicht«, meinte er. »Genieß die Fahrt.«

Das Innere des Wagens war das Schönste, was sie bisher in ihrem Leben gesehen hatte. Die Sitze waren mit cremefarbenem Leder bezogen, das einen ganz berauschenden Geruch verströmte. Die Innenwände und der Boden waren mit glänzendem Walnußholz und rotem Wollstoff ausgekleidet. Auf Wunsch ließen sich seitlich kleine Tischchen aus Walnußholz herausklappen; auf einem davon lag jetzt Gerards Zeitung, und daneben sah Mercedes ein offenes Schränkchen mit Kristallgläsern und einer Karaffe. Vorne auf der langen glänzenden Kühlerhaube schwebte ein kleiner silberner Storch.

Sein Gesicht stand dem eines Filmstars in nichts nach, obwohl seine ganze Erscheinung irgendwie beängstigend war. Alles an ihm war dunkel, fast schwarz. Schwarzes Haar, schwarze Augen, dichte schwarze Wimpern und dicke schwarze Augenbrauen. Sein Mund war sinnlich und voll. Jeden ihrer Blicke erwiderte er mit dem gleichen dunklen, belustigten Funkeln.

Ihre Augen hatten also die gleiche Farbe, stellte Mercedes fest. Ebenso ihr Haar. Aber ob sie einander ähnlich sahen, konnte nur ein Außenstehender beurteilen.

Las Yucas war ein kleines Restaurant mit Blick aufs Meer. Vom Restaurant aus hatte man einen herrlichen Blick auf den Hafen und die Fischerboote.

Der Chauffeur fuhr bis vor die Tür, und sie stiegen aus. Gerard führte Mercedes nach drinnen. Der niedrige Raum, in dem sich ungefähr zwei Dutzend Tische befanden, war kühl und leer. Gerard Massaguer rief nach dem Wirt, während er bereits zwei Stühle für sie ans Fenster rückte.

Der Wirt eilte mit einem Tischtuch herbei. »Was kann ich den Herrschaften anbieten?« fragte er.

»Champagner«, bestellte Gerard. »Den besten, den Sie haben. Gut muß er sein und kalt. Und dann etwas zu essen. Wir feiern den Geburtstag der jungen Dame.«

»*Sí, Señor!*« Er breitete die Tischdecke auf dem Tisch aus, dann eilte er wieder hinaus.

Mercedes ballte voller Entschlossenheit die Hände zu Fäusten.

»Ich weiß, wer Sie sind«, sagte sie forsch.

Gerard lehnte sich in seinem Stuhl zurück und betrachtete Mercedes aus halbgeschlossenen Augen. »Aha«, sagte er. »Wer bin ich?«

Sie holte tief Luft. »Sie sind mein Vater.«

»Was für eine Unverschämtheit!« Er beugte sich vor, seine schwarzen Augen erinnerten an die Mündung einer Schrotflinte. »Für so eine dreckige Lüge könnte ich dich einsperren lassen. Dein Vater ist der Schmied, der Anarchist, der schon bald am Galgen hängen wird.«

»Er ist nicht mein Vater!«

»Ach wirklich?« Gerards Gesicht war hart und gemein. »Dann ist deine Mutter eine Hure.«

»Das ist sie nicht.«

»Du bist der Bastard irgendeines Romeos aus dem Dorf. Ein Schmutzfleck auf der Oberfläche des Lebens, wertlos und nutzlos. Du wagst es, mich deinen Vater zu nennen? Ich werde dich auspeitschen lassen, bis du um Gnade winselst!«

Mercedes' Gesicht war weiß wie die Wand, sie zitterte am ganzen Leib. »Sie können mich auspeitschen lassen, aber es ist wahr.«

»Aha, jetzt versteh' ich.« Das Lächeln auf seinem Gesicht wirkte brutal. »Du glaubst, daß ich dir noch einmal fünf Pesetas gebe, wenn du mich hier erpreßt. Wie gewöhnlich.«

»Ich will nichts von Ihrem Geld«, stammelte sie.

»Wer hat dich dazu angestiftet? Deine Mutter? Dein Vater?«

»Keiner hat mich angestiftet«, preßte sie hervor. Sie versuchte, die Tränen zurückzuhalten. »Sie sind – mein – Vater.« Ihre Finger gruben sich in das Polster ihres Stuhls. »Sie sind mein Vater.«

Der Wirt brachte eine eiskalte Flasche Champagner und allerlei *tapas*. Mercedes drehte ihren Kopf zur Seite, Tränen standen ihr in den Augen. Durch die offene Tür schimmerte und glitzerte das Meer in der Sonne. Sie fühlte sich entsetzlich allein. Der Schmerz in ihrem Innern drohte, sie zu überwältigen.

Der Champagnerkorken flog aus der Flasche, und der Wirt lachte glucksend, als er ihre Gläser füllte. »*Salud*«, sagte er. Mit einem listigen Lächeln fügte er hinzu: »*Y viva la República!*«

»Ein reizender Trinkspruch«, dankte ihm Gerard mit vielsagendem Ton in der Stimme. Nachdem der Mann sich zurückgezogen hatte, hielt Gerard Mercedes ein Glas hin. »Komm schon«, forderte er sie auf. »Trink!«

Sie schüttelte den Kopf. Ein paar Tränen kullerten dabei über ihre Wangen. »Ich will nichts.«

»Aber wir feiern deinen Geburtstag«, erklärte er mit ruhiger Stimme.

»Das ist mir egal. Ich hasse Sie. Sie sind ein *Lügner*!« fügte sie leidenschaftlich hinzu. »Ich weiß von Ihren Verbrechen.«

»Meinen Verbrechen?« fragte er, während er immer noch das Champagnerglas in der Hand hielt.

»Sie haben den Streik in La Bisbal durch *pistoleros* beenden lassen. Ich hab' gesehen, wie sie vor der Fabrik einen Mann erschossen haben.«

»Du warst dort?« Nachdenklich sah er sie an. »Dein Vater scheint wirklich dafür zu sorgen, daß du eine umfassende Erziehung bekommst.«

»Sie sind ein Feind des Volkes. Sie besitzen Fabriken und Land. Sie beuten die Arbeiter aus. Sie verwehren ihnen ihre Rechte!«

Jetzt stellte er das Glas vor sie hin. »Ich bezahle ihnen verdammt viel Geld dafür, daß sie fast nichts tun, soviel steht fest.«

Sie hielt seinem Blick mit heißen, nassen Augen stand. »Aber Sie sind am Ende. Jetzt sind wir eine Republik. Man wird Sie wahrscheinlich hinrichten für Ihre Verbrechen.«

Seine Mundwinkel zeigten nach unten, als er antwortete. »Was für eine blutrünstige kleine Rote du bist.«

»Sie werden wenigstens ein paar Jahre im Gefängnis verbringen.«

Er lächelte. »Eines hätte ich gern gewußt, Mercedes. Wenn ich so ein furchtbarer Verbrecher bin, warum bist du dann so versessen darauf, mich deinen Vater zu nennen?«

»Weil es die Wahrheit ist.« Sie beobachtete, wie er eine Olive in den Mund steckte. »Es ist mir egal, was Sie sagen, es ist die Wahrheit.«

Er spuckte den Olivenstein einfach auf den Boden. Seine Augen waren eiskalt geworden. »Ich habe gehört, daß du ein wirklich gescheites Kind sein sollst«, sagte er leise. »Aber wenn du noch etwas gescheiter wärst, dann wüßtest du, daß es Dinge gibt, die niemals vor Dienstboten oder in der Öffentlichkeit besprochen werden, wo selbst die Wände Ohren haben.«

Die leisen Worte waren verletzender als die groben Beleidigungen von vorher. Doch als sie jetzt im Stuhl zurücksank, verspürte sie irgendwo tief drinnen einen Anflug von Freude, denn er hatte es so gut wie zugegeben!

Mercedes betrachtete die Tonschälchen mit den *tapas*. Vor ihr stand ein Festessen. Kalte gebratene Garnelen, ausgebackene Sardinen, eingelegte Muscheln und andere Schalentiere, Würste, Oliven, Mandeln und geräucherter Schinken, dazu allerlei andere Delikatessen. Sie fing an zu essen; alles schmeckte köstlich. Er sah ihr zu. Als sie Durst hatte, hob sie einfach das Champagnerglas mit fettigen Fingern an den Mund.

Gerard hob ebenfalls sein Glas. »*Salud*«, prostete er ihr mit leicht ironischem Ton zu. »*Y viva la República.*«

Sie verzog das Gesicht zu einer Grimasse, bevor sie trank. Eigentlich schmeckte ihr der Champagner nicht, auch wenn die sprudelnden Perlen sehr erfrischend waren. »Haben Sie gar keine Angst?« fragte sie.

»Wovor?«

»Vor der Republik natürlich.«

Sein Lachen klang verächtlich. »Deine kostbare Republik wird keine sechs Wochen überstehen.«

»Warum nicht?«

»Weil die Armee die Macht ergreifen wird. Glaubst du, die Armee sieht tatenlos zu, wie aus Spanien ein kommunistisches Land wird?«

»Rußland ist ein Paradies für die Arbeiter«, sagte sie, während sie eine Muschel aufspießte. Gierig schob sie sich die Speisen in den Mund.

»Mein liebes Kind, im Vergleich dazu, wie die Russen ihre Arbeiter behandeln, bin ich geradezu ein Engel, das weiß ich mit Sicherheit.«

»Ein Teufel, meinen Sie wohl.«

»Wenn ich mich recht erinnere, dann trägst auch du diese Züge in dir.« Gerard betrachtete eine Olive. »Ich habe gehört, daß du vor nicht allzu langer Zeit einem Jungen beinahe den Kopf eingeschlagen hast.«

Einen Moment lang sagte sie gar nichts, nur ein sonderbarer Ausdruck huschte über ihr Gesicht. »Er ist wieder in Ordnung«, sagte sie leise.

»Das ist aber nicht dein Verdienst. Ich habe die Narbe gesehen. Warum hast du das getan, Mercedes?«

Sie zuckte mit den Schultern. Ihre Augen waren offen, doch sein prüfender Blick erkannte nichts in ihnen.

»Er muß dich wirklich sehr geärgert haben.«

Sie gab keine Antwort. Als sie schließlich sprach, klang ihre Stimme klar. »Wenn die Armee versucht, die Macht zu ergreifen, wird es Krieg geben. Wir werden gegen sie kämpfen«, erklärte sie mit Bestimmtheit. »Das sagen alle.«

»Und alle, die gegen die Armee kämpfen, werden erschossen«, gab er zurück.

»Das ist mir egal. *Ich* würde gegen sie kämpfen.«

»Und ich würde *für* sie kämpfen«, erklärte er. »Und wenn du mir in die Quere kämst, würde ich nicht eine Sekunde lang zögern, dir eine Kugel durch den Kopf zu jagen.«

»Es ist aber immerhin möglich, daß ich zuerst schieße.«

»Ja«, sagte er nachdenklich, »das ist möglich. Ich glaube, du wärst ein gefährlicher Gegner.«

Ihr Blick ruhte auf seiner Krawattennadel mit dem funkelnden Diamanten und den beiden Rubinen. Die Krawatte war aus Seide und glitzerte wie das Meer. »Würden Sie das wirklich tun?« fragte sie. »Mich erschießen?«

»Ganz gewiß«, antwortete er. »Wenn du mir das wegnehmen wolltest, was mir gehört.«

»Aber es gehört gar nicht Ihnen. Sie haben es dem Volk gestohlen. Oder Ihre Familie hat's gestohlen.«

»Dieses Argument scheint mir doch sehr fragwürdig«, entgegnete er lakonisch. »Trotzdem können die, die deiner Meinung sind, natürlich versuchen, mir meinen Besitz wegzunehmen. Sie können's versuchen.«

»Das werden sie!«

»Darauf würde ich mich nicht verlassen.« Er beugte sich vor. Sein Gesicht war gröber, als sie es in Erinnerung gehabt hatte. »Ich möchte dir einen Rat geben, Mercedes. Suche dir die richtige Seite immer rechtzeitig aus. Und entscheide erst nach sorgfältiger Prüfung. Wir haben die Armee, die Marine und die Luftwaffe auf unserer Seite. In Afrika stehen Zehntausende von marokkanischen Soldaten bereit, die zu den besten und grausamsten der ganzen Welt zählen. Wir haben alle Gewehre, alle Panzer, alle Flugzeuge. Wir haben Schiffe und Unterseeboote. Und darüber hinaus haben wir das Geld. Und nichts ist so wichtig in einem Krieg wie Geld. In Übersee haben wir mächtige Freunde, die uns, wenn nötig, unterstützen werden. Bist du alt genug, um zu verstehen, was ich sage?«

Sie starrte ihn an. »Ja.«

»Sehr gut. Dann denk darüber nach, was ihr auf *eurer* Seite habt. Ihr seid ein undisziplinierter Haufen, bestehend aus Bauern, die ihre Fahnen schwenken, wankelmütigen Fabrikarbeitern, arbeitsscheuen Zigeunern, verträumten Jugendlichen, dekadenten Intellektuellen. Die einzige fremde Macht, die euch hilft, ist Rußland, aber sie ist auch die treuloseste aller Nationen. Keine Gewehre, kein Geld, keine Disziplin. Bist du sicher, daß deine Seite siegen wird?«

Mercedes nahm einen großen Schluck Champagner, nach dem sie sachte aufstoßen mußte. »Ja! Denn wir sind das Volk.«

Gerard lächelte. »Denk daran, was ich gesagt habe, Mercedes.«

»Sie könnten sich selbst natürlich retten«, erklärte sie ihm, »indem Sie Ihre Ländereien und Fabriken kollektivieren. Dann würden die Arbeiter Sie lieben und nicht mehr hassen.«

»Ach weißt du, ich kann sehr gut ohne ihre Liebe leben. Und wenn ich mir's recht überlege, dann ist mir ihr Haß sogar lieber. Obwohl es mir, wenn ich ganz ehrlich bin, ziemlich egal ist. Scheißegal sogar, wenn du's genau wissen willst.«

»Ich weiß.« Mercedes nickte. Das war genau der Ton der herrschenden Klasse. Sie schlug die Beine übereinander. »Ich habe Ihre Frau gesehen. Schon oft. Sie ist Italienerin.«

»Ja.« Er nickte. Sein Teller stand immer noch unberührt vor ihm. Er hatte sie die ganze Zeit über kaum aus den Augen gelassen, obwohl sich wegen seiner schweren Lider, die fast immer gesenkt waren, nicht ohne weiteres sagen ließ, wieviel er tatsächlich wahrnahm.

»Sie ist schön.«

»Meinst du?«

»Wenn ich erwachsen bin, möchte ich genauso aussehen.«

»Ich kann dir versichern«, sagte er, »daß du niemals auch nur im entferntesten so aussehen wirst wie Marisa.«

Das tat weh. »Ich könnte meine Haare blond färben.«

»Du wirst auf deine Art schön sein«, sagte er sanft. »Du bist jetzt schon schön.«

»Auf jeden Fall möchte ich solche Kleider haben wie sie«, erklärte sie. »Und Schmuck und eine lange Zigarettenspitze.«

»Dann rate ich dir noch einmal, die Seite zu wechseln«, sagte er. »Keine Rote, die etwas auf sich hält, würde auch nur ein Tausendstel dessen ausgeben, was Marisa für Kleider ausgibt. Und was den Schmuck angeht...«

»Wieviel?«

»Mehr als du dir vorstellen kannst.« Mercedes dachte angestrengt darüber nach und legte die Stirn in Falten. Er lächelte. »Daran sehe ich, daß deine Erziehung – oder sollte ich vielleicht sagen deine allgemeine Unterweisung – noch nicht abgeschlossen ist.«

»Warum sagen Sie das?«

»Du weißt doch sicher, wie Kommunistinnen aussehen, oder?« neckte er sie. »Sie tragen ausgebeulte Hosen und dicke Stiefel. Ihr Haar pflegen sie mit Maschinenöl.«

»Das ist nicht wahr!«

»Sie würden sich lieber erschießen lassen, als Schmuck und hübsche Kleider zu tragen.«

Sie wollte das Thema nicht länger diskutieren und sagte deshalb: »Sie haben einen Sohn. Alfonso.«

Gerard lehnte sich zurück. »Er heißt natürlich nach unserem letzten König«, erklärte er trocken. »Mein Vater hielt es für unklug, ein Kind nach einem regierenden Monarchen zu nennen, aber Marisa hat darauf bestanden. Alfonso Xavier. Er ist fast zwei.«

Sie versuchte, nüchtern zu wirken. »Ist er hübsch?« fragte sie, während sie nach einem weiteren Garnelenschwanz Ausschau hielt.

»Marisa meint, er sei hübsch.«

»Sieht er mir ähnlich?«

»Nicht im geringsten.«

Sie sah ihm kurz in die Augen. »Weiß Marisa, Ihre Frau, von mir? Ich meine, wer ich bin?«

»Nein«, antwortete Gerard ruhig. »Aber wer bist du denn schon? Die Tochter des Schmieds von San Lluc. Warum sollte sie sich über dich Gedanken machen?«

»Sie wissen, warum«, sagte sie mit tiefer Stimme. »Warum erzählen Sie ihr nicht von mir?«

Gerard dachte darüber nach. »Ich weiß es nicht«, sagte er lustlos.

»Vielleicht weil Sie sich meiner schämen?«

»Ich war nicht gerade stolz auf dich, als du dem Metzgersohn eins auf den Schädel gegeben hast.«

»Davon verstehen Sie gar nichts.«

»Mir ist zu Ohren gekommen, daß er dir ins Gesicht gepinkelt hat.«

Ihr Gesicht wurde kreidebleich. Er sah auch die zwei Grübchen, die sich plötzlich auf beiden Seiten der Nase bildeten, eine Entdeckung, die ihn mit jubelnder Freude erfüllte. Der Zorn, der in ihr mit ungeahnter Kraft aufwallte, war beinahe greifbar. Sie ist mein Fleisch und Blut, schoß es ihm durch den Kopf. Mein. Meine Tugenden, meine Laster!

»In diesem Fall«, sagte er beiläufig, »hast du meiner Meinung nach richtig gehandelt. Manche Dinge darf man nicht hinnehmen. Sag, hattest du wirklich vor, ihn umzubringen?«

Er sah, wie ihre Augen aufleuchteten, spürte wieder ihren unbändigen Zorn. Doch sofort war alles vorbei. Dieses Kind hatte sich mehr in der Gewalt als er!

Warum hatte er sich in den vergangenen Jahren bloß so wenig um sie gekümmert? Zu beschäftigt. Zu viel zu tun. Reisen nach Italien mit Marisa. Treffen mit Mussolini. Treffen mit dem deutschen Minister Göring. Geschäfte, Kontakte, Verbindungen – für alles wollte gesorgt sein.

Er betrachtete sie durch die Wimpern hindurch. Sie hatte ihm gefehlt. Wieder verspürte er diese seltsame Erregung im Bauch. Ein Gefühl, das noch kein anderes menschliches Wesen in ihm ausgelöst hatte, nicht einmal sein Sohn. Er liebte den Jungen, natürlich, aber das… das war anders.

»Langweilen Sie sich?« fragte sie unvermittelt.

Er lachte. »Typische Frage für eine Frau. Nein, noch nicht. Eigentlich unterhalte ich mich sogar sehr gut. Ich hätte mich mit Sicherheit sehr viel mehr gelangweilt, wenn ich das getan hätte, was ich vorhatte, bevor ich dich sah.«

»Und was hatten Sie vor?«

»Ich war auf dem Weg zu einer Dame.«

»Zu einer Dame? Nicht zu Ihrer Frau? Heißt das, Sie haben eine – eine Affäre?«

»Das habe ich mit Sicherheit nicht«, antwortete er ruhig. »Affären sind immer anstrengend und ermüdend. Ich bumse sie hin und wieder.« Mercedes hätte beinahe ihren Champagner verschüttet. »Ich nehme an, du weißt nicht, was das bedeutet.«

»Natürlich weiß ich es«, berichtigte sie. Sie mußte die Augen zukneifen, um ihn nicht doppelt zu sehen. »Ein Mann und eine Frau tun es, wenn sie ein Kind machen.«

»Das sollte dabei möglichst vermieden werden«, sagte er eingehüllt in eine blaue Rauchwolke. »Bumsen und Kinder machen sollte man möglichst voneinander trennen.«

Gerard war klar, daß sie einmal betörend schön sein würde. Ihre Weiblichkeit würde sich von einem Tag zum anderen entfalten. Man brauchte sich nur diese knospenden Brüste unter dem Hemd anzusehen. Ihre erste Erfahrung mit der Liebe würde bestimmt nicht mehr lange auf sich warten lassen. Dann würde irgendein Bauernlümmel mit ihr im Gebüsch verschwinden, ihr das Kleid hochschieben und grunzend...

Gerard merkte, daß er eifersüchtig war. Ich möchte derjenige sein, der sie in die Liebe einweiht, dachte er.

Aber sie ist meine Tochter.

Na und wenn schon.

»Wie sieht Ihr Haus aus?« wollte sie wissen, während sie mit ihrem Glas spielte. Sie hatte fast die Hälfte des Champagners getrunken. Bald würde sie vom Stuhl kippen.

»Das Übliche«, antwortete er lakonisch. »Die Stühle sind mit den Häuten der Arbeiter bezogen, die ich erschossen habe. Die Bauern werden geteert und als Fackeln verwendet, wenn wir unser Gold zählen.«

Mercedes kicherte wieder, er war wirklich ein witziger Mann. Aber sie hatte eine Unmenge von Garnelen und Muscheln und

Pilzen und Salami gegessen und kräftig getrunken, so daß sich in ihrem Kopf allmählich alles drehte. Sie nahm noch einen Schluck Champagner, um dem Drehen Einhalt zu gebieten. »Nein, ww-wirklich? Aber ich möchte wissen, wie es wirklich aussieht.«

»Nichts Ostentatives.«

»Was ist ›ostentativ‹? Ach, ich glaub', ich weiß, was es bedeutet. Prahlerisch, stimmt's?«

»Genau. Keine Prahlerei. Nur das Beste.«

Sie stützte ihr Kinn in einer Hand auf. »Warum haben Sie meine Mutter nicht geheiratet? Ich weiß, warum. Weil sie arm und einfach war und weil Sie sich ihrer geschämt haben.«

Er saß ganz lässig auf seinem Stuhl, ein Bein über das andere geschlagen, ein Arm lag bequem auf der Lehne. »Du klingst wie eine dieser Herz-Schmerz-Romanschreiberinnen.«

»Sie haben sie im Stich gelassen«, sagte Mercedes. »Sie haben uns beide im Stich gelassen.« Ihr Kopf drehte sich jetzt noch schneller. Der Alkohol hatte sie zudem in eine weinerliche Stimmung versetzt. »Mir ist furchtbar schlecht.«

Gerard nahm ihren Arm. Erleichtert und dankbar hing sie sich an ihn, während sie das Restaurant verließen. Die Welt um sie herum schien zu wanken und zu schwanken, und ihr wurde noch übler. Alles um sie herum drehte sich...

»Mir ist so schlecht«, flüsterte sie.

»Es geht vorbei.« Die frische Luft tat gut, und sie fühlte sich gleich etwas besser. Er half ihr in den Wagen. »Wir fahren zurück nach San Lluc«, ließ er den Chauffeur wissen. Mercedes wollte sich auf dem Sitz ausstrecken, dessen Leder so herrlich duftete, doch er zog sie wieder hoch. »Bleib sitzen, sonst wird dir noch übel.«

»Das wird es mir sowieso.«

»Aber nicht hier drinnen.«

»Halten Sie mich fest«, flehte sie mit leiser Stimme.

Sie spürte, wie er den Arm um sie legte und sie an sich zog. Sie kuschelte sich an ihn, drückte ihr Gesicht an seine Schulter. Dieser Duft. Parfum, Kleider, Haut. Die Übelkeit ließ langsam nach. Sie klammerte sich an ihren Vater. Sein Körper fühlte sich warm und kräftig an. Sie schloß die Augen und ließ sich treiben.

Seine Hände streichelten sie, und sie nickte ein. Viel später blieb das Auto stehen. Noch halb im Schlaf hob sie den Kopf. »Sind wir da?«

»Ja«, antwortete er. Sein Blick ruhte auf ihrem schlaftrunkenen Gesicht.

»Danke vielmals – für die Geburtstagsparty«, sagte sie, wobei sie versuchte, jedes Wort korrekt auszusprechen.

Als sie jetzt seine Lippen auf ihrem Mund spürte, schlang sie mit einem Gefühl der Freude die Arme um seinen Hals und drückte ihn, so fest sie konnte.

Seine Hand lag auf ihrer knospenden Brust, sein Daumen streichelte ihre Brustwarze.

Diese erregende Berührung ließ Mercedes erzittern. Da spürte sie bereits Gerards drängende Zunge in ihrem Mund. Seine starken Arme hielten sie so fest umklammert, daß jeder Widerstand umsonst zu sein schien. Sie spürte seine Hand, seine drängenden Finger zwischen ihren Beinen. In ihren Ohren rauschte es.

Er berührte sie an der verbotenen Stelle. Entehrt, geschändet, schoß es ihr durch den Kopf, böse, abscheulich, und doch spürte sie auch eine nie gekannte Erregung. In ihrem Kopf geriet alles durcheinander: Freude, Schmerz, Ekel, Aufregung. Sie bäumte sich auf in seinen Armen, lechzte nach ihm und verabscheute ihn in der gleichen Sekunde. Halb wehrte sie ihn ab, halb zog sie ihn noch enger an sich.

Keuchend, mit weißem, erschrecktem Gesicht machte sie sich los. Einen Augenblick lang traf ihr Blick zwei brennende schwarze Augen, bevor sie, wie von Sinnen, nach dem Türgriff suchte und schließlich auf die Straße hinausstolperte.

Gerard meinte, sein Herz müsse zerspringen, eine wilde Droge in seinen Adern beraube ihn jeder Menschlichkeit. Nur noch eine winzige Berührung, und sein pulsierendes Glied wäre explodiert.

Das Kind beobachtete ihn mit schreckgeweiteten Augen. Sie war so unglaublich schön. Es verlangte ihn danach, auszusteigen und sie hier und jetzt zu nehmen, mitten auf der Straße. Er zitterte vor Verlangen, wie er es noch nie in seinem Leben verspürt hatte. Er mußte weg von hier, weg von ihr.

»Bis zum nächsten Mal«, sagte er mit zitternder Stimme. Er klopfte dem Fahrer auf die Schulter.

Der große schwarze Wagen setzte sich in Bewegung. Sie sah

ihm nach, bis er verschwunden war. Gerard blickte nicht zurück. Mercedes faßte sich an die Kehle, die wie zugeschnürt schien, und rang nach Luft. Sie spürte immer noch seinen Geschmack im Mund, scharf und herb. Sie fühlte auch, daß sie feucht war zwischen den Beinen. Nach Luft ringend drehte sie sich um. Sie hatte nur noch den Wunsch, nach Hause zu kommen.

Dann aber preßte eine riesige Faust ihren Magen zusammen, und sie mußte sich, zitternd vor Übelkeit, übergeben.

6. DER EINBRECHER

PRESCOTT – WINTER 1968

»Ich überlasse das alles selbstverständlich Ihnen. Den Spruch, die Gestaltung und so weiter.«

Joel nickt.

»Es tut mir wirklich leid, Joel. Ihr Vater...«

Mr. Maxwell streckt die Hand aus, um sie Joel auf die Schulter zu legen, aber als er sieht, wie der junge Mann zusammenzuckt, läßt er den Arm sinken. Beschämt dreht er sich um und geht weg.

Joel hat den Stein bereits ausgesucht. Jetzt hebt er ihn mit einem Stöhnen und angespannten Muskeln auf die Werkbank.

Joel ist jetzt groß und stark. Aus dem scheuen Kind mit dem bohrenden Blick ist ein eins achtzig großer Mann mit breiten Schultern und kräftigem Hals geworden. Das einst schmale Gesicht mit den markanten Zügen wirkt ein wenig voller, obwohl die hervorstehenden Backenknochen die hohlen Wangen und das harte, kantige Kinn betonen. Das Haar ist dunkel und lockig, ebenso wie der Bart.

Er sieht gut aus. Und trotzdem macht er einem angst. Vielleicht sind es die dunklen, fast schwarzen Augen, die unter den wilden Brauen düster und durchdringend wirken.

Die Mädchen in der kleinen Stadt machen ihm schöne Augen, denn seine Zurückhaltung fasziniert sie. Seine innere Zerrissenheit lockt sie. Von Joel Lennox geht wie von James Dean etwas betörend Selbstzerstörerisches aus. Und damit zieht er sie in seinen Bann.

Die ruhelosen Hände, die das Wachs zu unzähligen Gestalten geformt haben, sind groß und kräftig geworden und meißeln jetzt sicher die Buchstaben in den Stein.

Joel bearbeitet den Marmorstein mit einem Geschick, das jeden in Erstaunen versetzt. Unter seinen Händen entstehen echte Kunstwerke. Obwohl er erst einundzwanzig ist, lassen bereits Sammler aus der ganzen Umgebung bei ihm arbeiten. Er ist nicht bloß ein Handwerker, sondern ein Künstler. Zur Zeit muß er noch für Mr. Maxwell arbeiten, doch seine Arbeiten werden schon bald Preise erzielen, die es ihm ermöglichen, sich eine eigene Werkstätte einzurichten.

Trotz seines Könnens hat er nicht vor, diesen Stein in besonderer Weise zu bearbeiten. Es dauert nicht lange, bis er den einen Spruch eingehauen hat:

An ihren Früchten werdet ihr sie erkennen.
Sammelt man denn Trauben von Dornen
oder Feigen von Disteln?

Darunter meißelt er in größeren Buchstaben:

Eldred Calvin Lennox
Pastor
4. Oktober 1904 – 14. Dezember 1968

Vor der Kirche schütteln ihm die Trauergäste die Hand und murmeln irgendwelche nichtssagenden Worte. Er nickt jedesmal stumm. Obwohl er noch jung ist, lassen sie sich von seinem Auftreten, seiner Größe, seinen Augen einschüchtern. Bald steht er alleine da.

Er geht zurück in die Kirche, wo der offene Sarg immer noch aufgebahrt ist. Nur der Sarg steht da, keine Blumen, keine Kränze schmücken ihn.

Joel beugt sich ganz kurz über den Leichnam, ohne ihn allerdings mit den Lippen zu berühren.

Endlich wendet er den Blick zu der Frau, die, von Kopf bis Fuß in schwarze Gewänder gehüllt, neben dem Sarg sitzt. Auch sie hält eine Bibel in den Händen. Sie hat ihren Sohn beobachtet, ihre Augen funkeln hinter dem Schleier.

»Hast du den Stein fertig?« fragt sie mit krächzender Stimme.

»Ja.«

»Und hast du unter seinem Namen Platz gelassen für meinen?«

»Ja, Mutter.«

»Es wird nicht lang dauern, bis du ihn einmeißeln kannst«, sagt sie mit einem bitteren Lächeln. »Dann wirst du uns beide los sein, Joel. Wahrscheinlich kannst du es kaum noch erwarten.«

Er nimmt einen Stuhl und stellt ihn auf die andere Seite des Sargs. Dann setzt er sich, schlägt die Arme übereinander und starrt geradeaus. Von nun an herrscht nur noch Schweigen zwischen ihnen.

Er denkt an all die Jahre, die die Heuschrecke fraß.

Der Sarg wird in die steinige Grube hinuntergelassen, die dafür ausgehoben wurde, gleich danach werfen die Trauergäste eine kleine Schaufel voll Erde hinunter.

Es ist vorbei. Die wenigen Anwesenden entfernen sich nach einem kurzen Nicken für die Witwe und einem Händedruck für den Sohn. Bald stehen die beiden alleine am Grab.

»Mehr konntest du nicht tun für deinen Vater?« fragt sie mit bitterer Stimme und einem Blick auf den schmucklosen Grabstein.

»Ich halte es für angemessen.«

»Angemessen?« Miriam Lennox hebt den Schleier hoch. Ihr Haar ist inzwischen schneeweiß, ihr Gesicht wirkt noch härter im Alter. Der Zorn läßt ihren dünnen Mund beben und ihre farblosen Augen funkeln. »Nach allem, was er für dich getan hat?«

»Was bin ich ihm denn deiner Meinung nach noch schuldig, Mutter?« fragt er mit kalter Stimme.

»Die reichen Leute bezahlen viel Geld für deine Grabsteine. Konntest du deinem Vater nicht wenigstens diese Ehre erweisen?«

Er sieht ihr in die Augen. »In seinem ganzen Leben hat Vater kein Wort des Lobes für mein Talent gehabt. Er hat es sogar verabscheut. Ich wäre ein Heuchler, wenn ich ihn jetzt damit ehren wollte.«

Sie schnaubt. »Ja, es ist nur rechtens, daß er ein so armseliges Ding bekommt. Sein ganzes Leben lang hat er gelitten. Unter seiner Armut, der Dummheit seiner Gemeinde und dem Haß seines eigenen Sohnes.«

»Das Leid, das er mir zugefügt hat, war weit größer als alles, was er jemals erlitten hat.«

»Du hast ihm das Herz gebrochen«, krächzt sie, »du mit deiner Hurerei, deiner Aufsässigkeit, deiner Boshaftigkeit, deinem Haß.«

»Er ist an den Folgen eines Schlaganfalls gestorben.«

»Du hast ihn umgebracht.«

»Er hat alles daran gesetzt, um das, was ich geschaffen habe, zu zerstören. Und du auch.« Er atmet schwer ein. »Seit ich denken kann, mußte ich um mein Leben kämpfen, Mutter.«

»Du hast gekämpft, weil das Böse in dir ist.« Ihre Augen funkeln. »Weil der Teufel seinen Haß in dein Herz gepflanzt hat.«

Der Zorn bricht aus ihm heraus. »Ihr beide habt *mich* gehaßt! Bei Gott, wie müßt ihr mich gehaßt haben, um mir all das anzutun. Entwürdigend! Unmenschlich! Ihr habt mich zum Krüppel gemacht.« Seine Stimme bebt. »Mein Leben war eine einzige Qual...« Er hält inne, um sich den Speichel vom Mund zu wischen.

Als sie die hervorstehenden Adern auf seinen Fäusten sieht, bricht sie in ein heiseres Lachen aus. »Schlag mich doch, wenn du willst. Der Teufel wütet in dir, mein Sohn. Er hat dich vollkommen in seiner Gewalt.«

»In mir ist kein Teufel!«

»Er hat dich in seiner Gewalt, wie ein Puppenspieler seine Puppen. Er flößt dir die häßlichen Worte ein, er entflammt deine Lenden, er stiftet dich zu Sünde und Verderbnis an.«

»Mutter, um Himmels willen...«

»Du brauchst mir nichts vorzumachen«, zischt sie und bleckt die Zähne. »Ich weiß, was du mit diesen angemalten kleinen Huren machst! Ich weiß, warum sie dir nachlaufen! Ihren Schmutz und ihr billiges Parfum hast du in unser Haus gebracht. Deine Schandtaten hast du deinem Vater ins Gesicht geschleudert. Und das hat ihn ins Grab gebracht!«

»Du bist diejenige, die das Böse in sich trägt«, sagt er mit zitternder Stimme. »Du treibst mich dazu,...«

»Wozu, Joel? Was flüstert dir Satan ins Ohr? Sollst du mich auch umbringen?« In ihren Augen zeigt sich eine schreckliche Gier. »Oder noch Schlimmeres?«

»Sei still, um Gottes willen!«

»Will er, daß du mir Gewalt antust, hier auf dem Sarg deines Vaters? Will er das?«

Stumm hebt er die Faust.

Rote Flecken treten auf ihre Wangen. »Tu's doch, Joel! Tu's doch, dann hat Satan gesiegt!«

Ein qualvoller Seufzer entfährt ihm, als er sie stehenläßt und zu seinem alten Chevrolet stolpert. Er steigt ein und legt den Kopf auf das Lenkrad; er zittert, und ihm ist speiübel. Das Blut pocht in seinen Schläfen.

Aus seiner Tasche zieht er einen Brief, den er vor wenigen Tagen erhalten hat. Mit leerem Blick starrt er ihn an. Es handelt sich um seine Einberufung zu einem Krieg, der in einem fernen, fremden Land ausgetragen wird. In dem Brief stehen Ort und Zeit seiner Abreise.

Sie weiß noch nichts davon. Er hat ihr noch nichts gesagt.

Er weiß, daß er sich weigern kann zu gehen. Aber das wird er nicht tun. Er will nicht, daß dieser Kelch an ihm vorübergeht. Er will nur weg aus Prescott.

Und dieses Stück Papier, das er in Händen hält, wird ihn auf eine lange, lange Reise schicken.

BARCELONA – FRÜHLING 1969

Mercedes Eduard lag mit dem Gesicht nach unten auf dem beheizten Marmortisch. Der glatte Stein fühlte sich auf der nackten Haut angenehm warm an.

Die Masseuse massierte sie mit kräftigen, aber sanften Händen, denen sie sich regungslos und bereits halb schlafend überließ.

Heute feiere ich meinen fünfzigsten Geburtstag, ging ihr durch den Kopf. Ich habe schon ein halbes Jahrhundert hinter mir.

Die Masseuse ließ ihre geschmeidigen Handflächen über ihre Waden und Oberschenkel gleiten. Mercedes spürte, wie sich ihre Muskeln unter den prüfenden Fingern bewegten.

Mein Gewebe ist immer noch straff, dachte sie. Wenn ich mich so umschaue, muß ich sagen, daß ich in besserer körperlicher Verfassung bin als die meisten anderen meines Alters. Aber das ist auch alles, was mir geblieben ist. Ich habe keinen Mann, keinen Geliebten, kein Heim, keine Familie. Ich habe alles aufgegeben.

Mein ganzes Leben lang habe ich die Dinge aufgegeben, die mir am meisten bedeuteten.

Die Masseuse berührte sie an der Schulter. »Wir sind fertig,

Señora Eduard. Ich empfehle Ihnen zum Abschluß ein paar Bahnen im Schwimmbecken.«

Sie richtete sich auf. Mit geschickten Händen wickelte die Masseuse sie in ein Handtuch.

Die zweite Masseuse hatte ihre Massage ebenfalls beendet, und eine junge Frau richtete sich neben ihr auf. Mercedes erhaschte einen Blick auf einen schlanken Körper, bevor sich das Handtuch um ihn schloß.

Ihr Blick traf auf den der anderen Frau. Sie war ungefähr Mitte zwanzig, hatte dunkle Haare und samtig braune Augen. Ein Blick genügte, um zu sehen, daß die junge Frau schön war. Das Gesicht kam ihr irgendwie bekannt vor.

Sie lächelte, als sich ihre Blicke trafen. Mercedes antwortete mit einem kühlen Nicken.

Sie duschte sich, dann zog sie ihren Badeanzug an und ging zum Swimmingpool. Das kalte Naß war erfrischend. In dieser Umgebung war alles dazu angetan, um dem Gast seinen Aufenthalt so angenehm wie möglich zu machen.

Der verhaltene Luxus war unglaublich wohltuend. Das habe ich Amerika zu verdanken, dachte sie, daß ich mich ungeniert verwöhnen lassen kann. Geld, das Allheilmittel…

Sie schwamm mehrere Bahnen, bevor sie sich einfach auf dem Wasser treiben ließ.

Jetzt sah sie, wie die junge Frau, die neben ihr massiert worden war, an das Schwimmbecken trat. Sie trug einen schwarzen einteiligen Badeanzug. Sie war groß, ihr Körper wirkte geschmeidig, ihre langen Beine waren muskulös; sie bewegte sich mit der Anmut einer Tänzerin oder eines Modells. Fast ohne einen Spritzer machte sie einen Kopfsprung ins Wasser, dann schwamm sie direkt auf Mercedes zu. »Nach so einer Massage fühlt man sich einfach herrlich«, sagte sie lachend.

»Ja«, gab Mercedes mit einem Nicken zurück.

»Ich habe Sie hier erst ein- oder zweimal gesehen. Sie kommen wohl nicht oft her?«

»Nicht sehr oft.«

»Ich komme jeden Tag, wenn ich kann.« Während sie sich ihr schwarzes Haar aus dem Gesicht strich, lächelte sie wieder. »Die Mitgliedschaft hier ist nicht gerade billig, deshalb versuche ich, das Angebot weidlich auszunützen. Selbst die Folterinstrumente in der großen Halle lasse ich nicht ungenutzt.«

»Sie sehen sehr fit aus.«

»Ich heiße Maya Duran.« Sie streckte ihre nasse Hand aus.

Mercedes hielt in der Regel nichts von schnellen Bekanntschaften, dafür schätzte sie ihr Alleinsein zu sehr. Doch diese junge Frau strahlte eine ruhige Selbstsicherheit aus, die sie von den dreisten und oberflächlichen Möchtegerns dieser Stadt wohltuend abhob. Ihre Schönheit war von einer fremdartigen Dunkelheit. Mercedes streckte ihre Hand ebenfalls aus, um sie dann ganz schnell wieder zurückzuziehen. »Ich heiße Mercedes Eduard«, sagte sie. »Ihr Gesicht kommt mir irgendwie bekannt vor.«

Maya Duran lachte. »Ich bin Fotomodell. Wahrscheinlich haben Sie mein Bild in der einen oder anderen Frauenzeitschrift gesehen.«

»Ja«, sagte Mercedes mit einem Nicken. »Wahrscheinlich habe ich Ihr Bild gesehen.«

Die jüngere Frau sah zur Wanduhr hinüber. »Ich werde heute früh zu Mittag essen, weil ich heute nachmittag einen Studiotermin habe. Hätten Sie Lust, mit mir zu essen?«

Mit Erstaunen hörte Mercedes sich sagen: »Ja, danke. Das tu ich gern.«

An einem Wochentag wie diesem war das Restaurant meist nur halbvoll. Es waren ausschließlich weibliche Gäste anwesend – alle gepflegt, gut gekleidet und mit schicker Frisur – , die zu zweit oder dritt zusammensaßen, um den neuesten Klatsch auszutauschen. Die meisten begnügten sich mit Salat und Mineralwasser.

Mercedes und Maya saßen am Fenster. Die jüngere Frau war mitteilsam, ohne schwatzhaft zu wirken. Sie erzählte Mercedes von ihrem achtjährigen Berufsleben als Modell, wobei sie die bekannten Zeitschriften, für die sie gearbeitet hatte und auf deren Titelseiten sie abgebildet worden war, ganz beiläufig erwähnte. Sie versuchte auch nicht, ihre Neugier bezüglich der älteren Frau zu verbergen.

»Sie sind nicht verheiratet?« fragte sie mit einem Blick auf ihren Ringfinger.

»Ich bin geschieden.«

»Kinder?«

»Ein Mädchen. Es ist sechzehn und besucht ein Internat in Kalifornien.«

»Das hätte mir mit sechzehn gar nicht gepaßt.«

»Ich glaube, daß Eden ganz glücklich ist. Sie hat viele Freunde, und einmal im Monat besucht sie am Wochenende ihren Vater. Ihre Ferien verbringt sie mit mir. Wir machen viele Reisen; letzten Sommer waren wir zusammen in Italien; im Herbst haben wir dann ein Boot gechartert und sind in der Ägäis gesegelt.«

»Das klingt ja ganz wunderbar und richtig aufregend«, meinte Maya lächelnd, aber Mercedes hörte den Unterton aus ihrer Stimme heraus.

»Das ist natürlich kein Ersatz für ein richtiges Familienleben«, erklärte sie mit einem Achselzucken, »aber eine Scheidung bringt so etwas einfach mit sich. Sind Sie verheiratet?«

»Nein. Und wenn ich ehrlich bin, glaube ich auch nicht, daß ich mich zum Heiraten eigne.«

»Ich glaube, Sie sind zu jung, um so etwas zu sagen.«

»Ich bin siebenundzwanzig.«

»Sie sehen jünger aus.«

»Danke«, erwiderte Maya lächelnd. »Die Folterinstrumente sind also nicht ganz nutzlos.« Sie trug ein blaßblaues Chanelkostüm mit wunderschönen goldenen Knöpfen, aber überhaupt keinen Schmuck.

»Heute ist mein fünfzigster Geburtstag«, erklärte Mercedes plötzlich, ohne richtig zu wissen, warum sie das sagte.

Maya legte Gabel und Messer beiseite. »Aber das ist ja wunderbar!«

»Wirklich?« fragte Mercedes.

»Das müssen wir mit einer Flasche Champagner feiern«, erklärte Maya.

»Darauf würde ich lieber verzichten.«

»Aber Sie müssen doch feiern«, wiederholte Maya, die bereits den Kellner herbeiwinkte. »Das gehört sich einfach so.«

»Ich möchte keinen Champagner.«

»Ich lade Sie gerne ein. Herr Ober!«

Mercedes legte ihre Gabel nieder. »Wenn ich meinen Geburtstag feiern wollte«, erklärte sie eisig, »dann könnte ich sehr wohl entscheiden wie und wann und mit wem.« Der kalte Ton ließ das Lächeln aus Mayas Gesicht schwinden.

Die junge Frau öffnete den Mund, schloß ihn dann wieder, ohne etwas zu sagen, und senkte den Blick auf ihren Teller.

Einen Moment lang herrschte Schweigen. Der Kellner trat an den Tisch und wartete auf die Bestellung.

»Bitte entschuldigen Sie meine Unüberlegtheit«, sagte Maya bedrückt.

»Sie brauchen sich nicht zu entschuldigen«, erklärte Mercedes. »Sie haben's nur gut gemeint. Herr Ober, bitte bringen Sie uns eine Flasche von Ihrem besten Champagner.«

Als sie wieder allein waren, hob Maya den Kopf und sah Mercedes an. »Bitte verzeihen Sie meine ungebetene Vertraulichkeit.«

»Nicht Sie müssen sich entschuldigen, sondern ich, und zwar für meine Unhöflichkeit. Es war wirklich ganz reizend von Ihnen, sich mit einer langweiligen Frau im fortgeschrittenen Alter abzugeben.«

»Aber ich bitte Sie. Und ich bin überhaupt nicht reizend. Seit ich Sie zum erstenmal gesehen habe, versuche ich, mit Ihnen ins Gespräch zu kommen. Vom ersten Augenblick an habe ich mich zu Ihnen hingezogen gefühlt, habe eine Wärme gespürt, aber noch etwas mehr, was ich nicht beschreiben kann. Doch ich fühle es, ich fühle, daß wir Freunde werden können.«

Sie beendeten das Mittagessen, nicht zuletzt wegen des Champagners, heiter und vergnügt. Lachend traten sie in die Frühlingsluft hinaus.

Maya gab Mercedes ihre Visitenkarte. »Hier ist meine Nummer. Ich würde mich freuen, wenn wir uns schon bald wiedersehen könnten. Ich habe schon lange nicht mehr so angenehm gespeist wie heute.«

»Ich ebenfalls nicht«, entgegnete Mercedes lächelnd.

Dann beobachtete sie, wie die elegante junge Frau über den Parkplatz ging und in einen roten Lancia einstieg. Nach einem kurzen Aufheulen des Motors und einem schnellen Winken war sie verschwunden.

Mercedes betrachtete die Karte in ihrer Hand. Sie enthielt nichts als den Namen der Frau und ihre Telefonnummer.

Aller Wahrscheinlichkeit nach habe ich zwei Drittel meines Lebens hinter mir, ging ihr plötzlich durch den Kopf. Was fange ich mit dem restlichen Drittel an?

LOS ANGELES

Eden träumte, sie wäre an Ketten gefesselt. Sie fühlte sich vollkommen hilflos, schwach und ohnmächtig.

Mama und Papa befanden sich ebenfalls im Zimmer, aber sie bemerkten sie nicht. Sie wußten gar nicht, daß sie auch im Zimmer war.

Sie sah Mamas Gesicht, es war bleich und traurig, und Eden wußte, daß sie furchtbar stritten. Papa schrie und brüllte. Er sagte schreckliche Dinge, schreckliche Dinge über Mama.

Eden wollte sich die Ohren zuhalten, wollte die häßlichen Worte nicht hören, aber sie war unfähig, sich zu bewegen.

Dann bemerkte Papa sie endlich, aber er machte sie nicht los. Statt dessen sprang er auf und schrie sie an: Schreckliche Worte kamen aus seinem Mund. Die Wände bekamen Risse, und von der Decke rieselte der Putz herunter. Das ganze Haus würde gleich einstürzen. Sie wußte, daß die Steine auf sie herunterfallen und sie unter sich begraben würden. Aber Papa schien das vollkommen gleichgültig. Und sie konnte sich einfach nicht bewegen. Doch wenn sie Papas Worte verhindern könnte, würden auch die Wände nicht weiter einstürzen, und sie wären alle in Sicherheit. Deshalb blieb ihr nichts anderes übrig, als zu schreien, zu schreien, so laut sie konnte, um seine Worte zu übertönen.

Sie schrie so laut, daß ihr die Brust weh tat und die Ohren schmerzten.

Ganz plötzlich wachte sie schweißgebadet auf. Sie saß aufrecht im Bett. Ihr Herz pochte wie wild in ihrer Brust. Jetzt erst dämmerte ihr, daß sie nicht allein war, sondern daß die Haselmaus, die im Bett neben ihr schlief, ebenfalls wach war und sie ansah.

»Habe ich geschrien?« keuchte Eden.

»Pssst, nein! Du hast dich nur aufgesetzt.«

»Ich wollte schreien, weil ich ganz schrecklich geträumt hab' von meinem Vater.« Ihr war furchtbar zittrig und übel zumute.

»Mir ist entsetzlich übel.«

»Pssst!« flüsterte die Haselmaus. »Du weckst ja das ganze Wohnheim auf.«

»Das ist mir scheißegal.«

»Leg dich wieder hin und versuch zu schlafen!« Die Haselmaus legte sich wieder hin und rollte sich auf die andere Seite.

Eden blieb noch lange sitzen und starrte in die Dunkelheit.

CHU LAI, SÜDVIETNAM

Der Hubschrauber neigt sich zur Seite, dann steigt er langsam hoch.

Die Blicke der zwei Dutzend Rekruten am Boden folgen ihm, als er abhebt.

Der Windstoß läßt Mützen davonfliegen und preßt die Kleider fest an ihre Körper. Die Grashalme um sie herum werden aufgewirbelt und zu Boden gedrückt. Sie kauern sich auf die Erde, bis das Donnern der Rotoren schwächer wird.

Ein schwarzer Offizier schreitet zwischen ihnen auf und ab und erteilt ihnen brüllend den Befehl, ihre Sachen zusammenzusuchen und sich in Reih und Glied aufzustellen. Vollkommen benommen gehorchen sie. Sie sind wie betäubt, ihre wenigen Habseligkeiten liegen verstreut herum, ihre Gesichter sind schmutzig.

Sie alle sind der Kompanie A, 3. Brigade, 25. Infanteriedivision der Armee der Vereinigten Staaten von Amerika zugeteilt worden. Sie sind Teil der mächtigsten Streitmacht, die jemals in Asien stationiert war. Doch als sie jetzt in einer unordentlichen Linie hinter Jeffries in das Camp einmarschieren, machen sie überhaupt keinen kämpferischen Eindruck.

Ebenso wie die anderen ist auch Joel Lennox fast kahlrasiert, was ihn sehr jung aussehen läßt. Sie sehen alle sehr jung aus, und alle machen sie einen verwirrten und erschöpften Eindruck.

Das Land wirkt fremd und abweisend. Joels Blick fällt auf den bräunlich roten Schlamm und die blaue Rauchfahne. Das Camp ist umgeben von regenverhangenen grünen, überfluteten Reisfeldern. In der Ferne türmen sich drohend die Berge auf. Die Luft ist feucht und schwül; es stinkt nach Exkrementen und Verfall.

Der Dschungel ist eine grüne Hölle, die den Feind für die Amerikaner unsichtbar macht. Sie wissen, daß der Feind wie ein Tier kriechen, in Bäumen ebenso wie im Wasser und unter der Erde leben kann. Er scheint unverwundbar zu sein, denn die Kugeln und Granaten, die Bomben und Entlaubungsgifte, die ganze geballte Kraft des amerikanischen Vernichtungspotentials scheint an ihm abzuprallen.

Sie marschieren in das Camp ein. Im Camp herrschen Ordnung und Chaos nebeneinander. Die Wege sind knöcheltiefe Schlammbahnen. Beim Näherkommen werden im Nieselregen, der alles verschleiert, Panzer und Lastwagen sichtbar. Es herrscht ein für die Neuankömmlinge unübersehbares Kommen und Gehen von Menschen und Fahrzeugen. Das Ganze wird begleitet von Rockmusik, die aus riesigen Lautsprechern alles andere überdröhnt. Eine mörderische Karnevalsatmosphäre schlägt ihnen entgegen – ein Sommer-Camp mit Haubitzen.

Das vorherrschende und überall zum Einsatz kommende Baumaterial scheint der Sandsack zu sein. Dick und schwer vom Regen bedecken unzählige dieser Säcke jede Hütte, jeden Bau, jedes ausgehobene Loch.

Ein Soldat, dem der Regen nichts auszumachen scheint, denn er sitzt halbnackt auf der Kühlerhaube eines Jeeps, grinst sie an und ruft ihnen zu: »Happy birthday, frohe Ostern, verdammt fröhliche Weihnachten!«

»Was soll denn das heißen?« fragt Joel seinen Nebenmann.

»Das heißt, wir sind am Geburtstag hier, wir sind an Ostern hier, und wir sind an Weihnachten hier. Sind also mit Sicherheit das ganze verdammte Jahr hier, kapiert?«

Sergeant Jeffries führt sie zu einer Hütte. Er gibt ihnen den Befehl, sich in einer Reihe aufzustellen, dann geht er hinein zum Hauptmann. Sie stehen im Regen, murmeln leise miteinander.

»Hörst du die Schüsse?«

»Ich will nichts weiter, als aus diesem Scheißloch wieder lebendig rauskommen.«

»Möcht' wissen, ob's hier irgendwelche Mösen gibt.«

»Hier stinkt's, als wäre alles am Verfaulen.«

»Möcht' wissen, wie weit die verdammten Schlitzaugen weg sind.«

»Möcht' wissen, ob dieser vermaledeite Regen jemals aufhört.«

»Möcht' wissen…«

Der schwarze Offizier tritt aus der Hütte, raunzt sie an. »Schluß mit dem Gerede, verdammt noch mal! Ihr seid jetzt Kompanie A. Ihr fangt besser gleich damit an, euch wie Soldaten zu benehmen. Und nehmt Haltung an, sonst hol euch der Teufel. Ihr seht aus wie Bettler aus Saigon.« Dann geht er zurück in die Hütte.

Sie werfen einander fragende Blicke zu und hören auf zu reden. Sie versuchen ihr Bestes, um in Reih und Glied zu bleiben.

Irgendwo in der Ferne hören sie ein leises Donnergrollen. Doch es kommt näher und näher, wird lauter und lauter, verwandelt sich schließlich in ein unerträgliches Dröhnen und Donnern. Sechs olivfarbene Hubschrauber werden über den Reisfeldern sichtbar. Ihre runden Schnauzen glänzen im Regen. Mit dringlicher Schnelle kommen sie näher. Mehrere Fahrzeuge, darunter auch Krankenwagen, fahren sofort los Richtung Landeplatz.

Als die Hubschrauber landen, drückt der Wind der Rotoren alles im Camp nieder, und ihr Dröhnen übertönt jedes andere Geräusch, selbst die Rockmusik. Als sie landen, spritzt das schmutzige Wasser hoch auf und trifft die Neuankömmlinge. Die Rekruten vergessen Reih und Glied und rennen zu dem Drahtzaun, der sie vom Landeplatz trennt.

Durch den Zaun sehen sie das, was sie zu Hause schon hundertmal im Fernsehen gesehen haben. Die Soldaten, die aus den Hubschraubern klettern, sind von oben bis unten mit Schlamm bedeckt. Sie sind mit den verschiedensten Waffen ausgerüstet; einige tragen Munitionsgürtel am Körper. Offensichtlich haben sie gerade einen Einsatz hinter sich.

Einige sind verwundet, was man an den blutgetränkten Notverbänden an Kopf und Gliedmaßen erkennen kann.

Andere sind bewußtlos oder unfähig zu gehen und müssen getragen werden.

Die Neuankömmlinge hängen am Zaun und beobachten schweigend, wie Ärzte und Sanitäter die Verwundeten eilig in die Krankenwagen tragen. Vier Männer holen jetzt einen Bewußtlosen aus einem der Hubschrauber. Durch ihre Ungeschicktheit rutscht die Ausrüstung des Mannes von seinem Schoß herunter.

Aber es ist gar nicht die Ausrüstung. Es ist etwas Nasses, das sich rot und gelb und schlüpfrig aus seinem Körper ergießt. Einer der Ärzte nimmt das Zeug und stopft es wieder in den Mann hinein.

Sergeant Jeffries tritt aus der Hütte des Hauptmanns. Er öffnet den Mund, um die Rekruten zurechtzuweisen, weil sie nicht mehr in Reih und Glied stehen, aber da sieht er, daß die meisten von ihnen am Zaun lehnen und ihr Mittagessen erbrechen.

LOS ANGELES

Wenige Sekunden, bevor die Polizei das Feuer eröffnete, drehte sich Eden um und fing an zu rennen. Sie hatte hinter der geschlossenen Front der Plastikschilder die Gewehre gesehen, die runden Aufsätze auf den Mündungen.

»Los, weg hier!« schrie sie. »Wir müssen hier verschwinden.«

Sie kämpfte sich bereits durch die singende Menge, als die Aufsätze explodierten und das Tränengas entwich.

Die Menge der Demonstranten, noch vor einer Sekunde ein einziges riesiges, zorniges Ungeheuer, zersplitterte in zehntausend von Panik ergriffene Einzelwesen. Angesichts der auf sie zuströmenden weißen Wolken ergriffen sie wirr nach allen Seiten hin die Flucht.

Aber schon erschien an der Ecke des Westwood Boulevard ein ganzes Heer von behelmten, schwarzgekleideten Gestalten, die den Rückzug unmöglich machten. Die Demonstranten waren gefangen zwischen einer Wand aus Tränengas auf der einen und den Knüppeln der Nationalgardisten auf der anderen Seite.

Mit einem Taschentuch vor dem Gesicht stolperte Eden hinter mehreren jungen Leuten her, die über eine Hecke in einen anliegenden Garten kletterten. Die Besitzer, ein wohlhabend wirkendes Ehepaar mittleren Alters, beobachteten das Treiben von der Veranda ihres Hauses aus. Die Verblüffung stand ihnen im Gesicht geschrieben, als in ihrem Garten plötzlich Demonstranten und zahlreiche knüppelschwingende Schwarzhemden auftauchten.

Die Demonstranten versuchten, über einen Zaun ins nächste Grundstück zu gelangen, aber der Zaun hielt dem Gewicht nicht stand und zwanzig junge Leute lagen auf dem Boden. Die Nationalgardisten waren sofort über ihnen und ließen ihre Knüppel auf sie niedersausen.

Die weiße Gaswolke hatte jetzt auch den Garten erreicht, und Eden bekam davon eine gehörige Portion ab. Sie rang nach Luft, aber auf diese Weise gelangte nur noch mehr von dem ätzenden Gas in ihre Lungen. Innerhalb von Sekunden lag sie keuchend und japsend inmitten der anderen Leiber auf dem Boden.

Da spürte sie einen harten Schlag auf der Schulter. Aus ihrem Arm wich sofort jedes Gefühl. Grobe Hände zerrten sie hoch. Mit tränenden Augen sah sie den Mann, der sie erwischt hatte, über sich thronen, schwarz und gefährlich.

Da rief eine Stimme: »Lassen Sie sie los!«

Mit einem Ruck wurde sie hochgerissen. Der Besitzer des Hauses versperrte ihnen den Weg. »Lassen Sie sie los!« wiederholte er. »Ich habe gesehen, wie sie das Mädchen zu Boden geschlagen haben. Sie hat nichts getan.«

Der Nationalgardist zögerte, doch dann stieß er Eden in die Arme des Hausbesitzers und drehte sich um, um die anderen zu verfolgen.

Ihr Retter legte einen Arm um ihre Schulter und geleitete sie schnell auf die Veranda und ins Haus hinein. Sowie sie drinnen waren, verschloß er die Tür, und seine Frau machte alle Fenster zu.

»Wasser«, flüsterte Eden mit letzter Kraft, während ihre Hand an ihren Hals fuhr.

»Ekelhaftes Zeug«, sagte die Frau. »Das wäre wirklich nicht nötig gewesen.«

Eden verschluckte sich beinahe am Wasser, sie zitterte am ganzen Körper. »Danke, daß Sie mich gerettet haben.«

»Wir haben auch eine Tochter«, entgegnete der Mann. »Sie ist erwachsen, aber... ein derart brutales Vorgehen war überhaupt nicht notwendig.«

»Sie haben gestern an der Kent State vier Studenten erschossen. Deshalb sind wir auf die Straße gegangen.«

»Sie sind aber keine Studentin, oder?«

»Nein. Noch nicht, aber bald.«

»Wie heißen Sie?« fragte der Mann.

»Eden.«

Die Frau sah Eden eindringlich an. »Geht es Ihnen wirklich um den Krieg in Vietnam?«

Eden nickte. »Aber natürlich, der Krieg dort ist das Schlimmste, was der Menschheit jemals widerfahren ist.«

Das Ehepaar sah sie schweigend an. Das junge Mädchen war schön; der schlanke Körper wirkte noch kindlich, das Gesicht mit dem entschlossenen Kinn und den ausgeprägten Backenknochen dagegen auf den ersten Blick erwachsen. Der volle Mund und die leuchtend grünen Augen strahlten Verwegenheit, ja fast Wildheit aus.

»Machen Sie sich um mich keine Sorgen«, erklärte sie. »Ich bin nicht zum erstenmal dabei.«

»Sie müssen sich waschen, mein Kind«, sagte die Frau. »Kommen Sie mit.«

Die Frau wusch Edens T-Shirt, während Eden duschte und mit dem heißen Wasserstrahl das brennende Tränengas von ihrer Haut spülte.

Als sie fertig war, öffnete sie die Glastür und trat triefend heraus. Die ältere Frau reichte ihr ein Handtuch.

»Wissen Ihre Eltern, wo Sie sind?« fragte sie.

»Mein Vater hat keine Ahnung. Ich bin mir nicht einmal sicher, ob er überhaupt weiß, daß in Vietnam Krieg geführt wird. Aber, ich glaube, er wäre außer sich, wenn er wüßte, daß seine Tochter mit einer Meute langhaariger Hippies auf den Straßen demonstriert.«

»Und was ist mit Ihrer Mutter?«

»Die lebt in Spanien. Meine Eltern sind geschieden. Ich gehe auf ein Internat.«

»Das tut mir aber leid.«

»Das muß Ihnen nicht leid tun«, antwortete Eden ruhig. Ihre grünen Augen blickten ernst. »Das Internat ist besser, als es vorher zu Hause war. Ich hasse meinen Vater.« Sie ließ das Handtuch fallen und setzte sich völlig ungeniert auf den Rand der Badewanne. Die Frau betrachtete den schlanken, schönen Körper. Dort, wo der Knüppel auf ihre Schulter niedergesaust war, zeichnete sich jetzt ein großer blauer Fleck ab. Das Kind sah so verletztlich aus, so völlig unvorbereitet für das wirkliche Leben. Und trotzdem strahlte diese Kindfrau etwas Furchtloses und Unerschrockenes aus.

»Haß ist ein sehr starkes Wort.«

»Na ja, Sie wissen schon, vielleicht hasse ich ihn auch nicht richtig«, erwiderte Eden mit einem Achselzucken. »Mir ist einfach verhaßt, was aus ihm geworden ist. Irgendwann war er ganz okay, ich meine, als ich noch ein Kind war. Aber dann hat er sich verändert. Es kommt mir manchmal so vor, als sei er gar nicht anwesend.«

»Wie kann denn so was sein?«

»Tja, mit seinen Parties und den kleinen Mädchen und dem ganzen Koks, den er sich reinzieht, hat er gar keine Zeit mehr, er selber zu sein.« Ihr Mund verzog sich. »Er ist eben die ganze Zeit damit beschäftigt, sich zu amüsieren.«

»Ihr Vater nimmt Kokain?« fragte die Frau mit großen Augen.

»So viel er kriegen kann.«

»Und mit kleinen Mädchen, meinen Sie da…«

»Ich meine minderjährige Flittchen«, erklärte Eden bitter. »Mädchen in meinem Alter, die für Geld mit alten Männern schlafen. So wie's aussieht, werden die Mädchen mit jedem Jahr jünger. Vielleicht treibt er's eines Tages noch mit Babies.« Sie lachte, doch die Frau verzog keine Miene.

»Das ist ja schrecklich, mein Kind.« Die ältere Frau hielt immer noch das tropfnasse T-Shirt in der Hand.

»Das ist sein Problem«, erklärte Eden mit kalter Stimme. Aber ein Blick in ihre Augen zeigte, daß sie mit den Tränen kämpfte.

»Da haben Sie wahrscheinlich recht«, meinte die Frau. »Ich werde sehen, was ich unter den Sachen meiner Tochter für Sie finden kann.«

Als Eden in dem etwas zu großen Kleid an die Tür trat, war die Straße menschenleer, der Wind hatte das Tränengas weggeweht. Der Mann stand auf der Veranda und betrachtete traurig seinen niedergetrampelten Garten.

»Ich glaube, die Luft ist rein«, sagte Eden. »Nochmals vielen Dank, daß Sie mich gerettet haben. Das Kleid schick' ich zurück.«

»Behalten Sie's oder werfen Sie's weg.«

Eden gab der Frau einen Kuß auf die Wange, nahm ihre zu einem Bündel geschnürten Kleider und verließ das Haus. Sie sah sich nicht um, als sie durch den Garten auf die Straße hinauseilte. Das Ehepaar sah ihr lange nach.

BARCELONA

»Ich fahre für zwei Wochen nach Ampurdán«, erklärte Mercedes, als sie mit Maya bei Austern und Champagner beim Mittagstisch saß.

»Wie schön. Wo werden Sie wohnen?«

»In der Nähe eines kleinen Dorfes namens San Lluc.«

»Ach, ich kenne San Lluc. Ein ganz bezaubernder Ort. Ich bin sicher, daß Sie sich dort wunderbar erholen werden.«

Sie hatten es sich zur Gewohnheit gemacht, gemeinsam zu Mittag zu essen. Ihre Gespräche waren immer unterhaltsam und amüsant. Mercedes hatte sich dabei ertappt, daß sie sich, mehr als sie zugeben wollte, auf diese Treffen freute. Mayas Schönheit und ihr angenehmes Wesen waren zu einem Lichtblick in ihrem Leben geworden, auf den sie nur noch schwer verzichten konnte. Statt wie bisher ein- oder zweimal pro Monat kam sie nun ein- oder zweimal die Woche in das Studio.

»Eigentlich«, gab Mercedes zu, »bin ich auf der Suche nach einem geeigneten Kaufobjekt.«

»Besser könnten Sie Ihr Geld gar nicht anlegen«, meinte Maya, während sie an ihrem Champagner nippte. »Die Preise dort steigen jetzt schon. San Lluc kommt in Mode.«

»Das habe ich auch schon festgestellt«, entgegnete Mercedes mit ironischem Unterton. »Ich bin in San Lluc geboren.«

»Sie sind dort geboren?«

»Ja. Mein Vater war Dorfschmied und meine Mutter die Tochter eines Ladenbesitzers. Ich bin in der Schmiede zur Welt gekommen. Warum schütteln Sie den Kopf?«

»Wenn ich Sie so sehe in Ihrem Kostüm von Yves Saint Laurent«, sagte Maya, »und die wunderschönen Diamanten dazu, dann kann ich kaum glauben, daß Sie in einer Schmiede zur Welt gekommen sind.«

»Sehr vieles hat sich verändert.« Mercedes betrachtete die Austernschale. »Jetzt gibt es in San Lluc Restaurants und Bars und sogar einen Nachtclub und eine Disco. Die reichen Leute aus Barcelona kaufen die Ruinen auf und richten sie als Wochenendhäuser her. In dem Haus, in dem ich zur Welt gekommen bin, befinden sich jetzt mehrere Eigentumswohnungen, und wo der Amboß meines Vaters stand, steht jetzt ein Porsche.«

»Die ganze Welt verändert sich, Mercedes.«

»Das ist wahr. Die Welt wird älter. Auch ich habe mich verändert, ich bin längst nicht mehr die Frau, die Träume und Illusionen hegt, sondern bin so geworden wie die, die ich einst verabscheut habe.«

»Das passiert jedem«, erwiderte Maya mit sanfter Stimme.

»Das sollte es aber nicht. Jeder Mensch sollte Träume und Illusionen haben, selbst in meinem Alter. Ich hatte früher ganz viele Träume, Maya.«

»Ich glaube, daß die einzige Möglichkeit, sich seine Illusionen zu bewahren, darin besteht, nie erwachsen zu werden. Und Sie sollten sich nicht verachten, nur weil Sie sich Austern und Champagner leisten können.«

»Es ist nicht nur das. Und wie fühlt man sich denn als Fotomodell?«

»Man kommt sich vor wie in einem Stummfilm. Niemand interessiert sich für das, was man denkt. Wenn ein Modell den Mund aufmacht, staunen alle, wie man über einen Hund staunt, der auf zwei Beinen geht.«

Mercedes lächelte. »Ich verstehe.«

Maya blickte auf ihre Uhr. »Du liebe Güte, ich muß mich beeilen, die Arbeit wartet. Ihnen wünsche ich viel Glück bei Ihrer Suche. Rufen Sie mich doch an, wenn Sie wieder da sind.«

Sie hauchte einen Kuß auf die Wange von Mercedes und war auch schon verschwunden.

Zwei Wochen später kehrte Mercedes nach Barcelona zurück. Vierzehn Tage lang hatte sie zusammen mit einem örtlichen Makler die Gegend durchkämmt.

Am Tag vor ihrer Rückkehr nach Barcelona hatte sie beim Notar in Palafrugell den Kaufvertrag für sechs Hektar Land unterschrieben.

Das Grundstück war herrlich. Es lag nicht weit vom Dorf in der

Nähe des Meeres und bot gleichzeitig einen wunderschönen Ausblick auf die Pyrenäen. Es war genau das, was sie gesucht hatte. Sie wußte bereits genau, wo das Haus stehen sollte, das sie dort bauen lassen wollte.

Noch bevor sie ihre Koffer auspackte, rief sie Maya an.

»Mercedes!« rief Maya. Ihrer Stimme war zu entnehmen, daß sie sich freute. »Wie war's in San Lluc?«

»Es ist alles sehr gut gelaufen. Ich rufe eigentlich an, um zu fragen, ob Sie nicht Lust hätten, am Wochenende mit mir zu Abend zu essen.«

»Natürlich habe ich Lust. Wann und wo?«

»Wie wär's mit Samstag abend im La Catalána?«

»Ausgezeichnet!« Die Freude der anderen Frau war nicht zu überhören.

»Ich hole Sie mit meinem Wagen ab.«

»Wunderbar«, sagte Maya.

Mercedes legte auf. Zum erstenmal würden sie sich also außerhalb des Studios treffen, auf unbekanntem Terrain sozusagen. Sie mußte zugeben, daß auch sie das Mädchen vermißt hatte.

Warum ist sie in meinen Augen ein Mädchen, fragte sie sich plötzlich. Sie ist eine erwachsene Frau. Vielleicht lag es an Mayas Offenheit und Aufrichtigkeit, daß sie so jung wirkte.

Einen Moment lang kehrte die Erinnerung an eine andere junge Frau zurück, die sie vor dreißig Jahren in San Lluc gekannt hatte. Weil die Erinnerung jedoch zu schmerzlich war, verdrängte sie sie sogleich wieder.

Am Samstag abend wartete Maya in der Eingangshalle des Hochhauses, in dem sie wohnte. Sie schenkte Mercedes zur Begrüßung ein strahlendes Lächeln. Als sie allerdings den großen Daimler Benz vor der Tür sah, sah sie Mercedes fragend an.

»Ist *das* Ihr Auto?«

»Das ist mein Ausgeh-Auto.«

Der Chauffeur stieg aus und hielt die Tür auf. Die beiden Frauen machten es sich auf den lederbezogenen Sitzen bequem. Maya strich über die glatte Täfelung aus Walnußholz. »Das ist ja wunderschön. Sie müssen reich sein.«

Mercedes zuckte mit den Schultern. »Es geht mir gut.«

Beide Frauen trugen herrliche Abendkleider, das von Mercedes war dunkelblau, das von Maya aus kastanienbrauner Seide.

»Das Kleid ist neu, hab' ich recht?« fragte Maya. »Haben Sie's extra für heute abend gekauft?«

Mercedes lachte leise. »Hängt vielleicht noch irgendwo ein Preisschildchen? Ja, ich hab' es für heute gekauft.«

»Habe ich recht, daß wir heute feiern? Sie haben etwas gefunden, stimmt's?«

»Ja. Ich habe sechs Hektar Land gekauft.«

»Ach wie aufregend! Sie müssen mir alles ganz genau erzählen.« Mayas Gesicht strahlte vor Freude.

Das La Catalána war berühmt für seine Fischgerichte, seine luxuriöse Einrichtung und nicht zuletzt für die Berühmtheiten, die dort speisten. Als sie eintrafen, waren bereits alle Tische besetzt; es wurde laut geredet und viel gelacht und würde bis in die frühen Morgenstunden so weitergehen, wenn die späten Gäste nach einem Besuch im Theater oder Nachtclub bewirtet wurden.

Nicht wenige Köpfe drehten sich um, als die beiden schönen Frauen zu ihrem Ecktisch geleitet wurden.

Der Besitzer des Restaurants kam freudestrahlend an ihren Tisch. Er küßte Mercedes die Hand.

»Luis, darf ich Ihnen meine liebe Freundin Maya Duran vorstellen. Maya, das ist der berühmte Luis Marques.«

»*Encantado.*« Er beugte sich über Mayas Hand. »Die Hummer sind heute ganz ausgezeichnet.«

»Wir legen alles vertrauensvoll in Ihre Hände, Luis«, erklärte Mercedes. »Und bitte seien Sie doch so freundlich, auch den Wein für uns auszuwählen.«

»Aber natürlich, Señora Eduard. Es ist mir eine Ehre, Señorita Duran.« Nach einer weiteren Verbeugung eilte er in die Küche zurück.

»Bin ich wirklich Ihre ›liebe Freundin‹?« wollte Maya wissen, als sie wieder allein waren.

»Aber natürlich sind Sie das.«

Jetzt trat ein Kellner mit einem Tablett frischer Austern an ihren Tisch. Sie sahen nicht nur herrlich aus, sondern schmeckten auch köstlich, wie die beiden Frauen schon beim ersten Biß feststellen sollten.

»Was wollen Sie mit dem Grundstück machen?« erkundigte sich Maya.

»Ich werde ein Haus darauf bauen.«

»Nur eins? Auf sechs Hektar?«

»Nur eins, ganz richtig, für mich ganz allein. Ich wohne jetzt seit achtzehn Monaten in einer Wohnung in Barcelona, und der Lärm wird allmählich unerträglich.«

»Da ist San Lluc sicher genau das Richtige. Aber Sie werden doch hoffentlich nicht irgendwann mit nur einem Schuh und langem weißem Schleier im Haar durch den Garten laufen.«

»Möglich ist alles«, antwortete Mercedes lächelnd. »Ich hatte schon immer was übrig für Abgeschiedenheit und exzentrisches Gehabe. Was bleibt mir denn sonst in meinem Alter?«

»Ein schöner junger Mann, der Sie zwanzigmal am Tag liebt«, schlug Maya ernsthaft vor.

Mercedes lachte. »Nein, danke. Das wäre mir viel zu kompliziert. Ich kehre nach Hause zurück, Maya.«

Jetzt wurden die gegrillten Hummerhälften gebracht. Saftiges weißes Fleisch auf duftendem Safranreis, ein Genuß für Auge und Gaumen. Luis kam an ihren Tisch, um die Schalentiere eigenhändig zu servieren und sie mit zerlassener Butter zu beträufeln. Abwartend trat er zur Seite, bis sie gekostet und ihr Lob ausgesprochen hatten. Dann kehrte er stolz in seine Küche zurück.

»Ein Grund, warum ich das Haus baue, ist Eden«, fuhr Mercedes fort. »Auf diese Weise hat sie ein Heim hier bei mir, wo sie auch ein Pferd halten kann, kurz einen Platz, wo sie sich zu Hause fühlen kann. Besser als nichts, meinen Sie nicht auch? Ich habe Ihnen noch gar nicht gesagt, daß Eden mich im Sommer besuchen wird. Wir fahren nach Paris.«

Maya hob den Kopf. »Mag sie Modenschauen? Ich könnte Karten besorgen für Chanel, Cardin und Yves Saint Laurent, auch für andere, wenn sie möchte.«

»Wie ich so mitbekomme, trägt sie zur Zeit nur Jeans und T-Shirts.« Mercedes schnitt eine Grimasse. »Aber die Idee ist hervorragend. Vielleicht findet sie ja Gefallen daran.«

»Ich werde mich erkundigen, wer dieses Jahr mit der frechsten Kollektion aufwartet und Karten besorgen«, erklärte Maya mit einem Lächeln.

»Danke, Maya.«

Die Frauen aßen eine Zeitlang schweigend weiter.

»Womit verdient Ihr Exmann sein Geld?« fragte Maya schließlich.

Mercedes wischte sich den Mund mit der Serviette ab. »Dominic wird sich noch dieses Jahr zur Ruhe setzen. Er ist im Import-Export-Geschäft tätig. Seine Geschäftstätigkeit erstreckt sich hauptsächlich auf Südamerika.«

»Was für ein Mensch ist er?«

»Er ist charmant. Im Krieg war er Bomberpilot. Als ich ihn kennenlernte, war ich hingerissen von ihm. Ich fand ihn einfach wunderbar, doch er hat sich verändert.«

»Auf welche Weise verändert?«

Mercedes' Gesicht hatte sich verdüstert. »Ich habe ihn geheiratet, weil ich der Meinung war, daß er das Leben liebte. Aber ich hatte mich getäuscht, denn er liebte nur sein Vergnügen. Es wurde ihm, je älter er wurde, immer wichtiger, bis es schließlich alles andere verdrängte.«

»Wollen Sie damit sagen, daß er sich mit anderen Frauen vergnügte?«

»Mit Frauen und mit anderen Dingen. Mit Drogen. Mit Geld und allem, was sich mit Geld kaufen ließ, mit allem, was ihm Spaß machte.«

»Oh, Mercedes!« Mayas Finger schlossen sich tröstend um die Hand der anderen Frau. »Sie sehen so bitter aus, das tut mir leid.«

»Es geht schon wieder. Das alles ist ja schon lange her. Dominic kümmert sich an zwei Wochenenden im Monat um Eden. Zu mehr als vier Tagen im Monat ist er nicht fähig.«

Maya stützte ihr Kinn in die Hände und sah Mercedes mit ihren glänzenden braunen Augen an. »Warum sind Sie nach Spanien zurückgekommen?«

»Um mich selbst zu finden«, antwortete Mercedes. »Nein, das stimmt nicht ganz, denn ich weiß, wer ich bin. Ich bin zurückgekommen, um die Frau zu finden, die ich einmal war. Aber nicht, um wieder so zu werden, sondern nur, um mich zu erinnern. Selbst wenn ich wieder so werden wollte, könnte ich es nicht, dafür habe ich mich zu sehr verändert.« Sie lächelte. »Sie erinnern mich an jemanden, den ich vor langer Zeit gekannt habe.«

»Wer war sie?«

»Sie hieß Matilde und war die beste Freundin, die ich je hatte. Sie hat, genau wie Sie, immerzu Fragen gestellt, ruhige, neugierige, endlose Fragen.«

»Was ist aus ihr geworden?« wollte Maya wissen.

»Sie ist nicht mehr hier.«

»Ich bin froh, daß ich Sie an Ihre beste Freundin erinnere. Vielleicht kann ich eines Tages ihren Platz einnehmen.«

Mercedes spürte, wie ihr die Gesichtszüge entglitten und sich ein riesiger Kloß im Hals festsetzte. Sie war fast wütend auf diese schöne junge Frau, die ihre Abwehr- und Schutzmechanismen so einfach und auf so beunruhigende Weise umgehen konnte. »Sie wissen ja nicht, wer sie war und werden es auch nie wissen.« Mercedes mußte tief Luft holen, um ihre Fassung wieder zu erlangen. Sie war nicht bereit, noch länger bei diesem Thema zu verweilen. »Wenn Luis uns gestattet, daß wir unseren Nachtisch selbst aussuchen, dann nehme ich etwas frisches Obst. Wenn Sie gern Süßes mögen, dann empfehle ich Ihnen dieses Kirschdessert bavarois.«

Zwei Tage später rief sie Maya erneut an.

»Ich habe eine Idee. Warum begleiten Sie uns nicht nach Paris?«

Maya sagte zunächst gar nichts. »Meinen Sie nicht, daß Eden mich als störenden Eindringling empfinden würde?« fragte sie schließlich.

»Aber bestimmt nicht; ich glaube, daß wir viel Spaß miteinander hätten. Eden könnte so viel von Ihnen lernen. Sie ist noch so linkisch, und Sie sind...« Sie führte den Satz nicht zu Ende. »Ich habe bereits eine Suite für uns im Ritz gebucht. Es ist genügend Platz, und der Aufenthalt würde Sie deshalb so gut wie nichts kosten. Wir werden uns die Modeschauen ansehen – Sie und Eden und ich, außerdem fürstlich speisen, ein Vermögen für schöne Kleider ausgeben, kurz und gut, wir werden es uns gutgehen lassen. Was halten Sie davon?«

Ein fröhliches Lachen drang an Mercedes' Ohr. »Klingt einfach wunderbar!«

»Müssen Sie vielleicht arbeiten?«

»Nein.«

»Dann fahren Sie also mit?«

Sie zögerte einen Augenblick, dann sagte sie: »Ja, ich fahre mit.«

»Sehr schön«, entgegnete Mercedes. »Dann wäre das also geklärt.«

PARIS

Eden van Buren sitzt zwischen ihrer Mutter und Maya Duran in der ersten Reihe. Ebenfalls ganz vorne sitzen die Journalisten der führenden Modezeitschriften, die Einkäufer und die geladenen Gäste, die, weil es so Brauch ist, die Vorjahresmodelle tragen.

Eden ist die einzige, die Jeans trägt.

Sie gibt sich den Anschein, als gäbe es nichts Langweiligeres als die Modells, die auf dem Laufsteg auf- und abschreiten und von unzähligen Kameras abgelichtet werden, aber in Wirklichkeit ist sie von deren Anblick gefesselt.

Die Kollektion ist atemberaubend. Ab morgen wird jeder diese Kreationen haben wollen. Ganz gleich, was sonst noch in Paris gezeigt wird, es kann sich nicht mit dem hier messen.

Seine Kreation ist die Sensation!

Selbst Eden van Buren, die abgebrühte, der Welt überdrüssigen Sechzehnjährige kann sich dieser Atmosphäre nicht entziehen. Mit riesigen glänzenden Augen sitzt sie auf ihrer Stuhlkante.

Maya Duran lächelt, als ihr Blick auf Eden fällt. Im Gegensatz zu Mercedes, die eine Ruhe und Gelassenheit ausstrahlt, scheint ihre Tochter ruhelos und getrieben. Edens voller Mund wirkt leidenschaftlich; während ihre Augen auf den Laufsteg geheftet sind, ist ihr Mund leicht geöffnet, wie zum Kuß.

Ihrer Mutter gegenüber verhält sie sich kühl. Nur gelegentlich zeigt sie sich, wie durch eine innere Macht getrieben, liebevoll, haucht ganz unvermittelt einen Kuß auf die Wange oder schlingt ihre Arme in einer kurzen Umarmung um die Mutter. Ansonsten nichts als Zurückhaltung.

Mercedes hat Maya gestanden, daß Eden sich ihrem Vater gegenüber noch reservierter verhält. Sie bevorzugt keinen, sondern gibt beiden die Schuld am Auseinanderbrechen der Familie. Sie gibt sich betont unabhängig, um ihnen zu beweisen, wie gut sie auf sie verzichten kann.

Maya hofft, daß Eden bald zur Besinnung kommt, bevor ihre Stimmungen und Launen zu einem ständigen Charakterzug werden.

Voller Begeisterung verlassen Maya, Mercedes und Eden am Ende der Show den Raum. Es ist das erste Mal, daß Eden plappert und kichert wie ein normaler Teenager. Sie hat sich bei den älteren Frauen eingehängt und redet aufgeregt von der neuen Kollektion.

Mercedes winkt ein Taxi herbei. Sie müssen sich beeilen, denn sie wollen bei Maxims speisen und rechtzeitig zur nächsten Vorführung zurück sein.

CHU LAI

Joel steht da mit seiner M-16, die er mit zitternden Händen zu laden versucht. Gleichzeitig bemüht er sich, die Schreie zu überhören, die von dort kommen, wo die Rangers ihre Verhöre durchführen. Die Tränen, die ihm übers Gesicht laufen, hinterlassen kleine Gräben in der Schmutzkruste. Der Rauch läßt seine Augen tränen, sein Kehle ist wund.

Obwohl alle Hütten im Dorf dem Erdboden gleichgemacht worden sind und unzählige tote Vietnamesen den Boden bedecken, hat das Sterben noch nicht aufgehört. Fünf seiner Kameraden sind tot, vier weitere schwer verwundet. Der Hinterhalt, in den sie heute morgen geraten sind, war gut vorbereitet, der Feuerhagel, der auf sie niedergegangen ist, war von tödlicher Treffsicherheit.

Die Amerikaner haben schreckliche Vergeltung an dem Dorf geübt. Sie haben die Hütten ausgeräuchert und Mensch und Tier niedergemetzelt. Dann haben sie das Dorf in Brand gesteckt.

Aber auch diese Zerstörung bleibt letzten Endes ohne Bedeutung, und alle wissen es. Der Vietcong hat sich in den Urwald zurückgezogen, aus dem er aufgetaucht ist, ohne Spuren zu hinterlassen.

Und nun sind die Rangers da und stellen ihre Fragen.

Joel tritt durch den Rauch auf die Lichtung. Er bewegt sich mit der animalischen Vorsicht eines Soldaten im Einsatz, seine Augen sind überall, seine Nerven bis zum Zerreißen angespannt. Sein

Gesicht ist hagerer als je zuvor. Die spitzen Backenknochen könnten seine Gesichtshaut jederzeit durchbohren. Die Mundwinkel zucken unablässig; die dunklen Augen sind weit aufgerissen, und in ihren Tiefen spiegelt sich seine ganze Qual.

Er hat beinahe schon vergessen, daß es überhaupt noch eine andere Welt jenseits dieses Dschungels und dieses Krieges gibt. Er hat beinahe vergessen, daß andere Menschen anders reden, sich anders verhalten. Der Krieg hat so vollkommen von ihm Besitz ergriffen, daß er fast kein menschliches Wesen mehr ist, sondern nur noch ein Bewohner eines Totenreichs.

Er sieht, was die Rangers machen.

Die Frauen und Kinder der beiden Bauern müssen zusehen. Ihre Schreie vermischen sich mit denen der Bauern zu einer Symphonie der Qual und Pein.

Andere Rangers ziehen schweigend an ihren Zigaretten, während sie das Geschehen beobachten. Auch ein paar amerikanische Soldaten haben sich eingefunden, obwohl die meisten sich schnell wieder in den Urwald verdrücken. Aber auch sie sind keine Heiligen. Im Verlauf des blutigen Nachmittags sind Frauen vergewaltigt, Kinder erschossen, alte Menschen getötet und Wasserbüffel von Maschinengewehren zerfetzt worden.

Aber all das ist im Schmerz um den Verlust der Kameraden geschehen. Das, was sich jetzt abspielt, können die meisten nicht begreifen. Untereinander murren sie mit bleichen Gesichtern. In Augenblicken wie diesen wird ihnen wieder bewußt, in welch schrecklichen, fremden Krieg sie hineingeraten sind, in welch schrecklicher, fremder Welt sie sich befinden.

Joels Augen richten sich auf die Gesichter der beiden gequälten Männer. Sie sind zu der Maske erstarrt, zu der alle menschlichen Gesichter im unerträglichen Schmerz erstarren. Er hat diesen Ausdruck auch auf den Gesichtern seiner eigenen Kameraden gesehen. Gesichter junger Burschen aus Colorado und Washington, aus Oklahoma und New Jersey, die ihn jetzt im Schlaf verfolgen.

Er sieht, wie Nguyen Van Khoi sein schweres Messer aus der Tasche zieht und sich bückt, um dem zuckenden Körper noch schlimmere Qualen zuzufügen.

Er legt seine M-16 an und nimmt sein Ziel ins Visier. Einer der

Rangers stößt einen Warnschrei aus, aber er kommt zu spät. Joels erster Schuß trifft den Bauern mitten in die Brust, der zweite tötet den anderen Mann ebenso schnell und sauber. In der gleichen Sekunde hört das Schreien auf, dann setzt ein leises Weinen ein.

Nguyen wirbelt herum. Sein Zorn ist unverkennbar. Ein Dutzend Rangers richten ihre Gewehre auf Joel, ihre Finger liegen auf dem Abzug.

Joel geht in die Hocke. Seine M-16 ist direkt auf Nguyen gerichtet. Sie können ihn in Stücke schießen, aber vorher hat er noch genügend Zeit, um noch einmal abzudrücken und den kleinen Ranger-Hauptmann über den Haufen zu schießen. Er wartet, ohne zu denken, bereit zum Sterben.

Nguyen sieht den Ausdruck im Gesicht des Amerikaners. Der große Mann mit den schrecklichen Augen ist bereit zu töten und getötet zu werden. Weder Angst noch Argumente können ihn in diesem Zustand erreichen. Er hat beides hinter sich gelassen, befindet sich in den dunklen Domänen, wo Nationalität und Uniform keine Rolle mehr spielen, wo Menschen nur noch das tun, was ihnen richtig zu sein scheint.

Nguyen hebt ganz langsam die Hand und bedeutet seinen Männern, ihre Gewehre zu senken. Sie gehorchen. Joel tritt einen Schritt zurück, doch seine Mündung ist weiterhin auf Nguyens Bauch gerichtet.

»Wir sind hier fertig«, lautet Nguyens Befehl. »Zurück zum Transporter.«

Jetzt richtet Joel sich auf, dreht den Rangers den Rücken zu und geht.

»Du Narr«, schreit ihm Nguyen nach. »Ich werde deine Vorgesetzten informieren.«

»Zum Teufel mit dir«, antwortet er ruhig.

Die Einheit versammelt sich und macht sich auf den Weg zum Truppentransporter. Luke Jeffries, der große schwarze Sergeant, läßt seine Hand schwer auf Joels Schulter fallen.

»Mein Freund«, sagt er in seinem unverkennbaren Südstaatendialekt, »du scheinst vergessen zu haben, auf welcher Seite du kämpfst. Ich hab' gedacht, das Schlitzauge schnappt dich und dann… du bist ein sentimentaler Idiot.«

Aber die Worte klingen freundlich, und Joel nickt ihm dankbar zu. Er will zurück ins Camp, sehnt sich nach einer heißen Dusche. Der Geruch des Todes haftet auf seiner Haut, aber er weiß, daß auch Seife und Wasser ihn nicht abwaschen können.

WOODSTOCK, NEW YORK

Eden tanzte barfuß im Schlamm. Ihr Gesicht war zum Himmel gerichtet, aber ihre Augen waren geschlossen. Sie machte einen erschöpften, leeren Eindruck. Ihr schwarzes Haar hatte sie mit einem Stirnband gebändigt. Unter ihrem nassen Hemd zeichneten sich deutlich die Brustwarzen ab.

Noch ein paar andere tanzten ebenfalls. Die meisten der fünfhunderttausend Besucher des größten Rockfestivals aller Zeiten hatten sich jedoch an diesem zweiten Tag vor den sintflutartigen Regenfällen in Zelten zusammengekauert und warteten auf die Sonne.

Die Szene erinnerte an ein biblisches Ereignis, bei dem eine riesige Menschenmenge auf die Ankunft eines Propheten wartet.

Ganz in der Nähe hatte sich die Gruppe von Hippies, mit denen sie im Bus aus Los Angeles hergekommen war, ebenfalls in ihrem Zelt verkrochen. Während ein Joint die Runde machte, beobachteten sie Eden, die immer noch mit dem gleichen entrückten Ausdruck im Gesicht tanzte.

Drei Tage lang waren sie unterwegs gewesen. Über die Rocky Mountains bis Salt Lake City, dann durch die riesigen Ebenen von Wyoming und Nebraska nach Illinois, danach von Chicago aus im Regen nach Cleveland, weiter nach Pittsburgh und Philadelphia und schließlich in den Staat New York.

Viele Hippies, von denen die meisten Vegetarier waren, führten ihren halben Hausrat mit sich, angefangen von Kochtöpfen bis zu makrobiotischen Lebensmitteln. Aber in dem Regen heute war es unmöglich gewesen zu kochen, so daß die meisten hungrig geblieben waren.

Dafür hatten sie für einen ausreichenden Vorrat an Drogen gesorgt.

Um die Langeweile der Reise zu vertreiben, hatten sie Eden eine LSD-Pille überlassen, die sie auf der Interstate 90 in der Nähe von Iowa City geschluckt hatte. Die Wirkung hielt immer noch an.

Sie schwebte in einer Welt der bewegten Formen und Farben, ihre Seele war vereint mit der Musik, dem Regen und dem Regenbogen, der sich über ihr am Firmament erstreckte.

Sie spürte ein mystisches Einssein mit allen Dingen um sich herum. Das All schien so weich und samten wie das Fell eines Kätzchens zu sein. Diese wunderbare und heilsame Erfahrung war Balsam für ihr wundes Herz. Als sie jetzt die Arme zum Himmel hob, sah sie, wie die Enden des Regenbogens ihre Fingerspitzen berührten und sich mit ihr verbanden. Der Regen war golden und hüllte sie in eine strahlende Wolke. Der Schlamm zwischen ihren Zehen kam ihr vor wie der Urschlamm des Lebens, aus dem irgendwann alles entstanden war.

Ein Kurzschluß ließ die Band verstummen; eine plötzliche Stille senkte sich über die Menschenmenge, bevor wildes Klatschen ertönte. Eden, die in anderen Sphären schwebte, tanzte weiter im Schlamm, ihre Hände zum Himmel erhoben wie eine Priesterin.

Als sie später die Augen aufschlug, sah sie ein christusähnliches Gesicht über dem ihren. Goldene Locken umspielten die blassen Schläfen. Ein goldener Bart umgab einen köstlichen Mund. Durch seine blauen Augen glaubte sie wie durch ein Fenster den Himmel zu sehen. Durch sie konnte sie in die ewige Seligkeit eingehen, konnte sich im Paradies verlieren.

Sie spürte, wie sein Körper sich in dem ihren bewegte. Seine Jeans hingen an seinen Knöcheln. Jetzt glitt er ganz langsam in die Höhle, zu der er den goldenen Schlüssel mitgebracht hatte.

Deshalb war er also zu ihr gekommen, um das große Fest mit ihr zu feiern. Der Regenbogen umhüllte ihn. Sie lächelte ihm zu, während sich ihre Augen mit Tränen der Freude füllten.

Er war in ihr; sie spürte, wie er sich in ihr bewegte. In ihrem Kopf explodierten goldene und blaue Blitze. Sie klammerte sich an ihn und betete in einer Sprache, die sie selbst nicht kannte.

Am dritten Tag erwachte sie aus ihrem Traum. Hungrig und erschöpft schlug sie im Zelt die Augen auf. Sie selbst und alles um sie herum war schmutzig und stank.

Außerdem war sie furchtbar wütend auf den blonden Jungen.

»Wie konntest du das mit mir machen, wo ich stoned war?« fragte sie ihn erbittert. »Ich war doch nicht bei Sinnen.«

»Es war so schön«, antwortete er mit verklärtem Blick.

»Für dich vielleicht.« Voller Abscheu starrte sie ihn an. Ohne Acid hatte er überhaupt keine Ähnlichkeit mehr mit Christus. Er war nichts weiter als ein dünner, milchgesichtiger Junge mit schmutzigem Haar und Bart und einer Graspfeife in der Hand. »Du Dreckskerl«, schrie sie ihn an. »Für mich war es das erste Mal!«

»Reg dich nicht auf, es wird nicht das letzte Mal gewesen sein.«

Fünf Tage waren vergangen, seit sie aus Mount Pleasant abgehauen war, ohne irgendeine Nachricht zu hinterlassen. Sie mußte sich bei ihrer Rückkehr auf einiges gefaßt machen, das wußte sie, aber hier wollte sie auf keinen Fall noch länger bleiben.

Sie watete durch den Schlamm bis zu den Telefonzellen, wo sie nach einer Stunde Schlangestehen endlich an der Reihe war.

»Papa? Ich bin's.«

Müde und erschöpft wie sie war, ließ sie das Donnerwetter ohne Widerrede über sich ergehen.

»Ich bin in Woodstock«, erklärte sie schließlich. »Woodstock. *Woodstock,* New York. Beim Rockfestival. Ja, ja, es geht mir gut. Es tut mir leid. E*s tut mir leid!* Meinst du, du kannst für mich am La Guardia ein Ticket nach Los Angeles hinterlegen lassen?«

CHU LAI

Er hört ein Geräusch, als ob Stoff zerreißt. Dann sieht er eine riesige Flamme am Himmel, die auf einen Jeep niedergeht. Aus dem Fahrzeug schlagen noch in derselben Sekunde haushohe Flammen empor. Die gewaltige Explosion wirft sogar einige Soldaten um, die in der Nähe stehen; einer von ihnen ist Joel. Menschliche Gliedmaßen und verkohlte Autoteile werden durch die Luft gewirbelt.

Dann folgt das unverkennbare knatternde Geräusch der feindlichen Gewehre.

Die Amerikaner suchen verzweifelt nach irgendeinem Loch, in das sie sich verkriechen und von wo aus sie das Feuer erwidern können. Joel Lennox will seinen Männern zurufen, daß sie hinter den bewaffneten Transportern Deckung suchen sollen, aber kein

Wort kommt über seine Lippen; er kann nicht aufstehen. Er fühlt nichts weiter als eine seltsame Taubheit. Als er den Blick nach unten senkt, sieht er, daß es ihn erwischt hat. Durch den Stoff seiner Uniform sickert Blut.

Er ist nicht zum erstenmal verwundet. Aber diesmal scheint es ernst.

Ganz instinktiv preßt er eine Hand auf die verwundete Stelle. Das Blut rinnt zwischen seinen Fingern hindurch. Er spürt keine Schmerzen, nur diese schreckliche Taubheit. Und er kann sein rechtes Bein nicht bewegen. Er rollt sich auf dem Boden zum nächsten Transportfahrzeug. Gewehrkugeln fliegen ihm von allen Seiten um die Ohren. Er hört entsetzliche Schreie. Seine Männer werden niedergemäht, hingemetzelt.

Er will ihnen helfen, aber ihm fehlt die Kraft. Dann durchfährt ihn ein höllischer Schmerz, der ihm fast den Verstand raubt.

»Ich schaute, und siehe: Ein Sturmwind kam von Norden her; ein Feuer loderte mit gewaltigem Schein; aus seinem Innern strahlte es wie Bernstein, aus der Mitte des Feuers.«

Und danach Dunkelheit.

PRESCOTT – FRÜHJAHR 1970

Sie führen ihn in das Zimmer, in dem seine Mutter liegt. Er kann sich immer noch nur ganz langsam bewegen, und auch dann hat er Schmerzen. Seinen Arm preßt er fest an die Seite. Er ist sehr schlank, um nicht zu sagen mager. Die Bräune, die er in Vietnam angenommen hatte, ist längst verschwunden, und sein hageres Gesicht ist weiß.

»Mrs. Lennox«, sagt die Krankenschwester. »Ihr Sohn ist da.«

Die alte Frau öffnet langsam die Augen. Endlich haben ihre Augen Farbe bekommen. Der Schmerz und der nahe Tod haben sie dunkel werden lassen.

»Ich hab's dir ja gesagt«, flüstert sie, »daß es nicht lange dauern wird, Joel.«

»Wie geht es dir, Mutter?«

»Ich werde nicht mehr lange leben«, antwortet sie. Sie macht die Augen wieder zu.

Die Krankenschwester stellt Joel einen Stuhl ans Bett, bevor sie aus dem Zimmer geht. Das Licht fällt in Streifen durch die Jalousien in das weiße Zimmer. Joels Blick ruht auf den Schläuchen, die den kraftlosen Körper seiner Mutter mit den Maschinen verbinden. In der Ecke steht ein Apparat, auf dessen Bildschirm jeder Schlag des immer schwächer werdenden Herzens durch einen grünen Leuchtpunkt markiert wird.

Da sie sich lange überhaupt nicht rührt, glaubt er, sie sei eingeschlafen. Doch sie hat nur Kräfte gesammelt. Die dunklen Augen öffnen sich wieder und richten sich auf Joel. In ihrer Tiefe sieht er ein Funkeln.

»So.« Sie flüstert wieder. »Du kommst also aus deinem Krankenhaus in mein Krankenhaus.«

»Ja, Mutter.«

»Hast du Schmerzen?«

»Manchmal.«

»Zeig mir, wo du verwundet worden bist.«

Er zögert, dann knöpft er das khakifarbene Hemd auf, das er im Krankenhaus für Kriegsveteranen bekommen hat, und schlägt es zur Seite, damit sie die Narbe sehen kann. Schreiend rot zieht sie sich über die Seite bis hinunter zur Hüfte.

Ihr Mund zuckt. »So haben sie dich zurückgeschickt? Wie einen ausgenommenen Hering?«

»So haben sie mich zurückgeschickt.«

Sie schweigt. Ihre Augen fallen wieder zu. »Du wirst wieder ganz gesund werden. Ich nicht.«

Er knöpft sein Hemd zu und setzt sich wieder. »Und du?« fragt er. »Hast du Schmerzen?«

»Zuerst hatte ich starke Schmerzen, aber seit ich die Schmerzmittel bekomme nicht mehr. Ich will sie nicht, aber sie geben sie mir trotzdem.«

Auf dem Nachttisch liegt nur die schwarze Bibel. Ihr Kopf erinnert an einen Raubvogel. Die Augenlider sind so dünn, daß er die Wölbung der Iris genau erkennen kann. Ihre Hände sehen aus wie Klauen. Obwohl sie atmet, hebt und senkt sich ihre Brust scheinbar überhaupt nicht. Er fragt sich, wie lange sie so noch leben kann.

»Nicht mehr lange«, sagt sie. Er ist verblüfft, wie leicht sie seine

Gedanken erraten hat. Ihr Mund verändert sich, und ihre Brust zittert ein wenig. Sie lacht. »Nicht mehr lange, Joel. Wenn du noch etwas bleibst, wirst du miterleben, wie das Leben aus meinem Körper weicht. Dann kannst du meinen Namen in den einfachen, kleinen Stein meißeln und Erde auf meinen Sarg werfen. Ich habe Durst, Joel. Wasser.«

Aus dem Krug gießt er Wasser in das Glas und hält es ihr an den Mund. Sie nimmt einen winzigen Schluck, gerade genug, um die Lippen zu befeuchten. Wieder treffen sich ihre Blicke. Er sieht immer noch den dunklen Schimmer eines Lachens auf dem Grund ihrer Augen.

»Also?« sagt sie. »Hast du noch irgendwelche Fragen, bevor ich zu ihm gehe?«

Seine Finger zittern, als er jetzt das Glas abstellt. »Du hast versprochen, daß ich es eines Tages erfahren würde. Alles.«

Ihre Hand zuckt. »Bist du deshalb gekommen, Joel? Um deinetwillen? Nicht um meinetwillen? Immer noch nur du selbst?«

»Um der Wahrheit willen bin ich hier.«

Sie lacht ihr leises Lachen. »Die Wahrheit. Die Wahrheit wird dich frei machen. Das glaubst du doch, oder?«

Er beißt die Zähne zusammen. »Ja.«

Wieder schließt sie die Augen. Auf ihrem Gesicht spiegelt sich eine boshafte Freude. »Nun denn, mein lieber Sohn. Ich werde dir erzählen, was du wissen willst. Das wird mein Abschiedsgeschenk für dich sein. Ich werde dir alles erzählen.«

SANTA BARBARA – SOMMER 1970

Wie immer im Sommer schaltete sich pünktlich um halb sieben in der Frühe der Rasensprenkler ein.

Nichts bewegte sich, aber überall waren die Spuren der Party der vergangenen Nacht zu sehen.

Eine leere Champagnerflasche trieb, mit dem Flaschenhals nach oben, auf dem funkelnden Wasser im Swimmingpool. Am Rand verstreut lagen Dutzende von leeren Flaschen. Dort, wo gegrillt worden war, herrschte jetzt ein heilloses Durcheinander. Ganze Fliegenschwärme hatten sich bereits über die Reste von

Spareribs, Hummerschwänzen und Steaks hergemacht oder ertranken in den Gläsern, die noch mit Champagner oder anderen alkoholischen Getränken gefüllt waren. Das Personal, das sich um die Beseitigung dieser Unordnung kümmern sollte, würde erst um halb zehn eintreffen.

Im Laufe des letzten Jahrzehnts hatten hier unzählige Parties stattgefunden, doch keine davon konnte sich mit dieser messen. Mit dieser Party hatte Dominic van Buren seinen Rückzug aus dem Geschäftsleben gefeiert.

Und sie war noch nicht ganz zu Ende, obwohl schon alle Gäste gegangen waren. In seinem Schlafzimmer hockte Dominic van Buren mit glänzenden, wenn auch verquollenen Augen zwischen den gespreizten Schenkeln eines jungen Mädchens. Er hielt eine Rasierklinge in der Hand. Er war vollkommen nackt, genauso wie das Mädchen.

»Vorsichtig«, sagte sie jetzt mit belegter Stimme. Sie war nicht ganz so stoned wie van Buren, und allmählich kamen ihr in bezug auf dieses Spiel doch Bedenken. »Paß auf, daß du mich nicht schneidest.«

Van Buren jedoch schwebte immer noch auf den Wolken, die er im Verlauf des ausschweifenden nächtlichen Gelages erklommen hatte. Dort, wo er sich aufhielt, konnte man nicht bluten.

Er hatte alles, was er brauchte, auf einem Handtuch neben sich ausgebreitet. Etwas schwankend und leise summend fing er jetzt an, das Mädchen einzuseifen.

Das Mädchen war sehr jung, sehr hübsch und blond. Er hatte sie geschenkt bekommen. Sie war gestern abend mit guten Freunden von Los Angeles gekommen, Freunde, die seinen ausgefallenen Geschmack kannten. Sehr gute Freunde sogar.

Obwohl er sich aus dem Geschäftsleben zurückgezogen und zur Ruhe gesetzt hatte, verfügte Dominic van Buren über einen Vorrat an reinem Kokain, der ihm Freunde und Gespielinnen bis zum Umfallen gewährleistete.

Obwohl sie kein Kind mehr war, war sie genau nach seinem Geschmack: ungeschminktes ovales Gesicht und langes, glänzendes goldenes Haar. Sie hieß Tammy. Die Nacht war voller angenehmer Überraschungen gewesen. Diese hatte er sich bis zum Schluß aufgehoben.

Als er mit dem Rasieren fertig war, betrachtete er wohlgefällig sein Werk.

»Hübsches, kleines rosa Lächeln«, flüsterte er mit verklärtem Blick. »Wunderschönes... rosa... Lächeln.«

»Was soll ich tun?« fragte sie.

»Rosa Bonbon. Läßt sich lutschen. Schmeckt so gut.«

Sie ließ ihre Finger zwischen ihre Beine gleiten. »Willst du mich vernaschen?«

»Laß das!«

Sie hob den Kopf und sah ihn neugierig an. »Willst du mich hauen, Daddy? Willst du Tammys kleinen, bösen Hintern verhauen? Soll Tammy weinen? Hmmm?«

»Badezimmer.« In seinen trüben Augen lag jetzt ein gemeiner Ausdruck. »Wir gehen ins Badezimmer und machen uns schmutzig.«

»Soll ich dich naß machen? Willst du das?«

Er lächelte mit schiefem Mund. »Genau das will ich.«

»Okay«, sagte sie. »Ich muß sowieso ganz dringend und ganz viel.«

Ganz unauffällig nahm sie die Tube mit der Gleitcreme in die Hand. Mit unsicheren Schritten wankten sie zum Badezimmer. Obwohl Tammy von den Drogen benebelt war, brachte sie es fertig, auch jetzt noch zu lächeln.

Das Badezimmer schien nur aus Glas und goldenen Armaturen zu bestehen; die großen Spiegel warfen das Spiegelbild ihrer nackten Körper zurück. In einer Schale auf dem Waschbecken lagen goldene Manschettenknöpfe und eine Rolex, die zusammen bestimmt zwanzig- bis dreißigtausend wert waren. Ihr Blick blieb einen Moment lang darauf haften. Das ganze Haus schien vollgestopft mit wertvollem Zeug, Antiquitäten und Bildern. Ihr Honorar sollte entsprechend sein, deshalb hatte sie auch zugestimmt, daß er sie rasierte, obwohl die Rasierklinge in seiner Hand ihr einiges Unbehagen verursacht hatte.

Als ihr Blick jetzt auf ihr eigenes Spiegelbild fiel, kicherte sie. »Das ist ja irre. Ich sehe aus wie Barbie.« Sie machte sich ganz steif und versuchte, den starren Blick der Puppe nachzuahmen. »Barbie will Ken. Ken? Ken?«

Van Buren runzelte die Stirn. »Komm schon, hör auf herumzualbern.«

»Okay«, erklärte sie. »Wo willst du's machen?«

»In der Dusche.«

Sie sah die Marmorbank in der Dusche. Jetzt setzte er sich drauf und zog das Mädchen auf seinen Schoß. Dann hielt er sich eine Glasampulle unter die Nase und atmete tief ein. Sie sah, wie eine Nebelschwade aufstieg. Es war unglaublich, wieviel er konsumieren konnte. Jeden anderen hätte diese Menge an Drogen bereits umgebracht.

»Oh«, stöhnte er, und seine Pupillen rutschten nach oben weg.

Sein ganzer Oberkörper wurde von einer dunklen Röte überzogen. Sein Gesicht schien anzuschwellen. Ebenso sein Penis, den er jetzt unter das Mädchen schob, während seine Augen auf ihrem Gesicht ruhten.

»Jetzt!«

»Paß bloß auf«, kicherte sie. »Ich bin ein böses kleines Mädchen, mußt du wissen, kaum stubenrein.«

»Jetzt!«

Sie schlang die Arme um seinen Hals. »Oooh. Tammy muß ganz dringend Pipi. Wenn Daddy nicht vorsichtig…«

»*Jetzt!*« befahl er barsch.

Sie konzentrierte sich, dann lächelte sie.

Van Buren spürte den heißen Strahl auf seinem steifen Glied. Er grunzte. Sein Herz raste.

»Ooh!« stieß sie in gespielter Bestürzung und mit großen Augen hervor. »Ooo! Tammy kann's nicht mehr halten!« Sie rutschte hin und her, der heiße Strahl ergoß sich nach allen Seiten. »Oooh! Oooh!«

Ein Schauer der Lust erfaßte ihn. Van Buren spürte, wie er zur Klinge wurde, zur Flamme. Mit brutaler Gewalt packte er ihren schlanken Körper.

»Ich bin noch nicht fertig«, rief sie abwehrend. »Warte…«

Wieder knurrte und brummte er Unverständliches in seinen Bart, seine Augen sahen sie nicht. Zusammen fielen sie auf den marmorgetäfelten Boden. Der heiße Inhalt ihrer Blase ergoß sich weiter, ergoß sich jetzt auf sie beide. Sie versuchte, ihn abzuwehren, aber er war viel stärker als sie.

»Warte«, keuchte sie. »Warte, ich muß meine Creme…«

Aber van Buren stieß in sie hinein und sah ihr schmerzverzerrtes Gesicht. Sein Geschlecht war viel zu groß für sie, aber ihr Schmerz verschaffte ihm eine wilde Lust. Er biß die Zähne zusammen und stieß noch tiefer in sie hinein.

»O Daddy, vorsichtig, bitte sei vorsichtig«, flehte das Mädchen, das sich an ihn klammerte.

Er drückte sie auf den Boden und stieß in ihren zarten, kleinen Körper hinein. Immer heftiger, immer schneller wurden seine Stöße. Ihre Schreie hörte er gar nicht mehr.

Am späten Abend beobachtete Joel Lennox von seinem Versteck im Garten, wie van Buren mit dem Mädchen das Haus verließ. Sie stiegen in einen offenen Porsche und fuhren die Palmenallee zum Tor hinunter.

Er wartete, bis das mexikanische Hausmädchen aus dem Haus trat und die Tür hinter sich abschloß. Sie ging hinüber zu dem kleinen Haus, wo ihr Mann, einer der Gärtner, bereits auf sie wartete. Sie gingen hinein. Dann hörte er Musik. Er war sicher, daß sich niemand mehr im Haupthaus befand.

Die Mexikaner schienen die einzigen Bediensteten zu sein. Das ganze Anwesen war von einer Atmosphäre der Behaglichkeit und Selbstgefälligkeit umgeben, wie übrigens ganz Santa Barbara; eine Atmosphäre, die den Eindruck vermittelte, als glaubten die Menschen hier, daß ausgerechnet sie von der Kriminalität der Großstadt verschont bleiben würden.

Er ging im großen Bogen um das Haus, immer darauf bedacht, in Deckung zu bleiben. Alle Fenster waren durch schön verzierte Eisengitter geschützt. Er zweifelte nicht eine Sekunde daran, daß sie zudem alle elektronisch gesichert waren. Keine Chance also, auf diese Weise hineinzukommen.

Aber hinter dem Haus entdeckte er über einem überwachsenen Laubengang eine Einstiegsmöglichkeit im Dach.

Er machte seinen Rucksack fest und kletterte auf das Laubendach. Die Kletterpflanzen dufteten herrlich und hatten zum Glück keine Dornen oder Stacheln. Vom Laubendach aus konnte er mühelos die Eisenstäbe vor dem darüberliegenden Fenster erreichen. Er klammerte sich mit beiden Händen fest, zog sich dann, wobei er sich mit beiden Füßen an der Wand abstützte, über die Dachrinne hinauf und landete schließlich auf dem Dach. Dort blieb er, während er sich mit einer Hand die Seite hielt, keuchend liegen; ein höllischer Schmerz durchfuhr ihn. Die Anstrengung war im Grunde zuviel für ihn gewesen, denn seine Wunde war noch nicht vollständig verheilt.

Als er sich wieder erholt hatte, prüfte er die Dachziegel. Nach italienischer Art waren sie jeweils mit einem Klacks Zement miteinander verbunden, der jetzt, da der Zementmischung reichlich Kalk zugefügt worden war, ziemlich brüchig zu sein schien. Er nahm ein kleines Brecheisen aus seinem Rucksack und schob es unter einen Dachziegel. Der Ziegel ließ sich ohne große Anstrengung lockern. Ein kleines Stück, das dabei abbrach, rutschte vom Dach hinunter in ein Blumenbeet.

Er kauerte regungslos auf dem Dach und lauschte. Nichts war zu hören.

Während er jetzt einen Dachziegel nach dem anderen lockerte, indem er mit einer Hand wie mit einem Hammer auf das runde Ende des Brecheisens schlug, versuchte er, so wenig Lärm zu machen wie möglich. Je mehr Ziegel er lockerte, desto leichter ging die Arbeit voran. Schließlich hatte er ungefähr ein Dutzend herausgestemmt und neben sich aufgestapelt. Die so entstandene Luke war gerade groß genug, um ihn durchzulassen.

Unter den Dachziegeln stieß er auf eine Schicht dünner, flacher Backsteine. Auch diese ließen sich mit dem Brecheisen nach anfänglicher Anstrengung leicht lockern.

Die nächste Schicht bestand aus einer Asbestisolierung mit einer Metallbeschichtung. Er sägte sie mit seinem scharfen Armeemesser durch.

Dann spähte er nach unten auf den Dachboden und lauschte wieder. Nichts war zu hören. Das Dach war, genau wie er erwartet hatte, nicht alarmgesichert.

Zwei Minuten später befand er sich im Haus.

Überall brannte Licht, zweifelsohne wollte man den Eindruck erwecken, als befände sich jemand im Haus. Doch er schenkte seiner Umgebung überhaupt keine Beachtung. Während er leise die Treppe hinunterhuschte, hielt er auf jeder Stufe Ausschau nach elektronischen Kameras.

In der riesigen Eingangshalle entdeckte er ihn schließlich, den unauffälligen kleinen Kasten, in dem sich der Schalter für die

Alarmanlage befand. Neben dem Schalter leuchteten hinter einem Band mehrere Lämpchen. Er sah, daß der Schalter mit einem Schlüssel betätigt werden mußte, doch einen Schlüssel gab es nicht. Deshalb nahm er einen Schraubenzieher aus seinem Rucksack und löste ganz vorsichtig das Band. Dahinter befand sich ein Gewirr aus verschiedenfarbigen Drähten und Leitungen. Nach eingehender Betrachtung machte er sich am Schaltmechanismus zu schaffen.

Zehn Minuten später hatte er die Anlage ausgeschaltet. Regungslos stand er vor dem Kasten und lauschte.

»Hallo«, sagte Joel mit lauter Stimme in die Stille hinein.

Er stieß die beiden Schwingtüren zum großen Empfangsraum auf und blieb wie angewurzelt stehen.

So ein schönes Zimmer hatte er noch nie gesehen.

Den Mittelpunkt des Raumes bildete ein eingemauerter großer Steinkamin aus dem achtzehnten Jahrhundert. Davor standen Skulpturen, Keramikgegenstände und wunderschöne spanische Barockmöbel. An den Wänden hingen zahlreiche kostbare Ölgemälde. Der handgeknüpfte Persianer schien ihm so groß wie ein Fußballfeld.

Er ging weiter ins Eßzimmer.

Auch hier bot sich ihm der gleiche überwältigende Anblick von Geschmack und Stil: eine Vase mit Iris auf einem Ebenholztisch, an der Wand ein japanisches dreiteiliges Bild, auf dem ein Teich mit blühenden Seerosen und weißen Kranichen dargestellt war. Auf der anderen Seite der gläsernen Schiebetür befand sich ein Patio mit einem echten Teich und echten Seerosen, umgeben von Palmen und Gummibäumen.

Im angrenzenden Zimmer stand ein glänzender schwarzer Flügel, den eine Reihe silbergerahmter Fotografien zierte, auf denen ein junges Mädchen auf verschiedenen Pferden zu sehen war. Das Mädchen hatte ein hübsches, ernstes Gesicht, das von kurzem schwarzem Haar umrahmt wurde. Nur auf einem der Bilder, das sie mit einer Trophäe in der Hand neben einem Pferd zeigte, lächelte sie. Das Lächeln entblößte ihre geraden weißen Zähne, aber in ihren Augen lag ein ernster Ausdruck.

Er konnte sich gar nicht satt sehen an den Bildern und betrachtete jedes einzelne eingehend, bevor er sie aus ihren silbernen Rahmen löste und in seinen Rucksack steckte.

Im oberen Stockwerk zählte er mindestens acht Schlafzimmer und wenigstens ebenso viele Badezimmer. Das größte Schlafzimmer mit den sechs großen, runden Fenstern mit Blick auf den Patio und den Seerosenteich war so groß wie eine ganze Stadtwohnung.

Er wußte, daß es in diesem Haus keine Herrin mehr gab, und trotzdem suchte er nach Spuren, die sie möglicherweise hinterlassen hatte. Er öffnete Schränke, zog Schubladen auf, durchsuchte die aneinandergrenzenden Ankleide- und die marmorgetäfelten Badezimmer. Lautlos ging er über den knöcheltiefen Teppich von einem Zimmer in das andere.

Er entdeckte nichts, was auf die Anwesenheit einer Frau hätte schließen lassen, nur die Hinterlassenschaft von Durchreisenden: eine Duschhaube, eine Haarbürste und ein Paar Hauspantoffeln. Im Badezimmer entdeckte er einige Toilettenartikel, die eindeutig einer Frau gehörten, aber es waren nicht ihre, das wußte er. Ihre Schuhe, ihre Pelze, ihre Flakons mit den französischen Parfums waren verschwunden.

Am Ende des Flurs stieß er auf Edens Zimmer. Ihr Name stand auf einem Schildchen aus chinesischem Porzellan: EDEN.

Da es im Zimmer stockdunkel war, beschloß er, seine Taschenlampe zu gebrauchen. Das Zimmer war riesengroß; eingerichtet war es jedoch für ein kleines Mädchen, und zwar für ein ganz besonderes kleines Mädchen, für eine Prinzessin, deren Wünsche heilig waren.

Als er seine Taschenlampe durchs Zimmer schweifen ließ, fiel das Licht auf das Schaukelpferd. Es handelte sich um eine wunderschöne Schnitzarbeit, die außerdem noch bemalt war, mit richtigem Lederzaumzeug, echter Mähne und echtem Schweif. Es schaukelte leise, als er es berührte, und dabei bemerkte er, wie es kokett mit den Augen rollte.

Auf einer großen Kommode standen mehrere Dutzend Silberpokale; in einer Ecke saß ein großer, flauschiger weißer Teddybär; an einer Wand lehnte eine rote Jacht mit fünf Fuß hohen Masten, echten Segeln und richtiger Takelage sowie einer kleinen französischen Flagge.

Am Fußende des Bettes stand ein Puppenhaus mit vielen Zimmern, die alle wunderschön eingerichtet waren.

Er riß die Schränke auf und sah Mädchenkleider, Schuhe und Accessoires, allesamt schön geordnet. Auch die zahllosen Reitstiefel und Kappen waren makellos gepflegt.

»Du kleines Luder«, preßte er hervor. »Du verwöhntes kleines Luder.«

Jetzt richtete er den Strahl der Taschenlampe auf die Glasvitrine, wo er auf Dutzende von gläsernen Pferden fiel. Alle sahen wunderschön und zerbrechlich aus und schimmerten in allen Regenbogenfarben. Sie tänzelten auf schlanken, durchsichtigen Beinen und warfen elegante, durchsichtige Köpfe hoch.

Ein unbändiger Zorn schnürte ihm die Kehle zu. Er stieß nach der Glasvitrine und schleuderte sie zu Boden. Die Türen gingen auf, Scheiben zerbrachen, Glasscherben fielen überall auf den Teppich.

Er drehte sich zum Puppenhaus um und versetzte ihm einen Fußtritt, daß das Holz krachte. Dann trampelte er es nieder. Puppen und kleine Möbelstücke rollten zu Boden. In seiner blinden Wut trampelte er solange auf ihnen herum, bis alles zerstört war. Wie ein Flammerwerfer wütete sein Zorn in dem Zimmer.

Endlich hielt er keuchend und nach Luft ringend inne.

Sein Zorn war immer noch nicht verflogen. In seinem Innern lauerte ein Schrei, der mit Gewalt nach außen drängte.

Seit er mit der Verwüstung angefangen hatte, hatte er keinen Laut vernommen, aber er wußte, daß er höchstwahrscheinlich selbst viel Lärm gemacht hatte. Aber noch immer drang kein Laut durch die Stille. Das Personal hatte nichts gehört.

Fast unmerklich gingen seine keuchenden Atemzüge in kleine schluchzende Laute über. Schließlich fiel er inmitten der zerbrochenen gläsernen Pferde auf die Knie. Sein Schluchzen wurde lauter und heftiger, schüttelte seinen ganzen Körper. Als ihm das Messer aus der Hand fiel, bedeckte er sein Gesicht mit den Händen und weinte bitterlich.

BEVERLY HILLS

Im Abendlicht ritten sie durch den Canyon und atmeten den süßen Duft der Eukalyptusbäume ein. Die Haselmaus ritt hinter Eden her. Im Gras sah man ihre Schatten.

Die Haselmaus (kein Mensch benutzte ihren wirklichen Namen, Antigone Pringle-Williams, einen echten Zungenbrecher) war eine mollige Blondine, deren Busen schon recht weit entwickelt war. Ihr Vater, ein englischer Schauspieler, hatte es geschafft, in Hollywood Fuß zu fassen. Seine zweite Frau mochte sie nicht und wollte sie aus dem Weg haben.

Trotz ihrer plumpen Figur war sie die einzige in Mount Pleasant, der Reiten ebenso wichtig war wie Eden. Sie sprang auch fast so gut wie Eden. Aber nicht nur das Reiten verband die Mädchen, sondern auch das Wissen, daß sie beide von ihren Eltern abgelehnt wurden.

Ein kleiner Schulbus brachte sie viermal in der Woche zu Dan Cormacks Reitschule in Laurel Canyon. Für Eden waren diese Tage die einzige Möglichkeit, den strengen Vorschriften der Schule zu entkommen. In der Schule war man der Meinung, daß sie bei Dan nicht viel Unheil anrichten konnte.

Aber da täuschte man sich, denn genau hier trafen Eden und die Haselmaus sich regelmäßig mit Pedro Gonzales, dem mexikanischen Gärtner, der ihnen die Drogen besorgte, die sie dann heimlich in der Schule mit den anderen teilten. Sie trafen Pedro nicht direkt in der Nähe der großen weißen Ranch, sondern in dem schmalen Canyon, der noch zum Anwesen gehörte und in den sie ihre Pferde nach dem Reiten zum Grasen brachten.

»Da ist Pedro.« Sie hielt inne. »Ach nein, das ist ja gar nicht Pedro.«

Aufgeregt blieb die Haselmaus stehen. Sie kniff die Augen zusammen und wartete auf Eden. Der große Mann war mit Sicherheit nicht der kleine mexikanische Gärtner. »Wer ist das?«

Irgend etwas an der großen Gestalt ließ die Haselmaus plötzlich erschauern. »Es könnte ein Bulle sein«, piepste sie.

»Red keinen Blödsinn!«

»Komm, laß uns von hier verschwinden!« Die Haselmaus wendete ihr Pferd und trabte in Richtung Ranch davon. »Komm, los!« rief sie Eden über die Schulter zu.

Aber Eden rührte sich nicht von der Stelle, sondern beobachtete den Fremden, hin und her gerissen zwischen Furcht und Neugier. Schließlich siegte ihre Unbekümmertheit, und sie ritt dem Fremden entgegen.

Der Mann war groß und jung, höchstens Anfang zwanzig. Er trug Jeans und ein schwarzes T-Shirt. Seine Arme waren sehr kräftig.

Sein Gesicht mit der Adlernase und den hochstehenden Wangenknochen war hager. Trotz des angespannten, fast gemeinen Ausdrucks wirkte es schön. Sein dunkles Haar war kurz geschnitten, sein Schnurrbart schwarz.

Das Ausdrucksvollste an ihm waren jedoch seine Augen. Sie waren sehr dunkel, fast schwarz und starrten sie mit einem harten Glitzern an. Der Ausdruck in ihnen machte ihr angst. Die Haselmaus hatte sich geirrt, der Mann war kein Bulle. Aber wahrscheinlich gefährlicher als ein Bulle.

Sie zügelte ihr Pferd und sah auf ihn hinunter. »Wo ist Pedro?«

»Wer ist Pedro?« fragte er mit rauher Stimme. Sie bemerkte das Zucken seines Mundwinkels.

Während sie die Zügel fest in der Hand hielt, sah sie sich um. Irgendwo vor ihnen endete der Canyon. Der Mann mußte von einem der Grundstücke auf der Anhöhe die Felsen heruntergeklettert sein. Hier unten sah alles verwildert und verlassen aus. Sie überlegte, daß sie sich beim geringsten Anzeichen von Gefahr mit ihrem Pferd leicht davonmachen konnte. »Sie arbeiten nicht für Dan«, sagte sie. »Was tun Sie hier?«

»Sie sind Eden van Buren«, sagte er jetzt abgehackt. »Hab' ich recht?«

»Vielleicht.«

»Ein Vielleicht gibt es in diesem Fall nicht.« Er hielt etwas hoch. Sie beugte sich vor und sah, daß es ein Foto von ihr war, das im vorigen Jahr bei einem Springturnier gemacht worden war. »Das sind Sie.«

»Woher haben Sie das Foto?« fragte sie voller Entrüstung. Sie wollte danach greifen, aber er steckte es sofort wieder in seine Tasche.

»Wer sind Sie? Was wollen Sie von mir?«

»Ich will gar nichts von Ihnen.« Seine drohenden schwarzen Augen wirkten jetzt noch größer und durchdringender. »Ich will Sie nur ansehen und Sie reden hören.«

»Woher wissen Sie meinen Namen? Wer hat Ihnen das Bild gegeben?«

Seine Augen verschlangen sie. »Sie sind schön«, sagte er. »Wie Ihre Mutter.«

»Sie kennen meine Mutter?« fragte sie.

Er streckte die Hand aus und ergriff die Zügel.

»Lassen Sie die Zügel los!« herrschte sie ihn an. Sie zerrte an den Zügeln, doch er gab nicht nach. »Also«, erklärte sie knapp, »ich finde das überhaupt nicht lustig. Sagen Sie, was Sie von mir wollen, oder gehen Sie mir aus dem Weg! Andernfalls hole ich die Polizei.«

Ein seltsames Lächeln trat auf sein Gesicht. »Wie wollen Sie denn hier die Polizei holen, Eden?«

»Meine Freundin holt sie. Sie ist eben deswegen gerade zurückgeritten.« Sie zerrte immer noch an den Zügeln, aber er war zu stark. Die Stute fing an, nervös zu tänzeln. »Loslassen, zum Teufel!«

»Schreien Sie mich nicht an«, sagte er ruhig.

»Was glauben Sie, wer Sie sind?« schrie sie jetzt schrill. »Lassen Sie das Pferd los! Sie machen mir angst.«

»Ich hab' Ihnen gesagt, Sie sollen mich nicht anschreien.« Das Zucken um seinen Mundwinkel wurde stärker. »Bleiben Sie ganz ruhig.«

Sie zog an den Zügeln.

Die Stute wollte sich aufbäumen, aber er drückte den Kopf des Tieres mit seinem Unterarm nach unten. »Ruhig!«

Wenn sie die verdammte Peitsche nicht auf der Ranch vergessen hätte, hätte sie ihm jetzt eins übergezogen. »Hilfe!« schrie sie ganz laut. »Hiiiilfe!«

Er bewegte sich geschmeidig wie ein Tier. Mit seiner freien Hand ergriff er Edens Unterarm und riß sie vom Pferd. Schreiend fiel sie zu Boden. Er zerrte sie hoch und umklammerte ihren Arm mit der einen Hand, während er das Pferd mit der anderen festhielt. Seine schwarzen Augen brannten sich in die ihren. »Ruhig jetzt«, knurrte er. »Ich will nichts weiter als reden.«

Die Stute zitterte, ihre Augen flackerten. »Ruhig, meine Gute«, beruhigte Eden das Tier mit trockenem Mund. »Ganz ruhig. Alles in Ordnung.«

Plötzlich sah sie das Blutbad vor sich, daß die Manson-Bande im Haus von Sharon Tate, nur wenige Meilen von diesem Canyon entfernt, angerichtet hatte. Dieser Mann war vielleicht ein verrückter Überlebender dieser schrecklichen Familie.

Sie hoffte, daß die Haselmaus tatsächlich Hilfe von der Ranch holte.

»Okay, nur nichts übereilen«, sagte sie jetzt mit zittriger Stimme. »Sie müssen mir nicht weh tun. Ich habe kein Geld. Nichts. Wenn Sie wollen, können Sie meine Uhr haben, aber sie ist nicht viel wert.«

Er schien gar nicht auf das zu hören, was sie sagte. Die auf sie gehefteten Augen verschlangen sie und versanken gleichzeitig in ihr. »Sie sind sechzehn«, bemerkte er jetzt wie zu sich selbst. »Sie sehen schon richtig erwachsen aus.«

Sie versuchte, seine Finger aufzubiegen. »Sie tun mir weh, mein Arm, bitte!«

Sein Griff lockerte sich kein bißchen. »Was für ein Leben führen Sie?« fragte er, ohne den Blick von ihr abzuwenden.

»W… was?«

»Ich möchte wissen, wie Sie leben.«

Er mußte verrückt sein. Ein kranker Geist, der kranke Worte hervorbrachte. »Ich lebe ganz normal«, stammelte sie. »Ich habe noch nie jemandem weh getan!«

»Woher wollen Sie wissen, wem Sie weh tun?« stieß er plötzlich zornig hervor. Seine Finger schlossen sich noch fester um ihren Arm. »Vom ersten Tag an sind Sie umsorgt und behütet worden. Verwöhnt und verzogen. Beschützt und abgeschirmt. Sie wissen ja nicht einmal, daß es eine richtige Welt da draußen gibt.«

»Ich kenne die richtige Welt.«

»Die Welt außerhalb des Internats, außerhalb der Jachten und der reinrassigen Pferde? Daß ich nicht lache!«

Er strahlte Autorität aus. Sie sah sie in den früh gealterten Augen. Er sah sie an, als wolle er sie mit den Augen verschlingen. »Auch wenn Sie glauben, alles über mich zu wissen«, sagte sie vorsichtig, »wissen Sie doch nicht alles. Ich bin gegen Ungerechtigkeit.«

»Ungerechtigkeit? Ihre Eltern sind Millionäre. Ihr ganzes Leben lang haben Sie nur Luxus und Privilegien genossen.«

»Was wollen Sie von mir?« schrie sie. »Soll ich mich dafür entschuldigen, daß meine Eltern reich sind?«

»Nein«, antwortete er leise. »Für Entschuldigungen ist es zu spät.«

Jetzt endlich ließ er ihren Arm los. Dann ging er mit großen Schritten und ohne sich noch einmal umzusehen, auf die Eukalyptusbäume zu.

Vollkommen erschöpft setzte sich Eden auf die Erde und blickte der großen Gestalt nach, die zwischen den Bäumen verschwand. Sie hörte die trockenen Zweige knacken; etwas später hörte sie, wie in der Ferne Steine nach unten rollten, dort wo er über die Felsen wieder nach oben stieg.

»Sind Sie okay?«

Sie hob den Kopf und sah Pedro, den Gärtner, der urplötzlich neben ihr stand.

»Ja«, antwortete sie, während sie sich die Tränen abwischte. »Ja, ich bin okay.«

»Ich hab' zwischen den Bäumen gewartet, wie immer«, erklärte Pedro. »Da seh' ich ihn die Felsen runterkommen. Er bewegt sich wie ein Wolf. Da bleibe ich natürlich in meinem Versteck.«

»Großartig«, sagte Eden säuerlich. »Danke für die Warnung.«

»Ich hab' gedacht, es ist ein Bulle«, erwiderte Pedro achselzuckend. »Und dann wär' schließlich ich drangewesen und nicht ihr; denn ich hab' das Gras ja bei mir.«

»Pedro, es war wahrscheinlich einer, der Frauen vergewaltigt«, rief die Haselmaus, die dazu kam. »Hättest du dich in den Büschen versteckt und zugesehen, wie er uns die Kehle durchschneidet?«

»Er war viel größer als ich«, brachte Pedro zu seiner Entschuldigung hervor.

»Er war kein Lustmörder«, erklärte Eden leise, während sie ihrer Stute über den Hals strich.

»Ein Soldat war das«, sagte der Mexikaner.

Eden sah ihn an. »Woher weißt du das?«

»Die Art, wie er sich bewegte. Er wußte, wie man so was macht, wie man sich ranschleicht, meine ich, als hätte er's gelernt.«

»Er wußte, wer ich bin», bemerkte Eden leise. »Er wollte mich treffen, das hat er gesagt. Er hat alle möglichen verrückten Fragen gestellt. Wenn ich ihm das nächste Mal begegne, dann hol' ich die Polizei.«

»Nur, daß es beim nächsten Mal vielleicht schon zu spät ist«, meinte die Haselmaus vielsagend.

Das Gerede über die Polizei machte Pedro sichtlich nervös. »Also wollt ihr das Zeug nun haben oder nicht?« wollte er wissen. »Ich muß mich wieder bei der Arbeit blicken lassen.«

»Nicht, wenn's das gleiche miese Zeug ist wie letztes Mal«, erklärte die Haselmaus im Ton einer klugen Geschäftsfrau. »Ich wär' beinahe dran erstickt. Hast du uns vielleicht Pferdemist verkauft?«

»Das war eine schlechte Lieferung«, erklärte Pedro. »Aber diesmal hab' ich was ganz Besonderes. Acapulco Gold.«

»Tatsächlich«, erwiderte die Haselmaus unverkennbar ironisch. »Also gut, her mit deinem Acapulco Gold. Und bring uns nächstes Mal ein paar Blaue mit, ja?«

»Okay, ja.« Der kleine Gärnter drehte den Mädchen den Rücken zu und holte etwas aus seiner Hose hervor.

Die Haselmaus verdrehte die Augen. »Ich schätze, wir bezahlen heute ein bißchen mehr, wenn es unter Pedros Eiern gelegen hat«, murmelte sie.

Pedro reichte ihnen ein weiches Päckchen, und Eden gab ihm die sechs Dollar. »Die Blauen sind allerdings etwas teurer«, erklärte er, als er das Geld in die Tasche schob. »Zehn Dollar.«

»Scheiße«, entfuhr es der Haselmaus. »Zehn Mäuse für diesen Kinderkram?«

Er sah sie mit verschlagenem Blick an. »Tja, wenn ihr genügend Mäuse habt, dann kann ich euch etwas sehr viel Stärkeres besorgen.«

»Und das wäre?«

»Ich kann euch H besorgen.«

Eden starrte ihn an. »Heroin? Das ist allerdings stark.«

»Zum Rauchen, nicht zum Spritzen. Man streut ein bißchen auf Alufolie, hält eine Flamme drunter und atmet es ein.«

»Tja, ich weiß nicht recht, Pedro…«

»Ich sage euch, so was habt ihr noch nicht erlebt«, flüsterte der kleine Gärtner. »So toll habt ihr euch noch nie gefühlt, das garantier' ich euch. Man fliegt so hoch, daß man gar nicht mehr runterkommen möchte.«

»Wieviel?«

Er breitete die Hände aus. »Also, um euch zu beweisen, daß ich ein großzügiger Mensch bin, kriegt ihr von mir eine kostenlose Probe.«

»Okay«, nickte die Haselmaus. »Und du zeigst uns, wie man's macht.«

Er lächelte.

»Die Sache wird langsam ein ganz schön teurer Spaß«, beklagte sich die Haselmaus später, als sie nebeneinander zur Ranch zurückritten. »Du«, fragte sie plötzlich mit strahlendem Blick, »wo bewahrt eigentlich dein Vater seine Vorräte auf?«

»In seinem Safe. Aber ich kenn' die Kombination nicht.«

»Meine Stiefmutter kokst«, sagte die Haselmaus nachdenklich. »Ich hab's nie probiert.«

»Für mich hat es nicht die Wirkung, die ich suche. Koks ist was für Leute, die viel Geld ausgeben wollen, um sich wie Superman zu fühlen, ohne daß sie abheben. Vergiß es.«

»Ein echter Aufgeiler, stimmt's?«

»Wer will sich denn schon geil fühlen?« brummte Eden. »Koks verändert überhaupt nichts für mich, ich bleibe dabei dieselbe.«

»Ich nehm' keine Drogen, damit ich nicht mehr ich selber bin«, erklärte die Haselmaus.

»Aber ich«, erklärte Eden kurz.

Ihre Gedanken kehrten zu dem Fremden zurück. Der Zwischenfall im Canyon war bestimmt das aufregendste Abenteuer des Jahres. Den anderen würde die Luft wegbleiben, wenn sie's ihnen erzählte.

Im nachhinein stellte sie fest, daß er irgendwie abstoßend und anziehend zugleich gewesen war.

Sie wünschte, sie hätte gewußt, daß er Soldat war. Dann hätte sie ihm zum Beispiel von dem Protestmarsch in Washington erzählen können.

Als sie auf der Ranch von ihren Pferden stiegen, stand ihr Entschluß fest, den anderen Mädchen nichts davon zu erzählen. Und auch nicht der Polizei.

Die Sache war alles andere als ein aufregendes Abenteuer gewesen. Irgend etwas daran hatte sie auf seltsame Weise beunruhigt.

Nein, sie würde mit niemandem weiter darüber sprechen. Irgend etwas fesselte sie an diesem eigenartigen Mann. Etwas Besonderes.

Trotz seines wilden Gesichtsausdrucks glaubte Eden, etwas Vertrautes in seinem Gesicht gesehen zu haben. Ein gemeinsames Gefühl. Ein Band.

7. MATILDE

SAN LLUC – JULI 1936

In Spanien wirft der Bürgerkrieg seine Schatten voraus.

Jedermann in Spanien erwartet, daß sich die Armee in einem Staatsstreich gegen die gespaltene und schwankende Republik erhebt.

Der Sommer überzieht das Land mit glühender Hitze. Die Spannung wird unerträglich.

Am 12. Juli wird der frühere Finanzminister José Calvo Sotelo, der als einer der geachtetsten konservativen Politiker im Parlament gilt, ermordet.

Das Attentat wird zum entscheidenden Auslöser: Die Armee greift nun ein.

Sevilla ergibt sich den Aufständischen nach zwei Tagen, es folgen Cádiz, Granada und Córdoba.

Innerhalb von vier Tagen erobern die Aufständischen ein Drittel des ganzen Landes. In ihrer Gier wenden sie sich in Richtung Madrid und Barcelona. Franco hat bereits Hilferufe nach Italien und Deutschland gesandt. Hitler schickt Transportflugzeuge, mit denen Franco seine Truppen von Marokko nach Gibraltar fliegt. Mussolini schickt Bomber.

Und damit gibt es keinen Zweifel mehr: Der Bürgerkrieg ist ausgebrochen.

Die Generäle bilden in Burgos eine Junta. Tausende laufen den Faschisten zu.

Die Anarchisten verlangen Waffen, aber die Regierung zögert, sie mit Waffen auszustatten, selbst auf die Gefahr hin, daß Franco die Macht an sich reißt.

Waffen werden gestohlen. Die Bürger schließen sich zu Partisanengruppen zusammen.

Blutige Kämpfe werden ausgetragen. In Barcelona kommen fünf-

hundert Menschen im offenen Gefecht zwischen aufständischen Soldaten und teilweise bewaffneten Zivilisten ums Leben.

In der Nacht vom 19. Juli gehen in Madrid fünfzig Kirchen in Flammen auf.

Am 25. Juli brennt auch das Kloster von San Lluc.

Wie schon im Jahr 1909 hat sich eine aufgebrachte Menschenmenge, bewaffnet mit Mistgabeln, Knüppeln und einer Handvoll Gewehre auf den Weg zum Kloster gemacht.

Und diesmal ist es ihnen ernst.

Montserrat Martinez, die Mutter Oberin, streitet mit einer Gruppe von Männern.

Sie werden wütend. Die meisten sind jung, einige noch nicht einmal zwanzig. Sie gehören zu jenen, die in den nächsten Monaten eine traurige Berühmtheit erlangen werden, und zwar auf beiden Seiten. Sie sind Spaniens junge Killer, denen es anscheinend Freude macht zu töten.

Sie sind die Unkontrollierbaren.

Sie führen sie in den Hof, wo sie ein Exekutionskommando bilden, das aus sieben Männern besteht. Sie betet. Niemand weiß, ob diese Männer ihr Vorhaben tatsächlich ausführen werden.

Sie werfen sie gegen die Wand und stellen sich wenige Meter davon in Reih und Glied auf. Montserrat erschaudert bei dem Gedanken, welch' schreckliche Sünde die Männer im Begriff sind zu begehen. Sie hebt die Hände, um sie zu segnen.

Als die Gewehrsalven ertönen, sind alle überrascht. Außer Montserrat Martinez, die die roten Lilien, die sich auf ihrer Brust gebildet haben, umarmt. Mit brechenden Augen sinkt sie auf das Kopfsteinpflaster.

Blutrünstig machen sie sich auf die Suche nach weiteren Verrätern. Ein Priester, der vor dem Altar betet, wird ebenfalls auf den Hof hinausgeführt. Als er den Leichnam von Montserrat sieht, bittet er darum, die Beichte ablegen zu dürfen, bevor sie ihn erschießen.

»Wir nehmen dir die Beichte ab«, sagt einer der jungen Burschen lachend. »Du kannst gestehen, daß du ein Faschist und ein Verräter der Republik bist!«

Der Priester liegt noch immer auf den Knien, als sie ihn

erschießen. Sein Körper fällt nur wenige Zentimeter von Montserrat zu Boden.

Die Kirche gilt als der schlimmste Feind des Staates, sie ist zugleich der wehrloseste. Über zwölfhundert Priester, Mönche und Nonnen sterben allein in der Provinz Barcelona. Siebentausend in ganz Spanien. Und Zehntausende unschuldiger Menschen werden noch auf die gleiche Weise zu Tode kommen.

Der Mob wächst und wird von Tag zu Tag unberechenbarer.

Die Situation gerät bald außer Kontrolle.

Nonnen werden geschlagen und vergewaltigt, selbst die älteren und gebrechlichen. Zwei Jugendliche versuchen, einer Nonne die Hände abzuhacken, weil sie nicht aufhören will zu beten.

Die jüngste Nonne, eine siebzehnjährige Novizin, wird von mehreren Männern auf dem Küchentisch vergewaltigt und dann erschossen.

Schwester Rita Fábregas werfen sie in den Brunnen; das Echo ihrer fürchterlichen Schreie ist noch fünfzehn Minuten lang aus dem Brunnen zu hören, bevor sie schließlich ertrinkt. Zwei andere Nonnen werden in einer Zelle mit brennenden Matratzen eingeschlossen.

Ein blutrünstiger Nachmittag geht zu Ende.

Gegen sieben Uhr abends brennen auch schon die Dachbalken des großen Gebäudes. Es dauert nicht lange, bis eine Stichflamme hundert Meter hoch in den Himmel auflodert. Noch stundenlang machen die emporschießenden Flammen die Nacht zum Tag, bis sie schließlich nur noch lecken und züngeln, um irgendwann ganz zu erlöschen. Die Überreste des Klosters ragen zerklüftet in den klaren Sternenhimmel.

Vielerorts in Spanien brennt es noch.

»Wir können sie als Dienstmädchen ausgeben«, erklärte Conchita.

»Ein Hausmädchen?« wiederholte Francesc.

»Ja«, erwiderte Conchita bestimmt. »Ein Hausmädchen. Sie arbeitet hier.«

»Und wer sollte uns das glauben?« fragte er trocken.

»Es gibt keinen Grund, warum man uns nicht glauben sollte.«

Mercedes starrte auf den kahlen Kopf des Mädchens, der aller Welt verkündete, was sie war – eine junge Nonne, die gestern

Nachmittag aus dem Kloster geflohen war. Conchita hatte sie auf den Feldern aufgelesen und sie mit nach Hause gebracht.

»Ich habe die ganze vergangene Woche damit zugebracht, die Generalität davon zu überzeugen, daß sie den Arbeitern Gewehre zur Verfügung stellt, mit denen sie sich gegen die Armee verteidigen können«, erinnerte Francesc mit Bitterkeit in der Stimme. »Was glaubst du, werden die sagen, wenn ich ihnen erzähle, daß wir ein *Dienstmädchen* haben?«

»Es geht nicht um deinen Ruf«, erklärte sie, »sondern um das Leben des Mädchens.«

Das Mädchen zuckte unwillkürlich zusammen, als Francesc ihr einen durchdringenden Blick zuwarf. »Haben sie dir was getan?« fragte er barsch.

»Sie haben einen Stein nach ihm geworfen«, antwortete Conchita für die Nonne. »Sie hat eine Wunde an der Schulter, nichts Schlimmes. Mercedes hat sich darum gekümmert.« Sie berührte die Hand der Nonne. »Es macht dir doch nichts aus?« fragte Conchita mit sanfter Stimme, »dich als Dienstmädchen auszugeben, bis du nach Hause kannst.«

Die Nonne schüttelte den Kopf, dann brach sie in ein schwaches Wimmern aus.

»Sie heißt Matilde Nicolau«, erklärte Conchita, als sie den Arm um die Schulter des Mädchens legte.

»Also dann, Matilde Nicolau«, sagte Francesc knapp, »du bist hier außer Gefahr, Mädchen.«

Mercedes, die still am Tisch saß, starrte die Nonne an. Matilde war ein großes, ziemlich einfaches Mädchen, deren blaue Augen jetzt vom vielen Weinen ganz rot waren.

»Natürlich ist sie in Gefahr«, fuhr Conchita Francesc an. »Wenn deine teuren Anarchisten sie hier fänden, würden sie ihr die Kehle durchschneiden.«

»Auf jeden Fall kann sie heute nacht nicht mehr weg«, meinte Mercedes. »Sie ist müde und erschöpft. Sie kann bei mir schlafen.«

Mercedes stand auf und nahm Matilde bei der Hand; die eine dunkel und stark, die andere blaß und zitternd. Als Mercedes die Nonne die Treppe hinaufführte, hörte sie auf zu weinen und wischte sich müde die Tränen ab. Mercedes mußte sie stützen, als sie auf der obersten Stufe stolperte.

»Leg dich schon ins Bett«, meinte Mercedes. »Ich wasch' mich noch, dann komm' ich.«

Das Bett knarrte, als Matilde unter die Decke schlüpfte. Es war schmal, ging ihr durch den Kopf, aber wiederum nicht zu schmal für sie beide. Sie hörte, wie die Nonne schniefte und hustete.

»Wo kommst du her?« fragte Mercedes, während sie sich abtrocknete.

Es dauerte lange, bis die Nonne antwortete. »Aus Sitges.«

»Du mußt versuchen, dich bis dorthin durchzuschlagen.«

»Ja.«

»Wie alt bist du?«

»Vierundzwanzig«, antwortete Matilde leise. »Und du?«

»Achtzehn.« Mercedes streifte ihr Nachthemd über den Kopf, dann schüttelte sie ihr langes Haar. »Wie lange bist du schon Nonne?«

»Ich bin nur Anwärterin.«

»Was ist das? So was wie Novizin?«

Ein blasses Gesicht war Mercedes zugewandt. »Ich hab' noch nicht alle Weihen.«

»Willst du jetzt immer noch? Auch wenn das Kloster nicht mehr existiert.«

»Ja.«

»Du willst also tatsächlich immer noch Nonne werden?«

»Ja.«

Mercedes setzte sich auf das Bett und band sich die Haare zusammen. Der jungen Nonne kam sie hinreißend vor.

»Wir sind Anarchisten. Mein Vater«, fügte sie hinzu, mit einem Funken von Ironie in ihren dunklen Augen, »ist sogar der Führer der Anarchisten in dieser Gegend. Hast du gesehen, wie er hinkt? Das war das Werk der *guardia civil* im Jahr 1909.«

Matilde zog die Decke bis unters Kinn hoch. Mercedes bemerkte, daß ihre Hände rot und aufgesprungen waren von der Arbeit.

»Schau mich nicht so an. Wir fressen dich schon nicht.« Mercedes betrachtete sie. »Du bist also gestern nachmittag weggelaufen?«

»Ich wollte ja bleiben. Um den älteren Schwestern zu helfen. Aber dann haben die Männer angefangen, mit Steinen zu werfen, und Schwester Inmaculada – sie ist meine Mentorin – hat mich in den Garten gestoßen und gesagt, ich solle laufen. Da hab ich's mit der Angst bekommen und bin einfach gerannt.« Matildes Augen schmerzten. Sie rieb sich mit den Fingern die Schläfen, und schluchzte mit offenem Mund wie ein kleines Kind. Mercedes sah sie mitleidig an, versuchte aber nicht, sie zu trösten.

»Warum«, wollte Matilde weinend wissen, »warum stürzen sie sich auf wehrlose Priester und Nonnen?«

»Weil ihr euch an den Tischen der Reichen und Mächtigen schon zu lange vollfreßt. Weil ihr noch nie wie die Armen gehungert habt.«

»Ich hab' noch nie im Leben im Haus eines Reichen gegessen.«

»Auf wessen Seite steht die Kirche? Sie steht immer auf der Seite der Unterdrücker, obwohl sie den Armen das Geld aus der Tasche zieht.« Mercedes' klare, melodische Stimme bebte vor verhaltener Erregung. »Jede Geburt, jeder Tod und jede Heirat läßt eure Kasse klingeln, denn für diesen Hokuspokus muß jeder bezahlen, oder er ist ungültig. Und ihr, die ihr nicht einmal heiratet, wollt uns verbieten, uns scheiden zu lassen.«

»Und deshalb werden jetzt die Nonnen vergewaltigt und umgebracht?«

»Ich habe nicht gesagt, daß ich das gutheiße.«

»Aber du heißt es gut, daß sie die Kirche zerstören!«

»Die Kirche hat sich selbst zerstört«, entgegnete Mercedes ruhig, »und zwar schon vor langer Zeit. Die Kirche ist ein leeres Haus, und es ist an der Zeit, daß die Türen verschlossen und verriegelt werden.«

»Du bist sehr schnell mit deinem Urteil«, sagte Matilde bitter.

»Du hast mich etwas gefragt, und ich habe versucht, dir eine Antwort zu geben.«

»Aber du bist erst achtzehn«, erwiderte die Ältere. »Das sind doch die Worte deines Vaters, oder nicht? Ich möchte gern wissen, ob du wirklich glaubst, was du sagst.«

»Und ich möchte gern wissen, ob du an Gott glaubst«, antwortete Mercedes spöttisch.

»Ich werde jetzt beten.«

Matilde stand auf, kniete neben dem Bett nieder und legte den Kopf auf ihre gefalteten roten Hände. Mercedes hörte ein leises, heiseres Flüstern.

Mercedes beobachtete sie. Sie war traurig darüber, daß das alte Gebäude abgebrannt war. Sie hatte das Gefühl, als sei an diesem Nachmittag ein Teil von ihr selbst mitverbrannt.

Unten hörte sie die lauterwerdenden Stimmen ihrer Eltern. Obwohl nicht zu verstehen war, was sie sagten, war der Ton unverkennbar zornig und bitter. Matilde erhob sich. Mercedes schlug die Decke für sie zur Seite. Matildes weiche Haut roch nach der Seife, die Conchita ihr gegeben hatte.

»Soll ich das Licht ausmachen?« fragte Mercedes sie.

Matilde schloß die verweinten Augen. »Ja.«

Sie streckte die Hand aus, um den Schalter an der Wand zu betätigen. Dann lagen sie in der Dunkelheit schweigend nebeneinander. Die Stimmen von Francesc und Conchita wurden leiser, bis auch schließlich unten Stille herrschte.

Mercedes dachte wieder an das, was seit zwei Wochen alle anderen Gedanken verdrängte. Sie dachte an den Krieg. Jetzt war er da.

Die Ungeheuerlichkeit des Gedankens ließ sie erschaudern. Krieg. Krieg gegen den Faschismus. Krieg nicht nur in Spanien, sondern in ganz Europa. In der ganzen Welt!

Den Sieg stellte sie sich so vor, daß die Eisentore eines Verließes aufsprangen und die ersten zerlumpten Gefangenen geblendet herausstolperten. Dann sah sie im Geiste, wie aus dem Rinnsal ein Strom wurde, eine Flut von Millionen von Menschen, die der Freiheit entgegenströmten, die sich zum Licht hin streckten, deren Stimmen sich zum Himmel erhoben.

Die Vision war so gewaltig, daß es ihr den Atem verschlug. Sie fühlte sich wie magisch davon angezogen und eindringlich aufgerufen, zu ihrer Verwirklichung beizutragen. Sie konnte ihr nicht widerstehen, es war ihre Bestimmung.

Aber was würde geschehen, wenn sie irgendwo auf dem Schlachtfeld Gerard begegnen sollte? Sie sah im Geiste, wie sie ihm die Pistole auf die Brust setzte und dabei in die schwarzen Augen sah. *Gerard Massaguer, du hast gegen das Volk gesündigt.*

Ihr Gesicht bekam einen verzückten Ausdruck. Sie hörte nicht, wie Matilde neben ihr schluchzte.

Ganz allmählich senkte sich der Schlaf über das Haus.

Im Laufe der nächsten Wochen trafen immer mehr Flüchtlinge aus Andalusien ein, die die Grausamkeit der Faschisten am eigenen Leib erfahren hatten und den anderen davon berichteten. Vergewaltigung und Mord schienen bereits an der Tagesordnung zu sein, ebenso wie Plünderung, Brandstiftung und Mißhandlungen wie abgeschnittene Gliedmaßen und zerquetschte Augen.

In den Tagen darauf folgten Vergeltungsaktionen, wobei Dutzende bürgerliche Familien von Milizen verjagt und umgebracht wurden.

»Du darfst nicht aus dem Haus gehen«, schärfte Conchita Matilde Nicolau ein. »Am besten bleibst du auch vom Fenster weg. Hast du verstanden?«

Sie gab der Novizin einen Schal, um ihr geschorenes Haupt zu bedecken, und eine Schürze, wie sie die Dienstmädchen gewöhnlich trugen.

Als sie eines Abends in der Küche gemeinsam Kartoffeln schälten, legte Mercedes ihren Kopf zur Seite und sah Matilde argwöhnisch an. »Wenn sich in Sitges ein Mann für dich interessiert hätte, wärst du dann ins Kloster gegangen?«

»Das ist eine gemeine Frage!« brach es aus Matilde heraus.

Mercedes machte große Augen. »Ach wirklich? Warum?«

»Weil mein Glaube mehr ist als das! Und du hast kein Recht zu unterstellen, daß ich nur deshalb ins Kloster gegangen bin, weil mich in Sitges oder anderswo kein Mann gewollt hat.«

Mercedes' Gesichtsausdruck wurde ernster. »Ich wollte dich nicht kränken.«

»Das hast du aber.«

»Hast du jemanden in Sitges zurückgelassen?«

»Ich bin nicht so hübsch und anmutig wie du«, gab Matilde, kaum hörbar, zurück.

»Aber du bist doch hübsch. Du hast schöne Augen.«

»Hast du einen Schatz? Einen Burschen? Einen… Mann?«

»Ich hasse alle Männer.« Mercedes stach mit dem Messer in die Kartoffel, die sie schälte. »Ich hasse sie.«

»Warst du schon einmal… mit einem Mann… zusammen?«

Mercedes lächelte. »Und du, Schwester Matilde?«

Matilde hatte sich, seit sie Sitges verlassen hatte, keinem Laien anvertraut. Seit fast vier Jahren hatte sie mit keinem Menschen ihres Alters mehr gesprochen. »Es hat jemanden in Sitges gegeben«, antwortete sie. »Einen Witwer, ziemlich häßlich. Sie wollten, daß ich ihn heirate, weil er der einzige war, der mich haben wollte. Er hatte Geld. Als wir einmal allein waren, hat er angefangen, mich zu küssen… und zu drücken…«

»Hat er es getan?«

»Er wollte. Ich mußte… sein Ding anfassen.«

»Dreckiger alter Bock«, erwiderte Mercedes mitfühlend.

»Das war einer der Gründe, warum ich nach San Lluc gekommen bin. Die Vorstellung, mein ganzes Leben mit ihm verbringen zu müssen, war einfach zu schrecklich. Er hat gestunken.«

»Dann bist du jetzt auf jeden Fall besser dran.«

»Ich weiß, was du jetzt denkst.«

»Und was denke ich?«

»Daß ich nur deshalb Nonne geworden bin, um einem stinkenden alten Mann zu entkommen.«

»Was soll ich auch sonst denken?« fragte Mercedes sanft.

»Es gab auch andere Männer. Männer, die mir gefallen haben. Aber ich wäre trotzdem ins Kloster gegangen, wenn es Gottes Wille gewesen wäre. Du hast aber meine Frage noch nicht beantwortet. Warst *du* schon mit einem Mann zusammen?«

»Nein«, antwortete Mercedes nach kurzem Zögern.

»Du bist noch Jungfrau?«

Wieder ein kurzes Zögern. »Ja.«

»Es soll wunderschön sein«, flüsterte Matilde.

»Kann schon sein. Ich habe mir noch nie Gedanken darüber gemacht.«

»Noch nie?«

»Es interessiert mich nicht. Ich halte es für eine leichtfertige Sache.«

»Das glaub' ich nicht; ich finde, es ist eine ernste Sache.«

»Dieses Gestöhne und Gefummele?« fragte Mercedes mit Abscheu in der Stimme. »Mir sind andere Dinge sehr viel wichtiger.«

»Und was wäre das?«

»Der Krieg natürlich. Ich werde bald dabeisein.«

Matilde blieb der Mund offen stehen. Voller Unglauben sagte sie: »Das ist doch nicht dein Ernst!«

»Aber natürlich«, gab Mercedes zurück. »Ich schließe mich der Miliz an.«

Die Novizin vergaß das Kartoffelschälen. »Frauen haben im Krieg nichts zu suchen, Mercedes.«

»Ich kann genauso gut schießen wie ein Mann. Ich kann einen Lastwagen fahren. Kann die Verwundeten pflegen. Was immer gebraucht wird. Ich mache alles.«

»Heilige Mutter Gottes! Was sagen denn deine Eltern dazu?«

»Ich hab' es ihnen noch nicht gesagt. Aber sie können mich nicht aufhalten. Ich bin achtzehn, ich bin jetzt eine erwachsene Frau.«

Matilde blickte auf Conchitas kleine Madonnenfigur, während eine Flut von Bildern im Geiste an ihr vorbeizog. Sie schien ganz in Gedanken versunken zu sein. »Die Verwundeten pflegen«, sagte sie schließlich langsam. »Das könnte ich auch.«

»Ich auch. Wenn die das brauchen. Aber lieber würde ich kämpfen. Ich will einen eigenen Beitrag leisten.«

Matilde flüsterte. »Würdest du, ich meine könntest du... wirklich... jemanden erschießen?«

»Natürlich«, antwortete Mercedes seelenruhig. »Jeder könnte das.«

»Ich könnte nie jemandem weh tun.« Matilde staunte über die Ruhe, die von Mercedes ausging, und über die Gewißheit, mit der sie sprach. »Nie.«

»Wirklich? Nicht einmal die Männer, die deine Freundinnen vergewaltigt und erschossen haben?«

Die andere schwieg einen Augenblick. »Nein«, erklärte sie schließlich. »Sie tun mir leid. Ich hasse sie, aber ich werde versuchen, ihnen zu vergeben. Ich könnte sie nicht töten... nie.«

»Wir sind eben verschieden«, meinte Mercedes leichthin. »Ich glaube, daß Töten notwendig ist, aber du glaubst das nicht. ›Vergebung‹ ist schuld daran, daß die Arbeiter in Spanien immer noch Sklaven sind. Aber das wird jetzt anders. Wir müssen die töten, die uns unterdrücken. Ich muß lediglich ein Gewehr in die Hand nehmen und abdrücken.«

Beide verrichteten eine Weile schweigend ihre Arbeit. Matilde war ganz aufgewühlt von dem, was Mercedes gesagt hatte. »Wann willst du gehen?« wollte sie wissen.

»Bald. Vielleicht in einem Monat.«

»In einem Monat!«

Conchita betrat lächelnd die Küche. »Worüber unterhaltet ihr beide euch denn so ernst? Wie ich sehe, nicht übers Abendessen. Kommt, macht weiter, sonst essen wir um Mitternacht.«

Vertrauen hatte sich zwischen ihnen eingestellt.

In der Nacht redeten sie stundenlang, bis ihnen schließlich vor Müdigkeit die Augen zufielen. Irgendwo im Dorf hob ein Hahn mit seinem Morgenruf an.

Ideen und Träume hielten Mercedes Eduard wach. Und mit ihrem Reden hielt sie Matilde wach. Diese Kindfrau war wie ein Tiger, neben dem die Nonne sich wie ein Lamm fühlte. Diese hypnotisierenden schwarzen Augen, dieses süße Jeanne d'Arc-Gesicht, dieses Beben in ihrer Stimme war berauschend und erregend.

Ganz plötzlich schien ihr ihr eigener Glaube vergänglich und einfach bequem zu sein. Jahrelang hatte sie an ihre Berufung geglaubt, doch in diesem Haus und ohne das Kloster verflüchtigte sich ihr Glaube immer mehr.

Große Armeen bereiteten sich in der Dunkelheit auf die bevorstehenden Schlachten vor. Matilde Nicolau, die keine Heimat und vielleicht auch keinen Glauben mehr besaß, lag im Bett ihrer Feinde und sah einer unsicheren Zukunft entgegen.

»Wir sollten schlafen«, flüsterte sie müde.

»Ja«, antwortete Mercedes. »Schlaf nur. Du mußt dich erholen, armes Ding.«

Das »armes Ding« brachte Matilde fast zum Weinen. Mit belegter Stimme fragte sie: »Willst du denn nicht schlafen?«

»Ich kann nicht. Seit der Krieg begonnen hat, liege ich jede Nacht wach und denke nach und schmiede Pläne…«

»Soll ich dich halten?« Matilde zögerte, errötete. »Manchmal, im Kloster, wenn wir nicht schlafen konnten, dann haben wir uns in den Armen gehalten… wie Schwestern…«

Mercedes gab keine Antwort, sie überlegte. Die Novizin, die ihr Schweigen vielleicht als Zustimmung deutete, streckte die Arme aus und zog sie näher an sich heran.

Sie ließ es zu, daß Matilde sie hin- und herwiegte, aber mehr auch nicht. Ihr Kopf lag an Matildes weicher Brust, Matildes weicher Arm hielt ihre Schultern umfangen. »Schlaf ruhig«, flüsterte Matilde in Mercedes' Haar. Während sie das schlanke Mädchen in ihrer Umarmung hielt, spürte sie ein sinnliches, unheimlich süßes und zärtliches Gefühl in sich aufsteigen. Mit der anderen Hand streichelte sie ganz sachte Mercedes' Arm. In der Geste lag eine Sanftheit, die scheinbar gar nicht zu dieser plumpen Frau paßte.

Ganz allmählich entspannte sich Mercedes, und die Augen fielen ihr zu. Fast augenblicklich wurde sie von einem süßen Schlaf eingehüllt. Während sie in die Welt der Träume hinüberglitt, spürte sie noch Matildes Lippen auf ihrem Gesicht.

SEVILLA, SPANIEN

Für die Dauer des Krieges haben sich Gerard und Marisa Massaguer in Sevilla niedergelassen. Nach Katalanien können sie auf keinen Fall zurückkehren, denn die Ländereien und sonstigen Besitztümer der Massaguers sind verstaatlich worden.

Man hat ihnen das Haus eines bekannten republikanischen Intellektuellen zur Verfügung gestellt, dem die Todesstrafe droht.

Während des ganzen Krieges ist jeder Spanier, der gute Beziehungen zur italienischen Regierung hat, Gold wert. Gerard Massaguer ist aufgrund seiner Kontakte zu den italienischen Militärs für die Faschisten zu einem wichtigen Mann geworden.

Das, was Gerard einst Mercedes gegenüber erklärt hatte, wird jetzt Wahrheit: Einen Krieg gewinnt man mit Geld.

Aber Franco will mehr. Zigtausende von gut ausgebildeten italienischen und deutschen »Freiwilligen« strömen ihm zu und unterstellen sich seinem Kommando. Auch Waffen und Kriegsmaterial wird massenweise herbeigebracht. Natürlich muß man alles bezahlen, und auch dafür findet man eine geniale Lösung.

Gerard Massaguer mit seinen vielfältigen Kontakten ist dabei eine Schlüsselfigur und hat berechtigte Aussicht, nach Kriegsende ein sehr reicher Mann zu sein.

Als gutgekleideter, erfolgreicher und zunehmend mächtiger Mann genießt Gerard den Krieg in vollen Zügen.

Zwei Tage später ließ Mercedes am Mittagstisch die Bombe platzen.

»Ich melde mich freiwillig«, erklärte sie Francesc und Conchita. »Ich schließe mich der Miliz an.«

»Nein, Mercé, mein Kind, nein!« Matilde sah, wie Conchita erbleichte und ihr Gesicht sich verzerrte. »Das darfst du nicht!«

»Ich *muß*!« wiederholte diese. »Ich kann nicht tatenlos herumsitzen, wenn es um die Zukunft Spaniens geht.«

»Du kannst Spanien nicht helfen«, rief Conchita aus, während sie nach der Hand ihrer Tochter griff. »Was willst du bei der Miliz machen? Willst du unschuldige Familienväter einsperren und erschießen?«

»Ich muß, Mama. Allein aus Palafrugell haben sich schon Hunderte von jungen Leuten gemeldet. Wir müssen die Republik verteidigen…«

»Aber doch nicht achtzehnjährige Mädchen!«

»Ich bin eine erwachsene Frau«, sagte Mercedes mit sanfter Stimme und drückte die Hand ihrer Mutter. »Ich muß dorthin gehen, wohin meine Pflicht mich ruft.«

»Francesc!« Conchita wandte sich flehend an ihren Mann. »Sprich mit ihr, ich bitte dich!«

Francesc sah von seinem Teller hoch. Seine Augen hatten nur wenig von ihrer Ausstrahlung verloren, obwohl sein faltiges Gesicht müde wirkte und Haar und Bart inzwischen grau waren. »Ja, du bist eine erwachsene Frau, aber du bist immer noch sehr jung. Und auch hier wirst du gebraucht. Du könntest noch ein halbes Jahr warten, Mercedes.«

»Aber warum sollte ich warten?« rief sie mit geröteten Wangen.

»Weil du der Sache damit vielleicht mehr hilfst als durch einen voreiligen Entschluß.« Der Schmied rieb beim Sprechen sein Bein. In letzter Zeit versagte es immer mehr den Dienst, so daß er zunehmend auf seine Krücken angewiesen war. »Natürlich müssen wir alle mithelfen, jeder auf seine Weise. Ich selbst habe mich noch nicht entschieden, welchen Beitrag ich leisten werde.« Er hielt inne. »Die Russen haben uns Panzer und Lastwagen versprochen. Sie werden Leute brauchen, die damit umgehen können.

Man hat mich gebeten, eine motorisierte Einheit zu bilden, und man will mich deshalb in den Offiziersstand befördern.«

»Papa, das ist ja wunderbar! Dann kämpfen wir Seite an Seite!« Mit strahlendem Gesicht drehte sie sich zu ihrer Mutter um. »Hast du das gewußt, Mama?«

Conchita nickte wortlos.

»Ich weiß nicht, ob ich annehmen werde«, sagte Francesc schwer. »Mein Alter. Meine Behinderung.«

»Aber die brauchen dich!«

»Ein fünfzigjähriger Krüppel ist vielleicht in diesen Zeiten der Not nur eine Last, ganz gleich wie sehr er der Sache verbunden ist.« Seine durchdringenden Augen kehrten zu Mercedes zurück. »Und auch du mußt entscheiden, ob ein achtzehnjähriges Mädchen wirklich von Nutzen sein kann oder ob du vielleicht nur noch mehr Probleme schaffst und die Männer in Gefahr bringst, die tatsächlich kämpfen.«

Entschlossen schüttelte Mercedes den Kopf. »Sie brauchen uns, Spanien braucht uns, und wenn Spanien ruft, dann bleibt uns keine Wahl.«

»Das ist deine Schuld«, erklärte Conchita ihrem Mann mit bitterer Stimme. »Du hast ihr diese Ideen eingepflanzt. Das hast du nun davon! Jetzt siehst du, was du angerichtet hast! O Mercedes!« In Conchitas Augen schimmerten Tränen. »Mercé, ich will euch nicht beide verlieren.«

»Warte noch mit deiner Entscheidung«, bat Francesc. Immer wenn er einen sanften Ton anschlug, vernahm man nur ein Krächzen. »Wenigstens solange, bis ich mich entschieden habe. Wenn ich gehe, dann mußt du zumindest noch für einige Zeit bei deiner Mutter bleiben. Sie kann in solchen Zeiten nicht allein bleiben.«

»Aber, wenn ich mich entschließen sollte zu bleiben«, fuhr Francesc fort, »dann kannst du gehen, wann immer du willst.«

Als sie in der Dunkelheit im Bett lagen, fragte Mercedes Matilde: »Meinst *du* nicht wenigstens, daß ich gehen sollte? Du bist zwar auf der anderen Seite, aber meinst du nicht, daß ich gehen sollte?«

»Ich bin auf niemandens Seite«, gab Matilde zur Antwort. »Und ich meine… ich meine, daß du wirklich edel bist. Aber deine Mutter… es bricht mir das Herz, wenn ich sehe, wie sie leidet, sobald du davon sprichst.«

»Glaubst du nicht, daß ihr Anblick auch mir das Herz bricht?« sagte Mercedes wütend. »Ich kann nichts dafür. Ich höre immerzu die Trommeln in meinem Kopf. Ich *muß* gehen. Ich muß dem Ruf folgen.« Ihre Stimme bebte. »Erinnerst du dich, wie es 1931 war, als die Massen zu den Waffen gegriffen haben, um die Republik zu verteidigen? Das war herrlich. Und jetzt tun sie es noch mal, Matilde. Von allen Seiten strömen Tausende zusammen, und sie haben nur ein Ziel: zu siegen.«

Matilde streckte schüchtern die Hand aus und berührte Mercedes' Haar. Manchmal fühlte sie sich so viel älter als die achtzehnjährige Mercedes, die vom Krieg und vom Töten sprach. Aber Mercedes faszinierte sie auch, versetzte sie in Staunen. In den vergangenen Tagen hatte sie mit immer größerem Eifer für Mercedes gebetet. Sie betete auch für Conchita, die sie aufgenommen hatte, und selbst für den brummigen Francesc, aber am meisten für Mercedes. »Sie brauchen dich. Denk an das, was dein Vater gesagt hat.«

»Soll ich dir ein Geheimnis verraten?« fragte Mercedes, deren Augen in der Dunkelheit auf Matilde gerichtet waren. »Er ist nicht mein Vater.«

Matildes kurzes Haar knisterte im Kissen, als sie ihren Kopf herumdrehte. »Nicht dein Vater?«

»Ich habe es bisher keiner Menschenseele erzählt«, flüsterte Mercedes, kaum hörbar. »Er hat mich großgezogen, hat mir seinen Namen gegeben, aber mein richtiger Vater ist…«

»Wer?« fragte Matilde mit angehaltenem Atem.

Mercedes lachte leise. »Du wirst es mir nicht glauben.«

»Doch, bestimmt. Und ich werde niemandem davon erzählen, selbst wenn man mich foltert.«

»Mein Vater ist… Gerard Massaguer.«

»*Gerard Massaguer?*« Matilde hatte vor lauter Überraschung ganz laut gesprochen.

»Pssst. Nicht so laut, du weckst ja das ganze Haus auf. Sie war bereits schwanger, als sie Francesc geheiratet hat.«

»Du siehst ihm tatsächlich ähnlich. Natürlich, jetzt weiß ich es, jetzt ist es klar! Du hast die gleichen Augen, den gleichen Mund. Daher kommt also deine Schönheit!«

»Er hat noch ein Kind. Alfonso ist acht und mein Halbbruder. Er wird wahrscheinlich nie erfahren, daß er eine Halbschwester hat. Ist das nicht eine Ironie des Schicksals?«

»Es hat sogar Symbolcharakter. Hast du das Bild von Goya gesehen? Die zwei Männer im Fluß, die noch kurz vor dem Ertrinken mit Knüppeln aufeinander einschlagen? Das ist Spanien. Das bist du und dein Vater.«

»Ich habe mir schon oft überlegt, was passieren würde, wenn wir uns auf dem Schlachtfeld begegneten.«

Matilde blieb der Mund offenstehen, sie war wie ein Kind, das einem Märchen lauscht. »Was würdest du tun?« hauchte sie.

»Es käme natürlich darauf an, wer im Vorteil ist«, erwiderte Mercedes. »Wenn Massaguer im Vorteil wäre, würde er mich erschießen.«

»Nein!« Matilde bekreuzigte sich.

»Doch. Und wenn die Situation umgekehrt wäre, würde ich ihn erschießen.«

»Du würdest deinen eigenen Vater erschießen?«

»Ich würde es versuchen.«

»Heilige Mutter Gottes! O Mercé, ich danke dir, daß du Vertrauen zu mir hast.«

Matilde nahm die Hand des anderen Mädchens in ihre beiden Hände und drückte sie an ihre Lippen. Das Vertrauen erfüllte sie mit Dankbarkeit. Sie war die einzige, der Mercedes sich anvertraut hatte! »Ich werde es nie vergessen. Und ich werde es nie weitererzählen.«

»Es ist letztlich vollkommen unwichtig. Wichtig ist bloß«, erklärte Mercedes, »daß jetzt gehandelt werden muß. Wir dürfen nicht mehr länger zögern. Warum begreift mein Vater das nicht?« Ihre Finger schlossen sich so fest um Matildes Hand, daß diese stöhnte. »Soll ich folgen?« wollte sie wissen. »Soll ich mich beugen? Oder meinst du nicht, es wäre besser, wenn ich einfach gehen würde, vielleicht sogar heute nacht noch, und ihnen einfach ein paar Zeilen hinterlassen würde?«

»Nein«, erwiderte Matilde mit bebender Stimme, »geh nicht! Nicht heute nacht. Bleib, bitte!«

»Es kommt mir so vor, als würde ich Feuer fangen, wenn ich nicht bald gehe, als würde ein plötzlicher Brand mich zerstören.«

»Du hast Fieber.« Matilde legte die Hand auf Mercedes' Stirn. Die Stirn war kühl und trocken und überhaupt nicht warm.

»Unsinn«, erklärte Mercedes. »Ich würde mein Leben geben, wenn ich der Republik damit helfen könnte.«

»Aber würdest du ihr denn damit helfen?« Matildes Finger strichen über Mercedes' Hand, die sie immer noch in ihrer hielt. »Wenn sie dir etwas antun oder dich töten würden, würde ich...« Sie lachte auf, dann schluchzte sie. »Würde ich sterben.«

»Ich glaube jetzt, daß du Fieber hast und nicht ich. Du darfst dich nicht so aufregen, Matilde.«

»Ich kann nichts dagegen machen. Ich kann nicht. Du bist wunderbar. Ich bewundere dich.«

Mercedes mußte lachen. »Bist du vielleicht gar schon eine halbe Anarchistin?«

»Ich bewundere dich«, flüsterte Matilde. Ganz plötzlich hatte sie Mercedes näher herangezogen und bedeckte nun ihr Gesicht mit Küssen.

Mercedes versteifte sich, war sich aber bewußt, daß sie Matilde durch eine Zurückweisung furchtbar kränken würde. Sie ließ es zu, daß die andere Frau ihre Wangen küßte, ihre Augenlider und ihre Schläfen. Dann versuchte sie ganz vorsichtig, sich aus der Umarmung zu lösen.

»Stoß mich nicht weg!«

»Ich will nur...«

»Ja, ja«, stöhnte Matilde leise. »Ich bin einfach und plump, und du findest mich abstoßend.«

»Ich finde dich nicht abstoßend«, sagte Mercedes mit sanfter Stimme.

»Doch, doch. Weil ich Schweinsäuglein habe und eine Glatze.«

»Du bist erschöpft und müde«, sagte Mercedes, während ihre Hand in der Dunkelheit nach Matildes Gesicht tastete. »Wir haben lange geredet und sollten jetzt schlafen.«

»Laß mich dir einen Gutenachtkuß geben. Bitte!«

Mercedes ließ es wieder zu, daß die andere Frau sie in die Arme nahm, und spürte die warmen Lippen, die die ihren suchten.

Ihre Lippen fanden sich. Mercedes spürte, wie eine Wärme sie durchströmte, spürte eine Zärtlichkeit, die zugleich süß und beängstigend war. Matilde schien auf einmal gar nicht mehr plump und linkisch. Der feuchte Mund glich einem Blütenkelch, der sich zitternd öffnet. Die Arme, die sie umschlungen hielten, waren weich, und plötzlich war ihr danach, sich in diese Weichheit hineinzugeben und sich darin zu verlieren.

»Bleib ganz ruhig in meinen Armen liegen«, flüsterte Matilde. »Schlaf einfach ein.«

Mercedes ließ sich treiben, und es kam ihr vor, als schwimme sie auf dem Meer. Dann holte der tiefe Schlaf sie ein.

Am nächsten Morgen wachte Matilde lange vor Mercedes auf. Sie stützte sich auf einen Ellbogen und betrachte sie. Im Schlaf hatte ihr Gesicht diese kleinen Zeichen der Anspannung um Augen und Mund verloren, die sie tagsüber so gebieterisch erscheinen ließen. Jetzt wirkte sie so sanft wie ein kleines Kind. Ihr Gesicht mit dem schönen, vollen Mund, den feinen Augenlidern und der zart geschwungenen Nase war in Matildes bewundernden Augen das Gesicht eines Engels.

»Du bist so schön«, flüsterte sie. Sie küßte Mercedes ganz zart auf den Mund. »So schön. So kostbar.«

In diesem Moment huschte ein herrischer Ausdruck über Mercedes' Gesicht, dann schlug sie langsam die Augen auf. Ihre Blicke trafen sich. Sie sahen sich nur an.

Dann sagte Matilde: »Ich liebe dich.«

Auf Mercedes' Gesicht trat ein Lächeln.

»Du bist der erste Mensch, der das zu mir gesagt hat. Ich werd' es nie vergessen, nie.«

Francesc Eduard schloß sich als Major den Internationalen Brigaden an und leitete dort eine bewaffnete motorisierte Division, die mit dem Nachschub und der Verteilung von Hilfsgütern aus Moskau betraut wurde. Obwohl er wegen seiner Behinderung wohl nie im Feld würde kämpfen können, konnte er doch so eine wichtige Aufgabe erfüllen.

Zwei Tage später verabschiedete er sich von seiner Familie, um seine Unterkunft in Gerona zu beziehen. Von nun an sollten sie ihn nur noch am Wochenende zu Gesicht bekommen. Conchita versuchte erst gar nicht, ihn von seinem Entschluß abzubringen. Als er fort war, wurde sie schweigsam und verbittert.

Matilde baute sich in ihrem Schlafzimmer einen kleinen Altar. Hin und wieder machte sich Mercedes über ihre Frömmigkeit lustig, aber meist sah sie Matilde nur schweigend zu.

Der Krieg wurde mit jedem Tag härter, die Gegner unerbittlicher. Im Süden verließ Francos Armee Sevilla und begann den langsamen, furchtbaren Marsch entlang des Tagus durch Felder und Dörfer in Richtung Madrid. Eine Stadt nach der anderen fiel.

Obwohl sich die Gefechte im Vergleich zu den Geschehnissen in Europa nach 1939 wie Scharmützel ausnahmen, wurde die Wirkung der Siege durch die Kunde von den Gemetzeln, die sie begleiteten, noch verstärkt. Die Elitetruppen der Faschisten, die Afrikaner und Fremdenlegionäre, versetzten die Menschen überall in Angst und Schrecken. Jeder Schlacht folgte ein Massaker, bei dem die verwundeten Gefangenen niedergemetzelt wurden. Jedes Dorf, das den Aufständischen in die Hände fiel, wurde zum Schauplatz von Plünderungen und Vergeltungsmaßnahmen. Jeder ermordete Großgrundbesitzer oder Priester wurde grausam gerächt. Jedem männlichen Bewohner in den Dörfern wurde der rechte Hemdsärmel abgerissen, und auf wen ein Gewehrkolben zeigte, war dem Tod geweiht, gleichgültig, ob es sich dabei um Greis oder Jüngling handelte.

Die Toten ließen sich bald nicht mehr zählen. Die Faschisten führten Massenexekutionen durch und vollstreckten Todesurteile, sobald jemand als Intellektueller oder Linker galt. Unzählige Lehrer, Ärzte, Künstler und Beamte fielen sogenannten Säuberungsaktionen zum Opfer. Die Täter ließen sich weder durch weiße Haare, noch durch Rang oder Unschuld erweichen.

Mercedes beugte sich ihrem Schicksal mit viel Zähneknirschen. Da sie gezwungen war, bei ihrer Mutter zu bleiben, übte sie sich im Auto- und Lastwagenfahren für die Anarchisten, für die sie auf diese Weise allerlei Botengänge erledigen konnte.

Sie wußte, daß ihre Freundschaft mit Matilde eigentlich schon sehr viel mehr war als bloß Freundschaft. Trotzdem beschloß sie, die Verbindung weder zu beenden, noch sie voranzutreiben. Bei Nacht umarmten sie sich in dem schmalen Bett und schliefen eng umschlungen ein. Manchmal, aber nur manchmal ließ Mercedes es zu, daß Matilde sie küßte und streichelte, denn die dabei erwachenden Gefühle waren auf süße Weise beunruhigend. Noch seltener erwiderte sie die Zärtlichkeiten. Manchmal flüsterten sie in der Dunkelheit, bis der Morgen anbrach.

Mercedes' Verlangen, sich aktiv am Kampf für die Republik zu beteiligen, war wie ein Feuer, das sie verzehrte. Matilde, die ihr sowohl Freundin als auch Geliebte war, wurde Zeugin ihrer Qualen und betete, daß dieser Wahn, denn für nichts anderes hielt sie dieses Verlangen, vorübergehen möge.

Sie tröstete Mercedes, so gut sie konnte. Auch sie war in der Schmiede gefangen, zum einen aufgrund ihrer leidenschaftlichen Verehrung für Mercedes, zum anderen, weil Sitges, ihre schöne Heimatstadt am Meer, zu einer Hochburg für die Anarchisten geworden war; zigtausende von Frauen und Männern fielen deshalb Säuberungsaktionen in Barcelona zum Opfer.

Um sich zu schützen, erklärte ihre Familie, sie sei im Feuer, das das Kloster niedergebrannt hatte, umgekommen. Auf ihren Brief, den sie nach Hause geschickt hatte, erhielt sie nie eine Antwort; als wollte man in ihrer Familie glauben, daß sie tot war.

Conchita behauptete nach wie vor, daß die Novizin auch weiterhin in Gefahr sei, obwohl Mercedes ihr heftig widersprach. Matilde hätte nur zu gerne das Haus verlassen, aber Conchita ließ es nicht zu. Ihr Haar wuchs furchtbar langsam und hätte sie in jedem Falle verraten. Sie blieb also Tag und Nacht in der Schmiede.

Zuweilen meinte sie, das Eingesperrtsein nicht mehr länger ertragen zu können.

»Manchmal hab' ich schreckliche Angst«, gestand sie Mercedes eines Nachts. »Dann könnte ich schreien.«

»Aber du hast hier nichts zu befürchten.«

Verzweiflung spiegelte sich auf ihrem Gesicht, als sie Mercedes ansah. »Nach Sitges kann ich nicht mehr zurück. Ich kann nirgendwo hin! Was soll bloß aus mir werden?«

»Wir kümmern uns um dich«, versicherte Mercedes ihr, während sie ihren Arm berührte. »Wir finden einen sicheren Ort für dich, sei ganz unbesorgt.«

Zitternd und bebend klammerte sich Matilde an sie. »Wo, wo denn nur?«

»Irgendwo, wo nicht gekämpft wird. Wein doch nicht, mein Liebes.«

»Aber es gibt doch keinen Ort, wo nicht gekämpft wird«, jammerte Matilde. »Überall gibt es nur Blut und Gewalt. Oh, Mercé, ich hab' so schreckliche Angst!«

»Du könntest mich begleiten.«

»Wohin?«

»In den Krieg. Du wärst natürlich auf der falschen Seite, aber du könntest dich als Krankenschwester nützlich machen. Das wäre zwar keine ungefährliche Sache, nicht solange uns die Kugeln um die Ohren pfeifen, aber wir wären wenigstens zusammen.«

Matilde blieb der Mund offenstehen. »Würdest du mich mitnehmen?«

»Natürlich würde ich dich mitnehmen.«

Angesichts dieser Aussicht versiegten Matildes Tränen.

Sengende Hitze und gleißendes Licht überfluteten das Land. Es war fast unmöglich, bei diesem Wetter im Haus zu bleiben. Matilde litt mit jedem Tag mehr unter ihrem Eingesperrtsein, und Mercedes litt mit ihr.

»Wenn sie nicht bald an die frische Luft kommt«, erklärte sie ihrer Mutter, »wird sie noch durchdrehen.«

Mercedes war entschlossen, Matilde am Wochenende die Umgebung von San Lluc zu zeigen. Als es soweit war, setzten sie beide große Strohhüte auf und nahmen Weidenkörbe mit, die ihnen als Tarnung dienen sollten. Im Gegensatz zu Mercedes mußte Matilde ein langärmliges Oberteil tragen, um ihre weiße Haut zu verstecken.

»Was macht ihr, wenn euch jemand begegnet?« fragte Conchita voller Sorge. »Ihr wißt, wie die Leute reden.«

»Niemand wird uns sehen«, versprach Mercedes. »Und wenn, dann sag' ich, sie sei unsere Cousine. Aber wer sollte sich schon dafür interessieren? Ich paß' schon auf Matilde auf, Mama.«

Sie verließen das Dorf kurz nach Mittag, als die Menschen in ihren Häusern blieben und die Straßen wie ausgestorben waren. Bald kamen sie auf einen Feldweg, der sich zwischen Bauernhöfen und Eichenwäldern bis zum nächsten Dorf schlängelte.

Brombeerbüsche und wilde Feigenbäume säumten den Pfad und boten ihnen eine offenbar verschwenderische Fülle von süßen Früchten dar.

»Brombeeren und Feigen kann ich so lange essen, bis mir schlecht wird«, rief sie glücklich.

Matilde tanzte und weinte Freudentränen über die frische Luft und den Sonnenschein.

Es war sehr heiß. Auf den Feldern sahen sie Bauern, die ihr Heu zu hohen goldenen Haufen auftürmten; am Wegesrand hielt hie und da ein Pferd oder ein Esel vor einem Karren und vertrieb mit den Ohren die Fliegen. Nur der Schuß eines Jägers aus der Ferne übertönte einen Augenblick lang das Zirpen der Grillen.

Ihr Weg führte sie über den Hof eines kleinen Bauernhauses, in dessen Mitte sich ein Brunnen befand. Von der Hitze und den süßen Feigen hatten sie brennenden Durst bekommen. Sie zogen den Eimer herauf und tranken gierig das köstliche Wasser.

Nachdem sie ungefähr eine Meile weitergegangen waren, wurden sie schläfrig und müde, und sie suchten sich ein schattiges Plätzchen im Wald und ließen sich dort auf die Erde fallen.

Obwohl es im Spätsommer nur noch wenige blühende Blumen gab, hatte Matilde einen Strauß aus Kornblumen, Mohn und rosafarbenem Baldrian gepflückt. Sie legte die Blumen jetzt in ihren Schoß und fing an, einen zarten Kranz zu binden, in den sie abwechselnd noch reife Weizenähren und Heckenrosen flocht.

Mercedes lag auf dem Rücken und sah ihr mit schäfrigen Augen zu. »Was machst du da?«

»Eine Krone.«

Sie machte die Augen zu und döste, bis Matilde sich über sie beugte und ihr die Krone aufs Haar legte. Das Gebinde fiel fast augenblicklich auseinander und bedeckten das schwarze Haar des jüngeren Mädchens mit Blüten und Ähren.

»Was soll das?« seufzte Mercedes leicht verärgert und kopfschüttelnd. »Ich war fast eingeschlafen!«

Matilde lächelte; aus ihren Augen sprach eine grenzenlose Liebe. »Meine kleine, freche Königin. Ich geh' mit dir bis ans Ende der Welt.«

»Das mußt du vielleicht sogar.« Sie sah Matilde mit ernstem Blick an. »Vielleicht geht die Welt schon bald unter.«

»Meine Welt bist du.« Mercedes' Haut war von der Hitze und der Anstrengung gerötet. Ihr Herz schlug bis zum Hals. Matilde beugte sich hinunter und küßte den roten, schön geschwungenen

Mund. Ihre Hand legte sich dabei sanft auf die Brust der anderen Frau.

»Es ist zu heiß«, sagte Mercedes mürrisch, während sie ihr Gesicht wegdrehte und die Arme unter dem Kopf verschränkte.

Matilde fuhr mit den Lippen über die zarten Härchen unter Mercedes' Arm. Der intensive Duft erregte sie, und sie drückte die Nase noch fester in den bittersüßen Schweiß.

»Bitte nicht«, bat Mercedes träge. Sie versuchte wegzurutschen. »Ich stinke.«

»Du riechst wie eine Rose.«

»Eher wie ein schweißnasses Pferd.«

»Dein Geruch ist wunderbar.« Matildes Mund zuckte. Sie ließ ihre Zunge über die nach Moschus riechende Haut gleiten. »Er wirkt auf mich wie ein Narkotikum. Wie Opium. Wie Tollkirsche. Ich bin in dich verliebt«, flüsterte sie ungestüm. »Ich bin verrückt nach dir.«

Sie küßte Mercedes auf den Hals, während sie anfing, ihr die Bluse aufzuknöpfen.

Mercedes' Blick war verschwommen. »Was machst du?«

»Dich lieben, meine Geliebte.« Mit zitternden Fingern öffnete sie die Bluse und blickte auf die weichen, zarten Brüste.

Mercedes spürte Panik in sich aufsteigen. »Nicht hier!«

»Hier sieht uns niemand.«

Sie spürte Matildes Mund, spürte die warme Zunge, die ihre Brüste liebkoste. Matildes Kopf lag auf ihrem Arm. Ein berauschendes Gefühl, so verschlungen zu werden, so geliebt zu werden. Matildes Leidenschaft stieg ihr zu Kopf wie köstlicher Wein.

Mercedes war unerfahrener, als Matilde ahnte. Scham stieg in ihr auf, und sie bedeckte ihr Gesicht mit beiden Händen. Doch dann wurde sie von einer unbeschreiblichen Freude erfaßt.

Sie meinte, dahinschmelzen zu müssen, als sie schließlich zuließ, daß Matilde ihren Körper völlig in Besitz nahm. Sie hätte auch nicht gewußt, wie sie dem, was geschah, hätte Einhalt gebieten können. Weder gab es richtig und falsch, noch gut und böse. Trotz aller Ernüchterung, die später folgte, war die Frucht reif und hatte ihr rotes, zartes Inneres geöffnet. Sie spürte den Mund Matildes zwischen ihren Beinen, spürte die Lippen, die den verborgenen Ort liebkosten, den noch kein anderer berührt hatte.

Sie schloß die Augen und gab sich dem sinnlichen Vergnügen hin. Es wurde stärker, schwoll an, überschwemmte sie. Seine Süße und Wärme wuchs, bis sie sich öffnete wie eine Blume, und ihr Körper sich lustvoll aufbäumte. Bis sie aus ihrer Ekstase unter den Bäumen auf den raschelnden Eichenblättern erwachte.

SEVILLA

Von seiner Reise nach Rom bringt Gerard Massaguer das Versprechen mit nach Hause, daß Italien Franco auch weiterhin unterstützen wird. Als er dem General in Burgos Bericht erstattet, wird er von Marisa und Alfonso begleitet.

»Man kann über Mussolini sagen, was man will«, bemerkt er zu seiner Frau nach der Audienz, »aber er hat Ausstrahlung. Franco dagegen hat soviel Ausstrahlung wie ein toter Fisch.«

Sie sind auf dem Weg in die Oper.

Mit seinen siebenunddreißig Jahren ist Gerard Massaguer ein Mann in den besten Jahren. Sein Reichtum und seine Macht wachsen gleichermaßen und sind für jedermann offenkundig. Vor allem Frauen haben ein Gespür dafür. Und sein Erfolg bei Frauen ist bereits ebenso sprichwörtlich wie sein geschäftlicher Erfolg.

In der Pause pafft er genüßlich seine Zigarre. Für ihn gibt es kein größeres Vergnügen, als Macht zu besitzen und Macht auszuüben. Was er sagt, zählt. Er entscheidet über Leben und Tod. Jetzt gehört er einer kleinen, auserwählten Schar von Männern an, die dazu bestimmt sind, das Land zu regieren, sobald die Ordnung wiederhergestellt ist. Er genießt dieses Gefühl. Sein Sohn Alfonso erbt einmal nicht nur Reichtum und Ansehen, sondern Spanien.

Er denkt an seine Tochter, dieses außergewöhnliche Kind, und hätte zu gern gewußt, was aus ihr geworden ist. Schon der bloße Gedanke an sie erfüllt ihn mit einer eigenartigen Sehnsucht, die weder seine Frau noch eine seiner vielen Geliebten in ihm erwecken können.

Hat sie ihr Versprechen wahr gemacht und kämpft jetzt für die Republik? Wie sieht sie jetzt aus? Ist sie womöglich noch schöner geworden, noch betörender?

Die Vorstellung, daß sie durch eine Kugel aus dem Gewehr eines Schwarzen sterben könnte, versetzt ihn in große Erregung. Wie kann er sie beschützen?

Er wird sie wiedersehen. Ganz bestimmt. Sobald Katalanien fällt, wird sie ihm gehören, und zwar für immer. Davon ist er überzeugt. Aber trotzdem hat er Angst um sie. Die Zerstörung des Klosters von San Lluc und die Grausamkeiten, zu denen es an diesem Tag gekommen war, hatten bei den Nationalisten Entsetzen ausgelöst. Auch Doña Carmen, Francos erzkatholische Frau, hat einer *Missa solemnis* beigewohnt, die für die armen Seelen der toten katalanischen Schwestern in Burgos gehalten wurde.

Natürlich kam es tagtäglich auf beiden Seiten zu Grausamkeiten, die jeweils von der anderen Seite zu Propagandazwecken genutzt wurden. Am Ende sind es jedoch die Sieger, die die Geschichte schreiben.

Gerard weiß, welche Seite das sein wird. Und Gerard weiß auch, daß dem Dorf San Lluc noch eine harte Abrechnung bevorsteht.

SAN LLUC

Dunkelheit und Nacht.

Eine Welt voller Geheimnisse. Eine andere Welt, deren Existenz sich Matilde nicht einmal sich selbst völlig eingestehen konnte.

Die Klosternächte waren kurz und dunkel gewesen, und alle Geschehnisse der Nacht verschwanden mit den ersten Gebeten im Morgengrauen. Über das, was sich in der Dunkelheit ereignet hatte, über den Trost, den die gequälten Seelen empfangen hatten, wurde bei Tag nie gesprochen.

Diese Liebe, falls es Liebe gewesen war, wurde nie gebeichtet und niemals in Gegenwart anderer erwähnt. Nicht Nonnen waren zusammengekommen, sondern Frauen, Körper. Diese Zusammenkünfte hatte es nie gegeben, weil es sie nicht geben durfte, denn sie waren eine Todsünde.

Aber Matildes Liebe zu Mercedes hatte weder in der Dunkelheit begonnen, noch endete sie mit Tagesanbruch.

Der schlanke Körper von Mercedes war geschmeidig, ihre Haut wie Samt. Sie glich einem Wunder. Sie verströmte einen herrlichen Geruch, der Matilde an die Tage erinnerte, wenn die Nonnen Lavendel- und Rosenöl abfüllten. Sie schmeckte nach Jugend, einer Jugend, die Matilde Nicolau bereits verlassen hatte. Und nach Glück. Nach Salz und Seife. Nach zarter Haut. Aber vor allem nach Unschuld, einer Unschuld, die letztlich alles besiegte.

Sie wußte, daß Mercedes immer noch darauf brannte, in den Krieg zu ziehen. Sie wußte, daß ihre Liebe nicht genügte, um sie in San Lluc zu halten, und daß Mercedes das Dorf schon bald verlassen und sie einsam zurücklassen würde. Ihre Lippen bewegten sich im Gebet.

»Bitte, laß sie nicht leiden! Laß sie nicht sterben! Wenn es möglich ist, dann nimm mein Leben und laß sie leben. Wenn sie Schmerzen erleiden muß, dann laß sie mich für sie ertragen.« Jeden Tag betete sie das gleiche Gebet.

Im Verlauf der kommenden Wochen liebten sie sich unzählige Male, ohne erschöpft oder müde zu werden. Und immer ohne Worte. Hinterher glitt Mercedes jedesmal in einen tiefen Schlaf.

»Du wirst in deinem Leben so viele Männer haben«, flüsterte Matilde irgendwann in der Morgendämmerung. »So viele Männer werden dich lieben. Irgendwann wird dir das hier nichts mehr bedeuten.«

»Es wird mir immer etwas bedeuten«, rief Mercedes unerwartet leidenschaftlich aus. »Du bist der einzige Mensch, der mich liebt. Ich will keine Männer. Ich hasse sie. Ich *hasse* sie. Ich will nur dich.«

Sie planten einen zweiten Ausflug, diesmal hinauf zum zerstörten Kloster.

Das Kloster bot einen traurigen Anblick. Überall lagen die verkohlten Überreste von Möbeln und Büchern. Die großen eisernen Tore hatten das Ganze fast unbeschädigt überstanden, sie hingen nur etwas schief in den Scharnieren, die Francesc vor fast dreißig Jahren angefertigt hatte.

»Die hat mein Vater gemacht«, sagte sie leise.

Matilde starrte mit geröteten Augen auf die schöne Handwerksarbeit. »Ein Anarchist hat für die Kirche gearbeitet?«

»Und auch noch umsonst. Warum nicht? Die Kirche reißt sich halt immer das Beste unter den Nagel. Während der *semana trágica* hat er, zusammen mit anderen, versucht, das Kloster niederzubrennen. Nachdem die *guardia* auf ihn geschossen hat, hat ihn Mutter Josep, die damalige Mutter Oberin, hier auf der Krankenstation gesund gepflegt. Sie hat ihm das Leben gerettet, und jetzt gewährt er dir Schutz in seinem Haus.« Sie streckte die Hand aus und fuhr mit dem Finger über die geschwungenen Eisenstäbe. »Wie diese Schlangen. Aneinandergeschmiedet auf Gedeih und Verderb. Ineinander verschlungen bekämpfen sie sich und lieben sie sich. Manchmal ergibt es überhaupt keinen Sinn.«

Sie schritten an den Mauern entlang.

»Willst du reingehen?« fragte Mercedes. Matilde schüttelte stumm den Kopf, voller Angst vor dem, was sie sehen und fühlen könnte. Mercedes spähte durch ein offenes Fenster in einen verrußten Raum. »Ich hatte hier mal eine Freundin. Eine Nonne, bei der ich in die Schule gegangen bin. Sie hieß Catalina. Sie ist hier begraben, wenn man sie nicht aus ihrem Sarg geholt hat.«

Matilde erschauderte. »Es ist schrecklich. Wie kann man bloß so etwas tun…« Sie machte eine hilflose Geste. »Das hat nichts mit Politik zu tun. Das ist Barbarei.«

»Tja, das Kloster wird für alle Zeiten geschlossen bleiben«, sagte Mercedes bestimmt, »denn diesmal wird das Volk siegen. Vielleicht wird mal ein Museum für Aberglaube draus, wie in Rußland. Aber Morgen- und Abendandachten wird es mit Sicherheit nicht mehr geben.«

»Begeben wir uns vielleicht zurück ins dunkle Mittelalter? Ich fürchte mich.«

»Auch die auf der anderen Seite stecken Kirchen in Brand, obwohl sie sich als gute Katholiken ausgeben. Und Hitler zündet Synagogen an. Und Mussolini hat den Papst in der Hand. Wenn einer für die Rückkehr des dunklen Mittelalters verantwortlich ist, dann sind es die Faschisten und nicht die Roten.«

Matildes Mund zuckte wieder.

»Angenommen, Franco würde morgen siegen und das Kloster wiederaufbauen, würdest du zurückkehren?«

Matildes blaßblaue Augen schienen sie nicht wahrzunehmen. »Nein, ich glaube nicht«, antwortete sie nach einer Weile. »Nicht nach allem… was geschehen ist. Aber ich werde der Kirche immer verbunden bleiben, auch wenn du sie haßt.«

»Ich hasse sie nicht«, entgegnete Mercedes lachend. Der abendliche Wind hatte ein paar Strähnen aus ihrem Haar gezerrt, die jetzt wie dunkle Schlangen ihren Mund umspielten. Mit schlanken braunen Fingern steckte sie sie zurück. »Aber ich lasse mich nicht täuschen. Welche Gelübde legen die Nonnen ab? Armut, Gehorsamkeit, Keuschheit? Die beiden ersten sollten Reichtum und Hochmut heißen, und was die Keuschheit anbetrifft…«

»Die meisten Nonnen und Priester halten sich streng an ihre Gelübde«, antwortete Matilde steif, »ihr ganzes Leben lang.« Sie errötete, als sie das anzügliche Funkeln in Mercedes' Augen entdeckte. »Ich weiß, was du denkst. Aber so war es nicht! Du weißt, daß es so nicht war!«

»Ich weiß gar nichts«, sagte Mercedes lächelnd.

»Und warum siehst du mich dann so an?«

»Tja, *du* kannst nicht sehr keusch gewesen sein, Schwester Matilde«, sagte sie trocken. »Du hast offensichtlich ein paar unanständige Dinge hinter diesen Mauern gelernt.«

»Du bist gehässig«, rief Matilde aufgebracht. »Du und ich, wir sind nicht so wie…«

»Wie was?«

»Wie das, was hinter den Klostermauern passiert ist.«

»Also, ich muß schon sagen, du kennst dich aus«, erwiderte Mercedes. »Du mußt wirklich gute Lehrmeisterinnen gehabt haben.«

»Nein!«

»Nein?«

»Ja, ich gebe zu, es ist manches vorgekommen, schließlich waren wir alle Frauen, die versuchten, ein heiliges Leben zu führen. Du weißt, daß das nicht leicht ist. Aber diese Dinge sind nur ganz selten vorgekommen, und auch nicht so, wie du es dir vorstellst! Nicht so – wie es zwischen dir und mir ist.«

»Soso.« Mercedes sah sie immer noch mit dem gleichen Blick an. »Ich habe nur festgestellt, wie geschickt du bist.«

Matilde war von Mercedes' scheinbarer Gefühllosigkeit tief gekränkt und wandte sich ab. »Ich liebe dich. Wenn du das immer noch nicht weißt, dann weißt du gar nichts.«

»Ich frage mich nur, ob du aus mir eine *tortillera* machen willst.«

Dieses gemeine Wort für ›Lesbe‹ schnitt Matilde ins Herz. »Das ist häßlich, Mercé. Ich bin keine *tortillera*. Und du bist es auch nicht.«

»Ich hab' gedacht«, sagte Mercedes mit unschuldigem Gesichtsausdruck, »daß eine *tortillera* eine Frau ist, die nur Frauen liebt, die ihre Brüste berührt und sie zwischen den Beinen küßt. So wie du mich immer küßt.«

Matildes runde Wangen färbten sich dunkelrot. Sie drehte sich wieder zu Mercedes um. »Dir scheint es aber zu gefallen.«

»Ich habe nie gesagt, daß es mir nicht gefällt.« Mercedes' Blick war verhangen. »Aber meinst du nicht, daß wir ein bißchen verdorben sind?«

»Du hast doch gesagt, daß du alle Männer haßt!«

»Das heißt aber nicht, daß ich mit einer Frau schlafen will.«

»Du brauchst mich nie wieder anzurühren, wenn du so darüber denkst«, sagte Matilde mit bebender Stimme. »Ich werde von jetzt an auf dem Dachboden schlafen.«

»Was, mit den Käfern, vor denen dich so ekelt?«

»Ich werde San Lluc verlassen. Dann brauchst du mich nie wieder anzuschauen.«

»Und wo findest du eine so hübsche kleine Geliebte?« fragte Mercedes mit schelmischem Blick. »Mit so schönen Brüsten und Hüften, wie du sie gestern nacht beschrieben hast?«

»Warum sagst du das?« wollte Matilde wissen. »Es ist grausam, meine Liebe zu verspotten. Ich kann nichts dafür. Wenn du's genau wissen willst, dann hast du *mich* verdorben und nicht ich dich.«

Mercedes riß in gespielter Überraschung die Augen auf. »Wie kommst du denn darauf?«

»Ich hatte hier im Kloster nie eine Liebesbeziehung«, brach es aus Matilde heraus. »Ich war nie mit jemandem jede Nacht zusammen so wie mit dir. Ich habe nie jemanden geliebt!«

»Und du liebst mich?« fragte Mercedes, während sie ihren Kopf zur Seite neigte.

»Du weißt, daß ich dich anbete!«

Mercedes sah sie lange an, ohne ein Wort zu sagen. Dann entspannte sich ihr Gesicht, sie öffnete die Arme, und Matilde warf sich mit einem Schluchzen an ihre Brust.

»Verzeih«, murmelte Mercedes. »Ich wollte dich nur necken.«

»Du bist manchmal grausam«, erwiderte Matilde, deren Gesicht an Mercedes' Schulter ruhte. »Wir sind keine Lesben!«

»Aber eine verflixt gute Imitation«, gab Mercedes mit einem schiefen Lächeln zurück. »Würdest du einen Schwanz vorziehen?«

»Nein!«

»Ich auch nicht.«

»Du wirst dich verlieben«, erklärte Matilde immer noch schluchzend. »Du liebst mich nicht wirklich. Eines Tages wirst du den richtigen Mann kennenlernen, und dann wirst du mich für immer vergessen.«

»Meinst du, er kennt all die unanständigen Dinge?«

»Du kannst ja seine Lehrmeisterin sein«, antwortete Matilde. »Und sagen, daß du bei einer Nonne in die Lehre gegangen bist.«

Mercedes streichelte Matildes Wange. »Ich wollte dir nicht weh tun. Ich bin bloß so frustriert, weil ich so viel für Spanien tun will…«

»Ich weiß.«

»Und vielleicht war ich auch ein bißchen eifersüchtig.«

Matilde hob ihr Gesicht. »Auf was?«

»Auf diesen großen Haufen Dreck«, antwortete Mercedes mit einem Nicken in Richtung Kloster.

Matilde starrte sie an, dann mußte sie lachen. »Manchmal sagst du komische Sachen.«

In weiter Ferne ging die Sonne über dem Meer unter. Lange purpurne Schatten breiteten sich um sie herum aus. Matilde dachte, daß Mercedes noch nie so schön ausgesehen hatte wie in dem schwindenden goldenen Licht. »Ich liebe dich«, flüsterte sie. »Vielleicht bin ich eine Lesbe, aber du bestimmt nicht. Du bist… einfach Mercedes.«

»Ach weißt du, ich bin ganz gern eine Lesbe.« Mercedes ließ ihre Hand in Matildes Bluse gleiten und legte sie auf Matildes weiche Brust. »Komm, wir gehen nach Hause«, flüsterte sie an Matildes Mund. »Ich will dir beweisen, daß ich eine gelehrige Schülerin war.«

Als Mercedes am Donnerstag wie immer um die Mittagszeit vom Postamt nach Hause kam, wußte sie sofort, daß Matilde nicht mehr da war. Conchita saß auf einem Stuhl in der Küche. Auf ihrem Gesicht lag ein bitterer Ausdruck, obwohl sie nicht mehr weinte. »Sie haben sie mitgenommen«, erklärte sie knapp.

»O mein Gott, nein! Wer?«

»Männer von der Miliz. Halunken. Ich weiß nicht, wer sie waren.«

»Wie haben sie ausgesehen?«

»Ich kenne mich mit den Abzeichen und bunten Uniformen nicht so aus wie du.«

»Waren es Anarchisten?«

»Einige bestimmt. Aber ich habe keinen einzigen gekannt. Sie haben erklärt, sie seien auf der Suche nach Reaktionären. Irgend jemand muß Matilde verraten haben. Irgend jemand, der sich wichtig machen wollte.«

Mercedes' Gesicht war zu Stein erstarrt. »Wo haben sie sie hingebracht?«

»Das haben sie nicht gesagt. Sie haben mindestens noch zehn andere mitgenommen, selbst den alten Luis Quadreny, den Freund deines Großvaters.«

Mercedes war plötzlich so schlecht und schwindlig, daß sie sich hinsetzen mußte. Sie sah ihre Mutter an, als handle es sich um eine Fremde. »Warum?«

»Wegen eines Vorfalls in irgendeinem elenden Dorf bei Alicante. Jetzt wollen sie anscheinend durch ein Massaker hier das Gleichgewicht wieder herstellen.« Conchitas zerfurchtes Gesicht wirkte hart, von ihrer Schönheit und Weichheit war an diesem Morgen nichts zu sehen. »Sie sind in einem Lastwagen gekommen, junge Burschen, junge Männer mit Killergesichtern. Einer hatte eine Liste mit Namen, nach der sind sie vorgegangen. Fünf bewaffnete Männer sind ins Haus gekommen. Sie wußten genau, wen sie suchten. Oben haben sie den kleinen Altar gefunden. Sie haben sie heruntergebracht und sie hier unten verhört. Sie besaß keine Papiere oder sonst etwas, was sie hätte belasten können. Aber ihr Haar… und du weißt, wie sie aussah, wie eine Nonne…«

»Ja«, sagte Mercedes mit tonloser Stimme.

»Ich hab' ihnen erklärt, sie sei meine Cousine. Ich bin sicher, einige wollten mir glauben, aber die anderen haben sie ohne Umschweife gefragt, ob sie eine Nonne sei.« Conchitas grüne Augen waren trocken, doch ihr Herz schien zu weinen. »Sie wollte es nicht leugnen, Mercé. Sie wollte nicht. Wenn sie nur gesagt hätte ›Nein, ich bin keine Nonne‹, hätten sie sie in Ruhe gelassen. Aber sie hat nur… gelächelt. Ich hab' sie immer für ein unbeholfenes Mädchen gehalten, Gott verzeih mir, aber ich habe noch nie jemanden gesehen, der so mutig war. Sie hat sie angelächelt und ihren Glauben nicht verleugnet.«

»Sie war doch nur Novizin«, rief Mercedes.

»Ja, sie war nur Novizin. Vor ein paar Wochen hast du sie gefragt, ob sie stolz darauf sei, was die Faschisten im Süden anrichten. Aber jetzt muß ich dich fragen, ob du stolz darauf bist, was *deine* Leute heute hier angerichtet haben?«

»Es handelt sich um einen Irrtum«, sagte Mercedes mit tonloser Stimme. Plötzlich schien ihr alles unwirklich, jedes Gefühl in ihr war abgestorben. »Sie werden ihr nichts tun. Ich werde sie finden.«

»Du wirst sie nie wiedersehen«, erklärte Conchita mit unerbittlicher Stimme.

»Die Anarchisten in Palafrugell werden wissen, wo man sie hingebracht hat. Ich werde gleich gehen. Wir müssen sie da herausholen.«

»Aus deren Klauen?« Ihre Mutter lachte schrill. »Kennst du sie wirklich so schlecht? Sie hätten auch mich mitgenommen, wenn ich nicht Francesc Eduards Frau wäre. Willst du wissen, was einer von denen zu mir gesagt hat? ›Eine Frau wie sie sollte sich schämen, einer Feindin der Republik Unterschlupf zu gewähren.‹ Wenn sie eine Feindin der Republik ist, Mercé, dann will ich mit dieser Republik nichts zu tun haben. Ich überlasse sie dir und deinem Vater.«

»Die Republik trifft keine Schuld«, erwiderte Mercedes, während ihr Blick auf ihre Hände gerichtet war. »Nicht jede einzelne Tat der Republik kann gerecht sein. Das ist ein Ding der Unmöglichkeit.«

»Bitte erspar mir deine ideologischen Ausführungen.« Conchitas Stimme wurde schrill. Irgend etwas in ihr schien zerbrochen. »Ich habe dich unterm Herzen getragen, Mercedes, obwohl du nichts als Last und Qual warst. Mit Schmerzen habe ich dich geboren. Ich habe mit angesehen, wie du groß geworden bist. Als dein Vater angefangen hat, dich zur Anarchistin zu erziehen, war ich entsetzt, aber ich habe mich überzeugen lassen, daß es zu deinem Besten ist. Also hab' ich nichts unternommen. Aber jetzt frage ich mich, was aus dir geworden ist. Ich frage mich, was aus euch allen geworden ist, aus den Kindern Spaniens. Ihr seid Wesen ohne jedes Mitgefühl, ohne eigenen Verstand, euch dürstet nach Blut. Ihr habt kein Herz, ihr kennt nur politische Doktrinen.«

»Es ist *Krieg*!« schrie Mercedes mit funkelnden Augen. »Du brauchst mir nichts von Mitgefühl zu erzählen! Hörst du denn kein Radio, Mama? Liest du denn keine Zeitungen? Weißt du nicht, was auf dem Spiel steht? Weißt du nicht, gegen wen wir kämpfen?«

»Ich weiß nur, daß Spanien von einer Welle der Gewalt überschwemmt wird«, antwortete Conchita müde. »Und du bist ein Teil dieser Welle, Mercedes.«

Sie sah ihre Mutter einen Augenblick lang wortlos an, dann stand sie auf. »Ich gehe nach Palafrugell und suche Matilde«, erklärte sie knapp und rannte aus dem Haus.

Als sie im Bus nach Palafrugell saß, waren ihre Nerven zum Zerreißen gespannt. Sie mußte gegen das plötzliche Verlangen zu beten ankämpfen. Das Ganze war ein Irrtum, ein schrecklicher Irrtum. Das würden sie zweifellos einsehen, sobald Matilde ihren dummen Mund aufmachte. Sie würden einsehen, daß sie unmöglich irgend jemandes Feindin sein konnte.

Aber der Anführer der Anarchisten in Palafrugell konnte ihr nicht weiterhelfen. Charles Romagosa, ein alter Freund ihres Vaters, hob mit einer Geste der Unwissenheit die Hände.

»Es waren auf keinen Fall Anarchisten, die diese Leute abgeführt haben. Schon möglich, daß sie unsere Abzeichen getragen haben, aber höchstwahrscheinlich waren es Trotzkisten oder Marxisten. Sie hoffen, daß ihr Morden und Töten auf uns zurückfällt.«

Mercedes spürte plötzlich, wie sich ihr Herz verkrampfte. »Morden und Töten?«

»Ich würde mir keine allzugroßen Hoffnungen machen«, sagte er bedeutungsvoll. »Wenn sie Nonne war, schon gar nicht. Die Leute, die diese Arbeiten erledigen, sind Metzger, ehemalige Kriminelle, der Abschaum der Gesellschaft. Sie sind unberechenbar und töten zum Vergnügen. Sogar Anarchisten sind ihnen schon zum Opfer gefallen.«

»Wohin könnten sie sie gebracht haben?«

Romagosa kratzte sich am Bart. »Irgendwo auf ein freies Feld. Ans Meer. Jeder abgeschiedene Ort kommt in Frage. Wann hat man sie abgeführt?«

»Um neun heute morgen.«

Romagosa sah auf seine Uhr. »Dann ist sie jetzt tot.«

Einen Moment lang glaubte sie, sich übergeben zu müssen. »O mein Gott. Aber doch nicht ohne Verhandlung und ohne Richter!«

Er warf ihr einen vielsagenden Blick zu. »Weißt du denn nicht, wie so was vonstatten geht, Mercé? Wie die vorgehen?«

»Charles, gib mir ein Auto, bitte«, flehte sie.

»Und wie willst du deine Nonne zwischen Gerona und hier finden?« fragte er. »Kannst du vielleicht hellsehen? Ich werde ein paar Telefonate führen. Du wartest solange.«

Als er gegangen war, konnte sie nur mit Mühe die Tränen zurückhalten. Jeder Gedanke bedeutete Qual und Pein. Matilde! Sie stellte sich vor, wie ein junger Killer ihren Rock herunterriß und mit einem wilden Schrei ihre weißen Schenkel auseinanderdrückte… *Matilde*!

Nach zehn Minuten kam Romagosa zurück. »Das Schlimmste an diesem Krieg ist, daß es – verdammt noch mal – zu viele Seiten gibt«, sagte er bitter. »Und niemand weiß, wen er morgen zum Feind haben wird.«

»Hast du etwas in Erfahrung bringen können?« wollte sie wissen.

»Vielleicht. Ein PSUC-Lastwagen ist angeblich heute nachmittag in Richtung Mas Bolet gefahren. Offensichtlich haben sie dort in letzter Zeit ihre ›Prozesse‹ abgehalten.« Er erhob sich mit ihr. »Ich begleite dich. Für dich allein wäre das viel zu gefährlich.«

Er hängte sich ein Maschinengewehr um und rief nach einem kleinen Mann namens Péron, der ein Mausergewehr trug und sie begleiten sollte.

»Willst du noch immer in den Krieg ziehen?« fragte Romagosa während der Fahrt. »Du solltest noch warten. Du darfst deine Mutter nicht allein lassen. Außerdem arbeitet dein Vater für zehn, und damit solltest du dich im Augenblick zufriedengeben.«

»Vielleicht warten sie noch auf Anweisungen«, sagte Mercedes. »Vielleicht werden die Gefangenen noch verhört.«

»Vielleicht«, brummte Romagosa. »Es war ein ziemlich großes Risiko, die Nonne bei euch zu verstecken. Wenn es diesen Verrückten eingefallen wäre, hätten sie auch noch deine Mutter und dich mitnehmen können.«

Danach herrschte Schweigen, aber Charles Romagosas Gesichtsausdruck sagte Mercedes, daß er die Hoffnung, Matilde lebend zu finden, längst aufgegeben hatte. Eine schreckliche Ahnung beschlich sie, die nicht mehr weichen wollte.

Die Sonne stand immer noch hoch am Himmel. Es war ein herrlicher, heißer Sommernachmittag. Ein leichter Dunstschleier hing über dem fruchtbaren Land, den goldenen Weizenfeldern und den silberglänzenden Olivenbäumen. Die Wiesen waren bereits gemäht, und das Heu war zu hohen Haufen aufgetürmt. Die Rebstöcke ließen in der Hitze die Blätter hängen, aber darunter hingen schwer und voll die Weintrauben. Mercedes nahm jedoch ihre Umgebung gar nicht wahr.

Das Bauernhaus »Mas Bolet« lag ungefähr zwei Kilometer außerhalb des gleichnamigen Dorfes an einem überwucherten Weg, der auf eine steinige Anhöhe hinaufführte.

Romagosa fuhr ganz vorsichtig bis in die Nähe des Hauses, wobei er mit der einen Hand das Lenkrad hielt und mit der anderen das Gewehr in seinem Schoß. Doch nichts deutete darauf hin, daß sich Menschen oder Fahrzeuge auf dem großen Hof befanden. Perón schritt mit dem Gewehr in der Hand über den Hof. Plötzlich deutete er nach unten. Als sie ihm zu der Stelle folgten, sahen sie die frischen Radspuren eines schweren Fahrzeugs. Es war um das Bauernhaus herumgefahren.

Ohne ein Wort gingen sie um das Haus herum, die beiden Männer mit schußbereiten Gewehren voran. Als sie die Hinterseite des Gebäudes erreichten, schlug ihnen der Geruch des Todes entgegen.

»Das ist die Stelle«, erklärte Perón ungerührt. Er deutete mit dem Kopf auf drei Hügel in einer verkohlten Lichtung. »Sie werfen sie auf einen Haufen und verbrennen sie. Hinterher werfen sie ein paar Schaufeln Erde drauf. Im Winter, wenn der Regen die Erde herunterspült, kommen die Skelette zum Vorschein.«

Romagosa hatte sich inzwischen vom Haus entfernt und war

eine kleine Böschung hinuntergestiegen. Er blieb stehen und rief kurz danach: »Hierher.«

Mercedes wußte zwar, daß ihre Beine sich bewegten, aber sie war vollkommen unfähig zu denken.

Ihr Blick fiel auf ein paar herumliegende alte Schaufeln. Dann auf eine Grube in der rötlichen Erde, ungefähr einen Meter breit und drei Meter lang, die jedoch mit Erde aufgefüllt worden war. An den Stellen, wo sich die Erde gesenkt hatte, waren die Umrisse von Gliedmaßen zu erkennen. Ein Hinterkopf. Eine Männerhand, die mit gespreizten Fingern aus der Erde herausragte.

»Durften ihr eigenes Grab ausheben«, sagte Romagosa lakonisch, »und wurden dann erschossen. Haben sich nicht einmal die Mühe gemacht, sie richtig zu begraben. Willst du dich noch weiter umsehen?«

Ohne ein Wort machte Mercedes einen Schritt in die flache Grube. Plötzlich schien ihr bewußt zu werden, daß sie auf Leichen stand, denn sie fiel auf Knie und Hände, als wolle sie sich übergeben. Doch dann fing sie ganz langsam und mit hängendem Kopf an, mit ihren Fingern in der Erde zu scharren.

»Großer Gott! Hilf ihr, Perón.«

Der Soldat stöhnte, aber dann stieg er mit einer Schaufel in der Hand in die Grube und fing an zu graben.

Unter Mercedes' Fingern tauchte das bärtige Gesicht eines Mannes auf; die Augen waren geschlossen, der Mund voller Erde. Mit ausdruckslosem Blick starrte sie auf das Gesicht, dann bedeckte sie es wieder mit Erde und scharrte weiter. Das nächste Gesicht war das eines älteren Mannes mit schütterem Haar. Seine Augen standen halb offen.

»Ich bin auf eine Frau gestoßen«, sagte Perón.

Mercedes drehte sich um. Romagosa warf seine Zigarette weg und sah interessiert zu ihnen hinunter.

Matilde lag auf der Seite, ihr Gesicht war jedoch nach oben gewandt. Ihr Unterkörper und ihre Beine lagen unter einem anderen Leichnam. Ihr Kleid, das vormals Conchita gehört hatte, war auf dem Rücken blutdurchtränkt. Vorsichtig säuberte Perón das Gesicht. »Hat mindestens vier Kugeln abbekommen. Höchstwahrscheinlich Revolver. Ist sie das?«

Mercedes brachte ein Nicken zustande. Matildes Augen waren

weit aufgerissen, ebenso ihr Mund. Der Ausdruck auf ihrem Gesicht wirkte grob und zornig, und Mercedes konnte sich nicht erinnern, diesen Ausdruck jemals zuvor bei ihr gesehen zu haben. Ihr Körper war so steif und schwer wie Blei.

»Das ist die Totenstarre«, erklärte Perón, als Mercedes versuchte, Matilde unter dem anderen Leichnam hervorzuziehen. »Die sind erst mal so steif wie Bretter. Sie lassen sie am besten liegen. Jetzt können Sie doch nichts mehr für sie tun, oder?«

»Nein«, flüsterte Mercedes. Plötzlich spürte sie, wie ein unbändiges Schluchzen aus der Tiefe ihrer Seele hochstieg.

Perón nahm sie bei den Schultern und zog sie hoch. Sie war unfähig, sich zu bewegen. Das Schluchzen brach aus ihr heraus, nahm sie in Besitz. Es war, als würde ihr das Herz aus dem Leib gerissen.

Die beiden Männer konnten sie durch nichts beruhigen, so daß sie sie schließlich fluchend aus der Grube zerrten. Der Schmerz hatte sie vollkommen gelähmt.

»Ich wußte nicht, daß das eine Freundin von ihr war«, sagte der Offizier keuchend. »Sie hat gesagt, sie wäre nur eine Nonne gewesen, der sie Zuflucht gewährt hätten.«

»Wird wohl der Schock gewesen sein.«

Sie nahmen sie in ihre Mitte und stützten sie, denn das gewaltige, herzzerreißende Schluchzen wollte kein Ende nehmen.

»Los jetzt«, sagte Romagosa schließlich. »Wir müssen sie ins Auto schaffen und nach Hause bringen.«

Auf halbem Weg nach San Lluc hörte sie von einer Minute zur anderen auf zu weinen.

Matilde, wie sie lachte. Matilde, wie sie in ihren Armen weinte. Matilde, die sie in der Dunkelheit liebte. Matilde, die Angst hatte und nicht wußte, wohin sie gehen sollte. Erst jetzt, nachdem Matilde tot war, wußte sie, wie sehr sie sie geliebt hatte.

Und erst jetzt erkannte sie, wie selbstsüchtig sie gewesen war, wie hart und gefühllos.

Nie hatte sie gesagt: »Ich liebe dich.« Nicht einmal zu der Toten in dem schrecklichen Grab.

Es war alles vorbei. In ihr war ein Gefühl der Endgültigkeit, als sei sie selbst in Mas Bolet gestorben, als läge auch sie in der roten Erde und eine andere lebte an ihrer Stelle weiter.

Später kamen wieder die Tränen, und sie weinte und schluchzte Stunde um Stunde.

Noch lange saß sie mit ihrer Mutter schweigend in der Küche. Als sie irgendwann den Kopf hob, sah sie, daß der Blick ihrer Mutter auf ihr ruhte.

»Ich gehe«, sagte sie mit tonloser Stimme.

»Ich weiß«, antwortete Conchita nickend.

»Auch wenn es unrecht ist, ich kann nicht anders. Du hast recht gehabt, ich bin ein Teil davon, und deshalb muß ich gehen.«

»Ich weiß«, wiederholte Conchita.

8. KLAUEN

TUCSON – FRÜHJAHR 1971

Im Südwesten von Arizona wird es langsam Morgen. Die Luft ist mild und trocken. In ein paar Stunden wird die Sonne hoch am wolkenlosen Himmel stehen. Schon jetzt hat es draußen fast zwanzig Grad.

Das Haus von Joel Lennox ist kühl. Westlich von Tucson, hoch in den Bergen, über dem Golden Gate Pass steht der niedrige Bau aus luftgetrockneten Ziegeln mit den Holzdecken und den gekachelten Böden. Das Haus ist nicht groß, aber es ist schön. Er hat es mit seinen eigenen Händen erbaut.

Jedes einzelne Möbelstück, ob aus Süßholz, Kiefer oder Walnuß, hat er sorgfältig ausgesucht. Auf den gekachelten Böden liegen Navaho- und Zapotekenteppiche. Ältere, erlesenere Stücke schmücken die Wände. Nirgendwo hängen Bilder. Zu seiner Sammlung von Körben und Tonwaren der Hopi-Indianer gehören einige seltene und kostbare Exemplare. Eine schöne spanische Truhe steht in der Nähe des offenen Kamins.

In die Wand über dem Kamin hat er eine große, wunderschöne Figur eingemeißelt.

Überall im Haus stehen und liegen Skulpturen der verschiedensten Art. Einige sind aus Sandstein, andere aus glattem grünem Speckstein. Mit solchen Arbeiten hat er sich das Geld für das Grundstück und für das Baumaterial verdient.

Den Kopf in die Hände gestützt, sitzt Joel Lennox auf einem Stuhl. Eine schreckliche Nacht liegt hinter ihm. Schweißgebadet, geplagt von Trauer und Zorn, von Alpträumen und Visionen, hat er sich endlos herumgewälzt. Sein eigener Schmerz quält ihn ebenso wie der Schmerz der anderen. Die Dinge, die man ihm angetan hat und die er anderen hat antun müssen, lassen ihn nicht mehr los. Er kann sie nicht vergessen. Er hat das Gefühl, als habe er seit Jahren nicht mehr geschlafen.

Er kann es nicht mehr länger ertragen. Seit Wochen grübelt er über eine Entscheidung nach. Jetzt hat er sie endlich gefällt.

Er geht zum Schrank und nimmt die M-16 heraus, die er darin aufbewahrt. Die Waffe schmiegt sich mit alter Vertrautheit in seine Hand.

Aus einer Schublade nimmt er einen Ladestreifen, den er systematisch mit glänzenden Patronen bestückt. Sein Vorgehen mutet an wie ein Ritual. Sein Mund ist trocken, er muß immer wieder schlucken. Er tritt hinaus auf die Veranda und geht hinunter in den Garten.

Sein Garten ist die Sonoran-Wüste, die majestätische, riesige Wüste.

Der Kandelaberkaktus ist das fleischigste Lebewesen hier draußen. Diese Pflanze liebt er am meisten. An die zwölf Meter wird sie hoch und gleicht einem winkenden Riesen.

Die Indianer sehen in den Kakteen menschliche Wesen. Lennox sieht noch mehr in ihnen. Sie sind seine Familie. Sein Fleisch und Blut.

Er starrt in die Wüste hinaus. Er hat sich in dieser Wildnis niedergelassen, weil er gehofft hat, hier Schutz und Frieden zu finden. Aber er hat keinen Frieden gefunden, denn er kann seinen Gefühlen einfach nicht entfliehen.

Er sitzt auf der Treppe. Das Gewehr stellt er mit dem Kolben nach unten neben sich. Dann entsichert er es und steckt die Mündung in den Mund. Auf diese Weise kann nichts schiefgehen. Kein Brief, keine Zweifel; ein schmerzloser Abgang.

Der kalte Stahl bohrt sich in seinen Gaumen. Ein bitterer Geschmack von Öl legt sich auf seine Zunge. Er kann den Abzug gerade noch mit dem Daumen erreichen. Vollkommen ruhig drückt er und spürt, wie sich der Abzug um einen Millimeter bewegt. Um zwei Millimeter.

Hoch droben am Himmel sieht er einen Falken. Er scheint stillzustehen, doch er schwebt, er gleitet dahin, er ist frei.

»Willst du's jetzt tun?«

Er hört die Stimme so deutlich, als erklänge sie neben ihm, obwohl weit und breit kein Mensch zu sehen ist.

»Nennst du das Gerechtigkeit? Dann mach! Mach schon, du Scheißkerl!«

Jetzt hat er die Stimme erkannt. Der gedehnte Südstaatendialekt ist unverkennbar. Es ist Luke Jeffries' Stimme.

Er nimmt den Daumen vom Abzug und macht die Augen auf.

»Hör zu«, sagt die Stimme von Jeffries, »hast du hier draußen immer noch nichts gelernt? Besser töten, als getötet werden. Besser kämpfen, als aufgeben. Erinnerst du dich?«

Schweißgebadet und mit einem Würgen im Hals nimmt er die Mündung aus seinem Mund. Das Blut rauscht in seinen Ohren.

Mit stierem Blick schaut er um sich, als hielte er es für möglich, daß Jeffries tatsächlich neben ihm steht, obwohl er weiß, daß Jeffries vor drei Jahren in Südostasien umgekommen ist und in einem Sarg mit der Aufschrift »Gefallene« nach Hause geflogen wurde.

Niemand ist in seiner Nähe. Schweiß rinnt ihm in die Augen.

Er nimmt seine M-16 und zielt auf den nächststehenden Kandelaberkaktus, einen zehn Meter hohen Riesen, der mit seinen nach oben gerichteten Armen an einen gigantischen Leuchter erinnert.

Die Kugel reißt ein langes, unförmiges Loch in den Kaktus. Das Echo setzt sich in der Wüste fort. Vögel werden aufgeschreckt und fliegen davon. Die Stille, die sich danach wieder über die Wüste senkt, scheint noch tiefer als zuvor zu sein.

Er zielt erneut und feuert wieder. Noch ein ohrenbetäubender Schuß. Noch eine lange Wunde im Fleisch. In seinem Fleisch. Der Kaktus, den er so liebt, schwankt durch den Aufprall hin und her.

Er drückt auf den Abzug und läßt den Finger drauf.

Kugeln bohren sich in den Kaktus und schwirren um ihn herum. Harte grüne Brocken fliegen durch die Luft. Der Lärm ist ohrenbetäubend, bereitet ihm körperliche Schmerzen. Lange bevor das Magazin leer ist, ist der Kaktus zerstört.

Die letzte Kugel läßt ihn mit einem dumpfen Schlag auf dem Boden aufprallen.

Lennox senkt das Gewehr, dann läßt er sich auf die Stufen seiner Veranda sinken. Sein Atem geht schwer. Seine Wut ist voll Bitternis und erregt in ihm Übelkeit. Fast hätte er sich selbst umgebracht. Fast. Zum Opfersein verdammt seit dem Tag seiner

Geburt. Fast hätte er sich auf seiner eigenen Veranda eine Kugel durch den Kopf gejagt.

Er versucht zu sprechen, aber es gelingt ihm nicht. Doch dann bricht es aus ihm heraus.

»Irgend jemand«, stößt er hervor, »irgend jemand muß dafür bezahlen.«

»So?« sagt Jeffries dicht neben ihm und lacht leise. »Wer soll bezahlen, Mann? Wer?«

»Sie wird dafür bezahlen. Sie.« Er legt die Stirn auf das Gewehr. Sein Gesicht ist hart. »Ich werde dafür sorgen, daß sie bezahlt.«

BEVERLY HILLS

Sie hatte wieder diesen Traum.

Mama und Papa stritten sich. Eden sah, daß Mamas Gesicht weiß und angespannt war, und sie wußte, daß es sich um eine schreckliche Auseinandersetzung handelte, vielleicht um eine der schlimmsten überhaupt. Papa sagte entsetzliche Dinge zu Mama.

Eden konnte es nicht ertragen. Sie versuchte, sich die Ohren zuzuhalten, aber sie konnte sich nicht bewegen.

Dann sah Papa sie endlich. Sein Gesicht wirkte böse und dunkel. Er stand auf und schrie sie an.

Seine Lippen bewegten sich, und die Worte, die aus seinem Mund kamen, waren schrecklich. Sie sah, wie die Wände und die Decke einstürzten. Das ganze Haus stürzte ein, begleitet von einem schrecklichen Poltern und Dröhnen. Große Steinbrocken fielen auf sie herunter. Fielen auf sie alle und würden sie alle erschlagen.

Sie wußte, daß es Papas Worte waren, die das Haus einstürzen ließen. Sie fing an zu schreien, um ihn zu übertönen. Sie schrie und schrie und schrie, so laut, daß sie glaubte, ihre Brust müsse zerspringen und ihre Ohren würden zerplatzen.

Plötzlich wurde sie wach; sie war schweißgebadet. Sie saß aufrecht im Bett, ihr Herz pochte und hämmerte.

»Habe ich geschrien?« keuchte sie.

Aber es war niemand da, der ihr die Frage beantwortet hätte.

Mit zitternden Fingern griff sie nach dem Stück Alufolie, zog das Pulver zu einer dünnen, grauweißen Linie zusammen und steckte sich den Plastikschlauch in den Mund. Dann hielt sie die Flamme des Feuerzeugs unter die Alufolie und fuhr die grauweiße Linie entlang. Das Heroin schmolz. Gierig inhalierte sie den öligen Rauch, der von der grauweißen Linie aufstieg.

Dann lehnte sie sich in die Kissen zurück, schloß die Augen und versuchte, den Rauch so lange wie möglich in der Lunge zu halten. Sie fühlte die Nacht in sich. Ihre Brust weitete sich vor lauter Sternen, Monden und Planeten. Sie spürte, wie der Stoff in ihre Blutbahn gelangte, spürte, wie das goldene Blut durch die Venen zum Gehirn strömte. Ihr Gehirn nahm das Geschenk an, und das Geschenk beflügelte ihren Geist. Schmerz und Angst fielen von ihr ab. Alles um sie herum trat zurück und verschwand, nur das eine blieb, dieses einzigartige, wunderbare Gefühl, high zu sein.

Rusty Fagan klopfte um zwei Uhr nachmittags an Spookys Tür, für Spooky fast noch mitten in der Nacht.

Trotzdem quälte sich Spooky aus dem Bett und öffnete Rusty mit verschwommenem Blick die Tür. Das Öffnen dauerte, denn die Tür war durch mindestens ein Dutzend Riegel und Ketten gesichert.

Schließlich flog die Tür auf. Rusty zog die Nase hoch wegen des Gestanks, der ihm entgegenschlug.

»Du lieber Gott«, sagte er, während Spooky die Tür hinter ihm wieder verriegelte, »in dieser Wohnung stinkt's wie in einem Saigoner Bordell.«

Rusty war '69 in Vietnam gewesen. Seit damals prahlte er bei jeder Gelegenheit mit seinen Heldentaten. Doch Spooky hatte von ein paar Kumpels, die in Rustys Einheit gewesen waren, erfahren, daß Rusty in Cam Ranh Bay nichts anderes getan hatte, als Hasch in ein Erholungslager zu schmuggeln.

Ansonsten hatte er nur noch vietnamesische Frauen besprungen, die für ein Steak oder eine Fischmahlzeit zu haben waren. Die Kumpels hatten ihm erzählt, daß Rusty sie besprungen hatte, egal, ob sie ein Steak haben wollten oder nicht. Von ihnen wußte er auch, daß Rusty einmal ein dreizehnjähriges Mädchen auf einem Pooltisch vergewaltigt hatte.

Natürlich hütete sich Spooky, Rusty von seinem Wissen zu erzählen, denn Rusty war einen Kopf größer und sechzig Pfund schwerer als er und konnte, wenn er wollte, ganz schön gemein sein.

Rusty Fagan seinerseits brachte Spooky nichts als Verachtung entgegen, so wie er allen Süchtigen mit Verachtung begegnete. Spooky war Dealer, aber auch das machte ihn in Rustys Augen nicht besser. Er dealte, um Geld für seinen eigenen Stoff zu kriegen. Obwohl er gut und gerne tausend Dollar die Woche einnahm, hatte er nie Geld und hauste wie ein Schwein.

Rusty setzte sich auf den Tisch und warf Spooky einen verächtlichen Blick zu.

»Hast du mein Zeug?«

»Klar.«

»Dann schieb's rüber.«

Nachdem sie das Heroin gewogen hatten, feilschten sie um den Preis. Spooky konnte Rusty nicht leiden. In seinen Augen war Rusty ein ganz übler Bursche.

Rusty war darüber hinaus auch noch sein eigener Dealer. Natürlich in einem exklusiven Rahmen und mit jeweils nur einem ganz besonderen Kunden. Im Moment tat er alles, um Eden van Buren zu seiner ganz besonderen Kundin zu machen. Er hatte Eden Anfang des Jahres an der UCLA kennengelernt. Alles sprach dafür, daß ihr Studium nicht von langer Dauer sein würde.

Rusty kaufte also den Stoff von den Dealern, und zwar zu einem recht günstigen Preis, denn er kaufte große Mengen. Dann verkaufte er den Stoff, aber jeweils nur einen Schuß, an Eden weiter. Seine Gewinnspanne betrug ungefähr zweitausend Prozent. Er sorgte dafür, daß Eden immer dann, wenn sie versuchte, sich den Stoff hinter seinem Rücken zu beschaffen, nur an Dealer geriet, die entweder gerade ihren letzten Stoff verkauft hatten oder auf neuen warteten, so daß sie schließlich immer leer ausging.

In gewisser Weise war Eden nichts als ein unschuldiges Kind. Es kam ihr gar nicht in den Sinn, daß Rusty allen Dealern, die sie kannte, gedroht hatte, ihnen die Eier zu zerquetschen, wenn sie Eden auch nur ein einziges Mal etwas verkauften. Im Gegensatz zur vorherrschenden Meinung sind die meisten Junkdealer keine

Muskelprotze mit Pistolen im Gürtel, sondern hilflose, in ihrer Abhängigkeit gefangene Süchtige, deren Schicksal kaum weniger kläglich ist als das ihrer Kunden. Keiner von ihnen wollte Ärger, und deshalb taten sie, was Rusty ihnen sagte.

Und Eden glaubte Rusty, wenn er ihr sagte, daß nur er zuverlässig und vertrauenswürdig sei.

Auch war es ein gutes Geschäft. Eden war ein reiches Mädchen. Rusty wußte, daß sich an ihr Tausende verdienen ließen.

Aber Rusty ging es nicht nur ums Geld.

Eden war etwas Besonderes.

Rusty verdiente nicht nur Geld und schlief mit ihr, nein, er wollte dieses Besondere ganz für sich allein, er wollte es auskosten und es schließlich zerstören.

Spooky steckte das Geld, das Rusty ihm gegeben hatte, in die Tasche. »Hast nie selbst Lust bekommen, oder?«

»Nie.«

»Angst, stimmt's?«

Rusty zählte die Dollarscheine. »Ist einfach nicht mein Ding.«

»Kann ich verstehen. Das Zeug ist teuflisch, stimmt's? Es macht dich fertig. Hundertzehn Prozent fertig. Mann, Eden hat Schwein, daß du dich um sie kümmerst.«

»Und ob«, brummte Rusty. »Das hat sie wirklich.«

Gutgelaunt fuhr Rusty Fagan zurück in seine Wohnung. Er hatte tatsächlich noch nie Heroin probiert. Er wußte Bescheid über diesen Stoff, ebenso wie über viele andere. Schließlich machte er sich die Mühe, die einschlägige Literatur zu lesen.

Heroin machte einen fertig, genau wie Spooky gesagt hatte. Echt. Und er selbst stand sowieso nur auf Koks, besonders wenn es sich um gute Qualität handelte, die er sich jederzeit beschaffen konnte. Koks war phantastisch. Dabei, hieß es, wurde man nicht einmal süchtig davon, sofern man es sich nicht eßlöffelweise reinzog.

Rusty Fagan zog es vor, sich mit Menschen einzulassen, die schwächer waren als er. Er war zwar kein brutaler Schläger, aber er konnte es einfach nicht ertragen, nicht der Stärkere zu sein.

Ihm ging es um Macht.

Wenn man diese Macht richtig einsetzte, konnte man alles von ihnen kriegen, einfach alles. Und das wiederum war ein großartiges Gefühl. Noch besser als Koks.

Es gab nur ein Problem mit Süchtigen, und das war, daß die Sache irgendwann immer chaotisch wurde. Süchtige waren, wenn sie high waren, zu nichts zu gebrauchen, und zu weniger als nichts, wenn sie down waren. Sie waren einfach unzuverlässig.

Eden van Buren war inzwischen mit Sicherheit heroinsüchtig, auch wenn sie selbst es wahrscheinlich noch nicht wußte. Sie schwebte immer noch in einer süßen Traumwelt. Er würde sie aufwecken. Nach und nach. Sobald die Zeit dafür reif war.

Das Wichtigste war, sie auf die Nadel zu kriegen.

Sie hatte noch nicht danach verlangt, aber das würde nicht mehr lange auf sich warten lassen. Und dann brauchte er jemanden, der ihr zeigte wie. Und er wußte auch schon, wer dies sein würde.

SAN LLUC

Maya stand etwas abseits, während Mercedes mit dem Vorarbeiter redete.

Sie kamen jetzt fast jedes Wochenende herauf, um sich die Fortschritte beim Bau anzusehen. Das Haus nahm schnell Gestalt an. Der Swimingpool, der im Keller des Hauses gebaut wurde, war fast fertig. Auch am gläsernen Kuppeldach wurde bereits gebaut. Das große Haus sollte ein Herz aus Glas haben, kühl und klar, mit dem Pool im Mittelpunkt.

Mercedes hatte bald Geburtstag. Ihren dreiundfünfzigsten, und damit der dritte, den sie mit Maya zusammen feiern würde.

Im Verlauf der vergangenen drei Jahre war ihre Beziehung immer enger und vertrauter geworden. Sie waren so gute Freundinnen geworden, wie es sie nur selten gibt. Zu Anfang hatte Maya eine starke Zurückhaltung bei der älteren Frau gespürt; eine Abneigung gegen jede Art von Vertraulichkeit; fast so, als ob Mercedes Angst vor der Beziehung gehabt hätte, die sich daraus entwickeln könnte. Mercedes sprach nie von ihrer Freundin Matilde, die »weggegangen war«. Aber Maya spürte, daß Mercedes' Zurückhaltung viel mit dieser Freundschaft zu tun hatte.

Aber jetzt waren sie Freundinnen; ganz ohne Hast und Eile hatte sich ihre Freundschaft entwickelt. Maya hatte im Verlauf der drei Jahre Mercedes Eduard liebgewonnen, und ihre Beziehung hatte andere immer mehr ausgeschlossen.

Mercedes kam zu ihr herüber. »Er hat versprochen, daß sie Mitte August fertig sind«, informierte sie Maya.

»Das ist ja wunderbar.«

»Ja.« Mercedes nahm ihren Arm. »Den Herbst werden wir schon hier verbringen.«

»Wir?« fragte Maya erstaunt.

Mercedes hängte sich bei Maya ein, und gemeinsam gingen sie zum Auto. »Komm. Wir wollen noch hinunter zum Boot.«

Eine Stunde später lagen sie bereits auf dem hinteren Sonnendeck der Feadship, die in einer der wunderschönen, einsamen Buchten vor Anker lag. Sie waren ganz allein. Die Mannschaft, die aus drei Männern bestand, hielt sich im vorderen Teil des Bootes auf.

Völlig unvermittelt sagte Mercedes: »Ich möchte, daß du aufhörst zu arbeiten.«

»Was?«

»Ich möchte, daß du nicht mehr ins Studio gehst, sondern in Zukunft für mich arbeitest, als meine Privatsekretärin oder so. Kurz, ich möchte, daß du mit mir in meinem Haus wohnst.«

Maya stützte sich auf einen Ellbogen und nahm ihre Sonnenbrille ab. »Ist das dein Ernst?«

»Ich habe noch nie etwas so ernst gemeint«, erwiderte Mercedes ruhig. Sie lächelte Maya an. »Deine Arbeit befriedigt dich nicht. Du lebst nicht gern in Barcelona. Und das, was uns verbindet, ist doch wichtiger, oder nicht?«

»Ja«, antwortete Maya. »Du hast recht.«

»Dann ist mein Vorschlag doch ganz logisch. Die Vorstellung, daß du in Barcelona bist und ich allein hier oben, ist mir unerträglich. Wir würden einander viel zu sehr vermissen. Du mußt doch auch schon daran gedacht haben.«

»Ja, aber ich hätte nie damit gerechnet, daß du mir eine Stelle anbietest«, sagte Maya mit einem kleinen Lächeln. »Ich möchte nicht für meine Freundschaft bezahlt werden, Mercé.« Maya hielt ihr schmales Handgelenk hin, an dem ein diamantenes Armband funkelte. »Du hast mir schon so viel Schmuck geschenkt. Ich möchte kein Geld, Mercé.«

»Aber ich sehe keine andere Möglichkeit. Außerdem gäbe es wirklich Dinge, die du mir abnehmen könntest. Natürlich wärst du zu nichts gezwungen, du könntest so viel tun, wie dir Spaß macht oder wie du glaubst, für das Geld tun zu müssen. Das ist mein Angebot. Denk bitte darüber nach. Du kannst dir mit der Antwort Zeit lassen, bis das Haus fertig ist.«

»Aber wir kennen doch beide die Antwort schon jetzt«, sagte Maya sanft.

PACIFIC PALISADES, KALIFORNIEN

Die Vorhänge öffneten sich; sie ritt unter dem Schild durch, auf dem PALISADES SHOWJUMPING 1972 zu lesen war, und hinaus in die warme Abendluft. Sie sah nichts und fühlte nichts.

Ein Stallknecht nahm die Zügel entgegen, und sie sprang ab. Dann beugte sie sich hinunter, um Monacos Beine in Augenschein zu nehmen. Scheinbar war alles in Ordnung, keine Verletzungen. Als sie aus den Augenwinkeln heraus sah, daß Dan Cormack auf sie zukam, zog sie ihren Hut vom Kopf und knöpfte ihre Jacke auf.

»Das wird ja immer schlimmer mit dir.«

Ihr Blick traf seine wäßrigen blauen Augen. Sie bemühte sich, nicht auf den Schmerz in ihrem Kopf zu achten.

»Tja, wahrscheinlich lag mir diesmal nicht so viel dran«, sagte sie kurz.

»Jedesmal, wenn du die Chance hast zu gewinnen, scheinst du auszurasten. Wenn ich sehe, wie du im Sattel hängst, dann glaub' ich fast, dein Rückgrat ist butterweich geworden. Und dann jedesmal dieser leere Blick. Experimentierst du vielleicht mit Drogen, Eden?«

»Dan...«

»Du hast mir gesagt, du willst in diesem Sommer einige Preise holen, Eden.«

»Ich glaube, ich werde jetzt duschen«, sagte sie.

»Ich mach' dir einen Vorschlag.« Cormack versperrte ihr den

Weg, als sie an ihm vorbei wollte. »Du solltest wieder zu mir ins Training kommen, dreimal die Woche, jeweils zwei Stunden.«

»Ich hab' keine Zeit für soviel Training, Dan.«

»Du gehst doch schon nicht mehr zur Uni. Was tust du also?«

»Pferde sind nicht alles im Leben.«

»Das hast du aber mal gedacht.« Das lederne Gesicht verzog sich zu einer Art Lächeln. »Ich nehm' mir die Zeit, wenn du sie dir nimmst. Es ginge sogar abends, wenn dir das lieber wäre.«

»Danke, Dan«, antwortete sie mit tonloser Stimme. »Ich hab' wirklich keine Zeit.«

»Und warum kommst du dann überhaupt noch her und verschwendest jedermanns Zeit und Energie?«

Ihre Stimme wurde schrill. »Ich habe immerhin noch die Hälfte der Wettbewerber heute geschlagen. Das reicht doch, oder nicht?«

»Nein, verdammt, das tut es nicht.« Seine Stimme wurde rauh. »Du solltest ganz vorne sein. So wie du's einmal vorgehabt hast. Weißt du noch? Du hast das Zeug, ganz oben zu sein, Eden. Und wenn ich sehe, wie du alles, was du hast, langsam aber sicher wegwirfst, werde ich furchtbar wütend. Du reitest einfach immer schlechter. Heute warst du nur im Mittelfeld. Beim nächsten Mal bist du vielleicht Letzte. Und dann gibst du's vielleicht ganz auf.

Dafür gibt es keine Entschuldigung, Eden.« Er versuchte, ruhig zu bleiben. »Eine Begabung einfach wegzuwerfen ist eine Sünde.«

Sie standen sich gegenüber und starrten einander an, inmitten von Reitern, Pferden und Stallknechten. Einer der Stallknechte führte Monaco mit einer Decke über den Flanken an ihnen vorbei.

»Das Pferd hat auch besseres verdient«, fuhr Cormack fort. »Wenn du weiterhin seine Beine gegen das Holz krachen läßt, verliert es bald sein Selbstvertrauen. Wenn es sich nicht schon vorher ernsthaft verletzt.«

Sie warf ihre Jacke über ihren Arm. »Ich will mich jetzt duschen, Dan.«

»Und noch was wollte ich dir sagen. Du siehst richtig krank aus, als littest du an Blutarmut oder so was.« Er packte ihren Arm. »Hast du schon mal dran gedacht, daß du vielleicht krank sein könntest? Irgendeine Mangelkrankheit oder Ernährungsstörung vielleicht?«

»Um Himmels willen, Dan!«

»Jennifer hat mich darauf hingewiesen, wie dünn du geworden bist. Richtig mager. Und du bist so weiß wie ein Gespenst. Sie hat gemeint, daß vielleicht eine Vitaminkur…«

Sie schüttelte seine Hand ab. »Ich brauche keine Vitamine«, rief sie wütend. »Und ich bin auch nicht dünn, sondern schlank.«

»Schon gut, ich sage ja nicht, daß ein Springreiter dick sein soll, aber beim Abnehmen geht auch Muskelgewebe verloren. Das brauchst du aber, wenn du Kraft haben willst. Jennifer hat gemeint…«

»Es interessiert mich nicht, was Jennifer meint. Und außerdem schätze ich es gar nicht, wenn irgendwelche Wichtigtuer sich hinter meinem Rücken über mich unterhalten.«

Cormacks wäßrige Augen weiteten sich. »Wichtigtuer? Mädchen, Jennifer kennt dich schon von Kindheit an.«

»Weißt du, was ich an dem ganzen Reitervolk am meisten hasse?« sagte sie bitter. »Den Tratsch. Den Klatsch. Hier gibt es kein Fleckchen, wo man auch nur eine Minute allein sein könnte.«

Dans dunkle Brauen senkten sich. »Die einzigen, die so etwas brauchen, sind die, die etwas zu verbergen haben, Eden. Was willst du verbergen?«

Eden starrte ihn an. »Geh zum Teufel, Dan«, sagte sie eiskalt. Mit diesen Worten ließ sie ihn stehen und ging in Richtung Umkleideräume davon. Dan Cormack sah ihr nach. Die lederne Haut schien auf einmal noch zerfurchter.

Jennifer Cormack trat neben ihren Mann. Sie hatte den letzten Teil des Wortwechsels mit angehört. Mit finsterem Blick sagte sie zu Dan: »Hochnäsiges kleines Luder.«

»Irgend etwas stimmt nicht mit dem Mädchen, Jennifer.«

»Natürlich nicht, ihre Eltern haben sie ja auch vom ersten Tag an nur verhätschelt und verzogen. Schon als sie die erste Stunde bei dir hatte, war sie eine verzogene Göre. Vergiß sie.«

»Nein, nein. Da steckt noch mehr dahinter, das weiß ich genau. Und ich glaube, daß ich weiß, was es ist.« Langsam schüttelte er den Kopf. »Wenn das so weitergeht, dann muß ich wohl ein Ferngespräch mit ihrer Mutter führen.«

Der Umkleideraum war voller Reiterinnen, einige angezogen, andere ausgezogen. Als sie sich hinsetzte, liefen ihr die Tränen über die Wangen. Sie konnte nicht mehr, sie war vollkommen erschöpft und ein einziges Nervenbündel.

Sie legte Bluse und Büstenhalter ab, dann öffnete sie den Haarknoten im Nacken. Als das schwarze Haar in dicken Locken über ihre Schultern fiel, ließ der scharfe Griff der Klauen ein wenig nach, aber eben nur ganz wenig.

Nachdem sie ihre Kleidung abgelegt hatte, drängte sie sich durch die schwatzende Schar von Frauen zu den Duschkabinen vor.

Der Wasserstrahl schien Tausende von Nadeln in ihr Fleisch zu treiben. Sie versuchte, es so lange wie möglich auszuhalten. Trotz des heißen Wassers zitterte sie immer noch, als sie schließlich aus der Dusche trat. Ihr Körper verspannte und verkrampfte sich immer mehr, der Griff der Klauen wurde stärker und stärker. Länger würde sie es jetzt wirklich nicht mehr aushalten.

Das hatte ihr niemand gesagt. Niemand klärte einen darüber auf, wie furchtbar es sein konnte. Ohne den Stoff war es die Hölle, aber wenn man ihn hatte, war man im Paradies.

Rusty. Warum tat er ihr das an? Er hatte doch gewußt, daß sie heute den Wettkampf hatte. Er wußte doch, was passierte, wenn sie so lange nichts hatte. Warum quälte er sie so?

Es tat ihr leid, daß sie so schlecht gesprungen war.

Ihr tat auch leid, was sie zu Dan Cormack gesagt hatte. Wie viele Freunde hatte sie überhaupt noch, denen sie weh tun konnte? Wie viele der Frauen da draußen haßten sie bereits und verhöhnten sie hinter ihrem Rücken?

Manchmal hatte sie das Gefühl, daß alle Bescheid wußten. Alle, selbst Dan.

Sollte sie sich bei Dan entschuldigen? Er würde ihr wahrscheinlich am liebsten den Kopf abreißen. Vielleicht später.

BEVERLY HILLS – HERBST 1971

Darauf hat sie gewartet.

Danach hat sie sich gesehnt. Trotzdem hat sie jetzt Angst.

Donna tastet sorgfältig Edens Arm ab. Sie drückt ihren Daumen in Edens Ellbogenbeuge. Sie ist neidisch auf die pralle Vene und läßt Eden dies auch wissen.

Eden versucht zu lächeln. »Ist das gut?«

»Ich hab' am ganzen Körper keine solche Vene. Du bist ja ein richtiger Charles Atlas. Du kannst dich glücklich schätzen.« Donna trägt enge Jeans und eine Jeansjacke, dazu ein rosafarbenes Tuch um den Kopf. Ihre Haut hat die Farbe von weißem Lehm. Ihre Mundwinkel sind ständig nach unten gezogen. Wenn Donna stoned ist, erinnern ihre blaßblauen Augen an die eines Waisenkindes, pupillenlose Scheiben, die trostlos vor sich hin starren. Wenn sie nicht stoned ist, bekommt ihr Lächeln etwas Grausames.

Aber Donna ist Expertin in Sachen Nadel, ein Genie. Sie kann Eden ohne Schmerz und Blut einen Schuß setzen und sie auf direktem Weg zum Mond hinaufschießen.

Eden ruft sich jetzt genau das ins Gedächtnis zurück. Aber als Donna die Staubinde um ihren Arm legt und ihr zeigt, wie man damit umgeht, verkrampft sie sich und entzieht ihr den Arm.

»Krieg' ich jetzt Hepatitis oder so?«

»Quatsch. Hier sieht's doch aus wie beim Arzt. Alkohol, destilliertes Wasser, neue Spritzen. Glaubst du vielleicht, ich betreib' für mich selbst so'n Aufwand?«

Donna zeigt Eden die Kanüle, die immer noch steril verpackt ist. »Hier. Genau wie es sein soll. Okay?«

Eden schaut auf das restliche Zubehör – die Spritze, den Löffel, das Wasser – das sich auf dem Couchtisch befindet.

»Kriegst du jetzt vielleicht kalte Füße?«

»Nein«, antwortet Eden leise.

Donna ist ungeduldig. Sie kann es kaum noch erwarten, sich ihre eigene Spritze zu setzen. »Also dann, los.«

»Nur noch einen Moment«, sagt Eden, die immer noch auf die Spritze starrt. »Ich muß erst zur Ruhe kommen.«

»Also dann, während du noch mal überlegst, kann ich ja schon mal loslegen. Vielleicht gibst du dir dann einen Ruck.«

Wie konnte es bloß so weit kommen? Was ist mit ihr passiert? Doch für solche Fragen ist es jetzt zu spät. Donna hat bereits das Heroin in den Löffel gegeben und vermischt es nun mit Wasser. Sie greift nach dem Feuerzeug. Der Schuß für Donnas zerstochenen Arm ist fertig.

»Warte«, sagt Eden. Sie hat keine Lust, sich Donna auszuliefern, wenn diese *stoned* ist. Ihre Zweifel sind verflogen. Sie nimmt das Ende der Staubinde in die andere Hand und zieht zu. »Ich bin soweit.«

»Du kannst dich verabschieden, Baby«, hört Eden sie sagen.

»Von wem?«

Donna grinst. Die weiß gar nichts. Reiche Göre, die mit diesen kühlen grünen Augen auf sie heruntersieht. »Von allen und allem.«

Eden sieht, wie Donna die Spritze aufzieht.

»Von allem, was du haßt«, murmelt Donna verträumt.

Das gelblichweiße Pulver sieht gefährlich aus.

»Von allem, was du liebst.«

Sie will Donna fragen, womit es versetzt ist, aber sie beißt sich auf die Lippen. So genau will sie's ohnehin nicht wissen. Jetzt wird sie keinen Rückzieher mehr machen.

Donna hebt den Arm höher und reibt die Stelle mit den Fingern.

»Alkohol«, preßt Eden hervor. Sie will keine Blutvergiftung, auf keinen Fall.

Kopfschüttelnd fährt Donna mit dem getränkten Wattebausch über die Stelle. Sie hat sich schon mit Wasser aus einer Kloschüssel einen Schuß gesetzt und eine Nadel benutzt, die, weil sie von einem Dutzend Fremder ebenfalls benutzt wurde, ganz stumpf geworden war und deshalb an einer Streichholzschachtel geschliffen werden mußte. Aber sie weiß, daß Eden spätestens in zwei Monaten ebenfalls nachlässiger werden wird. »Bist du jetzt soweit?«

Eden nickt. Ihr Körper ist bereit. Etwas Bedrohliches liegt in der Luft. Aber ihre Angst ist verschwunden. Sie beschließt, daß sie alles großartig findet. Die Angst hat sich in eine tiefe, starke Erregung verwandelt.

Sie ist bereit, mehr als bereit, schon seit langem. Das Bisherige war gut, aber doch nie gut genug. Das Erhitzen auf der Folie, das Einatmen der köstlichen Dämpfe bis in ihre Lungenspitzen, das Gefühl, daß der Geist sich öffnet und weitet, der Körper schwerelos wird und zu schweben scheint, alles in den Hintergrund tritt und man nur noch ein ganz helles Licht wahrnimmt.

Aber mehr als ein Flirt war es nie gewesen, ein zauberhaftes Vorspiel für das, was jetzt kommen sollte.

Donna tippt die Spritze mit dem Fingernagel an. »Hast du gesehen? Wichtig ist, daß keine Luft mitzugesetzt wird. Wäre schlecht fürs Herz.«

»Ja.«

Ohne großes Gerede schiebt Donna die Nadel in die Vene. Eden macht nicht einmal einen Mucks. Es tut nicht weh.

»Aufmachen!« befiehlt Donna mit belegter Stimme. Eden fummelt an der Staubinde herum, die zu Boden fällt. Sie hält schon so lange die Luft an, daß sie glaubt, ihr Brustkorb müsse zerspringen. Jetzt atmet sie aus, langsam und zittrig. Jetzt trennt sie nichts mehr von dem Stoff.

Zuerst zieht Donna den Kolben der Spritze zurück, anstatt ihn hineinzudrücken. Wie eine Zunge fährt ihr rotes Blut in das Heroin hinein, vermischt sich mit ihm in der Spritze. Dann schießt Donna den Inhalt der Spritze in die Vene, schnell und sicher. Eden sieht zu, wie sie noch einmal die ganze Spritze mit Blut füllt, um auch die letzten Spuren der Droge herauszuspülen. Auch das wird schnell wieder hineingespritzt. Dann zieht sie die Nadel heraus und preßt einen Wattebausch auf die Einstichstelle.

»Arm abbiegen«, sagt sie.

Eden gehorcht.

Sie ist tausend Kilometer weit weg, tausend Kilometer weit weg von allem. Sie wartet. Es ist in ihrem Blut und bahnt sich schnell den Weg zum Gehirn. Ihr Körper ist erfüllt von einem überwältigenden Schweigen.

Von einer gewaltigen, majestätischen Stille.

In weiter Ferne, so kommt es ihr vor, wäscht Donna die Spritze aus, bereitet sich vor auf ihren eigenen Schuß.

Wo ist es? Wann ist es soweit? Sie wartet. Donna sieht sie nun an.

»Wie geht's?«

»Gut.«

Es ist in ihrem Blut. Es kommt näher. Sie spürt, daß es aus den Ecken des Zimmers näher kommt, auf sie zufließt. Jetzt fließt es schon schneller. Bald wird es zur Flut werden. Der Wattebausch fällt zu Boden, als sie nach der Armlehne greift, um nicht hinweggespült zu werden von dieser gewaltigen Kraft, die zum Gehirn hinbraust.

Ein Donnern hallt in ihrem Kopf wider, es scheint das ganze Universum mit Lärm, Wärme und Licht auszufüllen. Es ist unglaublich. Sie wird es nicht aushalten können. Ihre ganze Lebensenergie ist freigesetzt worden und schießt wie eine Fontäne nach oben. Genau das ist es, wonach sie gesucht und sich gesehnt hat. Alles andere ist unwichtig. Sie spürt keinen Schmerz und keine Freude. Die Ekstase, die sie in diesen Sekunden erlebt, ist so überwältigend, daß sie schreien will, aber kein Laut kommt über ihre Lippen.

Mit voller Wucht trifft es ihr Gehirn. Sie glaubt, ihre Schädeldecke würde weggesprengt. Ihr Hirn fliegt davon. Sie spürt, wie jede einzelne dieser Milliarden von Zellen davonfliegt, jede in eine andere Richtung, und jede einzelne singt ihr eigenes kleines Lied. Ihre Gehirnzellen schweben im Zimmer umher und bilden eine funkensprühende Wolke. Sie beginnt, sich aufzulösen, fühlt sich so himmlisch leicht wie Federwolken am Abendhimmel.

Sie ist nicht mehr Eden. Sie ist Ekstase.

Schweigen.

Das Blut fließt langsam wieder nach unten, durch das goldene Geflecht ihrer Blutbahnen. Es erfüllt ihren Körper mit einer Liebe, die größer und süßer ist, als es jemals eine Liebe war. Mutter, Vater, Geliebter. Es webt ein goldenes Netz um sie, umhüllt sie mit einem Mantel der Freude.

»Spürst du's?« Donna ist bereit, sich den eigenen Schuß zu setzen. Eden hebt langsam den Kopf und sieht sie an.

»Lethe. Wunderbar.«

»Was ist Lethe?«

»Der Fluß des ... Vergessens.«

Stoned. Donna betrachtet ihr Gesicht. »Beim Himmel, ja. Ich erinnere mich.«

»Großer Gott.« Eden holt tief Luft. »Ich wußte es nicht. Ich meine, ich wußte es, aber ich wußte es nicht. Das ist...«

Donna beachtet sie nicht weiter. Sie setzt sich selbst einen Schuß, ihr Blick ist auf die Wand gerichtet. Nach einer Weile legt sie den Kopf zurück, schließt die Augen und murmelt leise: »Ja, wunderbar.« Ihr Kopf fällt nach vorne.

Später prüft sie ihre Arme. Kaum noch eine Vene, die noch einen Einstich aushält. Indem sie sich zerstoßene Diconal-Tabletten, Amphetamine und anderes Zeug gespritzt hat, hat sie viele kaputtgemacht. Als nächstes sind ihre Oberschenkel dran. Und wenn auch dort nichts mehr geht, bleibt immer noch die Leistenbeuge. Es gibt immer eine Möglichkeit.

Sie hebt den Kopf, als sie merkt, daß Eden sich vom Stuhl hochzieht und mit wackligen Beinen wie eine Schlafwandlerin zum Sofa hinübergeht. Sie lehnt sich in die Kissen zurück, macht die Augen zu.

Dort, wo sie jetzt ist, ist alles wunderbar. Schöner als Fliegen. Besser als Sex.

Als Donna wieder den Kopf hebt, sieht sie Rusty Fagan neben sich stehen. Sein Blick ist auf Eden gerichtet.

»Ja.« Donna nickt. »Da könnte man neidisch werden. Ich würde meine linke Brust dafür geben, wenn ich dafür noch einmal meinen ersten Schuß bekäme.«

»Wie du meinst«, sagt Rusty. »Irgendwelche Probleme?«

»Keine. Sie war das reinste Opferlamm.«

»Sehr gut. Da.«

Er zieht ein paar Scheine aus der Tasche und hält sie ihr hin. Donna nimmt das Geld und zählt es.

»Du kannst jetzt gehen.«

Aber Donna hat es gar nicht eilig, von hier wegzukommen. Dieses Haus eignet sich hervorragend zum Abdriften. Noch dazu in Beverly Hills. Gute, frische Luft, kein Smog und kein Verkehr. Außerdem stehen hier unzählige hübsche kleine Dinge herum, die jemand, der sehen muß, wie er seine Sucht finanziert, leicht mitgehen lassen könnte. Dinge, die sich leicht verhökern ließen. Schließlich denkt Donna bereits an den nächsten Schuß, und an den übernächsten.

Sie schlendert durchs Zimmer, ihre Augen sind auf der Suche nach dem richtigen Gegenstand. Sie findet ihn auf einem Tisch und läßt ihn in ihre Hand gleiten, als Rusty nicht hersieht. Sie betrachtet ihn neugierig und voller Ungeduld. Es ist ein wunderschöner Briefbeschwerer. Sie hält ihn gegen das Licht. Eine gläserne Kugel, in der ein zarter Schmetterling für alle Ewigkeit gefangen ist.

Sie grinst hämisch. Höchstwahrscheinlich bringt er mindestens hundert Mäuse ein. Genug, um eine Woche lang satt zu werden. Vielleicht sogar genug, um eine Zeitlang den Dealer für andere Junkies zu machen. Sie läßt ihn in ihre Tasche gleiten.

»Ich hab' gesagt, du kannst jetzt gehen.«

Rustys Augen sind hart. Donna kennt diesen Ausdruck. Wenn sie jetzt nicht geht, wird er Gewalt anwenden. Aber sie hat auf jeden Fall den Briefbeschwerer in der Tasche.

»Okay«, sagt sie achselzuckend. Sie wirft noch einen Blick auf Eden. Die Droge hat sie noch hübscher gemacht. Ihr blasses Gesicht ist von schwarzen, dicken Locken umrahmt. Ihr Mund ist dunkelrot. Auf beiden Wangen hat sich ein runder roter Fleck gebildet. Eden hat ein ovales Gesicht und eine reine, zarte Haut. Ihre Wimpern und Augenbrauen sind schwarz und dicht. Sie sieht südländisch aus. Wie eine spanische Zigeunerin. Donna hat sie noch nie so friedlich gesehen.

Donna widersteht der Versuchung, sie zu berühren.

Eden hat sich einen neuen Geliebten genommen, einen Geliebten, mit dem sich kein Mann aus Fleisch und Blut messen kann. Niemals wird sich Eden einem anderen Geliebten so hingeben. Soweit Donna weiß, hat noch nie jemand diese Schranke, die sie im Innern errichtet hat, überwunden. Sie läßt niemanden durch das Tor, läßt niemanden hinein.

Seltsames Mädchen das, mit ihrem Geld und ihrer Politik und ihren Pferden, mit ihren Protestmärschen und ihren Fremdwörtern. Seltsames, ungestümes Mädchen.

»Süße Träume wünsch' ich dir«, flüstert Donna ihr leise zu.

Dann nickt sie Rusty zu und geht.

LOS ANGELES

»Sie war gestern nacht hier«, informierte Spooky Rusty.

»So, so.«

»Ungefähr um vier in der Früh. Bettelte um einen Schuß. Heulend und zitternd hat sie mich angefleht.«

»Ich hoffe, du hast keine Dummheit begangen«, sagte Rusty knapp.

»Nein. Ich hab' keine Dummheit begangen. Ich hab' doch meine Anweisungen, oder etwa nicht?«

»Genau, du hast deine Anweisungen.« Rusty schnippte mit dem Finger. »Her damit!«

Spooky schlurfte durch das Zimmer, dann machte er die Schiebetür hinter sich zu und schloß ab. Rusty wußte nicht, wo er den Stoff versteckte. Spooky war furchtbar mißtrauisch. Aber eines Tages, dachte er, voller Vorfreude auf diesen Augenblick, würde er mit einem Schrei die Tür eintreten und Spooky an seinem lächerlichen Versteck beim Kragen packen. Und dann würde er ihn das Fürchten lehren.

Spooky gab ihm das Päckchen. »Hab' mich gefühlt wie ein Stück Dreck, Mann. Einen Freund hängenzulassen, der vor deiner Tür auf Turkey ist.«

»Tatsächlich?« Rusty ging in die Küche und legte das Päckchen auf die Plastikwaage, die zwischen den dreckigen Tassen und Tellern stand.

»Ist auch nicht gut fürs Geschäft.« Spooky beobachtete Rusty mit verschwommenen, geröteten Augen. »Wenn es sich rumspricht, das man bei mir nichts mehr kriegt, dann bleiben meine Kunden weg.«

»Spooky, alter Junge, deine Kunden bleiben bestimmt nicht weg. Ich würde sagen, das sind fünfundzwanzig Gramm, okay?«

»Okay. Beste Qualität.« Spooky warf Rusty einen Blick zu, nicht direkt, sondern von der Seite. »Mich würde interessieren, wie du das mit deinem Gewissen vereinbarst, Mann.«

»Was soll ich vereinbaren?« fragte Rusty mit leiser, drohender Stimme. »Du hast doch auch an sie verkauft, oder nicht?«

»Genau, aber das, was du mit ihr machst, ist etwas anderes. Du nimmst sie aus und sorgst dafür, daß sie auf der Nadel bleibt.«

»Ich sorge dafür? Ich? Macht sie etwa auf dich den Eindruck, als müsse sie dazu überredet werden?«

»Nein, das nicht. Aber man muß sie ja nicht zur Sklavin machen.«

Rusty rollte die Geldscheine zusammen und zielte mit dem Röhrchen auf Spooky. »Versuch ja nicht, mich zu verscheißern, du kleine Ratte.«

»Schon gut, schon gut…«

»Eden ist zum Junkie geboren. Ich und du, wir können da gar nichts tun. Sie braucht nur jemanden, der sich um sie kümmert. Ich beschütze sie und wahre ihre Interessen. Außerdem sorge ich dafür, daß es keine Pannen gibt. Kapiert?«

»Und wie nennst du das, wenn sie nachts um vier verzweifelt hier herumirrt?«

»Ich war beschäftigt.«

»Aber klar doch.« Spooky sah Rusty immer noch von der Seite an. Rusty war ihm echt zuwider.

Jedesmal, wenn Spooky Eden in letzter Zeit sah, hatte er das Gefühl, daß ein heller Stern am Himmel verblaßte. Obwohl Dealer und Süchtige in der Regel kaum Mitleid zeigen, hatte er so etwas wie Mitgefühl für das Mädchen, das jetzt in Beverly Hills auf seinen Schuß wartete.

Während die beiden zur Tür gingen, legte Rusty eine Hand auf Spookys schmale Schulter und preßte sie zusammen. »Sollte ich erfahren, daß du Eden auch nur eine Kopfschmerztablette gegeben hast, dann zerquetsche ich dir tatsächlich die Eier, vergiß das nicht.« Dabei bohrte er seinen Daumen fest in Spookys Schulter, bis dieser aufschrie und versuchte, sich loszureißen. Doch dazu war er viel zu schwach. »Vergiß nicht. Du gibst ihr nichts. Gar nichts. Hast du verstanden?«

Spooky konnte nur schreien, doch Rusty hielt das offenbar für eine ausreichende Antwort, denn er ließ ihn los.

Rusty fuhr in seinem Alfa Romeo in Richtung Beverly Hills. Ab und zu nickte er im Takt zu der coolen Musik von Ahmed Jamahl.

Er fuhr durch das große Tor, winkte Miguel Fuentes zu und fuhr dann weiter bis zum Haus. Er machte sich auf ein Donnerwetter gefaßt.

Alle Süchtigen waren in der schlimmsten Verfassung, wenn sie einen Tag lang keinen Stoff hatten. Eden wartete seit gestern nachmittag fünf Uhr, seit er für sie auf Beschaffungstour gegangen und nicht zurückgekommen war. Jetzt war es fast vier Uhr. Er wußte, daß sie ihn anflehen würde.

Aber genau das war ja so aufregend, denn in diesem Zustand leistete sie am wenigsten Widerstand. Er überlegte bereits, was er von ihr verlangen würde, bevor er es ihr gab.

Nachdem er die fünfundzwanzig Gramm gekauft hatte, hatte er den Stoff in fünfzig winzige Päckchen umgepackt. Vier davon hatte er in seiner Tasche. Als er aus dem Auto ausstieg, überlegte er, ob es nicht an der Zeit war, den Preis zu erhöhen. Er konnte noch viel mehr Gewinn machen. Sehr viel mehr sogar.

Der Himmel war blau an diesem wunderschönen Tag. Selbst der Smog schien weniger drückend als an anderen Tagen.

Er ging auf die Veranda zu, und kaum hatte er die Haustür erreicht, flog sie schon auf.

»Wo bist du gewesen?« zischte sie wütend. In der Hand hielt sie eine halbleere Weinflasche. Was für eine Begrüßung! Obwohl der Alkohol ihr schon kräftig zugesetzt hatte, klang ihre Stimme giftig, und ihr schmächtiger Körper zitterte vor lauter Aufregung. »Wie kannst du mir so etwas antun, Rusty?«

»Komm schon, es tut mir leid, ehrlich. Ich hatte Schwierigkeiten.«

»Die ganze Nacht?« Sie schlug die Tür hinter ihm zu. »Den ganzen Morgen? Du hattest die ganze Nacht und den ganzen Morgen Schwierigkeiten?«

»Tja also, zum einen ist mir das Auto verreckt.«

»Du *wußtest*, daß ich warte.«

»Irgendwas mit dem Getriebe«, sagte er. »Ich saß die halbe Nacht in einer Werkstatt fest. Wird mich 'ne ganze Stange Geld kosten. Und als ich dann heute morgen in die Agentur kam, kam schon der nächste Ärger auf mich zu. Eines der Mädchen hat ein ganzes Speiseservice zerdeppert, aber die Versicherung will nicht dafür aufkommen, und jetzt wird der Kunde uns verklagen. Ein ganzes Speiseservice, kannst du dir das vorstellen? Irgendeine Tussi mit zwei linken Händen, die wahrscheinlich noch einen Kater hatte…«

»Warum hast du nicht *angerufen*? Wie konntest du mich hier einfach alleine lassen?«

»Hörst du mir denn nicht zu? Ich war bis vor einer halben Stunde in der Agentur.«

Sie erinnerte ihn an ein kleines, wildes Tier, das seine weißen Zähne fletschte. »Du bist ein Lügner! Du willst mich fertigmachen. Ich habe den ganzen Vormittag dort angerufen, aber du warst überhaupt nicht dort!«

»Und wieviel Wein hast du in dich hineingeschüttet, seit ich gestern weggefahren bin?« verlangte Rusty zu wissen. »Du riechst wie ein alter Säufer.«

»Ich mußte *selbst* losgehen. Zuerst war ich in dem Haus auf der Manchester, aber dort war niemand da. Dann bin ich zu Spooky, aber er hatte nichts. Da mußte ich mir doch was zu trinken kaufen.«

»Hab' ich dir nicht gesagt, daß du nicht auf eigene Faust losgehen sollst, erinnerst du dich? Hab' ich dir nicht gesagt, daß das gefährlich ist? Irgend jemand könnte dich überfallen oder dir irgendeinen Scheiß andrehen, an dem du krepierst.«

»Komm, gib's mir schon, ich brauch' es.«

»Bitte?«

»Bitte.«

»Okay, du kriegst es«, erwiderte er grinsend und zog eines der Päckchen aus der Tasche. »Hier ist es, siehst du?«

»Gib's mir.«

Er hob den Arm hoch, so daß sie es nicht erreichen konnte. »Wenn du lieb zu mir bist.«

»Du Bastard!«

»So hatte ich es mir eigentlich nicht vorgestellt.« Er sah sie prüfend an. »Vielleicht sollten wir es hinter uns bringen, bevor ich es dir gebe. Was meinst du?«

»Ja, okay«, flüsterte sie mit zusammengebissenen Zähnen und geschlossenen Augen.

»Außer, du weißt was Besseres«, sagte er grinsend. Er machte den Reißverschluß seiner Hose auf. Die Art, wie er vor ihr stand, und der Ausdruck in seinen Augen ließ keinen Zweifel zu.

Sie holte tief Luft, dann kniete sie vor ihm auf den nackten Holzfußboden nieder.

»Das ist eine ganz gute Idee«, murmelte er. Er spürte, wie ihre weiche Zunge an ihm leckte. Sie war eine gelehrige Schülerin gewesen.

Schon bald begann er zu stöhnen. Er spreizte die Beine und nahm ihren Kopf in seine Hände, während er seine Hüften kreisen ließ und sich lustvoll in ihrem Mund hin und her bewegte.

»Beiß mich!« befahl er mit heiserer Stimme. »Fester. Aaah. Fester, Eden, fester!«

Als sie das lauterwerdende Stöhnen vernahm, bereitete sie sich innerlich auf den letzten Akt des Spiels vor. Er stieß in sie hinein, tief in ihren Hals hinein. Sie fing an zu würgen. Dann kam er mit einem langen, heiseren Grunzen.

Seine Finger hatten sich in ihren Haaren vergraben, mit eisernem Griff hielt er ihren Kopf fest, während er seinen Samen in sie ergoß.

Nach einer Weile seufzte er zufrieden und ließ sie los. Sie hatte den Mund voll, aber sie war nicht so dumm, den Saft auszuspucken oder zu würgen. Schweigend griff sie nach dem Päckchen, dann rannte sie, während sie alle Beherrschung aufwenden mußte, um sich nicht zu übergeben, nach oben ins Badezimmer.

Mit einem wunderbaren Gefühl der Leichtigkeit blickte Rusty ihr nach. Wenigstens das konnte sie gut, auch wenn sie heute schrecklich aussah. Ein dürres kleines Luder. Irgendwann hatte er sie für die hübscheste Puppe überhaupt gehalten, aber jetzt…

Oben im Badezimmer stieß Eden sich die Nadel in die Vene, drückte den Kolben der Spritze hinein, zog Blut aus der Vene und drückte wieder hinein. Dann machte sie die Staubinde auf. Das Zittern hatte immer noch nicht aufgehört. Sie lehnte sich zurück an die gekachelte Wand, schloß die Augen. Ihre Zähne waren fest zusammengepreßt. Sie wartete darauf, daß die Klauen endlich von ihr ablassen würden.

Die Umrisse ihrer Gestalt waren durch das Badezimmerfenster gut erkennbar. Der Fotograf im Garten schoß mit seinem Teleobjektiv noch weitere sechs Bilder, bevor er sich genaue Notizen machte.

TUCSON

Joel Lennox kommt erst nach Einbruch der Dunkelheit zum Haus zurück.

Die herbstliche Luft hat auf ihn die gleiche Wirkung wie Champagner; sie ist anregend, ganz besonders, wenn es dunkel ist.

Er sieht sich um. Die Wüste ist bei Nacht ruhig und still. Die Kandelaberkakteen, die nur vom Mondlicht beschienen werden, erinnern mehr denn je an nächtliche Wächter. Nicht weit von ihm entfernt stürzt sich eine Eule hinunter auf ein herumhuschendes Nagetier.

Sein Lieferwagen ist vollbeladen mit Ziegeln und Zementsäcken. Er ist bis in die Nähe von Phoenix gefahren, um sie zu kaufen, und ist erst nach Sonnenuntergang nach Tucson zurückgekehrt. Zwar hat er nur wenige Nachbarn, und es gibt kein anderes Haus in unmittelbarer Nähe, aber trotzdem achtet er darauf, daß niemand davon Wind bekommt, daß er einen kleinen Anbau vornimmt.

Er fängt mit dem Ausladen an und schleppt Ziegel und Zement direkt nach unten in den Keller. Von der schweren Arbeit wird ihm bald warm. Während er trägt und schleppt, denkt er immer wieder an das, was er sich vorgenommen hat. Er will, daß alles reibungslos über die Bühne geht, ohne Gefühle, so wie es sein soll. Es liegt noch eine Menge Arbeit vor ihm.

Er kann sich nicht mehr konzentrieren und stolpert. Die Ziegel fallen krachend die Treppe hinunter.

Er reißt sich zusammen und versucht, sich auf seine Arbeit zu konzentrieren.

Der Lieferwagen wird langsam leerer, der schön aufgeschichtete Ziegelhaufen im Keller immer höher.

Nachdem er alles ausgeladen hat, geht er hinunter und starrt auf die Ecke. Das Eisenbett hat er bereits gekauft. Es hat genau das richtige Aussehen: ein schweres, dunkles Ding, das, wie es so dasteht in der Ecke, eher an ein Foltergerät erinnert als an eine Schlafstätte. Die Eisenstäbe sind wie geschaffen für die Befestigung der Ketten.

An die Bettpfosten hat er Eisenplatten anschweißen müssen, damit er das Bett mit Bolzen im Zementboden verankern kann. So ist das Bett unverrückbar. Es wird irgendwann von Ziegelmauern umgeben sein; er hat alles genau geplant und aufgezeichnet.

Morgen wird er mit dem Bau der Zelle beginnen.

BEVERLY HILLS

Eden machte die Tür auf. Ihre Augen weiteten sich, als hätte sie jemand anderen erwartet. Dann verengten sie sich.

»Was willst du, Vater?«

»Hallo, Eden«, grüßte Dominic van Buren sie ohne eine Spur von Wärme in seiner Stimme. »Willst du mich nicht reinlassen?«

Edens Antwort bestand darin, daß sie eine Hand gegen den Türrahmen stemmte und ihn dadurch sichtlich am Eintreten hinderte. »Warum bist du hier?« fragte sie unfreundlich.

»Braucht ein Vater etwa einen Grund, wenn er seine Tochter sehen will?« antwortete van Buren.

»In den letzten Monaten hast du nicht einmal angerufen«, gab sie zurück. Mit einem bitteren Ausdruck in den Augen maß sie ihren Vater von oben bis unten. »Es muß doch einen Grund geben, daß du dich von deinen wunderbaren, phantastischen Parties im sonnigen Santa Barbara losreißt. Warum also?«

»Deshalb mußt du doch nicht gleich so unhöflich zu mir sein, Eden.«

»Warum bist du also hier, Vater? Wenn du mir keine Antwort gibst, mach ich auf der Stelle die Tür wieder zu.«

»Okay«, sagte van Buren gespielt großzügig. »Der Grund ist, daß ich dein Vater bin und mir Sorgen um dich mache.«

»Sorgen? Daß ich nicht lache!« Der Ton in Edens Stimme ließ van Buren zusammenzucken.

»Du könntest natürlich auch mich anrufen, hab' ich recht«, sagte er bemüht munter. »Das Telefon funktioniert in beide Richtungen. Was ist mit deinem Mund passiert?« Edens sonst so schön geformter und empfindsamer Mund sah fürchterlich aus. Die Unterlippe war geschwollen, und dort, wo die Haut am Mundwinkel aufgerissen war, hatte sich ein kleines Blutgerinsel gebildet. »Wer war das?«

»Vater, tu mir einen Gefallen. Geh nach Hause!«

Seine Augen blitzten zornig. »Vielleicht sollte ich dir besser den Hintern versohlen.«

»Warum hast du nicht vorher angerufen?« herrschte sie ihn an. »Es war dumm, einfach herzukommen.«

Van Buren musterte seine Tochter. Wie sie blaß aussah mit ihren abgewetzten Kleidern und ihrem langen, strähnigen Haar. Sie hätte so hinreißend hübsch aussehen können mit ihrer fabelhaften Figur, aber in letzter Zeit sah sie nur noch heruntergekommen und abgewrackt aus. »Ich wußte nicht, daß ich einen Termin machen muß, wenn ich meine eigene Tochter sehen will«, erklärte er mit unverkennbarem Sarkasmus. »Wen hast du da drin versteckt?«

»Niemanden.«

»Dann komme ich rein.« Van Buren zwängte sich an Eden vorbei ins Haus.

Zorn sprühte aus Edens Augen. »Wie kannst du es wagen, hier einfach so hereinzuplatzen? Das ist mein Haus. Mutter hat es mir geschenkt. Du hast selber eins! Du hast kein Recht, hier einzudringen!«

»Ich will wissen, woher die geplatzte Lippe stammt«, erklärte van Buren, ohne auf ihren Protest einzugehen.

»Zum Teufel nochmal! Ich bin selbst schuld gewesen, Vater. Und jetzt geh bitte!«

»Ich will wissen, wie es passiert ist«. Van Buren ließ nicht locker. »Soll das heißen, daß du dir selbst einen Kinnhaken verpaßt hast?«

»Verdammt!« Das Mädchen wandte sich ab und ließ sich wütend auf das Sofa fallen. »Ich habe im Badezimmer etwas fallen lassen, und als ich mich dann gebückt hab', um es aufzuheben, hab' ich mich am Waschbecken angeschlagen. Das war's. Bist du nun zufrieden?«

»Klingt plausibel.« Van Buren musterte seine Tochter erneut. Sie war dünn und blaß und sah verwahrlost aus, und das Haus glich einem Schweinestall, doch das war für Eden nicht ungewöhnlich.

»Was suchst du?« fragte Eden gereizt.

»Ich weiß nicht recht.« Er setzte sich Eden gegenüber auf einen Stuhl, wobei er sorgfältig auf die Bügelfalten seiner Hose achtete. »Mir ist in letzter Zeit Verschiedenes zu Ohren gekommen.«

Auf Edens Gesicht zeigte sich nicht eine Spur von schlechtem Gewissen. »Tatsächlich?«

»Du siehst verboten aus.«

»Danke.«

»Was ist denn das auf deiner Bluse? Blut?«

»Kaffee, Vater, Kaffee. Um Himmels willen, mach doch nicht aus allem ein Drama.« Voller Verachtung erwiderte sie van Burens Blick. »Also gut, jetzt bist du da. Was willst du?«

»Ich will mit dir reden.«

»Worüber?«

Er beugte sich vor und schob mit einer geschickten Bewegung Edens Ärmel hoch. Eden war zu überrascht, um ihm ihren Arm zu entziehen. Van Buren musterte die Haut, dann nahm er den anderen Arm in Augenschein.

»Was zum Teufel suchst du?«

»Einstichstellen«, antwortete er knapp.

»Laß mich raten«, erwiderte Eden mit einem harten Lächeln. »Du hast dir gestern abend auf Kanal 28 eine Sendung angesehen, in der ein bekannter Soziologe erklärt hat, daß jeder Jugendliche in LA entweder auf den Strich geht oder an der Nadel hängt.« Geräuschvoll zog sie den Reißverschluß ihrer Hose nach unten. »Willst du auch noch meine Unterhose sehen?«

»Du brauchst nicht obszön zu werden. Ich weiß nicht, *was* du zur Zeit treibst, aber beantworte mir bitte eine Frage. Nimmst du Drogen?«

»Nicht mehr als du«, antwortete Eden verächtlich, während sie den Reißverschluß wieder hochzog.

Van Buren starrte sie an. »Was willst du damit sagen?«

»Ach, Vater. Glaubst du vielleicht, niemand wüßte, wieviel Koks du dir reinziehst? Du nimmst wahrscheinlich mehr Drogen als ich. Librium, Valium, Koks, ganz zu schweigen von dem ganzen Alkohol, dem Kaffee und den Zigaretten.« Sie lachte, als sie van Burens Gesichtsausdruck bemerkte. »Also, Papa, wenn du mich allen Ernstes fragst, ob ich Drogen nehme, dann kann ich nur lachen. Aber wenn du irgendwo gehört haben solltest, daß ich mit harten Drogen rummache, dann bist du falsch informiert. Ich bin doch nicht verrückt.«

»Schwörst du es?«

»Vater!« Sie verzog etwas mühsam ihren zugerichteten Mund. »Hab' ich's dir nicht soeben erklärt? Ich würde das Zeug nicht einmal mit Handschuhen anfassen.«

»Ich habe da etwas anderes gehört.«

Eden zuckte die Achseln. Ihr mürrisches Gesicht sah traurig und müde aus. Aber nicht schuldbewußt. »Es ist mir egal, was du gehört hast. Es ist nicht wahr. Ich habe noch nie harte Drogen genommen. Wer hat dir denn bloß diesen ganzen Unsinn aufgetischt?«

Eden gab sich eine Spur zu aggressiv. Das machte ihn stutzig. Er hatte sich auf Heimlichtuerei eingestellt. Jetzt fragte er sich, woran eine Sucht genau zu erkennen war. An verengten Pupillen? Diese wütenden Augen sahen ziemlich normal aus. An der Haut? Sie war blaß, aber er sah keine Wunden oder Narben.

Vielleicht hatte sich Mercedes ja geirrt. Vielleicht hatte sich der Privatdetektiv geirrt.

»Was treibst du denn so im Augenblick?« fragte er, wobei er sich mit vielsagendem Blick umsah. »Putzen bestimmt nicht. Hier sieht's aus wie im Schweinestall.«

»Ich fühl' mich ganz wohl hier.«

»Wann kommt deine Zugehfrau?«

»Ich hab' kein Personal mehr«, grummelte Eden.

»Kein Personal mehr? Das muß ein ganz neues Gefühl für dich sein«, antwortete er trocken.

»Vielleicht. Ich war diesen ganzen bürgerlichen Scheiß leid.«

Van Buren zupfte an seiner Oberlippe. »Okay. Mach mir eine Tasse Kaffee, und dann geh ich.«

»Warum gehst du nicht einfach gleich?«

»Mach mir bitte einen Kaffee!«

Eden erhob sich mit einem gereizten Seufzen und stolzierte in die angrenzende Küche.

Mit wem hatte er geredet? Mit Miguel? Das wäre eine Möglichkeit gewesen, obwohl sie nicht glaubte, daß Miguel etwas wußte. Vielleicht mit einem ihrer sogenannten Freunde von der UCLA.

Sie sah sich in der schmutzigen Küche um, in der es nicht einmal mehr zwei saubere Tassen gab. Das war jedoch nichts Neues. Der größte Teil des Bestecks und Geschirrs weichte im trüben Wasser in den beiden Spülbecken. Nervös und gereizt zog sie das Gesuchte aus dem Wasser und hielt es unter den Wasserstrahl.

Sie fühlte sich keineswegs so cool, wie sie tat. Wie immer, wenn sie high war, fühlte sie sich schwindlig und benommen. Der Stoff gab ihr zwar die Kraft, in unvorhergesehenen Situationen eine überzeugende Vorstellung zu liefern, aber diese Wirkung verflog meistens sehr schnell. Das Hochgefühl wurde leider immer schwächer, immer mittelmäßiger. Und wenn auch das Mittelmäßige nachließ, dann…

Wenn sie sich jetzt einen Schuß setzte, dann nur, um sich normal zu fühlen. Sie spritzte, um nicht wie eine schreiende wilde Bestie herumzulaufen. Die Wirkung hielt außerdem immer kürzer an. Es kam ihr vor, als dauerte sie nur noch ein paar Minuten. Und die Bestie, die in ihr schlummerte, meldete sich immer früher und immer ungeduldiger. Sie dachte bereits jetzt an den nächsten Schuß und betete, daß Rusty diesmal keine Spielchen mit ihr machen würde. Inzwischen war sie vollkommen auf ihn angewiesen. Total. In dem Päckchen befand sich gerade noch genug für einen Schuß. Was sollte sie tun, wenn er wieder so lange ausblieb? Schon der bloße Gedanke daran versetzte sie in Panik.

Als van Buren jetzt in der Küche erschien, drehte Eden sich zu ihm um.

»Vater, wer hat dir gesagt…«

Die Hand ihres Vaters traf sie mitten im Gesicht. »Was ist das?« schrie van Buren.

Eden starrte fassungslos auf das Päckchen mit den Spritzen und Kanülen in van Burens Hand. Verdammt, er war in ihrem Schlafzimmer gewesen. Selbst das Briefchen mit dem Stoff hatte er gefunden. Zorn stieg in ihr auf. Ihre Augen blitzten wütend, als sie ihrem Vater das Päckchen mit den Spritzen entriß.

»Verschwinde!« schrie sie. »Du Schnüffler! Du alter Bock! Mach, daß du hier rauskommst!«

»Halt dein dreckiges Maul!« Van Buren schlug ihr erneut ins Gesicht, der Schlag traf sie mit solcher Wucht, daß die kaum verheilte Wunde an ihrer Lippe wieder aufplatzte und Blut herausschoß. Die Spritzen fielen zu Boden, sie wollte sie auffangen, aber statt dessen fing sie an zu schluchzen.

Van Buren, dessen blasse Augen jetzt eiskalt funkelten, packte seine Tochter an den Haaren und schleifte sie, während sie vor Schmerzen wimmerte, ins Wohnzimmer zurück und warf sie auf das Sofa. Zitternd und weinend rollte sie sich zusammen. An ihrem Mund lief das frische Blut herunter.

Als van Buren zu sprechen anfing, klang seine Stimme gefährlich leise.

»Du ekelhafter kleiner Wurm. Du Nichts! Du faßt also harte Drogen nicht einmal mit Handschuhen an?«

»Verschwinde!«

»Ich bleibe so lange hier, bis ich die ganze Wahrheit gehört habe«, entgegnete van Buren. »Setzt dich hin!«

Eden rollte sich noch mehr zusammen. Vor lauter Wut war sie unfähig, sich zu bewegen. »Laß mich in Ruhe! Ich hasse dich!«

»Wo spritzt du's?« knurrte van Buren unheilvoll. »An den Armen habe ich nichts gesehen. Wo spritzt du dir den Stoff?«

»Verschwinde!«

Er griff nach Edens Bluse, bekam den Kragen zu fassen und riß sie ihr mit einem einzigen Ruck vom Leib. Darunter kamen Edens hervorstehende Rippen zum Vorschein. Sie schrie und versuchte sich loszureißen. Rusty. Warum kam er nicht zurück und befreite sie aus diesem Alptraum?

»Zieh deine Jeans aus!«

»Nein!«

»Zieh – sie – aus!« knirschte van Buren.

Die kalte Wut, die in ihm aufstieg, schnürte ihm die Kehle zu. Er riß auch das letzte Stückchen der Bluse herunter. Der Oberkörper des Mädchens war mager und ihre Brüste winzig. »Zieh sie aus, oder ich reiß' sie dir herunter!« schrie er.

Schluchzend zog Eden mit zitternden Fingern den Reißverschluß auf. Van Buren streckte die Hand aus und zerrte keuchend die Hose bis zu Edens Knien herunter. Zuerst kam ein pfirsichfarbenes Höschen zum Vorschein. Dann Edens schlanke Beine.

Was van Buren jedoch als nächstes sah, erfüllte ihn mit grenzenloser Wut und Verzweiflung.

Edens Schenkel und Knöchel waren mit unzähligen Einstichen übersät. Mit Dutzenden, Hunderten. Viele der Einstichstellen waren rot und eitrig, als sei ein riesiger Schwarm von Insekten über das weiße Fleisch hergefallen.

Alles Blut wich aus seinem Gesicht, und er stolperte rückwärts.

Seine Stimme klang verzerrt. »Eden… o mein Gott! Was hast du getan?«

SANTA MONICA, KALIFORNIEN

Eden lag zusammengerollt auf ihrem Bett und starrte auf die Wand. Ihr Haar war sauber und ordentlich gekämmt, offensichtlich das Werk einer freundlichen Krankenschwester. Wie sie so dalag in ihrer weißen Bluse und der violetten Cordhose, hätte man sie für ein zwölfjähriges Mädchen halten können, obwohl sie fast achtzehn war. Ihre Hände lagen auf dem Kissen.

Dominic van Buren, der auf einem Stuhl neben dem Bett saß, fühlte eine seltsame Leere in seinem Innern. Es war schwer zu begreifen, daß dieses Mädchen vor ihm tatsächlich Eden war, die hitzköpfige, rebellische Eden. Aber noch schwerer zu begreifen war, daß aus ihr eine hilflose Süchtige geworden war.

Sie haßte die Anstalt. Sie weigerte sich, auch nur in die Nähe der anderen Patienten zu gehen, von denen einige zugegebenermaßen in noch schlechterer Verfassung waren als sie selbst. Sie blieb in ihrem Zimmer, wo sie im Bett lag und mit ausdruckslosen Augen an die Wand starrte.

Sie war ein einziger Vorwurf.

Schon die Teilnahmslosigkeit, mit der sie alles über sich ergehen ließ, war eine Anklage.

Es hatte den Anschein, als hätte sich eine totale Wandlung in ihr vollzogen. Angefangen hatte es an jenem Tag auf der Ranch, noch vor der Einweisung in die Klinik. Als sei jeder Lebenswille aus ihr gewichen. Viel Überredungskunst war nicht notwendig gewesen, damit sie sich dieser Behandlung unterzog. Vielleicht hatte sie tief im Grunde ihres Herzen und ohne sich dessen bewußt zu sein, nach Hilfe geschrien. Die meisten Süchtigen, so hatte ihm der behandelnde Arzt erklärt, wurden von schrecklichen Ängsten verfolgt.

Sie schien von einem Dunkel umgeben, das alle Energie in sich aufsaugte. Obwohl sie auf jede Frage nur einsilbig antwortete und ihr Gegenüber nicht einmal ansah, raubte sie denen, die mit ihr zu tun hatten, alle Kraft. Auch van Buren verließ die Klinik jedesmal vollkommen erschöpft.

Das Methadon wirkte natürlich beruhigend, denn es nahm dem Entzug die Schärfe, aber es nahm ihrem Leben auch alle Höhen und Tiefen und hinterließ nur eine graue Monotonie. Und genau das, diese stumme graue Monotonie, traf ihn im tiefsten Innern.

Seine Mutter hatte, als er klein war, viele Jahre in psychiatrischen Anstalten zugebracht. Er erinnerte sich noch gut an den leeren Blick in ihren Augen, wenn sie nach der Elektroschockbehandlung im Garten vor der Anstalt gesessen hatte. Und Eden sah ihn jetzt mit genau denselben Augen an. Damals hatte er die graue Eintönigkeit eines toten Gehirns kennengelernt, die Trostlosigkeit einer zerstörten Psyche.

Seine Mutter hatte sich nach Liebe und Zuwendung gesehnt, aber sein Vater hatte sie statt dessen in eine psychiatrische Klinik einweisen lassen, wo sie langsam aber sicher zugrunde gegangen war.

Selbst jetzt noch sah er sich selbst in seinen schlimmsten Alpträumen als Patient in einem gelben Liegestuhl auf grünem Rasen mit weißgekleideten Anstaltswärtern im Hintergrund. Und die graue Monotonie war in seinem eigenen Kopf.

Oder er wandelte durch endlose Korridore, vorbei an unzähligen Zimmern, in denen jeweils ein Bett stand, in dem eine Frau lag, die hilflos ihre Hände bewegte und mit leblosen Augen an die Decke starrte.

Er blickte zum Fenster hinaus auf das helle, winterliche Licht und die Palmen, die sich sanft im Wind wiegten.

»Willst du rausgehen und dich eine Weile in den Garten setzen?« schlug er vor. »Es ist wirklich nicht kalt draußen. Du könntest dir einen Pullover überziehen.«

Sie gab keine Antwort.

Er wurde unruhig. »Kommm schon, Eden. Ich tue, was ich kann. Ich will dir helfen. Sei bitte nicht so trotzig.«

»Hast du mich deswegen hier einweisen lassen?« sprach sie zur Wand. »Weil du mir helfen willst?«

»Wir haben dich nicht einweisen lassen. Du bist freiwillig hier.«

»Und wann kann ich wieder gehen?«

»Du kannst erst dann wieder gehen, wenn du von dieser schrecklichen Sucht geheilt bist.«

»Dann ist doch nicht alles freiwillig, oder?«

»Wir können nicht tatenlos zusehen, wie du dich zugrunde richtest«, fuhr er sie an. »Und du brauchst hier keine Wortklauberei zu betreiben. Das paßt nicht zu dir. Eden, bitte sieh mich an! Ich bin nicht den ganzen weiten Weg von Santa Barbara hierher gefahren, um deinen Rücken zu betrachten.«

Irgendwann setzte sie sich auf und sah ihn an. Ihr ovales Gesicht war leichenblaß, ihre grünen Augen tot. Er wußte nicht, ob sie ihm die toten Augen und die tote Stimme nur vorspielte oder ob das Methadon schuld daran war, er wußte nur, daß ihn beides unbeschreiblich traurig machte.

»Bist du okay?« fragte er steif. Sie erinnerte ihn immer mehr an seine Mutter. »Machst du mir hier vielleicht etwas vor? Willst du mich etwa damit bestrafen?«

»Ich will dich nicht bestrafen«, erwiderte sie ruhig.

»Du bestrafst jeden, der dir helfen will.«

»Du hilfst mir ja gar nicht«, sagte sie leise. »Glaubst du etwa, du hilfst mir, wenn du mich überfällst und alles kurz und klein schlägst. Damit hilfst du mir nicht. Du zerstörst mich.«

»Du hast dich selbst zerstört.«

»Mein Leben gehört mir, Vater. Mir allein, und ich will es so leben, wie es mir gefällt.«

»O Gott, wenn du wüßtest, wie banal und kitschig das klingt.«

»Ach ja?«

»Eden? *Eden?*«

Sie gab keine Antwort. Das Schweigen hatte wieder von ihr Besitz ergriffen.

Er erhob sich mühsam. »Okay. Das Interview ist vorbei. Deine Mutter wartet draußen. Ich verabschiede mich.«

»Ich will sie nicht sehen.«

»Sie ist extra aus Spanien hergeflogen, Eden.«

»Das ist ihr Problem.«

Van Buren verließ das Zimmer. Mercedes wartete draußen. Mit ernstem Blick sah sie ihn an.

»Wie geht es ihr?« fragte sie leise.

»Geh rein und sieh selbst«, sagte er im Vorbeigehen. »Ich warte draußen auf dich.«

Mercedes zögerte, bevor sie Edens Zimmer betrat.

»Du hast mir nachspioniert«, sagte Eden anklagend. »Du hast irgendwelche Fremde dafür bezahlt, daß sie mir nachspionieren. Das kotzt mich an.«

»Ja«, antwortete Mercedes leise. »Ich gebe zu, daß das nicht ganz korrekt war, aber von dir selbst erfahren wir ja nichts mehr, mein Kind. Warum hast du uns nicht gesagt, daß du nicht mehr auf die Uni gehst?« Eden gab keine Antwort. »Warum hast du uns nicht gesagt, daß du süchtig bist? Warum sagst du uns nichts? Wir hätten dir helfen können.«

»Wo ist Rusty?« wollte Eden wissen. »Sorgst du etwa auch dafür, daß er mich nicht sehen kann?«

»Ist das deine größte Sorge? Sogar jetzt?«

»Ja«, erwiderte sie leise. »Er ist der einzige, für den ich etwas wert bin.«

»Er ist der einzige, dem du etwas wert bist«, wiederholte Mercedes mit ironischem Unterton. »Das hat sich ja gezeigt, oder nicht?«

»Hast du dafür gesorgt, daß man ihn nicht bis zu mir vorläßt?«

»Nein.«

»Doch das hast du, stimmt's? Du hast dem Personal Anweisung gegeben, ihn nicht hereinzulassen und auch seine Anrufe nicht zu mir durchzustellen.«

»Nach allem, was wir von ihm wissen«, sagte Mercedes langsam, »solltest du uns das nicht zum Vorwurf machen.« Mercedes griff nach Edens Hand. »Eden, hör zu. Fagan hat dafür gesorgt, daß die anderen Dealer dir nichts verkaufen, um dich völlig in seiner Gewalt zu haben. Er hat dich fünf- bis zehnmal so viel bezahlen lassen, wie er selbst für den Stoff bezahlt hat. Er hat dich ausgebeutet. Skrupellos. In jeder Hinsicht.«

Edens Hand fühlte sich kalt und leblos an. »Ich will, daß du Rusty in Ruhe läßt«, sagte sie. »Laß die Finger von ihm!«

»Du hast Angst, daß er dir keinen Stoff mehr bringt, nicht wahr?« sagte Mercedes, während sie die kalten Finger drückte. »Du wirst von ihm loskommen und vom Heroin. Wenn du die Klinik verläßt, dann wirst du nie wieder an Drogen oder Rusty Fagan denken müssen. Beides wird es dann in deinem Leben nicht mehr geben.«

Edens Augen leuchteten kurz auf. »Was soll das heißen, es wird ihn in meinem Leben nicht mehr geben?«

»Genau das. Er wird verschwunden sein, weg, für immer.«

»Nein!« Eden entriß ihrer Mutter die Hand und sah sie mit zornig funkelnden Augen an. »Wenn du Rusty etwas antust, werde ich nie wieder ein Wort mit dir reden. Dann bring' ich mich um!«

»Bitte, werd nicht hysterisch!«

»Du hast etwas vor, das spür' ich. Ich *weiß* es. Ganz sicher. Ich weiß, wie gemein du bist. Ich liebe ihn, egal was für ein Mensch er ist. Wenn du ihm etwas antust, dann zerstörst du mich.«

Mercedes bekam beinahe Angst vor der Leidenschaft in diesen Augen, die sie schon für tot gehalten hatte. »Niemand hat irgend etwas vor, Eden. Aber dieser Junge hat dich *mißbraucht*.«

»Ja«, gab Eden zu. »Er hat mich mißbraucht.« Eine Bitterkeit lag in ihrem Ausdruck. »Er hat sich einen Spaß daraus gemacht, mich zu demütigen. Er hat es genossen, wenn ich vor ihm auf den Knien gekrochen bin. Manchmal hat er mir nichts gegeben. Und dann mußte ich, um es zu bekommen, den Fußboden schrubben oder so was ähnliches. Manchmal mußte ich vor ihn hinknien und ihm einen ablutschen. Wie eine Hure. Und manchmal hat er mich gefickt, wie es ihm gerade paßte, obwohl er wußte, daß ich vor Schmerzen hätte schreien können. Alles mögliche hat er gemacht, was ihm gerade einfiel. Er besitzt viel Phantasie.«

»Um Himmels willen, Eden«, entfuhr es Mercedes angewidert.

»Wenn du's genau wissen willst, dann muß ich dir sagen, daß ich mich irgendwann sogar gern hab' mißbrauchen lassen«, fuhr Eden mit angespannter Stimme fort. »Manche Art von Mißbrauch kann sogar Spaß machen, auf irgendeine krankhafte Weise. Der Vorteil am Erwachsensein ist, daß man sich die Art des Mißbrauchs aussuchen kann.«

»Wovon redest du bloß?«

»Rusty hat meinem Leben einen Sinn gegeben.«

»Also gut«, schrie sie, »du hast ihm einen abgelutscht. Du bist vor ihm auf dem Boden gekrochen. Suhl dich ruhig in deiner Erniedrigung, wenn du dich in dieser Rolle wohlfühlst. Aber er hat es darauf angelegt, dich umzubringen! Er wollte dich umbringen! Begreifst du das denn nicht?«

»Irgendwer muß mich ja umbringen. Und dann soll es wenigstens jemand sein, den ich liebe.«

Mercedes starrte Eden fassungslos an.

»Ich bin so müde«, erklärte sie sachlich.

»Warum willst du sterben, Eden?«

»Jeder will sterben, oder nicht?« Sie legte sich auf das Bett zurück und richtete den Blick wieder an die Decke. »Es ist immer dasselbe.«

Sie hat den Verstand verloren, dachte Mercedes erschüttert. Sie ist verrückt geworden.

»Du wirst mich kaum vermissen«, fuhr Eden mit leiser Stimme fort. »Du hast ja jetzt Maya. Sie ist doch deine neue Tochter. Du liebst sie mehr, als du mich jemals geliebt hast. Wenn du Rusty etwas antust, werde ich dir das nie verzeihen«, sagte Eden. »Niemals.«

Dominic wartete auf sie auf dem Parkplatz neben seinem hellblauen Porsche.

»Nun?« erkundigte er sich.

»Sie ist ein Skelett mit toten grünen Augen«, antwortete Mercedes. »Sie wiegt mit Sicherheit weniger als mit vierzehn.«

»Ja«, seufzte er. »Sie kommt einem vor wie eine verlorene Seele. Es kostet mich immer mehr Überwindung, überhaupt hineinzugehen. Vielleicht wäre irgendeine Alternativtherapie besser.«

»Ich traue diesen teuer gekleideten Gurus nicht über den Weg. Sie ist in der Anstalt am besten aufgehoben, glaub mir.«

»Heute wollten sie mit einer Art Therapiesitzung beginnen. Du, Eden und ich mit dem besten Therapeuten, den sie haben. Ich habe mich dagegen entschieden; es würde ja doch nichts nützen. Das Kind haßt uns beide.«

»Sie hat nur Fagan im Kopf.«

»Ja. Sie ist immer noch wie besessen von dem Burschen. Sie hat mir mehr oder weniger zu verstehen gegeben, daß sie, wenn sie rauskommt, schnurstracks zu ihm zurückgeht.«

»Das hat sie gesagt? Daß sie zu ihm zurückgehen würde?«

»Für sie ist er eine Art Retter. Oder ein Teufel, der von ihr Besitz ergriffen hat, wie immer man es sehen will. Er versucht immer noch, Kontakt mit ihr aufzunehmen. Er kreuzt ständig hier in der Klinik auf, aber man läßt ihn nicht zu ihr. Und jeden Tag ruft er an. Angeblich stellen sie seine Anrufe nicht durch, aber wer weiß, vielleicht lügen sie auch. Aber eines ist sicher: Sobald sie die Klinik verläßt, ist er wieder zur Stelle.«

»Vielleicht auch nicht.«

Er sah seine Exfrau an. Sie sah gut aus. Ihre leicht gebräunte

Haut sah jugendlich aus, und ihr Gesicht hatte sich in zwanzig Jahren nur wenig verändert. »Was willst du tun?« erkundigte er sich.

»Ich muß nach Spanien zurück«, erklärte sie. »Dort warten dringende Geschäfte auf mich. Aber ich werde in ein paar Wochen wieder hiersein.«

»Was ist mit Fagan? Soll ich die Polizei einschalten?«

Mercedes schüttelte den Kopf. »Das wird nicht nötig sein. Sein Interesse an ihr wird abkühlen.«

»Glaubst du wirklich?«

»Ja, sogar bald.« Mercedes' Stimme klang tonlos. »Sein Interesse wird schon sehr bald abkühlen.«

TUCSON

Joel Lennox hat sich etwas zu essen gemacht, aber er hat das einfache Mahl nicht einmal angerührt. Er hat sich eine Sendung im Fernsehen angeschaut. Eine ganze Stunde lang hat er nur die Bilder verfolgt, den Ton hatte er abgeschaltet.

Es ist vorbei.

Neunzehn Jahre sind seit Dien Bien Phu vergangen. Elf Jahre, seit die ersten Soldaten das Land betreten haben. Fünf Jahre, seit Hanoi um Verhandlungen gebeten hat. Vier Jahre, seit Nixon von den »sechs Monaten« gesprochen hat. Nur wenige Wochen seit dem verheerendsten Bombenangriff des ganzen Krieges. Und jetzt endlich ist der Krieg in Vietnam für die Amerikaner zu Ende.

Heute, am 23. Januar 1973, wird in Paris der Friedensvertrag unterzeichnet. Doch bevor die Vereinigten Staaten von Amerika den Krieg beendet haben, sind 58000 Soldaten gefallen und 300000 verwundet worden, sind 150 Milliarden Dollar ausgegeben worden, ist das internationale Ansehen und die innere Einheit verlorengegangen.

Jetzt, wo das Land fast unbewohnbar ist, geben es die Amerikaner dem Vietkong zurück.

Und jetzt können die Zuschauer am Bildschirm die flackernden Bilder langsam vergessen, die brennenden Hütten und die verkrüppelten Kinder, die unzähligen Toten, die Greueltaten und

Massaker. Vergessen können sie Napalm und Agent Orange, My Lai und Kent State. Vergessen können sie auch die Protestmärsche, die von Männern in Rollstühlen angeführt werden.

Über den Bildschirm huschen die stummen Bilder der abschließenden Zusammenfassung des Krieges, Bilder eines verlorenen Krieges.

Männer in Kampfanzügen springen aus Hubschraubern; ein Kugelhagel trifft auf ein unbewegliches Meer von Schilfgräsern.

Aus den Mündern von Politikern und Generälen dringen lautlose Sätze; schwere schwarze Säcke werden in Krankenwagen gehievt. Ein nacktes Kind rennt schreiend aus einem brennenden Dorf. Zum letztenmal erfaßt das Auge der Kamera diese Szenen. Bald wird es sich eine andere Szene aussuchen.

Joel Lennox steht auf und schaltet den Fernsehapparat aus. Richard Nixons unheilvolles Gesicht schrumpft zu einem kleinen hellen Punkt zusammen.

Er erinnert sich an die Lichtung, wo Nguyen Van Khoi die beiden dünnen braunen Bauern verhört hat; sieht wieder ihre Gesichter, die ihm zunächst fremd erschienen, sich dann aber immer weniger von denen der anderen gequälten Männer unterschieden, bis sie schließlich zu den Gesichtern seiner eigenen Männer wurden. Jetzt sieht er die Gesichter der jungen Männer aus Colorado und Washington, aus Oklahoma und New Jersey. Junge Männer, die unbeschreibliche Schmerzen erlitten, die Qualen und Verrat ertragen mußten. Gesichter, die ihn im Schlaf verfolgen.

Und all das war umsonst. Er sieht eine unbeschreiblich große Armee vor seinem geistigen Auge, eine Armee von Schatten, die sich durch die Geschichte schleppt und niemals irgendwo ankommt.

Aber er hat ein Ziel. Die Zelle im Keller ist fertig. Das Bett wartet. Alles ist vorbereitet.

SAN GABRIEL RESERVOIR, KALIFORNIEN

»Weißt du«, sagte Miguel, »ich hab' dich immer für einen netten Burschen gehalten. Immer höflich und freundlich, nicht wie manche junge Leute heutzutage, die nur Scheiße im Kopf haben. Aber wenn ich das richtig sehe, war alles nur Show, hab' ich recht?«

Er fing an zu pfeifen.

Rusty stöhnte immer noch leise vor sich hin. Seine Handgelenke waren zwischen seinen Füßen festgemacht. Er hätte nie geglaubt, daß der alte Mann so schnell und so stark war.

Als er den großen, altmodischen Revolver auf Rusty gerichtet hatte, hatte Rusty ganz instinktiv die Hand nach der Waffe ausgestreckt. Er hatte damit gerechnet, den Alten überrumpeln zu können. Miguel war bestimmt Mitte sechzig und Rusty ein kräftiger junger Mann.

Miguel hatte einen Schritt nach hinten gemacht und ihn dann mit solcher Wucht in die Eier getreten, daß er wie ein Kartenhaus zusammengesunken war. Während er sich noch vor Schmerzen gekrümmt hatte, hatte Miguel ihn wie einen Mehlsack in seinen eigenen Alfa geworfen.

Während der Fahrt hielt Miguel seinen Revolver in der Tasche. Er trug Plastikhandschuhe. Rustys Hände waren zwischen seinen Füßen an den Sitz gekettet.

Miguel hörte auf zu pfeifen. »Ja, ja, alles nur Show«, wiederholte er. Er fummelte am Radio herum in der Hoffnung, etwas zu finden, was ihm gefiel. Schließlich stieß er auf einen spanischen Sender, der heiße Tangos und Pasodobles spielte. Er lächelte zufrieden vor sich hin. »Weißt du eigentlich, wo wir hinfahren, Rusty?«

Rusty schüttelte seinen nach unten hängenden Kopf.

»Wir fahren zum San Gabriel Reservoir. Ein hübsches Plätzchen. Wenn wir dort sind, puste ich dir das Hirn aus.«

Rusty glaubte, sich übergeben zu müssen. Als er mühsam versuchte, seinen Kopf zu heben, fuhr Miguels Handkante wie eine Axt auf seinen Nacken nieder. Der Schmerz ließ ihn beinahe ohnmächtig werden.

Er hörte, wie Miguel ganz ruhig fortfuhr. »Laß deinen Kopf unten, *muchacho*. Du hast ganz richtig gehört, ich werde dir das Hirn ausblasen. Kapiert? Dazu brauche ich deine Mithilfe. Du sollst mir einen schönen Abschiedsbrief schreiben. In zehn Minuten sind wir dort. Okay? Bis dahin hast du Zeit, dir einen schönen Abschiedsbrief auszudenken.«

Er warf einen kurzen Blick auf den zusammengekrümmten Jungen. »Wenn dir nichts einfällt, hab' ich auch ein paar Ideen.« Er hörte, wie die gekrümmte Gestalt stöhnte. »Bist du okay da unten?« erkundigte er sich.

Wenig später bog er von der Straße auf einen holprigen Schotterweg ein. Rusty spürte, wie Galle in ihm hochstieg. Durch irgendwelche Ritzen drang der Geruch von Staub in den Alfa.

»Wir sind da«, verkündete Miguel. »Die Straße endet hier. Ich möcht' bloß wissen, was an diesen italienischen Autos so großartig sein soll. Das ist verdammt noch mal das unbequemste Auto, mit dem ich jemals gefahren bin. Bin froh, wenn ich wieder in meinem Caddy sitze, das kann ich dir flüstern.«

Er schaltete den Motor ab.

»Hör zu«, sagte Rusty, während er gegen die hochsteigende Galle ankämpfte, »ich bin nicht der, den du umbringen willst.« Seine Stimme zitterte. Seine Augen waren fest geschlossen. »Ich hab' doch nur versucht, Eden zu beschützen. Ich schwöre es.«

Miguels Mund verzog sich zu einem freudlosen Lächeln. »Spar dir die Worte. Du hast Eden wirklich gut reingelegt. Wieviel hast du an ihr verdient? Fünftausend? Zehntausend? Du hast ihr Leben ruiniert. Und jetzt wird jemand dein Leben ruinieren.«

»Das will ich ja gerade erklären«, brachte Rusty hustend hervor, »ich war's nicht, der sie auf H gebracht hat. Ich schwöre, ich war's nicht! Aber ich kann dir sagen, wer es war. Ich kann dir den Namen des Luders nennen.«

»Okay«, erwiderte Miguel gelassen, »dann nenn mir den Namen.«

»Im Austausch für mein Leben«, sagte Rusty.

»Du hast kein Leben, das du eintauschen könntest«, klärte Miguel ihn auf. Er streckte die Hand aus, nahm Rustys Ohr zwischen seine dicken Finger und drückte es so fest, daß Rusty aufschrie. Rusty hätte es nicht für möglich gehalten, daß man jemandem auf diese Weise so weh tun konnte. »Willst du, daß ich es dir abreiße?« fragte Miguel.

»Nein!« japste Rusty.

»Nenn mir den Namen!«

»Donna Andretti«, stammelte er. »Sie hängt an der Nadel, eine große…«

»Ja, ich kenne Donna.« Miguel drückte das Ohr noch fester zusammen. »Verrücktes Huhn, stimmt's? Aber du hast sie dafür bezahlt, oder? Hast du?«

Rusty schrie.

»Hab' ich da ein ›ja‹ gehört? Also wirklich, du bist mir einer.« Er lachte glucksend und ließ Rustys Ohr los.

Rusty hörte, wie Miguel seine Tasche vom Rücksitz nahm. »Bin gleich wieder da«, hörte er ihn sagen. Miguel stieg aus und schlug die Tür hinter sich zu.

Rusty kauerte eine scheinbar endlose Zeit in dem Wagen.

Er zitterte am ganzen Leib. Er fühlte sich einsam und kalt. Unwirklich. Er sollte sterben, dabei war er noch nicht bereit.

Er hörte die Stille. Hörte das Zirpen der Insekten.

Dann ging die Tür auf, und Miguel setzte sich wieder in den Wagen. Rusty spürte, wie sich der kalte Revolverlauf in sein Ohr bohrte. Mit der anderen Hand griff Miguel nach unten und schloß die Handschellen auf. Rusty konnte sich zwar aufrichten, aber seine Hände blieben weiterhin zusammengekettet.

»Mach die Augen auf«, befahl Miguel. »Komm schon hoch, *muchacho*!«

Rusty machte die Augen auf. Miguel hatte das Licht im Auto angemacht. Er saß Rusty gegenüber und zielte mit seinem Revolver auf Rustys Bauch.

Mit Ausnahme seiner grellgelben Gummihandschuhe war er vollkommen nackt. Die Szene hatte etwas Gespenstisches an sich. Tiefe Schatten fielen auf die Falten in seinem Gesicht und auf seinem Bauch. Er war ein kräftiger alter Mann mit breiter Brust. Seine Schamhaare waren weiß, seine Hoden baumelten schwer unter einem kurzen Penis.

Die Nacht um sie herum war kohlrabenschwarz. Miguel hatte eine mondlose Nacht gewählt. Ganz in der Nähe glaubte Rusty das Glitzern von Wasser auszumachen.

»Das ist das Sankt Gabriel Reservoir«, klärte Miguel ihn auf. »Ist doch bestens, oder nicht? In ein paar Minuten lernst du Sankt Gabriel persönlich kennen.«

Er legte den Briefbogen auf das Armaturenbrett und drückte einen Kuli in Rustys kalte Hand.

»Okay. Schreib!«

»Ich kann nicht«, flüsterte Rusty.

»Aber natürlich kannst du«, versicherte ihm Miguel. »Ich helf' dir. Du schreibst einfach: ›Ich sehe keinen anderen Ausweg mehr…‹«

Rusty fing an zu weinen. Miguel drückte ihm den Revolverlauf in die Leiste, bis er vor Schmerz aufschrie.

»*›Ich sehe keinen anderen Ausweg mehr…‹*«, wiederholte er nachdrücklich.

Rusty umklammerte den Kugelschreiber und fing mit zitternder Hand an zu schreiben.

Als er fertig war, nickte Miguel zufrieden. »Es ist nicht nötig, daß du schön schreibst. In einem solchen Fall ist man ja für gewöhnlich etwas durcheinander, oder meinst du nicht? Okay, weiter. *›Mein Leben ist sinnlos.‹*«

Rusty schrieb.

»Gut. *›Ich bin froh, daß ich dieses Jammertal endlich verlassen kann.‹*«

Er betrachtete das Geschriebene sorgfältig. »Nicht übel. Damit wäre eigentlich alles gesagt, meinst du nicht auch? Unterschrift ist nicht erforderlich.« Er lächelte. »Ich werd' es schnell hinter uns bringen, Rusty. Du hast Glück. Sag ›danke, Miguel‹.«

»Danke, Miguel«, flüsterte Rusty.

Miguel hob die Hand und schaltete das Licht aus. Im Dunkel steckte er sich Gummipropfen in die Ohren. Dann sagte er: »Mach den Mund auf, Rusty!«

Als Rustys Körper aufgehört hatte zu zucken, schloß Miguel die Handschellen auf. Nachdem er die ganze Waffe mit Rustys Fingerabdrücken versehen hatte, wobei er auch nicht den Daumen auf dem Hahn und den Zeigefinger auf dem Abzug vergaß, drückte er den Revolver in Rustys schlaffe Hände. Rustys Kopf baumelte bei jeder Bewegung hin und her.

Er ließ den Revolver auf den Boden fallen, dann stieg er aus dem Wagen aus. Obwohl er von oben bis unten mit Blut und Schleim bespritzt war, summte er leise vor sich hin. Er prüfte das Loch im Dach des Wagens und hoffte, daß die Polizei die Kugel finden würde, die irgendwo draußen im Gebüsch lag.

Dann ging er hinunter zum Wasser und watete hinein. Trotz der kalten Nacht und obwohl das Wasser alles andere als warm war, freute er sich. Er tauchte hinein und schwamm solange, bis er das Gefühl hatte, vollkommen sauber zu sein. Dann stieg er aus dem Wasser, trocknete sich mit dem mitgebrachten Handtuch ab und zog sich wieder an.

Den anderen Wagen hatte er ungefähr zwei Kilometer weit weg stehen lassen, und der Spaziergang kam ihm gerade recht. Nachdem er die Ohrpropfen, die Gummihandschuhe und die Handschellen in der Tasche verstaut hatte, machte er sich mit großen Schritten auf den Weg.

Obwohl Edens Vater, als er die Nachricht von der Klinik erhalten hatte, sofort aufgebrochen war, war Eden, als er in der Klinik ankam, bereits per Anhalter nach Venice abgehauen.

Ungefähr um Mitternacht klopfte sie an Spookys Tür. Er hatte es sich vor dem Fernseher bequem gemacht und verfolgte die Unterzeichnung des Friedensvertrags in Paris. Der Vietnamkrieg war vorbei.

Als er Eden erblickte, wurden seine Augen riesengroß.

»Ich hab' gedacht, du seist in der Klinik.«

»Da war ich«, erklärte sie knapp.

Ohne weitere Worte ließ er sie herein. Sie sah schrecklich aus. Wie eine Leiche, weiß und geisterhaft.

»Bist du okay?« fragte er besorgt. Sie sah ihn wortlos an. »Du hast das mit Rusty gehört«, sagte er. »Bist du deshalb gekommen?«

»Ich brauch' einen Schuß, Spooky.«

»Ich kann dir nichts geben.«

»Doch, du kannst.«

»Du bist auf Entzug, Eden. Was haben sie dir in der Klinik gegeben? Methadon?«

Eden zog mehrere Fünfdollarscheine aus der Tasche. »Ich brauch' zehn Gramm.«

»Zehn Gramm? Was willst du denn damit? Willst du dir vielleicht eine Überdosis reinhauen wegen Rusty, diesem Dreckskerl? Was Besseres hätte er gar nicht tun können, als sich eine Kugel durch den Kopf zu jagen.«

Sie starrte ihn mit leeren Augen an. »Glaubst du vielleicht, daß Rusty sich umgebracht hat? Ich hätte nicht gedacht, daß du so naiv bist.«

Er runzelte die Stirn. »Wovon zum Teufel sprichst du überhaupt?«

»Ich hab' Leute, die sich um mich kümmern, Spooky. Leute, die nach dem Rechten sehen. Wußtest du das nicht?« Sie sah elend aus.

»Hör zu, ich bring dich jetzt zurück in die Klinik.«

Sie streckte ihm das Geld hin. »Komm schon, Spooky.«

»Nein.«

»Zehn Gramm, Spooky.«

Er schob die Hände in die Taschen und versuchte, einen entschlossenen Eindruck zu vermitteln. »Hör zu, Eden…«

»Nein, du hörst mir zu.« Sie zitterte. »Versuch bitte nicht, dich hier aufzuspielen wie der liebe Gott, Spooky. Davon hatte ich in letzter Zeit ohnehin zuviel. Mir reicht's. Wenn du es mir nicht gibst, dann krieg ich's woanders.«

Sie stand vor ihm und sah ihn an, ihre Augen waren so grün und hart wie Stein. Er wandte sich ab und biß sich auf die Lippen. Dann nahm er das Geld.

9. SEKTOR 14

GRANADOS, ARAGON, SPANIEN – JANUAR 1937

Am Bahnhof wartete bereits ein Lastwagen, in den sie zuerst ihre Rucksäcke warfen und dann selbst hineinkletterten. Trotz der bitteren Kälte waren sie in bester Stimmung. Den ganzen Weg von Barcelona her hatten sie Revolutionslieder gesungen, während der Weinbeutel die Runde gemacht hatte.

Den restlichen Wein tranken sie jetzt im hinteren Teil des Lastwagens auf der holprigen Fahrt nach Granados. Die Front kam immer näher.

Das kleine, auf einer Anhöhe gelegene Granados war umgeben von vereinzelten Mandel- und Olivenhainen. Im vorigen Sommer hatten sich hier die verfeindeten Lager erbitterte Einzelgefechte geliefert. Die Anarchisten hatten schließlich gesiegt und die kleine Stadt zu ihrem Hauptquartier gemacht.

In Granados hörten sie auf zu singen.

Der Lastwagen fuhr die Hauptstraße hinunter, immer um riesige Einschußlöcher und Schutt herum. Die Stadt bot ein verlassenes und verwüstetes Bild.

Von vielen Häusern waren nur die Außenmauern stehengeblieben, Dächer und Fenster waren zerstört, das Holz vom Feuer verkohlt. Alltägliche Habseligkeiten lagen verstreut zwischen dem zerstörten Mauerwerk. Mercedes starrte schweigend auf die verheerende Zerstörung, die sich ihren Augen bot. Trotz des Weines zitterte sie. Die Luft war erfüllt von einem fauligen Geruch, einer Mischung aus Exkrementen, Abfall und Sprengstoff. Auf den Straßen war kaum eine Menschenseele zu sehen.

Der Fahrer des Lastwagens parkte das Fahrzeug auf dem Dorfplatz, während er sich im Hauptquartier Anweisungen holte.

Ohne viel zu sagen, blickten sie sich um. Ockerfarbene Erde

und graue Mauern, die teilweise vom Feuer rußgeschwärzt waren, paßten zum grau und gelb verhangenen Himmel über ihnen. Aus nördlicher Richtung wehte ein frischer Wind. Obwohl man inzwischen Januar schrieb, trugen sie immer noch ihre Sommeruniformen.

»Was für ein Chaos«, sagte schließlich jemand.

»Es könnte schlimmer sein.« Ein junger Straßenkehrer namens Ignacio Perez, der sich in der Ausbildungsphase besonders hervorgetan hatte, bot den anderen Zigaretten an und zündete sich dann selbst eine an. »Was soll's? Mit ein bißchen Zement läßt sich alles wieder kitten.« Er blies den Rauch zu der ausgebrannten Kirche hin. »Auf jeden Fall ist es Tatsache, daß dieser Ort ein Faschistennest war, das endlich ausgeräuchert wurde.«

Mercedes hielt ihre Tasche fest umklammert. Dieses verwüstete Dorf war ihre erste Begegnung mit der rauhen Wirklichkeit des Krieges.

»Was ist los, Mercé?« José-Maria Calvet legte seine schlanke Hand auf ihre Schulter. »Bist du traurig?«

»Die Menschen hier tun mir leid«, erklärte sie José-Maria mit leiser Stimme.

»Die Dorfbewohner?«

»Ja. Sie können doch nichts dafür.«

»Es ist Krieg«, sagte José-Maria. »Und Ignacio hat recht. Das Dorf war eine Zufluchtsstätte für die Faschisten.«

»Und jetzt ist es unsere Zufluchtsstätte. Können die Bewohner hier vielleicht wählen?«

Mercedes zitterte wieder. José-Maria legte den Arm um ihre Schultern. Er stammte aus einer Familie von Intellektuellen aus Barcelona. Vor zwei Jahren hatten die Faschisten seinen Vater umgebracht. José-Maria hatte, bevor er sich freiwillig gemeldet hatte, Jura studiert. Er war ein gutaussehender junger Mann, dessen sanfte braune Augen an Schokolade erinnerten. Aber er war auch zart, fast schwächlich. Die anderen machten sich zuweilen lustig über seine Überempfindlichkeit und seine gewählte Sprechweise, aber auch darüber, daß er peinlich genau auf Sauberkeit achtete, wie eine Katze.

Er war Mercedes treu ergeben und hatte sich zu ihrem Beschützer und Mentor erklärt, obwohl er kaum ein Jahr älter war als sie.

»Ich gebe zu, es ist schrecklich«, erklärte er, »aber es bedeutet eben auch einen Sieg.«

Die Worte machten ihr zu schaffen. »Wird ganz Spanien so aussehen, wenn wir gewonnen haben?« fragte sie leise. »Wenn ja, dann stehen wir als Sieger auf einem stinkenden Haufen von Ruinen.«

»Denk dran, was Buenaventura Durruti gesagt hat, Mercé. Wir fürchten uns nicht vor Ruinen. Wir können, wenn wir müssen, eine Zeitlang in Ruinen leben. Später können wir dann mit dem Wiederaufbau beginnen. Wir sind die Arbeiter. Mit unseren Händen haben wir ganz Europa gebaut.« Obwohl seine Hände aussahen, als könnten sie nicht einmal einen Ziegelstein halten, geschweige denn einen Gewehrabzug betätigen, sprach er mit einer inneren Gewißheit und voller Überzeugung. »Wir werden, wenn alles vorbei ist, die Welt neu errichten. Die Faschisten können alles zerstören, aber wir tragen eine neue Welt in unseren Herzen.«

Sie nickte, denn sie hatte diese Worte schon oft gehört, wenn auch nicht unter diesen Umständen, und sie wehrte sich nicht dagegen, daß das verheißungsvolle Versprechen ihr Herz auch diesmal höher schlagen ließ. »Ja«, sagte sie nickend. »Wir werden eine neue Welt errichten.«

»Ich möchte zu gern wissen, wann wir unsere Gewehre kriegen«, seufzte Ignacio Perez.

Der Fahrer kam zurück. »Sektor 14«, informierte er sie. Er stieg in das Fahrzeug ein, ließ den Motor an und holperte aus dem Dorf hinaus. Mercedes war froh, den Anblick der Zerstörung nicht länger ertragen zu müssen.

Die *mesa*, das unfruchtbare Zentralplateau von Spanien, erstreckte sich ausgetrocknet und felsig vor ihnen, die Felder lagen verlassen neben dem Straßenrand.

Langsam zerteilten sich die schweren Wolken, und dazwischen kam das unendliche Blau des kältesten Himmels, den Mercedes je gesehen hatte, zum Vorschein.

Die Front, die seit langem jeden ihrer Gedanken beherrschte, war nichts weiter als ein ausgetrocknetes Flußbett. Der Feind hatte sich auf der gegenüberliegenden Seite verschanzt, scheinbar in weiter Ferne. Nur vereinzelt zogen Rauchschwaden durch die Luft, aber von dem Artillerie- und Sperrfeuer, das sie erwartet hatten, war weit und breit nichts zu hören.

Der Fahrer hielt an einem kleinen Hain mit Johannisbrotbäumen an. »Wir sind da«, rief er nach hinten, »Sektor 14.«

Ein paar Uniformierte saßen um ein Feuer herum, sie machten einen schmutzigen und kampferprobten Eindruck. Etwas befangen unter den Blicken, die sie verfolgten, sprangen die Neuankömmlinge vom Lastwagen herunter. Ein junger *teniente* empfing sie mit einer zerknitterten Namensliste. Er war ein untersetzter Mann mit der plattgedrückten Nase eines Boxers und dicken Augenbrauen.

Während er die Liste verlas, musterte er jeden Rekruten mit prüfendem Blick. Zu der Gruppe gehörten insgesamt sieben Frauen, und sein Gesicht schien bei jedem weiblichen Namen unfreundlicher zu werden.

»Okay«, schloß er. »Ich bin *teniente* Manuel Ribera und für Sektor 14 verantwortlich. Ab jetzt untersteht ihr meinem Befehl. Folgt mir!«

»*Teniente*«, rief Ignacio Perez, als sie hinter dem Offizier hermarschierten, »wann kriegen wir unsere Gewehre?«

»Wozu wollt ihr denn Gewehre?« grummelte er.

»Zum Kämpfen natürlich.«

Manuel Ribera wandte sich um. »Schon mal eins abgefeuert?«

»Tja – eigentlich nicht, aber…«

»Und was willst du dann mit dem verdammten Gewehr machen?« erkundigte sich der *teniente*.

»In der Ausbildung haben wir gelernt, wie man eine Mauser auseinandernimmt«, verteidigte sich José-Maria. »Und wie man sie wieder zusammensetzt.«

Ribera spuckte auf die Erde. »Ich würde euch raten, dafür zu sorgen, daß der Feind *euch* nicht auseinandernimmt, Kleiner. Das ist euer Quartier.«

Ihr »Quartier« war ein langgestreckter Haufen von undichten Sandsäcken, hinter denen ein Graben ausgehoben worden war. Mit ungläubigen Blicken starrten sie darauf. Das Ganze erinnerte an einen verlassenen Dachsbau.

Mercedes ging mit langsamen Schritten umher. Das sollte also ab jetzt ihr Heim sein, und nicht die wohlgebaute Festung, die sie sich vorgestellt hatte. Ein schmuddeliger Graben, in dem man bis zu den Knöcheln im Schlamm watete und dem ein paar Wellblechplatten als Dach dienten.

Der ganze Platz stank entsetzlich nach Exkrementen.

»Mein Gott«, bemerkte Ignacio Perez finster. »Hierher zurückzufinden dürfte nicht schwer sein, man braucht nur dem Gestank nachzugehen, und schon ist man wieder zu Hause.«

Mercedes und José-Maria sahen sich vielsagend an. José-Maria schien allen Mut verloren zu haben. Mercedes fragte sich, wie er den harten Winter, der vor ihnen lag, überstehen wollte.

Plötzlich zerriß der ohrenbetäubende Knall einer Explosion die Luft. In der gleichen Sekunde warfen sie sich alle in den Schlamm und bedeckten ihre Köpfe. Granatsplitter pfiffen durch die Luft.

Der *teniente*, der sich nicht bewegt hatte, beobachtete sie mit ungerührtem Blick. »Mörser«, erklärte er, als sie langsam wieder ihre Köpfe hoben.

Mit beschämten Blicken kamen sie einer nach dem anderen wieder hoch und versuchten sich, so gut sie konnten, vom Schlamm zu reinigen.

»Das hier ist nicht das Ritz«, erklärte er knapp. »Hier gibt's Ratten und Läuse, dafür aber nicht genügend Decken für jeden. Aber ihr seid wenigstens sicher vor den feindlichen Kugeln. Richtet euch ein, so gut ihr könnt. Haltet euch von der Schußlinie fern, und steht niemandem im Weg! Das gilt im besonderen für die weiblichen Mitglieder der Truppe.« Er warf den Frauen einen unverhohlen verächtlichen Blick zu. »Alles klar?«

Er wandte sich ab und ließ sie stehen.

Mercedes und die anderen Frauen drängten sich zusammen, um sich zu wärmen. Sie waren erstaunt und entsetzt. Alles hatten sie erwartet, nur das nicht. Die Wirklichkeit war ein Schock. Hier gab es weder Annehmlichkeiten, noch eine Privatsphäre, nur Schmutz und Dreck. Jede Verrichtung würde unter den Augen der anderen stattfinden. Selbst die härtesten Männer wirkten angesichts der Aussicht auf den bevorstehenden Winter plötzlich entmutigt.

Nach einigem Zögern entschlossen sie sich, ihre Zuflucht etwas wohnlicher zu machen.

Die Frauen ließen sich unter der am wenigsten rostigen Wellblechplatte nieder und versuchten, Feuer zu machen. Die unangenehmen Entdeckungen schienen kein Ende zu nehmen. Sie befanden sich hier zwar außerhalb der Schußlinie, ein Zugeständnis des *teniente* an ihre Unerfahrenheit, aber dafür gab es weit und breit kein Wasser und keinen Schutz vor dem eisigen Wind.

Auch Feuerholz war nur noch ganz wenig vorhanden, das meiste war schon vor langer Zeit verbraucht worden. Trotzdem gelang es ihnen, ein paar Häufchen von Zweigen aufzuschichten, um die sie sich schließlich, als das Feuer aufloderte, zusammendrängten und gemeinsam die wenigen noch vorhandenen Zigaretten teilten.

Bald mußten sie auch erfahren, daß ihre Nahrung mit Ausnahme dessen, was sie erbeuten konnten, ausschließlich aus argentinischem Dosenfleisch bestand, das kalt gegessen werden mußte, da keine Kochgelegenheiten vorhanden waren.

Und Manuel Ribera sollte auch in Sachen Ratten und Läuse recht behalten.

Während sie arbeiteten, flogen ihnen die Kugeln aus allen Richtungen um die Ohren. Ab und zu traf eine auf einen Felsen, wo sie surrend abprallte. In so einem Fall zogen sie lediglich kurz die Köpfe ein, denn sie befanden sich in mehr oder weniger sicherer Entfernung.

Nach einigen Stunden kam Manuel zurück und begutachtete ihre Fortschritte. Mercedes bemerkte seinen verächtlichen Blick. Zum erstenmal kam ihr in den Sinn, daß er in ihnen möglicherweise nicht die siegreichen Helden sah, für die sie sich hielten, sondern für eine nutzlose Last, eine ungebetene Verantwortung. Auch diesmal wandte er sich wortlos ab und ließ sie stehen.

Bis jetzt war der Feind weniger interessant gewesen als die Unannehmlichkeiten, mit denen sie in ihrem Quartier konfrontiert waren. Doch nachdem sie ihre Rucksäcke ausgepackt hatten, kletterten einige Mutige auf die Sandsäcke hoch, wo der Wind kräftig blies, und spähten in die dunkle Nacht hinaus. Es gelang ihnen, einen Blick auf die Nationalisten zu erhaschen, deren kleine graue Gestalten durch das kümmerliche Buschwerk auf der anderen Seite des Flußbettes huschten.

»Was machen sie?« wollte Mercedes wissen.

José-Maria sah durch seinen Feldstecher. »Sie suchen nach Feuerholz«, antwortete er.

»Eine Einheit Marokkaner ist auch dabei«, sagte einer der Veteranen. »Das sind ganz üble Burschen. Wir haben im Sommer gegen sie gekämpft, gar nicht weit von hier. Am besten fällt man ihnen nicht in die Hände, vor allem nicht als Frau.«

Die Marokkaner waren berüchtigte Frauenschänder, außerdem hieß es, daß sie ihren Opfern mit Vorliebe die Kehle durchschnitten. Mercedes bemühte sich, den Feind besser zu sehen, aber ihre Augen tränten im Wind.

Der Wind hatte sich gedreht und wehte jetzt vom feindlichen Lager zu ihnen herüber; auf diese Weise erfuhren sie, daß es bei den Nationalisten ebenso stank wie bei ihnen selbst. Zweifellos lebten auch sie mit Ratten und Läusen. Allmählich stieg in Mercedes eine leise Ahnung von den Niedrigkeiten des Krieges auf. Und in einem Anfall von Depression wurde ihr bewußt, daß sie bald alle gleich stinken würden.

Die ersten Wochen vergingen, und Elend und Langeweile nahmen zu. Doch schon bald fingen sie an, sich an das armselige Dasein zu gewöhnen. Gelegentlich drang das Geräusch von Artilleriefeuer an ihre Ohren, und einmal schlug eine Bombe aus einem Flugzeug weiter oben an der Front ein, ohne daß dabei jemand zu Schaden kam. Abgesehen davon verbrachten sie ihre Tage damit, Wache zu schieben, fürchterlich zu frieren und unablässig nach Feuerholz zu suchen.

Die Ankunft der ersten Post nach einem halben Monat war Grund zu ausgelassener Freude. Mercedes erhielt einen Brief von Conchita, in dem diese ihr versicherte, daß sie sie liebe und sich um sie sorge, obwohl sich Mercedes gegen ihren Willen gemeldet habe. Mercedes war den Tränen nahe, als sie den Brief las.

Mit jedem Tag nagte der Hunger mehr an ihnen. Sie sammelten ganze Körbe voll mit Schlangen, die sie im Winterschlaf überraschten. Wenn man sie auf einem Stück Wellblech über dem Feuer röstete, waren sie eine Delikatesse. Manchmal fand jemand durch Zufall ein vergessenes Kartoffelfeld, wo man noch ein paar Winterkartoffeln ausbuddeln konnte. Aber bald gab es nicht einmal mehr Schlangen und verschrumpelte Kartoffeln.

Mercedes zog viele Männerblicke auf sich. Die Veteranen kamen immer häufiger herübergeschlendert, um mit ihr zu plaudern, während sie sie mit hungrigen Blicken verschlangen. Gelegentlich schlug einer der Männer einen kleinen Spaziergang zwischen den Johannisbrotbäumen vor, aber sie erfand immer neue Ausreden, um die Angebote nicht annehmen zu müssen.

José-Maria verfolgte sie mit bewundernden Blicken. Wie damals der kleine Juan Capdevila in der Schule war jetzt er ihr ergebener Ritter. Er wich nicht von ihrer Seite, immer bereit, sie zu beschützen und ihr zu dienen, obwohl sie ihn in keiner Weise ermutigte. Er schien zufrieden zu sein, in ihrer Nähe sein zu dürfen.

Nach weniger als einem Monat waren sie alle dünner, schmutziger und hungriger, und manche fragten schon nach dem Sinn des Ganzen.

Der platonische, fast puritanische Geist der Anarchie erlag der Langeweile und Einsamkeit, und bald kreisten die Gedanken der meisten nur noch um das andere Geschlecht.

Einige der Frauen, das wurde Mercedes immer klarer, waren nichts weiter als Prostituierte. Wieder andere, die über Erfahrung auf sexuellem Gebiet verfügten, nutzten diese Erfahrung schamlos aus und nahmen sich jeden Mann, den sie kriegen konnten.

Eines Nachmittags hörte Mercedes auf ihrer Suche nach Feuerholz ein lautes Stöhnen, das aus einer nahe gelegenen Schäferhütte drang. Weil sie annahm, daß ein Verwundeter Hilfe brauchte, rannte sie zur Tür.

Als sie hineinspähte, sah sie jedoch einen muskulösen männlichen Hintern, der sich zwischen gespreizten weiblichen Beinen wie wild hin und her bewegte. Der Mann war ihr unbekannt, aber in der Frau erkannte sie auf den ersten Blick ein dralles Mädchen namens Federica Ossorio. Sie war so verblüfft, daß es einige Sekunden dauerte, bis ihr klar wurde, daß die beiden sich auf der nackten Erde paarten.

Ihre Bewegungen hatten etwas so Wildes und Ungezügeltes an sich, als hätten sie sich vorgenommen, einander weh zu tun, anstatt einander Freude zu bereiten. Federicas Stöhnen klang anfeuernd, während ihre schweren Brüste bei jedem Stoß des Mannes hin und her schwankten.

Mercedes drehte sich um und rannte von der Hütte weg. Ihr Herz hämmerte. Eine ganze Woche lang war sie unfähig, Federica in die Augen zu schauen, obwohl Federica zu den Frauen gehörte, die von Anfang an am freundlichsten zu ihr gewesen waren.

Der Anblick hatte auch die Frage nach ihrer eigenen sexuellen Identität wieder aufgeworfen, die Mercedes so sehr quälte. War sie lesbisch? Würde sie je in der Lage sein, einen Mann zu lieben? Matilde war tot und hatte die Antwort mit ins Grab genommen.

Seit Las Yucas hatte sie sich immer wieder eingeredet, daß sie alle Männer haßte. Gerards Kuß war sowohl erregend als auch abstoßend gewesen. Irgend etwas war damals mit ihr geschehen. Er hatte eine Wunde in ihr hinterlassen, die so tief saß, daß sie bisher nicht in der Lage gewesen war, auch nur darüber nachzudenken.

Es war zu einfach, moralische Entrüstung zu zeigen, nur um damit ihr fehlendes Verständnis zu verbergen. Es betrübte und quälte sie, daß sie sich nicht im geringsten zu den Männern um sie herum hingezogen fühlte, nicht einmal zu den attraktivsten unter ihnen, die von allen anderen Frauen geradezu angehimmelt wurden.

Ganz sicher spürte sie kein Verlangen, mit irgendeinem der Männer das Bett zu teilen, nicht einmal mit José-Maria. Trotz seiner Intelligenz und seines guten Aussehens sah sie in ihm nichts als einen Bruder.

Immer wenn sie an Federicas gespreizte Beine dachte, zog sich ihr Magen zusammen, doch war ihr nicht klar, ob vor Widerwillen oder vor Erregung. Welche Lust führte wohl zu solch einem Tun? Sie wußte es nicht.

Dann trafen die Gewehre ein.

Sie drängten sich dicht um Manuel, als er die Waffen mit ihren aufgepflanzten langen Bajonetten austeilte. Sie betrachteten die Gewehre, deren Marke ihnen unbekannt war.

Nach genauerer Musterung sah Mercedes allerdings, daß es sich bei ihrem um ein Lee Enfield handelte, das jedoch so alt und verrostet war, daß man damit unmöglich kämpfen konnte. Der Lauf und das Bajonett waren vom Rost zerfressen. Anscheinend stammte das Gewehr aus dem neunzehnten Jahrhundert. Die anderen waren in ähnlich jämmerlichem Zustand.

»Die sind total in Ordnung«, fuhr Manuel sie an. »Sie müssen nur gereinigt werden.«

»Die müssen in ein Museum und sonst gar nichts«, entgegnete José-Maria mit düsterem Blick, während er sich den Rost an seinen Fingern abwischte.

Manuel Ribera zeigte ihnen daraufhin, wie man die Gewehre reinigte, indem man einen Lappen durch den Lauf zog und die beweglichen Teile ölte. Danach führte er sie zu Schießübungen auf ein nahe gelegenes Feld. Nachdem er eine Zielscheibe an einen Olivenbaum geheftet hatte, erklärte er ihnen die Grundbegriffe des Zielens. Mercedes hatte sich mit den anderen im trockenen Gras niedergelassen, die Wange auf den Gewehrkolben gestützt. Seit sie Barcelona verlassen hatte, hatte sie zum erstenmal das Gefühl, etwas Nützliches zu tun. Die Aufregung unter den Gefährten war groß.

Auf Manuels Anweisung hin nahm Mercedes die Zielscheibe ins Visier, die ihr furchtbar klein und schrecklich weit weg erschien. Sie drückte ab, und es folgte ein lauter Knall. Der Rückstoß war unerwartet stark, der Schuß war offensichtlich total danebengegangen.

Manuel hatte sie genau beobachtet. »Mein liebes Kind«, sagte er geduldig, »du darfst die Augen nicht zumachen, wenn du abdrückst.« Genau wie José-Maria hatte auch er eine Art Beschützerinstinkt ihr gegenüber entwickelt und behandelte sie auf seine rauhe Art immer mehr wie ein Schoßhündchen.

Sie lud nach, zielte, riß die Augen auf, so weit sie konnte, und drückte wieder ab.

Diesmal nahm sie einen blendendweißen Lichtstrahl wahr, und dann schlug ihr irgend etwas hart und brutal mitten ins Gesicht.

Plötzlich lag sie vollkommen überrascht auf der Erde. Um sie herum war es Nacht. Ihr ganzer rechter Arm war vollkommen taub.

Halb benommen begriff sie, daß das alte Gewehr direkt an ihrem Gesicht explodiert war. Ihre Augen brannten wie Feuer. Mit der linken Hand tastete sie ihren Körper ab, voller Angst, verstümmelt und blind zu sein.

Sie spürte, wie Manuels starke Arme sie bei den Handgelenken packten, und trotz des Dröhnens in den Ohren hörte sie ihn fluchen. Sie nahm noch wahr, daß sie auf eine Bahre gehoben wurde, dann verlor sie das Bewußtsein.

Nach stundenlangem Herumirren durch brausende Dunkelheit erwachte sie schließlich an ihrem quälenden Durst. Ihr Gesicht schien ein einziger Verband, und das Pochen in der einen Hand verursachte ihr furchtbare Schmerzen. Irgend jemand brachte ihr ein Glas Wasser. Sie glaubte sich im Feldlazarett in Granados.

»Bin ich blind?« flüsterte sie.

»Sie haben Glück gehabt«, sagte eine leise, freundliche Stimme. »Andere haben durch den gleichen Unfall ihren Kiefer oder ihre Hände verloren. Einem Burschen fuhr der Riegel direkt durch die Schädeldecke ins Hirn.«

»An Ihrer Stelle würde ich das verdammte Ding das nächste Mal zuerst richtig reinigen«, riet eine andere Stimme. »Wenn unsere Soldaten ihre ganzen verdammten Gewehre in die Luft jagen, dann ist dieser verdammte Krieg bald verloren.«

»*Bin ich blind?* Bitte, sagen Sie's mir!« flehte sie.

Der Verband wurde abgenommen. Schwielige Finger schoben ihre geschwollenen Augenlider auseinander. Mit Tränen in den Augen sah sie zwei verschwommene weißgekleidete Gestalten, die sich über sie beugten. Es handelte sich um zwei Pfleger. »Zufrieden?« fragte der eine.

»Ja«, schluchzte sie erleichtert. »Werden viele Narben zurückbleiben?«

»Höchstens ein paar kleine, die man aber später kaum noch sehen wird. Nichts Ernsthaftes. Sie werden schon bald wieder auf den Beinen sein. Sie sind ein hübsches Mädchen, das eigentlich hier draußen nichts verloren hat. Sie sollten in Barcelona sein, im Bett ihres Freundes.«

»Genau, und *sein* verdammtes Schießgewehr reinigen«, fügte der erste hinzu. »Frauen haben hier draußen nichts zu suchen. Sie sind hier verdammt nutzlos.«

»Ihr Daumen ist gebrochen«, informierte sie der freundlichere der beiden *sanitarios*. »Wir haben ihn geschient. In ein paar Tagen werden Sie entlassen.« Er befestigte den Verband wieder um ihren Kopf.

Sie litt entsetzlich unter den schrecklichen Kopfschmerzen und dem Dröhnen in ihren Ohren, so daß sie froh war, wieder in Halbschlaf zurückzusinken.

Sie wurde entlassen, sobald sie wieder richtig sehen konnte. Wie die *sanitarios* vorausgesagt hatten, ging die Schwellung zurück, und auf ihren Wangen waren nur ein paar kleine Narben zu sehen, die mit der Zeit ganz verschwinden würden.

Es dauerte jedoch eine ganze Woche, bis das Dröhnen in ihren Ohren aufhörte und zehn Tage, bis sie ein neues Gewehr bekam, das jedoch genauso altertümlich war wie das erste. Sie brachte Stunden damit zu, es zu reinigen, bevor sie es wagte, damit zu schießen. Ein ansehnliches Häufchen Rost lag danach am Boden.

Da die Züge im Innern des Zylinders vollkommen abgenutzt waren, war es unmöglich, ein Ziel zu treffen. Die Schüsse, die sie abfeuerte, verursachten nichts als ein seltsames Stöhnen. Ein Großteil der Munition, die zu den achtundzwanzig Millionen Patronenhülsen mit abgelaufenem Verfallsdatum gehörte, die ihnen die mexikanische Regierung verkauft hatte, zündete ohnehin überhaupt nicht mehr.

Manuel gab ihr außerdem eine schwere Pistole, eine gefährlich aussehende, aber gleichzeitig praktischere Waffe, sowie drei Handgranaten. Die Granaten, deren Lunten nur drei Sekunden lang brannten, waren angsteinflößend. Sie verstaute sie für den Notfall in ihrer Provianttasche.

Als sie wieder einsatzbereit war, stellte sie fest, daß die anderen inzwischen dazu übergegangen waren, den vorderen Wall zu erklimmen und von dort aus den Feind zu beschießen. Die Veteranen betrachteten den Kampfgeist der Neulinge mit Nachsicht.

Manuel Ribera ermutigte sie, es ihren Gefährten gleichzutun. Sie gehorchte. Nachdem sie sich mit ihrem eigenen Gewehr beinahe in die Luft gejagt hatte, war sie nicht mehr zimperlich, wenn es um den Feind ging. Sie zwängte sich zwischen die Sandsäcke und nahm eine der drei grauen Gestalten in der Ferne ins Visier. Sie zielte sorgfältig, aber die kleine graue Gestalt eilte sicher in ihren Graben zurück, und Manuel lachte.

Plötzlich wurde ihr bewußt, daß sie ihren ersten Schuß zur Verteidigung von Spanien abgefeuert hatte.

Und sie wußte, daß sie zum erstenmal über ein Menschenleben

entschieden hatte. Sie mußte an den Tag in der Ockermine denken, als sie den Stein auf Lleonart Cornadós Kopf hatte niedersausen lassen. Wie leicht das Töten doch war!

Von diesem Zeitpunkt an hegte sie keine Bedenken mehr, wenn sie das Stöhnen ihres Gewehrs hörte.

In Wirklichkeit kämpften sie gegen die Ratten. Ernsthaft gekämpft wurde anderswo, im Süden und im Westen. Hier hielten die Armeen ihren Winterschlaf. Richtige Gefechte würde es erst im Frühjahr wieder geben; jetzt lieferten sie sich nichts als Scheingefechte.

Mit einem fröhlichen Lächeln verkündete Manuel: »Im Vergleich zum letzten Sommer ist das hier der reinste Spaziergang. Vor Ende des Winters passiert hier gar nichts mehr. Aber wenigstens hindern wir sie am Vorrücken.«

Mercedes mußte denken, wenn der Feind nur gewußt hätte, wie schlecht ausgerüstet und wie unerfahren sie waren…

Trotzdem kannte der Tod auch hier kein Pardon. Ignacio Perez war der erste ihrer Truppe, der dran glauben mußte. Ein Mörser explodierte so dicht neben ihm, daß ihm der Oberschenkel aufgerissen wurde. Sie fanden ihn schreiend am Boden, wie er versuchte, das Blut, das wie eine Fontäne aus der Wunde schoß, mit der Hand aufzuhalten. Er wurde auf schnellstem Weg ins Feldlazarett geschafft, aber kurze Zeit später erfuhren sie, daß er bereits auf dem Weg dorthin verblutet war.

In der Zwischenzeit regnete es tagsüber in Strömen, und nachts gefror der Regen zu Eis. Die tägliche Suche nach Eß- und Brennbarem hatte eine solche Bedeutung angenommen, daß über Ignacio Perez kaum gesprochen wurde. Nur José-Maria seufzte: »Jetzt wird er im Himmel die Straßen fegen oder in der Hölle ein Bajonett schwingen.«

Zwei Tage lang wurden sie von einem Heckenschützen beschossen, der sich im Dickicht des Flußbettes verschanzt hatte. Obwohl sie nur auf dem Bauch herumrobbten und ihre Köpfe immer unten hielten, erwischte er drei von ihnen.

Weder der Anblick von Blut noch der von Leichen konnte ihr etwas anhaben. Nicht mehr. Seit sie Matildes Gesicht in dem schrecklichen Graben gesehen hatte, wußte sie, daß Menschenkörper nur Fleisch waren. Das Entscheidende war das Sterben, nicht der Tod. Nur der Augenblick des Todes zählte, so wie der Augenblick, in dem sie zum erstenmal auf einen Feind geschossen hatte. Das Hinterher kümmerte niemanden mehr.

Nachdem es Manuel schließlich gelungen war, den Heckenschützen mit einer Granate aus seiner Stellung zu vertreiben und ihn zu erschießen, kehrte wieder die Normalität ein und damit die ewige Suche nach Nahrung und Wärme.

Als die Frauen eines Morgens beim Waschen zusammenstanden, sagte Federica Ossorio zu ihr: »Ich glaube, Manuel Ribera hat ein Auge auf dich geworfen.«

»Ach wirklich?«

»Ganz bestimmt sogar. Er ist ein richtiger Mann. Nicht so ein Mondkalb wie José-Maria.«

Mercedes zuckte die Achseln. Dieses gemeinsame Waschen bot jedesmal Gelegenheit für anzügliche Witze und Austausch von Erinnerungen. »José-Maria ist lieb.«

»Lieb?«

»Er ist sehr intelligent.«

»Ja, intelligent, aber unbrauchbar.« Sie beugte sich zu ihr herüber. »Denkst du überhaupt nie an Sex? So wie du aussiehst, könntest du jeden Mann hier haben.«

Vanna Coll, eine unscheinbare und treue Anarchistin mit starken Augengläsern, die sexuelle Freizügigkeit verabscheute, fuhr Federica scharf an. »Laß sie in Ruhe, Ossorio. Wir sind hier, um zu kämpfen und nicht, um uns Lustseuchen einzufangen.«

»Ach, geh doch zum Teufel«, gab Federica grob zurück. »Wer hat hier schon eine Lustseuche, du Brillenschlange?«

Vannas Gesicht erstarrte.

Federica wandte sich wieder Mercedes zu. »Manuel reitet dich wie ein Bulle. Glaub's mir, ich hab' ihn gehabt.«

Mercedes brachte ein krampfhaftes Lächeln zustande.

»Sie friert viel zu sehr und hat viel zuviel Hunger, um ans Vögeln zu denken«, sagte jemand.

»Sie ist eine kleine Jungfrau«, kicherte eine andere.

»Ich würd's mit jedem machen. Sogar mit Francisco Franco, wenn ich dafür einen Teller heiße Kartoffeln bekäme«, warf wieder eine andere ein.

Federica grinste. »Franco mag keine Frauen, das weiß doch jeder. Er macht's nur zwischen den Seiten der Bibel.« Sie hob ihre Bluse hoch und wusch ihre schweren Brüste. »Stimmt's, Mercé?«

»Das ist eine dreckige Lüge, die die Roten erfunden haben«, antwortete Mercedes. »Gott selbst kümmert sich um den Generalissimo.«

»Und wie?«

»Wißt ihr nicht, daß er die Hand der heiligen Teresa neben seinem Bett hat. Und jeden Sonntagmorgen erhebt sich die Hand auf wundersame Weise und holt ihm einen runter.«

Federica hielt sich den Bauch vor Lachen. Den anderen erging es ebenso, selbst Vanna hatte Tränen in den Augen.

Der Witz verbarg ihre Unsicherheit. Sie konnte nicht aufhören, über ihre Situation nachzudenken. War sie frigide? Aber vielleicht war das besser, als eine Lesbe zu sein.

Sie fand keine Antwort. Sie fand es überhaupt nicht erregend, wenn die anderen über Sex redeten, obwohl sie an den Blicken einiger Frauen ablesen konnte, daß diese das Gespräch fast ebenso erregend fanden wie den Akt selbst.

Manuel Ribera war ihr vollkommen gleichgültig. Sie war sich zwar seiner starken männlichen Ausstrahlung bewußt und ließ sich auch gerne von ihm beschützen, aber darüber hinaus empfand sie nicht das geringste für ihn. Weil sein Geist nicht mit dem ihren harmonierte, konnte auch sein Körper sie nicht erregen.

Matildes Liebe war so zart gewesen wie die Berührung eines Schmetterlings. Sie war zärtlich und sanft gewesen. Die körperlicher Liebe hier schien dagegen roh und herzlos, es erinnerte sie an das Paaren von Tieren, über das man hinterher nur lacht. Sie hatte das Gefühl, daß kein Mann sie jemals so verstehen würde, wie Matilde sie verstanden hatte.

Die einzige Ausnahme bildete José-Maria. Er war der einzige Mensch, zu dem sie sich hingezogen fühlte. Seine Empfindsamkeit und Sanftheit rührte sie. Auf diese Weise glich er Matilde.

Aber die anderen lachten nur über ihn. Seine Zartheit hielten sie für Unmännlichkeit, an der er ihrer Meinung nach bald zerbrechen würde. Es mangelte ihm an Stärke. Aber paradoxerweise empfand sie gerade diesen Mangel als anziehend.

Eines Nachmittags im beginnenden Frühling war sie so hungrig, daß sie zwischen den Granatapfelbäumen spazierenging, sich den allergrößten Granatapfel aussuchte und sofort zu essen anfing, nachdem sie sich unter dem Baum ins trockene Gras gesetzt hatte.

Außerdem genoß sie es, ein Weilchen allein zu sein.

Ihr war längst klar, daß sie ihre Träume von einem ruhmreichen Krieg langsam aber sicher begraben mußte. Die Tatsache, daß sie hungerten und froren und daß die Läuse vor keinem Körperteil haltmachten, konnte man kaum als ruhmreich bezeichnen. Es war auch kein glorreicher Tod, von einem Mörser zerrissen oder im Schlamm von einem Bajonett niedergestreckt zu werden.

Obwohl sie es nie zugegeben hätte, hegte sie schon seit längerer Zeit den Verdacht, daß die Republikaner diesen Krieg nie gewinnen würden. Natürlich tat sie ihr Möglichstes, wie alle anderen auch, um diese Ahnung zu verdrängen, aber das Gefühl der Auflösung wurde immer stärker, das Gefühl, daß alles um sie herum in Trümmer zerfiel.

Sie dachte an ihren Jungmädchentraum von der Begegnung mit Gerard Massaguer mitten auf dem rauchenden Schlachtfeld. Inzwischen wußte sie, daß ein Mann wie Gerard Massaguer nicht einmal in die Nähe eines solchen Ortes kommen würde.

Als sie jetzt die Granatapfelkerne ausspuckte, erinnerte sie sich plötzlich an den Geschmack des Champagners. Auch den Zigarettenrauch in ihren Lungen, von dem ihr ganz schwindlig geworden war, meinte sie zu spüren.

Suche dir die richtige Seite immer rechtzeitig aus. Und entscheide erst nach sorgfältiger Prüfung. Bist du sicher, daß eure Seite gewinnen wird?

Plötzlich vernahm sie ein Rascheln. Sie faßte nach ihrem Gewehr und entsicherte es.

»Wer ist da?«

»Ich bin's bloß.« Es war José-Maria, der zwischen den Bäumen hindurch zu ihr herüberspähte. »Willst du lieber allein sein?«

»Ja.« Doch sein trauriges Gesicht stimmte sie wieder um. »Aber das macht nichts. Ich kann eine Aufmunterung gebrauchen. Komm, setz dich, wenn du magst.«

Er bückte sich, um ihr Gesicht besser zu sehen. Seine Finger fuhren zärtlich über ihre Wange. »Die Narben werden verheilen. Über kurz oder lang wird man wahrscheinlich überhaupt nichts mehr sehen.«

»Ich hab' Glück im Unglück gehabt, ich hätte blind sein können. Alles andere ist unwichtig.«

Er sah sie mit einem seltsamen Ausdruck in den Augen an. »Du bist sehr schön«, sagte er leise. »Du könntest eine griechische Göttin sein. Deine Augen sind so schwarz, so strahlend, dein Gesicht ist so bezaubernd. Weißt du das?«

»Nein«, erwiderte sie leise.

Er berührte ihre Lippen. »Dein Mund ist so weich. Bitte, verschwinde nicht wieder in der Unterwelt, Persephone. Ich wäre für immer traurig, wenn es dich nicht mehr gäbe.« Sein zarter Körper verschwand fast gänzlich unter den Ledergurten und der Patronentasche, die er umgehängt hatte.

»Du klingst traurig«, bemerkte sie.

»Bist du nicht auch traurig?«

»Auch nicht mehr als sonst.«

Er seufzte. »Ich bin immer traurig, aber wenn ich bei dir bin, dann geht's mir besser. Du bist der einzige Mensch hier, mit dem ich reden kann. Du bist anders als die andern. Außer dir und mir scheint hier noch nie jemand ein Buch gelesen zu haben.«

»Dafür haben sie andere Dinge getan.«

»Ja, da bin ich sicher, daß sie alles mögliche getan haben, auch solche Dinge, die ich nie tun würde.« Er verzog das Gesicht. »Ekelhaft. Sie paaren sich in den Gräben wie die Tiere. Sie essen mit den Fingern aus den Dosen.«

»Tja, das sind die Proletarier, von denen du so gerne sprichst«, erinnerte sie ihn sanft. »Es gibt Schlimmeres, als sich in Gräben zu paaren. Man muß es ihnen nur beibringen. Menschen wie du, die viel wissen, müssen es ihnen beibringen.«

»Ich kann ihnen gar nichts beibringen«, sagte er mit verdrießlicher Miene. »Sie lachen mich doch nur aus. Wir sprechen nicht die gleiche Sprache.«

»Vielleicht gehörst du auch nicht hierher, José-Maria.«

»Du vielleicht?« fragte er. »Frauen hätten niemals an die Front kommen dürfen, das war ein Fehler.«

»Es macht mir nichts aus, aus Dosen zu essen.«

»Aber du paarst dich nicht in den Gräben.« Sein Gesichtsausdruck bekam einen Moment lang etwas Flehendes. »Oder?«

»Ich paare mich nirgendwo«, erwiderte sie in einem seltenen Anflug von Offenheit.

Sein Gesichtsausdruck veränderte sich leise. »Bist du noch Jungfrau?«

»Ja«, gab sie nach kurzem Zögern zur Antwort.

»Ich auch«, gestand er leise. Er streckte seine Hand aus und sie ebenfalls. Dann spürte sie, wie sich seine dünnen, kalten Finger um die ihren schlossen. »Sie begehren dich alle. Jeder einzelne.«

»Das ist mir noch nicht aufgefallen«, sagte sie lächelnd.

»Aber mir. Du bist etwas Besonderes.« Er hob ihre Hand an seinen Mund. Im Gegensatz zu seiner eiskalten Hand waren seine Lippen warm. Sie sah ihn mitfühlend, fast mitleidig an.

»Du bist auch etwas Besonderes, José-Maria.«

»Meinst du das wirklich?« fragte er mit angehaltenem Atem.

»Ja.«

»Darf ich dich küssen?« Seine Stimme zitterte ganz leicht. »Auf den Mund, meine ich.«

Sie zögerte, dann nickte sie. Mit zitternden Fingern nahm er seine Brille ab und beugte sich vor. Sein Mund war so weich wie der eines Kindes. Etwas unbeholfen umfing er sie mit den Armen und zog sie zu sich heran. Seine Patronentasche drückte, aber sie verlor kein Wort darüber. Sie fragte sich, ob sie sich hier lieben würden, hier unter dem Granatapfelbaum, zwei Jungfrauen in Kriegszeiten. Sie selbst spürte kein Verlangen.

Sie hob die Hand und streichelte zart seine Wange. Er legte seine Hand auf ihre Brust, die sich unter der Bluse abzeichnete.

»Ich liebe dich«, flüsterte er heiser. »Ich liebe dich, Mercé.«

Sie dachte an Matilde und spürte, wie eine große Traurigkeit über sie kam. Mit geschlossenen Augen öffnete sie ganz leicht den Mund.

Unsicher erkundete seine Zunge ihre warme, feuchte Mundhöhle. Er war unerfahren, schüchtern und ungeschickt. Sie konnte den Kuß nicht erwidern, denn jedes Zeichen von Erfahrung hätte ihn zutiefst verletzt. Wenn sie sich tatsächlich lieben sollten, dann würde sie ihm alles zeigen müssen, das wußte sie. Der Blinde, der den Lahmen führt.

Sie knöpfte ihre Bluse auf, nahm seine Hand und legte sie auf ihre nackte Brust. Er keuchte, als seine zitternden Finger die Haut berührten. Die Finger tasteten sich weiter und fanden schließlich ihre Brustwarzen, die in der Kälte hart und steif waren und die er sogleich heftig und ungeduldig streichelte. Sie blieb ganz ruhig. Es schien ihr, als sei sie irgendwo hoch droben und blicke auf sich selbst herunter, während sie versuchte, sich über ihre Gefühle klarzuwerden. Empfand sie Freude? Oder Erregung?

»Komm, wir wollen uns hinlegen«, flüsterte er. »Bitte.«

Sie gehorchte und legte sich auf den Rücken. Das Blätterwerk des Granatapfelbaums über ihr zeichnete ein wunderschönes Muster am blassen Himmel.

José-Maria küßte ihre Brüste. Sein Kopf ruhte auf ihrem Arm, während sein Mund hungrig an ihrer Brust saugte.

Sie streichelte ihn und spürte, wie der zarte Körper vor Verlangen zitterte und bebte. Sein Hunger pochte ihn ihm wie ein ungeheurer Motor in einer zerbrechlichen Hülle. Und sie fühlte und empfand gar nichts. Sie spürte nur ihr eigenes Herz, das langsam und gleichmäßig in ihrer Brust schlug. Sie hatte das Gefühl, daß Matildes Geist mit einem ironischen Lächeln auf sie heruntersah. Vielleicht war sie bei Matilde nur deswegen erregt gewesen, weil sie etwas Verbotenes getan hatten. Vielleicht fand sie nur Gefallen an perversen Dingen.

Als sie vorsichtig die Hände auf seine Lenden legte, spürte sie sein hartes Geschlecht, das sich gegen den rauhen Stoff seiner Hose drückte. Er stöhnte hilflos, als sie mit der Hand darüberstrich. Sein Gesicht, das vor lauter Erregung vollkommen gerötet gewesen war, erblaßte auf einen Schlag. Mercedes bemerkte, daß ein seltsames Leuchten in seine Augen trat.

Ganz intuitiv wußte sie, daß sie die Situation vollkommen unter Kontrolle hatte. Sie konnte dafür sorgen, daß er sich ergoß, jetzt, und allem Weiteren aus dem Weg gehen. Auf diese Weise konnte sie ihre Jungfräulichkeit für spätere Zeiten und spätere Zweifel bewahren.

Sie traf ihre Entscheidung nicht ohne Bedauern. Aber sie wußte, daß sie ihn nicht wollte. Sie preßte ihre Hand fester auf sein Geschlecht, noch fester, und küßte seinen Mund. Drei oder vier langsame Streichelbewegungen reichten aus. Er rief ihren

Namen, und sie spürte, wie seine Lenden unter ihrer Hand zuckten und bebten. Der rauhe Stoff der Hose war plötzlich heiß und feucht.

Sie ließ ihre Hand auf der Hose liegen, bis sein Geschlecht erschlaffte und sein Körper sich entspannte.

Er sah sie an. Wieder war sein Gesicht gerötet, diesmal jedoch vor lauter Scham. »Oh, Mercedes«, stammelte er. »Es – es tut mir so leid!«

»Es braucht dir nicht leid zu tun.«

»Aber ich schäme mich so!«

»Warum? Es war schön.«

»Aber ich...«

Sie legte ihm die Hand auf den Mund. Der arme Junge hatte nicht die leiseste Ahnung, daß sie voller Absicht gehandelt hatte. Als sie ihn in den Armen wiegte, verabscheute sie plötzlich, was sie getan hatte, obwohl sie sich auch eines Gefühls der Erleichterung nicht erwehren konnte, daß alles vorüber war und daß ihre Festung noch nicht gestürmt worden war.

Plötzlich vernahmen sie das Dröhnen eines Flugzeugmotors in der Luft. Flugzeuge waren hier nichts Ungewöhnliches; sie zeichneten sich oft am winterlichen Himmel ab, aber dieses klang anders als die anderen. Eine Stimme drang von den Schützengräben zu ihnen herüber. Sie sprangen auf und sahen hoch zum Himmel.

Jetzt war es direkt über ihnen. Als Mercedes angestrengt nach oben spähte, meinte sie, ein schrilles, anschwellendes Pfeifen zu hören.

José-Maria ergriff ihren Arm. »Eine Bombe«, schrie er.

In diesem Moment erfolgte eine gewaltige Erschütterung, die sie beide auf den Boden warf. Taub und halb ohnmächtig ließen sie Schmutz, Äste und Zweige auf sich herunterprasseln. Am liebsten wäre sie aufgesprungen und weggerannt, aber José-Maria hielt sie fest. »Bleib unten!«

Dann folgte eine zweite Explosion. Die Erschütterung ließ die Bäume krachen. Mercedes verkroch sich in die Erde wie ein zu Tode geängstigtes Tier.

Dann eine dritte Detonation, etwas weiter weg. Trotz des Dröhnens in ihren Ohren hörte sie die verzweifelten Schreie aus dem Schützengraben. José-Maria zog sie hoch. Seine Brille lag zerbrochen auf der Erde, ohne sie wirkte sein Gesicht vollkommen nackt.

»Komm, los!« keuchte er, »wir müssen hier weg, bevor sie zurückkommen.«

Sie stolperten auf die hohe Rauchsäule zu, die sich über dem Wall erhob, wo Mercedes noch eine halbe Stunde vorher gesessen hatte. Ausrüstung und Menschenleiber lagen überall verstreut wie nach einem großen Sturm. Der erste Körper, über den sie stolperte, lag bäuchlings über den Sandsäcken. Der Mann war tot, eine blutüberströmte Vogelscheuche, deren Eingeweide herausgerissen worden waren. Eine Frau mit blutüberströmten Händen kroch blindlings auf ein Zelt zu.

Im Schützengraben herrschte ein einziges Gewirr von verwundeten, toten und lebenden Körpern. Sie sah, wie helles Blut aus einem halbabgetrennten Bein schoß. Ein Mann schrie wie wahnsinnig, obwohl er gar nicht verletzt schien. Weinend half sie den anderen, die Verwundeten aus dem Schützengraben zu schleifen. Hände streckten sich ihr verzweifelt entgegen, Münder öffneten sich in stummen Bitten. Einige waren unter den Trümmern begraben worden.

Sanitäter kamen bereits mit ihren Bahren angerannt. Das Gemetzel war das bisher schlimmste gewesen, denn es hatte sie vollkommen unvorbereitet getroffen. Nun schien es ihnen, als hätten sie bisher ein Spiel gespielt, dessen Regeln sich plötzlich heimtückisch geändert hatten. Mercedes mußte das Entsetzen niederkämpfen, um sich überhaupt bewegen zu können.

Jetzt trafen die ersten Krankenwagen ein. Die Toten wurden zum späteren Abtransport nebeneinandergelegt. Die Explosion hatte Gliedmaßen abgerissen und Brustkästen und Schädel eingedrückt und zertrümmert. Diejenigen, die sich im Zentrum der Detonation befunden hatten, waren nur mehr Leiber ohne Arme und Beine.

Mindestens ein Dutzend Tote wurden gezählt. Zwei Dutzend waren verletzt, und einige lagen im Sterben.

Fast ganz zum Schluß fanden sie den Leichnam von Federica Ossorio. Ihre offenen Augen starrten neugierig zum blassen Himmel hinauf, als erblicke sie dort oben eine wundersame, neue Welt.

Die gedämpfte Stille des Winters schien für alle Zeiten vorbei. Dem Luftangriff folgten schwere Maschinengewehrattacken von den gegnerischen Linien. Der Feind hatte offensichtlich Verstärkung erhalten. Mörser schwirrten über ihre Köpfe hinweg in Richtung Granados. Bald sahen sie mehrere Rauchwolken über der Stadt aufsteigen.

Gegen Abend wurden sie von der anderen Seite des Flußbettes aus mit Mörsern beschossen, die zunächst in alle Richtungen flogen, bald jedoch mit immer größerer Genauigkeit trafen. Die Mörser kamen mit einem schrecklichen Pfeifgeräusch auf sie zugeflogen, bevor ihnen die Explosion fast das Hirn aus dem Kopf blies und Schlamm und Granatsplitter durch die Luft wirbelte. Sie waren gezwungen, sich im Schlamm kriechend fortzubewegen und sich bäuchlings auf die Erde zu werfen, sobald sie das Pfeifgeräusch in der Luft hörten. Hin und wieder hörte man Schreie, wonach jedesmal Sanitäter mit ihren Bahren zum Ort des Geschehens eilten.

Aufgrund einer miserablen Organisation verfügten sie zwar über Dutzende von Mörsern, die gut verpackt in Kisten lagen, aber nicht über die Geschütze, um sie abzufeuern. Sie besaßen nicht einmal Maschinengewehre, um das Feuer zu erwidern.

Zum erstenmal in all den Monaten des Krieges erfuhr Mercedes, was es hieß, unter ständigem Beschuß zu sein. Der beißende Ammoniakgestank der Sprengkörper durchdrang alles, selbst die armseligen Mahlzeiten, die sie schweigend und voller Angst verzehrten.

Das Dröhnen hörte auch bei Nacht nicht auf. Erst am Morgen verlor es sich, doch dann wuchs auch die Angst vor einem neuen Luftangriff. Demoralisiert und erschöpft boten sie ihre letzten Kräfte auf, um sich dem Feind erneut zu stellen, während sie ängstliche Blicke zum Himmel richteten.

Mercedes glaubte sich am Ende ihrer Kräfte. Ihre Hände schienen unfähig, noch irgend etwas festzuhalten. Alles, was sie anfaßte, fiel sofort wieder zu Boden. Den anderen ging es kaum besser. Die von einem Augenblick zum anderen veränderte Situation und das Blutbad hatte diesen unerfahrenen, unsicheren Freiwilligen den letzten Rest gegeben.

Die Tiefflüge und die Bomben hatten sie zermürbt. Viele

mußten sich ständig übergeben, andere lagen weinend und schluchzend auf der Erde. Die meisten waren in Apathie versunken. Das Blut der Toten war allgegenwärtig: auf den Kleidern der Lebenden, auf ihrer Ausrüstung, an ihren Händen, auf ihren Gesichtern.

Sie erfuhren, daß das Feldlazarett in Granados mit Schwerverwundeten überfüllt war. Außerdem kursierten Gerüchte, daß das Hauptquartier der Anarchisten eilig aus der Stadt verlegt worden sei. Die Nachricht verursachte große Bestürzung, bis ein Bote auf einem Motorrad die Meldung überbrachte, daß das Hauptquartier in einem nahe gelegenen Landhaus untergebracht sei.

Der Rest der Meldung klang bedrohlich. »Es ist heute nacht mit einem feindlichen Angriff zu rechnen, höchstwahrscheinlich in den frühen Morgendstunden.«

»Also dann wollen wir doch mal sehen, ob wir diesen Hunden nicht einen entsprechenden Empfang bereiten können«, brummte Manuel grimmig und stapfte davon, um die notwendigen Vorbereitungen zu treffen.

Aus dem am Nachmittag wieder einsetzenden Mörserfeuer wurde bald ein anhaltendes Sperrfeuer, das bis in den späten und windigen Abend hinein anhielt. In der Dunkelheit strahlten die Mörser rot. Alle kauerten im Schlamm, wohlwissend, daß der Feind bald versuchen würde, die tausend Meter zwischen ihnen zu überwinden. Allein der Gedanke daran versetzte sie in Angst und Schrecken.

»Ich will, daß alle Frauen unterhalb der Barrikade bleiben, wenn heute nacht geschossen wird«, befahl Manuel. Federicas Tod hatte ihn schwer getroffen. »Ich will keine Toten mehr. Verstanden, Mercedes?«

Sie nickte. Auch die anderen Frauen hatten dagegen nichts einzuwenden. Trotzdem holte sie ihre schwere Pistole und ihre drei Granaten aus ihrer Proviantttasche.

Die anderen schärften ihre Bajonette und säuberten die nutzlose mexikanische Munition. José-Maria kauerte neben Mercedes im Schützengraben.

»Ich beschütze dich«, versicherte er ihr immer wieder, dabei zitterte er noch mehr als sie. Plötzlich wäre es ihr lieber gewesen, wenn er woanders gewesen wäre. Sollte der Feind in ihren Schützengraben gelangen, dann war er ihrer Meinung nach höchstens hinderlich.

Der Angriff erfolgte kurz vor Sonnenaufgang. Anscheinend war es dem Feind gelungen, bis zu ihnen vorzudringen, ohne von den Wachen bemerkt zu werden.

Es begann mit einem wilden Krachen von Granaten, das sie entsetzt auffahren ließ und einen Augenblick lang vollkommen lähmte. Dann klammerte sie sich an José-Maria, weil sie nicht wußte, aus welcher Richtung der Angriff kam. Mehrere Minuten lang erfüllte der unerträgliche Lärm, in den sich menschliche Schreie mischten, die Luft.

»Da sind sie!« schrie jemand. Im morgendlichen Licht bewegten sich dunkle Schatten auf sie zu. Die Angst verwandelte sich in einen qualvollen Schmerz im Herzen, dem sie nicht länger widerstehen konnte. Entgegen Manuels ausdrücklichen Befehl krallte sie die Finger in die Sandsäcke und zog sich hoch. Mit ungeschickten und zitternden Fingern zündete sie ihre Handgranaten und schleuderte sie, eine nach der anderen, über die Sandsäcke den dunklen vorrückenden Gestalten entgegen.

Fluchend zog José-Maria sie an den Füßen wieder herunter. »Geh in Deckung, um Himmels willen!«

Die Granaten schlugen kurz hintereinander ein. Sie wurden mit Erde bedeckt, und von irgendwoher drangen Schreie an ihre betäubten Ohren. Dicht an die Sandsäcke gepreßt, fragte sie sich, ob sie wohl jemanden getötet hatte.

Dann sprang Manuel mit einem Satz auf sie zu. Er packte José-Maria am Arm und zog ihn hoch. »Kommt, auf! Folgt mir alle, Männer! Wir sind in der Überzahl. Wir gehen zum Gegenangriff über. Kommt schon, verdammt noch mal!«

Die Männer kletterten an den Sandsäcken hinauf. Heisere, wilde Schreie entfernten sich auf der anderen Seite. Das Schießen wurde heftiger.

Im Schützengraben waren jetzt nur noch Frauen. Eine Frau neben ihr weinte. Wenn sie schon sterben müsse, dann wünsche sie sich ein schnelles Ende.

Nach ungefähr zehn Minuten waren nur noch wenige Schüsse zu hören, bis sie schließlich fast ganz aufhörten. Nur noch vereinzelt fiel hier und da ein Gewehrschuß, doch niemand warf mehr mit Granaten. Sie hörten eilige Schritte in allen Richtungen und den Ruf nach Sanitätern und Bahren.

»Wo sind die Männer?« rief jetzt eine Frauenstimme.

In dem Augenblick hechtete jemand über die Sandsäcke und kam keuchend zwischen ihnen zu stehen. Einige Frauen stießen schrille Schreie aus, aber es war Manuel.

Er war in Siegesstimmung. »Wir haben die Hunde in die Flucht geschlagen. Nicht schlecht für unsere erste Schlacht in diesem Jahr.« Aus einigen Kehlen erhoben sich Jubelschreie.

»Wo ist José-Maria?« wollte Mercedes wissen.

Seine Stimme schlug um. »Auf der anderen Seite.«

Sie glaubte, ein Pfahl würde ihr Herz durchbohren. »Ist er verwundet?«

»Ja.«

»Schlimm?«

»Kann ich nicht sagen.«

»Ich will zu ihm!«

Er sah sie unglücklich an. »Also gut, komm.«

Sie erhob sich und folgte ihm. »Er ist der einzige Verwundete«, erklärte Manuel. »Hat Pech gehabt, der arme Kerl.«

Inzwischen ging hinter den Bergen die Sonne auf, ihre kalten Strahlen warfen lange Schatten auf die Erde. José-Maria lag etliche Meter entfernt im Schlamm auf der Seite und wimmerte leise. Mit einem Gefühl der Hilflosigkeit kniete sie neben ihn nieder. »Wo bist du verletzt?« fragte sie.

Unfähig zu sprechen, deutete er nur ein Kopfschütteln an. Er konnte seine Beine nicht mehr bewegen. Manuel rollte ihn auf den Rücken und tastete vorsichtig seinen Bauch ab. Mercedes sah, daß die Uniform dunkel und durchnäßt war. Ein fauliger Geruch stieg aus der Wunde auf. Manuel warf Mercedes einen angewiderten Blick zu.

»Lieber Gott«, stöhnte sie. »Du wirst bald wieder gesund sein, mein Lieber. Du wirst sehen!«

Sie versuchte, ihm die nutzlosen Ledergurte mit der Munition abzunehmen. Manuel hielt sie zurück. Sie nahm José-Marias Kopf zwischen die Hände und küßte sein Gesicht. Es war kalt und klamm. Sie bemühte sich, nicht zu weinen, aber es war unmöglich, die Tränen noch länger zurückzuhalten.

Er blieb stumm. Die aufgehende Sonne hüllte ihn in ein goldenes Licht. Wenige Minuten später trafen die Sanitäter ein. Als sie ihn auf eine Bahre hoben, schrie er mit schwacher Stimme und warf den Kopf hin und her. Sie flehte die Männer an, vorsichtig mit ihm zu sein. Sie trugen ihn fort.

Manuel legte den Arm um sie. Verzweifelt schluchzend klammerte sie sich an ihn.

»Er wird bald wieder auf den Beinen sein«, versprach er ihr.

Plötzlich stieß jemand ein schrilles »dort« aus und zeigte mit der Hand auf die andere Seite des Flußbettes.

Sie drehten sich um und starrten hinüber. Der Feind war während der Nacht fünfhundert Meter vorgerückt, und im Tal zeichnete sich jetzt eine neue, viel nähere Linie ab. Maschinengewehre waren postiert worden, und irgendwo sahen sie einen Beobachtungsspiegel aufblitzen. Der Angriff war also nichts weiter als ein Ablenkungsmanöver gewesen. Damit hatte sich ihre Position schlagartig geändert.

»Aus dieser Entfernung«, sagte Manuel leise, »können sie uns ihre Mörser in den Schoß fallen lassen. Wenn wir nicht bald Verstärkung kriegen, müssen wir das Feld räumen.«

Seine Worte hingen bedeutungsvoll in der Luft.

»Hier rüber! Hier rüber! Einer lebt noch!«

Sie eilten zu der Stelle, die von den anderen umringt wurde. Drei feindliche Soldaten lagen tot auf der Erde. Sie hatte wohl selbst einen dieser Männer auf dem Gewissen.

Ein vierter Soldat kauerte stöhnend an einem Baum. Er war an der Seite verwundet, seine Uniform war blutdurchtränkt. Voller Entsetzen starrte er auf die Menschen, die sich immer dichter um ihn drängten.

»Was machen wir mit ihm?« fragte einer der ihren. »Sollen wir eine Bahre für ihn holen?«

»Nein«, antwortete Manuel mit rauher Stimme. »Keine Bahre für diesen Hund.« Er zog seinen Revolver und machte einen Schritt auf den Verwundeten zu. Er spannte und zielte auf seinen Kopf.

Eine Frau stieß einen Schrei aus. Mercedes wandte ihr Gesicht ab; sie war unfähig, das Kommende mit anzusehen. Plötzlich fing der Verwundete keuchend an zu beten.

Mercedes zuckte zusammen, als sie das leere Klicken der Trommel hörte. Manuel drückte noch einmal ab. Er fluchte laut. Wieder nur ein leeres Klicken. Er hatte während des Angriffs alle Munition verschossen.

Der Verwundete ließ sich vollends zu Boden gleiten und versuchte, auf allen vieren von Manuel wegzukriechen. Manuel fing wie wild an, seine Taschen nach Munition zu durchwühlen.

»Um Himmels willen«, raunzte er die schweigend Herumstehenden an, »so erschieß doch einer diesen Hund, los!«

Keiner machte eine Bewegung. Ihre Gesichter waren aschgrau und verzerrt. In der Dunkelheit auf den heranrückenden Feind zu schießen war eine Sache, dem Feind dabei ins Gesicht zu sehen, eine andere.

Manuel fand keine Munition für seinen Revolver. Er rannte hinter dem am Boden kriechenden Mann her und versetzte ihm einen kräftigen Fußtritt in die verwundete Seite. Der Mann schrie nicht, sondern krümmte und wand sich nur am Boden. Manuels Gesicht war haßverzerrt. Er holte mit dem Fuß aus und versetzte dem sich windenden Etwas einen zweiten Fußtritt in die Seite.

Und noch einmal und noch einmal, bis das Etwas schließlich einen Laut von sich gab, der nur noch ein trockenes Krächzen war. Blut floß ihm aus dem Mund.

Plötzlich erhob sich ein Gewirr von Stimmen, halb protestierend, halb flehend, Manuel möge aufhören. Jetzt bemerkte Mercedes, daß sie noch immer ihre Pistole in der Hand hielt. Sie trat vor. Ihr Kopf war vollkommen leer; die Welt um sie herum war weiß und still.

Sie wußte, daß sie, wenn sie treffen wollte, aus nächster Nähe schießen mußte. Mit zitternder Hand hielt sie die Mündung an die Schläfe des Mannes und drückte ab. Der Kopf des Mannes fiel mit einem Ruck zur Seite. Das Schießpulver verbrannte beinahe ihre Nase. Sie sah, wie der Körper des Soldaten zuckte, aber um nichts in der Welt wollte sie sehen, wie die Kugel den Kopf zugerichtet hatte. Sie fühlte sich unendlich leer, ohne jegliches Gefühl. Ihr Verstand, so glaubte sie, hatte aufgehört zu funktionieren. Blut sickerte in die nasse Erde hinein.

Die anderen starrten sie ungläubig und schweigend an.

»Gut gemacht, mein Mädchen«, lobte Manuel und klopfte ihr

auf die Schulter. Er nahm ihr die Pistole aus der Hand, sicherte sie und steckte sie zurück in ihr Halfter. Dann nahm er sie bei der Schulter und führte sie zurück zum Wall. Ihre Füße waren plötzlich bleischwer vor Erschöpfung. Schweigend folgten ihnen die anderen.

Sie fragte sich, ob sie den Mann aus Mitleid erschossen hatte oder um José-Maria zu rächen.

Sie hatte das Gefühl, daß auch sie irgendwie gestorben war.

Sie hatte das Gefühl, daß nichts jemals wieder so sein würde, wie es war.

Am selben Nachmittag fuhr ein Lastwagen vor, aus dem eine ungefähr vierzigjährige schwarzgekleidete Frau ausstieg.

Die Frau war Dolores Ibarruri, La Pasionaria selbst.

Mit ihrem streng zurückgekämmten Haar und ihrem Knoten sah sie älter aus als auf den Fotos. Dunkle Ringe zeichneten sich unter ihren Augen ab. Auf ihrem Gesicht lag ein ernster und schwermütiger Ausdruck. Aber als sie von dem offenen Lastwagen herunter zu ihnen sprach, klang ihre Stimme tief und angenehm, und ihre Augen leuchteten.

»Ich bin hergekommen, um als Frau zu euch Frauen hier an der Front zu sprechen. Ihr habt euch tapfer geschlagen. Und deshalb werdet ihr nie vergessen sein. Wenn wir diesen Krieg gewonnen haben und der Friede wieder eingekehrt ist in unser Land, dann werden eure Namen in goldenen Lettern in die Geschichtsbücher eingehen. Aber ich bin auch gekommen, um euch zu sagen, daß es Zeit ist, nach Hause zurückzukehren.«

Ein Sieg der Republikaner war nun unvermeidlich. Das Volk war im Begriff, den Faschisten den Garaus zu machen. Aus diesem Grund, so erklärte sie ihnen, hätten die Republikaner beschlossen, die Frauen von der Front abzuziehen.

»Von jetzt an ist euer Platz bei der Nachhut und zu Hause. Dort könnt ihr mehr bewirken als hier«, erklärte sie, mit lauter Stimme gegen den kalten Wind angehend. »Geht zurück nach Barcelona! Geht zurück nach Tarragona und Saragossa! Geht zurück in die Werkstätten, die Fabriken und die Krankenhäuser! Geht nach Hause! Macht euch bereit! Die Lastwagen werden euch schon morgen abholen.«

Sie sprang vom Lastwagen herunter. Viele Frauen weinten vor Erleichterung darüber, von der Front wegzukommen.

Mercedes behielt schweigend ihr Gewehr in der Hand. Hatten sie etwa das ganze Leid nur deswegen ertragen, die vielen Hoffnungen nur deswegen gehegt, um jetzt entlassen zu werden? Entlassen. Sie dachte an Federica, die irgendwo tot im Schlamm lag. Sie dachte an José-Maria und an den Mann, dessen Leben sie am Morgen ausgelöscht hatte. Im Namen der Republik hatte sie einen Mann getötet. Einen hilflosen, verwundeten Mann, der versucht hatte zu beten.

In der allerletzten Minute war sie zur Mörderin geworden. Und jetzt wurde sie nach Hause geschickt.

Nachdem sie abgefahren war, packten die Frauen ihre wenigen Habseligkeiten zusammen. Die Männer beobachteten ihr Tun mit düsteren Mienen. Einige protestierten laut, vor allem jene, die engere Beziehungen zu den Frauen angeknüpft hatten.

»Ruhe jetzt!« befahl Manuel. »Das ist das Beste, was uns passieren konnte. Wir können keinen Krieg führen, wenn uns Frauen und Kinder wie ein Klotz am Bein hängen. Wir können nicht mit ansehen, wie sie erschossen und zerfetzt werden. Erst wenn sie alle weg sind, können wir kämpfen.«

Sie lieh sich ein Fahrrad aus und fuhr auf der mit Löchern übersäten Straße nach Granados, um José-Maria im Feldlazarett zu besuchen.

Nach den Gefechten der letzten Tage war das Lazarett überfüllt. Der Anblick und die Laute, die diese zum Teil furchtbar zugerichteten Männer von sich gaben, waren schier unerträglich. Auch jetzt noch gingen Mörser auf die Stadt nieder und hüllten alles in eine dicke Rauchwolke.

Im Hof wimmelte es von Krankenwagen und Sanitätern. Weiter hinten standen mehrere altmodische Leichenwagen, die von Pferden gezogen wurden. Überall lagen verwundete Männer auf Matratzen am Boden, selbst draußen im Freien in der Kälte, und warteten auf ihren Abtransport nach Barcelona. Zahlreiche Ärzte und Krankenschwestern kümmerten sich hektisch um die Verletzten.

Mercedes sprach mehrere unfreundlich dreinblickende Krankenschwestern an und fragte nach José-Maria. Doch keine gab ihr

Auskunft; erst eine junge Hilfsschwester, deren Augen rot waren vom vielen Weinen, schien bereit, ihr zu helfen.

Sie beschrieb ihr José-Maria. »Er ist jung und hat schwarze Haare. Er ist letzte Nacht am Bauch verwundet worden.«

»Schußwunde?«

»Ich glaube ja.«

»Wenn das stimmt, dann ist er wohl kaum in der Verfassung, Besuch zu empfangen.«

»Aber ich muß morgen zurück nach Barcelona«, flehte Mercedes. »Ich möchte ihn nur noch einmal sehen, bevor ich fahre. Er ist mein Freund.«

Die Hilfsschwester zuckte teilnahmslos die Achseln. »Wir fragen am besten die Oberschwester. Die Bauchverletzten liegen ganz hinten. Ich bring' Sie hin.«

Die Hilfsschwester führte sie durch einen riesigen Krankensaal, in dem die Männer so dichtgedrängt nebeneinanderlagen, daß sie Mühe hatte, zwischen ihnen durchzugehen. Leere und fiebernde Augen folgten ihr. Einige Männer schrien vor Schmerzen, andere lagen teilnahmslos da. Ihre Verbände an Kopf, Leib und Händen waren teilweise blutdurchtränkt. Der faulige Geruch, der ihr in die Nase stieg, erregte ihr Übelkeit.

Im hinteren Zimmer war es verhältnismäßig ruhig. Die Fensterläden waren geschlossen. Mercedes wartete, während die Hilfsschwester eintrat und leise mit der Oberschwester sprach. Nach einer Weile kam sie zurück und nickte. Sechs Betten standen in dem Zimmer, das einstmals ein hübscher Salon gewesen war. In jedem Bett lag eine reglose Gestalt.

José-Maria lag im ersten Bett. Der magere Körper zeichnete sich kaum unter der ordentlich zurechtgezogenen Bettdecke ab. Das Gesicht wirkte in dem weißen Kissen wie eine gelbe Maske. Die Augen waren fast ganz geschlossen, nur ein kleiner weißer Streifen war unter den geschwollenen Lidern zu erkennen. Neben dem Bett hing eine Blutkonserve, aus der das Blut in eine Vene in seinem dünnen Arm floß.

»Er ist heute morgen operiert worden«, erklärte die Oberschwester. »Dabei hat er viel Blut verloren. Er hat Morphium bekommen gegen die Schmerzen, aber vielleicht ist er bei Bewußtsein. Ist er Ihr Mann?«

»Ein Freund.« Mercedes spürte, wie ein riesiger Kloß in ihrem Hals aufstieg. Sie mußte sich zwingen, nicht wegzuschauen. »Wird er bald nach Barcelona zurückgebracht?«

»In ein paar Tagen. Wenn es sich lohnt.«

»Aber er wird doch wieder gesund?« fragte sie erschrocken.

»Wenn er Glück hat«, antwortete die Oberschwester. »Sie sterben meist entweder am Schock oder an Bauchfellentzündung. Nur fünf Minuten, bitte.«

Sie ließ Mercedes allein mit den Kranken. Es gab keinen Stuhl im Zimmer. Mercedes beugte sich hinunter und küßte José-Maria auf die schweißkalte Stirn. Sie wußte nicht, ob er sie erkannte oder nicht. Er, der beinahe ihr Liebhaber geworden wäre. Er sah aus wie tot.

»José-Maria, hörst du mich?« Sie berührte sanft sein Gesicht. »Ich muß zurück. Alle Frauen müssen zurück. Ich bin gekommen, um dir Lebewohl zu sagen. Ich würde dich gern mitnehmen, aber ich kann nicht. Bitte verzeih mir. José-Maria, hörst du mich?«

Sie glaubte, ein Zucken seiner Augenlider zu bemerken, aber sie war sich nicht sicher. Nur mit allergrößter Mühe konnte sie die aufsteigenden Tränen zurückhalten. Sie küßte ihn noch einmal, diesmal auf den Mund. Seine Lippen waren weich, wie die eines schlafenden Kindes. Sie konnte es nicht mehr länger ertragen, sie mußte gehen.

»Wir sehen uns in Barcelona wieder. Du darfst nicht sterben«, flüsterte sie. »Du darfst nicht sterben, bitte. Wir sehen uns wieder.«

Sie drehte sich um und ging hinaus.

»Wie kann ich erfahren, wie es ihm geht?« fragte sie die Oberschwester.

Die Oberschwester schrieb eine Nummer auf einen Zettel. »Sie können versuchen, mit dieser Nummer durchzukommen. Manchmal klappt's.«

Sie nickte. In der Dunkelheit fuhr sie mit ihrem Fahrrad den ganzen Weg zurück zu ihren Kameraden. Wie oft noch mußte sie jemanden, der sie liebte, zurücklassen? Zuerst Matilde und jetzt José-Maria. Vielleicht brachte sie denen, die ihr zugetan waren, nichts als Unglück.

In ihren Alpträumen in dieser Nacht flossen José-Maria und der Mann, den sie erschossen hatte, zu einer schrecklichen kriechenden Gestalt zusammen, die sie stöhnend und blutend verfolgte. Ihre Hände streckten sich ihr flehend und suchend entgegen.

Am nächsten Morgen erwachte sie in dem vertrauten, schrecklichen Gestank.

Die Lastwagen warteten bereits. Es dauerte nicht lange, bis sie ihre wenigen Habseligkeiten zusammengerafft hatten. Ihre Decke überließ sie ihren Freunden, ihre Pistole und ihr Gewehr gab sie einem jungen Neuankömmling aus Saragossa.

Sie hatte insgesamt fünf Monate an der Front verbracht. Als sie sich von den Männern verabschiedete, wußte sie bereits, daß sie sie nie wiedersehen würde. Tief im Innern wußte sie, daß der Krieg sich bereits zu einer Tragödie entwickelt hatte und daß sie alle sterben würden.

Manuel umarmte sie zum Abschied. »Leb wohl, kleine Jungfrau«, sagte er grinsend. »Wir sehen uns in Barcelona wieder. Um Himmels willen, wein doch nicht.«

BARCELONA

Zwei Tage später, an einem Freitag, wurden sie in einem zweiten Lastwagen bis zu den Unterkünften der Anarchisten in Barcelona gebracht. Sie bekam ein Bett in einem überfüllten Schlafsaal zugewiesen. Eine Gruppe von neuen Rekruten, die auf dem Weg zu ihrem ersten Einsatz an der Front waren, starrten sie mit großen Augen an.

Sie rief mehrere Male im Lazarett in Granados an, doch die Verbindung brach jedesmal zusammen, bevor sie mit der Oberschwester sprechen konnte.

Barcelona hatte sich verändert.

Die Fröhlichkeit war verschwunden. Die Fahnen sahen zerschlissen aus, Hunger und Mutlosigkeit griffen um sich. Abgezehrte Flüchtlinge aus anderen Provinzen lungerten auf den Straßen herum und bettelten um Nahrung.

Die Kommunisten hatten eine Gegenrevolution angezettelt und versuchten, die Stadt in ihre Gewalt zu bringen. Gedungene

Mörder verübten brutale Morde, mit denen man die treuesten Anarchisten aus dem Weg räumen und die Revolution »reinigen« wollte.

Anarchisten und Kommunisten lieferten sich auf Balkonen und Häuserdächern erbitterte Gefechte. Es hieß, daß in dunklen Kellern Verhöre durchgeführt würden, bei denen oftmals grausam gefoltert würde. Der Kampf fand jetzt im eigenen Lager statt.

Keiner traute sich mehr, dem anderen in die Augen zu schauen.

Die Wirklichkeit dieses Krieges, die auch Mercedes mit jedem Tag, der verging, drastischer ins Auge sprang, deprimierte sie zutiefst. Die Ideen und Ideale, die sie mit ihrem Vater geteilt hatte, schienen nur in der Vergangenheit gegolten zu haben. Damals hatte sie sich in ihrer jugendlichen Begeisterung von ihnen fesseln lassen. Aber die rohe Gewalt des Kampfes erfüllte sie mit Ekel und Entsetzen.

Sie wußte, daß sie keine Reden und Vorträge über die Revolution mehr würde ertragen können, ohne daß Übelkeit in ihr hochstieg.

Endlich verstand sie die stille pessimistische Menschlichkeit ihrer Mutter. Sie hatte keine Philosophie vertreten, nichts, was man hätte artikulieren können. Nein, diese Menschlichkeit war etwas typisch Weibliches, ein Wissen um das Leid in der Welt, das ihre Mutter schon immer besessen hatte.

Sie empfand Bedauern, daß sie das nicht schon früher begriffen hatte, bevor der Krieg sie gezeichnet und sie zu einer Schlächterin gemacht hatte.

Sie wollte nicht mehr töten. Sie wollte Arbeit in einem Krankenhaus finden und versuchen, das Leben ihrer Kameraden zu retten, anstatt das Leben ihrer Feinde zu zerstören. Aber zuerst wollte sie Ostern zu Hause sein.

Sie machte sich auf den Weg zum Bahnhof, um eine Rückfahrkarte nach San Lluc zu kaufen.

Noch einmal rief sie im Lazarett von Granados an. Als sie schließlich mit der Oberschwester verbunden wurde, erfuhr sie, daß José-Maria Calvet, wenige Minuten nachdem sie das Lazarett verlassen hatte, gestorben war.

10. ENTZUG

TUCSON – AUGUST 1973

Schreiend und schweißgebadet wachte sie auf.

Sowie sie vollkommen wach war, fing sie an zu würgen. Sie stand über der Toilettenschüssel und erbrach unter Schmerzen den dünnflüssigen Schleim, der wieder mit Blut vermischt war. Ihr gequälter Magen hatte wieder angefangen zu bluten. Sie warf einen Blick auf das Tablett, in der Hoffnung, daß ein paar Aspirintabletten übriggeblieben waren. Aber sie sah keine; sie mußte sie bereits alle geschluckt haben.

Angeekelt von ihrem eigenen Geruch legte sie sich wieder auf das Bett. Ihre Haut fühlte sich teigig, feucht und tot an. Es war ihr, als würde sie nach Tod und Verwesung riechen, wie ein Wesen, bei dem bereits der Verfall eingesetzt hatte.

Die schwache Birne über ihr flackerte. Sie starrte solange in das Licht, bis sie glaubte, blind zu sein. Als sie dann die Augen zumachte, glühte es noch lange hinter ihren Lidern.

Es mußte Morgen sein. Wahrscheinlich sogar ganz früher Morgen. Sie hatte keine Uhr. Und sie hatte aufgehört, die Mahlzeiten zu zählen, nicht zuletzt deshalb, weil sie so viele überhaupt nicht angerührt hatte. Ohne Dunkelheit oder Tageslicht hatte sie bald jegliche Orientierung verloren. Und so viele Stunden waren von ihrer Krankheit verschlungen worden. Die Krankheit hatte große Bereiche ihres Bewußtseins ausgelöscht, so glaubte sie wenigstens.

Eine grenzenlose Traurigkeit überkam sie, wenn sie daran dachte, was sie verloren hatte und was man ihr angetan hatte.

Sie war davon überzeugt gewesen, daß sie sterben würde, doch sie war nicht gestorben. Sie war sich sicher gewesen, daß sie den Verstand verlieren würde, doch auch das war nicht passiert. Noch nicht. Sie hatte durchgehalten. Sterbenskrank und bis auf die Knochen abgemagert, stand sie auch diesen Morgen durch.

Nachdem sie erbrochen hatte, fühlte sie sich ein klein wenig besser. Im Augenblick rumorte der Sturm in weiter Ferne, wo er ihr nichts anhaben konnte.

Sie war weit, weit weg von Los Angeles, das wußte sie. Die Fahrt hierher hatte mindestens zwölf Stunden gedauert, vielleicht aber auch achtzehn oder sogar zwanzig.

Als er mit seiner M-16 plötzlich mitten in der Küche gestanden und direkt auf ihre Brust gezielt hatte, hatte sie eine Sekunde lang geglaubt, ein Gespenst vor sich zu haben. Doch dann hatte die Angst sie gepackt.

Sie hatte die erste dumme Frage gestellt, die ihr in den Sinn gekommen war. »Wie sind Sie hier reingekommen?«

Aber diese Frage war natürlich leicht beantwortet. Es war überhaupt nicht schwer gewesen hereinzukommen.

Miguel war nicht da. Die Anwesenheit des alten Mannes war immer beruhigend gewesen, selbst jetzt, wo sein Haar schneeweiß war. Aber er war mit dieser Schlampe nach Mexiko gefahren.

Da Miguel den alten Gärtner und seine Frau entlassen hatte und der neue Gärtner noch nicht eingetroffen war, war auch sonst kein Personal im Haus.

Überhaupt hatte die ganze Ranch einen verlassenen Eindruck gemacht. Der Garten war ungepflegt und verwildert. Das Haus war kaum beleuchtet; selbst der Mechanismus der elektronisch gesteuerten Tore war ausgestellt gewesen, da Miguel nicht da war, um die Besucher mit dem elektronischen Auge zu überprüfen. Und sie war ganz allein dagewesen und wartete auf den letzten Schuß am Abend, auf den extra großen, den sie brauchte, um bis zum Morgen durchzuschlafen.

Der Kidnapper war einfach hereinspaziert.

Er hatte sich unkenntlich gemacht. Sie sah lediglich seinen ungepflegten Halbbart und sein ungekämmtes Haar. Das Gesicht war mit grünschwarzen Streifen bemalt. Die schwarzen Augen funkelten wie bei einem wilden Tier. Sein ganzer Körper schien so angespannt zu sein wie ein Bogen. Im ersten Augenblick des blanken Entsetzens hatte sie geglaubt, er würde losballern und sie mit einem Kugelhagel niederstrecken.

Sie hatte ihre Arme vorgestreckt, als könne sie die Kugeln mit bloßen Händen aufhalten.

Der Kolben seines Gewehrs hatte sie an der Schulter getroffen. Sie war gestolpert und zu Boden gefallen. Er hatte sich breitbeinig über sie gestellt und ihr die Mündung des Gewehrs vors Gesicht gehalten. Als sie dann gesehen hatte, wie sich seine schwarzen Augen in dem grotesk bemalten Gesicht verengten, hatte sie plötzlich gefühlt, wie sich eine große Leere in ihrem Innern auftat, eine Ahnung des bevorstehenden Todes.

Sie erinnerte sich an den Wachsgeruch des Holzbodens. An seine Finger, die sich um den Abzug gebogen hatten. An die Mündung, die wie ein hungriges Maul auf sie gerichtet war.

Kalt und starr hatte sie auf dem Boden gelegen und gewartet. Gedanken wie Vergewaltigung, Mord, Schmerz waren ihr durch den Kopf geschossen. Miguel, hatte sie in stummer Verzweiflung gerufen.

Dann hatte er sie auf die Beine gezerrt. Als sie schrie, weil er ihr die Schulter verdreht hatte, hatte er ihr die Mündung des Gewehrs in den Mund gestoßen. »Halt's Maul! Keinen Ton! Verstanden?«

Sie hatte nach Luft gerungen, und in ihren Augen hatte sich hilfloses Entsetzen gespiegelt. Schließlich hatte sie ein Nicken zustande gebracht.

Er hatte sie nur angesehen, mit Augen, die so schwarz waren wie die Nacht. »Komm, Eden«, hatte er befohlen. »Du kommst mit mir.«

Ihre Hände und Füße waren während der Fahrt im überdachten Fond des Lieferwagens, wo sie angekettet kauerte, taub geworden. Als sie endlich angekommen waren, hier, wo immer das auch sein mochte, lag sie zitternd und fast besinnungslos auf dem harten Boden. Sie hatte sich zweimal naßgemacht und glaubte durchzudrehen ohne den längst fälligen Schuß. Er hatte sie aus dem Lieferwagen heben und tragen müssen. Dabei hatte er kein einziges Wort gesprochen.

Die Luft war warm gewesen. Sie hatte Stimmen der Natur gehört, Vögel, Wind, hatte einen trockenen, süßen Geruch wahrgenommen. Nachdem er dann eine Tür zu einem Gebäude aufgestoßen hatte, waren sie eine Holztreppe hinuntergestiegen, in eine Art Keller oder Lagerraum. Sie hatte seine Stärke gespürt, seinen schweren Atem gehört.

Als er angefangen hatte, sie auszuziehen, war sie sicher gewesen, daß er sie vergewaltigen wollte, und hatte versucht, sich zu wehren. Doch er hatte ihr nur die Bluse vom Körper gezerrt, unter der sie nackt gewesen war. Dann hatte er sie an den Stuhl gekettet.

Als ihre Augenbinde heruntergefallen war, hatte sie angefangen zu schreien. Sie hatte sein Gesicht nicht sehen wollen, weil sie wußte, daß er sie, wenn sie sein Gesicht sah, töten mußte, damit sie ihn hinterher nicht identifizieren konnte. Wenn sie sein Gesicht sah, würde es kein Hinterher mehr geben.

Er hatte geflucht und sie brutal an den Haaren gezerrt, aber sie hatte die Augen erst dann wieder aufgemacht, als er ihr versichert hatte, daß er eine Kapuze trug. Und selbst dann hatte sie ihm ihr Gesicht nur langsam und angstvoll zugewandt.

Der Blitz des Fotoapparates hatte ihre Augen geblendet, und sie konnte noch weniger erkennen, als sie es mit der Augenbinde vermocht hätte.

Dann hatte er sie vom Stuhl losgemacht und an das Bett gekettet. Den Stuhl hatte er mitgenommen. Die schwarzen Augen hatten sie aus den exakt ausgeschnittenen Löchern in der schwarzen Kapuze angestarrt. Kein Ton war gefallen, bis er die Stahltür hinter sich zugeschlagen und das Schloß verriegelt hatte. Erst dann hatte sie sich in ihrem Gefängnis umgesehen und wieder angefangen zu schreien. Sie hatte geschrien, bis sie erschöpft zusammengebrochen war. Niemand und nichts war ihr zu Hilfe gekommen.

Warum hatte er für das Foto ihre Bluse heruntergerissen? Natürlich um die Wirkung zu verstärken. In der Zwischenzeit mußte ihr Vater das Bild erhalten haben. Sie fragte sich, wie er es wohl aufgenommen hatte.

Sie fragte sich auch, ob die Polizei vielleicht schon nach ihr suchte, ob die Zeitungen und das Fernsehen von der Entführung berichteten. Oder ob ihr Entführer Stillschweigen verlangt hatte und daher nur ganz wenige Menschen wußten, daß sie entführt worden war. Sie fragte sich, wieviel er verlangt hatte. Fünfzigtausend? Nein, das war zu wenig. Dafür war das Risiko zu groß. Das Doppelte. Vielleicht sogar eine Viertelmillion.

Das mußte Papa aufgerüttelt haben. Wenigstens einmal in seinem Leben würde er ihretwegen leiden müssen.

Benommen fragte sie sich, wie man den Wert eines Menschenlebens bestimmte. War sie eine Million Dollar wert? Wieviel war ein vietnamesisches Kind in einem brennenden Dorf wert? Wieviel ein amerikanischer Präsident? Wieviel ein Mörder, der auf seine Hinrichtung wartete? Waren sie verschieden viel wert oder gleich viel, oder waren sie vielleicht überhaupt nichts wert?

Sie hatte wenig Erfahrung mit Entzug.

Bisher hatte der Mangel an Stoff zu kaum mehr als einem kurzfristigen Unwohlsein geführt. Sie hatte immer genügend Geld gehabt, um so viel Heroin zu kaufen, wie sie gebraucht hatte. Der Traum eines jeden Süchtigen. Vielleicht war ihre Sucht auch deswegen so grenzenlos gewachsen.

Sie hatte auch festgestellt, daß sie bereits ungeheure Mengen der Droge vertrug. Je mehr sie spritzte, desto größere Mengen brauchte sie. Es bestand deshalb so gut wie keine Gefahr mehr, zuviel zu spritzen und damit an einer Überdosis zu sterben.

Natürlich war damit alles andere in ihrem Leben unwichtig geworden.

Das Leben, das sie bis dahin geführt hatte, war wie ein Kartenhaus zusammengefallen. Das Heroin war zu ihrem Gott geworden und hatte ihre Seele in Besitz genommen. Während sie angekettet und mit verbundenen Augen auf dem Lieferwagen gelegen hatte, hatte sie gar nicht daran gedacht, daß es keinen Stoff gab. Erst viel später hatte sie zum erstenmal an Entzug gedacht. Vierundzwanzig Stunden später, als das Leiden sie in ihren Klauen hatte.

Angefangen hatte es wie immer mit einem Ziehen im Nacken. Aber schon bald spürte sie sie am ganzen Körper. Es war, als hielte jemand ihren Kopf so lange unter Wasser, bis sie, verzweifelt um sich schlagend, qualvoll nach Luft rang.

Ein unerträgliches Zusammenziehen des Bewußtseins. Wie die Anfänge des Irrsinns, wie die Verzweiflung vor einem Zusammenbruch.

Immer dann kamen die Wände der Zelle näher, rückten so weit zusammen, daß sie kaum noch Raum zum Atmen hatte. Sie war davon überzeugt, daß die Wände sich tatsächlich bewegten, daß die Zelle eine schreckliche Maschine war, die sich irgendwann ganz auf sie stürzen und sie zermalmen würde.

Ihr Herz fing an zu rasen, bis sie meinte, den Verstand zu verlieren, und dann begann sie zu schreien.

Und aus Minuten wurden Stunden.

Immer wenn die Wände sie vollkommen zu erdrücken schienen, kam ihr Atem fast zum Stillstand. Sie hatte das Gefühl, bei lebendigem Leib begraben zu werden, bis irgendwann die Wände langsam wieder zurückwichen und sie Millimeter um Millimeter freigaben.

Wenn schließlich auch die Dunkelheit und die Enge allmählich nachließen, fiel sie jedesmal in einen erschöpften, fiebrigen Schlaf.

Die Ketten an ihren Händen und Füßen verschlimmerten die Folterqualen, die sie durchlitt.

Sie hätte es ihm beinahe gestanden, mehr als einmal sogar. Zu Anfang, als sie noch geglaubt hatte, daß er zu einer Bande gehörte, hatte sie es für möglich gehalten, daß er ihr den Stoff besorgen würde. Oder vielleicht einen Ersatz, Morphium vielleicht. Aber diesen Gedanken hatte sie aufgegeben, denn jetzt wußte sie, daß er nicht zu einer Bande gehörte, sondern ganz allein arbeitete.

Und er war ein Amateur. Ein verrückter Amateur. Er führte Selbstgespräche, sprach mit Personen, die gar nicht vorhanden waren. Er war gestört. Gefährlich.

Deshalb hatte sie ihm auch ihre Sucht verschwiegen. Sie zu verschweigen war eine Möglichkeit des Überlebens, möglicherweise sogar des Überlebens in diesem Keller.

Sie hatte ihn in dem Glauben gelassen, daß sie an einem Fieber litt.

Er hatte ihr Antibiotika gebracht. Wäre das Ganze nicht so traurig gewesen, hätte sie sich darüber lustig gemacht. Er hatte sie gezwungen, sie zu schlucken, obwohl ihr von den verdammten Dingern nur noch schlechter wurde. Die Schmerztabletten hatten geholfen, aber er hatte nicht genug herbeigeschafft. Sie hatte ihn um Kodein angefleht, aber er hatte nur Aspirin gebracht.

In ihrem Kopf setzte sich immer mehr ein einziger schrecklicher Gedanke fest: Wenn er allein arbeitete, dann würde es sehr viel leichter sein, sie zu töten, als sich einen komplizierten Plan auszudenken, um sie am Leben zu halten und schließlich freizulassen.

Joel Lennox trat auf die Veranda hinaus.

Um zehn Uhr morgens war es bereits glühend heiß. Er liebte die Hitze und die Einsamkeit, liebte die Reinheit und Sauberkeit der Wüste. Er liebte seinen Horst, der sich hoch über Tucson erhob. Dies war sein Haus, sein Garten, sein Zufluchtsort. Seine uneinnehmbare, herrliche Burg.

Er dachte an das Mädchen unten im dunklen Keller.

Sie hatte geschlafen, als er ihr das letzte Tablett gebracht hatte. Aber es schien so, als ginge es ihr ein klein wenig besser, als atme sie ein klein wenig leichter. Ein normaler Schlaf, ohne Zittern und Wimmern.

Er lehnte sich an das Holzgeländer. Als er das Mädchen mitgenommen hatte, waren Gefühle in ihm wachgeworden, die er schon für tot gehalten hatte: Erregung, das Bedürfnis, sich zu rechtfertigen und zu verteidigen. Doch seit sie krank war, waren diese Dinge in den Hintergrund getreten.

Jetzt mußte er sein Gleichgewicht wiederfinden.

Er hatte alle kalifornischen Zeitungen sorgfältig durchgekämmt, aber keinen Hinweis darauf gefunden, daß Mercedes oder Dominic van Buren die Polizei verständigt hatten. Er war zufrieden, obwohl er wußte, daß die Polizei ihm nichts anhaben konnte. Es war unmöglich, die Spur des Mädchens bis zu diesem einsamen Haus in der Wüste, das Hunderte von Meilen von Los Angeles entfernt lag, zu verfolgen. Außerdem gab es so gut wie keine Verbindung zwischen ihm und dem Verbrechen. Natürlich hätte ihn eine polizeiliche Untersuchung und das damit verbundene öffentliche Aufsehen in Bedrängnis gebracht, und deshalb hoffte er, daß die Eltern des Mädchens auch weiterhin schwiegen.

Trotzdem bestand natürlich die Möglichkeit, daß in Los Angeles eine Suche nach der Vermißten eingeleitet worden war, aber das hatte für ihn keinerlei Bedeutung. Eden van Buren wäre in diesem Sommer nur eines von vielen als vermißt gemeldeten jungen Mädchen in Los Angeles gewesen.

Er ging um das Haus herum nach hinten, wo er einen Schuppen gebaut hatte. Es dauerte einen Augenblick, bis sich seine Augen an das abgedunkelte Licht des Schuppens gewöhnt hatten. An der hinteren Wand waren verschiedene Steine aufgeschichtet, direkt neben der Steinsäge. Seine Werkzeuge, zu denen sowohl handbetriebene wie auch elektrische gehörten, lagen fein säuberlich geordnet auf der Werkbank und daneben verschiedene Arbeiten, die teilweise noch nicht fertig waren.

Die neue Skulptur, an der er arbeitete, stand noch auf ihrem Gestell. Er zog das Leintuch herunter. Zum Vorschein kam ein großer, breiter, flacher, heller Stein, in den er eine Navahoindianerin mit einer Schafherde hauen wollte. Die Frau, hinter der sich eine zackige Gebirgslinie abzeichnete, hielt ein Lamm auf dem Arm. Das Thema war abgedroschen, gehörte zu der Art von Westernkitsch, die er am liebsten vermied, aber er hatte versucht, der Skulptur etwas Besonderes zu verleihen, eine gewisse Echtheit und Zärtlichkeit.

Die Skulptur entstand nach einer Zeichnung, die er angefertigt hatte. Er hätte es vorgezogen, daß ihm das Mädchen, das in einem Laden in Tucson arbeitete, selbst Modell gestanden hätte, aber er konnte es nicht riskieren, jemanden mit hierher zu bringen, dem möglicherweise etwas aufgefallen wäre.

Jedermann wußte, daß er ein Einzelgänger war, dem seine Einsamkeit über alles ging und der Besucher nicht schätzte. Ein verschlossener Künstler. Er wußte, daß manche sich hinter seinem Rücken an die Stirn tippten, aber das hatten sie schon immer getan, schon in seiner Kindheit. Zum Teufel mit ihnen. Es kam ihm nur gelegen.

Er nahm den Hammer in die eine Hand, den schmalen, scharfen Meißel in die andere und setzte sich vor den Stein. Ein Mann namens Keith Hatterley, der sich als Kunstmäzen verstand, hatte die Arbeit in Auftrag gegeben. Sie sollte in eine Wand seines neuen Hauses eingebaut werden. Er empfand nur wenig Sympathie für den Besitzer einer Fastfoodkette, aber der Gedanke daran, daß die Skulptur alle überdauern würde, Auftraggeber, Künstler und Modell, erfüllte ihn mit Stolz. Während er den Stein bearbeitete, ordneten sich seine Gedanken wie von selbst.

Nach mehr als einer Stunde stand er auf, nahm den Schlauch, spritzte den Stein ab und reinigte ihn von Splittern und Staub. Das

Wasser ließ den Stein etwas dunkler werden. Nach einigen Minuten drehte er das Wasser wieder ab.

Er sah zu, wie das Wasser verdunstete. Bei diesen Temperaturen war der Stein bereits nach einer Minute wieder trocken und hell. Er machte gute Fortschritte. Sein Blick ruhte auf den weichen Linien im Stein.

Er hatte ihn berührt und erweckte ihn nun zum Leben. Er streckte die Hand aus und strich über den Stein. Er war glücklich.

SANTA BARBARA

Dominic van Buren ging in Gedanken den bevorstehenden Tag durch, während er unter der Dusche stand. Nach seiner morgendlichen Prise fühlte er sich gelassen, wach und glücklich.

Der Morgen war bereits verplant. Und am Nachmittag wollte er zum Polospiel gehen.

Diese Vorstellung beflügelte ihn, und als er sich abtrocknete, pfiff er leise vor sich hin.

Das Haustelefon klingelte unaufdringlich. Er nahm den Hörer ab.

»Ja?«

»Mr. van Buren, Señor Fuentes ist da.«

»Miguel? Gut, er soll fünf Minuten warten.«

Er nahm eine braune Hose aus dem Schrank, dazu ein passendes Hemd und einen leichten Kaschmirpullover, denn dank der Klimaanlage war es im Haus immer kühl. Während er sich anzog, pfiff er weiter vor sich hin.

Miguel wartete mit seinem großen Panamahut in beiden Händen vor dem steinernen Kamin im großen Salon. Seine Schultern schienen ein klein wenig eingesunken, seit van Buren ihn zuletzt gesehen hatte. Irgendwie sah er insgesamt kleiner aus.

»Guten Morgen, Miguel«, begrüßte ihn van Buren forsch. »Eden schon gefunden?«

»Nein, Mr. Dominic.«

»Also nichts Neues?«

Die Augen des alten Mannes sahen rot und geschwollen aus, als hätte er geweint. Die Falten in seinem Gesicht schienen tiefer geworden zu sein. »Ich hab' getan, was Mercedes verlangt hat«, sagte er leise. »Ich habe Yolanda gefragt.«

»Und?«

»Sie hat nichts damit zu tun, Mr. Dominic.«

»Ist das sicher?«

Miguel hob den Kopf. Einen kurzen Augenblick lang leuchtete in seinem Blick eine heiße Bitterkeit auf. »Ja, ganz sicher.«

Dominic lächelte schwach. »Hast ihr die Sonderbehandlung zuteil werden lassen, nehm' ich an. Hast ihr ein paar Fingernägel ausgerissen.«

Miguel sah wortlos aus dem Fenster.

»Nun ja, das ist nun mal deine Spezialität«, bemerkte Dominic leichthin. »Wenn du nichts aus ihr rausgekriegt hast, dann war auch nichts drin. Ich hoffe, du hast es nicht übertrieben, Miguel. Sie ist doch hoffentlich nicht entstellt, oder?«

Miguel murmelte etwas vor sich hin.

»Was hast du gesagt?«

»Sie ist weg. Zurück nach Puerto Rico. Zurück zu ihrer Familie.«

»Auch gut. Und was ist mit ihrem Freund Alvaro?«

»Er hat auch nichts damit zu tun.«

»Hast du ihn ebenfalls eingehend befragt?«

»Ja.«

Dominic betrachtete das unglückliche Gesicht des alten Mannes. »Okay, Miguel. Ich sag' Mercedes, daß du gute Arbeit geleistet hast. In der Zwischenzeit suchst du weiter nach Eden. Weit kann sie ja nicht sein.«

Miguel nickte, dann ging er langsamen Schrittes hinaus. Dominic begab sich zum Frühstück auf die Terasse.

Er nahm die Zeitung zur Hand. Zwei Schlagzeilen zierten die Titelseite. Zum einen wurde über die schweren Kämpfe zwischen nord- und südvietnamesischen Truppen berichtet, zum anderen über Richard Nixons Genesung von einer Lungenentzündung.

Darunter befand sich ein weiterer Artikel über das Verschwinden von Paul Getty III. Van Buren las ihn aufmerksam durch.

»Die italienische Polizei«, hieß es in dem Artikel abschließend, »geht nach wie vor davon aus, daß John Paul Getty III. als vermißt zu bezeichnen und nicht Opfer einer Entführung geworden sei. Die Polizei weist darauf hin, daß der Getty-Enkel, Erbe eines der größten Vermögen der Welt, in aller Öffentlichkeit damit geprahlt habe, ›seine eigene Entführung zu inszenieren‹, um auf diese Weise Geld von seinem Großvater zu erpressen. Die diversen Lösegeldforderungen belaufen sich auf Summen zwischen einer und zehn Millionen Dollar, aber die Polizei hat keine Beweise dafür, daß Paul sich tatsächlich in den Händen von Kidnappern befindet.

Dem Hinweis, daß Paul mit einer bezaubernden grünäugigen Schönheit, Tochter eines belgischen Diplomaten in Rom, durchgebrannt ist, geht die Polizei derzeit ebenfalls nach. ›Wir schließen die Möglichkeit nicht aus‹, sagte ein Polizeisprecher, ›daß das Ganze ein plumper Versuch von Pauls Freunden ist, um an Geld zu kommen.‹

Van Buren schnaubte und blätterte weiter. Wie friedlich das Leben doch war ohne Eden! Je länger er sie nicht zu Gesicht bekam, desto friedlicher würde es hier werden. Insofern war ihr Verschwinden die Antwort auf seine Gebete.

Mercedes war eine Närrin, wenn sie auf Edens Spielchen hereinfiel. Nach allem, was sie mit ihr durchgemacht hatten. Mercedes hatte doch sonst immer einen guten Riecher…

Natürlich durfte man dabei nicht außer acht lassen, daß leider allzu viele Verrückte frei herumliefen. Deshalb war es nicht gänzlich ausgeschlossen, daß Eden tatsächlich in Schwierigkeiten war. Die Schwarzen Panther vielleicht oder irgendwas anderes. Es hätte ihn nicht überrascht, denn so etwas sah ihr ähnlich. Das beste am Frieden in Vietnam war nach Meinung van Burens, daß er in Zukunft keine Kaution mehr für Eden bezahlen mußte, wenn sie nach irgendwelchen Demonstrationen auf einem Polizeirevier gelandet war.

Und dann gab es noch eine Möglichkeit – daß ihr nämlich das gleiche passiert war, was den Opfern der gottverdammten Manson-Bande 1969 passiert war. Blutbespritzte Wände. Das Ende all ihrer Sorgen, einschließlich Edens Sorgen.

Nun, er war sich sicher, daß sie irgendwann, so oder so, wieder auftauchen würde. Jemand wie sie ging leider nie ganz verloren.

In der Zwischenzeit würde er die Stille und Ruhe genießen.

Er sah auf die Uhr. Noch fünf Minuten. Er würde noch mal eine kleine Prise nehmen und dann wie ein junger Gott dem Morgen entgegengehen.

»Ich habe drei Millionen Dollar in bar beschafft«, erklärte Mercedes. »Sie liegen in der Schweiz auf einem Konto bereit und können innerhalb von zwölf Stunden nach Amerika überwiesen werden. Außerdem will mir ein Freund in Madrid mit einer Million aushelfen, sollte ich sie brauchen. Das wären dann insgesamt vier Millionen Dollar.«

De Córdoba nickte. Sie saßen sich in ihrem Arbeitszimmer am Schreibtisch gegenüber. Die Vorhänge waren noch nicht zugezogen, obwohl draußen bereits die Dämmerung angebrochen war. Im Licht der Schreibtischlampe wirkten Mercedes Eduards ineinanderverschränkte ruhende Hände immer noch jugendlich, stark und geschmeidig. Nur an den weiß gewordenen Nägeln war ihre innere Anspannung zu erkennen.

Ihre Stimme klang heiser, als sie fortfuhr. »Maya fliegt morgen nach Amsterdam, um einige Wertgegenstände zu… veräußern. Ich hoffe, daß wir damit weitere zwei Millionen zusammenbekommen. Mit dem Rest wird es etwas schwieriger werden.«

»Meiner Meinung nach haben Sie schon viel mehr«, sagte er mit sanfter Stimme, »als Sie aller Wahrscheinlichkeit nach brauchen werden.«

»Ich besitze noch mehr, was ich veräußern kann. Die Autos. Das Schiff. Dieses Haus samt Inhalt.«

»Ich würde davon abraten, daß Sie das alles zum gegenwärtigen Zeitpunkt veräußern. Mit vier oder fünf Millionen sind Sie bestens vorbereitet, um…«

»Um zu handeln? Um Edens Leben zu feilschen?«

»Um Einfluß zu nehmen und nicht nur das Opfer zu sein. Es wäre vollkommen verkehrt, die Entführer wissen zu lassen, wieviel Geld Ihnen zur Verfügung steht. Es ist zwar gut, es zu haben, aber wie ich schon sagte, sollten wir eine sehr viel niedrigere Summe anstreben. Wenn möglich weit unter einer Million. Höchstens eine halbe Million.«

»Wenn sie überhaupt zu Verhandlungen bereit sind.«

»Sie werden bereit sein. Außerdem«, fügte er leise hinzu, »werden Sie, wenn Sie nicht mehr auftreiben können, ohnehin einen Kompromiß schließen müssen. Würde Ihnen Ihr Exmann helfen?«

»Dominic macht sich schon lange nichts mehr aus Eden.«

»Weil sie…« Er zögerte.

Mercedes erwiderte seinen Blick. »Maya hat Ihnen gesagt, was es mit der Krankheit von Eden auf sich hat«, sagte sie.

Er nickte, froh darüber, daß das Thema endlich zur Sprache kam. »Ja«, erwiderte er. »Sie hat mir gesagt, daß Eden süchtig ist.«

Obwohl ihr Gesicht im Dunkeln war, glaubte er, eine leichte Röte auf ihren Wangen zu erkennen. »Ich habe Sie angelogen. Das war dumm von mir.«

»Nicht dumm«, meinte er sanft. »So etwas gesteht man nicht so leicht ein, nicht einmal sich selbst.«

»Glauben Sie, daß die Entführer es erfahren?«

»Daß sie süchtig ist? Ich wüßte nicht, wie sie es verheimlichen könnte«, sagte er freundlich. »Sie werden die Entzugserscheinungen zweifellos bemerkt haben.«

»Was werden sie mit ihr tun…. wenn sie es wissen?«

»Wenn es sich um Profis handelt, tun sie gar nichts.«

»Sie würden ihr also den Stoff nicht besorgen?«

»Ich glaube kaum, daß sie sich die Mühe machen würden. Warum sollten sie das Risiko eingehen, ihr Nadeln und gefährliche Drogen zu geben? Den Entführern ist ihre Sucht gleichgültig. Wenn sie tatsächlich an einer Krankheit litte, durch die die Entführer einen Vorteil ziehen könnten, hätte dies eine sehr ernste Sache werden können. Aber das tut sie nicht. Im Gegenteil, je länger sie ohne Heroin lebt, desto besser für sie.«

Als Mercedes' Mund sich entspannte, wirkte er plötzlich weich und verletzlich. Ihre porzellanfarbene Gesichtshaut schimmerte zart. »Ich werde mich bemühen, die Sache hoffnungsvoller zu sehen. Aber die Entfernung ist schrecklich; sie ist so weit weg. Ich muß andauernd daran denken, daß niemand bei ihr ist, um ihr zu helfen. Sie hat keinen einzigen lieben Menschen bei sich. Vielleicht liegt sie in einem engen Verschlag, ohne Luft und ohne Licht…«

Die Tränen, die in ihren Augen glänzten, beunruhigten ihn. »Bitte, ich bitte Sie, quälen Sie sich nicht.«

Ihre Augen schimmerten feucht. »Ich trage zum großen Teil selbst die Schuld an dem, was aus Eden geworden ist. Ich bin schuld an ihrer Sucht, an allem. Wenn ich eine bessere Mutter gewesen wäre, wäre sie nie drogensüchtig geworden. Ich bin schuld, ganz allein ich.«

»Wir leben in einer Zeit des Umbruchs«, sagte er. »Unsere Kinder lehnen uns ab. Vielleicht haben sie guten Grund dazu. Wir sind Materialisten. Wir haben es zugelassen, daß die Welt so geworden ist, wie sie ist, haben nichts unternommen, um den Krieg in Asien zu verhindern, oder Armut und Drogen… Das, was Eden jetzt durchmacht, wird vielleicht ihr ganzes Leben verändern. Und zwar zum Positiven. Vielleicht werden auch Sie beide sich danach näherkommen. Das Leben ist voller Überraschungen, oder nicht?«

»Ja«, entgegnete sie. »Das Leben ist voller Überraschungen. Haben Sie Kinder?«

»Ich hatte einen Sohn. Er ist jung gestorben.«

Sie sah ihm direkt in die Augen. Einen langen Augenblick sahen sie einander schweigend an. Dann streckte sie ihre Hand aus und legte sie sachte auf seine Schulter. »Ich danke Ihnen für Ihre Geduld, Joaquin«, sagte sie.

Einen Moment lang spürte er die starke Anziehungskraft dieser Frau. Sie traf ihn mit voller Wucht; er spürte sie in seinem Herzen und in seinen Lenden. Er fragte sich, ob sie es bemerkt hatte. »Ich bin glücklich, wenn ich Ihnen helfen kann«, erwiderte er rauh. »Edens Unversehrtheit liegt mir ebenso am Herzen wie Ihnen.« Er bemühte sich um einen ruhigen und geschäftsmäßigen Ton. Sie nickte.

TUCSON

Sie spürte es wieder kommen. Ihr ganzer Körper zitterte, auf ihrer Haut stand der kalte Schweiß. Sie rollte sich auf den Rücken. Mit leerem Blick starrte sie an die Decke.

Sie fühlte sich nackt. Sie brauchte den Stoff. Sie brauchte ihn so sehr. Nur mit dem Stoff konnte ihr Blut wieder fließen, nur der Stoff konnte sie wieder lebendig machen.

Sie machte einen langen und vorsichtigen Atemzug. Die Wände kamen auch heute auf sie zu, so wie immer, und doch war heute etwas anders. Heute war die Angst zum erstenmal nicht ganz so groß. Doch zunächst bemerkte sie davon nichts. Sie krümmte sich zusammen. Trotzdem war der Anfall weniger heftig, kam ihr die Folter etwas weniger grausam vor.

Sie stemmte sich mit ihrer ganzen schwachen Kraft und ihrem ganzen Willen gegen die Wände und versuchte, sie wegzudrücken. Sie hatte das Gefühl, als gehorchten sie. Ein winziger Sieg. Das panikartige Gefühl in ihrem Innern ließ ein klein wenig nach.

Eden rollte sich auf die Seite und musterte das Tablett. Er hatte Cornflakes gebracht, eine Plastikflasche mit Milch und getoastetes Sauerteigbrot mit Butter und einer Art Marmelade, sowie eine Kanne mit schwarzem Kaffee.

Frühstück. Es war also Morgen. Wieder Morgen, und wieder war ein Tag vergangen.

Sie machte ganz fest die Augen zu, um gegen die Gier ihres Körpers anzukämpfen.

Sie versuchte, nicht daran zu denken, wie sie den Stoff im Löffel erhitzte und wie es war, wenn die Nadel durch die Haut stach…

Sie streckte die Hand aus und nahm ein Stück Toast. Sie schmeckte den Belag mit der Zungenspitze. Erdbeermarmelade, schrecklich süß. Plötzlich sah sie vor ihrem geistigen Auge nur noch eine einzige Farbe: ein blasses, durchsichtiges Rosa, wie das Innere einer Erdbeere. Sie konnte tatsächlich den Geschmack der Erdbeere herausschmecken, ebenso wie den Zucker und weiß Gott was noch alles.

Es war das erste, was sie, seit sie hier war, schmeckte, und plötzlich war ihr, als entdecke sie ihren Geschmacksinn überhaupt erst jetzt.

Der Geschmack dieser winzigen Probe süßer Marmelade blieb lange auf ihrer Zunge. Er rief ihr die Erinnerung an Farn und kühle Wälder und Blätter ins Gedächtnis.

Ganz langsam leckte sie die Marmelade mit der Zungenspitze vom Brot, bis nichts mehr übrig war. Sie hörte, wie ihr Magen scheinbar erstaunt grummelte. Das Brot selbst war danach feucht und wenig appetitlich.

Sie wandte sich den Cornflakes zu. Irgendeine Marke, mit viel Zuckerguß. Sie ließ eine davon auf der Zunge zergehen.

Wieder ein intensiver, süßer Geschmack. Als sie aufgeweicht

war, kaute sie daran und schmeckte das goldenbraune Getreide. Sie aß die Hälfte davon ohne Milch. Dann goß sie etwas Milch in die Schüssel und aß noch mehr.

Der Kaffee war bitter. Sie konnte ihn unmöglich trinken. Dafür trank sie etwas Wasser, und dann setzte sie sich mit einem Seufzer auf das Bett zurück. Sie war voll. Sie spürte, wie wieder Lebensenergie in ihren Adern floß.

Wunderbar. Sie hatte gegessen. Das Wunder war geschehen, auch wenn es gemindert wurde durch die Tatsache, daß sie sich zehn Minuten später wieder elend fühlte.

Als er nach Einbruch der Dunkelheit mit ihrem Abendessen herunterkam, sah er, daß sie auch einen Teil ihres Mittagessens, Eier und Speck, gegessen hatte. Sie saß auf dem Bett, mit dem Gesicht zur Tür hin. Sie sah immer noch krank aus, aber es ging ihr besser.

Als er das eine Tablett abstellte und das andere hochnahm, hob sie ihre zusammengeketteten Hände hoch.

»Bitte«, sagte sie.

Es war das erste Wort seit Tagen aus ihrem Mund. Er sah sie wachsam an. »Was?«

»Bitte machen Sie meine Hände los.«

»Nein.«

»Warum nicht?« fragte sie leise. »Sehen Sie sich doch meine Handgelenke an. Die Handschellen scheuern die Haut ab.« Sie zeigte ihm die aufgescheuerten Stellen. »Das ist unmenschlich.«

»Die bleiben dran«, sagte er bestimmt.

»Warum?« wollte sie wissen.

Er gab keine Antwort. Sie sah ihn zum erstenmal direkt an. Er bemerkte, daß ihre Augen heller und klarer waren, als er sie in Erinnerung hatte.

Er fühlte sich unwohl unter ihrem Blick. In Zukunft würde er es vermeiden, in die Zelle zu kommen. Er würde auf den Plan zurückgreifen, den er sich ursprünglich zurechtgelegt hatte; er würde das Essen durch die kleine Luke in der Tür schieben. Nur weil es ihr auf einmal so schlechtgegangen war, war er überhaupt in die Zelle gekommen. Jetzt, wo es ihr besser ging, wollte er sie nicht mehr sehen.

»Die Handschellen sind doch vollkommen unnötig«, argumentierte sie. »Ich komme hier doch sowieso nicht raus. Niemals. Haben Sie Angst, daß ich hinter der Tür auf Sie warten und versuchen könnte, Sie mit dem Klopapier zu erdrosseln oder an Ihnen vorbei in die Freiheit zu hechten?«

»Ich bin doch kein Tier, das man anketten muß«, fuhr sie fort. Ihr zarter Körper zitterte ganz leicht. »Glauben Sie, daß ich kein Mensch bin? Glauben Sie das vielleicht?«

Wieder stieg Mißtrauen in ihm auf. Konnte sie unter der Kapuze womöglich sein Gesicht erkennen, und zwar so gut, daß sie es später beschreiben oder vielleicht wiedererkennen würde? »So ist es am besten«, erwiderte er mit tonloser Stimme. »Auf diese Weise sind wir beide sicherer.«

Sie knirschte mit den Zähnen. »Was meinen Sie denn, daß ich tun könnte? Ihnen vielleicht den Arm brechen? Ich wiege höchstens neunzig Pfund, und Sie wiegen höchstwahrscheinlich das Doppelte und sind bestimmt fast einsneunzig groß, stimmt's?«

Sie sah den Zorn in seinen Augen aufflackern. Seine Stimme kannte sie bereits. Jetzt kannte sie dazu noch sein Gewicht und seine Größe. Er hatte sich wie ein Dummkopf benommen. Jetzt war es an der Zeit zu verschwinden. Er wandte sich zum Gehen.

»Sie verdammter mieser Kerl.« Tränen schossen ihr in die Augen. Ihr Mund zitterte. »Sie verdammter, herzloser mieser Kerl…«

Er schloß die Tür auf, trat hinaus und ließ sie hinter sich zufallen. Mit trübem Blick saß sie auf dem Bett und starrte auf die glatte Stahltür.

Sie fragte sich, ob ihr Vater versuchen würde zu handeln. Bei dem Gedanken flammte Zorn in ihr auf.

Bitte versuch nicht zu handeln, Papa, du Hund. Feilsche bitte nicht. Gib ihm einfach so viel, wie er haben will, und hol mich hier raus.

COSTA BRAVA

»Es tut mir so leid«, flüsterte Maya.

»Du kannst nichts dafür«, entgegnete Mercedes leise.

»Ich habe wirklich alles versucht…«

»Du hast dein Bestes getan, das weiß ich.«

»Ich habe versagt!«

»Pssst, kein Wort mehr davon.« Sie saßen nebeneinander auf dem Bett. Das blaue Abendlicht fiel durch die Fenster herein. Mayas Koffer stand immer noch unausgepackt auf dem Boden.

Daß der Schmuck und die Zeichnungen nur eine armselige halbe Million eingebracht hatten, war eine herbe Enttäuschung gewesen. Aber wirklich überrascht war sie nicht. Schon vor langem hatte sie die Gesetze des Kaufens und Verkaufens kennengelernt und wußte, daß man zu einem Preis kaufte, aber zu einem anderen verkaufte.

Wenigstens war das Geld jetzt verfügbar, denn Maya hatte es auf dem Rückflug von Amsterdam auf einem Schweizer Bankkonto deponiert. »Eigentlich müßte ich mich entschuldigen, weil ich dich mit einer solchen Aufgabe betraut habe.« Sie strich Maya das Haar aus dem Gesicht. Ihre samtigen braunen Augen schwammen in Tränen. »Bitte wein nicht mehr«, tröstete sie Mercedes, »wir wollen nicht mehr daran denken. Das Geld spielt keine Rolle; ich werde es schon irgendwie zusammenbekommen.«

»Wieviel Geld brauchst du noch?«

»Selbst wenn ich Gerards Angebot annehme, brauche ich immer noch fünf Millionen.«

»Du lieber Gott, so viel! Wo wirst du es herbekommen?«

»Das Haus. Das Anwesen. Ich habe bereits einen Makler beauftragt, der es für mich verkaufen soll, das Haus und das Grundstück. Die Bilder. Die Teppiche. Die Möbel. Aber das dauert natürlich. Und ich werde unter Preis verkaufen müssen«, fügte sie bitter hinzu. »Es wird so sein wie beim Schmuck und den Zeichnungen, und die haben sich noch am leichtesten veräußern lassen.«

»Ist das alles?«

Mercedes nickte. »Ja, das ist alles.«

»Dann bleibt nur noch Dominic übrig«, sagte Maya langsam.

»Er hat noch nicht einmal angerufen, seit die Entführer die Haare geschickt haben.«

Maya betrachtete ihr Gesicht, das einer Maske glich. Die schmale, gerade Nase und der ruhige Mund sahen fast streng aus. Nur auf dem Grunde der dunklen, geheimnisvollen Augen war der Schmerz zu erkennen. Maya kam es vor, als seien die silbernen Strähnen in Mercedes' Haar in den vergangenen Wochen zahlreicher geworden.

»Du wirst ihn darum bitten müssen«, sagte Maya. »Oder?«

De Córdoba hatte schon immer einen leichten Schlaf gehabt. Als das Telefon neben seinem Bett klingelte, wachte er sofort auf. Er schaltete das Licht an, ebenso das Tonband, dann griff er nach dem Hörer.

»Dígame?«

De Córdoba hörte nur das für eine Verbindung nach Übersee typische Rauschen und gleich darauf eine schroffe Stimme, die auf Englisch sagte: »Ich will mit Mercedes Eduard sprechen.«

Er hörte das leise Knacken, als Mercedes in ihrem eigenen Zimmer den Hörer abnahm. Er beugte sich vor, um sich zu vergewissern, daß der Anruf tatsächlich auf Band aufgezeichnet wurde. »Señora Eduard ist im Moment nicht zu sprechen«, sagte er. »Wer spricht bitte?«

»Für mich ist sie zu sprechen«, sagte die Stimme. »Ich bin der, der das Mädchen hat. Ich will mit ihr sprechen.«

De Córdoba wartete auf eine Reaktion von Mercedes.

»Ich will mir ihr sprechen.« Die Stimme klang plötzlich schrill.

Er ließ Mercedes noch einen Moment Zeit. Als sie nicht antwortete, begann er wieder zu sprechen. »Ich heiße Joaquin de Córdoba«, sagte er vorsichtig. »Ich bin der Beauftragte der Familie. Señora Eduard hat mir alle Vollmachten erteilt, um für sie zu verhandeln...«

»Zum Teufel mit Ihnen!« unterbrach ihn die Stimme grob. »Zum Teufel mit Ihnen und Ihrem Verhandeln. Ich will mit niemanden sprechen, nur mit ihr. Holen Sie das Miststück ans Telefon! *Sofort!*«

Mercedes sagte immer noch nichts. »Bitte«, sagte de Córdoba sanft. »Bleiben Sie ruhig. Bevor wir überhaupt fortfahren, brauchen wir irgendeinen Beweis dafür, daß sich Eden wirklich bei Ihnen befindet und daß es ihr gut geht und...«

»Es geht ihr überhaupt nicht gut! Ich schneid' sie verdammt noch mal in Stücke, haben Sie gehört!« Die Stimme zitterte. De Córdoba biß sich stumm auf die Lippen. »Ich werde in fünfzehn

Minuten noch einmal anrufen. Wenn nicht Mercedes Eduard selbst am Telefon ist, werden Sie nie wieder von mir oder von dem Mädchen hören.«

Er hörte ein Klicken in der Leitung, die Verbindung war unterbrochen. De Córdoba blieb einen Augenblick unbeweglich sitzen, dann streckte er langsam die Hand aus und schaltete das Band ab. Er sah auf den Wecker auf seinem Nachttisch. Es war Viertel nach drei in der Frühe, früher Abend also im größten Teil von Amerika. »Was wollen Sie tun?« sagte er ins Telefon.

»Ich komme zu Ihnen«, antwortete Mercedes und legte auf.

Er stand auf und zog sich einen Hausmantel über. Während er sich vor dem Badezimmerspiegel mit einem Kamm durchs Haar fuhr, bemerkte er, daß sein Gesicht fahl und müde aussah. Aber er spürte, wie das Adrenalin in seinen Adern kreiste. Das war also der Anfang; endlich hatten sie eine direkte Verbindung. Er nahm eine Flasche Whisky aus dem Schrank und goß drei Gläser ein.

Wenige Minuten später betrat Mercedes zusammen mit Maya sein Zimmer. Mercedes trug einen seidenen Hausmantel, die jüngere Frau einen Jogginganzug.

»Das Warten ist zu Ende«, sagte er zu Mercedes und küßte sie auf beide Wangen. Ihre Haut war warm und duftete zart. Er gab jeder der Frauen ein Glas, dann hob er sein eigenes Glas. »Auf einen schnellen und erfolgreichen Abschluß.«

Er spielte das Band ab, das er soeben aufgezeichnet hatte, und sie hörten schweigend zu. Mayas Gesicht verkrampfte sich, als sie die brutale Drohung hörte, aber Mercedes schien von einer stoischen Ruhe durchdrungen zu sein. Ohne Make-up sah sie noch jünger aus als sonst, ihre Haut war glatt und weich. Weder ihr Mund noch ihre Hände zitterten.

Sie setzte sich auf de Córdobas Bett, direkt neben das Telefon.

»Wollen Sie das Ganze noch einmal durchgehen?« fragte de Córdoba.

»Nein, ich weiß, was ich zu sagen habe.«

»Gut. Das Wichtigste ist, daß Sie genau das wiederholen, worauf wir uns verständigt haben. Lassen Sie sich durch Drohungen nicht aus der Fassung bringen. Hören Sie nicht hin, wenn sie erklären, was sie ihr antun wollen. Das gehört zu ihrem Spiel. Haben Sie verstanden?«

»Ja.«

»Die Entführer werden von Anfang an versuchen, Sie unter Druck zu setzen. Sie werden versuchen, Ihnen Anweisungen zu erteilen und alle Bedingungen festzulegen. Sie müssen Ihnen zeigen, daß Sie sich nicht einschüchtern lassen…«

»Ich weiß, was ich zu tun habe, Joaquin.« Plötzlich streckte Mercedes die Hand aus und berührte seinen Arm, als müsse er getröstet werden und nicht sie. »Machen Sie sich keine Sorgen. Ich bin bereit.«

»Das weiß ich«, sagte er mit einem kurzen Lächeln.

Jetzt ergriff Maya zum erstenmal das Wort. »Er klang so… wirr. So emotional.« Sie hatte noch keinen Schluck aus ihrem Glas getrunken, aber sie hielt es so fest umklammert, daß es schien, als müsse es zwischen ihren Fingern zerbrechen. »Was, wenn es sich um einen Verrückten handelt?«

»Er ist nur angespannt. Zum gegenwärtigen Zeitpunkt sind die anderen ebenso gereizt und nervös wie wir«, antwortete de Córdoba. »Es kann gar nicht ohne Aggressionen abgehen, das wäre sehr ungewöhnlich. Beschimpfungen und Feindseligkeiten kommen immer zuerst. Wahrscheinlich gebrauchen sie auch unflätige Ausdrücke. Ihr Ziel ist es, Sie einzuschüchtern und aus dem Gleichgewicht zu bringen. Im Anschluß daran schlagen sie dann einen vertraulicheren Ton an, und ganz am Schluß werden sie ungeduldig sein und drohen. Versuchen Sie unter allen Umständen, die Drohungen nicht zu beachten.«

»Das werde ich.« Sie nickte.

»Später werden wir uns dann das Band so lange anhören, bis wir auf etwas stoßen, das uns weiterhilft. Im Moment müssen wir uns auf das konzentrieren, was wir abgesprochen haben. Lassen Sie sich durch unflätige Ausdrücke nicht durcheinanderbringen, Mercedes.«

Mercedes schaute auf die Uhr. »Noch fünf Minuten, wenn er sein Wort hält.« Schweigend saßen sie da und warteten.

In dem großen Haus war es so still wie in einer Gruft. Nicht einmal die nächtlichen Geräusche des Gartens drangen durch die Doppelglasscheiben. De Córdoba beobachtete Mercedes Eduard.

Ihr Gesicht war ausdruckslos, ihre Augen starrten ins Leere. Er fragte sich, ob er ihr das, was sie zu sagen hatte, hätte aufschreiben sollen. Er hoffte, daß sie in der Lage sein würde zu verkraften, was man ihr entgegenschleudern würde, und wünschte, daß er an ihrer Stelle den Anruf entgegennehmen könnte. Er war sicher, daß die Entführer als erstes versuchen würden, ihr angst zu machen. Deshalb hatten sie auch darauf bestanden, mit ihr selbst zu sprechen. Um ihr zu zeigen, wie grausam sie sein konnten.

Vielleicht wäre es sogar besser, wenn sie zusammenbräche und ihnen damit ihre Bereitschaft zur Zusammenarbeit zeigte. Dadurch würden die Dinge in gewisser Weise vereinfacht. Die Entführer bekämen dadurch vielleicht das Gefühl, daß sie ihnen nichts vorspielte.

Als das Telefon erneut klingelte, zuckte Maya aufgeschreckt zusammen. Mercedes warf einen Blick auf das Tonband und nahm den Hörer ab.

»Mercedes Eduard hier«, sagte sie in ihrem spanischgefärbten Englisch. Am anderen Ende blieb alles still. Alle drei hörten nur wieder das Rauschen in der Leitung. »Ich höre«, sagte Mercedes.

Die Stimme, die jetzt das Schweigen brach, klang schroff und angespannt. »Ich habe Ihre Tochter, Mercedes.«

»Sie haben meine Tocher?« Ihre Stimme klang kühl. »Ich möchte mit ihr sprechen, bitte.«

»Sie möchten mit ihr sprechen?« Irgendwo in der Leitung knackte es, aber das Knacken konnte genauso gut ein Lachen sein. »Dafür werden Sie bezahlen müssen. Haben Sie das Geld?«

»Ich möchte, daß Sie eines verstehen«, sagte Mercedes mit teilnahmsloser Stimme. »Ich werde nicht mit Ihnen verhandeln, solange ich keinen Beweis dafür habe, daß meine Tochter lebt und daß es ihr gut geht.«

»Ich kann sie jederzeit zum Schreien bringen.« Sie hörten das Kratzen in der Stimme. »Ist das der Beweis, den Sie gerne hätten?«

»Nein«, erwiderte Mercedes mit ruhiger, kühler Stimme. »Ich möchte etwas Eindeutigeres als das. Ich brauche einen Beweis dafür, daß Eden bei Ihnen ist, daß sie lebt. Meine Tochter hat mit fünf Jahren ihr erstes Pferd bekommen. Fragen Sie sie nach dem Namen. Und fragen Sie sie auch, was für eine Rasse es war. Zweitens brauche ich einen Namen für Sie, damit ich weiß, daß ich es immer nur mit Ihnen zu tun habe. Ich werde Sie deshalb ab jetzt Paul nennen.«

»Sind Sie verrückt?« Seine Stimme wurde lauter. »Wer glauben Sie eigentlich hat hier das Sagen?«

»Niemand hat das Sagen. Rufen Sie mich wieder an, wenn Sie die Antworten auf die beiden Fragen haben. Und vergessen Sie nicht – Paul.«

»Sie Miststück! Ich kann mit ihr machen, was ich will. Verstanden? Haben Sie mich verstanden?« Sie hörten, daß er schwer atmete. »Ich kann sie verhungern lassen. Ich kann sie schlagen. Ich kann sie vergewaltigen.«

De Córdoba sah, wie sich Mercedes' nackte Zehen in den weichen Teppich eingruben.

»Ich kann sie töten, wenn ich will. Ich kann ihr die Haut in Fetzen schneiden…«

Mercedes schlug den Hörer auf die Gabel und brachte die schreckliche Stimme zum Schweigen. Ihre Hand zitterte leicht.

»Du lieber Gott«, flüsterte Maya. Sie hatte sich unwillkürlich erhoben. »Mercé, was hast du getan?«

»Sie hat ihn herausgefordert«, sagte de Córdoba trocken. Dann wandte er sich an Mercedes. »Sie hätten warten sollen, bis er sich beruhigt hat.«

»Nein«, erwiderte Mercedes. »Er wollte sich gar nicht beruhigen. Sie haben seine Stimme doch auch gehört.«

»Ich habe Ihnen gesagt, daß Sie die Drohungen und Obszönitäten ignorieren müssen«, sagte er geduldig.

»Du hast ihn furchtbar herausgefordert, Mercedes.« Maya war immer noch weiß wie die Wand. »Du hast ihn provoziert.«

»Ich habe ihm nur gezeigt, daß ich mich nicht so leicht einschüchtern lasse, wie er vielleicht geglaubt hat.« Sie sah die beiden anderen müde an. »Im Augenblick scheint er es eher darauf abgesehen zu haben als auf das Geld.« Sie sah de Córdoba an. »Er hat nichts von ihrer Sucht erwähnt. Ist Ihnen das auch aufgefallen?«

»Ja.« Er nickte.

»Vielleicht wissen sie es noch nicht«, warf Maya ein.

»Vielleicht.« Schweigend sahen sie sich an. Mercedes erhob sich. »Ich gehe wieder ins Bett.«

»Er könnte noch einmal anrufen«, sagte de Córdoba.

»Das glaub' ich nicht. Er wartet. Er will mich bestrafen. Aber am Ende wird er das tun, was ich will.«

»Wollen Sie sich nicht das Band noch einmal anhören?« fragte de Córdoba.

»Sie können es sich ruhig noch einmal anhören, ich weiß, was er gesagt hat.«

Ihre Ruhe verblüffte de Córdoba. Er öffnete ihr die Tür. »Sie haben sich tapfer geschlagen«, sagte er. »Sehr tapfer.«

Sie lächelte ihn an. »Eden ist meine Tochter.«

Der Argentinier machte seine Zimmertür zu.

Der Duft der beiden Frauen hing noch in der Luft, als er zum Tonband ging, es zurückspulte und es dann noch einmal abspielte.

Die Stimme klang stark, jugendlich. Sie war nicht grob oder ungehobelt, sondern drückte Selbstvertrauen und Autorität aus. Aber etwas in ihr irritierte ihn und sorgte dafür, daß sich ihm die Nackenhaare aufstellten.

Ich kann sie töten, wenn ich will. Ich kann ihr die Haut in Fetzen schneiden…

Er spielte das Band immer und immer wieder ab. Plötzlich wußte er, was ihn an der Stimme so irritiert hatte.

Der Haß in der Stimme war es gewesen.

Mit dem Gefühl einer leichten Übelkeit griff de Córdoba nach der Whiskyflasche.

TUCSON

Die dunklen Löcher in der Kapuze drehten sich düster zu ihr um. Sie spürte die Wut, die mit ihm in die Zelle gekommen war, spürte die Gefahr, die in der Luft lag.

»Ihr erstes Pferd. Wie hat es geheißen?«

»Mein erstes Pferd?« wiederholte sie ungläubig.

»Wie hat es geheißen?« Mit der Kapuze sah er aus wie ein mittelalterlicher Folterknecht. Seine Hände waren zu Fäusten geballt, die Venen standen deutlich hervor. »Was für eine Rasse war es? Los jetzt, antworten Sie!«

Einen Augenblick lang starrte sie ihn wortlos an. Dann machte ihr Herz vor lauter Aufregung einen solchen Satz, daß sie meinte, es müsse ihr aus der Brust springen. »Sie wollen einen Beweis, daß ich noch lebe! Werde ich bald hier rauskommen?«

»Ich will nichts als die Antwort auf meine Fragen.«

»Das Pferd hieß Alfie. Es war ein Shetlandpony, braun und weiß gescheckt...« Die Worte sprudelten nur so aus ihr heraus. »Haben sie gesagt, Sie sollen mich fragen? Werden sie zahlen? Sagen Sie mir doch...«

»Ihre Mutter versucht, besonders klug zu sein«, sagte er mit harter Stimme. Er nahm einen kleinen Kassettenrecorder aus der Tasche, setzte sich auf das Bett und legte den Apparat vor sie hin. »Sie glaubt, ich sei ein Schwindler. Deshalb schicken wir ihr eine kleine Nachricht.«

»Meiner Mutter?«

»Sie werden ihr sagen, daß sie nicht versuchen soll, mich auszutricksen. Sie werden ihr sagen, wie schlecht es Ihnen geht. Ich glaube, Sie wissen, was ich meine.«

Das Blut war aus ihrem Gesicht gewichen. »Sie erpressen meine *Mutter*? Nicht meinen Vater?« Sie war sprachlos. »Warum sie? Warum nicht ihn? Er hat viel mehr Geld als sie.« Ihre grünen Augen waren weit aufgerissen. »Wieviel verlangen Sie?«

Er antwortete nicht sofort. »Zehn Millionen Dollar«, sagte er schließlich.

Sie konnte es nicht glauben. »Zehn Millionen? Sie sind verrückt! Wo soll sie so viel Geld herbekommen?«

Er sah ihr ins Gesicht. »Das ist mir egal, schlimm wäre nur, wenn sie's nicht besorgt«, sagte er. »Und jetzt halten Sie den Mund und konzentrieren sich darauf, was ich Ihnen sage. Sie haben zehn Sekunden, um mit Ihrer Mutter zu sprechen. Sagen Sie ihr, daß Sie hier rauswollen. Sagen Sie ihr, daß sie nicht versuchen soll, mich übers Ohr zu hauen. Und vergessen Sie nicht, daß Sie um so schneller hier wieder rauskommen, je besser wir zusammenarbeiten.«

»Nein!«

Er schaltete den Kassettenrecorder ein und hielt ihr das Mikrophon vor den Mund. »Zehn Sekunden. Fangen Sie an!«

Eden sah auf das Mikrophon. Der Gedanke, daß er ihre Mutter erpressen könnte, war ihr überhaupt nie gekommen. Sie hatte immer angenommen, daß ihr Vater das Opfer sein würde. Zum erstenmal seit Tagen spürte sie eine ohnmächtige Wut in sich aufsteigen. Sie schüttelte den Kopf. »Nein, das tu ich nicht«, sagte sie leise.

»Wollen Sie vielleicht, daß ich etwas nachhelfe?«

»Das ist mir egal. Das tu ich ihr nicht an.«

Er senkte langsam das Mikrophon.

»Sie können es sich einfach machen«, erklärte er mit tödlicher Ruhe, »aber Sie können es auch anders haben. Aber Sie werden's tun. Wenn es nicht anders geht, werde ich Ihnen nachhelfen. Und jetzt sprechen Sie.«

»Nein.«

Er warf mit dem Mikrophon nach ihr. »Sprechen Sie!«

Sie drückte sich an die Wand und schüttelte den Kopf. »Ich werde nichts sagen«, flüsterte sie.

Als er die Hand nach ihr ausstreckte, schrie sie laut auf und versuchte, sich an ihm vorbei vom Bett zu rollen.

»Sprechen Sie mit ihr!« Er packte sie am Arm. Sie schrie. Sie hatte schon vergessen gehabt, wieviel Kraft er hatte. »Sagen Sie ihr, wie sehr Sie sie lieben!«

»Nein«, japste sie. »Scheren Sie sich zum Teufel! Ich sage gar nichts!«

»Sie müssen es sich anscheinend immer schwermachen«, sagte er bitter. »Hab' ich recht?«

»Ich verachte Sie«, warf sie ihm entgegen, während sie vor ihm zurückwich.

Er packte sie am Handgelenk und bog ihr den Arm nach hinten. Ein grauenhafter Schmerz durchfuhr ihre Schulter, und sie schrie.

Mit der freien Hand hielt er ihr das Mikrophon vor den Mund. »Sagen Sie Ihrer Mutter, sie soll Sie hier rausholen.« Sein Atem schlug heiß gegen ihr Ohr. »Sagen Sie ihr, sie soll dem hier ein Ende machen.«

»Nein«, flüsterte sie.

Er bog ihren Arm noch weiter nach hinten. Glühendheiße Klauen rissen an ihren Sehnen. Sie brachte nur noch ein Wimmern zustande. »Bitten Sie sie«, krächzte er. »Sie liebt Sie doch so wahnsinnig, oder nicht? Bitten Sie sie.«

Mit zusammengebissenen Zähnen schüttelte Eden den Kopf. Er bog ihren Arm noch weiter nach hinten, bis der Schmerz unerträglich wurde. Sie spürte, wie das Gelenk sich öffnete, wie die Bänder sich noch mehr dehnten. Plötzlich wurde ihr schwarz vor

Augen. Ihr Widerstand brach zusammen. »Mama«, schluchzte sie. »Mama, bitte! Hol mich hier raus, Mama, bitte, bitte!«

Er ließ sie los, und sie rollte sich wie ein Säugling zusammen. Ihr Arm hing leblos herunter. Jede Zelle ihres Körpers schmerzte, nur ihre Schulter war heiß und taub. Sie weinte leise vor sich hin.

Er zitterte, und der kleine Kassettenrecorder klapperte in seiner Hand. Er spulte die Kassette kurz zurück, dann ließ er das Band noch einmal ablaufen. Eden hörte das winzige flehende Stimmchen, das ihre eigene Stimme war.

Er stand auf, stellte sich drohend vor sie hin. Sie hörte seinen heiseren Atem.

»Ich wollte Ihnen nicht weh tun«, sagte er.

Er ging hinaus und schlug die Tür hinter sich zu.

Sie streichelte ihren tauben linken Arm, während sie auf die Stahltür starrte, die er eben zugeschlagen hatte. Er verhandelte also im Moment mit ihrer Mutter. Warum hätte er sonst das Band haben wollen?

Ein Ozean der Stille umgab sie. Wie lange war sie schon hier? Einen Monat vielleicht? Nein, sicherlich war es noch nicht so lange her. Aber ihre Vergangenheit, die Wirklichkeit draußen, rückte in immer weitere Ferne. Es fiel ihr immer schwerer, sich an die Zeit zu erinnern, als sie noch nicht in dieser Zelle, noch nicht an dieses Bett gekettet gewesen war. Ihr Leben war zusammengeschrumpft.

Zehn Millionen Dollar. Eine unvorstellbare Summe. Das bedeutete Mamas Ruin. Schuldgefühle bedrängten sie. Sie hatte Mama immer nur Sorgen und Kummer bereitet, und sonst gar nichts. Ihre Beziehung war schon seit langem zerrüttet.

Ohne irgendeine Vorwarnung stieg das Verlangen wieder heiß und unstillbar in ihr auf. Es waren Stunden vergangen, vielleicht sogar Tage, seit sie zum letztenmal daran gedacht hatte. Aber jetzt schien jede Zelle ihres Körpers ein gieriger Mund, der sich nach dem Stoff verzehrte. Ihr Körper bog und krümmte sich, der körperliche Schmerz vereinte sich mit der seelischen Pein zu einer unerträglichen Qual.

Nur Gott allein wußte, wie sehr sie gerade jetzt einen Schuß brauchte. Ihr Körper verlangte danach mit einer schrecklichen Gier, die ihr den Atem raubte.

Sie war ein winziges, flackerndes Licht in einem riesigen dunklen Meer: Die überwältigende Leere des Universums war niederschmetternd. Sie spürte nichts als unermeßliche Einsamkeit und Schuld. Sie selbst versank in Bedeutungslosigkeit. Sie war nackt. Wehrlos.

Sie brauchte den Schutz des Giftes. Sie sehnte sich nach seiner warmen, liebevollen Umarmung, sehnte sich danach, beschützt zu werden und gerettet vor Schmerz, Einsamkeit, Todesangst.

Irgendwann fiel ihr Blick auf das Tablett. Die Wasserflasche war voll. Plötzlich ekelte sie sich vor sich selbst. Sie bezwang sich und setzte sich auf. Nachdem sie es irgendwie geschafft hatte, ihre Jeans und ihre Unterhose auszuziehen, zog sie das T-Shirt über den Kopf.

Die Handschellen an ihren Handgelenken waren durch eine lange Kette miteinander verbunden, die an dem Eisengestell des Bettes hing, so daß sie das T-Shirt nicht ganz ausziehen konnte. Es hing zusammengeknäult an der Kette. Vollkommen nackt saß sie auf der Bettkante. Sie nahm die Wasserflasche und goß etwas Wasser in eine Hand.

Sie wusch zuerst ihr Gesicht. Ein Königreich für ein Stückchen Seife, dachte sie. Bald war ihr ganzer Körper mit Gänsehaut überzogen. Unter der Gänsehaut zarte, zerbrechliche Knochen. Es kam ihr vor, als wasche sie den Körper einer anderen, einer fremden, ihr unbekannten Frau. Sie betupfte ihren Bauch und ihre Brüste mit Wasser, dann die Arme und den Hals. Das Wasser fühlte sich kühl und sauber an.

Sie nahm das schmutzige und zerknüllte Leintuch, um sich abzutrocknen. Zuletzt wusch sie ihre Unterhose in dem restlichen Wasser. Eine Katzenwäsche, aber trotzdem fühlte sie sich besser.

Sie schüttelte das Leintuch, so gut sie konnte, und hing es dann zum Trocknen über das Eisengestell. Dann zog sie ihre nasse Hose und ihr T-Shirt wieder an. Sie wollte nicht, daß er sie nackt sah. Die Jeans wollte sie erst anziehen, wenn sie trocken war.

Die Luft in der Zelle, die ihr sonst immer warm und schwül vorgekommen war, fühlte sich jetzt kühl an auf der Haut. Die Gymnastik, die sie, um sich zu waschen, hatte vollführen müssen, hatte sie ermüdet. Sie legte sich zurück und ruhte sich aus. Die ganze Zeit, in der sie auf der Nadel gewesen war, hatte sie kaum geträumt. Wenn, dann waren es höchstens die kurzen Augenblicke gewesen, bevor sie nach einem Schuß ganz abgedriftet war. Der Schlaf selbst war so dunkel und leblos gewesen wie der Tod. Aber seit sie hier war, hatte sie wilde, schwere Träume, die ihr oft angst machten.

Sie träumte auch jetzt, während sie in Schlaf sank. Der erste Traum war seltsam, denn sie wußte, daß die Frau, von der sie träumte, nicht ihre Mutter war, sondern ihre Großmutter. Doch sie hatte ihre Großmutter nie gesehen, nicht einmal auf einem Foto. Die Frau in ihrem Traum entsprach dem Bild, das sie sich nach den Erzählungen ihrer Mutter vor langer, langer Zeit gemacht hatte. Sie sah die weichen Augen, das dunkle Haar und hörte eine sanfte Stimme, die etwas auf Spanisch sagte.

Dann träumte sie von dem Pferd, das ihre Mutter ihr geschenkt hatte. Es hieß Cypsele. Im Traum ritt sie unter der heißen Mittelmeersonne den Parcours ab. Sie meisterte jeden Sprung fabelhaft, sie glitt geradezu durch die Luft. Sie sprang vom Pferd und rannte in die ausgebreiteten Arme ihrer Mutter. Die Augen ihrer Mutter waren dunkel und warm. Sie war der einzige Mensch, den ihre Mutter so liebevoll ansah. Sie schmiegte sich ganz eng an ihre Mutter, wurde wieder zum Kind, das sich ganz in der Liebe verliert, die es vor langer Zeit zurückgewiesen hatte.

Doch dann änderte sich der Traum.

Sie war zu Hause. Aber irgend etwas machte ihr schrecklich angst.

Sie war an schwere Ketten gebunden, die es ihr unmöglich machten, sich zu bewegen.

Mama und Papa waren ihr ganz nah, aber sie sahen sie nicht. Sie hörten nicht, daß sie nach ihnen rief.

Mama und Papa stritten sich. Mamas Gesicht war weiß und angespannt, und Eden wußte, daß es sich um eine ganz schreckliche Auseinandersetzung handelte. Die Dinge, die Papa sagte, machten ihr angst. Er sagte schreckliche Dinge über Mama.

Eden versuchte, sich die Ohren zuzuhalten, aber mit den Ketten konnte sie sich nicht bewegen.

Dann sah Papa sie endlich; er kam auf sie zu. Sie sah dieses Ding, das bedrohlich zwischen seinen Beinen hervorragte.

Aber sie schrie nicht deshalb, sondern wegen der Worte, die er sagte. Seine Lippen bewegten sich, und die Worte, die aus seinem Mund kamen, waren schrecklich. Dann sah sie, wie die Wände und die Decke einstürzten. Und sie konnte sich nicht bewegen. Papas schreckliche Worte ließen das Haus einstürzen.

Sie fing an zu schreien, um ihn zu übertönen. Sie wollte die Wände und die Decke aufhalten. Sie wußte, daß sie lauter schreien mußte als er. Sie schrie und schrie und schrie, so laut, daß sie glaubte, ihre Brust müsse zerspringen und ihre Ohren zerplatzen.

Plötzlich erwachte sie, und der Schweiß rann an ihrem Körper herab. Sie saß aufrecht im Bett. Ihr Herz pochte und hämmerte, als ob es aus ihrem Körper ausbrechen wollte.

Die Ketten waren Wirklichkeit, aber die Wände stürzten nicht auf sie herunter. Unfähig, ihre Tränen noch länger zurückzuhalten, ließ sie sich wieder aufs Bett sinken und vergrub ihr Gesicht in dem Kissen.

SANTA BARBARA

Dominic van Buren saß allein am Swimmingpool. Seine Haushälterin brachte ihm das Telefon.

Er nahm den Hörer in die Hand. »Hallo.«

»Dominic, ich bin's, Mercedes.«

»Mercedes?« Er legte die Beine auf den Stuhl gegenüber und betrachtete seine weißen Schuhe. »Hallo. Wie geht's denn so? Irgendwas Neues von Eden?«

»Interessiert's dich?« Als er die Bitterkeit in ihrer Stimme hörte, lächelte er leicht. »Du machst dir ja nicht einmal die Mühe anzurufen.«

»Mir scheint, du kommst ganz gut ohne mich zurecht. Was gibt's Neues? Noch ein blutgetränktes Haarbüschel vielleicht?«

»Edens Entführer haben telefonischen Kontakt aufgenommen.«

»Aha. Und zu welchem Zweck?«

»Um zu drohen. Ich habe einen Beweis dafür verlangt, daß Eden überhaupt noch am Leben ist, bevor ich weiter mit ihnen verhandle.«

»Am Leben? Mußt du denn immer alles dramatisieren! Natürlich ist Eden am Leben. Sie ist doch diejenige, die den ganzen Streich geplant hat.«

»Es handelt sich nicht um einen Streich.«

»Also, du kannst natürlich glauben, was du willst, aber ich bin da anderer Meinung.«

»Dominic, ich habe mit dem Mann gesprochen, der sie in seiner Gewalt hat.« Mercedes' Stimme klang gepreßt. »Eden befindet sich in schrecklicher Gefahr. Wenn wir sie da nicht rausholen, werden wir sie nie wiedersehen.«

»Unsinn! Die ganze Sache ist doch von vorne bis hinten erstunken und erlogen.«

»Willst du nicht, oder kannst du nicht begreifen, daß Eden *unfähig* ist, uns etwas Derartiges anzutun?«

»Eden ist zu allem fähig.« Er lachte. »Ich hätte nie gedacht, daß ausgerechnet du darauf reinfallen würdest. Du mußt nicht ganz bei Sinnen sein. Wenn du sicher bist, daß es kein Schwindel ist, dann geh doch zur Polizei.«

»*Nein.* Keine Polizei.«

»Also einfach bezahlen? Du willst wirklich irgendeinem Unbekannten, der behauptet, Eden entführt zu haben, zehn Millionen hinblättern?«

»Ich sehe keine andere Lösung. Im Gegensatz zu dir halte ich das Ganze nicht für einen Schwindel. Ich glaube, daß sie entführt worden ist. Sie haben gedroht, ihr Gewalt anzutun, Dominic. Ich glaube, daß sie, wenn wir das Geld nicht bezahlen oder zur Polizei gehen, ihre Drohung wahrmachen.«

»Das glaubst du wirklich? Dann bezahl die zehn Millionen doch, Liebling, damit du wieder ruhig schlafen kannst.«

»Zehn Millionen aufzutreiben ist nicht so einfach, Dominic.« Die Anspannung in ihrer Stimme war nicht zu überhören.

»Das glaub' ich dir gern. Sie wird sich höchstwahrscheinlich mit zehntausend zufriedengeben. Damit kann sie sich wenigstens ein paar Monate lang ihren Stoff besorgen.«

»Du weißt, was ich von dir will.«

»Allerdings weiß ich das«, sagte er. »Du willst, daß ich Millionen von Dollar einfach zum Fenster hinauswerfe. Genau das willst du von mir.«

»Ich bitte dich, mir das Geld zu leihen.« Wieder klang ihre Stimme so, als presse sie die Worte mühsam heraus. »Ich verspreche, daß ich dir das Geld zurückzahle.«

»Wie?« fragte er barsch.

»Dominic. Bitte.«

»Meinst du nicht auch, das es seltsam ist«, erwiderte er scharf, »daß man das Geld von dir verlangt und nicht von mir? Als wüßten die, daß ich auf den Schwindel nicht hereinfalle. Oder als hätten sie vor... dich zu bestrafen? Hmmm?«

»Man kann nichts ausschließen?« antwortete sie leise.

»Das ist wahr. Sicher ist nur das eine, daß du nämlich ruiniert sein wirst, wenn du dich auf die Sache einläßt. Und Eden wird schließlich das bekommen, was sie haben wollte.«

»Dominic«, flehte sie, »du kannst dich doch nicht hinter dem Vorwand verstecken, daß nichts von alledem wahr ist. Ich gebe zu, Eden war nie ein perfektes Kind, aber schließlich waren wir auch nie perfekte Eltern. Sie hatte doch überhaupt keine Möglichkeit, Sicherheit und Beständigkeit...«

»Nein, Mercedes. Nein. Ich bin es leid, mir wegen Eden Asche aufs Haupt zu streuen. Die Wahrheit ist, daß du nicht sehen willst, wie verdorben sie ist. Schon immer war.«

»So etwas zu sagen ist abscheulich und gemein!«

»Meinst du?«

Das Schweigen wurde quälend. »Tatsache ist«, sagte Mercedes schließlich müde, »daß die Entführer, wenn es sie wirklich gibt, ihr Gewalt antun werden, wenn ich das Geld nicht beschaffe. Irgendwann werden sie sie töten. Könntest du damit fertig werden?«

»Laß es mich so sagen: Mein Haus und mein Lebensstil bedeuten mir viel. Und Eden bedeutet mir nichts mehr. Ich sehe nicht ein, warum ich meine finanzielle Sicherheit aufs Spiel setzen soll wegen einer Sache, die aussieht wie ein abgekartetes Spiel.«

»Deine *finanzielle Sicherheit?* Das ist also deine größte Sorge?«

»Aber natürlich. Kannst du das denn nicht verstehen? Aber wenn wir schon beim Thema Werte sind, möchte ich noch eins sagen.« Er spürte plötzlich den Zorn, der sich gleich Würmern in seine Gedärme fraß. »Sollte tatsächlich der unwahrscheinliche Fall eingetreten sein, daß Eden sich zu weit aus dem Fenster gelehnt hat, kann ich nur sagen, sie hat die Wahl, entweder zu schwimmen oder unterzugehen. Sie muß sich einmal im Leben selbst helfen, ohne daß wir die Rechnung begleichen.«

»Aber wie kann sie sich selbst helfen?«

»Das ist ganz allein ihre Sache. Natürlich kannst du soviel bezahlen, wie du willst. Aber mich darfst du nicht um Geld bitten. Nicht einen roten Heller bekommst du von mir. Ich will mit alledem nichts zu tun haben. Mehr habe ich dazu nicht zu sagen.« Damit knallte er den Hörer auf die Gabel.

Er rieb sich den Bauch; sein Magengeschwür machte sich wieder bemerkbar.

Er eilte hinein ins Haus und in sein Arbeitszimmer. Dort öffnete er den Safe.

Er legte sich mehrere Kokslinien auf seinen Schreibtisch, die er eine nach der anderen gekonnt hochzog. Es dauerte nicht lange, bis er wieder gehobener Stimmung war. Er lehnte sich in seinem Stuhl zurück und genoß das erhabene Gefühl.

Zum Teufel auch, wen kümmerte überhaupt irgend etwas!

Er sah zum Fenster hinaus. Ein leiser Windhauch strich durch die Palmen und trieb das Wasser im Swimmingpool in kleinen Schaumkronen vor sich her. Die Luft hatte sich merklich abgekühlt. Die Sonne versank im Meer. Ihm ging es gut.

COSTA BRAVA

Der zweite Anruf erfolgte Dienstag nacht. Joaquin de Córdoba, der bereits im Bett lag, und Mercedes, die sich noch in ihrem Arbeitszimmer aufhielt, nahmen die Hörer gleichzeitig ab. Wie beim erstenmal sprach de Córdoba zuerst.

»Joaquin de Córdoba. Wer spricht?«

»Holen Sie die Frau an den Apparat!«

Die Stimme war unverkennbar.

Diesmal meldete sie sich gleich. »Hier spricht Mercedes Eduard. Wer ist am Apparat?«

»Paul. Der Name des Pferdes war Alfie; es war ein Shetlandpony.«

»Ja«, sagte sie, und ein kaum hörbarer Seufzer deutete ihre Erleichterung an. »Ja, das stimmt.«

»Nur um alle Zweifel zu beseitigen«, fuhr die kalte Stimme fort, »hören Sie jetzt eine kleine Nachricht aus Edens Mund.«

Der Schrei traf sie mitten ins Herz. Dann hörte sie Eden schluchzen: »Mama, Mama, bitte! Hol mich hier raus, Mama, bitte, bitte!«

Dann brach die Stimme abrupt ab.

»*Eden!*« Die wochenlange Selbstbeherrschung und Gefühlskontrolle brachen plötzlich zusammen. De Córdoba hörte, wie Mercedes' Stimme umschlug. »Sie dürfen ihr nicht wehtun! Bitte! Bitte, tun Sie's nicht!«

Der Argentinier starrte auf den Teppich zu seinen Füßen, während ihr Weinen an sein Ohr drang. Er hörte nur ihr Weinen in der Leitung, das hart und bitter klang. Es dauerte lange, bis sie wieder sprechen konnte. »Bitte…«, flüsterte sie schließlich. »Sie hat Ihnen doch nichts getan. Sie dürfen ihr nicht weh tun!«

»Ich kann tun, was ich will. Sie ist hier bei mir.« Seine Stimme klang triumphierend. »Sie befindet sich in meiner Gewalt. Ich habe ihr weh getan, weil Sie versucht haben, mich auszutricksen.«

»Ich mußte doch wissen…«

»Wie angenehm oder unangenehm das Leben Ihrer Tochter ist, hängt ganz allein von mir ab. Darüber sind Sie sich doch jetzt im klaren, oder?«

»Ja«, sagte Mercedes. »Ja, das bin ich.«

»Es gibt nur eines, was Sie tun können, damit ihr nichts geschieht, nämlich das, was ich Ihnen sage. Und zwar Wort für Wort.«

»Ja. Ich habe verstanden.«

»Wenn Sie tun, was ich sage, wird es ihr gutgehen. Wenn Sie aber irgendwelche faulen Tricks versuchen, blutet sie. Verstanden?«

»Verstanden.«

»Wenn ich ihr wieder weh tun muß, dann ist das allein Ihre Schuld. Wie schon einmal.«

»Ich will ja tun, was Sie sagen. Ich will Eden zurückhaben. Das müssen Sie mir glauben.« Ob gespielt oder echt, de Córdoba hielt Mercedes' gebrochene Stimme für perfekt. Die arrogante Kälte, mit der sie letztes Mal gesprochen hatte, war völlig verschwunden. Ihre offenkundige Gefügigkeit schien beruhigend auf den Entführer zu wirken.

»Hört die Polizei Ihr Telefon ab?«

»Nein, ich schwöre es, nein. Die Polizei weiß von nichts, weder hier noch in Kalifornien.«

»Es spielt ohnehin keine Rolle. Haben Sie das Geld?«

»Noch nicht. Ich versuche, es zu beschaffen, aber es ist nicht einfach. Es ist fast unmöglich.«

Seine Stimme klang wie ein böses Knurren. »Soll ich Ihrer Tochter vielleicht einen Finger abschneiden?«

»Soviel Geld kann ich nicht so schnell beschaffen.«

»Lügen Sie mich nicht an. Sie haben das Geld.«

»Sie irren sich. Warum glauben Sie, daß ich reich bin? Ich bin nicht reich. Sie verlangen zuviel. Ich weiß nicht, wie ich es beschaffen soll.«

»Verkaufen Sie Ihr Haus.«

»Ich habe schon alles verkauft, was sich verkaufen...« Ihre Stimme zitterte, wurde eindringlicher. »Bitte. Um Edens willen, hören Sie mich an. Ich kann Ihnen das, was ich habe, jetzt geben. Es ist viel Geld, alles, was ich besitze. Nehmen Sie es, und lassen Sie meine Tochter frei. Sie müßten unter Umständen lange warten, bis Sie nur wenig mehr bekommen.«

»Ich will zehn Millionen. Und keinen Pfennig weniger.«

»Soviel Geld kann ich nicht auftreiben. Es würde Jahre dauern.«

»*Verdammt!*« schrie er so laut, daß sie beide zusammenfuhren. »Ist Ihnen klar, daß Sie mit dem Leben Ihrer Tochter spielen? Was sind Sie bloß für eine Frau? Sie feilschen um Ihr eigenes Fleisch und Blut. Wir sind hier nicht auf dem Markt.« Die Stimme schien sich wieder zu beruhigen. »Ich weiß, wie reich Sie sind. Ich weiß, wieviel Geld Sie haben. Ich weiß mehr über Sie, als Sie sich vorstellen können. Glauben Sie vielleicht, Sie können mich zum Narren halten? Ich *kenne* Sie! Kommen Sie mir ja nicht mit Armut, Sie Miststück!«

Die letzten Worte klangen wie eine Ohrfeige. Mercedes schwieg. De Córdobas Mund zog sich zusammen. Nicht einschüchtern lassen.

Dann wurde de Córdoba von einem gemächlichen, hämischen Lachen überrascht. »Ich kann warten, bis Sie zur Vernunft gekommen sind«, sagte er. Seine Stimme klang fast entspannt. »Ihre

Tochter ist ein billiger Gast. Sie ißt nicht viel. Ich hoffe nur, daß sie, wenn Sie endlich Vernunft angenommen haben, noch lebt und bei Verstand ist....«

»Bei Verstand?« unterbrach ihn Mercedes. »Was wollen Sie damit sagen?«

Er überging ihre Frage. »Wenn Sie das Geld haben – die ganzen zehn Millionen – dann setzten Sie eine Anzeige in den Kleinanzeigenteil der *New York Times*. Sie schreiben ›Gesucht: Schloß in Spanien. Preis spielt keine Rolle‹, und darunter Ihre Telefonnummer. Haben Sie verstanden?«

»Bitte! Sagen Sie mir, wie es ihr geht. Bitte...«

»Nein. Erst wenn ich die Anzeige sehe.«

Sie hörte das Klicken in der Leitung, als er auflegte.

»Joaquin?« Mercedes sprach mit erstickter Stimme. »Sind Sie im Bett?«

»Ja, aber ich komme.«

»Nein, bleiben Sie. Ich komme zu Ihnen.«

Mit ihrer dunklen Bluse wirkte sie noch blasser und angespannter, ihre Augen verschwollen. Sie war allein.

»Das haben Sie gut gemacht«, sagte er. »Sehr gut sogar.«

In ihren Augen lag ein Flehen. »Wirklich?«

»Das Band, das er Ihnen vorgespielt hat, hat Sie sehr mitgenommen. Aber sonst haben Sie die Sache gut gemeistert.«

»Aber er will gar nicht verhandeln, Joaquin. Er will alles.«

»Er will viel, das stimmt. Aber er wird verhandeln, glauben Sie mir.« Es gelang ihm, mehr Zuversicht in seine Stimme zu legen, als er tatsächlich hatte.

»Wie können wir denn mit ihm verhandeln? Er ist wahnsinnig. Er hat gesagt, daß er keinen Kontakt mehr mit uns aufnehmen wird!«

»Dafür nehmen wir Kontakt mit ihm auf. Wir warten eine Woche, und dann...«

»Eine *Woche*?« fragte sie, den Tränen nahe.

»Ja«, antwortete er mit einem Nicken. »Eine Woche. Auf diese Weise hat er genügend Zeit, sich zu beruhigen. Dann setzen wir die Anzeige in die Zeitung. Wir schreiben ›Schloß in Spanien. Kann gesamte Summe unmöglich beschaffen. Bezahle soviel ich kann. Bitte um Kontaktaufnahme.‹«

Voller Verzweiflung rang sie die Hände. »Und was ist, wenn er nicht darauf eingeht?«

»Er wird. Er wird erneut Kontakt aufnehmen, um Sie zu beschimpfen und zu bedrohen. Sobald er das tut, ist es an der Zeit, eine konkrete Zahl zu nennen. Sagen wir eine Million. Alles weitere sollte dann einfacher sein. Ich bin der Meinung, daß wir einen Kompromiß in Höhe von eineinhalb Millionen anstreben sollten. Was«, fügte er trocken hinzu, »wahrscheinlich das höchste Lösegeld ist, das bisher bezahlt wurde.«

Aus dunklen, gequälten Augen sah sie ihn an. »Er klang so… unnachgiebig.«

De Córdoba spürte, wieviel Hoffnung sie in ihn setzte, wie sehr sie ihm vertraute. »Die Frage ist, wieviel sie erwarten«, sagte er mit sanfter Stimme. »Das Übliche in solch einem Fall, sofern man diesen Begriff überhaupt gebrauchen kann, liegt zwischen einer viertel und einer halben Million. Ich bin sicher, daß auch die Entführer das wissen. Die zehn Millionen sind sozusagen das Eröffnungsgebot. Sie werden sich erinnern, daß ich Ihnen das bereits zu Anfang gesagt habe.«

»Ja.«

»Es ist wichtig – um Edens willen – daß Sie glaubwürdig klingen. Sie müssen die Entführer davon überzeugen, daß Sie nicht mehr Geld haben.«

Sie nickte. »Er hat noch immer nichts von ihrer Sucht erwähnt. Was hat das zu bedeuten?«

»Vielleicht hat sie es fertiggebracht, sie vor ihm zu verheimlichen.«

»Ist das denn überhaupt möglich?«

»Möglich ist es.«

Er sah, daß Mercedes' Augen plötzlich feucht wurden. Sie wandte den Kopf ab, aber er hatte die Tränen, die ihr über die Wangen liefen, bereits gesehen.

»Bitte, Mercedes…« Er berührte ihren Arm. Dann zog er sie zu sich heran, zunächst ganz vorsichtig, dann näher, denn sie leistete keinen Widerstand. Er klopfte ihr nicht auf die Schulter und strich ihr auch nicht übers Haar, er drückte sie einfach sanft und doch fest an sich. Die Nähe und die Wärme ihres Körpers ließen sein eigenes Herz vor Aufregung laut klopfen. Sie weinte leise, während ihre Stirn an seiner Brust lehnte. Kleine erstickte Laute drangen an sein Ohr. »Es war ein Band, das er abgespielt hat«, sagte er leise. »Höchstwahrscheinlich war es gar nicht Edens Stimme, die Sie gehört haben.»

»Doch, es war Edens Stimme. Der Schmerz war echt.«

Obwohl er zu der gleichen Ansicht gelangt war, schüttelte er den Kopf. »Das Band war nicht echt.« Wieder versuchte er, zuversichtlich zu klingen, was ihm diesmal nicht schwerfiel. Während er sie so im Arm hielt und ihr dunkles, wohlduftendes Haar an seiner Wange spürte, stieg ein Gefühl der Zärtlichkeit in ihm auf. Bist du etwa dabei, dich zu verlieben, du alter Narr? »Sie dürfen es nicht an sich herankommen lassen. Sie müssen sich zusammenreißen, auch wenn es schwerfällt.«

»Es ist alles meine Schuld«, hörte er sie flüstern. »Meine Schuld.«

»Nein, Sie irren sich.«

»Nein, es ist meine Schuld, ganz bestimmt.«

Er ließ sie los und gab ihr sein Taschentuch. »Das ergibt doch keinen Sinn, Mercedes. Es ist genauso wenig Ihre Schuld, daß Eden entführt worden ist, wie Sie daran schuld sind, daß sie süchtig ist.«

»Sie kennen mich nicht«, schluchzte sie. Sie wischte sich die Tränen ab. Sie wirkte müde und sah plötzlich alt aus. »Sie wissen nichts von meinem Leben.«

Er war bestürzt. »Natürlich sind wir alle keine Engel…«

»Wir sind aber nicht alle böse.«

»Ich kann nicht glauben, daß Sie jemals böse waren, Mercedes.«

»Das müssen Sie aber«, erklärte sie leise. Sie knüllte das Taschentuch zusammen. »Ich war vieles in meinem Leben, und vielleicht muß ich jetzt einfach dafür bezahlen. Und ich *werde* bezahlen. Der Gedanke, daß Eden womöglich dafür bezahlen muß, bringt mich schier um den Verstand.«

Eine Unruhe stieg plötzlich in ihm auf. »Wollen Sie damit sagen, daß der Mann Sie persönlich kennt? Daß es eine Verbindung zwischen Ihnen beiden gibt?«

»Ich weiß es nicht. Ich bin mir keiner Verbindung bewußt, aber möglich ist alles.«

»Er sagte, daß er wisse, wie Sie zu Ihrem Geld gekommen sind.

Er hat eine Anspielung gemacht, die ich aber nicht verstanden habe. Was hat er damit gemeint?«

Einen Augenblick sah es so aus, als wolle sie antworten, doch dann schüttelte sie den Kopf. »Nicht jetzt«, sagte sie.

»Geheimnisse sind bei mir gut aufgehoben, Mercedes. Wenn es etwas geben sollte, das Eden betrifft, dann müssen Sie es mir sagen.«

»Es hat mit Eden nichts zu tun«, erklärte sie. »Ich werde es Ihnen irgendwann erzählen, aber nicht heute nacht. Ein andermal. Ich bin furchtbar müde und werde zu Bett gehen, Joaquin.«

De Córdoba nickte unsicher. Trotz der Müdigkeit, die aus ihrem Gesicht sprach, und den Tränen schien sie ihm begehrenswerter als je zuvor. Für ihn zählten im Augenblick nicht ihr Alter und ihre Traurigkeit; er war einfach glücklich darüber, daß er sie hatte in den Armen halten und ihre Tränen sehen dürfen. Es kam ihm vor, als habe er einen Blick auf ein zauberhaftes, verborgenes Wesen geworfen.

»Schlafen Sie gut«, sagte er und neigte den Kopf. Er hatte die Absicht gehabt, sie auf die Wange zu küssen, aber durch eine kleine, unbeabsichtigte Kopfbewegung trafen seine Lippen ihren Mund. Als er ihre weichen und warmen Lippen spürte, stieg ganz plötzlich ein unendlich süßes und zugleich schmerzliches Gefühl in ihm auf. Dann drehte sie sich um und verließ mit eiligen Schritten sein Zimmer.

Mit mechanischen Bewegungen ging er zurück zum Bett. Ihr Duft hing immer noch in der Luft, hüllte ihn ein wie ein seidiges Netz, aus dem er sich nicht mehr befreien konnte.

Er spielte das Band noch einmal ab und versuchte, jede Nuance in den Stimmen wahrzunehmen.

»Was sind Sie bloß für eine Frau?«

»Ich weiß mehr über Sie, als Sie sich vorstellen können.«

»Kommen Sie mir ja nicht mit Armut, Sie Miststück!«

Wie schon beim erstenmal war der Haß in seiner Stimme unverkennbar. Auffallend war die Häufigkeit, mit der der Mann das Wort »ich« gebrauchte. Wenn diese ganze Entführung ein persönlicher Racheakt war, wenn der Mann darauf aus war, in erster Linie Schmerz zuzufügen, dann waren seine Erfahrung und sein Wissen nutzlos.

Es war sogar möglich, daß er durch sein Eingreifen die Dinge nur noch verschlimmerte.

Er goß sich einen kleinen Whisky ein, an dem er nachdenklich nippte. Mercedes verbarg etwas vor ihm, dessen war er sich jetzt sicher. Er hatte das Gefühl, daß er nicht mehr länger warten durfte, sondern sie zur Rede stellen mußte, um zu erfahren, welchen Verdacht und welche Befürchtungen sie hegte. Und wenn er dann das Gefühl hatte, genügend zu wissen, konnte er sich ganz diskret zurückziehen und die Angelegenheit in andere Hände legen.

Er schwenkte den Whisky im Glas. Der Gedanke an ihren Körper, den er in den Armen gehalten hatte, und an den weichen, warmen Mund ließ ihn nicht los. Dreiundsechzig, schoß es ihm plötzlich durch den Sinn, ist schließlich noch kein Alter. Sie ist nur ein paar Jahre jünger als ich.

Seine Gedanken entlockten ihm ein ironisches Lächeln. Was war er doch für ein Narr, zuzulassen, daß sich solche Gedanken in seine festgefügte männliche Welt einschlichen. Trotzdem wußte er, daß er sie nicht verlassen konnte, nicht jetzt, wo sie ihn so dringend brauchte.

Er legte sich ins Bett. Kurz vor dem Einschlafen hörte er noch einmal ihre Stimme. *Wir sind aber nicht alle böse.*

TUCSON

Die Staubwolke draußen in der Wüste kam immer näher. Er trat auf die Veranda hinaus und hielt sich die Hand über die Augen. Jetzt sah er, daß sich ein Auto dem Haus näherte.

In seinen verwaschenen Jeans, mit Turnschuhen und nacktem Oberkörper stand er da und überlegte, ob er das Gewehr holen sollte, entschied sich aber dagegen. Er mußte einfach ruhig bleiben.

Endlich konnte er das Auto erkennen. Es handelte sich um einen beigefarbenen Cadillac Eldorado. Er spürte, wie Ärger in ihm hochstieg. Es war Hattersley, der Besitzer der Fastfoodkette. Ganz unbewußt ballte er die Hände zu Fäusten.

Das große Auto kam vor der Veranda zum Stehen. Die Tür ging

auf, und heraus stieg Keith Hattersley, groß und korpulent und mit leicht ergrautem Haar. Er trug Cordhosen, handgefertigte Lederstiefel und ein Jeanshemd mit Perlknöpfen. Neben ihm im Auto saß eine blonde Frau, die jetzt ebenfalls ausstieg. Sie war um etliche Jahre jünger als Hattersley, der bereits auf die Sechzig zuging. Der große Busen der Frau wogte unter dem weitausgeschnittenen T-Shirt. Ihre Jeans spannte um die Hüften. Auch sie trug teure Lederstiefel.

Hattersley nahm einen Stetson vom Rücksitz und setzte ihn freundlich grinsend auf. »Hallo, Joel, mein Junge. Ist das nicht eine Wahnsinnshitze heute?«

»Es ist heiß«, bestätigte Joel kurz.

»Tja, Sie sind richtig angezogen bei dem Wetter und zeigen, was an Ihnen ist.« Hattersley führte die junge Frau auf die Veranda hinauf, während eine Hand vertraulich auf ihrem Hinterteil lag. »Das ist meine Freundin Lilah. Lilah, darf ich dir Joel Lennox vorstellen, einen der begabtesten jungen Künstler, die wir hier haben.«

Seine Worte waren wohl als Kompliment gemeint, aber aus seinem Mund klangen sie so, als sei Joel Lennox seine ureigenste Erfindung. Die Blonde lächelte ihn mit großen Augen an. Sie hatte ein lebhaftes Gesicht mit einem großen, weichen Mund. Am Hals trug sie an einer Kette goldene Buchstaben, die ihren Namen bildeten. Ohne ein Wort drückte er kurz ihre kleine weiche Hand, die sie ihm entgegenstreckte.

»Hab' gedacht, wir schauen mal kurz vorbei, um zu sehen, welche Fortschritte die Arbeit macht.«

Er legte sich die Worte sorgfältig zurecht. »Im allgemeinen zeige ich meine Arbeit erst dann, wenn sie fertig ist und nicht vorher. Das wissen Sie doch.«

Hattersley zuckte die Achseln. »Ja, ja. Aber das betrifft doch die *Öffentlichkeit* und nicht mich. Ich bin doch schließlich der Auftraggeber, und deshalb sollte ich auch das Recht haben, die Arbeit zu sehen.«

Der Mann war ganz offensichtlich gekommen, um sich vor seiner Freundin zu brüsten und den großen Mäzen herauszukehren. Als Joel antwortete, sah er weder ihn noch sie direkt an. »Die Arbeit ist noch nicht soweit.«

Hattersley warf einen Blick auf die Blonde, dann auf Lennox. »Ach kommen Sie, Joel, mein Junge«, sagte er schließlich immer noch lächelnd. »Wollen Sie mir vielleicht erzählen, daß ich, bevor ich Ihnen das Geld hinblättere, nicht einmal einen Blick darauf werfen kann?«

»Ich habe Ihnen die Skizzen gezeigt, Mr. Hattersley.«

»Ja, ja, aber die Skizzen sind eben nur Skizzen. Ich möchte mir gern die richtige Skulptur ansehen. Wo ist sie, da hinten im Schuppen?«

Lennox blieb regungslos stehen. Die Blonde hatte die Stimme eines kleinen Mädchens. »Keith, Liebling, vielleicht sollten wir wiederkommen, wenn Mr. Lennox bereit ist, uns seine Arbeit zu zeigen?«

»Die Maurer werden schon in ein paar Wochen so weit sein, daß sie den Stein einsetzen können. Ich will ihn mir ansehen.«

»Das scheint mir keine gute Idee.«

»Für wen? Für mich oder für Sie? Ich bezahle fünftausend Dollar für diesen Stein«, erklärte Hattersley jetzt großspurig. »Zweitausend davon haben Sie bereits bekommen, mein Junge. Ich finde, daß ich das Recht habe, einen Blick darauf zu werfen. Wenn ich mir's recht überlege, dann bin ich sogar ziemlich sicher, daß ich das habe. Haben Sie Angst, daß es mir nicht gefällt?«

Joel hatte Mühe zu sprechen. »Wenn es Ihnen nicht gefällt, Mr. Hattersley, dann kaufen Sie es eben nicht.«

»Blödsinn«, erklärte Hattersley. Das Lächeln war aus seinem Gesicht verschwunden. »Stellen Sie sich nicht so an, Mann. Ich will den Stein sehen, und zwar jetzt. Haben Sie gehört?«

»Ja, ich habe es gehört.«

»Worauf warten wir dann noch?«

Lennox dachte kurz daran, ihm die Faust ins Gesicht zu schlagen. Im Geiste sah er bereits das Blut aus der Nase hervorquellen, eine überreife Tomate, die man zerquetscht...

Lilah lächelte immer noch; sie war entweder zu dumm, um die Spannung wahrzunehmen, oder aber sie genoß sie. Ihre Augen wanderten ungeniert über seinen nackten Oberkörper und verweilten auf den Narben.

Lennox verscheuchte seine Gedanken. Er konnte es sich nicht leisten, einen Fehler zu machen, nicht wegen einer Bagatelle.

Zeig ihm den Stein und sorg dafür, daß er bald wieder verschwindet.

»Er ist im Schuppen«, sagte er langsam. Dann drehte er sich um und ging voraus.

Weil Hattersley seinen Willen durchgesetzt hatte, strahlte er wieder übers ganze Gesicht. Er tätschelte das Hinterteil des Mädchens, während sie um das Haus herumgingen. »Hat dieses Haus selbst entworfen«, hörte Lennox ihn sagen. »Und dann mit eigenen Händen gebaut. Großartig, findest du nicht auch?«

»Sie haben dieses Haus selbst gebaut?« fragte sie laut. Er nickte. Sie warf ihm einen bewundernden Blick zu. »Auch die Schreinerarbeiten, alles?«

»Ganz richtig«, murmelte er vor sich hin. Er beschleunigte seinen Schritt, so daß sie Mühe hatten, mit ihm Schritt zu halten.

Im kühlen Schuppen zog er das Tuch vom Stein und trat zurück. Hattersley und Lilah traten einen Schritt näher und betrachteten ihn von allen Seiten. Es dauerte eine Weile, bis Hattersley sagte: »Gut. Sehr gut.«

»Ich glaube nicht, daß du dir um deine fünftausend Dollar Sorgen machen mußt«, bemerkte das Mädchen schließlich.

»Das glaub' ich auch nicht«, stimmte Hattersley zu. Der Geiz stand ihm ins Gesicht geschrieben. »Ausgezeichnete Arbeit.«

»Ja«, sagte sie nickend, »ganz ausgezeichnet.«

»Der Stein wird in die Wand eingelassen, direkt über dem Kamin.« Hattersley fuchtelte mit seinen fetten Händen in der Luft herum. »Daneben ist ein kleines Fenster, durch das gerade genug Licht hereinfällt, um die richtige Stimmung zu erzeugen. Und im Winter, wenn das Feuer im Kamin brennt, kann man sich zurücklehnen und die Skulptur im Feuerschein genießen. Es wird großartig werden. Einfach großartig.«

Die Blonde hörte gar nicht mehr zu. Sie hatte sich zu Lennox umgedreht und sah ihn wieder ungeniert an. Obwohl sie ihn mit unbefangenem Blick ansah, fühlte er sich unwohl. Ihre Augen wanderten von dem hageren Gesicht mit dem Schnurrbart zu seinen kräftigen, sehnigen Armen, die vor der Brust verschränkt waren, dann weiter zu seinen breiten Schultern und hinunter zu der schmalen, narbenbedeckten Taille, dann weiter hinab, zwischen seine Schenkel, und hinunter zu seinen langen, muskulösen Beinen in den verwaschenen Jeans. Jetzt lächelte sie ihn direkt an.

Lennox erwiderte ihr Lächeln nicht. Er fragte sich, wie jemand im Sommer in Arizona eine so weiße Haut haben konnte. Sie ging höchstwahrscheinlich so gut wie nie nach draußen.

»Schau dir das bloß an«, rief Hattersley mit einer weitschweifenden Handbewegung auf alle möglichen angefangenen Arbeiten aus. »Dieser Junge ist begabt, wirklich begabt. Ich bin wohl einer Ihrer besten Kunden, Joel, oder?«

»Sie haben mir schon etliche Aufträge erteilt«, gab Joel leise zu.

»Das will ich meinen. Und ich hab' auch immer einen stolzen Preis bezahlt.« Hattersley lachte leise in sich hinein. Er nahm Lilahs Arm und zog sie durch die Werkstatt, seine gierigen Blicke drangen auch in den hintersten Winkel. »Schau dir diese Nackte an. Und hier den Pferdekopf. Großartig! Verkaufen Sie das?«

»Nein, das ist nicht zu verkaufen.«

»Möcht' bloß wissen, warum Sie nicht in der Stadt eine Galerie aufmachen, mein Junge. Sie könnten ein Vermögen machen, vorausgesetzt natürlich, Sie brächten es über sich, ein Hemd anzuziehen, wenn Sie im Laden stehen.«

»Vielleicht ginge der Laden besser, wenn er kein Hemd anhätte«, murmelte die Blonde.

»Dieses Ding dort drüben, das Tier oder was immer es sein soll, hat das irgendwas mit den Navahos zu tun?«

Joel nickte.

»Verkaufen Sie's?«

»Nein.«

»Verdammt noch mal. Es gefällt mir. Ich biete Ihnen einen guten Preis.«

Wieder hatte er Mühe zu sprechen. »Es ist nicht zu verkaufen.«

Die Blonde zog Hattersley am Arm. »Vielleicht mag Mr. Lennox es nicht, wenn wir einfach durch seine Werkstatt spazieren, Keith. Du hast deinen Stein ja gesehen. Vielleicht sollten wir nicht länger stören.«

»Ach, ich wußte gar nicht, daß wir stören?« verkündete Hattersley. »Aber ja, man muß ja nur sein Gesicht ansehen. Er will, daß wir gehen. Immer wenn er so ein Gesicht macht, könnte man fast Angst kriegen, findest du nicht auch?«

»Ja, du hast recht«, sagte Lilah mit einem Blick auf Lennox. »In seinem Gesicht liegt etwas Grausames. Ich frage mich, ob er tatsächlich grausam ist.«

»Stammen diese Narben aus Vietnam?« fragte Lilah.

»Du hast einen echten Helden vor dir«, erklärte Hattersley. »Hat eine ganze Reihe von denen ins Jenseits befördert, so um die zwanzig, wenn ich richtig informiert bin?«

»Das sind also Kriegsverletzungen.« Sie streckte die Hand aus und legte einen Finger auf die sternenförmige Narbe direkt unterhalb der Rippen. Sein Körper zuckte zusammen wie ein nervöses Pferd. »Das muß weh getan haben.«

»Hat eine ganze Schachtel voll Medaillen«, erklärte Hattersley. »Amerika hätte ihm wirklich einen Heldenempfang bereiten sollen. Statt dessen haben ihn die Leute angespuckt. Stimmt's nicht, Joel?«

Lennox spürte, wie das Blut in seinen Schläfen pochte. Sein Blick trübte sich, vor seinen Augen wurde alles rot. Sie mußten gehen, *jetzt*, bevor er ausflippte. Er riß sich zusammen und deckte den Stein wieder zu, dann machte er ihnen die Tür auf.

Die Blonde streifte ihn im Vorbeigehen. Er wußte, daß sie es absichtlich getan hatte. Er spürte, wie sich ihre weiche Brust an seinen Arm drückte.

Wieder zuckte er unwillkürlich zusammen. Er schloß die Tür ab und begleitete sie zum Auto.

»So wie's aussieht, werden Sie uns wohl kaum etwas zu trinken anbieten«, sagte Hattersley in spöttischem Ton.

»Ein andermal, wenn ich nicht arbeite«, erwiderte Lennox mit erstickter Stimme.

Die Blonde sah sich neugierig um – die felsigen Hügel, die Kakteen, das niedrige Haus. »Sie haben ein wunderschönes Haus, Mr. Lennox«, sagte sie. »Ein wunderbares Zuhause – und eine wunderbare Begabung.«

Wortlos sah er sie an. Ihr Gesicht verschwamm vor seinen Augen.

»Komm jetzt, Liebling«, rief Hattersley. Er setzte sich in den Cadillac und ließ den Motor an.

Lilah rührte sich nicht von der Stelle. Ihre blauen Augen waren auf sein Gesicht geheftet. »Ich würde Sie gerne einmal besuchen«, sagte sie mit ihrer Kleinmädchenstimme, »wenn Sie besser gelaunt sind. Darf ich?«

Unfähig zu antworten, wandte er den Kopf ab.

»Für mich sind Sie etwas Besonderes.« Sie betrachtete wieder seinen muskulösen Körper. Er sah, wie sich ihre Pupillen weiteten und wieder verengten. »Er ist nichts Besonderes«, sagte sie leise. »Er freut sich einfach seines Lebens. Er mag Sie, und deshalb dürfen Sie ihm nicht böse sein.« Er überging ihre ausgestreckte Hand. Immer noch lächelnd drehte sie sich um und spazierte zum Auto.

Eine riesige Staubwolke hüllte das Auto ein, als Hattersley den Wagen zurücksetzte. Dann fuhr er mit lautem Hupen davon. Lennox sah noch das Gesicht des Mädchens, das ihm durch das Rückfenster zugewandt war.

Als das Auto weit genug weg war, ging er zurück ins Haus. Er ließ den Blick durch den spärlich eingerichteten Raum schweifen. Er war noch voller Zorn und zitterte am ganzen Körper.

Plötzlich drang ein Surren an sein Ohr, vielleicht eine Fliege, vielleicht aber auch nur ein fernes Geräusch. Er zuckte erschrocken zusammen.

Es war Zeit für die nächste Mahlzeit des Mädchens.

Er mußte sich zusammenreißen und sich beruhigen.

Sie schlief so fest, daß sie sich nicht einmal rührte, als er die Tür der Zelle aufmachte und das Tablett abstellte. Er musterte sie. Wie sie so dalag, auf dem Rücken, mit dem Gesicht zur Wand, sah sie aus wie ein Kind.

Er legte den Kopf zur Seite, um sie noch eingehender zu betrachten. Sie hatte sich offensichtlich gewaschen, denn sie roch sehr viel besser als vorher. Sie war nur mit Unterhose und T-Shirt bekleidet. Ihre nackten Beine waren spindeldürr. Ihre ausgestreckten Arme waren mit der Kette an den Bettpfosten befestigt.

Sind wir nicht beide Gefangene? ging es ihm durch den Kopf.

Sein Blick fiel auf ihre nackten Oberschenkel. Plötzlich runzelte er die Stirn und beugte sich hinunter.

Eden regte sich und schlug die Augen auf. Er streckte die Hand aus und packte ihren Oberschenkel.

»Was zum Teufel ist das?« schrie er.

Geschwind rollte sie sich zur Seite, griff nach dem Bettlaken und zog es über ihren Körper. Er griff ebenfalls danach und zerrte daran. Der billige Baumwollstoff riß entzwei. Sie wich zurück, zog die Beine an und schlang die Arme um die Knie, so daß er sie nicht sehen konnte. Er packte sie. Sie versuchte, sich zu wehren, aber sie war viel zu schwach. Ohne große Mühe zog er ihre Hände von den Schenkeln.

»Was zum Teufel ist das?« wiederholte er.

Mit einer Hand hielt er sie fest, mit der anderen fuhr er an den Narben an ihren Knöcheln, in den Kniekehlen und auf ihren Schenkeln entlang. Und dann fiel es ihm wie Schuppen von den Augen.

»Einstichstellen«, flüsterte er. »Das sind Einstichstellen, stimmt's?«

Sie gab keine Antwort. Als er sie losließ, zog sie das Laken wieder über ihre Beine hoch.

Benommen richtete er sich auf. »Sie waren gar nicht krank«, sagte er schließlich. »Sie sind süchtig.«

»Nein«, preßte sie hervor.

»Doch. Sie sind auf Entzug, auf Turkey. Deshalb geht es Ihnen auch so schlecht.«

Sie schüttelte den Kopf, aber in ihren grünen Augen lagen Eingeständnis und Angst.

»Warum zum Teufel noch mal haben Sie mir nichts davon gesagt?« Er hörte sich selbst schreien. »Luder!« Er schlug ihr ins Gesicht, daß ihr Kopf auf die Seite flog. Blut rann aus ihrem Mund. »Ich habe gedacht, Sie lägen im Sterben.«

»Ich sterbe auch!«

»Unsinn«, schrie er. »Am Entzug ist noch niemand gestorben.«

»Was wissen Sie denn schon davon?« rief sie unter Tränen. »Ich brauche einen Arzt. Ich brauche Hilfe!«

Wieder streckte er die Hand aus und griff nach ihren Beinen. Voller Angst schlang sie die Hände um den Körper. Er beugte sich vor und musterte ihre Beine.

Er strich mit den Fingern über die blutunterlaufenen Schwielen. »Wie lang sind Sie schon auf der Nadel?« wollte er wissen. »Fünf Jahre?«

»Ein Jahr«, preßte sie hervor, während sie versuchte, sich mit ihren dünnen Armen zu schützen.

»Sie lügen.« Sie zuckte zusammen, als fürchte sie einen weiteren Schlag. »Kein Mensch kann sich in einem Jahr so zurichten. Haben Sie sich vielleicht jedesmal ein Dutzend Spritzen hineingejagt?«

»Lassen Sie mich allein«, brachte sie zitternd hervor. Sie streckte die Hände abwehrend vor ihren Schoß. »Lassen Sie mich in Ruhe!«

Er verstand sofort. »Glauben Sie vielleicht, ich will Sie vergewaltigen?« fragte er ungläubig. »Nicht einmal mit Handschuhen würde ich Sie anrühren.« Seine Stimme zitterte. »Sie ekeln mich an. Schauen Sie sich doch an. Sie sehen aus wie ein zusammengeschrumpfter kleiner Frosch.«

In diesem Augenblick brach alles aus ihr heraus. Sie stemmte sich auf die Arme und schrie ihn an, verfluchte ihn und stieß Verwünschungen aus, die ihn wieder zur Besinnung brachten.

»Woher nehmen Sie das Recht, über mich zu richten?« schrie sie. »Sie sind derjenige, der krank ist. Sie sind nicht ganz richtig im Kopf, wenn Sie mich fragen, denn Sie würden mich niemals hier festhalten, wenn Sie nicht verrückt wären!«

»Halten Sie den Mund!«

»Zum Teufel mit Ihnen!« Wie ein kleines, wildes Tier fletschte sie die Zähne und riß die Augen weit auf. »Sie sind verrückt«, schrie sie. »Sie sind krank, das sieht doch jeder. Sie sind verrückt!«

Er packte sie. Sie krallte instinktiv nach seinem Gesicht, wollte ihm hinter den schwarzen Löchern mit den Nägeln die Augen auskratzen. Ihre Finger bekamen den Stoff zu fassen, und sie spürte, wie er zerriß.

Und dann riß sie ihm mit einem Ruck die Kapuze vom Kopf und blickte in sein Gesicht.

Sie sah das hagere Gesicht, den dunklen Schnurrbart und die hochstehenden Backenknochen, das dunkle, gelockte Haar und die schwarzen Augen, aus denen ihr der Zorn entgegenloderte.

Da war er wieder, der Tag im Laurel Canyon. Da war er wieder, der Mann, der sie vom Pferd gezerrt hatte.

Zu Tode erschrocken, wich sie zurück. »O mein Gott«, flüsterte sie. *»Sie!«*

Sein Gesicht war wutverzerrt. Er packte sie an den Haaren und riß ihren Kopf zur Seite. Voller Verzweiflung klammerte sie sich an die Eisenstäbe des Bettes. Mit brutaler Gewalt drückte er ihr Gesicht aufs Bett. Er atmete schwer, und in dem Moment wußte sie, daß sie dem Tod ins Auge blickte.

»Ich schwöre Ihnen, ich hab' es nicht mit Absicht getan«, rief sie verzweifelt. »Ich schwöre Ihnen, ich werde Sie nicht verraten!«

Es verging scheinbar eine Ewigkeit, bevor er sie wieder losließ.

»Ich werde nichts sagen«, flüsterte sie mit gesenktem Kopf und fest zusammengepreßten Augen. »Niemand wird erfahren, daß ich Ihr Gesicht gesehen habe, niemand, ich schwöre es. Ich sage kein Wort!«

Sie hörte, wie die Tür krachend zuflog.

11. HERZ JESU

BARCELONA – MÄRZ 1938

Der Anblick der Kinder ist schlimmer als alles andere.

Mercedes hat seit Monaten keine einzige Träne mehr vergossen. Sie stumpft immer mehr ab.

Aber als sie jetzt, nach sechzehn Luftangriffen in zwei Tagen, die Kinder anschaut, weint sie bitterlich.

Manchmal kann sie den Anblick ihrer Wunden nicht ertragen und hält sich die Ohren zu, wenn sie während der Behandlung schreien und weinen. Manchmal sind sie von einer stoischen Ruhe und schauen die Ärzte nur schweigend und mit großen Augen an.

Oft werden sie nackt und äußerlich unverletzt ins Sagrado Corazón Hospital gebracht. So klein, so unschuldig, so leblos werden sie aus den eingestürzten Mauern geborgen.

Nur durch einen schrecklichen Irrtum können diese Körper so zugerichtet sein; während die Frauen in ihrer Verzweiflung auf den Knien liegen, wie Tiere schreien und in vergeblichem Gebet die Hände ringen.

Mercedes hört gar nicht mehr auf zu schluchzen, aber niemand versucht, sie zu beruhigen. Die anderen fühlen mit ihr; auch sie weinen.

Das systematische Bombardement der Stadt hat allen die letzte Kraft abgefordert. Sie ist so müde. Es gibt zu viele Menschen, die Hilfe brauchen.

Frauen mit Säuglingen und Kindern auf dem Arm stehen stundenlang Schlange um ein Stückchen Brot. Die meisten sind froh, wenn sie Hunde- oder Rattenfleisch ergattern können. Auf der Ramblas sitzen Männer, die den schmutzigen Tabak verkaufen, den sie aus weggeworfenen Zigarettenkippen gesammelt haben.

Wie hat die Republik überhaupt so lange durchhalten können?

Franco ist in diesem Jahr besser ausgerüstet als je zuvor. Er besitzt die besseren Waffen, ist besser organisiert und verfügt über mehr Geld. Sein Sieg wird nicht mehr lange auf sich warten lassen.

Noch vor Ende des Monats werden die Nationalisten mitten durch Aragon und somit mitten durch die republikanischen Truppen marschieren. Bald wird es nur noch zwei große Städte geben, nämlich Madrid und Barcelona, die, von Flüchtlingen überschwemmt und von jeglicher Versorgung abgeschnitten, dem Feind widerstehen. Doch auch sie werden fallen.

Inzwischen dröhnen Mussolinis Bomber über der Stadt.

Das ferne Dröhnen, das bis in den hintersten Winkel des Kellers hinein zu spüren war, hörte sich an wie ein unregelmäßiger Herzschlag. Mercedes hob den Kopf und sah in die Augen eines Soldaten. Die Augen waren von einem tiefen, klaren Grün und starrten sie mit einer Direktheit an, die sie verlegen machte.

Sie wandte den Blick ab. Vierzig Menschen drängten sich in dem Keller zusammen; viele davon waren Fremde, die auf der Suche nach einer Zuflucht hier gelandet waren. Bei den anderen handelte es sich um Nachbarn, von denen viele zu dieser Tageszeit noch in den Morgenmänteln waren. Die Gesichter wirkten müde und erschöpft. Niemand sprach.

Sie spürte, daß die grünen Augen immer noch auf ihr ruhten; fast gegen ihren Willen wanderte ihr Blick zurück zu dem Mann. Er sah gut aus. Dunkle Brauen, hochstehende Backenknochen und ein nach vorne gerecktes Kinn verliehen ihm eine animalische Anmut. Er trug einen dichten, kurzgeschnittenen Schnurrbart über einem breiten Mund, der sie jetzt freundlich anlächelte und dabei die weißen Zähne entblößte. Sie sah das Sternenbanner an seiner Jacke. Ein amerikanischer Freiwilliger also.

Sie wandte den Kopf ab, ohne sein Lächeln zu erwidern.

»Seit zwei Tagen kommen sie alle drei Stunden«, erklärte eine alte Frau mit zittriger Stimme. »Vielleicht ist das jetzt das letzte Mal.«

»Wie kommen Sie denn darauf?« fragte ein alter Mann trocken. »Die kommen so lange, bis uns jemand zu Hilfe kommt.«

»Ich glaub' eher, bis sie keine Bomben mehr haben«, warf ein anderer ein.

Irgendwo erfolgte jetzt eine ungewöhnlich laute Explosion. Eine Frau schrie. Staub rieselte von der Decke herab.

Mercedes sah nach oben, sie hatte irgendein Geräusch in der Eingangshalle gehört und horchte.

Jetzt hörte sie es wieder. Ein dünnes Stimmchen, das irgend etwas rief. Die Stimme eines Kindes.

»In der Eingangshalle ist ein Kind«, rief sie.

Alle sahen nach oben. »Ich höre nichts«, sagte der Hausmeister.

»Da oben ist ein Kind«, wiederholte sie.

»Sie hören Gespenster.«

»Nein, ich habe ein Kind gehört!« Mercedes hockte mit dem Rücken an der Wand neben dem Boiler. Jetzt stand sie auf und bahnte sich einen Weg durch den überfüllten Keller zur Tür.

Der amerikanische Soldat sprach sie in gebrochenem Spanisch an. »Wo zum Teufel wollen Sie hin?«

»Ich will das Kind herunterholen.«

»Sie können aber nicht nach oben gehen.« Er packte sie am Arm. »Die Bomber sind fast direkt über uns.«

Sie riß sich los und lief geschwind die Treppe hinauf. Das Treppenhaus des Gebäudes war dunkel und leer. Keine Spur von einem Kind. Vielleicht hatte sie sich die Stimme tatsächlich nur eingebildet.

Die Explosionen wurden noch lauter. Mercedes spürte, wie der Fußboden vibrierte, als schritte ein Riese mit bleiernen Füßen über die Stadt. Sie dachte an die blutgetränkten Bündel im Hospital.

Als sie auf die Straße hinaustrat, lag sie verlassen vor ihr. Die Menschen waren aus ihren Autos geflohen, manche hatten nicht einmal die Tür zugemacht. Die Straße wurde von Linden gesäumt, die jetzt im ersten zarten Grün standen. Doch es war kalt und windig.

Jetzt fiel ihr Blick auf die kleine Gestalt, die etwa hundert Meter von ihr entfernt, Seilhüpfen machte. Sie hüpfte und hopste vollkommen unbekümmert vor sich hin.

Wer konnte sie hier draußen vergessen haben? Wo waren ihre Eltern? Versteckten sie sich? Oder waren sie vielleicht tot?

Mercedes stieß einen Fluch aus und rannte auf das Mädchen zu. Es hüpfte etwas ungeschickt, zunächst auf einem Bein, dann auf dem anderen, das Seil flog dabei jedesmal über ihren Kopf mit dem Pferdeschwanz. Sie sang laut vor sich hin.

»Kleine!« rief Mercedes ihr zu, während sie noch rannte. »Komm! Komm her!«

Als das Mädchen sie endlich hörte, hielt es inne und drehte sich um. Seine Augen weiteten sich vor Schreck, als es Mercedes auf sich zukommen sah.

»Hierher!« rief Mercedes. »Hierher!«

In dem Moment erfolgte wieder eine schwere Explosion, die den Asphalt unter ihren Füßen erschütterte und Mercedes zu Boden warf. Aus einigen Häusern stieg Rauch auf. Plötzlich fing das Kind an zu rennen.

»Verdammt!«

Mercedes rappelte sich auf und rannte hinterher. Sie hatte den Vorteil der längeren Beine, aber das Kind schien mit dem Wind zu fliegen. Es bog um eine Ecke, und weg war es.

Mit keuchendem Atem und klopfendem Herzen erreichte Mercedes die Ecke.

Als sie den Blick umherschweifen ließ, sah sie plötzlich oben über den Hausdächern eine Gruppe dunkler Flieger.

Eine zweite Gruppe folgte ihnen. Die Szene war gespenstisch.

Verzweifelt suchte sie mit den Augen die Straße ab. Dann sah sie das Kind, Gott sei Dank. Das Mädchen kauerte, nur wenige Meter vor ihr, neben einem Baum. Mercedes rannte auf das Kind zu. Als sie vor ihm stand, sah sie ein weißes, leeres Gesicht, schrägstehende Augen und verschwommene mongoloide Züge. Ein behindertes Kind also, deshalb kümmerte sich niemand darum. Geschwind hob sie den kleinen Körper hoch und lief zurück.

Das Kind war unglaublich schwer. Es hatte die Arme um Mercedes' Hals geschlungen, seine Beine baumelten um ihre Hüften. Obwohl Mercedes kaum noch Luft bekam, wagte sie nicht, anzuhalten.

Das Ende schien ihr plötzlich ganz nah. Sie glaubte zu ersticken, aber sie rannte weiter.

Jetzt zuckte ein greller gelber Blitz auf, und eine Hitzewelle schwappte über sie. Der Druck legte sich unendlich langsam wie ein schweres Gewicht auf ihre Brust und warf sie zu Boden.

Mit taubem Rücken lag sie auf dem Gehsteig und wunderte sich, daß sie nicht tot war. Um sie herum lag alles in Trümmern; Schutt und Asche regneten auf sie herunter. Sie versuchte, ihr Gesicht mit den Händen zu schützen. In ihren Ohren dröhnte es, aber in ihrem Kopf war es ganz still.

Durch die schwarzen Rauchschwaden hindurch sah sie das Kind. Sie schleppte sich vorwärts. Das Kind lebte und schrie, seine Knie und Hände waren blutverschmiert.

Mercedes nahm das Kind wieder hoch und stolperte weiter. Plötzlich schien der Keller unendlich weit weg. Ihr Rücken schmerzte, ihr Kopf blutete.

Sie dachte an den Tag in der Schmiede, an eine Münze, die sich in ihre Hand gebrannt hatte, an den Schmerz, der wie ein grelles rotes Licht in ihr Fleisch eingedrungen war. Das Kind war so furchtbar schwer. Nur unter Aufbietung aller Kräfte gelang es ihr, gegen das unwirkliche Gefühl anzukämpfen, das durch den Schock ausgelöst worden war.

Dann sah sie, daß jemand schreiend auf sie zugerannt kam. Es war der amerikanische Freiwillige. Sie konnte nicht verstehen, was er sagte, aber sie war froh, ihn zu sehen.

Er nahm ihr das Kind ab und zog sie die Straße hinunter auf das hohe Gebäude zu. Mit allerletzter Kraft stolperte und schwankte sie an seiner Seite mit.

Endlich erreichten sie das Haus. Mercedes fühlte sich schwindlig, und ihr war schlecht; am liebsten hätte sie sich übergeben. Sie spürte, wie der Amerikaner sie an ihrem Haar packte und sie kräftig schüttelte.

»Sie Wahnsinnige!« schrie er, als er sie die Treppe hinunterzerrte. »Sie verrücktes Weibsstück! Sie verrücktes Huhn!«

Sie versuchte, sich zu wehren. Er stieß laute Flüche aus, bis ihm die Luft ausging und sie die letzten Stufen in den Keller hinuntertorkelten.

Als die anderen ihre staubbedeckten und blutverschmierten Gesichter sahen, schrien sie auf. Irgend jemand nahm das Kind, dessen Augen vor Schreck ganz glasig waren, das aber nur Schürfwunden an Händen und Knien davongetragen hatte.

»Sie sind direkt über uns«, keuchte der Amerikaner. »Einen Block nicht weit von hier hat es direkt erwischt.«

»Welchen?«

»Den hohen, ganz in der Nähe des Platzes.«

»Gott sei Dank. Die Bewohner sind vergangene Nacht evakuiert worden.«

Der Boden unter ihren Füßen bebte und zitterte durch die Erschütterungen der Detonationen.

Der Amerikaner und Mercedes sanken neben dem Boiler zu Boden. Als er seinen Arm um ihre Schultern legte, stieß sie ihn wütend von sich.

Noch nie war sie dem Tod so nahe gewesen wie eben auf der Straße. Aber trotzdem konnte sie an nichts anderes denken als an die Münze und daran, daß sie an dem Tag erfahren hatte, daß ihr Vater gar nicht ihr Vater war.

Sie berührte vorsichtig die Wunde an ihrem Kopf; das Blut war bereits angetrocknet. Ihr Haar war mit einer dicken Staubschicht bedeckt. In ihrem Kopf hämmerte und dröhnte es.

Das Kind fing wieder an zu schreien; es schrie nach seiner Mutter. Wieder spürten sie die schweren Schritte des Riesen. Jedesmal wenn er einen Fuß aufsetzte, wurde ein Gebäude zermalmt, eine Straße aufgerissen. Falls er zu nahe kommen sollte, würde auch ihr Gebäude zusammenkrachen und ihr Keller zum Massengrab werden. Eine Frau nahm das Kind auf den Arm und redete ihm gut zu, aber es wollte und wollte nicht aufhören zu weinen.

Nach dem Luftangriff drängten sich die Menschen auf die Straße. Sie beklagten die Zerstörung, und der beißende Geruch der Bomben trieb ihnen die Tränen in die Augen. Trotzdem spürte Mercedes auch diesmal die erleichterte Stimmung, die sich nach jedem Angriff ausbreitete. Sie hatten den Angriff überlebt; kein einziger war umgekommen.

Mercedes fühlte sich mit einemmal todmüde und einer Ohnmacht nahe. Als sie sich umwandte, um wieder hineinzugehen, spürte sie eine Hand auf ihrer Schulter. Der amerikanische Soldat war neben sie getreten.

»Es tut mir leid, daß ich Sie so beschimpft habe«, sagte er in seinem gebrochenen Spanisch. Noch bevor sie irgend etwas erwidern konnte, hatte er sie auf die Wange geküßt. Sein Schnurrbart kitzelte.

Im hellen Licht und im Gegensatz zu seiner braunen Haut und seinem schwarzen Haar kamen ihr seine Augen noch grüner vor als zuvor. Sie fuhr sich mit einer auffallenden Geste über die Wange. »Sie hätten mir fast die Haare ausgerissen«, sagte sie schließlich verärgert.

»Dafür möchte ich mich ebenfalls entschuldigen«, sagte er. »Es tut mir wirklich sehr leid, das dürfen Sie mir glauben.« Er streckte ihr die Hände entgegen. »Die Wunde an Ihrem Kopf sieht böse aus. Ich würde sie mir gern mal ansehen.«

Sie wehrte seine Hände ab. »Es ist nichts«, entgegnete sie heftig.

»Es sieht übel aus«, sagte er mit besorgter Stimme. »Vielleicht haben Sie eine Gehirnerschütterung.«

»Damit werde ich schon fertig.«

»Sie sollten die Wunde wenigstens auswaschen.«

»Das werde ich, keine Sorge.«

Der Amerikaner lachte leise. Er hatte die weißen Zähne eines Tigers. Ihre Augen funkelten zornig. »Was gibt es da zu lachen?«

»Ich lache über mich selbst, wenn ich daran denke, wie ich herumgerannt bin und nach Ihnen gesucht habe, obwohl die ganze italienische Luftwaffe über uns war.«

Ganz unwillkürlich entspannte sie sich ein wenig. »Also, dann danke ich Ihnen, daß Sie mir geholfen haben«, brachte sie schließlich widerwillig hervor.

»Sind Sie auch wirklich okay?« wollte er wissen.

Sie nickte, und ohne ein weiteres Wort ließ sie ihn mitten auf der Straße stehen.

Ihre Wohnung befand sich im fünften Stock. Nach einem Luftangriff wagte niemand, den Aufzug zu benutzen. Es war ein langer Weg bis nach oben.

Die Wohnung war nicht groß, aber man sah selbst jetzt noch etwas von ihrem einstigen Glanz. Die ehemaligen Bewohner waren, wie viele andere wohlhabende Familien der Gegend, bereits zu Beginn des Krieges nach Frankreich geflüchtet. Das Zentralkomitee hatte das ganze Gebäude beschlagnahmt. Mercedes hatte die Wohnung ursprünglich mit zwei anderen Krankenschwestern geteilt, aber weil zu dieser Zeit niemand sehr lange blieb, bewohnte sie die Wohnung mit dem marmorgekachelten

Badezimmer, den glänzenden Parkettböden und den Kristalleuchtern derzeit ganz allein.

Mit Ausnahme des großen Himmelbettes waren fast alle Möbel weggeschafft worden. Das Bett war offensichtlich zu schwer gewesen, und deshalb hatte man es hiergelassen. Jetzt standen nur einige reichverzierte eiserne Balkonstühle in der Wohnung und in den kleinen Nischen verschiedene Frauenbüsten aus weißem Marmor.

Darüber hinaus war die Wohnung leer. Dank des Hausmeisters hatten die Bewohner stets reichlich warmes Wasser zur Verfügung, ein unerhörter Luxus in Kriegszeiten.

Mercedes betrachtete die Wunde im Spiegel und fand, daß sie nicht genäht werden mußte. Nach sorgfältiger Reinigung nahm sie zwei Aspirin gegen die Kopfschmerzen. Ihr Rücken würde infolge des Sturzes mit Sicherheit bald grün und blau sein. Der Amerikaner hatte wohl recht gehabt. Es war verrückt gewesen, während eines Luftangriffs auf die Straße hinauszurennen. Sie wußte, wozu Heldenmut führen konnte. Wahrscheinlich hatten die Müdigkeit und die Erinnerung an die vielen toten Kinder ihren gesunden Menschenverstand außer Kraft gesetzt.

Bald mußte sie zum Sagrado Corazón Hospital laufen. Öffentliche Verkehrsmittel gab es schon lange nicht mehr. Frühstück gab es auch nicht. Sie war kaum in der Lage, einen klaren Gedanken zu fassen. Nachdem sie sich gewaschen hatte, ging sie wieder nach unten.

Als sie aus dem Haus trat, sah sie, daß der Amerikaner inmitten einer Gruppe von gestikulierenden Männern stand. Zu ihrem Ärger kam er ihr entgegen, als er sie sah.

»Da sind Sie ja wieder«, begrüßte er sie. Sie erwiderte den Gruß mit einem kurzen Nicken. Weil er sich ihr in den Weg stellte, war sie gezwungen, stehenzubleiben. »Ich heiße Sean O'Keefe. Man nennt mich auch Juan. Das ist dasselbe. Ich bin bei den Internationalen Brigaden«, erklärte er ihr. »Ich komme gerade aus Aragon zurück. Ich wollte alte Freunde besuchen, aber sie sind nicht mehr da. Niemand weiß, wo sie sind. Im Moment weiß ich nicht, wo ich heute übernachten soll.«

»Ich empfehle Ihnen den Bahnhof. Dort bekommen Sie einen Schlafplatz auf dem Boden und eine Decke.«

»Das ist ein schrecklicher Vorschlag. Sie wohnen in diesem Haus hier, habe ich recht?«

»Ja.«

»Vielleicht hat Ihre Familie ein Zimmer übrig, das ich ein oder zwei Wochen mieten kann?«

»Nein.«

»Ach, das ist aber schade. Aber fragen kostet ja nichts…«

»Ich wohne allein«, sagte sie kurz.

»Keine Familie?«

»Nicht hier.«

Die Überraschung stand ihm ins Gesicht geschrieben. »Sie sind ganz allein in Barcelona, und das in Kriegszeiten? Das ist aber gefährlich. Wie alt sind Sie? Zwanzig?«

»Älter.«

Er schüttelte den Kopf. »Viel älter bestimmt nicht. Sie brauchen jemanden, der sich um sie kümmert.«

»Ich muß gehen«, erklärte sie. »Leben Sie wohl.«

Er ging einfach neben ihr her. »Wo gehen Sie hin, *guapa*?«

»Ich bin nicht Ihre *guapa*«, sagte sie kalt.

»Dann verraten Sie mir Ihren Namen.«

»Mercedes Eduard«, sagte sie nach kurzem Zögern.

»Und wohin gehen Sie, Mercedes Eduard?«

»Ins Sagrado Corazón Hospital.«

»Sind Sie Krankenschwester?«

»Ja.«

»Nicht schlecht.« Ohne zu fragen nahm er ihren Arm. Die Geste war selbst unter Fremden nichts Ungewöhnliches in diesen Tagen, aber seine Berührung hatte etwas Besitzergreifendes an sich, das ihr widerstrebte. Sie wand sich aus seinem Griff. »Sollten Sie versuchen, mit mir anzubandeln, dann verschwenden Sie nur Ihre Zeit.«

Als er jetzt lächelte, sah sie die Lachfalten um Augen und Mund. »Glauben Sie vielleicht, daß ich den ganzen weiten Weg von Virginia nur deshalb zurückgelegt habe, um mit einem kleinen, dünnen spanischen Mädchen anzubandeln?«

»Ich bin keine Spanierin, sondern Katalanierin«, erklärte sie. Und nach kurzem Nachdenken fügte sie hinzu: »Und dünn bin ich auch nicht.«

»Doch, das sind Sie.«

Sie sahen einander an. Er war groß und stark. Sie bemerkte seinen kräftigen Nacken und seine breiten Schultern sowie die muskulöse Hand, mit der er den Gewehrriemen festhielt.

Im Vergleich zu ihm nahm sie sich ohne Zweifel schmächtig aus. Zwei Jahre Krieg hatten jedes überflüssige Gramm Fett aufgezehrt. Ihr Gesicht hatte die weichen Rundungen verloren, aber sie war immer noch wunderschön.

Sie war erfahren genug, um seinen Blick richtig zu deuten.

»Was für eine alberne Unterhaltung«, sagte sie schließlich. »Ich muß jetzt wirklich ins Hospital.«

»Ich habe den gleichen Weg, ich will zur Lenin-Kaserne. Also kann ich Sie doch ein Stück begleiten.«

Sie ging schneller, aber er blieb an ihrer Seite.

An der Ecke bogen sie rechts ab in Richtung Altstadt. Sie begegneten nur wenigen motorisierten Fahrzeugen. Nur ein Feuerwehrfahrzeug im Einsatz kam ihnen entgegen.

Barcelona lag am Boden, in Schutt und Asche, seine Bewohner waren müde und hungrig.

Die Bomben hatten ungeheure Zerstörungen angerichtet, was Mercedes mit Entsetzen und Schmerz erfüllte!

»Sie verwenden den neuen Bombentyp«, bemerkte er sachlich. »Die mit dem besonderen Zündmechanismus. Sie dringen durch das Dach und mehrere Stockwerke, bevor sie detonieren. Auf diese Weise wird das ganze Gebäude in die Luft gesprengt. Sehr wirksam.«

»Ja«, stimmte sie mit bitterer Stimme zu, »wirklich.«

»Was Sie getan haben, Mercedes, ich meine, daß Sie das Kind gerettet haben, war wirklich mit das Verrückteste, was ich je gesehen habe.«

»Sie waren verrückt genug, mir zu folgen«, erwiderte sie kurz angebunden.

»Ja, ich weiß, aber das Eingesperrtsein im Keller geht ganz schön an die Nerven. Ich habe Sie verflucht und Sie alles mögliche geheißen, ich weiß. Als die große Bombe niedergegangen ist, da hab' ich geglaubt, das wäre das Ende der Welt. Ich war sicher, daß die nächste direkt auf mich fallen würde. Als ich Sie dann endlich gefunden hatte, war ich nicht gerade in der besten Stimmung.«

»Sie haben mich Luder und verrücktes Weibsstück genannt.«
»Außerdem war das Kind nicht ganz richtig im Kopf. Eine Irre.«
»Das spielt keine Rolle.«
»Meiner Meinung nach sind Sie noch ein klein bißchen verrückter als ich. Aber das Kind lebt und ist gesund, also haben Sie richtig gehandelt. Sie haben sehr viel Mut bewiesen.«
Er musterte sie von der Seite. Sie sagte nichts.
»Als Sie aus dem Keller gerannt sind«, fuhr er fort, »wurde mir plötzlich ganz anders. Irgend etwas in Ihren Augen hat es mir schon im ersten Augenblick angetan und mich nicht mehr losgelassen, dieser verzweifelte Ausdruck, so als bedeute Ihnen Ihr Leben gar nichts mehr. Ich wollte nicht, daß Sie sterben.«
Sie waren an einer großen Kreuzung angelangt. Sie deutete nach links. »Wenn Sie geradeaus gehen und dann nach links, kommen Sie zur Kaserne. Leben Sie wohl.«
»Mercedes…«
Aber sie eilte bereits weiter in Richtung Hospital.

Das Sagrado Corazón Hospital war ein kleines Krankenhaus, das von Nonnen geleitet worden war, bis man sie vertrieben hatte. Der neue Name lautete V.I. Lenin-Krankenhaus, aber die Leute gebrauchten lieber den alten. Die Kranken, die im großen Städtischen Krankenhaus nicht mehr untergebracht werden konnten, kamen hierher, wo es Spezialabteilungen für Kinder und Kiefer- und Gesichtschirurgie gab.
Am frühen Abend sah es so aus, als sei der schwere Luftangriff vorbei. In den Gesichtern um sie herum spiegelte sich nichts als Erschöpfung. Wenigstens das Hospital war verschont geblieben.
Sie ertappte sich plötzlich bei dem Gedanken an den amerikanischen Freiwilligen mit den grünen Augen. Warum war er hier? Welchen Grund hatten er und die anderen ausländischen Freiwilligen, ihr Leben aufs Spiel zu setzen für Spanien?
Zehntausend Franzosen. Fünftausend Deutsche. Mehrere Tausend Engländer, Amerikaner, Polen, Italiener, Schweizer, Tschechen und Ungarn.
Sie waren nicht auf Befehl ihrer Regierungen hier, sondern freiwillig.
Sie hatten bisher erschreckend hohe Verluste erlitten, obwohl

sie mit dem Mut und dem Eifer von Kreuzrittern kämpften. Insbesondere die Engländer hatten einen heldenhaften Mut bewiesen, doch drei Viertel waren bereits verwundet oder sogar getötet worden.

Anscheinend hatte nur sie kein Verständnis mehr für solchen Heldenmut.

Andere schienen, im Gegensatz zu ihr, die Hoffnung noch nicht aufgegeben zu haben.

Sie wußte, daß der Krieg verloren war. Die Verbündeten der Republik ließen sie einer nach dem anderen im Stich. Der Nachschub versiegte.

Die Bewegung interessierte sie schon lange nicht mehr; ihr Glaube daran war mit den anderen gestorben. Sie hatte so gut wie keine Freunde, weder männliche noch weibliche. Zwei Jahre nach Matildes Tod war sie immer noch Jungfrau. Seit José-Maria hatte kein Mann mehr versucht, ihr nahezukommen. Sie hatte allein sein wollen, und die Menschen um sie herum hatten diesen Wunsch respektiert.

Hatte der Amerikaner eine Unterkunft für die Nacht gefunden? Sie war ziemlich unfreundlich zu ihm gewesen. Schließlich hatte er sein Leben für sie riskiert.

Nach Beendigung ihrer Schicht machte sie sich hungrig und todmüde auf den Nachhauseweg.

Draußen war es kalt und windig. Sie trug eine Jacke und ein knielanges Baumwollkleid. Der eisige Wind pfiff um ihre nackten Beine. Wegen der Luftangriffe brannten nirgendwo Straßenlichter, nirgendwo sah sie ein erleuchtetes Fenster. Selbst die Autos schlichen mit abgedunkelten gelben Scheinwerfern durch die Straßen. Barcelona war eine Stadt der Finsternis.

SAN LLUC

Es war schon spät in der Nacht, als Francesc nach Hause kam. Conchita hatte auf ihn gewartet, und als sie den Schlüssel im Schloß hörte, eilte sie nach unten, um ihn zu begrüßen. In der leeren Schmiede fielen sie einander in die Arme.

Daran, wie schwer er sich auf sie stützte, spürte sie, wie müde und erschöpft er war. Er arbeitete bis zum Umfallen. Sein Gesicht, das schon immer schmal gewesen war, wirkte jetzt hager, ja fast eingefallen. Die Schädel- und Backenknochen zeichneten sich unter der fahlen Haut ab. Haar und Bart waren vollkommen grau. Selbst die leuchtend blauen Augen schienen blasser geworden zu sein.

»Komm, iß, das wird dir guttun«, sagte sie, als sie das Essen vor ihn auf den Tisch stellte.

»Hast du was von Mercé gehört?« fragte er.

»Sie hat geschrieben«, antwortete sie, »und ein paar Bilder geschickt.«

»Was schreibt sie?«

»Wenn du gegessen hast, kannst du den Brief lesen.« Sie strich ihm mit der Hand eine Haarsträhne aus dem Gesicht. »Du siehst schrecklich müde aus, Francesc«, sagte sie. »Du machst dich kaputt.«

»Tot bin ich aber noch nicht«, brummte er.

»Wie kommt ihr mit der Arbeit voran?«

»Es gibt keine guten Männer mehr, nur noch ungeschickte junge Burschen und schwache Alte.«

Sie bemerkte die neuen Wunden an seinen Händen, die zum Teil böse aussahen, aber sie sagte nichts. Sie wußte, daß er, entgegen seines Auftrags, oft selbst Hand anlegte, denn er verabscheute schlechte Arbeit. Er mühte sich immer noch mit Eisen und Feuer ab, und das trotz seiner Behinderung und seiner zweiundfünfzig Jahre.

Seit sie hier allein war, hatte sie nur noch ihre Arbeit in der Korkfabrik, die seit Beginn des Krieges als Kollektiveigentum von einem Arbeiterrat geleitet wurde. Ihre Gedanken kreisten nur um Francesc und Mercedes. Durch den Krieg war jeder von ihnen gezwungen, ein einsames Leben zu führen.

Nachdem er gegessen hatte, las er den Brief. Er betrachtete die Fotos, die sie geschickt hatte. Das eine zeigte sie in ihrem weißen Kittel und der gestärkten Haube mit dem roten Kreuz neben anderen Krankenschwestern. Die dunkle Schönheit ihres Gesichts schnitt ihm ins Herz. Er vermißte sie, vermißte ihre wilde, unberechenbare Art. Wie sehr Conchita litt, konnte er nur erahnen.

»Mercedes kommt wieder«, tröstete er sie. »Sie ist zäh.«

»Selbst wenn sie's überlebt, kommt sie nie zu uns zurück, Francesc. Wir haben sie verloren. Aber wir haben sie schon vor langer Zeit verloren, als sie noch ein Kind war.«

»Sie wird sich verlieben und zusammen mit einem Mann ihr eigenes Leben führen. Das ist der Lauf der Welt. Wir hätten sie ohnehin verloren.«

Conchita sah ihn mit nachdenklichem Blick an. »Als sie letztes Jahr zu Hause war«, sagte sie schließlich, »hatte ich das Gefühl, daß sie jemanden, der ihr nahegestanden hat, verloren hat. Es war nur ein Gefühl, sie hat nie etwas gesagt. Ich hab' noch oft darüber nachgedacht. Hast du es auch bemerkt?«

»Nein«, erwiderte er müde. »Ihre Jugend schützt sie. Sie ist stark genug, um die kommenden Ereignisse durchzustehen. Und wenn alles vorbei ist, hat sie immer noch ihr ganzes Leben vor sich.«

»Aber es ist so viel Schreckliches geschehen. Auf beiden Seiten. Die Menschen hassen einander…«

»In Spanien haben sich die Menschen schon immer gehaßt. Das können wir am besten.«

»So etwas darfst du nicht sagen, Francesc.« Sie stand auf und begann, den Tisch abzuräumen. »Alles war gut, bevor dieser Krieg angefangen hat! Schuld an dem Unglück ist die Politik und die Waffen in den Händen von barfüßigem Gesindel, das dann Menschen wie Matilde umbringt.«

»Schuld sind auch die Armeeoffiziere mit ihren glänzenden Lederstiefeln«, erklärte er trocken. »Und Männer, die sich gern in großen Limousinen herumkutschieren lassen.«

Conchita seufzte bei der Arbeit.

Als Conchita ins Schlafzimmer kam, lag er schon im Bett. Nach dem Bad wirkte er entspannter. Die tiefen Furchen um seinen Mund und seine Augen, die ihn älter aussehen ließen als er war, hatten sich ein wenig geglättet. Er lächelte, als sie ans Bett trat.

»Du bist doch nicht müde«, fragte er mit einem Funkeln in den Augen.

»Nein, und du?«

»Komm unter die Decke und überzeug dich selbst«, schlug er vor.

Sie zog die Vorhänge zu, dann zog sie sich langsam aus. Er

verfolgte jede ihrer Bewegungen mit gespannter Erwartung. Während die Zeit an Francescs Körper zu nagen schien, ließ sie den ihren runder und fülliger werden. Obwohl Conchita erst achtunddreißig war, bekam sie schon etwas Matronenhaftes. Ihr Busen war fülliger geworden, und sogar an Stellen, die immer schlank gewesen waren – ihre Hände, ihre Wangen, ihre Arme – wurde sie runder.

Sie war traurig über den Verlust ihrer mädchenhaften Figur, wenngleich sie Francescs wegen auch Gefallen daran fand. Da Francesc seine Vorliebe für Rubensfiguren nie aufgegeben hatte, wußte sie, daß sie ihm immer besser gefiel.

Als sie ins Bett schlüpfte, streckte er die Hand aus und zog sie näher zu sich. Mit einem kleinen Seufzen drückte sie sich an ihn. »Ich freu' mich so, daß du wieder da bist. Ich lebe nur für die Stunden, in denen du zu Hause bist. Ohne dich will ich nicht leben. Ich liebe dich.«

Er sagte nichts, zog sie nur noch näher heran. Er hatte noch nie viele Worte gemacht, er drückte seine Gefühle auf andere Art und Weise aus. Ganz sanft und zärtlich küßte er sie. Sie spürte seine Sehnsucht, sein Verlangen. Ohne ein Wort ließ sie die Hand unter die Decke gleiten und nahm sein Geschlecht in die Hand. »Hast du mich auch so schrecklich vermißt?« flüsterte sie.

Er stöhnte, sein Mund suchte den ihren. Ihre Lippen fanden sich mit der verzweifelten Sehnsucht, die sich im Laufe der monatelangen Trennung angesammelt hatte. Ihre vollen Brüste entfesselten seine Begierde wie nie zuvor.

»Mein kleines Huhn«, flüsterte er mit rauher Stimme. »Mein pummeliges Vögelchen.« Als er seine Hand um ihr Geschlecht legte, spürte er, wie naß und bereit sie war. Er liebkoste die seidig weichen Lippen, bis sie vor Verlangen stöhnte und schrie. Sie zog sich auf ihn hoch, dann senkte sie sich auf ihn hinunter und nahm seine ganze Männlichkeit langsam, mit kleinen lustvollen Schreien in sich auf.

»Ja, oh, ja«, seufzte sie, während er noch weiter in sie eindrang, und sie sich mit den Händen auf seiner Brust abstützte. Ihre Augen schlossen sich, bis nur noch smaragdgrüne Halbmonde zwischen den schwarzen Wimpern zu sehen waren. »O wie schön! Ich habe mich so danach gesehnt.«

Mit seinen großen Händen ergriff er jetzt ihre Taille und schaukelte sie ganz sanft vor und zurück. Sie spürte, wie er sich in ihr bewegte, spürte ihn ganz tief in ihrem Körper. »Wunderbar – ja«, flüsterte sie. »Jaaaa…«

Sie sprach nicht weiter, ihre Lippen bebten. Francesc wiegte sie vor und zurück, ihre Augen fielen zu, ihre Wangen röteten sich vor Lust. Ihm fehlten die richtigen Worte, um es ihr zu sagen, aber diese Augenblicke waren ihm so kostbar wie das Leben selbst. Er gelobte im stillen, alles mit ihr nachzuholen, wenn das Grauen zu Ende war. Dann würden sie Zeit füreinander haben, unendlich viel Zeit, die sie ungestört miteinander verbringen konnten.

Ihr Liebesspiel war die langsame, erfahrene Vereinigung zweier Menschen, die sich schon lange kennen. Sie bäumte sich mit einem seufzenden Stöhnen auf, das ebenso ein Schluchzen hätte sein können. Seine Finger vergruben sich in ihren weichen Hüften, als auch er sich jetzt dem Höhepunkt näherte. Mit großer Stärke erlebte er die Wärme und Süße ihrer Vereinigung, die scheinbar ewig dauerte, bis sie langsam wieder verklang. Sie sank auf ihn hinunter, ihre Arme umfingen sein Gesicht.

»Francesc, mein Geliebter, mein Geliebter…«

Er hielt sie nur im Arm, während er den sauberen weiblichen Duft ihres Haares in sich aufnahm, sich an ihrer Nähe labte. Wie schon oft in diesen Tagen dankte er für das Wunder, das sie ihm beschert hatte. Was und wo wäre er jetzt gewesen, wenn Marcel Barrantes an jenem kalten Herbsttag nicht in seine Schmiede gekommen wäre? Für ihn war sie ein Geschenk der Götter, eine goldene Krone, die eine gnädige Gottheit ihm aufs Haupt gesetzt hatte. Er spürte, wie er in ihr erschlaffte, bis er schließlich aus ihr herausrutschte. Sie lächelte wie immer.

Danach hielten sie einander eng umschlungen, bis der Schlaf sie umfing.

BARCELONA

Als Mercedes sich der Haustür näherte, blieb sie abrupt stehen. Vor ihr stand der Amerikaner.

»Schon wieder Sie!«

Er lächelte. »Ja, ich.«

»Was wollen Sie?« fragte sie ärgerlich.

»Hätten Sie nicht Lust auf ein lockeres Omelett, Mercedes? Mit hausgemachtem Schinken?« Er kam etwas näher. Seine tiefe Stimme wurde zu einem heiseren Flüstern. »Vielleicht hätten Sie auch gern ein Stückchen Wurst? Oder vielleicht eine Flasche guten *rioja*? Und zum Nachtisch Pfirsiche und Eiscreme?«

Wortlos starrte sie ihn an, denn schon beim bloßen Gedanken an all die Leckereien verkrampfte sich ihr leerer Magen. »Wovon reden Sie?«

»Wenn Sie kochen, dann bringe ich die Zutaten.«

»Sie sind ein gemeiner Lügner«, fuhr sie ihn an. »Wie könnten Sie hier in Barcelona solche Dinge auftreiben?«

Als Antwort ließ er seinen Rucksack von der Schulter gleiten und machte ihn auf. Sie hörte ein Klirren und beugte sich neugierig vor.

Sie sah Flaschen, einen Laib Brot, einen halben Schinken, mehrere Dosen, alles andere war in ein Tuch gehüllt. Er zog den Rucksack wieder zu.

»Wo haben Sie das bloß her?« fragte sie neugierig.

»Ich hab' es von einer guten Fee bekommen. Was halten Sie jetzt von meinem Vorschlag?«

»Sie sind Schwarzhändler«, sagte sie scharf.

Lächelnd schüttelte er den Kopf.

»Wenn Sie kein Schwarzhändler sind, dann sind Sie ein Plünderer und werden bald von der Polizei erschossen.«

»Das bezweifle ich. Aber wir vergeuden unsere Zeit, und ich bin am Verhungern. Ich würde ganz gern mit dem Kochen anfangen.« Er setzte seinen Fuß auf die Treppe. »In welchem Stock wohnen Sie?«

»Halt!«

Er blieb stehen und drehte sich zu ihr um. »Ja?« fragte er.

»Warten Sie. Ich muß nachdenken.« Sie überlegte fieberhaft.

»Vielleicht sollten wir den Käse für nachher aufheben«, schlug er mit einem Blick auf ihr Gesicht vor. »Wir könnten ihn aber auch zum Omelett geben.«

Ihr Mund war schon ganz wäßrig. Sie mußte schlucken. Jetzt fielen ihr die trockenen Kichererbsen ein, die sie noch oben hatte.

Ein richtiges Omelett. Sie kämpfte mit sich. Der Gedanke an eine warme Mahlzeit war fast unerträglich.

»Sie können auf keinen Fall bei mir übernachten.«

»Ich habe immer noch keine Unterkunft, Mercedes.«

»Sie werden sicherlich eine finden. Sie scheinen ja ein helles Köpfchen zu haben, Señor West Virginia. Ich koche, und nach dem Essen gehen Sie wieder.« Sie schluckte wieder. »Wenn Ihnen das nicht paßt, dann lassen wir's.«

Im düsteren Licht trafen sich jetzt ihre Blicke. Er war viel größer und kräftiger als sie. Aber ihr Gesicht duldete keinen Widerspruch. Er seufzte. »Okay, nach dem Essen gehe ich. In welchem Stock wohnen Sie?«

»Im fünften«, erklärte sie mit verstecktem Triumph.

Sie schloß die Tür auf. Er trat hinter ihr ein und lehnte sein Gewehr in eine Ecke. Als er seinen Blick umherschweifen ließ, stieß er einen langen Pfiff aus. »Kein übles Zuhause, Mercedes, das muß ich schon sagen.« Er schlenderte durch den kaum möblierten Salon, bewunderte die weißen Marmorbüsten. »Du liebe Güte, lebt so die andere Hälfte der Menschheit?« Er warf einen Blick in die anderen Zimmer. »Etwas leer, das muß ich sagen. Wo sind die ganzen Möbel?«

»Die Besitzer haben sie mitgenommen.«

»Wohnen Sie hier etwa ganz allein?«

»Im Moment ja.«

»In diesem Mausoleum könnten Sie sechs von meiner Sorte unterbringen«, rief er anklagend aus.

»Das könnte ich. Aber ich tu es nicht.« Sie führte ihn in die Küche und sah zu, wie er den Inhalt des Rucksacks nach und nach auf den Küchentisch legte. Zusätzlich zu dem, was sie schon gesehen hatte, gab es noch einige getrocknete Würste, ein Dutzend Eier, eingewickelt in Zeitungspapier, eine Flasche Olivenöl, mehrere Flaschen Armagnac und Rotwein, Dosen mit Fleisch, Ölsardinen, Pfirsichen und Spargel. Mercedes wurde ganz schwindlig vom Anblick so vieler Lebensmittel. »Wo um alles in der Welt haben Sie das bloß her?«

Der Amerikaner schnupperte genüßlich an einer Salami. »Von einem Freund.«

»Was für einem Freund?«

»Um die Wahrheit zu sagen, kenn' ich den Burschen kaum. Er arbeitet für das amerikanische Konsulat.«

»Und Sie haben wahrscheinlich genügend amerikanische Dollar, um Schwarzmarktlebensmittel zu kaufen?«

»Aber natürlich. Ich bin ein reicher Mann.« Er klappte sein Taschenmesser auf und schnitt eine Scheibe Salami ab. Mit einem unverschämten Grinsen hielt er sie ihr vor die Nase.

Sie fühlte sich plötzlich schwindlig. Ihr Magen tat weh. Sie würgte. »Das ist gemein«, brachte sie schließlich hervor. »Soviel zu essen, und draußen verhungern alle.«

»Ja. Schrecklich. Ein Stück Salami gefällig?«

Sie schüttelte den Kopf. »Die kann ich so nicht essen.« Sie krempelte die Ärmel hoch und schlug die Eier für das Omelett in einen Teller.

Er lehnte an der Wand und sah ihr aufmerksam zu. »Ich hoffe, Sie können gut kochen«, sagte er.

»Gut genug«, antwortete sie. Nachdem sie zwei Jahre lang gehungert hatte, kam ihr dieses Mahl vor wie ein unmäßiges Gelage. Sie bemühte sich, das aufsteigende Schuldgefühl nicht zu beachten.

Sie spürte, daß sein Blick auf ihr ruhte. Zweifellos stellte er sich vor, daß sie mit gefülltem Magen und beschwipstem Kopf etwas nachgiebiger werden würde. Aber da täuschte er sich ganz gewaltig. Und sollte er nach dem Essen auf dumme Gedanken kommen, dann verfügte sie über Mittel und Wege, sie ihm ganz schnell wieder auszutreiben. Sie hatte keine Angst vor ihm.

Er nahm eine Flasche Wein und hantierte mit dem Korken. »Haben Sie auch Gläser?«

»Im Schrank.«

Er goß zwei Gläser *rioja* ein und hielt ihr eines hin. Mercedes wischte sich die Hände an ihrer Schürze ab und nahm es ihm aus der Hand. Ihre Blicke begegneten sich. »Auf die Republik«, sagte er mit gespielter Fröhlichkeit, als er mit ihr anstieß. »Möge ihr nächster kleiner Krieg erfolgreicher sein.«

Der Wein zerging auf der Zunge. Sie schloß die Augen, als er ihre Kehle hinunterrann, bis sie eine wohlige Wärme in ihren Eingeweiden spürte. Als sie die Augen wieder aufschlug, waren seine Augen immer noch auf sie gerichtet.

»Wo lebt Ihre Familie, Mercedes?«

»Im Norden. In Gerona.«

»Sind sie auch im Krieg?«

»Nur mein Vater.«

»Was macht er?«

»Vor dem Krieg war er Schmied. Jetzt ist er für den Umbau von Traktoren und anderen Zivilfahrzeugen verantwortlich.«

»Ach ja, davon hab' ich schon gehört. Nicht schlecht die Idee, aber gegen deutsche Panzer richtet man damit reichlich wenig aus.«

»Wir tun, was wir können«, erwiderte sie knapp.

»Das glaub' ich gern. Haben Sie Geschwister?«

»Nein.« Der Wein hinterließ ein warmes Gefühl in ihrem Körper. Sie nahm noch einen Schluck und schüttelte sich kurz, als er durch ihre Kehle rann. »Ich habe Ihren Namen vergessen.«

»Sean O'Keefe.«

»Und was hat Sie, Sean O'Keefe, veranlaßt, West Virginia zu verlassen und in diesem kleinen, schlechtgeführten Krieg Ihr Leben zu riskieren?«

Das schöne Gesicht verzog sich zu einem schelmischen Lächeln. »Die ungestüme Jugend glaub' ich.«

»Zu welchem Bataillon gehören Sie?«

»Zum Lister-Bataillon.«

Stolz schwang in seiner Stimme mit. Das Bataillon, das einen ausgezeichneten Ruf genoß, unterstand dem Befehl eines der erfolgreichsten und geachtetsten kommunistischen Generale. Sie zog eine Augenbraue in die Höhe. »Ich bin beeindruckt. Wir können gleich essen. Können Sie bitte schon einmal den Tisch decken?«

Während des Essens saßen sie einander gegenüber, doch sie waren zu hungrig, um sich zu unterhalten. Das Omelett schmeckte so köstlich wie noch nie. Sie beendeten das Mahl mit Pfirsichen aus der Dose und Kondensmilch.

»Köstlich«, seufzte er, »jetzt fühl' ich mich wieder wie ein richtiger Mensch. Seit ich hier bin, habe ich keine anständige Mahlzeit mehr zu mir genommen.«

Er goß ihnen Armagnac in die Gläser. Sie saßen einander gegenüber und sahen sich mit wachsamer Vorsicht an.

»Sie haben meine Frage noch nicht beantwortet. Warum sind Sie nach Spanien gekommen?«

»Aus dem gleichen Grund wie die anderen. Um für meine Überzeugungen zu kämpfen.«

»Sind Sie Kommunist?« wollte sie wissen.

»Und wie. Ich bin vielleicht in der Theorie nicht so gut bewandert, aber die Kindheit und Jugend, die ich verbracht habe, prägt genauso. Jede Zelle meines Körpers ist davon infiziert.«

»Ich habe immer gedacht, in Amerika lebt jeder wie ein König.«

Er verzog den Mund zu einem schiefen Lächeln. »Sie haben sicher schon von der Großen Depression gehört, oder? Während der Depression habe ich für zehn Stunden harte Arbeit zweieinhalb Dollar bekommen. In der Kohlengrube. Das sind vielleicht zwanzig Pesetas.«

»Unsere Grubenarbeiter verdienen viel weniger.«

»Das Geld haben wir aber nie zu Gesicht bekommen.« Er zog seine Geldbörse aus der Tasche und nahm eine dünne, kleine Scheibe heraus, die er vor sie auf den Tisch legte. Sie nahm sie in die Hand. Es handelte sich um eine billige Blechmünze, auf die ›MCMC – 25 Cent‹ gestempelt war.

»Das ist Geld?«

»Firmengeld«, erwiderte er. »Die Initialen bedeuten ›Mingo County Mining Corporation‹. Für jede Stunde Arbeit habe ich so ein Ding bekommen; man konnte damit aber nur im Firmenladen einkaufen, wo alles doppelt so teuer war wie anderswo. Wenn man in einem anderen Geschäft damit einkaufen wollte, mußte man eine Art Aufpreis bezahlen, und dann war das Ding nur noch fünfzehn Cents wert.« Er steckte die Münze wieder in seine Geldbörse, als handle es sich dabei um ein religiöses Andenken.

Sie runzelte die Stirn. »Und so was gibt's in Amerika?«

Er zündete sich eine Zigarre an und zog daran, bis sie brannte. Er sah nachdenklich aus. »Amerika ist nicht nur das Land, wo Milch und Honig fließen. Ich bin zusammengeschlagen, mit Schrotgewehren beschossen und mit Tränengas beworfen worden, bis ich ohnmächtig wurde. Ich weiß Bescheid über den Klassenkampf. Als ich hörte, was in Spanien los ist, wußte ich, das ist die Möglichkeit, um zurückzuschlagen, mit dem Gewehr in der Hand und mit dem Gesetz auf meiner Seite.«

Sie betrachtete die hellen Narben auf seinem braunen Gesicht. Auch seine Hände waren gebräunt und mit Narben überzogen. Er wirkte aggressiv wie ein gefährliches Raubtier.

Plötzlich hatte sie Angst vor ihm. Sie erhob sich und fing an abzuräumen. In Anbetracht dessen, was sie von ihm wußte, klang seine Geschichte von dem Freund, der für das Konsulat arbeitete, ziemlich dürftig. Sie fragte sich, woher die Lebensmittel tatsächlich stammten.

»Es ist spät geworden«, sagte sie höflich.

»Sie werfen mich hinaus?«

»Ich brauche meinen Schlaf.«

Er paffte weiterhin lässig an seiner Zigarre. »Und ich habe schon geglaubt, meine rührende Geschichte hätte Ihr Herz erweicht.«

»Das hat sie auch. Aber Sie müssen jetzt trotzdem gehen.«

Er lehnte sich zurück und lächelte sie mit diesen unergründlichen Augen an. Er sah wirklich gut aus. Und wie viele gutaussehende Männer strahlte er ein unbändiges Selbstvertrauen, eine beeindruckende Selbstsicherheit aus.

»Und was ist, wenn ich mich entschließe, die Nacht doch hier zu verbringen?«

»Ich glaube kaum, daß Sie das tun werden.«

Immer noch lächelnd, drehte er sein Glas zwischen den Fingern hin und her. »Glauben Sie, Sie bringen es fertig, mich hinauszuwerfen?«

Mercedes gab keine Antwort. Sie stellte die Teller in die Spüle und fing an abzuwaschen.

Er stand auf und trat hinter sie. Sie spürte, wie sich sein Arm um ihre Taille legte. Sie zitterte und versuchte, sich loszumachen. Aber er war zu stark. Ohne große Mühe gelang es ihm, sie an sich zu ziehen. Er lächelte immer noch. »Ich will dir nicht weh tun«, murmelte er. »Du bist eine wunderbare Frau, Mercedes. Du solltest nicht allein sein…«

»Lassen Sie mich los!« Sie drehte den Kopf zu ihm um. Seine Lippen legten sich ganz sanft auf ihre Schläfe. Mit der freien Hand streichelte er ihr Haar. Die Zartheit dieser Berührung wurde durch die stählernde Kraft des Arms, mit dem er sie umschlungen hielt und an jeder Bewegung hinderte, Lügen gestraft. Ein harter

Schenkel drückte sie gegen die Spüle. Ihr Atem ging schwer, ihr Herz schlug vor Aufregung und Angst bis zum Hals. So sehr sie sich auch abmühte, konnte sie ihre Hände doch nicht freibekommen.

Er drückte seinen Mund auf den ihren. Seine Lippen waren heiß, sein Atem schmeckte nach Alkohol und Tabak. Er küßte sie zunächst ganz sanft und zärtlich, doch schon bald leidenschaftlich und stürmisch. Als sie spürte, wie seine Zunge ihren Mund zu erforschen begann, meinte sie, ihr Kopf müsse zerspringen.

Unter Aufbietung aller Kräfte gelang es ihr, sich aus der eisernen Umklammerung seines Arms zu lösen. Sie griff in ihre Tasche und zog eine kleine Pistole heraus.

Keuchend hielt sie die Waffe mit beiden Händen auf seine Brust gerichtet. Sie bemerkte, daß seine Augen sich ganz leicht weiteten. Er wurde plötzlich ganz still.

»Ist das Ding geladen, Mercedes?«

»Ja, das ist es«, japste sie. Sie entsicherte. »Und entsichert ist es auch.« Mit zitternder Hand richtete sie die Mündung der Pistole direkt auf sein Herz.

»Also, das ist aber eine Überraschung«, sagte er leise. Sie sah ein Flackern in seinen Augen, das ihr fast so vorkam, als mache er sich über sie lustig; andererseits hatte sie noch nie einen Mann gesehen, der im Angesicht einer geladenen Pistole gelacht hätte.

»Raus hier!« befahl sie.

Mit betrübter Miene schüttelte er den Kopf. »Nein. Wie's aussieht, mußt du mich wohl erschießen.«

»Was?« keuchte sie ungläubig.

»Hier bin ich, und hier bleib' ich auch.« Er nahm seine Zigarre und blies die glühende Asche an. »Ich bleibe hier.«

»Und ich sage, raus hier!«

Wieder schüttelte er den Kopf. »Nein, ich nehme lieber die Kugel in Kauf.«

»Ich scherze nicht«, fuhr sie ihn mit schriller werdender Stimme an. »Die Pistole ist kein Spielzeug. Ich mein' es ernst.«

»Es ist nicht das erste Mal, daß jemand auf mich schießt«, erklärte er leise. »Mach's bitte kurz.«

»Gehen Sie!«

»Nein.«

Ihre Finger krümmten sich um den Abzug. Ihr Herz raste immer noch. Einen Augenblick lang dachte sie daran, an ihm vorbeizuschießen, aber irgend etwas war an ihm, was Mäzchen unmöglich machte. Ihre Blicke trafen sich. In der Tiefe seiner grünen Augen lag sowohl Spott als auch Herausforderung. Sie brachte es nicht fertig, auf den Abzug zu drücken, nicht einmal, um ihm angst zu machen. Er schaffte es tatsächlich, trotz der Pistole in ihrer Hand, Herr der Lage zu bleiben.

Dann kam er ganz langsam auf sie zu, umfaßte mit der einen Hand ihr Handgelenk und drehte sie geschwind herum. Sein Unterarm lag plötzlich an ihrer Kehle, raubte ihr den Atem. Vollkommen hilflos rang sie nach Luft. Das Blut rauschte in ihren Ohren.

Er entwand ihr die Pistole und ließ sie los.

»Richte niemals wieder eine Waffe auf mich«, hörte sie ihn zwischen keuchenden Atemzügen sagen. »Niemals, Mercedes. Ich sollte dir dafür den Hintern versohlen.« Er packte sie unsanft am Kinn und zwang sie, ihn anzusehen. »Ich muß schon sagen, die Art und Weise, wie du deine Ehre verteidigst, ist äußerst seltsam«, sagte er barsch. »Ich finde so etwas gar nicht witzig.«

Sie wich zurück und ging zur Spüle, um sich ein Glas Wasser einzuschenken. Der Geschmack in ihrem Mund war bitter wie Galle. Sean O'Keefe beobachtete, wie sie das Wasser mit gequältem Gesicht trank. Er nahm das Magazin aus der Pistole und warf die leere Waffe auf den Tisch. Dann ging er auf sie zu.

Sie versuchte, ihm auszuweichen. »Rühren Sie mich nicht an!«

»Was zum Teufel ist los mit dir? Hast du so große Angst vor Männern, daß du dich mit einer Waffe verteidigen mußt?«

Noch bevor sie antworten konnte oder wußte, was geschah, hatte er sie hochgenommen und trug sie ins Schlafzimmer. Ihre Schuhe fielen zu Boden. Sie hatte das Gefühl zu ertrinken. Mit dem letzten Fünkchen Verstand dachte sie, daß sie ihn hätte erschießen sollen. Sie war sicher, daß er sie vergewaltigen würde. Und sie hatte keine Kraft mehr, sich zu widersetzen. Sie fühlte sich vollkommen hilflos und ohne eigenen Willen.

Er legte sie vorsichtig auf das riesige Himmelbett, dann fing er an, sich vor ihr auszuziehen. »Hättest du wirklich auf mich geschossen?« fragte er.

Sie gab keine Antwort. Jegliches Gefühl in ihr war gestorben, sie fühlte sich vollkommen leer. Ohne Scheu und Scham zog er sich aus, als habe er sich schon tausendmal vor Fremden ausgezogen. Er besaß einen wunderschönen, wohlgestalteten Körper, von dessen Nacktheit etwas Königliches ausging.

Er legte sich neben sie aufs Bett und nahm sie in die Arme. Der Geruch seiner Haut umfing ihre Sinne. Trotz all der Kraft, die er bewiesen hatte, war er jetzt sanft und zärtlich. Ohne Hast und Eile suchte sein Mund den ihren, während er mit einer Hand ihre Bluse aufknöpfte.

»Hättest du wirklich auf mich geschossen?« murmelte er. »Nun ja, so kann man auch sterben.« Er küßte ihre Mundwinkel, ihre Wangen, drückte sein Gesicht in die Mulde neben dem Ohr. Ganz sanft schob er seine Hand in ihre Bluse und berührte ihre Brust. Als sie ihm jetzt in die Augen sah, spürte sie eine gewisse Erregung.

Er war vollkommen. Sie kannte ihn nicht, und er kannte sie nicht. Er kam aus weiter Ferne, aus einem entlegenen Land, in das er, sofern er dem Krieg nicht zum Opfer fiel, wieder zurückkehren würde. Plötzlich wurde ihr bewußt, daß ihre Jungfräulichkeit eine Last war, die sie loswerden mußte, bevor sie sie niederdrückte.

Er küßte ihren Mund. Ihre Lippen zitterten, ihr Gesicht hob sich ihm entgegen. Sie schloß die Augen und zog ihn zu sich herunter.

»Nimm mich«, flüsterte sie. »Bitte, nimm mich, jetzt!«

Er kniete neben ihr nieder und drängte sich zwischen ihre Schenkel. Mit großen Augen sah sie sein Gesicht an, das dicht über dem ihren schwebte. Wieder erkannte sie, wie schön er war; von einer reinen Schönheit, wie ein edles männliches Tier. Sie spürte eine fast schmerzliche Sehnsucht nach dieser Schönheit in ihrem Herzen, als ob eine scharfe Klinge es durchbohrte. Dann schob er seine Hand unter ihre Taille und hob ihre Hüften hoch, um in sie einzudringen.

Als ihr Jungfernhäutchen zerriß, schrie sie vor Schmerz laut auf. Er stieß tiefer in sie hinein und noch tiefer in die dunkle Grotte. Sie bäumte sich auf, aber der Schmerz ließ nicht nach. Erst nach einiger Zeit wurde er langsam schwächer, bis er zu einer kleinen Flamme zusammengeschrumpft war. Sie spürte die Feuchtigkeit. Als sie schließlich die Augen öffnete, in denen Tränen glänzten, sah sie, daß er langsam begriff, was mit ihr los war.

»Mercedes?« Er stützte sich auf seinen Ellbogen und blickte in ihr Gesicht. Dann rückte er von ihr ab und setzte sich auf. Er schaltete die kleine Lampe neben dem Bett ein. Sie sahen einander lange schweigend an.

»Verdammt«, sagte Sean leise. »Du bist noch Jungfrau!«

»Ich *war*«, verbesserte sie ihn.

»Ich habe gedacht… als du gesagt hast…« Er war ganz offensichtlich bestürzt.

Sie hatte beinahe Mitleid mit ihm. »Es ist passiert.«

»Aber wenn ich es gewußt hätte, hätte ich dich doch nicht wie ein wilder Stier genommen.«

»Gibt es denn eine andere Möglichkeit?«

»Du blutest.«

Sie stand auf. Auf wackligen Beinen, schwankte sie in die Küche, um sich zu waschen. Dann trug sie eine Schüssel mit warmem Wasser ins Schlafzimmer zurück.

»Ich habe gedacht, du kommst mit einem Gewehr herein und erschießt mich«, sagte er kleinlaut.

»Dazu ist es zu spät.« Sie setzte sich neben ihn, um das Blut von seinen Fingern abzuwaschen. Neugierig starrte sie auf das Teil, das ihre Entjungferung vorgenommen hatte. Es war noch steif. Die Spitze wurde von der Haut wie von einer Kapuze umhüllt, die man zurückschieben konnte, damit die stattliche Krone zum Vorschein kam. »Eine kluge Einrichtung«, sagte sie, während sie mit ihren Fingern die Haut sanft zurückschob.

»Meine eigene Erfindung«, erklärte er feierlich. Er besaß einen herrlichen starken Körper, dessen Haut jedoch so weich war wie die eines kleinen Kindes. Alles an ihm war schön, die muskulöse Brust, die dunklen Brustwarzen, sogar das pralle Geschlecht, das sie in Händen hielt.

Er schob seine Hand zwischen ihre Beine, berührte sie. Sie zuckte ganz leicht zusammen, doch er war unsagbar sanft. Seine Finger berührten sie mit einer Zartheit, die den Schmerz linderte. Seine Berührung wurde immer sinnlicher, bis er ihr Verlangen geweckt hatte. »Das ist schön«, flüsterte sie. Er wußte um das geheime Staubgefäß zwischen den Blütenblättern. Er wußte, wie er es liebkosen mußte, um das Feuer zu entfachen. Ihr Bauch erzitterte wie unter kleinen Stromstößen. »Komm zu mir«, flüsterte sie.

»Vielleicht solltest du dich erst ein wenig ausruhen.«

»Nein. Komm, bitte.«

Er drang wieder in sie ein, doch diesmal war der Schmerz von einer zärtlichen Süße. Kraftvoll und gleichzeitig sanft stieß er in sie hinein. Sie spürte eine Kraft, die ihr bis dahin unbekannt gewesen war. Das Krachen und Knacken des großen Himmelbetts hörte sich an wie ein Stöhnen. Seine Stärke füllte sie aus, wurde zum Geschenk.

Das Verlangen erwachte, diese drängende Sehnsucht, die sie schon fast vergessen hatte. Es schien ihr, als lösche er Matilde aus, so als habe Matilde winzige Spuren auf ihrer Haut hinterlassen, eine Art duftenden Blütenstaub, der jetzt fortgetragen wurde, sie für immer verließ. Ihre Brustwarzen zogen sich zusammen und wurden hart. Aus der Verwirrung wurde langsam eine Sicherheit und ein Gefühl der Geborgenheit.

Sein Gesicht war ernst, seine Augen brannten sich in die ihren. Sie bewegte sich mit ihm. Ihre Gefühle schwollen an und trugen sie wie Wellen davon. Sie hatte nicht geahnt, daß ein solches Verlangen in ihr schlummerte. Ein solcher Hunger, der gestillt, eine solche Leere, die gefüllt werden mußte.

Ein langer stummer Schrei entrang sich ihrer Kehle. Sie war blind vor lauter Tränen. Als er in ihr kam, klammerte sie sich an ihn wie eine Ertrinkende, während sie hörte, wie er immer wieder ihren Namen rief. Einen Moment lang schien er zu vergessen, wie stark er war, denn er drückte sie so fest, daß sie kaum noch atmen konnte.

Dann erbebte er und blieb schließlich ruhig neben ihr liegen.

»Du bist wunderbar«, flüsterte er. »Wunderbar! Wunderschön! Wundervoll!«

SEVILLA

Die Herzogin gibt ein verschwenderisches Fest für ihre erlauchten, zahlreich erschienenen Gäste. Beim Anblick des herrlichen Buffets käme niemand auf die Idee, daß in Spanien Krieg herrscht.

Viele der Gäste sind natürlich in Uniform erschienen. Die Männer sind in der Überzahl, aber es gibt derzeit so viele alleinstehende Männer in Sevilla, daß dies nicht weiter verwunderlich ist.

Der dunkle Mann mit der auf dem Kinn aufgestützten Hand und den schweren Augenlidern, der neben der Gastgeberin sitzt, ist Gerard Massaguer, ein wichtiger Mann bei SAFNI. Im Moment lauscht er, scheinbar ganz andächtig, den Worten eines dünnen deutschen Dilpomaten.

Seine italienische Frau, Marisa de Bono, sitzt etwas weiter unten an der langen Tafel zwischen zwei älteren Generalen, die beide versuchen, ihre Aufmerksamkeit auf sich zu lenken, bevor die Damen sich zurückziehen. Marisa ist eine schlanke junge Frau mit Bubikopf und klaren blauen Augen. An ihren Ohren und an ihrem Hals glitzern herrliche Saphire, die mit ihren Augen um die Wette funkeln.

Der Diplomat aus Berlin spricht ausgezeichnet spanisch.

»Der Führer hat große Befriedigung darüber geäußert«, läßt er Gerard wissen, »daß er General Franco bei seinem siegreichen Feldzug beistehen kann. Der Führer ist besonders stolz darauf, daß so viele junge deutsche Freiwillige ihre Pflicht erkannt haben und nach Spanien gekommen sind.«

Der junge Infantrieoberstleutnant, der zur anderen Seite sitzt, hat im Laufe des Abends schon tief ins Glas geschaut. »Freiwillige?« wiederholt er. »Ein komisches Wort.«

Der Diplomat beachtet ihn gar nicht. »Es ist uns eine außerordentliche Freude mitzuerleben, wie ein Land, das vom Bolschewismus bedroht war, seine Freiheit wiedererlangt, trotz der verwerflichen Einmischung von England, Frankreich und anderen dekadenten Nationen, die mit dem Bolschewismus liebäugeln.«

»Zweifellos«, fährt der Oberstleutnant fort, »empfindet der Führer auch große Befriedigung darüber, daß er so viele seiner neuen Waffen auf spanischem Boden erproben kann.«

Der Diplomat klemmt sein Monokel fest und mustert den Oberstleutnant mit den dunklen Rändern unter den Augen und den fünf goldenen Verwundungsabzeichen auf seiner Uniform. »Der Führer ist sehr darum besorgt, daß es General Franco auch nicht an modernster Ausrüstung mangelt«, erklärt er tadelnd.

»Und scheinbar auch darum sehr besorgt, daß diese Ausrüstung an der unschuldigen spanischen Zivilbevölkerung erprobt wird.«

»Dürfen sich Bolschewiken und Juden etwa spanische Bürger nennen?« erkundigt sich der deutsche Diplomat freundlich.

»In Guernica«, antwortet der Oberstleutnant bitter, »waren nur spanische Nonnen, Priester, Frauen und Kinder. Der Angriff erfolgte am Markttag. Zuerst wurden die Menschen, die sofort in Panik gerieten, mit Maschinengewehren niedergemäht, und dann haben die Bomber ihnen den Rest gegeben.«

Der Mund des Diplomaten verzieht sich zu einem dünnen Lächeln. »Ihre Darstellung klingt wie die eines jüdischen Journalisten in der Boulevardpresse.«

Das Gesicht des Offiziers wird von einer tiefen Röte überzogen. »Ich bin Offizier der spanischen Armee, mein Herr.«

Der Diplomat dreht dem Oberstleutnant den Rücken zu. »Ohne Männer wie Sie, Señor Massaguer, wäre der Krieg eine sehr viel schwierigere Angelegenheit. Darf ich fragen, wie Ihre Arbeit vorangeht?«

»Wir sind zufrieden«, antwortet Gerard träge. »Wir wissen die Großzügigkeit des Führers und des deutschen Volkes zu schätzen und wissen, welchen Dank wir ihnen schulden. Wir sind bestrebt, uns würdig zu erweisen.«

Der Oberstleutnant starrt Gerard mit blutunterlaufenen Augen an. »Nur ist die Währung des Señor Massaguer leider nicht stabil. Spanisches Blut ist immer weniger wert.«

Gerard dreht sich erstaunt und gleichzeitig irritiert zu dem Sprecher um. »Sie legen es anscheinend darauf an, einen von uns hier zu beleidigen.«

»Ich wußte gar nicht, daß man einen Blutsauger wie Sie beleidigen kann«, kontert der Offizier.

»Das ist aber wirklich unhöflich, mein Lieber«, weist ihn die Herzogin nun streng zurecht. »Vielleicht sind Sie einfach übermüdet.«

»Müde ja«, sagt der Offizier, schon ein wenig lallend, aber für alle hörbar, »ich bin es müde mit anzusehen, wie dieser Krieg von Kriegsgewinnlern und Parasiten geführt wird.«

Die anderen Gäste um ihn herum verstummen. Ein peinliches

Schweigen senkt sich über die Tafel. »Wenn Sie sich nicht wohlfühlen«, erklärt Gerard schroff, »sollten Sie sich vielleicht entschuldigen, bevor Sie sich zum Narren machen.«

Der Oberstleutnant legt seine Serviette auf den Tisch und erhebt sich. Ein Bein quietscht. Mehrere Köpfe drehen sich neugierig zu ihm um. »Ich überlasse das Feld den Hyänen und Aasgeiern«, erklärt er mit lallender Stimme. Dann schleppt er sich aus dem Zimmer.

Irgend jemand durchbricht die Stille und meint: »Bombenneurose.«

»Hysterie«, kommt der Erzbischof zu Hilfe.

Ihre reizende Gastgeberin, die Herzogin, rettet den Abend, indem sie freudestrahlend verkündet, daß es für die Damen an der Zeit ist, sich zurückzuziehen, damit die Herren ihre Zigarren und ihren Cognac genießen können. Die ganze Gesellschaft erhebt sich, die Frauen flattern schnatternd nach draußen, und die Männer machen es sich bequem bei Zigarren aus Havanna und Cognac aus Frankreich.

Es ist zwei Uhr in der Früh, als Gerard und Marisa nach Hause kommen.

Marisa betritt auf Zehenspitzen das Zimmer ihres Sohnes, um sich zu vergewissern, daß er selig schläft.

Er liegt, mit dem Daumen im Mund, zusammengerollt auf der Seite. Sie haucht einen Kuß auf seine Wange. Er runzelt die Stirn.

Im Schlafzimmer ist Gerard bereits damit beschäftigt, sich auszuziehen. Sie geht zu ihrem Toilettentisch, nimmt die Saphire ab und legt sie in ihre überquellende Schmuckschatulle. Ihr Blick bleibt für kurze Zeit auf dem Schmuck liegen.

»Gerard«, fragt sie ihren Mann, »sind wir Kriegsgewinnler?«

Er zieht die Hose aus. »Das Wort heißt gar nichts. Dem Mann gehört ein kräftiger Tritt in den Hintern, und wenn er nicht aufpaßt, dann wird er ihn auch bald bekommen.«

»Aber hat er recht?«

»Natürlich nicht«, antwortet er ungeduldig. Dann dreht er sich um und geht ins Badezimmer.

Sie knöpft ihr schimmerndes Abendkleid auf und hängt es in den Schrank. Vor dem Spiegel betrachtet sie jetzt ihr Gesicht, ein

Gesicht ohne Falten und mit einem besonders unschuldigen Ausdruck. Ihr Körper ist noch immer schlank und geschmeidig.

Als Gerard aus dem Badezimmer tritt, lächelt sie ihm im Spiegel zu. »Hat dir der Offizier die Party verdorben?« fragt sie ihn.

»Er hat unsere Gastgeberin beleidigt, nicht mich.«

Sie legt ihre Haarbürste weg und dreht sich um. »Wir sind so reich, Gerard, reicher als wir es uns je erträumt haben. Aber wir sind nur reich, weil Krieg ist, nicht wahr?«

»Na und?«

»Der Mann hat uns vor allen anderen als Kriegsgewinnler bezichtigt. Ich finde das Wort so häßlich.«

Er geht zu ihr hin und steckt einen Finger in ihre Schmuckschatulle. Als er den Finger wieder herauszieht, hängt eine wunderschöne blutrote Rubinkette daran. »Macht es dir wirklich etwas aus?« fragt er mit sanfter Stimme.

Sie lächelt, während sie die Steine streichelt. »Nein«, antwortet sie. »Nein, es macht mir nichts aus.«

Er küßt sie, dann schlüpft er unter die Decke und nimmt ein Buch in die Hand.

Sie zieht sich aus. Vollkommen nackt geht sie ins Badezimmer. Kurz darauf kommt sie zurück, schlüpft ebenfalls unter die Decke und kuschelt sich an ihren Mann. Sie schließt die Augen, denkt noch einmal über die Party nach, auch über die vielen Frauen, die Gerard schöne Augen gemacht haben…

Gerards Seitensprünge sind ihr natürlich nicht verborgen geblieben, aber sie läßt sich davon nicht übermäßig aus dem Gleichgewicht bringen. Sie ist schließlich Italienerin und weiß von jeher, daß ein Ehemann untreu ist. Ihr Vater war genauso.

Und Gerard hat sich ihr gegenüber immer großzügig gezeigt. Um ihren Schmuck wird sie von allen beneidet; sie bewohnen ein prächtiges Haus und werden von einem Dutzend Bediensteter verwöhnt. Die Möbel sind erlesen, ebenso wie die Gemälde an der Wand, das Porzellan in den Glasvitrinen, die Teppiche auf den Böden. Sie kennen alle wichtigen Leute, und alle wichtigen Leute sind von ihnen hingerissen. Sie reiten ganz oben auf der Welle, die sie mit Sicherheit noch lang und weit tragen wird.

So etwas hatte es in ihrem Leben noch nie gegeben und würde es auch nie wieder geben.

Die Liebe hatte Mercedes im Sturm erobert. Sie hatte ihre Festung angegriffen, hatte sie genommen und zur wehrlosen Gefangenen gemacht. Die Liebe war so mächtig und stark gewesen, daß sie sich ihrer, selbst wenn sie gewollt hätte, nicht hätte erwehren können; sie stand in keinem Verhältnis zu der Zeit, die sie sich ausgesucht hatte, um zu erblühen und zu der furchtbar kurzen Spanne, die sie zusammen verbringen konnten.

Er hatte nur zwei Wochen Urlaub. Sie verbrachten jede freie Stunde in dem großen Himmelbett. Manchmal wurde sie trotz der unbeschreiblichen Glückseligkeit von einer seltsamen Trauer erfaßt, wenn sie an Matilde oder José-Maria dachte.

Sean war dagegen so stark, so lebendig. Er erfaßte alle ihre Sinne. Seine Berührung war anders, er war sich seiner so sicher. Er drang in sie ein mit einer unbeschreiblichen Natürlichkeit. José-Marias Körper war so zart und schwächlich gewesen, Matildes so sanft und weich. An Seans Körper gab es keine weichen Stellen; er war stählern und kräftig und hatte sich vollkommen unter Kontrolle. Er berührte dieselben Stellen, die Matilde vor so langer Zeit berührt hatte, nahm die gleichen Pfade, um ihr Lust zu bereiten. Und doch unterschied sich dieses Liebesspiel von allem Vorherigen wie die Nacht vom Tag.

Matilde und José-Maria sind tot und begraben, dachte Mercedes. Und ich lebe. Sie spürte eine seltsame Mischung aus Trauer und Freude in sich aufsteigen. Matilde hatte alles vorausgesehen. *Irgendwann wird dir das hier nichts mehr bedeuten.*

Sie schob die Erinnerung an Matilde und José-Maria beiseite und nahm Sean in sich auf, ganz und gar, während sie redeten, schwiegen und sich liebten.

Sein Leben erinnerte sie in gewisser Weise an das von Francesc; auch in seiner Hingabe an die Sache war er ihm ähnlich. Seltsamerweise erinnerte er sie aber noch mehr an Gerard Massaguer, obwohl sie neben dem dunklen Haar und der gebräunten Haut kaum noch Ähnlichkeit hatten. Aber Gerard war auch ein Draufgänger, bereit zu töten, und darin unterschied er sich von Francesc. Beide Männer besaßen aber diese skrupellose Zielstrebigkeit. Weil dieser Gedanke jedoch beängstigend war, schob sie ihn gleich beiseite.

Zuerst wollte er nicht glauben, daß sie an der Front gewesen war.

»Was um alles in der Welt hat dich dazu getrieben? War es wegen deines Vaters?«

»Nein, das war es nicht. Ich konnte damals einfach nicht anders.«

»Wo warst du?«

»In der Nähe eines Ortes namens Granados.«

Er zog eine Augenbraue in die Höhe. »Granados in Aragon? Die Faschisten haben es inzwischen zurückerobert und die Stadt in Schutt und Asche gelegt. Heute lebt dort niemand mehr.« Er nahm ihre Hände in die seinen; sie waren schlank und schön wie alles an ihr. »Wie lange warst du an der Front, mein Liebling?«

»Von November 1936 bis März 1937«, antwortete sie leise.

»Fünf Monate? Eine lange Zeit. Hast du tatsächlich mitgekämpft?«

Sie zuckte nur die Schultern.

Er betrachtete ihr Gesicht. »Möchtest du lieber nicht darüber sprechen?«

»Nein.«

Er brummte. »Scheiße. Das heißt, daß du viel Schreckliches erlebt hast. Es tut mir so leid, Mercedes.«

»Mir ist es nicht schlechter gegangen als allen anderen auch.«

»Du erzählst es mir einfach, wenn du darüber reden kannst.«

»Alles scheint mir jetzt so sinnlos. Die vielen Toten, alles umsonst.« Sie sah ihn mit ihren dunklen Augen eindringlich an. »Und je länger der Krieg dauert, desto schlimmer wird es. So viel Niedertracht und keine Ideale mehr, so sieht es doch aus. Nur noch Habgier, Ehrgeiz, Grausamkeit.«

»Siehst du es wirklich so schlimm?«

»Mir ist die Revolution inzwischen einerlei«, erwiderte sie. »Als ich vor zwei Jahren an die Front ging, da war ich eine andere, eine mit Idealen und Hoffnungen. Aber die Frau, die ich damals war, gibt es nicht mehr.«

»Ich werde mich niemals ändern«, erklärte er, während er ihr

Gesicht streichelte. »Seit ich denken kann, kämpfe ich für die Gewerkschaft. Ich bin und bleibe Kommunist, solang ich lebe. Alles andere kommt für mich nicht in Frage. Wenn das hier vorbei ist, dann gehe ich zurück in die Staaten und kämpfe für bessere Arbeitsbedingungen. Ich werde meinen Teil dazu beitragen, das Los des einfachen Mannes zu verbessern.« Er sah den Ausdruck in ihrem Gesicht. »Du weißt nicht, wie das ist, Mercedes. Die Menschen sind Eigentum der Firma. Die Firma besitzt dich und deine Seele. Du arbeitest zehn Stunden täglich, sechs Tage in der Woche, und wenn du krank bist, kriegst du keinen Lohn; wenn du durch einen Unfall arbeitsunfähig wirst, feuern sie dich; wenn sie weniger Gewinne machen, lassen sie dich kurzarbeiten. Mein Vater hat immer gegen diese Unmenschlichkeit gekämpft. Überall nannte man ihn Red Mike O'Keefe. Manche nannten ihn zwar Black Mike O'Keefe, wegen seines Haars; es hatte die gleiche Farbe wie meines. Aber meist nannte man ihn Red Mike.«

»Und deine Mutter?« wollte sie wissen.

»Sie ist durch und durch Irin, eine ganz besondere Frau. Sie redet zwar nicht viel, aber sie ist stark und setzt immer ihren Willen durch. Wenn Ma nicht gewesen wäre, wäre ich nie aus Mingo County weggekommen.«

»Was hat sie gesagt, als du dich entschlossen hast, nach Spanien zu kommen?«

»Sie hat geweint.«

Mercedes erinnerte sich an die Tränen ihrer Mutter auf der Bahnstation. »Schreibst du ihr?«

»Ich bin kein großer Briefeschreiber«, sagte er. »Ich glaube, sie weiß, was ich für sie empfinde.«

Sie fuhr mit der flachen Hand über seinen Hals, dann weiter hinunter bis zu den harten Brustwarzen. Die Haare auf seiner Brust fühlten sich rauh an, sie knisterten wie elektrisiert unter ihrer Berührung.

»Und was empfindest du für mich?«

»Ich bete dich an.«

Er machte die Schlaufe ihres Morgenmantels auf. Ihr schlanker, heller Körper mit den kleinen Brüsten war glatt wie Marmor. Er beugte sich hinunter und küßte die weiche Stelle auf ihrer Schulter, das flache Tal zwischen ihren Brüsten, dann die sich emporreckenden Knopsen ihrer Brüste. »Ich bete dich an«, wiederholte er. »Du bist die wunderbarste aller Frauen, Mercedes.«

Als sie sah, daß sich sein Geschlecht hart und pulsierend aufgerichtet hatte, beugte sie sich hinunter und nahm es in den Mund.

Seine Finger krallten sich einen Augenblick lang in ihre Arme. Sie wehrte sich nicht, spürte nur, wie seine Männlichkeit in ihrem Mund pulsierte – salzig und heiß. Jetzt biß sie in das feste Fleisch, zuerst ganz vorsichtig und zart, dann immer fester. Seine Schenkel spreizten sich, er stöhnte und rief ihren Namen. Sie kniete sich zwischen seine Schenkel, mit ihren Armen umfing sie seine schmale Taille. Sein kräftiger Körper bäumte sich auf in Ekstase. Sie spürte, wie seine Finger in ihrem Haar Halt suchten.

Seine Erregung entfachte ein langsames, langes Feuer in ihr. Das Gefühl, Macht über ihn zu besitzen, erregte sie. Sie hielt ihn in der Hand, er war ihr ausgeliefert. Er gehörte ihr, obwohl er so sicher gewesen war, daß er Herr der Lage sein würde, daß er der Lehrer und sie die Schülerin sein würde. Aber auch sie liebte nicht zum erstenmal, und obgleich sie noch nie einen Mann geliebt hatte, wußte sie, wie man dem anderen Lust bereitete.

Jetzt zog er sein Geschlecht aus ihrem Mund und sank neben ihr aufs Bett. Sein Gesicht glühte vor Leidenschaft.

»Mein Gott«, stöhnte er. »Wo hast du das gelernt?«

»Als Kind auf dem Schulhof. Machen die Mädchen in Virginia so etwas nicht?«

»Nicht die braven Mädchen.«

»Ich habe nie gesagt, daß ich ein braves Mädchen bin«, sagte sie leise. »Du hättest es sagen sollen, wenn es dir unangenehm war.«

»Wir Amerikaner sind viel prüder als ihr Europäer«, sagte er entschuldigend und zog sie zu sich heran. »Und ich habe nicht gesagt, daß es nicht schön war. Es ist nur… bisher hat noch niemand…«

»Dann hab' ich dir sogar etwas Neues gezeigt«, entgegnete sie lächelnd. Ihre dunklen Augen leuchteten. Sie zog ihn auf sich und führte ihn zwischen ihre Schenkel. »Komm«, flüsterte sie, als sie sein Geschlecht in die Hand nahm. »Sean, ich liebe dich. Ich kann den Gedanken nicht ertragen, daß du mich wieder verläßt.«

»Ich werde immer zu dir zurückkommen. Immer.«

Und dann lagen nur noch zwei Tage Paradies vor ihnen.

Sie war so unendlich traurig, daß er sie einfach aus Barcelona wegbringen mußte.

Mit seiner Gabe, das Unmögliche möglich zu machen, borgte er sich ein Motorrad, mit dem sie nach Tossa del Mar, einem kleinen Fischerdorf an der Küste fuhren. Sobald sie Barcelona verlassen hatten, wehte ein frischer Wind um ihre Nasen, der auch die düsteren Gedanken für eine Weile vertrieb.

Das Dorf mit den geweißten Häusern und den sonnigen Straßen schien von der Zivilisation unberührt geblieben zu sein. Nur hie und da wurde das Weiß von Geranien auf einer Fensterbank oder von einer farbig gestrichenen Tür unterbrochen. Über den Häuserdächern thronte eine kleine Burg.

Als sie die Steinstufen zum Meer hinuntergingen, kamen ihnen drei junge Frauen entgegen. Jede von ihnen trug einen großen Tonkrug mit Wasser auf dem Kopf. Als ihre Blicke auf den großgewachsenen Sean fielen, verstummten sie. Drei Paar neugierige Augen musterten ihn im Vorbeigehen.

Er blieb stehen und sah ihnen nach. Die schweren Wasserkrüge verliehen ihnen eine natürliche, archaische Anmut. Die sich wiegenden Hüften und die baumelnden Arme bewegten sich so, daß sie die Stufen ohne große Mühe erklimmen konnten.

»Wo starrst du hin?« fragte Mercedes eifersüchtig.

Er schüttelte den Kopf. »Ich frage mich bloß, ob sie wissen, was für einen hübschen Anblick sie mit ihren Wasserkrügen auf dem Kopf bieten.«

»Natürlich wissen sie das«, sagte sie und ergriff seine Hand. »Deshalb tragen sie sie ja so. Aber laß uns jetzt gehen, ich möchte dir noch etwas anderes zeigen.«

Sie führte ihn hinunter zu einer kleinen Bucht. Zwei Dutzend kleine Fischerboote lagen auf dem halbmondförmigen Sandstrand, der von steilen Klippen mit Agaven und Feigenkakteen umgeben war. Das Wasser war spiegelglatt. Die wenigen Boote, die sich draußen befanden, schienen in der Luft zu schweben. Weiter draußen ging das Türkis des Wassers in ein Dunkelblau über und schließlich in ein blendendes Gold, das sich bis in den Himmel erstreckte.

Er war begeistert. »In Amerika stünden hier schon längst riesige Hotels und Nachtclubs für Millionen und aber Millionen von Touristen.«

Sie lächelte. »Hier wird es nie Hotels und Touristen geben.« Sie kletterten über Felsbrocken, bis sie ein Plätzchen gefunden hatten, das ihnen gefiel. Mit Ausnahme von ein paar alten Männern, die an ihren Booten oder Netzen arbeiteten, und den Seemöwen, die träge über ihnen kreisten, waren sie ganz allein in der Bucht.

Sie lagen nebeneinander auf dem heißen Sand und hielten sich an den Händen. Das Plätschern der Wellen machte sie schläfrig.

»So stell' ich mir den Himmel vor«, sagte er leise. »Hier könnte ich ewig mit dir bleiben.«

Am Montag sollte sein Fronturlaub zu Ende sein. Als sie ihn ansah, waren ihre Augen feucht.

»Du kommst doch zu mir zurück?«

»Ich komme immer zu dir zurück.«

Er hielt sie ganz fest. Ihre Lippen berührten sich, liebkosten sich mit einer zärtlichen Vertrautheit. Er legte eine Hand auf ihre Wange und sah ihr in die Augen. »Der Krieg wird bald vorbei sein. Dann hol' ich dich, und wir gehen zusammen nach Amerika.«

»Ich soll mit dir nach Amerika gehen?« fragte sie überrascht.

»Ja.« Seine Augen waren ernst. »Du mußt doch wissen, wieviel du mir bedeutest.«

»Aber wir kennen uns doch erst seit zehn Tagen!«

»Was spielt das für eine Rolle?« fragte er. »Was wir erleben, gibt es nur einmal im Leben, Mercé. Nur ein einziges Mal.«

Sie stiegen wieder hinauf ins Dorf und aßen in einer *fonda* in der Nähe der kleinen weißen Kirche. Das dunkle Wirtshaus war erfüllt vom Lachen der Fischer und dem Rauch ihrer Zigaretten. Es gab nur ein einziges Gericht auf der Speisekarte, nämlich frische Muscheln. Sie aßen so viel, daß ihnen beinahe schlecht wurde.

Als sie am Abend nach Barcelona zurückkehrten, mußte sie feststellen, daß die Stadt ohne Stromversorgung war.

»Es ist nur noch eine Frage der Zeit, bis Lérida fällt«, erklärte Sean. »Damit hätten die Faschisten dann auch das letzte Hindernis entlang des Segre nach Tremp aus dem Weg geräumt. In Tremp steht das Kraftwerk, das Barcelona mit Elektrizität versorgt.

Schon in wenigen Tagen werden in Barcelona für immer die Lichter ausgehen.«

»Bitte sprich nicht vom Krieg. Unsere letzte Nacht soll ewig dauern.«

Sie zündeten eine dicke, weiße Kerze an, die aus irgendeiner Kirche stammte. Sie liebten sich im schwachen Lichtschein der Kerze.

Ihr Liebespiel war mit jedem Mal sinnlicher geworden; ohne Hast und Eile konnten sie den anderen genießen. Seine heiße Haut an ihrer Haut zu spüren war reine Ekstase. Sie preßte sich an ihn, und ihr Mund suchte den seinen, während sich ihre Körper umschlangen. Gleich einer Flamme stieß seine Zunge in ihren Mund hinein. Sein Geschlecht stieß hart gegen ihren Bauch. Sie ließ die Hand nach unten gleiten und umschloß ihn mit ihren Fingern.

»Ich liebe dich, Sean«, flüsterte sie heiser. »Ich liebe dich mehr, als ich dir sagen kann.«

Der Schein der Flamme spiegelte sich in seinen Augen wider, zauberte ein smaragdfarbenes Strahlen in sie hinein. Er schlug die Decke zurück und betrachtete ihren Körper im weichen Licht der Kerze.

Ihre Haut schimmerte wie Elfenbein. Er fuhr mit seinen Fingern über die zarten Wölbungen ihrer Rippen bis hinunter zu ihren Hüften und Schenkeln. »Kein Körper ist wie der andere. Der eine ist schön, der andere häßlich. Deiner ist der schönste, den ich je gesehen habe. Und ich kenne ihn so wenig; ich habe ihn immer nur in der Dunkelheit berührt.«

Mit sanfter Gewalt drückte er ihre Schenkel auseinander. Sie ließ ihn gewähren, denn sie empfand weder Scham noch Befangenheit. Seine Finger liebkosten die Innenseite ihrer Schenkel, bis sie schließlich den Eingang zu ihrer Pforte fanden. »Ich hab' noch nie eine Frau so gesehen«, flüsterte er.

Sie lag auf dem Rücken und sah ihn an. »Haben die anderen Frauen es nicht zugelassen?«

»So nicht.«

»Meinst du, sie haben sich geschämt?«

»Kann sein. Wirklich, die Menschen in West Virginia sind nicht besonders erfahren.«

Sie neigte den Kopf zur Seite. »Ach tatsächlich? Finden Sie es interessant, Señor West Virginia?«

»Ich find' es schön.« Er liebkoste sie wieder. »Wie eine Blume. Sehr geheimnisvoll.«

»Geheimnisvoll?«

»Ja, das Geschlecht eines Mannes ist kaum zu übersehen, findest du nicht?«

Sie lächelte. »Das stimmt, deins ganz bestimmt nicht.«

»Aber deines ist so zart und verletzlich, daß es sich unter dir versteckt. Du brauchst nur die Beine zu schließen und schon ist es nicht mehr da.« Seine Berührung erregte sie. »Bitte hab' Geduld mit mir«, bat er leise. »Ich bin halt nur ein dummer Kerl.«

Er beugte sich hinunter und küßte ihr Geschlecht, seine Lippen saugten an ihren Lippen. Mercedes spürte, wie ein süßer Schauer sie durchfuhr. Ihre Finger wühlten in seinem Haar. Als seine Zunge die erblühende Knospe fand, erbebte sie vor Lust.

»Sean…«, flüsterte sie.

Er gab keine Antwort, er war verloren. Der Duft ihres Körpers berauschte ihn, er schmeckte Moschus und Ambra. Seine Zunge erforschte sie, leckte sie, liebkoste sie.

Wollust nahm ganz und gar Besitz von ihr. Ihr Atem ging schwer und stoßweiße. Er war ein gelehriger Schüler, lernte durch ihre stummen Antworten. Sie wand sich und drückte sich noch näher an ihn, verlangte nach mehr. Selbst in dieser Liebkosung war er rauher und fordernder, als Matilde es jemals gewesen war. Er gebrauchte seine Zunge und seine Zähne, als wollte er sie verschlingen.

Sie spürte, wie sehr sein Tun ihn selbst erregte. Sie wußte, daß es auch ihm Freude bereitete, erkannte es an der Art, wie er sich bewegte, wie seine Hände auf ihrem Körper lagen.

Dann stieß er in sie hinein, bis sie glaubte, er nagle sie auf das Bett. Sie war so naß, daß sich ihm nicht der geringste Widerstand bot. Ihr Liebesspiel war von einer schmerzlichen Süße. Ihr Höhepunkt kam wie ein goldener Speer, der sie durchbohrte, und sie in ein langes, bebendes Schluchzen ausbrechen ließ. Sie spürte, wie auch er erzitterte und erbebte und seinen heißen Saft in sie ergoß. Er küßte sie zwischen keuchenden Atemstößen. Sie schmeckte sich selbst auf seinen Lippen.

Drei Tage später, als er schon wieder an der Front war, stand sie am Abend am Fenster und ließ ihren Blick über den Park und die verdunkelte Stadt unter ihr gleiten. Hin und wieder sah sie das Flackern von Kerzen in der dunklen Nacht. Eine spärlich beleuchtete Straßenbahn kroch unter ihr dahin wie ein Glühwürmchen.

Würde er zu ihr zurückkommen?

Sie löschte das Licht und legte sich schlafen.

12. VOR LANGER ZEIT IN EINER ANDEREN WELT

TUCSON – SEPTEMBER 1973

Er wankte und taumelte die Treppe hinauf.

Seine Hände zitterten, als er sich einen Whisky eingoß, den er in einem Zug hinunterschüttete. Er hatte beinahe die Kontrolle verloren. Es war ihr gelungen, ihm die Kapuze vom Kopf zu ziehen, so daß sie sein Gesicht gesehen hatte.

Sie hatte sein Gesicht gesehen.

Sie hatte ihn in die Enge getrieben. Wenn er ungestraft davonkommen wollte, blieb nur eine Möglichkeit: Er mußte sie töten.

Er schenkte sich einen zweiten Whiksy ein, bevor er in das große Zimmer ging. Von allen Seiten flutete das Licht herein und ließ das Zimmer erstrahlen. Er hatte gehofft, daß die vertrauten Gegenstände und Farben ihm Trost bringen würden.

Er hatte das Haus gleich nach der Fertigstellung vor fünf Jahren eingerichtet und seither kaum etwas daran geändert. Mit Ausnahme der massiven, aus Walnußholz geschnitzten Truhe aus dem sechzehnten Jahrhundert, die aus Aragon stammte, kamen sämtliche Möbelstücke aus Tucson und Umgebung. Die grobe Handwerksarbeit war schlicht und wohltuend. Viele Dinge im Raum waren indianischer Herkunft. Die leuchtenden geometrischen Muster der Teppiche bildeten einen auffallenden Kontrast zu den ungleichmäßig geflochtenen Körben und den handgemachten Töpferwaren.

Nur zwei seiner eigenen Arbeiten befanden sich im Zimmer: die Marmorbüste einer Frau mit ernsten, ebenmäßigen Zügen und eine grobere Arbeit aus Sandstein, die Eidechsen und Schlangen darstellte; er hatte sie in die Wand oberhalb des Kamins eingelassen.

Es war seine Schuld gewesen, daß sie sein Gesicht gesehen

hatte. Er war unglaublich unvorsichtig gewesen. Es war seine Schuld, daß sie sterben mußte.

Er hatte immer geahnt, daß das Mädchen möglicherweise würde sterben müssen. Er hatte immer damit rechnen müssen.

Töten war für ihn nichts Neues; er hatte schon oft und auf verschiedene Arten getötet. Er hatte menschliches Fleisch mit Kugeln durchbohrt, hatte menschliche Körper verbrannt, verletzt, zerstückelt, hatte gesehen, wie ihre lebenswichtigen Stränge sich auflösten, wie die Säfte ausflossen. Es würde nicht schwierig sein, dieses schwache Mädchen zu töten.

Er würde nicht einmal eine Schußwaffe oder ein Messer brauchen. Er brauchte nur etwas ins Essen zu geben, damit sie, ohne daß sie es merkte, einschlief.

Ein sanfter Tod war ein Geschenk. Er wußte das. Viel mehr konnte man vom Leben nicht verlangen. Außer Rache.

Er würde sie hier draußen in der Wüste begraben, in der sauberen, trockenen Erde. An einem heiligen Ort. Alle Orte draußen in der Wüste waren heilig.

Übelkeit stieg in ihm auf. Nein. Er konnte nicht. Er konnte das Mädchen nicht töten. Irgend etwas hinderte ihn daran, etwas, das stärker war als der Gedanke. Es wäre einfacher, sich selber zu töten. Viel einfacher.

Und was willst du dann tun?

Eden saß mit angezogenen Knien auf dem Bett.

Sein Gesicht war für alle Zeiten in ihr geistiges Auge eingebrannt. Das gleiche Gesicht, daß sie vor Jahren im Laurel Canyon zum erstenmal gesehen hatte. Hart, an einen Raubvogel erinnernd, mit hochstehenden Backenknochen und einem markanten Kinn. Ein Gesicht, das anziehend, ja sogar schön hätte sein können, wenn es nicht durch Bitterkeit entstellt gewesen wäre. Durch eine angsteinflößende Spannung. Eine gewisse Gewaltsamkeit. Auch diese dunklen Augen würde sie nie wieder vergessen. Schwarz und unergründlich. Wie konnte er sie jetzt jemals wieder freilassen? Sie konnte schwören, daß sie ihn nicht verraten würde, aber er hatte keinen Grund ihr zu glauben.

Die Polizei konnte ein Phantombild anfertigen. Jeder Polizist in Amerika würde es kennen. Die Polizei konnte das Bild in Zeitungen veröffentlichen, es ins Fernsehen bringen. Er würde nirgendwo mehr sicher sein.

Natürlich gliche die Suche nach ihm der Suche nach einer Nadel im Heuhaufen. Man wußte ja nicht einmal, in welchem Bundesland sie sich aufhielt. Und so auffällig war sein Gesicht auch wieder nicht. Er konnte sein Haar färben, seinen Schnurrbart abrasieren, er konnte sogar das Land verlassen, sobald er das Geld in Händen hielt.

Aber vielleicht wollte er dieses Risiko gar nicht auf sich nehmen.

Wer war er? Warum hatte er ausgerechnet sie entführt?

Eden grübelte weiter über ihr Schicksal nach.

Langsam erwachte er aus seiner Benommenheit und leerte sein Glas. Er sah auf seine Armbanduhr. Viel war nicht mehr im Haus. Er mußte in die Stadt fahren und einkaufen.

Er vergewisserte sich, daß alles an seinem Platz war, und schloß dann das Haus hinter sich ab.

Wenn er jetzt darüber nachdachte, dann merkte er, daß er eigentlich sehr wenig geplant hatte. Alles war so einfach gewesen. Er war nach Kalifornien gefahren, hatte dort das Mädchen entführt und sie dann hierhergebracht. Er hatte kaum darüber nachgedacht. Das Ganze war ein Kinderspiel gewesen. So einfach. Jetzt kam es darauf an, daß er die Ruhe bewahrte, jetzt, wo der Sieg ihm so gut wie sicher war. Er durfte sich nicht mehr aus der Ruhe bringen lassen.

Er trat hinaus in die sengende Hitze und stieg in seinen Lieferwagen.

Während er auf der von Kandelaberkakteen gesäumten Straße fuhr, dachte er über diese andere Sache nach, über die Sucht.

Irgendwie war ihm »die Krankheit« bekannt vorgekommen. Das Zittern. Der Schweiß auf der eiskalten Haut. Die Schmerzen im Rücken. Zuerst hatte er sich keinen Reim darauf machen können, obwohl er es hätte wissen müssen.

Das Mädchen war ein Junkie.

Er sah Edens dünnen Körper vor sich. Das gequälte Gesicht, das so hübsch hätte sein können. Die Spuren entlang ihrer Venen. Die weiße, fast durchsichtige Haut. Das Heroin war schuld daran.

Diese Narben... das Mädchen mußte eine schlimme Fixerin gewesen sein.

Plötzlich überkam ihn Mitleid. Armes Ding. Sie war noch so jung, so furchtbar jung.

Er versuchte, gegen das Mitleid anzukämpfen, weil sie es nicht verdiente. Während er in Vietnam seine Seele verloren hatte, hatte sie gelebt wie im Paradies. Von Geburt an war sie mit allen Annehmlichkeiten ausgestattet gewesen. Sie war zur Welt gekommen auf einem großen Misthaufen, hatte den Reichtum genossen, den die Eltern auf Kosten anderer zusammengetragen hatten. Und dann war sie schnurstracks nach unten gesunken, bis auf den Grund dieses Misthaufens, war in dem Schmutz gelandet, der den Reichtum überhaupt erst möglich gemacht hatte.

Sie war am Ende noch schlimmer dran als er selbst.

Sie schlief, als er wieder in die Zelle kam. Ihr Gesicht wirkte erschöpft. Das dunkle Haar klebte an Stirn und Wangen. Die Zartheit und Empfindlichkeit ihres entblößten Halses und ihrer Kehle berührte ihn fast schmerzlich. Er bemerkte einen blauen Fleck auf ihrem Gesicht, der nur von dem Kampf stammen konnte.

Er betrachtete sie lange.

Eden. An das Bett gekettet.

Angekettet, so wie damals er.

Er wartete auf das Gefühl des Triumphs, aber er wartete vergeblich. Ganz zu Anfang hatte er es gespürt, aber inzwischen hatte es sich verändert. Jetzt empfand er nur noch so etwas wie Mitleid, und dieses Gefühl blockierte ihn.

Er sah auf die Einstichstellen an ihren Beinen. Er hatte schlimmere gesehen. Eden hatte Entzündungen vermeiden können, die weniger vorsichtige Fixer bekamen. Aber die Narben leuchteten hell.

Er beugte sich über sie, steckte den Schlüssel in die Handschellen und drehte ihn um. Dann nahm er sie ab. Die Haut darunter war aufgeschürft und blutig, doch sie würde heilen. Er zog die Kette durch die Stäbe, vorsichtig, damit sie nicht erschrak. Aber eine der Handschellen schlug gegen das Metall. Eden regte sich. Sie öffnete die Augen und starrte in die seinen.

Er trug keine Kapuze. Erschreckt wich sie an die Wand zurück.

Ihr Gesicht schien sich zu verzerren. »Werden Sie mich umbringen?« fragte sie.

»Ich nehme Ihnen für eine Weile die Handschellen ab, das ist alles.«

Es dauerte einen Augenblick, bis sie die Ketten in seinen Händen bemerkte. Vollkommen verblüfft sah sie auf ihre Handgelenke hinunter. »Werden Sie mich von hier wegbringen?«

»Nein.« Wieder drohte ihn das Mitleid zu überwältigen, aber er zwang sich, seine Stimme barsch klingen zu lassen. »Wenn Sie nur die kleinste Dummheit machen, lege ich sie Ihnen wieder an«, erklärte er. »Ich kette Sie an Händen und an Füßen an. Kapiert?«

Benommen berührte Eden ihre nackten Handgelenke. »Sie tragen Ihre Kapuze nicht mehr. Das heißt, daß Sie mich umbringen werden, stimmt's? «

»Nein. Falsch.«

Sie blickte in das Gesicht ihres Entführers. Er sah die Angst in ihren Augen. Sie hatte smaragdgrüne Augen. Irgendwann waren sie strahlend und keck gewesen, aber jetzt lagen sie in tiefen Höhlen, über die das schwarze Haar herabhing. Ihre Wangen waren hohl.

Plötzlich schlug sie die Hände vors Gesicht. »Ich will Sie nicht ansehen! Es war nicht meine Schuld, daß die Kapuze heruntergerutscht ist. Setzen Sie sie wieder auf. Bitte! Ich habe Ihr Gesicht ja kaum gesehen. Wenn wir uns auf der Straße begegneten, würde ich Sie nie wiedererkennen.«

»Beruhigen Sie sich, Eden.«

»Sie werden mich umbringen.«

»Nein.«

»Sie lügen. Sie wären doch nicht ohne Kapuze hier hereingekommen, wenn Sie die Absicht hätten, mich am Leben zu lassen.«

»Sie hätten mir das mit dem Heroin sagen sollen.«

»Sie hätten mir sagen sollen, daß Sie mich entführen wollen.«

Er wandte sich in Richtung Tür. »Nehmen Sie das Wasser nicht zum Waschen«, sagte er über die Schulter. »Trinken Sie es, Sie sind ganz ausgetrocknet. Deshalb sehen Sie auch so furchtbar aus. Trinken Sie, soviel Sie können. Ich habe Ihnen genügend gebracht.«

Dann schlug er die Tür hinter sich zu.

Sie nahm die Hände vom Gesicht und berührte ihre Handgelenke. Warum hatte er sie ihr abgenommen? Aus Mitleid? Weil er wußte, daß sie bald sterben würde?

Ohne das Gewicht der Handschellen fühlten sich ihre Arme federleicht an. Sie hob sie hoch über den Kopf und gab sich einen Augenblick der Freude über die scheinbare Freiheit hin. Ihre Schulter tat immer noch weh, aber trotzdem fühlte sie ein Glücksgefühl in sich aufsteigen. Zum erstenmal war sie in der Lage, das Bett zu verlassen und in ihrer winzigen Zelle umherzugehen. Sie ließ die Beine über den Bettrand hängen.

Der erste Versuch aufzustehen mißlang. Weil sie ihre Beine so lange nicht mehr gebraucht hatt, versagten sie ihr jetzt den Dienst. Ihre Knie sackten ein, und sie fiel zurück aufs Bett.

Mit zusammengebissenen Zähnen versuchte sie es noch einmal. Sie spürte, wie sich die Muskeln in ihren Schenkeln anspannten. Sie schrie auf und lehnte sich an die Wand, und jetzt blieb sie, trotz des stechenden Schmerzes, der von ihren Fersen bis hinauf in ihren Rücken fuhr, stehen.

Mit unendlich kleinen Bewegungen schleppte sie sich ein Stückchen von der Wand weg. Die Zelle war so winzig, daß ihr gerade genügend Platz blieb, um das Bett zu umkreisen. Jetzt konnte sie auch endlich nach oben fassen und das Aluminiumgitter in der Wand erreichen. Eine kühler Lufthauch strich über ihre ausgestreckten Finger.

Sie streckte die Hände zur Decke hoch. Streckte und dehnte ihre Arme. Ging zurück zur Tür und lehnte sich gegen den kühlen Stahl.

Vor lauter Glück lachte sie laut auf. So groß war die Freude darüber, sich ein paar Meter weit fortbewegen zu können, die andere Wand berühren zu können.

Sie reckte sich nach oben, drehte sich in der Taille, spürte, wie sich ihre Gelenke und Muskeln dehnten.

Sie ging solange in der Zelle herum, bis ihre Beine nachgaben. Dann sank sie zurück auf das Bett und massierte die zitternden Muskeln. Wenn sie sich etwas gestärkt hatte, würde sie es noch einmal versuchen. Sie rollte sich auf die andere Seite und musterte das Tablett. Ein Stück gebratenes Huhn und ein paar eklige Kartoffelchips. Schon der Anblick verursachte ihr Übelkeit, aber sie mußte an ihre Beine denken. Sie brauchten die Stärkung, selbst wenn ihr Magen lieber verzichtet hätte.

Sie streckte die Hand aus und holte den Teller aufs Bett.

COSTA BRAVA

Mit kühlem Blick, die Hände in den Hosentaschen taxierte der Geschäftsmann aus Madrid Mercedes' Motorjacht.

»Ich habe sie vor drei Jahren gekauft«, informierte ihn Mercedes. »Ich habe über eine Million Dollar dafür bezahlt.«

Der Geschäftsmann zeigte keine Reaktion.

»Sie ist bestens ausgestattet und in einem ausgezeichneten Zustand, das haben Sie selbst gesehen. De Vries in Holland hat sie gebaut. Sie bringt es auf achtzehn Knoten. Sie hat vier Kabinen mit jeweils zwei Betten. Die Täfelung ist echtes Teakholz. Außerdem ist sie mit den neuesten Navigationsgeräten ausgestattet...«

»Sie ist drei Jahre alt«, unterbrach der Mann schroff.

»Sie ist ein erstklassiges Schiff.«

»Mehr kann ich nicht bezahlen.« Er warf einen Blick auf seine Armbanduhr. »Und ich habe sehr wenig Zeit. Entschuldigen Sie mich, ich muß telefonieren.« Er drehte sich um und ging zum Hafenbüro, wo sich das Telefon befand.

Zornig drehte sich Mercedes zu Paco, dem Hafenbesitzer, um. »Dieses Schwein!«

»Das Angebot ist lächerlich«, meinte Paco.

»Zweihunderttausend Dollar? Das ist eine Beleidigung«, erwiderte sie grimmig.

Paco zuckte mit den Schultern. »Deshalb würde ich an ihrer Stelle gar keine Zeit mehr mit ihm verschwenden.«

Mercedes' Mund war nur noch eine schmale Linie. »Das kann ich mir nicht leisten. Außerdem sind es nicht gerade viele Interessenten, die Sie beigebracht haben.«

»Sie haben mir auch nicht gerade viel Zeit gegeben«, erwiderte er. »Wenn Sie einen guten Preis für dieses Schiff erzielen wollen, dann müssen Sie Geduld haben.«

»Ich habe aber keine Geduld«, erklärte sie barsch. »Mir bleibt keine Wahl.«

Paco runzelte die Stirn. »Sie denken doch nicht im Ernst daran, auf dieses Angebot einzugehen, oder?« Als sie keine Antwort gab, veränderte sich sein Gesichtsausdruck. »Zweihunderttausend? Señora Eduard, ich kann nicht glauben, daß Sie so dringend Geld brauchen. Dieses Schiff ist mindestens eine dreiviertel Million Dollar wert. Wenn Sie mir nur drei Monate Zeit lassen, werde ich…«

»Ich habe keine drei Monate«, erklärte sie mit zitternder Stimme. »Ich habe nicht einmal drei Wochen, Paco!«

Der Mann aus Madrid kam zurück. Er setzte seine Sonnenbrille auf und wandte sich mit barschem Ton an Mercedes.

»Ich muß wieder in eine meiner Fabriken zurück. Also?«

Mercedes biß die Zähne zusammen. »Wenn Sie Ihr Angebot auf eine Viertelmillion erhöhen, dann können wir den Kauf sofort perfekt machen«, erklärte sie.

Der Fabrikbesitzer aus Madrid war ein stattlicher Mann mit derben Gesichtszügen. »Sie werden auch mit zweihunderttausend zufrieden sein, Señora Eduard«, erwiderte er kalt. »Sie haben keine Wahl.«

»Was wollen Sie damit sagen?«

»Sie sind in Schwierigkeiten, denn Sie verkaufen im Moment alles, was Sie besitzen. Das ist längst kein Geheimnis mehr.«

Aus ihrem Gesicht war alle Farbe gewichen. »Ich weiß wirklich nicht, wovon Sie sprechen, Señor.«

Er deutete ein Lächeln an. »Wirklich nicht?« Er nahm sein Scheckheft und seinen goldenen Füllfederhalter aus der Innentasche seiner Jacke. »Ich schreibe jetzt einen Scheck aus über zweihunderttausend Dollar. Einzulösen bei einer New Yorker Bank. Wollen Sie?«

Paco starrte Mercedes Eduard mit großen Augen an. Ihr Gesicht glich einer Maske. Vollkommen regungslos und stumm stand sie da.

Dann neigte sie ganz leicht den Kopf.

Die Motorjacht, die er eben gekauft hatte, würdigte er nicht einmal eines Blickes. »Es war mir ein Vergnügen«, sagte er, bevor er ging. »Ich hoffe, Sie sind Ihre Schwierigkeiten bald los, Señora Eduard.«

Als das Telefon klingelte, nahm Joaquin de Córdoba den Hörer ab, aber er sprach erst, als er hörte, daß auch Mercedes ihren Hörer abgenommen hatte.

»Hallo?«

»Da hört noch jemand mit«, sagte die rauhe Stimme, die de Córdoba augenblicklich erkannte. Sein Herz fing sofort an zu rasen. Er wußte, daß es Mercedes ebenso erging. »Wer hört da noch mit?«

»Ein Freund der Familie.«

»Ein Freund der Familie, daß ich nicht lache.«

»Ein Berater. Joaquin de Córdoba. Sie haben bereits mit ihm gesprochen.«

»Ist er ein Bulle?«

»Er ist nur ein Freund. Ein alter Freund der Familie.«

»Also, hier spricht Paul. Ich bin auch ein alter Freund der Familie. Ein sehr alter sogar.«

Mercedes holte tief Luft. »Wie geht es meiner Tochter?«

»Schlecht. Auf Turkey sein ist nicht gerade lustig, oder?« Ein eisiges Schweigen legte sich zwischen sie. Plötzlich lachte er. »Haben Sie vielleicht geglaubt, ich würd's nicht merken? Das Mädchen ist Fixerin. Ihr ganzer Körper ist mit Einstichstellen übersät. Bei einer solchen Sucht muß der Entzug doch qualvoll sein, oder nicht?«

»Bitte.« Mercedes sprach mit leiser Stimme. »Sagen Sie mir, ob Eden krank ist.«

»Schlimmer als krank. Todkrank.«

De Córdoba hielt den Atem an. »Was meinen Sie damit?« drängte Mercedes.

»Ich meine, daß sie nicht ewig durchhält.«

»Was hat sie?«

»Besorgen Sie das Geld! Schnell! Oder Sie kriegen sie mit geschlossenen Augen wieder. Und zwar für immer.«

»*Was hat sie?*«

»So ziemlich alles.«

»Sie müssen einen Arzt holen. Bitte! Helfen Sie ihr!«

»Ich kann keinen Arzt holen, und das wissen Sie auch. Ich müßte sie dort drunten sterben lassen, ehe ich einen Arzt hole.« Er lachte wieder. »Kommt Ihnen das nicht verrückt vor? Daß ausgerechnet Ihre Tochter drogensüchtig geworden ist?«

»Bitte! Wenn Eden krank ist…«

»Man könnte es als ausgleichende Gerechtigkeit bezeichnen.«

»Hören Sie mich doch an!«

»Nein, Sie hören *mich* an. Und Sie hören besser auch zu, Mr. Lauscher. Sie erfahren vielleicht etwas über Ihre Freundin, was Sie noch nicht wissen. Hören Sie auch zu, alter Knabe?«

»Ich höre«, sagte de Córdoba leise.

»Wußten Sie, daß ihr Mann der bekannteste Drogenhändler in Los Angeles war? Wußten Sie das?«

De Córdoba antwortete nicht.

»Ja.« Die Stimme klang etwas atemlos. »Das war er. Was halten Sie davon, alter Knabe?«

»Ich weiß nicht, was ich sagen soll«, antwortete de Córdoba zögernd.

»Das glaub ich gern. Ihr Mann hat jahrelang Kokain aus Kolumbien eingeflogen. Er hat's in seinen Frachtflugzeugen versteckt. Daher stammt auch das Geld, mit dem dann die Häuser und Jachten und Autos gekauft wurden. Geld stinkt nicht, wie man so schön sagt. Deshalb ist die Sache mit Eden so verrückt. Ihr teures kleines *Baby*.« Die Stimme klang so gehässig, daß de Córdoba zusammenzuckte. »Die ganzen Jahre war es Ihnen egal, was mit den anderen passierte. Und jetzt passiert es in Ihrer eigenen Familie, Mercedes.«

Das Sprechen bereitete ihr offensichtlich große Mühe, als sei ihre Stimme eingerostet. »Ich hatte mit den Geschäften meines Mannes nichts zu tun. Nie.«

»Sie sind eine verdammte Lügnerin.«

»Ich sage die Wahrheit.«

»Sie wußten, woher das Geld kam, und Sie haben es ausgegeben, und jetzt wollen Sie mir weismachen, daß Sie nicht wußten, daß Blut dran hing?«

»Doch, in dieser Hinsicht fühle ich mich schuldig«, sagte sie mit der gleichen rauhen Stimme.

»Ist das der Grund, warum Sie Eden entführt haben?« fragte de Córdoba. »Um Mercedes Eduard für das, was sie getan hat, zu bestrafen?«

Die Stimme blieb stumm. Dann sagte sie kurz: »Besorgen Sie das Geld.«

Sie hörten ein Klicken in der Leitung, die Verbindung war unterbrochen.

Nach zehn Minuten betrat Mercedes de Córdobas Zimmer. Sie war leichenblaß. »Es ist die Wahrheit«, wiederholte sie. »Ich hatte nie etwas mit Dominics Geschäften zu tun. Ich habe erst nach Jahren erfahren, welchen Geschäften er nachging. Und zu der Zeit hatten wir bereits Eden.« Er sah, wie sie sich quälte. »Was hätte ich tun sollen? Ich habe solange ausgehalten, bis Eden alt genug war, und dann habe ich ihn verlassen.«

»Bitte...« Das Geständnis war ihm peinlich.

»Was das Geld anbetrifft, schwöre ich, daß ich von Dominic nicht einen roten Heller bekommen habe, als ich gegangen bin. Ich habe mit Aktien spekuliert und Glück gehabt. Ich habe viel Geld verdient. Der Mann irrt sich, wenn er glaubt, daß ich mein Geld im Drogenhandel verdient habe. Ich versichere es Ihnen.«

»Sie müssen sich vor mir nicht rechtfertigen«, sagte er sanft.

»Ich weiß.« Sie sah ihm immer noch in die Augen. »Aber ich will, daß Sie mir glauben. Glauben Sie mir?«

»Ja«, erwiderte er ohne Zögern. »Ich glaube Ihnen.«

TUCSON

Er stellte das Tablett neben das Bett und sah sie an.

»Wie geht's?« Sie gab keine Antwort. »Ich habe noch eine Decke gebracht«, sagte er. »Hier.« Er legte sie sanft um ihre zitternden Schultern. »Das wärmt.«

Als sie ihn ansah, lag in ihren Augen ein stummer Schrei. Heute war es wieder ohne Vorwarnung über sie hereingebrochen. Heute war es so schlimm wie ganz zu Anfang. Bereits beim Frühstück war ihr übel gewesen. Gleich danach hatte sie sich übergeben müssen. Mit jeder Minute, die in der Zelle ohne Licht und Schatten vergangen war, war es ihr schlechter gegangen. Jetzt empfand sie nur noch quälenden Schmerz und Angst. Ihre Haut brannte, jedes einzelne Haar hatte sich aufgerichtet, in jeder Pore bohrte der Schmerz.

»Ich kann es nicht mehr aushalten«, murmelte sie. Ihre Zähne klapperten laut aneinander.

»Doch, Sie können«, versicherte er. Er hatte sich heute rasiert und trug Jeans und ein T-Shirt. Seine kräftigen Arme waren gebräunt. Sie roch das Sonnenlicht auf seiner Haut. Oben, in der wirklichen Welt, mußte es heiß sein. Aber hier unten war es eiskalt, kälter als am Nordpol.

»Ich wünschte, ich könnte sterben«, flüsterte sie in die Decke gerollt. »Ich wünschte, mein Herz würde einfach aufhören zu schlagen.«

»Das dürfen Sie nicht denken. So schlimm ist es nicht.«

»Woher zum Teufel wollen Sie das wissen?« fauchte sie ihn an.

»Sie werden's überleben. Sie müssen nur essen.« Er setzte sich neben sie. Eden wich zurück. Er hob den Teller auf ihre Knie. »Sie müssen essen«, wiederholte er.

Sie starrte auf die Spiegeleier und den Speck. »Verdammt.« Sie machte die Augen zu und wandte angewidert ihr Gesicht ab. »Nehmen Sie's weg.«

»Sie brauchen es.«

»Ich kann diesen Mist nicht mehr sehen.«

»Was ist denn damit?«

»Ständig gebratenes Zeug. Das ist so ungesund.«

»Ach, plötzlich sind Sie also ein Gesundheitsapostel«, sagte er verdrossen. Er hielt ihr die Plastikgabel hin. »Los, Eden. Sie müssen essen.«

»Zum Teufel mit Ihnen!« Sie ergriff den Teller und warf ihn durch die Zelle. Er zerbrach in tausend Stücke, Ei blieb an der Wand hängen. »*Lassen Sie mich in Ruhe!*«

Sein Gesicht verhärtete sich. »Dann gibt's halt nichts zu essen. Und saubermachen können Sie das auch selber.« Er stand auf.

Mit gequältem Gesicht sah sie ihn an. »Warum bringen Sie mir keine *Tabletten* mehr?«

»Es wird Zeit, daß Sie lernen, ohne Tabletten und Spritzen zu leben«, sagte er kurz vor der Tür.

»Warten Sie!«

»Was?«

»Wie lang bin ich schon hier?« Ihre Stimme klang flehend. »Ich habe versucht, es auszurechnen, aber ich hab' es nicht geschafft. Ich war so krank. Ich kann mich nicht erinnern.«

»Denken Sie nicht dran.«

»Ich soll nicht dran *denken*?« Ihre Blicke trafen sich. »Haben Sie einen Hund? Nicht einmal einen Hund würden Sie so behandeln, wie Sie mich behandeln! Ich werde hier noch verrückt. Haben Sie es vielleicht darauf angelegt?«

»Nein.«

»Kein Fenster, kein Buch, nicht einmal eine lausige Zeitschrift!« Sie weinte. »Sie wissen ja nicht, wie es ist, wenn man wie ein Hund im Keller angekettet ist!«

»Doch, das weiß ich«, sagte er leise.

»Kann ich ein Radio haben? Bitte?«

»Nein.«

Sie wurde immer verzweifelter. »Dann ein Buch.«

»Nein.«

»Eine Zeitung, eine Zeitschrift, irgendwas...«

»Nein«, wiederholte er. »Sie haben kein Recht, irgend etwas zu verlangen.«

»Sie können mich doch nicht einfach so hierlassen«, sagte sie. Ihre Stimme klang jetzt schrill. »Das *können* Sie nicht! Ich bin süchtig. Und diese Zelle ist so gottverdammt leer, hier gibt es nichts, womit ich mich ablenken könnte. Bitte...« Ihre Stimme zitterte. Verzweifelt zerrte sie an ihrer Decke. »Bitte, haben Sie doch Erbarmen! Sie können mich doch nicht einfach behandeln wie ein Tier!«

»Was wollen Sie essen, wenn nicht Eier mit Schinken.«

»Ich will *gar nichts* essen. Es kommt alles wieder hoch, sehen Sie das denn nicht?« Sie bedeckte ihr Gesicht mit den Händen. »Irgend etwas Frisches, irgendwelches Obst. Sonst nichts.«

»Ich bring' bald etwas.« Er legte die Hand auf die Türklinke.

»Bringen Sie mir was zu lesen«, bettelte sie. »Ein Puzzle, egal was.«

»Ich werd's mir überlegen.«

Er schloß die Tür hinter sich zu und ging nach oben. Dort atmete er die frische Luft ein, ließ seine Augen auf der sauberen Umgebung ruhen. Unten roch es faulig.

Irgendwie hatte er sie nie als menschliches Wesen betrachtet, zumindest nicht in der Vorbereitungsphase. Für ihn war sie das gewesen, was einem Bauern seine Tiere waren, ein Lebewesen, um das man sich kümmern muß. Aber ohne Gefühle.

Er hatte nicht gewollt, daß sie leiden mußte. Er hatte die Zelle zu einem sicheren, aber nicht grausamen Gefängnis gemacht. Sie hätte es sich darin relativ bequem machen können, wenn sie nicht auf Turkey gewesen wäre, was er ja beim besten Willen nicht hatte wissen können. Das hatte er ihr nicht angetan. Dafür war sie selbst verantwortlich.

Ihre Krankheit, ihre Wutanfälle, ihre Gefühlsausbrüche hatten ihn anfänglich fast schockiert. Er war nicht darauf vorbereitet gewesen, daß sie so... *lebendig* sein würde. Nein. Darauf war er trotz all seiner Planung nicht vorbereitet gewesen.

Er machte sich Sorgen um sie. Wie lange würde es noch dauern, bis sie den Entzug geschafft hatte?

Er hatte Männer gesehen, die auf Turkey waren oder die den Entzug zumindest versucht hatten. Sie hatten gezittert, hatten geschwitzt, hatten geglaubt, es nicht zu überleben. Aber meist waren sie nach ein paar Tagen über dem Berg gewesen. Und irgendwann hingen sie dann wieder an der Nadel. Nicht alle, aber die meisten. Das Monster gab seine Beute nicht so leicht frei.

Aber das hier dauerte schon viel länger als ein paar Tage. Vielleicht hing es mit dem Grad der Sucht zusammen. Oder mit der körperlichen Verfassung.

Soviel er wußte, gab es keinen leichten Entzug. Das Wichtigste war, daß man genügend aß und trank. Sie hatte recht. Er hatte ihr das falsche Essen gegeben. Nicht genügend Frischkost. Er würde sich etwas einfallen lassen müssen.

Obst. Sie wollte Obst.

In der Küche fing er an, das Obst zu schneiden, um ihr einen Obstsalat zu machen.

Plötzlich hielt er inne, das Schälmesser in der Hand. Was zum Teufel soll das alles, fragte er sich. Betreibe ich hier vielleicht eine Pension?

Er blickte auf die geschälten Pfirsiche und Bananen. Einen Augenblick lang war er nahe dran, alles in den Abfalleimer zu werfen. Schließlich war das hier kein Sanatoriumsaufenthalt für Eden van Buren.

Dann seufzte er kopfschüttelnd und machte sich wieder an die Arbeit.

Als er zwei Stunden später die Zelle betrat, hatte sie saubergemacht. Die Scherben lagen auf dem Tablett. Sie selbst sah keinen Deut besser aus, sondern zitterte immer noch wie ein geschlagener Hund. Er sah ihre Rippen und die Wirbelsäule unter dem dünnen T-Shirt. Wieder sah sie ihn mit diesen gequälten grünen Augen an.

»Geht's Ihnen besser?« fragte er. Sie schüttelte den Kopf. Er setzte sich wieder neben sie. »Ich hab' einen Obstsalat gemacht, mit Pfirsichen, Äpfeln, Bananen und Ananas. Probieren Sie!«

Sie nahm den Löffel und steckte ihn teilnahmslos in den Obstsalat. Sie kostete. Zuerst glaubte er, sie wolle nicht weiteressen, doch dann schob sie langsam Löffel um Löffel in den Mund.

»Gut«, sagte er.

»Haben Sie mir was zu lesen gebracht?«

»Ja, hier.« Er gab ihr das Buch. Sie riß es ihm beinahe aus der Hand.

»*Überlebenskampf auf hoher See?* Was ist das?«

»Es geht um eine Gruppe von Menschen, die einen Schiffsuntergang überleben.« Er beobachtete ihr Gesicht, als sie, mit dem Löffel in der einen Hand, das Buch mit der anderen Hand durchblätterte. Ihr Gesicht wirkte durchscheinend und zerbrechlich, ihre Augen so hungrig, so als hätte sie das Buch nötiger als das Essen. Sogar das Zittern hatte nachgelassen. Ihre Wangen waren eingefallen, ihre Augen lagen tief in den Höhlen, ihr Haar sah verfilzt aus. Aber die Linien ihres Gesichts waren fein und zart und ihr Mund gleichmäßig und schön geschwungen, wie ein weiches symmetrisches Blatt.

Sie roch sauer. Ihre Kleider waren schmutzig, ebenso wie das Bett. Er dachte darüber nach, wie lange sie schon hier unten war, ohne daß sie Gelegenheit gehabt hatte, sich zu waschen, zu baden. Kein Wunder. Wahrscheinlich roch sie sich selbst schon gar nicht mehr.

Er stand auf. Ihr Blick folgte ihm. »Warten Sie! Haben Sie wieder mit meiner Mutter gesprochen?«

Es gelang ihm, seine Erregung nicht zu zeigen. »Fragen Sie nicht. Am besten, Sie fragen überhaupt nicht danach. Nie. Verstanden?«

»Aber...«

»Nein.«

Er ging hinaus und schloß die Tür hinter sich zu.

SANTA BARBARA

Vor fünf Jahren hatte sich Dominic van Buren soviel reines Kokain in seinen Safe gelegt, daß er damit für den Rest seines Lebens versorgt zu sein glaubte.

Das hatte er zumindest damals gedacht.

Als er jetzt auf die verschlossenen Päckchen im Safe blickte, wurde er plötzlich von Panik ergriffen, denn er erkannte, daß seine Vorräte schon bald zu Ende gehen würden. In den vergangenen fünf Jahren hatte er mehr Koks verbraucht, als er in seinem ganzen Leben hatte verbrauchen wollen.

Ärger und Unruhe wühlten in seinen Eingeweiden. Er schlug mit der Faust auf die schwere Stahltür.

Er hatte zuviel verschenkt. Auch an die kleinen blonden Mädchen, die es überhaupt nicht zu schätzen wußten. Wenn er so weitermachte, würde er schon ziemlich bald gezwungen sein, sich selbst in die Schar der Käufer einzureihen. Das bedeutete, daß er zu den heutigen horrenden Preisen würde kaufen müssen.

Zähneknirschend schlug er die Tür zu. Er würde gezwungen sein, sich Koks zu beschaffen wie jeder kleine Typ auf der Straße. Unruhe und Angst schlängelten sich gleich nagenden Würmern in seinem Magen hoch, krochen hinauf in seinen Schlund. Nicht genug. Nicht genug Koks im Safe, nicht genug Geld auf der Bank, um welches zu kaufen.

Verdammt sollten sie sein, diese kleinen Mädchen. Er verspürte Lust, sie alle aufzuspüren und ihnen ihre dünnen Hälschen umzudrehen. Er setzte sich an seinen Schreibtisch und legte sich mit dem weißen Pulver ein paar Linien.

Seine Hände zitterten, als er den zusammengerollten Geldschein an seine Nase führte. Er inhalierte tief und spürte sofort, wie die Droge seine Nasenhöhlen belebte. Eisige Finger breiteten sich bis in sein Gehirn aus, beruhigten und besänftigten ihn.

Er schnupfte alles auf und lehnte sich dann mit einem Seufzer in seinem Stuhl zurück. Er schloß die Augen. Die Würmer rutschten alle wieder in seinen Bauch zurück. Er spürte noch, wie sie sich wanden, aber dann hatten auch sie sich wieder beruhigt und waren still. Ruhig und still.

Also was denn, dachte er. Weshalb denn die ganze Aufregung? Er hatte noch genügend Koks im Safe. Genügend Geld auf der Bank, um mehr zu beschaffen, sollte es ihm tatsächlich ausgehen. Schließlich war er Millionär.

Selbst seine ohnmächtige Wut auf die kleinen blonden Mädchen war verflogen. Koks hatte ihm schließlich im Laufe der Jahre den phantastischsten Sex überhaupt beschert. Und das meiste hatte er auf jeden Fall selbst verbraucht. Er nahm vier- oder fünfmal täglich eine Prise.

Sei ehrlich, dachte er, als er den Hundertdollarschein wieder glättete. Acht- bis zehnmal täglich. Er befeuchtete den Finger, tupfte die letzten Spuren des Pulvers auf und rieb es ganz in Gedanken auf sein Zahnfleisch. Oder war es mehr?

Er saß auf seinem Stuhl und starrte vor sich hin. Jetzt fühlte er sich wieder gut. Was er in letzter Zeit gar nicht mochte, war das Gefühl zwischen den Prisen. Diese Panik. Diese Wutanfälle. Die Sorge, daß ihm das Kokain und das Geld ausgehen könnte. Eine irrationale Angst. Beunruhigend.

Nahm er vielleicht sogar zwanzig Prisen pro Tag? Oder dreißig?

Wenn er an die vergangenen Wochen dachte, dann kam es ihm so vor, als sei er alle halbe Stunde in sein Arbeitszimmer geschlichen, hätte den Safe geöffnet und sich eines der kleinen hübschen Päckchen herausgenommen.

Verdammt! Verspürte er die Panik etwa dreißigmal am Tag? Oder noch öfter?

Plötzlich sah er seine Mutter vor sich, wie sie auf dem Rasen vor dem Sanatorium saß, immer mit einem kleinen Speichelfaden am Mundwinkel. Ihre Augen leer, ausgebrannt.

Du lieber Gott! Erwartete ihn etwa das gleiche Schicksal wie sie?

Trotz der angenehmen Wirkung des Kokains in seinem Hirn verspürte er plötzlich wieder diese Unruhe und Angst. Die Würmer schlängelten sich wieder aus ihren Löchern, wanden sich, krochen langsam weiter.

War er vielleicht schon süchtig nach diesem verdammten Stoff? Natürlich nicht. Er schnupfte schließlich schon sein ganzes Leben lang.

Zur Unbeweglichkeit verdammt in einem gelben Liegestuhl auf grünem Rasen, weißgekleidete Angestellte eilen hin und her. Und im Kopf nur tote Leere.

Endlos lange Korridore, mit unzähligen Zimmern auf beiden Seiten, in jedem Zimmer ein Bett, in jedem Bett eine Frau, die mit stierem Blick zur Decke hinaufstarrt. Hände, die leblos herunterhängen.

Die Angst kam ganz plötzlich, sie war schrecklich. *Nein.* So würde er niemals enden, niemals würde es mit ihm so weit kommen wie mit Mutter. Er würde eher sterben.

Vielleicht brauchte er noch eine kleine Prise.

Aber er mußte vorsichtig sein. Die Vorräte neigten sich dem Ende zu. Und bei den heutigen Preisen konnte er es sich gar nicht leisten zu kaufen.

Die Frage war, wieviel überhaupt noch da war. Die Würmer waren längst wieder aus ihren Löchern gekrochen und schlängelten sich wieder nach oben. Bald würden sie seine Kehle erreichen.

Er sprang auf und eilte zurück zum Safe.

TUCSON

Sie verschlang *Überlebenskampf auf hoher See* in einem Zug. Zitternd und frierend hockte sie auf dem Bett und schlug bebend die Seiten um. Als sie es ausgelesen hatte, sank sie erschöpft zusammen. Ihr Verstand war ebenso aus der Übung wie ihr Körper.

Irgendwann schreckte sie durch ein Geräusch am Türschloß aus dem Schlaf auf. Er kam herein mit einem Tablett in der Hand. Sie gab ihm das Buch zurück.

»Sollte das Buch irgendeinen tieferen Sinn für mich haben?«

Er zog eine Augenbraue in die Höhe. »Schon fertig damit? Sie müssen ja die ganze Nacht gelesen haben.«

»Hier unten gibt es keine Nächte«, sagte sie bitter. »Keine Morgendämmerung, keine Sonnenuntergänge. Keine Stunden, keine Minuten.«

»Sie sehen besser aus.« Er nahm ihr Handgelenk, um ihren Puls zu fühlen. Überrascht von seinem Tun, blickte sie nach unten. Die Knochen ihres Handgelenks waren so zart wie die eines Vogels. Ihre Haut wirkte im Vergleich zu seiner schrecklich fahl. Er hatte kräftige, geschickte Hände; sie waren rauh von der Arbeit, aber weder plump noch grob.

»Sie sind okay.« Er ließ ihr Handgelenk los und stellte dann das Tablett vor sie hin. Er hatte Obst, Käse, Vollkornbrötchen und Milchkaffee in einem Plastikbehälter gebracht. »Ist Ihnen das gesund genug?«

»Wenigstens nichts Gebratenes.« Sie trank von dem Kaffee. Er blieb stehen und beobachtete sie.

Sie schaute ihn unter der schwarzen Haarlocke hervor an, die ihr ins Gesicht gefallen war. »Was sehen Sie mich so an?« fragte sie verdrießlich.

»Der Entzug ist nicht nur eine Krankheit, sondern auch eine Einstellung.«

»Ach wirklich?«

»Am Entzug stirbt man nicht.«

»Danke für die freundliche Auskunft«, sagte sie säuerlich. »Falls Sie sich doch irren, dann laß ich Sie's gerne wissen.«

»Nicht der Entzug bringt einen um, sondern das Heroin. Sie haben das Schlimmste hinter sich. Sie werden sich bald besser fühlen.«

»Falls ich nicht vorher den Verstand verliere.«

»Sie werden mir eines Tages noch dankbar sein, Eden.«

»Warum?«

»Ich habe etwas für Sie getan, das kein anderer hätte tun können.«

Sie sah ihn fragend an.

»Ich sorge dafür, daß Sie das Gift aus Ihrem Körper schwitzen. Sie sind krank, aber nicht so krank wie vorher. Sie machen einen Reinigungsprozeß durch, und danach werden Sie zum erstenmal im Leben eine freie Frau sein. Frei wie nie zuvor.«

Sie schüttelte langsam den Kopf. »Du lieber Gott, ich kann's nicht glauben.«

Seine dunklen Brauen senkten sich. »Sie bekommen noch mal eine Chance. Wie viele Menschen würden ihren rechten Arm geben, wenn sie noch einmal eine Chance bekämen, noch einmal ganz von vorne anfangen könnten? Denken Sie darüber nach.«

»Und dann bringen Sie mich um.«

»Ich werde Sie nicht umbringen.«

»Ach, Scheiße.« Sie schlug die Tasse aufs Tablett. »Behandeln Sie mich doch nicht wie einen Idioten. Ich sehe Ihr Gesicht. Glauben Sie vielleicht, ich würde es jemals vergessen? Wenn Sie mich gehenlassen, dann wollen doch die Bullen von mir als erstes eine genaue Personenbeschreibung, damit sie ein Phantombild…«

»Wenn Ihre Mutter die Polizei aus dem Spiel läßt, dann werden Sie leben.«

Sie musterte sein Gesicht. Nicht zum erstenmal ging ihr der Gedanke durch den Kopf, daß er verrückt war. Andererseits strahlte er ein seltsames Selbstvertrauen, eine unbegreifliche Ruhe aus. Er benahm sich wie jemand, der schon viel erlebt und viel durchgemacht hatte. »Sie sind sich Ihrer selbst ziemlich sicher.«

Um seine Augen und seinen Mund herum wurden unzählige kleine Fältchen sichbar. Er war entweder zwischen dreißig und vierzig mit einem jungen Körper oder aber zwischen zwanzig und dreißig mit einem älteren Gesicht. »Bis jetzt ist alles nach Plan gelaufen«, erwiderte er.

»Es war ja auch nicht sonderlich schwierig«, stellte sie fest. »Sie mußten ja keine Leibwächter ausschalten, um bis zu mir vorzudringen.«

»Es hat trotzdem ganz schön lang gedauert, bis ich bei Ihnen war«, erklärte er mit ruhiger Stimme.

Sie schnitt ein Brötchen auf und belegte es mit Pfirsich und Käse. »Ja, ja. Ich glaube, Sie hatten mich schon lang im Visier, oder nicht? Als Sie mich damals im Laurel Canyon vom Pferd gerissen haben – was wollten Sie da eigentlich?«

Der Ausdruck in seinen Augen veränderte sich ganz leicht. »Ich wollte Sie sehen, von Angesicht zu Angesicht.«

»Warum?« Sie biß in ihr Brötchen.

»Weil ich wissen wollte, wie Sie aussehen.«

»Aber warum? Warum gerade ich? Was habe ich Ihnen denn getan?«

»Eines Tages werden Sie vielleicht draufkommen.«

»Was zum Teufel soll denn das schon wieder heißen? Damals haben Sie gesagt: ›Für Entschuldigungen ist es zu spät.‹ Was sollte das heißen?«

»Nichts.«

»Hab' ich vielleicht irgendwas getan, von dem ich nichts weiß? Warum gerade ich?«

Wortlos wandte er sich um.

»Waren Sie in Vietnam?« fragte sie aus heiterem Himmel.

Ganz langsam drehte er sich wieder zu ihr um. Sein Gesicht wirkte auf einmal hart und gefährlich. Der Bissen in ihrem Mund war plötzlich staubtrocken. Mit großer Anstrengung schluckte sie ihn hinunter. »Hätte ja sein können«, sagte sie mit leiser Stimme. »Pedro hat Sie damals gesehen. Er hat gesagt, Sie bewegten sich wie ein Soldat.« Jetzt waren seine Augen furchteinflößend. »Hören Sie«, sagte sie drängend, »es spielt keine Rolle. Ich werde nichts mehr sagen. Ich wollte nur sagen, wenn Sie wirklich in Vietnam waren, tut mir das sehr leid.«

»Es tut *Ihnen* leid?« preßte er ungläubig hervor.

»Ich war gegen den Krieg, und ich hab' auch dagegen demonstriert; einmal hätte ich Nixon beinahe mit einem Ei erwischt. Aber gegen die GIs hab ich nie etwas gehabt, ich wußte ja, daß sie keine Wahl hatten. Ich weiß, daß sie durch die Hölle gegangen sind. Es tut mir wirklich leid, daß sie das alles durchmachen mußten.«

Er hatte immer noch diesen beunruhigenden Blick. Sie erinnerte sich an seine beängstigende Kraft, seine Gewalttätigkeit. »Ich will kein Mitleid von Ihnen«, sagte er schließlich.

Sie gab keine Antwort. Er verließ die Zelle.

Er glaubte zerspringen zu müssen vor lauter Wut.

Ihr tat es leid für *ihn*.

Verdammt. Dieses kleine, süchtige Miststück hatte die Stirn, ihm zu sagen, daß es ihr *leid tat* für ihn. Als sei er ein Krüppel. Oder ein Verrückter.

Das war's vielleicht. Vielleicht hielt sie ihn ja für verrückt.

Verrückt?

Der Gedanke macht ihn nur noch wütender. »Ich bin nicht verrückt«, preßte er zwischen zusammengebissenen Zähnen hervor.

Sein Tun hatte einen Zweck. Einen Grund und einen Sinn. Er handelte auf keinen Fall wie ein Geistesgestörter. Und auch nicht wie ein Wahnsinniger. Er hatte jeden Schritt genau geplant. In mühsamer Kleinarbeit hatte er sich im Laufe von Jahren alles zurechtgelegt. Er wollte nichts als Gerechtigkeit.

Sie hatte wissen wollen, warum er gerade sie ausgesucht hatte. Ausgesucht? Als ob er eine Wahl gehabt hätte! Niemals in seinem Leben hatte er eine Wahl gehabt! Hielt sie ihn etwa für einen Psychopathen?

Er spürte einen unbändigen Zorn, der ihm den Atem nahm und ihn mit eiserner Faust umklammert hielt. Und trotzdem liebte er die Macht, die er besaß, ebenso wie das Gefühl, ein Ziel zu haben. Er war darin gefangen, und gleichzeitig war es ihm unendlich wichtig. Er hätte sie töten können.

Er sollte hinuntergehen und – was? Ihr alles sagen? Ihr erklären, warum er das alles tat? Ihr die ganze traurige Geschichte erzählen?

Ihr Geruch hing ihm noch in der Nase, dieser ranzige, scharfe Geruch. Tiere rochen so, im Zoo roch es so. Er hatte sogar im Dschungel besser gerochen als sie hier unten. Sie stank. Der Gestank hing in seinen Kleidern, hing an ihm wie eine Schuld.

Er konnte es nicht mehr länger aushalten. Er mußte sie irgendwie sauber kriegen. Auch die Zelle mußte sauber werden.

Er blieb stehen und überlegte. Dann holte er den Schlüssel für seinen Lieferwagen. Er mußte noch einmal zum Einkaufen fahren.

Er schob seinen Einkaufswagen durch die Gänge und genoß die kühle Luft der Klimaanlage auf seiner Haut. Draußen herrschten 42 Grad.

Welche Größe brauchte sie? Small oder medium? Er entschied sich für small. Aber es spielte ohnehin keine große Rolle, denn ausgehen würde sie ja damit sowieso nicht.

Er entschied sich für einen leichten rosafarbenen Jogginganzug und fünf weiße T-Shirts. Dann für eine Packung mit sieben einfachen baumwollenen Unterhosen. Nach kurzer Überlegung noch eine Packung. Bei den Büstenhaltern zögerte er. Wenn er an die winzigen Brüste dachte, dann konnte er sich nicht vorstellen, daß sie sich überhaupt die Mühe machen würde, einen zu tragen. Er nahm noch zwei Baumwollblusen mit rosafarbenem Besatz.

Er schob den Einkaufswagen weiter. Nach und nach legte er Socken, ein Paar weiße Hausschuhe und einen rosafarbenen Kamm hinein. Und einen rosafarbenen Haarreif aus Plastik, damit ihr Haar ihr nicht immer in die Stirn fiel.

In der Kosmetikabteilung packte er eine Flasche Haarshampoo, auf deren Vorderseite Kräuter abgebildet waren, in den Wagen. Dazu drei Seifen, rosafarben. Dann Körperpuder, eine Flasche Eau de Cologne, eine rosafarbene Zahnbürste und eine Tube Zahnpasta. Er blickte auf die Sachen im Einkaufswagen. Das Mädchen an der Kasse würde annehmen, daß er für seine Frau einkaufte.

Bevor er sich auf den Weg zur Kasse machte, nahm er noch zwei Bettlaken, zwei Kopfkissenbezüge und einen Wäschebeutel mit.

Eden ging es wieder schlecht. Ihr Magen fühlte sich an, als hätte ihr jemand ein Messer hineingestoßen. Auch das krampfhafte Zucken war wieder da. Und jedesmal, wenn sie die Augen schloß, schossen grelle Lichtblitze durch ihren Kopf.

Sie wußte nicht, daß ihr Körper ganz einfach versuchte, sein Gleichgewicht wiederzufinden. Rusty Fagan, der sich in der Drogenliteratur auskannte, hätte ihr sagen können, daß während des Heroinkonsums das Gehirn keine Endorphine produziert, die auch als natürliche Schmerzmittel wirken. Nachdem dem Körper das Heroin abrupt entzogen wurde, gab es nichts mehr, was sich zwischen ihr Gehirn und ihren Schmerz am Leben hätte stellen können. Und es würde geraume Zeit dauern, bevor der Körper sein eigenes Gleichgewicht wiederfand.

Rusty hätte ihr auch erklären können, daß sich die natürliche Stoffwechselrate ihres Körpers vervielfacht hatte, um auf diese Weise der schwächenden Wirkung des Heroins auf die Körperfunktionen entgegenzuwirken. Rusty hätte es vielleicht so beschrieben, daß ihr Körper einer Schiffsschraube glich, die man aus dem Wasser gehoben hat und die bei zu hoher Drehzahl zu wimmern beginnt.

Aber Rusty war tot, und Eden spürte nur Panik und Erschöpfung. Sie fühlte sich wund, aber auch unwirklich; sie spürte Schmerzen und wußte, daß es keinen Ausweg gab.

Diese Gefühle waren stärker als ihre Angst. Der Entzug vom Heroin war eine viel größere Qual für sie als der Entzug von der Welt, denn für sie hatte die Welt seit langem aufgehört zu existieren. Nur hin und wieder, nur gelegentlich dachte sie daran, daß sie entführt worden war. Ansonsten dachte sie nur an das Heroin.

Selbst hier in dieser winzigen Zelle dachte sie an nichts anderes als daran, sich das Heroin wieder zu beschaffen. Es war nicht unmöglich. Es gab eine Möglichkeit. Durch ihn. Wenn sie ihn überreden konnte, es ihr zu besorgen, dann konnte sie wieder high sein. Das Elend würde ein Ende haben, und sie wäre wieder im Paradies.

Sie meinte, ihr Kopf würde zerspringen. Allein der bloße Gedanke daran brachte ihr Herz zum Rasen.

Wie? Wie konnte sie ihn überreden, ihr den Stoff zu beschaffen? Es gab einen Weg. Sie würde ihm ein Tauschgeschäft anbieten. Sie würde ihm das gleiche anbieten wie Rusty. Das, was alle Männer wollten.

Mit einem Ruck stand sie auf.

Seit sie keine Handschellen mehr trug, saß oder lag sie höchstens jeweils zehn Minuten auf dem Bett. So oft sie konnte, stand sie auf und ging in der Zelle umher. Sie ging um das Bett herum, dann um die Toilette, dann um das Bett und wieder um die Toilette. Sie kroch durch den kleinen Raum, bis ihr die Gelenke weh taten und sie erschöpft war. Dann zog sie sich wieder aufs Bett und ruhte sich aus. Aber dann zuckten ihre Gliedmaßen, und Rücken und Bauch schmerzten, bis sie es nicht mehr länger ertragen konnte und wieder aufsprang und um das Bett, um die Toilette, um das Bett, um die Toilette…

Sie saß auf der Toilette, zum achtzehnten Mal in drei Stunden, als sie hörte, wie er sich am Schloß zu schaffen machte.

»Warten Sie!« rief sie. »Warten Sie!«

Die Tür ging auf. Sie zerrte ihre Jeans über die Hüften hoch, als er eintrat.

»Ich hab' Ihnen doch gesagt, Sie sollen warten«, fauchte sie ihn an.

»Warum?«

»Weil ich, wenigstens wenn ich auf der Toilette sitze, nicht gestört werden möchte.«

»Das ist für Sie.« Er warf das Bündel, das er unter dem Arm gehalten hatte, auf das Bett. Mit großen Augen starrte sie auf die Sachen.

»Saubere Bettwäsche!«

»Ja. Wir werden Sie und diese Zelle saubermachen. Sie stinken.«

»Überrascht Sie das?« gab sie barsch zurück.

»Ich hab' auch saubere Sachen für Sie. Aber zuerst müssen Sie unter die Dusche.«

»Die *Dusche*?«

Er hielt ihr eine Augenbinde hin. »Binden Sie sich das um.«

COSTA BRAVA

Mercedes hielt den Telefonhörer an ihr Ohr; sie wartete darauf, daß sich Gerard am anderen Ende meldete. Ihre Augen waren auf den Notizblock mit den vielen Zahlen gerichtet, der vor ihr lag, doch sie sah ihn nicht wirklich. Acht Millionen Dollar. Eine Million davon gehörte Gerard. Lächerliche sieben Millionen. War das alles, was sie im Leben erreicht hatte?

Sie hatte de Córdoba nicht angelogen. Fast ihr gesamtes Vermögen stammte aus Börsenspekulationen. Man hatte kein Finanzexperte sein müssen, um im Haussemarkt der sechziger Jahre Geld zu verdienen. In den fünfziger Jahren hatte sie IBM-Aktien gekauft, in den Sechzigern Xerox. Die Aktien waren ein ganzes Jahrzehnt lang ständig gestiegen. Sie hatte immer mehr gekauft, ohne daß Dominic etwas davon erfuhr, und 1962 war sie dann eine reiche Frau gewesen.

Ende der sechziger Jahre hatte sie aufgehört zu spekulieren und ihr Geld statt dessen sicher angelegt. Auf diese Weise hatte sie ihr Vermögen noch einmal beträchtlich vermehren können.

Irgendwann hatte sie ihr gesamtes Vermögen auf ungefähr fünfunddreißig Millionen geschätzt, nicht eingerechnet das Haus. Aber jetzt, wo sie gezwungen war, alles zu verkaufen, war es ihr zwischen den Fingern zerronnen. Sie hatte nicht einmal ein Viertel des tatsächlichen Wertes erzielt.

Sie hatte so gut wie alles verkauft: die Autos, das Boot, die

Wertpapiere, die Kunstsammlung, den Schmuck. Nur noch das Haus war übrig.

Die Immobilienhändler hatten das Haus auf ungefähr acht Millionen geschätzt, die Einrichtung sollte noch eine Million bringen. Sie hatten ihr versichert, daß sich innerhalb eines Jahres ein Käufer finden würde. Mercedes hatte sie wissen lassen, daß sie bei einem sofortigen Verkauf einen viel niedrigeren Preis akzeptieren würde. Sie hatten die Ohren aufgestellt und erklärt, sie würden alles in ihrer Macht Stehende tun. Sie wartete ungeduldig auf eine Nachricht.

Wenn sie für fünf verkaufte, blieben ihr nach Begleichung des Lösegelds zwei Millionen. Damit wäre sie nicht völlig ruiniert, aber das Leben würde sehr viel anders werden.

Ihr Vermögen war verspielt. Besitztümer im Wert von fünfunddreißig Millionen waren zu sieben Millionen in bar geschrumpft. Sie würde das, was sie verloren hatte, niemals wieder zurückkaufen können. Und wenn sie dann das Lösegeld bezahlt hatte, blieb ihr gar nichts mehr.

Sie wollte an eine Zukunft ohne Haus und ohne Besitz gar nicht denken. Irgendwie würde sie damit fertig werden. Sie konnte nur an Eden denken, die sie bald wieder gesund in den Armen halten wollte…

Jetzt hörte sie Gerards Stimme am anderen Ende. »Mercedes?«

»Gerard!«

»Gibt's was Neues?«

»Der Entführer hat wieder angerufen.«

»Was hat er gesagt?«

»Nichts. Nichts außer Drohungen und Beleidigungen.«

»Zeigt er sich endlich verhandlungsbereit?«

»Nein. Er will seine zehn Millionen.«

»Du wirst sie zurückbekommen.« Gerard Massaguers Stimme klang hart und rauh. »Wenn das alles vorbei ist«, erklärte er grimmig, »dann werde ich alles daransetzen, alles, um diesen Mann aufzuspüren. Ich werde ihn vernichten, und er wird sich wünschen, nie geboren zu sein.«

»Ich will nur meine Tochter wiederhaben.« Sie konnte die Tränen nicht mehr länger zurückhalten. »Es tut mir leid, Gerard. Ich will gar nicht weinen. Wie geht es dir?«

»Ich bin müde. Ich komme gerade aus Sevilla, von Marisa.«

»Wie geht es ihr?«

»Unverändert. Es wird sich auch nichts mehr ändern. Weißt du, wie lange sie schon dort ist? Zweiunddreißig Jahre.«

»Es tut mir so leid, Gerard.«

»Zweiunddreißig Jahre. Sie ist jetzt neunundsechzig, Mercedes. Sie lebt also schon fast die Hälfte ihres Lebens hinter diesen Mauern.«

»Es tut mir so leid«, wiederholte sie hilflos.

Er brummte. »Es wäre besser für sie gewesen, wenn sie gestorben wäre, wie die anderen.«

»So etwas darfst du nicht sagen.«

»Warum denn nicht? Sie ist nur noch Haut und Knochen, sie vegetiert nur noch dahin. Nur die Fähigkeit zu leiden ist ihr geblieben. Ich habe die Ärzte gebeten, sie sterben zu lassen.«

»Gerard!«

Er lachte rauh. »Ja. Sie waren ebenfalls schockiert. Ich habe sie gefragt, ob das Leben, das sie führt, überhaupt noch als Leben zu bezeichnen ist. Daraufhin haben sie mir erklärt, daß sie gar nicht sterben will. Sie will nur leiden. Ich würde ihr das Gift selber geben, wenn sie nicht…« Er hielt inne. »Wenn sie nicht das einzige wäre, was mir geblieben ist. Hast du das Geld bald zusammen?«

»Ich brauche noch eine Woche, vielleicht aber auch mehr.«

»Und dann bist du ruiniert.«

»Dafür werde ich Eden wiederhaben. Mehr will ich nicht.«

»Ist es das alles wert, Mercé?«

»Was willst du damit sagen?« fragte sie barsch.

»Ich frage dich, ob Eden es wert ist, daß du dich für sie ruinierst?«

»Sie ist mein Kind!«

»Und wird sie es dir je danken?«

»Darum geht es doch gar nicht!«

»Meinst du, sie wird sich ändern? Wird sie dich wegen deines Opfers mehr lieben? Wird sie dadurch eine bessere Tochter werden?«

»Sie ist nur ein Kind, das nicht weiß…«

»Du gibst alles auf, Mercedes.«

»Das weiß ich.«

»Um ein Kind zu retten, das schon verdorben ist…«

»*Nein!*«

»– bei dem keine Aussicht auf Rettung besteht. Du willst zehn Millionen Lösegeld für eine Heroinsüchtige bezahlen, für ein menschliches Wrack, das sobald sie wieder frei ist, sich nur den nächsten Schuß besorgt.«

»Wenn es mich getroffen hätte, wenn ich entführt worden wäre – würdest du nicht alles opfern, um mich zu retten?«

»Der Vergleich hinkt«, sagte er grob. »Du bist hundertmal so viel wert wie Eden. Die Pharaonen hatten einen Gott, der die Seelen gewogen hat, Mercedes. Wieg du Edens Seele und frag dich, was sie wert ist.

Und wenn sie so endet wie Marisa? Wenn sie nun den Rest ihres Lebens in einer Anstalt verbringt? Wird es das Opfer dann wert gewesen sein?«

»Gerard, du stellst schreckliche Fragen!« Ihre Stimme bebte. »Verstehst du denn nicht? Mir bleibt keine andere Wahl.«

»Mir scheint«, entgegnete er, »daß du zerstört werden *willst*.«

Ihr Atem ging flach und schnell. »Ich muß es tun.«

»Glaubst du vielleicht, daß sie dankbar sein wird? Wenn alles vorbei ist und du arm bist wie eine Kirchenmaus, wird das Mädchen dich verlassen. Sie wird gar keinen Gedanken an dich verschwenden, sondern…«

»Du bist ein selbstsüchtiger alter Mann«, fuhr sie ihn an, ohne zu überlegen. »Du warst schon immer selbstsüchtig, hast immer nur an dich gedacht und wirst auch in Zukunft immer nur an dich denken. Du verstehst überhaupt nichts.«

»Mercé, sei keine Närrin…«

»Behalt deine Million!« Ihre Hand zitterte, als sie den Hörer auf die Gabel knallte.

TUCSON

Seine Finger gruben sich in ihren Arm, als er sie aus der Zelle hinausführte. Plötzlich hatte sie schreckliche Angst. Sie wollte ihre Hand ausstrecken, um sich vorzutasten.

»Lassen Sie die Hand unten!« befahl er. »Ich führe Sie.«

Sie torkelte über einen Steinboden.

»Stufen«, sagte er.

Sie stieg hinauf. Eine Holztreppe. Je höher sie kamen, desto wärmer wurde es.

Sie spürte das Sonnenlicht auf ihrer Haut. Ein trockener, warmer Geruch stieg ihr in die Nase. Dann der Geruch von Holz. Der Boden unter ihren nackten Füßten fühlte sich an wie die Fließen in Santa Barbara. Die Luft war warm, ja sogar heiß. Eine trockene, glühende Hitze. Sie nahm ihr fast den Atem. Eine Wüstenhitze. Vielleicht war sie gar in Mexiko.

Er führte sie nach links, dann nach rechts und wieder nach links.

Er öffnete eine Tür und gab ihr einen Schubs. Jetzt befand sie sich in einem kühleren Raum.

Ein sauberer Geruch stieg ihr in die Nase. Ein gläserner Klang drang an ihr Ohr. Ein Badezimmer. Die Tür schloß sich hinter ihnen. Das Schloß klickte.

Sie spürte, wie er sich an ihrer Augenbinde zu schaffen machte. Das weiße Licht schmerzte. Sie blinzelte.

Sie standen in einem weiß gekachelten Badezimmer mit Waschbecken, Badewanne und Duschkabine aus weißem Porzellan. Nirgendwo waren Spiegel. Das einzige Fenster mit einer Milchglasscheibe war schräggestellt, so daß sie ein kleines Stückchen des blauen Himmels sehen konnte. Nach ihrer grauen Zelle kamen ihr die Farben leuchtender vor als je zuvor.

Von oben herab sah er sie an. »Ziehen Sie sich aus, Eden. Sie werden jetzt duschen.«

»Nicht solange Sie hier drin sind«, gab sie zurück.

Er verzog keine Miene. »Ich könnte Sie hier anketten und dann das Wasser eine Stunde lang laufen lassen. Aber wir können's auch einfacher haben.«

Sie strich sich das Haar aus der Stirn. »Bitte. Ich möchte mich wenigstens alleine waschen.«

»Nein. Ich lasse Sie hier nicht allein.«

Sie sah sich um. »Ich sehe ja nicht einmal einen Duschvorhang!«

»Hier ist Seife. Und Shampoo. Sie müssen sich die Haare waschen.« Nachdem er ihr die Sachen gegeben hatte, deutete er auf einen geflochtenen Wäschekorb in einer Ecke. »Schmeißen Sie ihre schmutzigen Kleider da rein.«

Sie sah ihn einen Moment lang unschlüssig an. Wenn er sie nun vergewaltigte? Aber das konnte er ohnehin tun. Plötzlich erschien ihr der Gedanke an sauberes, warmes Wasser verlockender als alles andere. Eine Dusche. Seife. Shampoo. Der zarte Duft der Seife war verführerisch. Sie konnte und wollte nicht länger warten. Schnell warf sie ihre Kleider ab und stieg in die Dusche.

Als das Wasser ihre empfindliche Haut traf, hätte sie schreien können, doch sie blieb mit geschlossenen Augen unter dem Wasserstrahl stehen und genoß das warme Naß auf ihrem Gesicht, ihren Brüsten, ihren ausgestreckten Armen. Plötzlich war es ihr gleich, ob er zusah oder nicht.

Zuerst mußte sie ihr Haar waschen; sie nahm so viel Shampoo, daß ihr verfilztes Haar von einer hohen Schaumkrone bedeckt war. Als sie es auswusch, war das Wasser grau. Sie wusch es noch zweimal.

Dann fing sie an, sich einzuseifen. Ein befreiendes Gefühl durchströmte sie, als die Seife über ihren Körper glitt. Sie warf ihm einen verstohlenen Blick zu. Er lehnte am Waschbecken und beobachtete sie mit diesen tiefliegenden, dunklen Augen. Sie drehte ihm den Rücken zu und seifte Unterkörper und Beine ein.

Wunderbar das Wasser, das ihren Körper von allem Kribbeln und Jucken befreite.

Sie wusch jeden Zentimeter ihrer Haut gründlich und sorgfältig. Dieser herrliche Schaum! Dieser betäubende süße Duft! Sie nahm die Nagelbürste und bürstete ihre Nägel so lange, bis sie blitzblank und sauber waren. Dann bückte sie sich und bürstete ihre Zehen. Als sie schließlich fertig war, blieb sie einfach unter dem Wasserstrahl stehen und gab sich dem warmen Naß auf ihrem Körper hin. Irgendwann griff er nach dem Hahn und drehte das Wasser ab.

»Das reicht. Trocknen Sie sich ab.« Er reichte ihr ein großes Handtuch. Eden schlang es um sich. Sauber! Ein herrliches Gefühl!

»Ich hoffe, die Peepshow hat Ihnen gefallen«, meinte sie. Das nasse Haar hing ihr übers Gesicht.

»Bei Ihnen gibt's nicht viel zu sehen«, erwiderte er nüchtern.

»Warum haben Sie dann zugesehen?«

»Putzen Sie sich jetzt die Zähne.« Er reichte ihr die rosafarbene Zahnbürste, die er bereits mit Zahnpaste versehen hatte. Sie beugte sich über das Waschbecken und fing an zu putzen. Beinahe hätte sie aufgeschrien, weil die Zahnpaste auf ihrem Zahnfleisch furchtbar brannte. Als sie ausspuckte, war der Schaum rötlich gefärbt.

»Kommen Sie«, sagte er und packte sie am Arm, »wir gehen wieder nach unten.«

Ihr schien die Freiheit viel zu süß, um sie schon wieder zu verlieren. Das strahlend weiße Badezimmer. Das Stückchen blauer Himmel vor dem Fenster. Der erste frische Lufthauch auf ihrer Haut. »Nein, bitte! Bitte nicht sofort!«

»Kommen Sie.« Er drehte sie herum und verband ihr wieder die Augen. Dunkelheit legte sich auf ihre Augen. Hilflos fing sie an zu schluchzen. »Sie Teufel! Sie sind ein grausamer Teufel…«

»Bewegen Sie sich!« Er riß ihr das Handtuch vom Körper und stieß sie zur Tür.

»Meine Kleider!«

»Sie müssen gewaschen werden. Oder verbrannt!«

Er schob sie vollkommen nackt zur Badezimmertür hinaus. Sie war kaum trocken. Schniefend setzte sie im hereinströmenden Sonnenlicht einen Fuß vor den anderen. Die Holztreppe hinunter. In die Kälte. Es mußte sich um eine Art Keller handeln. Sie erkannte das Klappern des Türschlosses wieder. Eine Zelle im Keller also.

Er hielt sie fest. »Bleiben Sie hier stehen! Bewegen Sie sich nicht! Lassen Sie die Hände von der Augenbinde!«

Regungslos blieb sie stehen. Aus ihrem Haar tropfte das Wasser auf ihren Rücken. Es war ein seltsames Gefühl, nackt und mit einer Augenbinde dazustehen. Schutzlos und verletzlich. Sie schlug die Hände vor der Brust zusammen. Jetzt hörte sie, wie er irgendwelche Gegenstände bewegte, etwas hin und her schob. Was sollte das?

Dann nahm er sie wieder am Arm und stieß sie vorwärts. Sie hörte, wie die Tür hinter ihnen ins Schloß fiel. Dann nahm er ihr die Augenbinde ab.

Sie befand sich wieder in der Zelle. Das Bett war frisch bezogen worden, und eine saubere Decke und ein sauberes Kopfkissen lagen darauf. Auf der Decke lagen zusammengefaltete Kleider: ein sauberes, neues T-Shirt, mehrere baumwollene Unterhöschen, Hausschuhe, Socken, ein rosafarbener Jogginganzug.

Daneben lagen ein rosafarbener Kamm, ein rosafarbener Haarreif, ein Fläschchen billiges Eau de Cologne und Puder in einem Plastikbehälter.

Sie war sprachlos. Schließlich sagte sie: »Sie mögen Rosa.«

»Mögen Sie etwa kein Rosa?«

»Ich bin doch keine Puppe. Haben Sie mich deshalb entführt? Damit Sie eine Puppe haben, die Sie anziehen können?«

»Gefallen Ihnen die Sachen nicht?«

»Doch, doch. Sie sind wunderbar, aber eher für eine Dreizehnjährige.« Doch schon schlüpfte sie in die Sachen hinein. Sie fühlten sich wunderbar an auf ihrer Haut, sauber und rein. »Wunderbar«, flüsterte sie. »Das fühlt sich so gut an…«

Sie zog den Jogginganzug an und setzte sich aufs Bett. Dann nahm sie den Kamm und fuhr damit durch ihr nasses Haar. Als sie ihr Haar zurückgekämmt hatte, setzte sie sich den Haarreif auf. Mit einer Mischung aus Trotz und Schüchternheit sah sie ihn von unten an. »Besser?»

Jetzt lächelte er sie tatsächlich an. Er hatte ebenmäßige weiße Zähne. Einen Augenblick lang sah er jung und hübsch aus. »Besser«, sagte er. Ihre Blicke trafen sich. Dann verschwand sein Lächeln. »Von jetzt an werden Sie sich alle drei Tage waschen. Sie werden den Jogginganzug tragen. Die anderen Kleider wechseln Sie jeden Tag. Die schmutzige Wäsche kommt in den Wäschesack. Verstanden?«

»Ja.«

Er deutete auf das Eau de Cologne, den Puder und die Plastikgegenstände. »Diese Sachen bleiben hier. Wenn Sie aber auf irgendwelche dummen Ideen kommen, dann sind sie ganz schnell wieder weg. Dann kommt alles weg. Dann können Sie hier splitternackt hausen. Verstanden?«

»Ja.« Sie nahm den Puder in die Hand und ließ den Blick darauf ruhen, als sie sagte: »Wirklich heiß hier. Wo sind wir hier? In Mexiko?«

Er antwortete nicht sofort. »Wie haben Sie das erraten?«

»Bin ich tatsächlich in Mexiko?« fragte sie zufrieden. »Irgendwo in der Wüste, stimmt's? Ich kenne den Wüstengeruch. Trocken und sauber.«

»Kluges Kind«, sagte er mit teilnahmsloser Stimme und wandte sich zum Gehen.

»He, Sie«, sagte sie. Er drehte sich um. »Danke.«

Als sie wieder allein war, sah sie sich um. Sie war sauber. Ihre Welt war sauber. Sie strich über die Kleider, dann nahm sie den Puder und das Eau de Cologne und starrte beides an. Was für ein Luxus. Was für Reichtümer.

Er wäre der Eröffnung der Ausstellung am liebsten ferngeblieben; er haßte Vernissagen. Aber Kolb, der Galeriebesitzer, hatte ihn bedrängt und erklärt, daß er unmöglich fehlen dürfe. Also hatte er sie mit seiner Anwesenheit beehrt, wenn auch unter Zwang.

Das Unbehagen stand ihm im Gesicht geschrieben, als er mit seinem Bier in der Hand, über die Schulter einer jungen Frau in die Menge blickte. Trotz ihrer ausgefallenen Kleidung sah sie hübsch und klug aus. Im Auftrag einer großen Zeitung berichtete sie über diese Kunstausstellung, und ihre Augen leuchteten vor Aufregung.

»Ihre Arbeiten sind wirklich aussagekräftig«, erklärte sie. »Ich würde sagen, in ihnen spiegeln sich die natürlichen Formen wieder. Würden Sie mir zustimmen?«

»Tja… ich glaube schon.«

»Abstrakte Inhalte fehlen vollkommen. Sie gehen nicht viele Kompromisse ein. Manche behaupten, das hinge mit Ihrem Lebensstil zusammen.« Sie betrachtete ihn eingehend in seiner zerrissenen Lederjacke, seinen Jeans und Stiefeln. »Sie genießen den Ruf eines Einsiedlers, Mr. Lennox. Mögen Sie die Menschen nicht?«

»Ich habe keine Probleme mit den Menschen«, murmelte er. Angesichts ihres aggressiven Interviewstils wirkte er noch verschlossener als sonst. »Ich brauche meine Ruhe.«

»Sie leben sehr zurückgezogen, stimmt's?« Sie kritzelte etwas auf ihren Block. »Würden Sie sagen, daß Sie einsam sind?«

»Ich mache mir keine Gedanken darüber…«

»Sie suchen keinen Kontakt zu anderen Künstlern, habe ich

recht? Sandra Wilmot, beispielsweise, die ebenfalls hier ausstellt, ist ein sehr geselliger Mensch. Haben Sie nicht manchmal das Gefühl, daß Ihnen der Austausch mit Gleichgesinnten fehlt?«

»Ich habe meine eigenen Ideen.«

»Das ist nicht zu übersehen.« Sie kritzelte wieder etwas auf ihren Block. Er fragte sich, was sie wohl mit seinen knappen Antworten anfangen würde. Sie sah zu ihm auf. »Mr. Lennox, hier sind einige Ihrer bisher besten Arbeiten ausgestellt. Die Skulpturen sind größer und komplexer als zuvor. Sie haben in den letzten zwei Jahren große Fortschritte gemacht.«

»Danke, danke.«

»Das zeigt sich auch in Ihren Preisen, wenn ich das sagen darf. Einige Ihrer Werke sind nicht gerade billig. Aber zwei davon sind schon verkauft, wenn ich richtig gesehen habe.«

Er zuckte die Achseln. Über ihre Schulter hinweg beobachtete er die strahlenden Gesichter der Ausstellungsbesucher, die seine Skulpturen und Sandra Wilmots Bilder bewunderten. Jetzt sah er auch Sandra Wilmot, die von ihren Bewunderern umlagert wurde. Ihre Arbeiten ließen ihn kalt; sie schienen ihm allzu vergänglich. So auch all die gestylten Menschen mit ihren lächelnden Gesichtern und ihren nie stillstehenden Mündern. Sie kamen ihm vor wie Gespenster, die sich hungrig und immer auf der Suche nach Neuem einfach nur treiben ließen. Nur eines in dieser langen, hellerleuchteten Galerie besaß so etwas wie Dauerhaftigkeit: seine Sandsteinskulpturen, die gewaltig und schweigend im Raum standen.

»Sie suchen also niemals Kontakt mit anderen Künstlern?«

»Nein.«

»Und woher kommt dann Ihre Inspiration?«

»Das weiß ich nicht.«

»Sie haben sich in die Berge zurückgezogen und pflegen kaum Kontakt zu anderen Menschen. Es heißt, daß Sie Ihre Besucher ziemlich unfreundlich empfangen. Die meisten Künstler führen ein ganz anderes Leben.«

»Ich bin nicht die meisten Künstler.«

»Eine treffende Antwort. Sie haben nie Kunst studiert, ist das richtig?«

»Ja.«

»Ist es auch wahr, daß Sie als Steinmetz für Grabsteine angefangen haben?«

»Ich habe eine Zeitlang für einen Steinmetz gearbeitet... vor Vietnam.«

»Ach, ja. Der Krieg. Würden Sie sagen, daß Sie durch Vietnam...«

»Ich rede nicht gern über Vietnam.«

»Aber ich möchte doch herausfinden, woher Sie Ihre Inspiration nehmen.«

»Ich lege keine Wert darauf, daß Sie das herausfinden.«

»Sie lassen sich nicht gern interviewen, hab' ich recht?« sagte die Reporterin mit einem scharfen kleinen Lächeln. »Das macht nichts. Allerdings muß ich mich so auf meine eigene Inspiration verlassen. Sie dürfen sich also nicht beklagen, wenn Ihnen das, was ich schreibe, nicht gefällt.«

»Ich werd's ohnehin nicht lesen.« Er hatte keinesfalls die Absicht gehabt, sie zu beleidigen, doch jetzt sah er die Wut in ihren Augen. Er warf einen Blick auf seine Uhr. Zwei Stunden lang war er schon hier. Es wurde Zeit, sich zu verabschieden und nach Hause zu fahren, Eden wartete auf ihre Mahlzeit. »Entschuldigen Sie mich«, sagte er unvermittelt und schob sich an ihr vorbei.

Rasch drängte er sich an einigen Gästen vorbei, die schon bei ihm gekauft hatten, und ohne sich von Kolb zu verabschieden, ging er geradewegs auf den Ausgang zu.

»Halloooo!«

Eine kleine blonde Frau stellte sich ihm in den Weg und strahlte ihn an. Das Gesicht kam ihm bekannt vor. Dann erinnerte er sich an ihren Namen. Lilah. Keith Hattersleys Freundin. Er brummte irgend etwas in seinen Bart und ging weiter. »Joel, warten Sie!« Sie bekam ihn am Jackenärmel zu fassen, doch er tat so, als bemerke er es nicht und schüttelte sie ab.

Sein Lieferwagen stand auf dem Parkplatz vor der Galerie. Er setzte sich hinein und fuhr mit quietschenden Reifen los. Wie er Menschenmengen haßte! Er haßte sie ebenso sehr wie Fragen, wie Gesichter, die ihm zu nahe kamen, Augen, die ihn anstarrten...

Er schlängelte sich durch den Feierabendverkehr. Der Himmel

hatte eine grünliche Farbe angenommen, die nur im Westen von einigen gelben Streifen durchzogen wurde. Um ihn herum leuchteten bereits die Lichter der Stadt auf.

Auf der Fahrt hinauf zum Golden Gate zwang er sich, den Fuß vom Gaspedal zu nehmen. Es bestand kein Grund zur Eile. Sie würde schon nicht verhungern. Aber die Sorge um sie ließ ihn nicht los. Was würde geschehen, wenn ihm etwas passierte? Wenn er beispielsweise einen Unfall hätte und erst nach zwei oder drei Tagen zurückkehrte? Sie konnte sich nicht befreien. Ohne ihn würde sie sterben.

Der Gedanke beunruhigte ihn. Wieder mußte er sich zwingen, den Fuß vom Gaspedal zu nehmen.

Er war froh über seinen Entschluß, sie duschen zu lassen. Es war nicht recht gewesen, das Mädchen wie ein Tier zu halten.

Er dachte an ihren nackten Körper in der Dusche – so dünn und eckig. Trotz der kleinen Brüste und des schwarzen Dreiecks über ihrem Geschlecht wirkte sie fast wie ein Kind. Fast geschlechtslos. Und doch hatte ihn irgend etwas an ihrem Körper verwirrt, sogar aufgewühlt. Ihr Körper besaß eine ganze eigene Anmut, die nichts mit weiblichen Kurven und Rundungen zu tun hatte, sondern eher mit der einfachen Schönheit eines Baumes im Winter, der aller Äußerlichkeiten beraubt war.

Er hatte sie nackt sehen wollen, das wußte er jetzt, obwohl er es zunächst für reine Neugierde gehalten hatte. Doch er hatte sich geirrt. Sie war eine Frau und kein Kind. Ihre Weiblichkeit war stärker, als er vermutet hatte.

Er sah sie im Geiste vor sich, sah, wie das Wasser über ihren flachen, blassen Bauch plätscherte, wie es sich dann durch die dunklen Löckchen schlängelte und die schlanken Beine hinunterlief. Er sah die dunklen Brustwarzen, die sich unter dem Wasserstrahl aufgerichtet hatten. Sah ihre Arme, die sie wie eine Priesterin ausgestreckt hatte. Ganz plötzlich spürte er, wie sich Verlangen in ihm regte.

Er fluchte leise vor sich hin. Nein. Auf keinen Fall wollte er eine derartige Beziehung zu ihr entwickeln.

Wütend schüttelte er den Kopf, als wolle er das Bild ihrer festen braunen Brustwarzen daraus vertreiben. Sein letztes Zusammensein mit einer Frau war schon lange her. Viel zu lange.

Als er endlich zu Hause war, war es bereits dunkel. Er ging in die Küche und wärmte das Essen auf, das er, bevor er weggefahren war, zubereitet hatte: Tortillas, gefüllt mit Hackfleisch und Tomaten und kleinen, aber scharfen Chilischoten aus der Wüste, und das Ganze überbacken mit Käse.

Während er in der Küche hantierte, überlegte er, beinahe zum erstenmal, was er mit dem Geld machen sollte.

Zehn Millionen Dollar.

Unvorstellbar viel Geld. Anfänglich hatte er nur daran gedacht, es Mercedes wegzunehmen, um alles, was sie sich aufgebaut hatte, mit einem Schlag zu vernichten. Er hatte ihr zeigen wollen, wie sinnlos ihr Leben war.

Aber danach würde das Geld ihm gehören. Er hatte es sich verdient. Er hatte für das Geld bezahlt.

Aber was sollte er mit zehn Millionen Dollar anstellen? Er konnte es verbrennen und ihr dann ein Foto von dem Feuer schicken.

Er konnte es ausgeben. Eine Insel in der Südsee kaufen. Ein Penthouse in Rom. Ein Chalet in der Schweiz. Doch all das schien ihm unwirklich. Fremde Länder und Orte zogen ihn nicht an. Er hatte gar nicht den Wunsch, Arizona oder das Haus, das er gebaut hatte, zu verlassen. Das Haus war ein Teil von ihm, er liebte es, liebte die Wüste und die Berge, die Stille und den Frieden. Er hatte noch nie den Wunsch gehabt, dieses riesige, offene Land zu verlassen, wo er gelitten hatte und zum Mann gereift war.

Das Einzige, was ihm immer wieder einfiel, war, daß er mit dem Geld niemals wieder eine Skulptur verkaufen mußte. Niemals wieder würde er ein Stück von sich selbst an diese gierigen Banausen verkaufen oder sich mit Typen wie Keith Hattersley abgeben müssen.

Sie saß auf dem Bett, als er eintrat. Sie sah ihn an. Er blieb abrupt stehen. Sie war wie verwandelt. Ihr Haar, das ihr Gesicht umschmeichelte, glänzte. Um es zurückzuhalten, trug sie den Haarreif. Ihre Haut hatte die Farbe von Elfenbein. Wie sie jetzt vor ihm saß, sauber und adrett in ihrem neuen rosafarbenen Jogginganzug, kam sie ihm vor wie ein vollkommen anderes Wesen und nicht mehr wie die Halbwilde, an die er sich schon fast gewöhnt hatte. Ein zarter rosafarbener Flamingo im Käfig.

»Was ist los?« fragte sie stirnrunzelnd.

»Nichts.« Er machte die Tür zu und reichte ihr das Tablett.

Lustlos starrte sie auf das Essen. »Tacos.«

»Mögen Sie keine Tacos?«

»Ich mag keine stark gewürzten Sachen.«

»Sie sind hier nicht im Hotel, verdammt noch mal!« fuhr er sie an. »Entweder Sie essen, oder Sie bleiben hungrig!«

»Okay, okay.« Sie stellte sich das Tablett auf den Schoß, nahm eine Tortilla und biß hinein. »Nicht schlecht«, sagte sie. »Aber ich hab' auch furchtbaren Hunger. Sie sind heute spät dran, oder nicht?«

Er gab keine Antwort. Am liebsten hätte er ihr von den faden Leuten in der Galerie erzählt und von den lächerlichen Fragen, die ihm die Zeitungsreporterin gestellt hatte. Aber das konnte er natürlich nicht. Er sah zu, wie sie aß. Der Duft, der von ihr ausging, stieg ihm in die Nase. Sie hatte den Puder benutzt. Etwas Neues war in die Zelle eingekehrt, etwas Störendes. Eden hatte sich unglaublich verändert, war sehr viel weiblicher geworden, auf eine fast gefährliche Art und Weise. Er hatte das Gefühl, daß sie aus ihrer Verwandlung Kraft geschöpft hatte.

Die grünen Augen sahen ihn an. »Haben Sie das gekocht?«

»Wer sonst?«

»Sie sind also allein. Sie haben keine… Partner.«

»Natürlich habe ich Partner«, erwiderte er, verärgert über seine eigene Unvorsichtigkeit. »Wir sind zu mehreren. Aber außer mir werden Sie nie jemanden zu Gesicht bekommen.«

»Wo sind die anderen? Hier in Mexiko?«

»Ich habe Ihnen doch gesagt, daß Sie nach diesen Dingen nicht fragen sollen.«

»Gibt es denn noch andere Dinge?«

»Vergessen Sie's. Konzentrieren Sie sich lieber darauf, daß Sie hier nicht schlappmachen. Mehr brauchen Sie nicht zu tun.«

Mürrisch zuckte sie die Achseln und aß weiter. Er wollte gehen, aber irgend etwas hielt ihn zurück. Er setzte sich auf die andere Seite des Bettes. Sie zog eine Augenbraue in die Höhe. »Bleiben Sie zum Essen?«

»Ich kann ja gleich das Tablett mitnehmen, wenn Sie fertig sind.«

»Wie Sie wünschen.« Sie schob den letzten Bissen eines Tacos in den Mund. »Ich kann Gesellschaft gut vertragen. Bringen Sie mir noch Bücher?«

»Mal sehen.«

»Wann komm ich hier raus? Sie müssen doch wenigstens eine ungefähre Vorstellung davon haben.«

»Ich hab's Ihnen doch eben gesagt. Vergessen Sie's.«

»Aber natürlich. Wenn ich's mir recht überlege, dann habe ich ja hier auch soviel zu tun, daß ich überhaupt keine Zeit habe, darüber nachzudenken.« Sie sah immer noch krank aus, aber nicht mehr verzweifelt. Sie schien ausgeglichener, sehr viel ausgeglichener sogar. Wie die Eden, die er sich vorgestellt hatte. Ein kleines, reiches Mädchen, verzogen und verwöhnt.

»Wie fühlen Sie sich?« fragte er.

»Beschissen, wenn Sie's genau wissen wollen«, antwortete sie unerwartet heftig. »Ich brauche einen Schuß.«

»Machen Sie sich nicht lächerlich. Das haben Sie hinter sich.«

»Weil Sie es sagen, oder?«

»Weil es einen Monat her ist.«

Ihre grünen Augen in dem blassen ovalen Gesicht weiteten sich. »Einen Monat? So lang bin ich erst hier?«

»Mehr oder weniger.«

»Du lieber Gott. Mir kommt es vor wie eine halbe Ewigkeit.«

»Ein Monat reicht vollkommen, um clean zu werden, glauben Sie mir.«

Sie schob das Tablett zur Seite. »Auf Turkey zu sein ist gar nichts«, sagte sie. »Darum geht es nicht bei der Sucht. Die Sucht findet hier oben statt.« Sie tippte mit dem Finger an ihre Schläfe.

»Haben Sie vorher noch nie versucht, vom Heroin runterzukommen?«

»Warum sollte ich?« Sie warf ihm einen spöttischen Blick zu. »Heroin ist eine tolle Sache. Was meinen Sie, warum's die Leute sonst tun? Es ist einfach wunderbar. Ich hab' vor einem Jahr mit dem Spritzen angefangen, und ich war noch nie so glücklich wie in diesem Jahr. Glauben Sie mir vielleicht nicht?«

»Sie müssen eine ziemlich schlechte Meinung von sich gehabt haben«, sagte er voller Abscheu.

»Ich bin schlecht«, erklärte sie mit einem komischen kleinen

Lächeln. »Mit meinem Selbstwertgefühl ist es nicht weit her. Aber mit Heroin ist alles anders.«

»Man fühlt sich also besser?«

»Man fühlt sich großartig. Man liebt sich auf einmal selbst. Man schwebt nur so über allem, nichts kann einen mehr verletzen.« Ihre Augen nahmen einen verträumten Ausdruck an. »Keine Depressionen, keine Schmerzen. Man fühlt sich wie im Himmel.«

»Sie müssen aufhören, daran zu denken«, sagte er barsch.

»Woran sollte ich sonst denken? Jede Stunde, jede Minute träume ich davon.«

»Sie sind eine Närrin. Sie sind ein verwöhntes kleines Miststück.«

»Mann, das hat noch niemand zu mir gesagt.«

»Sie glauben also, Ihr kleiner Aufenthalt im Himmel könnte ewig dauern? Wissen Sie nicht, daß Heroin am Ende jeden nach unten zieht, in die Gosse? Alle Junkies landen irgendwann in der Gosse.«

»Es ist wie die Liebe zu einem Mann«, sagte sie. »Man weiß, daß er gemein sein kann, aber gleichzeitig erregt er einen. Man kann gar nicht anders, als ihn zu lieben. Man will auch nicht aufhören, ihn zu lieben. Er ist ein Zuhälter, er schlägt einen, aber irgendwann liebt man sogar die Schläge. Wenn er dann da ist, schwebt man im siebten Himmel. Und wenn er geht, zählt man die Stunden, bis er wiederkommt.« Sie setzte sich auf. Jetzt leuchteten ihre Augen wie im Fieber, ihre Lippen waren blutrot. »Ich wette, Sie wissen, wo Sie es bekommen könnten.«

»Ich hab' mit Heroin nicht viel im Sinn«, erwiderte er knapp.

»Aber Sie wissen, wo Sie's bekommen könnten. Wir sind doch in Mexiko, oder? Ich wette, Sie kennen die Dealer am Ort. Und ich wette, daß Sie mir was besorgen könnten, wenn Sie wollten. Hab' ich recht!«

»Sie sind verrückt!« fuhr er sie an. Die unheimliche Schönheit, die sie ausstrahlte, faszinierte ihn.

»Sie bräuchten nicht einmal eine Spritze zu besorgen. Alufolie und ein Feuerzeug würden auch...«

»Nein!«

»Ich würde dafür bezahlen. Ich würde viel dafür bezahlen. Sie würden es bestimmt nicht bereuen.«

»Jetzt reicht's!« rief er barsch. »Wenn Sie sich einbilden, daß ich Sie mit Heroin versorge, dann…«

»Sie wissen gar nicht, was ich alles für Sie tun kann.« Mit einem falschen, verdorbenen Lächeln sah sie ihn an. Es war das Lächeln einer Hure, eines Vampirs. »Ich bin gut im Bett«, hauchte sie. »Sehr gut sogar. Und außerdem bin ich jetzt sauber. Meinen Sie nicht, daß ich hübsch bin?«

»Ich meine, daß Sie krank sind.«

»Ich tu alles, was du willst.« Er konnte nicht glauben, was er hörte und sah. Sie rutschte zu ihm herüber, hielt seinen Blick fest. Der süßliche Geruch des Puders stieg ihm in die Nase. Sie streckte die Hand aus und nahm den Aufschlag seiner Jacke zwischen die Finger. »Komm her, ich treib's mit dir, wie du es gerne hättest.«

»Seien Sie still!« rief er zornig.

»Ich bin deine Puppe. Du kannst mich an- und ausziehen, wie es dir gefällt. Du kannst mit mir machen, was du willst. Alles. Du kannst mir ins Gesicht spritzen…«

Er stieß sie weg und hielt ihr den Mund zu, um die schrecklichen Worte zu ersticken. Seine Finger gruben sich in ihre Wangen, verzerrten ihr Gesicht. Ihre großen grünen Augen starrten ihn an. Er hörte sie wimmern. Ihr Kopf fühlte sich so zerbrechlich an wie der eines kleinen Vogels.

»Eden«, flüsterte er zitternd, »sagen Sie so etwas nie wieder. Niemals. Haben Sie mich verstanden?« Sie wimmerte wieder. »Wenn Sie es noch einmal sagen, dann werd' ich Ihnen weh tun, schrecklich weh tun.«

Er ließ sie los, und sie sank zurück. Die Abdrücke seiner Finger leuchteten auf ihren Wangen. Ihr Speichel klebte an seinen Fingern. Er wischte sich die Hand an seiner Hose ab. Sein Herz schlug bis zum Hals.

Er konnte und wollte nicht glauben, wie erregt er war. Sein Verlangen nach ihr entsetzte ihn, machte ihm angst.

»Schlagen Sie sich das Heroin aus dem Kopf«, sagte er. Es kostete ihn viel Kraft, seine Stimme normal klingen zu lassen. »Vergessen Sie's.«

Mit zitternden Fingern berührte sie ihren Mund. Als sie sie wegnahm, waren sie voller Blut. »Immer müssen Sie mir weh tun«, sagte sie mit Bitterkeit in der Stimme. »Hätten Sie nicht einfach sagen können ›nein, danke‹?«

Sein Mund war vollkommen ausgetrocknet. Er versuchte zu schlucken. »Sie verstehen es nicht.«

Erschöpft ließ sich Eden an die Wand sinken. »Natürlich verstehe ich es nicht. Ich verstehe überhaupt nichts. Warum gerade ich? Was wollen Sie von mir?«

Schweratmend saß er da und schwieg. In beiden Gesichtern zeigte sich Verständnislosigkeit, als sie einander jetzt ansahen.

»Wie heißen Sie?« fragte sie einfach.

»Sie wissen, daß ich Ihnen das nicht sagen kann.«

»Ich muß aber einen Namen für Sie haben.«

»Joel«, platzte es aus ihm heraus.

»Joel?« Sie überlegte. »Joel. Ist das Ihr richtiger Name.«

»Richtig genug.«

»Wenn das hier vorbei ist, dann müssen Sie mich umbringen«, sagte sie. »Ich weiß zuviel. Ich kenne Ihr Gesicht. Ich weiß, wo wir sind. Ich weiß sogar Ihren Vornamen. Sie können mich nicht gehenlassen. Oder?«

»Wenn niemand die Polizei einschaltet, dann schon.«

»Und wenn doch?« Als er nicht antwortete, lächelte ihn Eden mit einem schiefen Lächeln an. »Warum also dieses ganze Theater, nur weil Sie mir ein bißchen Stoff besorgen sollen? Meine letzten Tage könnten doch genausogut glücklich sein.«

»Sie werden nicht sterben.«

»Wir müssen alle sterben, Joel.« Wieder berührte sie ihren Mund. »Ich hab' eine Entziehungskur hinter mir«, erklärte sie jetzt beiläufig. »Ich war letztes Jahr in einer Klinik. Meine Eltern haben mich dazu gezwungen. Während ich dort eingesperrt war, haben sie meinen Geliebten umgebracht. Sie haben gedacht, er sei ein übler Bursche, weil er mir den Stoff besorgt hat. Ein übler, dicker, fetter Dealer. Wenn sie ihn aus dem Weg räumen, haben sie gedacht, würde ich keine Drogen mehr nehmen. Deshalb haben sie ihn *eliminiert*. Ich bin ziemlich sicher, daß meine Mutter das in die Wege geleitet hat. Es hat ausgesehen wie Selbstmord; angeblich hat er sich eine Kugel durch den Kopf gejagt. Aber ich weiß, daß es Mord war.«

Ungläubig sah er sie an. »Das haben Sie sich ausgedacht.«

»Warum sollte ich?«

»Weil Sie in einer Traumwelt leben.«

»Sie kennen meine Mutter nicht. Sie bringt Dinge fertig, die man nicht für möglich halten würde. Wenn Sie Ihr Geld haben, dann sollten Sie irgendwo hingehen, wo sie Sie nicht findet. Sie ist unberechenbar.«

»Hat dieser Mann Sie angeturnt?«

»Nein. Mit Heroin angefangen hab' ich schon in der zwölften Klasse. Da war ich zum erstenmal wahnsinnig gut drauf, Sie wissen schon, wirklich stoned. Das war so gut, so unbeschreiblich gut...« Sie legte sich zurück, ihre Augen fielen zu. »Sie können sich nicht vorstellen, wie gut das war. Als ob man heimkehrt.« Sie schien, sofern das überhaupt möglich war, plötzlich noch blasser als zuvor zu sein. Ihr Gesicht hatte eine grünliche Färbung angenommen, als wäre sie seekrank. »Aber Rusty hat mir gezeigt, wie man spritzt.«

»Dann hätte ich den Scheißkerl auch umgebracht.«

»Mein Held.« Sie faßte sich an den Hals und würgte kurz.

»Was ist los?«

»Ich glaube, mir wird gleich schlecht. Mexikanisches Essen hab' ich noch nie gemocht. Und mein Magen ist sowieso etwas angeschlagen.« Sie würgte wieder. »Haben Sie noch nie Drogen probiert?«

»Ich hab' ein- oder zweimal Hasch geraucht.«

»In 'Nam?« Sie sprach weiter, ohne auf eine Antwort zu warten. »Da haben viele Jungs zum erstenmal Bekanntschaft mit Drogen gemacht. Bei mir war's in der Schule. Wir waren eine kleine Gruppe und haben... haben...«

»Warten Sie.« Er packte sie schnell und zog sie hinüber zur Toilette. Sie klammerte sich an ihn mit letzter Kraft, während sich ihr Magen hob und senkte. Er legte ihr den Arm um die Schulter und drückte ihren Kopf sanft über die Schüssel.

Sie erbrach alles auf einmal in einem großen Schwall. Er spürte, wie sich ihr schmächtiger Körper in seinen Armen verkrampfte. Er nahm auch seinen Arm nicht weg, als sie danach von einem Zittern erfaßt wurde. Erst als sie sich beruhigt hatte, betätigte er die Spülung und wischte ihr das feuchtkalte Gesicht mit einem Handtuch ab. Dann führte er sie wieder zum Bett.

»Es wird bald wieder gut sein«, sagte er beruhigend. »Nie mehr Tacos, das schwör' ich Ihnen.«

»Toll... was?«

»Versuchen Sie, sich zu entspannen.«

»Das werden Sie kaum... verhindern können.«

Sie sank mit ihrem Kopf an seine Schulter. Er legte die Arme um sie. Sie lehnte an ihm mit geschlossenen Augen. Er blickte auf ihr Gesicht und sah die roten Flecken auf ihren Wangen, ihre langen, dichten Wimpern. Sie wirkte so unsagbar verletzlich.

Er schämte sich des Drangs zwischen seinen Beinen, versuchte ihn zu ignorieren. »Besser?«

»Das ist so schön«, murmelte sie an seiner Brust. »Bitte, lassen Sie mich nicht allein. Halten Sie mich fest.«

Er schlang die Arme fester um sie. Nach einer Weile strich er ihr mit unsicheren Fingern vorsichtig übers Haar. Es fühlte sich samtig und weich an. Der schwache Geruch von Geronnenem störte ihn nicht. Zusammen mit dem Puder erinnerte er ihn an Säuglinge.

»Sie müssen doch noch nicht gehen, oder?« fragte sie, ohne die Augen zu öffnen.

»Nicht gleich«, antwortete er mit belegter Stimme.

»Ich fühl' mich so einsam hier unten.«

»Ich weiß.«

»Dieses gräßliche Licht brennt Tag und Nacht. Können Sie nicht etwas machen, damit ich es ausschalten kann.«

»Es ist zu spät, um einen Schalter anzubringen.«

»Und wenn Sie's von draußen ausmachen? Nur bei Nacht? Ach, ist das schön...«

Lange Zeit sagte sie gar nichts, schmiegte sich nur in seine Arme. Ihr Körper schien mit dem seinen zu verschmelzen. Seltsame Gefühle stiegen in ihm auf. Und seltsame Gedanken. Plötzlich befand er sich an einem anderen Ort, an einem süßen und lieblichen Ort, von dem er schon geträumt hatte, als er noch keine Worte gekannt hatte. Ein Ort, den er nur im Traum gesehen hatte.

»Wir könnten trotzdem miteinander schlafen«, sagte sie irgendwann. »Das wäre fast genauso gut wie Heroin.«

Er preßte die Zähne zusammen. Am liebsten wäre er aufgesprungen und hinausgerannt, aber dann hätte sie seine Erektion mit Sicherheit bemerkt. Dann hätte sie es gewußt. »Ich will nicht mit Ihnen schlafen.«

»Doch, das wollen Sie. Mir würde es nichts ausmachen. Sie gefallen mir.«

»Verdammt«, sagte er leise, »können Sie an nichts anderes denken als an Sex und Drogen?«

»Doch, an Rock and Roll.« Dann blieb sie weitere zehn Minuten stumm. Er glaubte schon, sie wäre eingeschlafen, bis sie sich plötzlich regte. Sofort ließ er sie los. Sie setzte sich von ihm weg und strich ihr schwarzes Haar aus der Stirn. Jetzt sah ihr Gesicht weicher aus. Ihr Blick war verschwommen. Sie lächelte ihn an. »Das war lieb von Ihnen. Danke.«

Er holte tief Luft. »Warum versuchen Sie nicht zu schlafen?«

»Keine schlechte Idee.«

Endlich wagte er aufzustehen. Seine Beine waren noch ziemlich wackelig. Er nahm das Tablett und drehte sich um. Sie lag bereits mit angezogenen Knien auf der Seite und sah ihm aus halbgeschlossenen Augen zu.

»Wenn Sie mich mit Mama sprechen ließen, dann könnte ich sie bitten, nicht zur Polizei zu gehen. Um meinetwillen.«

Er überlegte. »Vielleicht.«

Mit nahezu letzter Kraft schloß er die Tür hinter sich ab. Er blieb stehen und sah auf den Kasten, in dem sich alle Sicherungen für das Haus befanden. Eine davon gehörte zu den Lichtern in der Zelle. Er machte einen Schritt darauf zu und schaltete sie aus.

Zum ersten Mal seit Wochen würde es in der Zelle dunkel sein.

Er nahm das Tablett wieder hoch und ging nach oben.

Als er wieder in die Zelle kam, wollte sie ihn nicht ansehen.

»Was ist los?« fragte er.

»Ich schäme mich«, murmelte sie mit gesenktem Kopf. »Wegen der Sachen, die ich gesagt habe.«

»Ja, war nicht sehr vornehm.«

»Jetzt denken Sie wahrscheinlich, daß ich ein ganz schlimmes Luder bin.«

»Nein, Eden«, entgegnete er sanft, »das denke ich nicht.«

Sie hob schließlich den Kopf und sah ihn an. Er bemerkte, daß ihre Wangen von einer tiefen Röte überzogen waren. »Tut mir leid, Joel.«

Unwillkürlich lächelte er sie an. Ein warmes Gefühl stieg in ihm auf.

»Ich war bloß so verzweifelt...«

»Ich weiß.« Er gab ihr das Buch, das er mitgebracht hatte. »Das habe ich für Sie gekauft.«

Sie lachte auf, als sie den Titel sah. »*Wie überwinde ich meine Sucht*.«

»Was ist denn daran so komisch?«

»Der Titel. Klingt wie einer dieser Ratgeber, in denen alles so einfach dargestellt wird. *Chinesisch lernen in drei Wochen. Wie baue ich eine Jacht. Wie überwinde ich meine Sucht.*«

»Lesen Sie's. Es hilft.«

Sie warf das Buch lustlos aufs Bett. »Irgend jemand hat mir schon einmal so ein Buch gegeben.« Trotzdem war er sicher, daß sie es später lesen würde. »Bleiben Sie nicht?« fragte sie schnell.

»Ich kann nicht.«

»Warum nicht«, fragte sie fast mürrisch.

»Ich hab' zu arbeiten.«

»Ich nicht.« Sie runzelte die Stirn. »Sie könnten ein bißchen dableiben und sich mit mir unterhalten. Ich werde ganz bestimmt nicht versuchen, Sie zu verführen.«

Er mußte wieder lächeln. »Wenn ich Ihnen das Abendessen bringe, dann bleib' ich, und wir unterhalten uns.«

Sie strahlte. »Versprechen Sie's?«

»Ich versprech's.«

Er hatte die Arbeit, die Hattersley in Auftrag gegeben hatte, beendet und verständigte deshalb den Baumeister. Am Nachmittag fing er mit einer neuen Skulptur an. Er hatte sich für Carrara-Marmor entschieden, ein Material, mit dem er nur selten arbeitete; zum einen, weil es ihm in dieser Umgebung so kalt und fremd vorkam, und zum anderen, weil es so teuer war. Der große Marmorblock hatte ihn eine schöne Stange Geld gekostet.

Er hatte Dutzende von Entwürfen angefertigt, aus denen er schließlich die drei ausgewählt hatte, mit denen er arbeiten wollte. Mit den Entwürfen in der Hand ging er mehrmals um den großen Steinblock herum und markierte ihn, zunächst mit feinen, dann mit kräftigeren Strichen. Trotz der Entwürfe hatte er immer noch keine ganz klare Vorstellung. Sie würde sich während der Arbeit am Objekt entwickeln, was in letzter Zeit immer häufiger vorkam. Hätte er beispielsweise eine Kunstakademie besucht, dann, so nahm er zumindest an, wäre er sich vor Beginn der Arbeit bestimmt sicherer gewesen. Er hätte genauere Vorstellungen gehabt und wäre die Verwirklichung direkter angegangen. So jedoch mußte er sich seinen Weg wie ein Blinder ertasten und erspüren.

Er wollte diesmal nichts schaffen, das etwas vollkommen Fertiges darstellte, sondern etwas, das Dynamik besaß. Die dargestellten Gestalten sollten sich aus dem Stein herausschälen. Die Idee war nicht neu. Er hatte Fotografien von Michelangelos letzten Arbeiten gesehen, und sie hatten allesamt diese Qualität. Männliche Gestalten, die sich quälten, um sich dem Stein, der sie gefangenhielt, zu entwinden. Er hatte eine Ahnung von dem, was er schaffen wollte, aber mehr auch nicht…

Er begann die Arbeit mit dem größten Meißel und dem schweren Hammer. Der erste Schlag spaltete den weißen Stein sauber und glatt. Er arbeitete schnell, schlug große, breite Brocken weg, formte den Stein nach seinen Vorstellungen. Immer wenn keine Markierungen mehr zu sehen waren, hielt er inne, um neu zu markieren, arbeitete wieder weiter, markierte neu.

In dem Schuppen war es sengend heiß. Seit Mai hatte es nicht mehr geregnet, aber heute war die Luft besonders stickig. Vielleicht kündigte sich ein Gewitter an.

Der Stein verlor allmählich seine ursprüngliche Quaderform und verwandelte sich in etwas Natürliches, etwas Ursprüngliches. Zufrieden mit sich zog er das Hemd aus und arbeitete weiter. Die Bewegungen seines Körpers wurden immer geschmeidiger. Er dachte gar nicht mehr darüber nach, sondern ging ganz instinktiv vor. Das klingende Geräusch des Meißels bereitete ihm Freude. Durch halbgeschlossene Augen beobachtete er, wie der weiße Stein allmählich seine äußere Gestalt veränderte und eine innere Gestalt annahm. Wie das Wachs damals, als er noch ein Kind war, das sich in seinen Händen verwandelt hatte.

Der Schweiß strömte ihm über Brust und Rücken, ein Zeichen

dafür, wie drückend die Luft war. Normalerweise schwitzte er nur wenig. Vielleicht würde er doch irgendwann einen Swimmingpool brauchen, obwohl er den Gedanken bisher immer weit von sich gewiesen hatte. Jetzt fand er die Idee gar nicht mehr so schlecht. Natürlich würde er nicht eines dieser synthetischen blauen Becken, sondern einen Steinpool, der in die Landschaft paßte, bauen. Von dort aus konnte man dann auf dem Rücken liegend die Sterne beobachten. Er schwang den schweren Hammer über den Kopf und ließ ihn niedersausen, spürte den Schlag im ganzen Körper, beobachtete, wie die Steinsplitter zu Boden fielen und die innere Gestalt immer mehr zum Vorschein kam.

»Ist jemand zu Hause?«

Er erkannte Lilahs Kleinmädchenstimme wieder. Sie stand hinter ihm im gleißenden Sonnenlicht; sie trug eine karierte Bluse, Jeans und hübsche, handgefertigte Lederstiefel. Blonde Locken umspielten ihr Gesicht.

Seine gute Laune verflog augenblicklich. Während er langsam den Hammer zur Seite legte, spürte er, wie eine dumpfe Angst in ihm aufstieg.

»Was machen Sie hier?« erkundigte er sich mit unfreundlicher Stimme.

»Ich habe doch gesagt, daß ich mal vorbeischauen würde.« Mit wiegenden Hüften kam sie auf ihn zu. »Ich habe Ihnen auch gesagt, daß Sie etwas Besonderes sind, und ich mag besondere Menschen.«

Er war so in seine Arbeit vertieft gewesen, daß er das Auto nicht gehört hatte. Jetzt preßte er die Zähne zusammen. »Ich habe Sie nicht eingeladen.«

»Ich weiß. Keith ist nicht mitgekommen.« Sie musterte den Marmorblock. »Das sieht ja sehr interessant aus. Ist das eine Auftragsarbeit?«

»Nein.«

»Für Sie selbst? Für Ihr Haus?«

»Ja.«

Jetzt ließ sie den Blick wie schon beim ersten Besuch mit unverhohlenem Vergnügen über seinen Körper gleiten. »Sie sind großartig, Joel. Aber das wissen Sie ja ohnehin, oder etwa nicht?« Sie lächelte.

»Sie hätten nicht herkommen sollen.«

»Ich wollte Sie nur sehen. Sie sind ja in der Galerie einfach weggelaufen. Sie mögen so viele Menschen auf einem Haufen nicht, stimmt's? Und Sie mögen auch keine geschniegelten und schnatternden Heinis.« Sie hielt ihm die Zeitung hin. »Das hab' ich Ihnen mitgebracht. Da ist ein Artikel über Sie drin von der Frau, die Sie interviewt hat.« Als er ihr die Zeitung nicht abnahm, schlug sie sie auf und zeigte ihm den Artikel mit einem großen Foto von einer seiner Arbeiten. Lilah lächelte wieder. »Ein interessanter Artikel. Ich habe das Gefühl, sie mag Sie nicht besonders.« Sie las laut vor: »›Der Künstler Joel Lennox ist ein faszinierender, empfindsamer Mensch mit einer außergewöhnlichen Begabung. Der Mann Joel Lennox ist ungehobelt, unfreundlich und ohne jedes Benehmen. Einen einzigen Satz aus ihm herauszubekommen ist mindestens ebenso schwer, wie Blut aus seinen Sandsteinskulpturen herauszupressen.‹« Sie lachte leise. »Sie müssen wirklich sehr unhöflich zu ihr gewesen sein.«

»Es tut mir leid, aber ich arbeite im Moment«, stieß er mit Mühe hervor. »Ich muß Sie leider bitten, wieder zu gehen.«

»Natürlich. Gleich.« Aber in ihren Augen unter den langen Wimpern lag Spott. »Haben Sie die Skulptur für Keith schon fertig?«

»Ja.«

»Stört es Sie, wenn ich einen kurzen Blick darauf werfe?«

»Lieber wäre mir, Sie würden gehen.«

»Ist sie das nicht hier drüben?« Sie hob das Tuch und musterte den Stein. »Oh«, seufzte sie. »Das ist ja wunderschön geworden. Sie haben eine Begabung...«

Er riß ihr das Tuch aus der Hand und blickte sie mit zornigen Augen an. »Sie wollen mich wohl nicht verstehen. Ich habe nicht um Ihren Besuch gebeten, und ich möchte, daß Sie jetzt gehen.«

»›Ungehobelt, unfreundlich und ohne jedes Benehmen‹«, sagte sie leise. »Aber Sie haben sie auch fasziniert. Genau wie mich, Joel.«

»Ich hab' noch keinen Fanclub aufgemacht.«

»Fühlen Sie sich nicht manchmal einsam hier draußen?«

»Nein. Ich mag keine Gäste.«

»Nur die, die Sie einladen, oder?«

»Ich lade nie jemanden ein.«

»Nie?«

»Nie.«

Sie nickte mit ihrem blondgelockten Kopf in Richtung Haus. »Und wer ist dann das Mädchen, das sich jetzt dort drin befindet?«

Plötzlich war ihm, als hätte sie ihm ein Messer direkt ins Herz gestoßen. »Da ist niemand drin«, stammelte er mit trockenem Mund.

»Rosarote Unterhöschen und Hemdchen?« Sie neigte ihren Kopf zur Seite. »Hängen diese Sachen etwa nicht auf der Leine? Sie wollen mir doch nicht erzählen, daß Sie diese Sachen selbst tragen, oder?«

In seinem Kopf herrschte ein heilloses Durcheinander. Er machte den Mund auf, aber er war unfähig, irgend etwas zu sagen. Er hatte ihre Sachen auf die Leine gehängt. Wie hatte er nur so unvorsichtig sein können? »Sie hat wohl nicht viel Geld? Sie sollten ihr etwas Schöneres kaufen, mit Spitzen und so, etwas, das ein bißchen mehr sexy ist.«

Er hielt immer noch den schweren Hammer in der Hand. Seine Finger klammerten sich fester um dem Holzgriff.

»Hat sie Modell gestanden für Keiths Skulptur? Ist sie Indianerin? Schämen Sie sich etwa deshalb für sie? Vielleicht versteckt sie sich im Haus. Zu schüchtern, um herauszukommen.« Lilah schlenderte von ihm weg. Er stand wie angewurzelt da, mit dem Hammer in der Hand. Vor der neuen Skulptur blieb sie stehen und nahm einen der Entwürfe in die Hand. »Ist sie das?« Sie betrachtete die schlanke, hockende Gestalt auf dem Papier, dann den Stein. »Sie ist hübsch, vielleicht etwas mager, besonders ihre Brüste.« Sie drehte sich zu ihm um. »Ich war schon immer… etwas fülliger. Schon als Kind. Ich könnte Ihnen doch Modell stehen für eine Skulptur. Nackt.« Mit einer Hüfte nach oben gereckt stand sie an der Arbeitsbank. »Ich würde wirklich gern für Sie Modell stehen. Ich bin auch schon fotografiert worden.« Sie kicherte. »Von einem Künstler.«

»Ich brauche kein Modell«, sagte er heiser.

Sie beugte sich etwas vor und legte die Hände unter ihre Brüste, so daß sie glatt und weich aus ihrer Bluse hervorquollen. »Sie sind betörend«, sagte sie leise. »Sie sind der attraktivste Mann im Umkreis von hundert Meilen, Joel. Wahrscheinlich sind Sie daran gewöhnt, daß Ihnen die Frauen nachlaufen. Bin ich zu direkt?«

»Ich brauche kein Modell«, wiederholte er.

»Haben Sie Angst wegen Keith? Das brauchen Sie nicht. Ich bin mein eigener Herr.«

Er schluckte. »Und ich habe kein Mädchen im Haus. Eine… Freundin hat die Sachen hier vergessen.«

»Wirklich nett von Ihnen, die Sachen für sie zu waschen.« Ihr Blick heftete sich auf die silberne Narbe unterhalb seiner Rippen. Der Schweiß hatte Streifen auf seiner gebräunten Haut hinterlassen. Sie seufzte leise. »Also gut. Ich gehe. Tun Sie mir noch einen Gefallen?«

»Was?«

»Zeigen Sie mir Ihr Haus.«

»*Nein.*«

Sie sah ihn lange an, ohne etwas zu sagen. »Keith hatte recht. Sie können einem angst machen. Sie strahlen etwas aus, als stünde ein Erdbeben kurz bevor.« Sie befeuchtete ihre Lippen mit der rosafarbenen Spitze ihrer Zunge. »Beängstigend und gleichzeitig wahnsinnig aufregend.«

Ohne sie anzusehen, ging er neben ihr her zu ihrem Auto, einem kleinen gelben Ferrari Dino. Er war mit einer dicken ockerfarbenen Staubschicht bedeckt. »Den habe ich selbst gekauft«, erklärte sie, als sie die Tür aufmachte. »Ich habe mein eigenes Geld. Mich hält niemand aus.«

»Ich gratuliere«, preßte er zwischen zusammengebissenen Zähnen hervor.

Sie kam etwas näher und sprach mit leiser Stimme. »Eines Tages, Joel, da werde ich Ihnen Dinge zeigen, von denen Ihre kleine Squaw noch nicht einmal gehört hat. Ich sorge dafür, daß dann die Erde tatsächlich bebt.« Sie lächelte, setzte ihre Sonnenbrille auf und stieg in das Auto.

Der Staub, den der kleine Wagen aufwirbelte, als sie davonbrauste, hing noch in der Luft, als das Heulen des Motors schon längst verklungen war.

Der Mann erklärte, er sei vernarrt in das Haus. Die Frau sagte: »Es ist viel zu groß für uns.« Aber Mercedes spürte, wie aufgeregt sie waren. Sie mußten alles anfassen, die Vorhänge berühren, über den Mamor streichen, die Wasserhähne ausprobieren. Sie versuchte, freundlich zu bleiben. Natürlich hätte sie Maya bitten können, ihnen das Haus zu zeigen, aber sie wußte, daß es besser war, wenn die Hausherrin diese Pflicht selbst wahrnahm. Maya saß mit Joaquin im Garten, die beiden warteten.

Sie besichtigten den Swimmingpool, wo Mayas Regenwald sich immer mehr ausbreitete. Der Mann tauchte seine Hand in das Wasser und murmelte irgendwas vor sich hin.

»Das Haus wurde von einem der besten Architekten entworfen, es ist ein Meisterwerk«, sagte der Makler und deutete auf die gläserne Kuppel über ihnen. »Sie können hier das ganze Jahr über schwimmen.«

»Schön.»

»Ein wunderbares Haus, meinen Sie nicht? Einfach einmalig.«

»Ja, aber es ist so groß«, seufzte die Frau. Trotz der Hitze trug sie eine Jacke aus Leopardenfell und einen engen Lederrock. An ihrer Hand funkelte ein riesiger Diamant. Sie war vielleicht Mitte dreißig, der Mann Ende vierzig. Ein Börsenmakler aus Barcelona mit seiner zweiten Frau. Die Augen der Frau blieben keine Sekunde stehen, kein Detail sollte ihr entgehen. »Die Pflanzen bleiben doch sicher hier, oder?«

»Ja«, erwiderte Mercedes leise. »Die Pflanzen bleiben hier.«

»Und was ist mit den Poolmöbeln?«

»Darüber können wir uns unterhalten. Wie auch über die anderen Möbel, wenn Sie möchten.«

Der Mann starrte sie verwundert an. »Sie wollen auch die Möbel verkaufen?«

»Zu einem angemessenen Preis, ja.«

»Bei den Möbeln handelt es sich um wirklich kostbare Stücke«, sagte der Makler. »Aber das haben Sie sicher schon bemerkt.«

Der Mann strich sich das Haar zurück, während er Mercedes mit gierigem Blick musterte. »Heißt das, daß Sie einfach hier hinausspazieren und nur den Scheck mitnehmen wollen?«

»Ja, das… könnte ich mir vorstellen.« Noch bevor er darauf etwas erwidern konnte, drehte sie sich um und führte sie hinaus.

»Ich bin sicher, Sie sind mit mir einer Meinung«, erklärte der Makler, »daß das Haus außergewöhnlich geschmackvoll eingerichtet ist….« Sie hörte, wie er in dem gedämpften Ton fortfuhr, der Immobilienmaklern und Besitzern von Beerdigungsinstituten eigen ist.

Sie betraten die große Halle. Das Ehepaar aus Barcelona sah sich schweigend um. Sie würde für dieses Haus ihre Seele verkaufen, ging ihr durch den Kopf. Sie werden kaufen, vorausgesetzt sie haben genügend Geld. Aber haben sie genügend Geld? Ihr siebter Sinn sagte ihr, daß den beiden ein ganz beträchtlicher Teil der Summe fehlte.

»Der Kamin ist im englischen Stil erbaut«, sagte Mercedes. »Achtzehntes Jahrhundert. Wir haben auch einen großen Teil der Holztäfelung aus England importieren lassen; sie zierte einst die Bibliothek eines hochherrschaftlichen Landsitzes. Der Rest wurde dann hier angefertigt.«

»Durch die Glastüren gelangt man auf die Veranda«, sagte der Makler und ging voran. »Die Säulen sind aus reinem Marmor…«

Er sprach nicht weiter, weil das Telefon klingelte. Mercedes entschuldigte sich, ging zum Apparat und hob den Hörer ab.

»Hallo?«

»Mama!«

»*Eden!*« Der Klang ihrer Stimme ließ die anderen abrupt herumfahren. Sie mußte sich setzen, weil sie plötzlich ganz weiche Knie hatte. »Eden, bist du's wirklich, Eden?«

»Ja, Mama, ich bin's.«

»Wo bist du?«

»Hier. Am selben Ort.«

»Wie geht es dir, mein Liebling? Geht es dir gut? Er hat mir gesagt, daß du krank warst.«

»Ich war krank, aber es geht mir schon besser.«

»Hat er dir weh getan?«

»Nein, noch nicht. Oh, Mama, es tut mir so leid.« Mercedes hörte das Schluchzen am anderen Ende und spürte, wie auch ihr die Tränen in die Augen stiegen. »Mama, ich hab' solche Sehnsucht nach dir.«

»Mein Liebling.« Mehr konnte sie nicht sagen. »Oh, mein Liebling…«

Der Makler versuchte, das Ehepaar aus Barcelona auf die Veranda hinauszudrängen, aber die beiden ließen sich nicht hinausdrängen, sondern blieben an der Tür stehen, wo sie mit offenen Mündern lauschten. Mercedes bemerkte sie gar nicht.

»Er läßt mich nicht lang mit dir reden«, hörte sie Eden sagen. »Mama, hast du das Geld?«

»Es wird noch eine Weile dauern, aber nicht mehr lange. Ich tue alles, was ich kann, aber es wird noch etwas dauern. Es ist so viel Geld.«

»Oh, Mama.«

»Bald, mein Liebling. Ich schwöre es. Ich hol' dich schon ganz bald, mein Kleines.«

»Hast du die Polizei verständigt?«

»Nein. Niemand weiß etwas.«

»Mama, bitte verständige nicht die Polizei. Um meinetwillen. Bitte tu's nicht.«

»Ich tu's ganz bestimmt nicht.«

»Er bringt mich um, wenn du's tust.«

»Ich tu's nicht. Ich schwöre es.«

»Versprichst du's mir?«

»Ja. Vertrau mir, Eden, bitte!«

»Mama, ich muß aufhören. Mama, ich liebe dich…«

Plötzlich hörte Mercedes nichts mehr. »Eden!« rief sie verzweifelt. »*Eden!*«

Einen Moment lang meinte sie den Atem des Mannes zu hören, dann war die Leitung tot. Sie bedeckte ihr Gesicht mit den Händen und wiegte sich im Stuhl vor und zurück.

Dem Immobilienmakler gelang es endlich, seine Kunden hinauszuschieben. »Wie Sie sehen«, fing er etwas außer Atem an, »sind die Gärten wunderschön angelegt. Señora Eduard hat keine Ausgaben gescheut…«

Eine Stunde später ließen die beiden aus Barcelona den Immobilienmakler vor seinem Büro aussteigen, bevor sie in ihrem BMW zu einem Landgasthaus weiterfuhren. Die Frau konnte es gar nicht erwarten, ihre Enthüllung loszuwerden.

»Hast du das gehört?« platzte es, sowie sie alleine waren, aus ihr heraus. »Sie haben ihre Tochter!«

»Wer hat ihre Tochter?« fragte er.

»Ich weiß nicht wer. Aber auf jeden Fall Entführer. Deshalb verkauft sie alles, verstehst du?«

»Ach komm, Pilar…«

»Ich hab es doch *gehört*, Jaume!« Ihre Augen funkelten vor lauter Aufregung. Sie packte ihn an der Schulter. »Sie fragte, ob sie ihr weh getan hätten. Und das Mädchen hat gefragt, ob sie das Geld hat. Und sie antwortete, bald. Jaume, weißt du, was das bedeutet? Sie ist verzweifelt. Sie nimmt, was sie kriegen kann!«

Er nahm seine Augen einen Moment lang von der Straße, um sie unsicher anzublicken. »Bist du dir deiner Sache sicher?«

»Ich war in meinem ganzen Leben noch nie so sicher. Jaume, das ist unsere Chance!«

»Tja, ich weiß nicht…«

»Wir könnten dieses wunderschöne Haus mit allem, was drin ist, zu einem Spottpreis kaufen.«

»Diese Frau ist doch nicht dumm…«

»Sie haben sie so in der Zange!« Sie faßte mit der Hand zwischen seine Beine und drückte fest zu. Er japste.

»Nicht so fest, *querida*!«

»Es spielt keine Rolle, wie klug sie ist. Sie haben sie in der Zange, Jaume, glaub mir.« Sie drückte noch einmal so fest, daß er aufbegehrte, und ließ dann los. »Wenn wir diese Chance nicht nutzen, dann sind wir wirklich die größten Idioten, die frei herumlaufen.«

Wie immer, wenn er nachdachte, strich er sich das Haar zurück. Jetzt verspürte auch er die Erregung. »Was sollen wir tun? Sie will fünf Millionen Dollar.«

»Biete ihr eine Million.«

»Eine Million Dollar. Für dieses Haus?«

»Für das Haus und alles, was drin ist.« Sie ließ ihre Hand zwischen seinen Beinen liegen, bis sie seine Erregung spürte. »Für alle Möbelstücke, jede Pflanze, jeden Stein.«

»Darauf wird sie nie eingehen.«

»Doch, das wird sie. Wenn sie es nicht tut, dann werden die Entführer anfangen, ihrer Tochter die Finger abzuschneiden.« Sie küßte ihn auf die Wange. »Selbst wenn wir auf anderthalb Millionen oder sogar zwei Millionen erhöhen müßten, wäre das immer noch der beste Kauf des Jahrhunderts. Der beste des Jahrhunderts!«

Er sah sie eine Minute lang schweigend an. Der Wagen fing an zu schlingern, und er konzentrierte sich sofort wieder auf die Straße. »Mein Gott, Pilar. Wenn du recht hättest…«

»Ich *habe* recht.«

»Wir müssen schnell handeln.«

»Heute nachmittag«, sagte sie knapp. »Hast du Hunger?«

»Nicht mehr.«

»Gut«, sagte sie mit belegter Stimme. »Fahr bitte rechts ran, Jaume.«

TUCSON

Sie weinte immer noch, als er sie vom Telefon hinunter in den Keller führte. Er verschloß die Tür und nahm ihr die Augenbinde ab. Nachdem sie sich die Tränen abgewischt hatte, sah sie ihn mit verschwommenem Blick an. »Sie klang so… so traurig und verzweifelt. Ich hab' sie noch nie so gehört. Sie war immer so stark. So überlegen.«

»Glauben Sie, daß Sie die Wahrheit gesagt hat?«

»Ja.«

»Aber das würden Sie auf jeden Fall sagen, oder nicht?«

»Ich glaube, daß sie die Wahrheit gesagt hat.« Sie seufzte. »Ich habe sie noch nie so gehört. Ich hatte nie das Gefühl, daß ich ein Teil ihres Lebens bin.«

Er sah sie an. »War sie…« Er zögerte. »War sie eine gute Mutter?«

»Sie macht sich Sorgen um mich.« Eden verzog das Gesicht zu einer Grimasse. »Sie hat immer das getan, was ihrer Meinung nach das Beste für mich war. Ich wurde nie nach meiner Meinung gefragt, nie. Sie hat einfach gehandelt. Wie damals, als sie und Papa das mit dem Heroin erfuhren; da hat sie mich einfach in eine Klinik gesteckt. Keine Fragen, keine Alternativen. Sie hat es einfach getan. Genauso hat sie es mit Rusty gemacht. Kennen Sie irgendeine andere Mutter, die so gehandelt hätte? Sie ist der stärkste Mensch, dem ich je begegnet bin. Stärker als gut und böse. Sie ist einfach Mercedes. Aber sie würde mich nie im Stich lassen, bestimmt nicht.«

Sein Gesicht verzog sich. »So?«

»Nachdem ich aus der Klinik ausgebüchst bin, hat Papa mir keinen Penny mehr gegeben. Er hatte es satt, meine Sucht zu finanzieren. Aber Mama hat mir weiterhin jeden Monat meinen Scheck geschickt. Trotz allem hat sie mich nicht fallenlassen, obwohl sie wußte, was ich mit dem Geld mache.«

»Ich nehme an, sie hat gewußt, was Sie getan hätten, wenn sie Ihnen das Geld nicht gegeben hätte«, erwiderte er nüchtern.

Sie wischte sich wieder die Tränen von den Wangen. »Soll ich Ihnen was Komisches erzählen? Als sie mich entführt und hierhergebracht haben, da hab' ich zuerst gedacht, sie hätte sich das alles ausgedacht und Sie dafür bezahlt, daß Sie mich entführen. Zum Entzug, sozusagen. Sie ist dazu fähig. Aber andererseits würde sie es mit mehr Fingerspitzengefühl angehen.«

Er setzte sich neben sie aufs Bett. Obwohl er keinen Annäherungsversuch vorgehabt hatte, konnte er nicht verhindern, daß sie sich an ihn drängte und ihren Kopf an seine Brust legte.

»Halten Sie mich fest«, sagte sie.

Sein Körper verkrampfte sich. Es kostete ihn große Mühe, die Arme um sie zu legen.

Der zarte Körper kuschelte sich in seine Umarmung. »Nicht so«, beklagte sie sich. »Sie sind so steif. Halten Sie mich so wie beim letzten Mal.«

Sein Atem ging unstet. Er zog sie näher heran und versuchte sich zu entspannen.

Sie war wie ein Kind. Wie eine kranke, kleine Schwester, die getröstet werden mußte. Aber er spürte die weichen Rundungen ihrer Brüste an seinen Rippen.

Sie seufzte zufrieden und schloß die Augen. »Sie sind so stark«, murmelte sie. »Aber Sie würden mir doch nicht wirklich weh tun, oder?«

Er konnte nicht antworten; die Worte blieben ihm im Hals stecken. Er neigte seinen Kopf hinunter, so daß sein Mund ihr glänzendes schwarzes Haar berührte. Es fühlte sich an wie Seide.

Er atmete den sauberen Shampoogeruch ein und spürte, wie er von einer Art Schwindel erfaßt wurde, der sich in seinem ganzen Kopf ausbreitete. Er spürte einen Schmerz in seiner Brust, sein Herz pochte laut.

»Sie riechen so gut«, sagte Eden halb im Schlaf. »Sie riechen nach Mann. Wiegen Sie mich, Joel.«

Als er sie ganz leicht in seinen Armen wiegte, spürte er, wie sie sich entspannte und ihre Glieder schlaff wurden. Wie konnte sie sich in seinen Armen so völlig entspannen? Schließlich war er ihr Entführer. Ihr Feind.

Sie besaß überhaupt keinen Selbsterhaltungstrieb. Gar keinen. Sie war ein unschuldiges Kind, das sich in die Arme des Drachen kuschelte.

Warum hatte sich niemand um sie gekümmert?

Jetzt spürte er es wieder. Den seidenen Faden, der sein Innerstes mit ihrem Innersten verband. Doch jetzt war er stärker, zerrte schmerzlich an seinen Eingeweiden, tat ihm weh. Fühlte sie es ebenfalls? Spürte sie dieses beharrliche Zerren?

Er wiegte sie solange, bis ihr Atem tiefer und ruhiger wurde. Ihr Mund öffnete sich. Sie war so lieblich, das ovale Gesicht engelsgleich.

Er sah sie an, verlor sich in ihr. Eden. Eden schlief in seinen Armen.

Was hatte er ihr angetan?

Welches Recht hatte er, ihr das anzutun?

Er spürte, wie ein Schluchzen in seiner Kehle aufstieg und schluckte es hinunter. Als er dann seine Wange an ihre Wange legte, fühlte er die nassen Tränen auf seiner Haut. Sie murmelte etwas vor sich hin. In seinen Armen war sie so leicht wie eine Wolke.

Er legte sie aufs Bett und deckte sie zu, ohne daß sie aufwachte. Die Erschöpfung hatte ihre Lider schwer werden lassen.

Mit seiner rauhen Hand strich er ihr das Haar aus dem Gesicht. Ihre Haut war so blaß, daß er die zarten blauen Adern am Hals und an den Schläfen erkennen konnte. Er saß da und sah sie an, und erst nach langer Zeit konnte er sich von dem Anblick losreißen.

Das Buch *Wie überwinde ich meine Sucht* faszinierte sie. Gleichzeitig verursachte es ihr Unbehagen. Es war, als schaue sie in einen Zerrspiegel.

Sie hatte das Buch voller Verachtung in die Hand genommen, weil sie den moralischen Zeigefinger erwartet hatte. Aber sie hatte sich geirrt. Der Autor, ein ehemaliger Süchtiger, schrieb mit schonungsloser Ehrlichkeit.

Als erstes hatte sie das Kapitel über Entzug aufgeschlagen und sich darin auf jeder Seite wiedererkannt. Die beschriebenen Symptome waren ihr schmerzlich vertraut. Es wurden mehrere Möglichkeiten aufgezeigt, den Entzug zu erleichtern. Das Eingesperrtsein in eine drei auf zwei Meter große gemauerte Zelle gehörte nicht dazu.

Sie erfuhr unter anderem, daß ihre Magenprobleme zu den häufigsten Nebenwirkungen eines Entzugs zählten, daß Verwirrtheit und Depression noch wochenlang nach Abklingen der ursprünglichen Symptome anhalten konnten und welche Behandlungsmethoden es gab. Keine davon kam für sie in Frage. Es war ohnehin zu spät für eine Behandlung. Sie war bereits durchs Feuer gegangen.

Den Rest hatte sie eigentlich nicht lesen wollen, doch sie konnte das Buch nicht mehr weglegen. Die Erfahrung war schmerzlich. Durch den einfachen, ungeschminkten Bericht hatte sie zum erstenmal einen Blick auf ihr eigenes Wesen getan.

Ein Satz war ihr sofort ins Auge gesprungen: »Junkies weigern sich, sich selbst zu erkennen.«

Die Erkenntnis traf sie wie eine Faust. Sie hatte sich immer geweigert, über sich selbst nachzudenken, hatte nie sie selbst sein wollen. Von Anfang an hatte sie die Drogen benutzt, um sich selbst zu vergessen. Aber warum? Was war das Schreckliche, dem sie immer zu entfliehen suchte. Grenzenlose Langeweile? Oder Schlimmeres?

Selbst jetzt scheute sie sich davor, sich selbst zu hinterfragen. Sie hatte Vergessen gesucht, und Heroin war die einzige Droge, mit der Vergessen möglich war. Die Droge war die Lotusblüte, die sich um sie schloß und sie in eine duftende Umarmung hüllte.

Das war das Schlimmste am Eingesperrtsein. Gezwungen zu sein, über sich selbst nachzudenken. Mit sich selbst zu leben. Mit

Eden zu leben, Tag und Nacht, ihr Schluchzen zu hören, ihren Gestank zu riechen, Zeuge ihrer Selbsterniedrigung zu werden.

Deshalb hatte sie ständig nur von Junk geträumt. Von der Droge, die sie wieder ins Paradies entführen würde.

Sie war gefangen, aber nicht in der Zelle, sondern in den sehr viel engeren Grenzen ihres eigenen Geistes. Im Geiste sah sie sein Gesicht. Was machte er, wenn er nicht bei ihr war? Seine Hände waren rauh, oft sogar aufgeschürft. Vielleicht arbeitete er in einem Steinbruch oder auf dem Bau. Sie hatte Stunden damit zugebracht, sich sein Leben außerhalb dieser Zelle vorzustellen. Aß er irgendwo in einer Kantine, allein und einsam an einem Tisch? Oder saß er da und wartete einfach auf seine zehn Millionen?

Sie dachte unablässig an Joel. Er war zum Mittelpunkt ihres Lebens geworden. Kein Wunder.

Sie vermißte ihn, wenn er nicht da war.

Sie fragte sich, ob auch er sie vermißte.

Als er wiederkam, brachte er ihr in einer zierlichen Vase einen kleinen Strauß leuchtend oranger Blumen. Sie strahlte ihn an.

»Mohnblumen!«

»Wüstenmohn. Er wird nicht lange halten.«

»Er ist wunderschön.« Sie berührte die Blütenblätter mit ihren Lippen. »So samtig. So leuchtend.«

»Ich hab' gedacht, sie würden den Raum etwas verschönern.«

»Wo stell' ich sie hin?« Sie klappte den Deckel der Toilette nach unten und stellte die Vase darauf ab. »Hier.«

Sie lächelten einander an. Er griff nach dem Buch. »Haben Sie's gelesen?«

»Das meiste.«

»Und?«

Sie hob die Schultern. Er sollte nicht wissen, wie sehr das Buch ihr zugesetzt hatte. »Es ist auf jeden Fall aufrichtig. Aber mein Leben war nicht so würdelos, so verzweifelt. Ich hatte immer genügend Geld, um das nicht mitmachen zu müssen.«

»Was war mit Ihrem Freund, dem Dealer?«

»Rusty?« Sie lächelte. »Rusty wollte nicht, daß ich mit anderen Junkies rumhänge. Er hat sich immer zwischen mich und diese Welt gestellt.«

»Weil er nicht wollte, daß Sie sehen, wie Sie enden würden.«

Sie sah ihm direkt in die Augen. »Rusty wollte mich nur beschützen. Er hat mich behütet und beschützt.«

»Wie ein Bauer sein Schwein behütet und beschützt, das er mästet, bis er es zur Schlachtbank führt.«

Ihr Lächeln verschwand. »Sie reden genau wie meine Mutter. Rusty hat mich nie im Stich gelassen. Ich mußte mich nie in Parks rumdrücken oder vor Apotheken, verzweifelt und ohne einen Platz zum Schlafen. Rusty hat sich um mich gekümmert.«

»Was haben Sie nach seinem Tod gemacht?«

»Da gab's noch Spooky. Er war ein Freund. Ein Dealer. Wir haben oft gemeinsam gespritzt.«

»War er auch süchtig?«

Sie nickte langsam. »Ja. Das sind alle. Bei Spooky hab ich allerhand Scheußliches gesehen. Einmal, da hat Spooky die Vene nicht richtig erwischt, seine Venen waren alle am Arsch. Er spritzte, und das Blut schoß unter die Haut, und plötzlich war da eine riesige rote Blase. Er sagte andauernd: ›Verdammte Scheiße.‹ Irgendwie konnte er das Blut durch die Kanüle wieder in die Spritze zurückziehen, den Inhalt hat er dann in einen Löffel gespritzt. Dann hat er die Spritze wieder aufgezogen, ohne die Blutklümpchen natürlich, und wieder gespritzt. Ich mußte mich beinahe übergeben.« Sie setzte sich zurück. »Einmal hab ich mit ihm zusammen eine Fixerin ins Krankenhaus gebracht. Sie hatte sich den goldenen Schuß gesetzt und war schon nicht mehr bei Bewußtsein. Am nächsten Morgen ist sie gestorben, und wir sind einfach gegangen. Wir haben gedacht, irgend jemand wird sich schon um die Leiche kümmern.«

Sie sah das Unverständnis in seinen dunklen Augen. »Und Sie haben auch dann noch nicht gemerkt, wohin der Weg führt?«

Sie schaute ihn nachdenklich an. »Einmal«, antwortete sie dann langsam, »da hab' ich im Abfall nach der Spritze gesucht. Hab' sie dann auch gefunden und mir in die Vene gehauen. Damals hab' ich mich gefragt...«

»Was?«

»Ich hab' mich gefragt, was aus mir werden soll.«

»Und?«

»Es war schon zu spät. Ich war ja bereits auf der Nadel.«

Er setzte sich neben sie und sah sie mit seinen schwarzen Augen eindringlich an. »Es ist *nicht* zu spät, Eden. Sie sind kein Junkie mehr.«

»Ich werde immer ein Junkie sein.«

»*Nein.* Sie brauchen kein Heroin mehr. Haben Sie denn das Buch nicht gelesen? Es ist vorbei.«

»Es wird nie vorbei sein.«

»Sie sind doch nicht zum Junkie geboren«, sagte er rauh. »Ich hab viele Süchtige gesehen, Eden. In Vietnam und auch anderswo. Sie waren schon Krüppel, bevor sie sich den ersten Schuß gesetzt haben. Und wenn es nicht Drogen gewesen wären, dann wäre es der Alkohol gewesen oder Jesus. Aber Sie sind anders.«

»Woher wollen Sie wissen, wie ich bin?« fragte sie müde. »Man wird damit geboren. Eine Veranlagung. Mein Vater nimmt auch Drogen, müssen Sie wissen.«

Sie bemerkte, daß er sie anstarrte. »Ihr Vater war einer der größten Kokaindealer in Los Angeles«, sagte er.

»Das ist ja absurd.«

»Fünfzehn Jahre lang hat er das Zeug aus Kolumbien eingeflogen. Haben Sie vielleicht gedacht, Ihr Vater wäre mit Bananen Millionär geworden?«

Sie spürte, wie sich eine eisige Kälte um ihr Herz legte. »Das kann nicht sein.«

»Wußten Sie das nicht?« wollte er wissen. »Haben Sie das nicht vermutet?«

»Nein! Woher wissen *Sie* es denn?«

»Das war nicht schwer herauszubekommen. Ihr Vater hat den besten Koks in der ganzen Stadt verkauft, das wußte jeder.«

»Das kann nicht sein«, wiederholte sie. Ihr war plötzlich schrecklich übel. In ihrem Innern schrumpfte etwas zusammen. »Meine Mutter hatte damit nichts zu tun. Das weiß ich.«

Er beobachtete ihr Gesicht. Als er sprach, klang seine Stimme seltsam rauh. »Das mag stimmen. Ich hab' gedacht, daß Sie es inzwischen mitbekommen hätten«, fuhr er fort. »Ich hätte es Ihnen nicht sagen sollen.«

Lange sagte sie gar nichts. »Ich habe es nie wahrhaben wollen«, sagte sie schließlich mit leiser Stimme. »Aber geahnt habe ich es immer.«

»Es hat nichts mit Ihnen zu tun«, sagte er knapp. »Sie dürfen sich das nicht anlasten, und Sie sind nicht wegen irgendeiner Veranlagung auf Drogen gekommen.« Er musterte ihr Gesicht und sah, daß sie ihm aufmerksam zuhörte. Er erhob sich. »Ich hole das Tablett später.«

Er schloß die Tür hinter sich ab.

Zusammengesunken und leer blieb Eden sitzen und starrte an die Wand.

Sie träumte, sie läge in Ketten. Sie träumte, sie könne sich nicht bewegen, weil das Gewicht der Fesseln sie niederdrückte.

Mama und Papa waren da, aber sie konnten ihr nicht helfen. Sie schienen nicht einmal zu wissen, daß sie da war.

Sie stritten sich, wie schon so oft. Sie sah, daß Mamas Gesicht mitgenommen und blaß aussah, und wußte, daß es ein böser Streit war. Papa fing an zu schreien. Er schrie ganz schreckliche Dinge. Immer mehr. Über Mama.

Sie wollte sich die Ohren zuhalten, aber die Ketten an ihren Armen waren bleischwer.

Dann endlich sah Papa sie. Sein Gesicht sah furchterregend aus, als hätte er getrunken. Er fing an, auch sie anzuschreien. Als er aufstand, erhaschte sie einen Blick auf das dicke, geschwollene Ding zwischen seinen Beinen.

Aber nicht deshalb wollte sie schreien. Das, was aus seinem Mund herauskam, war viel schlimmer. Die Worte zerstörten sie und alles um sie herum. Sie hörte ein Tosen und Dröhnen. Die Wände stürzten ein, und die Decke fiel auf sie herunter. Und sie konnte sich nicht bewegen. Papa schrie und schrie. Sie wußte, was er sagte, und sie konnte den Schmerz nicht ertragen. Sie schrie lauter und lauter, um ihn zu übertönen. Sie wußte, daß die Wände und das ganze Haus nicht einstürzen würden, wenn sie ihn übertönen könnte. Sie schrie sich die Seele aus dem Leib.

Ganz plötzlich war sie wach, schweißgebadet. Ihre Hände klammerten sich an Joel. Sie spürte seine harten Muskeln unter seinem Hemd.

»Habe ich geschrien?« keuchte sie.

»Nein. Sie haben nicht einen Laut von sich gegeben, Sie haben nur um sich geschlagen.«

»Ich hatte wieder den Alptraum. Von meinem Vater.« Sie drückte ihr Gesicht an seine Brust, fühlte sich unsagbar zittrig und schwach. »Es ist furchtbar. Ich kann nie schreien im Traum. Wenn ich schreien könnte, wäre ich ihn los…«

»Es war bloß ein Alptraum«, sagte er beruhigend.

»Ich hab' ihn schon so oft gehabt; er quält mich schon mein ganzes Leben lang. Ich hasse den Traum.«

Sie löste sich von ihm. Ihr Herz hämmerte immer noch wie wild in ihrer Brust. Er sah sie besorgt an. »Er hat Sie aufgewühlt. Sie schwitzen und zittern. Beruhigen Sie sich, es wird schon wieder gut.«

Sie versuchte, ruhig zu atmen. »Es geht schon. Ich bin froh, daß Sie da sind.« Sie zog ihr naßgeschwitzes T-Shirt aus und warf es in die Ecke. Dann legte sie sich auf den Rücken und verschränkte die Arme hinter dem Kopf, um ihre Haut trocknen zu lassen.

Jetzt sah sie sein Gesicht. »Was ist los?«

»Ziehen Sie sich ein frisches T-Shirt an.«

»Wenn die Haut nicht mehr so feucht ist. Stört Sie mein Anblick?« Sie sah hinunter auf ihre kleinen Brüste mit den aufgerichteten Brustwarzen. »Sie sehen mich doch nicht zum erstenmal.«

Er sah wütend aus. »Sie sind zu…«

»Zu was?«

»Zu offen«, antwortete er barsch. »Hat Ihnen niemand beigebracht, wie Sie sich schützen?«

Sie strich sich die Haare aus der Stirn. »Nicht daß ich wüßte.«

»Sie benehmen sich wie ein einfältiges kleines Kind, das noch nie von einer Biene gestochen worden ist oder sich am Herd verbrannt hat. Sie glauben, daß die Welt ein sicherer Ort ist und daß alles so ist, wie es aussieht.«

»Nur weil ich mein T-Shirt ausgezogen habe?«

»Wegen allem, was Sie tun! Sie beschwören das Unheil geradezu herauf.«

»Ich hätte nicht gedacht, daß meine Titten in Ihnen den Wunsch wecken, mich zu vergewaltigen«, sagte sie mit einem schiefen Lächeln. »Sie sind nicht gerade verführerisch.«

»Wenn Sie wüßten…« Er hielt abrupt inne.

Ihre Blicke trafen sich. »Wenn Sie mich hätten vergewaltigen wollen, dann hätten Sie's schon neulich abends tun können, als ich Sie fast dazu aufgefordert habe. Ich hätte nichts dagegen tun können.« Trotzdem verschränkte sie die Arme vor der Brust. »Tut mir leid.«

»Sie brauchen jemanden, der Sie beschützt.«

Sie lächelte. »Sie sind mein Beschützer.« Sie griff nach einem sauberen T-Shirt und zog es über den Kopf. »So«, sagte sie, »besser?«

Er nickte. Jetzt erst bemerkte sie die schwarze Augenbinde in seiner Hand. »Wozu die Augenbinde?«

Er schien zu zögern. »Wie würde Ihnen ein kleiner Ausflug gefallen?«

Sie starrte ihn an. »Was für ein Ausflug?«

»Ein Spaziergang.«

Sie konnte es nicht glauben. »Draußen. Meinen Sie draußen?«

Er nickte. »Aber ich muß sicher sein können, daß ich Ihnen vertrauen kann.«

»Das können Sie«, antwortete sie eilig. »Ich werde alles tun, was Sie sagen, Joel. Alles.«

»Ich muß Ihnen die Handschellen und die Augenbinde anlegen. Rühren Sie sie nicht an, bis ich es Ihnen sage.«

»Verstanden.«

»Sie werden hinten im Lieferwagen sitzen, und wir werden zu einem Ort fahren, wo Sie laufen können. Okay?«

Unfähig zu sprechen, nickte sie. Er hielt die Augenbinde hoch. »Kommen Sie.«

Die Fahrt war ungemütlich und unbequem. Sie erinnerte sie schmerzlich an die Nacht, in der er sie entführt hatte, und daran, daß sie in dieser Nacht zum letztenmal die Welt gesehen hatte. Es war brütend heiß, und der Staub stieg ihr in Nase und Mund.

Schließlich kam der Wagen zum Stehen, das Dröhnen des Motors verstummte.

Er öffnete die Heckklappe, und sie spürte seine Hände auf ihren Armen, als er ihr beim Aussteigen half. Ein heißer Wind wehte über sie hinweg, wie der Atem eines riesigen Drachen.

Er schloß die Handschellen auf. »Lassen Sie die Augenbinde, wo sie ist!« befahl er. »Wir laufen noch ein Stück.«

Sie stolperte neben ihm her, hielt sich an ihm fest. Der Boden unter ihren Füßen war uneben. Sie hatte das Gefühl, von der Hitze verschlungen zu werden. Der Wind war allgegenwärtig, er blies und zerrte, pfiff und brauste, wehte Staub in ihr Gesicht und ließ sie husten. Einmal stolperte sie und wäre fast gefallen, aber er fing sie auf und hielt sie fest.

Endlich blieben sie stehen.

»Okay«, sagte er und ließ ihre Hand los. Sie spürte, daß seine Finger die Augenbinde aufknoteten. Sie fiel zu Boden. Ihre Augen waren fest geschlossen, aber die Sonne drang leuchtend rot durch ihre Lider. Sie bedeckte ihre Augen mit beiden Händen, um den Schmerz abzuwehren.

»Es wird eine Weile dauern, bis Sie sich an das Sonnenlicht gewöhnt haben«, sagte er neben ihr.

Langsam und vorsichtig nahm sie die Hände weg. Dann öffnete sie die Augen.

13. SEAN

BARCELONA – MAI 1938

Sie spürte, wie eine Hand über ihr Haar strich. Zuerst hielt sie es für einen Traum. Dann hörte sie seine Stimme.

»Ich liebe dich«, flüsterte er.

Ihr Herz zog sich zusammen. »Sean!«

Sean kniete neben dem Bett. Er legte die Arme um sie und zog sie zu sich heran. Tränen stiegen ihr in die Augen, als sie sich an ihn klammerte. »Oh, Sean. Dem Himmel sei Dank, du bist wieder da.«

Er küßte ihren Mund, ihre Augen, ihren bebenden Hals. Die Bartstoppeln auf seinem Gesicht kratzten, und ein saurer Schweißgeruch stieg ihr in die Nase.

»Komm ins Bett«, flüsterte sie mit tränenerstickter Stimme.

Er ließ seine Kleider zu Boden fallen und legte sich neben sie. Sie küßte ihn mit verzehrender Leidenschaft, während sie ihn mit aller Kraft auf sich zog. Später würden sie sich langsam und genüßlich lieben, aber jetzt war das Verlangen so groß, daß keine Zeit für Spiele blieb.

Mercedes hob ihre Knie über seine Hüften, umschloß seine Taille mit ihren Beinen und streckte die Hand nach unten. Er schrie auf, als sie sein heißes Fleisch berührte. Sie sah in seine Augen und trank seinen Blick wie eine Verdurstende, als er in sie hineinstieß.

»Oh, mein Gott«, flüsterte er. Sie spürte, wie er tiefer in sie eindrang, wie sein Geschlecht in ihr pulsierte, es sie ganz ausfüllte.

Er liebte sie mit einer unbekannten Wildheit; seine Stöße waren stark und leidenschaftlich. Sie verursachten mehr Schmerz als Lust, aber keiner von beiden suchte die Lust. Ihre ausgezehrten Körper wurden von einem sehr viel dringenderen Wunsch angetrieben – sie versuchten mit aller Kraft, der Einsamkeit und dem Tod zu entfliehen. Gleichzeitig erreichten sie den Höhepunkt, ein Zittern erfaßte ihre Körper, als sie sich aneinander klammerten und den Namen des anderen riefen.

Als sie anfing zu weinen, hielt er sie ganz fest in seinen Armen, aber irgendwann sank sein Körper bleischwer neben ihr auf das Bett; erschöpft fiel er in Schlaf.

Sie konnte sich einen Tag freinehmen, und weil er darauf bestand, fuhren sie nach San Lluc, um ihre Eltern zu besuchen.

Es war Mitte Mai, und Wiesen und Felder und Bäume standen in der ersten Blüte.

Sie erreichten das Dorf um die Mittagszeit.

Sean fuhr mit dem ratternden Motorrad auf den Marktplatz und hielt dort an, um einen Blick auf die Fassade der *ajuntament* mit ihren vielen Fahnen zu werfen. Auf der gegenüberliegenden Seite befand sich die Kirche des Dorfes mit zerbrochenen Fenstern und offener Tür; es sah aus, als starrte sie betroffen auf den Wandel, der vor ihren Augen stattgefunden hatte. Seit dem Sommer 1936 war keine einzige Messe mehr zelebriert worden; sie wurde nun als Aufbewahrungslager für die Maschinen der Dorfkooperative benutzt.

Hoch über dem Dorf erhoben sich die Mauern des Klosters.

Sie zeigte ihm den Weg zur Schmiede. Als sie mit dem Motorrad durch die engen Gassen fuhren, prallte der Lärm des Motors an den steinernen Wänden zu beiden Seiten ab. Hunde und Kinder rannten weg.

Vor der Schmiede hielten sie an, und Sean stellte den Motor ab. Eine ungewohnte Stille senkte sich plötzlich über sie herab.

Sean warf einen Blick auf die alten braunen Steinhäuser. Das runde Eingangstor zur Schmiede war verschlossen. Vor dem Tor stand eine ganze Reihe von Conchitas Geranien und Farnen. Die wildwachsenden Bougainvilleen auf der anderen Seite fingen gerade an zu blühen. Mit Ausnahme von ein paar Hühnern, die in der Erde scharrten, war die Straße wie ausgestorben.

»Hier bist du also aufgewachsen?« sagte er.

Sie nickte. »Das da drüben ist die Schmiede. In diesem Haus bin ich geboren.«

»Es sieht aus wie ein Puppenhaus. Ich habe so etwas noch nie gesehen.«

Sie lachte und schmiegte sich an ihn. Er nahm sie in die Arme und küßte sie.

Conchita öffnete die Tür. Wortlos sah sie die beiden an, bis sie sie schließlich bemerkten. Mercedes rannte in die offenen Arme ihrer Mutter. Auf der Türschwelle umarmten sie sich schweigend. Sean folgte.

»Mama«, sagte Mercedes atemlos, »das ist Sean.«

Conchita nahm seine ausgestreckte Hand entgegen. »Hallo, Sean«, sagte sie, »es freut mich sehr, Sie kennenzulernen.«

Sean sah auf sie herab, ganz verzaubert von den wachen grünen Augen, die ihn ansahen. Conchita hatte das gleiche ovale Gesicht wie ihre Tochter, mit demselben makellosen Teint und dem gleichen unglaublich süßen Ausdruck. Das dunkle Haar war an den Schläfen schon leicht ergraut. Sie musterte ihn mit einem sanften, eindringlichen Blick.

Er trat auf sie zu und küßte sie auf beide Wangen.

»Ich freue mich auch, Sie kennenzulernen.«

Sie schenkte ihm ein kurzes Lächeln. »Kommt herein. Dein Vater wird zum Mittagessen zurücksein«, erklärte sie Mercedes, »das hoffe ich wenigstens. Er ist immer so beschäftigt, er gibt sich immer besonders viel Mühe.« Sie führte die beiden nach oben.

Schon als sie die beiden vor der Tür hatte stehen sehen, hatte sie gewußt, daß sie ineinander verliebt waren, daß Mercedes ihren Mann gefunden hatte. Als sie jetzt Mercedes' Gesicht sah, wußte sie auch, wie sehr das Mädchen ihn liebte.

Mercedes nahm Sean bei der Hand und zeigte ihm jedes Zimmer im Haus. Sean konnte sich gar nicht satt sehen an den schneeweißen Wänden und den Terrakottafußböden, den niedrigen, gewölbten Decken und den kleinen, blitzblanken Räumen mit ihrem einfachen Mobiliar. Alles schien ihm von einer biblischen Einfachheit. So sauber, so adrett, so strahlend.

Er liebte dieses fremde, empfindsame Mädchen abgöttisch. Emotional und sexuell und auch in jeder anderen Hinsicht war er ihr hilflos ausgeliefert. Sie hatte ihn bezaubert. Obwohl anfänglich er sie erobert hatte, war jetzt er der Besiegte. Trotz der vielen Frauen, die er auf seinen Reisen besessen hatte, schien es ihm, als sei

Mercedes die erste und einzige. Jede Minute, die er mit ihr verbrachte, vertiefte den Zauber, der sein Herz immer stärker umschloß.

Eine leidenschaftliche Liebesaffäre war das letzte gewesen, was er in Spanien gesucht hatte. Er war mit der Absicht gekommen, in einem Krieg zu kämpfen, aber er war immer mehr davon überzeugt, daß er hatte kommen müssen, um Mercedes zu begegnen. Um der Liebe zu begegnen.

Um zwei Uhr kehrte Francesc aus Gerona zurück. Trotz seiner Stöcke machte ihm das Gehen große Mühe. Sean sah einen Mann mittleren Alters mit grauem Bart und durchdringenden blauen Augen, dessen Oberkörper makellos, dessen Unterkörper aber verkrüppelt war. Instinktiv erkannte er den unbeugsamen Charakter des Mannes. Als sie sich die Hand gaben, schätzte jeder in Gedanken die Stärke des anderen ab.

Conchita servierte ihnen gebratenes Lamm, eine Mahlzeit, von der beide seit Monaten nur hatten träumen können.

Nach dem Essen entschieden sich Mercedes und Sean für einen Spaziergang in der Sonne. Conchita sah ihnen durch das Küchenfenster nach. Dann drehte sie sich zu Francesc um, der immer noch am Tisch saß.

»Gefällt er dir?«

Francesc dehnte seine müden Schultern. »Er scheint mir ein guter junger Mann mit viel Lebenskraft und Mut zu sein. Und er scheut sich auch nicht, seine Meinung zu vertreten.«

Sie lächelte schwach. »Als du so alt warst, warst du genauso.«

»Und wie bin ich jetzt?«

»Eigentlich immer noch gleich, nur ruhiger, nicht mehr so vorlaut.« Sie ging um den Tisch herum und schlang die Arme um seine breiten Schultern. »Sie sind verliebt.«

»Das ist nicht zu übersehen.«

»Sie betet ihn an.«

Francesc strich mit seiner großen Hand über ihren Arm. »Ja, das tut sie.«

»Wenn der Krieg vorbei ist, dann wird er mit Sicherheit wieder nach Amerika zurückgehen. Und Mercedes wird mit ihm gehen.«

Mit Tränen in den Augen schaute sie ihn an.

Die Straße wand sich durch Eichenwälder und Ackerland zum nächsten Dorf. Sie hatte nicht vorgehabt, diesen Weg zu nehmen, den gleichen, den sie und Matilde im Sommer 1936, eine Woche vor Matildes Tod, gegangen waren.

Jeder hatte die Hand um die Taille des anderen gelegt, als sie die Straße entlangspazierten. Er war begeistert.

»Die Landschaft hier ist wunderschön. So sanft. So süß und weich. Ich kann mich gar nicht mehr erinnern, wann ich zum letztenmal in der freien Natur war ohne die Angst, daß hinter dem nächsten Strauch ein Faschist versteckt ist oder gleich ein Bomber über mir fliegt.«

Etwas weiter weg wogten die Zypressen im Dunst der Sonne. Bald schon würden die Pastelltöne des Frühlings von den kräftigen Farben des Sommers abgelöst werden. Zwischen den grünen Halmen leuchteten Millionen von roten Mohnblumen, die, zusammengedrängt, an riesige rote Seen erinnerten.

»Mein Gott, ist das schön! Schau dir diese Mohnblumen an! Wenn dieser verdammte Krieg vorbei ist, dann werden wir beide irgendwo auf dem Land leben. Wir kaufen uns eine Farm und verbringen das ganze Jahr in der Natur.« Er schlang die Arme um sie und küßte sie. »Du weißt gar nicht, wieviel Glück du gehabt hast, daß du mit so viel Schönheit großgeworden bist.«

Nach kurzer Zeit erreichten sie das Bauernhaus, auf dessen Hof sie und Matilde aus dem Brunnen getrunken hatten. Ein struppiger Hund kam ihnen entgegengerannt und bellte sie an, aber niemand trat an die Tür. Wenn jemand im Haus war, dann zog er es vor, drinnen zu bleiben. Sean kurbelte den Eimer hoch und trank.

»Willst du nicht auch trinken? Es schmeckt herrlich«, sagte er, etwas außer Atem von dem kalten Wasser.

Sie schüttelte den Kopf. Bevor sie das Eichenwäldchen erreichten, wo Matilde die Krone aus Kornblumen, Mohn und Baldrian für sie geflochten hatte, bat sie Sean um eine Pause.

»Ich bin müde«, sagte sie. »Ich möchte mich ein bißchen ausruhen.«

Sie ließen sich am Straßenrand nieder. Er setzte sich neben sie und strich ihr mit besorgtem Blick übers Haar. »Was ist mit dir? Woran denkst du?«

Sie sah ihm in die Augen. »Sean... hast du jemals etwas Schlimmes tun müssen? Hast du schon einmal einen hilflosen Menschen erschießen müssen?«

Einen Augenblick lang schwieg er. »Nein«, antwortete er schließlich. »Aber ich war dabei, wenn solche Dinge passiert sind. Wahrscheinlich bin ich genauso schuldig wie die, die auf den Abzug gedrückt haben. Schuldig für alle Zeiten.«

Mit gequältem Blick sprach sie weiter. »In Granados... habe ich einen Mann erschossen. Einen Gefangenen. Er war verwundet, und einer von uns wollte ihn mit Fußtritten töten. Da hab' ich meinen Revolver genommen und ihm eine Kugel durch den Kopf gejagt.«

»O mein Gott«, sagte er leise. »Ich wünschte, ich hätte es gewußt.«

»Ich hab' einfach nur auf den Abzug gedrückt, und tot war er. Ich träume immer noch davon.« Sie hielt ihn fest an sich gedrückt. »Ich bin für alle Zeiten schuldig. Wie du.«

»Ich habe gedacht, ich kenne dich, aber ich kenne dich noch nicht.« Er sah sie mit einem seltsamen Ausdruck an. »Ich kenne dich eigentlich überhaupt nicht. Wahrscheinlich werd' ich das auch nie.«

»Ich glaube, ich werde mich selbst nie ganz kennen«, sagte sie. »Vor dem Krieg hab' ich geglaubt, ich wüßte, wer ich bin. Aber damals war ich noch so jung. Mein Gott. Es ist wie ein Loch, eine Schlucht, in die soviel von mir hinabgestürzt und spurlos verschwunden ist. Ich weiß nicht mehr, wer ich bin, Sean.«

»O Mercedes...«

»Nur durch dich,« fuhr sie fort, während sie seine Hände hielt, »durch dich weiß ich es wieder. Durch dich fügen sich die Scherben meines Lebens wieder zusammen. In der Nacht, als du fortgegangen bist, da wußte ich genau, was ich ohne dich sein würde. Etwas Steriles, etwas Lebloses, ohne Flügel. Verlaß mich nicht wieder, Sean. Wenn du mich verläßt, nimmst du meine Seele mit.«

Er ertrug den Ausdruck in ihren Augen nicht mehr länger. Er nahm sie in die Arme und hielt sie ganz fest.

Gerard Massaguer nahm das Glas Champagner vom Steward der Maschine entgegen und sah durch das Fenster hinunter auf das weit unter ihnen liegende Mittelmeer. Die Dorniermaschine war bestens ausgestattet und außerdem sehr schnell. Sie hatten Rom am frühen Morgen verlassen, waren drei Stunden später in Palma de Mallorca zwischengelandet, um Treibstoff aufzunehmen, und sollten Sevilla rechtzeitig zum späten Mittagessen erreichen. Die Maschine, ein Geschenk der deutschen Luftwaffe an Franco, war ideal für schnelle Mittelmeerüberquerungen.

Neben der vierköpfigen Besatzung waren er und Liesl Bauer die einzigen Passagiere an Bord.

Prüfend nippte er an seinem Getränk. Es handelte sich um spanischen *cava*, der auf jeden Fall dem italienischen *spumante* vorzuziehen war, der jedoch mit einem echten französischen Champagner nicht mithalten konnte. Trotzdem schmeckte er in fünfzehntausend Fuß Höhe nicht schlecht.

Er warf einen Blick auf Liesl, seine junge Sekretärin, die, uninteressiert an Champagner und Blick aufs Mittelmeer, friedlich neben ihm schlief. Sie war Berlinerin und ein Sprachtalent.

Ihr Kopf lag auf der Seite und ihr blaßgoldenes Haar hatte sich über die Schulter ihres streng geschnittenen schwarzen Kostüms ausgebreitet. Ihr Mund sah geschwollen aus und ihre Augenlider schwer. Höchstwahrscheinlich war sie erschöpft von der letzten Nacht. Sie schien mehr als verblüfft über die erstaunliche sexuelle Phantasie ihres Arbeitgebers, doch gleichzeitig erwies sie sich als äußerst lernbegierig. Er lächelte. Daß er, der kurz vor der Schwelle zum vierten Lebensjahrzehnt stand, eine Zweiundzwanzigjährige erschöpfen konnte, fand er äußerst befriedigend.

Die Reise war in jeder Hinsicht ein Erfolg gewesen. Das Interview mit Mussolini war hervorragend verlaufen.

Er klingelte und bat den Steward um ein weiteres Glas Champagner. Allmählich wurde er hungrig.

»Haben Sie etwas zu essen an Bord«, erkundigte er sich.

»Wir haben kalte gebratene Wachteln, Kaviar und kalte Consommé.«

»Bringen Sie die Wachteln und viel Toast.«

»Sehr wohl, Señor Massaguer.«

Er streckte die Beine aus und legte sich den wunderbaren Kamelhaarmantel – ein Geschenk von Ciano, Mussolinis Schwiegersohn – über die Schulter. Das Stück war genau richtig für Flugreisen. In dieser Höhe war es immer kühl.

Der Krieg war beinahe vorbei. Was in gewisser Hinsicht sogar schade war, denn je länger der Krieg dauerte, desto reicher wurde er.

Aber er war ohnehin schon ein reicher Mann. Und sobald der Krieg zu Ende war, würde ein neues Spiel beginnen. Dabei würde es darum gehen, die Macht, um die er gekämpft hatte, auch wirklich auszuüben. Seine Stellung in Francos Nachkriegsregierung war gesichert, und zweifellos würde er zu gegebener Zeit seinen Weg ins Kabinett finden. Ideale Voraussetzungen also, um Machtausübung mit finanziellen Vorteilen zu verbinden.

Finanzminister vielleicht, möglicherweise aber auch Außenminister. Er war ja noch jung, und eine lange, glänzende Karriere lag noch vor ihm. Bei dem Gedanken daran erfüllte ihn eine Lust, die beinahe sexuell war. Er warf einen Blick auf das schlafende Mädchen und hätte zu gern gewußt, wie die körperliche Liebe etliche tausend Fuß über dem Erdboden war.

Der Steward brachte das Essen. Er aß die Wachteln ohne Besteck.

Neben ihm wachte jetzt Liesl auf. Sie blinzelte und lächelte. Er riß ein Stück Wachtel ab und schob es ihr zusammen mit einem Stück Toast in den Mund.

»Es wird Zeit, daß du aufwachst«, sagte er. »Du hast seit Palma geschlafen.«

Sie schluckte. »Ich war todmüde.«

»Du hast in letzter Zeit hart gearbeitet«, erwiderte er ernst.

»Ich muß furchtbar aussehen.« Er sah zu, wie sie ihr Gesicht puderte und Lippenstift auftrug. Den Geruch von Kosmetika hatte er immer schon erregend gefunden. Im hellen Licht, das durch das Fenster der Maschine fiel, wirkte ihr Gesicht wie feines Dresdner Porzellan. Sie war ein reizendes Kind, ein wahrer Schatz. Jedes Detail ihres Körpers war perfekt. Er mußte es wissen, denn kein Detail war ihm entgangen.

Er klingelte nach dem Steward. Als sich dieser mit dem Tablett entfernt hatte, legte er die Reisedecke aus Kaschmirwolle über sie beide.

»Danke«, sagte sie lächelnd. »Mir war ein bißchen kalt.«

»Ich werde dich aufwärmen.« Unter der Decke glitt seine Hand zwischen ihre Beine und streichelte die seidenbestrumpften Schenkel.

»Ach du!« Sie sah sich hastig um. »Man kann uns sehen!«

»Niemand kümmert sich um uns«, schnurrte er.

»Gerard, nein.«

»Psst.« Seine Finger fanden die Strumpfhalter und folgten ihnen bis zu dem Satinunterhöschen. Mit einer kleinen gekonnten Bewegung schob er den seidigen Stoff beiseite und fuhr mit seinen Fingern in die heiße, feuchte Grotte.

»Mein Liebchen«, murmelte er leise. Seine Berührung war rauh, fast brutal. Ihre Erregung wuchs. Sie stöhnte, ihre Augenlider fielen zu. Nach kurzer Zeit kümmerte sie sich nicht mehr darum, ob jemand sie beobachtete. Sie rutschte etwas weiter nach unten auf ihrem Sitz und spreizte die Beine, um die Berührung seiner Hand voll auszukosten. Ihre Lippen waren feucht, ihre Wangen von einer zarten Röte überzogen.

Aus halbgeschlossenen Augen beobachtete er ihr Gesicht, sah wie trotz der kühlen Luft kleine Schweißperlen auf ihre Stirn traten. Mit seiner freien Hand knöpfte er seine Hose auf, dann führte er ihre Hand auf sein pulsierendes Geschlecht. Ihre Finger schlossen sich begierig um seinen bebenden Schaft.

Die Dornier machte eine leichte Kursänderung, als das spanische Festland in Sicht kam, und flog geradewegs nach Sevilla.

Marisa erwartete ihn am Flughafen mit ihrem eigenen Wagen und ihrem privaten Chauffeur. Ihr Gesicht war kreidebleich. Im ersten Moment, als er sie sah, wußte er, daß etwas Schreckliches passiert war.

Sie rannte ihm über die Rollbahn entgegen. Er kümmerte sich nicht mehr um Liesl, sondern eilte ihr entgegen und nahm ihre Arme in seine Hände.

»Was ist passiert?« fragte er schroff.

»Es ist Alfonso«, brach es auf italienisch aus ihr heraus. »Er ist furchtbar krank. Er ist gestern zusammengebrochen. O Gerard!«

Zornig schüttelte er sie jetzt. »Wie krank?«

»Die Ärzte sagen, es sei ein Gehirnfieber.« Ihre Augen waren mit Tränen gefüllt. »Sie stecken Nadeln in seine Wirbelsäule, weil sie angeblich Rückenmarksflüssigkeit entnehmen müssen. Sonst wird er sterben...«

»Wo ist er?« wollte er wissen.

»Im Krankenhaus. Alonzo Guzman kümmert sich persönlich um ihn. Komm, Gerard, komm schnell!«

Er wandte sich zu Liesl um. »Fräulein Bauer, Sie müssen den Dienstwagen nehmen«, erklärte er. »Übermitteln Sie dem Minister meine Entschuldigung. Ich werde meinen Bericht so bald wie möglich abfassen. Erklären Sie dem Minister die Lage. Und sorgen Sie dafür, daß das Gepäck nach Hause gebracht wird.«

»Ja, Señor Massaguer«, antwortete sie pflichtbewußt.

Gerard eilte mit Marisa zu dem wartenden Wagen. Sie fuhren sofort los. Schweigend lauschte er Marisas Worten, die halb auf spanisch, halb auf italienisch, berichtete, was geschehen war.

Der Junge war krank geworden, nachdem Gerard Rom verlassen hatte. Er hatte Anfälle von Schüttelfrost gehabt und über Kopfschmerzen geklagt. Sie hatte ihn ins Bett gesteckt. Obwohl der Arzt erklärt hatte, es bestünde kein Grund zur Besorgnis, hatte sich sein Zustand schnell verschlechtert. Das Kind hatte vor Schmerzen geschrien und immer wieder erbrochen. Besonders Licht und Lärm waren ihm unerträglich gewesen. Dann war er zusammengebrochen. In panischer Verzweiflung hatte sie ihn ins Krankenhaus gebracht, wo sie zum erstenmal das schreckliche Wort »Gehirnfieber« gehört hatte.

Die Ärzte hatten eine Lumbalpunktion vorgenommen, aber das Kind blieb bewußtlos.

»Er ist immer noch bewußtlos. Ich bin direkt aus dem Krankenhaus gekommen, um dich abzuholen«, sagte sie, während sie sich mit einem Taschentuch die Tränen abtrocknete. Ihre Schönheit war verschwunden. Sie zitterte wie Espenlaub. »Er sieht nichts, er hört nichts. Er wird sterben!«

»Er wird nicht sterben«, erklärte Gerard bestimmt. Er strich ihr über das kurze blonde Haar, um sie zu trösten, aber sein Herz schien wie aus Blei.

Das Kind lag ganz allein in einem Zimmer im zweiten Stock.

Der diensthabende Arzt ließ sie schweigend ein und hob die Decke, damit sie das Kind sehen konnten.

Alfonso lag auf der Seite, die langen dunklen Wimpern über den geschwollenen Augen waren geschlossen. Er regte sich nicht, seine zarten Rippen schienen sich beim Atmen kaum zu bewegen.

Jetzt wußte auch Gerard, daß das Kind sterben würde. Einen Augenblick lang mußte er sich an dem eisernen Bettgestell festhalten. »Ist es Meningitis?« fragte er, ohne zu überlegen.

»Meningitis Sepsis«, erklärte der Arzt leise. »Eine besonders schwere Form der Krankheit. Die Hirnflüssigkeit, die wir entnommen haben, bestätigt diese Diagnose.«

»Besteht noch Hoffnung?«

Der Arzt deckte das Kind wieder zu und bedeutete ihnen, ihm aus dem Zimmer zu folgen. Marisa weinte still vor sich hin. Gerard mußte sie stützen. Der Arzt führte sie in ein Büro, in das nach wenigen Minuten der führende Kinderspezialist Alonzo Guzman trat.

Mit ernster Miene ließ Guzman sich nieder. »Ihr Sohn leidet an einer sehr ernsthaften Krankheit«, erklärte er ihnen ohne Umschweife. »Sie schreitet sehr schnell voran, und es besteht nur eine ganz kleine Chance, daß er überleben wird.«

»Aber es *besteht* doch eine Chance!« rief Marisa, deren flehende Blicke von einem Arzt zum anderen wanderten.

»Es besteht Hoffnung«, bestätigte Guzman beruhigend.

»Dann retten Sie ihn, retten Sie ihn, um Gottes willen, bitte!«

Guzman zupfte an seinem Bart. »Hoffnung besteht immer, aber in diesem Fall dürfen wir unsere Hoffnung aufgrund des Erregers der Krankheit nicht zu hoch setzen.«

»Wovon sprechen Sie?« fragte Gerard barsch.

»Es handelt sich um eine Entzündung der Hirnhaut, die durch Meningokokken verursacht wird«, sagte jetzt der andere Arzt. »Dabei kommt es zu einer starken Flüssigkeitsansammlung, die zu einer Druckerhöhung in den Gefäßen führt, was in den meisten Fällen tödlich endet. Wenn die Krankheit nicht zum Tod führt, dann ist in der Regel mit schweren Folgeschäden zu rechnen.«

»Was für Schäden?«

»Gehirnschäden. Möglicherweise Blindheit.«

Marisa gab einen heiseren tierischen Laut von sich, dann sank sie mit offenem Mund, aber schweigend auf die Knie. Der jüngere Arzt trat neben sie und bückte sich besorgt zu ihr hinunter.

Gerard war wie gelähmt. Er wollte seine Hand ausstrecken, um seine Frau zu trösten, aber sein Körper fühlte sich unsagbar schwer an.

Er rieb sich das Gesicht, und jetzt roch er den leicht fischigen Geruch von Liesl an seinen Fingern.

Dem jüngeren Arzt war es gelungen, Marisa hochzuhelfen. Er blickte erwartungsvoll auf Massaguer und Guzman. »Ich werde Señora Massaguer in ein anderes Zimmer bringen und ihr etwas gegen den Schock verabreichen.«

Gerard nickte stumm. Der Arzt führte Marisa hinaus. Gerard saß lange Zeit nur schweigend da, während Guzman mit seinem Bleistift spielte und auf ein Wort von ihm wartete. Schließlich hob Gerard den Blick, doch seine Lider lagen schwer auf seinen Augen.

»Der Druck im Gehirn – können Sie etwas dagegen tun?«

»Ja. Aber leider können wir die Entzündung nicht ausreichend behandeln. Wir verfügen leider nicht über das notwendige Gegenmittel.« Er räusperte sich. »Unserer Meinung nach ist es bereits zu einer erheblichen Schädigung des Gehirns gekommen. Wäre der Junge vierundzwanzig Stunden früher gebracht worden, dann hätten wir viel mehr tun können. Die Krankheit schreitet unglaublich schnell voran.« Er hielt inne, blickte auf Gerards teuren Anzug und seine diamantene Krawattennadel. »Ihre Frau trägt natürlich keine Schuld. Sie konnte es nicht wissen. Ich würde es ihr gegenüber auch nicht erwähnen.«

In diesem Augenblick haßte Gerard das glatte, gefühllose Benehmen des Arztes. Er biß die Zähne zusammen. »Die Gehirnschädigung, von der Sie gesprochen haben – Schwachsinn, möglicherweise Blindheit – ist die bereits eingetreten?«

Der Arzt nickte, ohne zu zögern. »Mit allergrößter Wahrscheinlichkeit, ja.«

Gerards Finger umklammerten die Armlehnen des Stuhls. »Es besteht keine Möglichkeit, daß Sie sich irren?«

»Wir sind alle einer Meinung. Casares, der Gehirnspezialist aus Córdoba, hat das Kind gestern gesehen. Er hat alle Reflexe geprüft, ohne Erfolg. Alles deutet darauf hin, daß die Schädigung bereits erfolgt ist.«

»Es ist also möglich, daß der Junge zum Idioten wird?«
»Wenn Sie es so ausdrücken wollen, ja.«
»Er wird also nie wieder so sein, wie er war?«
»Nein.«

Gerard schloß einen kurzen Augenblick lang die Augen. Als er sie wieder aufmachte, schien das Zimmer übermäßig hell und unwirklich. »Dann möchte ich nicht, daß Sie sein Leben künstlich verlängern«, hörte er sich sagen. Guzman schwieg. »Ungeachtet dessen, was seine Mutter sagt«, fuhr Gerard mit monotoner Stimme fort. »Sagen Sie ihr, was Sie ihr sagen müssen, notfalls müssen Sie lügen, aber versuchen Sie nicht, ihn am Leben zu erhalten. Verstanden?«

»Sie bitten mich also, die Behandlung abzubrechen?« erkundigte sich der Arzt vorsichtig.

»Tun Sie, was notwendig ist.«
»Was notwendig ist, Señor Massaguer?«
»Genau.«

Der Arzt strich sich über den Bart. »Es tut mir leid, aber ich glaube, ich verstehe nicht ganz. Sie bitten mich…«

Aus den Augen seines Gegenübers funkelte ihm Zorn entgegen. »Sie wissen verdammt gut, worum ich bitte, Guzman.« Gerards Stimme war nur mehr ein gefährliches Krächzen. Gleichzeitig ließ er die Faust auf den Tisch niedersausen. »Sie wissen, wer ich bin. Spielen Sie hier nicht das Unschuldslamm, oder ich sorge dafür, daß man Ihnen die Eier abschneidet und sie Ihnen in den Hals stopft.«

Guzman erbleichte. Gerard erhob sich und ging zur Tür. Dort drehte er sich noch einmal um und sagte mit erhobenen Zeigefinger: »Er soll nicht leiden. Haben Sie verstanden.«

Guzman nickte schweigend. Gerard machte sich auf die Suche nach Marisa. Er ging an dem Zimmer vorbei, in dem sein Sohn lag, ohne noch einmal hineinzuschauen oder auch nur seinen Schritt zu verlangsamen.

Plötzlich erinnerte er sich an einen fast vergessenen Vorfall aus seiner Kindheit. Vor seinem Elternhaus stand ein riesiger Olivenbaum. Der Baum war seit mindestens hundert Jahren nicht mehr geschnitten worden; die dicken, krummen Äste wuchsen in alle

Richtungen und verdunkelten so die Vorderseite des Hauses. Eines Tages hatte sein Vater entschieden, den größten der Äste absägen zu lassen.

Er hatte zugesehen, wie der Gärtner an dem weißen Holz gesägt hatte, bis der schwere Ast mit einem Krachen auf den Boden gestürzt war, was ihm einen Schauer über den Rücken jagte.

Jetzt fühlte er sich so, wie jener Baum sich gefühlt haben mußte, dem ein lebendiger Teil abgesägt worden war. Noch spürte er keinen Schmerz, der würde erst später einsetzen.

Marisa hatte im Krankenhaus bleiben wollen, doch als das Morphium schließlich wirkte, hatte er sie nach Hause gebracht. Jetzt lag sie mit leerem Blick und stumm in ihrem Schlafzimmer, und Tränen liefen ihr über die Wangen. Eine Hausangestellte saß an ihrem Bett.

Er war in seinem Arbeitszimmer, wo er mechanisch den Bericht über seinen Besuch in Italien vorbereitete. Er schrieb und schrieb, ohne sich der Bedeutung der Worte bewußt zu sein.

Zwei Stunden später rief Guzman persönlich an.

»Ihr Sohn ist vor wenigen Minuten friedlich eingeschlafen«, erklärte der Arzt mit schwerer Stimme. »Er hat nicht gelitten. Ich möchte Ihnen und Señora Massaguer mein Beileid aussprechen.«

»Danke«, sagte Gerard ausdruckslos. »Ich werde heute noch ins Krankenhaus kommen, um die notwendigen Formalitäten zu erledigen.« Er legte den Hörer auf die Gabel.

Sein Blick schweifte durch das Zimmer und fiel auf die ledergebundenen Bücher auf den Regalen, auf die gerahmten Fotografien von Franco, Mussolini und Hitler an den Wänden, auf die kostbaren chinesischen Vasen. Die Bilder. Das offene Fenster.

Er hatte das Gefühl, als sei plötzlich sein ganzes Sein mit schrecklicher Pein auf Mercedes ausgerichtet.

Jetzt bleibt mir nur noch ein Kind.

BARCELONA

Der Zug hatte Verspätung. Sie wartete inmitten der dichtgedrängten Menge auf dem Bahnsteig; scheinbar war sie der einzige Mensch weit und breit, der nicht gerade ankam oder gleich abfuhr.

Die Menschen wogten um sie herum wie das Wasser um einen Stein. Die hochsommerliche Hitze lastete drückend und schwer auf allen.

Alle Züge in diesem heißen Sommer 1938 waren heillos überfüllt. Diejenigen, die das Ende kommen sahen und genügend Geld besaßen, packten ihre Sachen und fuhren Richtung Frankreich. Der Auszug aus Katalanien hatte bereits begonnen.

Als Mercedes sich umsah, sah sie viele Familien, die offensichtlich auswanderten – Männer, Frauen und Kinder bahnten sich ihren Weg über den Bahnsteig, Gepäckträger zogen das Gepäck auf ihren Karren.

Jetzt drang eine Durchsage an ihr Ohr; sie strengte sich an, um die hallenden Worte in all dem Lärm zu verstehen. Sie hörte nur etwas von dem Zug aus Tarragona, aber ob es um die Ankunft ging oder eine erneute Verspätung, war ihr entgangen. Ein großer Teil der Menge strömte nach links.

»Was haben sie gesagt?« fragte sie einen Soldaten neben sich.

»Der Zug von der Front kommt auf Bahnsteig vier an.«

»Bahnsteig vier?« Sie drängte sich durch die Menge, die in die gleiche Richtung schwärmte, vor zur Sperre, aber die Menschen schubsten und pufften von allen Seiten. Wenn es ihr nicht gelang, sich durchzuboxen, würde sie ihn verpassen!

Der Zug rollte bereits mit einem ohrenbetäubenden Getöse in den Bahnhof ein. Schwarze Rauchwolken und weißer Dampf stiegen hinauf in die hohe gläserne Kuppel. Aus allen Fenstern streckten sich ihnen Köpfe und Arme entgegen, und die Lokomotive war mit Fahnen bedeckt.

Mit Ellbogen und Schultern kämpfte sie jetzt gegen die Menge an; sie duckte und bückte sich und sprang über Koffer und Berge von Gepäck. Die gelben Iris, die sie mitgebracht hatten, waren längst plattgedrückt und ließen die Köpfe hängen. Schließlich erreichte sie den Bahnsteig im gleichen Augenblick, als der Zug mit einem langen, metallischen Kreischen der Bremsen zum Stehen kam.

Unzählige Männer drängten sich, von Dampfwolken eingehüllt, aus den Türen der Waggons. Fast alle trugen Uniformen aus grobem khakifarbenen Stoff und offene Hemden in den verschiedensten Farben. Viele waren verwundet und humpelten auf

Krücken. Jetzt übertönten die Schreie der Frauen, die ihre Männer endlich wieder in die Arme schlossen, selbst das Dröhnen des Lautsprechers. Familien fanden sich und machten sich auf den Weg nach Hause. Überall wurde umarmt, geherzt und geküßt. Mercedes stieg auf eine Bank und spähte verzweifelt über die Köpfe der wogenden Menge. Wo war er? Wie sollte sie ihn in diesem Durcheinander jemals finden?

Dann sah sie ihn. Er stand in der Tür eines Waggons und hielt Ausschau.

Er war so schön! Bei seinem Anblick zog sich ihr Herz zusammen. Ganz aufgeregt schwang sie ihren Strauß über dem Kopf. Endlich erblickte er sie, und sie sah, wie sich sein Gesicht zu einem vergnügten Grinsen verzog.

Sie bahnten sich ihren Weg aufeinander zu und trafen sich in der Mitte. Sie schluchzte und juchzte, als er sie in die Arme riß und sie mit aller Kraft an sich drückte.

»Sean, o Sean! Ich freue mich so, daß du wieder da bist, *amor!*«

Ohne ein Wort zu sagen, hielt er sie eine Weile an sich gedrückt, bevor er ihr Gesicht nahm und es mit Küssen bedeckte. Er war schmaler geworden in den sieben Wochen, aber er sah wie immer blendend aus. Sie grub ihre Finger in die harten Muskeln seiner Schulter, wie um sich zu vergewissern, daß er tatsächlich bei ihr war.

Er machte einen kleinen Schritt zurück, um sie anzusehen. »Du bist wunderschön«, sagte er mit rauher Stimme. »Ich kann es gar nicht fassen. Und dein Haar, wie ich es liebe!«

Sie schüttelte ihre schwarzen Locken und lächelte ihn mit rauchigen Augen an. Seit er gesagt hatte, wie sehr ihm langes Haar gefiel, hatte sie ihr Haar wachsen lassen. Jetzt waren die schweren schwarzen Locken, die im hellen Licht glänzten, schulterlang. Ihr Gesicht strahlte vor Glück. »Die sind für dich.« Sie streckte ihm den ramponierten Blumenstrauß hin. »Sie haben leider etwas gelitten, während ich auf dich gewartet hab'. Mein Liebling, mein Geliebter, Gott sei Dank, du bist wieder da! Wie lange kannst du bleiben?«

»Zwei Tage.«

Sie wollte aufschreien, sagte aber lediglich: »Nur zwei Tage!«

»Ja. Und ich hab' nur deswegen Urlaub bekommen, weil ich Lister gesagt habe, daß du schwanger bist. In achtundvierzig Stunden muß ich zurück sein.« Er drückte ihr einen fordernden Kuß auf den Mund. »Komm, wir wollen hier weg. Ich hol' nur noch mein Gepäck.« Nach wenigen Sekunden stand er mit seinem Sack und seinem Gewehr über der Schulter wieder neben ihr. Er nahm ihre Hand und führte sie scheinbar mühelos durch die gewaltige Menschenmenge.

Draußen im Sonnenlicht umarmte er sie noch einmal, so fest, daß sie fast keine Luft mehr bekam. Er kam ihr so groß vor. Seine Haut war von der Sonne bronzefarben. »Du hast abgenommen«, bemerkte sie, während sie noch versuchte, die Enttäuschung über die kurze Dauer seines Besuchs zu verkraften.

»Abgeschwitzt. Ich rieche bestimmt wie ein alter Ziegenbock. Es tut mir leid. Hatte keine Gelegenheit, mich zu waschen.« Der Bahnhof war an der Paseo Colón, direkt am Hafen. Er atmete die salzige Luft tief ein. »Ah, es riecht wunderbar, das Meer. Weißt du, was das Schlimmste ist am Krieg? Er stinkt.«

»Ich weiß«, sagte sie lächelnd. »Und deshalb riechst du auch so fürchterlich. Ich werde dir zu Hause als erstes ein Bad einlassen.«

»Meinst du nachher?«

»Ich meine *vorher*.«

Er grinste und betrachtete sie mit hungrigen Augen. Sie trug ein neues gelbes Kleid, passend zu den gelben Iris, mit einem kleinen weißen Kragen. »Du siehst einfach wunderbar aus. Mußt du heute auch ins Krankenhaus?«

»Nein, ich habe heute frei. Und morgen auch.«

»Mein Engel!« rief er. Dann winkte er ein Taxi herbei.

Auf der Fahrt nach Montjuich hielt er sie fest im Arm und sah sie mit strahlenden Augen an. So viel Zeit war inzwischen vergangen. Sie fragte sich, wie sie ohne ihn hatte leben können und wie sie ohne ihn leben würde, wenn er wieder fort war.

»Hast du fleißig gelernt?« fragte er auf englisch.

»Jeden Tag«, antwortete sie ihm in der gleichen Sprache.

»Jeden Tag«, ahmte er lächelnd ihren leichten Akzent nach. Schon im Frühling hatte sie angefangen, Englisch zu lernen. Das Lernen fiel ihr leicht, und sie konnte bereits jetzt fast mühelos englische Zeitungen lesen.

Zu Hause angekommen, ließ sie ihm sofort ein Bad ein, und während er sich in der Wanne entspannte, weichte sie seine schmutzigen Kleider ein. In den Taschen fand sie ein paar Münzen und ein paar klägliche selbstgedrehte Zigaretten. Sie brühte ihm einen Kaffee auf aus echten brasilianischen Kaffeebohnen, nicht aus diesem Ersatzzeug aus gerösteten Eicheln. Sie hatte ihn zu horrenden Schwarzmarktpreisen eigens für seine Rückkehr erstanden.

Sie brachte ihn ins Badezimmer und beobachtete sein Gesicht, während er zuerst ungläubig daran roch und dann probierte.

»Was hast du dafür verkaufen müssen? Deine Seele?«

»Etwas sehr viel Handgreiflicheres«, antwortete sie lächelnd. »Etwas Weiches und Warmes.«

»Ich zieh' dir das Fell über die Ohren«, brummte er.

»Du hast eine schlimme Phantasie. Ich habe eins meiner Kaninchen verkauft.«

»Eins deiner was?«

»Meine Mutter hat mir letzten Monat ein paar aus San Lluc mitgebracht. Ich halte sie in einem Käfig auf dem Balkon. Sie sind ziemlich anspruchslos. Irgendwie kriegt man immer ein paar Krautblätter oder ein bißchen Gras für sie. Sie sind heutzutage ein Vermögen wert. Es gibt außerdem Kaninchen zum Mittagessen.«

»Du tötest also ein weiches, kuscheliges Kaninchen und ißt es auf?«

Sie nickte. »Von seinen langen Ohren bis zu seinem kleinen Stummelschwanz, darauf kannst du wetten.«

»Was für eine blutrünstige Kapitalistin du bist«, sagte er neckend. Dann schloß er die Augen, während er den Kaffee genießerisch in kleinen Schlückchen trank.

Sie betrachtete seinen nackten Körper in der Wanne. Wie immer war sie unbeschreiblich glücklich darüber, daß er zu ihr gehörte. Er besaß einen herrlichen Körper, der jetzt aber fast zu mager war. Unter seiner braunen Haut zeichneten sich die Rippen ab. Sein Bauch war so flach und hart wie ein Brett. In seinem Gesicht bemerkte sie Spuren von Müdigkeit, unter seinen Augen zeichneten sich dunkle Ringe ab. Seine Lippen waren trocken und aufgesprungen.

»War es schlimm?« fragte sie leise.

Er hielt ihr die leere Tasse hin. »Ach, weißt du, es ging gerade, würde ich sagen.«

Aber sie sah an seinem Gesicht und seinem Körper, daß er Schlimmes durchgemacht hatte. »Es heißt, ihr habt einen großen Sieg errungen. Es heißt, wir könnten sogar den Krieg gewinnen.«

»Ja, das Gerücht haben wir auch gehört. Etwas Großes war es auf jeden Fall. Du hast nicht vielleicht eine anständige Zigarette?«

»Ich hab' ein paar Zigarren für dich. Aber nicht vor dem Essen. Willst du mir davon erzählen?«

»Da gibt's nicht viel zu erzählen«, sagte er mit einem Anflug von Bitterkeit in der Stimme. »Wir konnten sie überraschen. Den Ebro haben wir in Booten und auf Brückenschiffen überquert. Das hast du sicher gehört?«

»Das stand alles in der Zeitung«, antwortete sie.

»Darauf waren sie nicht vorbereitet. Wenn wir besser ausgerüstet gewesen wären, hätten wir schnurstracks auf Madrid zu marschieren können. Aber wir haben keine ausreichende Unterstützung aus der Luft gehabt, keine funktionierende Artillerie. Und als die anderen das Feuer eröffnet haben, haben wir nichts mehr tun können. Bei Gandesa haben wir dann aufgeben müssen. Wir haben einfach in der Sonne gelegen, während sie alles, was sie hatten, auf uns niedergeworfen haben. Tag und Nacht haben sie uns beschossen, auch aus der Luft.« Er stützte sich auf einen Ellbogen. Jeder Muskel seines Körpers schien plötzlich angespannt. »Wir haben den Befehl erhalten , uns einzugraben, aber das war unmöglich, denn der Boden unter uns war harter Stein. Es hat nicht einmal einen Baum gegeben, hinter dem wir uns hätten verstecken können. Es hat kein Wasser gegeben. Immer wieder haben wir diese kleinen felsigen Hügel angegriffen, aber sie haben uns jedesmal zurückgeworfen. Und die Sonne… Unglaublich, wie schnell die Toten in dieser Hitze anfangen zu stinken. Wir konnten sie ja nicht begraben. Nach wenigen Stunden sind sie dann so aufgebläht, daß ihre Uniformen platzen, und sie stinken wie…« Er legte sich zurück ins Wasser und sah sie mit gequältem Blick an. »Viele meiner Freunde sind so gestorben, Mercé«, fuhr er fort. »Viele gute Amerikaner. Sie wollten für eine gerechte Sache kämpfen, und jetzt verdorren ihre Gebeine dort draußen in der *sierra*. Ich hab' sechs Stunden lang neben einem Jungen namens Harvey Mandelbaum gelegen, während sein Körper angeschwollen und sein Hemd aufgeplatzt ist und die Mücken sich zum Festmahl auf ihm niedergelassen haben. Ich hab' gedacht, jetzt sterb' ich auch. Ich kann es kaum glauben, daß ich hier bei dir bin und nicht träume.«

»Du träumst nicht«, sagte sie liebevoll. Mit glühendem Blick sah er ihr in die Augen. Sie beugte sich vor und küßte ihn zärtlich. »Ich bin da, *amor*.«

Er seufzte. »Gott sei Dank kann ich mit dir reden. Du weißt, wovon ich spreche. Einer anderen Frau könnte ich das alles gar nicht erzählen. Aber du verstehst…«

Und in zwei Tagen muß er wieder fort, dachte sie. »Begib dich nicht unnötig in Gefahr, Sean«, flehte sie. »Nicht jetzt. Der Krieg kann nicht mehr lange dauern.«

»Nein, lange nicht mehr. Er ist fast vorbei, Mercé. Wir bereiten den letzten Angriff vor. Einen nächsten wird es nicht mehr geben. Von jetzt an geht's nur noch bergab. Wir haben Franco nicht wirklich geschadet, wir haben ihn nur beleidigt; aber er nimmt Beleidigungen nicht auf die leichte Schulter. Er wird nunmehr alles aufbieten, um uns zu vernichten. Gibst du mir bitte die Rasierklinge, Liebling?«

Sie hielt den Spiegel für ihn, während er sich einseifte und rasierte. Sie sah, wie sich die Muskeln unter der nassen Haut bewegten und verspürte ein grenzenloses Verlangen nach seinem Körper.

Glattrasiert war er wieder umwerfend schön. Als er sie angrinste, entblößte er die makellosen weißen Zähne. »Besser?«

»Wunderbar.« Sie küßte ihn. »Willst du essen?«

»Nein, ich will nicht essen.«

Sie stand auf. »Ich warte im Schlafzimmer auf dich.«

Sie ließ das Rouleau herunter, im Zimmer war es kühl und dunkel. Sie zog die Schuhe und ihr gelbes Kleid aus und legte sich nur mit ihrem Slip auf das Bett. Sie zitterte. Es war schon so lange her…

Sie hatten sich seit jenem Wochenende in San Lluc nur so selten gesehen. Im Juni hatten sie ein Wochenende in Perpignan, in Frankreich, verbracht, im Juli waren es vier Tage gewesen. Und jetzt diese kümmerlichen zwei Tage im August. Mehr nicht.

Mit einem Handtuch in den Händen trat Sean ins Schlafzimmer. Er war nackt. »Ich hab' mir deine Kaninchen angesehen. Wirklich süß.«

»Du warst so auf dem Balkon?«

»Aber natürlich. Damit sich alle anderen Mädchen die Augen ausweinen vor Neid. Warum ist es hier drin so dunkel?« Er ging hinüber zum Fenster und wollte an der Rouleauschnur ziehen.

»Bitte nicht«, flehte sie.

»Aber ich will dich sehen.«

»Komm einfach zu mir. Ansehen kannst du mich später.« Sie streckte die Hände aus.

Er ließ das Rouleau unten. In dem weichen Licht erinnerte seine Haut an altes Gold. Er nahm sie in die Arme und vergrub sein Gesicht in ihrer weichen Kehle. Sie hielt ihn eng umschlungen und streichelte seinen Nacken. »Ich danke dem Himmel, daß du wieder da bist«, sagte sie leise. »Jeder Tag ohne dich kommt mir vor wie eine Ewigkeit. Ich mache mir solche Sorgen um dich…«

»Mercé«, sagte er auf englisch, »ich liebe dich, Mercé.«

Ihre Vereinigung vollzog sich wie immer, wenn er zurückkam, beim erstenmal nach dem gleichen wilden Ritual, das wie ein wildes Gewitter, wie ein Wüstenregen über sie hereinbrach.

Er schlief tief und fest, als sie aufstand, um das Mittagessen vorzubereiten.

Nachdem sie gegessen hatten, gab sie ihm eine der Zigarren, die sie für ihn gekauft hatte.

»Ich habe sie eigens für dich gekauft.«

Er prüfte sie ehrfürchtig. »Etwa dort, wo du den Kaffee gekauft hast?«

»Mehr oder weniger.«

»Tja, dann danke ich euch, ihr süßen Kaninchen.« Er zündete sich eine an. Die nachmittäglichen Sonnenstrahlen fielen durch das offene Fenster, in der Ferne hörten sie den Lärm der Stadt. Er zog genüßlich an der Zigarre und ließ dann den Rauch in einer langen Fahne herausströmen. »Großer Gott, echter Tabak. Da draußen rauchen wir getrocknetes Kartoffelkraut, da gibt's keine Zigaretten.«

»Kartoffelkraut also. Ich hab' mich schon gefragt, was es ist.«

»Manchmal nehmen wir den Marokkanern ihr *kif* ab«, berichtete er. »Ich krieg' jedesmal schreckliche Kopfschmerzen davon, aber man ist dafür wenigstens für ein paar Stunden seine Sorgen los.«

»Du nimmst den Toten ihre Zigaretten ab?«

»Liebling, manche brechen den Toten die Goldzähne aus.«

»Furchtbar.«

»Ja. Außerdem ist das Gold nicht einmal viel wert. Ein schrecklicher Krieg. Ich bin es so leid, glaub mir.« Er zog wieder an der Zigarre und legte sie dann etwas zögernd in den Aschenbecher. »Ich bin keine Zigarren mehr gewöhnt. Mir wird ganz schwindlig davon.« Er nahm ihre Hände und sah ihr in die Augen. »Mercedes, ich will dich heiraten.«

Ihr Herz schlug einen Purzelbaum. »Heiraten?«

Er drückte ihre Hände ganz fest. »Ich weiß, heiraten ist gewissermaßen aus der Mode gekommen, und es gibt kaum noch Kirchen, die offen sind. Aber wenn du eine kirchliche Trauung haben willst, finden wir bestimmt einen Pfarrer. Mir würde eine Ziviltrauung genügen. Das ist zwar nicht sehr romantisch, aber wir hätten wenigstens eine richtige Urkunde. Damit hättest du bestimmt keine Schwierigkeiten, wenn wir in die Staaten zurückgehen.«

In ihrem Kopf drehte sich alles. »Sean, ich weiß nicht…«

»Anders geht es nicht«, sagte er eindringlich. »Ich weiß es. Die Internationalen Brigaden können jeden Tag aufgelöst werden. Wir werden noch vor dem Winter nach Hause geschickt.«

»Woher weißt du das?« wollte sie wissen.

»Der verdammte Chamberlain und sein Nichtinterventionsausschuß. Dieser Mann will den Frieden um jeden Preis, und deshalb müssen die Nazis nur laut genug schreien, und schon gibt er nach. Das Abkommen besagt auch, daß die ausländischen Freiwilligen abgezogen werden.«

»Wann?« fragte sie, zu Tode erschrocken.

»Noch vor dem Winter. Die Internationalen Brigaden sind erledigt. Die besten Männer sind gefallen, tot. Das Ganze dient nur noch Propagandazwecken. Und deshalb ist es sinnlos geworden.«

»Oh, Sean!« Ihr Herz hämmerte wie wild in ihrer Brust. »Du willst *jetzt* heiraten? In diesen zwei Tagen?«

»Später werden wir keine Zeit mehr haben«, sagte er. »Wir werden in einer Nacht- und Nebelaktion außer Landes geschafft werden. Wenn wir jetzt heiraten, dann kannst du mich begleiten. Falls ich ohne dich zurück muß, kannst du nachkommen. Und wenn ich vorher umkomme, dann…«

»Bitte, sag das nicht«, flehte sie.

»Wenn ich umkomme«, wiederholte er, »kannst du mit diesem Stück Papier ohne mich in die Staaten einreisen. Wir könnten heute nachmittag noch zum Rathaus gehen und alles in die Wege leiten. Dann könnten wir morgen heiraten und vielleicht die Nacht in einem schönen Hotel verbringen. Dann hätten wir's hinter uns.« Als er ihr Gesicht sah, fuhr er sie ärgerlich an. »Was ist los?« wollte er wissen. »Beim Himmel, Mercé, liebst du mich nicht genug, um mich zu heiraten?«

»Natürlich liebe ich dich. Du bist mein ein und alles. Aber Spanien verlassen – alles zurücklassen…«

»*Was* zurücklassen?« Er packte ihren Arm. »Hier wird es bald zu einem Blutbad kommen, Mercedes. Das weißt du auch! Es ist zu Ende, verstehst du? Die Faschisten haben gewonnen, und sobald sie können, werden sie jeden vernichten, der ihnen in Zukunft in die Quere kommen könnte. Sie werden Tausende niedermetzeln, jeden, der irgendwann einmal einen Finger gegen sie erhoben hat. Und das betrifft auch dich! Es wird bald nichts mehr geben, was du zurücklassen könntest. Spanien ist am Ende, am Ende!«

Ihr war übel. »Und du willst, daß ich mich einfach aus dem Staub mache und meine Eltern allein hier zurücklasse?«

»Wenn sie klug sind, werden sie das Land verlassen, bevor es zum Schlimmsten kommt. Sie können überall hingehen. Nach Mexiko, Kanada, in die Vereinigten Staaten, sogar nach Rußland. Stalin hat versprochen, alle republikanischen Flüchtlinge aus Spanien aufzunehmen.«

»*Rußland?*«

»Auf jeden Fall weg von den Faschisten. Aber das liegt an ihnen«, sagte er eindringlich. »Es ist *ihr* Leben. Du mußt an dich denken, Liebste. Du bist jung. Du kannst dich an ein neues Land gewöhnen. Du sprichst ja auch schon Englisch. Amerika ist zwar nicht vollkommen, aber es ist immer noch das Land der unbegrenzten Möglichkeiten. In Amerika gibt es Hoffnung, im Gegensatz zu Spanien, ja ganz Europa, wo die nächsten zehn, vielleicht gar zwanzig Jahre furchtbar sein werden. Alles wird in Flammen aufgehen! Wir müssen von hier weg. Was könnten wir denn sonst tun? Und, Liebste, hast du nicht immer gewußt, daß du mich heiraten würdest? Mein Antrag kommt zwar etwas plötzlich, aber in deinem Herzen hast du doch immer gewußt, daß du eines Tages meine Frau sein und mit mir in die Staaten gehen würdest. Oder etwa nicht? *Hab' ich recht?*«

Sie ging zum Fenster. Sie blickte über die sonnenbeschienene Anhöhe von Montjuich mit dem Schloß und auf die weiter entfernte Stadt. Alles schien friedlich und still. Der sommerliche Himmel war von einem klaren tiefen Blau, das weit hinten am Horizont in ein dunkles Violett überging. Sie atmete tief ein. Die Luft roch nach Verkehr, Bäumen und Stadt.

Er hatte recht. Sie konnte nichts für ihre Eltern tun, und diese wiederum nichts für sie.

Sean hatte ihrem Leben einen Sinn gegeben. Durch ihn hatte sie das Glück kennengelernt; kein flüchtiges Glück, sondern ein beständiges, das jede Faser ihres Lebens durchdrang. Aber Liebe hieß auch, ein Gefangener des Schicksals zu sein. Liebe bedeutete zu wissen, daß man jederzeit zerstört werden konnte. Mit dem Glück lud man sich auch eine schwere Last auf.

Sie drehte sich zu ihm um und sah ihn an. Seine Schönheit versetzte ihrem Herz einen Stich. Sie liebte diese tiefen, grünen Augen, aus denen ihr so viel Tapferkeit entgegenstrahlte, über alles. Sie löste den Gürtel ihres Kleides und bot ihm ihren schlanken, nackten Körper dar.

Sie weinte während der ganzen Trauung.

Zusammen mit drei anderen Paaren standen sie in dem kleinen Büro des Beamten und wiederholten die leeren Worte, die irgendein Anarchist vom katholischen Ritus entlehnt hatte. Am meisten widerstrebte ihr die Moralpredigt, die ihnen der Beamte direkt danach angedeihen ließ, während sie auf den billigen Ring blickte, den Sean am Morgen gekauft und ihr während der Trauung an den Finger gesteckt hatte.

»Also dann. Hier sind die Urkunden. Jeder von euch bekommt eine, und eine behalten wir hier. Wenn ihr euch scheiden lassen wollt, dann kommt ihr beide mit eurer Urkunde hierher und legt eure Gründe dar. Dann verbrennen wir alle drei Ausfertigungen, und ihr seid frei. Aber überlegt es gut, denn eine Scheidung ist eine ernste Sache. Wegen einer harmlosen, kurzen Liebschaft wird nicht geschieden, ihr kriegt vielmehr einen Fußtritt, wenn ihr damit ankommt. Und jetzt heißt es füreinander sorgen.«

Mit den Urkunden in den Händen drängten sie sich aus dem Büro. Seine Uniform war von der gestrigen Wäsche immer noch feucht. Sie hatte sich geweigert, in ihrer Krankenschwesternuniform zu heiraten, wie es zu der Zeit allgemein üblich war. Statt dessen trug sie einen cremefarbenen Rock und eine passende Bluse, und in der Hand hielt sie einen weißen Strauß. Ihren Kopf zierte eine kleine, weiße Baskenmütze, an die sie einen Rest Tüll genäht hatte.

Die anderen Paare ließen sich im Korridor fotografieren. Einige Soldaten stimmten ein derbes Liebeslied an. Konfetti rieselte auf sie herab. Freudestrahlend führte Sean sie auf die Straße hinaus, hob sie hoch und drehte sie mehrmals im Kreis.

»Mrs. Sean O'Keefe, ich liebe dich«, rief er auf englisch. »Weißt du eigentlich, daß wir uns in den Flitterwochen befinden?«

Sein Gesicht strahlte. Keiner ihrer Freunde war zum Rathaus gekommen. Nicht einmal ihre Eltern hatte sie verständigt. Er hatte vorgeschlagen, daß sie es ihren Eltern in der nächsten Woche persönlich sagen sollten. Als sie sich jetzt so sicher fühlte in seinen Armen, kam ihr plötzlich in den Sinn, wie allein sie waren und wie sehr sie einander brauchten.

»Laß mich runter, du Schelm«, befahl sie mit Freudentränen in den Augen.

»Die Welt gehört uns! Uns ganz allein!« sang er und grinste sie mit einem unverschämt glücklichen Lächeln an.

Sie machten sich auf den Weg zum Palace Hotel, wo sie ein Zimmer für die Nacht reserviert hatten. Das Hotel war ein wunderschönes altes Gebäude aus dem neunzehnten Jahrhundert, von außen so weiß und reich verziert wie eine Hochzeitstorte. Nur die Markisen waren gelb. Vom Hotel aus hatte man einen Blick auf die Plaza de Cataluña, eine Insel des Friedens inmitten der Verwüstungen des Krieges.

Sie hatten beschlossen, im Hotel zu Mittag zu essen. Die Tische mit den weißen Damasttischdecken waren mit silbernem Besteck gedeckt und mit Blumen geschmückt. Sie fühlten sich wie König und Königin, denn die Kellner servierten ihnen das klägliche Mahl und den billigen Wein mit ausgesuchter Zuvorkommenheit.

Doch sie nahmen das Essen kaum wahr. In ihren Augen, die einander unablässig festhielten, stand nichts als die grenzenlose Liebe füreinander.

Am Nachmittag liebten sie sich in dem riesigen Bett in ihrem Zimmer. Ihre Körper vereinigten sich mit einer bisher ungekannten Leidenschaft, die ihre Seelen in einem lodernden Feuer verband.

»Mrs. O'Keefe«, flüsterte er, »ich weiß nicht, wie es dir geht, aber ich bin unbeschreiblich glücklich.«

Später führte er sie ins Metropole, wo sie sich Charlie Caplin in *Moderne Zeiten* ansahen. Er hatte den Film bereits gesehen, und seiner Meinung nach war der Film furchtbar lustig und komisch. Die Atmosphäre des Kinos erinnerte sie schmerzlich an das ihres Großvaters, der nun schon seit acht Jahren tot war. Das Tivoli in Palafrugell war bei ihrem letzten Besuch zu Hause geschlossen gewesen. Es hatte einen traurigen und verlassenen Eindruck gemacht. Sie mußte daran denken, wie ihr Großvater gestorben war, allein, krank und nach Atem ringend.

Sie starrte auf die flimmernde Leinwand und vernahm das Toben der Zuschauer. Ihre Leben selbst, ging es ihr durch den Sinn, glichen flimmernden Träumen, die eine Zeitlang die Leinwand erhellten und dann verloschen. Beim Anblick der winzigen Gestalt des Clowns, die in die riesigen Räder einer verrückt gewordenen Welt geraten war, mußte sie lachen, doch schon bald liefen ihr die Tränen über die Wangen, bis sie vor lauter Tränen gar nichts mehr sehen konnte.

Noch vor Ende des Films verließen sie das Kino. Eng umschlungen schlenderten sie die *Ramblas* hinunter in Richtung *Paseo Marítimo*. Mercedes lehnte den Kopf an seine Schulter, ihre Augen waren fast geschlossen, so daß sie die Welt um sich herum nur als helles, verschwommenes Etwas wahrnahm. Sie hatte das Gefühl, sich in einer unwirklichen Welt zu bewegen, ihr Herz war erfüllt mit einer seltsamen Mischung aus Glück und Schmerz, die sie sich nicht erklären konnte.

Neben dem Denkmal des Kolumbus, der hoch oben auf seiner Säule thronte und mit ausgestrecktem Finger auf die Neue Welt zeigte, blieben sie stehen. Sean blickte aufs Meer hinaus. »Hier hat die Reise nach Amerika begonnen«, sagte er, »vor viereinhalb Jahrhunderten. ›Im Jahre 1492 segelte Kolumbus über den blauen Ozean.‹«

»Ich müßte nach Hause gehen und meine Kaninchen füttern«, sagte sie mit Blick auf Montjuich.

»Nicht während der Flitterwochen«, gab er zurück.

»Sie werden Hunger haben.«

»Genau wie ich, nur mit dem Unterschied, daß ich dich auffressen möchte.«

Sie lächelte ihn an. Sie machten kehrt und gingen zurück ins Palace Hotel.

Das Zimmer war wunderschön mit seinen Stuckdecken, die an eine längst vergangene glorreiche Zeit erinnerten. Sie zogen sich aus und legten sich nebeneinander auf das Bett.

Seans Blick ruhte auf ihr, auf den weichen Rundungen ihres nackten Rückens und ihrer Schultern, auf ihrer dunklen Haarpracht, auf dem schwarzen Dreieck zwischen ihren Beinen, das so vollkommen war, als hätte ein Maler es gemalt, auf ihren vollen Brüsten und den festen Knospen. »Bist du wirklich meine Frau?« fragte er.

»Ja, so steht es wenigstens in den schmutzigen Papieren, die wir bekommen haben«, erwiderte sie lächelnd.

»Du klingst aber nicht sehr überzeugt.«

»Doch, das bin ich. Und wenn du eine Liebschaft anfängst, dann kriegst du von mir einen gewaltigen Fußtritt, das versprech ich dir.«

»Ich will gar keine andere Liebschaft, mein Liebling.« Er strich mit unendlicher Zärtlichkeit über ihre Hüfte. Sie war das vollkommenste Wesen, das er kannte. Ihre Pobacken waren fest und glatt wie Marmor. Jedes Fleckchen ihres Körpers war makellos. Er nahm ihren Fuß in die Hand und betrachtete ihn, als handle es sich um ein großartiges Kunstwerk; die zarten, langen Zehen, die schimmernden Nägel, die sich emporschlängelnde blaue Vene auf der Innenseite.

»Hab' ich schöne Füße?« wollte sie wissen.

»Alles an dir ist schön«, lautete seine Antwort.

»An dir ebenfalls. Und das ist ganz besonders schön.« Ihr Kopf ruhte auf seinem Bauch, und ihre Hände streichelten sein Geschlecht. Unter ihrer Berührung reckte es sich ihr entgegen.

»Wenn du mich so berührst«, murmelte er, »mußt du mich heiraten.«

»Das hab' ich schon. Diese Statue gehört jetzt mir.« Sie betrachtete ihn eindringlich. »Am liebsten würde ich ein kleines Kolumbus-Denkmal draufsetzen, genau da.«

»Meinst du, das wäre bequem?«

»Es wäre zumindest sehr eindrucksvoll.« Sie ließ die Finger an seinem Schaft entlanggleiten. »Mit einer kleinen Verzierung und einer Inschrift.«

»Was für eine Inschrift?« fragte er lächelnd.

Sie fuhr auf englisch fort. »Im Jahr 1938 habe ich Mercedes Eduard Barrantes defloriert.«

»Das reimt sich ja nicht einmal«, klagte er. »Und *defloriert*? Wo hast du denn dieses Wort her?«

»Ich hab' im Wörterbuch nachgeschlagen. Das spanische Wort ist *deflorar* und bedeutet das gleiche. Die Blume pflücken. Du hast meine gepfluckt, oder nicht?«

»Es heißt ›gepflückt‹ und nicht gepfluckt.«

Sie äffte ihn nach.

»Es reimt sich mit ›gefickt‹. Obwohl ich zugeben muß, daß gepflückt den Schmerz mehr zum Ausdruck bringt.«

»Es hat entsetzlich weh getan damals«, erklärte sie.

»Und jetzt nicht mehr?«

»Nein, jetzt nicht mehr.« Sie sprach wieder auf spanisch weiter. »Erzähl mir von West Virginia.«

»Ich hab' dir schon alles erzählt. Was du da mit mir machst, ist wirklich sehr schön…«

»Ich meine nicht Streiks und Protestmärsche und Polizei. Erzähl mir, wie es dort wirklich ist. Wie die Menschen leben. Was für Freunde wir haben werden. Wo wir wohnen werden, und was wir dort tun werden.«

»Also als erstes muß ich sagen, daß es wunderschön ist, unser West Virginia. Es gibt Berge und Wälder und Seen. Und die Menschen sind… sie sind…«

»Sprich weiter.«

Ihre Finger spielten immer noch mit ihm. Ein genüßlicher Seufzer entrang sich ihm. »Mercé, du mußt aufhören, wenn ich weiter von West Virginia erzählen soll.«

»Aber warum? Du hast doch gesagt, daß es schön ist.«

»Du lenkst mich ab.«

Sie nahm ihn in den Mund, umschloß ihn mit den Lippen, dann machte sie die Augen zu und sank tiefer auf ihn hinab.

»Oh, ja«, flüsterte er. Sein Geschlecht war heiß und hart und pulsierte in ihrem Mund, sie schmeckte das Salz seiner Begierde. Ihre Finger schlossen sich um seine Hoden. Ihr Herz war schwer vor lauter Zärtlichkeit, die sie für ihn empfand. Ihre Zunge spielte mit seinem prallen Geschlecht und trieb ihn in schwindelnde Höhen.

Sean bedeckte sein Gesicht mit den Händen und bäumte sich ihr entgegen. In diesem Moment besaß sie ihn vollkommen, hielt seine Seele auf ihrer Zunge. Er gehörte ihr, sie waren eins, und kein von Menschen erdachtes Ritual hätte dem etwas hinzufügen können. Nur die Klarheit dieses Augenblicks zählte, denn um sie herum war nichts als Unsicherheit, Dunkelheit und Zweifel. In ihrem Lieben lag die einzige Sicherheit, die sie kannte.

Sie konzentrierte sich darauf, ihm Lust zu bereiten und sich gleichzeitig an seiner Lust zu erfreuen. Sie spürte, wie er noch mehr anschwoll, hörte, wie sein Atem plötzlich stoßweise ging, bis er sie an den Armen packte und hochriß.

»Mercedes«, keuchte er, »hör auf, bitte!«

Sie zog ihn auf sich. Er drang in sie ein, sein ganzer Körper bebte, sein Gesicht war dunkel und verzerrt. »Oh, Mercé, Mercé...«

Er stieß einen animalischen Schrei aus, als er sich jetzt in sie ergoß, seinen Samen in sie hineinspritzte. Sie kam gleichzeitig mit ihm zum Orgasmus, zitternd, mit bebenden Nasenflügeln und zuckenden Augenlidern gab sie sich ihm ohne einen Laut hin. Ihr ganzes Sein war nur darauf ausgerichtet, ihn mit einer animalischen Gier zu besitzen, ihn sich einzuverleiben, ganz und für alle Zeiten. Sie hörte nicht auf, sich zu bewegen, und ließ auch nicht zu, daß er aufhörte, bis ihre Lust von neuem erwachte und sie sich dem letzten Höhepunkt näherten.

Mit verschwommenem Blick lächelte sie ihn an. Sie zog ihre Knie an, öffnete sich ihm ganz weit und drängte ihn noch tiefer in sich hinein.

Zukunft und Vergangenheit waren dunkel und ohne Bedeutung. Nur dieser Augenblick zählte, sonst nichts. Dieser Augenblick, der vielleicht nie wiederkehren würde.

Sie ließ eine Hand nach unten gleiten und packte seinen harten, schlüpfrigen Schaft und spürte, wie er immer wieder in sie hineinstieß. Ihre Finger umschlossen ihn, hielten ihn fest, hinderten ihn einen Augenblick daran, in sie einzudringen. Dann lockerte sie ihren Griff gerade so weit, daß er durch ihre Finger hindurch in sie hineinstoßen konnte.

Sie nahm ihre Hand nicht weg, sondern zwang ihn, sie so zu lieben, zwang ihn, durch ihre harten Finger hindurchzustoßen, bevor er die weiche Grotte erreichte.

Als sie die Augen öffnete, sah sie, daß sie ihn in eine ihm unbekannte Welt geführt hatte. Sein Blick war entrückt, seine Pupillen so groß, daß seine Augen schwarz schienen. Seine Schultermuskeln waren so angespannt, daß die Venen hervortraten, seine Haut glänzte vom Schweiß. Er war oben, doch die Gebieterin war sie. Sie konnte ihm den Zugang verwehren und gewähren. Sie konnte ihn in eine Welt entführen, die jenseits all seiner Vorstellungen lag. Er sah mit einem Ausdruck auf sie herunter, der an Bestürzung grenzte. Hinter der körperlichen Lust, die sein Gesicht verzerrte, verbargen sich Furcht und Ehrfurcht.

Sie drückte wieder fester zu, so daß er nur unter Schmerzen durch ihre Hand in die hineinstoßen konnte. Sie prüfte seine Kraft, forderte ihn heraus, solange, bis die Venen an seinem Hals zu bersten schienen und sie wußte, daß er kurz vor dem Höhepunkt war.

Jetzt ließ sie ihn los und packte ihn an den Schultern, als er ganz tief in sie hineinstieß, und sie beide von einem Freudentaumel erfaßt wurden. Als sie endlich sprach, drang nur ein stummer Schrei aus ihrer Kehle, der in der Stille des Zimmers schier endlos widerhallte.

Vollkommen erschöpft lagen sie nebeneinander auf dem Bett; nur ihre Hände berührten sich, als sie in das Dämmerlicht des frühen Abends hinausschauten. Bald zeigten sich die ersten Sterne am Himmel, der nun ein tiefes Blau annahm. Sie dachte daran, daß er am Morgen an die Front zurückkehren mußte, und weinte.

Als es dunkel wurde im Zimmer, machten sie Licht. Das marmorgekachelte Badezimmer war ebenso verschwenderisch ausgestattet wie ihre Suite. Die riesige Badewanne stand auf geschwungenen pfotenähnlichen Füßen. Sogar heißes Wasser stand ihnen zur Verfügung. Sie setzten sich zusammen in die Wanne und seiften sich gegenseitig ein.

»Nächste Woche fahre ich nach San Lluc«, verkündete sie, »und sag' es Mama und Papa.«

»Glaubst du, daß sie böse sein werden?«

»Ich weiß nicht. Und es ist mir auch egal. Ich mache mir viel mehr Sorgen um dich, wenn du wieder an der Front bist. Ich habe schreckliche Angst um dich. Hast du auch Angst?« fragte sie ihn.

»Manchmal«, antwortete er.

»Das ist gut«, meinte sie. »So kommst du wenigstens nicht auf dumme Gedanken.«

»Dumme Gedanken können mir nichts anhaben. Weißt du was? Ich erinnere mich gut an die Zeiten, als der Krieg wie ein Sonntagsausflug war. Wirklich. Ich erinnere mich, wie die Männer an den Wochenenden ihre Frauen aus Barcelona zum Picknick mitgebracht haben. Sie waren immer beladen mit Körben voller Essen und Wein. Sie wollten mal eben ein paar Schüsse auf den Feind abgeben, als handle es sich dabei um Waldhühner oder Fasane. Und am Montagmorgen waren sie dann wieder rechtzeitig im Büro.«

»Du hast doch auch geglaubt, daß es ein Ausflug werden würde, oder nicht?« fragte sie. Sie drückte einen Schwamm über seiner schwarzbehaarten Brust aus. »Du bist mit wehenden Fahnen aus West Virginia hergekommen und hast es gar nicht erwarten können, ein paar Kapitalisten zu erschießen, einfach so zum Spaß.«

Sein Mund verzog sich zu einem grimmigen Lächeln. »Vielleicht hast du recht. Am Anfang hat es uns tatsächlich Spaß gemacht. Die Kameradschaft untereinander war großartig, und wir hatten das Gefühl, ein gutes Werk zu tun. Aber jetzt ist alles anders. Jetzt ist der Krieg nichts als ein sinnloses Gemetzel.« Er berührte ihre aufgerichteten Brustwarzen. »Du bist so schön. Ich liebe dich so sehr. Du bist die einzige Frau auf der Welt.«

»Ich wünschte, du müßtest nicht zurück an die Front. Ich wünschte, du könntest hierbleiben.«

»In ein paar Monaten ist der Krieg vorbei. Aber warum sitzen wir hier in der Wanne und reden über den Krieg?«

»Weil wir im Krieg geheiratet haben.«

»Komm. Wir trocknen uns ab und bestellen uns etwas zu essen.«

»Ich weiß gar nicht, ob ich Hunger habe.« Sie betrachtete ihn mit dunklen Augen. »Glaubst du, es wäre möglich, daß wir uns noch einmal lieben?« fragte sie leise.

»Du lieber Gott, ich weiß nicht«, stöhnte er.

Sie streckte ihm die Hand im Wasser entgegen. Sein Schwanz war schlaff, aber als sie ihn streichelte, reckte er sich ihr sofort entgegen. Er griff nach ihren Brüsten und umschloß sie mit seinen großen Händen.

Er beugte sich vor und küßte sie. Ihre Zunge umspielte die seine, dann leckte sie an seinen Lippen. »Oh, Mercé«, flüsterte er und schloß die Augen. »Mercedes, ich staune.«

»Ein Honigmond, der so kurz ist, muß ein denkwürdiger sein. Ich liebe diesen Ausdruck. *Honig-mond.*«

»Süße Nächte.«

»Eine süße Nacht.«

»Ich wußte nicht, daß die Liebe so schön…«

»Die Liebe soll die Liebenden erfreuen.«

»Ja…«

»Ich hab gedacht, du wärst der große Verführer«, flüsterte sie, während ihre Hand seinen Schwanz fester umschloß.

»Ich habe nie eine Frau wie dich kennengelernt.«

»Bin ich schamhaft?«

»Scham*los*.«

»Bloß weil ich nicht genug kriegen kann von meinem wunderbaren Mann? Das ist doch völlig normal. Wir katalanischen Frauen haben unsere Fesseln schon längst abgeworfen, wußtest du das nicht?«

»Das wird mir jetzt klar.« Er spielte mit ihren Brustwarzen, bis sie vor lauter Erregung zitterte.

»Ahhhh… ich brauche dich so sehr, *amor*. Ich will, daß du mich küßt. Jetzt. Willst du?«

Er nickte stumm. Sie erhob sich aus dem Wasser und setzte sich auf den Badewannenrand. Das Wasser rann in kleinen Bächen an ihrem nackten Körper herab. Sie legte ein Bein auf seine Schulter und zog ihn zu sich heran. Dann nahm sie sein Gesicht in ihre Hände und lächelte mit dunklen Augen auf ihn hinunter. »Ich will, daß du es nie vergißt, Sean. Nie. Ich will, daß du immer daran denkst, wie sehr ich dich liebe und wie sehr ich dich will.«

»Ich werde immer daran denken. Immer.«

Sie zog seinen Mund zwischen ihre Beine und erzitterte, als er sie küßte. Ihr Fuß rieb ganz leicht an seinem Rücken. Er sollte sie kosten, sollte sie schmecken, sollte sich an ihr laben, damit er sie niemals vergaß. Eine tiefe, traurige Zärtlichkeit stieg in ihr auf. Sie wollte ihn nähren, wollte ihn pflegen, wollte ihn beschützen, immer und ewig.

Sie wollte, daß er nicht starb.

Um drei Uhr am nächsten Nachmittag stieg er in den Zug, der nach Tarragona und an die Front fuhr. Mit übermenschlicher Anstrengung gelang es ihr, die Tränen zurückzuhalten, bis die Lokomotive sich in Bewegung gesetzt hatte. Ihr Mann lehnte sich, so weit er konnte, aus dem Fenster des Waggons und winkte und schrie, bis seine Stimme vom Getöse der Lokomotive übertönt und sein Gesicht von den weißen Dampfwolken verhüllt wurde.

Weinend stand sie inmitten der anderen schluchzenden Frauen und blickte dem Zug nach, der sich auf stählernen Gleisen entfernte und eine Leere zurückließ, die ihr wie das Grab all ihrer Hoffnungen und all ihrer Liebe erschien.

SEVILLA – OKTOBER 1938

Der Künstler arbeitete mit der schwerfälligen Bedächtigkeit eines zerstreuten Gelehrten. Zwischen zwei Pinselstrichen warf er jeweils einen langen, kummervollen Blick auf Gerard Massaguer.

Sie befanden sich im Innenhof des Hauses in Sevilla. Gerard saß mit übereinandergeschlagenen Beinen und im Schoß gefalteten Händen auf einem Stuhl mit hoher Rückenlehne. Der Künstler, Camillo Alvarez, saß ihm gegenüber. Keiner der beiden Männer redete.

Gerard hielt Alvarez für einen drittklassigen Maler. Jedesmal, wenn er das Gemälde zu sehen bekam, zuckte er zusammen. Der Mann malte ihn als massigen Dummkopf mit Glubschaugen. Genauso, wie er auch Franco gemalt hatte.

Marisa hatte darauf bestanden, daß er sich malen ließ, und seit Alfonsos Tod war er nicht fähig, ihr auch nur den kleinsten Wunsch abzuschlagen. Sie hatte sich immer noch nicht erholt. Da heute Freitag war, hielt sie sich in diesem Augenblick mit Sicherheit auf dem Friedhof auf, um frische Blumen auf das Grab zu stellen. Heute abend würde sie stundenlang weinen, und im Laufe des Wochenendes würde sie fünf-, sechs- oder gar siebenmal die Messe besuchen.

Die Erinnerung an den Tod des Jungen legte sich wie ein Schatten über ihn und vertiefte die Falten, die sich erst vor kurzem um Mund und Nase gebildet hatten.

Der Maler räusperte sich.

»Was ist?« erkundigte sich Gerard.

»Ihr Gesichtsausdruck, Señor Massaguer.«

»Was ist damit?«

»Ich bitte um Verzeihung – aber Sie runzeln die Stirn.«

Gerard zwang sich, sich zu entspannen. »So besser?«

»Die Augen noch. Die Lider sind zu schwer. Vielleicht könnten Sie Ihren Blick etwas nach oben richten.«

Gerard gehorchte. Er hatte erwartet, daß er sich während der zweistündigen morgendlichen Sitzung zu Tode langweilen würde, hatte aber bald festgestellt, daß die erzwungene Untätigkeit ihm gestattete, seinen Gedanken nachzuhängen. Mit leerem Blick starrte er auf den Springbrunnen und dachte über das nach, was ihn in diesem Herbst mit jedem Tag mehr beschäftigte: Mercedes Eduard, seine Tochter. Diese Worte gingen ihm immer häufiger durch den Kopf und wurden jedesmal von einem Aufruhr im Herzen begleitet. *Meine Tochter.*

Sein Kind.

Seit Alfonsos Tod quälte ihn der Gedanke, daß vielleicht auch Mercedes tot war. Aber seit heute wußte er, daß sie lebte. Der Beweis ruhte in seiner Tasche.

Es handelte sich um einen Bericht der nationalistischen Untergrundorganisation Katalaniens. Er hatte den Bericht vor Wochen beim Chef des Nachrichtendienstes in Auftrag gegeben und mit einer Kiste Whisky bezahlt. Der Bericht war gestern eingetroffen.

Er hatte Anweisung erteilt, mit den Nachforschungen in San Lluc zu beginnnen, da er nicht wissen konnte, daß Mercedes das Dorf im Herbst 1936 verlassen hatte. Es hatte jedoch nicht lange gedauert, bis die Männer vom Nachrichtendienst ihre Spur aufgenommen hatten. In Katalanien wimmelte es nur so von Informanten und Spitzeln, und sie waren alle sehr gründlich vorgegangen. Der sauber getippte Bericht enthielt deshalb eine Fülle von Informationen. Dazu gehörten aber auch mehrere Enthüllungen, die ihm gar nicht lieb gewesen waren.

Er dachte an ihre Unterhaltung im Las Yucas, die Jahre zurücklag. Er erinnerte sich an das ernste, kindliche Versprechen, im Krieg für die Republik und gegen die Armee zu kämpfen. Er hatte sie damals gewarnt. Deutlich und unmißverständlich. Aber sie hatte es ernst gemeint. Oh, ja. Sie war aus dem gleichen Holz geschnitzt wie er. Was sie sich vorgenommen hatte, das verwirklichte sie auch. Genau wie er.

1936 war sie zur Miliz gegangen. Eine *miliciana* war sie geworden, die in Aragon gegen den Feind gekämpft hatte, Seite an Seite mit einem zusammengewürfelten Haufen aus *barrios*, Busschaffnerinnen und hartgesottenen Fabrikhuren.

Sie hatte gegen den *Generalisimo* zu den Waffen gegriffen. Franco ließ jetzt Gesetze vorbereiten, die ihn mit der Macht ausstatten sollten, diejenigen zu bestrafen, die der Nationalen Bewegung Widerstand geleistet hatten. Es gab Aufzeichnungen, Papiere, Akten, die herbeigeschafft werden und zur Verurteilung führen konnten. Es würde zweifellos zu großangelegten Säuberungsaktionen kommen. Manche behaupteten sogar, daß er die Absicht hatte, alle und jeden ins Gefängnis zu werfen oder gar hinzurichten, der irgendwann die Hand gegen ihn erhoben hatte.

Allein dafür drohte Mercedes das Arbeitslager oder das Exekutionskommando. Dabei gab es noch Schlimmeres, weit Schlimmeres.

In dem Bericht hieß es weiter, sie habe in Granados einen verwundeten Gefangenen erschossen. In den Kopf, aus nächster Entfernung. Vor Zeugen. Ein gewisser Juan Ramón Ramirez, Überläufer aus dem Lager der Republikaner, war bereit, den Vorfall zu bezeugen.

Das allein genügte, um sie zu hängen. Wenn er die Lage nüchtern betrachtete, wußte Gerard, daß Francos Kriegsgericht danach trachten würde, nach dem Krieg möglichst viele Grausamkeiten der Roten zu beweisen. Und wenn nötig, würden sich auch Zeugen dafür finden lassen. Die Vergeltung würde schrecklich sein.

Und jetzt hatte er selbst, wenn auch unfreiwillig, die Aufmerksamkeit des nationalistischen Nachrichtendienstes auf das Mädchen gelenkt.

Alvarez räusperte sich wieder. »Ich bitte um Entschuldigung, Señor Massaguer.«

»Was?« fuhr Gerard ihn an.

»Der Gesichtsausdruck...«

Wieder zwang er sich, entspannt zu wirken.

Natürlich wußten sie nicht, wer das Mädchen war. Davon ging er jedenfalls aus. Das war wenigstens etwas. Und seit 1937 war sie auch nicht weiter unangenehm aufgefallen. Sie arbeitete im Sagrado Corazón Hospital, das inzwischen nach V.I. Lenin benannt war. Sie arbeitete als Krankenschwester, wenn auch auf seiten der Republik.

Die schlimmste Nachricht war jedoch, daß sie vor kurzem geheiratet hatte.

Die Ehe war zwar von irgendeinem republikanischen Halunken vollzogen worden und würde somit nach dem Krieg nicht mehr viel wert sein, aber was ihn an der Sache am meisten beunruhigte, war die Tatsache, daß sie einen Ausländer, einen amerikanischen Freiwilligen namens Sean Michael O'Keefe, genommen hatte.

Der unbekannte O'Keefe verfolgte Gerard. Die Informationen über ihn waren dürftig. Achtundzwanzig, Minenarbeiter aus West Virginia. Ohne Adresse. Dem Bericht zufolge ein überzeugter Bolschewist und guter Soldat. Er kämpfte als Hauptmann bei den Internationalen Brigaden.

Die Internationalen Brigaden wurden bereits abgezogen. Geplant war, daß sie in weniger als einem Monat in ihre Heimatländer zurückkehren sollten.

Das wiederum bedeutete, daß möglicherweise auch Mercedes, sein einziges Kind, sein Fleisch und Blut, sein Vermächtnis, Spanien verlassen und ihrem amerikanischen Mann in dessen Heimat folgen würde.

Der bloße Gedanke daran erfüllte ihn mit Angst und Schrecken. Daß sie fortgehen könnte, weit weg in ein fernes Land und damit für immer verloren sein würde. Wenn sie allerdings in Spanien blieb, war sie verloren.

Alvarez zog eine silberne Uhr aus seiner Westentasche und sah auf das Zifferblatt. »Mit Ihrer Erlaubnis, Señor Massaguer, wir sind für heute fertig.«

»Sehr gut.«

Gerard erhob sich und studierte das beinahe fertige Porträt. Es war unglaublich häßlich. Er wußte, daß er seit dem Tod seines Sohnes plötzlich gealtert war, daß seine Züge schwerer und melancholischer geworden waren, daß sein einst dichtes Haar schütter und grau wurde, aber dieses aufgedunsene Gesicht und dieser stiere Blick, das entsprach mit Sicherheit nicht der Wirklichkeit. Sollte dieses ausgestopfte Ekel etwa er sein?

Mit ein paar unverbindlichen Worten ließ er den Maler stehen.

Er ging in sein Arbeitszimmer und setzte sich an seinen Schreibtisch. Was konnte er für Mercedes tun? Wie konnte er ihr helfen? Zunächst mußte er mit der Vorhut der Invasion in Katalanien sein, um sie ausfindig zu machen und ihr dann jeden nur möglichen Schutz, zu dem er fähig war, zukommen zu lassen. Er war ein einflußreicher Mann, und außerdem hatte er Geld, und damit konnte er alles mögliche für sie tun.

Ganz besonders dann, wenn er geschickt vorging.

Er schlug den Bericht auf und ging ihn noch einmal sorgfältig durch. Darin enthalten waren ebenfalls Informationen über Francesc und Conchita Eduard. Der Schmied hatte, was Gerard nicht verwunderte, von Anfang an auf der Seite der Republikaner gekämpft. Er war Leiter einer Waffenfabrik in Gerona und würde nach Gefangennahme sicherlich sofort erschossen werden. Ein Mann mit einer solchen Vergangenheit konnte auf keine Gnade hoffen.

Conchita, seine Frau, wohnte immer noch in San Lluc. Sie war die einzige, zu deren Verteidigung sich etwas anführen ließ, und zwar diese Geschichte mit der Nonne aus dem Kloster, der sie für eine Weile Zuflucht gewährt hatte. Die Nonne war aber anscheinend kurze Zeit später ermordet worden. Für die Beweisführung ein weiterer Nagel im Familiensarg.

Sollte er Marisa die Geschichte mit dem Mädchen erzählen? Vielleicht, aber natürlich nicht jetzt. Vielleicht auch nie. Sie ging niemanden etwas an. Er schämte sich nicht für die politische Einstellung des Mädchens. Ihre Ansichten würden sich ändern, dessen war er sich sicher. Sie war noch so jung, Anfang zwanzig erst. Was zählte, war, daß sie sein Fleisch und Blut war, und nicht ihre politischen Ansichten. Wenn sie ihm nachschlug, dann hatte sie die Nichtigkeit von Dogmen und Lehren ohnehin bereits begriffen.

Was die Geburtsurkunde anbetraf, so war sie nur ein Stück Papier, das jederzeit neu geschrieben werden konnte.

Er überlegte noch kurz, dann griff er zum Telefonhörer.

BARCELONA

Irgendwo im Hospital lief ein Grammophon und spielte Musik.

Die Melodie drang trotz der geschlossenen Fenster und Türen schwach vom Ärztegebäude nach draußen. Drinnen wurde ein kleines Fest gefeiert. Hin und wieder drang auch Gelächter nach draußen.

Es war längst kein Geheimnis mehr, daß mehrere hundert Sympathisanten der Armee im Ärztegebäude hausten. Zum großen Teil handelte es sich dabei um Freunde und Verwandte der Krankenhausangestellten, um wohlhabende Bürger also, die sich seit Beginn des Krieges versteckt hielten. Jetzt wagten sie es immer häufiger, ihre Verstecke zu verlassen. Vor einigen Wochen hatten sie sich zum erstenmal im Sagrado Corazón zusammengefunden. Jetzt warteten sie ungeduldig auf den Zusammenbruch der Republik und die Ankunft von Franco.

Das Hospital, schon immer eine Hochburg der Rechten, hatte sich seit dem Sommer sichtlich verändert.

Die im Verborgenen schwelende Unruhe der vielen Angestellten war deutlich spürbar. Die Christusfigur, die 1936 aus der Eingangshalle entfernt worden war, stand, wie durch ein Wunder, wieder in ihrer Nische. Das Gipsgesicht begegnete wieder jedem Ankommenden mit prüfendem Blick, ein angeschlagener Gipsfinger lag frohlockend auf dem heiligen Herzen. Überall hörte man leise Gepräche, die alle mit den Worten: »Wenn alles vorbei ist« oder »Wenn die Armee erst einmal hier ist«, begannen.

Aus dem Grammophontrichter ertönte jetzt ein bekanntes faschistisches Lied. Gleichzeitig waren Stimmen und laute Jubelschreie zu hören.

»*Viva España!*«

Dies war der Schlachtruf der Nationalisten. Mercedes, die ihn sogar auf ihrer Station hörte und wußte, daß viele ihrer Kollegen der Feier beiwohnten, spürte Ekel und Abscheu in sich aufsteigen.

Sahen sie der Ankunft der Faschisten tatsächlich mit Freude entgegen? Hatten sie schon vergessen, wie Mussolinis Bomber die hilflose Stadt niedergemacht hatten? Hatten sie die toten Kinder vergessen?

Bestimmt ließen sie es sich jetzt bei Speis und Trank gutgehen, denn die Neuankömmlinge verfügten über unglaubliche Vorräte an Lebensmitteln. Diese Leute, reicher und schlauer als das einfache Volk, hatten ihre Reserven. Die Gerüche, die zweimal täglich aus ihren Küchen drangen, quälten die Verwundeten seit Wochen.

Seit Monaten gab es für das einfache Volk in Barcelona nichts anderes als Reis. Auch Mercedes hatte, seit Sean fort war, nichts anderes mehr gegessen, und die unzureichende Ernährung machte sich auch bei ihr durch blutendes Zahnfleisch, Erschöpfungszustände und Konzentrationsschwäche bemerkbar. Bei der kleinsten Anstrengung fing ihr Herz an zu rasen. Ihre letzte Periode war ausgeblieben. Oft war ihr schwindlig.

Trotzdem hatte sie nicht eine Sekunde lang daran gedacht, die Einladung eines Arztes zu einer Mahlzeit im Ärztegebäude anzunehmen. Sie hätte nicht mit ihnen essen können, nur um ihr eigenes Leben zu retten. Sie staunte darüber, daß so viele Ärzte dort aßen, wo sie doch wußten, wie ihre Patienten hungerten.

Sie wandte sich vom Fenster ab und ließ ihren Blick über die Krankenstation schweifen. Sie war heillos überfüllt, die Betten standen dichtgedrängt nebeneinander. Die Gesichter der Männer waren eingefallen, die Männer niedergeschlagen.

Diese verwundeten Männer waren in Mercedes' Augen unbeschreiblich mutig und tapfer gewesen. Sie hatten Schreckliches hinter sich, ertrugen Verstümmelung und Verunstaltung, und manchmal bereitete die Behandlung mehr Schmerzen als ihre Wunden. Obwohl sie alle verletzt waren, konnte keiner von ihnen ausreichend ernährt werden. Trotzdem hatten sich nur wenige über ihr Los beklagt; sie hatten ihre Leiden mit Heiterkeit ertragen. Doch jetzt lagen sie schweigend in ihren Betten, eingeschüchtert durch die ferne Musik aus einem Grammophon.

Was würde mit ihnen geschehen, wenn die Stadt fiel? Manche waren davon überzeugt, daß die Marokkaner sie aus ihren Betten zerren und ermorden würden. Einige verabschiedeten sich deshalb bei Nacht und Nebel, mit offenen Wunden und Gipsverbänden.

Sie schob ihren Wagen bis zur nächsten Station. Station 37 war die gesichtschirurgische Abteilung. Die Arbeit hier kam einer Auszeichnung gleich, denn sie erforderte außerordentlich viel Taktgefühl, Selbstbeherrschung und fachliche Kenntnisse.

Da sich die Station zu ebener Erde befand, waren vor den Fenstern Sandsäcke aufgetürmt worden. Das künstliche fahle Licht verlieh der ohnehin schon zermürbenden Atmosphäre etwas Gespenstisches. Nur sechs Männer lagen auf der Station, doch ihre Verletzungen waren entsetzlich. Sie hatten Augen, Kiefer, Gesichter verloren. Vier der Männer atmeten durch Schläuche in der Luftröhre. Einer hatte entsetzliche Verbrennungen erlitten, und sein Gesicht glich einer Maske aus rotem Siegelwachs. Die Chirurgen hatten mit unendlicher Geduld versucht, Ohren, Lippen und Nase mit Hilfe anderer Fleisch- und Hautstücke nachzumodellieren.

Mercedes bemühte sich, fröhlich zu wirken, als sie das Zimmer betrat. Alle sechs Männer gaben irgendwelche Begrüßungslaute von sich. Diejenigen, die noch sehen konnten, verfolgten ihren Weg zum letzten Bett, in dem ein neuer Patient lag. Sein Gesicht war ein einziger großer Verband, aus dem zwei Schläuche herausragten. Der eine aus der Luftröhre, damit er atmen konnte, der andere aus einem Nasenloch, durch das er seine flüssige Nahrung erhielt. Er war vor drei Tagen eingeliefert worden, ein Mörser hatte ihm in Gandesa das Gesicht zerfetzt. Der Chirurg hatte fünf

Stunden gebraucht, um die Granat- und Knochensplitter zu entfernen. Jetzt sollte der Verband abgenommen und das Resultat begutachtet werden.

Sie zog die Vorhänge um das Bett herum zu und sah einen Moment lang auf ihn hinunter. Er war ein großer Mann, dessen muskulöse Schultern jetzt unter der leichten Decke nackt waren. Das Haar, das aus dem Verband hervorlugte, war schwarz.

Sie berührte ihn ganz leicht an der Schulter.

»Ich werde jetzt den Verband abnehmen«, erklärte sie. »Dann kommt ein Arzt und sieht sich Ihr Gesicht an. Haben Sie mich verstanden?«

Er deutete ein Nicken an. Mercedes schwenkte den Lichtstrahl der Lampe auf sein Gesicht. Sie nahm die Sicherheitsnadeln ab, um dann mit einer Pinzette die äußere Verbandsschicht zu entfernen.

»Ich werde ganz vorsichtig sein«, erklärte sie. »Wenn es trotzdem weh tut, heben Sie einfach die Hand.«

Das Gesicht des Mannes unter dem Verband schien nur aus blutdurchtränkten Tupfern zu bestehen.

Plötzlich fing ihre Hand an, heftig zu zittern. Ihr war auf einmal so übel, daß sie glaubte, sich übergeben zu müssen. Ihr zusammengeschrumpfter Magen rebellierte.

Das gleiche war schon des öfteren passiert, wenn auch immer nur auf dieser Station. Es war der Gedanke an Sean, und die Vorstellung, daß er so zu ihr zurückkehren könnte. Daß sie eines Tages einem unbekannten Patienten den Verband abnehmen und Seans zerstörtes Gesicht darunter finden könnte…

In ihrem Kopf drehte sich alles. Sie legte die Pinzette einen Augenblick lang zur Seite und schloß die Augen. Dann spürte sie, wie sie errötete, weil sie sich so schwach zeigte, und der Mann vor ihr sein Leid ertrug, ohne zu klagen. Sie war Krankenschwester und nicht Schauspielerin in einem rührseligen Film. Sie nahm die Pinzette wieder in die Hand und zwang sich, ihre Arbeit fortzusetzen. Während sie arbeitete, sprach sie mit gleichmäßiger, beruhigender Stimme auf ihn ein.

Sie nahm die Tupfer, einen nach dem anderen, mit größter Vorsicht ab. Zum Vorschein kamen schließlich vollkommen zugeschwollene Augen, um die sich die schwarzen Nahtstiche schlängelten. Der fleischige Teil der Nase war nicht mehr vorhanden, nur noch zwei verkrustete Löcher in einem hervorstehenden Knochenstück. Der Unterkiefer fehlte ebenfalls, und als sie die Tupfer aus dem Mund herausholte, hing die geschwollene und zusammengenähte Zunge aus dem wunden Hals. Er hatte kaum noch Zähne. Sein Gesicht war ein Alptraum aus Zerstörung und Schmerz.

»Alles sieht sehr gut aus«, sagte sie mit ruhiger Stimme. »Sehr sauber. Nichts ist entzündet. Doktor Pla wird zufrieden sein. Ihre Augenlider sind noch sehr geschwollen, aber die Schwellung wird schon bald zurückgehen, und dann können Sie wieder sehen. Ich werde jetzt die Nähte etwas säubern.«

Mit kleinen in Salzwasserlösung getränkten Wattebäuschchen fing sie an die Haut zu reinigen, die Augen- und Nasenpartie mit ganz besonderer Vorsicht.

»Sie sind in Gandesa verwundet worden, stimmt's?« fuhr sie fort. »Mein Mann ist auch in Gandesa. Er ist bei den Internationalen Brigaden. Amerikaner. Vielleicht kennen Sie ihn sogar. Er heißt Sean O'Keefe. Er ist groß und kräftig, so wie Sie. Er ist Hauptmann. Seit Wochen hab' ich nichts von ihm gehört. Wir sind noch nicht lange verheiratet. Oh, das tut mir leid, hat es weh getan? Ich bin fast fertig.«

Nirgendwo zwischen den Sachen des Mannes war ein Foto gefunden worden; sie wußten also nicht, wie er einmal ausgesehen hatte.

»Ich schreibe meinem Mann jeden Tag«, sagte sie. »Aber ich habe von ihm noch keine einzige Zeile bekommen, die Post von der Front wird nicht mehr befördert. Ich weiß nicht einmal, ob er meine Briefe bekommt.«

Als sie fertig war und sich abwenden wollte, streckte er die Hand aus und legte sie auf ihren Arm. Ein Grunzen drang aus seiner Kehle. Dann machte er mit den Finger der einen Hand die Geste des Schreibens auf der anderen Handfläche.

»Neben Ihrem Bett liegen Block und Bleistift«, ließ sie ihn wissen, während sie ihm beides in die Hand gab. »Sie liegen immer dort.«

Blind fing er an zu schreiben. Mit viel Mühe gelang es Mercedes, das Gekritzel zu entziffern.

HABE JUAN O'KEEFE VOR ZWEI WOCHEN IN GANDESA GESEHEN. ES GING IHM GUT.

Vor lauter Freude machte ihr Herz einen Sprung. »Danke«, flüsterte sie. »Ich danke Ihnen. Das bedeutet mir sehr viel.«

Er schrieb noch einmal. Die geschwollene Zunge bewegte sich in dem zermalmten Kiefer, als er die einzelnen Wörter zu Papier brachte. IHR MANN – GUTER MANN. SEHR TAPFER.

»Ja«, sagte sie, »er ist sehr tapfer. Sie sind alle sehr tapfer.«

MANCHE BRIEFE KOMMEN DURCH. SCHREIBEN SIE WEITER.

»Das werde ich«, sagte sie.

Er tastete ungeschickt nach einem neuen Blatt. I.B. GEHEN NACH HAUSE, kritzelte er. ALLES IST VORBEI. GUT SO.

»Ich verstehe«, sagte sie mit einem mitleidigen Blick auf das entstellte Gesicht. »Aber Sie dürfen sich nicht überanstrengen. Wir reden später, wenn Sie wieder bei Kräften sind. Der Arzt wird Sie sehen wollen.«

Er zögerte und schrieb dann noch eine Zeile. ALLES SINNLOS.

Sie berührte ihn wieder an der Schulter. »Ich werde jetzt Doktor Pla holen. Später komme ich und lege einen neuen Verband an.« Sie legte Papier und Bleistift zurück auf seinen Nachttisch und stand auf. Nach einem kurzen Zögern zog sie die Vorhänge auf. Auf dieser Station gab es keine Privatsphäre.

Diejenigen, die sehen konnten, reckten ihre Hälse, um die Verwundungen des Neuankömmlings zu sehen. Als sie den Wagen hinausschob, hörte sie den Mann mit dem roten Siegelwachsgesicht murmeln: »Armer Hund.«

Sie verständigte den Arzt, und während er sich den Kranken ansah, hatte sie Zeit, die Instrumente zu sterilisieren. Wieder wurde sie von dem Schwindelgefühl erfaßt und mußte sich gegen die Wand lehnen.

O Sean, betete sie, bitte, komm zu mir zurück!

Bitte, komm gesund zu mir zurück!

SIERRA DE MONTSANT, ARAGON, SPANIEN

Sean O'Keefe atmete die eisige Bergluft ein. »Wir sind nicht mehr weit von der Küste entfernt. Ich glaube, ich kann sogar das Meer riechen.« Er marschierte neben seinem Feldwebel, einem runzligen Engländer namens Bill French. »Heute schaffen wir's bestimmt noch bis Tarragona.«

»Wenn wir nur zu zweit wären, bestimmt, aber das sind wir nicht.« Der Londoner deutete mit einem Kopfnicken auf die Männer. »Sie sind erschöpft. Bis Tarragona sind es bestimmt noch dreißig Meilen.«

»Kann gut sein. Wir müssen sie eben antreiben«, meinte Sean.

»Wenn wir sie noch mehr antreiben, dann fallen sie vor Erschöpfung um.«

»Das heißt aber, daß wir noch eine Nacht im Freien zubringen müssen und noch einen Tag auf der Straße. Schwer zu sagen, was schlimmer ist.«

Sean ließ den Feldwebel zurück und kletterte müde auf die Anhöhe hinauf. Nur niedriges Gestrüpp wuchs in der steinigen, öden Landschaft. Auf der Straße vor ihm schleppten sich die müden Gestalten dahin. Der Himmel wirkte bleiern, aber die Wolkendecke war viel zu hoch, um ihnen irgendwelchen Schutz vor feindlichen Flugzeugen zu gewähren. Obwohl sie sich weit hinter ihren eigenen Linien befanden, hörten sie ständig das Dröhnen der Stukas und gelegentlich auch das Einschlagen von Bomben. Ungefähr fünf Meilen von ihnen entfernt stieg eine riesige schwarze Rauchwolke in den Himmel auf, vermutlich brannte ein Panzer oder ein Lastwagen.

Sean blickte zurück auf seine eigenen Männer. Bisher hatte man sie, höchstwahrscheinlich weil sie keine Fahrzeuge mit sich führten, nicht einmal ein Motorrad, gnädig übersehen.

Immer mehr Männer warfen ihre Gewehre weg.

»Wir bleiben zu weit zurück«, rief er French zu. »Mach ihnen Beine, Frenchy. Je schneller wir von diesen verdammten Stukas wegkommen, desto besser.«

Der Feldwebel wandte sich gehorsam nach hinten, um die Männer anzutreiben. Sean hörte seine beißende Stimme, die zwischen den Felsen widerhallte wie das Gekläff eines Terriers.

Er saß auf einem Felsbrocken und suchte in seinem Überzieher nach einer Zigarette. Mit dem ersten Zug an der besonders teerhaltigen Zigarette drang auch die eiskalte Luft in seine Lungen und verursachte ein schmerzhaftes Husten.

Der herannahende Winter brachte eine bittere Kälte mit sich. Die Männer, die sich vor seinen Augen dahinschleppten, waren in Überzieher und Decken gehüllt. Sie hatten die gleiche Straße vor vier Monaten passiert. Damals war sie bloß steil gewesen, jetzt war sie von Bomben aufgerissen und mit ausgebrannten Lastwagen übersät. Die Männer mußten den Hindernissen ausweichen, sie stolperten über Steine und Felsbrocken und schürften sich auf und zerrissen sich Hände und Kleider an den unzähligen wilden Eichenbäumen.

Viele Verwundete waren dabei, und zwei Gesunde führten jeweils einen verletzten, bandagierten Kameraden in ihrer Mitte. Diejenigen, die nicht einmal mehr in der Lage gewesen waren zu humpeln, hatten zurückbleiben müssen oder hatten das zweifelhafte Vergnügen gehabt, von einem Lastwagen mitgenommen zu werden. Die aber waren leichte Beute für die Stukas.

»Bewegt euch, *muchachos*«, rief er den ersten zu, die sich ihm näherten. »Bewegt eure verdammten Beine etwas schneller. Ihr flaniert noch nicht zwischen Bordellen.«

Er blieb sitzen und rief es auch den anderen zu, die an ihm vorüberkamen.

Die meisten waren Amerikaner und Engländer. Ein paar wenige warfen ihm finstere Blicke zu, die anderen sahen kaum hoch. In Geiste zählte er seine Männer. Sie waren alle noch da, über und über mit Staub bedeckt, mit schmutzigen und zerrissenen Uniformen und erschöpften Gesichtern.

Wenigstens ging es von jetzt an bergab in Richtung Meer. Noch dreißig Meilen bis Tarragona. Von Tarragona aus sollten sie dann per Lastwagen nach Barcelona transportiert werden. Und in Barcelona sollten die Internationalen Brigaden aufgelöst werden und nach Hause zurückkehren. In wenigen Tagen würde er Mercedes wiedersehen. Bei dem Gedanken daran hüpfte sein Herz vor Freude.

Seit August waren sie getrennt, und er sehnte sich mit wilder Verzweiflung nach ihr. Ganz automatisch fuhr seine Hand an das kleine Bündel von Briefen, das er in seiner Brusttasche aufbewahrte; die Briefe waren so oft gelesen, daß das Papier nicht einmal mehr raschelte.

Seine Liebe zu ihr raubte ihm manchmal beinahe die Sinne. In der sommerlichen Hitze hatte er gezittert, und in diesem Winter der Niederlage brachte sie sein eiskaltes Blut zum Kochen. Sie war bei ihm, wohin er auch ging. In den vergangenen drei Monaten war nicht eine Stunde vergangen, in der er nicht an sie gedacht hätte. Selbst in Gandesa, wo die feindliche Artillerie sie dermaßen unter Beschuß genommen hatte, daß Tonnen von Felssplittern durch die Luft geflogen und Staubwolken bis zum Himmel aufgestiegen waren und er das Gefühl gehabt hatte, die ganze Welt würde explodieren.

Als die letzten Männer ihn passiert hatten, stand er auf und bahnte sich seinen Weg durch die Reihen bis zu seinem Feldwebel an der Spitze der Kolonne.

»Ich würde sagen, wir haben ganz schön was abgekriegt«, sagte der Feldwebel nüchtern, während sein Blick auf der Kolonne hinter ihnen ruhte. »Die meisten sind tot, und die anderen werden dorthin zurückgeschickt, wo sie hergekommen sind.«

»Bald wird die ganze Welt gegen den Faschismus kämpfen«, erwiderte Sean langsam. »Wir haben den ersten Schlag geführt, und das zählt schließlich. Oder nicht?«

»Ich weiß nicht«, antwortete French mit einem Achselzucken. »Ich weiß nicht, was zählt, Hauptmann.«

Er warf Sean einen zweideutigen Blick zu. Obwohl er gegen jede Gefühlsduselei war, war ihm der große, unschuldig wirkende Amerikaner im Laufe der Zeit ans Herz gewachsen. Seit sie Seite an Seite kämpften, hatte er mit angesehen, wie Sean O'Keefe zum Manne gereift war. Er hatte mit angesehen, wie der Krieg die letzten Spuren von Jugend in seinem Gesicht und an seinem Körper beseitigt hatte und graue Strähnen das dichte schwarze Haar und den Schnurrbart durchzogen.

Nach Frenchs Erfahrung wurde man im Krieg entweder zum Mann oder zum Hasen. Hasen gab es viele. Sean war zum Mann geworden, und deshalb bildete er eine Ausnahme.

Sie hörten die Stukas erst, als das erste schon direkt über ihnen war.

Eigentlich waren es zwei, die im Abstand von kaum einigen hundert Metern auf sie zugeflogen kamen. Sean wirbelte herum und sah, wie sich die gebogenen Tragflächen im Tiefflug über den

Hügelkamm näherten. Er sah die fröhlich blinkenden Lichter, die in Wirklichkeit Maschinengewehrfeuer waren. Als nächstes sah er, daß seine Männer von der Straße rannten; die Verwundeten blieben an Ort und Stelle liegen, während sich die Gesunden gleich verängstigten Tieren in das niedere Gebüsch schlugen. Er und French warfen sich gleichzeitig zu Boden.

Das Flugzeug dröhnte mit einem gewaltigen Windstoß über sie hinweg. Dann hörten sie am Klang der Maschine, wie es sich wieder hochschraubte. Die zweite Stuka fegte über den Hügelkamm und begann sofort mit dem Angriff. Einem riesigen Pflug gleich rissen die Geschosse aus den Maschinengewehren die Straße auf.

In dem schrecklichen Bewußtsein ihrer Schutzlosigkeit preßte Sean sein Gesicht fest auf die Erde. Er verfluchte sich, weil er nicht besser Ausschau gehalten hatte. Hier auf der Straße glichen sie Enten, die man nur noch abzuschießen brauchte. Neben ihm stöhnte French. »Oh, verdammte Scheiße. Eine verdammte Scheiße ist das. Verdammte Scheiße.«

Jetzt ging das zweite Flugzeug zum Angriff über und mähte die Reihen der dahinstolpernden Männer nieder. Seine Tragflächen neigten sich während der Jagd von einer Seite zur anderen. Als der Angriff vorbei war, rappelte Sean sich hoch und versuchte, auch French hochzureißen.

»Wir müssen von dieser Straße weg!«

»Runter«, schrie French ihm mit verzweifelter Stimme zu.

»Wir können nicht auf dieser verdammten Straße bleiben«, schrie Sean zurück. »Komm schon!«

Aber French hatte sich losgerissen und wieder auf den Boden geworfen, während er Sean weiter anschrie, ebenfalls in Deckung zu gehen. Die beiden Flugzeuge flogen wieder nebeneinander am bleiernen Himmel. Sean stieß einen Fluch aus, drehte sich um und rannte auf einen großen, etwa zwanzig Meter entfernten Felsbrocken zu. Frenchs schrille Stimme verfolgte ihn, bis die herannahende Stuka sie übertönte.

Er blickte nicht zurück, warf nur seinen Rucksack weg, und rannte davon wie ein Hase vor der Hundemeute. Der Todesengel aber warf seinen Schleier aus und hüllte ihn ein.

Er spürte, wie sein Körper von einem heftigen Windstoß erfaßt wurde, wie seine Beine unter ihm nachgaben, sein Körper wie ein

Sack umfiel und ausgestreckt neben dem Felsbrocken liegenblieb. Er hörte sich schreien und weinen, bis er schließlich zur Ruhe kam und seine Stimme verstummte.

Als er versuchte aufzustehen, wußte er, daß kein Windstoß ihn umgeworfen hatte.

Ein unbeschreiblicher Schmerz durchfuhr ihn, doch ihm fehlte die Luft, um zu schreien, und die Kraft in den Armen, um die Klauen, die ihn in Stücke zu reißen drohten, abzuwehren.

Unfähig, sich zu bewegen und zu atmen, lag er da und starrte in den grauen Himmel hinauf. Aus, dachte er. Aus und vorbei.

Jetzt sah er Bill Frenchs Gesicht, das sich über ihn beugte und die Augen, die ihn voller Entsetzen anstarrten.

»Sean! Um Himmels willen, Sean!«

Der kleine Feldwebel versuchte, seinen Kopf anzuheben. Die Maschinengewehrkugeln hatten riesige Löcher in Seans Körper gerissen, der jetzt dem einer zerbrochenen Puppe glich. Ganz verschwommen nahm er wahr, daß French überall rot verschmiert war. Zu seiner Überraschung weinte der Feldwebel.

Er versuchte, Frenchy anzulächeln, wußte aber nicht, ob es ihm gelang.

Er wollte French sagen, daß nicht alles umsonst gewesen war und daß er nicht das Gefühl hatte, sein Leben vergeudet zu haben. Wenn er jetzt zurückschaute, dann erschienen ihm die Jahre in Spanien sinnvolle Jahre gewesen zu sein, eine Zeit der Entscheidung und Vollendung. In dieser Grenzsituation wurde ihm bewußt, daß seinem Leben ein logischer Plan zugrunde lag. Diesem Plan, der einen Sinn und eine Bedeutung hatte, war er gefolgt, und er hatte ihn schließlich zu einem Ziel geführt. Er würde ihn auch jetzt führen, durch diesen Augenblick hindurch, zu anderen Zielen, zu anderen Horizonten.

Er versuchte, all das mit den Augen zu sagen, aber French weinte und schluchzte nur.

Dann spürte er, wie in seinem Innern alles zerbrach, wie sich der Motor des Lebens in seine Einzelteile auflöste und schließlich auseinanderfiel. Sein Kopf rollte zur Seite, seine Kehle füllte sich mit einer warmen, salzigen Flüssigkeit. Seine letzten Gedanken waren süß, denn sie galten Mercedes.

Er verspürte einen letzten Moment der Freude darüber, daß sie leben würde, auch wenn er sterben mußte. Noch einmal spürte er die ganze Süße des Lebens, noch einmal sah er ihr Gesicht und die dunklen, strahlenden Augen, die auf ihm ruhten. So süß und doch so weit weg.

Die schrecklichen Schmerzen ließen nach. Die Erde breitete ihre gütigen Arme aus und holte ihn zu sich.

14. SAGUARO

TUCSON – SEPTEMBER 1973

Sie öffnete die Augen.

Das erste, was sie klar erkennen konnte, war der Himmel. Er schien unendlich in seiner Weite und war voller riesiger, finsterer Wolken. Die oberen Ränder der Wolken leuchteten hell, während der untere Teil schwarz und düster war; nur wenige blaue Fetzen waren zu sehen. Der nahende Sturm kam direkt auf sie zu und wirkte so bedrohlich, daß ihr fast schwindlig wurde. Ganz instinktiv faßte sie nach Joels Hand. Seine Finger schlangen sich um die ihren.

Nach und nach ließ sie den Blick über die Landschaft um sie herum schweifen.

Beim ersten Hinsehen schien ihr alles schrecklich fremd und unbekannt, denn das letzte, was sie gesehen hatte, war die liebliche Landschaft des südlichen Kalifornien gewesen. Diese Welt kam ihr seltsam unwirklich vor, fast wie auf einem anderen Planeten. Der Boden unter ihren Füßen war orangefarben. Die Pflanzen, die hier wuchsen, hatten seltsame Formen: hochaufragende, gerippte Körper mit gekrümmten Armen; dornige, drahtige Büschel, die zu einer Handvoll Blätter ausliefen; wirre Gebilde aus Dornen, Stacheln und Borsten; und alles wiegte sich in dem starken Wind, der ihnen heftig ins Gesicht blies.

Sie klammerte sich an Joels Hand und staunte mit offenem Mund. Ganz allmählich begriff sie, daß es eine Wüstenlandschaft war, in der Kakteen, indische Feigen, Süßhülsenbäume und Tamarisken wuchsen. Am fernen Horizont verschwamm eine blaue Bergkette, verdüstert durch den näher kommenden Sturm.

Der Wind wirbelte Staub auf, trieb ihn in Kreisen vor sich her, fegte zwischen den Kakteen hindurch, rollte Kugeln aus Gestrüpp und Blättern vor sich her wie ein Kind seinen Ball. Raschelnd fuhr er durch das spärliche Laubwerk der Bäume und pfiff schrill durch die Dornen der Kakteen.

Irgendwann drehte sie sich zu ihm um. Er hatte sie nicht aus den Augen gelassen. Sie mußte gegen den Wind anschreien. »Es ist wunderschön hier!«

Er lächelte. »Es wird bald einen Sturm geben. Ich wollte, daß Sie das erleben.«

»Es ist wunderschön!« Sie ließ ihren Blick umherschweifen. So weit das Auge reichte, war kein einziges menschliches Wesen zu sehen und auch kein Haus, nicht einmal ein Telegrafenmast. Nur die endlose Wüste und der Himmel. Sie machte ein paar Schritte nach vorn und zog ihn an der Hand mit sich. »Was ist das?« wollte sie mit Blick auf die riesigen, faßähnlichen Pflanzen wissen.

»Das sind Kandelaberkakteen.«

»Ach ja. Natürlich.« Sie waren die vorherrschenden Pflanzen in dieser fremdartigen Welt, fleischige Könige der Dürre. Sie standen da wie Riesen, aus deren gerippten und stachligen Körpern Arme herausragten, die herbeiwinkten oder abwiesen, während andere ohne einen einzigen Zweig oder Ast zehn Meter in den Himmel hinaufragten. An manchen Stellen wuchsen sie so dicht beisammen, daß sie einen Wald bildeten; dann wiederum standen sie da gleich einsamen aufragenden Säulen. Der Wind war so stark, daß selbst sie schwankten und die schweren Arme winkten.

»Und die?«

»Das sind Ocotilla, auch Kerzensträucher genannt.«

»Und diese?«

»Das sind Opuntien.«

Früher wäre ihr diese Welt karg und leer vorgekommen, doch jetzt, nach wochenlangem Eingesperrtsein war sie überwältigt von der Vielfalt der Natur. Es gab so viel zu sehen, so viel zu bewundern.

Als sie die rote reife Frucht an einem Feigenkaktus sah, stieß sie einen Freudenschrei aus und streckte geschwind die Hand danach aus. Sofort schloß sich seine Hand um die ihre.

»Die sind mit Stacheln übersät, die man mit dem bloßen Auge gar nicht sieht. Es würde eine ganze Woche dauern, bis alle Stacheln aus Ihren Fingern entfernt wären.«

»Und wie schmecken sie?«

»Nicht schlecht.«

Die Schönheit der Wüste war überwältigend.

Er ließ sie gehen, wohin sie wollte, immer an seiner Hand und jederzeit bereit, jede ihrer Fragen zu beantworten. Sie glaubte, in Mexiko zu sein. In Wirklichkeit befanden sie sich immer noch auf seinem Grund und Boden, nur wenige Meilen vom Haus entfernt. Aber wie hätte sie das wissen sollen? Die riesige Sonoranwüste, die sich von Arizona bis nach Mexiko und über die Halbinsel von Baja California erstreckte, sah für das unerfahrene Auge überall gleich aus. Nur ein Einheimischer konnte die einzelnen Gegenden unterscheiden.

Mit dem Herannahen des Abends ließ die brütende Hitze des Tages allmählich etwas nach. Die kühle Luft roch bereits nach Regen. In der Ferne hörten sie Donnergrollen.

»Kandelaberkakteen können mehrere hundert Jahre alt werden«, erklärte er ihr. »Ein großer wie dieser wiegt drei bis vier Tonnen.«

»Was sind diese roten Dinger ganz oben? Blüten?«

»Nein, die Blüten sind weiß. Das sind Früchte. Die Indianer essen sie; sie schmecken süß.«

Sie hob ein Stück Holz auf, den abgestorbenen Ast einer Pflanze, eine leere Röhre, leicht wie eine Feder, die ihr wie ein großartiges Wunderwerk erschien. »Leben hier Indianer?«

»Nicht in diesem Tal, aber hinter diesen Bergen.«

»Jetzt weiß ich, warum Sie mich rausgelassen haben.« Sie drehte sich im Kreis. »Hier gibt es keine Menschenseele, an die ich mich wenden könnte, hab' ich recht?«

»Keine Menschenseele, ganz recht.«

Sie sah zu ihm hoch. »Ist das hier Ihr Zuhause?«

»So könnte man sagen. Hier bin ich am liebsten.«

Eden hielt immer noch das Stück Holz in der Hand. Der Wind wehte ihr das schwarze Haar ins Gesicht, und sie warf es zurück. »Warum tun Sie so was?«

Der Wind hätte ihre Worte beinahe verschluckt. »Warum tu ich was?«

»Diese Entführung.«

»Wegen des Geldes.«

»Nein«, sagte sie. »Sie machen sich nichts aus Geld, Joel. Sie sind kein Mensch, der etwas nur für Geld tut.«

»Woher wissen Sie das?«

»Ich hab' mein ganzes Leben lang mit eben diesen Menschen zu tun gehabt, aber die sind anders als Sie. Sie würden nie in dieser Abgeschiedenheit leben wollen.« Sie trat näher an ihn heran, sah ihn mit durchdringenden grünen Augen an. »Und Sie sind auch kein Krimineller. Sie machen das zum ersten Mal. Ich glaube, ich würde eine bessere Entführerin abgeben als Sie.« Sie sah, wie sich sein Mund zu einem leichten Lächeln verzog. »Sie wirken nicht deswegen beängstigend, weil Sie ein böser Mensch sind, sondern deswegen, weil Sie verletzt worden sind und es nie wiedergutgemacht worden ist. Und deshalb haben Sie mich auch entführt. Weil man Ihnen weh getan hat. Hat meine Mutter Ihnen weh getan, Joel? Müssen Sie deshalb jetzt ihr wehtun?«

Er erstarrte, war plötzlich unfähig, sich zu rühren oder zu sprechen. Seine Augen durchbohrten sie. Der Himmel wirkte plötzlich gespenstisch, und in ihren Augen spiegelte sich das ockerfarbene Licht wider und brachte sie zum Leuchten. Ihr vom Wind zerzaustes Haar umrahmte ihr blasses, ovales Gesicht.

»Was hat sie Ihnen getan?« fragte sie.

Er konnte immer noch nicht sprechen.

»Was hat sie getan?« wiederholte sie.

Um sie herum zuckten Blitze am Himmel, und ein gewaltiger Donnerschlag ließ sie zusammenfahren. Der Zauberbann schien gebrochen. Oder hatte er vielleicht nur eine andere Dimension angenommen?

Er griff nach ihrer Hand und zog sie hinter sich her. »Hierlang. Ich will Ihnen etwas zeigen.«

»Was?«

»Sie werden schon sehen!«

»Der Sturm wird gleich losbrechen!« Trotzdem rannte sie mit ihm, schlitterte den sandigen Abhang hinunter, vorbei an den stachligen Dornen. Längst hatte sie jegliche Orientierung verloren, sofern sie überhaupt eine besessen hatte, aber er schien sich auszukennen. Er führte sie zwischen mehreren Süßhülsenbäumen hindurch, deren federige Äste im Wind wippten.

»Da!«

Er deutete auf einen großen Kandelaberkaktus, der vor ihnen aufragte. Sie sah sofort, daß er anders war als alle anderen. Er wuchs nicht gerade nach oben, sondern wurde auf halber Höhe etwas flacher und verzweigte sich ganz oben zu einem breiten Fächer. Zwei Arme ragten aus dem Körper heraus bis hinauf zum Fächer. Der Fächer selbst glich einem Gesicht. Das Loch eines Spechts war der Mund. Augen und Wangen entstanden durch Falten im grünen Fleisch. Aus beiden Seiten des Kopfes wuchsen zwei komische Ohren heraus.

Sogar in dieser bizarren Landschaft wirkte diese Gestalt phantastisch.

»Das ist ja ein Mann«, rief sie.

»Das ist ein Geist.«

Sie sah ihn verwundert an. »Warum ist er so gewachsen?«

Er gab keine Antwort. Sie nahm seine Hand, und gemeinsam betrachteten sie das seltsame Gewächs. Jetzt fielen die ersten Regentropfen. Der Himmel über ihnen war fast schwarz.

Sie zeigte ihm die Tropfen in ihrer Hand. »In spätestens dreißig Sekunden wird es in Strömen gießen. Was sollen wir tun?«

»Wir werden naß werden.«

»Und was ist mit dem Gewitter?«

»Was soll damit sein?«

Plötzlich mußte sie lachen und warf den Kopf zurück. »Sie haben recht. Ach, es ist so wunderbar, wieder draußen zu sein.« Sie legte den Kopf in den Nacken und fing mit offenem Mund die Regentropfen auf.

Wieder hörten sie Donnergrollen. Wie auf Kommando kam der Regen mit einem kalten Windstoß. Große Tropfen prasselten auf sie nieder, klatschten auf das Blattwerk, trommelten in den Sand. Eden spürte, wie ihr T-Shirt an ihrer Haut klebte. Sie hätte schreien können vor Freude und Glück. Die Wildheit der Naturelemente war berauschend und trug sie in Höhen, wie die Drogen es nie vermocht hatten. Der Regen auf ihrer Zunge schmeckte süß und warm. Sie spürte, wie Joels Finger sich fester um ihre Hand schlossen.

Dann öffneten sich die Schleusen des Himmels.

Der Regen ging in Sturzbächen auf sie nieder. Die fernen Berge waren unsichtbar geworden; die Sicht betrug höchstens noch fünfzig Meter. Die Welt war nichts weiter als ein weißer Nebel, in den ein paar einsame Kandelaberkakteen aufragten. In wenigen Sekunden waren sie bis auf die Haut durchnäßt.

Sie schlang beide Arme um seine Taille und klammerte sich fest an ihn. Jetzt schlossen sich seine Arme auch um sie. Sie spürte, wie sein Körper zuckte, aber sie wußte nicht, ob er lachte oder weinte.

Der Regen in seiner Urgewalt schien älter als die Zeit selbst. Er löschte alle anderen Wirklichkeiten aus, beherrschte die Welt vollkommen. Vom Wind getrieben peitschte und trommelte er auf sie herab, floß an ihren Körpern hinunter und verwandelte sie in zusammengekauerte Wesen. Im Angesicht der Naturgewalten kamen sie sich klein und erbärmlich vor. Um sie herum gingen grelle Blitze nieder, und ein gewaltiges Donnergrollen zog vom Tal her auf sie zu.

Schließlich führte er sie weg, und sie folgte ihm stolpernd unter einen Süßhülsenbaum. Gemeinsam sanken sie auf die Erde unter das provisorische Dach. Sie schmiegte sich in seine Arme, drückte ihr Gesicht an seinen nassen, kräftigen Hals, und der Duft seiner Haut stieg ihr in die Nase. Der Regen prasselte durch die Zweige auf sie herunter.

Er fing an, sie zu wiegen, genauso wie er es in der Zelle getan hatte, sachte und langsam, und sein großer Körper war ihr eine Zuflucht.

Mit mächtigem Getöse folgte ein Donnerschlag auf den anderen. Die Vielfalt der Laute war überwältigend. Manchmal hörte es sich an, als rollten Steine den Berg hinunter, dann wie das Geläut riesiger metallener Glocken, wie ein abgehacktes Trommeln, wie die stählernen Hufe eines Hengstes, der auf dem Dach der Welt seinen Tanz vollführt, oder wie die einstürzenden Mauern einer ganzen Stadt.

»Wie lange wird es dauern?« schrie sie an seinem Hals.

»Eine halbe Stunde. Vielleicht auch eine ganze«, hörte sie ihn sagen.

»Ich wünschte, es würde ewig dauern.« Sie rieb ihr Gesicht an seiner feuchten, glatten Haut. In seinen Armen verspürte sie keine Angst und keinen Schmerz. Als sie seinen Hals mit der Zunge berührte, schmeckte sie Salz auf seiner Haut. Sie machte ihren Mund weit auf und biß ihn spielerisch in den Hals. Er zitterte, dann schlang er die Arme noch fester um sie.

Sie hob ihm ihren Mund entgegen. Ihre Lippen streiften ihn, aber er wandte sein Gesicht ab. Sie war klug genug, ihn nicht weiter zu drängen. Wenn er bereit war, würde er es sie wissen lassen. Und dann konnte sie vielleicht einige der Geheimnisse, die ihn umgaben, aufdecken.

Während des ganzen Regengusses kauerten sie aneinandergeklammert am Boden. Die Zeit schien stillzustehen, als hätte die Erde aufgehört, sich zu drehen, um das Schauspiel zu beobachten. Sie hatte das Gefühl, eine andere Welt betreten zu haben, in der andere Kräfte walteten, das Auge des Sturms, das Herz der Maschine. Ein Vakuum war entstanden. Sie spürte, wie ihr Geist die Stille berührte, den Frieden im Zentrum des Sturms, die Ruhe inmitten des Chaos.

Stille. Frieden.

Dann setzten sich die Zahnräder wieder in Bewegung, und die Maschine fing wieder an zu laufen.

Sie machte, daß das Donnergrollen jetzt weiter weg war. Es regnete zwar noch immer, aber nicht mehr ganz so stark. Und der Himmel wurde heller.

Es hatte ungefähr eine dreiviertel Stunde geregnet, obwohl sie nicht sicher war, daß sie die Zeit richtig einzuschätzen vermochte. Vielleicht hatte sie sogar geschlafen, denn plötzlich hatte sie das Gefühl, daß ihr irgend etwas widerfahren war, etwas, das sie verändert hatte. Als hätte sie eine rituelle Handlung vollzogen. Vielleicht wird sich mein Leben jetzt ändern, dachte sie.

Joel bewegte sich. Sein Mund lag auf ihrem nassen Haar, doch jetzt hob er den Kopf und sah nach oben. »Das Gewitter zieht weiter.«

Eden setzte sich steif auf und strich sich die Haare aus dem Gesicht. Sie sah ihn an. Er ist schön, ging ihr plötzlich durch den Sinn. Wenn sein Gesicht frei ist von Qual, ist er wunderschön. Wer hat ihm weh getan? Sie streckte die Hand aus und legte sie auf seine Wange.

»Joel«, sagte sie. »Joel. Ist das Ihr richtiger Name?«

Sein Mund verzog sich zu einem seltsamen Lächeln. »Was der Nager übrigließ, fraß die Heuschrecke, was die Heuschrecke übrigließ, fraß der Grashüpfer, was der Grashüpfer übrigließ, das fressen die Käfer und das Geschmeiß.«

Eden starrte ihn an. »Was ist das?«

»Der Anfang des Buches Joel.«

»Aus der Bibel?« Er nickte. »Wie geht es weiter?«

»›Ich aber ersetze euch die Jahre, die die Heuschrecke fraß, der Grashüpfer, die Käfer, das Geschmeiß und der Nager, mein gewaltiges Heer, das ich gegen euch sandte.‹«

»Haben Sie das etwa auswendig gelernt?«

»Das mußte ich.«

»Wer hat das gesagt?«

»Ein Mann, der sich selbst Priester nannte.« Er lächelte immer noch, aber sie sah die Trauer in seinen Augen.

»Bitte lassen Sie mich noch mehr hören.«

»›Danach wird es geschehen: Ich gieße meinen Geist aus über alle Menschen. Dann werden eure Söhne und Töchter prophetisch begabt sein, eure Greise werden Wahrträume haben, eure Jungmänner Gesichte schauen.‹«

»Das ist schön. Was ist damit gemeint?«

Seine Augen wandten sich nach oben. »Es regnet fast nicht mehr. Kommen Sie.«

Jetzt fielen nur noch einzelne Tropfen. Das Licht war immer noch seltsam, wenn auch nicht mehr so gespenstisch. Der Himmel über ihnen glich einem silbrig verhangenen, unendlichen See. Die dunklen Sturmwolken trieben grollend nach Norden.

Eden atmete tief ein. »Ahhh… dieser Duft.«

»Kreosotbusch.»

»Welcher ist es?«

Er zeigte auf das unscheinbare Gestrüpp mit den wenigen, herabhängenden gelben Blüten. Sie pflückte eine Blüte und atmete den herrlichen Duft ein. Süß und zart, der Duft der Wüste.

»Die Pflanze besitzt heilende Kräfte«, sagte er. »Heilt Wunden und reinigt den Magen.«

»Wirklich?« Sie pflückte einen ganzen Zweig, um ihn mitzunehmen.

Ihre Kleider trieften; unter ihrem T-Shirt zeichneten sich ihre kleinen Brüste ab, die Jogginghose war völlig ausgebeult von dem vielen Wasser, das sie aufgesogen hatte.

»Ich werde die Sachen auswringen.« Sie warf ihre Schuhe weg, zog T-Shirt und Hose aus und wrang beides aus, so gut sie konnte. Er starrte in Richtung Westen, wo sich ein goldener Sonnenstrahl am nebligen Himmel abzeichnete. »Ich hab' noch nie etwas so Schönes erlebt«, sagte sie.

Joel drehte sich zu ihr um. Nur mit dem Unterhöschen bekleidet, das er für sie gekauft hatte, lächelte sie ihn an. »Ich mein' es ernst.«

Er ging langsam auf sie zu. »Haben Sie nie bereut, daß Sie rauschgiftsüchtig geworden sind?« fragte er leise.

Plötzlich spürte sie einen riesigen Kloß im Hals. »Verdammt. Warum mußten Sie das jetzt sagen?«

»Sie müssen doch gewußt haben, was Sie tun.«

»Natürlich habe ich es *bereut*«, antwortete sie mit bebendem Mund. »Aber nein, ich habe nicht gewußt, was ich tat. Ganz am Anfang habe ich gedacht, ich hätte alles im Griff. Nie hätte ich geglaubt, daß ich ein Junkie werden könnte. Das tut keiner.«

»Aber alle wissen es.«

»*Sie* wissen es vielleicht. Ich hab's nicht gewußt.« Sie hatte das Gefühl, gleich weinen zu müssen. »Mußten Sie mich daran erinnern? Wo ich gerade zum erstenmal vergessen habe, daß ich ein Junkie bin.«

»Sie sind kein Junkie mehr«, widersprach er. »Sie sind geheilt. Ich habe Sie geheilt.«

»Das ist nicht so leicht«, sagte sie. »Junkies sind nie geheilt.«

»Schauen Sie doch.« Mit einer Handbewegung wies er auf ihre nackten Schenkel hin. Die Einstiche in dem milchigweißen Fleisch waren kaum noch zu sehen, die Narben verheilt. »Sie sind geheilt.«

Sie betrachtete ihre Beine. »Ich werde bald wieder spritzen.«

»Sie sind kein Junkie, Eden!«

»Geben Sie mir eine Nadel und ich zeig' Ihnen, daß ich ein Junkie bin.«

»Du lieber Gott«, erwiderte er mit rauher Stimme, »Sie machen mich manchmal so wütend…«

»Das geht allen meinen Freunden so«, bemerkte sie nüchtern.

»Ziehen Sie sich an!« herrschte er sie an.

»Seien Sie doch nicht so prüde.«

»Los jetzt!«

»Dem Kandelaberkaktus ist es egal und dem Himmel auch. Nur Ihnen nicht.« Voller Übermut warf sie ihre Kleider in die Luft. Sie flatterten und flogen davon und blieben dann in den Dornen hängen. »So«, sagte sie zufrieden.«

»Wirklich großartig«, sagte er.

»Bringt mein Körper Sie aus der Fassung?« Sie spreizte die Beine, streckte die Arme aus und schob ihren Bauch vor, reckte ihre Brüste nach oben. »Unvorstellbar. Dieses häßliche Bißchen?«

Er wollte sie nicht ansehen, weigerte sich, ihr Spielchen mitzuspielen, aber ihr Körper übte eine magische Anziehungskraft auf ihn aus. Vor dem Hintergrund der Dornen und der sandigen Wüste glich sie einem blassen Seestern. Das rosafarbene Dreieck ihres Unterhöschens schien ihn zu verspotten.

»Sie sind nicht häßlich«, sagte er schleppend.

»Ein dürrer, häßlicher, verantwortungsloser Junkie«, widersprach sie.

»Das stimmt nicht.«

»Doch.«

»Eden…«

»Was bin ich dann?« wollte sie wissen, während sie einen Schritt auf ihn zu machte.

»Sie sind schön.« Sein Mund formte die Worte ohne sein Zutun. »Kostbar.«

»Kostbar?« Sie schüttelte den Kopf und lachte leise. »Ist schon lange her, seit das jemand zu mir gesagt hat. Meine Mama hat das irgendwann zu mir gesagt, aber das ist schon lang, lang her.« Sie stemmte beide Hände in die Hüften. »Aber zehn Millionen Dollar sind ja auch kostbar.«

»Das meine ich nicht.«

Ihre grünen Augen funkelten. »Was meinen Sie dann, Joel?«

Er drehte sich blitzschnell um, weil er plötzlich Angst vor seiner eigenen Courage hatte. Sein Herz hämmerte wie wild, als hätte es seinen Rhythmus vergessen. Er holte ihre Kleider aus dem Gebüsch und brachte sie ihr.

»Hier, so viele Sachen haben Sie nicht.« Er warf ihr die Kleider zu. »Ziehen Sie sie an!«

Beinahe erstaunt stellte er fest, daß sie diesmal gehorchte. Er erhaschte einen letzten Blick auf ihre Brüste, bevor sie das T-Shirt über den Kopf streifte. Sie schienen ihm vollkommen zu sein, straff und fest, mit aufgerichteten Brustwarzen.

Sie wußte, was er dachte und genoß ihre Macht über ihn. Bis jetzt war alles ein Spiel. Aber bald, das wußte er, würde es kein Spiel mehr sein. Er hatte nur wenige Frauen in seinem Leben geliebt, obwohl er viele hätte haben können, und er war sich ihrer Wirkung auf ihn sehr wohl bewußt. Ebenso jedoch auch seiner Wirkung auf sie.

Er biß die Zähne fest zusammen und rieb sich mit den Händen das nasse Gesicht.

Als auch das letzte Murmeln des Gewitters vorbeigezogen war, senkte sich eine tiefe Stille über die Wüste. Ein großer Rabe, das erste Lebewesen, das sie seit Beginn des Sturms gesehen hatte, kreiste über dem Kandelaberkaktus. Ohne ein Wort und ohne eine Berührung gingen sie nebeneinander her. Der Abend war hell und klar. Der Wind hatte nachgelassen, und die ganze Wüste schien erfüllt mit dem himmlischen Duft des Kreosotbusches.

Auf den Pflanzen und Dornen der Kandelaberkakteen glitzerten Regentropfen und hüllten sie in ein goldenes Licht.

Im Westen hatte sich ein hohes Fenster inmitten der Wolken aufgetan, und leuchtende Sonnenstrahlen fielen auf die fernen Berge.

»Wunderbar«, flüsterte sie.

»Bald wird es einen Regenbogen geben.«

»Joel, dort!« Wie angewurzelt blieb sie stehen und packte seinen Arm. Ein Hase flitzte mit angelegten Ohren an ihnen vorbei.

»Es ist nur ein Hase.«

»Ich weiß.« Sehnsüchtig sah sie ihm nach. »Ich wünschte, ich hätte ihn fangen und mitnehmen können.«

»Ihm würde es in Ihrer Zelle nicht gefallen.«

»Ganz recht«, sagte sie leise. »Meine Zelle ist sicher nicht der geeignete Ort für einen Hasen.«

Einen Augenblick lang trafen sich ihre Blicke.

Das Fenster am Himmel vergrößerte sich; Licht flutete herab und ließ die Berge rotgolden erstrahlen. Er blieb stehen, um das Schauspiel zu betrachten. Eden sah ihn an.

Er schien so groß und gerade, sein Körper so herrlich. Irgendwann hatte sie sein hageres Gesicht für grausam gehalten, aber das war es nicht. Es war lediglich hart und streng, genau wie die Wüste.

Das Beunruhigende an ihm waren seine Augen. Sie sahen einen unter den dichten Brauen ernst, ja fast drohend an. Aber jetzt hatte sie den Schmerz darin gesehen. Er hatte die Augen eines jungen Propheten. Als er die Verse aus dem Alten Testament vorgetragen hatte, hatte sie Stimmen vernommen, die ihr nicht mehr aus dem Sinn gingen. Hier in der Wüste erschien er ihr wie eine Gestalt aus dem Alten Testament. Johannes der Täufer hatte vielleicht so ausgesehen wie er.

»Ich möchte gern noch mehr aus dem Buch Joel hören«, bat sie ihn leise.

Sein Blick war auf die Berge gerichtet. »›Zur selben Zeit werden die Berge von süßem Wein triefen und die Hügel von Milch fließen, und alle Bäche in Juda werden voll Wasser sein. Und es wird eine Quelle ausgehen vom Hause des Herrn, die wird das Tal Schittim bewässern.‹«

»Wer hat Sie das alles auswendig lernen lassen?« wollte Eden wissen.

»Das hab' ich doch schon gesagt.«

»War er ihr Vater?«

Joels Gesichtsausdruck war plötzlich grausam. Sie bemerkte, wie sich seine Augen verengten. »Das hat er behauptet.«

»Und er war es nicht?«

»Nein.«

»Hat er Sie großgezogen?«

»Ich bin unter seinem Dach aufgewachsen.«

»Sind Sie ein religiöser Mensch?«

»Nein.« Vollkommen unvermittelt drehte er sich um und fing wieder an zu laufen. Sie hatte Mühe, mit ihm Schritt zu halten.

»Würden Sie bitte meine Hand halten?« bat sie ihn. Er nahm ihre Hand. »Ihre Hände sind so groß«, sagte sie. »Stark und rauh. Arbeiten Sie mit Stein?«

Sie spürte, wie er zusammenzuckte. »Wir sind schon viel zu lange draußen. Es ist am besten, wenn wir uns wieder auf den Weg machen.«

Plötzlich blieb er stehen. »Da drüben!«

Als sie hinschaute, sah sie den Regenbogen.

Hoch über dem Tal spannte er sich bis hinauf in den strahlenden Himmel. Der obere Teil war unsichtbar, aber das andere Ende senkte sich in einem goldenen Dunstschleier zur Erde herab.

Und je länger sie ihn betrachtete, desto leuchtender und strahlender wurden seine Farben, bis sie eine Leuchtkraft erreicht hatten, die sie noch nie zuvor gesehen hatte. Und dann tauchte noch ein zweiter, schwächerer Regenbogen neben dem ersten auf, sein kleiner Bruder. Die Farben schimmerten und veränderten sich fast unmerklich, während das Licht und der Dunstschleier miteinander verschmolzen. Die dünnen Arme eines Okatilla und ein hoch aufragender Kandelaberkaktus zeichneten sich scharf dagegen ab.

Eden spürte, wie sie von Ehrfurcht für dieses Schauspiel ergriffen wurde. In dieser unendlichen Ruhe nach dem tosenden Sturm schienen die Regenbogen sie anzulächeln, versprachen Heilung und Glück, und sie spürte es in ihrem Herzen.

Ihre Augen füllten sich mit Tränen, und sie mußte schlucken. »Verdammt«, brachte sie mit zitternder Stimme hervor, »sehen Sie sich das an.«

Er legte seinen Arm um sie und zog sie zu sich heran. »Das bedeutet bloß, daß alles gut wird«, sagte er sanft.

»Steht das auch in der Bibel?« erkundigte sie sich, während sie sich die Tränen abwischte.

»›Meinen Bogen setze ich in die Wolken; er soll ein Bundeszeichen zwischen mir und der Erde sein.‹ Aber diese Bedeutung hat er schon immer gehabt. Auch die Indianer glauben daran.«

Der Regenbogen leuchtete und verblaßte. Vor allem der zarte violettfarbene Streifen war kaum noch sichtbar. Als sich dann das Licht veränderte, waren beide Regenbogen plötzlich ganz verschwunden.

Der Abendhimmel färbte sich gelb; die Berge tauchten allmählich in ein tiefes Blau. Er nahm sie bei der Hand und führte sie. Die Augenbinde war während des Sturms irgendwo verlorengegangen, aber er hätte es jetzt ohnehin nicht mehr fertiggebracht, ihr die Augenbinde umzubinden oder sie anzuketten. Im Grunde konnte sie den Lieferwagen ruhig sehen; zur Vorsicht hatte er ja die Nummernschilder abgeschraubt. Und das Haus würden sie nicht vor Dunkelheit erreichen. Er führte sie also zu der Stelle neben der staubigen Straße, wo er geparkt hatte.

»So hab ich's lieber«, erklärte sie, als sie durch die Tür einstieg. Sie kuschelte sich in den Beifahrersitz. »Da hinten ist es mehr als unbequem.«

Er ließ den Motor an und wendete. Als sie durch den aufwirbelnden Staub fuhren, sagte sie nur: »Danke.«

»Ich wollte, daß Sie es sehen.«

»Ich weiß, und deshalb bedanke ich mich.«

»Ich hätte gern gewußt«, sagte er und blickte geradeaus, »ob Sie immer noch daran denken.«

»An Heroin? Ja.«

»Wie oft?«

»Andauernd.«

»Wissen Sie, wie lang es her ist, seit Sie sich den letzten Schuß gesetzt haben? Sechs Wochen ist es jetzt her. Wir können Sie bloß noch immer dran denken wollen?«

Eden seufzte. »Ich will ja gar nicht dran denken. Es ist einfach ein Gefühl, wie Hunger und Durst. Daran denken ist auch der falsche Ausdruck. Es ist eher so, als wäre ein Bein amputiert worden. Man denkt zwar nicht immer dran, aber der Körper weiß, daß es nicht mehr da ist.«

»Haben Sie tatsächlich das Gefühl, daß Sie ohne Heroin nicht ganz sind?«

»Ich war noch nie ganz«, antwortete sie leise.

Darauf wußte er keine Antwort. Schweigend fuhren sie weiter, bis Eden wieder sprach.

»Als Sie mich gerade eben während des Gewitters im Arm gehalten haben, das war so wunderschön, Joel. Ich hatte fast das Gefühl, daß mir irgend etwas widerfahren ist.«

»Was?«

»Ich weiß es nicht, ich kann es nicht beschreiben.« Sie blickte aus dem Fenster in den blauen Abend hinaus. »Ich habe fast an den Regenbogen geglaubt.«

»Aber auch nur fast, oder?« fragte er trocken.

»Sie geben mir Rätsel auf. Sie haben mich entführt. Sie haben mich in der Zelle wie einen Hund angekettet. Sie hätten mir einmal fast den Arm gebrochen. Und dann sagen Sie mir während eines stürmischen Gewitters, ich sei schön und kostbar.« Sie betrachtete ihn von der Seite. »Dann fangen Sie auch noch an, wie ein Sozialarbeiter mit mir zu reden, und wollen, daß ich clean werde. Das ist doch mehr als ein bißchen verrückt, oder nicht? Was meinen Sie? Ich weiß beim besten Willen nicht, was Sie von mir wollen!«

»Ich will nicht, daß Sie das hier überstehen und auf direktem Wege wieder an die Nadel gehen«, antwortete er.

»Warum nicht?«

»Weil Sie etwas Besonderes sind«, sagte er wütend. »Sie haben Verstand, Sie haben Herz, und Sie haben Mut. Sie können sich doch nicht einfach hinlegen und sterben.«

»Es ist doch eh egal«, erwiderte sie achselzuckend. »Irgendwann fällt doch ohnehin eine Bombe auf uns…«

»Nein, auf uns fällt keine Bombe.«

»Doch. Und was von uns übrigbleibt, ist radioaktive Asche.«

»Das ist doch kein Grund, sich dieses Gift zu spritzen.«

»Das stimmt, aber auf diese Weise werde ich wenigstens meine Sorgen los.«

»Vielleicht sollten Sie sich mehr Sorgen machen«, sagte er barsch, »dann bräuchten Sie vielleicht weniger von dem Zeug.«

»Tja, aber mit mehr Heroin bräuchte ich mir weniger Sorgen zu machen«, antwortete sie lächelnd.

»Ich verstehe nicht«, sagte er frustriert, »wie Sie da überhaupt hineingeraten sind. Und warum Sie nicht aufgehört haben, als Sie kapierten, daß Sie die Kontrolle verlieren.«

»Na ja,… man kann sich gar nicht vorstellen, daß man die Kontrolle verliert. Zumindest nicht am Anfang. Da ist es gerade umgekehrt. Die ersten paar Male ist es einfach wunderbar. Großartig. Man schwebt wie auf Wolken. Und jedesmal ist man dem Himmel ein Stückchen näher. Wenn man dann runterkommt, kann man's gar nicht fassen. Aber irgendwann machen sich auch die Schmerzen bemerkbar, und wenn man nicht high ist, sieht die Welt schrecklicher aus als je zuvor.« Sie schluckte. »Man greift also wieder nach der Nadel, aber man weiß, daß man sich, sobald die Wirkung nachläßt, wieder beschissen und elend fühlt. Und irgendwann denkt man dann gar nicht mehr nach, sondern setzt sich einfach nur den nächsten Schuß, und dann den nächsten und wieder den nächsten, so daß man gar nicht mehr runterkommt. Und dann ist alles okay. Ich mußte ja nicht auf die Straße und mir was besorgen, das hat immer Rusty für mich erledigt.«

»Und sich gleichzeitig eine goldene Nase verdient«, warf Joel mit bitterer Stimme ein.

»Vielleicht.« Sie schluckte wieder. »Und spätestens dann weiß man, daß man süchtig ist. Aber man ist ein glücklicher Süchtiger Man ist gern Sklave; man will gar nichts anderes. Und daß das Leben nicht mehr farbig ist, sondern nur noch schwarzweiß, bemerkt man gar nicht. Es ist sowieso alles egal. Nur das, was im eigenen Kopf abgeht, wenn man stoned ist, das zählt. Alles andere erscheint wie ein böser Traum. Aber der Stoff wirkt leider nicht mehr so stark. Die Wirkung ist so schnell wieder verflogen, daß man gar nicht mehr spritzt, um sich gut zu fühlen, sondern nur noch, um sich nicht elend zu fühlen. Man spritzt also ständig. Alle paar Stunden. Deshalb habe ich auch die vielen Einstiche, ich hab' einfach nie aufgehört.« Ihre Stimme zitterte so stark, daß sie kaum noch weitersprechen konnte. »Ich hab' überhaupt nie aufgehört. Die Nadel in der Vene war schon ein Trip für sich. Es war wie…«

Plötzlich brach sie in heftiges, hilfloses Schluchzen aus. Sie bedeckte ihr Gesicht mit den Händen.

Er hielt den Wagen an und schlang die Arme um sie. Er hielt sie ganz fest, während sie laut schluchzte.

»Es ist schrecklich. Ich will das nicht noch einmal durchmachen, Joel. Ich will das nie wieder durchmachen, nie wieder.«

»Das werden Sie auch nicht.«

»Aber ich bin… so… schwach. Und ich hab' solche Angst.«

»Eden…« Plötzlich küßte er ihr Gesicht, ihre Augenbrauen, ihre Wangen. Er küßte ihre Augen und schmeckte die salzigen Tränen auf seinen Lippen. »Das wirst du nicht, es ist vorbei«, flüsterte er immer wieder. »Du bist geheilt, Eden, für immer.«

COSTA BRAVA

De Córdoba wartete am Pool, sein Blick ruhte auf dem kristallblauen Wasser vor ihm. Mercedes hatte allein zum Notar gehen wollen, nicht einmal Maya hatte sie begleiten dürfen.

Sie war blaß, als sie ihm entgegenkam, aber sie ging aufrecht, und in ihrem Gesicht war keine Spur von Traurigkeit zu erkennen. Er erhob sich. Sie sah ihm direkt in die Augen. »Es ist erledigt.«

Er zeigte kein Mitleid, denn er wußte, daß ihr dies unangenehm wäre. »Wann werden Sie das Geld bekommen?«

»Morgen früh. In Zürich.«

»Gut.«

»Mein Bankier wird mich im Büro des Notars anrufen, um zu bestätigen, daß das Geld bereitliegt. Dann werde ich unterzeichnen.«

»Ich verstehe.«

»Sie bezahlen zwei Millionen für das Haus mit allem Zubehör. Für die letzte Million konnte ich zum Glück ein Darlehen aufnehmen. Damit habe ich die volle Summe beisammen.«

Er nickte.

»Jetzt haben wir's fast geschafft«, sagte sie.

»Ja. Ich bete zum Himmel, daß es so ist.«

»Es wird Zeit, daß wir die Anzeige in die *New York Times* setzen.«

»Das erledige ich.«

»Danke. Ich möchte Sie bitten, daß Sie das Geld für mich überbringen, Joaquin. Ich möchte, daß Sie Eden aus den Klauen dieses Mannes befreien und sie zu mir zurückbringen. Werden Sie das für mich tun?«

Er nickte. »Ja, das werde ich. Ich werde sie Ihnen zurückbringen.«

»Danke.« Sie setzte sich neben ihn. Sie trug ein hervorragend geschnittenes Kostüm und schwarze Handschuhe. Die Handschuhe streifte sie ab und warf sie auf den Boden, als hätte sie etwas Schmutziges damit berührt. »Ich habe zwei Wochen, um meine Zelte hier abzubrechen.«

»Wo werden Sie hingehen?«

»In ein Hotel in Barcelona.«

»Und danach?«

»Danach... ich weiß nicht. Ich werde wohl noch einmal von vorn anfangen müssen.«

»Und Maya?«

»Ich werde Maya Lebewohl sagen.«

»Aber warum?«

»Ich wollte ihr ein schönes Leben bieten. Das ist mir auch vier Jahre lang gelungen. Im Austausch dafür hat sie einen Platz in meinem Herzen eingenommen, der immer leer geblieben ist.« Sie verzog das Gesicht. »Aber es war ohnehin Zeit, lebewohl zu sagen. Es wäre schrecklich gewesen, wenn aus ihr eine alte Jungfer geworden wäre, die irgendwann einmal eine noch ältere Frau pflegen muß. Es ist Zeit, daß sie ihr eigenes Leben lebt, daß sie heiratet und eine eigene Familie gründet.«

»Das wird ihr das Herz brechen.«

»Sie ist jung. Sie wird's überstehen. Und ich auch.« Sie lächelte ihn an. Sein Herz verkrampfte sich. Sie war eine wunderbare Frau, eine der wenigen wunderbaren Frauen, denen er in seinem Leben begegnet war. Er bewunderte sie. Obwohl sie alles verloren hatte, lächelte sie. Was jedoch in ihrem Innern vorging, wußte er nicht; nichts davon drang nach außen. Er staunte über ihre unglaubliche Selbstbeherrschung.

»Sie sind eine bemerkenswerte Frau«, sagte er leise.

»So bemerkenswert auch wieder nicht.« Ihr Blick glitt zur Glaskuppel hinauf und über das schöne Haus, das nun nicht mehr ihr gehörte. »Sie haben Ihr Herz für mich entdeckt, Joaquin«, sagte sie, ohne ihn dabei anzusehen.

»Ja.«

»Mir geht es umgekehrt genauso. Sie besitzen nicht nur Verstand, sondern auch Herz, und das bewundere ich an Männern sehr.«

Er schluckte, unfähig, das zu sagen, was ihn im Innersten bewegte. »Sie brauchen ein Zuhause.«

»Da haben Sie recht.«

Diesmal zögerte er nicht eine Sekunde. »Ich biete Ihnen mein Zuhause an.«

Jetzt stiegen ihr die Tränen in die Augen, und sie drehte schnell den Kopf zur Seite. »Ich danke Ihnen, Joaquin«, sagte sie heiser. Sie wußte, was er ihr anbot.

»Ich meine es ernst. Ich habe wirklich mein Herz für Sie entdeckt, ich liebe Sie, Mercedes, und ich möchte Sie nicht verlieren, wenn all das hier vorbei ist und Sie Eden wieder bei sich haben.

Ich möchte den Rest meines Lebens mit Ihnen verbringen, Mercedes. Wenn nicht mit Ihnen, dann wenigstens in Ihrer Nähe.«

Es dauerte lange, bis sie ihm antwortete. »Das bedeutet mir sehr viel«, sagte sie schließlich.

»Es ist nicht viel, was ich Ihnen biete, aber…«

Sie berührte seine Hand, um ihn am Weiterreden zu hindern. »Ich finde, es ist das wunderbare Angebot eines wunderbaren Mannes.« Ihre Stimme klang fast fröhlich, aber ihre Augen straften die Stimme Lügen. »Ich habe zum letztenmal als ganz junge Frau einen Mann wirklich geliebt. Ich kann Ihnen nichts versprechen; ich kann nur versuchen, Sie zu lieben, Joaquin.«

»Damit bin ich schon zufrieden«, sagte er, mit einem Beben in der Stimme, das er gerne vor ihr verborgen hätte.

»Ich danke Ihnen.« Sie beugte sich vor und küßte ihn auf den Mund. Einen Augenblick lang hatte er das Gefühl, nicht mehr Herr seiner Sinne zu sein. Dann erhob sie sich. »Ich danke Ihnen für alles, Joaquin. Jetzt muß ich zu Maya.«

TUCSON

Das Haus lag im Dunkeln, als sie näher kamen. Eden weinte immer noch neben ihm, obwohl die schluchzenden Laute im Laufe der Fahrt immer schwächer geworden waren. Sie schien ein klein wenig ruhiger. Er wußte, daß die Flut der Tränen eine innere Mauer zum Einsturz gebracht hatte. Jetzt kam es darauf an, daß sie begriff, daß sie von ihrer Sucht geheilt war.

Als sie das Haus erreichten, hielt er den Wagen an und schaltete den Motor ab. Doch er stieg nicht aus, sondern blieb unschlüssig sitzen. Was sollte er jetzt mit ihr machen? Der Gedanke, sie nach allem, was sie eben durchgemacht hatte, wieder in den Keller zu sperren, war ihm unerträglich. Das brachte er nicht fertig.

Außerdem empfand er eine seltsame Freude, wenn sie bei ihm war. Er wollte, daß sie bei ihm war.

Was machte es denn schon aus, wenn sie das Haus sah? Es war schließlich nur ein Haus.

Aber dann würde sie auch die Skulpturen sehen.

Mercedes hatte versprochen, keine Polizei einzuschalten. Aber was war danach? Sie würde ihr Geld zurückhaben wollen, würde sich rächen wollen und vielleicht zur Polizei gehen. Die Polizei würde Eden befragen und von ihr verlangen, daß sie sich jedes Detail ins Gedächtnis zurückrief. Natürlich würde sie sich an die Skulpturen erinnern. Durch sie hätte die Polizei die Möglichkeit, ihm auf die Spur zu kommen, denn schließlich konnte es so viele Bildhauer im Südwesten der Vereinigten Staaten nicht geben, nicht einmal, wenn man Mexiko noch mit einbezog.

Und sobald sie einmal im Haus war, gab es noch viele andere Gefahrenquellen. Das Telefon, das Fernsehen, das Radio, seine Papiere, seine Bücher. Er würde sie keine Sekunde aus den Augen lassen dürfen…

Ihre Stimme klang verängstigt, als sie ihn ansprach. »Wirst du mich wieder in den Keller bringen?«

Er schob seine Gedanken geschwind beiseite. »Nein«, antwortete er mit fester Stimme. »Komm.«

Er führte sie ins Haus. Als sie drinnen waren, schaltete er alle Lichter an. Eden stand mitten im Zimmer und blickte sich schweigend um. Sie streckte die Hand aus und strich über die glatten, alten Balken, die die Decke stützten.

»Du hast dieses Haus gebaut«, sagte sie.

»Wie kommst du darauf?«

»Das Haus bist du.« Sie deutete auf die große, schöne Sandsteinskulptur über dem Kamin. »Hast du das gemacht? Bist du Bildhauer? Sind das deine Skulpturen?«

»Ich habe sie gekauft. Ich bin Sammler.«

»Nein. Das bist du«, beharrte sie. »Nur du kannst das gemacht haben.« Sie hob einen Marmorkopf hoch und sah auf das glatte, klare Gesicht. »Wer ist das?«

»Eine Frau, die ich kannte.«

»War sie deine Geliebte? Hast du sie geliebt?«

Er kämpfte mit sich, um nicht die Beherrschung zu verlieren. Alles um ihn herum schien sich zu verselbständigen und seiner Kontrolle zu entgleiten. Er hatte das Gefühl, daß der Boden unter seinen Füßen wankte. »Hören Sie auf, so viele Fragen zu stellen. *Bitte.*«

»Du bist ein wunderbarer Bildhauer.« Sie stellte den Kopf wieder ab und nahm statt dessen eine Tonfigur in die Hand. »Wenn ich nur einen Bruchteil deiner Begabung hätte...« Als sie sich umsah, fiel ihr Blick auf die glänzenden Möbel, die indianischen Teppiche und Töpferwaren und auf die herrliche alte spanische Truhe neben dem Kamin. »Das ist das schönste Haus, das ich jemals gesehen habe.«

Er mußte lachen.

»Ich scherze nicht«, versicherte sie ernst.

»Das gleiche habe ich auch gedacht, als ich dein Haus in Santa Barbara gesehen habe.«

Ihre Augen weiteten sich. »Du kennst es? Wann warst du dort?« Sein Gesicht erstarrte und ohne zu antworten, wandte er sich ab. Doch die Wahrheit dämmerte ihr bereits. »Du bist der Einbrecher!« rief sie aus. »Du bist in das Haus eingebrochen, stimmt's? Vor ein paar Jahren, als ich noch in Mount Pleasant war, hab' ich recht? Das warst du! Du hast alle meine gläsernen Pferde und mein Puppenhaus kaputtgemacht.«

Er holte zwei Handtücher und hielt ihr eines davon hin.

»Sagen Sie die Wahrheit«, flehte sie. »Das warst du, stimmt's?«

»Ja«, antwortete er schließlich. »Ich war's.«

»Warum? Warum hast du meine ganzen schönen Sachen kaputtgemacht?«

»Aus Wut.«

»Und danach«, fuhr sie stirnrunzelnd fort, »bist du dann nach Mount Pleasant gekommen, um mich zu sehen. Das war kurz danach, jetzt erinnere ich mich wieder. Daher hast du also die Fotos! Ich habe mich damals gefragt, wo du die Fotos herhattest. Du hast sie aus meinem Zimmer mitgenommen!«

»Trockne dir die Haare.«

Mit großen, fragenden Augen sah sie ihn noch einen Augenblick lang an, bevor sie das Handtuch um den Kopf schlang und ihre Haare trockenrubbelte.

Er ging in die Küche und setzte Kaffeewasser auf. Vollkommen erschöpft lehnte er die Stirn an einen Holzschrank. Was sollte er tun? Er konnte sie unmöglich wieder einsperren, aber er konnte sie auch nicht freilassen. Und in ihrer Gegenwart fühlte er sich wehrlos. Er hatte das Gefühl, ihr ausgeliefert zu sein, auf Gedeih und Verderb. Sie brauchte nur zu fragen, um eine Antwort von ihm zu erhalten. Die Antwort brach ohne sein Zutun aus ihm heraus. Und irgendwann würde sie es herausfinden und alles wissen.

Er zuckte zusammen, als er ihre Hand auf seinem Rücken spürte. Barfuß war sie hinter ihn getreten, ohne daß er sie bemerkt hatte. »Was ist los?« fragte sie.

Er drehte sich um und sah sie an. Ihr Haar war zerzaust und umgab ihr Gesicht wie ein dunkler, wirrer Glorienschein. In ihren Augen lag Besorgnis. »Was ist los, Joel?«

»Stellen Sie bitte keine Fragen mehr«, flüsterte er.

»Aber ich muß wissen, was los ist«, erwiderte sie. »Warum hast du es getan? Was hast du gesucht?«

»Die Jahre, die die Heuschrecke fraß«, brach es aus ihm heraus. »Die Jahre.«

»Die Jahre? Welche Jahre?«

Er mußte sich abwenden, weil er den Anblick ihrer grünen Augen nicht länger ertragen konnte. Er ging ins angrenzende Zimmer und zog sein nasses T-Shirt aus. Sie folgte ihm. »Welche Jahre, Joel?«

»Verdammt noch mal!« fauchte er sie an. »Hör endlich auf, Eden!«

Sie zuckte, blieb aber stehen und legte ihre Hand auf die große Narbe unterhalb seiner Rippen. Sein Körper fühlte sich warm an. »Bist du in Vietnam verwundet worden?«

»*Ja*«, keuchte er.

»Armer Soldat«, sagte sie mitfühlend. »Soll ich dir sagen, was wir sind? Die Puppe und der standhafte Zinnsoldat. Aus dem Märchen. Du weißt schon.«

»Ich kenne überhaupt keine Märchen«, sagte er. »Du mußt dich waschen. Außerdem brauchst du trockene Kleider. Du bist ja ganz durchnäßt.«

»Du auch.« Sie lächelte. »Wir können uns ja zusammen in die Badewanne setzen.«

»Nein.«

»Ach, schade! Ich verspreche auch, daß ich nicht versuchen werde, dich zu vergewaltigen. Wir können doch so tun, als seien wir Bruder und Schwester.«

Er packte sie so fest am Arm, daß sie aufschrie, und zerrte sie ins Badezimmer. »Hier kannst du dich waschen. Ich werde dir ein paar trockene Kleider bringen.«

Als er zurückkam, hatte sie sich bereits ausgezogen und saß mit angezogenen Knien in der Badewanne. Sie schien ganz darin vertieft, ihre Beine einzuseifen. »Sie waren ein Liebespaar«, erklärte sie. »Sie war eine Puppe aus Papier, und er war ein Zinnsoldat. Er fiel aus dem Fenster, und irgendwann ist er im Meer gelandet. Oder so ähnlich. Aber er war standhaft und kam zu ihr zurück. Dann warf ihn jemand ins Feuer, und er fing an zu schmelzen. Da flog auch die Puppe aus Papier ins Feuer, und sie verbrannten beide. Hans Christian Andersen hat das Märchen geschrieben. Ich hab's als Kind gelesen.«

Joel blickte auf den schlanken, blassen Körper hinab. Er spürte, wie sich das seidene Band zwischen ihnen anspannte.

»Du hast so viele Spielsachen gehabt«, sagte er mit unsicherer Stimme. »Und so viel Liebe. Lieder. Märchen. Alles, was du wolltest.«

»Du nicht?«

»Nein. Ich hatte gar nichts.«

»Haben die Menschen, bei denen du aufgewachsen bist, dich nicht gern gehabt?«

»Ich glaube, sie haben mich gehaßt. Nein, ich weiß sogar, daß sie mich gehaßt haben. Sie haben alles gehaßt.«

»Was ist mit deinen richtigen Eltern geschehen?« wollte sie wissen.

»Sie sind gestorben.«

»Das tut mir leid«, sagte sie leise. Sie legte sich zurück. Das dunkle krause Schamhaar zeichnete sich unter der Wasseroberfläche ab. Er versuchte, nicht hinzusehen. Ihr Gesicht wirkte müde und erschöpft. Seltsamerweise war sie ihm noch nie so vollkommen erschienen.

Sie schaute auf ihren eigenen Körper und legte eine Hand auf das dunkle Dreieck.

»Ich habe noch nie einen Orgasmus gehabt«, sagte sie plötzlich unvermittelt.

Da er sich bereits an ihre unberechenbaren Gedankensprünge gewöhnt hatte, wartete er einfach ab.

Sie lächelte etwas zaghaft. »Immer, wenn ich das sage, dann meint der Mann, mit dem ich zusammen bin, er müsse dafür sorgen, daß ich einen habe. Um so zu beweisen, daß er ein besserer

Liebhaber ist als die anderen, und um zu zeigen, was für einen großartigen Schwanz er hat. Aber es funktioniert einfach nicht. Ich kriege keinen Orgasmus. Mir sind wahrscheinlich die Drogen lieber.« Sie sah zu ihm auf. »So stell ich mir's immer vor. Wie das Hochgefühl, wenn man sich den ersten Schuß setzt. Ist es so?«

»Ich habe noch nie Heroin probiert«, antwortete er.

»Aber du hast andere Drogen probiert. Ist es wie Drogen?«

»Nein, so ist es nicht.«

»Wie ist es dann?«

Müde strich er sich über das Gesicht. »Du stellst wirklich verflixte Fragen.«

»Ist es gut?« bohrte sie weiter, ohne den Blick von ihm abzuwenden.

»Ja, es ist gut.«

»Schön?«

»Manchmal.«

»Dann sind wir also quitt, oder nicht? Ich hatte das Puppenhaus und du die Orgasmen. Wer von uns ist nun besser dran?«

»Spürst du...« Er zögerte. »Spürst du denn gar nichts?«

»Doch, schon. Es ist ganz okay. Aber es reißt mich nicht vom Hocker.«

»Hast du... hast du mit vielen Männern geschlafen?«

Sie lächelte. »Du wirst ja rot. Schämst du dich etwa vor mir? Ich schäme mich nicht vor dir. Ich habe das Gefühl, als kennte ich dich schon mein ganzes Leben lang. Dir könnte ich alles sagen, ich will dir sogar alles sagen. Ja, ich hab' mit vielen Männern geschlafen.«

»Mit wie vielen?«

»Mit einem Dutzend vielleicht. Ich kann mich nicht mehr so genau erinnern, denn oft war ich stoned, wenn's passiert ist. Das erinnert mich an das erste Mal, da war ich so weggetreten, daß ich es nicht einmal gemerkt hab'. Das war in Woodstock.« Sie dachte einen Moment lang nach. »Wenn ich's mir genau überlege, dann war ich eigentlich jedesmal stoned.«

»Vielleicht ist das der Grund dafür, daß du nie einen Orgasmus gehabt hast«, meinte er sachlich.

»So hab ich's noch nie gesehen.« Sie nahm ihre Hand von ihrer Scham. »Tja, also?« sagte sie mit Augengeklimper. »Willst du nicht die glücksbringende Nummer Dreizehn sein?«

Er mußte unfreiwillig lachen. Sie freute sich.

»Du bist so schön, wenn du lächelst«, sagte sie. »Du lächelst viel zu selten. Ich werde in Zukunft dafür sorgen, daß du mehr lachst.«

»Ach wirklich?«

»Mir kommt es so vor, als wären wir bereits ein Liebespaar. Kommt es dir nicht auch so vor?«

»Nein«, antwortete er. »Mir kommt es nicht so vor.«

Sie neigte ihren Kopf zur Seite. »Fängst du vielleicht an, dich in mich zu verlieben?« flüsterte sie. »Ein bißchen vielleicht?«

Selbst das Atmen fiel ihm jetzt schwer. Er machte die Tür auf. »Ich werde uns etwas zu essen machen«, erklärte er. »Und danach gehst du wieder hinunter in deine Zelle.«

Sie aßen in der Küche an dem großen Eichentisch, dem man sein Alter auf den ersten Blick ansah. Sie liebte das Haus schon jetzt, aber nicht nur das Haus, sondern auch die Möbel und die ganze Atmosphäre. Voller Ehrfurcht stand sie vor den Skulpturen.

»Ich finde es wunderschön hier«, erklärte sie. Sie hatte kaum von ihrem Essen gekostet. Jetzt spielte sie mit der Kerze, die er auf ihren Wunsch angezündet hatte. »Wenn du mich hierbehalten würdest, dann bräuchte ich nie wieder Rauschgift.«

»Ich bin dein Kidnapper, nicht dein Beschützer.«

Eden stützte den Kopf in die Hände. Das Kerzenlicht spiegelte sich in ihren Augen, als sie ihn ansah. »Du könntest das Ganze doch abblasen, oder nicht? Du sagst meiner Mutter einfach, sie soll ihre zehn Millionen behalten. Ich weiß ohnehin nicht, wozu du das Geld haben willst?«

»Dann wäre alles vollkommen sinnlos gewesen«, sagte er barsch.

»Nein, das stimmt nicht.« Sie lächelte. »Du würdest mich haben. Ich bin mehr wert als zehn Millionen Dollar.«

Joel lächelte nicht zurück. »Nein. Ich will, daß sie bezahlt.«

»Aber warum?« wollte sie wissen. Jetzt setzte sie sich gerade hin. »Warum sagst du mir nicht, was sie dir getan hat? Du hast irgend etwas von den Jahren gesagt. Hat sie dir Zeit gestohlen? Mußtest du ihretwegen vielleicht ins Gefängnis?«

Ohne ihre Fragen zu beantworten, stand er abrupt auf. »Ich wasche ab.«

»Nein, ich wasche ab. Bitte. Laß mich das machen!« Sie nahm die Teller und wusch sie in der Spüle. Er saß auf seinem Stuhl und sah ihr dabei zu.

»Wenn du mir sagen würdest«, fuhr sie fort, »was sie dir getan hat und ich es dann Mama erzählen könnte, wüßte sie, wer du bist.«

»Sie wird nie wissen, wer ich bin. Sie weiß nicht, was sie mir angetan hat.«

»Sie weiß es nicht.«

»Wenn Sie jetzt hier hereinspaziert käme, würde sie mich gar nicht erkennen.«

»Du bist nicht vielleicht verrückt?« sagte sie plötzlich mit Blick auf ihn. »Ich meine, wirklich verrückt. Irre, verstehst du? Du tust das doch nicht etwa, weil du Stimmen hörst oder so.«

»Ich bin nicht verrückt«, erwiderte er schroff. »Ich habe meine Gründe.«

»Aber die willst du mir nicht sagen.«

»Nicht jetzt.«

Eden seufzte und wandte sich wieder dem Geschirr in der Spüle zu.

Er schaute auf die schlanke barfüßige Gestalt mit dem zerzausten Haar. Eden. Alles kam ihm vor wie ein Traum. Er hatte Angst, die Augen zu schließen, weil er es für möglich hielt, daß sie währenddessen verschwinden könnte.

Der bloße Gedanke daran, wie unendlich wichtig sie für ihn geworden war, lähmte ihn. Ihm fehlten die Worte, um zu erklären, was sie ihm bedeutete. Er wußte nur, daß er alles auf sie gesetzt hatte.

Sein ganzes Denken.

Seine Seele.

Obwohl der Septemberabend angenehm mild war, bestand sie darauf, daß er Feuer im Kamin machte. Er benutzte Zweige und dünne Äste und legte genügend nach, damit das Feuer ein bis zwei Stunden angenehm prasselte.

Eden kuschelte sich neben ihm auf das Sofa. Ihr Bedürfnis, in den Armen gehalten zu werden, hatte nichts Sexuelles an sich, das wußte er inzwischen. Die gelegentlichen Ausrutscher in die

Obszönität waren lästig, hatten aber nichts mit der echten Eden zu tun; sie spielte nur eine Rolle, die ihr die Männer, die sie benutzt hatten, aufgezwungen hatten. Eden fand es ganz einfach schön, wenn er sie im Arm hielt, sie freute sich mit der Unschuld eines Kindes. Obwohl sie mit Männern geschlafen hatte, war sie in gewissem Sinne noch Jungfrau. Sie war noch nicht erwacht.

Mit dem Kopf auf seiner Schulter schaute sie in die Flammen.

Er schwieg.

»Weißt du, ich war wirklich gegen den Krieg«, meinte sie. »Das Ganze hat mich ganz krank gemacht. Wenn ich's im Fernsehen sah, mußte ich mich immer übergeben. Ich bin überall dabei gewesen, bei Protestmärschen, Versammlungen, Demonstrationen. Vielleicht war ich nur ein brüllender Teenager, aber wenn ich zurückschaue, dann war es das Sinnvollste, was ich in meinem Leben überhaupt getan hab'. Der ganze Rest war einfach sinnlos.«

»Du hast ja erst ein kurzes Leben hinter dir«, bemerkte er ruhig. »Du bist erst zwanzig.«

»Ich hab' bald Geburtstag.«

»In drei Wochen.«

»Einundzwanzig«, sagte sie nachdenklich. »Gibst du eine Party für mich?«

»Du wirst wahrscheinlich nicht mehr hier sein.«

Sie gab keine Antwort, sondern legte nur ihre Hand ganz vorsichtig auf die Stelle, wo sie die Narbe gesehen hatte. »Wie war das für dich? Vietnam?«

Es kostete ihn Mühe zu sprechen. »Ich rede nie darüber.«

»Nicht mal mit mir?«

»Warum sollte ich bei dir eine Ausnahme machen?«

»Du sagtest, ich sei kostbar.« Der Druck ihrer Hand wurde etwas stärker. »Wie ist das passiert?«

»Es war ein Hinterhalt.«

»War es schlimm?«

»Sie haben mich nach Hause geschickt.«

»Erzähl mir davon. Bitte.«

»Da gibt's nicht viel zu erzählen. Du hast doch alles im Fernsehen gesehen.«

»War es wirklich wie im Fernsehen? Brennende Dörfer? Massaker?«

»Ja«, antwortete er kurz.

»Joel… vielleicht würde es dir helfen, wenn du darüber sprechen könntest.«

»Aber was du zu hören bekämst, würde dir nicht helfen.«

»Joel, ich will dich nicht zwingen, davon zu sprechen.« Sie nahm ihre Hand weg. Plötzlich lachte sie. Sie rollte sich neben ihn, stützte einen Ellbogen auf seine breite Brust und lächelte ihn an. »Also, wenn das nicht komisch ist. Ich meine, es hat sich ganz schön was verändert. Vor kurzem hatte ich noch eine Heidenangst vor dir. Und jetzt, wenn uns jemand so sehen könnte…«

»Es war nicht so geplant«, entgegnete er. Er war gebannt von ihrem Lächeln. »Es ist verrückt.«

»Mir ist es recht. Es ist geschehen. Ich bin keine Gefangene mehr. Ich bin ein Gast.«

»Nur mit dem Unterschied, daß du nicht wieder gehen kannst.«

»Wer sagt, daß ich wieder gehen möchte?« Sie reckte sich ihm entgegen und berührte seine Wange mit ihrem Mund. »Ich glaube, ich könnte mich an das Entführtsein gewöhnen«, flüsterte sie. Ihr warmer Atem streifte seine Haut. Ihr Körper schien federleicht. »Mein Wüstenrefugium. Es ist wie… Hier bin ich sicher. Du bist jetzt für mich verantwortlich. Ich gehöre dir.«

»Kein Mensch gehört einem anderen, Eden«, sagte er mit rauher Stimme.

»Ich könnte aber«, flüsterte sie. Ihr Blick suchte seinen, dann küßte sie ihn noch einmal, diesmal auf die andere Wange. Ihr Mund war so weich, so zart. Ihr Haar fiel nach vorn und streichelte sein Gesicht. »Du würdest mich doch beschützen, Joel?«

Sie küßte seine Schläfen, seine Brauen, seine suchenden Augenlider. Ihre Lippen fühlten sich an wie Samt. »Du bist herrlich«, hauchte sie. »Du bist wie der Sonnenaufgang. Jetzt weiß ich, warum wir uns kennengelernt haben. Du mußtest mich retten.«

»Ich kann nicht einmal mich selbst retten«, entfuhr es ihm. Seine Stimme klang gequält.

»Ich rette dich. Du rettest mich, und ich rette dich.« Sie nahm sein Gesicht in ihre Hände und küßte ihn auf den Mund. Die Süße des Kusses machte ihn schwindlig. Er fühlte ihr Lächeln. »Dein Schnurrbart kitzelt. Ich muß ihn vielleicht abrasieren.«

Er lag da wie in Trance, betäubt und doch hellwach. Er spürte, wie ihre Zunge seine Lippen berührte, wie sie sich zärtlich vortastete. Ihr Kuß war berauschend. Und zärtlicher als jede Berührung, die er sich vorstellen konnte. Aber er spürte auch die Kraft, mit der sie seine Seele in ihre Hände nahm, so wie sie sein Gesicht in ihre Hände nahm. Um ihn herum war nichts als die Stille des Hauses und die Weite der Wüste.

Sie stützte sich auf den Ellbogen und sah mit verträumtem Blick auf ihn hinunter. »Ich bann dich mit einem Zauber, dem du nicht mehr entkommen wirst.«

»Du bist so schön«, flüsterte er. »Und jeden Tag wirst du noch schöner.«

»Vielleicht werde ich doch wieder heil.« Sie schob ihr T-Shirt hoch, nahm seine Hand und legte sie auf ihre Brust. Als er die weiche Frucht umschloß, spürte er, wie sich die Knospe in seine Handfläche hineindrückte. Ihre langen Wimpern senkten sich. »Das ist so schön«, murmelte sie. »Ist es für dich auch schön?«

Ohne es zu wollen, küßte er sie jetzt, küßte sie leidenschaftlich. Er wollte es nicht tun, aber die Flammen der Begierde loderten heiß und heftig in ihm.

Ihr Mund war weich und feucht, ihre Zunge ungeduldig und warm. Sie preßte sich an ihn. Er spürte ihr zitterndes Verlangen.

Seine Hände bewegten sich hungrig über ihren Körper, streichelten ihren flachen Bauch, ihre Brüste, ihre aufgerichteten Brustwarzen. Ihre Zartheit, ihre Weichheit, ihre Anmut waren mehr, als er fassen konnte. Jeder Millimeter ihres Körpers war vollkommen.

Mit halbgeschlossenen Lidern schlang sie ihre Arme um seinen Hals. Er war berauscht, verzaubert. Er begehrte sie. Noch nie in seinem Leben hatte die Leidenschaft ihn so weit getrieben, noch nie hatte sie so vollkommen von ihm Besitz ergriffen.

Sie glitten hinunter auf den Teppich vor das knisternde, in seiner eigenen Sprache flüsternde Feuer. Ihre Haut duftete wie Blütenblätter. Sie bettete seinen Kopf zwischen ihre Brüste, deren harte Knospen ihr Verlangen herausschrien. Als sein Mund sie fand, erschauderte sie und flüsterte seinen Namen.

Irgendwann drückte sie ihn auf den Rücken und zog ihm das Hemd über den Kopf. Ihre Augen, in denen die Flammen des Feuers tanzten, ruhten auf seinem Körper.

»Schön«, flüsterte sie. »Du bist so schön.« Ihre Hand glitt über seine Brust bis hinauf zum Hals. »Wenn ich Bildhauer wäre, dann würde ich dich meißeln und zwar in einen Stein, der so golden ist wie deine Haut.«

Er war unfähig zu sprechen. Ihm dämmerte die Ungeheuerlichkeit dessen, was er im Begriff war zu tun. Er spürte plötzlich eine brennende Scham und Selbstverachtung.

Sie lächelte ihn mit ihrem geheimnisvollen Lächeln an. »Als du mich entführt hast, hast du bestimmt nicht damit gerechnet, daß so etwas passieren würde, oder?« Ihre Finger fuhren an dem dunklen, krausen Haar entlang, das von seinem Hals bis hinunter zu seinem Bauchnabel und seinen Schenkeln wuchs. »Aber mir kommt es vor, als hätte ich mein ganzes Leben lang auf dich gewartet, Joel.«

»Aber nicht so. Es darf nicht sein.«

»Warum darf es nicht sein?« Sie schmiegte sich mit herzerweichender Anmut an ihn, ihr Kopf ruhte auf seinem Arm, ihre Augen waren immer noch auf sein Gesicht geheftet. »Was ist los?«

Er umarmte sie mit einer solchen Heftigkeit, daß er glaubte, an seinen Gefühlen zu ersticken. »Es darf nicht sein.«

»Woran zweifelst du? Du willst mich doch, oder nicht?«

Sein Atem ging stoßweise. »Ich will dich. Ich habe noch nie jemanden so sehr gewollt wie dich.«

»Tja dann.« Mit einer fast mütterlichen Geste zog sie ihn an ihre Brust. »Ich bin feucht«, flüsterte sie zärtlich. »Ich spür's. Das kommt nicht oft vor.«

»Eden, bitte...« In seinem Gesicht lag ein gequältes Lächeln. »Ich kann nicht. Ich kann nicht.«

Sie lächelte traurig. »Warum nicht? Etwas Körperliches kann es nicht sein, das weiß ich. Ich spüre dich ja.«

Er stieß sie weg. *»Nein.«*

Seufzend rollte sie sich auf den Rücken und verschränkte die Arme hinter dem Kopf. Der Feuerschein spielte auf ihrer blassen Haut. Joel kämpfte um seine Selbstbeherrschung, er hatte Mühe zu atmen. Einen Moment lang glaubte er, ein schwarzes Loch tue sich auf und wolle ihn verschlingen.

Als sich seine Panik ein wenig gelegt hatte und er sich zu ihr umdrehte, sah er, daß ihr die Tränen über die Wangen rollten.

»Eden…« murmelte er hilflos.

»Du brauchst dich nicht zu entschuldigen«, antwortete sie. »Es scheint mir nur logisch. Es paßt zu mir.«

»Ich wollte nicht…«

»Ich hab' mich von einem Dutzend Typen, die mir nichts bedeutet haben, vögeln lassen. Und der erste Mann, den ich will, will mich nicht.«

»Du verstehst nicht. Es gibt Dinge, die du dir nicht vorstellen kannst.«

»Du könntest es wenigstens probieren«, sagte sie und starrte mit Tränen in den Augen an die Decke.

»Irgendwann werde ich es dir erklären, das schwör ich dir.« Zärtlich wischte er ihr die Tränen ab. »Ich erklär' es dir irgendwann. Aber nicht jetzt.«

Sie machte die Augen zu. »Ich möchte schlafen.«

Er nahm sie in die Arme. »Ich werde dich jetzt ins Bett bringen.«

»Nicht nach unten. Bitte. Ich möchte bei dir schlafen.«

»Das geht nicht«, stöhnte er.

»Traust du mir nicht?«

»Ich trau' mir selbst nicht.«

Ihr Körper war schlaff und schwer, als er sie die Treppe hinuntertrug und sie auf das schmale Bett legte. Mit einem kindlichen Gesichtsausdruck sah sie ihn an. »Wirst du mich jemals wieder hier rauslassen?«

»Ja.«

»Wann?«

»Morgen.«

»Versprichst du's?«

»Ich versprech' es.«

Bevor er nach oben ging, schaltete er das Licht in der Zelle aus.

Sie wachte nicht auf, als er ihr das Frühstück brachte. Wie eine Tote lag sie mit zerzaustem schwarzen Haar auf dem Bett. Er stellte ihr das Tablett hin und ging wieder nach oben und in seinen Schuppen.

Wie ein Berserker arbeitete er an dem Marmorstein. Die Skulptur nahm Gestalt an, schälte sich aus dem Stein heraus. Sie kauerte in dem Stein, doch die zarten Gliedmaßen schienen sich gegen die Wände ihres Gefängnisses zu stemmen. Ohne zu überlegen, ließ er den Hammer schnell und kraftvoll niedersausen. Er hätte eine Schutzbrille aufsetzen sollen, denn die Marmorsplitter flogen ihm in Augen und Mund. Er fluchte. Aber er hörte erst auf, als er vor lauter Erschöpfung keuchend zu Boden sank. Irgendwann zwang er sich schließlich, aufzustehen und sich zu waschen, um dann Eden ihr Mittagessen zu bringen.

Als er die Zelle betrat, sah sie ihn mit funkelnden Augen an.

»Wo warst du?«

»Arbeiten.«

»Ich hab auf dich gewartet. Als ich aufgewacht bin, hab' ich gesehen, daß du da gewesen bist.« Sie stand auf, schlang die Arme um seine Taille und hob ihm das Gesicht entgegen. Er küßte sie unbeholfen, ihre Zuneigung verwirrte ihn.

»Du hast so fest geschlafen, daß ich dich nicht aufwecken wollte. Wie geht's dir heute?«

»Im Augenblick geht's mir großartig.«

»Schön.« Er drückte sie ganz sachte von sich weg. »Iß.«

Sie setzte sich wieder, sah auf das Essen auf dem Tablett und dann hoch zu ihm. »Kann ich mit rauskommen?«

Er schüttelte den Kopf. »Nein.«

Ihr Blick zerriß ihm das Herz. »Bitte, Joel.«

Er hatte den Vorsatz gehabt, ihr zu sagen, daß sie die Zelle nicht wieder verlassen dürfe, aber jetzt brachte er es nicht über sich. »Später«, sagte er statt dessen, »wenn es dunkel ist. Es ist noch Tag draußen. Es könnte jemand vorbeikommen und dich sehen.«

»Ist das wahr?« fragte sie, schon fast strahlend. Er nickte. »Wir könnten wieder zusammen essen«, sagte sie. »Ich könnte für uns kochen. Kochen kann ich ganz gut. Bitte.«

»Wenn du willst, kannst du auch kochen«, antwortete er hilflos.

Sie lächelte. »Ich will.«

Das Essen, das er ihr gebracht hatte, schmeckte auf einmal sehr viel besser. Sie aß immer noch hauptsächlich Obst, Käse und Brot. Jetzt schlang sie es geradezu hinunter, während sie munter drauflos redete, vom Gewitter in der Wüste, von den Skulpturen, davon, wie schön es gewesen war, wieder draußen zu sein.

Er beobachtete sie und konnte kaum glauben, welche Veränderung mit ihr stattgefunden hatte. Selbst jetzt, in diesem Augenblick, schienen Gesundheit und Kraft in sie hineinzufließen. Der gehetzte und verlorene Ausdruck in ihren Augen war fast verschwunden. Sie hatte zugenommen. Ihre Haut sah gesünder aus. Ihre Veränderung kam ihm vor wie die Verwandlung der Wüste, die höchstens ein dutzendmal in hundert Jahren erfolgte, wenn der Regen genau zur richtigen Zeit fiel, und die kahle Erde plötzlich mit den schönsten Mohnblumen, mit Löwenzahn, Goldfeld und Seradella übersät war, aus der Wildnis ein Garten geworden war, und das, was tot schien, plötzlich lebendig wurde.

Sie war so schön. Jedesmal, wenn er sie ansah, tat ihm das Herz weh. Sie kam ihm vor wie ein Schmetterling, den er gefangen hatte. Er wünschte sich nichts sehnlicher, als die Tür zu öffnen und sie freizulassen.

Aber wie sollte er? Wie konnte er sie jemals freilassen?

COSTA BRAVA – OKTOBER 1973

De Córdoba trug die Koffer hinunter zu dem Jaguar. Es waren keine Angstellten mehr im Haus, die ihm hätten helfen können. Mercedes hatte sich bereits am Wochenende von allen verabschiedet. Nur die Concierge saß noch in ihrem Häuschen. Ansonsten schien das ganze Anwesen einsam und leer; die alten Bewohner hatten das Haus fast sämtlich verlassen, die neuen waren noch nicht angekommen.

Sein Rücken protestierte, als er das Gepäck in den Kofferraum hievte.

Im kühlen Morgenlicht stand er neben dem Wagen und schaute noch einmal auf das herrliche Haus, das Mercedes Eduard gehört hatte. Die weißen Säulen und die hohe Glaskuppel glänzten im Herbstlicht. Das Laub der Bäume, die das Haus umsäumten, verfärbte sich bereits, goldene und rostfarbene Töne mischten sich in das schwindende Grün. Nie hatte es schöner ausgesehen, dachte er. Ein Zauber umgab diesen Ort.

Er dachte an das Mädchen, das er nie kennengelernt hatte, an die Tochter, für die Mercedes alles geopfert hatte. Würde Eden es jemals erfahren? Und würde sie jemals begreifen, was ihre Mutter für sie getan hatte?

Er konnte nur ahnen, was in Mercedes' Herz vorging. Sie mußte nicht nur mit der schrecklichen Angst um Eden fertig werden und den Verlust all ihrer Besitztümer verkraften, sondern dazu noch mit ansehen, wie eine innige, treue Freundschaft zu Ende ging. Ihre Wunden waren zahlreich, und ihre Schmerzen mußten furchtbar sein. Und wieder einmal bewunderte er ihre Stärke.

Er würde, bis Eden frei war, bei Mercedes im Palace Hotel in Barcelona wohnen. Maya kehrte nach Sevilla zu ihrer Mutter zurück. Das Taxi, das sie zum Flughafen bringen sollte, war schon bestellt. Seiner Meinung nach war es unwahrscheinlich, daß sie Mercedes je wiedersehen würde. Wenn Mercedes einmal einen Entschluß gefaßt hatte, dann gab es kein Zurück mehr. Er war sicher, daß auch Maya das wußte.

Er hörte das knirschende Geräusch der Räder auf dem Schotterweg und drehte sich um. Das Taxi blieb neben dem Jaguar stehen, der Fahrer stieg aus.

»Zum Flughafen. Señorita Duran?«

»Sie wird gleich kommen«, antwortete de Córdoba.

Mit den Händen in den Hosentaschen betrachtete der Fahrer das Haus. »Ein tolles Haus, das muß ich schon sagen. Manche Leute lassen sich's gutgehen.«

»Ja«, sagte de Córdoba nickend. »Manche Leute lassen sich's gutgehen.«

Der andere Mann ging pfeifend vor dem Haus auf und ab. Hin und wieder beförderte er mit dem Fuß einen Kiesel durch die Luft.

Endlich ging die Tür auf, und Maya Duran trat heraus. Sie trug ein schlichtes Chanelkostüm mit goldenen Knöpfen, das genau ihrem Stil entsprach und ihre Figur hervorragend zur Geltung brachte. Aber ihr Gesicht schien einer anderen Frau zu gehören. Sie war leichenblaß und schien sich nur mit Mühe aufrechtzuhalten. Ihre Augen waren vom vielen Weinen fast zugeschwollen. De Córdoba eilte auf sie zu, nahm ihren Arm und führte sie die Stufen hinunter. Er spürte, wie sie am ganzen Leib zitterte.

»Ich danke Ihnen«, flüsterte sie. Sie berührte zum Abschied seine Hand. Ihre Hand war eiskalt. Der Taxifahrer hielt die

Wagentür auf. Sie drehte sich noch einmal zu de Córdoba um, aber sie war unfähig zu sprechen. Er kannte den Ausdruck auf ihrem Gesicht, er hatte ihn schon mehrmals in den Gesichtern von Sterbenden gesehen.

»Ich werde alles tun, was in meiner Macht steht«, sagte er sanft.

»Ich danke Ihnen«, flüsterte sie noch einmal. Weil sie unfähig schien, sich zu bewegen, beugte er sich vor und küßte sie auf die Wange. Dann half er ihr einzusteigen und schloß die Tür. Der Fahrer grüßte mit einem angedeuteten Salut und setzte sich hinters Steuer.

De Córdoba trat zurück. Als das Taxi umdrehte und dann in Richtung Tor fuhr, erhaschte er noch einen Blick auf Maya, die ihr Gesicht in den Händen vergrub. Er blickte dem rasch entschwindenden Wagen nach.

Mercedes trat eine Viertelstunde später aus dem Haus. Wie Maya war auch sie wunderschön gekleidet. Sie schien gefaßt, obwohl dunkle Ringe unter ihren Augen lagen und sie sich mit einer Zerbrechlichkeit bewegte, die er noch nie an ihr bemerkt hatte. Sie schloß die Tür ab und kam zum Wagen.

»Sind Sie bereit?« fragte er. Sie nickte. Während sie die Allee hinunterfuhren, sah sie sich nicht ein einziges Mal um. Am Häuschen der Concierge hielten sie kurz an, um den Schlüssel abzugeben. Schweigend lenkte er den Wagen, er wartete darauf, daß sie das Wort ergriff. Sie sprach erst, als sie sich bereits auf der Autobahn nach Barcelona befanden.

»Eden hat nächste Woche Geburtstag«, erklärte sie schließlich.

»Vielleicht ist das ein gutes Omen.«

»Ich möchte wissen, worauf er wartet.«

»Ich weiß es auch nicht«, antwortete de Córdoba.

»Ist das normal?«

»Nein.«

Sie wandte ihm ihr Gesicht zu. »Seit zwei Wochen erscheint die Anzeige jeden Tag in der *New York Times*. Er muß sie gesehen haben und wissen, daß ich das Geld habe. Warum antwortet er nicht?«

»Vielleicht hat er noch ein letztes Spielchen im Sinn, um Sie zum letztenmal zu quälen.«

»Aber vielleicht tötet er sie jetzt einfach. Jetzt, wo ich ruiniert bin.«

»Nein«, sagte er entschieden. »Er will das Geld. Und Sie sind noch nicht ruiniert. Mit zehn Millionen Dollar in bar sind Sie immer noch eine vermögende Frau, Mercedes.«

»Im Vergleich zu dem, was ich…«

»Aber das weiß er nicht. Er wartet vielleicht nur, um sicherzugehen, daß Sie ihm keine Falle stellen.«

»Das kann er nie wissen. Genausowenig, wie ich sicher sein kann, daß ich Eden zurückbekomme.«

Die Wälder zu beiden Seiten der Autobahn leuchteten in allen Herbstfarben. »Es ist schon Herbst«, fuhr sie, mit Blick aus dem Fenster, fort. »Eden befindet sich seit mehr als zwei Monaten in seiner Gewalt.«

»Aber sie lebt.«

»Es ist Wochen her, seit ich zuletzt mit ihr gesprochen habe. Wer weiß, was inzwischen geschehen ist.«

»Wir haben alles getan, was er verlangt hat. Wir haben keine Polizei eingeschaltet, wir haben das Geld, und wir sind bereit, seine Anweisungen zu befolgen. Er hat keinen Grund, Eden etwas anzutun, weder jetzt noch später.«

»Ich habe von einem Fall in Italien gehört«, brachte sie mit Mühe heraus. »Die Entführer haben das Geld behalten, und das Opfer ist nie wieder aufgetaucht.«

»Ja.« Er nickte. »So etwas kommt vor, aber ganz, ganz selten. Wenn Entführer ihre Opfer häufiger töteten, dann könnten sie kaum erwarten, daß die Familien die Lösegelder bezahlen. Sie würden gegen ihr eigenes Interesse handeln. Sie haben meine Unterlagen gesehen. Sie wissen, daß in den meisten Fällen die Opfer nach Übergabe des Lösegeldes gesund zu ihren Familien zurückkehren. Ich bin überzeugt, daß wir alles gut hinter uns bringen werden, auch wenn er im Moment Katz und Maus mit uns spielt.«

»Ich habe noch andere Mittel«, erwiderte Mercedes hart.

»Wir müssen die Ruhe bewahren«, sagte er leise. »Das ist das Wichtigste überhaupt. Aber wir sind bald am Ziel.«

»Vielleicht wartet im Hotel eine Nachricht für uns«, sagte sie.

Die Fahrt nach Barcelona dauerte zwei Stunden. Am späten Vormittag bezogen sie ihre Zimmer im Palace Hotel mit Blick auf die Plaza de Cataluña. Die Außenwände des ehrwürdigen alten Gebäudes waren immer noch makellos weiß, die Markisen über den Balkonen immer noch strahlend gelb.

Eine Nachricht war nicht eingetroffen.

De Córdobas Zimmer grenzte an Mercedes' Suite. Es war elegant und altmodisch, aber trotzdem bequem eingerichtet. Er warf einen Blick auf das Telefon. Vom heutigen Tag an würde in der Anzeige in der *New York Times* eine andere Telefonnummer erscheinen.

Daß sie am sechzehnten Tag noch immer keine Antwort von ihm erhalten hatte, war eine beunruhigende Entwicklung. Er konnte sich nicht vorstellen, was den Entführer veranlaßte zu schweigen.

Er dachte an die vom Kummer gebeugte Maya Duran. Sie hatte Mercedes vier Jahre lang geliebt und verehrt. Daß diese Zeit nun zu Ende war, daran bestand nicht der geringste Zweifel. Ob Maya, wie Mercedes behauptete, eines Tages einen Mann heiraten und Kinder haben würde, schien ihm keineswegs gewiß. Die Menschen, die Mercedes Eduard geliebt hatten, überstanden eine Trennung nur selten ohne Narben. »Alle, die ich geliebt habe«, hatte er sie einmal sagen hören, »sind tot.«

TUCSON

Joel schaute auf die Zeitung, die aufgeschlagen vor ihm auf dem Tisch lag. Die Anzeige war auch heute erschienen, wie jeden Morgen seit zwei Wochen. Nur der Wortlaut war heute etwas anders; zusätzlich zu der neuen Telefonnummer war noch ein weiterer Satz hinzugefügt worden: »Wir sind bereit – bitten dringend um Kontaktaufnahme.« Er spürte die Verzweiflung hinter diesem Satz.

Langsam hob er den Kopf und sah hinaus auf die Veranda. Draußen saß Eden mit einem Buch im Schoß in einem Schaukelstuhl. Sie las nicht. Entweder blickte sie in die Wüste hinaus, oder sie war eingeschlafen. Ihr langes schwarzes Haar flatterte im nachmittäglichen Windhauch. Sie trug einen Jeansrock und ein weißes T-Shirt, beides hatte er für sie in Tucson gekauft. Wie immer, wenn er sie sah, tat ihm das Herz weh angesichts ihrer Schönheit. Er konnte sich nicht vorstellen, daß es ihm gelingen würde, etwas so Vollkommenes in seinen Skulpturen darzustellen.

Seit zwei Wochen quälte ihn die eine Frage: Was mache ich mit ihr? Und wie jeden Morgen schlug er die Zeitung zu, ohne die Frage zu beantworten.

Er stand auf und ging zu ihr hinaus. Ihr Gesicht begann zu strahlen, sobald sie ihn ansah. Seit er ihr erlaubte, sich während des Tages frei zu bewegen, hatte sie einen wunderschönen goldenen Teint bekommen, der ihre grünen Augen noch mehr leuchten ließ. Jetzt war der Heilungsprozeß abgeschlossen, in dessen Verlauf sie sich von einem kranken Kind in eine sehr schöne junge Frau verwandelt hatte, die in einer Woche ihren einundzwanzigsten Geburtstag feiern würde. Sie trug eine Navahohalskette aus Silber und türkisfarbenen Perlen, die er ihr geschenkt hatte. Er setzte sich neben sie.

»Geht's dir gut?« fragte sie.

»Ja. Und dir?«

»Wunderbar«, antwortete sie mit einem Lächeln. »Es wird kühler, hab ich recht?«

»Der Winter rückt näher.«

Sie reckte und streckte ihre Glieder. »Ist der Winter so schön wie der Sommer?«

»Schöner«, versprach er.

»Ich fühl mich vollkommen entspannt.«

Sie schob ihren Rock in die Höhe, wie sie es oft tat, und musterte ihre gebräunten Schenkel. »Alles abgeheilt«, sagte sie.

Joel nickte. Die Einstiche, die, als sie gekommen war, so entzündet gewesen waren, waren kaum mehr als silberne Fleckchen auf der zarten Haut. Sie zog ein Bein an und strich mit den Fingerspitzen über die alten Narben. Sein Blick fiel auf die weichen Rundungen ihrer Schenkel, doch er wandte den Blick geschwind wieder ab.

»Ich habe kräftige Schenkel, stimmt's?« fragte sie geistesabwesend. »Das kommt vom Reiten. Ich möchte zu gern wissen, wie es Monaco geht. Armer Kerl. Wahrscheinlich hat ihn seit Monaten niemand mehr geritten. Ich hab' schon fast vergessen, wie man im Sattel sitzt.« Sie betrachtete die Narben an ihren Knöcheln.

»Denkst du immer noch dran?«

Eden strich den Rock wieder glatt. »Ja, ich denk' noch dran. Aber nicht ständig, so wie am Anfang. Höchstens jede Stunde einmal.«

»Jede Stunde einmal?«

»Du glaubst ja nicht, wie stolz ich darauf bin. Ich weiß, daß ich nie ganz aufhören werde, daran zu denken. Aber du darfst nicht glauben, daß ich dran denken *will*. Nur solange ich mich erinnere, wie schrecklich es war, bin ich sicher davor. Begreifst du? Wenn man sich selbst nicht trauen kann, wird man vorsichtig. Nur wenn man vergißt, wenn man glaubt, sicher zu sein, dann tappt man wieder in die Falle.«

»Du wirst lernen müssen, dir selbst zu vertrauen«, sagte Joel.

»Ja«, entgegnete sie. »Das fällt mir hier auch überhaupt nicht schwer. Hier muß ich mir keine Sorgen machen. Du beschützt mich ja vor dem großen, bösen Drachen.« Sie streckte die Hand aus, und er ergriff sie. Ihre Finger fühlten sich kühl und zart an. Mit strahlenden Augen lächelte sie ihn an. »Was ist? Willst du heute morgen nicht arbeiten?«

Hand in Hand gingen sie zum Schuppen hinüber. Sie machte es sich in dem alten Korbstuhl bequem, in dem sie immer saß, und schlug ihr Buch auf. Sie senkte den Kopf, aber er spürte ihren Blick auf sich, als er Hammer und Meißel zur Hand nahm. Unabhängig davon, wie sehr er in seine Arbeit vertieft war, konnte er ihre Anwesenheit doch keine Sekunde vergessen.

Am Anfang hatte sie ihre Zelle wie eine Eule nur bei Nacht verlassen dürfen. Dann ein paar Stunden lang bei Tag, und irgendwann hatte er sich gar nicht mehr die Mühe gemacht, sie einzuschließen.

Seit zehn Tagen stand die Zelle nun bereits leer. Sie hielt sich nur noch darin auf, wenn er das Haus verlassen mußte, obwohl er es auch dann nicht fertigbrachte, sie einzuschließen. Damit hätte er vielleicht ein kostbares, zartes Band zwischen ihnen zerstört.

Wenn er zu Hause war, konnte sie sich im Haus und in der nahen Umgebung ganz nach Belieben bewegen. Sie schlief in dem oberen Gästezimmer. Jedesmal, wenn sie von einem ihrer Ausflüge in die Wüste zurückkehrte, brachte sie allerhand seltsame und hübsche Dinge mit, mit denen sie das Zimmer verschönerte: Steine, Holzstücke, Pflanzen, Scherben von Tonwaren, alles, was ihr gefiel.

Sie nannten den Zustand jetzt »Hausarrest«.

Zuerst hatte er befürchtet, daß ihre neue Freiheit sie ruhelos machen würde und der Freiraum irgendwann zu eng werden könnte. Aber nichts dergleichen war geschehen. Er bemerkte nur den tiefen inneren Frieden.

Natürlich ging er ein großes Risiko ein, indem er sie nicht mehr einsperrte. Aber sie schien ebenso bemüht wie er, daß niemand sie zu Gesicht bekam. Während des einzigen Besuchs hatte sie sich mit der instinktiven Vorsicht eines Wüstentieres freiwillig versteckt.

Verrückt, dachte er. Wer von uns ist der Gefangene, und wer der Gefängniswärter?

Ihre Gegenwart verschönerte sein Leben. *Ich liebe sie so sehr.*

Die meisten Vormittage verbrachte sie in den Stuhl gekuschelt und mit einem Buch auf dem Schoß. Sie war es zufrieden, einfach nur dazusitzen, sich zu sonnen und den Frieden und die Ruhe in sich aufzunehmen. Sie ließ ihn dabei kaum aus den Augen, verfolgte fast jede seiner Bewegungen.

Er arbeitete in seinem gewohnten zügigen Tempo, und während er arbeitete, gelang es ihm, die Anspannung und die Zweifel abzuschütteln. Die Marmorskulptur näherte sich ihrer Vollendung.

Nach zwei Stunden rann der Schweiß an seinem Körper herunter. Er trat nach draußen und hielt den Kopf unter das kalte Wasser. Dann kam er zurück und betrachtete sein Werk. Eden erhob sich aus dem Stuhl und stellte sich neben ihn.

Die Skulptur besaß eine außerordentliche Ausdruckskraft. Der Schweiß, die Arbeit waren beinahe greifbar. Der Kontrast zwischen dem glatten, weiblichen Körper und dem zerklüfteten Stein, der ihn umschloß, erfüllte ihn mit Befriedigung. Nicht alle Gliedmaßen waren frei. Teile der Gestalt waren noch in dem Stein gefangen, lagen immer noch in den Geburtswehen. Er stand regungslos vor der Skulptur und saugte ihre Schönheit in sich auf.

»Sie ist wunderschön«, sagte sie. Sie wußte längst, daß sie sein

Modell gewesen war. Mit der Hand berührte sie jetzt die straffen Muskeln seines Körpers. »Ich wünschte, ich hätte nur einen Teil der Kraft, die du mir gegeben hast.« Sie hob seine große Hand an ihren Mund und drückte sanft ihren Mund darauf. »Du bist ein großartiger Künstler. Die Arbeit ist so schön. Was willst du mit ihr machen?«

»Sie gehört dir«, antwortete er, überrascht über ihre Frage.

Sie schwieg eine Weile, bevor sie antwortete. »Ich wußte, daß du das sagen würdest.« Obwohl sie wußte, daß er allzu offene Gefühlsbezeugungen nicht schätzte, schlang sie die Arme um seinen Hals und zog seinen Kopf zu sich herunter. »Ich bete dich an«, flüsterte sie. »Ich danke dir, Joel!« Sie drückte ihre weichen Lippen auf seinen Mund.

Einen Augenblick lang preßte er sie mit einer Leidenschaft an sich, die sie zu erdrücken drohte.

Von allen Situationen in seinem Leben war dies die allerseltsamste. Die seltsamste Zeit in einem seltsamen Leben.

Dann stieß er sie wieder von sich weg. »Laß uns essen«, sagte er mit ausdrucksloser Stimme.

Vor sich hin summend, bereitete sie das Essen zu. Sie war alles andere als eine gute Köchin und konnte nur die einfachsten Gerichte kochen, aber er beklagte sich nie, ja es schien ihm sogar zu schmecken.

Ihre häuslichen Pflichten machten ihr Freude. Sie hielt es für eine Auszeichnung, daß er ihr gestattete, diese Arbeiten zu übernehmen und dadurch die Herrin im Haus zu werden. In der Vergangenheit hätte die Vorstellung, die Herrin eines Hauses zu sein, ihr nur ein verächtliches Lächeln entlockt. Jetzt empfand sie eine stille Freude, wenn sie beobachtete, wie ihm ihr Essen schmeckte, daß sie sein Haus sauberhalten, ihre Wäsche waschen und draußen aufhängen konnte.

Nach den Stürmen, die sie gebeutelt hatten, schien ihr dieser Hafen kostbar und sicher zu sein.

Als sie spürte, wie sein Blick auf ihr ruhte, lächelte sie. »Ich weiß, daß du mich beobachtest«, sagte sie.

»Du hast zugenommen.«

»Werd' ich etwa schon zu dick?«

»Du bist herrlich anzusehen.«

Mit einem strahlenden Lächeln drehte sie sich zu ihm um, doch an seinem Gesicht sah sie, daß er seine Worte bereits bereute. Anstatt ihm für das Kompliment zu danken, sagte sie: »Ich fühl' mich einfach wohl. In meinem ganzen Leben war ich noch nie so gesund, nicht einmal vor der Drogenzeit. Es ist, als ob…« Sie hielt inne, der aufgewirbelte Staub draußen vor dem Haus zog ihre Aufmerksamkeit auf sich. »Joel«, sagte sie eindringlich, »es kommt jemand.«

Mit einem Ruck drehte er sich um. Der gelbe Sportwagen war bereits vor dem Haus stehengeblieben, und eine Frau stieg aus.

Sie trat auf die Veranda und durch die offene Tür ins Haus herein. Ihre engen Jeans steckten in verzierten Cowboystiefeln, dazu trug sie eine halboffene Bluse, einen Schal und einen Cowboyhut. Als ihr Blick auf Eden fiel, blieb sie abrupt stehen und nahm ihre Sonnenbrille ab. Eden stand, immer noch mit dem Küchenmesser in der Hand, wie angewurzelt da. Dann wandte sich die Frau mit einem Lächeln zu Joel um. »Hallo, mein lieber Joel. Wie geht's denn so?«

Eden warf Joel einen kurzen Blick zu. Er war blaß, und sein Körper schien sich vollkommen versteift zu haben. Er rührte sich nicht, als die blonde Frau auf ihn zutrat und ihn auf die Wange küßte.

»Ich stör' doch hoffentlich nicht«, sagte sie fröhlich. Die angespannte Atmosphäre schien ihr nicht das geringste auszumachen.

»Wir wollten gerade essen«, antwortete Joel leise.

»Tja, dann laßt euch durch mich bitte nicht stören.« Sie nahm ihren Hut ab und schüttelte ihre platinblonde Mähne, dann trat sie neben Eden und schaute ihr über die Schulter. »Du brauchst nicht so ängstlich dreinzuschauen, meine Kleine. Du siehst ja aus, als wollte ich dich auffressen.« Sie lächelte, aber sie hatte etwas an sich, das Eden einen Schauer über den Rücken jagte. Eden sah die Halskette mit dem Namen *Lilah*. Die goldenen Buchstaben funkelten auf der blassen Haut. Sie hatte die weißeste Haut, die Eden je gesehen hatte. »Wie heißt du?«

»Eden«, antwortete sie mit trockenem Mund.

»Ach, was für ein hübscher Name«, erwiderte Lilah mit übertriebenem Südstaatenakzent. »Meinen Namen kannst du ja wohl ablesen, oder?«

»Ja.«

Sie ging langsam um Eden herum. Ihre kalten blauen Augen maßen Eden von Kopf bis Fuß, ihr Blick schweifte von den nackten Füßen bis hinauf zu den türkisfarbenen Perlen. »Das ist also Ihre kleine Squaw?« fragte sie mit Blick auf Joel. »Sie haben mehr Geschmack, als ich gedacht hätte. Ein süßes Ding, das muß ich sagen.«

»Lilah«, sagte Joel leise, »ich hab' Ihnen schon zweimal gesagt, daß ich nicht will, daß Sie hierher kommen. Aber Sie können wohl nicht hören, oder?«

»Und *ich* habe *dir* gesagt, daß du mich faszinierst. Ich kann einfach nicht von dir lassen.« Sie lächelte süß. »Und ich laß mich nicht so leicht entmutigen.« Sie wandte sich wieder an Eden. »Wo kommst du her, Süße? Ostküste?«

»Kalifornien.«

»Das hätte ich mir denken können. Fehlt nur noch die Blume in deinem Haar. San Francisco?«

»Los Angeles.«

»Soso.« Sie steckte den Finger zuerst in die Salatsoße und dann in ihren rotbemalten Mund. »Wie alt bist du, Süße?«

»Zwanzig«, antwortete Eden.

Lilah zog eine Augenbraue in die Höhe und wandte sich lässig ab. Joel und Eden standen schweigend und regungslos da. Lilah ließ ihren Blick durch das Zimmer gleiten, dabei drehte sie sich einmal um ihre eigene Achse, bis ihr Blick wieder Joel und Eden traf. »Dein Haus ist wunderschön, Joel«, erklärte sie und wirbelte ihren Hut herum. »Aber ich habe auch nichts anderes erwartet. Du bist häuslich. Alles steht da, wo es hingehört, und alles hat seinen Platz. Ungewöhnlich für einen Mann. Oder ist dein kleines Blumenkind dafür verantwortlich?«

Joels Stimme klang gepreßt. »Fahren Sie wieder nach Hause!«

Ihr Blick richtete sich immer noch lächelnd auf Eden. »Irgend etwas stimmt hier nicht, hab' ich recht?«

»Hier ist alles bestens.«

»Nein, das ist nicht wahr. Ich hab' ein Gespür für solche Dinge. Irgend etwas ist hier faul. Und ich glaube, das bist du, Süße.« Sie sah Eden direkt an. »Du versteckst dich hier. Die Frage ist nur, wovor. Bist du minderjährig? Suchen dich deine Eltern?«

Mit zusammengepreßtem Mund machte Joel einen Schritt auf sie zu. »Ich bitte Sie nicht ein zweites Mal.«

»Du warst schon immer als Einzelgänger bekannt, Joel. Aber seit sie da ist, sieht man dich nirgendwo mehr. Und du willst auch nicht, daß man dich besucht. Du hast Angst, daß jemand sie sehen könnte. Wer ist sie?«

»Eine Freundin, nichts weiter«, preßte er hervor.

»Warum versteckst du sie? Was ist los mit ihr? Bist du etwa auf der Flucht, Süße? Ist die Polizei hinter dir her? Drogen vielleicht?«

Joel sah, daß Eden erbleichte. »Jetzt reicht's aber, Lilah, bitte verlassen Sie das Haus«, krächzte er.

»Ein Mann wie du«, gab sie leise zurück, »und eine Streunerin wie sie? Das paßt nicht, Joel, mein Lieber. Du könntest was Besseres finden. Etwas viel Besseres.«

Etwas unbeholfen trat er auf Lilah zu und packte sie am Arm. Sie schrie auf vor Schmerz und versuchte, sich loszureißen, aber gegen ihn hatte sie keine Chance.

Unbarmherzig zerrte er sie zur Tür. Auf der Veranda schubste er sie in Richtung Treppe.

Er hatte nicht vorgehabt, so grob zu sein, aber der Zorn hatte ihn überwältigt. Sie fiel die Holzstufen hinunter und landete auf der staubigen Erde. Sofort bereute er bitter, was er getan hatte.

Er bemühte sich nicht, ihr zu Hilfe zu eilen. Sie erhob sich langsam und klopfte dann den Staub von ihren Kleidern. Ihre Augen waren eiskalt, als sie zu ihm hochsah. »Damit kommst du nicht ungestraft davon, mein lieber Joel. Darauf kannst du dich verlassen!« Sie drehte sich nicht mehr um, als sie zu ihrem Ferrari schritt.

BARCELONA

Das Telefon klingelte.

Mercedes war als erste am Hörer und nahm ihn ab. »Ja? Ja, stellen Sie durch! *Schnell!*« Sie warf de Córdoba einen kurzen Blick zu. »Ein Gespräch aus Amerika«, sagte sie.

Aber als die Verbindung schließlich zustande kam, wußte er sofort, daß nicht der Entführer am anderen Ende der Leitung war. Ihr Gesicht wirkte plötzlich eingefallen und gefühllos. Obwohl sie ein langes Gespräch führte, antwortete sie nur ganz einsilbig. Irgendwann verabschiedete sie sich und legte den Hörer auf.

»Wer war dran?« fragte er.

»Dominics Anwalt. Dominic hat einen Zusammenbruch gehabt. Man hat ihn in eine Klinik eingeliefert.«

»Das tut mir leid. Ein Herzanfall?«

»Nein.« Ihre Stimme klang müde. »Ein geistiger Zusammenbruch. Er hat bei sich zu Hause ein junges Mädchen angegriffen, eine minderjährige Prostituierte. Jetzt ist er in einer psychiatrischen Anstalt in Los Angeles. Das war die einzige Möglichkeit, um einer strafrechtlichen Verfolgung des Falles zu entgehen.«

De Córdoba war bestürzt. »War das das erste Mal, daß so etwas vorgekommen ist?«

»Dominic ist kokainsüchtig. Er hat seiner eigenen Ware schon immer etwas zu kräftig zugesprochen. Ich habe die Entwicklung kommen sehen, deshalb bin ich nicht überrascht. Seine Mutter ist in einer Anstalt gestorben, und es war immer seine größte Angst, irgendwann zu enden wie sie.«

»Gott sei mit ihm.«

»Ist es nicht seltsam, wie unser Schicksal uns verfolgt und einholt?« Als sie sich ihm jetzt zuwandte, sah sie älter und erschöpfter aus als je zuvor. »Joaquin«, fuhr sie leise fort, »warum nimmt er keinen Kontakt mit uns auf? Warum ruft er nicht an?«

»Ich weiß es nicht«, antwortete er verzweifelt, »ich weiß es wirklich nicht.«

TUCSON

Er betrat ihr Zimmer schon früh, knapp eine Stunde nach Sonnenaufgang. Ein Sonnenstrahl fiel auf das Bett und ihr Gesicht. Die langen Wimpern berührten beinahe ihre Wangen. Schweigend sah er auf sie hinunter, und sein Herz zog sich zusammen. Wie ein Kind lag sie da, eine Hand unter der Wange, die andere sorglos ausgestreckt.

Völlig sorglos, dachte er.

Er setzte sich neben sie und strich ihr zärtlich übers Haar, bis sie sich regte und die Augen aufschlug.

»Herzlichen Glückwunsch zum Geburtstag«, sagte er.

Sie lächelte.

»Ich bin einundzwanzig. Ich bin erwachsen.« Sie hob die Arme, schlang sie um seinen Hals und zog ihn zu sich herunter. »Tut mir leid«, murmelte sie. »Ich muß mir erst die Zähne putzen.«

Aber sie roch so gut, so nach junger Weiblichkeit. Ihr Mund war weich. Er mußte die Augen schließen, als sie sich küßten, denn er war längst nicht mehr Herr seiner selbst. Sie öffnete ihren Mund, und er spürte die warme Feuchtigkeit ihrer Zunge. Er versuchte zu widerstehen, aber sein Wille war zu schwach. Seine Finger vergruben sich immer tiefer in ihrem Haar, während er die Süße ihres Mundes kostete. Seine Zunge berührte ihren Gaumen. Als ihre Hand unter sein Hemd glitt, meinte er, seine Haut würde von einem Feuer erfaßt.

Wie immer löste er sich auch heute als erster aus der Umarmung.

»Ich habe ein Geschenk für dich«, teilte er ihr mit unsicherer Stimme mit.

»Ich will dich«, erwiderte sie leise, »du sollst mein Geschenk sein.«

Er wandte sich ab, und als er sprach, zwang er sich, fröhlich zu klingen. »Komm los, steh auf. Laß sie nicht warten.«

»Sie?« Er hatte es geschafft, ihre Neugierde zu wecken. »Was ist es?«

Sie sprang aus dem Bett und schlüpfte in Jeans und T-Shirt. »Brauche ich Schuhe?«

»Du wirst Stiefel brauchen.« Er hielt sie ihr hin.

Ihre Augen weiteten sich. »Joel, du hast doch nicht…«

Sein hageres Gesicht blieb ausdruckslos. »Hast was?«

Mit ungewohnter Eile zog sie die Stiefel an. »Oh, ich kann's gar nicht erwarten.«

Sie rannte vor ihm nach draußen. Er folgte mit langsameren Schritten. Noch bevor er draußen war, hörte er einen lauten Freudenschrei.

Als er hinaustrat, hatte sie ihre Arme um den Hals des Pferdes geschlungen und ihr Gesicht in das glänzende Fell gedrückt. »Oh, Joel«, rief sie mit tränenerstickter Stimme. »Oh, Joel.«

Angesichts ihrer Freude lachte auch sein Herz. »Gefällt sie dir?«

»Oh, Joel«, rief sie zum drittenmal. »Eine echte arabische Stute. Sie muß ein Vermögen gekostet haben.«

»Tja, ich hab' mir schon gedacht, daß nur das Beste gut genug für dich ist.«

Als sie sich ihm zuwandte, liefen ihr die Tränen über die Wangen. »Ich liebe dich.«

Er errötete. »Sie heißt Roxanne, aber du kannst sie natürlich umtaufen.«

Er band das Pferd los und gab ihr die Zügel in die Hand. »Willst du sie nicht ausprobieren?«

Sie schwang sich in den Sattel und ließ ihre Füße in die Steigbügel gleiten. Ihr Gesicht glühte. »Wunderbar, ein herrliches Gefühl. Und was für ein herrlicher Sattel!«

»Er stammt aus Mexiko.«

Sie sah auf ihn hinunter. »So haben wir uns kennengelernt«, sagte sie. »Erinnerst du dich?«

Sie lenkte die Stute von ihm weg und ließ sie über den Hof galoppieren. Er lehnte sich an die Veranda und sah ihr zu. Die graziösen, tänzerischen Bewegungen des Pferdes faszinierten ihn. Unter dem seidigen weißen Fell erkannte er die ausgeprägten Muskeln, die von Kraft und Ausdauer zeugten. Der buschige Schweif war stolz nach oben gerichtet.

Und sie ritt ganz wunderbar. Ihre Anmut versetzte ihn in Staunen. Es kam ihm vor, als hätte sie sich von einer Sekunde zur nächsten in eine andere Frau verwandelt. Ihr schwarzes Haar glänzte in der Sonne, ihr schlanker, federleichter Körper schien mit dem der Stute zu verschmelzen; trotzdem hatte sie die wogende Kraft und die donnernden Hufe des Pferdes vollkommen in ihrer Gewalt.

Sie ließ das Pferd noch einmal wenden und setzte zum Galopp an. Er blickte ihr nach, als sie an ihm vorbeiflog, und sein Herz hämmerte vor Aufregung.

Plötzlich sah er das schreckliche Bild vor sich, wie sie mit gebrochenen Knochen und zerfetzter Haut am Boden lag. Angst und Sorge packten ihn. Seine Finger klammerten sich um das Holzgeländer der Veranda. Weil er unfähig war, noch länger hinzusehen, wandte er den Kopf ab und schloß die Augen.

In seinem Kopf erhob sich ein Donnergrollen, Wind und Staub hüllten ihn ein. *Ich schaute, und siehe: Ein Sturmwind kam vom Norden her, eine gewaltige Wolke und loderndes Feuer mit Glanz rings um sie her; aus seinem Innern strahlte es wie blinkendes Glanzerz, aus der Mitte des Feuers.*

Eine Ewigkeit schien vergangen, als er endlich ihre Stimme wieder hörte. »Du hast ja nicht einmal geschaut!«

Langsam drehte er sich um. Sie lebte, sie keuchte, und ihr Gesicht glühte, als sie sich den Schweiß von der Stirn wischte. Auch auf dem weißen Hals der Stute glänzte der Schweiß.

»Du hast nicht einmal geschaut!«

»Das stimmt nicht.« Er zwang sich zu lächeln, obwohl seine Lippen bebten. »Bitte, sei vorsichtig! Bitte.«

Sie ließ das Pferd wenden, und jetzt sah es so aus, als hebe sich das Pferd vom Wüstenboden ab. Er wäre kaum überrascht gewesen, wenn dem Pferd Flügel gewachsen wären und es sich hinauf in die Lüfte erhoben hätte. Die Hufe wirbelten Staub auf, als sie davongaloppierte.

Er verfluchte seine Idee, das Pferd zu kaufen. Was hatte er bloß getan? Er war ein Narr. Er hatte ihr das Mittel in die Hand gegeben, sich selbst zu zerstören!

Durch den Donner hindurch hörte er sie rufen, ihre Stimme klang klar und hell wie ein Vogel.

War das Liebe? Dieses schreckliche Ziehen, das einem unter die Haut ging und an den Knochen nagte?

Sie ließ das Pferd inzwischen gemächlichen Schrittes vor dem Haus traben, als das Auto des Sheriffs von Pima County die Straße entlanggefahren kam.

Joel hatte das Gefühl, als griffe eine eiskalte Faust nach seinem Herz. Einen kurzen Augenblick lang wäre er fast der Versuchung erlegen, seine M-16 aus dem Schrank zu holen. Aber er war unfähig, sich zu bewegen.

Eden hatte das Polizeiauto ebenfalls bemerkt. Als er sah, wie sie den Kopf drehte, schickte er ihr einen stummen Schrei: *Los, reite los, schnell, weg von hier!* Aber seine Botschaft erreichte sie nicht. Ihr Haar klebte an ihrem Gesicht, als sie die Stute zum Stehen brachte.

Zwei Beamte stiegen aus dem Wagen aus und schritten auf Joel zu. Der eine war bereits im fortgeschrittenen Alter; er hatte ein rotes Gesicht mit einem Doppelkinn, das sich über den Kragen seiner Uniform wölbte. Er hielt ein schwarzes Plastikklemmbrett in der Hand. Der andere war jung und dunkelhaarig; seine Hand lag beim Gehen lässig am Griff seines Revolvers. Beide trugen reflektierende Sonnenbrillen. Als die beiden näher kamen, sah Joel sich in den vier Zerrspiegeln.

»Guten Tag! Sind Sie Joel Eldred Lennox?«

Joel nickte. Sein Mund fühlte sich vollkommen ausgetrocknet an.

»Tag, Joel. Ich heiße Hanrahan, und das ist mein Kollege Daly, wir kommen im Auftrag des Sheriffs.« Der Sprecher nickte jetzt zu dem niedrigen Haus aus Lehmstein hin. »Ein hübsches Haus haben Sie hier. Und eine schöne Aussicht. Ich schätze, Sie befinden sich hier mitten im Kandelaber-Naturschutzgebiet. Wenn man gern allein ist, ist das der richtige Ort. Es heißt, Sie sind einer der führenden Künstler der Stadt.«

Joel fand endlich die Sprache wieder. »Was kann ich für Sie tun?«

»Wir stellen Nachforschungen an.«

»Was für Nachforschungen?«

»Es geht um als vermißt gemeldete Personen. Reine Routineangelegenheit.« Der rotgesichtige Beamte wandte sich zu Eden um, die immer noch regungslos auf ihrer weißen arabischen Stute saß. Der Wind wirbelte Staub auf. »Und wer ist das, Joel?«

Er wußte, wem er ihren Besuch zu verdanken hatte. Nicht Mercedes. *Lilah.* Er fuhr sich mit der Zunge über die Lippen. »Eine Freundin.«

»Soso. Und wohnt sie hier?«

»Ja.«

»Wie lange schon?«

»Ein paar Monate.«

»Hat sie auch einen Namen?«

Er gab keine Antwort.

Der Beamte lächelte immer noch. »Keinen Namen? Sie nennen Sie also einfach *Hallo, Du*?«

Jetzt ergriff der jüngere Beamte das Wort. »Wir müssen ihr ein paar Fragen stellen, Mr. Lennox. Würde es Ihnen etwas ausmachen, die junge Dame herüberzubitten?«

»Sie hat nichts verbrochen.« Beinahe hätte er seine eigene Stimme nicht wiedererkannt. »Sie war schwer krank und erholt sich hier.«

»Aber natürlich. Wir werden sie bestimmt nicht beunruhigen, Joel. Aber reden müssen wir mit ihr.«

Der jüngere der beiden winkte Eden heran und rief: »Wir würden gerne mit Ihnen reden, Miss.«

Ohne zu zögern, kam Eden der Aufforderung nach. Sie trieb die Stute an. Joel stieß sich von dem Geländer ab, jeder Muskel seines Körpers war angespannt. Die beiden Beamten traten unauffällig einen Schritt zurück. Der Ausdruck auf ihren Gesichtern hatte sich nicht geändert, aber inzwischen war auch die Hand des Älteren an seinen Revolver geglitten.

In Gedanken ging er in Sekundenschnelle die verschiedenen Möglichkeiten durch. Die beiden waren erfahrene Polizisten, aber auf seinen Angriff waren sie gewiß nicht vorbereitet. Den dicken würde er sich zuerst vornehmen; er würde ihm die Waffe abnehmen und mit der Waffe versuchen, schneller als der Jüngere zu sein. Nachdem er beide in der Zelle eingeschlossen hätte, könnten sie sich mit dem Lieferwagen davonmachen…

»Guten Morgen.« Eden lächelte sie vom Rücken des Pferdes aus an. »Ist irgend etwas nicht in Ordnung?«

»Nein, alles bestens, Miss.« Der dicke Mann hörte gar nicht auf zu lächeln. »Wie ich Joel schon sagte, stellen wir nur ein paar Nachforschungen an, reine Routine sozusagen. Ich heiße Hanrahan. Und das ist Daly.«

»Hat sich jemand beschwert?«

»Ganz und gar nicht. Dürfte ich wohl Ihren Namen erfahren, Miss?«

»Aber natürlich. Ich heiße Eden.«

»Eden. Und weiter?«

»Nur Eden.«

Hanrahan schrieb etwas auf das oberste Blatt auf seinem

Klemmbrett. »Das ist ein wunderschönes Tier, auf dem Sie da sitzen.«

»Joel hat es mir heute geschenkt. Heute ist mein einundzwanzigster Geburtstag.«

»Tja, dann herzlichen Glückwunsch, Eden. Ein schönes Geschenk, das muß ich sagen.«

»Das schönste in meinem Leben.«

»Sie sind in einem anderen Bundesstaat zu Hause, hab' ich recht?«

»Ich komme aus Los Angeles.« Sie schien vollkommen entspannt, ihre Stimme klang ruhig und angenehm.

Joel war übel. Der jüngere Beamte ließ ihn nicht aus den Augen, seine Hand ruhte immer noch auf seinem Revolvergriff.

»Können Sie uns eine Adresse in Los Angeles nennen?«

»Eigentlich nicht.«

»Eigentlich nicht? Was meinen Sie damit?«

»Ich bin ziemlich oft umgezogen.«

Hanrahan blätterte die Papiere auf seinem Klemmbrett durch. »Könnten Sie sich vielleicht irgendwie ausweisen, Eden?«

»Leider nein«, antwortete sie lächelnd. »Sie schauen da wohl auf Ihre Liste mit den als vermißt gemeldeten Personen.«

Hanrahan nickte. »Da haben Sie ganz recht, Eden.«

»Ich stehe nicht auf der Liste. Ich bin keine Ausreißerin.«

»Das hat auch niemand behauptet.«

»Mich will niemand.«

»Also, ich würde sagen«, gluckste der Beamte mit dem Doppelkinn, »daß das eine ziemlich fragwürdige Aussage ist. Hören Sie zu, Eden. Wenn Sie nichts dagegen haben, dann würden wir Sie gern in das Büro des Sheriffs in der Stadt mitnehmen. Nur um ein paar Unklarheiten zu beseitigen…«

»Heißt das, Sie wollen mich verhaften?« fragte sie.

»Aber nein, keineswegs. Wir bitten Sie nur, uns zu helfen.«

»Ich will aber nicht.«

»Sie würden sich selbst einen Gefallen tun, wenn Sie etwas offener mit uns wären. Wenn Sie uns beispielsweise Ihren Namen und Ihre Adresse nennen würden.«

»Wir könnten uns einen Haftbefehl besorgen«, sagte jetzt der jüngere Beamte, »und Sie in Handschellen abführen.«

Joel machte wieder einen Schritt nach vorne. »Bleiben Sie genau dort, wo Sie sind«, befahl der jüngere Beamte barsch, wobei er blitzschnell seinen Revolver zog. »Wenn Sie sich noch einmal so bewegen, Mister, könnte ich das leicht mißverstehen.«

»Nur die Ruhe behalten, Daly«, beruhigte ihn der Ältere.

»Er will mich nur beschützen«, warf Eden ein.

»Wovor?«

Sie strahlte eine ungeheure innere Ruhe und Sicherheit aus. »Sie wollen wissen, wer ich bin und was ich hier mache, stimmt's?«

»Genau«, antwortete Hanrahan leichthin.

»Okay«, erwiderte sie mit einem kleinen Seufzer, »ich werde es Ihnen sagen. Ich bin heroinsüchtig.«

Hanrahans Gesichtsausdruck veränderte sich geringfügig. »Ach wirklich?« sagte er langsam.

»Ja. Oder besser gesagt, ich war bis im Sommer süchtig. Da habe ich Joel kennengelernt, und wir haben uns verliebt. Ihm habe ich es zu verdanken, daß ich jetzt clean bin. Er hat mich hierhergebracht, weil es hier ruhig und friedlich ist. Meinen Sie nicht auch, daß man hier wieder gesund werden kann?«

»Sie haben also einen Entzug hinter sich.«

Sie nickte. »Joel hat mir von Anfang an beigestanden. Ohne seine Unterstützung hätte ich es nie geschafft. Seit zwei Monaten bin ich clean.«

»Ich seh' gar keine Einstichstellen an Ihren Armen, Eden.«

Sie sprang vom Pferd und schnallte ihren Gürtel auf. »Ich hoffe, Sie halten mich nicht für eine Exhibitionistin, meine Herren. Ich habe nie meine Armvenen benutzt. Man sieht es gleich.« Sie schob ihre Jeans nach unten. »Hier sehen Sie die Einstichstellen noch. Hier und an meinen Knöcheln.«

Die beiden Beamten starrten unverwandt auf die schlanken, gebräunten Schenkel und das Höschen, durch das ihre Schamhaare schimmerten. Beide hatten Joels Anwesenheit anscheinend vollkommen vergessen.

Die Chance hätte er nutzen können, er hätte sie mit Leichtigkeit niederschlagen...

Aber das war gar nicht mehr nötig. Sie schlug sie in die Flucht, ohne einen Finger zu rühren. Er sah es an ihren Gesichter.

»Ja, also dann«, sagte Hanrahan leise, »so was ist mir noch nie untergekommen.«

»Ich wäre beinahe hopsgegangen. Joel hat mir das Leben gerettet. Und er hat meine Seele gerettet.« Sie zog den Reißverschluß hoch und steckte das T-Shirt in die Hose. »Er beschützt mich immer noch, weil er fürchtet, daß ich mich schämen könnte. Aber ich schäme mich nicht.«

»Das ist eine sehr vernünftige Einstellung. Ich bin Ihnen dankbar dafür, daß Sie so ehrlich zu uns waren. Vielleicht könnten Sie uns jetzt auch noch Ihren richtigen Namen und Ihre Adresse verraten?«

»Aber natürlich. Ich heiße Antigone Pringle-Williams.«

»Antigone.«

»Deshalb ziehe ich Eden vor. Die Adresse lautet Lexington Road, Ecke Sunset Boulevard, Beverly Hills.«

Hanrahan schrieb. »Hübsche Gegend.«

»Nicht so hübsch wie hier, Mr. Hanrahan.«

»Wir müssen diese Angaben natürlich überprüfen, Eden. Das verstehen Sie doch, oder?«

»Natürlich. Meine Eltern wissen, daß ich süchtig bin. Um die Wahrheit zu sagen, haben sie mich so gut wie aufgegeben. Aber im Moment werden Sie zu Hause niemanden antreffen. Beide sind in Europa beim Drehen, mein Vater ist nämlich Schauspieler.«

»Wir kriegen das schon heraus, keine Sorge.« Hanrahan nahm seine dunkle Brille ab. Seine Schweinsäuglein wirkten entspannt. »Wissen Sie, woher ich weiß, daß Sie die Wahrheit sagen?« fragte er.

»Das Pferd.«

»Genau«, antwortete er nickend. »Ich kenne mich mit Pferden aus. Und ich habe die Stute die ganze Zeit über beobachtet. Wenn diese reinrassige arabische Stute irgendeine Anspannung in Ihnen bemerkt hätte, dann hätten ihre Ohren gezittert.«

»Ich habe die Wahrheit gesagt.«

Beide Männer hatten ihre Hände vom Revolvergriff genommen. Sogar Daly machte nun einen entspannten Eindruck und lächelte.

Eden trat auf Joel zu und hakte sich bei ihm unter. Sie spürte seine angespannten Muskeln. Mit herausforderndem Blick sah sie die beiden Beamten an. »Es tut mir leid, daß Sie einem falschen Verdacht nachgehen mußten.«

»Aber das macht doch nichts, Eden. Und Sie haben ein bißchen Glanz in unser fades Leben gebracht. Wir kommen vielleicht wieder, um noch ein, zwei Dinge abzuklären. Ich hoffe, Sie haben nichts dagegen.«

Joel spürte, wie Eden ihm einen leichten Stoß in die Rippen versetzte. »Gar nicht«, antwortete er jetzt an ihrer Stelle. Sie versetzte ihm noch einmal einen Stoß, woraufhin er mühsam weitersprach. »Es tut mir leid, wenn ich vielleicht etwas unfreundlich war, aber es handelt sich schließlich um eine heikle Sache.«

»Es ist immer am besten, der Polizei gegenüber offen und ehrlich zu sein, Joel. Wir sind nicht halb so schlimm, wie man uns für gewöhnlich darstellt. Also, dann erst mal alles Gute.«

Sie gingen zu ihrem Wagen zurück, stiegen ein und fuhren in einer Staubwolke davon.

Sie standen nebeneinander auf der Veranda und sahen zu, wie die Sonne unterging. Nicht ein einziges Wölkchen war am Himmel zu sehen, der sich gelb und grün vor ihnen erstreckte und dann bis in die blaue Unendlichkeit. Die Wüste war still und ruhig.

Eden spürte seine Anspannung. Sie berührte seinen Arm. »Joel. Denk nicht mehr an sie. Sie sind weg.«

»Aber sie kommen wieder.«

»Sie haben sich täuschen lassen.«

»Aber nicht für lange.«

»Wahrscheinlich werden sie die Angaben nicht einmal nachprüfen. Und wenn sie's doch tun, dann werden sie zu dem Schluß kommen, daß ich die bin, für die ich mich ausgegeben habe. Und dann werden sie einsehen, daß diese Frau aus reiner Boshaftigkeit gehandelt hat.«

»Sie kommen wieder«, preßte er hervor. »Es ist vorbei, Eden. Wir haben vielleicht noch eine Woche, vielleicht nicht einmal das, und dann müssen wir hier weg.«

»Mit dir gehe ich bis ans Ende der Welt«, erklärte sie einfach.

»Deine Mutter ist bereit, das Lösegeld zu bezahlen. Ich werde es in Empfang nehmen, und im Austausch bekommt sie dich.«

»Das ist nicht dein Ernst!«

»Das ist mein voller Ernst. Ich hab' dir vielleicht in letzter Zeit mehr Freiheit eingeräumt, aber ich bin immer noch dein Entführer.«

»Das bist du nicht«, sagte sie eindringlich. »Du bist mein Freund!«

»Mach dir nichts vor«, gab er barsch zurück. »Ich bin dein Feind.«

Lange Zeit sagte sie gar nichts. »Ich habe in letzter Zeit nicht mehr an Heroin gedacht«, meinte sie schließlich, »manchmal sogar stundenlang nicht.«

»Gut.«

»Ich habe an dich gedacht.«

Er zwang sich, seine Stimme normal klingen zu lassen. »Du wirst nie wieder Drogen brauchen. Du bist frei.«

»Nein, ich bin nicht frei. Ohne dich bin ich gar nichts.«

»So etwas darfst du nicht sagen«, antwortete er schroff.

»Aber es ist die Wahrheit«, antwortete sie einfach.

»Du wirst ab jetzt dein eigenes Leben führen, und zwar ohne Drogen und ohne fremde Hilfe. Und ich werde aus deinem Leben verschwinden. Wir werden uns nie wiedersehen.«

»Du weißt, daß das nicht wahr ist«, erwiderte sie ruhig.

»Es wird genauso sein, wie ich es gesagt habe.«

Sie berührte seine Wange. »Ich liebe dich.«

Er stieß ihre Hand weg. »Verdammt! Du kennst mich ja nicht einmal.«

»Ich kenne dich gut genug.«

»Glaubst du vielleicht, ich könnte dich zehn Wochen lang gefangenhalten, deiner Mutter zehn Millionen Dollar abnehmen und dann einfach um einen Waffenstillstand bitten?« Seine Finger gruben sich in ihren Arm. »Du bist ein Kind, Eden. Du denkst wie ein Kind und redest wie ein Kind. In dem Augenblick, in dem du frei bist, wird sie die Polizei einschalten. Und dann wird die ganze Polizei von Pima County hier aufkreuzen.«

»Ich werd' es ihr ausreden.«

»Niemand kann ihr das ausreden. Vielleicht arrangiert sie einen Selbstmord für mich, so wie sie's für deinen Freund Rusty getan hat. Irgend jemand wird mir eine Kugel durch den Kopf jagen.«

»Sag so etwas nicht«, schrie sie mit bebender Stimme.

»Es ist vorbei, Eden. Vorbei. Von jetzt an werde ich auf der Flucht sein. Ich werde nie wieder in deine Nähe kommen können.«

Sie klammerte sich an ihn. »Wir reden darüber, und dann wird alles gut. Ich verlaß dich nicht, Joel. Wenn du meinst, du kannst mich zu ihr zurückschicken, dann irrst du dich. Seit meinem sechzehnten Lebensjahr lebe ich allein. Ich liebe sie, aber leben will ich nicht mit ihr.«

»Eden…«

»Wenn du mich mit ihr reden läßt, dann werd' ich alles in Ordnung bringen. Wir sagen ihr einfach, sie soll die zehn Millionen behalten…«

»*Nein!* Sie muß bezahlen!«

»Du hast deine Rache gehabt, Joel. Ich sage dir, sie hat ihre Schuld schon bezahlt. Ich hab's an ihrer Stimme gehört. Du hast ihr weh getan, schrecklich weh getan sogar. Und das reicht.«

Er stieß sie von sich weg, dann ließ er sich auf einen Stuhl sinken und stützte den Kopf in beide Hände. In seinem Kopf drehte sich alles.

Sanft berührte sie ihn an der Schulter. »Sie werden nur das wissen, was ich ihnen erzähle, Joel. Und ich werde ihnen gar nichts erzählen.«

»Ach, Eden«, stöhnte er. »Du bist so naiv.«

Sie setzte sich neben ihn. »Ich brauche dich«, sagte sie einfach. »Du hast mich gerettet, und jetzt bist du für mich verantwortlich.«

Benommen schüttelte er den Kopf.

»Wenn du mich verläßt, dann bin ich in einer Woche wieder auf der Nadel, denn dann ist alles hoffnungslos.« Sie legte ihren Kopf auf seine Schulter. »Ich bitte dich um gar nichts. Ich will nur in deiner Nähe sein. Wir könnten uns beide auf die Flucht begeben, beide untertauchen. Südamerika oder Kanada. Irgendwo finden wir auch wieder ein Haus. Irgendwo auf dem Land…«

Sie redete immer weiter, mit leiser Stimme und verträumtem Blick.

Joel hörte ihr gar nicht zu. Er fühlte sich so einsam wie noch nie zuvor im Leben. Er hatte sich der blinden Rache verschrieben. Im Namen der Rache würde er nun alles verlieren. Sein Zuhause.

Seinen Frieden. Sich selbst. Und schließlich auch Eden, den einzigen Menschen, den er jemals wirklich geliebt hatte.

Das Ganze war eine Aneinanderreihung von sinnlosen Irrtümern, nie hätte er irgendwelche Gefühle aufkommen lassen dürfen. Von dem Augenblick an, als er die Einstichstellen gesehen hatte, war alles schiefgelaufen.

Und jetzt brach alles wie ein Kartenhaus zusammen. Er befand sich längst nicht mehr im Zentrum des Geschehens, sondern schlitterte immer mehr an den Rand, wo er bald in die Leere hinausgeschleudert werden würde.

Hinausgeschleudert in die Zerstörung.

Er stand auf und zog Eden hoch. »Komm.«

»Wohin?«

»Du gehst wieder in die Zelle.«

»Für wie lange?«

»Bis ich dich deiner Mutter zurückgebe.«

»Joel, nein!«

»Doch. Beweg dich!«

Sie wehrte sich verzweifelt, als er sie ins Haus hineindrängte. Im Laufe der letzten Wochen war sie kräftiger geworden, war längst nicht mehr nur noch Haut und Knochen. Drinnen gelang es ihr schließlich, sich loszumachen.

»Das kannst du nicht tun«, rief sie atemlos.

»Du bist hier nicht mehr sicher. Ich hätte dich nie rauslassen dürfen.«

Sie wich vor ihm zurück. »Ich gehe nicht mehr hinunter.«

»Doch, genau das wirst du tun.«

»Nein!«

Er faßte nach ihr, aber obwohl er schnell war, entkam sie ihm und konnte nach einem Stuhl aus schwerem Nußholz greifen, den sie zum Schutz vor sich hielt. »Das wäre Verrat, Joel. Verrat an uns. An allem.«

»Bring mich nicht dazu, daß ich dich zwingen muß«, sagte er barsch. Seine schwarzen Augen funkelten zornig.

»Das kannst du mir nicht antun. Nicht nach allem, was zwischen uns war.«

»Es sollte ja auch nie sein.« Er ergriff den Stuhl und warf ihn beiseite. Ein Stuhlbein zerbrach an der Wand.

Eden rang nach Luft und wich vor ihm zurück. »Joel, bitte tu es nicht.«

»Es ist vorbei. Alles ist vorbei.« Sein Gesicht hatte sich verändert, war zu einer starren, undurchdringlichen Maske geworden, die ihr Angst einflößte. Dies war nicht mehr der sanfte, beschützende Mann, der sie so zärtlich gepflegt hatte. Er hatte sich wieder in den dunklen Krieger verwandelt, der bei ihr eingedrungen war und sie verschleppt hatte.

»Was ist denn bloß los mit dir?« rief sie. Tränen standen ihr in den Augen und machten sie blind. »Joel, bitte nicht! Ich kann es nicht ertragen!«

Ohne zu antworten, griff er nach ihrem Handgelenk und zerrte sie in Richtung Treppe nach unten.

Sie wehrte sich, aber die Verzweiflung raubte ihr alle Kräfte. Sie griff nach dem Geländer und klammerte sich daran wie ein Kind.

»Ich will dir nicht weh tun«, sagte er schließlich, und sie hörte den Schmerz in seiner Stimme.

»Dann tu's auch nicht«, flehte sie. »Tu uns das nicht an.«

Er sah sie nicht an. »Ich muß.«

»Es gibt einen anderen Weg! Ich weiß es!«

»Es gibt keinen anderen Weg.« Er zerrte sie vom Geländer weg weiter nach unten.

»Ich liebe dich«, schluchzte sie. »Ich kann es nicht ertragen. Ich kann nicht.«

Stufe um Stufe mußte er sie gewaltsam und gegen ihren Willen nach unten zerren. Als sie endlich unten angelangt waren, war er atemlos. Ihr Haar war zerzaust und ihr Gesicht so weiß wie die Wand.

Joel sah auf sie hinunter. Plötzlich sah er sie wieder in aller Deutlichkeit vor sich, wie sie gewesen war: krank und stinkend. Das Bild traf ihn wie ein Keulenschlag und ließ ihn stolpern.

»Bitte tu's nicht«, wimmerte sie, »bitte, bitte!«

Er mußte sich zwingen, weiterzugehen, es war als kämpfe er gegen eine ungeheure Macht. So war er durch die Sümpfe von Vietnam gewatet, während sein Hirn verzweifelte Botschaften an die lahmen Gliedmaßen gesandt hatte, die dem Gewicht seines eigenen Körpers nicht mehr standhalten wollten.

An der Schwelle der Zellentür hätte ihn seine Kraft beinahe

verlassen. Beide keuchten sie schwer. Er bot noch einmal alle Kräfte auf und zog sie in den kleinen grauen Raum.

»Wenn du mir das antust«, rief sie verzweifelt, »werde ich dir nie vergeben. Ich werde mich umbringen!«

»Es ist ja nicht für lange«, sagte er verzweifelt.

»Du willst mich zerstören. Bitte tu es nicht! Bitte nicht!«

»Beruhige dich.«

»Du kannst mich nicht wegschicken«, schrie sie ihm entgegen. »Sobald ich draußen bin, werde ich mir wieder Stoff besorgen, und dann werd' ich mich so vollpumpen, daß ich nie wieder runterkomme!«

»Das wirst du nicht.«

Ihre Augen waren nur noch grünfunkelnde Schlitze. »Und das ist dann deine Schuld. Ich werde mir den goldenen Schuß verpassen, Joel. Ich werd's mit jedem Mann treiben, der in meine Nähe kommt, und mit dem Geld werd' ich mir Stoff besorgen und mir alles auf einmal in die Vene jagen. Und das wird deine Schuld sein!«

Seine ohnehin nur mühsam aufrechterhaltene Selbstbeherrschung brach zusammen. »*Es ist dein verdammtes Leben!*« schrie er zurück. »*Mach, was du willst!*«

Die Verzweiflung drohte sie zu überwältigen. Sie versuchte, sich an seinem Gesicht festzukrallen, doch er wich zurück und bekam ihre Handgelenke zu fassen und hielt sie fest. Sie versuchte, sich zu wehren und um sich zu schlagen. Ihre Kraft erstaunte ihn, aber er wußte, sie kämpfte mit der Verzweiflung eines Tieres, das in der Falle sitzt. Schweigend rangen sie miteinander, ohne wirklich zu wissen, wogegen oder wofür sie kämpften. Als er sie gegen die Zellenwand schleuderte, meinte sie, das Krachen ihrer Rippen zu hören. Es gelang ihr, eine Hand freizubekommen, und sie versuchte, ihm das Gesicht zu zerkratzen. Sie spürte, wie sich ihre Nägel in die Haut eingruben.

»Eden«, rief er heiser, »hör auf, Eden!«

Plötzlich war alles vorbei. Sie stieß einen heiseren Schrei aus und sackte in sich zusammen. Gemeinsam sanken sie erschöpft und keuchend auf das Bett. Sie streckte wieder die Hand aus, diesmal jedoch nicht, um ihn abzuwehren, sondern um sich an ihn zu klammern.

»Bitte«, flüsterte sie, ihren Mund dicht an seinem, »bitte, schick mich nicht fort. Ich liebe dich, Joel. Ich liebe dich mehr als alles andere auf der Welt. Bitte, Joel, bitte!«

Er spürte einen furchtbaren Schmerz in seiner Brust, so als breche sein Herz mitten entzwei. Das Blut hämmerte in seinen Schläfen. Edens Mund war leicht geöffnet, ihr Atem heiß und feucht.

»Bitte«, flüsterte sie wieder. Ihre Stimme hatte sich verändert.

Er schlang die Arme um sie. Ihr Kuß war leidenschaftlich und wild, er brach wie die Wassermassen eines gebrochenen Dammes über sie herein und begrub sie beide unter sich. Er rollte sich über sie und drückte ihren zarten Körper auf die eiserne Bettstatt. Mit rauher Stimme murmelte er ihren Namen, während seine Hände das zerzauste Haar aus ihrem Gesicht strichen, und sein Mund sich heiß auf ihre Augenlider, ihre Wangen, ihre Lippen senkten. Er küßte sie mit einem fast brutalen Verlangen, verschlang ihre hingebungsvollen Lippen, seine Hände glitten über ihre Brüste, ihre Schenkel, ihre Hüften.

Sie konnte nicht anders, sie mußte weinen, doch ihre Hände zerrten an seinen Kleidern, bis sie seine Haut ertasteten und über das warme, feste Fleisch seines Rückens glitten. Jetzt loderte ein anderes Feuer in ihnen, noch gewaltiger, noch besitzergreifender als zuvor. Sie spürte Joels Schenkel zwischen ihren Beinen, spürte, wie seine Hüften sich in einer sinnlichen Bewegung an sie drängten, der ihr eigener Körper ganz instinktiv antwortete.

Sie zerrte an seinem Hemd, wollte nur noch seine Haut auf ihrer Haut spüren. Mit geschlossenen Augen wimmerte sie leise. Voller Verzweiflung vergrub er sein Gesicht an ihrem Hals. Sie erschauderte, als sie seine Zähne spürte, die so nah an ihrer Lebensader waren und sich in die zarten Schultersehnen vergruben.

»Beiß mich«, flüsterte sie, »Joel, bitte...« Im Vergleich zu seinem Körper, der sie mit einer fast brutalen Leidenschaftlichkeit bedrängte, fühlte sich der ihre leicht und zerbrechlich an. Er riß ihr T-Shirt hoch und entblößte ihre Brüste. Als er seine Lippen auf die Mulde über ihrem Brustbein senkte, vergrub sie ihre Finger in seinem dichten Haar. Sein Atem war heiß und hungrig. Mit seinen großen Händen umschloß er jetzt ihre kleinen Brüste, und sein Mund saugte hart an den plötzlich geschwollenen Knospen.

Sie bäumte sich auf, drückte ihre Brüste an sein Gesicht und spürte seinen rauhen Bart auf ihrer weichen Haut. Sie wußte nicht, wie sie sich ihm hingeben sollte, wußte nicht, wie sie das Verlangen zeigen sollte, das stärker schien als sie selbst. Sie wollte ihn umarmen, ihn lieben, ihn heilen…

Er glitt nach unten und drückte sein Gesicht auf ihren nackten, glatten Bauch.

»Sag mir, daß du mich liebst«, drängte sie. »Sag es, bitte sag es…«

»Ich verehre dich«, keuchte er. »Ich bete dich an.«

Eden stöhnte, als seine Finger sich an den Knöpfen ihrer Jeans zu schaffen machten und sie dann über ihre Hüften hinunterzog. Ergriffen von einem plötzlichen Schamgefühl, rollte sie sich von ihm weg. Doch dann warf sie ihre Jeans beiseite und riß sich die restlichen Kleider vom Leib; vollkommen nackt, nur mit den türkisfarbenen Perlen um den Hals, trat sie vor ihn hin.

Seine Arme umfingen sie leidenschaftlich und zärtlich zugleich. Ihre Lippen verschmolzen. Als Joels Hand zwischen ihre Beine glitt, zitterte sie vor Erregung und in Erwartung dessen, was gleich geschehen würde. Sie bäumte sich ihm entgegen. Ihr Atem ging unregelmäßig. Dieses Gefühl war ihr neu und dennoch war es ihr instinktiv vertraut. Unbekannte Freuden, neu, jungfräulich. Als seine Finger zwischen die feuchten Lippen ihres Geschlechts glitten, schien es ihr, als streichle er ihre Seele. Sie spürte, daß sie feucht war und gierig vor Verlangen, so feucht, daß sie meinte, unter seiner Berührung zu zerfließen.

So war es nie gewesen. Sie begann, sich aufzulösen und dahinzuschmelzen. Es war mehr als Lust. Es war ein Kraftstrom, der ihren ganzen Körper ergriff, wie ein Fluß, der die ausgetrocknete Erde zu neuem Leben erweckt.

Ihre eigene Lust war etwas völlig Neues für sie, eine nie gekannte Wonne, ein unsägliches Verlangen. Er fand sie mit zielstrebiger Zärtlichkeit, die pulsierende Knospe, die bei jeder noch so kleinen Berührung seiner Fingerspitzen erschauderte. Sie wurde von einem Sinnestaumel erfaßt, ihr bebender Körper bäumte sich auf in diesem Strom.

Eden verspürte ein wundersames Erwachen, ein Entdecken. Das war es. Das war es also. Endlich hatte sie es gefunden.

Jetzt hatte sie gefunden, wonach sie sich schon immer gesehnt hatte. Sie hatte immer gewußt, daß sie es zusammen mit ihm finden würde.

Es nahte mit der Geschwindigkeit eines Eilzuges, der auf die Schranke zurast. Sie streckte die Hände nach ihm aus, und ihre Finger machten sich an seinem Gürtel zu schaffen. Sie wußte, daß sie einen Orgasmus haben würde, gleich, endlich. Und wenn sie kam, sollte er bei ihr, in ihr sein.

Sie redete und flehte, ohne zu wissen, was sie sagte und ob er verstand, was sie sagte. Endlich fanden ihre Finger sein hartes Geschlecht, eine dicke, kraftvolle Säule, die ihre Hand kaum umfassen konnte. Ein herrliches Gefühl. Sein Körper drängte sich an sie, seinen Kopf hatte er dagegen in gequälter Lust nach hinten geworfen.

»Komm zu mir«, flehte sie, »bitte komm jetzt.«

»Eden«, flüsterte er leise, »Eden...«

»*Jetzt*«, keuchte sie. »Bitte... bitte... ich komme... ich komme jetzt.«

»Ja«, flüsterte er mit seinem Mund an ihrer Wange, »komm, komm, komm.«

Aber er weigerte sich, zu ihr zu kommen. Sie taumelte bereits über die Klippe des Wasserfalls und trieb hilflos in der Strömung. Warum wollte er bloß nicht in sie eindringen? Sie wollte ihn bitten, wollte ihn überzeugen, doch nur ein unverständliches Stöhnen kam über ihre Lippen. Jetzt war es zu spät, dachte sie verzweifelt, zu spät...

Es war genauso, wie sie es sich im Geiste immer schon vorgestellt hatte. Anders als Heroin, anders als alles andere. Es hatte einen Anfang und ein Ende, aber das, was dazwischen lag, war die Offenbarung. Sie spürte es in ihren Lenden, in ihren Eingeweiden, in ihrer Brust, in ihren Schenkeln, in ihrem Kopf.

»Komm zu mir«, hörte sie sich sagen, »Joel, bitte komm zu mir.«

Als sie spürte, wie er den Kopf schüttelte, und sie die Augen aufschlug, sah sie das nackte Grauen in seinem Gesicht. Sie glaubte, ihr Herz müsse zerreißen vor Mitleid, während ihr Körper immer noch bebte und zitterte.

»Mein Liebster. Warum? Was hast du?«

»Es ist... eine... Sünde.«

Ganz intuitiv wußte sie, daß sie nicht mit ihm streiten durfte. Sie glitt an ihm hinunter und nahm sein Geschlecht in den Mund. Es schmeckte salzig und heiß. Sie hörte seine Stimme, gebrochen und doch voller Entzücken. Einen kurzen Augenblick lang mußte sie an die anderen Male denken, als sie das gleiche getan hatte, nicht aus Liebe, sondern als leere Geste der Unterwerfung. Damals war es eine Strafe gewesen, jetzt war es etwas Schönes und Heiliges.

Sie wollte ihn nicht bloß reizen, er sollte keine Chance haben, sich jetzt zu verweigern. Mit der Hand um den Schaft saugte sie, so hart sie konnte.

Wieder hörte sie ihn stöhnen. Sie jubelte im stillen, weil sie hörte, wie er ihren Namen murmelte.

Sie wußte, daß er kurz vor dem Höhepunkt war, sie spürte ihn kommen, ebenso wie zuvor bei sich selbst, den tiefen inneren Strom. Sein Geschlecht schien noch mehr anzuschwellen, und sie spürte, wie sein Samen durch ihre Finger nach oben schoß. Dann ergoß sich der dicke, salzige Saft in ihren Mund. Sie schluckte, wollte ihn in sich aufnehmen als Entschädigung für den nicht vollzogenen Akt der Vereinigung.

Joels Bewegungen wurden langsamer, schwächer. Sie bemerkte plötzlich, daß er wie ein Kind weinte. Irgendwann gab sie ihn frei, nahm seinen Kopf in ihren Arme und wiegte ihn sanft und still.

Er weinte an ihrer Brust, seine Schultern zuckten in untröstlichem Schmerz.

Es dauerte lange, bis seine Tränen versiegten. Sie hielt ihn in einer träumerischen Ruhe, entrückt durch das Wunder, das ihr widerfahren war, das sie verändert und verwandelt hatte.

»War das Sünde?« fragte sie, als er endlich aufgehört hatte zu schluchzen.

»Keine so große wie die andere«, antwortete er. Seine Stimme klang unbeschreiblich müde und erschöpft. »Aber trotzdem eine Sünde.«

Sie strich ihm über das schweißnasse Haar. »Aber warum? Es war doch so schön.«

»Es war genauso, wie ich befürchtet habe.« In seiner nackten Herrlichkeit richtete er sich auf, aber sein Gesicht war schmerzverzerrt. Mit ausdruckslosen Augen sah er sie an. »Wenn ich es dir vorher gesagt hätte, wäre es nie soweit gekommen.«

»Mir was gesagt?«

»Sie ist auch meine Mutter.«

Augenblicklich schloß Eden die Augen. Einen Moment lang weigerte sie sich, den Gedanken anzunehmen, der sich ihr aufdrängte. Dann hörte sie sich fragen: »Wer ist auch deine Mutter?« obwohl sie die Antwort bereits kannte, und Qual und Pein schon den Stachel in ihr Fleisch trieben.

»Mercedes Eduard ist meine Mutter.« Sie gefror zu Eis, war wie betäubt. »Ich bin dein Bruder, Eden.«

15. BEICHTE

MADRID – FRÜHJAHR 1943

Mercedes erwachte in dem großen Himmelbett. Alles war aus weißer Seide und mit weißer Spitze eingefaßt – die Kissenbezüge, die Laken, der Betthimmel über ihr und sogar ihr Nachthemd. Sie lag in dem zerwühlten weißen Bett und versuchte, nicht an ihre Alpträume zu denken. Als das Zittern endlich nachließ, setzte sie sich auf und goß sich Kaffee aus der silbernen Kanne ein, die neben ihrem Bett stand. Auf dem Tablett stand auch ein Teller mit Croissants und Marmelade, doch sie rührte nichts davon an. Zwei Mädchen warteten bereits auf ihre Anweisungen.

»Wie ist das Wetter heute?« fragte sie.

»Es ist kalt und regnerisch draußen, Señorita.«

Die Mädchen hatten bereits ihr Badewasser eingelassen, das nach Zitronen duftete. Die Badewanne aus rosafarbenem Marmor stand auf Löwenpfoten und erinnerte an einen königlichen Sarkophag aus einer längst vergangenen Zeit. Sie legte sich in das dampfende Wasser und schloß die Augen.

Eines der Mädchen brachte einen Stapel heißer, flauschiger weißer Handtücher. »Heute ist Ostersonntag«, erinnerte sie Mercedes. »Sie gehen heute abend zum großen Empfang in den Palast.«

»Ich habe es nicht vergessen.«

»Werden Sie das weiße Kleid tragen?«

»Ja.«

»Dann können Sie auch den Zobel tragen«, sagte das Mädchen ganz aufgeregt. »Und die Diamanten.« Sie nahm einen Schwamm und seifte Mercedes' Rücken und Schultern ein. »Es wird wunderschön werden.«

»Ich werde heute morgen ausgehen«, erklärte Mercedes. »Ich habe eine Verabredung.«

»Dann brauchen Sie Mantel und Stiefel, Señorita. Und Handschuhe.«

»Leg alles heraus.«

»Ja, Señorita. Wollen Sie vielleicht den neuen Mantel tragen, den, den der Señor aus Übersee mitgebracht hat? Ich werde dem Chauffeur sagen, daß er sich bereithalten soll.«

»Das ist nicht nötig. Ich brauche keinen Wagen.«

»Aber es ist viel zu naß draußen, um zu Fuß zu gehen«, mahnte das Mädchen.

»Ich nehme die Untergrundbahn.«

»Aber Señorita! Heute ist Ostersonntag. Die Untergrundbahn wird furchtbar voll sein. Und bei diesem Wetter...«

»Ich nehme die Untergrundbahn.«

»Natürlich, Señorita.« Das Mädchen warf ihr einen vielsagenden Blick zu. Sie denkt, daß ich einen Geliebten habe, dachte Mercedes. »Möchten Sie, daß ich Ihre Achselhöhlen rasiere?«

Mercedes lehnte sich zurück und hob beide Arme hoch. Das Mädchen seifte die Achselhöhlen ein und setzte dann die Rasierklinge an.

»Es sind schon Besucher für Sie eingetroffen, Señorita«, sagte das andere Mädchen. »Drei warten bereits in der Halle auf Sie. »Also, diese Leute... zu so früher Stunde... die nehmen überhaupt keine Rücksicht.«

»Ich werde mit ihnen sprechen, bevor ich ausgehe.«

Nach dem Bad saß Mercedes an ihrem Toilettentisch und betrachtete sich im Spiegel. Die Frau, die ihr aus dem Spiegel entgegenschaute, war schön und ruhig.

Das schwarze Haar war seit dem Bürgerkrieg sichtlich gewachsen. Es umrahmte Gesicht und Hals und reichte bis zur Schulter. Sie hatte seit dem Winter 1939 auch zugenommen, die Schlüsselbeine standen nicht mehr so hervor wie die Flügel einer Seemöwe, und ihre Brüste waren wieder wohlgeformt. Sie öffnete ihren Morgenmantel, um ihren Körper im Spiegel zu betrachten. Die Wahrscheinlichkeit, dick zu werden, war zum Glück sehr gering. Ihrem Körper sah man nicht mehr an, daß sie Hunger gelitten hatte, aber ihr Geist hatte die Zeit noch längst nicht vergessen. Ihr Körper würde nie die rundlichen Formen annehmen, die ihre Mutter nach ihrer Geburt bekommen hatte. Sie gehörte zu einer neuen Art von Frauen; ihr Körper war straff und schlank, ohne üppige, ausladende Formen, bar jedes überflüssigen Grammes von Fett.

In einem Monat würde sie ihren fünfundzwanzigsten Geburtstag feiern. Ihr Gesicht war faltenlos. Die glatten Wangen und der volle Mund waren die einer jungen Frau, aber in ihren Augen lag etwas viel Älteres. Eine Dunkelheit. Eine Finsternis.

Die Besucher, drei Frauen, warteten in der Eingangshalle. Es waren immer Frauen. Und alle hatten den gleichen müden und verzweifelten Ausdruck in den Augen. Alle drei sahen armselig aus, und ihre Haare waren naß vom Regen. Ihre schäbige Kleidung stand im krassen Gegensatz zu Mercedes' italienischem Wollkostüm und ihrer Seidenbluse. Sie bat die Frauen nicht in den Salon, obwohl dort ein Feuer brannte. Der in Seide und Mahagoni eingerichtete Raum hätte sie nur in Verlegenheit gebracht.

Sie hörte ihnen zu, während eine nach der anderen ihre Geschichte flüsterte und erzählte. Wie eine Priesterin, die die Beichte abnimmt.

Ein Bruder war darauf angewiesen, daß seine politischen Papiere »in Ordnung« kamen, seine sozialistische Gesinnung daraus verschwand, damit er nicht mehr auf der naßkalten Straße für ein paar Pfennige spielen mußte, sondern seine Anstellung im Orchester wiederbekam.

Ein Sohn, der ohne Verhandlung seit sechs Monaten im Gefängnis saß und an Tuberkulose erkrankt war, brauchte Hilfe, ebenso wie eine Tochter, die wegen Prostitution festgenommen worden war.

»Heutzutage ist doch jeder eine Hure oder ein Dieb«, sagte eine Mutter traurig, aber ohne Bitterkeit. »Wie sollte man sonst auch leben, Señorita?«

»Ich werde mein Möglichstes tun«, versprach Mercedes.

»Wenn die Polizei sie nur in Ruhe ließe, dann könnte sie vielleicht einen anständigen Mann kennenlernen, der für sie sorgt.«

»Ich tue, was ich kann.« Die Einzelheiten trug sie in ihr kleines Notizbuch ein, dann geleitete sie die Frauen nach draußen. Sie ließ es zu, daß sie ihr die Hand küßten und sie mit guten Wünschen überschütteten.

»Gott schütze Sie, Señorita. Gott schütze Sie.«

Der uniformierte Portier kam zur Tür geeilt, als sie durch die Eingangshalle schritt.

»Ein schreckliches Wetter, Señorita. Passen Sie auf die Pfützen auf.«

Als sie aus dem Säulengang auf die *Plaza Mayor* hinaustrat, schlug sie den Kragen ihres Ledermantels hoch. Die wunderschönen Fassaden aus dem achtzehnten Jahrhundert blickten ruhig auf die bronzene Reiterstatue in der Mitte des Platzes.

Seit mehr als dreihundert Jahren war dies der schönste Platz der Stadt. Doch sobald man die *Plaza Mayor* verließ, bot sich ein vollkommen anderes Bild.

Vier Jahre nach Ende des Bürgerkriegs begegnete man sowohl in Madrid wie auch in Barcelona auf Schritt und Tritt den Spuren der Bombardierung – ausgebombte Gebäude, leere Grundstücke, abgeriegelte Straßen.

Das hagere Gesicht des Hungers zeigte sich überall. Selbst zu dieser frühen Stunde standen die Menschen um Lebensmittel an. Vor jedem Metzger- und Bäckerladen warteten in langen Schlangen Frauen mit ihren Körben. Hohlwangige Männer lungerten auf den Straßen herum, in der Hoffnung auf eine Tasse Kaffee und ein Stück Brot.

Die Menschen gingen ihr aus dem Weg; viele hoben nicht einmal den Kopf. Ihr Auftreten und ihre Kleidung ließen erkennen, daß sie zu den Siegern gehörte, daß sie eine Frau war, die Macht besaß.

Die Ängstlichkeit der Menschen traf sie mitten ins Herz. Beim geringsten Zeichen von Stärke zuckten sie zusammen.

Sie saß im Abteil, inmitten der muffigen Gerüche des Winters und der Armut. Die anderen warfen ihr verstohlene Blicke zu, wenn sie meinten, sie bemerke es nicht; die Männer musterten ihr Gesicht, die Frauen ihre Handschuhe und ihren Mantel.

Ein ärmlich gekleidetes Mädchen warf sehnsüchtige Blicke auf ihre weichen Lederstiefel. Irgendwann habe ich auch so ausgesehen, dachte Mercedes. Sie drehte den Kopf zum Fenster und starrte in die Dunkelheit hinaus.

Doch sie sah nur ihr eigenes Spiegelbild in der Dunkelheit.

Plötzlich schien es mit ihrer Selbstbeherrschung vorbei zu sein. Sie spürte, wie ihr Herz anfing zu flattern und sich ein Schmerz in ihrer Brust ausbreitete. Ganz plötzlich bekam sie keine Luft mehr und meinte ersticken zu müssen.

Um sich abzulenken, nahm sie das abgegriffene Stück Papier heraus, das sie in der Tasche trug. Als sie versuchte zu lesen, verschwamm die Schrift vor ihren Augen, aber sie kannte den Text ohnehin auswendig. Die Adresse war das Ergebnis ihrer zweijährigen Suche.

Nein, dachte sie. Ich werde jetzt nicht aufgeben. Unter Aufbietung all ihrer Kräfte gelang es ihr, ihre Fassung wiederzuerlangen.

Die Straße inmitten grauer Fabriken und kleiner Arbeiterhäuschen wirkte trostlos. Die Wohnung befand sich über einem Tabakladen, in dessen Fenster die ganzen Vorräte des Besitzers lagen, ein paar handgerollte Zigaretten. Nachdem sie geklingelt hatte, spürte sie, wie sie von einem Augenpaar hinter dem verwaschenen Vorhang gemustert wurde.

Die Frau, die ihr die Tür öffnete, war etwa Anfang vierzig, sie war klein und ärmlich, mit kurzem braunem Haar.

»Teodora Puig? Ich bin Mercedes Eduard«, sagte sie zögernd. »Ich komme, weil…«

»Ja, ich weiß, wer Sie sind«, unterbrach die Frau. Sie trat zurück und winkte mit dem Kopf. »Sie kommen besser rein.«

Mercedes trat ein. »Man hat mir gesagt, daß Sie etwas über meine Mutter wissen.«

Teodora Puigs Augen schienen zu funkeln. »Ich hab Sie nicht aus reiner Nächstenliebe hergebeten. Ich verkaufe Informationen, ich verschenke sie nicht.«

»Ich habe Geld dabei. Man hat mir gesagt, daß Sie in ihren letzten Monaten bei ihr gewesen sind. Ist das wahr?«

»Kommen Sie.« Die Frau führte sie in einen kleinen Raum, der mit Möbeln und allerlei verstaubtem Zierat gefüllt war. An der Wand hing ein großes Christusbild. »Ich kann Ihnen keinen echten Kaffee anbieten, wir haben keinen. Wir nehmen geröstete Eicheln«, erklärte Teodora Puig. »Manchen Leuten«, fuhr sie mit einem gehässigen Blick auf Mercedes' Kleider fort, »geht es da ungleich besser.«

»Wieviel wollen Sie?«

»Eintausend Pesetas.«

Mercedes hatte viel mehr Geld mitgebracht. Sie nickte. »Gut. Ich gebe Ihnen das Geld, aber erst wenn Sie mir erzählt haben, was Sie wissen.«

»Das Geld zuerst.«

»Nein«, antwortete Mercedes leise.

Die Frau lachte laut auf. »Damit Sie mich reinlegen können?«

»Ich habe Ihnen mein Wort gegeben, Señora.«

»Ihr Wort?« keifte Teodora Puig. »Das Wort einer Verräterin und Hure?«

Mercedes spürte, wie ihr die Röte ins Gesicht stieg. Zorn packte sie. »Ich will wissen, was mit meiner Mutter passiert ist. Wo sie hingegangen ist. Wie sie gestorben ist. Wissen Sie das? Oder machen Sie mir bloß etwas vor?«

»Ich war dabei, ich weiß alles«, antwortete Teodora Puig.

»Wann und wo haben Sie meine Mutter kennengelernt? In Argelès?«

»Nein, ich hab' sie lange vorher kennengelernt. In den letzten Tagen des Bürgerkriegs, auf der Straße zur französischen Grenze. Im Januar 1939, um genau zu sein. Wissen Sie, wie das damals war auf der Straße?«

»Ich kann es mir vorstellen«, erwiderte Mercedes leise.

»Sie, in Ihrem wunderschönen Ledermantel und Ihren Lederstiefeln? Das bezweifle ich.« Teodora Puig zündete sich eine Zigarette an. Der Rauch, den sie ausblies, roch nach Teer und stieg Mercedes in die Augen. Sie saß da und wartete. Die Frau starrte mit leerem Blick stumm vor sich hin.

»Wir konnten nur bei Nacht gehen«, sagte sie schließlich, »weil die Flugzeuge tagsüber im Tiefflug angriffen. Deshalb haben wir bei Tag im Gebüsch oder in Scheunen geschlafen und sind bei Nacht weitermarschiert. Mütter mit ihren Kindern auf dem Arm. Männer mit Koffern. Die, die nicht laufen konnten, wurden in Handkarren geschoben. Tausende waren unterwegs. Verwundete, Blinde und Alte, eine Armee von Vogelscheuchen. Ihre Mutter und Ihr Vater waren immer zusammen. Es wird mir ewig ein Rätsel bleiben, wie Ihr Vater mit seinem Bein so lange gehen konnte. Er muß fast umgekommen sein vor Schmerzen. Ihre Mutter hat das Baby einer anderen Frau getragen. Am ersten Tag hat sie noch einen Koffer geschleppt, aber den hat sie irgendwann stehenlassen, um das Kind zu tragen.« Sie blies den Rauch aus. »So war sie, Ihre Mutter.«

»Ja«, flüsterte Mercedes kaum hörbar. »So war sie.«

»Ihre Eltern sind fast wahnsinnig geworden vor lauter Sorge um Sie. Sie haben immer gehofft, daß sie Sie auf der Straße treffen würden. Jeden, den sie trafen, haben sie nach Ihnen gefragt. Das Wetter war tödlich. Eiskalt. Niemand hatte einen Mantel oder auch nur eine Decke. Heute weiß ich, daß wir allesamt erfroren wären, wenn wir in dieser Kälte nachts im Freien geschlafen hätten. Aber auch so hat es kaum einen gegeben, der nicht gehustet hat, als wir endlich die Grenze erreichten, und die Kinder hatten alle Fieber. Wir waren bis auf die Haut durchnäßt.

An der Grenze haben Tausende und Abertausende gewartet. Die Übergänge sind uns erschienen wie die Himmelspforten am Tag des Jüngsten Gerichts. Die Franzosen haben aber nur Frauen und Kinder passieren lassen, keine Männer. Ihre Mutter wollte bei Ihrem Vater bleiben, aber er hat darauf bestanden, daß sie sich in Sicherheit begab. Sie hat geweint wie ein Kind. Alle haben geweint. Noch nie habe ich Menschen so bitterlich weinen sehen, nicht einmal in den schlimmsten Tagen des Krieges.«

Mercedes spürte, wie ihr die heißen Tränen in die Augen stiegen, und nur mit äußerster Anstrengung gelang es ihr, sie zurückzuhalten. Die andere Frau rauchte ihre Zigarette zu Ende, dann drückte sie sie sorgfältig aus. Auch dieser Rest würde wiederverwendet werden.

Draußen hatte es wieder angefangen zu regnen. Der Regen schlug an die Fensterscheibe des kleinen Zimmers und zeichnete Spuren in den Schmutz und Ruß.

Teodora Puig erzählte weiter. »Die Gendarmen haben uns durchsucht, als wären wir Verbrecher. Eine alte Frau hatte etwas in der Hand, aber sie wollte nicht sagen, was es war. Schließlich haben ihr zwei Männer die Finger aufgebogen. Zum Vorschein kam eine Handvoll Erde. Erde, die sie aus Katalanien mitnehmen wollte. Aber man hat sie gezwungen, sie wegzuwerfen.

An der Grenze haben wir noch drei Tage lang warten müssen, geschlafen haben wir in Scheunen und Hütten, weil wir gehofft haben, daß man die Männer doch noch durchlassen würde. Aber sie durften die Grenze nicht passieren. Dann hat uns die französische Polizei auf Lastwagen verfrachtet; wie Vieh hat man uns verladen und abtransportiert.« Sie lachte schrill. »In Wirklichkeit war es noch schlimmer. Wir hatten alles verloren. Wir waren nichts weiter als lästig, und man wollte uns loswerden. Sie können sich nicht vorstellen, was es heißt, ein Flüchtling zu sein, ein *Niemand*.«

»Wohin hat man Sie gebracht?«

»In den Norden. Irgendwann haben sie uns in einem kleinen Dorf namens Loué, in der Nähe von Le Mans, ausgeladen. Dort wurden wir entlaust, und unsere Kleider wurden desinfiziert, und dann hat man uns Baracken zugewiesen.

Niemand hat irgend etwas über seine Angehörigen in Spanien gewußt. Ihre Mutter war verzweifelt, denn sie wußte weder etwas von Ihnen noch von Ihrem Vater. Sie wußte nicht, ob Sie noch in Spanien waren oder nicht, ob Sie noch lebten oder tot waren. Sie wußte nur, daß die Faschisten Sie und Ihren Vater erschießen würden, wenn sie Sie zu fassen bekämen. Ihre einzige Hoffnung war, daß Sie beide sich irgendwo verstecken konnten.

Sie hatte Verbindung zu allen Flüchtlingsorganisationen aufgenommen, vergeblich. Sie hat jeden Neuankömmling aus Spanien nach Ihnen gefragt. Ich bin sicher, daß sie nie aufgehört hat, an Sie und Ihren Vater zu denken. Sie hat immer gehofft, daß Sie und Ihr Vater eines Tages gesund vor ihr stehen würden.

Eines Tages hat Ihre Mutter dann einen Brief erhalten, in dem ihr mitgeteilt wurde, daß Ihr Vater tot war. Erschossen von einem Exekutionskommando. Da niemand Ansprüche angemeldet hat, hat der Staat für die Beseitigung des Leichnams gesorgt. Später haben wir dann erfahren, daß er in einem Massengrab in San Lluc liegt. Aber das wissen Sie sicher schon.«

»Ja«, antwortete Mercedes leise, »das weiß ich.«

»Conchita hat schrecklich gelitten, aber sie hat nicht geweint. Das wäre ihrer nicht würdig gewesen. Aber sie hat aufgehört zu essen und ist sehr krank geworden. Wir dachten, sie stirbt. Wochenlang haben wir sie gepflegt, und schließlich ging es ihr wieder besser. Aber wir haben gewußt, daß sie gar nicht mehr leben wollte. Ihr schlimmster Gedanke war, daß auch Sie tot sein könnten.« Teodora Puig drehte den Kopf zu Mercedes. »Ein ganzes Jahr lang hat sie nichts von Ihnen gehört. Kein Brief, nichts.

Natürlich waren Sie nicht tot, Sie haben sich nur versteckt und abgewartet. Aber das hat sie nicht gewußt. Sie war immer so stark gewesen, doch als sie endlich wieder aufstehen konnte, war sie furchtbar schwach. Sie hat wohl keinen Lebenswillen mehr gehabt.

Der Weltkrieg ist ausgebrochen, ohne daß wir davon gewußt haben. Aber dann ist der Krieg plötzlich auch in unser kleines, ruhiges Dorf gekommen. Im Mai 1940 sind die Deutschen in Frankreich einmarschiert, und drei Wochen später waren sie in Paris.

Wieder sind wir auf Züge verladen worden, die uns nach Süden bis nach Perpignan gebracht haben. Wir haben gedacht, sie bringen uns zurück nach Spanien, wo uns das sichere Ende erwartet hätte. Aber in Perpignan sind wir in Pferdeställe gesteckt worden, wo wir auf dreckigem Stroh im Freien übernachteten. Immer mehr Kinder sind krank geworden, Lungenentzündung, die ganz Kleinen Durchfall, der sie schließlich nacheinander dahingerafft hat. Obwohl Ihre Mutter selbst schwach war, hat sie die Kinder gepflegt, aber es sind immer mehr gestorben. Wir mußten mit ansehen, wie das Leben aus den kleinen Körpern wich, wie das Licht in ihren Augen erlosch. Ich kann nicht sagen, wie viele am Ende gestorben sind. Viele. Und Ihre Mutter hat angefangen zu husten.

Dann sind wir in das Konzentrationslager in Argelès-sur-Mer gebracht worden. Zigtausende sind dort zusammengepfercht worden. Sie haben bestimmt von Argelès gehört?«

»Ja, ich hab' davon gehört.«

»In den Baracken hat es keine Betten gegeben. Wir mußten auf der nackten Erde schlafen, die Männer waren auf der einen Seite zusammengepfercht, die Frauen auf der anderen. Eine Heizung hat es auch nicht gegeben, statt dessen hat jeder eine Decke bekommen. Und der Winter stand vor der Tür. Sie können sich nicht vorstellen, wie kalt es war, und wie wir gehungert haben. Die Lebensmittel wurden knapp und die Franzosen immer feindseliger. Sie haben in uns nichts als nichtsnutzige Schmarotzer gesehen.

Ein harter, schrecklicher Winter. Immer mehr sind krank geworden. Ihre Mutter hat immer mehr gehustet, und schließlich auch Blut. Schon als wir im Lager ankamen, wußte ich, daß sie es nicht mehr lange durchstehen würde. Sie hat die Hoffnung aufgegeben gehabt, Sie noch einmal zu sehen. In Gedanken hat sie sich schon von Ihnen verabschiedet gehabt. Sie hat keinen Sinn mehr im Leben gesehen. In der zweiten Januarwoche ist sie dann zusammengebrochen, und wir haben sie in die Krankenstation gebracht.«

Teodora sprach nicht weiter, als wäre die Geschichte damit beendet, und zündete sich noch eine Zigarette an.

»Ist sie dort gestorben?« fragte Mercedes leise.

»Ja«, antwortete Teodora Puig schließlich. »Sie hatte Lungenentzündung. Außerdem war sie nur noch Haut und Knochen, weil sie, wie wir alle, seit Monaten nicht mehr richtig gegessen hatte. Wir haben gewußt, daß sie es nicht überleben würde.

Ein Priester aus Argelès hat ihr die Beichte abgenommen, und dann ist sie gestorben. In meinen Armen ist sie gestorben. Wir hatten uns angefreundet, müssen Sie wissen. Sie hat ihr Kind und ihre Heimat nicht mehr gesehen.« Teodora blies den Rauch an die Decke. Die rot umränderten Augen waren ausdruckslos und leer. »Sie ist am Morgen des 12. Januar 1941 gestorben. Wir haben sie auf dem Lagerfriedhof beerdigt. Mehr gibt es nicht zu sagen.«

Mercedes spürte, wie sich ihre Augen mit Tränen füllten. Daß ihre Mutter tot war, wußte sie schon lange, schon seit mehr als zwei Jahren, sie hatte also Zeit gehabt zu trauern. Aber die Geschichte ihrer Flucht und ihres Leidens hatte die Wunde wieder aufgerissen. Eine schreckliche Verzweiflung packte sie. Sie schlug die Hände vors Gesicht und weinte.

Teodora Puig paffte schweigend an ihrer Zigarette, ohne Mercedes anzusehen. Nach einer Weile sagte sie: »Jetzt haben Sie also erfahren, was Sie wissen wollten. Ihre Mutter hat mir eine Schachtel für Sie gegeben. Darin befindet sich auch ein Brief. Sie hat ihn in den letzten Monaten geschrieben.«

Sie stand auf und verließ das Zimmer. Einen Augenblick später kehrte sie mit einer verbeulten Blechschachtel zurück. Sie hielt die Schachtel fest in der einen Hand und streckte die andere Mercedes entgegen. »Das Geld zuerst«, sagte sie barsch.

Mercedes kramte in ihrer Tasche. Sie hatte nur den Wunsch, dieses erdrückende, kleine Zimmer zu verlassen. Sie griff nach der Schachtel und stand auf.

»Das Geld«, drängte die andere Frau und umklammerte mit eisernem Griff ihr Handgelenk. »Geben Sie mir das Geld! Sie haben es versprochen!«

»Da, nehmen Sie!« Mercedes rang nach Luft, als sie die Scheine aus der Tasche zerrte. »Lassen Sie mich gehen!«

Verstört und weinend rannte sie hinaus.

Sie hatte erfahren, was sie hatte wissen wollen.

Zwei Jahre hatte sie gebraucht, um Näheres über den Tod ihrer Mutter zu erfahren. Jetzt wußte sie Bescheid. Conchita war allein und weit weg von der Heimat gestorben, nur eine Fremde hatte sie im Arm gehalten.

Als Erwachsene hatte sie ihre Mutter kaum noch gekannt. Sie hatte San Lluc vor sechs Jahren als Halbwüchsige verlassen, weil sie es nicht hatte erwarten können zu kämpfen.

Zu kämpfen in einem ruhmreichen Krieg. Sie erinnerte sich gut daran, wie sie in ihrem Bett gelegen und von einem Kreuzzug der Gerechten geträumt hatte und dabei die Angst und den Schrecken in den Augen ihrer Mutter und das Weinen Matildes kaum bemerkt hatte. Sie erinnerte sich auch an ihr unstillbares Verlangen, ihren Teil dazu beizutragen. Ohne zu wissen und ohne zu ahnen, wie sehr sie den Krieg eines Tages hassen würde, weil er ihr alles, was sie geliebt hatte, geraubt hatte. Ohne auf das gefaßt zu sein, was der Krieg aus ihr machen würde.

Der Brief von Conchita an sie war kurz. Die Zeilen verschwammen vor ihren Augen, als sie ihn wieder und wieder las.

ARGELES-SUR-MER

15. November 1940

Meine liebe Tochter, ich denke andauernd an Dich, und bis jetzt habe ich gehofft, Dich noch einmal zu sehen und Dich in meine Arme schließen zu können. Jetzt weiß ich, daß ich Dich nicht wiedersehen werde.

Ich sehne mich danach, heimzugehen zu Gott, ich habe keine Angst vor dem Sterben. Es war nicht alles umsonst. Du, meine Mercedes, warst die größte Freude in meinem Leben. Eines Tages wirst Du vielleicht auch ein Kind haben. Diese Hoffnung ist alles, was ich Dir hinterlassen kann, diese Hoffnung, die gleichzeitig mein Segen ist.

Bete für mich, wie ich für Dich bete, und für alle, daß wir uns im Himmel wiedersehen werden.

Conchita

Mercedes starrte durch das Fenster auf den Regen, der auf die *Plaza Mayor* niederprasselte. Gestalten, die zwischen den hohen Gebäuden wie Ameisen wirkten, bewegten sich über die steinerne Ebene. Sie versuchte, ein Gebet für Conchita zu sprechen, aber ihr Mund blieb stumm, sie spürte nur diese verzweifelte Sehnsucht.

Alle hatte der Krieg ihr genommen.

Matilde, José-Maria, Francesc, Conchita, Sean.

Sie erinnerte sich, wie ruhig sie gewesen war, als sie erfahren hatte, daß Sean tot war. Voller Unglauben hatte sie die Nachricht zunächst vernommen. Es konnte nicht wahr sein. Es mußte sich um einen Irrtum handeln. Jemand mit einem ähnlichen Namen. Oder vielleicht war er nur verwundet, und man hatte ihn irrtümlicherweise für tot erklärt.

Sie konnte nicht glauben, daß dieser helle Stern nicht mehr leuchten sollte, daß sie niemals wieder diese starken Arme spüren und niemals wieder das Strahlen in den grünen Augen sehen würde.

Sean war zu lebendig gewesen, um zu sterben. Er hatte zu viel Leben besessen. Er konnte nicht tot sein. Er war zu stark, zu klug für den Tod.

Außerdem hatten sie noch so viele Pläne. Ihre gemeinsame Zukunft. Ihr Leben. Amerika. Kinder. Das konnte nicht alles vorbei sein. Unmöglich.

Als nach wenigen Tagen seine Habseligkeiten eintrafen, wurde ihr langsam bewußt, daß die Nachricht kein Irrtum gewesen war. Nur ein einziges Mal hatte sie weinen können, aber so sehr, daß sie gemeint hatte, ihr Herz breche entzwei.

Und dann nie mehr. Fast hatte es den Anschein, als sei sie unfähig zu trauern, als sei ihr persönliches Leid inmitten der allgemeinen Katastrophe untergegangen. In Wirklichkeit hatte die

Nachricht ihr das Herz gebrochen, ihr jegliche Hoffnung geraubt, jegliches Zutrauen in die Zukunft genommen.

Sein Tod hatte etwas in ihrem Innern für immer zerstört.

Im Verlauf der wenigen Wochen, die sie noch im Sagrado Corazón Hospital gearbeitet hatte, hatte der Schmerz sie von innen heraus ausgehöhlt. Als dann das Ende kam, war sie, fast lautlos, wie ein Kartenhaus zusammengebrochen.

Betäubt und gelähmt hatte sie in den Krankenzimmern gestanden und zugesehen, wie die kranken Männer aus ihren Betten gekrabbelt und auf Krücken geflohen waren. Sie hatten sie angefleht, mit ihnen zu fliehen. Sogar die Ärzte hatten ihr geraten zu fliehen.

Das hätte sie ohne weiteres tun können. Conchita und Francesc hatten sie gedrängt, nach Frankreich zu kommen, und sie hatte zugestimmt, die beiden in Le Perthus zu treffen.

Aber sie konnte dem Schicksal, das sie erwartete, nicht entfliehen.

Die Faschisten hatten den Hafen und die Stadt tagelang bombardiert. Die Leichen von unzähligen Männern, Frauen und Kindern in den Straßen boten einen schrecklichen Anblick. Die Krankenhäuser waren überfüllt. Im Sagrado Corazón Hospital drängten sich die Patienten in den Gängen, auf den Treppen und im Garten. Sie hatte es einfach nicht fertiggebracht, sie alle im Stich zu lassen. Selbst als Franco bereits vor den Toren der Stadt stand und alle, die laufen konnten, nach Norden strömten, tat Mercedes ihre Pflicht, eine flügellose Arbeitsbiene, die ihren Stock bewacht, während die anderen wie wildgeworden umherschwirren.

Und plötzlich war der Bienenstock leer und totenstill gewesen. Das geräumte Barcelona hatte die Ankunft der Nationalisten erwartet.

Am 26. Januar waren sie dann einmarschiert. In der strahlenden Sonne waren sie über die Diagonal marschiert und hatten Barcelona eingenommen. In der Kathedrale wurde ein Dankgottesdienst abgehalten, die erste offene Messe seit mehr als drei Jahren.

Das Hospital wurde überschwemmt von anderen Uniformen, anderen Stimmen. Die zurückgebliebenen Verwundeten erfuhren keine Gnade. Diejenigen, die nicht in der Lage gewesen waren zu fliehen, wurden aus ihren Betten direkt ins Gefängnis gezerrt. Sogar der gesichtslose Mann aus Olot war abgeführt worden. Später hörte sie, daß er an einer Infektion gestorben war; auf diese Weise hatte er dem Exekutionskommando die Kugeln erspart.

Jetzt lagen verwundete Nationalisten in den Betten. Mercedes stellte fest, daß sie die Feinde pflegte, ohne das Groteske der Situation wahrzunehmen. Sie verspürte lediglich eine dumpfe Gleichgültigkeit. Das waren die Zeiten der Umzüge und Märsche gewesen, der vibrierenden Lautsprecher, der Feiern und Feste und der Rache.

Dann wurde sie verhaftet.

Sie kamen mit ihrem Haftbefehl ins Hospital. Sie wurde abgeführt und in einem Wagen ins Frauengefängnis nach Las Cortes gebracht. Man stieß sie in eine Zelle voller Frauen und Kinder, wo sie sich in eine Ecke kauerte und die Augen schloß, als nähme sie Abschied von der Welt.

Alles Weitere – das Verhör, die Anklage, die Verhandlung, die Verurteilung zum Tode – kam ihr vor wie ein Traum. Sie ließ einfach alles über sich ergehen. Sie fühlte und spürte gar nichts, nicht einmal Angst. Vielleicht so etwas wie Entwürdigung, und später nicht einmal mehr das.

Sie wurde in einen anderen Teil des Gefängnisses gebracht, zu anderen Frauen, die ebenfalls auf die Exekution warteten. Eigenartigerweise war sie die einzige in dieser schrecklichen Zelle, die im Krieg einen Schuß abgegeben und tatsächlich einen Feind getötet hatte. Den anderen wurden Verbrechen zur Last gelegt, die mit der Zunge oder mit der Feder ausgeführt worden waren; wieder andere waren lediglich am Ort eines Verbrechens gewesen und später von anonymen Zeugen denunziert worden. Manche der Frauen waren noch jünger als sie selbst; Jungfrauen, die dazu verurteilt waren, statt des Brautschleiers einen Trauerschleier zu tragen. Andere waren beleibte Matronen, die sich nach ihren Familien und Kindern verzehrten.

Die Ankläger hatten für alle Frauen die gleiche Strafe verlangt: den Tod. In allen Fällen hatte die Verteidigung – natürlich die der Nationalisten – für dreißig Tage Gefängnis plädiert. Der Richter hatte in allen Fällen die Todesstrafe verhängt.

Es bestand jedoch immer noch die Möglichkeit, daß das Todesurteil später revidiert wurde. Keine der Frauen wußte, welches Schicksal sie erwartete.

Sie lebten in der Erwartung, daß einer der Wächter den Riegel zurückziehen und sie vor das Exekutionskommando führen würde. Die meisten warteten seit Wochen, andere schon seit Monaten.

Mercedes reagierte auf ihre Umwelt vollkommen apathisch. Jeden Tag hatte sie die Schüsse im Hof mit anhören müssen. Die anderen hatten gebetet und geweint und sich übergeben. Aber nichts konnte sie berühren. Die Gleichgültigkeit hatte völlig von ihr Besitz ergriffen und umgab sie wie ein Wall.

Im März hatte man ihr die Nachricht von der Erschießung Francescs überbracht.

Damals hatte sie beinahe geglaubt, daß der Tod und nicht das Leben normal wäre. Wenn inmitten von soviel Dunkelheit ein weiteres Licht erlosch, dann schien dies Teil eines logischen Prozesses zu sein. Sie hatte nur daran denken können, daß auch sie bald bei den anderen sein würde.

Erst später hatte sie weinen können. Eine Frau aus San Lluc wurde für eine Nacht in die Zelle gebracht. Sie war dabei gewesen, als sie Francesc erschossen hatten. In der Dunkelheit hatte sie Mercedes die Geschichte ins Ohr geflüstert, während sie sie am Handgelenk festgehalten hatte.

Francesc war unweit der französischen Grenze aufgegriffen worden. Er hatte keine Waffen bei sich getragen, aber der Gewerkschaftsausweis der Anarchisten war schlimm genug gewesen. Auf einem Lastwagen war er nach San Lluc geschafft worden, wo bereits die Ankläger auf ihn gewartet hatten.

Das Exekutionskommando in San Lluc war ständig im Einsatz gewesen. An jenem Tag waren bereits dreißig Männer erschossen worden. Die Kirchenmauer, vor der sie sich hatten aufstellen müssen, und das Kopfsteinpflaster waren vom vielen Blut schon dunkel gefärbt.

Francesc mußte sich mit den letzten Verurteilten vor der Kirchenmauer aufstellen. Es war bereits Abend gewesen. Man hatte darüber beraten, ob es noch hell genug sei für die Schützen oder ob man die Exekutionen wegen des besseren Lichts auf den Morgen verschieben solle.

Man hatte entschieden, die Erschießungen noch vor dem Abendessen auszuführen.

Ein Priester hatte denen, die darum gebeten hatten, den letzten Beistand gewährt. Francesc hatte darauf verzichtet. Er hatte seine Krücken zu Boden fallen lassen und sich ohne sie aufrecht hingestellt. Dann hatte er den Gewehrläufen der Soldaten ruhigen Auges entgegengesehen; andere hatten geweint und sich zu Boden geworfen oder die Hände ausgestreckt, als könnten sie dadurch die Kugeln abwehren.

Im schwindenden Abendlicht ertönte dann der Befehl, die Gewehre anzulegen und zu feuern. Francesc war mit den anderen erschossen worden, und während sie noch zu Boden gingen, drehten die Soldaten sich schon um und unterhielten sich über das bevorstehende Abendessen. Die Leichen waren bis zum Morgen liegengeblieben; erst dann lud das Aufräumkommando sie auf einen Karren und transportierte sie zu einem Massengrab, das auf dem Dorffriedhof ausgehoben worden war.

Innerhalb von wenigen Tagen war San Lluc zu einem gespenstischen Ort geworden. Die verbliebenen Bewohner mußten auf Anordnung der *guardia* die Kirche von allen Maschinen und Geräten räumen, die man irgendwann dort abgestellt hatte. Auf Knien mußten die Frauen den Kirchenboden schrubben, ebenso wie die mit Spinnweben bedeckten Wände und den geschändeten Altar – nicht jedoch die blutverspritzten äußeren Mauern.

Das Blut war auch dann noch zu sehen gewesen, als der Bischof aus La Bisbal angereist kam, um die Kirche erneut zu weihen, und soweit die Frau wußte, hatte es immer noch niemand abgewaschen.

Während die Frau erzählte, war Mercedes' erschöpfter Körper von Weinkrämpfen geschüttelt worden. Die Tränen waren aus ihr herausgeflossen wie der Saft aus einem gefällten Baum. Sie hatte in einer Ecke gekauert und um ihren Stiefvater und alle anderen getrauert. Als irgendwann die Tränen versiegt waren und sie sich in der Zelle umsah, hatte sie nichts als menschliche Wracks überall ringsum gesehen. War das das Ergebnis ihrer ruhmreichen Revolution?

Am nächsten Morgen war die Frau aus San Lluc aus der Zelle geholt worden, und Mercedes hatte sie nie wiedergesehen.

Im April waren die Abstände zwischen den Exekutionen immer kürzer geworden.

Sie hatte mit angesehen, wie die Frauen, eine nach der anderen, hinausgeführt wurden; manche hatten sich gewehrt und geschrien, andere waren unglaublich ruhig gewesen. Jedesmal hatte sie die Schüsse des Exekutionskommandos im Hof gehört.

Seit Wochen hatte sie kaum etwas gegessen. Ihr Gesicht war eingefallen gewesen, ihre Augen stumpf, das Haar war ihr büschelweise ausgegangen. Außerdem hatte sie drei Zähne verloren.

Als Gerard Massaguer mit dem Freilassungsschein in die Zelle gekommen war, hatte er sie fast nicht erkannt.

Die lange Reihe von Limousinen bewegte sich langsam durch die Toreinfahrt des *Palacio de Oriente*.

In der Dunkelheit erhoben sich die hellerleuchteten Fassaden des früheren königlichen Palastes mit seinen hohen neoklassizistischen Säulen wie weiße Klippen in den Himmel. Der Regen trommelte auf das Dach des Hispano-Suiza, während sie und Gerard im Innern des Wagens schweigend auf die Scheibenwischer starrten, die sich im gleichmäßigen Rhythmus von einer Seite zur anderen bewegten. Obwohl es im Auto warm war, zitterte Mercedes und zog ihren Pelz enger um die Schultern.

Endlich waren sie an der Reihe. Gerard half ihr aus dem Auto und führte sie in die Empfangshalle, die durch unzählige Lichter taghell erleuchtet war. Die wunderschöne marmorne Treppe schien sich unendlich in eine strahlende Helligkeit hinaufzuwinden.

Erst als sie bereits auf dem Weg nach oben waren, bemerkte sie den riesigen Scheinwerfer auf dem ersten Treppenabsatz. Der dunkelhäutige Wachposten, der in Habtachtstellung daneben stand, schwitzte in der Hitze des Scheinwerfers. Der Zweck des Scheinwerfers wurde ersichtlich, als sie weiter nach oben gingen. Das gnadenlos grelle Licht beleuchtete die Treppe für eine Gruppe von Kameramännern, die die Ankömmlinge filmten.

»Franco möchte auf keinen Fall, daß die Welt irgend etwas von all dem hier versäumt«, murmelte ihr Gerard ins Ohr.

Er lächelte wohlwollend in die Kameras.

Nachdem sie den obersten Absatz und damit das freundlichere Licht der Kristallkronleuchter erreicht hatten, traten sie zu den bereits zahlreich erschienenen anderen Gästen.

Pietri, der ungewöhnlich gutaussehende französische Botschafter, stand ganz in der Nähe und redete mit seinem ihm im Aussehen ebenbürtigen argentinischen Amtskollegen. Beide hatten sie ihren mit Federn geschmückten Dreispitz unter den Arm geklemmt. Der bulgarische Botschafter stand neben ihnen.

Der amerikanische Botschafter Carlton Hayes und seine Frau waren nach ihnen eingetroffen und kamen gerade die Treppe herauf.

Der deutsche Diplomat Heberlein drehte den beiden Amerikanern, als sie oben angelangt waren, mit einem angewiderten Blick unverzüglich den Rücken zu.

Japans Botschafter Yakichiro Suma tat es seinem deutschen Kollegen mehr oder weniger auffällig gleich. Seine Hand lag auf dem Knauf seines goldenen Schwertes, als er sich jetzt nach allen Seiten umsah und verbeugte. Sein spiegelglatter Kopf, der an einen Fußball erinnerte, saß auf einer reich bestickten Tunika. Er trug den kurzgeschnittenen Hitler-Schnurrbart, mit dem sich so viele Japaner schmückten.

Irgenwo in der Menge mußten sich auch der englische und der italienische Botschafter befinden. Madrid war eine der wenigen Städte des kriegsgebeutelten Europas, wo sowohl Diplomaten der Achsenmächte als auch der Alliierten stationiert waren; und Franco gehörte zu den wenigen Staatsoberhäuptern, denen es gelang, sie alle gleichzeitig zu einem Empfang zu bitten. Rußland hatte als einzige kriegsführende Nation keinen Botschafter nach Spanien entsandt.

»Guten Abend, Mrs. Hayes«, grüßte Gerard freundlich, während er sich galant über die Hand der angesprochenen Dame beugte. »Guten Abend, Herr Botschafter. Wie schön, Sie hier zu sehen. Frohe Ostern.«

»Ebenfalls frohe Ostern, Señor Massaguer.« Hayes reichte Gerard die Hand. Dann wandte er sich mit einem Leuchten in den Augen an Mercedes. »Guten Abend, Mercedes. Wenn ich Sie so sehe, strahlend wie der Frühling, kann ich fast vergessen, was für schreckliches Wetter wir draußen haben.«

»Danke, Herr Botschafter«, antwortete sie teilnahmslos. Sie trug ein einfaches weißes Kleid und weiße Handschuhe, die bis zu den Ellbogen reichten. Die Diamantkette an ihrem Hals funkelte kalt. Viele Männer, die sie sahen, bewunderten ihre herbe Schönheit.

Am anderen Ende des Raumes traten jetzt Franco und seine Frau aus einer Tür. Er trug die Uniform des höchstrangigen Militärs im Lande, die eines Generalkommandanten der Marine. Doña Carmen, die wie immer schwarz gekleidet war, wirkte neben ihm hager und majestätisch.

»Wenn Franco noch mehr zunimmt«, murmelte Gerard, »dann platzt er bald aus allen Nähten. Der Mann wird noch zur Karikatur seiner selbst.« Als ein Kellner an sie herantrat, nahm er zwei Champagnergläser vom Tablett. Eines davon reichte er Mercedes. »Du kommst mir heute vor wie eine Schlafwandlerin«, rügte er sie. »Was ist denn los mit dir?«

Einen Augenblick lang schloß sie die Augen. »Nichts.«

»Nichts? Du kannst mir nichts vormachen, ich kenne dich. Du zitterst. Wahrscheinlich hast du den ganzen Tag nichts gegessen.« Er winkte einen der dunkelhäutigen Kellner herbei. Der Mann trug ein Tablett mit Horsd'œuvres. Gerard häufte geräucherten Lachs und Kaviarhäppchen auf einen Teller und bestand darauf, daß Mercedes davon aß. »Iß!« befahl er.

»Ich kann nicht.«

»*Iß!* Sonst wirst du hier noch ohnmächtig.«

Sie zwang sich, von den kleinen Köstlichkeiten zu probieren. Sie schmeckten nach den Tränen, die sie nicht weinen durfte, salzig und bitter. Doch sie spürte, daß selbst die wenigen Bissen ihr wieder etwas Kraft gaben.

Gerard beobachtete sie mit verschränkten Armen. Er war ein Mann in den besten Jahren, sein vierundvierzigster Geburtstag war nicht mehr fern. Brauen und Schnurrbart waren immer noch kohlrabenschwarz, nur die Schläfen waren mit silbernen Fäden durchzogen. Sein Gesicht wirkte zuweilen unerbittlich vor Zorn, sinnlich vor Verlangen, aber niemals weich oder zärtlich. Es war, ebenso wie das ihre, eine Maske.

»Lächeln!« befahl er jetzt. »Doña Carmen kommt zu uns herüber.«

Francos Frau strahlte eine Würde aus, die dem Diktator selbst gänzlich abging. Sie trat auf sie zu und nahm Mercedes' Hand in beide Hände. »Liebe Mercedes, wie geht es Ihrer Tante?«

Mercedes riß sich zusammen. »Unverändert, Doña Carmen.«

»Unverändert?« Die großen Augen richteten sich auf Gerard. »Der berühmte deutsche Arzt...?«

»Der einfache spanische Priester scheint ihr mehr zu helfen als der berühmte deutsche Arzt«, antwortete er. »Nein, Professor Schulenberg konnte ihr nicht helfen.«

»Ein tragisches Schicksal.« Das Mieder von Doña Carmens Kleid war mit Perlen bestickt. Sie trug nur selten Schmuck; auch ihre Kleidung und ihr Haar, das zu einer schlichten Lockenfrisur zurückgekämmt war, waren fast immer gleich. »Es ist schrecklich, wenn eine Mutter ihr einziges Kind verliert. Aber Sie, Don Gerard, Sie haben Kind und Frau verloren. Es muß furchtbar schwer sein, damit fertig zu werden.«

»Ich suche Halt im Glauben«, erwiderte Gerard leise und faltete die Hände.

»Ja!« Ein Strahlen ging über ihr Gesicht. »Der Glaube ist eine Gnade. Sie antworten wie ein Bischof, Gerard. Ich glaube, Sie wären ein guter Priester geworden.«

»Ich habe die Berufung gespürt«, sagte Gerard sanft. »Wenn mein älterer Bruder nicht im Krieg in Marokko gefallen wäre, wäre ich mit Sicherheit ein Mann der Kirche geworden. Aber das Schicksal hat es anders gewollt, ich mußte Felips Platz einnehmen. Es schmerzt mich noch heute, daß ich dem Priesteramt entsagen mußte.« Er lächelte freundlich. »Aber ich konnte meinem Land trotzdem dienen, und darüber bin ich froh.«

»Sie wären ein wunderbarer Priester geworden, Don Gerard.«

Gerard senkte demütig den Kopf. Mercedes warf einen kurzen Blick auf ihn. Seine unglaubliche Fähigkeit, im richtigen Moment das Richtige zu heucheln, erstaunte sie jedesmal von neuem.

Marisa Massaguer war vor achtzehn Monaten in eine psychiatrische Anstalt in Sevilla eingeliefert worden. Ihre Krankheit schien unheilbar. Sie erkannte niemanden mehr mit Ausnahme des Bildes ihres toten Kindes, Alfonso, dessen Anblick ihr unsägliche Qualen bereitete.

Mercedes wußte, daß Gerard irgendwo im tiefsten Innern ganz

schrecklich unter Marisas Geisteskrankheit und dem Verlust seines Sohnes litt. Trotzdem scheute er sich nicht, ihren Zustand für seine Zwecke zu gebrauchen, beispielsweise, um Doña Carmens Mitleid zu erregen oder die Geschichte aufrechtzuerhalten, daß Mercedes Marisas Nichte war.

Sie stellte sich Doña Carmens angewiderten Gesichtsausdruck vor, sollte sie die Wahrheit über ihre Beziehung zu Gerard erfahren. Wie sie sie alle anglotzen würden, wenn sie erfahren sollten, wer sie in Wirklichkeit war und wer sie gewesen war!

Doña Carmen schüttelte traurig den Kopf. »Arme, arme Marisa. Aber Sie dürfen sich von dem tragischen Schicksal Ihrer Tante nicht davon abhalten lassen, selbst zu heiraten und Kinder zu haben. Wirklich nicht!« Doña Carmen sah Mercedes ernst an. »Ehe und Mutterschaft sind die höchsten und heiligsten Ziele der spanischen Frauen.«

»Ja, Doña Carmen.«

»Wir müssen bald einen geeigneten Ehemann für Sie finden. Wie alt sind Sie, Mercedes? Fast fünfundzwanzig, hab' ich recht? Höchste Zeit, wenn Sie keine alte Jungfer werden wollen.« Mit einem breiten Lächeln wandte sie sich einem anderen Gast zu.

»Du bist ein verdammter Heuchler, Gerard«, sagte Mercedes leise.

Er zuckte mit den Schultern. »Heuchler, Feigling, Verräter, Hure. Was bedeuten diese Worte? Es sind nur Worte, Mercedes.«

»Ich möchte gern wissen, was für ein Priester du geworden wärst«, fauchte sie ihn an.

»Auch kein schlechterer als diese purpurnen Arschkriecher.« Er zog eine Augenbraue in die Höhe. »Und was meinst du, würde Doña Carmen denken, wenn sie erfahren sollte, daß sie einer echten anarchistischen *miliciana* die Hand geschüttelt hat?«

»Wenigstens glaubt sie den Unsinn, den sie verbreitet.«

»Komm mit. Ich möchte ein paar Worte mit Hayes reden.«

Sie traten auf den kleinen Kreis zu, wo Hayes neben dem englischen Botschafter und seiner Frau stand.

»Es sieht so aus, als wende sich das Blatt zugunsten der Alliierten, Herr Botschafter.«

Hayes nickte. »Gott sei Dank, ja. Zum erstenmal seit 1939 sehe ich ein kleines Licht am Ende des Weges.«

»Dann besteht vielleicht sogar Aussicht auf Friedensverhandlungen.«

»*Friedensverhandlungen?*« wiederholte der Amerikaner. Er schüttelte den Kopf. »Wir verhandeln nicht mit Hitler und Mussolini, Herr Minister. Dafür ist es zu spät. Der Krieg kann nur auf eine Weise beendet werden – durch die bedingungslose Kapitulation Deutschlands und Italiens.«

»Die Kapitulation der Italiener scheint mir gar nicht mehr so fern«, sagte Gerard. »Aber die Deutschen? Wir beide haben Hitler kennengelernt. Er wird weiterkämpfen. Die Frage ist nur, wie lange noch. Fünf Jahre? Vielleicht sogar zehn?«

»Ganz gleich wie lange«, sagte Hayes mit monotoner Stimme, »das Ende wird das gleiche sein.«

»Auch wenn Sie deshalb ganz Deutschland zerstören müßten? Und die wirkliche Gefahr und Bedrohung im Osten liegt?«

Hayes' Augen verengten sich noch mehr. »Die wirkliche Gefahr?«

»Aber Herr Botschafter! Sowjetrußland ist die wirkliche Bedrohung für den Westen. Wenn Deutschland zerstört ist, haben wir unser einziges Bollwerk gegen den Bolschewismus verloren.«

»Die Russen tragen im Moment die Hauptlast des Krieges«, entgegnete Hayes sachlich. »Und zwar für uns.«

Gerard nahm eine Zigarette aus seinem Etui. »Zigarette?«

Hayes musterte das Etui aus purem Gold, dessen Deckel das Hakenkreuz in Form eines Lorbeergewindes zierte. »Das Dritte Reich vergrößert derzeit seine Goldvorräte durch die Zahnfüllungen der Juden, die in die Konzentrationslager gehen«, bemerkte Hayes mit teilnahmsloser Stimme. »Warum werfen Sie das schreckliche Ding nicht einfach weg?«

»Wenn Sie den Krieg gewinnen, werde ich es einschmelzen und einen amerikanischen Adler daraus machen lassen«, antwortete Gerard lächelnd, »oder eine englische Bulldogge.«

»Leider wird es dann zu spät sein.« Hayes' Augen mit den dicken Tränensäcken blickten traurig. »Spanien wird nach dem Krieg feststellen müssen, daß es ganz alleine dasteht. Es ist sehr unwahrscheinlich, daß man es in die Vereinten Nationen aufnehmen wird.«

»Unwahrscheinlich?«

»Da ist zum einen die Sache mit den Menschenrechten. Die Vereinten Nationen werden sich aus demokratischen Ländern zusammensetzen. Totalitäre Regime haben da nichts verloren.«

Gerards schwarze Augen hefteten sich auf Hayes. »Dann sollten Sie besser auch dafür sorgen, daß Sowjetrußland draußen bleibt.«

»Herr Minister, die Russen haben ihre Aufnahmegebühr schon längst bezahlt«, sagte Hayes sanft. »In Blut. Franco dagegen hofft, daß es ausreicht, wenn er sich als Antikommunist präsentiert, damit die anderen seine Schandtaten vergessen. Aber da irrt er sich. Glauben Sie mir, da irrt er sich ganz gewaltig.«

Gerard zog an seiner Zigarette. Zwischen ihm und Hayes war im Laufe der Zeit eine freundschaftliche Beziehung entstanden, um nicht zu sagen, eine vertrauliche. Hayes wußte sehr wohl um Gerards Einfluß. Und Gerard seinerseits gab viel auf die Meinung des erfahrenen Diplomaten. »Darf ich fragen, ob Roosevelt diese Ansicht teilt?« fragte er.

»Ja. Ich fürchte, daß ich für lange Zeit der letzte amerikanische Botschafter in Spanien sein könnte.«

»Obwohl die Russen so mächtig sind?«

»Ja, obwohl die Russen so mächtig sind.«

»Sie haben sicher schon gehört, daß Franco Reformen vorbereitet.«

»Ja, die Gerüchte sind auch uns zu Ohren gekommen. Aber ich glaube kaum, daß das ausreicht. Es braucht mehr als eine kosmetische Operation.«

Mercedes, die bis dahin schweigend daneben gestanden hatte, ergriff jetzt das Wort. Leise sagte sie auf englisch zu Hayes: »Franco ist durch Hitlers und Mussolinis Hilfe an die Macht gekommen, und sie waren seine Vorbilder. Aber das Regime ist dem spanischen Volk mit Gewalt aufgezwungen worden, und es wird mit Gewalt aufrechterhalten. Deshalb entbehrt es jeder Rechtmäßigkeit.«

»Ja«, erwiderte Hayes, während er sie erstaunt musterte, »das wissen wir.«

Gerard sprach zwar nicht ganz so gut englisch wie Mercedes, aber der Sinn ihrer Worte war ihm nicht entgangen. »Meine Nichte hegt allerlei romantische Gefühle für die Linken.«

»Ihre Gefühle ehren sie.« Hayes lächelte Mercedes an und tätschelte ihren Arm.

»Spaniens Isolation wird nicht lange dauern«, sagte Gerard. »Im nächsten Jahrzehnt wird nichts mehr davon zu spüren sein. Amerika kann es sich gar nicht leisten, Spanien nicht zum Verbündeten zu haben, selbst wenn Franco an der Macht bliebe.« Er blies eine gewaltige Rauchfahne in die Luft, dann drückte er die Zigarette in einem Aschenbecher aus. »Und er wird an der Macht bleiben. Ich hole uns noch etwas Champagner.«

Es war schon spät, als sie nach Hause kamen. Die Hausangestellten hatten dafür gesorgt, daß das Feuer im Kamin noch brannte. Gerard goß sich einen Cognac ein und stellte sich vors Feuer, um sich aufzuwärmen. Mercedes streifte ihre weißen Handschuhe ab und ließ sich müde auf eines der Sofas sinken, wo sie auch ihre Schuhe abstreifte.

»Gott sei Dank ist das vorbei«, seufzte sie.

»Müde?«

»Erschöpft.« Sie ließ ihren Kopf baumeln. Ihr Blick wanderte durch das ganze Zimmer.

Sämtliche Bilder in dem Salon waren Familienporträts. Über dem Kamin hing ein düsteres Ölgemälde, welches Gerard selbst darstellte; Camillo Alvarez hatte es während des Bürgerkriegs in Sevilla gemalt. Die dunkle Gestalt saß vor einem stürmischen Himmel, und obwohl es kein schmeichelhaftes Porträt war, war es dem Künstler gelungen, seine innere Kraft herauszuarbeiten.

Über der Anrichte hing ein Porträt von Marisa, das in Rom gemalt worden war. Sie hielt einen Schirm in der Hand und blickte den Betrachter über die Schulter an. Das herrliche Bild war ganz in Silber- und Weißtönen gehalten. Jedesmal, wenn Mercedes das Bild ansah, mußte sie an die junge lachende Frau denken, die sie auf dem Schulhof von San Lluc gesehen hatte – und an das tragische Schicksal, das letztes Jahr in Sevilla seinen Anfang genommen hatte.

An der gegenüberliegenden Wand hing ein Bild von Alfonso, ihrem toten Kind, der ihr Halbbruder gewesen war. Das Gesicht des Kindes wirkte feierlich, der schwarze Rahmen paßte gut zu den ernsten Augen. Wenn sie in diese Augen sah, die so sehr an

Gerards Augen und an ihre eigenen erinnerten, zog sich ihr Herz schmerzlich zusammen.

Gerard beobachtete sie, während er den Cognac in seinem Glas schwenkte. »Was hat dich so aus der Fassung gebracht?«

»Wenn du's so genau wissen willst, sag' ich's dir. Ich hab' erfahren, wie meine Mutter gestorben ist.«

Sein schönes Gesicht blieb ruhig. »Wie?«

»Ich habe eine Frau getroffen, die mit ihr im Flüchtlingslager war. In Argelès-sur-Mer.«

»Wie hast du sie ausfindig gemacht?« wollte er wissen.

»Durch die Frauen, die mich um Hilfe bitten. Ich frage immer, ob sie jemanden kennen, der in Argelès war. Ich mußte einfach wissen, wie meine Mutter gestorben ist. Es hat mir keine Ruhe gelassen. Ich hab' ständig Alpträume…«

»Und jetzt weißt du es.«

Sie sah ihn an. »Sie starb an Lungenentzündung und Unterernährung.«

»Ich verstehe.« Er nippte nachdenklich an seinem Glas. »Es tut mir leid.«

»Ist das alles, was du dazu zu sagen hast?« Ihre Augen füllten sich mit Tränen. »Daß es dir leid tut?«

»Du hast mich heute schon einen Heuchler genannt«, erinnerte er sie. »Was soll ich sonst noch sagen?«

»Deine ruhmreichen Faschisten haben sie und meinen Vater aus ihrem Heim vertrieben«, sagte Mercedes. Die Tränen liefen ihr über die Wangen. »Sie ist in den Armen einer Fremden gestorben.«

»Du hättest nichts für sie tun können.« Er hielt ihr das Glas mit dem Cognac hin. »Trink. Es wird dir guttun.«

Sie nahm das Glas in beide Hände und hustete, als sie den starken Alkohol trank. »Der Krieg hat mir alles genommen, Gerard. Alles, was ich geliebt habe.«

»In einem Krieg gibt es keine Sieger«, erklärte er gefühllos.

»Du hast gesiegt«, sagte sie bitter. »Du mitsamt den Verbrechern im Palast.«

»Niemand kann den Lauf der Geschichte aufhalten. Und bitte mach mich nicht für deinen Schmerz verantwortlich.« Die schwarzen Augen wirkten riesig. »Der Krieg hat mir meine Frau und mein Kind genommen. Trotz allem, was du durchgemacht hast, kannst du dir nicht vorstellen, wie schrecklich es ist, ein Kind zu verlieren. Das mit deiner Mutter tut mir wirklich leid«, sagte er mit leiser Stimme, während sein Blick auf ihr ruhte. »Aber es ist besser so, ganz sicher sogar in Anbetracht der gegenwärtigen Lage.«

»Ich möchte ihr Grab besuchen.«

»Kommt nicht in Frage«, antwortete er knapp. »Die Toten soll man in Frieden ruhen lassen.«

»Dir ist sie vollkommen egal, hab' ich recht?« fragte sie mit bitterer Stimme.

»Wir werden alle geboren, um zu sterben. Außerdem hat mir deine Mutter herzlich wenig bedeutet, Mercedes.«

»Genug, um sie zu vögeln.«

»Willst du wissen, wie viele Frauen ich seit Conchita Barrantes gehabt habe? Fünfhundert vielleicht, vielleicht auch sechshundert. Du mußt nicht denken, daß wir irgendeine romantische Beziehung gehabt hätten, nein, es war vielmehr eine Holterdipolter-Geschichte. Jungfrauen stellen sich immer schrecklich an.«

Es dauerte eine Weile, bis sie die Bedeutung seiner Worte begriff. Voller Entsetzen sah sie ihn an. »Willst du damit sagen, daß du sie *vergewaltigt* hast?«

»Ganz genau.«

»Das hast du mir nie gesagt!«

Er zuckte mit den Schultern. »Weil es unwichtig ist.«

Einen Augenblick lang rang sie nach Luft. »Du elender *Schuft!*«

»Ich war achtzehn, und sie war vielleicht ein, zwei Jahre jünger. Ich versichere dir, daß keiner von uns beiden der Sache viel Bedeutung beigemessen hat.«

»Manchmal hasse ich dich«, sagte sie mit leiser, bebender Stimme. »Ich könnte dich umbringen.«

»Erinnere mich daran, daß ich dir heute nacht nicht den Rücken zuwende, für den Fall, daß du mir ein Messer zwischen die Rippen stoßen willst«, sagte er trocken. »Hast du etwa geglaubt, daß deine Mutter und ich ineinander verliebt waren?«

»Ich habe gedacht, daß wenigstens irgendeine Anziehung bestanden hat.«

»Sie hat mich gehaßt.«

»Ich weiß, hinterher. Aber vorher…«

»Es gab kein Vorher. Ich habe ihr irgendwo im Freien aufgelauert und sie genommen. Dann ist jeder wieder seiner Wege gegangen. Das Ergebnis warst du.«

»Vergewaltigst du alle Frauen?« fragte Mercedes mit brüchiger Stimme. »Gefällt dir das?«

»Du brauchst nicht sarkastisch zu werden.« Mit dem Daumen wischte er ihre Tränen ab, dann beugte er sich hinunter, um sie zu küssen.

»Rühr mich nicht an!« Er wollte ihre Hände ergreifen, aber sie stieß ihn zurück.

Seine Finger gruben sich in ihren Arm und zogen sie an sich. Er sah ihr in die Augen. »Du bist so schön«, flüsterte er.

»Ich hasse dich«, zischte sie voller Wut.

Er lachte, wobei seine gleichmäßigen weißen Zähne zum Vorschein kamen. »Unsinn. Ich weiß, daß du mich seit deinem dreizehnten Lebensjahr liebst.«

»Wie kannst du so etwas Liebe nennen?« Sie stand auf und trat händeringend an den Kamin. »Ich weiß, was Liebe ist. Ich habe Sean geliebt. Aber mit dir ist es etwas anderes, etwas Schreckliches…«

Er lehnte sich auf dem Sofa zurück und betrachtete sie mit unverhohlenem Vergnügen. »Werde bitte nicht melodramatisch, meine Liebe.«

Sie stand unter seinem Bild, und ihre Augen glichen den seinen wie ein Haar dem anderen. »Warum? Warum mußtest du mir das antun?«

»Du redest so, als hättest du gar nichts damit zu tun gehabt.«

»Das hab' ich auch nicht«, antwortete sie leidenschaftlich. »Ich hatte keine Wahl. Keine Hoffnung.«

Er unterdrückte ein Gähnen und warf einen Blick auf seine goldene Armbanduhr. »Bitte vergiß nicht, daß ich dir das Leben gerettet habe«, sagte er träge. »Ich habe dich vor dem Exekutionskommando gerettet. Du warst nur noch Haut und Knochen, und ich habe dich mit eigenen Händen wieder hochgepäppelt.«

»Du hast mich verführt, Gerard, und noch bevor ich wieder bei Sinnen war, hast du mich vergewaltigt. Genau wie meine Mutter.

Ich war zu schwach, um mich dir zu widersetzen. Glaubst du vielleicht, ich *wollte* es?« Mit schmerzverzerrtem Gesicht ballte sie eine Hand zur Faust und schlug damit auf den Kaminsims. »Glaubst du allen Ernstes, ich wollte die Geliebte meines Vaters werden?«

»Ich bin ein Mann, und du bist eine Frau, wir sind nicht Vater und Tochter.«

»Aber du *bist* mein Vater.«

»Meinst du? Nur weil ich vor einem Vierteljahrhundert ein Mädchen aus dem Dorf genommen habe? Ich habe dich nicht großgezogen, das hat der Schmied getan. Wenn jemand dein Vater ist, dann er, und er ist tot.«

»Für mich warst immer du mein Vater«, sagte sie leise. »Seit ich denken kann.«

Gerard stand auf und ging hinüber zu der Truhe aus Walnußholz, in der das kostbare Blaupunktradio war. Die Stimme von Radio Berlin wurde langsam lauter. Der Sprecher pries in den höchsten Tönen »ein Glanzlicht der deutschen Kultur an«, das Violinkonzert von Beethoven, das von den Berliner Philharmonikern gespielt wurde. Geleitet wurde das Orchester von einem begabten fünfunddreißigjährigen Dirigenten mit Namen Herbert von Karajan.

Der erste Satz breitete sich erhaben im Raume aus, und als die Geigen sich zu schwindelnden Höhen erhoben, kam Gerard zu ihr herüber. Sanft legte er seine Hände auf ihre Arme. »Die Juden und die Christen haben die körperliche Liebe verteufelt. Mit ihren Tabus und Verboten vergiften sie uns. Aber das ist purer Unsinn. Trifft uns etwa der Blitz, wenn wir uns lieben, oder tut sich die Erde auf und verschlingt uns? Nein. Die Natur kennt solche Tabus nicht. Und was war denn mit dir und dieser Nonne, meine Liebe? War das nicht auch ziemlich ungewöhnlich?«

»Das war unschuldig, aber was wir beide tun, ist nicht unschuldig!« Sie sah ihn an. »Was ist, wenn das Personal erfährt, daß ich deine Tochter bin?«

»Wenn wir uns nicht ausgesprochen dumm verhalten, wird es niemand erfahren.«

»Es ist schlimm genug, daß ich mich als Marisas Nichte ausgebe«, fuhr sie händeringend fort. »Wenn sie die Wahrheit wüßten…

all diese Leute heute abend im Palast… was würden sie dann sagen? Sie wären entsetzt und schockiert.«

»Angesichts der herrschenden Moral würden sie uns wahrscheinlich auf den Scheiterhaufen zerren«, stimmte er nüchtern zu. »Aber sie wissen es nicht. Niemand weiß es, und niemand wird es jemals erfahren. Alle, die davon wußten, sind tot.«

»Am liebsten hätte ich es heute abend allen ins Gesicht geschrien«, rief sie mit gequältem Gesicht. »Daß ich deine Tochter bin. Und deine Geliebte.«

»Damit hättest du uns beide zerstört«, entgegnete er achselzuckend. »Und was wäre damit gewonnen?«

»Ich hätte vielleicht unsere Seelen gerettet.«

»Wir haben keine Seelen.« Er lächelte. »Wir sind göttlich, Mercé. Du bist meine Göttin. Ich bin dein Gott.«

»Du bist wahnsinnig.«

»Ach wirklich? Komm, ich zeig' dir was.« Er führte sie zum Fenster und zog die schweren Samtvorhänge auf. Draußen prasselte der Regen unbarmherzig auf die menschenleere *Plaza Mayor*. Der bronzene König auf seinem bronzenen Pferd starrte mit leerem Blick auf die Lichter in der Dunkelheit. »Schau doch, wo wir sind«, sagte Gerard mit sanfter Stimme, »wir sind ganz oben. In ganz Madrid, ja in ganz Spanien, gibt es niemanden, der größer ist als wir. Wir sind unangreifbar. Endlich liegt uns alles zu Füßen. Alles gehört uns. Die restliche Welt steht in Flammen, aber für uns existiert sie nicht. Wir sind Götter, Mercedes. Begreifst du das denn nicht?«

Er zog sie an sich. Vor lauter Erschöpfung sank sie in seine Arme. Er war sich seiner so sicher, so unglaublich sicher. Mit seiner ungeheuren körperlichen und geistigen Stärke beherrschte er sie vollkommen. Sie war das Objekt einer brennenden, verzehrenden Leidenschaft, und trotzdem war sie hilflos. Sie verfügte nur über eine passive Macht, über die Fähigkeit, sein Verlangen zu wecken.

Sein Atem ging schneller. Er führte sie zum Sofa und drängte sie sanft aber bestimmt hinunter. Seine Finger machten sich bereits am Verschluß ihres Kleides zu schaffen. Dann hörte sie, wie er sich selbst auszog.

Plötzlich wurden ihre Glieder schlaff, ihre Augen schlossen

sich, ihr Kopf sank zurück, als hätte jemand sie in Trance versetzt. Das Vorspiel war jedesmal dasselbe. Die Hilflosigkeit. Die Unvermeidlichkeit. Sie spürte die Wärme des Feuers auf ihrer nackten Haut, spürte, wie er ihre Schenkel auseinanderdrückte.

Dann fühlte sie das ganze Gewicht seines Körpers auf dem ihren, und als er in sie eindrang und tief in sie hineinstieß, schrie sie auf. Sie drückte ihr Gesicht an seine Brust, um weitere Schreie zu ersticken.

Aber ihr Körper übte Verrat an ihr. Plötzlich wurde er zu einem wilden, unkontrollierbaren Etwas, das nichts mehr mit ihr zu tun hatte und das ihren stummen Schrei nicht beachtete. Dieser Körper ließ zu, daß er verführt wurde, obwohl ihr Verstand wußte, daß es Unrecht war. Sie hatte jegliche Kontrolle über ihren eigenen Körper verloren. Er gehörte nicht mehr ihr, sondern ihm, sie war seine Sklavin.

»Mercedes«, flüsterte er mit rauher, leidenschaftlicher Stimme. »Meine Göttin.«

Sie blieb stumm. Ihr Körper bäumte sich ihm entgegen. Der stumme Schrei wollte nicht aufhören. Mit seinen tiefen Stößen schien er sie zu zerstören. Die herrliche Blume entfaltete sich in ihr und enthüllte ihren purpurroten Hals, ihre gefleckten Blütenblätter. Sie öffneten sich und liebkosten die paradiesischen Gefilde ihres Körpers mit Erfahrung und Geschick.

Sie wimmerte ganz leise, aber nicht wegen seines Tuns, sondern weil ihr Körper sie verriet. Sie glaubte sich am Rande des Wahnsinns, glaubte, ihr Leben würde in diesem Augenblick zerstört.

Er ist mein Vater, dachte sie immer und immer wieder. Ich bin seine Tochter. Es ist Unrecht, was wir tun, und ich muß mich dagegen wehren. Doch es gelang ihm immer, ihre Lust zu entfachen, ganz gleich, ob sie sich dagegen wehrte oder nicht.

Wenn sie mit Sean zusammen gewesen war, war immer sie die Lehrerin gewesen und er der Schüler. Sie hatte geführt, und er war gefolgt. Aber wenn sie mit Gerard zusammen war, besaß sie keinen eigenen Willen mehr. Mit unbeirrbarer Sicherheit drängte er sie zum fast unerträglichen Höhepunkt, bis sie glaubte, es nicht mehr ertragen zu können.

»Nein«, stöhnte sie. »Nein, nein, nein, nein…«

Sie spürte seinen Mund und seinen heißen Atem an ihrem Hals. Ein Strudel hatte sie erfaßt, der sie jetzt tiefer und tiefer in den Abgrund zog. Ihr Geschlecht war heiß und feucht. Wie ein Hengst stieß er tief in sie hinein.

Plötzlich hörte ihr Geist auf zu existieren. Es gab nur noch Unterwerfung und Untergang. Sie hatte nichts mehr zu verlieren. Benommen nahm sie wahr, wie ihr Widerstand zusammenbrach.

Das Ende kam mit wilder Kraft. Sie konnte den langen Aufschrei der Leidenschaft nicht mehr unterdrücken, der schließlich in einem Wimmern der Niederlage endete. Sie spürte, wie er in ihr anschwoll und hörte sein triumphierendes Stöhnen.

Dann wurde das Band durchtrennt, und sie sank mit tränenverschleierten Augen nach hinten. Sie war kaum noch bei Sinnen.

Wieder verspürte sie die vertraute Leere. Wieder war es passiert. Wieder war ihre Seele herausgerissen worden. Sie schwebte an einem ihr unbekannten Ort weit weg von sich selbst.

So war es jedesmal.

Ohne ein Wort sah Gerard auf sie herab. Als sie ihr Gesicht mit den Händen bedeckte, berührte sie heiße Tränen. Sie setzte sich auf. Ihr Körper zitterte und bebte. Sie griff nach ihrem Kleid und hielt es sich vor die nackte Brust.

Das Beethoven-Konzert erfüllte den Raum. Das Feuer im Kamin knisterte leise. Nichts hatte sich verändert.

Sie fühlte sich vollkommen taub. Ihre Augen folgten Gerard, als er durch das Zimmer ging, doch sie nahm ihn nicht wahr. Der Feuerschein auf seiner Haut ließ seinen Körper kräftig und stählern wirken, als er jetzt Cognac in einen Schwenker goß. Sein Gesicht schien entspannt und ruhig.

Er setzte sich neben sie. »Du hältst soviel vor mir zurück, Mercedes.«

»Ich kann dir nichts geben, Gerard«, entgegnete sie mit gequälter Stimme.

Er legte den Arm um sie und führte das Glas an ihre Lippen. »Du wirst dich selbst besser verstehen, und zwar schon bald, dessen bin ich sicher. Dann wirst du einsehen, wie wunderbar alles ist.«

Ihre Zähne klapperten, als sie an dem Glas nippte. »Ich wünschte, ich wäre tot.«

»Du brauchst Erholung. Wir werden verreisen, am besten in die Sonne, weg von diesem schrecklichen Wetter, weit weg von diesem Krieg. Die Kanarischen Inseln vielleicht. Oder Nordafrika. Ich werde alles vorbereiten.«

Seine Stimme verhallte irgendwo im Raum; seine Worte drangen nicht mehr an ihr Ohr. Sie hörte nur noch die Zufriedenheit in seiner Stimme, die Freude darüber, sie wieder einmal erobert und besessen zu haben. Er hielt sie fest und küßte sie. Sie wehrte sich nicht, sondern saß nur da mit gleichgültigem Blick, der auf die Flammen im Kamin gerichtet war. Irgendwann verschwand die Taubheit.

Mit den Armen um den Oberkörper geschlungen, saß sie auf ihrem Bett und wiegte sich langsam vor und zurück.

Die Qual war unerträglich, das Leid verzehrend.

Weder in den schlimmsten Tagen des Krieges, weder damals, als Sean gestorben war, noch in der Todeszelle in Barcelona hatte sie wie jetzt das Gefühl gehabt, daß das Unglück sie erstickte. Trotz allem war immer irgendwo ein Hoffnungsschimmer gewesen. Jetzt gab es keinen mehr. Sie war eine Gefangene in einem wunderschönen Haus im Herzen des feindlichen Lagers, umgeben vom Bösen. Noch schlimmer: Sie war sich selbst zum Gefängnis geworden.

Sie haßte sich mit einer unerträglichen Leidenschaft, an der sie ersticken zu müssen glaubte. Ihr Tun war verabscheuungswürdig, schändlich und schlecht. Sie war ein Wesen, das kein Recht hatte zu atmen und zu leben. *Eine Verräterin und eine Hure.* Sie hatte alles und alle verraten – Sean, Francesc, ihre Mutter – alle, die sie geliebt hatte, alles, an das sie geglaubt hatte. Statt dessen hatte sie das Böse mit offenen Armen empfangen und sich damit selbst verraten.

Sie starrte in die fürchterliche Leere.

Um zur Normalität zurückzufinden, mußte sie diese entsetzliche Wildnis der Selbstverachtung durchqueren. Aber es war nicht die Normalität, zu der sie zurückfand, sondern dieses zerbrechliche, unwirkliche Gleichgewicht, das für sie zur Normalität geworden war. Dieser Schwebezustand, an dem sie sich festklammerte, um nicht wahnsinnig zu werden oder sich umzubringen.

Bis zum nächsten Mal, bis sie wieder zerstört wurde.

Wie hatte dies bloß geschehen können? Ohne ihr Zutun, und doch mit ihrer Einwilligung. Als sie im Frühling 1939 nach ihrer Gefangenschaft aus der Finsternis wieder erwacht war und sich ihre lahmen Flügel langsam wieder geregt hatten, hatte sie nichts als Liebe und Dankbarkeit für ihren Retter empfunden, nichts als Bewunderung für den Mann, der sie dem Tode entrissen und ihr Zuflucht gewährt hatte, der an ihrem Bett gesessen, mit sanfter Stimme mit ihr gesprochen und sie geduldig gefüttert hatte, als wäre sie ein Kind.

Immer wenn er das Zimmer verließ, hatte sie sich an ihn geklammert und geweint.

Wenn er dann zurückkehrte, sie in seine Arme nahm und sie auf die Lippen küßte, hatte ihr Herz einen Freudentanz vollführt; wenn er sie gestreichelt hatte, hatte sie geschnurrt wie eine Katze. Und sogar als er zu ihr ins Bett geschlüpft war, hatte sie in ihrer Arglosigkeit keinen Verdacht geschöpft. Er war ihr Retter gewesen, ihr Vater, der sie endlich geholt hatte, so wie sie es sich immer erhofft hatte.

Aber je mehr Zeit verstrich, und je gesünder und kräftiger sie geworden war, desto mehr hatte sich ihre Beziehung verändert. Ihr Verstand, der sich immer noch nicht vollständig erholt hatte, hatte sein Verhalten nur mit Staunen hingenommen. Er hatte ihre Brüste und ihre Schenkel gestreichelt. Die Geräusche seines Atems waren rauher und fordernder geworden. Mit seinen Küssen hatte er sie verschlungen. Sein Verlangen war immer drängender geworden.

Sie hatte versucht, das erste körperliche Zusammensein mit ihrem Vater aus ihrem Gedächtnis zu tilgen. Sie erinnerte sich nur noch vage daran, daß es lustvoll gewesen war. Bisher war es immer lustvoll gewesen. Er wußte, wie er ihre Lust entfachen, wußte, womit er ihre Schreie zum Verstummen bringen konnte.

Ganz unmerklich und schleichend war aus dem Krankenbett ein Bett der Leidenschaft geworden.

Sie war erwacht als die Geliebte ihres Vaters, das Objekt seiner Begierde. Als sie endlich gesund war und das Bett verlassen konnte, war sie bereits seine Sklavin, die Folterqualen durchlitt, weil ihr Herz von zwei unvereinbaren Kräften entzweigerissen wurde – ihrer Liebe für ihn als Mann und ihrer Liebe für ihn als Vater.

Der Gedanke daran war ihr immer unerträglicher geworden. Und das Wissen, es wieder und wieder tun zu müssen, verspottete und quälte sie. Wenn sie daran dachte, wußte sie, daß dies nur im Wahnsinn oder im Tod enden konnte.

Als sie am nächsten Morgen aus quälendem Schlaf erwachte, wußte sie weder ihren Namen, noch wo sie sich befand. Die Mädchen ängstigten sich zu Tode, weil sie sich verzweifelt an sie klammerte und immer wieder rief: »Wer bin ich? Wer bin ich?«

Die Verwirrtheit ließ bald nach, doch sie verspürte eine tiefe seelische Unruhe, als trieben unzählige trübe Partikelchen in ihrem Kopf herum. Der Gedanke, daß der Gedächtnisverlust wiederkehren könnte, versetzte sie in Angst und Schrecken. Gerard brachte sie wieder zu einem Psychiater, der erneut Tabletten verschrieb und jeglichen Alkoholgenuß verbot. Völlig teilnahmslos stimmte sie allem zu, was er sagte. Eine Woche nach diesem Besuch wachte sie auf und wußte: Ich bin Mercedes Eduard.

Einen Monat später wurde sie erneut krank.

Mehrere Male suchte sie den Arzt auf, aber ihr Zustand besserte sich nicht. Der Arzt führte mehrere Untersuchungen durch.

Eine Woche später saß sie ihm in einem bequemen Stuhl in seinem Sprechzimmer gegenüber. Sein Gesichtsausdruck mutete sie seltsam an, halb wissend, halb verächtlich.

»Sie haben keine Lebensmittelvergiftung, Señorita«, erklärte er ihr mit Bestimmtheit. »Ihr Leiden ist in der Tat ganz anderer Natur. Sie müssen sich leider auf einen Schock gefaßt machen.«

Kein Schrei kam über ihre Lippen, aber der Satz spaltete den Boden unter ihr, und der Riß klaffte drohend und unheilvoll vor ihr auf.

»Sie sind schwanger.«

Sie zog die Schlafzimmertür hinter sich zu.

Dann eilte sie zum Toilettentisch und zog die Schublade auf. Durch ihre Unbeholfenheit fiel diese herunter, und der Inhalt breitete sich auf dem Teppich aus. Sie fiel auf die Knie und suchte solange, bis sie die Morphiumtabletten gefunden hatte. Es gelang ihr, das Glasfläschen zu öffnen und die grauen Tabletten in ihre Hand zu schütteln.

Reichten die Tabletten aus, um sich umzubringen? Sie ging ins Badezimmer und trat vor das marmorne Waschbecken, wo sie sich die Tabletten in den Mund stopfte. Sie schmeckten bitter und nach Kreide. Übelkeit stieg in ihr auf. Sie würgte die Tabletten hinunter.

Dann stolperte sie zurück ins Schlafzimmer und setzte sich auf das Bett. Aus der Flasche, die auf dem Beistelltischchen stand, goß sie Cognac in ihr Wasserglas und setzte es an die Lippen.

Nachdem sie drei Gläser voll getrunken hatte, mußte sie aufhören, denn einen Moment lang glaubte sie, sich übergeben zu müssen. Sie betete, daß es ausreichen möge.

Sie legte sich aufs Bett und rollte sich zusammen. Eine selige Erleichterung überkam sie – als hätte sie nicht den Tod gewählt, sondern das Leben. Sie verspürte eine seltsame Vollendung, eine Erlösung.

Vorbei. Es war alles zu Ende. Die Verzweiflung und die Qual. Vorbei die quälenden Gedanken, zum erstenmal in Monaten fand sie Ruhe und Frieden. Urplötzlich stürzten die Wände des Zimmers auf sie nieder. Ihr Kopf dehnte sich ins Unendliche, als der Cognac und die Tabletten ihr Gehirn erreichten. Ihr Blick verschwamm. Mit äußerster Willensanstrengung gelang es ihr, sich auf den Rücken zu drehen. Sollte sie sich übergeben müssen, würde sie so ersticken, anstatt das Gift zu erbrechen.

Vorbei.

Dunkelheit breitete sich aus und hüllte sie ein.

16. VERGELTUNG

BARCELONA – NOVEMBER 1973

Er rief auch diesmal spät in der Nacht an. Sie saßen an einem kleinen Tisch und spielten schweigend Karten.

Ihre Blicke trafen sich. »Nehmen Sie ab«, sagte sie leise.

Er griff nach dem Hörer. »Joaquin de Córdoba.«

»Hier spricht Paul, alter Junge.«

Er erkannte die barsche Stimme sofort. Vor lauter Erleichterung zitterte seine Stimme ein wenig. »Wir warten schon fast drei Wochen auf Ihren Anruf.«

»Ich bin bereit. Ich will das Geld am Mittwoch mittag.«

»Wo?«

»In Mexiko.«

»*Mexiko?*« Er starrte auf seine Armbanduhr. »Da bleiben mir weniger als drei Tage, um das Bargeld zu beschaffen und nach Mexiko zu fliegen. Das ist unmöglich.«

»Das Bargeld hätten Sie schon längst beschaffen können«, fauchte er. »Warum zum Teufel haben Sie die Anzeige in die Zeitung gesetzt, wenn Sie das Geld noch nicht haben?«

»Wir haben es ja. Wir müssen es nur noch von den verschiedenen Banken abheben…«

»Dann wird's aber höchste Zeit!«

»Ich werde mein Bestes tun«, erklärte de Córdoba. Einen Augenblick lang glaubte er, Verzweiflung in der Stimme des Entführers zu hören, die für kurze Zeit schreckliche Visionen heraufbeschwor. War vielleicht etwas Furchtbares passiert? Er versuchte, mit ruhiger Stimme weiterzusprechen. »Es gibt keine Probleme mit dem Geld. Wir brauchen nur noch etwas Zeit.«

»Sie *haben* keine Zeit mehr«, warnte die Stimme am anderen Ende erbarmungslos.

»Warum nicht?«

Die Stimme überschlug sich jetzt fast. *»Keine weiteren Diskussionen bitte.«*

»Wo in Mexiko?«

»Hermosillo. Wissen Sie, wo das ist?«

»Ja.«

»Mieten Sie sich dort im Hotel San Sebastian ein. Wenn Sie dort sind, nehme ich wieder Kontakt mit Ihnen auf. Wie heißen Sie, alter Junge?«

»Joaquin de Córdoba.«

»Mittwoch also, de Córdoba. *Mittwoch.*«

»Sie haben mir noch nicht gesagt, wie Sie das Geld haben wollen.«

»Was?«

»In welchen Scheinen. Zwanziger, Hunderter, Fünfhunderter…«

»Nichts Kleineres als Fünfziger. Keine Tausender. Keine fortlaufenden Nummern. Und alles in gebrauchten Scheinen. Verstanden?«

»Vollkommen.«

»Das Geld muß sich in einer Tasche befinden, die ich tragen kann.«

»Zehn Millionen Dollar«, bemerkte de Córdoba sanft, »ergeben, selbst in großen Scheinen, einen beträchtlichen Berg, der dazu noch ziemlich viel wiegt.«

»Sie machen es genauso, wie ich gesagt habe, verstanden!«

»Sollte ich am Mittwoch nicht da sein, dann bitte ich um Geduld. Es ist alles nicht so einfach, wie Sie sich das vielleicht vorstellen…«

»Sie werden sich an das halten, was ich gesagt habe.«

»Bitte – ich möchte gern mit Eden sprechen. Nur kurz, ich möchte nur ihre Stimme hören…«

»Unmöglich.«

»Warum nicht?«

»Weil ich es nicht will.«

»Wir brauchen einen Beweis, daß Eden noch lebt. Mercedes Eduard ist krank vor Sorge. Es ist schon Wochen her, seit sie die Stimme ihrer Tochter zum letztenmal gehört hat…«

»Eden lebt.« Jetzt hörte de Córdoba wieder die Bitterkeit in der rauhen Stimme des anderen. »Und sagen Sie diesem unmöglichen Miststück, daß all das nie hätte passieren müssen, wenn sie eine bessere Mutter gewesen wäre.«

De Córdoba hörte ein Klicken in der Leitung. Die Verbindung war abgebrochen.

Er legte den Hörer auf. Mercedes war weiß wie die Wand. Ihre Karten waren vom Tisch gefallen und lagen nun verstreut am Boden.

»Er will das Geld am Mittwoch in Hermosillo in Mexiko.«

»Das schaffen wir nicht.«

»Wir müssen es versuchen.«

»Wie hat er geklungen?«

»Er hat geschrien. Ich glaube, er stand unter großer Anspannung.«

»Warum?«

»Das weiß ich nicht. Er hat mich nicht mit Eden sprechen lassen.«

»Aber wie wissen wir dann, daß sie überhaupt noch lebt?«

»Es bleibt uns nichts anderes übrig, als ihm zu vertrauen.«

»Was hat er sonst noch gesagt?«

»Nur die üblichen Scheußlichkeiten.«

»Was hat er *gesagt*, Joaquin.«

Er zögerte. »Er hat Sie ein unmögliches Miststück genannt. Er hat gesagt, ich sollte Ihnen ausrichten, daß all das nie passiert wäre, wenn Sie eine bessere Mutter gewesen wären.«

Ohne ein Wort wandte sie den Blick ab.

De Córdoba griff wieder nach dem Telefonhörer. »Ich werde mich um einen Flug kümmern«, erklärte er.

TUCSON

Als er wieder in die Zelle trat, ging es ihr immer noch nicht besser. Sie zitterte immer noch am ganzen Körper und saß, den Kopf in die Hände gestützt, auf dem Bett. Ihr Zustand erinnerte ihn so sehr an die ersten Tage ihrer Gefangenschaft, daß er entsetzt war. Es kam ihm vor, als sei ihr Lebenslicht erloschen.

Mit einer Geste der Hilflosigkeit ließ er sich neben ihr nieder. »Eden, es tut mir so leid.«

Sie starrte weiterhin auf den Boden.

»Eden. Bitte…«

Ganz langsam hob sie den Kopf. Ihre grünen Augen hatten jeden Glanz verloren. Sie war schrecklich blaß. »Du hast das Ganze aus Selbstmitleid getan«, stieß sie hervor. »Weil ich ein verwöhntes Kind war und du nicht.«

»Ich hab' es um der *Gerechtigkeit* willen getan«, gab er zurück. »Du kannst dir nicht vorstellen, wie schlimm meine Kindheit war, Eden.«

»Wie kannst du ihr dafür die Schuld geben?«

»Sie ist meine Mutter, sie hat mich geboren!«

»Aber du bist zur falschen Zeit geboren.«

»Zur falschen Zeit, da hast du recht«, sagte er bitter. »Und ich war ihr lästig und hinderlich. Deshalb hat sie mich *verkauft* wie einen Hund. Sie hat mich an diese Monster verkauft, damit sie mich quälen.«

»Und deshalb mußtest du sie quälen. Sie und mich.«

Joel packte Eden am Arm. Ihr Haut war feucht. »Wie solltest du das auch verstehen? Dich hat nie jemand geschlagen, dich hat nie jemand hungern lassen und dich angekettet, bis du fast wahnsinnig geworden bist vor Angst. Dir hat man nie weh getan. Du hast dir nicht gewünscht, daß du eine andere und weit weg wärst von allem. Ich habe mir gewünscht, tot zu sein, Eden. Mit acht Jahren *wollte ich am liebsten tot sein*. Sie haben mich im Keller angekettet wie ein wildes Tier.«

»Mit mir hast du das gleiche gemacht.«

»Ich wollte nicht, daß du leidest…«

»Du lügst! Natürlich wolltest du, daß ich leide, genauso, wie du damals gelitten hast. Du wolltest Rache nehmen, du wolltest, daß ich dafür büße.«

»Ich war wie von Sinnen, Eden«, sagte er mit fast flehender Stimme.

»Und jetzt bist du wieder normal?« fragte sie traurig.

»Nein. Ganz bestimmt nicht, und vielleicht werde ich es auch nie wieder sein. Aber auf diese Weise habe ich das Gleichgewicht wieder hergestellt.«

»Es gibt kein Gleichgewicht, Joel, und es hat nie eines gegeben. Es gibt nur viele Irre und Verrückte. Laß mich los!« Sie versuchte, sich aus seinem Griff zu lösen, aber sie hatte keine Kraft. Ein Zittern erfaßte ihren Körper, und sie wiegte sich vor und zurück. »Oh, mein Gott, du lieber Gott. Laß mich gehen.«

»Eden!« Er schlang die Arme um sie, versuchte zu trösten und zu erklären. »Eden, ich war ihr eheliches Kind. Kein Bastard. Kein *Irrtum*. Als sie Spanien verlassen hat, war sie verheiratet mit einem amerikanischen Freiwilligen namens Sean O'Keefe, der bei den Internationalen Brigaden gekämpft hat. Ich hab' sein Foto gesehen. Er ist gefallen, bevor ich zur Welt kam. Aber anstatt mich allein großzuziehen, hat sie mich an Eldred Lennox verkauft. ›Über mein Volk warfen sie das Los; sie gaben einen Knaben als Dirnenlohn, verkauften ein Mädchen für Wein und betranken sich.‹«

»Du weißt gar nichts«, antwortete sie. »Woher willst du wissen, wie es damals für sie war?«

»Ich weiß, was sie mir angetan hat! Sie hat mich weggeworfen wie einen alten Koffer und deinen Vater geheiratet. Die Früchte des Bösen haben sie reich gemacht. Und dir kam zugute, was hätte mein sein sollen!«

»Du kannst sie nicht für etwas bestrafen, das so viele Jahre zurückliegt!«

»Aber diese Jahre sind *mein* Leben. Die Jahre, die die Heuschrecke gefressen hat. Sie muß dafür bezahlen. Es ist eine Sache zwischen mir und ihr. Du hast damit nichts zu tun. ›Seht, ich lasse sie aufbrechen von dem Ort, wohin ihr sie verkauft habt, und wende euer Tun auf euer eigenes Haupt zurück.‹«

»Deine Zitate machen mich ganz krank.«

»Ich bin damit großgeworden. Ich mußte alles auswendig lernen, jedes Kapitel und jeden Vers, in Ketten und in der Dunkelheit. Aus ihnen spricht ein rachsüchtiger Geist, Eden. Nichts bleibt ungesühnt. *Gar nichts*.«

»Rache ist keine Lösung. Wir sind alle miteinander verbunden.«

»Genau. Wir sind miteinander verbunden. Und Rache ist wie eine Axt, mit der man diese Bande durchtrennen kann.«

Tränen der Erschöpfung und Verzweiflung liefen ihr über die

Wangen. »Vielleicht hat sie gedacht, daß diese Leute besser für dich sorgen würden, als sie es gekonnt hätte. Er war ein Mann Gottes…«

»Er war ein Teufel«, zischte er. »Sie hat mich einem Teufel verkauft. Für zweitausend Dollar. Ich habe die Papiere gesehen, Eden. Die Frau, die mich großgezogen hat, hat sie mir auf ihrem Totenbett gezeigt. Meine Mutter hat zweitausend Dollar für mich bekommen, weil sie mich den Leuten gegeben hat, die mich zerstörten…«

»Woher hätte sie wissen sollen, daß diese Menschen Monster waren?«

»Alle haben es gewußt! Bis dahin war ihnen jede Adoption in Kalifornien verweigert worden!«

»Jeder Mensch hat sein Leid zu tragen«, rief sie weinend. »Schau mich an, Joel. Ich hatte die Kindheit, von der du geträumt hast. Aber schau dich doch an. Du bist stark und begabt. Du hast etwas aus deinem Leben gemacht. Und ich bin wertlos und nutzlos, mein ganzes Leben ist sinnlos. Wer von uns hat also das bessere Los gezogen?«

»Du bist nicht *wertlos*«, schrie er sie an. »Du bist überhaupt die einzige, die noch eine Chance hat. Und du wirst diese Chance nutzen, Eden. Du wirst am Ende die Siegerin sein.«

»Ich habe dich so sehr geliebt«, sagte sie mit einem Beben in der Stimme.

Er nahm ihr Gesicht zwischen seine Hände. Ihre Haut brannte wie Feuer. Ihre Lippen waren trocken und aufgesprungen. »Du bist das Licht in meinem Leben. Ich habe dich immer geliebt, Eden. Du bist meine Schwester. Du warst dein ganzes Leben lang mit mir verbunden. Das, was ich jetzt tue, wird dieses Band durchtrennen, wird uns beiden die Freiheit bringen.«

Ihr Körper schien zu glühen. »Was willst du mit dem Geld machen?«

»Ich werde es verbrennen.«

»Du bist verrückt. Du willst alles, was du im Leben erreicht hast, zerstören, nur um einer Mutter weh zu tun, die du nie gekannt hast!«

»Um der Gerechtigkeit willen.«

»Ich könnte dir so viel von ihr erzählen.« Sie umklammerte

seine Handgeklenke. »Ich könnte dir Dinge erzählen, von denen du nichts weißt. Wie lieb sie sein kann, wie zärtlich, wie wunderbar. Daß sie jeder, der sie kennt, liebt…«

Sein Gesicht wurde zu einer Maske. »Ich will es nicht hören.«

»Aber es ist wahr! Sie ist nicht herzlos und kalt wie du glaubst. Sie ist ein Mensch, ein Mensch wie du…«

»*Nein!*«

»Sieh sie dir an, Joel. Sprich mit ihr.«

»Ich brauche nicht mit ihr zu sprechen.«

»Doch, du mußt mit ihr sprechen, du mußt.«

»Was ich brauche«, preßte er hervor, »ist das Wissen, daß sie ihre Strafe bekommen hat.«

»Du hast das alles getan, weil du sie dir ganz anders vorgestellt hast, als sie in Wirklichkeit ist. Joel, bitte hör mich an! Bitte, bitte! Laß mich mit ihr sprechen. Laß mich erklären…«

»Du kannst es ihr erklären, wenn alles vorbei ist.«

»*Aber dann wird es zu spät sein.*« Die Leidenschaft in ihrer Stimme erschreckte ihn. Die Erregung schien sie von innen heraus zu verbrennen, ihre Haut vor seinen Augen auszutrocknen und ihre Schönheit zu zerstören. »Hör zu, Joel, bitte hör mir zu! Ich hab' solche Angst vor dem, was passieren wird, so schreckliche Angst. Ich fühl' mich so elend, Joel. So furchtbar elend. Bitte tu es nicht, ich flehe dich an.«

Ihre Stimme versagte. Wie ein Häufchen Elend kauerte sie auf dem Bett.

»Ich muß es zu Ende bringen«, sagte er mit tonloser Stimme. »Wir fahren morgen nach Mexiko. Ruh dich noch etwas aus.«

Er stand auf, ging hinaus und schloß die Tür hinter sich zu.

MIAMI, FLORIDA – HOUSTON, TEXAS

Joaquin de Córdoba sah aus dem Fenster des Flugzeuges. Dreißigtausend Fuß unter ihm breitete sich die braungelbe texanische Wüste aus. Kein Wölkchen stand am Himmel.

Innerlich fühlte er sich erschöpft und unsagbar müde. Seit zwei Tagen hatte er kein Auge mehr zugetan. Von den letzten sechsunddreißig Stunden hatte er dreiundzwanzig in Flugzeugen zugebracht. Am Montag nachmittag war er von Barcelona nach Madrid geflogen, am gleichen Abend noch nach New York. Dort hatte er den größten Teil des Geldes in Empfang genommen, sechs Millionen Dollar. Er hatte das Geld bei der First National Bank abgeholt und war von dort, wie verabredet, mit unauffälliger Bewachung zum Flughafen geleitet worden.

Von New York aus war er ebenfalls am Abend nach Miami weitergeflogen, wo er bei einer anderen Bank die restlichen vier Millionen Dollar im Empfang genommen hatte. Auch hier war er zum Flughafen begleitet worden.

Das Geld war unglaublich schwer. Der größere Teil, bestehend aus kleinen Scheinen, befand sich in einem Aluminiumkoffer. Er war so schwer, daß de Córdoba ihn kaum hochheben konnte. Der Koffer befand sich jetzt im Laderaum, nachdem er die Verladung eigenhändig überwacht hatte.

Der kleinere Teil befand sich in einem Lederkoffer und war beträchtlich leichter. Sechzehn Bündel mit jeweils fünfhundert gebrauchten Fünfhundertdollarscheinen. Diese vier Millionen Dollar hatte er als Handgepäck mit ins Flugzeug genommen. Der Koffer stand jetzt auf dem Boden zwischen seinen Füßen.

Seine Lider schlossen sich. Er spürte, wie die Müdigkeit ihn übermannte.

Plötzlich zuckte sein Körper zusammen, und er war wieder hellwach. Er setzte sich auf und schüttelte den Schlaf ab. Als er mit den Handballen die geröteten Augen rieb, spürte er, wie unter dem Druck winzige Blutgefäße platzten. Er holte tief Luft und wandte sich wieder dem Fenster zu. Schlafen konnte er nicht, durfte er nicht, nicht vor Monterrey.

Mit dem Diplomatenpaß, für den Gerard Massaguer gesorgt hatte, war er bis jetzt unbehelligt durch Zoll- und Paßkontrollen gekommen. Wenn er morgen in Mexiko landete, würde es gewiß ebenso sein.

Er sah auf seine Uhr. Noch zwei Stunden bis Houston. Dort hatte er fünf Stunden Aufenthalt bis zu seinem Weiterflug nach Monterrey. Und von Monterrey war es nicht mehr weit bis Hermosillo. Er betete darum, daß der Entführer Geduld haben würde.

Der Wagen war fertig. Er hatte genügend Essen und Trinken eingepackt, dazu die Schlafsäcke, das Zelt und zusätzliche Kleidung. Er hatte den Wagen selbst überprüft, hatte alle Schläuche erneuert und die notwendigsten Ersatzteile eingeladen. Den Wagen hatte er gebraucht gekauft, und mit Ausnahme der abgefahrenen Reifen, die er inzwischen erneuert hatte, befand er sich in einem guten Zustand. Er würde sie sicher durch die rauhe Wildnis führen, die sie durchqueren mußten.

Er wußte, wo sie die Grenze überqueren würden. Östlich von Nogales, in einem kleinen Ort, den er bereits kannte. Dann lag nur noch eine Wüstenstrecke von ungefähr fünfundzwanzig Meilen vor ihnen, die sie circa um Mitternacht zurücklegen würden, und dann waren sie in Mexiko. Die Aussichten, unterwegs angehalten zu werden, waren gering. Kein Mensch kümmerte sich um illegale Einwanderer *nach* Mexiko.

Er überlegte kurz, ob er seine M-16 einpacken sollte. Sie bei sich zu haben, wäre beruhigend gewesen, aber die Waffe war leider kein Gegenstand, der sich mühelos verstecken ließ, und zu seinem Bedauern besaß er keine kleine Pistole. Schließlich entschied er sich für das schwere, unglaublich scharfe Buschmesser, das er im Handschuhfach versteckte.

Jetzt, da das Ende in Sicht war, fand er zurück zu seinem ursprünglichen Plan. Ein paar wunderbare Wochen lang waren er und Eden frei gewesen. Die Zeit mit ihr war ein Geschenk gewesen. Doch nun kehrte jeder auf seinen eigenen Schicksalsweg zurück.

Es war vier Uhr am Nachmittag. Nach Einbruch der Dunkelheit würden sie aufbrechen.

Er legte sich hin und versuchte, sich etwas auszuruhen, aber seine Gedanken kehrten immer wieder voller Besorgnis zu Eden zurück. Ihr Zustand schien sich zu verschlechtern. Seit zwei Tagen hatte sie nichts mehr gegessen und kaum etwas getrunken. Sie war bereits jetzt schwach und erschöpft. Er hoffte inständig, daß sie das, was er ihr zuletzt in die Zelle gestellt hatte – frisches Gemüse und das schöne reife Obst, das sie so gerne mochte – essen würde.

Er hätte es ihr nie sagen dürfen. Es schien sie zerschmettert zu haben, ihr den Verstand geraubt zu haben.

Sie wird es überwinden, versicherte er sich. Irgendwann wird sie darüber hinwegkommen.

Bei Anbruch der Dunkelheit ging er hinunter, weil er hoffte, daß sie gegessen hatte. Aber sie hatte nichts angerührt.

Sie war eingeschlafen, aber sie wälzte sich unruhig hin und her, und ihr Körper zuckte. Verzweifelte Laute drangen aus ihrem Mund. Als er ihre Stirn berührte, erschrak er über die Hitze, die er fühlte. Ab und zu schien es, als wollte sie die Augen öffnen, aber er sah nur verschwommene grüne Augenschlitze, die ohne Leben schienen.

Auch ihre Haut hatte sich verändert. Sie war trockener als je zuvor und erschien ihm plötzlich auch dunkler.

Als er jetzt auf dem Bett saß und sie beobachtete, hatte er das Gefühl, eine kalte Klinge durchbohre sein Herz. Ihr Zustand erinnerte ihn an die schlimmste Zeit ihres Entzugs. War es möglich, daß sie das gleiche noch einmal durchmachte? War es möglich, daß der Schock die alten Entzugssymptome erneut ausgelöst hatte? Er wußte es einfach nicht.

Er verließ die Zelle, damit sie noch ein paar Stunden ungestört schlafen konnte.

Um neun Uhr kam er, um sie zu holen. Sie war wach, aber ihr Gesichtsausdruck entsetzte ihn.

»Ich bin krank«, flüsterte sie. »Halt mich fest, Joel.«

Er legte seine Arme um ihren zitternden Körper und zog sie fest an sich. Nein, dachte er. Nein, nein, nein. Das kannst du ihr nicht antun. Du hast kein Recht dazu!

»Was ist los mit dir?« fragte er. »Sind das nochmals Entzugserscheinungen?«

»Ich weiß nicht, aber es fühlt sich anders an.«

»Kannst du beschreiben, wie du dich fühlst?«

»Ich fühl mich so – heiß. Und so krank, Joel.«

»Trink noch mal«, bat er sie. »Nur ein bißchen noch.«

Das meiste Wasser lief über ihr Kinn hinunter. Als sie sich auch noch verschluckte und husten mußte, schüttelte sie den Kopf. »*Ich kann nicht.*«

»Du wirst dich bald besser fühlen. Es ist nur das Talfieber. Es geht schnell vorbei.«

Er hielt sie fest, drückte ihren Kopf an seine Brust und strich ihr übers Haar.

Nach zwanzig Minuten ließ das Zittern etwas nach. Er legte eine Hand auf ihre Stirn. Sie fühlte sich jetzt weniger heiß und fiebrig an.

»Wie geht's dir jetzt?« fragte er.

»Besser.«

»Gut. Wir müssen los.«

Schlaftrunken sah sie ihn an. »Wo gehen wir hin?«

»Ich hab's dir schon gesagt. Nach Mexiko.«

Er half ihr aufzustehen. Aber als sie versuchte zu gehen, gaben ihre Beine nach. Er konnte sie gerade noch rechtzeitig auffangen.

Sie lächelte schwach. »Du wirst mich tragen müssen.«

Er hob sie hoch und war entsetzt, wie federleicht sie war.

Er trug sie nach oben und hinaus zum Wagen. Dort setzte er sie auf den Beifahrersitz, wo er ihren Kopf auf ein Kissen bettete und sie mit zwei Decken gut zudeckte. Dann machte er den Sicherheitsgurt fest.

»Ist es gut so?«

Sie machte die Augen nicht auf. »Ja«, murmelte sie.

»Versuch, etwas zu schlafen.«

Er setzte sich ans Steuer und drehte den Schlüssel im Zündschloß um. Als er zwischen den hohen Kandelaberkakteen die Straße hinunterfuhr, blickte er nicht einmal zu dem Haus zurück, das er hinter sich zurückließ.

Im Lichte der Scheinwerfer sah die Wüstenvegetation gespenstisch aus, sie erinnerte an eine Armee von Geistern mit verbogenen Gliedmaßen und ausgestreckten Händen. Die Strecke war schlimmer als er sie in Erinnerung hatte. Der Dodge hüpfte und sprang wie ein Hase. Irgendwo auf der Strecke hatte er einen großen Kandelaberkaktus angefahren und befürchtet, er habe seinen Kühler beschädigt, aber das grüne Fleisch war zu weich gewesen, um ernsthaften Schaden anzurichten.

Eden war wieder in einen unruhigen Schlaf verfallen. Ab und zu stöhnte sie und murmelte irgendwelche unverständlichen

Wörter vor sich hin. Jedesmal, wenn er in ein großes Schlagloch fuhr, weinte und wimmerte sie. Er versuchte, nach Möglichkeit mit einer Hand zu fahren, um sie mit der anderen Hand festzuhalten und zu beruhigen. Sie wurden unsanft durchgerüttelt. Aber sie wachte nicht auf.

Er berührte ihre Stirn. Sie war wieder glühend heiß, wenn auch nicht mehr feucht. Der Schweiß schien sich verflüchtigt zu haben, und ihre Haut schien wie ausgetrocknet.

Voller Verzweiflung schlug er mit der Faust auf das Lenkrad. *Verdammt!*

Er trat auf die Bremse und brachte den Wagen zum Stehen. Dann nahm er mit der einen Hand die Wasserflasche und führte sie an ihre Lippen, während er die andere Hand behutsam unter ihren Kopf schob. Das Wasser floß aus ihren Mundwinkeln heraus; nicht ein Tropfen gelangte in ihre Kehle.

Mit seiner nassen Hand benetzte er ihr Gesicht und ihren Hals. »Es dauert nicht mehr lang«, versicherte er ihr. »Nur noch ein paar Stunden, dann sind wir zu Hause und in Sicherheit.«

Wieder murmelte sie etwas Unverständliches.

Er küßte sie auf den Mund. Ihre Lippen fühlten sich trocken und rauh an. »Ich liebe dich«, flüsterte er.

Nachdem er einen Blick auf den Kompaß geworfen hatte, fuhr er wieder los. Vielleicht würde das Fieber heute nacht seinen Höhepunkt erreichen, und vielleicht würde sie dann bei Tagesanbruch schon auf dem Weg der Besserung sein.

Vielleicht.

LOS ANGELES

Nach der morgendlichen Visite durfte Dominic van Buren auf Geheiß der Ärzte sein Zimmer verlassen, um draußen noch ein wenig von der herbstlichen Sonne zu genießen. Obwohl er gut auf die verabreichten Medikamente ansprach und die gewalttätigen Ausbrüche immer seltener wurden, waren die aufgetretenen Komplikationen beunruhigend. Ein schwarzer Pfleger half van Buren beim Aufstehen und Anziehen. Mit einem feuchten Lappen wischte er erst van Burens Mund ab, dann fuhr er ihm mit dem Kamm durchs Haar. Als van Buren auf die Frage, ob er austreten müsse, keine Antwort gab, führte ihn der Pfleger auf die Toilette, wo er seinen Penis aus der Hose nahm und ihn hielt, während van Buren Wasser ließ. Dann führte er ihn den Gang hinunter zum Garten.

An jeder Tür blieb van Buren stehen, um die Patienten anzustarren, die teilnahmslos auf ihren Betten lagen oder mit dem Kopf in die Hände gestützt auf einem Stuhl saßen oder sangen, lachten oder weinten. Der Pfleger schien zunächst geduldig, doch seine Geduld ließ bald nach, und er drängte den alten Mann etwas energischer in Richtung Garten.

Trotzdem drehte sich van Burens Kopf nach jeder Tür, an der sie vorbeigingen, und in seinem Blick lag ein Ausdruck, als erwarte er ein vertrautes Gesicht.

Draußen schien die Sonne auf den grünen, gepflegten Rasen. Der Pfleger führte van Buren zu einem bequemen gelben Liegestuhl in der Mitte des Gartens und drückte ihn sanft hinein.

»Tanken Sie ein bißchen Sonne«, riet ihm der Pfleger mit fröhlicher Stimme, »der Winter kommt früh genug.«

Dann überquerte er den Rasen und gesellte sich schließlich zu einer Gruppe von anderen Pflegern, die bei einer Zigarette zusammenstanden. Van Burens Blick folgte den weißen Kitteln, die vor seinen Augen hin- und herliefen.

MONTERREY, MEXIKO

Die morgendliche Hitze traf de Córdoba wie ein Keulenschlag. Er hatte diese trockene Hitze Mittelamerikas fast vergessen gehabt, ebenso wie er diesen unendlichen Himmel vergessen hatte. Wie ein Schlafwandler ging er durch die Zollkontrolle, und nur von fern drang das weiche mexikanische Spanisch an sein Ohr. Der Aluminiumkoffer, der als Diplomatenkoffer ausgewiesen war, passierte die Kontrolle anstandslos.

Ein gutaussehender junger Mann von der spanischen Botschaft erwartete ihn am Ausgang.

»Colonel de Córdoba? Ich bin Oliverio Marqués. Willkommen

in Mexiko. Der Botschafter hat angeordnet, daß Sie jede Hilfe bekommen, die Sie brauchen. Ich habe bereits Ihren Weiterflug nach Hermosillo gebucht«, erklärte er, während er das Flugticket aus der Tasche zog. »Das Flugzeug fliegt erst in einigen Stunden, und ich habe gedacht, daß Sie sich in der Zwischenzeit vielleicht frischmachen und etwas essen und vielleicht auch ausruhen wollen.«

De Córdoba rieb sich erschöpft das Kinn. Er hätte auf der Stelle einschlafen können, denn er war todmüde. »Was schlagen Sie vor?«

»In der Nähe des Flughafens gibt es ein sauberes Hotel. Dort erwartet Sie meine Frau. Mein Wagen steht draußen.«

»Sehr gut. Ich danke Ihnen. Bitte gehen Sie vorsichtig damit um«, bat er Marqués, als dieser seine Koffer auf einen Wagen lud. »Wenn irgend etwas damit passiert, ist es aus mit uns beiden.«

Oliverio Marqués lächelte, aber als sein Blick auf de Córdobas Gesicht fiel, verschwand sein Lächeln.

SONORA, MEXIKO

Er war schon lange vor Tagesanbruch wach und lauschte dem Zirpen der Grillen. Eden schlummerte regungslos in seinen Armen. Am Abend vorher hatte er sich mit ihr zusammen in einen Schlafsack gelegt, wo sie die ganze Nacht engumschlungen wie zwei Liebende geschlafen hatten. Die Schlafkojen hinten im Wagen waren ziemlich bequem. Seiner Meinung nach hatte sie ein paar friedliche Stunden verbracht. Er hatte vor, sie so lange schlafen zu lassen, bis sie von alleine aufwachte. Sie brauchte Ruhe und Schlaf mehr als alles andere.

Ihr Kopf lag auf seinem Arm, als er durch das hintere Fenster den morgendlichen Himmel betrachtete, der sich langsam hellrot färbte. Er betete darum, daß das Fieber nachlassen möge.

In der friedlichen Morgendämmerung kam ihm der Gedanke, daß dies möglicherweise ihr letzter gemeinsamer Tag sein würde. Niemals wieder würde er sie in seinen Armen halten, seine Halbschwester, seine Halbgeliebte. Aber er verspürte noch keine Trauer. Noch nicht.

Er hatte sie als Schwester und als Frau geliebt. Aber trotzdem spürte er keine Verwirrung und hatte nicht das Gefühl, etwas Unrechtes getan zu haben. Nicht mehr. Sie hatten einander geliebt, einmal und für ewig. Wenn er nach diesem schicksalsträchtigen Tag an sie zurückdenken würde, dann nur mit einem Gefühl der Freude.

Während er zum Himmel hinaufsah und sie in seinen Armen hielt, verstand er plötzlich, daß alles, was er getan hatte, im Vergleich zu dem, was er in den Armen hielt, unwichtig war, denn sie war etwas unerhört Kostbares. Seine Liebe zu Eden war unendlich wichtiger als Gerechtigkeit, denn sie hatte ihn mehr geheilt, als Rache und Gerechtigkeit es jemals vermocht hätten.

Sie war die erste Frau, die er wirklich liebte. Das erste menschliche Wesen, das er uneingeschränkt bewunderte. Und ihr hatte er es zu verdanken, daß er die Dinge mit anderen Augen sah – er hatte eine Seite an sich selbst entdeckt, die er ohne sie nie kennengelernt hätte.

Vielleicht hatte das Schicksal es gewollt, daß sie einander trafen, daß sie einander lehrten, daß sie begriffen, daß sie beide benutzt worden waren. *Sie gaben einen Knaben als Dirnenlohn, verkauften ein Mädchen für Wein.*

Er hatte sie aus ihrer Abhängigkeit und aus der Knechtschaft befreit, und er zweifelte nicht daran, daß sie ihn ebenso befreien konnte. Seine Liebe zu ihr war das Allerwichtigste, was er in seinem Leben erfahren hatte. Vielleicht war er ja schon frei. Vielleicht hatte sie das Wunder bereits vollbracht und ihn von dem Zorn, von der Bitterkeit und von dem verzehrenden Haß befreit, die sein Leben vergiftet hatten.

War es zu spät, um das, was er in die Wege geleitet hatte, aufzuhalten?

Sie regte sich und murmelte seinen Namen. Dann fing sie an zu wimmern.

»Eden?« Inzwischen war es hell geworden. Er streckte die Hand aus und zog den Reißverschluß des Schlafsackes auf. Sie drehte sich auf den Rücken. Auf einen Ellenbogen gestützt, betrachtete er ihr Gesicht.

Sein wunderschönes Traumschloß stürzte mit krachendem Getöse in sich zusammen. *Sie stirbt*, dachte er. Er war wie betäubt.

Er küßte ihre trockenen Lippen. Weißer Schaum war an ihren Mundwinkeln angetrocknet. Ihre Haut glühte.

Er nahm die Wasserflasche und benetzte ihr Gesicht und ihre Lippen. Zum erstenmal seit Vietnam schickte er ein Gebet zum Himmel.

Nimm mich an ihrer Stelle. Nimm mich als Sündenbock. Ich bin doch schon immer dein Sündenbock gewesen. Du kannst nicht dieses unschuldige Kind sterben lassen! Sie hat nicht gesündigt!

Ganz langsam schlug sie die Augen auf. Jetzt sah er, daß das Weiße ihrer Augen gelb gefärbt war.

»Wo sind wir?« flüsterte sie.

»In Mexiko. In der Wüste.« Er war krank vor Angst und Sorge um sie. »Wie geht es dir?«

»Schlecht. Ich fühl' mich so schwach.«

»Fühlst du dich schlechter als gestern abend?«

»Nein, vielleicht ein bißchen besser.« Ihre Augen fielen wieder zu.

»Ich mach' uns Frühstück. Versuch, noch ein bißchen zu schlafen.«

Er deckte sie wieder zu, dann stieg er aus dem Wagen. Im ersten Morgenlicht glichen die Berge um sie herum pfirsichfarbenen Kugeln, auf die weiche dunkelrote Schatten fielen. Das Gestrüpp war vertrocknet und farblos.

Er holte den Bunsenbrenner aus dem Wagen und stellte den Wasserkessel drauf. Mit trockenen Zweigen machte er ein zweites Feuer und stellte eine Pfanne auf die rundherum angeordneten Steine. Das Brutzeln der Eier und des Specks und der von der Pfanne aufsteigende Geruch spendeten ein wenig Trost in dieser unendlich scheinenden Wüste. Zum erstenmal in all den Jahren erschien sie ihm verlassen und leer und sogar bedrohlich. Hier hatten Menschen nichts verloren.

Er rief sich seinen Plan ins Gedächtnis zurück. Verzweifelt zwang er sich zur Ruhe und versuchte, zu seiner alten Willensstärke zurückzufinden. Eine schreckliche Einsamkeit überfiel ihn.

Er brachte ihr das Frühstück, aber sie weigerte sich, es anzurühren.

»Bitte, versuch's doch wenigstens«, flehte er. »Dann fühlst du dich bestimmt besser, ganz bestimmt sogar.«

Um ihn nicht zu enttäuschen, setzte sie sich auf und schob ein Stückchen Speck in den Mund. Aber schon das Kauen war viel zu anstrengend, und der salzige Geschmack verursachte ihr Übelkeit. Plötzlich mußte sie ganz schrecklich würgen.

Als er sie an sich zog, spürte er, wie es ihren schwachen Körper schüttelte. Er glaubte, es nicht länger ertragen zu können. Wieder sank sie zurück. Sie war eingeschlafen. Während er den Reißverschluß des Schlafsackes wieder zuzog, sah er plötzlich die vielen Säcke vor sich, die in Vietnam zugemacht worden waren.

Als er sich wieder niedersetzte, war auch ihm der Appetit vergangen.

Er trank etwas Kaffee, bevor er alles wieder in den Wagen packte und den Motor anließ. Wenn er die Karte richtig gelesen hatte, dann lag die Straße nach Cucurpe westlich von ihnen. Er überprüfte die Richtung während der Fahrt mit dem Kompaß. Die Wüste war hier felsig, aber ohne große Erhebungen. Er gab sich die größte Mühe, jedem Hindernis auszuweichen, um Eden jedes unnötige Rütteln zu ersparen. Alle paar Minuten wandte er den Kopf nach hinten, um einen Blick auf sie zu werfen. Sie lag da wie tot, ihr schwarzes Haar hing ihr in Strähnen übers Gesicht. Während er fuhr, schickte er ein Gebet nach dem anderen zum Himmel.

Der Ort Cucurpe war nicht viel besser als die Straße, die zu ihm führte – ein schäbiges, staubiges Dorf. Wenigstens gab es eine Tankstelle. Während der verschlafene Tankwart das Benzin nachfüllte, begab er sich zu der offenen Telefonzelle und wählte die Nummer des Hotels San Sebastian in Hermosillo.

Señor de Córdoba war noch nicht eingetroffen. Man teilte ihm aber mit, daß er ein Zimmer für die folgende Nacht reserviert habe.

Morgen?

Panik ergriff ihn, als er auflegte. Morgen lag Eden vielleicht im Sterben. Möglicherweise lag sie jetzt schon im Sterben. Er mußte einen Arzt für sie finden. Aber das Risiko… Sie würden also noch eine Nacht im Wagen zubringen müssen, vielleicht sogar noch zwei, außer wenn er das Risiko einging, ein Hotelzimmer zu nehmen.

Blinder Zorn erwachte in ihm. Was bildeten die sich ein?

Warum dauerte es so lang? Warum hatten sie das Geld nicht schon längst besorgt?

Er zwang sich zur Ruhe. Er konnte es sich nicht leisten, sich gehenzulassen, denn Edens Leben lag in seiner Hand.

Er stieg wieder ins Auto ein, riß das Steuer herum und fuhr zurück in Richtung des kleinen, zwölf Meilen entfernten Ortes Magdalena.

Als sie in Magdalena eintrafen, war es früher Vormittag. Er fand eine *farmacia*, wo er sich in gebrochenem Spanisch verständlich zu machen versuchte.

»Wir machen Urlaub. Amerikaner. Meine Frau – sie ist krank. Fieber. Schwach. Sie kann nichts essen. Erbricht alles sofort wieder.«

»Sie sollten sie herbringen.« Die junge Apothekerin betrachtete Joel unrasiertes, angespanntes Gesicht mit einigem Unbehagen. »Aber noch besser wäre es, wenn Sie sie zu einem Arzt brächten.«

»Sie schläft im Moment. Ich möchte sie nicht aufwecken. Können Sie mir nicht etwas für sie geben?«

Sie streckte ihm die leeren Hände entgegen. Ihre großen Augen waren pechschwarz, und die weichen Züge erinnerten an ihre indianischen Vorfahren. »Es könnte alles mögliche sein. Ich wüßte nicht, was ich ihr geben sollte. Gibt es noch andere Symptome?«

»Sie hat hohes Fieber, sie glüht. Und ihre Haut – « Er berührte sein Gesicht. »Gelb. Und ihre Augen auch.«

»Ihre Augen und ihre Haut sind gelb?«

»Ja.«

»Dann hat sie Gelbsucht«, erklärte die junge Frau mit Bestimmtheit. »Wahrscheinlich eine schwere Leberentzündung. Hepatitis.«

»Hepatitis!« Wie Schuppen fiel es ihm von den Augen. Er verfluchte sich, weil er nicht schon längst darauf gekommen war. Natürlich! Sie hatte Hepatitis, die unter Heroinsüchtigen am meisten verbreitete Krankheit.

»Es gibt zwei Typen«, erklärte die Apothekerin. »Typ A und Typ B. Typ A bekommt man in der Regel durch…«

»Sie hat Typ B«, erklärte er ohne Umschweife. »Ich hätte es wissen sollen. Sie ist Diabetikerin und spritzt sich selbst das Insulin.«

»Aha.« Sie nickte verständnisvoll. »Dann hat sie wahrscheinlich Hepatitis B. Eine unsaubere Nadel ist in den meisten Fällen…«

»Wie gefährlich ist die Krankheit?« fiel er ihr ins Wort.

»Tja, Hepatitis ist eine ernsthafte Krankheit. Ganz besonders, wenn sie Diabetikerin ist und nichts zu sich nimmt. Sie müssen sie unbedingt auf dem schnellsten Weg zu einem Arzt oder in ein Krankenhaus bringen, damit sie richtig untersucht werden kann…«

»Wir kommen aus Phoenix, Arizona«, sagte er. »Ich glaube, es wird am besten sein, wenn ich sie zurück in die Staaten bringe.«

»Das wäre das Beste, ja.«

»Können Sie mir nicht etwas geben, daß sie in der Zwischenzeit nehmen könnte, bis wir in einem amerikanischen Krankenhaus sind?«

»Es gibt kein spezifisches Medikament für infektiöse Hepatitis«, antwortete sie.

»Kein Medikament?«

»Ruhe ist das Wichtigste.«

»Sonst gibt es nichts?«

»Ruhe ist das Einzige, bis die Kranke fieberfrei ist und wieder essen kann. Es tut ihr nicht gut, wenn Sie weit fahren. Sie braucht in erster Linie Ruhe.« Sie bemerkte seinen angstvollen Ausdruck. »Die meisten«, sagte sie mit sanfter Stimme »sind nur eine Woche lang gelb, bevor die Besserung einsetzt. Aber Sie müssen Geduld haben. Sorgen Sie vor allem dafür, daß Ihre Frau Ruhe hat.«

»Ich verstehe.« Er schöpfte wieder Hoffnung. »Kann ich ihr etwas gegen das Fieber geben?«

»Es wäre besser, wenn ein Arzt etwas verschreiben würde. Sie wollen ihre Leber doch nicht noch mehr schädigen, oder?«

»Nein, ganz bestimmt nicht. Und Sie meinen, ihr Zustand wird sich nicht verschlechtern?«

»Es kann immer zu Komplikationen kommen, aber die sind selten.« Ihre Augen wanderten zu der Kundenschlange, die sich hinter Joel gebildet hatte. »Bringen Sie sie zu einem Arzt.«

»Ja«, versicherte Joel nickend, »und danke.« Er verließ die Apotheke. Wenn sie durch Ruhe am besten heilte, dann war es möglich, daß sie bis zur Übergabe wieder gesund war. Aber er wußte auch, daß er sie nicht noch achtundvierzig Stunden im Wagen liegen lassen konnte. Er würde ein Hotelzimmer suchen müssen. Ein einfaches, aber sauberes Hotel mußte es sein, wo sie wenigstens in einem kühlen Zimmer im Bett liegen und schlafen konnte, während sie auf de Córdoba warteten.

Er parkte den Wagen im Schatten einer abblätternden Mauer, wo ihnen keine neugierigen Augen auflauerten. Als er sich über Eden beugte, bemerkte er, daß sie im Halbschlaf irgend etwas vor sich hin murmelte. Ihre Haut hatte sich noch gelber verfärbt. Wieder verfluchte er sich, weil er die Symptome nicht schon viel früher richtig gedeutet hatte. Er weckte sie auf. Sie schien sich etwas kräftiger als zuvor zu fühlen.

»Joel? Wo sind wir?«

»Magdalena.«

»Es ist so heiß«, stöhnte sie. »Ich verbrenne, Joel.«

»Ich werde dich gleich an einen Ort bringen, wo es schön kühl ist. Ich glaub', ich weiß jetzt, was mit dir los ist.«

»Was?«

»Du hast Hepatitis.«

»Verdammt«, murmelte sie müde. »Bist du sicher?«

»Ich glaube schon.«

»Hilfst du mir?«

»Ich liebe dich, Eden«, antwortete er ernst. »Mehr als mein Leben.«

Sie hob die Arme und schlang sie um seinen Hals und lächelte. »Ich liebe dich auch«, sagte sie. »Mach dir keine Sorgen um mich. Hepatitis ist gar nicht so schlimm. Jeder Süchtige kriegt mal Hepatitis. Die unsauberen Nadeln sind daran schuld. Meine Sünden holen mich langsam ein.«

»Aber du hast überhaupt nicht gesündigt.«

Sie versuchte zu lachen. »Das glaubst du. Aber irgend jemand will, daß ich für das, was ich getan habe, bezahle.« Sie hob den Kopf und küßte ihn. Ihre Lippen fühlten sich an wie Papier. »Wo gehen wir jetzt hin?«

»Ich werde uns ein Hotel suchen, wo wir uns ausruhen können.«

»Mit einer Badewanne, bitte«, sagte sie. »Ich möchte so gerne baden.«

»Natürlich«, versicherte er, während er ihr übers Haar strich. »Mit einer Badewanne.«

BARCELONA

Für Mercedes Eduard war das Gebet etwas sehr Ungewöhnliches. Wie in frühester Kindheit saß sie jetzt mit gefalteten Händen und gesenktem Kopf da und murmelte leise Worte vor sich hin. Am liebsten hätte sie jedoch ihren Kummer laut hinausgeschrien.

Himmlischer Vater… wir haben gesündigt in Gedanken, Worten und Werken… aber ganz besonders durch unsere Werke… sie ist doch noch so jung, lieber Gott… ihre Sünden sind so harmlos und klein… schau dir meine Sünden an, sie sind rot und schwarz wie böse Orchideen… strafe mich mit deinem Schwert… ich bitte dich, nimm mich an ihrer Stelle und verschone sie… nimm mich an ihrer Stelle… ich liebe sie so sehr… so sehr…

Sie atmete zitternd ein und aus. Alles wird gut werden, redete sie sich immer wieder ein. Eden wird schon bald wieder bei mir sein. Bald. Und dann wird es keine Fehler und keine Trauer mehr geben. Von jetzt an werden wir uns gut verstehen.

Während der Entführer noch Pläne geschmiedet hatte, war Mercedes schon längst auf das Grausamste bestraft worden. Sie hatte ihren Sohn verstoßen. Und dann hatte ihre Tochter sie verstoßen.

Aber trotzdem kannte ihre Liebe zu Eden keine Grenzen. Von dem Augenblick an, als sie Eden zum ersten Mal auf dem Arm gehalten hatte, hatte Eden ihr mehr bedeutet als das Leben selbst. Sie liebte Eden auf die gleiche Weise, wie sie Sean geliebt hatte: bedingungslos.

Nach kurzer Zeit stand sie auf und ging zum Fenster. Sie sah hinaus und erinnerte sich an die Stadt von früher, an die Zeit, als sie von Luftangriffen zerstört unter einer schwarzen Rauchwolke begraben lag. Es war Schicksal gewesen, daß sie und Sean in dem gleichen Luftschutzkeller Zuflucht gesucht hatten. An welchen seltsamen Zufluchtsort würde das Schicksal sie noch treiben?

Fast vier Stunden lang schlief sie ruhig und friedlich. Er saß auf einem Stuhl neben dem Bett und ließ sie nicht eine Sekunde lang aus den Augen. Sein Herz war erfüllt von Liebe und von Gebeten für sie. Die nachmittägliche Hitze brachte Ruhe über die kleine Stadt. Ihre schmutzigen Straßen leerten sich. Die Kinder verschwanden, die Geschäfte schlossen die Türen zu, der Verkehrslärm ebbte ab. Irgendwo drang eine sentimentale mexikanische Melodie aus einem Radio, die Klänge waren jedoch weit genug entfernt, um nicht zu stören.

Das Hotel war einfach, aber es war das sauberste, das er hatte finden können. Das Zimmer war einfach eingerichtet und ruhig. Das Fenster ging auf einen Innenhof hinaus, in dem die Kakteen wild wucherten.

Bei Sonnenuntergang füllten sich die Straßen wieder mit Leben. Die roten Strahlen der untergehenden Sonne, die ins Zimmer fielen, verliehen Edens Haut einen trügerischen Hauch von Gesundheit. Er nahm die Täuschung freudig an.

Der Klang der Stimmen und der Motorräder machte sie unruhig. Sie fing wieder an zu wimmern und unruhig zu werden. Er ergriff ihre Hand. Sie fühlte sich immer noch schrecklich heiß an. Er mußte sie dazu bringen, daß sie etwas Flüssigkeit zu sich nahm, selbst wenn er sie zwingen mußte. Andernfalls würde sie vor seinen Augen verbrennen.

Sie schlug plötzlich die Augen auf, aber ihre Verwirrung erschreckte ihn zutiefst.

»Rusty?« schrie sie, während sich ihre Finger um seine Hand schlossen. »Rusty, wo sind wir? Was machen wir hier?«

»Ich bin nicht Rusty«, antwortete er mit sanfter Stimme. »Ich bin Joel.« Er ging zum Waschbecken und brachte einen nassen Schwamm, um ihr Gesicht abzuwaschen.

Als er ans Bett trat, zuckte sie zusammen. »Wer bist du?«

»Joel«, erwiderte er. »Ich bin Joel. Dein Bruder.«

Sie ließ zu, daß er ihr Gesicht abwusch, aber ihre Augen funkelten wie die einer Wahnsinnigen. Ihr Gesicht war schmerzverzerrt. »Ich brauche einen Schuß«, sagte sie. »Es ist Zeit für meinen Schuß.«

»Du hast es vergessen«, entgegnete er. »Du brauchst keinen Schuß mehr.«

»Doch!« Sie war wie von Sinnen. Er mußte sie festhalten, damit sie nicht nackt aus dem Bett stieg. »Wo sind meine Sachen? Wo ist der Stoff?«

»Mein Liebes, bitte«, flehte er den Tränen nahe. »Du hast es hinter dir. Du bist geheilt. Du brauchst das Zeug nicht mehr. Erinnerst du dich nicht?«

»Ich bin krank«, wimmerte sie, während sie sich an ihn klammerte.

»Du hast Hepatitis. Ich hab's dir schon gesagt.«

»Ich brauche meinen Schuß. Oh, mein Gott, ich fühl mich so elend! Ich brauche meinen Schuß, Rusty. Laß mich nicht noch länger warten. Bitte!«

Mit letzter Kraft bäumte sie sich auf. Ihr Anblick zerriß ihm das Herz. Er fand keine Worte mehr. Schließlich sank sie schluchzend aufs Bett zurück. Als er ihren Puls fühlte, fühlte er nur ein schwaches Flattern.

Bring sie in ein Krankenhaus. Jetzt.

Sie schien wieder zu Bewußtsein zu kommen. »Joel? Was habe ich gesagt?«

»Nichts«, antwortete er. Er fühlte sich ganz schwach vor Erleichterung. »Dummes Zeug.«

»Ich hab dich für Rusty gehalten. Ich hab gedacht… ich muß geträumt haben.«

Er drückte seinen Mund auf ihre Augenbraue. »Wie fühlst du dich?«

»Erschöpft.« Ihr gelbes Gesicht sah gequält aus, als sie sich wieder hinlegte. »Mir tut alles weh.«

»Nur noch eine Nacht«, versprach er. »Und einen Tag. De Córdoba kommt morgen abend in Hermosillo an. Es wird bald vorbei sein. Bald.«

»Es wird nie vorbei sein«, gab sie zurück. Sie nahm seine Hand und hob sie an ihre Lippen. »Egal, was morgen passiert, du wirst zu mir zurückkommen.«

»Du weißt, daß ich das nicht kann…«

»Du wirst«, sagte sie. Ihre Augen ließen ihn nicht los. »Du wirst. Ich werde auf dich warten.«

»Ja«, sagte er schließlich, um sie zu beruhigen. »Ich werde kommen.«

»Ich werde auf dich warten, Joel. Solange, bis du kommst.«

Er schluckte. »Du hast fast vier Tage lang nichts gegessen und getrunken. Du mußt aber trinken. Wenn es sein muß, schütte ich es dir in den Mund. Verstanden?«

Sie lächelte schwach. »Ich mag es gern, wenn du streng bist.«

»Okay.« Er mischte Wasser mit Pfirsichsaft und reichte ihr das Glas. »Trink alles auf einmal aus«, sagte er.

Sie nahm das Glas in beide Hände und setzte es an die Lippen.

Sie trank langsam, als bereite ihr das Schlucken Schmerzen. Ihre Augen fielen zu. Er sah, wie sie schluckte. Dann bemerkte er die roten Flecken, die sich dort abzeichneten, wo er sie festgehalten hatte. Er verfluchte seine Grobheit. Von jetzt an mußte er vorsichtiger sein. Sie war so furchtbar schwach und zerbrechlich.

Nachdem sie getrunken hatte, schien es ihr ein klein wenig besser zu gehen. Mit geschlossenen Augen blieb sie sitzen. »Du hast recht«, murmelte sie verträumt. »Mir geht's schon wieder etwas besser.«

»Gut.«

Nach einer Weile öffnete sie die Augen. »Ich muß aufs Klo. Das ist die Wirkung deines Getränks.«

Er half ihr beim Aufstehen und führte sie zur Badezimmertür. Dort blieb sie stehen und legte eine Hand auf seine Brust. »Hier komm ich allein zurecht. Weiter als bis zur Tür sollte ein Mann einer Frau nicht folgen.«

Er sah zu, wie sie sich ins Badezimmer schleppte und sich dort auf das Waschbecken stützte. Er schloß die Tür und wartete.

Es vergingen mindestens zehn Minuten, ohne daß er etwas hörte. Er wollte eben aufstehen und hineingehen, um nach ihr zu sehen, als die Tür aufging. Sie verzog das Gesicht zu einem schiefen Lächeln. »Also, wenn das nichts ist. Ich habe meine Tage.«

Wortlos starrte er sie an.

»Du hältst das für normal, wie ich sehe.« Sie lehnte sich an den Türpfosten. »Als ich auf der Nadel war, hab' ich ein ganzes Jahr lang keine Periode gehabt. Krank, was? Und jetzt hab' ich sie wieder. Ich bin wieder eine Frau, Joel.«

Er nahm sie in die Arme. »Ich gratuliere.«

»Hach! Das tut gut.« Sie zog die Nase hoch. »Ich hätte nie gedacht, daß ich mich so über meine Periode freuen würde.«

»Soll ich dir etwas aus der Apotheke holen?«

»Nein. So schlimm ist es nicht. Ich hab mir etwas Papier in die Hose gestopft. Das wird fürs erste reichen. Bring mich bitte wieder zum Bett, Joel, und halt mich fest. Bitte.«

Er legte sich neben sie und hielt sie ganz fest. »Du bist aus der Dunkelheit gekommen«, sagte sie leise. »Aber jetzt kommt es mir vor, als hätte ich mein ganzes Leben lang auf dich gewartet, Joel. Bevor ich dich getroffen habe, war ich gar kein ganzer Mensch.«

»Mir geht's genauso«, flüsterte er.

»Dir hab ich es zu verdanken, daß ich nicht mehr süchtig bin. Und dir hab ich es auch zu verdanken, daß ich einen Orgasmus gehabt habe. Und du hast wieder eine Frau aus mir gemacht.«

»Sei still. Du mußt nicht sprechen.«

»Ich werde ohnehin nie sagen können, was ich für dich empfinde. Soll ich dir etwas Lustiges erzählen? Als ich klein war, habe ich immer geträumt, ich hätte einen großen Bruder. Ich glaube, daß viele Kinder das Gleiche träumen. Auch während des Tages hab' ich oft an dich gedacht, an meinen großen Bruder, meinen Beschützer, meinen Freund.« Mit ihren Fingerspitzen berührte sie seine Lippen. »Als ich älter wurde, hörten diese Träume auf. Statt dessen hab ich von meinem Märchenprinzen geträumt. Er war stark und klug und sah gut aus. Er war etwas Besonderes. Anders als die anderen. Und jetzt bist du da. Ich habe nur nie gewußt, daß ein Mensch alles zugleich sein kann – Bruder und Geliebter, Freund und Lehrer...«

»Das bist du auch für mich«, flüsterte er. »Schwester und Geliebte und Freundin und Lehrerin. Alles auf einmal...«

Sie schlief wieder ein, während sich ihr Körper an ihn schmiegte. Es wurde langsam kalt im Zimmer. Er zog die Decken über sie und drückte sie fest an sich.

Um vier Uhr morgens wachte sie auf. Sie hustete und würgte und war unfähig, auch nur einen Schritt zu gehen. Er trug sie ins Badezimmer und bemühte sich mit aller Kraft, die Ruhe zu bewahren. Er hielt ihren Kopf über das Waschbecken und rieb ihren Rücken. Ganz allmählich hörte sie auf zu würgen.

»Tut mir leid«, murmelte sie schließlich. »Falscher Alarm.«

Dann erbrach sie einen halben Liter Blut.

Als die Morgendämmerung hereinbrach, hatte sie insgesamt viermal erbrochen, jedesmal das gleiche dunkle, verklumpte Blut. Er sah, daß ihr Zahnfleisch ebenfalls blutete. Und auch aus der Nase rann Blut. Er konnte keinen klaren Gedanken mehr fassen. Er hatte das Gefühl, die Erde tue sich unter ihm auf, um ihn zu verschlingen. Wenn sie starb, dann, das wußte er, würde auch er sterben und für alle Zeiten in der Hölle zu schmoren.

Sie redete wieder wirres Zeug und war vollkommen apathisch. Anscheinend wußte sie nicht mehr, wo sie war. Einige Zeit glaubte sie, in der Hebron Anstalt zu sein; ein paarmal nannte sie ihn Rusty. Später nannte sie ihn Papa. Keuchend und zitternd flehte sie um ihren nächsten Schuß.

Hin und wieder hob sie die Arme hoch, als wollte sie schwimmen oder fliegen.

Als sein Blick auf die roten Flecken auf dem Laken fiel, wußte er plötzlich, daß das Blut kein Menstruationsblut war, sondern von einer Scheidenblutung stammte.

Niemand meldete sich, als er die Nummer des Nachtportiers wählte. Sobald der Himmel sich erhellte, verließ er das Zimmer, um einen Arzt zu suchen; doch die Sonne war bereits aufgegangen, als er endlich einen gefunden hatte, einen alten Mann, der nur gebrochen Englisch sprach. Er schnaufte und fluchte, während er sich anzog.

Als er mit dem Alten endlich das Hotelzimmer erreichte, hatte Eden endgültig das Bewußtsein verloren. Sie schlug wie wild um sich, ihr flacher Atem ging schnell.

»Sie hat Gelbsucht«, erklärte der Arzt mit einem Blick auf das Mädchen im Bett.

»Das habe ich ja gesagt«, knurrte Joel wütend. »Sie hat Hepatitis.«

»Schreien Sie mich nicht so an, junger Mann. Ich bin nicht taub.« Mit dem Blick auf seine Uhr gerichtet, fühlte der Arzt ihren Puls. »Und auch nicht senil.« Mit den Daumen schob er ihre Augenlider hoch. Dann klopfte er ihre Seiten und ihren Bauch ab. »Mit mir ist alles in bester Ordnung. Ganz im Gegensatz zu Ihrer Freundin hier«, sagte er mit einem vielsagenden Blick auf Eden.

»Was fehlt ihr?« herrschte Joel ihn an.

»Hepatitis«, erwiderte der Alte gereizt, »wie Sie schon sagten.«

Joel packte ihn am Mantel und wirbelte ihn herum. »*Was fehlt ihr?*« schrie er den alten Mann an.

Der Arzt versuchte, sich aus dem Griff zu befreien. »Ihre Leber kollabiert.«

»Wird sie sterben?«

Angst beschlicht den Alten, als er in Joels Gesicht blickte. »Nein, sie wird nicht sterben. Bestimmt nicht. Wir müssen sie bloß in ein Krankenhaus schaffen. Lassen Sie mich gehen, junger Mann.«

»Wo ist das nächste Krankenhaus?«

»In Hermosillo, ungefähr dreißig Meilen von hier. Ich werde einen Krankenwagen rufen.«

»Ich bring' sie selbst hin.«

Er wickelte Eden in Decken, dann trug er sie hinaus in den Wagen. Der Arzt folgte ihnen. Er legte sie nach hinten zwischen mehrere Kissen.

»Du darfst nicht sterben«, flüsterte er immer wieder. »Du wirst wieder gesund werden.«

»Señor…« Der Hotelangestellte kam ihm aufgeregt nachgelaufen. »Verzeihung, Señor, aber Sie haben das Zimmer noch nicht bezahlt.«

»Und mein Honorar steht ebenfalls noch aus«, warf der Arzt vorsichtig dazwischen.

Joel zog ein Bündel Geldscheine aus der Tasche. Die beiden Männer wichen zurück, als er ihnen die Scheine entgegenschleuderte.

Er stieg in den Wagen und fuhr mit quietschenden Reifen die Straße hinunter.

HERMOSILLO, MEXIKO

De Córdoba saß da und starrte auf die Koffer. Er hatte eben mit Mercedes telefoniert, um ihr zu sagen, daß er an Ort und Stelle war, aber er hatte noch keine Zeit gehabt, um sich etwas frisch zu machen und sich einen Drink zu genehmigen.

Als das Telefon klingelte und er den Hörer abnahm, fühlte er sich auf einmal uralt.

»Joaquin de Córdoba.«

»Hier spricht Paul. Haben Sie das Geld?«

»Ja.«

»Haben Sie ein Auto?«

»Ich habe am Flughafen eins gemietet.«

»Was für ein Wagen ist es?«

»Ein gelber Buick mit Stoffdach.«

»Schaffen Sie das Geld in das Auto.«

»Jetzt?«

»Ja, jetzt, sofort!« In der Stimme schwang eine tödliche Gewißheit mit, die de Córdoba aufs äußerste beunruhigte. »Nehmen Sie die Straße nach Nogales. Wenn Sie durch das Dorf Carbo fahren, halten Sie Ausschau nach einer verlassenen *cantina* auf der rechten Seite. Sie ist umgeben von Kandelaberkakteen, aber das Schild mit dem Namen La Moreneta, das über der Tür hängt, können Sie trotzdem sehen.«

»Warten Sie!« De Córdobas Herz raste. »Ich möchte mir das alles aufschreiben.«

»Es ist nicht nötig, daß Sie sich irgend etwas aufschreiben, alter Junge. Sorgen Sie bloß dafür, daß Ihnen niemand folgt. Sie bringen das Geld in die *cantina* und legen es einfach auf den Boden.«

Diese Vorgehensweise schien ihm zu plump, zu einfach. »Aber… da könnte es doch jeder finden.«

»Nicht jeder. Ich werde Sie beobachten. Und ich habe ein Gewehr mit einem Fernrohr. Sie brauchen also gar nicht erst nach mir Ausschau zu halten. Haben Sie mich verstanden?«

»Ja, ich habe verstanden. Das Geld befindet sich in zwei Koffern, einem Aluminiumkoffer und einem Lederkoffer. Vier Millionen sind…«

»Sie schaffen beide in die *cantina*, dann setzten Sie sich in Ihren Wagen und fahren zurück nach Hermosillo. Dort begeben Sie sich auf Ihr Zimmer und warten. Sobald ich das Geld habe, werde ich Sie anrufen und Sie wissen lassen, wo sich Eden befindet.«

»Warten Sie… wie geht es Eden? Kann ich mit ihr sprechen? Hallo? So antworten Sie doch.«

Die Leitung war tot.

LOS ANGELES

Der Pfleger blieb stehen, öffnete die Tür zu van Burens Zimmer und spähte hinein. »Mr. van Buren, es ist Zeit für Ihre Medizin.«

Dann fiel sein Blick auf van Burens Bein, das weiß und dünn hinter der offenen Badezimmertür zu sehen war.

Er rannte darauf zu. Die Kordel des Bademantels hatte er um die Hähne des Waschbeckens geschlungen. An der Decke gab es keine Vorrichtung, die für einen solchen Zweck geeignet gewesen wäre.

Dann hatte er die Kordel um seinen Hals gelegt und sich einfach zu Boden sinken lassen, wodurch sich die Schnur so fest zusammengezogen hatte, daß sie ihm schließlich die Luft abgeschnürt hatte.

Das Gesicht war bereits blau angelaufen. Der Pfleger zerrte den schweren Körper auf die Beine und lockerte sofort die Schlinge um den Hals, der ebenfalls blau war. Er fühlte den Puls und legte die Hand auf den Brustkorb. Van Buren atmete nicht mehr. Der Pfleger rannte auf den Flur hinaus und schrie nach einem Arzt.

Dann kehrte er zu dem leblosen Patienten zurück und begann mit den notwendigen Wiederbelebungsmaßnahmen.

BARCELONA

Es war vier Uhr in der Früh, als das Telefon klingelte. Mercedes hatte noch nicht geschlafen und griff augenblicklich nach dem Hörer.

»Mercedes? Ich bin's, Joaquin.«

Einen Augenblick lang hörte ihr Herz auf zu schlagen. »Haben Sie sie gefunden?«

»Ja. Ich habe das Lösegeld bezahlt und bin jetzt bei Eden. Mercedes, ich habe schlechte Nachrichten für Sie.«

Ihr Atem stockte, und sie schloß die Augen. »Sie ist tot.«

»Nein. Sie ist hier in einem Krankenhaus, auf der Intensivstation. Es geht ihr sehr schlecht, Mercedes, sie hat eine schwere Hepatitis. Wahrscheinlich von einer unsauberen Nadel vor der Entführung. Sie liegt im Koma.«

Jedes einzelne Wort traf sie wie ein Keulenschlag und zwang sie in die Knie. »Wird sie sterben?« fragte sie ruhig.

»Man weiß es nicht«, antwortete er. »Die Ärzte bitten darum, daß Sie herkommen, und zwar so schnell Sie können.«

»Ich komme«, sagte sie. »Wenn sie zu sich kommt, sagen Sie ihr, daß ich auf dem Weg bin.«

17. DER AMBOSS

HERMOSILLO – OKTOBER 1973

»Ich habe ihn angefleht…«

Das, was an ihr Ohr drang, war nicht einmal mehr ein Flüstern, höchstens ein Knistern. Mercedes mußte sich anstrengen, um sie zu verstehen.

»Ich hab ihn angefleht, Mama… es nicht zu tun…«

»Sprich nicht, mein Liebling. Du darfst nicht sprechen.«

»… ich wollte nicht, daß es so endet…«

Die Ärzte hatten Mercedes gebeten, Eden wegen der Ansteckungsgefahr weder zu berühren, noch zu küssen. Aber jetzt schob sie den Mundschutz nach unten und drückte einen Kuß auf Edens gläserne Lippen. Ihr Atem roch krank und faulig-süß.

»Mama, ich habe mich so nach dir gesehnt.«

»Ich mich auch nach dir, mein Liebling.« Sie warf einen hilflosen Blick auf die Geräte um Eden herum und auf die Schläuche in Edens Armen und Nase. Die modernen Apparaturen schienen ihr eher furchteinflößend als vertrauenserweckend. Der Gedanke daran, daß Eden vielleicht trotzdem sterben würde, war mehr, als sie ertragen konnte. Sie hatte dem Tod schon so oft ins Auge geblickt, doch niemals war er ihr so kalt und gefühllos vorgekommen. Die Monitoren, die Meßgeräte und Apparaturen, die Edens Kampf sichtbar machten, waren in der Lage, ihren Weg bis zum letzten Atemzug, bis zum letzten Herzflattern zu verfolgen. Mit ihrer Hilfe würde man später den exakten Moment nennen können, in dem aus Leben Tod geworden war und Eden nicht mehr existierte.

Kein geheimnisvolles Dunkel. Keine Würde. Kein Mitleid.

Sie spürte, wie Zorn in ihr aufstieg. Der Wunsch, alles zu zerstören, Eden zu befreien von den Nadeln und Schläuchen, die sich in ihr Fleisch bohrten und ihr Flüssigkeiten zuführten und andere heraussaugten…

Die Krankenschwester, die in der Ecke saß, stand auf, als hätte sie den Zorn der Mutter gefühlt, und überprüfte die Apparaturen.

Mercedes strich Eden übers Haar. Sie sah, daß sich die Lippen wieder bewegten.

»Mama…«

»Ich bin da.«

»Bleib bei mir…«

Das schmale Gesicht auf dem Kissen schien wie aus Marmor gemeißelt, es glich einer Totenmaske. Die Augen waren weder offen noch zu. Mercedes konnte nicht sagen, ob Eden sie sah oder nicht, ob sie überhaupt wußte, daß sie bei ihr war. Vielleicht sprach sie zu einem Menschen, den sie in ihren Träumen sah.

Die Augen der Krankenschwester flackerten unruhig. »Ich hole einen Arzt«, erklärte sie und eilte hinaus.

Mercedes blickte auf ihre Tochter hinunter. So vieles hatte sie Eden bei ihrem Wiedersehen sagen wollen, aber jetzt kam ihr nicht ein einziges Wort über die Lippen, und selbst zum Beten fehlte ihr die Kraft.

Der Arzt trat ins Zimmer. Er trug Handschuhe und Mundschutz und wirkte sehr geschäftig. Eine Krankenschwester legte sanft die Hand auf Mercedes' Arm.

»Mrs. van Buren? Sie müssen jetzt gehen.«

Sie ging hinaus. De Córdoba saß zusammengesunken und mit hängendem Kopf auf einem Stuhl im Wartezimmer. Sie ließ ihn schlafen. Sie hätte ohnehin nichts zu sagen gewußt, und in diesem Moment wollte sie auch nicht getröstet werden.

Als sie an der Aufnahme vorbeiging, winkte die Dame hinter dem Schreibtisch sie heran. »Mrs. van Buren, ein Anruf für Sie. Sie können ihn in der gelben Zelle da drüben entgegennehmen.«

Sie trat in die Telefonzelle und nahm den Hörer ab.

»Ja?«

»Wie geht es ihr?« hörte sie eine rauhe Stimme fragen.

Ihre Finger schlossen sich fester um den Telefonhörer. »Was wollen Sie?«

»Lebt sie?«

»Sie stirbt«, schrie sie in die Sprechmuschel.

Sie hörte, wie der Mann am anderen Ende entweder keuchte oder schluchzte, dann nichts mehr. Schließlich drang wieder die Stimme an ihr Ohr. »Ich möchte Sie sehen.«

»Wozu?«

»Ich muß Sie sehen. Und Sie müssen mich sehen.«

Als sie wenige Minuten später aus der Telefonzelle trat, wartete de Córdoba bereits auf sie.

»Mercedes«, sagte er mit bebender Stimme, »Sie sollen hineinkommen.«

Am Mittag des folgenden Tages verließ Mercedes zusammen mit de Córdoba das Krankenhaus. Sie trug ein schlichtes dunkles Pariser Kostüm, dazu eine dunkle Brille und einen Hut, der ihr Gesicht fast vollständig verdeckte. Zumindest äußerlich war ihr nichts anzumerken.

De Córdoba war nur noch ein Schatten seiner selbst. Sein aristokratisches, nunmehr schlaffes Gesicht wurde von tiefen Furchen durchzogen, das silbergraue Haar hing ihm in wirren Strähnen in die Stirn.

Mit sanfter Gewalt nahm er Mercedes' Arm und zog sie an sich. Sie sahen einander an. »Es ist wahnsinnig, allein zu gehen. Lassen Sie mich mitgehen, Mercedes.«

»Nein«, widersprach sie mit angestrengter Stimme. »Er würde Sie sehen und in seinem Versteck bleiben.«

»Ich würde mich nicht sehen lassen.«

Sie schüttelte den Kopf.

»Vielleicht will er Ihnen etwas antun, Mercedes! Vielleicht ist das Ganze eine Falle!«

Sie deutete auf das Krankenhausgebäude. »Nach allem, was er bereits getan hat, was könnte er mir da noch antun?«

»Er könnte Sie töten.«

»Ich könnte auch ihn töten.«

»Sie sind eine Frau und allein! Er hat mir gesagt, daß er ein Gewehr mit einem Fernrohr besitzt. Möglicherweise ist er verrückt, Mercedes.« Er schnippte mit den Fingern. »Er könnte Sie erschießen – einfach so.«

»Dann soll er.«

»Das meinen Sie doch nicht im Ernst.«

»Ich meine immer, was ich sage. Ich gehe allein, Joaquin. Lassen Sie uns bitte nicht darüber streiten, mir fehlt die Kraft dazu.«

Seine Hand glitt von ihrem Arm. Hoffnungslosigkeit breitete sich auf seinem Gesicht aus.

»Ich möchte sein Gesicht sehen, Joaquin. Mehr nicht.«

»Seien Sie vorsichtig«, flehte er. »Ich warte hier auf Sie.«

»Bleiben Sie bei Eden. Ich möchte, daß jemand bei ihr ist.«

»Es tut mir so leid, Mercedes, daß alles so gekommen ist.«

Sie berührte seine Wange. »Danke, Joaquin, danke für alles.«

Er nickte wortlos, seine Kehle war wie zugeschnürt.

Als sie in die Wüste fuhr, hielt sie sich genau an die Anweisungen, die sie von ihm bekommen hatte. Die Landschaft kam ihr unwirklich vor, sie erschien ihr wie ein riesiger Amboß, auf den die Sonne niederbrannte, auf den alle Elemente unbarmherzig einhämmerten. Dieser Ort war der lebloseste, den sie jemals gesehen hatte. Ein Ort zum Sterben. War das der Grund, warum er Eden hierher gebracht hatte? Damit sie als Sündenbock in der Wüste für alle Sünden büßte?

Auf den gezackten Bergkämmen, die sich jenseits der Ebene erstreckten, ruhten dunkle Schatten. Während sie sich ihnen näherte, wurde die sandige Wüste plötzlich steiniger, und überall wucherten die gleichen graublättrigen Pflanzen, von denen einige wenige in gelber Blüte standen. Gelegentlich erhob sich inmitten des Gestrüpps ein hoher grüner Kaktus.

Die Kakteen wurden immer zahlreicher. Sie blickte sich im Vorbeifahren nach ihnen um. Die Pflanzen, die sich wie hohe Säulen zu beiden Seiten auftürmten, waren gerippt. Aus manchen wuchsen Glieder heraus, die in einem unwirklichen Tanz erstarrt zu sein schienen. Andere glichen einsamen Säulen. Allmählich wurde sie immer stärker in ihren Bann gezogen, in den Bann dieser seltsamen Gemeinschaft, dieser majestätischen Pflanzen, in denen Leben war, unbezähmbares, urwüchsiges Leben, das selbst in dieser unfruchtbaren Erde gedeihen konnte. Solange sie hier lebten, war dieser Ort keine Wildnis.

Der Himmel über ihr war strahlend blau, nur hin und wieder zeichneten sich hoch oben weiße Wolken ab, die zarte Schatten auf die Erde warfen. Sie ließ die Fenster herunter; die herbstliche

Wärme ließ sich gut aushalten. Zunächst hatte sie geglaubt, daß diese Wüstenlandschaft nur nach Staub und Straße riechen würde, aber allmählich stieg ihr ein anderer Geruch fast unmerklich in die Nase – ein aromatischer Duft. War es möglich, daß die Kakteen diesen Duft verströmten oder vielleicht die unscheinbaren grauen Pflanzen mit den gelben Blüten?

Sie fuhr durch ein Dorf, das aus wenigen, verstreut liegenden armseligen Lehmziegelhäusern bestand. Aber etwas an diesem Ort erinnerte sie an San Lluc. Allerdings nicht an das wohlhabende San Lluc von heute, das mit jeder Busladung von Touristen noch mehr aufzublühen schien, sondern an das San Lluc von gestern, an das ihrer Kindkeit. Hier herrschte die gleiche arme Unschuld, der gleiche ungestörte Frieden. Hier lebte die Vergangenheit weiter.

Das Päckchen war im Juni angekommen. Jetzt war es Oktober. Es kam ihr vor, als hätte sie in den dazwischenliegenden vier Monaten ihr ganzes Leben noch einmal durchlebt, jede Einzelheit, in Gedanken und mit Schmerzen. Wir erkennen das Glück nicht, wenn es uns widerfährt, dachte sie. Und dann ist das Glück vorbei, wir werden alt und sterben.

Als sie am späten Nachmittag die Ausläufer der Berge erreichte, sah sie endlich das, wonach sie Ausschau gehalten hatte. Genau wie er gesagt hatte, bog sie auf den schmalen ungeteerten Weg ein. Um sie herum gab es nichts als riesige Kakteen. Sie sah, daß die grünen Rippen der Stämme mit goldenen Dornen überzogen waren und daß unzählige Vögel auf der Suche nach Nahrung und Schutz um die Zweige flatterten.

Als der Weg schließlich endete, hielt sie an und stieg aus, wieder genauso, wie der Mann am Telefon gesagt hatte. Sie fand den Pfad, einen steinigen Fußweg, der sich zwischen ockerfarbenen Felsen in die Höhe wand, und fing an hinaufzusteigen. Der Aufstieg war mühsam. Sean ist an einem solchen Ort begraben, dachte sie. Sie hatte das Grab besucht, in dem Bill French ihn hoch oben in den Bergen von Aragon begraben hatte, und dabei den Steinhaufen gesehen, der darüber aufgehäuft worden war.

Endlich kam sie, keuchend und nach Luft ringend, oben an. Plötzlich stieg ihr der Geruch von Rauch in die Nase, und sie wußte, daß sie am Ziel war. Ihr Blick fiel auf den Mann neben der rauchenden Asche; er war größer und stattlicher, als sie erwartet hatte, auch wenn er einen vernachlässigten Eindruck machte. Ganz offensichtlich hatte er mehrere Nächte im Freien zugebracht. Sein Haar war zerzaust, und die untere Hälfte seines Gesichts war mit schwarzen Bartstoppeln bedeckt. Trotz alledem besaß er eine magische Ausstrahlung. Das raubtierartige, hagere Gesicht war ebenmäßig und wohlgestaltet, die schwarzen, funkelnden Augen erinnerten in ihrer außergewöhnlichen Intensität an einen jungen Propheten in der Wüste.

Er war von außergewöhnlicher Statur. Trotz seiner ungepflegten Kleidung erkannte sie, daß er einen Körper von der Art Seans besaß, stählern und athletisch. Er schien auch von der gleichen Art wie Sean zu sein, dunkelhaarig, kräftig, furchtlos.

Als sie näher kam, bewegte er sich fast unmerklich wie zum Gruß, zwang sich aber sofort wieder zur Regungslosigkeit.

Sie sah ihn über den Aschehaufen hinweg an. In ihrem eleganten Pariser Kostüm wirkte sie in dieser Einöde vollkommen unwirklich.

»Also«, sagte sie leise. »Hier bin ich.«

»Wie geht es ihr?« brach es aus ihm heraus. Der schroffe Ton war ihr nur allzu vertraut.

Mercedes nahm ihre Sonnenbrille und ihren Hut ab. »Wenn Sie mich nur das fragen wollten, dann hätten Sie mich nicht hier in die Wüste locken müssen. Rufen Sie das Krankenhaus an, dann werden Sie's erfahren.«

Er starrte wie gebannt auf ihr Gesicht. Sie sah das Wilde und den Hunger in seinen Augen, als er sie mit Blicken verschlang. »Sie wissen, wer ich bin?« wollte er wissen.

»Ja«, sagte sie nickend. »Ich weiß, wer Sie sind. Ich weiß es besser als Sie selbst.«

»Hat Eden es Ihnen gesagt? Oder haben Sie es erraten?«

»Ich glaube, ich bin irgendwann selbst drauf gekommen«, antwortete sie achselzuckend.

»Sie haben gedacht, daß Sie nie wieder von mir hören würden.« Er fletschte die Zähne wie ein wildes Tier. »In all den Jahren müssen Sie vergessen haben, daß es mich gibt.«

»Nein«, widersprach sie. »Ich habe Sie nie vergessen.«

Sie sah, wie er sich quälte. Ganz offensichtlich mußte er alle

Kraft zusammennehmen, um sich zu beherrschen, um den in seinem Innern tobenden Aufruhr zu bändigen. Sie spürte seine Anspannung. Mit seinem Stiefel stocherte er in der Asche herum. »Wissen Sie, was das ist?«

»Mein weltlicher Besitz«, antwortete sie, ohne den Blick zu senken.

»Ja«, stimmte er nickend zu. »Ihr weltlicher Besitz, Mercedes. Ich habe ihn verbrannt, den ganzen Besitz.«

Sie lächelte schwach. »Glauben Sie, daß mir das etwas ausmacht?«

»Und ob Ihnen das etwas ausmacht«, gab er zurück.

»Da irren Sie sich. Nichts macht mir weniger aus.«

»Sie lügen!« Mit erhobenen Fäusten machte er einen Schritt auf sie zu. »Was für ein Mensch sind Sie bloß? Sie hätten niemals Kinder haben dürfen!«

»Vielleicht haben Sie recht«, erwiderte sie leise.

»Es war Ihre Schuld, daß sie süchtig geworden ist. Sie haben es so weit kommen lassen. Ich habe sie gerettet.« Mit funkelnden Augen schlug er sich auf die Brust. »*Ich.* Ihr Erstgeborener. Der Sohn, den Sie wie einen ungewollten Hund verkauft haben.«

Ihr Gesicht blieb ausdruckslos. »Ich hätte gern gewußt... welchen Namen sie dir gegeben haben.«

»Sie haben mich Joel genannt. ›Der Weinstock ist verdorrt, der Feigenbaum welk, der Granatbaum, die Palme, der Apfelbaum; alle Bäume des Feldes sind dürr. Ja, weggetrocknet ist die Freude von den Menschen.‹ Sie haben mich Joel genannt«, stöhnte er, »weil sie *fromme Menschen* waren.«

Ihre Augen waren leer. »Ich habe sie nur einmal gesehen, aber ich erinnere mich an ihre Gesichter. Und ich erinnere mich an dein Gesicht. Du hattest gerade gelernt zu lächeln.«

»Es muß Ihnen das Herz gebrochen haben«, sagte er bitter.

Sie sah ihn wieder direkt an. »Du hast mein Herz gebrochen, lange bevor du zur Welt kamst.«

»Wissen Sie, was diese Menschen mit mir gemacht haben?«

»Ich sehe, was sie mit dir gemacht haben.«

Er stieß wütend in die Asche. Silbriger Staub stieg auf und trieb in der klaren Wüstenluft davon. »Sie haben mich für zweitausend Dollar verkauft.«

»Ich habe keinen Pfennig genommen«, antwortete sie leise. »Deine Adoptiveltern haben dem Arzt tausend Dollar bezahlt und weitere tausend Dollar dem Anwalt, der die ganzen Formalitäten erledigt hat. Dabei handelte es sich um Gebühren, die bezahlt werden mußten. Ich habe überhaupt nichts bekommen. Ich mußte alles heimlich machen, denn selbst damals wurden von den Behörden schon viele Fragen gestellt.«

»Aber Sie wußten, was das für Leute waren.«

»Ein Priester und seine Frau. Fromme Menschen, die sich nach einem Kind sehnten. Ich habe gehofft, daß sie dir die Liebe geben würden, die ich dir nicht geben konnte.«

»Aber in ganz Kalifornien hatte man ihnen eine Adoption verweigert!«

»Wegen ihres Alters.«

»Nein, weil sie verrückt waren und grausam und böse! Religiöse Fanatiker!« Der Speichel floß ihm aus dem Mund. »Monster, die sich ein Kind nur wünschten, um es zu quälen.«

»Von alldem habe ich nichts gewußt.« Sie blickte in sein zuckendes Gesicht. »Glaubst du vielleicht, daß ich gewollt habe, daß du unglücklich wirst? Glaubst du das wirklich? Mein armer Sohn. Ich wollte, daß du die Dunkelheit hinter dir läßt, nicht daß du genau da hineingerätst.«

Der zärtliche Ton in ihrer Stimme ließ ihm die Tränen in die Augen schießen. Er zitterte am ganzen Körper. »Warum haben Sie mich nicht behalten?« stammelte er. »Warum? «

»Ich habe es doch schon erklärt«, sagte Mercedes. »Weil ich dir dein Erbe ersparen wollte. Aber du hast es gesucht.«

»Ja, weil es mir gehört! Sie hatten kein Recht, es mir vorzuenthalten!«

»Dann sollst du es haben«, sagte sie müde. »Nimm, was dir gehört, Joel.«

»Wie ist mein Vater gestorben?«

»Dein Vater lebt noch.«

Seine Mundwinkel zuckten. »Ich habe meine Geburtsurkunde gesehen, die *echte*. Darauf steht, daß Sean O'Keefe wenige Monate vor meiner Geburt gestorben ist.«

»Sean war nicht dein Vater. Sean starb kurz vor Ende des Spanischen Bürgerkriegs, fünf Jahre vor deiner Geburt.«

»Aber die Geburtsurkunde…«

»Sie ist gefälscht.«

»Sie lügen!«

»Sie wurde gefälscht, um dir eine Herkunft zu geben, um die Wahrheit zu vertuschen. Andernfalls hätten dich nicht einmal die, die du Monster nennst, aufgenommen.«

»Welche Wahrheit denn? Verdammt noch mal! *Welche Wahrheit?*«

Einen kurzen Augenblick glichen sich ihre Gesichter wie ein Ei dem anderen. Sie besaßen die gleichen schwarzen, durchdringenden Augen, dieselbe beeindruckende Schönheit.

»Du bist in Blutschande gezeugt worden.« Sie sprach mit tiefer, ruhiger Stimme, die jedoch vollkommen teilnahmslos klang. »Dein Vater ist auch mein Vater.«

Er schüttelte den Kopf, als sei er geschlagen worden. »Ich verstehe nicht.«

»Ich habe mit meinem eigenen Vater geschlafen«, sagte sie, »und bin schwanger geworden. Das Monster bist du, Joel.«

Sie sah, daß er wie betäubt war, und wußte, daß es eine Weile dauern würde, bis er begriff. Sie betrachtet ihn fast kaltblütig und versuchte, seine Kraft einzuschätzen. Würde er es überleben? Bis jetzt hatte er genügend Kraft bewiesen, um durch das Feuer zu gehen, um sein Herz auf den Amboß zu legen. Vielleicht würde er auch diesen letzten Schlag lebend überstehen.

»Das war der Grund, warum ich dich weggegeben habe«, erklärte sie leise. »Du solltest verschont bleiben. Ich wollte, daß wir beide eine Chance haben, unserem Schicksal zu entkommen. Aber du wolltest nicht entkommen.«

Joel hatte Mühe, sich auf den Beinen zu halten. Er hatte die Hand auf die eine Seite gelegt, als ob ihn da etwas auseinanderreißen wollte. »Ich hätte lieber mit dieser Wahrheit gelebt«, preßte er mühsam hervor, »als das durchzumachen, was ich durchgemacht habe.«

»Das wußte ich nicht. Niemand kennt die Zukunft, Joel. Wir tappen alle im dunkeln und können lediglich versuchen, unser Bestes zu tun. Es tut mir leid, daß du so leiden mußtest, es tut mir wirklich leid, das habe ich nicht gewollt.« Sie sah ihm lange in die Augen. »Du bist zu einem schönen Mann herangewachsen. Auch dein Vater ist ein gutaussehender Mann.« Sie wandte sich ab. »Mehr gibt es nicht zu sagen. Leb wohl, Joel.«

»Warten Sie!« Er machte einen Schritt auf sie zu und streckte die zitternden Hände nach ihr aus.

»Was?«

»Eden. Wie geht es ihr? Sagen Sie es mir, *bitte*!«

»Seltsam. Es ist noch nicht lange her, da habe ich dich das gleiche gefragt, und ich war auch verzweifelt.«

»Ich wollte nie, daß sie leidet. Ich wollte nur…«

»Eden ist tot.«

»Nein.«

»Sie ist heute morgen gestorben. Ich hab' sie im Sarg zurückgelassen, um hierher zu kommen. Vielleicht ist es dir ein Trost, daß es laut Auskunft der Ärzte nicht deine Schuld war. Sie war zum Sterben verurteilt. Sie wäre auf jeden Fall gestorben.«

Ein schrecklicher Schrei entrang sich seiner Kehle. »*Nein!*«

»In gewisser Weise hast du sie gerettet. Du hast sie von ihrer Sucht befreit.« In dem blassen Gesicht wirkten ihre Augen, in denen unendliche Trauer stand, riesig. »Das war eine gute Tat, Joel. Ein Licht in einer durch und durch dunklen Welt.«

Er sank auf die Knie. »Mutter«, flüsterte er. »Mutter!«

Mercedes drehte sich um und ging den steinigen Weg zurück zu ihrem Wagen.

LOS ANGELES – FEBRUAR 1974

Eden parkte das Auto vor der Ranch. Sie stieg aus und schritt hinüber zu der Stalltür, wo Monacos braunes Gesicht zum Vorschein kam.

Mit verträumtem Blick streichelte sie den Hals des Pferdes, bevor sie ins Haus ging.

»Mama?« rief sie. »Mama, ich bin da.«

Mercedes trat aus der Küche und trocknete sich die Hände ab. »Du kommst spät«, sagte sie tadelnd, »ich habe mir schon Sorgen gemacht.« Sie küßte Eden auf die Wange. Eden sah noch immer schwach aus. Ihre kristallene Schönheit wirkte unglaublich zerbrechlich. Erst seit kurzem erlaubte Mercedes, daß sie alleine ausging. Es würde noch Wochen dauern, bis sie ganz gesund war, und sobald Eden mehr als eine Stunde fort war, wurde Mercedes schrecklich unruhig. »Wo bist du gewesen?«

»Ich war bei Papa in der Klinik.«

»Wie geht es ihm?«

»Viel besser. Er spricht schon wieder. Wir haben uns den ganzen Nachmittag unterhalten.«

Mercedes lächelte schwach. »Worüber?«

»Über uns. Über uns drei. Warum wir so geworden sind, wie wir sind.«

Eden drehte sich um und ging zum Fenster. »Zuerst«, fuhr sie fort, »habe ich gedacht, er phantasiert. Aber dann hab' ich ihn plötzlich verstanden. Mein Alptraum.«

»Was für ein Alptraum?« fragte Mercedes.

»Der Alptraum, den ich schon seit Jahren habe. Ich träume, daß ich in Ketten liege. Ich kann mich nicht bewegen. Ihr seid beide im Zimmer, du und Papa, aber ihr helft mir nicht. Ihr scheint gar nicht zu bemerken, daß ich auch noch da bin. Ihr streitet euch. Es ist eine dieser häßlichen Streitereien, die ihr manchmal gehabt habt. Erinnerst du dich?«

Ihre Mutter schien mit einemmal wie versteinert. »Ja, ich erinnere mich.«

»Ich sehe andauernd eure Gesichter, die weiß und gespenstisch sind, und ich weiß, daß es ein furchtbarer Streit ist. Ich will mir die Ohren zuhalten, aber ich kann meine Arme nicht hochheben. Irgendwann sieht mich Papa dann doch. Er wirft mir diesen schrecklichen Blick zu und fängt an, mich anzuschreien. Manchmal ist er nackt, dann sehe ich seinen Schwanz. Aber das kommt daher, daß ich ihn einmal mit Françoise gesehen habe.«

»Es ist nur ein Traum, mein Liebling«, tröstete Mercedes sie.

»Das hab ich auch immer gedacht.« Ihre grünen Augen hefteten sich klar und kühl auf ihre Mutter; ein Wissen lag in ihnen, das ihre Jugend Lügen strafte. »Aber der Traum ist noch nicht zu Ende. Die Dinge, die Papa schreit, sind schrecklich. Sie zerstören nicht nur mich, sondern auch alles um mich herum. Ich weiß, was er sagt, aber ich höre es nicht. Die Wände stürzen ein. Und dann die Decke. Und ich kann mich nicht bewegen. Und Papa schreit weiter. Aber ich will nicht hören, was er sagt. Deshalb fange ich an zu schreien, ganz laut und immer lauter, um ihn zu übertönen, denn wenn ich ihn übertöne, stürzen die Wände nicht ein, und unser Haus ist gerettet.« Sie holte tief Luft. »An der Stelle wache ich jedesmal auf. Das Komische daran ist, daß ich nie wirklich schreie. Nicht laut. Lange Zeit hab' ich geglaubt, daß ich den Traum loswerden könnte, wenn ich bloß laut schreien könnte.«

»Mein armer Liebling«, flüsterte Mercedes.

»Aber es ist kein Traum, stimmt's, Mama?«

»Nein«, antwortete Mercedes mit gequälter Stimme, »es ist kein Traum.«

»Es ist eine Erinnerung. Ich hab' mich heute daran erinnert, als Papa mir erzählt hat, wer ich wirklich bin. Es muß in dem Haus in Santa Barbara gewesen sein, und zwar kurz nachdem wir aus Europa zurückgekommen sind. Ihr habt euch gestritten. Als ich in euer Schlafzimmer gekommen bin, hab' ich gehört, was Papa über mich gesagt hat. Daß ich nicht euer Kind bin.«

»Oh, Eden«, sagte Mercedes mit verzweifelter Stimme.

»Daß ich ein Adoptivkind bin.«

Mercedes schlug die Hände vors Gesicht.

»Deshalb hat er mich, immer wenn er wütend auf mich war, *Bastard* genannt. Es hat furchtbar lange gedauert, bis ich die Bedeutung des Wortes verstanden habe. Aber eigentlich begriffen habe ich es erst heute. Ein Bastard ist ein uneheliches Kind und meist auch ein ungewolltes Kind, das irgendwann zur Adoption freigegeben wird.«

Mercedes hob ihr tränenüberströmtes Gesicht empor. »Du warst nie ungewollt.« Sie schloß Eden in die Arme und hielt sie ganz fest. »Wir haben dich so sehr gewollt, mein Liebling.«

»Warum hast du Papa gesagt, du könntest keine Kinder bekommen?«

»Weil ich davor etwas Schreckliches, etwas Furchtbares durchgemacht habe.«

»Aber du warst doch vorher schon einmal verheiratet und du hattest schon ein Kind. Hast du ihm das nicht erzählt?«

»Nein. Dein Vater wußte nichts davon.« Sie wischte sich die Tränen ab. Ihre Gesichtszüge wirkten verschwommen, als hätten die Tränen die klaren Linien verwischt. »Ich konnte den Gedanken nicht ertragen, noch ein Kind zu haben. Ich konnte einfach nicht. Ich hielt mich für schmutzig und unrein; es war wie ein Fluch, der auf mir lastete; ich war eine Frau, die nicht noch einmal Mutter werden durfte.«

»Aber warum? Wegen Joel?«

»Wegen der Umstände von Joels Geburt.«

»Weil du ihn weggegeben hast?«

»Auch deswegen.«

»Was noch?«

Sie sahen einander an, beide Gesichter waren müde und angespannt. »Ich kann es dir nicht sagen«, sagte Mercedes schließlich.

»Warum hast du ihn weggegeben?«

»Das kann ich dir nicht sagen!«

»Immer wieder Geheimnisse, Mama. Also gut. Ich will mich nicht in etwas einmischen, was mich nichts angeht. Aber alles andere mußt du mir sagen. Ich hab' ein Recht, es zu erfahren.«

Mercedes atmete zitternd ein. »Ich brauche jetzt einen Drink.«

»Ich auch.«

»Nein, das darfst du nicht. Die Ärzte haben gesagt…«

»Die Ärzte können mir gestohlen bleiben. Geh in den Garten, Mama, ich bring dir einen Drink hinaus.«

Sie trug eine Flasche Wein und zwei Gläser hinaus in den Garten. Ihre Mutter saß unter einer großen, alten Eiche. Sie goß ein und reichte ihrer Mutter ein Glas. Schweigend prosteten sie einander zu.

»Hast du Sean O'Keefe mehr geliebt als Papa?« fragte Eden nach einer Weile.

Mercedes' Mundwinkel bogen sich leicht nach unten. »Es war anders. Ich habe Sean sehr geliebt, ja. Auf eine gewisse Art hat das Schicksal es gut mit uns gemeint. Unsere Liebe ist nicht alt genug geworden, um an Langeweile, Enttäuschung und Bitterkeit zugrunde zu gehen. Sie hatte erst begonnen und war so schön, als Sean starb. Und so wird es in meiner Erinnerung auch immer bleiben.«

»Und er war Joels Vater?«

Mercedes wandte den Blick ab und sagte lange Zeit nichts. Dann lehnte sie sich im Stuhl zurück, die Ränder unter ihren Augen schienen in den letzten Tagen noch dunkler geworden zu sein. »Ja«, sagte sie schließlich, »aber Sean ist gestorben, bevor das Kind geboren wurde. Ich war Witwe und schwanger. Und ich wollte nur weg aus Spanien. Der amerikanische Botschafter Carlton Hayes, den ich kannte, hat mir dabei geholfen, nach Amerika zu kommen. Er hat mir auch geholfen, die amerikanische Staatsbürgerschaft zu bekommen. Ich bin nach Los Angeles gekommen, weil Carlton Hayes mir hier eine Stelle vermittelt hat, wo ich mit meinen Sprachkenntnissen Geld verdienen konnte, denn etwas anderes konnte ich ja nicht. Aber weil ich nicht gleichzeitig arbeiten und ein Kind versorgen konnte, mußte ich es zur Adoption freigeben.« Sie streckte die Hände in einer bittenden Geste aus. »Ich arbeitete achtzehn Stunden pro Tag in einer Import-Export-Firma, die mit Obst aus Südamerika handelte. Ich mußte ja arbeiten, um überhaupt überleben zu können. Also hab' ich ihn weggegeben. Wenn du glaubst, daß es mir nicht das Herz gebrochen hat, dann irrst du dich, Eden.«

»Arme Mama. Armer Joel…«

»Ich hätte nie wieder heiraten dürfen. Meine Schuldgefühle haben mich beinahe umgebracht. Aber ich war so allein, und als ich deinen Vater kennengelernt habe, da…« Sie zuckte mit den Achseln. »Als wir verheiratet waren, wollte ich auf keinen Fall wieder schwanger werden. Das war damals längst nicht so leicht wie heute, aber weil ich den Gedanken, noch ein Kind zu haben, einfach nicht ertragen konnte, hab' ich alles getan, um es zu verhindern. Dominic habe ich nichts davon erzählt. Er wollte ja unbedingt Kinder haben. Es hat mir immer einen Stich versetzt, wenn er davon gesprochen hat, und deshalb war ich nahe dran, ihm alles zu erzählen. Aber wenn man einen bestimmten Punkt überschritten hat, dann…«

»Oh, Mama.«

»Dominic wollte ein Kind adoptieren. Zuerst war ich entsetzt, aber dann erschien mir der Gedanke nur logisch. Ich hatte ein Kind weggegeben, und deshalb würde ich das Kind einer anderen Frau als mein eigenes großziehen. Ich konnte Mutter sein, ohne den Fluch, der auf mir lastete, weiterzugeben, und alles wieder gutmachen. O Eden, der Tag, an dem wir dich bekommen haben, war der glücklichste Tag in meinem Leben. Zum erstenmal hatte mein Leben einen Sinn. Ein Ziel. Ohne dich hatte mein Leben keinen Sinn.«

»Aber Mama, dein Leben hat einen Sinn. Du bist der willensstärkste Mensch, den ich kenne.«

Mercedes griff nach Edens Hand. »Nicht wir haben dich Eden genannt, den Namen hast du von deiner richtigen Mutter bekommen. Wir fanden ihn wunderschön, weil er einen Ort benennt, an dem es weder Sünde noch Schmerz gibt. Einen Garten der Unschuld. Und so sollte auch dein Leben sein.«

»Warum habt ihr es mir nie gesagt? Warum habt ihr es mir verschwiegen?«

»Es war nicht allein unsere Entscheidung. Die Behörden haben uns dazu geraten. Ihrer Meinung nach hätte die Wahrheit nur Schaden angerichtet.«

Eden zuckte zusammen. »War die Wahrheit denn so schrecklich?«

»Nein. Deine Mutter war eine ledige junge Frau aus guter Familie. Aber damals dachte man eben anders als heute. Die Ansichten haben sich inzwischen geändert. Damals hat man von einer ›rechtlichen Neugeburt‹ gesprochen, aber es war alles streng geheim. Deine echte Geburtsurkunde wurde auf Anordnung des Gerichts an einem geheimen Ort hinterlegt, dann wurde eine neue Geburtsurkunde ausgestellt, mit anderem Namen, anderem Geburtsdatum und anderem Geburtsort. Du bist damit vor dem Gesetz unser Kind geworden. Und das wollten wir auch, Eden. Die folgenden fünf Jahre waren die glücklichsten meines Leben. Und das gleiche gilt, glaube ich, auch für Dominic.«

Mercedes leerte ihr Glas. Eden schenkte noch einmal ein, während ihr Blick auf dem Gesicht ihrer Mutter ruhte. »Aber irgend etwas ist schiefgelaufen.«

»Irgendwann habe ich die Wahrheit erfahren – über das Kokain, daß er eben nicht nur soviel aus Südamerika mitbrachte, wie er für seinen eigenen Bedarf brauchte. Daß er riesige Mengen ins Land schaffte und ein Vermögen damit verdiente. Ja. Irgendwas ist schiefgelaufen, da hast du recht. Ich glaube, daß ich danach nie wieder ruhig geschlafen habe. Andauernd mußte ich darüber nachdenken, was passieren würde, wenn er gefaßt würde. Was mit dir passieren würde, meine ich. Ich beschloß, ihn zu verlassen, sobald du alt genug wärst. Dann, als du ungefähr fünf oder sechs warst, hat er sich vollkommen verändert. Er kannte nur noch seine Vergnügungen. Er hatte viele Affären, nicht nur mit Françoise, es gab viele, viele andere. Und die Mädchen wurden immer jünger, manchmal waren es noch richtige Kinder. Du warst das einzige, was uns noch verband. Als wir aus Europa zurückkamen, fand ich heraus, daß etwas Schreckliches passiert war.« Ihr Gesicht wurde hart. »Ich war während der Reise schwanger geworden, wahrscheinlich in Venedig. Ich war damals schon zweiundvierzig. Unglücklicherweise hat Dominic von der Abtreibung erfahren. Daraus folgerte er, daß ich ihn von Anfang an belogen hatte. Ich konnte ihm aber nicht sagen, warum ich gelogen hatte, und selbst wenn ich es gesagt hätte, hätte es nichts genützt, denn in der Zwischenzeit wollte er nichts mehr von mir wissen, und auch nicht von dir. Er nannte das Ganze einen furchtbaren Vertrauensbruch. Vielleicht war es das auch. Ich habe kein Recht, über ihn zu urteilen.« Ihre Finger schlossen sich fester um Edens Hand. »Dein Alptraum… ich erinnere mich noch gut an jene Nacht. Dominic war schrecklich betrunken und wußte kaum, was er sagte. Er schrie mich an und warf mit Gegenständen um sich. Du bist aufgewacht und in unser Zimmer gekommen. Da ist er auf dich losgegangen. Er hat ganz schreckliche Dinge gesagt. Daß du nicht sein Kind seist. Daß du ein Parasit seist, den ich ihm angedreht hätte. Du bist wie versteinert dagestanden. Er sagte, du hättest kein Recht, in seinem Haus zu sein, und daß er deinen Anblick hasse, daß deine Mutter eine Hure sei und daß er dich auf die Straße werfen wolle, wo du hingehörtest…«

Eden hielt sich die Ohren zu, weil sie die schrecklichen Worte nicht noch einmal ertragen konnte, die sie schon so lange quälten. Es dauerte lange, bis sie ihre Hände wieder sinken ließ und die schmerzerfüllten Augen auf ihre Mutter richtete. »O Mama…«

»Du hast furchtbar geschrien und getobt. Ich war sicher, daß du diese Szene niemals vergessen würdest, aber am nächsten Morgen warst du wie wieder vergnügt und fröhlich, als wäre nichts geschehen. Wir glaubten, daß du es vergessen hättest, daß die Nacht es ausgelöscht hätte. Aber ein paar Monate später fingst du an, dich zu verändern. Du wurdest auf einmal frech und unbändig. Und irgendwann hast du dich dann völlig von uns losgesagt. Wir hatten dich verloren.«

»Es hat mich mein ganzes Leben lang verfolgt«, flüsterte Eden mit zitternder Stimme. »Es war immer da, Mama, und es hat an mir genagt. Schließlich habe ich mich selbst gehaßt. Ich hab' Drogen genommen, weil ich vergessen wollte, was ich war, weil ich nicht mehr daran denken wollte, daß mein ganzes Leben auf einer Lüge aufgebaut war, daß ich nichts weiter war als ein Bastard.«

Mercedes streckte die Hände aus und nahm Eden in die Arme, und beide Frauen weinten.

Später saßen sie einander gegenüber.

»Ich werde nie wieder Drogen nehmen, Mama. Vielleicht ließe ich mich wieder in Versuchung führen, wenn ich keine Hepatitis gehabt hätte. Aber ich bin beinahe krepiert… und deshalb werde ich das Zeug nie wieder anrühren.«

»Ich weiß.«

»Mein Selbstwertgefühl war bis jetzt gleich null. Es spielte keine Rolle, was ich tat, denn ich habe mich immer für wertlos gehalten. Aber seit ich Joel getroffen habe, ist alles anders geworden.«

Mercedes strich ihrer Tochter zärtlich übers Haar. »Du hast ein neues Leben angefangen, Eden. Du hast die Vergangenheit und die Drogen hinter dir gelassen. Du weißt, wer du bist und was du bist. Du bist eine außergewöhnliche junge Frau. Ich bin so stolz auf dich.«

»Ich bin auch stolz auf dich«, erwiderte Eden etwas unsicher, »jetzt, wo ich endlich alles weiß.«

Mit einem schwachen Lächeln schüttelte Mercedes den Kopf. »Nein. Du weißt nicht alles, Eden. Mein Leben ist nicht immer so verlaufen, daß ich unbedingt stolz darauf sein könnte.« Sie legte Eden einen Finger auf den Mund, als diese anhob zu widersprechen. »Ich möchte nicht, daß du stolz auf mich bist. Ich bitte dich nur um Verzeihung.«

»Aber wofür denn?«

»Für das, was ich bin. Für das, was ich getan habe. Du weißt noch nicht, wer ich bin, und vielleicht wirst du es auch nie erfahren. Das wäre vielleicht das Beste. Aber irgendwann kommen dir möglicherweise Dinge zu Ohren, die dich abstoßen.«

»Das kann ich nicht glauben.«

»Aber es ist so, glaub mir. Es ist mein Blut. Ein Fluch.«

»Ach komm!« Eden rutschte unruhig auf ihrem Stuhl hin und her. »Das ist doch bloß dieser mittelalterliche spanische Aberglaube.«

»Nein, Eden.« Mercedes' Gesicht war ernst. Sie war in den vergangenen neun Monaten sichtlich gealtert. Ihre Schläfen waren grau geworden, und das Gesicht hatte seine weichen Züge verloren. Ihre Schönheit stand an der Schwelle von der Blüte der reifen Jahre zur Strenge des Alters. »Ich danke Gott, daß mein Blut nicht auch in deinen Adern fließt.«

»Du darfst so etwas nicht sagen!«

»Nein? Ich hatte ein Kind, und auf ihm lastet ein Fluch.«

»Joel ist *nicht* verflucht! Er ist nur verletzt und verwirrt.«

Sie senkte die Augen. »Ich bitte dich nur, daran zu denken, daß auch mir Böses widerfahren ist. Ich hoffe inständig, daß du mich verstehst und daß du mich nicht eines Tages haßt.«

Eden spürte einen Kloß im Hals. »O Mama, wie könnte ich dich jemals hassen? Du liebst mich doch. Du hast alles für mich geopfert. Und ich bin nicht einmal dein Kind.«

»Doch, das bist du. Du bist mein Kind«, sagte Mercedes leise. »Das ist mir klar geworden, als Joel dich gefangengehalten hat. Du bist mein geliebtes Kind. Du bist das Einzige auf der Welt, das mir wirklich etwas bedeutet.« Sie sah sich um. »Hier bin ich nun. Ein Gast in deinem Haus.«

»Wie kannst du sagen, du bist hier ein Gast? Das Haus gehört dir!«

»Nein, es gehört dir.« Sie betrachtete Edens junges, unschuldiges Gesicht. »Und du wirst mit jedem Tag kräftiger. Lange kann ich nicht mehr so tun, als würde ich hier gebraucht. Ich werde dich schon bald verlassen.«

»Aber du kannst für immer hierbleiben.«

»Das, was wir jetzt füreinander empfinden, ist mir so kostbar, daß ich keine Worte dafür finden kann, und ich möchte, daß es so bleibt.«

Eden streichelte den Arm ihrer Mutter. »Wo willst du hingehen?«

»Zurück nach Spanien.«

»Aber das ist so weit weg!«

»Ja. Aber dort bin ich in Sicherheit. Joaquin de Córdoba hat mir einen Heiratsantrag gemacht. Ich werde annehmen.«

»Es gibt noch so vieles, was ich nicht weiß…«

Mercedes lächelte. »Ja, viel…«

Sie schwiegen lange, während langsam die Dämmerung anbrach. Die Schatten wurden länger; ein leiser Windhauch ließ die Blätter über ihren Köpfen rascheln.

»Wenn du möchtest«, fing Mercedes wieder an, »dann helf' ich dir, einen Gerichtsbeschluß zu bewirken, mit dem du deine echte Geburtsurkunde einsehen kannst.«

Eden hob den Kopf. »Wozu?«

»Damit du deine richtige Mutter finden kannst.«

»Aber das will ich gar nicht«, antwortete Eden lächelnd. »Du hast es doch eben gesagt. Du bist meine richtige Mutter. Außerdem habe ich etwas viel Wichtigeres zu tun.«

»Was?«

»Ich muß Joel finden.«

Mercedes sah plötzlich gequält aus. »Laß ihn in Ruhe, mein Liebling. Ihr zwei seid fertig miteinander. Es ist zu Ende, für immer.«

»Nein, Mama. Es ist nicht zu Ende.«

»Er wird dir nichts als Schmerzen bereiten.«

»Ich werde nie einen anderen Mann lieben«, erklärte Eden mit ruhiger Stimme. »Nicht so, wie ich Joel liebe. Als Papa mir heute nachmittag gesagt hat, daß ich nicht...« Sie schüttelte den Kopf. »Jetzt darf ich ihn lieben.«

»Es ist absurd!«

»Vielleicht. Aber wir sind nicht blutsverwandt. Alles andere ist unwichtig. Ich muß es ihm sagen. Er hat mir versprochen, daß er kommen würde, aber bis jetzt hat er sein Versprechen nicht wahrgemacht. Deshalb muß ich ihn finden und ihm sagen, daß er nicht mein Bruder ist. Daß er, wenn er mich heiraten will...«

»*Nein!*« schrie Mercedes voller Entsetzen auf.

»Daß, wenn er mich heiraten will«, wiederholte sie deutlich und klar, »dem nichts im Wege steht. Bestimmt ist er nicht mehr in Arizona. Ich weiß nicht einmal, ob er überhaupt noch in Amerika ist. Vielleicht ist er in Mexiko geblieben. Ich versuche schon so lange, ihn ausfindig zu machen. Es ist mir unbegreiflich, warum er bis jetzt nicht gekommen ist. Sobald ich kräftig genug bin...«

Die Worte fielen Mercedes sehr schwer. »Er glaubt, du seist tot.«

Edens Kopf fuhr herum. »Was?«

»Deshalb kommt er auch nicht. Ich hab' ihm gesagt, du seist gestorben, und ich habe dafür gesorgt, daß er im Krankenhaus die gleiche Auskunft erhält.«

»Mama! Wie konntest du nur so etwas tun!«

»Ich hielt es für das Beste.«

»Für das Beste?« Eden war kreidebleich geworden. »Wie konntest du so etwas Grausames tun?«

»Ich wollte ihn von dir fernhalten. Du stehst an der Schwelle zu einem neuen Leben, und auf ihm lastet ein Fluch, Eden.«

»Er ist nicht verflucht!« entgegnete Eden scharf. »Du irrst dich. Ich kann ihn retten, ebenso wie er mich gerettet hat. Ich bin es ihm schuldig. Er liebt mich doch!« Sie kämpfte um ihre Selbstbeherrschung und schluckte die Worte schließlich hinunter, die ihr auf der Zunge lagen. »Es war grausam von dir, ihm so etwas anzutun«, sagte sie nur.

»Was er *mir* angetan hat, war auch grausam«, entgegnete Mercedes. »Er hat dich beinahe umgebracht. Und mir hat er mehr genommen als nur mein Geld. Aber ich hab' ihm nicht gesagt, du seist tot, um ihn zu bestrafen, sondern um dich zu beschützen.«

Eden schüttelte langsam den Kopf. »Deine Krallen sind zu scharf, Mama.«

»Ich habe in meinem Leben scharfe Krallen gebraucht! Du hast ja keine!« Sie holte tief Luft und fuhr dann mit ruhigerer Stimme fort. »Du bist anders als ich, Eden. Wir sind nicht aus dem gleichen Holz. Du bist sanft, und ich bin es nicht. Du bist wehrlos, und ich nicht. Ich mußte schon immer meine Krallen benutzen, um Schaden von dir abzuwenden.«

»Ich liebe ihn.«

»Ich habe gehofft, daß du ihn vergessen würdest.«

»Ich habe ihn bis jetzt nicht vergessen und werde es auch nie tun.«

Der innere Kampf, den Mercedes mit sich focht, spiegelte sich in ihrem Gesicht, ihr Mund zitterte und zuckte. Dann stand sie auf und ging ohne ein Wort ins Haus zurück.

Eden folgte kurz danach.

Als sie eintrat, sah sie, daß ihre Mutter am Fenster saß und in die Dunkelheit hinausstarrte.

Mercedes bewegte sich. »Ich kann dich nicht davon abhalten,

nach ihm zu suchen«, sagt sie mit tonloser Stimme. »Aber ich warne dich. Er lebt vielleicht nicht mehr. Als wir uns in der Wüste getroffen haben, habe ich ihm etwas gesagt, das ihn vielleicht zerstört hat. Wenn er es überlebt hat und es dir sagen will, dann wird er es tun. Ich kann es nicht. Es liegt an ihm, an ihm allein.«

»Geheimnisse über Geheimnisse«, sagte Eden leise. »Wird das jemals aufhören?«

»Nein«, antwortete Mercedes.

Im Haus war alles dunkel. Eden ging langsam von einem Zimmer zum anderen und machte überall Licht, bis das ganze Haus hell erleuchtet war. Dann kehrte sie zu ihrer Mutter zurück.

»Du hast recht. Ich werde nie solche Krallen haben wie du. Ich bin anders. Aber ich weiß, daß ich Joel retten kann. Es bleibt mir einfach keine andere Wahl, Mercedes. Ich muß zu ihm gehen. Er ist mein Schicksal.«

»Dann mußt du zu ihm gehen.«

Eden küßte ihre Mutter auf die Wange. Sie lächelten einander an; die eine traurig und geheimnisvoll, die andere unschuldig und strahlend.

Mercedes blieb regungslos am Fenster sitzen und dachte an die große, drohende Gestalt in der Wüste. Welches Feuer in seinen Augen gelodert hatte… das gleiche, das einst in den ihren gelodert hatte, ein Feuer der dunklen Leidenschaft, des Zorns und der unbändigen Willenskraft.

Ihr Sohn. Die ausgleichende Gerechtigkeit. Er hatte vor ihr gestanden, als hätte er nicht gewußt, ob er sie töten oder ihr zu Füßen fallen sollte. Zuletzt war er ihr zu Füßen gefallen.

Vielleicht hätte auch sie niederknien sollen. Vielleicht hätte sie ihn in die Arme nehmen und ihn um Verzeihung bitten sollen. Ihm die Trauer und einen Teil der Tränen zeigen sollen, die sie seinetwegen in den letzten achtundzwanzig Jahren vergossen hatte.

Aber sie war unfähig gewesen, irgend etwas zu tun. Sicher auch deshalb, weil sie Eden hatte beschützen wollen. Aber auch deshalb, weil es nicht in ihrem Wesen lag, ihre Gefühle zu zeigen. Sie war anders geschmiedet worden. Der Hammer hatte sie mit harten Schlägen geformt, als das Eisen glühend heiß gewesen war, und sie hatte eine Form angenommen, die sie jetzt, wo das Eisen kalt und hart war, nicht mehr ändern konnte.

Und deshalb hatte sie ihm den Rücken zugekehrt und war weggegangen.

Was hätte sie auch für ihn tun können?

Seltsamerweise verspürte sie keine Wut auf Joel. Nicht mehr. Sie war verflogen. Joel hatte ihr kleines Reich zerstört. Und er hatte ihr einen Schmerz zugefügt, den selbst sie als Expertin in Sachen Schmerz, noch nicht gekannt hatte. Er hatte ihr ihr wunderschönes Heim, ihre Besitztümer, ihren Reichtum genommen und alles zusammen in der Wüste zu einem Häufchen Asche verbrannt. Aber trotzdem hätte es, das hatte das Schicksal sie gelehrt, noch schlimmer kommen können. Es hätte viel, viel schlimmer kommen können. Er hatte Eden verschont, und bei dem Gedanken daran verschwand alle Bitterkeit.

Sie hatte mit nichts begonnen. Sie war wieder bei nichts angelangt. Reichtum war nur ein Traum. Die Welt an sich war nur ein Traum, ein flackerndes Bild, das in der Dunkelheit aufleuchtet.

Ihr Sohn hatte sie an etwas erinnert, das sie bereits vergessen hatte. Er hatte sie daran erinnert, wie vergänglich irdische Reichtümer waren, und wie wichtig das Leben war, dieses tanzende Licht in der Dunkelheit.

Was befand sich jenseits der Dunkelheit? Befand sich überhaupt etwas dahinter? Oder war alles nur Lug und Trug? Im Alter von achtundfünfzig Jahren war die Antwort auf diese Frage nicht mehr so weit entfernt wie einst.

Mercedes seufzte und spürte, wie sich ihr Körper langsam entspannte und ihre gereizten Nerven sich beruhigten. Die Spannung ließ allmählich nach. Sie würde sich Eden nicht mehr in den Weg stellen. Auch sie hatte ihre Entscheidungen immer ganz allein getroffen. Sie wußte, daß sie Edens Entscheidung nicht ändern konnte.

Vielleicht würde Eden das tun, wozu sie nicht fähig gewesen war. Vielleicht würde sie Joel in die Arme nehmen und ihn mit ihren Tränen heilen. Vielleicht würde sie, wenn sie das tat, nicht zerstört werden. Und vielleicht würden die beiden sogar das dauerhafte Glück finden, das ihrer Mutter nie vergönnt gewesen war.

Gab es irgend etwas, was sie bereute? Die Toten? Die Lügen?

Betrug und Verrat? Letztendlich war jedoch auch das notwendig gewesen. Unvermeidbar. Ebenso wie Edens Schicksal unvermeidbar war. Sie bereute nichts.

Was würde ihr die Zukunft bringen? Unweigerlich würde sie mit der ihrer beiden Kinder und deren Schicksal verknüpft sein. Als sie die Augen schloß, sah sie die beiden vor sich; den dunklen und den strahlenden Engel: den, den sie geboren und den, den sie angenommen hatte, den Jungen und das Mädchen. Sie wollte beten für ihr Glück, für ihr Heil und ihre Rettung, so wie sie es vor langer Zeit gelernt hatte. Aber sie wollte nicht hier bleiben, nicht hier in ihrer Nähe. Ihre Anwesenheit würde ihnen nicht helfen. Nicht jetzt. Vielleicht auch nie.

In Spanien wartete Joaquin, ihr treuer, ergebener Freund, auf sie. Sie wußte nicht, ob sie ihm die Liebe geben konnte, die er verdiente, aber sie würde es versuchen. Es war noch nicht zu spät, um es zu versuchen.

Francisco Franco war zweiundachtzig Jahre alt und vom Tode gezeichnet. Ein gutaussehender und fähiger junger König war darauf vorbereitet worden, das Land in die Demokratie zu führen und wieder den Thron der Bourbonen zu besteigen. Dieses große Ereignis wollte sie auf keinen Fall versäumen. Vielleicht würden sie und Joaquin ein Spanien erleben, wie sie es sich als Kind erträumt hatte und für das sie im Sommer 1936 zu den Waffen geeilt war.

Ja. Dieses Ereignis wollte sie sich nicht entgehen lassen.

Sie erhob sich, eine schöne dunkle Frau an der Schwelle zum Alter. Sie mußte lächeln. Der Hammer fährt nieder. Das Eisen wird geformt. Die Arbeit geht weiter. Das Leben geht weiter.

EPILOG

ARIZONA – FEBRUAR 1974

Wie die Mauern einer himmlischen Stadt türmten sich die Wolken über der Wüste auf.

Sie schienen stillzustehen, doch irgendwann lösten sie sich auf und entschwanden hoch oben am Horizont. Bald würden sie sich in Ambosse verwandeln, von denen die Donnerschläge auf die Erde niedergehen und der Sturm über die Wüste hereinbrechen würde.

Der Winter hatte die Wüste, seit Eden sie zum letztenmal gesehen hatte, nur wenig verändert. Es war nicht mehr heiß. Die Farben waren die gleichen geblieben. Die Kandelaberkakteen waren immer noch die Herrscher in ihrem Königreich.

Als sie von Tucson aus in die Berge hinauffuhr und die Zivilisation immer weiter hinter sich ließ, spürte sie, wie ihre Kraft wuchs. Wächter? Weise aus dem Morgenland? Winkten ihr die ausgestreckten Arme zu oder wehrten sie ab?

Er war nicht tot. Er war hier in der Wildnis, ein armer Sündenbock, ein Ausgestoßener, allein und einsam. Aber nicht tot, dessen war sie sich sicher. Sie spürte seine Lebendigkeit so sicher wie ihre eigene. Und noch nie im Leben hatte sie ihre eigene Lebendigkeit so stark gespürt wie jetzt.

Es schien ihr, so seltsam es auch war, als sei sie eben erst geboren worden, als sei ihr bisheriges Leben nur ein verworrener Traum gewesen. Ihr Leben lag ausgebreitet vor ihr und wartete nur darauf, neu geformt zu werden.

Wie jedes neugeborene Wesen war auch sie noch schwach. Ihre Beine gaben immer wieder nach. Sie spürte die Zerbrechlichkeit und die Verletzbarkeit ihrer Jugend. Während der Fahrt hierher hatte ihre Kraft sie zuweilen fast wieder verlassen, aber sie kannte jetzt auch ihre Stärke.

Sie wußte, daß sie ihn finden würde. Daran hegte sie nicht den geringsten Zweifel. Sie würde ihn finden und ihn heilen.

In Gedanken versunken, fuhr sie weiter. Sie dachte an Mercedes und Dominic, an die ewig im dunkeln bleibende Mutter, die sie geboren hatte und die sie nie gekannt hatte.

Sie dachte darüber nach, was sie selbst gewesen war, was sie jetzt war und was sie irgendwann vielleicht sein würde.

So viele Möglichkeiten. Unendlich viele Möglichkeiten. Sie zitterten in ihr wie der Wind in den Segeln einer Jacht, die darauf wartet, den sicheren Hafen zu verlassen. Sie ahnte die Fülle, aber auch die Schrecken ihrer vielen Zukunftsmöglichkeiten, diese mannigfaltigen Schätze, die nur die Jugend besitzt.

Wie im Traum erinnerte sie sich an die vergangenen neun Monate ihres Lebens. An die Nacht, als Joel aus der Dunkelheit gekommen war und sie geholt hatte. An die kleine graue Zelle und an die Qualen, die sie dort durchlitten hatte. An die unendliche Wüste, die reinigende, heilende Wüste. Und an die noch größere Macht der Liebe und wie sie sie verwandelt hatte.

Aber irgendwann kehrten ihre Gedanken zurück, so wie sie es immer taten, zurück zu Joel. Zurück zu dem, was er erlitten hatte, was Mercedes ihm angetan hatte, zurück zu dem Schicksal, das sie für immer miteinander verbunden hatte.

Als sie von der Hauptstraße auf den Weg abbog, der zum Haus führte, schwand mit einem Schlag ihre gesamte Zuversicht.

Wenn er nun doch tot war? Wenn ihre Eingebung nichts weiter gewesen war als ein Wunschdenken und Joel sie für immer verlassen hatte?

Schlimmer noch, wenn der Schmerz ihm den Verstand geraubt hatte?

Ihr wurde übel. Plötzlich meinte sie, keine Luft mehr zu bekommen. Sie kurbelte das Fenster herunter, um Luft ins Innere des Wagens zu lassen. Aus der sauberen Wüste stieg ihr ein Duft in die Nase, der ihr Gehirn mit deutlichen, fast lebendigen Bildern erfüllte.

An einem Tag wie diesem hatte er sie aus ihrem Gefängnis in die Wildnis hinausgeführt. Damals hatten sich die Schleusen des Himmels geöffnet, und der Regen hatte ihnen die Erlösung gebracht. Sie hatten sich aneinandergeklammert, und irgendwann hatten sie sich inmitten des Chaos geküßt.

Und als sie zurückgefahren waren, hatte sie an ein Wunder gelaubt, denn sie hatte sich verändert gefühlt.

Sie erinnerte sich genau an den Geruch, an den feinen und doch leicht stechenden Duft des Kreosotbusches. Sobald der Regen die Blätter benetzte, würde der heilende, reinigende Duft die Luft erfüllen.

Am Ende des Weges kam das Haus in Sicht, das sich in seiner Unscheinbarkeit vollkommen in die Landschaft einfügte. Die Erinnerungen drohten sie zu überwältigen. Da war es. Das Haus, in das sie als Gefangene gekommen war und in dem sie schließlich ihre Freiheit gefunden hatte.

Wo sie die Liebe entdeckt hatte.

Wo sie gesund geworden war.

Wo ihr letztes Fegefeuer seinen Anfang genommen hatte, diese letzte Krankheit, die sie fast getötet hätte und die ihre Lossagung von der Droge endgültig besiegelt hatte.

Das erste, was sie sah, als sie in die Nähe des Hauses kam, war das Pferd.

Die weiße arabische Stute, die er ihr geschenkt hatte.

Das Tier stand regungslos hinter dem Gatter und beobachtete sie. Der aufkommende Wind fuhr durch die seidige Mähne. Eden starrte die Stute ebenfalls regungslos an; ihre Finger klammerten sich so fest um das Lenkrad, daß ihre Knöchel weiß hervortraten.

Dann senkte die Stute beruhigt den Kopf und fraß weiter.

Sie stieg aus dem Wagen. Ihr Herz begann so laut zu hämmern, daß es schien, als wäre der grollende Donner ihr in die Brust gefahren, wo er entsetzlich laut dröhnte.

Ihre Beine wollten sie nicht weitertragen. Schwindlig vor Aufregung setzte sie einen Fuß vor den anderen.

Und dann kam er hinter dem Haus hervor.

Er hatte gearbeitet. In der einen Hand hielt er den Hammer, in der anderen den Meißel. Sein Oberkörper war nackt, und sie sah an den hervorstehenden Rippen, daß er abgenommen hatte.

Er blieb wie angewurzelt stehen. Mit riesigen schwarzen Augen starrte er sie an. Er hatte sich einen Bart wachsen lassen. Sein Gesicht, das schon immer schmal gewesen war, war jetzt hager.

Sie kämpfte gegen den Druck an, der ihr die Brust einzudrücken drohte, und versuchte zu sprechen.

»Ich bin nicht gestorben.«

Sie sah das Entsetzen in seinen Augen. Sie wußte, daß er fürchtete, den Verstand verloren zu haben.

»Ich bin nicht tot«, wiederholte sie mit eindringlicher Stimme. »Ich lebe. Sie hat dich angelogen. Sie hat uns alle angelogen. Ich bin nicht ihre Tochter. O Joel! Ich muß dir so viel erzählen, so viel geben. Ich muß…« Sie fand keine Worte mehr. Er stand immer noch unbeweglich vor ihr, als wäre er am Boden festgenagelt. Auch sie war unfähig, sich zu bewegen. Beide waren wie versteinert. Hörte er sie überhaupt? Sie streckte die bebenden Hände aus. »Ich werde dir die Jahre ersetzen, die die Heuschrecke fraß«, rief sie.

Das Werkzeug fiel ihm aus der Hand. Sie sah, wie ihm die Tränen über die Wangen liefen.

Und dann lag sie in seinen Armen und klammerte sich an ihn. Er drückte sie so fest an sich, daß sie kaum noch atmen konnte. Sie spürte, wie er von einem Schluchzen erfaßt wurde, und schmeckte das Salz seiner Tränen.

Jetzt, wo sie ihm so nah war, wußte sie, daß es nie wieder eine Trennung geben würde. Und keinen Schmerz.

Stille inmitten des Sturms, Friede im Herzen des Chaos.

DANKSAGUNG

Mein aufrichtiger Dank gilt allen, die mir bei meinen Recherchen für dieses Buch geholfen haben, ganz besonders Elizabeth Murray in London, Lluis Molinas i Falgueras in Palafrugell sowie Bette und John Austin in Sa Riera.

Danken möchte ich auch meinen Agentinnen Vivienne Schuster und Jane Gelfman und meinen Lektoren Rosie Cheetham und Gene Young.

Meinen Eltern danke ich für ihre beständige Ermutigung und Unterstützung; der größte Dank gebührt jedoch meiner Frau Linda. (Sie weiß, wofür.)